Recueil Altaïran - 1

Tome 2 - Apocalypse

Révélations : Altaïrans et Zétas.
Réception, analyse, sourçage et vulgarisation : Harmo et Nancy Lieder.
Compilation : Arnaud Meunier (Amocalypse).

Livre libre de droit.

Date de mise à jour : 2021-09-13

Format numérique des livres : http://arnaud.meunier.chez.aliceadsl.fr/fr/telecharg.htm
Contact auteur : Facebook>amocalypse, VK>a.meunier, ou
arnaud.meunier.electrique@gmail.com

Lecture :*(p. *)* renvoie à un chapitre plus détaillé sur le sujet à la page n° *, *(L*)* renvoie au livre du Recueil Altaïran n°*. *Ladam* renvoie au livre sur le langage adam. Référez-vous au livre « Glossaire » si le sens d'une abréviation ou d'un mot vous échappe.

Avertissements de lecture : Voir le livre "*Glossaire*".

Séparation en 2 tomes : Pour des raisons matérielles, ce livre a été séparé en 2 tomes, mais qui doivent être vus comme un livre unique : toutes les pages avant la page 502 se trouvent dans le tome 1.

Résumé du tome 1 :
Nous avons vu que toutes notre histoire est marquée par la guerre des forces du bien et du mal pour nous attirer de leurs côtés. Le bien pour nous faire progresser, le mal pour nous mettre en esclavage. Aujourd'hui, cette guerre prends fin, les mensonges sont dévoilés...

Évolutions de ce livre :
• 202?-??-?? : Première édition

Crédit image de couverture : Pixabay (ComFreak)

Apocalypse (2000)

La Terre ne deviendra pas un monde élitiste dominés par une poignée de dictateurs égoïstes et esclavagistes.

Notre planète est destinée à devenir un monde de paix, d'égalité, de vraie liberté, d'altruisme et de communion entre les individus.

Harmo

Survol

Nous allons voir dans cette partie les différents plans prévus par les humains, par les ET, et par le grand tout lui-même. En fin de partie, une chronologie reprendra rapidement l'imbrication de tous ces plans, ceux qui échouent et ceux qui s'appliquent réellement.

On ne va pas mourir !!!

L'apocalypse a débuté en 2000, sans que grand monde ne s'en rende compte sur le moment. C'est la fin d'un chapitre de l'histoire humaine que nous sommes en train d'écrire, pas la fin du livre ! L'humanité a survécu a des centaines de passage, et survivra encore une fois à celui-ci.

Enfoncez-vous bien ça dans le crâne :

Nous n'allons pas mourir !!!

Voilà, c'était important de le rappeler ! Même si notre corps va bien mourir un jour, ce ne sera pas à cause de l'apocalypse. Et rappelez-vous souvent que de toute façon, notre âme et notre esprit sont immortels. Quoi qu'il arrive, nous nous en sortirons !

Présentation (p. 505)

But de l'apocalypse : une société plus juste

Qui dit nouveau, dit destruction de l'ancien, c'est inévitable (ne serait-ce que de détruire nos chaînes d'esclaves). Cette société va tomber, mais vu les horreurs qu'elle génère, nous devrions tous être en joie de la voir s'écrouler !

Les grands dangers

Par ordre croissant de dangerosité :
- Les cataclysmes naturels provoqués par Nibiru
- L'effondrement du système
- La volonté génocidaire des illuminatis

Les grandes volets

- effets de Nibiru,
- durcissement de la part des dominants,

- NOM (Nouvel Ordre Mondial)
- ascension

Lignes temporelles élastiques

Les dates des différents volets, leur déroulement simultané ou successif, leur durée et leur dureté, dépendent de notre libre arbitre :
- si la grande majorité de l'humanité se réveille et coopère, l'ascension se fait avant le 2e passage de Nibiru.
- si les endormis traînent à se réveiller, ne participent pas à l'effort commun, ce sera dans 150 ans.

Nous allons présenter les plans des dominants, mais rien ne dit qu'ils seront lancés, ni qu'ils se dérouleront jusqu'au bout.

Seule chose de sûr, c'est que les altruistes ont "gagné" la Terre, et que l'humanité va ascensionner et se réincarner en homo plenus !

Système égoïste détruisant toute vie sur Terre (p. 517)

Notre système étant devenu incontrôlable, plus personne ne peut s'opposer aux multinationales qui tuent l'écosystème avec les pesticides, le nucléaire, la déforestation massive, la pollution généralisée des océans, etc. Quand on tue les premiers maillons de la pyramide alimentaire (planctons, bactéries, insectes), tout le reste s'écroule, la vie sur Terre disparaît...

Notre civilisation devra donc être détruite avant qu'elle ne le fasse d'elle-même...

Tout le temps supplémentaire qui nous est accordé est limité dans le temps par le niveau de pollution et de destruction que notre société génère, qui ne devra pas franchir le point de non-retour (2025 à 2030 au rythme actuel).

L'éveil spirituel des populations (p. 519)

Cette apocalypse est surtout là pour nous réveiller spirituellement, nous demander de choisir la direction à prendre pour nos vies futures : la coopération, ou la concurrence. Des champions de chaque camp (comme Jésus 2 et Odin) pourront intervenir et plaider leur cause.

ET (p. 582)

Non seulement les ET seront révélés, mais ils auront de plus en plus le droit d'interagir avec nous.

Le passage de Nibiru (p. 590)

C'est Nibiru qui dirige l'apocalypse, tout en "attendant" que l'humanité soit prête à vivre ces événements, voir à limiter les dégâts qui ne sont pas nécessaires. Il faut garder à l'esprit cette interconnexion perpétuelle entre notre réveil et les événements naturels.

Nibiru, c'est 2 passages (aller et retour) à 7 ans d'intervalle.

PS1 (1er Pole-Shift)

2 mois de cataclysmes en hausse exponentielle.

La croûte terrestre ralenti, puis s'immobilise 3 jours.

Bascule progressive en marche arrière pendant 6 jours.

Puis se produit le pole-shift : la croûte terrestre reprend rapidement sa place (tsunami de 200 m de haut), avant de s'arrêter brutalement (séisme record généralisé). S'ensuit un ouragan record pour rééquilibrer les températures chamboulées.

Inter-PS

2 ans après le 1e pole-shift, les océans s'élèvent de 200 m suite à la chauffe extrême du noyau.

PS2 (2e Pole-Shift)

Le 2e pole-shift sera plus puissant que le 1e.

L'annonce de Nibiru (p. 681)

Avant que Nibiru ne puisse plus être niée (par sa visibilité ou ses impacts de plus en plus grands), nos dirigeants feront semblant de découvrir cette planète, et diront que Nibiru :

• vient d'arriver,

• n'aura aucun effet sur la Terre.

Si une grosse partie de la population se renseignera par elle-même, et s'apercevra que ça fait plus de 30 ans que les visités ET comme Nancy Lieder parlent de cette planète, beaucoup resteront dans le déni.

Cette annonce de Nibiru révèle d'un coup l'existence :

• de Nibiru et ses destructions régulières dans le passé,

• des Anunnakis qui ont pollué toutes nos croyances et religions

• L'existence des ET (pacifiques et belliqueux), avec qui l'humanité va se trouver en contact par la suite.

PS1 et volontés génocidaires (p.)

La période qui entoure le PS1 verra l'application des plans prévus par les dominants : durcissement de la gouvernance et mise en place des génocides à grande échelle.

Aftertime : tribulations (p.)

Le système s'effondre en partie, les supermarchés ne sont plus approvisionnés.

Les villes sont fermées pour piéger les habitants (devenant soit esclaves, soit exterminés). Odin prends le contrôle des reliquats du système, pour établir la théocratie mondiale, se vantant d'instaurer la paix mondiale à coup de guérillas perpétuelles. Jésus 2 le renverse au bout de 4 ans, établissant une communauté mondiale, coopération des petites entités qui s'étaient tenues loin du système et de ses massacres.

Le tri des âmes / jugement dernier (p. 812)

Les ET de chaque camp spirituel (service-à-soi (égoïsme) ou service-aux-autres (altruisme)) s'occupent des hommes de même orientation spirituelle qu'eux. Par exemple, ceux qui ne pensent qu'à eux-mêmes et exploitent les autres seront pris en charge par des ET égoïstes (la moisson) qui les exploiteront comme esclaves sur une planète-prison. Les indéterminés spirituels seront évacués sur une planète école, elle aussi gérée par un conseil constitué d'égoïstes et altruistes. Les humains bienveillant envers autrui seront pris en charge par des ET altruistes bienveillants envers les autres espèces vivantes. On sait depuis 1974 que c'est les altruistes qui resteront sur une Terre ascensionnée et régénérée.

L'ascension (L2)

L'apocalypse se finit lors de l'ascension spirituelle des altruistes, clôturant ainsi le jugement dernier des âmes.

L'ascension, c'est quand 85 % des humains incarnés sur Terre auront pris l'orientation spirituelle altruiste (c'est à dire penser au moins autant aux autres qu'à soi-même). Toutes ces âmes aux aspirations/vibrations spirituelles proches s'unissent/entrent en résonance. L'humanité, et toute la Terre avec elle, ascensionneront dans une dimension supérieure, aux conditions de vie plus faciles.

Cette ascension est une augmentation du niveau vibratoire du corps physique, qui ne meurt pas à l'occasion, qu'on soit bien clair !

Tous les évènements vus précédemment (2000 ans de hiérarchisme, apocalypse, Nibiru, nouvel ordre mondial, destruction du système et petites sociétés altruistes, reprise des choses en main par Jésus 2) n'ont qu'une seule finalité, un seul but : déterminer l'orientation spirituelle des humains, faire le tri, et permettre l'ascension des altruistes dans la dimension supérieure.

Le but de l'ascension est de permettre le développement de l'être humain, tant physique que spirituel.

Pour que l'humanité se conforte dans son orientation spirituelle naturelle, l'altruisme (prendre soin des autres comme de soi-même), il faut que l'humanité se débarrasse des vieilles croyances hiérarchistes que lui ont inculqué de force le système hiérarchiste, développe son amour des autres et sa patience envers les moins matures, ainsi que sa volonté à ne plus se laisser manipuler et à devenir autonome, maître de sa vie.

Cette préparation spirituelle est aussi importante, voire plus, que la préparation physique que nous avons vu dans la partie survivalisme, car il s'agit ni plus ni moins de la survie de l'espèce humaine à court terme.

Dans le nouveau monde de la dimension supérieure, après l'ascension, les humains vont devoir se familiariser avec de nouvelles lois physiques (gravitation moindre, vitesse de la lumière supérieure, âme qui grossit plus vite, etc.).

Homo Plenus (L2)

Une nouvelle humanité apparaît. De la même manière que homo sapiens a pris le pas sur Néandertal, trop servile pour évoluer spirituellement, Homo Plenus va remplacer Sapiens à la surface de la nouvelle Terre, afin de profiter à fond des nouvelles possibilités d'évolution spirituelle. Nos enfants seront télépathes, se souviendront de leurs vies antérieures et sauront ce qu'ils sont venus faire sur Terre, de même qu'ils vivront plus longtemps (500 ans). Pour les accompagner, nous verrons nos capacités psychiques augmentées, comme c'est déjà le cas pour beaucoup d'entre nous.

Conclusion

C'est ce monde plus beau à venir qui nous motive à franchir la destruction de l'ancien système.

Présentation

Survol

Prophéties (p. 511)

L'apocalypse est une période tellement importante que l'humanité en a été prévenue des millénaires à l'avance. Faisons le tour des prophéties arrivées au grand public, expliquées par Harmo.

Apocalypse = révélation

Je tenais avant tout à préciser une imprécision (sans impact, car cette imprécision s'avère vraie au final).

Il s'agit du mot "apocalypse". Il veut dire "révélation" en grec ancien, au sens qu'il y a 2000 ans, chaque fois qu'un apôtre recevait une canalisation, il écrivait un parchemin sur le sujet et nommait ça "apocalypse".

Ainsi, celui qu'on appelle St Paul, a simulé avoir canalisé une voix qui lui a dit qu'il prendrait la tête du mouvement chrétien, qu'il deviendrait le chef... Pas très altruiste comme canalisation, surtout que c'était un gros pipeau de sa part. Il a fait tuer le vrai héritier spirituel de Jésus, à savoir Jacques le mineur, le frère de Jésus. Appeler cet apôtre majeur par "le mineur" est un gros enfumage des empereurs romains, dans le but de dénigrer le leader chrétien après Jésus...

Bref, la "révélation" ou "canalisation" de Paul est appelée "apocalypse de Paul" dans les Évangiles de l'époque, comme ceux trouvés à Nag Hammadi.

Ces canalisations ne parlent pas forcément de fin des temps.

En 460, les empereurs romains, constatant avec dépit que 400 ans de persécutions n'avaient pu arrêter le développement du christianisme, malgré l'envoi de désinformateurs comme Paul, s'adaptent et créés leur version des Évangiles. Tous les Évangiles trop proches du message initial de Jésus, comme ceux parlant de réincarnation, ont été écartés et déclarés "apocryphes" (en gros, interdits de lecture...). Les écrits de Paul (désinformateur qui contredit à de nombreuses reprises le message de Jésus, notamment le fameux "esclaves, obéissez à vos maîtres", le contraire du "tu n'auras d'autres maîtres que le grand tout" de Jésus) sont mis en bonne place, à la fin du livre, lui donnant donc la place du "le dernier qui a parlé à raison".

Comme la seule apocalypse connue dans la bible romaine est l'apocalypse de St Jean, et que cette canalisation traite de la fin des temps que nous vivons actuellement, par abus de langage, apocalypse a été assimilé au sens de "fin du monde".

Un peu comme si on vous téléphonait pour vous donner des détails sur la fin de temps, et que 2000 ans après, le mot "téléphone" signifiait "fin du monde"... Chaque fois qu'on dit "c'est un cataclysme apocalyptique", imaginez comme les gens d'il y a 2000 ans rigoleraient, en entendant "c'est un cataclysme téléphonique" !

Les révélations sur les malversations de nos dirigeants ne sont donc, a priori, pas reliées à la notion de fin des temps. C'est juste un hasard si malgré le glissement sémantique, il y avait aussi la partie "révélation" concomitante à notre réveil spirituel dans cette fin d'un cycle d'égoïsme. Révélations du type Nancy Lieder ou Harmo.

Donc, quand on dit "apocalypse" = "révélation", ça marche pour les 2 sens du mot "révélation" :

- révélations il y a 2000 ans aux apôtres,
- révélation de ce qui est caché aujourd'hui pour accélérer notre prise de conscience spirituelle :)

Pourquoi l'apocalypse ?

L'humanité a dans son ensemble a été privée de son libre arbitre par une partie infime de ses membres. Cela a créé un déséquilibre spirituel qui perdure depuis environ 10000 ans. Cela s'est aggravé avec le temps au point qu'aujourd'hui, cet état de fait n'est équilibrable que par une série d'évènements majeurs.

Si l'adversité est un bon moyen de révéler les hommes à eux-même (bon ou mauvais), le véritable but n'est pas de punir l'humanité, qui est plutôt la victime de son propre apprentissage de la maturité. **L'objectif de ces évènements est de détruire non pas des hommes, mais un système qui dépasse même ceux qui sont à sa tête et qu'on ne peut plus arrêter**. L'homme, même le plus puissant d'entre nous, n'a plus de pouvoir sur cette machine juridico-socialo-économique, et seul un mouvement de masse pourrait renverser la tendance. Cependant, le système s'est en quelque sorte construit une immunité et tout groupe qui se formerait/forme est immédiatement neutralisé dès qu'il devient trop dangereux. Le seul moyen d'en finir avec cette "machine" (la Bête si vous voulez pour vous rappeler une référence connue), est d'annuler la main mise qu'elle a sur les gens, c'est à dire de mettre fin aux processus de la vie quotidienne par lesquels elle les tient en esclavage.

Nous sommes dépendant du confort à un point que nous ne soupçonnons pas, nous occidentaux, que nous ne rendons même plus compte que nous avons été anesthésiés. Nous sommes obligés de servir la machine en allant au travail pour pouvoir nous nourrir et continuer à avoir ce confort. Aujourd'hui, si la société ne prenait pas en charge un minimum le chômage, nous aurions plusieurs millions de personnes en France qui mourraient de faim, parce que nous n'avons plus accès à l'auto subsistance primaire, celle de construire une hutte sur n'importe quel terrain, de chasser, de pêcher, de migrer en suivant le climat. Tout l'ancien mode de vie simple et pacifique du néolithique nous a été retiré petit à petit pour que nous soyons dépendants d'un petit nombre. Pour que nous retrouvions ces principes de vie saine, il faut donc détruire tout ce qui nous lie à ces dépendances artificielles. Le but est de nous forcer à revenir en arrière, à un mode de vie certes rude mais simple et sain, que ce soit pour notre corps, notre esprit mais aussi pour l'ensemble de la vie sur Terre.

Fin du plan de millions d'années des ET bienveillants

Après avoir retracé la véritable histoire de l'homme, avec les conséquences que ces événements ont pu avoir sur notre épanouissement, nos traditions mais également notre modèle de société, il ne faut pas perdre de vue que ces choses n'ont qu'une seule origine, et un seul but : l'accession par notre espèce à la grande communauté des espèces intelligentes.

La raison même de l'intervention des ET bienveillants a toujours été cet objectif ultime, et depuis des millions d'années, elles y travaillent. Même si certaines espèces ET hiérarchistes ont retardé notre développement, il n'en reste pas moins que les ET bienveillants, même limités par leurs propres lois et principes, vont continuer leur œuvre et intervenir de temps à autre.

Pour ces ET bienveillants, l'arrivée de Nibiru est une formidable opportunité. Bien qu'ayant raté leur premier plan de contact avec l'espèce humaine en 1946 à cause des raksasas, leur puissance et leur détermination leur ont fait réaliser un plan, prévu depuis le départ, infaillible. Depuis l'arrivée des anunnakis sur Terre, ces ET bienveillants extrêmement développés avaient bien anticipé les difficultés qu'ils rencontreraient ultérieurement. Ils ont patiemment construit leur stratagème, qui fut mis au point dès le départ des anunnakis : Jésus, Mahomet et tant d'autres n'ont fait que semer les graines d'une révolution programmée, indispensable au réveil des anciens esclaves que nous sommes.

Leur plan pour l'apocalypse se résume en 2 grandes étapes :

1. l'écroulement du Système hérité des anunnakis (perpétué ensuite par les Illuminatis de tout bord),
2. puis la reconstruction à partir de bases saines qui mèneront l'humanité ainsi « purifiée » à un stade de conscience supérieur.

Date, Durée et Dureté inconnues

Survol

But des ET

Il est de rétablir l'équilibre de connaissances entre le peuple et les dominants, de nous apprendre à observer l'avancement des choses et à gérer l'attente.

Leur but n'est pas de donner un prévisionnel exact tout mâché qui supprimerait notre libre arbitre ou notre leçon d'apprentissage, en nous décrivant le futur dans le détail.

Des plans changeants (p.)

Toute la partie étant soumise au libre-arbitre de chacun, nous ne pouvons donner que les plans, sans garantir lesquels s'enclencheront, lesquels seront menés à leur terme. Sans compter le grand tout, capable de changer les choses pour que tout se passe au mieux dans le meilleur monde possible, en respectant les choix de chacun.

Pourquoi ne pas donner aux Élites ?

Les ET altruistes savent aussi que la majorité des Élites connaissent leur existence et sont donc avides de leurs informations. les Élites profitent bien plus de leurs informations que le peuple qu'ils souhaitent aider. Les Élites ont besoin d'une date précise pour leurs plans de confinement, pas le peuple. Si les ET disaient tout, ce serait avantager ceux qu'ils cherchent à faire tomber.

Seul Dieu sait

Je ne suis pas voyant, et de toute façon personne ne connaît le futur, car il dépend de notre avancement spirituel, de notre libre-arbitre.

Les prophéties, venant des entités hors du temps (où notre futur est déjà réalisé) donnent des prophéties suffisamment obscures pour que nous ne puissions les comprendre qu'une fois les événements déroulés, comme une preuve que suffisamment haut en vibration/dimension, le temps et l'espace n'existent plus, sans révéler un futur déjà écrit, le Plan divin, ce qui violerait notre libre-arbitre.

On peut cependant s'approcher de cette ligne temporelle qui sera finalement retenue, en recoupant toutes les prophéties obscures données à plusieurs civilisations, espacées dans le temps et l'espace.

Tout ce qu'on sait de l'avenir, c'est que :

- notre Terre va accueillir une société plus solidaire et égalitaire,
- la trop grande proximité de la disparition de la vie sur Terre marquera le clap de fin du réveil.

Le chemin pour y parvenir n'est pas connu, et de toute façon c'est à vous de le trouver de par votre libre-arbitre, je ne vous dirais pas quoi faire. Je peux montrer le chemin, pas le parcourir à votre place.

2 futurs extrêmes

L'apocalypse peut se faire extrêmement rapidement et sans douleur si l'humanité mets de la bonne volonté à se réveiller, mais aussi durer 150 ans de souffrances si l'humanité s'opposent à cette transformation. La voie prise se situera probablement au milieu de ces 2 extrêmes...

Par exemple, quand se terminera l'apocalypse, c'est à dire quand aura lieu l'ascension ?

Il n'y a qu'un passage obligé, à savoir que en 2150, il ne restera que des humains ascensionnés altruistes sur Terre. Le "comment" et le "quand" pour atteindre cet objectif restent de notre ressort. L'ascension peut se produire entre ces 2 lignes temporelles extrêmes :

- 2020. L'humanité à compris la leçon avant de la vivre, arrête d'elle-même cette civilisation égoïste où une minorité vole tout et détruit la Terre. La notion de propriété disparaît, les richesses sont redistribuées, la vérité est révélée, on reconstruit un monde meilleur basée sur la recherche spirituelle et l'envie d'être meilleur envers les autres. L'ascension se produit avant le passage de Nibiru de 2022, les effets du passage sont donc fortement atténués. Notre monde actuel n'est pas ravagé, la reconstruction est rapide et tranquille.
- 2150. L'humanité n'a pas voulu quitter le soit-disant confort de la vie moderne, n'a pas voulu apprendre ni changer ses fausses croyances, ni analyser son environnement, n'a pas voulu voir les destructions que ses dirigeants faisaient à partir du travail de chacun pour le système. Pour faire tomber ce système qui va détruire la planète en 2025, la Terre est ravagée 2 fois par les passages de Nibiru, les altruistes se cachent

des décennies en attendant que les égoïstes s'éliminent naturellement les uns les autres dans des carnages où prime la "loi de la jungle / du plus fort". Une fois la plupart des humains égoïstes entre-tués, seuls ceux qui coopèrent ont réussi à s'en sortir. Mécaniquement, les quelques millions d'humains survivants sont altruistes à plus de 85%, l'ascension se fait 120 ans après le 2e passage, après la mort de tous les participants à l'apocalypse. Nous devons tout reconstruire de zéro, dans un environnement dégradé et très difficile à vivre, où la plupart de nos connaissances ont été détruites.

Cette ascension clôturera l'époque transitoire de l'apocalypse qui aura durée entre 30 et 150 ans selon notre bon vouloir…

Des plans changeants (juin 2020)

Survol

Tout est prévu depuis des millénaires : dès que Nibiru sera estimée suffisamment proche, les diverses parties en jeu vont activer leurs plans. Certains se compléteront, d'autres se collisionneront. Ce qui est sûr, c'est que si vous restez loin du tumulte de l'auto-destruction, c'est votre plan que vous suivrez...

Éradication des Khazars 2

Le plus dangereux serait que les Khazars 2 (ou les États profonds autonomes qu'ils ont mis en place) prennent les rênes du NOM, qui n'est après tout qu'un outil aux mains de son maître. Leurs plans, pour arriver aux 500 millions d'humains sur Terre, étaient la guerre mondiale + pandémie (génocidaire p.).

C'est pourquoi toutes les forces altruistes se sont concentrées derrière Q ou TRDJ, malgré leur différences, dans l'urgence du moment : éradiquer les Khazars 2.

Le mouvement Q (des généraux USA), aidé des chapeaux blancs (humains de bonne volonté et ET altruistes) et du puppet master (City de Londres, Odin)) lanceront le grand nettoyage des khazars 2 après l'élection du 03/11/2020.

Les forces en présence après destruction des Khazars 2

- le clan illuminati vainqueur (la City), sous le commandement de l'antéchrist Odin ,
- Les États profonds toujours aux Khazars 2, mais dont les pions refuseront de se plier aux Q-Forces, sans parler des ONG : la tête

pensante à été exécutée, mais les petites mains continuent de fonctionner en mode automatique, sans tête pensante, suivant un plan devenu caduc.
- Les chapeaux blancs

Ces forces en présence ont des buts et des agendas différents, bien que communs sur plusieurs points. A partir de là, nous n'avons pas d'infos claires sur les liens de subordination entre la City et les gouvernements hors-système (c'est à dire hors de l'ancien contrôle des Khazars 2). Harmo nous dit juste que Trump et Macron doivent aider la City à prendre possession du mont du temple à Jérusalem (plans aftertime p.). Est-ce que Q se pliera à la City ? Ou au contraire, Q et Trump vont se retourner contre leur ancien sponsor ? Les chapeaux blancs sauront-ils voir l'arnaque, et ne pas supporter que Q n'offre pas le monde libre promis ?

Les nationalismes

En dehors de Jérusalem et de l'établissement du NOM, chaque gouvernement semble libre de gérer son peuple comme il l'entends. Je parle surtout des USA qui vont englober le Canada (favorisé par la grande popularité de Q dans ce qu'on appelle depuis longtemps le 51e État, et l'emprisonnement de Trudeau et de l'État profond).

L'Europe ne semblent déjà plus exister, seuls 7 pays vont se regrouper autour d'Odin (le monstre à 7 tête de l'apocalypse aux mains de la City). Le sort de la France est flou, surtout qu'une alliance entre l'État profond et le mouvement derrière Macron a été négociée dès la victoire de Macron au premier tour). Depuis le début j'ai l'impression que Macron est destiné à être trahi par ses alliés, une fois qu'il aura servi leurs plans.

Disparition anticipée d'Odin

La mort avant terme de leur dieu Odin entraînerait un profond désarroi des illuminatis de la City.

Comme l'apocalypse est le plan défini il y a 3 666 ans par Odin, la mort anticipée de ce dernier rend caduque ce qui est marqué dans l'apocalypse. Les humains n'auraient plus alors qu'à gérer la mise en commun de leurs divergences d'opinions.

Pourquoi ne pas donner la date aux Élites ?

Les raisons sont déjà données dans (glo). Détaillons ici.

L'incertitude chez les Élites, des gens obnubilés par le contrôle, augmente leur stress, multiplie leurs faux pas, permettant aux endormis d'ouvrir les yeux sur les condition d'esclave volontaire.

Toutes les Élites au pouvoir n'ont pas les mêmes agendas. Certaines, très radicales, ont encore en attente des plans de génocide généralisé des populations. Ce qui nous en protège, c'est qu'elles ne veulent et ne peuvent pas mettre ces plans en exécution sans un timing précis. Tout d'abord parce que leurs plans sont une solution de dernière minute, elles ne veulent pas annihiler trop tôt leur "cheptel" d'humains dociles qui payent des impôts et assurent leur super-confort matériel quotidien.

De plus, durcir trop tôt la domination est le meilleur moyen d'obtenir des émeutes, et une perte de contrôle au plus mauvais moment.

Les Élites jouent donc un numéro de funambule, et leur marge de manoeuvre temporelle réduite.

De nombreuses erreurs d'estimation

Les Élites ont été conseillées par le passé par les ET hiérarchiste, mais sont rares, surtout depuis 1995. De toute façon elles n'ont plus besoin de cela, elles ont leurs propres moyens de renseignement (satellites et ISS). Le nombre de satellites qui ont été envoyés pour surveiller Nibiru est énorme, et c'est sans parler du matériel qui a été acheminé vers l'ISS (qui n'avait pour but QUE de surveiller Nibiru et préparer la fuite de certaines Élites sur Mars).

Les scientifiques qui travaillent pour ces Élites (notamment les gouvernements et leurs mentors ultra fortunés) font ensuite des approximations et des prévisions, qui jusqu'à aujourd'hui, ce sont toutes révélées fausses (notre dynamique des astres est fausse, et la gravitation n'est pas attractive comme nous le croyons). Tous leurs calendriers sont tombés à l'eau et ont du être révisés à de nombreuses reprises, avec des couacs retentissants (comme le false flag de 11/09/2001).

Sachant cela, les décisionnaires sont obligés de voir large, c'est pour cela que les périodes d'état d'urgence doivent être étendues au fur et à mesure, parce que les prévisions d'origine foirent.

Ces calendriers des Élites seront donc réajustés au fur et à mesure des nouvelles données, et les états d'urgence et autres plans type FEMA ou militaires accordés en conséquent. C'est pourquoi tous les prétextes sont déjà en place (comme attaquer la Libye), mais qu'ils ne se réalisent pas. La décision se fera au dernier moment, quand les décideurs arriveront à la certitude que "c'est le bon moment". Ils sont prudents, car ils voient bien ce qu'ont pu faire les Américains en se révélant trop tôt pour 2003. Ce fut une catastrophe pour eux avec l'invasion loupée du Moyen Orient, la bulle spéculative des subprimes de 2008, etc.

Donc refroidis par cet échec, les Élites sont plus prudentes et rechignent à montrer leur jeu trop tôt. Ils attendent d'avoir des certitudes qu'ils n'ont pas encore, et ne font que placer leurs pièces en attendant.

Rien n'est garanti

Le futur n'est jamais écrit, il le sera une fois joué selon notre libre-arbitre. Ce que je dis ci-dessus sur Nibiru n'est qu'informationnel, je ne veut surtout pas engendrer de la peur en vous. Trop se focaliser sur les destructions serait contre productif (stress généré, arrêt de vivre, etc.).

Que fallait-il faire ?

Toute la complexité que nous allons voir par la suite n'avait normalement pas lieu d'être, si nos dominants avaient lâché le pouvoir qu'il vont de toute façon perdre, si les esclaves avaient voulu faire le réveil qu'ils seront de toute façon obligés de faire. Nous rencontrons toujours notre destin ur les chemins pris pour l'éviter...

Problématique à résoudre

Les catastrophes de Nibiru ne pourront jamais être absorbées par le système actuel. En effet, partout dans le monde, les bords de mer sont les densément plus peuplés. Que faire de tous ces gens qui se prendront les tsunamis de 150 m de haut en pleine face ? De ces bâtiments qui vont s'effondrer à cause des séismes? De ces pays qui vont disparaître comme l'Inde? Où reloger toutes ces personnes? Comment nourrir tous ces survivants dans un monde dévasté et pollué?

Autre problème : les assurances ne vont pas pouvoir payer, l'économie va entrer en récession profonde, sans compter l'arrêt du commerce international avec la destruction des routes et des ports.

Solution altruiste, simple et évidente

Condition numéro un : changer la société

[AM] Il est impossible de s'adapter à Nibiru en gardant la même gouvernance. Il faut que cette survie ai un sens, autre que mourir 10 ans après avoir survécu à Nibiru, parce que de toute façon notre système est en train de tuer toute vie sur Terre, que Nibiru soit là ou pas...

Le principe de la société humaine évidente, c'est la coopération et le partage. Tous les humains oeuvrent à aider à réaliser les rêves de tout le monde, et chacun peut s'épanouir et réaliser son rêve et ses aspirations profonde. Donne et il te sera redonné au centuple.

Toutes les nations disparaissent, l'humanité est Une et indivisible, car les problèmes sont mondiaux. Les humains ne sont pas des troupeaux d'esclaves appartenant à un groupe de dominants, qui s'en sert pour attaquer les dominants concurrents...

La communauté doit être gérée par des comités transparents, qui ont :

1. a coeur l'intérêt général
2. la compétence pour prendre les décisions

Les décideurs n'ont pas plus d'avantages que les autres, travaillent dans des bureaux classiques plutôt que des palais avec des dorures partout. Ils sont révocables à tout moment, en cas d'incompétence ou de corruption / mauvaise foi.

Toutes les entreprises deviennent publics, géré par des comités compétents qui reprennent ce que l'actionnaire faisait : demander aux directeurs de produire au moindre coût, en rajoutant que le produit doit être durable (si c'est public, plus besoin de faire un produit jetable ou qui coûte cher à l'usage), de la meilleure qualité possible, etc.

Plus de vendeurs d'armes manoeuvrant pour créer des guerres et vendre leurs produits, plus de vendeurs de médicaments manoeuvrant pour rendre les gens malades et vendre leurs produits

La production de l'humanité a désormais pour but de simplifier la vie de la communauté, pas d'enrichir une minorité.

Comme les voitures et les machines à laver sont prévues pour durer 40 ans, qu'il n'y a plus de guerres ni d'espionnage de masse, les emplois inutiles disparaissent. Pas de chômeurs, vu que toutes les entreprises sont publiques : le temps de travail passe "juste" de 35 h par semaine à 7 h pour tous.

Le but de la société devient de permettre à chaque individu de s'épanouir, de réaliser l'oeuvre qu'il est venu accomplir sur Terre : tous les moyens sont mis en oeuvre pour accompagner les créateurs et entrepreneurs, qui n'ont plus à démarcher les banques en espérant que le projet plaira, sachant que c'est la banque qui récupérait la majorité des efforts consentis (elle possédait l'entreprise via les dettes et les actions). Les banques étant devenues

la communauté, c'est la communauté (donc tout le monde) qui profite de l'accomplissement de chacun.

Voir L2>Société idéale pour plus de détails.

S'adapter à Nibiru

[AM] Les solutions à appliquer sont tellement logiques et simples, mais tellement en décalage avec la mentalité imbécile et compliquée de notre société...

On arrête les allocations familiales et la manipulation médiatique (du genre "faites des enfants si vous voulez des retraites") pour ne plus encourager une natalité débridée.

Juste avant l'intensification des cataclysmes, quand la chaleur a rendue plus habitables des zones pour l'instant vides d'hommes, on y déplace les populations en bord de mer, puis toutes celles à moins de 200 m d'altitude.

On construit des villes écologiques et compactes sur les terres à plus de 200 m d'altitude, sans saccager les terres agricoles : de nombreux nouveaux continents apparaîtront, et ces zones denses en habitants que l'on construit pourront ensuite se ré-étaler sur les nouvelles terres.

On densifie l'habitat pour garder des zones cultivables, on pratique la permaculture à grande échelle, on réapprends les techniques locales pour le moment où les transports mondiaux seront détruits. Les pays "riches" mangent moins et ne gaspillent plus la nourriture (pas de kérosène sur les fruits invendus). Les technologies destinées aux enclaves high-tech sont appliquées à tous.

Au moment des cataclysmes, les sinistrés sont relogés à l'intérieur des terres, les maisons vides saisies, les ressources regroupées et mises en commun.

Solution illogique des dominants égoïstes

Au cas où vous ne l'auriez pas remarqué, non vivons dans un monde de merde, hiérarchique, où celui qui a le pouvoir et prends les décisions est invariablement quelqu'un de profondément égoïste, qui ne va prendre que les décisions qui l'arrangent, lui et sa caste.

Dans la solution altruiste, les illuminatis banquiers ne peuvent plus faire de bénéfices, les entreprises non plus, trop de redistribution à toutes ces bouches inutiles, et au final des nantis qui perdent en qualité de vie, et surtout qui perdent leurs esclaves. Inacceptable!

510

C'est pourquoi c'est la deuxième solution égoïste qui a été retenue, c'est à dire ne rien faire, mettre le cover-up sur le passage de Nibiru, et laisser tous ces gens être noyés par le tsunami. Au sortir, les illuminatis pensent se retrouver comme au sortir d'une guerre, plein emploi (à cause des nombreux morts), reconstruction, 30 glorieuses, leur assurant ainsi une pleine progression de leur richesse.

Pour l'économie illuminati, il vaut mieux 10 millions de morts que 10 millions de réfugiés.

Cette solution est retenue par de nombreux pays aux bottes des illuminatis, comme l'Angleterre, la France, et les Bushies USA.

Il n'y a déjà pas de solidarité entre pays riches et pays pauvres en temps normal, les uns laissant mourir de faim les autres, croyez-vous que dans l'optique d'une catastrophe mondiale il en serait autrement ? Ce que nos dirigeants veulent, c'est que le petit train train du quotidien continue autant que possible : ce sont des parasites qui n'ont pas envie de partager leur richesse ni une place dans leurs bunkers dorés. Ils préfèrent avoir des palaces ultra luxueux et sécurisés réservés plutôt que d'en construire pour tous. Et oui, quand on a un train de vie de multimilliardaire, on ne peut pas envisager de vivre avec les "autres". Rien de neuf, ça s'est toujours passé comme cela, il n'en sera pas autrement lors du passage de Nibiru.

Prophéties

Survol

Dans L0, nous avons vu les prophéties brutes de fonderie, voici leurs interprétations les plus probables, de même que les marqueurs temporels qui seront à interpréter avec le cheminement global vu par la suite.

Diverses (p.)

Les prophéties privées catholiques, ou les laïques, annoncent un bouleversement des saisons.

Musulmanes (p.)

Des guerres de Daech, attaque de l'Arabie, le Mahdi est désigné de force par le peuple, attaque du Dajjal, retour de Jésus 2.

Hopis (p.)

Plus on croise les cultures, plus les événements au niveau mondial se précisent. Chute de l'ISS, apparition d'Hécate avant Nibiru.

France (p.)

Destruction de Paris par le feu, le retour d'un roi, des guerres civiles, etc.

Harmo (p.)

Concernent à la fois des éléments humains et des cataclysmes de Nibiru, qui font une frise chronologique.

Diverses

Résumons les prophéties chrétiennes ou laïques vues dans L0.

3 ans de sécheresse

Si c'est bien ce qu'ils entendaient par sécheresse, 2020 fut la dernière des 3 années de sécheresse. Mais peut-être ce sera pire encore derrière ?

L'année des "deux printemps"

Une année où les limites des saisons sont floues et se chevauchent. Ce sont des observations qui ont été faites dans de nombreuses civilisations avant un passage imminent de Nibiru. Beaucoup d'années depuis 2013 ont vu des floraisons anormales, il sera difficile, avant d'y être, d'estimer à quelle année correspond cette prédiction.

Voyage d'un pape réformateur aux Amériques

Paravicini prédit "la chute de l'humanité" conjointe à cette occasion à un astre dans le ciel nommé "Cataclysme". A lier aux prophéties de Pierre Frobert. Cet événement était censé correspondre à septembre 2015, quand le conseil des nations Unis s'était regroupé et avait prévu de révéler Nibiru.

Islam

Le détail de ces prophéties est donné dans L0. Pour rappel, elles ne concernent que le Moyen-Orient, mais servent de repères temporelles au monde.

A noter que pas mal d'événements auraient pu se passer avant l'intervention Russe en 2016, et que ce point semble avoir changé la ligne de temps, à voir si ces événements se produiront quand même dans le futur (11/2020).

Prise de Damas

Établissement d'un Califat pour remplacer le gouvernement actuel. Il est dit que les dirigeants capturés (Assad ?) seront refoulés par tous les pays et finiront exécutés.

Bataille de Deir Ezzor

Daech 2 devrait remporter une grande bataille contre des occidentaux, qui marquera le début de sa véritable expansion. C'est cette région pétrolière où on eu lieu les combats les plus acharnés de Daech 1.

C'est au moment de cette bataille qu'auront lieu le hadda et la grande catastrophe (Khush ?).

Génocide des musulmans

Cette épuration, prévue par les prophéties islamiques, sera extrêmement barbare et massive (on parle de centaines de milliers de morts), surtout en Irak après la prise de Bagdad. Daech est connue pour ses massacres, et cela prendra d'autant plus de l'ampleur avec Daech 2.

Éclipses anormales

Soleil et Lune assombrit, ou éclipser alors que ce n'était pas prévu. Il est précisé que ce sera le signe de prévoir alors un an de nourriture pour sa famille (dans un milieu désertique comme l'Arabie).

Hadda (explosion en Grande Syrie)

Une grosse explosion (météorite probablement) qui tuera des dizaines de milliers de personnes, et en rendra sourdes presque autant, l'année où le ramadan commencera un vendredi. L'explosion de Beyrouth du 04/08/2020 est trop faible en nombre de morts, bien que cette explosion ai été entendue à des centaines de km de distance, et ai été fortement médiatisée pour être connue du monde entier.

Khusf (effondrement)

Grand effondrement du sol (Sink Hole) dans la région de la Goutha, dans la périphérie de Damas, dans une petite ville appelée Harasta. Cette effondrement du sol devrait emmener le village, notamment une Mosquée, et engendrer de nombreuses victimes.

Bataille des 3 armées

Hadda et Khush (événements a priori indépendants) vont changer la donne au Proche-Orient : 3 armées se formeront après le Khush, et lutteront dans une guerre interne pour savoir qui prendra la tête. Le gagnant de ce combat sera le Tyran cruel (le Sufyani de Daech 2).

Les textes disent que c'est à ce moment là qu'il y aura la bataille de 3 armées (et la victoire du chef de Daech 2.

Damas est prise par Daech 2.

Les temps du tourment

Le début des problèmes sérieux, commencera quand ces trois choses se seront réalisées :
• guerre en Syrie,
• les bannières noires,
• signe venu du Ciel (probablement le Hadda).

Prise de Bagdad

Avant l'attaque de Médine, Bagdad sera prise par Daech 2.

ZuShifa / Al Tarik (Nibiru dans le ciel)

Apparition de Nibiru dans le ciel, prenant plusieurs formes au cours du temps.

5 mois après Hadda : début apparition de Nibiru (pilier de lumière rouge à l'horizon, prenant rapidement l'apparence d'une comète cornue rouge se levant à l'Est).

Lever de Soleil à l'Ouest

Il suivra les 3 jours de ténèbres (Soleil bloqué dans le ciel pour la France), et annoncera, 6 après, les grands tsunamis et séismes.

C'est 10 mois après Hadda : les choses les plus surprenantes (pole-shift, puisqu'on nous rappelle que c'est la comète qui a provoqué l'exode et le déluge).

Fitna Duhaima

Événement censé se déclencher en Syrie El Cham, cette fitna durera 12 ans.

Les "printemps" arabes commencent officiellement en Décembre 2010, et les prophéties parlent généralement des faits de la narrative officielle servie aux populations.

Si on compte Décembre 2010, on arrive à Décembre 2022 pour la durée totale des troubles. Néanmoins, on peut aussi considérer que ces troubles dureront au delà du passage de Nibiru (Karn Zhu-Shiffa ou At Tarik). Donc ces 12 ans sont le temps avant le retour au calme qui peut se faire après un paquet de problèmes encore plus graves.

On peut aussi retenir 2014 (apparition de Daech), et dans ce cas on tombe sur 2026. Donc difficile de caler ces 12 ans correctement.

Hopis

Les derniers signes avec que toute la planète ne s'ebroue :

Chute de l'ISS

Depuis 2019, cette station cumule les avaries, dont la cause n'est pas précisée, mais il peut s'agir de météorites en augmentation.

Blue Katchina

Apparition d'une étoile bleue (Hécate ou lune de Nibiru ?) précédent l'étoile rouge (Nibiru).

Cette étoile fera peur à tout le monde car elle fera comme une seconde lune dans le ciel. Mais les choses n'en resteront pas là, car d'autres lunes plus petites apparaîtront et alors on comprendra qu'elles ne sont que des précurseurs et non le danger principal. Hécate passera derrière la Terre, et sera visible comme une pleine Lune.

Prophéties > France

Survol

Les prophètes français (druides et shamans celtes) ont malheureusement été décimés par les sumériens ayant imposé le catholicisme au 7e siècle. Ce sont ces mêmes sumériens (au Vatican) qui ont ensuite confisqué les prophéties privées catholiques (Marie Alacoque), les prophéties mariales (Salette, Lourdes, Fatima).

De nombreux prophètes chrétiens, dont Harmo, préviennent que Paris sera détruite. Quand ces mêmes voyants annoncent aussi la fuite des Élites françaises liées à des tsunamis, des tremblements de terre et des pluies rouges, c'est à prendre très très au sérieux.

Ces prophéties ont déjà été vues dans L0>Religion>Temps messianiques. Je reprends quelques prophéties vues en L0. Marie-Julie Jahenny abrégé en MJJ.

Troubles en France

MJJ 1877 - suite à une guerre civile, le gouvernement s'envolera dans un pays étranger, on retombe encore une fois, comme dans les prophéties musulmanes, sur juin et juillet.

Pour résumer Marie Julie-Jahenny, le Grand Monarque ne sera pas celui qu'on imposera au peuple, mais celui qui serait issu du peuple et voulu par lui. Elle affirme qu'il y aura une guerre civile en France, et que la France sera le premier à lancer le mouvement [AM : d'où les Élites qui poussent l'apocalypse à s'accélérer, en créant les Gilets Jaunes ?]. Ces révoltes françaises seraient suivi notamment par l'Italie.

Il y aurait 2 Monarques qui échoueraient avant le "bon". Le premier, assez "charismatique", serait tué, en sortant de sa voiture, d'une balle dans le cou, essayant de protéger son épouse du tireur.

Le Second serait bien moins populaire à son arrivée au pouvoir.

Le Roi de France sauvera son Peuple, qu'il sera ISSU du Peuple et choisi par lui et par Dieu (On parle ici de Leader Naturel, pas d'une élection ou de quelqu'un propulsé par des Élites). Elle prévoit aussi que cette guerre civile fera tomber les républicains qui s'entredéchireront (Francs Maçons ?), et que Paris sera détruite par une énorme explosion ou boule de feu avant que le Ciel et l'horizon ne deviennent noir et rouge, le tout suivi de grandes calamités (3 jours d'obscurité, etc. = Passage de Nibiru).

A lire avec précaution (falsifications vaticanes).

Destruction Paris

Survol

Paris revient dans quasi toutes les prophéties : énorme explosion (attentat nucléaire, météorite, explosion massive de méthane ?) autour du palais bourbon (siège de l'Assemblée nationale).

De toute façon, Paris allant devenir une ville-camp mouroir, probablement touché par le tsunami de pole-shift, et de toute façon noyé par la montée des eaux au bout d'un an, il vaudra mieux s'en éloigner au plus tôt.

Prophéties

1902 - Paris doit être détruit, ce qui est prévisible à cause des séismes et des problèmes liés à Nibiru, mais quelques détails sont étranges. On voit bien qu'on parle d'un cratère. Il est dit aussi qu'on ne pourra pas reconstruire ici car l'eau sera comme du feu. Cela peut faire référence à des pluies de naphte, mais elles sont peu probables en France. Cela peut être aussi un rapport avec des radiations (l'eau est contaminée). D'autres prophètes français parlent également de cela, notamment les prophéties de la Salette, où Mélanie répète sans cesse que Paris sera brûlé, au point d'utiliser l'acronyme PSB (Paris Sera Brûlé) tant cette phrase revenait souvent dans ses prophéties. Elle disait aussi que les gens fuiront une boule de feu multicolore dans le ciel et se jetteront dans le canal Saint Martin pour fuir la mort.

S'il n'est pas dit dans les prophéties que Paris sera détruite par un tsunami, c'est l'indice que Paris serait la première touchée par les problèmes. Paris détruit avant les tsunamis, plus personne quand les vagues arrivent, il n'est donc pas important de préciser que des ruines désertées seront sous les eaux.

Harmo

Les Altaïrans ont montré à Harmo Paris détruite, avec une sorte d'énorme explosion, MAIS ils ne lui ont jamais indiqué par quel moyen cela serait atteint.

Seul le résultat est certain, pas le moyen de l'atteindre. Si la destruction de Paris est un événement obligé pour obtenir la construction d'un monde nouveau allant au mieux pour tous, cet événement arrivera d'une façon ou d'une autre, le grand tout y veillera : Si les Élites corrompus font sauter Paris, ils ne seront que l'outil d'un plan bien plus complexe que leur propre petite stratégie puérile et égoïste. S'ils ne le font pas, un astéroïde prendra la direction de la ville, une poche de gaz fossile s'accumulera dans les profondeurs de la cité ou peu importe, les solutions sont infinies.

Les Altaïrans, les parrains de la France, ne savent pas si cette vision, donnée par leur prophète, correspond à un passage obligé, ou juste à un futur possible. Ils donnent l'info, car une éventuelle destruction de Paris est une information capitale pour les futures communautés de survivants qui se forment avant le pole-shift, parce que cela aura des effets profonds et à long terme sur toute la région (nucléaire ?).

Bombe nucléaire CIA

Après guerre, la CIA a disposé en Europe plusieurs bombes nucléaires dans toutes les capitales Européennes ou des États des USA, comme moyen de pression sur les khazars. La CIA s'est ainsi assurée que les dominants de chaque pays ne laisse pas les communistes prendre le pouvoir.

Certains politiques français sont même connus officiellement pour avoir fourni des informations sensibles à la CIA (contre De Gaulle).

La situation à la fin de la seconde guerre mondiale est très mal connue généralement, mais il faut savoir que dans un premier temps, les Américains avaient fait main basse sur tous les pays qu'ils avaient libéré. Aucun politique français ne pouvait bouger sans un conseiller de la CIA à ses côtés, il n'y a avait plus du tout d'indépendance. C'est De Gaulle et son service de renseignement hérité de la résistance qui y a mis un arrêt, parce qu'il était un nationalisme convaincu et qu'il ne voulait pas que

son pays devienne un toutou des USA comme le Royaume Uni ou l'Allemagne. Si De Gaulle a refusé d'être membre effectif de l'OTAN et a développé (grâce aux Russes) la bombe nucléaire, c'est parce que les relations avec l'allié américains "impérialiste" étaient très conflictuelles. La guerre froide se faisant, et la France étant considérée comme un pays pouvant "succomber" politiquement au démon communiste, une assurance anti-trahison a été mise en place, en particulier cette bombe nucléaire de puissance moyenne pouvant raser le Paris de l'époque. Le but était évidemment d'accuser l'URSS d'une attaque, ou du moins de faire chanter tout gouvernement qui siègerait à Paris par la suite. Un odieux chantage qui n'a jamais été résolu malheureusement et qui s'est fait dans le dos des politiques français, De Gaulle compris. La CIA a tout à fait les moyens, surtout à l'époque, d'acheminer une bombe et de la planquer ni vue ni connue dans des souterrains nazis non cartographiés. Il n'y avait pas les moyens de détection/surveillance des sources nucléaires qui existent aujourd'hui. Ceux-ci restent efficaces si la bombe est déplacée en terrain dégagé, mais bien cachée et protégée sous terre, elle reste indétectable en l'état actuel des choses.

La Bombe se situe dans d'anciens bunkers dans les souterrains de Paris, et c'est le souci car cette situation ne permet pas de la repérer grâce aux radiations. C'est pour cela qu'elle n'a jamais pu être découverte. Certains souterrains réalisés par les nazis lors de l'occupation de Paris ne sont pas publiquement connus, mais la CIA a récupéré les plans des Allemands et de leurs installations. Ces plans n'ayant jamais été transmis aux autorités françaises, ils restent quasiment introuvables. La bombe serait situé, ou sera acheminée si elle explose dans la "proximité" du Palais Bourbon.

Daech

Il existe Daech et Al Qaïda, deux organisations qui ont promis publiquement de s'attaquer à la France avec des armes de destruction massive (ils possèdent 3 têtes nucléaires transportables dans une camionnette), organisation qu'on accusera ensuite d'avoir été fournie par les Russes sous de fausses conclusions isotopiques sur le plutonium utilisé. Il est très facile de démontrer que les isotopes résiduels d'une explosion atomique sont liés à une fabrication particulière, car l'origine des minerais / du plutonium etc... est retraçable. Du matériau fissile russe n'a pas la même empreinte que du matériau fissile US, chinois ou français. Mais la CIA étant experte en fausses preuves et fausses accusations, elle décidera de mettre le coupable qu'elle veut dans le rapport d'analyse. Les USA ont attaqué l'Irak avec des fausses preuves d'armes de destruction massive, je vous le rappelle. Plus récemment, Al Assad a été accusé d'avoir employé son arsenal chimique alors que les attaques venaient du camp rebelle, produits fabriqués en Allemagne, payés par le Qatar sous logistique du Mossad et apportés sur lieu par les services secrets saoudiens. Et je ne parle même pas de l'avion de la Malaysia Airline abattu par un avion ukrainien au dessus du Donbass. Tout est truquable, parce que l'agence de renseignement (la CIA) qui fait la pluie et le beau temps dans ce affaires mondiales est aussi celle qui soutient/organise généralement les crimes selon son bon vouloir.

Guerre civile

Dans beaucoup d'autres prophéties sur la France, on parle de guerre civile : entre un gouvernement qui s'enfuie et la destruction de la capitale, ce sera le chaos. Mieux vaudra rester à l'écart parce que ceux qui voudront prendre le pouvoir s'entre-tueront.

Il est précisé très souvent aussi que la France sera la première à tomber mais aussi la première à se redresser (dans l'apocalypse de St Jean, la bête à 7 têtes (nations), dont une tête sera touchée à mort, mais soignée ensuite par l'antéchrist).

Cela arrivera AVANT le pole-shift, donc soyez attentifs, il faudra anticiper.

Le passage de Nibiru, ce sera en phase 2, alors que le chaos sera déjà bien installé.

Passage Nibiru

MJJ 1881 - Alors que le froment viendra de sortir de terre (possible n'importe quand avec les changements climatiques et les 2 printemps), se produiront 6 jours de tremblement de terre, puis le pole-shift (basculement des pôles sur une journée, avec accélération principale sur une heure), se finissant avec le coup de frein brutal final projetant les gens à des dizaines de mètres.

MJJ 1878 - décrit la fameuse pluie rouge liée à l'oxyde de fer du nuage de débris de Nibiru. Marie Julie ne pouvait pas connaître ce détail, le fait que cette poudre tombe avec la pluie.

L'arrêt de la rotation de la Terre pendant 72 heures (MJJ décrit des ténèbres, comme si elle était au

Moyen-Orient), sera précédé d'éclipse anormales 37 jours avant. Le calendrier prévisionnel des Altaïrans ne donne que 17 jours entre ces deux périodes. Marie Julie précise d'ailleurs que ces temps seront raccourcis par le grand tout pour nous épargner.

A noter que les journées faisant plus de 24 h à ces moments-là (ralentissement de la rotation terrestre), ça sera dur de savoir ce que veut dire le mot "jour".

Prophéties > Harmo

Des visions ont été données à Harmo au compte goutte. Si on enlève celles qui étaient liées à des prévisions momentanées et proches dans le temps, il nous reste celles non remplies (2019), qui semblent nous donner une liste d'évènements à venir, qui doivent nous servir de marqueurs temporels. C'est une sorte de "chronologie" de signes qui a été donnée petit à petit, car elles suivent une sorte de logique :

1 - Une explosion importante dans une zone tempérée forestière.

2 - Problème sur les îles Canaries.

4 - Vision d'une statue de Mao montrant le ciel.

5 - Vision de l'enterrement d'une personnalité anglaise de premier plan. Il y a un drapeau anglais (rouge et blanc) sur le cercueil (et non pas le drapeau du Royaume Uni) et la cérémonie a l'air importante.

6 - Vision d'une Ombre qui plane au dessus de Jérusalem.

7 - Vision du drapeau turc "en berne". Une vision qui aura un complément plus tard avec la vision d'un gros bâtiment avec une coupole. Probablement Istanbul, mais c'est toute la Turquie qui semble impactée (en deuil). Semble lié à des séismes majeurs, qui toucheront Istanbul en dernier.

8 - Vision du Golfe persique à sec. Description d'un processus lié aux plaques tectoniques et qui se fera sur une longue période de temps a priori, mais qui commencera après les problèmes en Turquie.

10 - Vision du Sud de l'Italie, une énorme zone au niveau de toute la zone volcanique de l'Italie (champs phlégréens), comme si elle s'échauffait (Vésuve, Etna, etc... sont compris dedans).

11 - Vision d'une inondation exceptionnelle, comme un barrage qui a cédé. Des prairies jonchées de débris par exemple, ce qui sous

entend une vague déferlante plus qu'une inondation de fleuve. Cet événement doit être particulier, soit par son ampleur, soit par sa cause.

12 - Vision d'une énorme explosion. Là encore, si la vision arrive, c'est que c'est un événement exceptionnel soit par sa cause, soit par son ampleur.

14 - Vision de Cuba, qui va être importante dans l'actualité.

15 - Vision d'une ombre qui plane sur l'Iran. Cela ressemble à celle d'un grand oiseau noir qui volait au dessus de Jérusalem.

16 - Vision d'un scarabée égyptien atypique. Le scarabée blanc est symbole de la mort. L'Ankh de la vie. Enfin troisième élément de cette vision, des poissons en or sur des graviers argentés.

17 - Vision d'Élisabeth II abdiquant.

18 - Vision du Serpent à Plumes. Clairement toute la zone de la méso-amérique qui est visée : Mexique, Amérique centrale. La coiffe en plume étant sur un crâne, on peut penser à un événement meurtrier massif.

19 - Vision du drapeau des îles Mariannes, sur la ceinture de feu du Pacifique.

20 - Vision de Ganesh, lien avec l'Inde ou le Népal. Il s'agit d'une vision montrant un immense incendie de nuit.

21 - Vision d'une croix nordique. Très probablement un événement grave en Islande. Le pays est un volcan à lui tout seul, placé sur un point chaud du globe mais aussi sur un rift océanique.

22 - Vision de Marseille s'enfonçant dans le mer, début du processus de glissement de terrain qui entraînera la ville dans la Méditerranée. Les prophéties catholiques privées font la même prédiction.

23 - Vision d'un énorme séisme au Japon. Le pays ayant déjà connu des séismes majeurs, celui là devra donc être exceptionnel pour qu'il soit l'objet d'un marqueur temporel. Il s'agirait de l'île principale, la plus peuplée, avec des dégâts sur l'ancienne capitale impériale, Kyoto (ce qui serait très symbolique pour les Japonais et le monde entier).

24 - Vision d'une tête Olmèque au Yucatan où se trouvent ces têtes colossales.

25 - Vision d'inondations et de glissement de terrain, semblant se passer dans les Balkans. Le clocher (pays chrétien) est assez atypique, surtout accompagné de femmes portant des foulards noirs

sur la tête. Vision accompagnée du chiffre 9 : séisme de magnitude 9 ?

26 - Vision de la naissance d'un volcan, semblant se produire en Europe, peut être en Italie.

27 - Vision d'une tête de bouddha sortie des eaux, référence à l'enfoncement de la plaque Indienne jusqu'à la Thaïlande. Elle est relativement conjointe à celle de la plaque Indonésienne. Le niveau de la mer va progressivement s'élever et noyer des régions entières. Heureusement, ce processus sera suffisamment lent pour permettre aux populations de fuir. Par contre les moussons ne s'évacueront plus, et là cela risque de poser de gros problèmes d'inondations exceptionnelles battant des records de hauteur. Une statue de bouddha géante noyée pour la première fois ? La mousson en Inde se produit durant les mois de juin et juillet. Ce peut être un bon indicateur temporel.

28 - Explosion d'un Volcan en Asie, probablement au Japon, explosion massive et surprise d'un volcan au Japon faisant de très nombreuses victimes (notamment une école).

29 - Vision d'une côte effondrée, particulièrement la côte atlantique. Des tsunamis sans séismes vont s'y produire. On croira d'abord à des vagues scélérates ou des vagues de submersion liées à des tempêtes, mais ce sera en réalité des mouvements d'effondrement du fond de l'Atlantique. Plus tard, les vacillements sévères de la Terre complèteront cette menace.

29 - Vision d'une couronne royale. L'Angleterre n'est pas explicitement montrée. Il peut s'agir d'un autre pays. N'est-il pas prévu dans les prophéties catholiques un rétablissement de la monarchie en France ?! Voir là encore les prophéties privées catholiques et la venue d'un Grand Monarque en France. Pas lié à l'élection 2017 de Macron.

30 - Vision d'une marée noire majeure. Le coquillage peut représenter le Mont Saint Michel. Si effectivement il y a des tsunamis sans séisme sur les côtes françaises, ils peuvent déclencher des catastrophes de ce type : relargage de pétrole depuis le fond des océans, rupture d'oléoducs, de plateformes pétrolières, destruction de raffineries portuaires, échouage de bateaux...

32 - Vision de la Terre qui vibre, c'est très nettement le début de la phase qui mènera au basculement des pôles. Cela marque donc une étape finale du processus. La Terre va alors commencer à donner de très net signes de stress et

d'instabilité, et même un ralentissement de sa rotation.

33 - Vision du Delta du Nil, les deltas sont des éléments sédimentaires instables qui peuvent d'effondrer. Il semble que celui du Nil soit prêt à céder, et cédera au cours du processus menant au basculement. Ces effondrement sont l'occasion de super-tsunamis (déluge de l'Euphrate).

34 - Vision d'une vaste évacuation (reçue le 06/2015), c'est chronologiquement logique, les populations sont évacuées des zones dangereuses. Cela coïncide avec le passage en phase finale. Notez que les gens regardent (le ciel) derrière eux. Peut être une évacuation due à une problème nucléaire en France malheureusement, vu que l'explosion est vue de loin, et qu'il semble la masse de personne est démesurée par rapport aux effets physiques purs de cette explosion.

1ère vision, un énorme champignon de fumée blanche, ressemblant en taille et en forme à une explosion nucléaire (droits et régulier). Cependant, la nature exacte de l'explosion est indéterminée. La nuée était très blanche, assez compacte. Le lieu ressemble fortement à un pays européen boisé et vallonné. Les collines sont assez basses, le relief est bien trop faible pour être des volcans d'Auvergne, ou même le Morvan, mais plutôt la région parisienne ou de Dijon. Cette explosion détermine les évacuations qui suivent. En 2e partie de vision, une voie rapide avec un terre plein béton au centre. Sur la voie de droite, en sens inverse de la circulation, et uniquement sur le coté gauche, stationnent plusieurs dizaines de voitures de gendarmerie bleues marine. Elles sont toutes par choc contre pare choc, stationnées sur la voie. Là pas de doute, on se trouve en Europe, avec une forte probabilité que ce soit en France (couleur gendarmerie verte en Allemagne). 3e partie : même autoroute ou une autre, mais cette fois la double voie de gauche est remplie de véhicules civils variés. Ce sont toutes des marques européennes (ce n'est pas une évacuation au Japon ou aux USA). Elles se dirigent toutes, de façon un peu chaotique mais très compacte, dans le sens inverse de la circulation normale. Les voies de droites sont vides, sûrement réservées à autre chose. 4e les voies sont plus nombreuses que dans la vision 2, avec une grande ville en arrière plan. Là, la circulation se fait sur toutes les voies, les voitures allant toutes dans le même sens, que ce soit à gauche ou à droite du terre plein central. Les voitures semblent rouler très lentement et c'est

plus chaotique. Cela semble fortement embouteillé. 5e de nombreux militaires en ordre de marche qui se déplacent vers des camions (marque indéterminée) couleur camouflage (vert-marron). 6e partie : un de ces camions est mis en travers d'une route (une départementale) et des militaires se mettent en position derrière des murs artificiels en demi cercle. Ce sont des murs d'1 mètre / 1m20 de haut environ à vue d'oeil, fabriqués de pierres entassées à travers une grille. Ils sont placés au bord des voies, devant les camions. Ils semblent empêcher les pillards d'aller piller dans la zone contaminée, et d'en ramener des objets radioactifs.

36 - bombardement météoritique (localisé), avec chute des météorites, incendies et destruction d'une ou plusieurs villes. Possible destruction de Paris par une explosion, car dans ce contexte, la capitale française étant clairement identifiée. Voir aussi les multiples prophéties privées catholiques à ce sujet.

37 - Assassinat d'un Prince (ou Roi) Saoudien. Il est possible que ce soit une tentative (personne gravement blessée). Ce doit être un point clé de la situation en Arabie, prévu par les hadiths.

38 - Vision d'une éclipse anormale ou inattendue.

Destruction de la vie sur Terre

Comme nous le verrons dans L2 (vie>conscience), la destruction de son environnement est une étape courante pour les espèces qui accèdent à la conscience, qui se coupe de leur environnement en se coupant de leurs instincts (donc dualité avec le grand tout) et qui refusent l'empathie aux autres (un choix qui a permis aux raksasas de nous mettre en esclavage).

Pour des raison de biodiversité exceptionnelle de la Terre, le conseil des mondes nous laissera approcher de l'extinction totale, sans que nous ayons le droit de l'expérimenter pleinement.

Comment est-on toujours vivant ?

Notre monde est gouverné par d'autres humains sans scrupules, capables de créer les pires armes de destruction massives, de négliger des centrales atomiques sur le déclin par esprit de rentabilité, de déverser des matières hautement toxiques dans les rivières, vider les océans de toute vie, dégorger des animaux par milliers pour leurs fourrures, de torturer leurs semblables ou tout simplement de les gazer ou les envoyer en chair à canon dans des guerres inutiles et dévastatrices, ou tout simplement font fabriquer assez de bombes atomiques pour raser notre Terre une centaine de fois.

Donc autant dire que la vraie question, c'est comment l'humanité n'a pas été anihilée. Quand on voit les Américains qui balancent des bombes nucléaires sur les Russes, que ces bombes disparaissent, et que les Russes ne peuvent riposter, quand on voit les 2 OVNI apparus au-dessus de Tchernobyl et Fukushima juste après la catastrophe, on comprend que nous sommes aidés contre l'irresponsabilité de nos dominants.

Comment l'homme peut détruire la vie sur Terre ?

Les seuils

Il existe des seuils qui permettent à l'homme d'être encore présent sur Terre, notamment parce qu'il existe des équilibres fragiles toujours instables dont :

équilibres bio chimiques atmosphériques

C'est le ratio $O_2/CO_2/N_2$ et présences de catalyseurs chimiques (naturels ou déversés par l'homme) pouvant mener à une toxicité de l'air, et donc à la disparition de toutes les espèces aérophiles (ayant besoin d'air pour vivre)

capacité de régénération

capacité de régénération/filtration des eaux douces potables VS épuisement par prélèvement ou par souillure par des éléments durs - métaux et poisons, et la mise en place de réactions chimiques pouvant mener à un empoisonnement généralisé de l'eau (le solvant le meilleur et plus généraliste de l'appareil chimique), menant à la destruction de toutes les espèces vivantes dépendantes de cette molécule (c.a.d. de la VIE terrestre dans son ensemble = stérilisation de la Terre)

équilibre des espèces et de la biodiversité

Certains espèces ayant tendance à prospérer alors que certaines disparaissent, et par **effet d'interdépendance**, la prolifération d'une espèce clé ou la disparition d'une autre peut mener à l'effondrement de la chaine alimentaire globale, et donc à l'extinction de toutes les espèces secondaires (par oppositions aux primaires,

bactéries et virus), faisant du même coup plonger l'évolution 1 milliard d'années en arrière.

intégrité immunitaire

Les corps sont en guerre perpétuelle contre les organismes primordiaux simples (virus bactéries): une pandémie est un déséquilibre entre la capacité de mutation d'un germe/virus et la capacité du corps humain/de la médecine à stopper l'infection. Ebola et les grippes A/H1n1/h1N2 etc... sont des exemples parfaits de notre fragilité, et il en est de même pour tous les autres domaines évoqués, et qui ne sont que quelques uns parmi d'autres.

Réaction en chaîne

Le basculement un peu trop poussé d'un côté ou d'un autre d'un équilibre précaire peut engendrer un effet destructeur évident, par la mise en place d'un process auto-générateur (emballement ou effet boule de neige, réaction en chaîne à partir d'un évènement localisé - effet papillon, théorie du chaos et théories synergiques).

Les marges de manoeuvre (celles intrinsèques à la nature ou/et celles apportées par la science) sont beaucoup plus faibles qu'on ne le pense. C'est un peu comme faire une étincelle un peu trop près d'une grange remplie de foin... Plus on répète l'opération, plus on s'approche de la grange, plus on a de chance de faire prendre feu à tout le bâtiment.

Exemple de réaction en chaîne connue : il suffit théoriquement d'**une seule** désintégration atomique pour engendrer la fission nucléaire **globale** d'une masse d'atomes fissiles (Uranium, plutonium). En effet, chaque nouvelle désintégration en enclenche une suivante, et ainsi de suite, menant à la désintégration de tous les atomes à disposition..

Chaque pas fait d'un côté ou de l'autre d'un des équilibres pré-cités (les seuils) peut enclencher une réaction de ce type...

C'est un peu comme marcher sur une corde au dessus des chutes du Niagara, un sursaut à gauche ou à droite et on fait le grand plongeon.

Exemples de destruction

France

Nature détruite

(2011) La faune et la flore française a été éradiquée à 95% de ce qu'elle était avant la révolution industrielle. Il n'y a plus de jonquilles dans les prés, plus d'orchidées dans les marais, plus de tortues dans les mares. Nos cours d'eau et nos étangs sont morts ou presque, la plupart des espèces ont disparu ou sont réduites à des populations anecdotiques.

Dans les années 1960 encore, les enfants allaient pêcher la friture dans les ruisseaux qui descendaient des collines. Dans un petit coin d'eau de 2m², on pouvait y aller toutes les semaines et ramener des centaines de petits vairons. Nul besoin de mettre un vers au bout de la ligne, les poissons mordaient avec un simple bout de tissu sur l'hameçon tellement il y en avait. Aujourd'hui, les ruisseaux n'ont plus de poissons, mis à part deux ou trois gardons d'une dizaine de centimètres, des poissons plus résistants mais qui n'arrivent pas à grandir (une gardon mesure 30 cm à l'âge adulte normalement).

Sur-pêche, non, il n'y a plus de pêcheurs depuis longtemps. Pollution ? Il n'y a ni industrie, ni champs en amont... alors pourquoi l'hécatombe ? Parce que les cycles naturels sont brisés, de nombreux insectes ont disparu et la chaîne alimentaire s'est écroulée. Du coup, de nombreuses plantes disparaissent à leur tour car elles dépendaient de ces insectes pour se reproduire. Il n'y a donc plus de filtration naturelle pour les nitrates, produits de la décomposition des végétaux, les organismes (crevettes, larves, invertébrés etc...) sont tués à leur tour et ainsi de suite, jusqu'à ronger toutes les branches alimentaires et reproductives de l'arbre naturel qui lie les espèces : plus de poissons, plus de loutres mais aussi plus de prédateurs pour les moustiques qui pullulent, seuls les poissons chats s'en tirent parce qu'ils sont cannibales et avalent n'importe quoi... On a brisé un équilibre et comme un jeu de domino, tout s'écroule à la chaîne depuis 100 ans environ, et il n'est plus possible de revenir en arrière.

La Nature est déjà morte sur 95% du territoire français et on ne percute même pas, c'est là que c'est grave. On s'est habitué à la mort.

Pour les animaux, c'est déjà Mad Max, ils sont des survivants en sursis, affaiblis, affamés, dans un désert que nous prenons pour sain et plein de vie, alors que c'est le contraire, ne pouvant sortir qu'au milieu de la nuit dans de petites parcelles à peine épargnées par l'Homme. Les renards bouffent dans les poubelles, les loups attaquent les moutons, les oiseaux mutilés arpentent nos trottoirs pour 4 miettes qu'un gosse obèse aura bien voulu faire

tomber. Des milliers d'hectares ne portent qu'une seule espèce de plante alors qu'avant il y avait des forêts géantes abritant des centaines d'espèces d'animaux de de plantes de toute sorte... **un champ de blé c'est un désert, nos forêts sont vides, nos étangs et nos rivières sont stériles... ça c'est la réalité qu'on a sous les yeux et qu'on nous fait passer pour normale.**

Et personne n'a rien fait pour empêcher ça, tout occupé aux 30 glorieuses.

La Seine

En 1 siècle, la Seine est devenue un fleuve quasi stérile alors qu'au début du siècle on y péchait des poissons en profusion, notamment des esturgeons, que les rivières de France ressemblaient à celle du Canada avec des millions de saumons au moment de la fraie, que des loutres foisonnaient sur les rives...

En 1950, sous les ponts de Paris, les enfants pêchaient encore des écrevisses blanches géantes à la pelle. Elles ont toutes disparues en seulement un an, disparition actée dans les campagnes 10 ans plus tard.

Notre système doit tomber

Une des principales raisons pour laquelle Nibiru doit passer, c'est que notre système actuel (et celui de l'antéchrist) sont incapables d'inverser la pollution et destructions qu'ils génèrent, car des hommes sont devenus trop puissants et imposent leurs décisions aberrantes écologiquement sans contre-pouvoir. Tous les politiques sont corrompus par ces fortunes immenses, et les politiques honnêtes sont assassinés par ces gens plus riches que tous les pays de la planète ensembles... Personne pour empêcher de raser les dernières forêts vierges pour faire de l'huile de palme, personne pour empêcher le PCB de Monsanto/Bayer de se retrouver à doses toxiques dans tous les organismes vivants de la planète, personne pour empêcher les eaux du golfe persique d'être devenues inaptes à la vie à cause de zones mortes sans oxygène, personne pour empêcher les boues rouges de Gardanne d'être rejetées dans les calanques et d'obliger les pêcheurs de changer de zone de pêche à cause de la disparition, étouffé par ces boues toxiques.

Réveil spirituel

L'Apocalypse est la phase de réveil, de prise de conscience du monde dans lequel on vit réellement, qui se finira par un choc psychologique lors de l'effondrement pour ceux qui n'ont pas voulu voir quoi que ce soit.

Tous nos formatages et fausses croyances devront tomber lors de l'Apocalypse, si on veut avancer de nouveau. Ne vous crispez pas sur ce que vous pensez savoir, soyez curieux de confronter vos connaissances à de nouvelles théories, pour voir laquelle vous semble la plus juste.

Chaque religion est un angle différent, mais qui pointe toujours dans le même direction commune. Elles ont aujourd'hui perdu leur but, il faudra leur redonner un objectif commun, celui de vivre ensembles, avec nos différences complémentaires qui nous donne tant de forces.

Les religions actuelles ne vont pas disparaître, elles vont évoluer.

Il n'y aura plus de nouvelles réformes : les secrets pour créer l'harmonie ont déjà été donnés. Le problème c'est leur lecture. Si on était plus sages et plus savants, l'harmonie pourrait être faite dès maintenant.

C'est pourquoi la nouvelle religion sera la même que celle que Jésus a déjà donnée il y a 2000 ans, et que Mohamed avait déjà commencé à nettoyer de ses perversions illuminati.

Survol

Pourquoi l'apocalypse ? (p.)

Pas un hasard si Nibiru arrive au moment du choix des âmes.

Un réveil sur la durée (p.)

Ce réveil a commencé il y a plus de 100 ans...

Besoin de recentrer (p.)

Pas de nouvelles réformes, juste une redite de ce que les prophètes ont déjà annoncé.

Les éclaireurs (p.)

Pour que les prophètes n'aient pas à reprendre depuis la base, pour aider le public à reconnaître le vrai prophète des nombreux faux, des éclaireurs comme Sitchin, Nancy Lieder ou Harmo, se sont incarnés pour débroussailler le terrain.

Les précurseurs / guides (p.)

Ensuite, arrivent les humains dont le but est de servir de super éclaireur, les précurseurs comme Jean le Baptiste, qui montent des mouvements et guident les populations.

Les faux prophètes (p.)

Pourquoi des éclaireurs et des précurseurs ? Tout simplement parce que les forces de l'ombre voudront vous empêcher d'aller vers la vraie lumière, et chercheront soit à vous maintenir dans l'ombre, soit dans des fausses lumières artificielles leur permettant de conserver l'emprise qu'ils ont sur vous.

Les prophètes (p.)

Une fois le terrain bien balayé, peuvent venir les prophètes, dans des conditions un peu plus sereines pour orienter l'humanité vers le bon chemin, pour montrer la voie.

Pourquoi l'apocalypse ?

Nibiru n'est qu'un support au spirituel

C'est bien plus le fait que tout coïncide sur la même période qui prouve que tout ce scénario a été prévu dès le départ, depuis des milliers d'années. Que l'Humanité se trouve à un carrefour spirituel un choix entre le bien et le mal, et que Nibiru arrive juste pile poil à ce moment, c'est de la synchronicité poussée à son paroxysme.

La Terre souffre parce que nous sommes incapables de régler nos difficultés spirituelles, c'est à dire faire un choix entre deux grandes visions du monde, une égoïste et une altruiste.

Or aujourd'hui (02/2017), le seul moyen de pousser les gens à choisir semble d'être la table rase de notre société. Bizarre, c'est justement ce que Nibiru est censée faire. Aucun hasard.

Tout cela est un processus de maturation spirituelle. Or pour choisir entre le bien et le mal, il faut avoir vu les deux. Nous sommes à la fin de la "partie", où les méchants qui ont le pouvoir, polluent, gaspillent et détruisent l'environnement se sont rendus coupables et vont être éjectés. Comme cela tout le Monde verra ce qu'il ne faut pas faire, et on repartira sur un monde meilleur.

Un mal pour un bien

Les forces supérieures peuvent bloquer Nibiru (elles l'ont d'ailleurs ralenti près d'une décennie pour donner plus de temps à l'humanité, qui n'était carrément pas prête), mais s'il n'y avait pas le passage, le monde continuerait à s'autodétruire comme il le fait, et notre planète serait globalement morte d'ici peu. Les Élites sous pression ET ont du diminuer leur destruction de la nature, qu'ils détestent en tant que représentation du Dieu d'amour universel dont ils cherchent à se couper. Donc cette date de 2023 est un peu repoussée, mais la destruction de la planète repartirait vite à la hausse si on lâchait la bride aux Élites.

Le karma des peuples

Nibiru tuera des humains, peut être plus de Français ou d'Américains que d'Africains ou de Chinois, mais au moins le genre homo et la Terre ont une chance de repartir du bon pieds.

Chez les prophètes, il y a toujours eu une règle qui dit que les promesses (divines) positives sont toujours des certitudes, mais que les promesses négatives peuvent être évitées si on fait ce qu'il faut. A nous, d'une manière globale (et non individuelle bien entendu), de nous poser les bonnes questions.

Si Nibiru arrive pile poil au moment où notre monde est en train de s'autodétruire (bombe nucléaire, transgénique, destruction de la faune et de la flore par la pollution, prolifération des centrales et de la pétrochimie, pesticides et autres herbicides ou hormones de pilules contraceptives, surpêche, déforestation), pas 100 ans avant ni 100 ans après, c'est que ce cycle de 3 666 ans fait partie d'un plan coordonné que même les ET n'auraient pas pu prévoir. Il faut vous rendre compte que dans l'Univers tout est calculé, planifié.

Nibiru fait partie intégrante du plan, mais comme pour toute promesse négative, ses catastrophes auraient pu être évitées, non pas que la planète soit arrêtée, mais que nous soyons tous à l'abri de ces problèmes.

Si l'humanité avait été spirituellement mature (85% d'âmes compatissantes), nous aurions connu l'ascension. Si l'humanité avait accepté l'existence des ET bénéfiques, nous aurions aujourd'hui leur aide ouverte. Si nous avions des dominants d'aplomb, nous n'aurions pas de centrales nucléaires en route à l'approche de tsunamis géants.

Les peuples payent pour leur mauvais karma, et le pays des droits de l'homme a un paquet de squelettes dans son placard.

Le karma individuel

Au niveau individuel c'est différent. Les "bons" sont toujours entendus : soit ils sont prévenus pour qu'ils puissent agir en conséquence pour ne pas faire partie de la masse qui va être punie, soit ils sont assistés s'ils ont été pris au piège et qu'ils ne peuvent pas agir par eux mêmes pour se sauver. La Bible regorge de ces "bons" sauvés des catastrophes et c'est un phénomène réel. De nombreuses personnes que l'on ne retrouve jamais après des séismes ou des ouragans meurtriers sont enlevés et mis en sécurité. Ils ne peuvent plus revenir dans la vie réelle pour la plupart d'entre elles, parce que cela paraîtrait suspect. Certains insistent pourtant pour revenir dans la vie publique, d'où parfois certains miraculés dont on se demande bien comment ils ont pu échapper à de telles catastrophes.

Aides-toi et le ciel t'aideras

Le danger c'est que beaucoup de gens ne fassent rien, ou ne soient pas motivés à agir pour se sauver eux mêmes parce que convaincus qu'ils seront épargnés. Rien que cette pensée prouve que leur avancement spirituel n'est pas du tout abouti contrairement à l'image que ces gens ont de leur valeur.

Nous allons payer pour le mauvais karma de notre pays, sauf si nous agissons pour le bien de tous à éviter le pire, au moins pour nos proches. Si nous le faisons avec conviction et altruisme, nous obtiendrons de l'aide à partir du moment où nous avons fait tout ce que nous pouvions de notre côté.

Le devenir des différentes communautés

Types de communautés basées sur l'égoïsme :
Enclaves high-tech des GAFAs, bourrées de technologies,
ville-camps des anciens états qui deviendront des camps de la mort sombrant dans le chaos social.

Les communautés de rescapés qui se formeront naturellement pour survivre au changement, à tendance majoritaire altruiste.

De toutes, seules les dernières survivront, parce que les technologies sont dépendantes de ressources et de conditions favorables, de logistique et de pièces détachées, qui n'existeront plus par la suite (ville-camp>effondrement p.).

Pourquoi la France ?

Vaincre la radioactivité

Le nucléaire est un danger, mais pas une mort assurée. La zone de Tchernobyl n'est elle pas devenue un paradis pour la faune et la flore ? L'être humain actuel est sensible à la radioactivité parce que son système immunitaire est au ras des pâquerettes. Le résultat d'une société agressive, cruelle, constamment dans le jugement, qui nous détruit psychologiquement, bien plus qu'elle ne nous détruit physiquement.

Or sur le système immunitaire, c'est à 90% la psyché qui joue. Détruisez la source de ce stress constant, et vous récupérez votre système immunitaire. Votre résistance à la radioactivité est alors boosté de 300%, voire plus pour certains. Excepté dans les 50 km autour de la centrale (où la radioactivité est trop forte pour être subie quotidiennement), vous pourrez résister aux radiations sans développer de cancer ou de tumeurs de la thyroïde.

Retrouver un sens à sa vie

Ces diverses maladies dégénératives (cancer, Alzeihmer, etc.) sont liées à notre civilisation hiérarchiste hyper éprouvante, où la vie n'a aucun sens. Une fois que vous lui en trouverez un, ce sera différent.

Alors, au contraire de voir la situation en France comme une des pires (ce que est assez vrai), c'est aussi l'endroit où l'évolution spirituelle sera la plus payante, parce que ceux qui n'évolueront pas dépériront.

Pourquoi les ET des apparitions mariales ont ils autant privilégié la France ? Pourquoi de nombreux sages et rabbins du judaïsme attendent la libération finale et la réparation spirituelle du monde depuis la France ?

Il y a un plan, et ce plan ne sera compris que si on réfléchit de manière globale. Nibiru arrive juste au moment clé de l'évolution de la civilisation humaine, ce n'est pas une coïncidence. Toutes les grandes religions monothéistes parlent de ce moment depuis des millénaires, cela veut donc dire que depuis le tout début, tout n'a été fait et construit que pour ça. Une belle mécanique.

Soit vous en voyez les rouages et vous comprenez, soit vous ne voyez que ce qu'il y a sous le bout de votre nez, et vous resterez dans le négatif.

Sélection spirituelle

C'est parfois là où la difficulté est la plus grande qu'on en retire les expériences les plus enrichissantes. Il existait la sélection naturelle, nous allons vivre la sélection spirituelle. Ceux qui mourront n'étaient simplement pas prêts.

Le tout est qu'ils le fassent de façon honnête (et non pas trahi par une Élite vicieuse par exemple) et constructive pour leur épanouissement dans les vies suivantes.

Ce n'est pas la mort le problème, ce sont les conditions dans lesquelles on meurt :

- Si on part avec en tête le fait qu'on a fait tout ce qu'on a pu, on part en paix.
- Si on se prépare à Nibiru et qu'on y reste à cause des centrales malgré tous nos efforts, ce ne sera pas à perte.

Pas de voile d'illusion magique

Ni de matrice holographique placée par les dominants devant nos yeux pour empêcher les populations de se réveiller. Si nous dormons, c'est parce que nous le voulons bien.

Tout le monde a le don /talent du libre arbitre, mais la plupart refusent volontairement de s'en servir, uniquement pour préserver leur situation, notamment matérielle. C'est le choix de la facilité que de se laisser porter par les autres, et cela n'a absolument rien à voir avec la Magie ou des forces occultes. Les humains sont libres de se rebeller, et c'est leur choix de ne pas le faire.

Beaucoup trouvent leur compte dans le système actuel, car même à petit niveau, les gens ont l'impression d'être de l'autre côté de la barrière (par rapport aux pauvres), et aspirent/ gardent toujours l'espoir (entretenu par les puissants) d'une ascension sociale, c'est à dire de devenir des Élites.

Par contre, quand le travail précaire, les problèmes d'argent, la violence ou le chômage leur tombent dessus, la barrière est vite franchie. Et ce n'est pas pour autant que les opinions changent, parce qu'il y a toujours espoir de récupérer et de repasser de l'autre côté. Alors on grogne, on vote à gauche mais dès qu'on a de l'argent, on retombe dans le moutonnage et on va s'acheter le nouvel Iphone. Il est parfois facile de mettre cela sur le dos de sociétés occultes maléfiques.

Il faut savoir qu'il n'y a aucune société secrète qui veuille faire triompher le mal sur Terre, il n'y a que des gens qui cherchent à être au dessus du lot et qui sont prêts à tout pour y arriver (comme sacrifier des enfants dans l'espoir de se mettre de fausses divinités dans la poche). La nuance est importante.

Si les satanistes essaient d'utiliser de la magie noire, c'est leur problème, puisque de toute façon cela ne fonctionne pas sur les gens de bonne volonté. Cette magie fait appel à des forces hiérarchistes, puisqu'il s'agit en fait d'un Appel (comme la prière pour autrui est un Appel généralement aux forces altruistes), mais comme les hiérarchistes ne peuvent attaquer directement que des gens de leur camp, c'est donc un problème entre satanistes/magiciens noirs, pas le notre !

Par contre, il existe une manipulation objective, notamment à travers les médias. Certains y sont sensibles (par choix de facilité, "ne pensons surtout pas"), mais là encore il est tout à fait possible d'y résister pour peu qu'on est un soupçon de bon sens ! A méditer !

Un réveil sur la durée

Inutile de faire une révélation trop grandiose à des populations endormies dont la seule préoccupation dans la vie est de regarder une prostituée obligée de faire l'amour dans une piscine d'un jeu de télé-réalité.

Depuis plus de 100 ans (l'occultisme des théosophes) la vérité commence à se faire jour. Les sumériens sont redécouverts, la bible est désormais accessible à tous, le mouvement spirite de discussion avec les morts se développe, l'hypnose est plus étudiée, et toutes les révélations qui s'en suivent. L'idée de la coopération avec les autres (communisme, anarchisme, coopératives, etc.), l'explosion de la connaissance scientifique, Tesla qui révèle être en contact avec des ET, etc. Les Élites viennent reposer plusieurs fois le couvercle sur ces idées bouillonnantes (répression sanglante de la commune de Paris, guerres France Allemagne, puis généralisées dans un conflit mondial dont le but est de faire des millions de morts, communistes et anarchistes en première ligne, puis répression des premiers scientologues, détournement du New Age, voie sans issue proposée aux réveillés dans le mouvement hippie ou les fausses révolutions de mai 1968, égarement dans l'écologie récupérée, etc.).

Un travail de longue haleine, mais dont la puissance déborde les Élites dans les années 1990 : le nombre d'abductés et de channels explose, et les Élites se font détourner leur joujou de contrôle internet qui devient un contre-média, puis un contre-pouvoir sérieux, même si là encore la récupération des divers mouvements arrive à disperser les énergies du camp de la libération.

Dans le même temps, les vibrations de conscience humaines augmente, se réveillent. Les chercheurs de vérité et les lanceurs d'alerte exposent en plein jour les malversation des Élites, la confiance des endormis dans le système s'érode, et leur curiosité aiguisée cherche à se renseigner. Même s'ils tombent dans la désinformation, ils deviennent actifs dans la recherche, développent leur réflexion, et ont au moins compris la base : ne pas croire leurs maîtres, chercher à reconquérir leur libre arbitre.

Parallèlement, les anges et autres guides révèlent en 2018 que ce sont des ET, en parallèle les survols d'OVNI ou les crops circles augmentent, voir mee des observations directes d'ET, la règle du doute allant être levée progressivement.

Progressivité et complémentarité

[EB] Beaucoup de personnes se réveillent à leur façon : changement d'alimentation, de consommation de biens matériels, de rapports aux autres, etc.

Ils enclenchent de vraies et profondes introspections, afin d'évacuer conditionnements, peurs et autres facteurs limitants et inutiles.

Le réveil de la population n'est jamais que la somme de tous les érveils de consciences individuels. Donc ce sont toutes nos petites actions individuelles, décidées en nos âmes et consciences au cours de ce processus, qui construisent ce changement. La capacité croissante de davantage de personnes à reconnaître le mensonge et à le dénoncer est un acte concret de lutte contre ce même mensonge. L'élection de Trump en est un exemple, le mensonge et la corruption que représente le clan Clinton ont été rejetés par la grande majorité des américains, submergeant la fraude électorale.

Un réveil qui se fera tout seul

Le problème n'est pas de passer à l'action : laissez les requins s'étriper et au final la mer deviendra un havre de paix une fois qu'ils se seront tous entre-dévorés. L'enjeu est spirituel, pas matériel. Toutes ces infos, cela sert à vous démontrer dans quelle situation vous êtes (et nous sommes tous plus ou moins) tous remplis de fausses certitudes. Nous pensons que le Monde tourne d'une façon, et en fait ce n'est pas la réalité. Rien de nouveau là dedans, Bouddha n'avait il pas mis en garde sur le fait que le Monde n'était qu'une illusion ? Certains ont pris cela aux pieds de la lettre, mais ce qui est illusion, c'est comment on nous montre le Monde, car le monde en lui même est bel et bien concret. Tout cela, c'est ce que les ET appellent le processus de réveil, où nous devons petit à petit nous débarrasser de l'illusion que les Élites ont créé pour nous maintenir sous contrôle, de ce formatage qui ne repose que sur des mensonges. C'est à cette seule condition que nous serons vraiment conscients de la réalité et que nous pourrons nous épanouir spirituellement sur un chemin réel, pas sur une route truquée qui ne nous montre que ce qui arrange ceux qui nous dirigent. Or combien avons nous de certitudes qui ne reposent que sur le crédit que nous donnons à ce système ? Prenez la religion en général, comment elle a été déformée et utilisée pour contraindre les gens et non les éclairer ? Comment on peut monter des peuples les uns contre les autres sous prétexte d'amour de Dieu ? Ou enfin comble du comble comment Dieu devient un instrument de répression au service des "puissants" au lieu d'un appel à chercher la cause première de toute Compassion ? Laissez le bain de sang se terminer, ou vous risquez vous aussi d'y perdre une nageoire. Laissez les requins parmi les requins et les dauphins parmi les dauphins, et on verra qui héritera de la Terre :)

Ce processus de réveil est déjà en cours, c'est pourquoi on remarque des changements chez les autres, de comportement et généralement une extrémisation des attitudes (égoïste ou altruiste). Il ne faut donc pas attendre une levée de rideau soudaine et salvatrice, mais plutôt voir cela comme un processus long et inégal, avec des accélérations ou des ralentissements. La magie n'opérera pas d'elle même dans ce sens là, bien que plus le rveil sera avancé, plus naturellement les gens changeront leur comportement (comme par magie, parce que nous ne voyons pas les processus inconscients qui agissent en tache de fond). La séance peut paraître longue à l'échelle d'une vie humaine, mais dans un contexte d'une maturation sur plusieurs vies, parfois des centaines ou des milliers pour une même âme, ce que nous vivons comme changements maintenant est extrêmement rapide au contraire. Voir cette révolution sur une seule vie est extra-ordinaire et inespéré. La vérité pure quant à elle pourrait vous aveugler, c'est pour cela qu'elle n'est relâchée que par étapes. Sinon vous ne pourriez pas la digérer, votre esprit ferait un blocage. Cela n'empêche pas, par contre, des étapes où celle-ci est relâchée à plus hautes doses, comme en 2015 chez Harmo, avec un changement soudain dans la qualité et la nouveauté des infos Altaïrans. Plus le système se cassera la figure, et plus la vérité sera relâchée, en quelque sorte. Et tout cela n'est que la première étape que Nibiru a catalysé : en mettant la pression sur les Élites, ils paniquent, s'entre-tuent pour leur survie. Rien de tout cela n'aurait été possible sans la menace que cette planète a fait planer sur eux. La prochaine étape, l'arrivée de Nibiru et son annonce officielle, seront le coup de grâce.

Les douches froides

(2018) La patience est le maître mot. Les ET bienveillants ont bien fait savoir qu'ils pouvaient gommer toute anomalie générée par Nibiru s'ils le jugeaient nécessaire. Aller trop vite dans le réveil des populations peut être contre productif. Il ne s'agit pas de tuer toute forme d'ordre public par la panique et le chaos.

Les ET jugent au mieux la solution la plus optimisée, entre souci de donner un coup de pieds aux fesses du grand public, saisir l'opportunité d'une éclipse surmédiatisée au dessus des USA, et provoquer une panique et destruction des institutions néfaste à tous.

Il convient donc de notre côté de rester neutre, ne pas trop attendre des événements potentiels de réveil sur Nibiru (l'éclipse aux USA, mais c'est vrai de la fausse investiture de Biden en 2021) et de prendre tout éventuel coup de pouce comme il arrive. S'il n'y a rien, nous ne serons pas déçus. Dans le cas inverse, la "hype" (l'engouement exagéré) et la déception qu'elle engendre peuvent être très mauvaises conseillères. Un classique observé par Harmo chez ceux qui suivent la vraie actualité des coulisses (Harmo ou Zetatalk) : la colère et la frustration montent vite. Il faut bien comprendre que c'est un problème complexe, on ne fait pas chuter un système de censure mondial, qui a perduré pendant plus de 70 ans, du jour au lendemain sans casser des oeufs. Il ne s'agit pas de tuer les poules en détruisant le poulailler. Le but des ET est de nous sortir de ce système injuste, cruel et sans avenir, dirigé par des Élites parfois génocidaires, et pas de pousser l'Humanité à sa propre implosion.

Les ET trouvent souvent une solution subtile, généralement des effets de bords qui donnent des indices de confirmation aux réveillés, tout en pouvant être encore déniés par les endormis.

C'est primordial pour comprendre comment le réveil des populations est géré. Intégrez bien ces concepts, et vous y verrez plus clair. N'oubliez pas, entre autre, que les ET veulent déstabiliser des institutions comme la NASA, pas les soumettre à la violence d'un public trahi. Il y a deux points clés qui seront utilisés dans tout ce processus de réveil à Nibiru :

1. l'effet de surprise, qui empêche la NASA et les débunkers d'anticiper des contre mesures, des excuses bidons et/ou une censure directe, etc.

2. mettre ces institutions dans l'embarras en se focalisant sur leurs contradictions ou leur incapacité à avoir prévu/expliquer des phénomènes, ce qui a pour conséquence importante de faire relativiser le public sur la fiabilité de ces institutions.

Les gens se détournent alors de ces piliers du système, pour devenir plus indépendants dans leurs recherches, et c'est comme cela qu'ils finissent par tomber sur l'info de Nibiru. Tant qu'ils sont persuadés que la NASA est encore fiable, ils n'iront pas fouiller, ou alors fouilleront mais écarteront tous les sujets du style de Nibiru, parce que la NASA a sorti un article (démonté depuis) disant que aucune planète inconnue ne peut exister dans le système solaire.

Si ils voient que la NASA n'est pas si fiable que cela, la boîte de pandore de leur curiosité est ouverte, et ils peuvent se débarrasser de la dictature de ces institutions sur leurs propres certitudes. C'est sur cela que les ET ont beaucoup misé, mais ils conviennent aussi que c'est une méthode longue qui a du mal à s'étendre. Les médias main stream confortent encore trop des institutions comme la NASA, et empêchent la remise en question individuelle. Il faut donc que les médias aussi soient touchés, ce qui est déjà un peu le cas depuis l'élection de Trump.

Cette méthode peut être trop lente, c'est pourquoi il y a régulièrement des montées en puissance des cataclysmes, un coup de pieds dans la fourmilière pour accélérer les choses. Mais là encore, il s'agit juste de faire réagir les fourmis, pas de détruire la fourmilière !

Ne pas détruire la science

Un autre point à prendre en considération, pour comprendre pourquoi les choses ne s'imposent que progressivement, c'est que la Science n'est pas quelque chose de néfaste. La NASA et les scientifiques ont aussi une utilité.

Pour les ET bienveillants, il s'agit de trouver un équilibre entre la raison/rationalité et l'ouverture de l'esprit à des concepts hors du champ de la science, comme la religion ou la spiritualité.

Si du jour au lendemain on détruisait tout crédit à une institution comme la NASA, vous verriez une explosion de théories anti-scientifiques complètement idiotes comme la Terre plate, le créationnisme de base affirmant sans preuves que l'Homme et les animaux ont été créés il y a 8000 ans et que les dinosaures n'ont jamais existé, etc.

Le souci avec les révélations de Nibiru, c'est qu'il y a une montée de l'obscurantisme religieux en tâche de fond, très vivace encore aux USA (voir les fake de désinformations type HAARP ou BlueBeam qui attendent de prendre dans leurs filets les réveillés de fraîche date), mais aussi de tous les opportunistes comme Meade ou certains milieux protestants prêchant le ravissement pour le 23 septembre 20**. Or ces gens sont aussi dangereux que les menteurs de la NASA. Il ne s'agirait donc pas d'enlever le repas d'un monstre pour le donner à un autre.

Les stagnations

Nibiru avance par paliers (saut d'orbite). les cataclysmes incroyables et jamais vu montent d'un coup, tout s'accélère, et il est tentant de croire que Nibiru va passer dans quelques mois.

Puis le niveau des cataclysmes arrête de monter. Ils sont toujours là, mais on finit par s'y habituer, et le niveau de catastrophe stagne.

C'est là que les réveillés ont tendance à se rendormir, à remettre a plus tard leur préparation ou leur changement de vie.

Le problème c'est que si les gens se rendorment dès qu'il y a un plat, c'est sans cesse un pas en avant et un en arrière. Ce n'est donc pas dans ces conditions que les préparations avancent vraiment sérieusement. Je suis persuadé ici que c'est la part de déni qui parle. On sait depuis le début que le processus n'est pas linéaire, surtout au niveau des séismes. Quand il le sera, et donc que des séismes se produiront toutes les semaines, ce sera les dernières semaines et Nibiru sera visible pour tous.

Harmo a remarqué que l'intérêt de ses lecteurs suivait généralement la courbe d'intérêt de BFM-TV pour les catastrophes.

Les médias font beaucoup de mal, car ils focalisent sur des événement coup de poing, et négligent la détérioration continue de la situation. Un Ouragan ne représente pas la météo de toute l'année. Or, il suffit de regarder le comportement des plantes et des animaux pour s'apercevoir que ça va TRES mal, et que cela s'est dégradé fortement cette année. Des fleurs qui sortent 3 mois à l'avance, d'autres exclusivement printanières (Février Mars) qui sortent au mois d'Aout, en plein été. Ce ne sont que des fleurs, pas des vents spectaculaires avec des destructions, mais c'est aussi grave sur ce que ces anomalies signifient.

Si l'attention des médias n'est focalisée que sur les événements extrêmes, modifiant notre perception de la situation en ne gardant que les crêtes spectaculaires ont la presse se sent obligée de parler, 90% des anomalies passent à la trappe, soit parce qu'elles ne sont pas spectaculaires /record, soit trop limitées (et donc facilement oubliable par la presse). Dites vous bien qu'Ouragans et séismes sont des indicateurs, mais sont loin d'être le reflet de TOUTE la situation.

Il faut être tout le temps sur le qui-vive, parce que le niveau de catastrophes mondial, la météo, les séismes et toutes les anomalies confondues sera très élevé des mois avant le début du compte à rebours, et qu'on ne sait pas comment nous serons impactés.

Or quand on gère l'urgence, pas le temps de réfléchir sur des plans de préparation avec du recul. On improvise, et c'est moins efficace généralement.

Besoin de recentrer les religions

Il n'y aura pas de nouvelles réformes, puisque tout à déjà été dit. Mais vu que ce qui a été dit par les prophètes a été mal interprété ou réinterprété, il faudra venir répéter et préciser le message.

Bilan des réformes (p.)

Les prophètes se sont toujours appuyé sur la religion existante (trop de points à reprendre sinon). Ils se "contentent" de corriger les perversions et points mal compris, puis d'ajouter de nouveaux enseignements pour aller plus loin.

Échec des réformes précédentes (p.)

Les prophètes n'ont que le temps d'une vie humaine pour oeuvrer, et cette vie est largement écourtée par les dirigeants en place, qui ne veulent pas que leurs esclaves s'émancipent. Sans compter le temps perdu à déformater le public avant de faire rentrer le vrai enseignement.

Le cerveau humain est aussi limité dans l'apprentissage de nouvelles choses.

Voilà pourquoi les prophètes n'ont la possibilité que d'insister que sur quelques points précis, qui ne pourront par la suite être corrompus par ceux qui, inévitablement, reprennent le pouvoir.

Nécessité du déformatage (p.)

Dans la partie déformatage>Religion (p.), nous verrons toutes les erreurs de compréhension qu'il y a eu, et pourquoi ce sont des erreurs.

Bilan des réformes

Nous avons vu que la religion de départ est celle des illuminatis, qui se sont contenté de reprendre la religion imposée par les anunnakis (une religion basée sur la peur d'un dieu colérique et pervers narcissique), sauf que c'était désormais des statues qui remplaçaient les anunnakis (religion>Illuminati p.)

Est ce que ces religions sont mauvaises pour autant ? Non, parce que les ET ont pris des "contactés" et ont essayé de rectifier le tir en faisant des réformes. Il y a globalement 4 grandes réformes : Abraham, Moïse, Jésus et Mohamed.

A chaque fois, le prophète guidé par des ET très évolués (les anges ou archanges) a réformé la religion de son époque, en essayant de faire comprendre différentes bases et erreurs, comme la nature exacte de Dieu, ce qui est attendu des humains spirituellement... mais les anciens réflexes ont tellement la vie dure qu'ils reviennent irrémédiablement à la charge d'une manière ou d'une autre, et pas forcément de la faute des illuminatis qui forcent à reprendre la religion illuminati d'origine, mais aussi à cause de nos travers humains.

La réforme prend, puisqu'une nouvelle religion apparaît, mais à chaque fois elle se corrompt rapidement parce que les institutions/puissants finissent par modifier la réforme pour la remettre sur les anciens rails. Les Élites de toute époque, et notamment les Élites religieuses, ont intérêt à ce que l'ancien système perdure, parce qu'il sous entend une soumission du peuple au caprice d'un dieu colérique, et cela permet de maintenir les fidèles sous une forme de domination /chantage /culpabilisation permanente.

Les échecs des réformes précédentes

On ne pourra pas rester sur la version actuelle de toutes les religions (croyants - pratiquants- sympathisants), car s'il y a autant de sous groupes de croyances au sein d'une même religion (chiites ou sunnites, protestants ou catholiques, Talmud de Babylone ou de Jérusalem), c'est bien le signe qu'il y a une mauvaise compréhension profonde, que beaucoup de croyants sont "mal assis".

Christianisme

Jésus était là pour corriger le judaïsme de son époque. Il a recentré la religion sur l'amour et la compassion, mais d'un autre côté, il y a eu de grosses lacunes sur la notion de nature de Dieu, des maladresses qui ont abouti à des non sens comme "Jésus fils de Dieu", ou encore la "Trinité". En utilisant l'image de Dieu comme père nourricier, il a engendré de nombreuses confusions parce que cette notion a été très mal intégrée. Dieu est celui qui pourvoit, c'est à dire celui qui mène l'Univers là où il le désire, donc tout ce qui vous arrive découle de son intervention, directement ou indirectement. Donc si vous avez à manger et à boire, c'est que Dieu l'a "voulu" ainsi. Or dans la société juive de l'époque, c'est le rôle exclusif du père. La mère n'est qu'une suppléante, voire une servante du mari / maître, donc l'image était bonne en son temps dans une culture donnée mais prompte à amener des confusions dans d'autres cultures et à d'autres époques.

Islam

Que le grand tout, Allah, ne soit pas un dieu anunnaki de chair et de sang, c'est la raison d'être principale de la réforme engagée par Mahomet, puisqu'il n'a pas vraiment travaillé sur les autres points avec autant d'insistance (la religion musulmane n'est qu'un réarrangement du judaïsme basique). Son cheval de bataille a toujours été de faire comprendre que Dieu ne peut pas être une entité concrète, limitée, que ce soit sous la forme d'un jésus, d'un machia'h ou peu importe.

Cette insistance est aussi le gros talon d'Achille de sa réforme, puisqu'il n'a pas réussi à corriger (par manque de temps, ou de saturation du cerveau des compagnons) d'autres problèmes hormis celui-là. Mais il était important qu'une grosse partie de l'humanité ne tombe pas dans le piège de l'adoration de l'antéchrist.

Impossibilité à tout réformer en une vie

Les mêmes problèmes se retrouvent ailleurs, par exemple dans le bouddhisme des origines, parce qu'il est impossible de tout réformer en bloc, le monde et les sociétés cibles ne pourraient pas digérer trop de modifications. Une réforme ne peut donc qu'être partielle et ciblée pour cette raison, et le gros inconvénient, c'est qu'en étant incomplète, elle a tendance à légitimer les pans qu'elle n'a pas ou peu tenté de réformer.

C'est pour cela que la Torah a survécu dans le Christianisme sous la forme de l'ancien testament, ou que dans l'Islam, tout ce qui a été dit par les prophètes antérieurs reste valable.

Même chose avec l'Islam qui reprend à son compte des archaïsmes hérités des anunnakis et connaît de nombreux interdits ou une pudeur excessive communs au judaïsme et qui n'ont aucun fondement spirituel (comme manger du porc, voiler les femmes etc...).

Ce n'est pas que tout cela ait été validé par les prophètes, mais parce qu'ils ne pouvaient pas tout résoudre d'un seul coup.

C'est donc au croyant ensuite de déduire, avec le message principal ce qui peut encore être arrangé, car **celui qui a compris le fond**, voit nettement si la forme est corrompue ou non.

Faire la sauterelle : le danger des religions à la carte

Quand on est perdu, on fouille (en sautillant de religions en religions comme une sauterelle, sans approfondir aucune d'entre elle), et on finit parfois (et c'est souvent le cas aujourd'hui) par se construire une religion à la carte.

Ce n'est pas aussi simple, on ne peut pas choisir en quoi on peut croire ou pas, en regardant un menu et en ne conservant que ce qui nous "plaît". La Vérité ne peut pas être tordue en fonction de nos envies.

On découvre, on prend une part et on saute ailleurs. C'est une solution de secours, mais qui n'est pas fondamentalement efficace, parce qu'il n'y a pas assez de cohérence.

C'est d'ailleurs un peu l'erreur que je continue à faire (AM), et qui pourrait se retrouver dans ces recueils Altaïrans. C'est pourquoi je répète que ces livres n'ont pas vocation à lancer une nouvelle religion, seuls les prophètes ont une vue d'ensemble suffisante pour articuler correctement les choses ensembles.

Ailleurs l'herbe n'est pas plus verte

Il est difficile dans les religions traditionnelles, et notamment le Catholicisme, de faire la part des choses entre ce qui est corrompu et ce qui est authentique.

Certains sont capables de faire cette distinction, d'autres préfèrent se tourner vers d'autres religions ou d'autres mouvements. Passer du Catholicisme au Protestantisme ne change rien, tout comme se convertir à l'Islam dans cette quête de vérité, parce que le principal est de comprendre pourquoi et comment ces religions sont apparues, pas de changer une corruption par une autre.

Il existe aujourd'hui de nombreuses alternatives aux religions principales, ce qui n'a pas été toujours le cas. C'est à la fois un bien et un mal, parce que sur le fond, ces autres mouvements ne sont que des tentatives de réformes supplémentaires. Parfois elles sont motivées par le bon sens, mais généralement on retombe sur les mêmes problématiques. Se tourner vers les témoins de Jéhovah ou le Bouddhisme, voir sautiller entre des spiritualités (la religion à la carte) ne résout rien non plus, parce qu'elles ne permettent généralement pas de résoudre la question principale, à savoir si Dieu existe, sa nature, et notre place dans l'Univers.

Il y a bien longtemps que les Bouddhismes et en général les religiosités orientales sont des coquilles vides de ce point de vue. Elles ont été institutionnalisées et utilisées comme les religions judéo-chrétiennes, et ceux qui connaissent comment les institutions agissent en Asie comprennent de toute évidence que les mêmes problèmes de domination se posent partout. La religion est en général un outil politique au service de pouvoirs, qui maintiennent une forme de hiérarchie et de formatage des masses. Le Bouddhisme n'en est pas exclu, même s'il conserve une image neuve et encore peu entachée dans le monde occidental.

Exemple d'incohérence : le "Dieu sur Terre"

Vu toutes les mal-compréhensions précédentes, il est nécessaire de reclarifier ce qui a été dit précédemment par les vrais prophètes.

Un exemple concret qui est commun au Judaïsme et au Christianisme. Il est dit qu'à la fin des temps, Dieu descendrait et demeurerait parmi les hommes.

Il est difficile, d'un premier coup d'oeil de comprendre comment un Dieu omnipotent et infini puisse venir matériellement prendre place parmi nous. Cela parait encore plus invraisemblable si on admet que l'Univers ne s'arrête pas à la Terre et à ses habitants.

Il y a plusieurs solutions pour résoudre cette incohérence :

Fausse solution : le fils

Tordre le concept jusqu'à ce qu'il rentre, c'est l'idée de faire de Jésus le fils de Dieu, de même nature que lui voire Dieu lui-même. Or Jésus a bien dit qu'il était fils d'homme.

Fausse solution : le réceptacle

L'autre idée est de Lui construire un réceptacle, une demeure, c'est la raison du 3e Beth Hamikdach des juifs, c'est à dire le 3e temple qui devra être reconstruit par le Machia'h, mais la question de savoir comment un Dieu éternel et omnipotent peut "résider" dans un temple de pierre reste problématique, puisque il y a une tendance alors à le "matérialiser", ce qui est un non sens. Dieu n'a ni pieds ni bras.

Fausse solution : l'anunnaki Odin

Pour matérialiser un dieu dans un temple, il faut faire de Dieu une créature fantastique mais concrète, un super héro avec des pouvoirs incommensurables mais physique, avec des bras et des mains, qui parle et qui s'assoit sur un trône. C'est exactement ce que faisaient les anunnakis, et plutôt qu'un D.ieu on risque d'accueillir un d.ieu, par lequel nous aurions été créé à son image physique de manière physique (la génétique).

Vraie solution : L'intermédiaire

Ce qui va venir sur Terre à terme, c'est un de ces fameux avatars divins, Jésus 2, car l'Humanité au final sera digne, comme bien d'autres peuples de l'Univers, de recevoir ce lien privilégié entre le vrai Créateur et sa création. Le grand tout sera alors parmi nous, mais ce ne sera pas lui physiquement, mais simplement un intermédiaire, une porte. Nous entreverrons le *grand tout* par la porte, mais il ne sera pas plus au milieu de nous qu'il ne l'est aujourd'hui. Si le grand tout est capable de modifier la matière continuellement et à son gré, c'est qu'il est déjà partout.

Odin, le danger des mal-assis

Le problème qui se pose actuellement, c'est que la plupart des chrétiens et des juifs ne sont pas clairs sur ce concept de "Dieu sur Terre" (le vrai prophète Jésus 2), et que cela peut être détourné par un antéchrist anunnaki, ou dans une moindre mesure, par de simples charlatans et habiles manipulateurs.

Or quand on est mal assis, il est facile de nous déloger de nos certitudes (en nous faisant tomber par terre). C'est pourquoi juifs et chrétiens seront très tentés par un anunnaki qui se ferait passer pour un dieu (l'antéchrist).

C'est par la confusion, parce que les bases spirituelles des gens sont instables, qu'Odin rencontrera un tel succès. Tant que les fondations religieuses et spirituelles des gens comporteront des lacunes, la porte sera ouverte. C'est pas plus compliqué. Le miracle ne viendra pas tout seul, ça c'est clair, mais la corruption se glisse aisément quand on n'est pas assuré dans ses fondements.

Il ne faut pas confondre la foi (la vraie) et la ferveur. Beaucoup sont dans le ferveur, et pas dans la Foi, là encore, même s'ils disent le contraire. Il est facile en 10 minutes (et souvent beaucoup moins), de mettre le doigt sur les incohérences religieuses d'une personne. Soit elle s'enferme dans des réponses automatiques, soit elle se braque, mais dans chaque cas, un gros signe de fragilité. Une tour qui monte jusqu'au ciel mais qui est fondée sur du sable et des trous, ça tombe au premier séisme violent. Ce sera la même chose avec nos tours spirituelles (voir plus haut l'exemple du dieu sur Terre p.).

A l'inverse, les musulmans, malgré les énormes défauts qui se sont glissés dans l'Islam et dont nous voyons les effets dévastateurs aujourd'hui, seront bien mieux préparés de ce point de vue, car il est impossible pour eux d'accueillir un dieu de chair et de sang comme étant le grand tout lui même (même si pour cela, Mohamed a du insister sur ce point, laissant des points secondaires d'incompréhension).

Diverses voies pour restaurer les choses

La seule solution, si vous voulez avancer spirituellement, est de comprendre d'où nous venons, et pourquoi les choses sont ainsi faites aujourd'hui. Cela permettra de ne pas recommencer les mêmes erreurs.

Il n'est pas question d'interdire la religion, mais de bien faire la différence entre l'institution et le spirituel qu'elle contient, autant en bien qu'en mal.

La seule solution à long terme, c'est que nous revenions à une religion uniformisée, nettoyée des messages de la spiritualité opposée. Comme il y a 2 spiritualités dans la religion, il y a 2 religions uniformisées qui vont résulter de ce nettoyage :

- tirer vers le bas (égoïsme, rituels, vengeance, génocide des non-élus, etc.), c'est là qu'un Odin peut trouver sa part,
- tirer vers le haut, en mettant les valeurs primordiales communes en avant, comme la compassion.

A chacun ensuite de voir quels chemins spirituels il veut prendre. La période de l'apocalypse est justement là pour ça, pour qu'il choisisse quelle orientation spirituelle lui correspondra le plus pour ses prochaines incarnations.

Rester sur des bases salies / jouer à la sauterelle par dépit, ou bien revenir sur les points fondamentaux en laissant de côté les rites et les enveloppes, ce sont les deux grandes options. Certains feront le pire choix, celui de l'extrémisme d'Odin, mais en tout cas personne ne pourra, après Nibiru, rester sur les positions classiques (Catholicisme, Islam, Judaïsme, Bouddhisme). Même si vous avez une foi immense aujourd'hui, tous nous serons ébranlés dans celle-ci (par la réapparition d'Odin, et les révélations qu'il va nous faire), et nous serons contraints d'évoluer de gré ou de force. Alors autant commencer le travail volontairement plutôt que d'attendre la grande claque.

Pas de reset

Vu le niveau de manipulations et perversions de nos religions, on pourrait croire (à tort) qu'une bonne remise à zéro ne serait pas du luxe. Mais vu la complexité à tout reprendre depuis l'origine (la plupart des humains ne suivraient pas), les ET sont obligés d'essayer de reconnecter entre elles les bases existantes.

Nous avons besoin d'avoir des bases éthiques pour vivre. Remettre à zéro serait trop perturbant, il vaut mieux revoir les fondations que de les supprimer, car tu conserves encore la construction indispensable au dessus lors des travaux.

D'ailleurs, le processus ne veut surtout pas faire disparaître les différentes religions, juste les faire évoluer. Les Et ont toujours adapté les choses à la culture locale, et les religions sont normalement prévues pour un peuple donné. Le fait que le Christianisme et l'Islam se soient éparpillés plus loin que les frontières initialement prévues n'était pas désiré. Le message de Jésus était destiné au peuple hébreux, l'Islam aux peuples arabes (c'est à dire à la zone Grande Syrie, Arabie). Ce sont les corrupteurs qui ont ensuite utilisé ces religions comme porte étendard de leur invasions ou de leur désir de domination.

Importance de garder sa culture

Il ne faut pas chercher dans d'autres cultures la base sur laquelle vous voulez vous "réformer". Elle ne vous correspond pas. La langue, en qualité d'élément important de la culture d'un peuple, est un immense frein de ce point de vue. Il n'est pas interdit de se convertir à une autre religion, bien entendu, mais c'est plus simple de partir sur de bases familières. C'est pour cela que les amérindiens ne seront pas guidés par un Mahdi, mais par un Shaman ou un Ancien, parce que c'est comme cela que les choses fonctionnent chez eux. A chaque peuple sa solution personnalisée. Pour les occidentaux, c'est délicat, car la vraie culture de base a disparu, impossible d'avoir assez d'éléments pour partir sur cette base. Un druide par exemple serait un non sens. La culture prédominante depuis est devenue chrétienne et c'est sur ces bases que les ET ont communiqué depuis Fatima. Les moeurs et l'époque ont changés, certes, mais le fond est conservé. Harmo ne sais pas sur quelles bases exactes les ET vont agir, mais ce sera de toute façon coloré selon notre culture (langue, etc.). Le danger serait une acculturation.

Donc partir de ce qui est préexistant, c'est l'idée, et ne surtout pas faire table rase (acculturation).

C'est pourquoi les apparitions qui font les prophéties apparaissent comme la femme-bison blanc chez les Lakotas, ou une apparition type mariale à Fatima, Lourdes et la Salette. S'adapter à la culture locale évite l'ethnocide, en apparaissant sous une forme que la religion locale n'aurait pas prévue.

Comment adapter à la culture française ?

Société française déculturée

Les protocoles de Toronto ont marché à plein sur la France. Entre 1980 et 2000, les campagnards patriotes enfants de choeur sont devenus des citadins scientifiques athées mondialistes du tertiaire. Notre culture c'est aujourd'hui Goldorak ou StarWars. Un réveillé français aujourd'hui n'a plus aucune notion de nations, tous frères, pas de compétition entre tribus mais la coopération, une pensée basée sur la vérité donc universelle, la même langue pour se comprendre.

Remplacer une culture par une autre

Nous ne sommes pas en France dans une phase d'acculturation, mais de déculturation. La différence, c'est qu'on essaie de remplacer une culture par une autre, pas de l'effacer pour ne rien laisser à la place. La culture qui nous "envahit", c'est la culture anglo-saxonne et particulièrement américaine, n'importe qui peut s'en rendre compte dans la vie de tous les jours. Et lorsqu'on fait ce genre de choses, on arrive à une situation où on est assis entre deux chaises. C'est le cas par exemple

de nombreux émigrés-immigrés, qui, s'ils ne font pas assez attention, perdent leurs repères. Ni dans un monde, ni dans l'autre. La langue étant le support principal de la culture d'un peuple, c'est évidement là qu'on va retrouver des traces - indices de cette déculturation. Tout le monde voit bien que les mots anglais nous envahissent, mais cela va bien plus profondément encore, au niveau des concepts sociaux, des comportements individuels, des tabous, des mœurs, du rapport avec l'argent, le sexe, l'État, la religion.

Difficulté à définir la culture française actuelle

Il est probable que les ET prennent en compte cette situation hybride, parce qu'on ne peut pas aujourd'hui nier ce glissement. Réformer sur la base de la culture française telle qu'elle était sous de Gaulle, voire pire sous les rois de France juste avant la révolution serait absurde. C'est pour cela que les prophéties privées catholiques qui parlent du retour d'un roi de France, Henry V etc... ne sont pas à prendre au pieds de la lettre. Ce qu'on nous annonce, ce grand Monarque, c'est l'équivalent de ce qui est annoncé pour les musulmans avec le Mahdi, c'est pour cela que certains instinctivement font le lien entre les deux personnages (même s'il s'agit de 2 personnes séparées, bien qu'elles travaillent avec/pour Jésus 2). Alors oui, il y aura l'émergence d'un dirigeant éclairé (et il faudra être prudent pour ne pas donner sa confiance à celui qui ne la méritera pas), mais de là à ce que la Monarchie concrètement soit réinstaurée, il y a un fossé (culturel). Tout comme à Fatima, les ET se sont entourés d'un discours religieux catholique, il faut lire entre les lignes. Il n'a jamais été question de convertir tout le monde au Catholicisme tel qu'il était à l'époque, ni que l'Église actuelle domine le monde.

Difficulté à changer les mentalités

Les Russes ont été formatés pour être Américano-phobes, et les Américains pour être Russophobes. C'est l'héritage de la guerre froide. Quand on veut essayer de changer cet état de fait, comme Trump en tendant tout d'abord la main à Poutine, les 2 États profonds crient à la trahison. Poutine a les mêmes problèmes de contestation dans son pays, car les Élites de l'État profond mal intentionnées se servent des médias et des ONG "humanitaires / de promotion des droits de l'homme" pour monter le grand public contre les dirigeants qui voudraient empêcher l'État profond et les mafias de magouiller à leur guise.

Du coup, Trump a changé de stratégie et attaque médiatiquement Poutine. Idem du coté du Kremlin. Comme cela les russophobes et les américanophobes sont nourris, ils arrêtent de piailler dans leurs mass medias. Si les populations n'étaient pas aussi ~~co..~~ bêtes, elles se réjouiraient que des ennemis se réconcilient, et pas quand les tensions refont surface...

On a la même chose en France avec la haine anti-arabe et anti-anglais apprise en primaire, avec Charles Martel et Jeanne d'Arc, alors que ces peuples ne sont pas responsables des affrontements passés, sachant que les dirigeants français n'étaient pas très clean eux non plus.

Faux prophètes

Survol

Il n'y aura pas de nouveau prophète (au sens ou le prophète Jésus 2 est déjà venu 2 000 ans avant), tous ceux qui se réclameront de cela sont des imposteurs, et Jésus nous a bien averti sur cela. Autant il a annoncé le paraclet (Mohamed) autant il a dit aussi que nombreux seront ceux qui se réclameront être Jésus ou prophètes mais que ce seront TOUS des imposteurs.

Les vrais ne se diront pas prophètes

Il est dit que les jeunes prophétiseront et que les vieux auront des visions aussi, mais en aucun cas ces gens ne se feront appeler des prophètes ou des messagers de dieu (ce qui est synonyme). Jésus a mis en garde contre les faux jésus et les faux prophètes en général. Les visions ne suffisent pas, il faut aussi le message spirituel élevé avec.

Transhumanisme (p.)

Une vision illuminati, croire qu'ils pourront se transformer en dieux immortels.

Odin (p.)

Odin

A résumer, et à mettre dans la sous-partie Odin

Satan, dont le dernier nom connu en tant que dieu est Odin, est l'incarnation, dans un prince anunnaki haut placé dans la hiérarchie (juste sous l'empereur Anu), d'une âme très avancée, Iblid. Iblid est du niveau spirituel de celle de Jésus, mais par jalousie, est tombée dans l'égoïsme et s'obstine à emmener le plus d'âmes possibles (ses futurs esclaves) du côté du service-envers-soi.

L'histoire d'Odin, le corps physique multimillénaire d'Iblid, n'est qu'une suite de coups d'États manqués et de tentative d'attirer la société vers plus de hiérarchisme. Ce qui a obligé les anunnakis à se débarrasser d'Odin en l'exilant sur Terre.

Odin a porté beaucoup de nom dans l'histoire, des pas sympas (Satan, Baal, Moloch), mais d'autres vendus comme sympas (Yahweh, Thot, Hermès ou Merlin). Comme c'est lui (et ses serviteurs) qui écrit sa propagande, il s'est évidemment toujours présenté comme le gentil, le Lucifer qui apportait la connaissance à l'humanité, sans dire (au début) qu'il sacrifie aussi les enfants. Il est vu à la fois comme un gentil (par ses serviteurs), ou comme un méchant (par les serviteurs des autres anunnakis).

Le Merlin fou du texte original devient le bienveillant sorcier trahi par la femme ennemie. Ou encore le gentil Albator sauveur de l'humanité, borgne avec un corbeau comme Odin...

Le Jésus historique, sans barbe, devient avec le catholicisme un grand barbu mince et musclé.

Si vous avez des croyances, elles vous pousseront à idolâtrer Odin. Si vous ne savez pas lâcher vos croyances à temps, vous ferez le choix de le suivre dans sa perdition...

Car en effet, Odin va porter d'autres noms par la suite, comme antéchrist ou Dajjal, cité par les diverses apocalypse.

Odin est maintenu fermement enchaîné depuis 1000 ans, les illuminati qui l'ont capturé savent qu'il est trop dangereux en liberté (il est instable). Malheureusement, les autres clans illuminati, trompés par cet anunnaki, sont persuadés qu'il est leur dieu, et font tout pour le porter sur le trône d'une théocratie mondiale depuis le temple de Jérusalem reconstruit.

Odin donne aux illuminati au compte-goutte ses connaissances techniques pour favoriser le parti des hiérarchistes (par exemple, la bombe atomique en 1945).

Les illuminati trompés profiteront des destructions de Nibiru pour libérer Odin de sa prison, et ouvrir la boîte de Pandore. Ces illuminati s'en mordront les doigts par la suite (Odin est appelé dans les prophéties le grand déceveur), mais ce sera trop tard. Il n'y a que dans les contes pour enfant qu'on peut duper le diable...

Découvrir la vérité sur votre idole ne se fera pas sans remue-ménage intérieur... C'est pourquoi je m'excuse à l'avance de ce chamboulement salutaire que vous allez vivre !

Harmo est le premier contacté à avoir balancé Odin comme étant le futur antéchrist, les Français étant les plus nombreux à prendre les armes au nom d'Odin pour envahir Jérusalem, et détruire les résistants au NOM.

Il est important que le moins de Français possibles tombent dans le piège d'Odin (en prenant le fusil ou en travaillant) afin de soulager le nombre de morts.

Odin veut juste mettre l'humanité sous sa domination, à son service personnel. Il est le champion de l'égoïsme et du hiérarchisme, et dans un premier temps, ne provoquera pas de génocide, ayant besoin d'une humanité nombreuse pour imposer ses conditions à son père. Ensuite, comme tout les anunnakis, il réduira la population qui ne lui sert plus...

C'est ce retard au génocide qui explique pourquoi c'était la solution égoïste la moins pire des 2, et pourquoi il a été protégé depuis plus de 1 000 ans par les ET altruistes, même s'il représente l'autre bord spirituel.

Le discours de Satan et de Jésus sembleront les mêmes : rappeler la réalité des géants sumériens, les ET et Nibiru, le mensonge des religions et l'ésotérisme.

Sauf que la révélation de la vérité de Satan sera tronquée. Il parlera d'unité avec l'Univers, de liberté individuelle car Dieu est en nous, mais s'arrêtera là. Il ne précisera pas que si une partie du grand tout est en nous, ça ne veut pas dire que nous sommes le grand tout. Jésus devra juste ajouter que comme nous sommes tous Un, faire du mal aux autres c'est se faire du mal, que la liberté individuelle s'arrête à celle des autres, c'est à dire à l'intérêt commun de tous, pas seulement ceux de son clan.

C'est cette similitude qui fait que à la fois égoïstes et altruistes travaillent de concert à restaurer la vérité, et travailleront ensemble jusqu'au moment où les altruistes en auront marre de voir que Satan promet de révéler prochainement la vérité sur les cataclysmes et le retour de bâton karmique, mais repousser en permanence ce moment, se focalisant sur des rituels inutiles.

Les chapeaux blancs se sépareront en 2 groupes, selon leur spiritualité d'aide aux autres ou de ne voir que son intérêt personnel. Le groupe d'égoïstes dans les chapeaux blancs est ultra-minoritaire, surtout des infiltrés pour semer la zizanie ou des personnes qui cherchent à en tirer une gloire personnelle.

Ce n'est donc pas grave si pour l'instant seules les vérités qui arrangent Odin sont révélées, le prolongement de la pensée viendra après, l'humanité a déjà un gros morceau à avaler (les malversations des Khazars 2, les mensonges des médias) avant de passer à la suite (la censure du diable qui présente une vérité incomplète).

Odin fait le pari qu'une proportion non négligeable de la population ne pourra pas avaler toute la vérité d'un coup, et saturera au moment où Jésus viendra ajouter le respect des autres en plus du respect de soi-même.

Satan parie aussi sur l'effet d'idolâtrie qui est inscrit (volontairement) dans nos gênes, à savoir ne pas se fatiguer à réfléchir, et suivre aveuglément quelqu'un en qui on a placé sa confiance une fois pour toute, quelques soient les saloperies que cette personne fait par la suite. L'antéchrist sera laissé libre d'agir dans un premier temps, histoire que les altruistes vivent l'expérience et trouvent d'eux même la leçon a en tirer.

Ensuite, c'est Jésus lui-même qui vient retirer Odin du jeu, et vient restaurer la vérité. Ceux qui ne peuvent pas suivre Jésus seront d'eux mêmes retirés de la Terre après la chute d'Odin. Que ce soit au moment de leur mort (réincarnation sur une planète prison ou école selon leur niveau d'égoïsme), ou lors de l'ascension s'ils sont toujours vivants à ce moment là.

La chute d'Odin sera la date clé où toute âme non pure altruiste ne pourra se réincarner sur Terre. Actuellement, seules les âmes pures égoïsme sont évacuées lors de leur mort, les indéterminés gardant leur chance de se transformer jusqu'au dernier moment. En gros, si lors de la chute d'Odin, vous croyez encore en ses mensonges, et que vous mourrez, vous le suivrez dans ses prochaines incarnations, ou vous serez de votre propre volonté l'esclave d'Odin, parce que vous croyez en lui et en son discours. Comme aujourd'hui, il vous promettra encore et encore la vie éternelle, la toute puissance, en repoussant toujours le moment de vous la donner (bref, comme toutes les promesses du diable, elles coûteront toujours plus cher que ce que vous en retirerez ! :)).

Faux prophète > Transhumanisme

Si les utopistes de google veulent construire leurs villes idéales sur ce qu'ils appellent des "trashs" (déchets ou ruines), c'est parce qu'ils savent que le monde moderne, géré par les lois et les réglementations étatiques du système FM ne va pas tenir le choc.

Les enclaves High Tech des GAFA (p.) découlent d'une spiritualité égoïste, le transhumanisme. Croire que l'humain va s'améliorer par la technologie.

le retour en force du Fourniérisme, une vision complètement orwellienne de l'Humanité. La technologie ayant évolué, on s'attaque désormais à l'homme en plus de la société... L'immortalité ? Personne ne se rend compte de ce que Google, à travers sa filiale Calico risque de provoquer. Si l'homme devient immortel (génie génétique par exemple), il y a forcément surpopulation. Si les gens continuent à faire des enfants mais que les générations s'accumulent, c'est la catastrophe. Donc l'immortalité est forcément à réserver à une Élite. Cette Élite est non élue, c'est celui qui a l'argent pour développer cette immortalité qui décidera de qui doit vivre ou mourir... Un privilège habituellement attribué aux anunnakis... C'est cette outrecuidance des petits humains qui conduira Odin, via les Q-Forces, à être peu tendre avec les patrons des GAFA.

Quand Google fabrique une ville à l'usage de ses seuls employés, c'est le retour des villes sumériennes, telles que Platon décrit la capitale de l'Atlantide.

Le but est de créer un monde construit de façon circulaire, à partir d'un centre : une Élite immortelle (les dieux humains) qui surveille ses esclaves, bien engoncée dans son palais et qui utilise le big data et le monde connecté pour diriger, assistée par des intelligences artificielles régulatrices. Pourquoi ces gens se fatigueraient à surveiller eux mêmes leurs sujets, si des procédures automatiques complètement rigides et injustes peuvent le faire à leur place. Mais un algorithme peut il rendre compte des spécificités de chacun ? Dans quelle mesure le libre arbitre est il conservé ? C'est évidemment la vision du bien et du mal des Élites qui est imposée. Autour de ce cercle central, les forces vives, les "élus" qu'il faut chouchouter et cocooner. Des dieux qui se regardent le nombril, ça lasse surtout quand on est

éternel, alors il faut des adorateurs à notre image ! Alors quoi de mieux que des serviteurs-employés choyés qui se prosternent et vous adorent, chantent vos louanges et se plient sous votre contrôle dans l'espoir de bénéficier du luxe de leurs e-pharaons. Puis, un troisième cercle de manants à l'extérieur de la ville, pour faire le sale boulot : la maintenance, la protection du coeur, le débouchage des conduits d'évacuations des eaux usées qu'une "intelligence" artificielle ne pourra bien entendu pas gérer, où encore la culture maraîchère qui ne peut pas être productive à coups d'algorithmes. Enfin un quatrième cercle, tous ceux qui sont rebelles, les parias de tout poil qui ne rentrent pas dans le moule. Les handicapés, les autistes, les faibles d'esprit et les croyants (qui sont considérés comme non rationnels), et qu'on abat comme des lapins avec des drones automatisés dès qu'ils s'approchent de trop près de la civilisation, où qu'il faut réguler parce qu'on ne veut surtout pas que ces indésirables se reproduisent comme des rats et menacent le centre.

Concurrents des FM

Le transhumanisme est le remplacement du monde idéal des Franc Maçon, à savoir la "démocratie" contrôlée par les loges, les droits de l'Homme et du citoyen (deux entités différenciées), et l'humanisme.

Avec les techno-prophètes de la silicone valley (Jodorowski, qui semble odiniste vu ses déclarations pro-Q de 2020) connaissait cette vision trans d'une partie de sa communauté), finie la vision des États-souverains et du progrès social, on passe à la mondialisation techno-fourniériste. Non pas que les franc-maçons n'aient pas été tentés par cette vision, la preuve avec l'industriel français Godin, qui était lui même franc-maçon. Leur vision "républicaine" et "laïque" du monde s'écroule, notamment à cause de ses branches pourries : l'affairisme, la fraternité utile où l'on protège aussi les mauvais, le népotisme généralisé, la confiscation de la liberté des peuples à disposer d'eux-mêmes sous prétexte d'être plus compétent que lui. Et c'est sans parler des pédocriminels démocrates comme Clinton et ses amis, qui quand ils seront révélés, donneront le coup de grâce à ce système par amalgame.

Les GAFA n'auront pas le temps de mettre en place leur système à l'échelle mondiale, ce qu'ils auraient dû faire (event 201) dès novembre 2020, avec la mise en place du vaccin obligatoire de Gates, les puces et autres réjouissances. Ce n'est donc pas une coïncidence si Nibiru arrive maintenant et empêche notre planète de devenir un abri pour une civilisation de type hiérarchiste. Pas d'Élite immortelle hyper matérialiste qui transforme tous ses congénères en esclaves.

Le monde basculera dans l'odinisme plutôt que le transhumanisme, même si le sort des enclaves high-tech transhumaniste n'est pas encore scellé : les Zétas sont peu bavards sur le devenir de ces patrons, et Harmo décrivait les enclaves high-tech avant le nettoyage de Trump. A priori, les têtes transhumanistes vont tomber, et ces enclaves high-tech auront d'autres destinations dans d'autres mains (comme MBS qui continue à développer NEOM en Arabie Saoudite, après en avoir pris le contrôle, sachant que les hadiths disent que Jésus 2 ira se réfugier par là-bas lors du retour des anunnakis).

Éclaireurs

Dans (Glo>Sources>Limites), nous avons vu que Harmo et Nancy étaient des éclaireurs, au même titre que Sitchin et des milliers d'autres. Le boulot est de préparer le public à suivre les bonnes personnes, et faire remonter le niveau, pour que les prophètes ne perdent pas du temps à réexpliquer les bases (le cerveau humain est limité dans la quantité d'informations à ingurgiter par unité de temps).

Ces éclaireurs permettent de restaurer certaines vérités, de montrer les incohérences de nos croyances, afin de permettre à tous de faire la différence entre les précurseurs et les faux prophètes.

Ces éclaireurs comme Harmo, ne nous vident pas la tête (ce serait un formatage), mais nous font remuer toutes nos croyances pour éviter que ça s'encroûte définitivement ! Une fois l'humus bien retourné, la graine pourra davantage faire ses racines. Essayez de faire cela sur un sol dur comme de la pierre !

L'éclaireur ne fais que commencer à creuser, et y va par étapes pour que les informations puissent être comprises.

Donner trop d'un seul coup n'est pas efficace, car des informations importantes seront oubliées au passage (notre cerveau n'est pas capable d'ingurgiter à l'infini).

Il y aussi un équilibre délicat à conserver entre donner des informations et imposer une religion nouvelle (ce qui n'est pas le rôle des éclaireurs).

Précurseurs / Guides

Survol

Principe du précurseur (p.)

Si l'éclaireur vient préparer le message spirituel les précurseur viennent préparer le mouvement politique qui permettra au message du prophète de s'épanouir dans la société.

Mahdi (p.)

Le Mahdi viendra fédérer les musulmans au-delà de leurs différences d'interprétation, préparant l'arrivée de Jésus 2.

Principe du précurseur

Le processus actuel (2015) consiste, plutôt qu'en des prophètes, à voir l'émergence de personnalités "éclairées" qui serviront de support, comme le Mahdi au Moyen Orient, et son cas ne sera pas exclusif. Il y aura aussi d'autres "Mahdi" dans différentes cultures, des guides, qui serviront à préparer les populations à l'ascension et adaptés à la religion/spiritualité et aux coutumes locales.

Chaque peuple aura une sorte de guide, et ces guides politiques et spirituels en même temps, travailleront en commun pour faire monter l'Humanité à un stade supérieur, alors que l'ancien système partira en lambeaux.

Une religion mondiale colorée culturellement en local

L'idée est de revenir à une religion vraie, et que ces religions renouvelées travaillent sur une base commune, mais avec un habit différent.

Le grand monarque de la France ne sera pas le restaurateur de l'Église du 19e siècle, ni le restaurateur de la monarchie du 18e siècle.

Idem chez les musulmans, le Mahdi n'est pas fait pour dominer toute la planète et l'Islam devenir une religion mondiale. L'idée c'est que finalement tout le monde sera d'accord sur une base religieuse uniformisée mais colorée localement. Plutôt que de pointer toujours sur les différences, il suffit de pointer sur les points communs et de rectifier les quelques erreurs conceptuelles qui sont sources de désaccord. La Trinité et la déification de Jésus par exemple sont des choses à rectifier du coté catholique. Cela ne va pas fondamentalement faire disparaître la chrétienté, mais la faire revenir à ses bases telles qu'elles pouvaient être dans ses premiers ages. L'activité numéro un sera de démonter des choses qui se sont greffées par dessus le message initial, pas de le détruire. J'insiste beaucoup là dessus parce que c'est une source de haine, que de penser à la fois qu'on va dominer le monde d'un côté et qu'en même temps l'autre est un camp à abattre (je pense là à la relation conflictuelle des chrétiens et des musulmans par exemple).

Prophètes

Survol

Des plans incertains

La base (prophéties islamiques), c'est apparition d'Odin puis Jésus 2 dans les 7 ans. Mais il n'y a pas de certitude absolue. D'abord parce que Nibiru devait passer en 2013, ce qui veut dire que les 7 ans initiaux étaient entre 2013 et 2020 : la ligne temporelle a changé. Ensuite, il y a eu non seulement intervention ET, mais aussi reprise en main du libre arbitre des humains depuis janvier 2017, et que les choses peuvent tout à fait changer, ou au contraire, remplir les prophéties de façon forcée. Les prophéties d'ailleurs reflètent une sorte de loupé. Un exemple, Le voyant argentin Solari Paravicini avait prophétisé la chute de l'Humanité lors du voyage du pape en Amérique, c'est à dire en septembre 2015, au moment ou normalement devait être révélé au monde l'arrivée de Nibiru. Il y a donc eu un gros couac, de part la trahison / manque de courage d'Obama. De même Frobert, qui avait bien vu un Mitterrand constructeur de pyramide dès 1980, place seulement 2 autres présidents entre le "sphinx" et "le jeune bardé d'or". Où est Hollande ? Comment peut on voir l'avenir avec une telle précision et oublier un Président ? Quand Frobert a écrit ses prophéties, Nibiru arrivait en 2013, et les illuminati auraient mis leur champion Macron dès l'élection de 2012, sans attendre 2017. Macron aurait eu 34 ans, pas 39. Hollande était un président de transition, immobile et en attente. Du coup, on ne sait pas vraiment si les illuminatis vont conserver leur calendrier jusqu'au bout.

De même, Odin peut décider de sortir prématurément, parce qu'il attend le moment opportun pour le faire. C'est un être patient mais aussi intelligent qui pourrait sauter sur une occasion. Par exemple, si les illuminatis attaquent diplomatiquement ou militairement Israël pour placer Jérusalem en capitale neutre, ce serait une très bonne occasion de sortir du trou. La venue exacte d'Odin est quelque chose de secret parce que ce serait bien trop facile de le contrer si on savait à quel moment il sortait de son trou. L'effet de surprise est une arme redoutable, et il peut très bien sortir de son plan initial s'il le désire.

Pas de nouveau prophète (p.)

Tout a déjà été dit, il n'y aura pas d'ajout par rapport au dernier prophète Mohamed. Il faudra juste redire ce qui a été dit à l'époque.

Jésus 2 (p.)

Comme lors de chaque transition, il y aura des temps de troubles, amenant chacun à se positionner sur l'orientation spirituelle choisie (j'aide les autres au risque de ma propre vie / de mes enfants, ou j'exploite mon prochain en ne pensant qu'à moi).

Comme chaque fois dans l'histoire, une âme éclairée apparaitra à ce moment là pour conseiller l'humanité dans les moments difficiles. Je l'appelle Jésus 2, une réincarnation du Jésus historique.

Odin rétablira la partie sataniste dans les 3 religions du livre (culte de soi et de son chef, rituels sans fins, le sauveur qui vient faire le boulot spirituel à notre place (et donc vole notre libre-arbitre, nous place en esclavage)).

Jésus 2 rétablira la bible de l'amour universel (le grand tout est plus proche de toi que tes mains et tes pieds, aime les autres comme toi-même).

C'est grâce à Jésus 2, soutenu par les ET, que Odin sera éliminé et ses armée défaites.

Jésus 2 deviendra par la suite le premier être humain a être illuminé (esprit de niveau divin), et pas seulement éveillé (lien corps-esprit) comme il l'a été il y a 2000 ans ou comme Boudha l'a été.

Pas de nouveaux prophètes

Il n'y aura pas de nouveau prophète, juste le retour d'un prophète précédent, Jésus. Tous ceux qui se réclameront être prophète sont des imposteurs, et Jésus nous a bien averti sur cela. Autant il a annoncé le paraclet (Mahomet) autant il a dit aussi que nombreux seront ceux qui se réclameront être Jésus ou prophètes mais que ce seront TOUS des imposteurs.

Dans ce cadre, le retour de Jésus est particulier car il n'est pas censé revenir pour prophétiser, dans le sens apporter de nouvelles informations. Les prophètes des anciennes réformes ont toujours œuvré sur les deux tableaux, c'est à dire rectifier des corruptions précédentes mais aussi donner de nouveaux éléments. Or tout a été dit aujourd'hui, et le futur consiste seulement à faire le tri sur ce qui est corrompu ou pas, il ne sera rien apporté de neuf.

Il a toujours été dit qu'il n'y aurait pas de nouvelle réforme/religion après Mahomet, et c'est vrai. Les textes précisent bien que Jésus ne sera pas là en qualité de prophète, mais en qualité de "confirmateur", et ce concept est à comprendre comme "validation" ce qui est de lui et ce qui n'est pas de lui. Probablement qu'il nous donnera aussi un témoignage sur sa véritable histoire, ce qui s'est réellement passé dans son ministère il y a 2000 ans et l'épisode de la crucifixion. Qui mieux que lui pourra nous raconter cela ?

Spiritualité > Faux prophète > Odin

Figure 24: Le "bon vieux temps" des dieux sumériens... (les petits c'est nous, les humains). Un "âge d'or" qu'Odin nous propose de revivre…

Odin, c'est Enlil ou Mardouk (satanisme) se faisant passer pour Enki (Luciférianisme). Odin ne nous proposera qu'un combat entre les 2 types d'égoïsmes :

• Faut-il torturer les autres ? (Enlil)
• Faut-il juste les mettre en esclavage ? (Enki) ?

Cet individu nous proposera de choisir entre fausse lumière et obscurité, alors que le vrai combat de cette fin des temps, c'est de prendre le 3e choix, l'altruisme (la vraie lumière).

Cet anunnaki est considéré comme la plus grande menace que notre espèce, dans sa maturation spirituelle, aura à connaître et à vaincre. Son stratagème sera de se faire passer pour le Messie, à un moment où le monde sera en doute d'un point de vue spirituel.

Survol

Comment il nous sera présenté ?

Le scénario prévu semble le suivant (qui évoluera en fonction des événements) : les Q-Forces ne découvrent Nibiru que fortuitement au dernier moment, c'était trop secret défense pour eux.

Les anunnakis sont des méchants, sauf celui qui s'est opposé au massacre des humains, et a été banni sur Terre par les siens en essayant de nous protéger. Les méchants rois pro-Anu l'ont enfermé, mais heureusement les Q-Force l'ont libéré, il mérite d'être le chef de la Terre non ?

Ce scénario est évidemment une pure fiction inventée : aucun dominant ne nous veut vraiment du bien, il veut juste nous dominer...

Choisir l'esclavage (p.)

Vous avez le droit de vouloir rester esclave pendant les milliers d'années à venir, et de choisir l'égoïsme. Il faut juste que vous soyez au courant de tous les "désagréments" que ce choix implique.

Odin est un anunnaki (L0)

Nous avons vu les nombreux indices qui pointaient sur le fait que Odin était un anunnaki.

Connu dans notre culture (p.)

Odin est un prince anunnaki qui a porté de nombreux noms au cours de sa vie longue de plusieurs centaines de milliers d'années. Il se donnera le nom de l'anunnaki que vous préférez, il n'est plus à un nouveau nom près. Tout indique qu'Odin est Enlil, se faisant passer pour Enki.

Iblid (p.)

Odin (le corps) est l'incarnation d'une vieille âme altruiste très élevée, nommée Iblid, un cas rare d'âme compatissante retournée en arrière pour aller du côté égoïste (la chute).

Au contraire de Christ (l'âme de Jésus), dont le but est d'amener l'humanité à l'altruisme et à la coopération, pour faire Un avec l'Univers, Iblid est là pour orienter les hommes du côté de la dualité et de l'éloignement de l'Harmonie Universelle. Il vous propose de lutter sans répit contre les autres au lieu de coopérer, et donc de rester son esclave pendant des milliers d'incarnations.

Odin en 2015

Odin est encore dans sa prison, il ne communique que très peu avec l'extérieur. Il a donné des consignes, mais ce sont les illumintais qui décident du plan à mener concrètement. Odin est bien sur l'antéchrist décrit par les textes, mais comme les gens s'attendent à tout voir sauf un annunaki de 3 mètres 10, ils se feront TOUS berner.

Les gens ne veulent pas un quidam normal type Jésus 2 comme messie, ils veulent un Sauveur immaculé avec des pouvoirs de Jedi. Odin avec son corps de Dieu, son immense savoir et sa science (qu'il fera passer pour des miracles) répondra aux fantasmes religieux de la majorité. Alors en plus, si on le fait trôner dans un Temple majestueux à Jérusalem, tout le monde se fera pipi dessus en le voyant, c'est une certitude !

Comment peux-t-on affirmer qu'ils se feront TOUS berner ? ("tous" au sens grande majorité). Parce que c'est écrit dans trois religions différentes premièrement, et que dans un deuxième temps, les Altaïrans savent comment nous fonctionnons. Ce sont les personnes, groupes et institutions qui attendent un sauveur super-man qui seront les premiers à le suivre, parce qu'il répondra à leurs attentes. Ce sont des gens qui n'ont rien compris au sens véritable de la religion, qui n'est pas d'adorer un être charnel, mais de reconnaitre en toute chose la patte du véritable créateur. Deux mille ans d'histoire pour les chrétiens ont engendré une corruption volontaire du message de Jésus, qui a mené à une distorsion de l'image que les gens peuvent avoir de leur prophète, et forcément des attentes eschatologiques qu'il en ont, mais aussi de son apparence ou de ses attributs. En ce sens, on peut dire que la religion chrétienne en général pousse tout droit dans les bras de l'antéchrist en affirmant la divinité du Christ. Suivre Odin est une suite logique aux errements doctrinaux des grandes religions monothéistes. Les juifs attendent un sur-homme, et même Dieu sur Terre, et les chrétiens ont intégré en partie cette philosophie en l'appliquant à Jésus. Mais les Athées ne seront pas épargnés, éblouis par les connaissances et l'intelligence hors du commun de cet être. Les scientifiques boiront ses paroles, et les innovations technologiques qu'il offrira, surtout dans un contexte de chute de civilisation mondialisé, un piège idéal pour les matérialistes férus de high tech. Il y a en aura pour tous les gouts. L'idée principale sera aussi que les gens seront tous, nous y compris, dans un contexte de crise majeure sur tous les plans, d'un écroulement de civilisation, de chaos et d'insécurité, et dans un tel contexte, on est bien plus prompt à mordre à l'hameçon parce qu'on a tous besoin de sécurité et de réponses. C'est pourquoi il vaut mieux connaitre ces réponses aujourd'hui, cela évitera que nous nous transformions en terrain fertile pour une autre religion, qui alliera aussi bien une fausse spiritualité que les attraits du high tech. Qui, dans un monde ravagé, où les institutions traditionnelles religieuses et politiques seront dans le silence, incapables de gérer la situation, ne serait pas tenté par un sauveur, qui détient (en apparence) toutes les solutions à nos problèmes et nos questionnements ? Ce n'est pas pour rien qu'on nous prévient que ce sera la plus grande épreuve que l'Humanité aura à connaitre, et bien plus encore que les catastrophes de Nibiru. Il y aura de la résistance, en nombre, tout le monde ne pliera pas, mais il faut reconnaitre que la grande majorité n'ira pas voir au delà des apparences et se jettera encore une fois dans la gueule du loup par commodité et facilité. Le "encore une fois" veut dire que la majorité est déjà complice de ce système à cause de cette même facilité, c'est à dire que ce sont les mêmes défauts des gens qui ont engendré le système actuel qui joueront en la faveur d'Odin : juger sur l'apparence plutôt que sur le fond, préférer la solution la plus simple plutôt que celle plus valable sur le long terme qui demande un minimum d'effort, ne rechercher que l'intérêt immédiat pour soi plutôt que de regarder à long terme ou dans l'intérêt commun. Tant que ce sont les enfants des autres qui crèvent de faim, qu'on n'a pas à trop bosser pour nourrir les siens et qu'on peut les habiller à pas cher avec ce que les premiers fabriquent à l'étranger avec leurs petites mains de 8 ans, on s'en fout du reste du monde. Alors quand un demi-dieu viendra leur mettre des super-iphones dans les mains gratos, de la bouffe dans leurs assiettes et une Rfid sur le front, peu importe que d'autres qui refusent ce pacte de soumission totale se fassent massacrer la porte à côté. Ceux qui sont satisfaits du système actuel seront généralement plus que satisfaits de ce qu'Odin leur offrira, donc comptes et tu verras que le "TOUS" n'est pas si loin de la vérité.

Le plan de la City

Les Illuminatis de la City ont un plan plus complexe qui vise à faire croire aux juifs et aux autres religions monothéistes qui attendent toutes plus ou un messie sans savoir trop de quoi il s'agit vraiment, qu'Odin est en fait ce fameux messie. Il est grand, ressemble à un dieu grec, a une intelligence hors du commun, polyglotte et a vécu du temps d'Abraham, David et Salomon. Il connaît donc toute notre histoire religieuse pour l'avoir vécu lui-même. C'est d'ailleurs lui l'architecte du premier temple juif. Fort de tout cela, il a tous les arguments pour se présenter comme le Messie promis, et comme les juifs et les chrétiens ont complètement idéalisé ce personnage, ils verront dans Odin les attributs de Dieu lui même. Les chrétiens le prendront pour Jésus avec sa vraie forme divine (fils de Dieu) venu pour montrer toute sa gloire etc... etc... on connait la rhétorique. Les Juifs sont dans le même cas, ils attendent un messie surhumain qui doit sauver leur peuple de tout et n'importe quoi, puis reconstruire leur Temple, et enfin devenir leur Roi. Forcément qu'avec tous ces fantasmes des uns et des autres, Odin qui est très intelligent saura faire jouer cela en sa faveur, c'est ce que les illuminatis de la City espèrent en tout cas.

Comment nous sera présenté le faux prophète

Odin ne devrait pas sortir avant que tout soit mis en place et Jérusalem sous contrôle.

Un être de chair et d'os va nous être présenté comme le seul et unique dieu. Grand et baraqué comme une statue grecque (3m de haut), les longs cheveux et longue barbes (blancs ou blonds, les teintures existent...), une cicatrice sur le front et un bandeau sur l'oeil comme Albator, une voix grave et puissante, assis sur un trône en Or massif au milieu du 3ème temple reconstruit, un sceptre qui envoi des éclairs, beaucoup vont s'extasier et mouiller leur petite culotte devant une si belle bête. Sans compter ses centaines de milliers d'années d'existence, des réponses à tout, un savoir semblant sans limite, une intelligence bien supérieure à la nôtre, une connaissance en magie et en occultisme immense vu que c'est lui qui a fondé la plupart des écoles à mystères du monde.

Sans compter les guérisons multiples et les retours des morts à la vie. Le porteur de lumière, Satan, dans toute sa gloire et sa puissance. Il va dénoncer la déliquescence morale de notre société, les vols et les guerres (tout ce que ses serviteurs au pouvoir ont délibérément provoqués pour que nous soyons fatigués de cette société). Odin promettra d'y mettre fin, de construire une société technologique qui dépolluera la nature, etc. Autant dire que la plupart de ceux qui ne sont pas informés de ce qu'il est réellement tomberont à bras ouverts dans le piège. Bien peu écouteront son discours, à savoir l'élitisme, le respect de la hiérarchie, la voie du guerrier devant se sacrifier pour son maître, l'idée de se battre pour être le meilleur, de mépriser et d'écraser le faible qui n'a pas sa place dans la sélection naturelle, de ne coopérer que pour les puissants qui le méritent, et pas pour la communauté en général. Le fait qu'il vous dise que vous êtes un être meilleur que les autres, un élu, ne voudra pas dire qu'il le pense en vrai. Vous ne serez, comme aujourd'hui, que les membres anonymes d'un troupeau de mouton, où vous pourrez passer votre rage d'être maltraité par vos supérieurs en maltraitant à votre tour vos inférieurs dans l'échelle sociale.

En gros, on vous dira qu'on va changer le système, mais vous vous apercevrez trop tard que le système mis à la place est pire.

En face, vous aurez la réincarnation de Jésus. Un humain normal, banal, ni beau ni laid, sans super pouvoirs, juste armé de son message "aimez les autres comme vous même". C'est beaucoup moins sexy.

Mais c'est de votre compréhension et capacité à voir au-delà des simples apparences qui vous fera vous réincarner par la suite sur cette Terre, dans un monde où la coopération entre les êtres prime, plutôt que d'être exilé sur une planète étrangère et hiérarchiste en tant qu'esclave pendant des centaines d'années, à vous battre sans cesse pour conserver votre place en bas de l'échelle.

Ne nous laissons pas aveugler par cette tendance inhérente à l'être humain, de glorifier et d'idéaliser l'individu (jeux olympiques, dieu plus fort que les autres dieux). Ce travers à d'ailleurs été inscrit dans nos gênes pour mieux nous dominer au travers des religions.

Voyons plutôt la beauté et la force du collectif, ce que nous formons tous ensembles.

Profite de l'effondrement des religions

Pour établir un gouvernement centralisé et une nouvelle religion (le gouvernement mondial sera une théocratie), il faut un terrain vierge : cela ne prendrait pas aujourd'hui, parce que les gens ne sont pas assez "perdus". Dans le climat de détresse physique et morale qui suivra l'effondrement du système, les gens seront bien plus crédules et chercheront quelque chose de nouveau sur quoi s'appuyer. Ils seront vite déçu, mais c'est une autre histoire.

Odin doit profiter du chaos qui se passera après le passage de la planète X. L'annonce changera les choses avant, mais n'empêchera pas le chaos post catastrophe d'être un terrain vierge pour une nouvelle religion.

Avec ou sans annonce, il est clair que toutes les religions établies vont se casser la figure après le passage de la planète X, car aucune n'aura su y faire face, ni prévenir de cet événement.

C'est ce qu'on appelle la grande Apostasie, des millions de personnes se détournant des religions anciennes par déception. Les chrétiens ne seront pas les seuls touchés, ce sera un phénomène mondial, et les gens seront perdus, ne sachant plus qui croire et sur qui se fier spirituellement. C'est en cela qu'Odin trouvera alors un public prêt à adopter une nouvelle religion, Odin sera alors considéré comme un sauveur par des populations désabusées, perdues dans leur remise en question.

L'annonce ne changera rien à cela, même si elle permettra à plus de personnes de se réveiller avant le passage, et donc augmentera le nombre de personnes qui résisteront à l'établissement de cette religion mondiale. Plus les gens se seront renseignés, plus il y aura de monde qui saura qui est véritablement Odin, les Annunakis et la planète X : il sera plus difficile de convaincre ces personnes d'adorer un culte qu'ils sauront bidon.

C'est pourquoi les infos comme Zetatalk sont censurées (même si le Puppet Master a imposé aux Zétas de ne pas parler de religion, afin de laisser les bases de la civilisation US, pro-Odin, tomber dans le piège), et les infos comme Harmo sont encore plus censurées : nous enlevons directement des suiveurs d'Odin, mais surtout, nous incitons à réfléchir sur ce que doit être une religion : beaucoup des actes d'Odin imposeront une forte suspicion aux gens, et seul le fait que ce sera le chaos et que les gens soient perdus permettra à Odin de les tromper en masse comme ça. Rassurer les gens, leur expliquer ce qui va se passer, diminuera ce chaos mental où les gens seront bernés. Autant de raisons supplémentaires pour que ce livre soit censuré et étouffé !

Une religion de rituels

Dans la mauvaise religion d'Odin, base du nouvel ordre mondial, les lois, les rites, les règles matérielles, les interdits et la dévotion idolâtre (la sur-sacralisation) seront renforcées et les principes spirituels négligés. Seule comptera la forme, c'est une religion sans but en dehors du contrôle et de la punition.

La forme, aujourd'hui, prime tellement sur le fond, que les croyants n'arrivent même pas à définir exactement ce qu'est "Dieu" pour eux ou pourquoi ils sont dévots en dehors de leur crainte de mal-faire et d'être punis (comme les esclaves qu'ils ont toujours été). En l'occurrence, c'est ce qui fera (la sur-sacralisation) que l'Annunaki sera bien plus facilement cru à cause de sa forme (au sens premier mais aussi sous le sens d'habit de sainteté qu'il se donnera à tort) que les prophètes et messies authentiques.

Suivi par toutes les religions

Légitimé par les juifs

Parce qu'il arrivera à un moment de grandes difficultés pour Israël d'un point de vue territorial et militaire. Le Machia'h est attendu comme un grand libérateur, et c'est cela même qui servira à cet Annunaki pour s'imposer chez les juifs. Il aura une très bonne connaissance de leur langue et de leurs coutumes, de la Torah et surtout des temps anciens, autant de critères qui doivent servir à reconnaître le Machia'h selon les traditions rabbiniques.

Légitimé par les chrétiens

Parce qu'il ira là encore dans le même sens que les rites et les dogmes chrétiens en copiant le christ, un personnage semi-fictif basé sur le vrai Jésus, mais dont la biographie a été transformée d'après des mythes anciens liés aux annunakis.

Cet annunaki fera aussi des miracles grâce à ses connaissances technologiques comme ressusciter les morts (les cadavres) et soigner les malades.

Légitimé par les musulmans

Parce qu'il jonglera avec leurs erreurs de compréhension de l'Islam tout comme l'Etat islamique le fait actuellement.

Il promettra des richesses sans limites, se vantera de rétablir la religion primordiale, validera les interdits et les persécutions des contrevenants. En ce sens, il paraîtra droit aux salafistes aveuglés par leur propres certitudes, contrairement au Mahdi qui remettra de nombreuses choses injustes de l'Islam en question.

Il ne sera pas ce qu'il dit

Il se présentera d'abord comme le messie (donc un faux prophète), puis comme dieu lui-même.

Sa technologie et son intelligence (il est capable de parler de très nombreuses langues, comme les autres anunnakis), mais aussi son apparence (un géant puissant aux cheveux et à la barbe blanche et frisée, ça ne vous rappelle pas une certaine image de "Dieu" ?) seront ses principaux atouts. Beaucoup se feront avoir, même si son comportement sera d'emblée suspect pour ceux qui ont un peu de bon sens.

Les gens se feront avoir d'autant plus que la période est très troublée, et qu'ils sont désemparés. D'où l'intérêt pour lui et les illuminatis de le révéler dans un climat de confusion, pour que les gens ne réfléchissent pas trop et ne s'attardent pas trop sur son comportement.

La fin des grandes institutions religieuses, qui n'auront pas pu prévenir les gens et n'auront pas été clairvoyantes sur Nibiru, c'est cela qui sera le terreau d'une nouvelle religion. Odin sera alors considéré comme un sauveur par des populations désabusées, perdues dans leur remise en question.

Comment et où apparaîtra-t-il ?

La dernière info que les Altaïrans ont donné, c'est que vers 1940 Odin était toujours enfermé à la City de Londres.

Comment et où ? Une question que Harmo demande régulièrement aux Altaïrans, mais ces derniers refusent de dire quoi que ce soit de plus sur le sujet. Harmo l'humain est donc réduit à faire les mêmes supputations que nous tous.

Harmo pense que, si depuis 1945 l'innovation technologique se fait aux USA, c'est un indice montrant que Odin est désormais détenu par les FM USA (c'est très probablement un groupe pro-

Anu, donc anti-Odin, sinon l'histoire aurait été très différente). Quel formidable moyen de pression serait l'otage Odin pour contrer les Q-Forces qui cherchent à le libérer... Pourquoi les militaires cherchent autant dans les tunnels ? On sait que les décideurs ont d'autres priorité dans la vie que sauver des enfants. Qui d'autre se cache dans des tunnels depuis des millénaires ?...

Lieu actuel

2 Hypothèses semblent aussi cohérentes l'une que l'autre :

USA

Odin est il aux USA ? A-t-il été déménagé pendant la seconde guerre mondiale (il aurait alors suivi le transfert du projet MAUD anglais qui deviendra le projet Manhattan aux USA.

Vatican

[AM] Ça aurait été une belle planque, mais depuis les arrestations au Vatican de début 2021 (webcam assombrit, et toutes les rues autour interdites à la circulation), ce scénario est moins probable que les USA.

Conditions d'apparition

Les cataclysmes naturels

Même si on ne sait pas quand Odin émergera, c'est la panique provoquée par les catastrophes liées à Nibiru qui pourront permettre aux illuminatis de libérer Odin. Mais cela dépend aussi du groupe actuel qui détient Odin, qui a aussi la possibilité de le relâcher prématurément. Tout cela est lié au libre arbitre.

Mais le moment le plus probable, reste quand même celui des grandes destructions autour du premier passage de Nibiru, quand cette dernière sera visible, et que le peuple s'apercevra que ses dirigeants l'ont trompé. Quitte a sacrifier Trump et les Q-Force dans la foulée, en leur faisant retarder sans cesse l'annonce de Nibiru ?

L'avancement au Moyen-Orient

Il faut que la Mosquée Al-Aqsa ai déjà été détruite, et la population musulmane autour du temple désactivée.

Pour fonder ce royaume messianique usurpateur, il va bien falloir en passer par la guerre, et pour faire une guerre, il faut une armée. L'idée des illuminatis est de frapper sur deux fronts : le premier est d'affaiblir l'ennemi en le faisant s'entre-tuer (l'EI), et quand il sera assez faible, de le frapper avec toutes ses forces.

Pays d'apparition

Les candidats impossibles

Israël

L'émergence d'Odin ne se fera pas au Moyen Orient, notamment à Jérusalem. C'est justement là que le plan des illuminatis coince. Pour que cela ait pu être possible, il aurait fallu que le gouvernement israélien ait pu réaliser le grand Israël, un territoire sécurisé avec une population entièrement favorable. Or c'est loin d'être le cas, car les musulmans sont une gène constante dans cette stratégie. Comment reconstruire le Temple si on ne peut pas détruire le bâtiment préexistant ? Comment faire de Jérusalem la capitale d'un messie si dans ses murs, la moitié au moins des habitants est complètement hostile ?

Pour l'instant, l'installation d'Odin sur la terre promise (Eretz Israel) et à Jérusalem de surcroît, tout cela pour construire un 3ème Beth Hamikdach à la place de l'esplanade des Mosquées, soulèverait 1 milliard de musulmans qui se coaliseraient immédiatement pour chasser ce machia'h. L'Islam, Mahomet et les entités supérieures qui l'ont aidé en son temps n'ont pas fait les choses au hasard. Si l'Islam a tant insisté sur la notion d'antéchrist (dajjal), c'est pour donner des clés simples et claires pour les générations futures. Il n'est pas difficile de reconnaître un messie borgne quand on en voit un. C'est un critère de reconnaissance infaillible et impossible à corrompre dans le temps. Même si les musulmans ont déviés dans leur foi par rapport à l'Islam authentique, ce moyen infaillible de reconnaître l'usurpateur annunaki ne peut que mener à une résistance farouche et automatique de la part des musulmans dès qu'Odin pointera le bout de son nez (ou de son oeil :)). Si certains musulmans se feront avoir, la majorité se rendra compte du subterfuge, non pas parce qu'ils sont parfaits et infaillibles, mais parce qu'un simple critère leur fera comprendre la danger. Il sont donc les gardiens (inconscients de leur rôle) du territoire convoité par Odin (il a ses raisons pour cela) et tant que ces gardiens seront assez forts, Odin sera privé de son butin.

USA

Un pays qui va subir de grandes destructions, qui dit déjà qu'il est béni par dieu, serait évidemment un endroit idéal. Mais Jérusalem sera inaccessible des USA après le premier passage.

Les candidats probables

Qu'Odin vienne de l'occident est une forte probabilité, mais il peut techniquement apparaître à n'importe quel endroit favorable à ses plans. Cela dépend de lui et de ses serviteurs qui sont tous doués de libre arbitre. Peu importe, le résultat sera le même quel que soit sa décision. S'il veut apparaître en France, au Royaume Uni, aux USA ou même en Jordanie, ce qui est quasiment certain c'est qu'il ne le pourra stratégiquement pas le faire là où l'opposition sera la plus farouche. Il va donc chercher un pays qui sera apte à convenir à ses plans, et ce pays sera celui qui sera mis en avant comme le meilleur candidat de son temps (des événements inattendus ou des particularités potentielles peuvent faire pencher la balance vers un candidat ou un autre, c'est important de garder cela en tête). Odin voudra se servir du chaos pour s'imposer et passer pour un sauveur (nécessaire à l'embrigadement de son armée et au culte absolu en lui), il partira donc du pays dont la population sera la plus ouverte à son discours (donc un pays laïc ou en proie au doute religieux), avec une certaine richesse matérielle et une technologie militaire convenable, de nombreux liens avec Israël, une situation géographique adéquate, gouvernée par des félons cupides, fermement hiérarchistes ou même incompétents etc... Il n'y a pas 50 candidats.

L'armée d'Odin

Son armée sera globalement trans / multinationale, mais il lui faut une base de départ, et donc un pays et une population acquise à sa cause qui sera son pilier à partir duquel il pourra s'étendre progressivement. Symboliquement, le royaume d'Odin sera une bête avec plusieurs têtes. Une de ces têtes sera blessée à mort et Odin la soignera. Ce sera elle qui servira à finir de corrompre les autres têtes, et la bête marchera sous le joug d'un seul maître.

[Note AM : tel que je le comprends, Odin chamboulera complètement un pays (en faisant tomber les institutions), le soignera (passera pour le sauveur, remettra d'aplomb tout ça). Les gens auront bien moins qu'avant, mais le chaos les aura tellement perturbé qu'ils ne se rendront pas compte que c'est Odin qui aura généré le chaos, et que la vie était mieux avant Odin qu'après. Quand on a eu faim un mois et qu'on nous apporte de la soupe de cailloux chaude, on a l'impression que c'est le paradis. Odin, à partir de la puissance militaire d'une de ces 7 nations, finira de convaincre 6 autres (mouvement contestataire, ou invasion éclair avec l'aide de sabotage de stratégie militaire au plus haut niveau, comme ça s'est produit en France en 1939, permettant de récupérer les armées des pays conquis)]

Choisir l'esclavage

Ce livre est un parti-pris pour l'altruisme et la coopération, c'est pourquoi tous mes propos visent à vous libérer de l'esclavage d'un tiers.

Mais vous avez tout à fait le droit d'avoir une spiritualité contraire, ou encore indéterminée, et de choisir l'esclavage et l'égoïsme.

Vivre dans l'esclavage et la lutte perpétuelle pour grimper de quelques échelons dans la hiérarchie est une manière de passer le temps comme une autre, là c'est l'orientation spirituelle de chacun qui décide ! Disons que si c'est votre point de vue, inutiles de vous en faire pour l'après-Nibiru, ou pour ces notions d'antéchrist. Il vous suffira de suivre les hiérarchistes au pouvoir, ce que vous diront les médias et les chefs politiques, et de ne pas se préoccuper pour l'après, les dirigeants arrangeront les choses pour vous afin que vous restiez l'esclave que vous êtes (je dit ça sans méchanceté, c'est reposant intellectuellement de se laisser dicter quoi faire par d'autres...).

Les camps du nouvel Ordre Mondial devraient être approvisionnés un minimum en nourriture (style un pain par jour, les prisonniers des camps nazis ou staliniens pouvaient survivre plusieurs années avec ce régime, même s'ils travaillaient beaucoup physiquement). Et selon votre degré d'implication dans le système sataniste du nouvel ordre mondial, votre temps sur Terre après le premier passage de Nibiru ne durera que 3 ans : vos dieux (ou les anges selon vos croyances) viendront vous "sauver" lors de la chute d'Odin. Il s'agira en fait des ET hiérarchistes, qui aiment mettre les autres en esclavages, et passer des vies entières à se battre pour grappiller un ou 2 échelons dans la hiérarchie (comme vous, c'est pourquoi ils auront le droit de ne pas vous demander votre avis). Ils vous évacueront dans les vaisseaux de Marie (l'Isis vierge à l'enfant des anunnakis) pour vous emmener jouer à leur servir d'esclaves et de souffre-douleur pendant encore des milliers de vies... Et dans 26 000 ans, vous aurez de nouveau le droit de vous prononcer sur l'orientation spirituelle que vous voulez adopter... Une sorte de Stop ou Encore...

Connu dans notre culture

Odin ne donnera pas son vrai nom

Comme tous les démons, Odin ne doit pas donner son vrai anunnaki.

Pour vous mettre en esclavage, il se donner le nom que vous voulez qu'il soit. A priori, il donner d'baord Enki, puis pour ceux qui veulent aller plus loin dans le mal, ou qui croient que Enlil - Yaveh est le seul dieu, il dira qu'il est Enlil. Les pseudos donnés aux humains n'ont pas d'importance pour un anunnaki, car nous ne sommes rien pour eux.

Sachez juste que Odin a les connaissances pour tromper les serviteurs humains illuminatis de n'importe quel dieu anunnaki, de par sa connaissance des rites, cultes occultes et histoire des événements passés.

L'identité précédente d'Odin est inconnue

Pourquoi ne pas la donner ?

Les Altaïrans disent que les noms précédemment portés par Odin n'ont que peu d'importance, vu les confusions inextricables entre les uns et les autres dans les récits anciens (hist>rel>mélange dieux>p.). L'important c'est de suivre son parcours et son origine (l'incarnation d'une entité supérieure déchue et donc particulièrement vicieuse).

Odin symbolise tous les anunnakis dirigeants, des purs égoïstes qu'il faut rejeter en bloc, eux et leurs corruptions qu'ils ont apporté sans cesse à nos religions.

Inutile donc de savoir si Odin est un plus gentil que d'autres anunnakis dans leur domination des humains, à savoir s'il fait égorger les nourrissons avant de les empaler sur la broche (Enki), ou alors s'ils les torture de longues heures avant (Enlil).

Qu'Odin prône l'égoïsme extrême ou l'égoïsme ultra-extrême, il n'a tout simplement plus sa place dans un monde destiné à l'altruisme... L'heure n'est plus à se battre pour choisir un maître, mais à reprendre notre liberté.

Le choix que j'ai fait

Ce qu'on sait

On sait juste qu'une dizaine de mafieux anunnakis ont été bannis de Nibiru et condamnés à l'exil sur Terre. Un seul d'entre eux a survécu jusqu'à aujourd'hui, et c'est un prince (fils d'Anu). Cet Anunnaki a été Merlin, Odin, et précédemment Asmodée.

L'usurpateur

Les dieux anunnakis ont toujours aimé mentir, et Odin ne s'en privera pas !

Comme tous les anunnakis de haut rang (le dieux d'une cité voir d'une région entière), Odin a assez de connaissances pour se faire passer pour l'anunnaki que vous voulez, de préférence pour l'un des 2 princes se battant pour le trône de la Terre : Enki ou Enlil.

Odin a un double discours : selon son interlocuteur, il est soit :

- Enki (comme avec Neil Walsh), le chouchou des hiérarchistes, car pas de tortures d'enfants, présenté comme notre créateur, instructeur, dieu sauveur, et pour le grand public, proche des dieux incarnés des religions officielles.
- Enlil (comme avec Aleister Crowley), un peu plus underground vu que peu de gens supportent les tortures d'enfants au milieu d'excréments.

Il faut juste retenir que Enki, l'anunnaki qui parait le plus sympa envers l'humanité, est un faux dieu qui comme les autres mangeaient ses esclaves et les violait.

Odin est probablement Enlil

Le caractère instable et agressif de Odin, ses coups d'États perpétuels pour monter toujours plus haut dans la hiérarchie (coup d'État contre son frère Enki, puis contre le conseil des 12, puis contre l'empereur Anu, flinguant la productivité mondiale pour ses seuls intérêts personnels), sa détestation profonde des hommes, son Luciférianisme de façade cachant un profond sataniste, font penser que Odin est Enlil, qui se prétend être Enki.

Dans L0>inex>anunnakis>légendes>Enlil, nous avons suivi à la trace les pérégrinations de ce géant, relevées par les chercheurs.

Je suis parti sur cette hypothèse, sachant que Harmo n'a rien précisé sur l'identité antérieure.

Les alias passés (L0)

Odin se fera passer pour un instructeur (alors que c'était son frère Enki qui a écrit ces livres), comme Thot, Hermès Trismégiste.

Indra, Shiva ou Lao Tseu décrivent aussi Odin.

Odin à inspiré l'histoire du juif errant immortel, ou des géants français Gargantua ou Pantagruel, des textes issus de traditions des Flandres.

Dans la tradition anglaise (le pays où il a été enfermé plus de 1000 ans), on retrouve sa trace

avec Herne le chasseur, ou encore les géants Gogmagog.

Le plus dangereux pour l'homme, c'est qu'Odin est aussi le mithra romain. Donc, le Jésus-Christ des catholiques (barbu fils de dieu et sauveur) est l'image d'Odin techniquement. Pour les juifs ou protestants, le dieu barbu dans les nuages avec le triangle sur la tête est Odin. Ce qui fera tomber dans ses filets la plupart des gens de bonne volonté du monde...

Odin le dernier dieu

Harmo le nomme Odin, car à cette époque où Enlil se fait appeler Odin, son fils Thor meurt. On est donc sûr que le dernier anunnaki sur Terre s'appelle Odin, tout simplement.

Odin est un dieu suffisamment proche dans l'histoire pour que son côté bipolaire soit resté vivace dans les traditions (dieu impatient, violent, colérique (fureur), injuste et demandant l'adoration de ses sujets, de teint livide presque cadavérique, borgne, avec un animal totem, etc.), ses serviteurs ayant rapidement été tués par les catholiques, qui ont effacé les preuves (mais pas toutes) au lieu d'enjoliver le mythe comme ça a été fait plus tard avec Merlin.

Merlin le magicien

C'est techniquement la dernière grosse apparition de Merlin à la surface de la Terre, mais ce n'est plus un dieu désormais.

On le retrouvera comme prisonnier dans le "Herne Le chasseur" décrit par Shakespear.

Les alias actuels

Soit par channeling (Odin est capable de se connecter à des humains de spiritualité identique, et ayant eu accès aux archives occultes racontant comment contacter Odin au fond de sa prison), soit par influence directe sur les grands de ce monde (dont les plus haut placés ont accès à Odin régulièrement), on retrouve la trace d'Odin dans notre culture actuelle.

Il faut savoir que les orthodoxes juifs ont des prophéties sur le messie à venir, et que Odin ne correspond pas. C'est ce qui a entraîné la scission des khazars, et qui explique que dans la moitié des films hollywoodiens, le borgne est un méchant, alors que dans l'autre moitié, il est gentil.

Occultisme occidental

Odin est bien le Hiram des FM (Asmodée), ou le faux dieu du livre "conversation avec dieu" de Neal Walsh (p.).

Mangas

On retrouve son image dans :

- le géant Goldorak (cornes du dieu Lug) et Arctarus (qui vient d'une planète entre la Terre et Vénus dont il a été chassé),
- le borgne Albator (avec son corbeau type Odin),
- le méchant "Apocalypse" des X-Men

Les alias futurs

- l'antéchrist (ou anti-christ) dans l'apocalypse,
- le Dajjal musulman (dont l'âme s'appelle Iblid) qui était déjà enfermé dans une crypte, et solidement attaché, il y a 1400 ans,
- le Hiram des FM,
- le Ahriman de la dissidence.
- Quetzalcoatl des Aztèque
- Pahana le frère blanc des Hopis
- le grand monarque (nom usurpé, car il désigne soit le futur guide français, à l'instar du Mahdi, soit directement Jésus 2),

Pahana (Hopis)

Voir les prophéties Hopi dans L0.

Qui est ce "vrai" frère blanc ("vrai" au sens "pas un occidental") ? Celui qui est parti vers l'Est il y a longtemps, et doit revenir à l'arrivée de Nibiru pour prendre le pouvoir sur la planète entière ? Qui sera capable de lire une écriture dont aucun autre humain n'a la clé de lecture, ou de fournir le morceau de tablette qu'il a emmené avec lui il y a plus de 1000 ans ? Qui sera capable de prendre le pouvoir en "une journée" sur toute la planète, les pays se rendant un par un volontairement sous son autorité ? Cette prise de pouvoir étant aidée de l'étoile/croix rouge ?

Ce Pahana, qui a déjà provoqué la destruction de 85% de la population amérindienne (qui ont confondus les conquistadors grands, roux et barbus avec la description qu'ils avaient de Pahana), provoquera là encore bien des déboires et déceptions aux peuples amérindiens.

Iblid, une âme altruiste très élevée devenue hiérarchiste

Réversibilité d'une orientation spirituelle

Le choix d'une orientation spirituelle est réversible malheureusement.

Si un état des lieux sera fait dès l'arrêt de la rotation terrestre pour savoir qui pourra être aidé et par qui, nombreux seront ceux qui seront sur la liste des compatissants qui peuvent encore revenir en arrière. En effet, être fermement dans un camp ou un autre demande du temps (et parfois plusieurs vies) et les ET ne peuvent pas se permettre de laisser passer des gens qui retourneront leur veste dans le monde futur où seuls les compatissants pourront rester.

Odin sert donc d'ultime tentation pour éprouver ceux qui sont sur la liste, afin qu'il n'y ait aucune chance plus tard de voir quelqu'un revenir en arrière (et contaminer en quelque sorte le futur). Cette ultime épreuve est tellement sévère qu'elle sera un véritable stress test. Les religions ont d'ailleurs prévenu que la tromperie sera si grande que même les plus croyants pourraient être tentés. Bien entendu, ceux qui s'en retourneront sur de mauvaises tendances seront enlevés de la liste établie précédemment et ne recevront plus d'aide. Cette liste est donc surtout valable avant / pendant le passage et jusqu'à l'arrivée d'Odin. Odin la rendra partiellement obsolète et une liste définitive, avec des départs et de nouvelles entrées, sera établie au bout du processus.

Cela ne changera pas de d'habitude, juste que les décisions à prendre seront exacerbées. La vie au quotidien est un stress test en continu, mais il peut y avoir bien pire. Si certains ne choisissent pas la facilité, d'autres écartent les difficultés en se bouchant les yeux et les oreilles.

Vies antérieures

Comme Iblid s'est incarnée dans le corps d'Odin avants sa venue sur Terre, notre histoire n'a pas connaissance des noms des précédentes incarnations d'Odin.

Pour exemple de la réversibilité, Odin est l'incarnation d'une entité assez ancienne, un ET évolué, qui avait atteint le niveau spirituel 7 (pour un maximum de 8), donc du niveau de Christ. Les hiérarchistes étant bloqués généralement au niveau 4, quelques-uns des hiérarchistes arrivent à effectuer une seconde ascension jusqu'au niveau 5, bien que cela soit assez rare. Iblid était donc une entité compatissante qui a mal tourné. Les entités égoïste ne pouvant vivre dans la 7e densité, l'âme d'Odin a été physiquement et automatiquement "rétrogradée".

C'est une entité très néfaste qui a sévit sur d'autres mondes avant le notre, et qui a choisi volontairement de s'incarner sur Nibiru, sachant que les anunnakis se rendraient sur Terre un jour ou l'autre. Non seulement elle a eu une très mauvaise influence sur Nibiru, orientant les anunnakis vers le coté hiérarchiste, mais en plus son but était de faire la même chose sur notre planète. Ce n'est pas pour rien qu'un de ses noms est Satan ou Lucifer, prince de ce monde ou de l'enfer.

C'est cette volonté hiérarchiste qui l'a poussé à essayer de prendre le pouvoir absolu sur Terre et l'a fait se rebeller contre l'Empereur Anu. C'est cela qui a précipité son destin : sa condamnation, son exil et enfin son emprisonnement.

Avant d'être un anunnaki, cette entité était incarnée chez les reptiliens où elle a subit le même sort : coup d'État, défaite et exécution. Elle espérait donc prendre sa revanche en prenant le pouvoir sur d'autres peuples qu'elle aurait finalement retourné contre ses anciens bourreaux reptiliens.

Sa dangerosité

Ces retournements d'orientation sont rarissimes chez les ET de niveau supérieur à 5, mais pas impossibles. Ces processus donnent alors des monstruosités, puisque ces âmes ont acquis de grandes connaissances dans les niveaux supérieurs. Elles sont donc bien plus viles que les hiérarchistes qui restent dans les bas niveaux !

La plus grande ruse du diable, c'est de faire croire qu'il n'existe pas, c'est à dire qu'il n'y a ni bien ni mal, ce qui n'est pas vrai à notre niveau, l'altruisme est la seule façon de s'extirper de la fange dans laquelle nous sommes enlisés.

Pourquoi la "chute" ?

Ramener une âme égoïste du bon côté de la force est difficile. Cela n'est pas à portée humaine, il faut plusieurs vies pour ramener quelqu'un, c'est un "sport" dont certaines entités altruistes très développées se sont faites spécialistes. A notre niveau humain, c'est généralement hors de nos compétences spirituelles.

Iblid était autrefois une entité altruiste élevée, un de ces champions qui s'était donné pour mission de ramener les égoïstes sur la "bonne voie". Passer des vies et des vies à tenter à chercher la rédemption du mal, pour un résultat extrêmement faible au final, peut être frustrant pour des entités de ce niveau, et il suffit ensuite d'une goutte d'eau pour faire déborder le vase. Iblid n'a pas supporté

que la Terre, dans le futur proche, soit la première planète de la Galaxie à abriter une entité de niveau 8, le maximum. Ce ne sera pas Iblid malgré tous ses efforts depuis des millénaires à travailler pour le bien, et c'est bien là que sa frustration a "explosé". C'est ce refus que Christ finisse par atteindre cette dernière illumination (et pas lui) qui l'a mené à sa perte, car plutôt que d'essayer de comprendre pourquoi, il a ressenti cela comme une injustice (divine). Une chute est avant tout le fait d'une rébellion. Si cet Iblid, c'est à dire cette âme très évoluée qui a chuté, s'est incarnée dans un anunnaki, puis que les anunnakis ont interféré avec les humains pour les mettre en esclavage et tuer tous les prophètes, c'est pour empêcher le destin de d'accomplir.

Si Odin réémergera au moment où cette illumination va se produire, ce n'est pas pour rien ! Le but de laisser cet être réaliser ses plans n'est pas de le punir, mais bien de lui faire comprendre que sa rébellion est inutile et mal avisée. Le but de tout ça est de le faire revenir sur le droit chemin.

Les questions qui se posent à notre niveau sur comment aider les égoïstes à retrouver le bon chemin (isoler les purs égoïstes ? les faire réfléchir ?les tuer, sachant qu'il reviendront dans un nouveau corps ?) sont un problème très important, qui se pose encore à des niveaux spirituels extrêmement élevés.

Comment gérer la spiritualité opposée à la notre, est une leçon qui nous prendra de nombreuses vies à comprendre, et ce n'est probablement pas dans cette vie que nous y arriverons. [AM : Les Zétas disent que la 4e dimension (la plus longue dans l'évolution d'une âme) sert déjà à apprendre à vivre ensemble, entre entités de même orientation spirituelle, donc gérer le camp adverse sera pour bien plus tard !]

Son but

Ces histoires concernant l'âme Iblid, l'ange rebelle qui s'oppose à dieu, le combat bien et mal, ce sont les vrais prophètes qui l'ont appris à l'humanité, enjolivé / caché lors des falsifications ultérieures.

Odin sait lui-même qui il est (il a accès à son inconscient, donc son âme, pas de séparation chez les anunnakis), et le rôle qu'il va jouer. Il sait qu'il est l'antéchrist prophétisé. Là où il se trompe, c'est quand il croit qu'il peut contrer le grand tout sur son propre terrain. Il compte faire le plus de "mal"[15] possible avant de s'éteindre, et il sait quel est son destin final et qu'il perdra, mais cela ne l'empêche pas de penser qu'il pourra agir pendant la période qui lui sera allouée. Mais nous entrons sur un terrain compliqué, et le faisons de façon prématurée : ne cherchons pas à savoir la fin du livre avant d'avoir commencé l'introduction. :)

L'incarnation Odin d'Iblid

Aspect physique

Barbe, physique massif, auto-régénération, génétiquement modifié pour être increvable (télomérase supprimée), intelligence et connaissances techniques supérieures et tout ce qui va avec !

Physiquement, il doit mesurer 3m de haut.

Baraqué comme tous les anunnakis, mais pas le bloc des bodybuilder : taille en V (hanches étroites épaules larges), muscles longs et saillants.

Une cicatrice sur le front (au niveau du troisième oeil), borgne (oeil gauche, même si les musulmans ou les illuminati opposés à Odin disent l'oeil droit).

Longs cheveux et barbes blanche (il a vieilli en l'absence de sarcophage régénérateur, mais cela n'enlève rien à son espérance de vie).

Évidemment, il peut se teindre les poils, ou encore se les couper, donc n'en faites pas un critère absolu de reconnaissance !

Si vous voyez la représentation du dieu baraqué en toge sur son nuage, cette image placée dans nos esprits par les illuminati n'est pas innocente.

La peau d'un albinos, c'est à dire livide.

Comme tous les anunnakis, il devrait avoir 6 doigts, mais Harmo n'était pas sûr au début, donc info à prendre avec des pincettes.

Grâce à l'oeil d'Horus (qu'il semble devoir arriver à récupérer à la fin, en même temps qu'il

devrait récupérer son ankh / trident possédé par les rois d'Angleterre), il est capable de modifier son apparence, comme l'ogre du chat botté. Il ne devient bien évidemment pas l'image qu'il projette, c'est juste de la projection mentale dans l'esprit humain qui le regarde (ne marche pas avec une caméra par exemple).

Son trident / foudre (l'Ankh) est princier (ce qui n'implique pas qu'Odin le soit, il peut avoir récupéré le foudre de son chef mort), avec plus de décorations que les autres.

L'histoire d'Odin (p. 151)

Le groupe de voyous exilés sur Terre par leur propre peuple, relâché en Amérique du Sud, réinvesti les anciennes places fortes anunnakis. Leurs nombreuses exactions, leur demande permanente de sacrifices humains pour boire le sang des nourrissons, feront que régulièrement les peuples se révoltent contre la tyrannie des géants. Le groupe de 10 se dépeuple au fur et à mesure de la remontée vers le Nord, puis de l'installation en Grande-Bretagne. Les humains finissent par tuer tous les survivants et leurs enfants hybrides, excepté Odin, qui est enfermé dans une crypte anglaise.

Les 2 visions illuminati sur Odin

Les pros (la City)

Il a longtemps été détenu dans les geôles de la City, aux mains des rois d'Angleterre. Le clan bancaire le considère comme son dieu, et cherche à le faire évader pour le mettre sur le trône du 3e temple reconstruit de Jérusalem. Voilà pourquoi dans la culture populaire actuelle, aux mains des banquiers, vous trouverez beaucoup de notions de prince Satan, le prince de ce monde, le prince actarus de Goldorak, etc.

Les antis (Chapeaux noirs)

Mais un autre clan, celui de l'État profond USA, a fait scission avec le clans de la City dont il est issu. C'est le clan de Soros, qui s'est allié avec le clan des pédocriminel.

Il suffit de comparer les soutiens de Trump(City/Blackrock) et ceux de Clinton (Soros). La fracture est visible aussi via les indices financiers qui ont fait un bond après l'accession de Trump au pouvoir. . Dans le même temps, Soros lui a perdu un milliard illico, alors que l'empire Rothschild a gagné de l'argent avec l'élection de

---

15 le mal n'est pas forcément de tuer les gens, mais de les perdre spirituellement, ce qui est bien plus grave. Il espère ainsi faire chuter l'humanité avec lui, ce qui serait de son point de vue l'aboutissement d'une revanche/ vengeance/ rancoeur ourdie depuis des millénaires. C'est à ce niveau qu'il est dangereux, et que ce sera, tout les prophètes sont unanimes, la plus grande menace qui aura à agir sur l'Humanité. Il est l'examen de passage final, c'est pour cela que depuis le début, les religions (authentiques) nous préparent à ce moment là. Son arme n'est pas la violence, mais la subversion.

Trump, profitant largement de l'euphorie boursière. La bourse parle donc d'elle même et confirme que le système financier/bancaire est derrière Trump et a puni Soros : il y a bien une bataille entre deux camps de banksters.

Les Khazars 2 se sont aussi alliés avec les ultra-orthodoxes sionnistes, qui interprètent différemment les prophéties des Khazars 2, et considèrent Odin, à juste titre, comme l'Antéchrist. Manque de bol, ils considèrent aussi que pour faire sortir le vrai Macchiah hors de France il faut provoquer une 3e guerre mondiale nucléaire pour faire émerger le nouveau royaume des décombres... Les ET bienveillants ont donc décidé de soutenir le plan des banquiers anglais, et après tout l'antéchrist est un test spirituel que nous devons passer pour s'élever à l'étape d'au dessus...

Il ne faut pas oublier que beaucoup d'illuminati de par le monde (dont le Puppet Master) sont persuadés d'être en présence d'un dieu, ou du moins d'un de ses avatars, et qu'ils ont souvent absorbé partiellement la culture dans laquelle ils se trouvent, c'est ce qui est à l'origine des différents "clans" illuminati.

Les illuminati anglais, très influencés par la mystique juive qu'ils ont absorbé, sont quant à eux persuadé qu'Odin est leur messie, ou du moins leur roi-dieu qui doit régner sur le Monde à Jérusalem (Ancienne base anunnaki). Le souci c'est que les orthodoxes juifs en Israël ne seront pas du tout de cet avis car leurs critères de reconnaissance très précis du messie ne fonctionnent pas pour Odin. L'objectif des "juifs" anglais infiltrés par les illuminati est donc de prendre possession de Jérusalem (et du Mont du Temple), et de sécuriser la zone de la menace arabe car les musulmans ont des prophéties qui désignent de façon très clair Odin comme le Dajjal (L'"antéchrist" en Islam).

Vous avez donc l'explication profonde de la création de Daech, bien au delà de la perte de contrôle provoqué par l'islam rigoriste anti système financier, mais aussi la volonté de faire tomber le gouvernement Netanyahu qui est soutenu par les illuminati des chapeau noirs et les juifs religieux ultra-orthodoxes. L'idée d'une main dans l'ombre qui dirige tout, avec des illuminati oeuvrant tous dans le même but, est simpliste (bien que vrai en partie : Odin mène la danse, et le but final est de donner tout le pouvoir aux plus égoïstes). C'est là qu'il y a source de conflit entre les deux groupes juifs, ceux qui sont liés aux illuminati anglais et qui veulent imposer Odin

comme leur messie, et ceux qui en Israël qui refuseront ce personnage en qualité de messie authentique. Ce sont donc bien des mouvements /stratégies liées à de l'eschatologie.

Là où c'est le plus flagrant, c'est que les religieux juifs d'Israël (Orthodoxes et ultra orthodoxes de toutes écoles) s'attendent à ce que les 70 nations du Monde finissent par se liguer pour les attaquer et qu'ils appellent cela la guerre de Gog ou Magog (Ou Gog et Magog en français).

Or en Angleterre, la légende dit bien que le pays a été fondé par les deux géants Gog et Magog, comme le prouvent les deux statues dans le grand Hall de Londres (d'autres légendes parlant d'Albion le blanc, alba signifiant blanc en latin, ou encore Angleterre appelée Ile de Thor). Dans l'eschatologie juive traditionnelle, le "Roi" qui doit prendre la tête des 70 nations liguées qui marcheront sur Jérusalem sera surnommé Gog, du pays de Magog (bien qu'on ne sache pas vraiment ce que représente ce "pays" de MaGog). Or les anglais eux mêmes avouent que leur prisonnier est bien ce Gog (du moins c'est comme cela qu'Henry VIII l'a surnommé, même si les illuminati juifs eux le considèrent plutôt comme leur messie).

La propagande pro ou anti-Odin

On trouve 2 types de films : les films pro-Odin, et les films où il est montré sous un mauvais jour (selon le clan illuminati qui finance le film).

Les nombreux films où Merlin est montré comme super fort et généralement sympathique.

Pour les gamins, depuis les années 1970 nous sommes formaté à accueillir un héros invincible qui veut sauver la terre des invasions aliens :

- Goldorak, les géant aux cornes de Taureau (dieu anunnaki gaulois Lug), et des alien qui débarquent en période ou il y a une planète rouge dans le ciel, aussi grosse que la pleine Lune... (c'est au moment où Nibiru revient vers nous, donc est visible comme la pleine Lune, que les anunnakis peuvent débarquer sur Terre, et qu'Odin, grâce au vaisseau anunnaki stocké dans le spatioport de Jérusalem (?) pourra les repousser...

- le grand Albator sur son trône, contre les géants livides, avec son oeil borgne, sa balafre sur le front, ses cheveux long roux et son corbeau sur l'épaule comme Odin. C'est le seul à s'opposer aux habitant au teint verdâtre venu d'une grosse planète noire qui s'approche de la Terre, alors que des grosses calamités font penser à la fin du monde, et qu'un gouvernement mondial humain est incapable de réagir (seul un dieu comme Albator peut le faire, avec son vaisseau à la technologie supérieure, sous la bannière du crâne et tibias entrecroisés, des libertaires satanistes, les corsaires ou les « skulls and bones » FM, ou encore Madonna à l'eurovision 2019 à Tel-Aviv).

Officiellement, Albator (capitaine Harlock dans la série originale) est une invention « par hasard » du chanteur du générique (Eric Charden), qui aimait bien un joueur de foot surnommé « patator ». Dans la réalité, on peut remarquer que dans les légendes de Gog et Magog anglaise, Odin est appelé aussi Albion le blanc (alba signifiant blanc en latin), ou encore que l'Angleterre est appelée Ile de Thor. Thor le blanc devient Albator…

- Galactus de Marvel est cet humanoïde/planète, avec l'hator sur la tête comme Isis, avec un trident à la main. On retrouve ce mix des anciennes légendes entre le dieu physique de 3 m de haut, et les dégâts à l'échelle planétaire que peut faire la planète Nibiru. Chez Marvel, la contradiction est gérée en faisant que Galactus passe de la taille d'une planète à la taille d'un humain pour se battre contre les super héros. Galactus est inéluctable (repasse cycliquement près de la Terre depuis la nuit des temps) et sa venue du fond de l'espace est précédée par des annonciateurs, comme le surfeur d'argent.

Dans les films 2016, ils sont pléthore. Citons « Gods Of Egypt », où un humain aide son dieu aveugle à récupérer l'oeil d'Horus dans un vieux temple souterrain d'une ville du Proche-Orient, « X-Men - Apocalypse », un méchant super fort et musclé, tout blanc et géant, qui sort de sa grotte où il était enfermé depuis des millénaires. En cherchant bien on voit que l'histoire d'Odin est toujours dans le scénario… Dans « Avatar, » où les humains - anunnakis sont inversés, Odin est représenté par le colonel humain baraqué et fou furieux, qui veut tuer tous les habitants de la planète Pandora conquise. Il a beau être le méchant, il est présenté de telle façon que les enfants et ados l'idolâtrent à cause de sa force et de son style badass...

En 2018, la fin de "Avengers : Infinity War" voient quand même la victoire d'Odin à la fin qui détruit une partie de l'Univers et diminue de moitié la population des planètes de l'Univers...

Soutenu par les bienveillants

Seul Harmo en parle abondamment

Harmo, au contraire d'autres visités, a beaucoup d'infos sur Odin, car il y a de grande chance que Odin apparaisse en France ou en Italie, et que c'est les Français qui partiront en croisade (comme il y a 1000 ans) pour emmener Odin reconquérir Jérusalem. Évidemment, Odin ne sera pas présenté comme l'antéchrist qu'il est réellement, mais comme le messie, le sauveur de l'humanité...

D'où l'intérêt à ne pas se planter, et les nombreuses informations de ce livre permettant aux Français qui le liront de choisir leur camp en toute conscience, et pas suite à des tromperies...

Nancy Lieder par exemple n'en parle pas, car l'accord passé entre les Zétas et le Puppet Master (pro-Odin) empêche les Zétas de dévoiler les plans de leurs alliés de circonstance. Trump poussera, comme les autres marionnettes, à reconstruire le temple à Jérusalem. Cette alliance était le chemin le moins pire pour arriver au Nouvel Ordre Mondial, sachant que Odin a bénéficié de la protection des ET bénéfiques, tout simplement parce qu'il faut que son règne arrive, afin de permettre à l'humanité de choisir son orientation spirituelle en toute conscience. Soit vous lisez et comprenez cette page au fond de vous, soit vous subissez les exactions d'Odin pour comprendre que l'égoïsme n'est pas la bonne voie !

De manière générale, les autres contactés ET occultent l'antéchrist, lâchant juste quelques phrases énigmatiques sur le sujet, s'empressant de dire qu'ils ne vont pas en parler. Et Harmonyum a longuement hésité a parler de cette notion dans son livre (avant de reculer, son livre aurait sûrement été censuré), préférant le faire sur son mur Facebook.

Protégé par le conseil des mondes

Si Odin n'a pas été mis en quarantaine de la Terre, s'il a survécu aux tribulations de l'histoire et pas les autres renégats anunnakis, c'est tout simplement qu'il a été protégé par les ET bienveillants.

Pour des altruistes protégeraient un pur égoïste ? Tout simplement pour la même raison que Jésus 2 va laisser Odin établir son nouvel Ordre, et n'interviendra qu'au moment de la toute puissance de Odin.

Odin est le test suprême de l'humanité, une manière d'être sûr que les humains qui resteront sur Terre ne vont pas retourner leur veste après l'ascension.

Odin a donc son rôle dans l'histoire, et les bienveillants (ou plutôt les EA neutres au dessus) veillent à ce que l'égoïsme ai le droit d'exprimer son point de vue au moment du tri et de la séparation des âmes !

La religion mondiale d'Odin

Religion égoïste

La religion globale d'Odin sera ce NOM en préparation, et en continuité du système actuel (avec juste quelques corruptions réparées, corruptions laissées volontairement auparavant afin de faire croire que le nouveau système est un gros progrès). La nouvelle religion mondiale fixée par l'anunnaki sera encore plus restrictive et prescriptive, dans le but d'augmenter le contrôle matériel : les lois, les rites, les règles matérielles, les interdits et la dévotion idolâtre (la sur-sacralisation) seront renforcées et les principes spirituels négligés. Seule comptera la forme, c'est une religion sans but en dehors du contrôle et de la punition.

La forme, aujourd'hui, prime tellement sur le fond, que les croyants n'arrivent même plus à définir exactement ce qu'est "Dieu" pour eux, ou pourquoi ils sont dévots en dehors de leur crainte de mal-faire et d'être punis (comme les esclaves qu'ils ont toujours été). En l'occurrence, cette sur-sacralisation explique que l'anunnaki sera bien plus facilement cru que les prophètes et messies authentiques. Les croyants s'arrêteront à sa forme (au sens premier mais aussi sous le sens d'habit de sainteté qu'il se donnera, un faux habit) plutôt qu'au fond (ses actes, ou les détails moisis de son message, ou encore les principes spirituels important dont il oubliera de parler).

Les djihadistes (juifs, chrétiens, musulmans)

Tout comme l'EI le fait dors et déjà aujourd'hui, ce nouveau Messie autoproclamé qu'est Odin se construira une armée de "djihadistes" des trois religions confondues, en particulier de tout ceux qui refuseront le changement dans les règles et les rites. Les gens qui refuseront cette nouvelle religion encore plus corrompue seront pourchassés et persécutés jusqu'à ce que les forces d'Odin

arrivent au Moyen Orient, cela afin de réclamer la "terre promise", l'Israël biblique et revendiquer Jérusalem / Sion comme sa capitale.

Odin a de nombreux arguments qui joueront en sa faveur, et lui permettront de se faire considérer comme légitime par les trois grandes religions monothéistes :

Juifs

Il arrivera à un moment de grandes difficultés pour Israël d'un point de vue territorial et militaire (difficultés volontairement faites par les serviteurs d'Odin : il créera le problème et vous apportera la solution). Probablement une attaque des musulmans suite à l'annexion du mont du temple.

Le Messie juif est attendu comme un grand libérateur, et c'est cela même qui servira à cet anunnaki pour s'imposer chez les juifs. Il aura une très bonne connaissance de leur langue et de leurs coutumes, de la Torah et surtout des temps anciens, autant de critères qui doivent servir à reconnaître le Messie juif selon les traditions rabbiniques.

Chrétiens

Odin ira là encore dans le même sens que les rites et les dogmes chrétiens en copiant le christ, un personnage semi-fictif basé sur le vrai Jésus, mais dont la biographie a été transformée d'après des mythes anciens liés aux anunnakis. Cet anunnaki fera aussi des miracles grâce à ses connaissances technologiques comme ressusciter les morts (les cadavres) et soigner les malades.

musulmans

Odin jonglera (de la haute voltige comme il a l'habitude) avec leurs erreurs de compréhension de l'Islam, tout comme l'État islamique le fait actuellement [AM : c'est sûrement le Dajjal qui est derrière ce mouvement d'ailleurs...]. Il promettra des richesses sans limites, se vantera de rétablir la religion primordiale, validera les interdits et les persécutions des contrevenants. En ce sens, il paraîtra droit aux salafistes aveuglés par leur propres certitudes, contrairement au Mahdi qui remettra de nombreuses choses injustes en question.

Odin, un dieu plus proche de toi que ne le sont tes mains et tes pieds

Désolé pour l'image très "graphique" qui va suivre, mais c'est une image très parlante, qui vaut plus que 1000 mots ! Et un peu d'humour permet de mieux comprendre les choses des fois !

La punchline de Jésus (Odin plus proche de toi) ne s'appliquera à Odin que dans un seul cas : celui où vous êtes debout, les bras tendus en appui sur un mur, jambes écartées, pendant que Odin vous sodomise comme il le faisait quand il s'appelait Baal à Ougarit... C'est ce qui vous arrivera, physiquement ou symboliquement, si vous suivez Odin...

Cette image ne vaut que pour notre civilisation actuelle, où la sodomie est considérée comme la soumission absolue à éviter à tout prix, et n'a évidemment rien à voir avec l'acte d'amour que pratiquent les homosexuels.

Les plans du Nouvel Ordre Mondial

Ces plans seront détaillés dans le prochain chapitre, NOM (p.).

A passer directement dans NOM

Agenda 21 de l'ONU, les plans révélés à tous (L0)

Depuis 1992, tout le monde peut savoir ce qui lui est destiné, via le protocole de l'Agenda dévoilé par l'ONU : Sous couvert de Marxisme, les esclaves n'ont plus rien, et l'État (une poignée de dirigeants) ont tout, et l'utilisent à leur guise, dans leurs intérêts propre, sans devoir rien justifier question intérêt commun.

Au programme, loi martiale et restriction de la circulation, entassement des esclaves dans des camps.

Les Américains pas concernés

Jésus nous a prévenu contre l'antéchrist, mais n'oublions pas que les enseignements de Jésus, en particulier les prophéties qui concernent une zone géographique réduite, devaient rester en Israël / Moyen-Orient, d'autres prophètes s'occupant des peuples. C'est par opportunisme que Paul puis les romains ont repris à leur compte quelques paraboles altruistes de Jésus mélangées à d'autres croyances hiérarchistes, et qu'au final les prophéties du Moyen-Orient, ne concernant que cette région, ont été exportées par l'Église Catholique partout dans le monde, écrasant les prophéties des peuplades envahies (les celtes en Europe, les légendes et shamans indiens an Amérique). Aujourd'hui, les millénaristes qui ont le plus peur de l'antéchrist se trouvent aux USA, alors que ce pays n'est pas vraiment concerné, et

qu'ils feraient mieux de se renseigner sur les prophéties locales comme les mayas, Hopis ou Lakotas, qui elles, ne parlent pas d'antéchrist...

La captivité d'Odin aujourd'hui

Ce qu'il est advenu d'Odin après la seconde guerre mondiale, Harmonyum l'ignore, les ET refusant de donner cette information. Est-il toujours à Londres, sous la City, ou a-t-il été déménagé à New-York pendant la seconde guerre mondiale (il aurait alors suivi le transfert du projet MAUD anglais qui deviendra le projet Manhattan aux USA) ? Ce n'est plus l'Angleterre qui est en avance technologiquement depuis 1945, mais les USA. Est ce un signe que Odin offre des connaissances aux USA ?

Certains disent qu'il pourrait aussi se trouver au Vatican, de là où est parti la plus grande manipulation historique pour transformer le prophète de l'amour altruiste Jésus en dieu sauveur hiérarchique de type Horus/Odin.

L'antéchrist est Odin

Ce qui est certain selon les Altaïran, c'est que Odin est le futur "antéchrist" annoncé par les religions, et qu'il sera libéré lors du passage de Nibiru (et donc pas le jeune blond, ou une personnalité humaine, comme cherchent à le faire croire beaucoup).

Odin cherchera alors à prendre possession de son ancien empire (la grande Sumer ou grand Israël). Ce qui explique, dans l'histoire récente, les invasions de l'Irak et Syrie par les occidentaux (dont les dirigeants sont pro-Odin pour la grande majorité).

Le but des illuminati est de libérer Odin pour fonder une religion mondiale basée sur un culte à ce faux dieu Odin (et eux dans le rôle des grands prêtres qui violent les jolies jeunes vierges kidnappées de force chez les esclaves). Les illuminati réaliseront leurs prophéties, donner à leur dieu la Terre comme royaume (le royaume de dieu sur terre, alors que Jésus précise bien que son royaume n'est pas de ce monde).

La science et technologie d'Odin, plus avancée que la notre, lui permettront de réaliser des faux miracles qui en jetteront plein la vue aux masses.

Voilà ce qui se cache réellement derrière les prophéties et l'histoire, un anunnaki très instable psychologiquement qui a un ego démesuré, une très vive et perfide intelligence, et qui ne rêve que de nous dominer à nouveau. Il est certain que des siècles de captivité n'auront sûrement pas arrangé son caractère et sa soif de domination !!

Les anunnakis sont pragmatiques. Odin sait très bien que sans ses gardiens illuminati actuels, il n'arrivera à rien. C'est donc une alliance de nécessité, de circonstance. Et rien ne nous dit s'il ne se retournera pas contre eux plus tard ! Quand on vit des centaines de milliers d'années, la vengeance est un plat qui se mange très froid, il a tout son temps !!

Les « pouvoirs magiques » technologiques

L'oeil d'Horus permet de lire l'âme des humains. L'Ankh permet de guérir et ressusciter les morts.

Ces pouvoirs, acquis uniquement par la technologie, expliquent pourquoi Odin subjuguera autant les populations humaines et n'aura pas de mal à se faire passer pour un être doté de pouvoir magique et donc un messie. En plus, il a une très bonne connaissance de l'époque du Roi Salomon (il pourra ainsi se faire passer pour le messie auprès des Illuminati juifs) et c'est même lui qui a été l'architecte du Temple. Tout cela contribuera à son succès. Pour le contrer, il faudra donc du lourd, du très lourd !!

Récupérer l'oeil d'Horus

Il est important que Odin ne récupère pas l'oeil d'Horus, sans quoi il aura une puissance phénoménale sur les humains.

Pour rappel, cet œil d'Horus sur le front permet à Odin de manipuler l'esprit humain (comme changer de forme à ses yeux), de voir l'aura (savoir si une personne ment, avoir le pouvoir de la guérir), de voir à travers la matière.

Odin sait que Salomon a caché l'oeil d'Horus (sceau de Salomon) dans une des nombreuses caches, grottes secrètes ou souterrain de la région de Naplouse (lieu du premier temple), c'est pourquoi les fouilles "archéologiques" en Israël s'amplifient depuis 2000.

Harmo reste flou sur le sujet (pour ne pas donner d'indices). Il semble qu'actuellement Odin n'ai pas encore l'oeil, mais les prophéties décrivent l'antéchrist comme pouvant changer de forme. Ce qui laisse à penser qu'au moment du règne d'Odin, cet œil aura été retrouvé.

A noter que dans les légendes, Odin sait déjà changer de forme (voir Merlin ou Lao Tseu).

Pourquoi refaire le spatioport de Jérusalem ?

Odin sait que le premier temple, celui de Salomon, n'était pas à Jérusalem, mais sur le mont Izhmir, proche de Naplouse.

Odin sait que l'oeil d'Horus n'a pas été caché à Jérusalem (du moins, qu'il n'y a aucune raison historique, Salomon n'étant pas placé à Jérusalem).

Odin sait le temple d'Hérode à Jérusalem est construit sur une ancienne base anunnaki. Contrairement à d'autres spatioports abandonnés par les anunnakis, celui de Jérusalem est resté prêt à redémarrer. On trouvera des outils, des plans, tout pour redémarrer rapidement une activité de transit de l'or extrait pendant 3 660 ans vers les nefs anunnakis en Orbite. Odin veut prendre la base avant que les autres anunnakis ne le fassent (il négociera encore une fois son retour sur Nibiru, comme il l'avait fait au moment de l'exode, n'hésitant pas à faire se massacrer entre eux des centaines de milliers d'humains pour ça).

Odin sait aussi que c'est là-bas qu'il avait entassé l'or volé aux Égyptiens par Mosé, avec les artefacts anunnakis, et qu'il reste pas mal du trésor.

Vision des esclaves humains pour Odin

Odin ne veut pas exterminer les gens, il veut en faire ses laquais (esclaves / femmes de chambre à son service personnel). Dans cette vie-là et dans les prochaines (perversion et manipulation des âmes, qui se réincarneront à ses côtés, toujours soumises à Iblid).

Les habitants des villes seront exécutés s'ils n'obéissent pas, mais ce sera uniquement pour économiser des ressources. Odin est un stratège, il n'agit pas par haine. C'est un calculateur qui n'a aucun scrupules certes, mais qui agit de façon froide et logique. La "conquête" ou soumission du monde par Odin ne se fera pas en un seul jour, ce sera un phénomène progressif qui partira d'une zone donnée. Tous les pays ne plieront pas, mais peu importe pour lui puisque son but est seulement de monter une grande armée pour sécuriser Jérusalem et récupérer son butin, dans une première phase. Ensuite, il aura, s'il y arrive, les moyens de sa domination mondiale.

Il y a aura donc un délai, même si Odin apparaît tôt, une période où les nations / pays mettront en place ce qu'il ont prévu de faire. Seul le pays cible qui servira de pilier pourra voir ses plans modifiés par l'émergence d'Odin (France ou Italie pour les plus probables). Les autres pays suivront leur chemin, même s'ils seront pour beaucoup rattrapés par les événements. Comme ce pays n'a pas encore été sélectionné avec certitude, la France fait partie des 7 pays potentiels.

Voir "la bête aux 7 têtes qui sont des nations" de l'apocalypse, dont l'une sera frappée à mort et soignée par Odin. Ce verset peut très bien être compris comme la chute de la République (sous l'effet de manoeuvres de Gilets Jaunes soigneusement entretenu par le pouvoir royaliste en place de Macron), puis un roi émergent à la tête du traité d'Aix-la-Chapelle (l'Europe des 7 grands pays du saint-empire germanique de Charlemagne).

Récupération de Jérusalem (p.)

Cette partie du plan, réalisée par les adeptes illuminati d'Odin (le clan de la City), sera vu en détail dans la partie NOM.

Pas de haine envers lui

La haine le nourrit

Le but étant de rendre les âmes égoïstes, Iblid a besoin de votre haine pour ses noirs desseins... Mourir en ayant la haine ou l'incompréhension, c'est prendre gros risque de continuer à servir Odin en se faisant alpaguer par le premier esprit venu qui vous vantera la vengeance...

Comme pour tout, il ne faut pas avoir de haine envers Odin : il a sa place dans notre histoire, pour nous montrer la vraie face de l'orientation hiérarchiste. Ils participent aussi à rendre ce monde altruiste en dégoûtant tout le monde de l'égoïsme ! c'est aussi le rôle de Daech et d'Odin après tout. Tous ces mauvais ne font que renforcer la polarisation, les mauvais et les bons se regroupent avec les leurs et s'extrémisent dans leur orientation spirituelle. Si tu regardes l'effet des attentats c'est tout à fait cela : ça galvanise la compassion et la solidarité, la résistance à la cruauté, et dans le même temps, cela galvanise aussi les haines des haineux de tout bord. C'est un effet de contraste qui pousse chacun dans ses retranchements. sauf qu'au final, les requins se regroupent mais continuent à s'entre-dévorer, alors que les autres forment une famille de plus en plus soudée et compacte.

Odin se laisse dominer par ses émotions en se montrant colérique et vengeur. Le fait de vivre des centaines de milliers d'années, d'échouer sans cesse dans ses plans de prendre le contrôle, n'aide pas à dissiper l'aigreur, la jalousie et la déception de ne pas être le meilleur. Qui sommes-nous pour juger.

Contentons-nous de l'empêcher de nuire, de sortir ses formatages de notre inconscient, sans plus. Toute haine envers lui ne ferait que le renforcer.

Pas de haine envers les anunnakis

Le peuple n'est pas ses dirigeants. Comme les humains, le peuple anunnaki est composé des diverses orientations spirituelles, sous le contrôle d'une caste purement égoïste. C'est pourquoi c'est des dirigeants anunnakis qu'il faut se méfier, pas de tous les anunnakis, surtout ceux en bas de l'échelle.

Pas d'idolâtrie non plus

Odin est bien un méchant, et ne fait pas semblant pour mettre en avant Jésus, ou pousser les indécis à adopter l'altruisme (même si c'est ce qu'il fera avec la théocratie mondiale). Il a pris très mal que nous, petite espèce misérable à ses yeux, réussissions l'ascension. Il avait considéré que nous ne valions pas le coup qu'il s'incarne dans notre espèce, et cherche peut-être à empêcher que notre espèce ne réussisse l'ascension altruiste en faisant basculer le plus possible d'humains du côté égoïste.

Quoi que les anunnakis aient donné à l'homme (technologie, sagesse, connaissances), ne pas oublier que tous les anunnakis (Odin compris) ont exigé des sacrifices humains et ont provoqués des millions de morts dans leurs guerres de pouvoir. Nous ne leur devons rien, le partage de connaissance étant une chose naturelle, qui n'exige pas de contreparties (excepté à devenir meilleurs pour se montrer digne de ces connaissances).

Même si c'est lui qui nous avait créé par manipulation génétique (mensonge de propagande au passage), les enfants ne doivent rien à leur parent. Chacun aide les autres comme il a été aidé, sans avoir de dettes en retour.

Il vous faudra aller bien au-delà que ce que les légendes illuminati vous ont fait croire, une propagande acharnée dès la naissance pour vous présenter le faux dieu sous un aspect attrayant et sympa. Vous ne connaissez pas la vraie personne derrière les histoires et le héros de fiction, vous n'avez eu qu'une construction de toute pièce destinée à émerveiller les foules. Si vous saviez ce qu'il y a vraiment derrière la famille anglaise d'Angleterre, bien loin de la version conte de fée des tabloïds… Ou même Nietsche, qu'on vous présente comme un grand philosophe, mais qui, quand on le lit, s'avère être un pédophile sataniste, qui défend le droit à inverser totalement les valeurs chrétiennes d'amour d'autrui… Méfiez-vous des médias/croyances officielles et de leur réalité inversée.

Le manipulateur

Odin vous dira qu'il vous aime, ce qui est vrai : il nous aime à sa façon, avec du sel et bien cuit, de préférence les jeunes garçons ou les jeunes vierges pour se faire plaisir avant la dégustation... :) N'oubliez pas, Odin/Satan aime jouer sur les multiples sens d'un mot, lui permettant de vous manipuler sans réellement mentir !

Odin, le dernier dirigeant du Vatican

Les 2 derniers papes selon Malachie

Intéressons-nous aux 2 derniers papes avant que l'antéchrist ne prenne le contrôle du Vatican.

La prophétie de Saint Malachie

La prophétie de St Malachie est une liste découverte en 1590, donnant tous les futurs papes jusqu'à la fin des temps, décrits selon leurs caractéristiques les plus fortes.

Chaque pape, dans la prophétie, est résumé par quelques traits de caractères ou de comportement. Tous correspondent bien aux papes qui ont existé, ou aux événements de leur pontificat.

Le dernier pape est décrit comme "Pierre le romain", et il est dit qu'encore une "personne" siégera sur le trône du Vatican, mais qu'il ne sera pas pape.

La prophétie promet la fin de l'Église, la grande apostasie, et le renouveau de la Foi Chrétienne (et générale) lorsque Pierre le Romain serait Pape ou peu après : « Dans la dernière persécution de la sainte Église romaine siégera Pierre le Romain qui fera paître ses brebis à travers de nombreuses tribulations. Celles-ci terminées, la cité aux sept collines sera détruite, et le Juge redoutable jugera son peuple. »

St-Paul hors les murs

Cette prophétie de Malachie est prise très au sérieux par les Pères de l'Église, qui avaient fait établir des médaillons pour chaque pape dans l'Église de Saint Paul-hors-les-murs.

Sous le Pontificat de Jean Paul 2, il ne restait plus que 3 médaillons, la référence à Saint Malachie devenait évidente. 5 médaillons vierges ont alors été rajoutés sur une partie de mur peu visible, dans le but de dissimuler le compte à rebours voulu lors de l'établissement de cette tradition.

François = dernier pape

François est ce "Pierre le Romain" (au niveau caractère, ce n'est pas forcément sa réincarnation), car Pierre était connu pour être proche du Peuple. Parfois trop direct et impulsif dans ses actes, écoutant plus ses émotions que sa raison, le compagnon de route de Jésus avait bon cœur malgré ses erreurs et sa relative naïveté.

François est loin d'être naïf ni idiot, mais il a cette même compassion que Pierre pour les petites gens.

Les limites de l'interprétation

En mars 2020, cette analyse ne peut être encore totalement confirmée. En effet, selon les règles de la papauté officieuses, un pape ne cesse de l'être qu'à sa mort. Si François est déclaré pape après la démission de Benoît 16, en réalité, seule la mort de Benoît 16 permettra l'arrivée d'un nouveau pape.

Beaucoup d'hypothèses donc, est-ce que Malachie se fonde sur les règles officieuses, ou sur la narrative officielle ? Tant que Benoît 16 n'est pas mort, on ne pourra trancher. Si François est assassiné avant Benoît 16, il restera encore le dernier pape Pierre le Romain à élire.

Mort de François le 01/05/2020

Annoncé par TRDJ le 1er mai (fêtes de Baal...), confirmé par les Zétas le 29/06/2020. Sûrement réalisé comme un sacrifice sataniste d'être innocent pendant les 13 jours occultes précédent le passage à la lumière, entre le 19 avril et le 1er mai. Les tribunaux militaires secrets des chapeaux blancs n'ont pas accès encore au Vatican. C'est la Curie et les jésuites, les illuminatis ennemis, qui se sont associés pour tuer celui qui après avoir is fin aux détournements d'argent, à la prostitution et à la pédophilie dans l'Église, risquait de dévoiler le secret de Fatima.

L'Église catholique vient tout simplement de signer son arrêt de mort, en tuant son pape le plus populaire depuis longtemps...

Comportement assez étrange de François lors des bains de foule, où il s'énerve dès qu'une personne essaie de lui embrasser sa bague.
La bague papale est plus qu'un symbole. Si elle est détruite, ou volée, le Pape François comme ses prédécesseurs, perd le trône (même si cette pratique n'a été remise au goût du jour que récemment, le fait qu'elle existe relance cette tradition et donc sa valeur symbolique). Chaque pape a sa propre bague personnalisée et elle est détruite à sa mort afin que son règne soit définitivement conclu. Même mort, un pape reste en fonction tant que cette bague n'est pas détruite, c'est pour dire l'importance de cette tradition et surtout de l'objet en question. Fut un temps, le Pape François ne la portait plus, préférant une bague en argent, afin de laisser la bague papale en sécurité, mais s'est ravisé quand il a pris conscience qu'on pouvait lui reprocher son titre de Pape s'il ne la portait pas. C'est ainsi qu'il l'a reprise sur lui, mais est devenu très anxieux dès que des inconnus sont proches.
Certains groupes aimeraient hâter la fin des temps, notamment en éliminant François, soit physiquement, soit en lui enlevant son titre de Pape (voir le 25 mars, quand une bulle papale dit qu'il n'est plus vicaire du Christ). Or nul besoin de le tuer si la bague est détruite, puisque de facto il ne serait alors plus pape de droit.
Ces groupes, non précisés par les Zétas, le sont par Harmo : ultra orthodoxes juifs, groupes apocalyptiques chrétiens diverses (catholiques ou protestants). Il en existe à Rome même. Notre Dame et le Covid-19 à Mulhouse était le fait de groupes évangélistes extrémistes (qui ont leurs bases aux USA), mais ils ne sont pas les seuls. Le Pape François a bien plus peur des groupes catholiques à Rome que des évangélistes américains.
Concrètement, la prophétie de Saint Malachie arrivant à son terme, François est le dernier Pape, mais certains au sein de l'Eglise catholique ont voulu freiner cette prophétie en laissant Benoit XVI en place en qualité de pape émérite, un titre qui n'a aucun sens. De plus, la bague de Benoit XVI n'a pas été détruite, mais seulement "biffée" (barrée au poinçon). D'un point de vue "légal" le biffage ne signifie pas la destruction de l'objet puisqu'il peut être encore porté. Dans les faits, cela veut dire que tant que Benoit XVI est encore en vie, François n'est pas vraiment pape, mais pape potentiel, "élu à l'avance". La mort de l'un ou

l'autre, surtout de Benoit XVI aurait donc une symbolique eschatologique importante, dans un contexte où la plupart des prophéties semblent se mettre en place.
Les précautions prises par François concernant l'anneau papal se sont avérées fondées, ceux qui voulaient avoir le contrôle du message l'ayant assassiné dans son bain, alors que sa bague était temporairement posée à côté (faisant que temporairement, il n'était plus pape, une notion importante pour leurs tueurs qui ont accès au Vatican).
Le pape précédent (Benoit 16), par défaut, est maintenant redevenu à nouveau le pape, n'ayant jamais complètement abandonné son poste puisqu'il a seulement "démissionné", officiellement pour problèmes de santé.
Où se cache Benoit 16 ?
"Le 2 mai 2013, Benoît XVI s'est installé définitivement au Mater Ecclesiae de la Cité du Vatican, un monastère auparavant utilisé par les religieuses pour des séjours pouvant aller jusqu'à plusieurs années. Selon des représentants anonymes du Vatican, la présence continue de Benoît dans la Cité du Vatican contribuera à assurer sa sécurité, à éviter que son lieu de retraite ne devienne un lieu de pèlerinage et à lui fournir une protection juridique contre d'éventuelles poursuites judiciaires."

Odin, le non pape qui trônera au Vatican après le dernier pape

François est donc le dernier pape. Mais selon les médaillons de la Basilique saint Paul hors les murs, il reste encore une personne après François, pour clore la longue suite de pontificats de l'Église. Cette personne qui prendra le trône de Pierre, mais ne sera pas pape. Malachie dit que François, alias Pierre II ou Pierre le Romain, serait le dernier PAPE, mais pas la dernière personne à régner sur l'Église…
C'est à dire que cette personne, qui ne serait pas un pape, prendrait le trône du Vatican (que François soit mort ou vivant, on ne sait pas si Malachie s'appuie sur les règles publiques ou les règles illuminati).
Harmo n'en dit pas plus (les Altaïrans ne veulent pas le nommer pour ne pas biaiser notre test spirituel), mais perso je vois bien une fausse parousie du christ, Odin, l'antéchrist borgne de 3 m de haut, dont il est dit que tous seront trompés…

Le 1ère réforme de l'Église

antéchrist ça veut dire "avant le christ" (au niveau temporel). La bible étant un mix entre sa partie sataniste (culte aux anciens dieux, égoïsme) et sa partie divine (altruisme, aime les autres comme toi-même, dieu est en nous tous), il faudra forcément qu'elle se sépare en 2 (une bible satanique, une bible divine).

Satan viendra donc avant que Jésus ne se révèle. C'est l'Église sataniste qui viendra en premier. Avec sa barbe bien taillée, ses longs cheveux bouclés, ses (son) beaux yeux bleus, Satan ressemble beaucoup au Christ décrit par la bible, celui qui ne ressemble pas du tout au vrai Jésus historique. Comme lorsqu'il se faisait appeler Horus, Satan nous dira qu'il est né de la vierge à l'enfant, Isis. Satan adore les trônes en or, du type ceux des papes de l'Église Catholique… Saurez-vous reconnaître Satan comme tel, accepter le fait que c'est à vous à trier le bon grain de l'ivraie dans ce que vous dit la bible, et pas à votre dirigeant du Vatican de vous dire quoi penser ?

Saurez-vous voir que l'amour des autres, la règle numéro 1, sera repoussée dans les tréfonds des textes, loin derrière "tu es divin, tu as ton libre-arbitre" ? Que le libre arbitre d'autrui, excepté le respect de ses chefs ou de son clan, a disparu ?

Ce n'est pas parce qu'il y a eu de bonnes personnes comme papes, que TOUS les papes sont, ou seront, de bonnes personnes…

A propos de la révélation de l'identité du dernier chef du Vatican

Les visités ET, comme Harmo ou Nancy, vous laissent le soin de trouver vous-même la réponse, en fonction de là où vous mènent votre conscience et orientation spirituelle.

Ils ne peuvent écrire simplement : "Après le pape François, c'est Odin qui sera le dirigeant d'une fausse Église Catholique".

En dévoilant directement le nom, ils vous enlèveraient votre leçon, LA leçon de l'apocalypse…

J'ai pour ma part décidé de révéler directement Odin, il y a trop d'informations à dire dans ce livre, sans prendre des gants à chaque fois. De plus, j'ai moins de crédibilité qu'un contacté direct, vous êtes plus libre de me croire ou pas.

C'est la leçon spirituelle de chacun de savoir reconnaître les signes, de prendre les décisions, bonnes ou mauvaises.

Si après tout ça ,vous considérez que le pape François est l'anti-pape, c'est que :

- Vous vous êtes laissé emboviner par la propagande médiatique ambiante, sans réfléchir à pourquoi vous avez cette croyance irraisonnée implanté,
- Vous faites votre le visage sataniste du catholicisme (temple, rituels sumériens, interdits divers, dieux physiques colériques), sans avoir compris le visage humain du catholicisme (le grand tout est partout).

Celui qui vient après François vous plaira alors plus en effet, il sera plus en accord avec les mythes sumériens et l'égoïsme, et donc votre interprétation de la vie. Mais ça c'est votre parcours de vie, vos décisions. Vous avez le droit de choisir l'égoïsme et le hiérarchisme, et vos prochaines incarnations en tant qu'esclave sur une planète prison…

Imite Jésus

!!! Attention, cette partie donne directement la réponse à la principale question de l'apocalypse, LA leçon qui montre si vous avez bien tout compris. En dévoilant directement le nom du faux pape après François, je vous enlève votre leçon, LA leçon de l'apocalypse… !!!

Ne lisez pas cette partie si vous n'êtes pas sûr de vous, si ça vous brasse intérieurement, si cela choque trop vos croyances (signe que vous n'êtes pas prêt, que votre âme a besoin d'expérimenter les choses directement).

Survol

LA grosse leçon spirituelle de l'apocalypse

Ce sera LE challenge de notre vie actuelle, qui va conditionner les milliers de réincarnations à venir : reconnaître Jésus 2, et de ne surtout pas le confondre avec Satan.

Facile ? Pas du tout ! Le diable se cache dans les détails, et sait très bien vous manipuler et vous faire croire qu'il n'existe pas (il insistera lourdement sur "il n'y a ni bien ni mal"). Si tous seront trompés, c'est que le diable saura bien se travestir.

Si c'était facile, nous ne serions pas prévenu à l'avance depuis 4 000 ans…

Loup déguisé en agneau (p.)

Odin usera de plusieurs stratagèmes pour se faire passer pour le sauveur.

Base de la spiritualité (L2)

Odin vous parlera des 2 règles de base :

1. nous sommes l'Univers

2. Nous avons notre libre-arbitre.

Déformations (L2)

Satan jouera aussi sur les mots : il vous dira que l'Univers est en vous, au lieu de présenter les choses de manière plus rationnelles, à savoir que nous sommes dans l'Univers. Sa présentation vous incite à croire que vous êtes dieu, donc que vous êtes tout puissant, donc que le reste de l'Univers doit se plier à votre volonté, et pas l'inverse (vous entrez en Harmonie avec l'Univers).

Les omissions (L2)

Pour ne pas subir de retour de bâton, le hiérarchistes avancé en ésotérisme prendra bien garde à faire en sorte que vous vous placiez volontairement en servitude, pour réaliser les rêves d'Odin plutôt que les votre. C'est pour ces problèmes de retour de bâton que Odin évite de vous mentir directement.

Par contre, Odin "oubliera" juste de parler de ce qu'il faut déduire des règles de bases, même déformées : aimes les autres comme nous-même car nous sommes les autres (en vertu de la règle 1 de l'unicité avec l'Univers). La loi du retour de bâton (faire du mal aux autres c'est se faire du mal) sera au mieux rapidement survolée (après des milliers de pages de discours soporifiques) puis repoussée à des vies ultérieures très lointaines.

Enkiisme (p.)

Le futur culte du NOM à venir.

Conversation avec dieu (p.)

Un livre CIA des années 1990, qui a introduit bon nombre d'entre nous à l'ésotérisme, comme Lobsang Rampa l'avait fait dans les années 1960. Des idées Lucifériennes qu'il conviendra de compléter !

Et tant d'autres

On aurait pu rajouter *Les tables d'émeraudes* du livre de Thot (blabla lumière blabla tu es lumière blabla tourne-toi à l'intérieur blabla j'ai vu les plus grandes âmes de l'Univers blabla tu es lumière). Ou les enseignements d'Hermès.

Loup déguisé en agneau

S'il est dit que tous seront trompés, que même les saints se tromperont, c'est bien que le diable sait très bien revêtir l'aspect divin :

- Odin, une entité du même niveau spirituel apparent que Jésus, dira a peu près la même chose que le Jésus-Christ biblique.

- Odin utilisera des mots à double sens pour mieux vous tromper, faisant résonner en vous un discours creux et faux,

- Satan "oubliera" d'insister sur le retour de bâton karmique se produisant quand on viole le libre arbitre d'autrui,

- Les falsifications romaines lors de l'écriture du nouveau testament font que le Christ décrit dans la bible (dieu sauveur incarné immortel) est complètement différent du vrai prophète (Jésus historique), mais très proche de Odin / Horus.

- Odin aura les traits des anciens dieux sumériens, grand et musclé, les longs cheveux blonds bouclés autour de sa couronne de pierres précieuses, la barbe bien taillée, les beaux yeux bleus, bref, l'image d'Épinal que les romains nous ont donné de Jésus-Christ.

- Sur son trône en or, dans le 3e temple reconstruit aux plafonds hauts de 10 mètres et aux murs couverts d'or et des peintures des plus grands artistes, Odin aura fière allure. En comparaison, Jésus 2, simple humain banal, fera pâle figure à côté... Surtout avec ces pulsions de culte et d'idolâtrie programmés au plus profond de notre ADN par les Raksasas.

- Les paroles de Odin seront bien plus belles que ce que les Évangiles romains ont laissé filtrer de la parole du Jésus historique...

- Si Odin passera en boucle à la télé, Jésus 2 n'aura évidemment aucun temps de parole.

Si reconnaître Jésus 2 ne sera pas facile vous serez mieux armés rien qu'avec ce qui précède ! Même le plus fort des menteurs et des manipulateurs ne peut rien contre la vérité !

La partie dé-formatage>catholicisme (p.) détaillera les points vus ci-dessus.

Odin succédera au dernier pape (p. 553)

Les règles des illuminati font que tant que Benoît 16 est en vis, c'est lui le vrai pape. François n'est donc pas encore pape. A la mort de Benoît 16, il ne restera donc, selon la prophétie de St Malachie, qu'un seul pape, suivi d'un dernier dirigeant du Vatican qui ne sera pas un pape. Comme antéchrist ça veut dire « avant le Christ », on en déduit que c'est Satan qui le premier fera la réforme du catholicisme, en n'en gardant que la partie satanique.

Et pour monter sur le trône du Vatican, il faudra bien qu'on le prenne pour la parousie de Jésus...

Le pape du New Age

Dans le film d'animation "la loi du Soleil" (vous pouvez passer la vitesse de lecture à 1.25 ou 1.5 fois, ça vous évitera de vous faire endormir le conscient, et que votre inconscient absorbe ça comme si c'était vérité d'évangile...) :
- Pourquoi les illuminatis ne sont jamais cité, c'est toujours la faute des hommes si la société déconne...
- Pourquoi c'est la faute à l'enfer si les gens deviennent égoïstes, jamais à cause du système égoïste dans lequel ils naissent, système qui dès l'enfance les formate à l'ultra-libéralisme (écrase les autres, tout ce qui compte c'est ta réussite sociale, laisse les derrière, ils n'avaient qu'à mieux travailler à l'école). Le film nous dit que les démons se nourrissent de nos sombres pensées, mais ne dit pas d'où viennent ces sombres pensées ! :)
- Lors de l'effondrement de l'empire de Mu, ça ressemble à aujourd'hui, gros manque d'argent et de moyens, mais c'est évidemment la faute du peuple qui ne coopère pas assez avec le peu de moyens qu'il a, jamais on ne pose la question de pourquoi les moyens manques, qui a volé l'argent...
- Jamais Nibiru n'est cité. Les dieux ou la Terre ravagent régulièrement sa surface pour se nettoyer, mais c'est uniquement à cause des hommes... Vous ne croyez qu'au moment de la bombe d'Hiroshima c'était plutôt là le moment d'arrêter le massacre ? Les anunnakis ont toujours fait porter la faute sur les hommes : si les hébreux sont déportés à Babylone, ce n'est pas parce que les babyloniens sont plus forts que Yaveh, c'est parce que le pigeon était mal cuit, et Yaveh a puni son peuple élu pour ça...
- On nous parle d'amour en permanence, mais lequel ? Comme c'est présenté, ça ressemble plus à l'amour de soi qu'à l'amour inconditionnel aux autres... Les humains doivent évoluer personnellement certes, mais aussi dans leur manière de partager et de coopérer... Il faut aussi revoir le fonctionnement de nos sociétés, mais apparemment, d'après cet animé, c'est la version roi + prêtres + banque qui est la meilleure voie... Au passage, on nous présente des rois sages et

spirituels, vous en avez vu beaucoup dans vos cours d'histoire ? :)
- Pourquoi le dieu incarné est toujours habillé d'or avec une couronne sur la tête, on est loin de Jésus et de sa simple tunique de lin, qui marche pied nu...
- Le diable déteste dire le nom de Jésus. Ici, Jésus est carrément zappé dans l'histoire, alors que le christianisme est fortement implanté au Japon...
- En se reconnectant à leur âme, les disciples de ce dieu incarné se rappellent leur vie antérieure, quand ils étaient déjà ses adeptes, et qu'ils croyaient déjà ses sornettes...
- comme sur les Georgia Guidestone, n nous demande de rester en dessous de 700 millions d'humains sur Terre. "dieu" va supprimer les 7 milliards en excès ?
- Dans 2500 ans, Bouddha reviendra et bâtira le royaume de Bouddha mondial... Ou appelle ça Nouvel Ordre Mondial de nos jours. Le plus intéressant qui aurait du être précisé, c'est de savoir si ce royaume sera égalitaire ou hiérarchique, mais c'est évidemment non précisé...

L'Enkiisme, prototype de la théocratie mondiale

Le site LoveEnki.com, fait par les serviteurs d'Enki, les satanistes qui ne veulent pas dire leur nom. Site très joli d'ailleurs, on voit qu'il y a l'argent du PuppetMaster derrière !

Ils vous promettent que Odin s'occupera bien de VOUS, et de VOTRE famille, vous protégera (moi ou l'extension du moi, ma famille).

Il faut cracher à la gueule du frère d'Enki, Enlil, qui lui a soit-disant "volé" son trône, ou encore de son père l'empereur Anu. Une manière de s'exonérer des méfaits des anunnakis sur l'humanité, en disant "c'est pas moi, j'étais contre eux, c'est pour ça qu'ils m'ont exilé avec vous". Une technique déjà utilisée quand il a réécrit l'histoire du déluge sumérien, s'octroyant le beau rôle, bien loin de la vérité (p.).

Le site nous apprend d'ailleurs qu'il a 2 couleurs préférées, le rouge et le bleu, et que sa saine colère et sa volonté de tout dominer est un bienfait, car sans ça il se serait déjà fait tuer... Alors que c'est justement ce genre de comportement psychopathes qui ont conduit les humains à massacrer les autres anunnakis renégats, et conduit à son emprisonnement depuis plus de 1000 ans.

C'est en visitant ce site, en regardant à quel point les paroles peuvent être belles et manipulatrices, qu'on apprend à lire entre les lignes. Regardez par exemple comment le rituel d'appel à Enki est bien présenté, alors que ce n'est que de la vulgaire convocation de démon, avec pacte avec le diable scellé dans le sang, tout ça pour améliorer sa vie sur Terre et obtenir l'immortalité... De l'arnaque pure, nous sommes déjà immortel, et les avantages (très limités et décevants) acquis lors de cette courte vie terrestre vous engagent par la suite à servir Enki pendant toute l'éternité...

Rassurez-vous si vous avez fait cette connerie, Jésus a bien préciser qu'aucun contrat n'est valable, car ils ne peuvent pas être respecté, les choses ne dépendant pas de nous mais des autres. Nous avons donc le droit de nous tromper, et d'envoyer Enki se faire voir ailleurs, après avoir rendu ce qu'il nous avait donné (sans intérêt bien sûr).

Perdu au milieu des nombreuses pages, dans le rituel ils demandent de renier Jésus : sous couvert de mettre en avant les nombreuses perversions du catholicisme (perversions qui ont eu lieu à cause des Enkiistes à sa tête, quelle mauvaise foi !!!), Enki vous invite à renier un gars qui parle d'amour inconditionnel de son prochain... c'est déjà être fermement engager dans la voie de l'égoïsme et de l'écrasage d'autrui à son profit...

Cette vidéo explique plus en détail ce qu'est réellement l'Enkiisme, c'est à dire le satanisme, en décortiquant le site LoveEnki que je viens de présenter.

Bref, tout ça pour dire que l'Enkiisme est loin d'être le satanisme gore vendu dans les films, et que quand on n'est pas prévenu des pièges comme je viens de le faire, il est facile de tomber dedans... C'est ce genre de survol rapide du contrat proposé, qui fera qu'Odin n'imposera pas vraiment sa volonté, vu que la majorité va le suivre aveuglément les premiers temps.

"Conversation avec dieu" de Neal Walsh, un livre diabolique

Présentation

Neal Walsh, ne en 1943, après une vie chaotique et égoïste, se mets du jour au lendemain à canaliser une entité qui se présente comme dieu. Sa trilogie "Conversations avec dieu" (entre 1995 et 1999) est un best-seller mondial (+ de 7 millions d'exemplaires, traduite dans plus de 27 langues, chiffres 2020). Des sectes furent créées par la suite.

L'exemple type du texte New Age qui vous induira en erreur. Comme tout texte Luciférien, le livre n'est pas faux, mais incomplet : « les autres » manquent cruellement dans ce bouquin, surtout la loi du retour de bâton karmique. Cet oubli transforme un texte, pourtant hautement spirituel, en satanisme.

Si vous lisez le compte-rendu qui suit, vous devriez normalement pouvoir lire ensuite n'importe quel livre d'ésotérisme, occultisme ou spiritualité, et débusquer rapidement le diable qui s'est caché dedans !

Si pour la bible sataniste d'Alexter Crowley il n'y a aucun doute (livre fait pour les fermement égoïstes, donc où o parle ouvertement de violer le libre arbitre des autres), pour d'autres livres ou traités ésotéristes, la marque du diable est plus difficile à déceler, car le viol du libre arbitre d'autrui n'est pas prôné, juste qu'on ne vous explique pas ce qu'il en coûte... Si en plus de ça on vous rabâche sans cesse que vos actes tout puissants n'ont pas de conséquences...

Peu de gens ont reconnu Satan dans ces très beaux textes de "Conversation avec dieu"... 99,999% des lecteurs seront persuadés d'avoir conversé avec le grand tout, car les textes sont bien plus beaux que ce que les Évangiles nous ont laissé filtrer de la parole de Jésus...

C'est simple : Odin vous explique plein de choses vraies, mais que le système (aux ordres d'Odin, n'oublions pas...) nous a caché :

- les religions sont perverties,
- vous avez une âme.

Que des choses qu'on aurait du apprendre à l'école, si les sbires d'Odin ne les avait occultées.

Odin rattrape juste ceux qui essaieraient de s'échapper de son système, en leur offrant un deuxième voile d'illusion une fois qu'ils ont traversé le premier. Il prépare aussi son nouveau système, le NOM avec lui à la tête de la théocratie. Il lui faut donc détruire l'ancien système, dont il connaît bien les falsifications vu que c'est lui qui les as faites...

Fort de cette aura "d'instructeur", Odin prend l'ascendant sur vous, vous noie sous plein d'explications inutiles et de répétitions hypnotiques, et oublie de vous parler du principal, l'amour inconditionnel des autres.

Oubliez votre première impression

Pour beaucoup de personnes, déjà avancées en spiritualité, ce livre génère une répulsion quasi immédiate.

Mais beaucoup ont découvert l'ésotérisme grâce à ce livre, et en gardent un souvenir ému. Mettez de côté l'émotion "première fois" que vous avez posé sur ce livre, sachez justement que ce livre est fait pour faire bonne impression à ceux qui sortent à peine du système, système hiérarchiste qui nous a inculqué fortement l'égoïsme depuis la naissance. Apprenez à prendre du recul (sur vos croyances, sur vos formatages venant d'autres que vous-même) pour reconsidérer ce livre à la lumière de votre expérience plus avancée que lors de la première lecture.

Tome 1

Ça attaque par du haut niveau. On est vite captivé.

La dualité (moi et les autres) est énoncée sous une autre forme, peur et amour (au lieu d'égoïsme et altruisme). A noter que le piège classique de donner le mot amour, sans le définir clairement avant (au bout de 3000 pages, dans le tome 3, vous comprendrez que c'est l'amour intéressé des égoïstes).

On se rappelle que Iblid (l'âme d'Odin) a chuté du fait de la jalousie / sentiment d'injustice. Le "dieu" de Walsh parle beaucoup de ce sentiment et de la chute.

De toute façon, le grand tout qui parle directement dans notre dimension, ce n'est pas possible (il passe par des entités multi-ascensionnées qui sont des avatars). Seul Jésus arrivera à la faire, et Neal Walsh, aux actes égoïstes et au comportement de gourou de secte intéressé par l'argent, n'est sûrement pas Jésus...

Flattage d'ego

Odin flatte Walsh en lui disant que son livre deviendra une bible dans quelques siècles...

Libre arbitre

Beaucoup (trop !) question de libre arbitre, que rien n'est mal (ces notions sont souvent répétées comme des mantras, pour vous hypnotiser et vous empêcher de réfléchir, tout en vous implantant des croyances fausses ou incomplètes).

Tome 2

J'ai beaucoup tiqué quand le grand tout se met à vanter le NOM, ainsi qu'a dire que Georges Bush père était une bonne personne...

Étant de bonne volonté, j'ai laissé le bénéfice du doute, peut-être « dieu » voulais dire qu'en fait l'antéchrist est une bonne chose dans le sens où le gouvernement mondial égoïste réveillera les gens et les inciteront à choisir l'altruisme. Que sur les ruines d'un monde égoïste unifié, il sera plus facile de reconstruire une fraternité mondiale. Donc on attends, on attends, et en fait non, jamais la suite ne dira cette possibilité. Le NOM hiérarchiste de Odin est bien décrit comme une bonne chose. Tout comme Madeleine Allbright, mentor d'Hillary Clinton, déclarait que la mort de 500 000 enfants irakiens valait le coup… Juste un irrespect total pour la vie, typique de l'égoïsme.

Un altruiste, dès le début, aurait annoncé la couleur du « aimes les autres comme toi-même », amour au sens inconditionnel, universel. Là on en est à 2000 pages de blabla, tome 2, et toujours rien n'est dit sur l'amour des autres...

Que des répétitions (formatage subliminal par auto-hypnose) pour ne rien dire.

Tome 3

Pour faire plaisir à ceux qui aimaient ce livre, et des fois que Neal parle enfin de choses intéressantes, j'ai poussé la souffrance à lire le tome 3.

Ce tome ne laisse plus de doute sur qui l'a écrit : Odin himself. J'ai alors compris toute la puissance vicieuse de l'intelligence d'Odin, une intelligence dédiée à tromper le lecteur, et il est très, très fort là-dedans... Il trompera vraiment même les saints, c'est clair…

Dans ce tome 3, Odin abat enfin ses cartes : le diable n'existe pas selon lui (c'est justement la plus grande ruse du diable de faire croire ça).

On retrouve les pièges des enseignements occultes, c'est à dire, comme Hermès, reprendre les paroles des vrais prophètes, en disant que c'est les siennes (le faux dieu qui parle, Odin).

Ces belles paroles qui font vibrer notre âme, il se les attribue, tout en rajoutant 2-3 idées luciférienne à l'occasion... Le diable se cache dans les détails ! Il le fait suffisamment à doses homéopathiques et progressives pour que la plupart n'y voient rien (surtout quand le blabla incessant nous endort).

Incohérences

L'altruisme c'est suivre la logique spirituelle, il n'y a pas d'autres façons de voir les choses. L'égoïsme, qui n'est que mensonge et manipulation, ne peut s'appuyer sur la logique (sous peine de mener à l'altruisme). Même Odin et sa pensée sur-humaine est obliger de feinter en permanence, de marcher sus ses propres contradictions, de s'emmêler les pinceaux.

Dans le tome 3, les paroles de « dieu » sont tellement à l'opposé du tome 1 par moment, que même Walsh s'étonne de ces contradictions. "dieu" se rattrape laborieusement par la suite, via des volte-face logiques et l'emploi des triples sens des mots.

Glande pinéale

Je remarque une synchronicité lors de cette lecture. Je découvre la veille que la glande pinéale, chez l'homme, se trouve au centre du cerveau, pas juste derrière le front comme nous l'enseigne l'occultisme. "dieu" fait la même erreur que Hermès, thot et autres, en disant que la glande pinéale se trouve derrière le front...

Seulement une phrase sur le Karma

Il faut attendre 3 tomes pour que « dieu » explique rapidement, en une phrase, la notion qu'on vivra bien plus tard ce qu'on fait ressentir aux autres (mais il le dit d'une façon à faire croire que ce sera dans 100 vies ultérieures, autant dire loin, voir très hypothétique, pour les égoïstes immatures qui ne sont que dans le très court terme).

Cette courte phrase ambiguë étant noyée au milieu de sentences insipides et soporifiques, au bout de 3000 pages où 99,999 % des lecteurs n'iront jamais… Typiquement les petites lignes obscures en fin de contrat que personne ne lit, le diable se cache dans les détails.

Pas de pardon

L'idée de pardon est quasiment absente des 3 tomes, un concept brièvement évoqué dans la toute dernière histoire du tome 3, là où peu de lecteurs seront arrivés.

Analyse des 3 tomes

Odin très fort

L'Antéchrist Odin est lui aussi donc capable de sortir de tels livres, magnifiques d'altruisme apparent, et du niveau d'enseignements spirituels de Jésus. C'est pourquoi ça va nous être difficile de le déceler, et que je suis aussi vigilant dans tout ce que j'apprends.

Et la leçon, c'est qu'il faut voir les actes, comment chacun des protagonistes va se comporter réellement, qui nous dira qui est qui. Alors que leur discours, appris par coeur depuis

les enseignements de Jésus, sonnera creux et ne sera que mensonges et manipulations.

Évolution au cours des tomes

On voit bien que le tome 1 était le tome d'accroche pour adhérer à la mentalité, et le tome 3 les conditions tarifaires obligatoires pour que les égoïstes justifient que l'homme a tout eu en main pour comprendre les choses (même principe que pour les Georgia Guidestone).

Pas de retour de bâton

A part une fois, brièvement évoquée au milieu des 800 pages du tome 3, il n'est jamais dit qu'après avoir expérimenté le mal (faire du mal aux autres donc à soi vu que tout est Un), on recevait le retour de bâton, qu'on comprenait le mal qu'on avait aux autres en le ressentant, et que notre empathie s'étant développée, on n'éprouvait plus le besoin de faire du mal aux autres. Et que donc, notre libre arbitre était limité au libre arbitre des autres.

Parler de peur plutôt que d'égoïsme

"La peur est un manque d'amour"

"Peur" est un mot pour déguiser l'égoïsme, et éviter de dire que l'égoïsme c'est mal : un classique de manipulation de la part d'un égoïste...

Vu que selon eux, il n'y a ni bien ni mal, on peut faire du mal aux autres (satanismes) ou violer leur libre-arbitre (luciférisme) sans retour de bâton.

L'égoïsme, qui comme la peur est un manque d'amour envers les autres (qui sont soi-même, vu que "Tout est Un"), cela entraîne un retour de bâton karmique :

- Faire du mal aux autres revient à se faire du mal à soi (satanisme),
- mentir aux autres revient à se mentir à soi-même (luciférisme)

Libre arbitre illimité...

Ce « dieu » semble ne pas pouvoir supporter que son libre arbitre soit limité… Il répète en permanence qu'étant divin, on doit pouvoir tout faire, s'affranchir de toutes règles morales…

...mais limité quand même par son chef !

Je n'ai pu m'empêcher de sourire quand Odin, après avoir répété en permanence qu'on était divin et que rien n'était en dessous de nous, essaye laborieusement de nous dire qu'il faut quand même respecter sa hiérarchie (donc lui tout en haut) et être prêt à se sacrifier pour son "dieu".

Les religions sumériennes mises en avant

Si Odin critique allègrement les religions les moins corrompues, à savoir Islam et christianisme, il est étonnement plus tolérant sur la partie sumérienne des religions, un sumérianisme qu'il a instauré il y a 7000 ans...

Odin préconise de dépoussiérer les anciennes lois sumériennes (ce qui veut dire remettre ce que Jésus à enlevé), voir les cautionne complètement à certains moments.

odin, pour expliquer le monde, nous ressort l'histoire de la Terre mère qui accouche de Mithra... et encore une fois, c'est la faute du peuple si le patriarcat s'est imposé !

Altruisme

Le peu d'altruisme dont « dieu » parle, c'est l'altruisme intéressé de Jacques Attali (je n'aide les autres que si j'y trouve un intérêt personnel). Une façon de limiter l'altruisme à l'extension du moi, à savoir mon dieu, ma famille, mon chef, ma hiérarchie, mon clan ou patrie.

Une notion purement égoïste donc, qui ne mérite pas le nom d'altruisme.

Fausse critique du hiérarchisme

Quand "dieu" critique le monde moderne, ce n'est pas pour critiquer la propriété privée, mais pour fustiger ceux qui privilégient l'intérêt personnel à celui du clan (donc du dieu). Odin, se voyant au sommet de la pyramide, fustige donc les échelons intermédiaires corrompus qui lui volent l'or...

Assimiler le peuple à ses dirigeants

Dans ces livres, il n'existe aucun illuminati, aucune mafia secrète dirigeant le monde. Toutes les guerres arrivent soit par hasard, soit parce que les peuples l'ont voulu...

Ce n'est jamais de la faute de ceux qui sont au pouvoir.

Le même principe que pour le réchauffement climatique, où les Élites nous font croire que c'est parce que nous avons laissé une Led de 8W toutes la nuit branchée que la banquise fond... alors que les 9 plus gros porte-conteneurs polluent autant que tout le transport terrestre… Que les usines de serveurs pour fabriquer de la crypto-monnaie pour 3 Élites consomment autant d'électricité que 3 pays...

C'est le peuple qui a demandé à perdre des emplois et à délocaliser peut-être ?

Odin accuse les peuples d'avoir laisser faire Hitler, sans préciser que le système est tellement bien fait qu'il n'est pas possible au peuple de s'en

libérer, ou d'avoir le choix sur quoi que ce soit. L'influence des mauvais anunnakis sur les croyances humaines est aux abonnés absents

Culte du corps physique

Odin nous dit qu'on peut ne pas mourir, ou qu'on peut revenir dans le corps précédent : typiquement le culte du corps des illuminati, influencé par Odin qui leur promet la vie éternelle dans ce corps-ci. Bizarrement, il disait que le corps n'avait aucune importance quand il s'agissait de dire que les juifs exterminés dans les camps de concentration ce n'était pas grave, en oubliant au passage de parler de leur détresse émotionnelle...

C'est nier la vie divine, ainsi que l'utilité du corps physique comme support de l'âme (et créateur de l'âme lors de la première incarnation).

Cette détestation de la vie divine se retrouve chez les puissants qui égorgent des nourrissons...

Bien entendu, Odin valide le suicide, le meurtre volontaire d'un humain, qui a autant de conséquences par la suite que cet humain soit le votre ou celui d'une autre âme...

Le sexe

Presque autant cité que l'apologie de soi ou le culte de la liberté illimité. Un grand classique de l'égoïsme pour attirer à soi les humains immatures.

Impossible de parler de Jésus

Ce "dieu" semble beaucoup en vouloir à Jésus. Il dénigre beaucoup le catholicisme (dans ses aspects inspirés de Jésus) , et se révèle dans la quasi-impossibilité de prononcer le nom de Jésus, ou alors s'il le fait, c'est que Jésus est lié a une pensée péjorative, ou en le citant en même temps que d'autres prophètes. Comme si, rien que de penser à Jésus, "dieu" deviendrait fou de jalousie et de colère, et se roulerait par terre de rage !

Jésus n'est donc quasiment jamais cité par « dieu » au long des 3000 pages. Étrange pour un livre de spiritualité, car dans "La vie des maîtres", Blair T Spelding (quelqu'un de très altruiste dans ses actes) se réfère en permanence à Jésus.

La seule fois que Walsh pose des questions sur Jésus, "dieu" à vraiment du mal à en parler, et élude les questions... Je comprends maintenant pourquoi dans la magie, on demande aux entités sataniques de prononcer le nom de Jésus pour voir à qui on a réellement affaire...

Les omissions perpétuelles

Il y a des omissions flagrantes. Quand l'auteur pose des questions dérangeantes, dieu élude la question, réponds à côté, ou dit qu'il y reviendra plus tard (ce qu'il ne fait évidemment pas... Ah ! le diable et ses promesses toujours non tenues…).

Pas de Nibiru ou d'apocalypse

Parmi les omissions les plus flagrantes, des questions non répondues, en début du tome 2, sur les cataclysmes à venir, ou même "l'imminence" de Nibiru, le nouvel âge à venir, la chute du gouvernement mondial, le contact plus étroit avec les ET à venir, etc.

Les ET hiérarchistes

Le principe des "êtres hautement évolués" (des ET censés nous donner un exemple civilisationnel) ressemble furieusement aux préceptes des Georgia Guide Stone donné par les ET hiérarchistes, qui vont emmener en esclavage les égoïstes).

Odin nous les présente évidemment comme de bons ET reptiliens, qui nous ont donné de bonnes choses civilisationnels (hiérarchie, culte aux dieux sans spiritualité, stockage d'or sans utilité, je n'appelle pas ça de bons principes). Là encore, c'est le peuple qui a tout fait de travers si ça va mal aujourd'hui. On dirait Attali qui dit que si ça va mal à cause du libéralisme, c'est justement qu'il faut encore plus de libéralisme.

Dans la société « idéale » des ET présentés comme civilisateurs par Odin (Raksasas ou anunnakis, civilisation certes, mais hiérarchiste), les prêtres (enseignants) sont "riches et célèbres", alors que les sportifs sont pauvres...

Ce n'est pas l'inversion des valeurs qui doit nous choquer, mais que le principe de pauvreté (de personnes supérieures aux autres) soit conservé dans cette soit disant société idéale... Tout le contraire du prophète Mohamed, qui dit que laisser la pauvreté c'est le plus grand péché.

Odin oublie d'expliquer pourquoi la hiérarchie continue de s'appliquer, pourquoi certains devraient juste survivre pendant que d'autres se goinfrent ! C'est un peu le rideau de fumée des magiciens, artifice de manipulation ne convenant pas à un vrai Dieu d'amour inconditionnel à l'échelle de l'Univers entier, vous en conviendrez !

D'ailleurs, ce grand tout ne parlerai pas en permanence de ces sportifs du haut de la pyramide, que notre monde hiérarchiste aime tellement, et qui représentent les anciens demi-dieux, les héros comme Hercule… Alors que le faux dieu de Walsh s'y réfère en permanence.

Autre manipulation, Odin donne l'idée qu'il y a assez pour tout le monde... sans préciser si le partage doit être équitable ou non...

p183, "une nation unique, sous la conduite de dieu", dont tous les membres n'ont pas la liberté et la justice... Une pub pour la théocratie mondiale d'Odin, le fameux Nouvel Ordre Mondial...

Une centaine de page plus loin, il re-décrit de nouveau la société des ET évolué, et là ça ne ressemble plus du tout à ce qui était énoncé précédemment... Toujours cette idée de la Bible qui doit dire tout et son contraire, simplement parce que la spiritualité prônée n'est pas la spiritualité logique.

Un truc classique des bouquins de spiritualité hiérarchiste, qui alternent entre les textes sublimes et des paroles trompeuses ou pas bien assises...

Conclusion

Les différences entre égoïsme et altruisme sont minimes aux yeux du débutant, et faciles à cacher dans un texte de milliers de page, bien que ces omissions et rajouts sont MAJEURS question spiritualité…

En restant peu détaillé et vague, on arrive à faire prendre des vessies pour des lanternes. Tout le contraire de Harmo, qui est complet et précis, avec beaucoup d'exemples et de précisions pour être sûr que tout le monde comprenne de quoi on parle.

Walsh dit à de nombreuses occasions qu'il est un homme plein de défauts, très loin d'être spirituellement parfait. Une mauvaise orientation spirituelle, self-centrée, attire les entités de son espèce en canalisation. Quand on voit Walsh venir en France et faire payer très cher ses mini-conférences, se comporter comme un être supérieur et un gourou de secte, on comprend vite son orientation spirituelle au service à soi.

En fait, il s'agit d'un livre fait pour les indéterminés à tendance altruiste. Leur envie d'aider les autres est détournée au profit de la hiérarchie, sans qu'ils ne s'en rendent compte. Ils vont allègrement travailler au NOM grâce à ce bouquin.

Ce livre permet de comprendre comment des gens très intelligents, comme Attali et Puppet Master, indéterminés à tendance altruiste, arrivent à tout manigancer pour mettre en place le NOM, vivre une vie austère et monacale pour faire aboutir le triomphe de ce qu'ils considèrent comme le "bien". Ils vont être horriblement déçu quand leur utopie aura pris forme, et que Odin pervertira leur système sans qu'ils ne puissent rien y faire, principe hiérarchique oblige. D'où l'antéchrist appelé le grand déceveur dans les prophéties.

Ce livre n'a qu'une utilité, celle de faire comprendre à quel point le diable peut être fourbe et s'habiller de fausse lumière :)

Les païens manipulés par Enki

Plus on avance dans la dénonciation de Odin, plus ce dernier se cache dans les détails, devient difficile à débusquer.

Les plus durs à détecter, c'est ceux de bonne volonté, mais qui n'ont pas vu les derniers pièges posés par Odin. Ça ressemble à la société idéale que je prône en L2, sauf que Odin arrive à se glisser dedans en rajoutant l'élection, et à se faire réélire de manière volontaire par son peuple.

Comme cette vidéo de la chaîne Satanama Yuga.

Si on ne peut être que d'accord avec quasiment la majorité de la vidéo, mais quelques "dissonances" luciefériennes s'y sont glissées.

Rien ne peut exister en dehors du grand tout, ni le bien ni le mal. Le Ying et le Yang font forcément partie du grand tout, pas de séparation, tout est Un, vu sous des facettes différentes.

Si la vidéo parle beaucoup d'amour de soi, de libre arbitre illimité, elle ne parle pas de l'amour des autres, ni que le libre arbitre individuel s'arrête là où commence celui des autres. Le retour de bâton est brièvement évoqué, mais juste pour dire qu'on peut l'éviter en manipulant les autres pour les faire travailler pour soi.

Odin, qui doit imposer un service à sa personne, ne peut éviter encore quelques traces, comme sa demande d'offrir au grand tout des fruits (ou de la viande). Seul un faux dieu a besoin de manger...

Mais j'imagine qu'un jour ou l'autre, il nous dira que le remerciement et la fidélité envers ses engagements envers son dieu, imposent de nourrir ce dernier...

Enki c'est l'égoïsme, et pas l'altruisme. C'est ne travailler qu'à son développement personnel, pas à celui de tous. Tout ce qu'il dit est vrai (liberté, développement, pas d'argent, etc.), mais il oublie juste de vous dire qu'on n'est pas un dieu tout puissant, qu'on ne doit pas nuire à autrui, ni chercher à manipuler les autres pour les mettre à son service de leur plein gré.

Il y a les 2 extrêmes dans cette vidéo, Enki et Anu. Et évidemment, on nous demande de choisir entre ces 2 extrêmes, sans nous parler de la voie du milieu, celle la plus sage.

On nous vend des individus forts, alors qu'un collectif fort permet a tous ses individus forts et éduqués de se réaliser pleinement, égalitairement (la vidéo dénonce l'égalité, comme si ce mot impliquait forcément un nivellement par le bas. Je parle d'égalité de droit, pas d'égalité de résultat). L'intérêt individuel ne doit pas primer sur l'intérêt collectif. Ce n'est pas à Enki à donner un but à la société (donc ce n'est pas à lui à en prendre la tête), le but de la société est d'aider l'individu à se réaliser, tout simplement ! C'est chaque individu qui détermine le but de sa propre vie (en accord avec les autres toujours).

Ce n'est pas parce que la société actuelle de type Anu est pourrie, que toute société un peu différente ne sera pas pourrie non plus... C'est l'égoïsme qui explique le pourrissement de notre société, et tant que l'égoïsme primera sur l'intérêt commun, on partira au carton à chaque fois. Tant qu'il y aura un dieu égoïste ou des rois non altruistes au sommet du nouvel ordre mondial, nous serons en effet en esclavage.

La vidéo propose l'élection d'Odin, ce qu'il ne faut jamais faire, car c'est laisser un autre décider pour nous-même. Surtout quand on ne peut pas savoir si cet autre est altruiste, la notion numéro un à regarder pour un décideur, avant de regarder la compétence (un génie qui ne pense qu'à lui-même, sera néfaste s'il doit prendre des décisions pour la communauté).

Il ne faut pas laisser l'ensemble du peuple non éduqué et manipulé élire Enki. Les sages sont élus par les cercles de sages d'en dessous, et sont destitués dès lors qu'ils se montrent égoïstes (pour eux ou leur clan, l'extension du moi) dans leurs décisions.

Bref, les anunnakis nous ont bien pourris la vie depuis 450 000 ans, il n'est plus le moment de choisir à quel roi anunnakis nous allons obéir, mais à devenir nos propres rois ! Les enseignants spirituels à venir seront des conseillers, qui voudront nous aider, pas nous mettre sous leur contrôle ou à leur service, comme Odin ne pourra s'empêcher de le faire. Ne nous engageons pas dans des batailles pour des rois dont nous ne connaissons pas les buts secrets...

Pas de vaisseau volant anunnaki

Le cheval volant d'Odin est-il une allégorie d'un engin réel ?

Odin n'a pas la possibilité de recouvrer un appareil volant anunnaki fonctionnel, ni même d'en construire un. Donc a priori il ne viendra pas avec ce genre de dispositif volant. Les anunnakis utilisaient des avions et des fusées assez comparables technologiquement aux nôtres (un peu comme les fusées réutilisables Space X). Donc il est probable que comme tout le monde, Odin utilise un de nos avions.

Spiritualité > Précurseur > Mahdi

Survol

Nécessité d'un recentrage

La guerre en Syrie aboutit à une remise en question, aussi bien politique que religieuse (les 3 grandes religions monothéistes, Judaïsme, Christianisme, Islam).

L'étincelle de ce renouveau, de cette remise en question, partira d'un prince musulman appelé le Grand Monarque chez les chrétiens, le Mahdi chez les musulmans, et Élie l'annonciateur (revenu des morts) chez les juifs.

Ce prince doit prendre le pouvoir et devenir le Mahdi, qui n'est pas un prophète mais un grand dirigeant réformateur et juste (dans les prophéties, c'est très clair, rien à voir avec un Messie, mais bien un roi éclairé).

Son rôle

Son rôle sera non seulement de contrer militairement les menaces islamistes / tyranniques (califat islamique usurpé entre autres) mais aussi de lutter contre Odin.

Il est également le précurseur de Jésus 2, qui achèvera la refonte globale amorcée par le Mahdi.

Son âme (p.)

Ce Chef - Calife - Monarque - Annonciateur est un précurseur comme il l'a toujours été (dans ses incarnations précédentes (p.) comme Élie ou Jean-le-Baptiste), c'est sa mission.

Incarnation actuelle

Depuis 2015, le prince Saoudien MBS (Mohamed Ben Salmane) possède tous les critères du Mahdi.

Chronologie (p.)

Le faux califat type Daech décime les musulmans, attaque la Mecque et massacre les pélerins. Ces infractions systématiques à toutes les lois de l'Islam réveillent les musulmans, qui forcent le ministre des armées Saoudiens, MBS, a devenir le Mahdi et à établir le vrai califat des prophéties.

Âme Élie

Le Mahdi est l'incarnation d'une âme qui a déjà animée plusieurs prophètes :

- Elie (Eliyahū en hébreu, Ilyas en arabe)
- Jean le Baptiste (Yo'hanan en hébreu, Yahya en arabe).

Le Chaos

Pourquoi toutes ces guerres au Moyen-Orient ? Pourquoi commencer à prêcher dans le désert les âmes de bonnes volontés ?

Les musulmans attendent l'émergence d'un guide, mais comme ils ne se sont jamais vraiment posé la question vers où ils voulaient être guidé, ça sera la confusion pour certains, qui veulent aller vers l'altruisme, mais dont les croyances issues des dirigeants les ont formaté à attendre Odin, un guide vers l'égoïsme.

Divisions internes à l'Islam

L'islam contient les germes de ses propres divisions internes, chacun a des visions incompatibles sur des points critiques, comme savoir si le mahdi ou Ali sont des dieux ou des simples hommes. Chacune de ces 2 visions du Coran est sacrilège aux yeux du parti adverse, et peut partir à la bataille entre des frères pourtant tous de bonne foi dans leurs croyances.

Ironie du sort, ceux qui ont été dominés par les califes illégitimes et s'appuient sur Coran falsifiés (sunnisme), sont aujourd'hui plus proche de l'Islam d'origine que ceux qui ont suivi le prophète légitime (les chiites d'Ali) et ont gardé la version la plus pure du Coran, mais dont les croyances ont été polluées au fil des persécutions (comme de croire qu'Ali était un dieu).

Seuls les imams secrets chiites ont gardé la version orale intacte du Coran, mais ne pourront émerger tant que le nettoyage ne se sera pas fait, et que le Mahdi n'ai pas repris les choses en main. La version intacte du Coran ne pourrait être discutée (poème trop complexe pour avoir été créé par un humain) mais encore faudrait-il que les milliers de sous sectes musulmanes veuillent bien l'entendre, et se re-comporter comme des frères entre eux...

Il faudra donc malheureusement des guerres sanglantes pour que les survivants comprennent que tous ses sont trompés, et se regroupent sur leurs points communs, sur l'écoute de leur raison et de leur coeur.

Les illuminatis soufflent sur les braises

Les illuminatis veulent récupérer le mont du temple, et détruire le communautarisme musulman qui détruirait leur pouvoir s'il se répandait sur le monde. Voilà pourquoi depuis plus de 1000 ans, que ce soient les guerres internes chiites / sunnites, les croisades, les colonisations ou les guerres mondiales, les illuminatis n'ont eu de cesse de détruire l'Islam.

Le fait que s'y retrouvent de grandes réserves pétrolières, ainsi que les lieux d'origine de la diaspora juive (que les illuminatis ont assimilés quand ils ont pris le contrôle de la diaspora) n'est pas sans compliquer la donne.

Financés par les occidentaux, la plupart des dirigeants arabes du Moyen-Orient sont aux ordres des illuminatis occidentaux. Que ce soit de l'État profond avec le printemps arabe, ou du Puppet Master depuis l'élection de Trump.

Il en va de même pour Daech, une armée financée en majorité par 40 ultra-riches occidentaux, milliardaires internationaux pourtant peu connus pour leur adhésion aux règles de l'Islam (comme le partage des richesses)...

Attente du Mahdi

Souvent, ce sont dans les lieux où l'iniquité est la plus sévère que les douleurs de l'enfantement se font ressentir en premier.

L'Arabie Saoudite (et les monarchies de la Péninsule en général) est, en 2018, une dictature menée par une Élite qui a perdu le sens moral, traite ses citoyens comme des esclaves, et a succombé au pouvoir du luxe et de l'argent.

C'est dans ce lieu qu'il y a la révolution la plus profonde à effectuer, et c'est là que le renouveau va débuter. C'est exactement ce qui est annoncé depuis plus de 1400 ans par Mahomet. Il avait prédit cette corruption, que les musulmans perdraient la vraie foi et deviendraient eux mêmes des mécréants (Islam coquille vide).

C'est justement le rôle de ce fameux Mahdi, un de ces princes qui comprendra que son pays (et les musulmans en général) se sont égarés. D'un statut de participant à cette iniquité, il va complètement révolutionner les choses, démonter les mauvaises habitudes et rétablir justice et équité.

Ce qui se passe en Arabie Saoudite avec le prince MBS (qui a réprimé la corruption des autres princes, redistribue l'argent volé au peuple, libère les travailleurs étrangers traités comme des esclaves, tout en défaisant patiemment le wahhabisme imposé par les occidentaux).

Ces actions de rétablissement de la justice vont lancer comme une réaction en chaîne qui fédérera les bonnes personnes dans une révolution des consciences, car ce Mahdi trouvera des alliés chez les chrétiens (et notamment des gens comme le Pape François) et chez les politiques (des gens comme Poutine ou Obama).

Un effet domino qui remettra en question le monde entier, c'est pour cela que suivre cette actualité et la mort de l'ancien système, notamment en Arabie, est primordial.

Attentes Chiites

Réalisation de leur prophétie (l'arrivée du 12e Imam).

Attentes sunnites

Attente d'un fédérateur, le Mahdi. Il furent nombreux à se rallier à Nasser pour cette raison, puis à Ben Laden. Même Kadhafi surfait sur cette prophétie, en se montrant comme le défenseur universel de l'Islam (d'où le drapeau vert).

Spiritualité > Prophète > Jésus 2

Survol

Au cours de l'histoire, dans les périodes critiques pour l'évolution spirituelle de l'humanité, est toujours apparu un prophète dans les périodes sombres, pour remettre les humains sur le bon chemin, et restaurer toujours plus la vérité. Abraham pour arrêter les sacrifices humains, Moïse pour unifier, Boudha pour montrer la voie de l'éveil, Jésus pour apprendre le pardon, Mohammed pour apprendre la fraternité humaine, etc. ils sont en réalité innombrables, et l'histoire n'a retenu le nom que de quelques uns, et qu'une infime partie du réel enseignement de ces maîtres de sagesse.

Il n'y a donc aucune raison pour que, comme le reste des âmes humaines déjà incarnées sur Terre, ces prophètes ne se réincarnent pas eux aussi, qui plus est, au moment le plus intéressant et crucial de notre histoire !

Le problème, c'est que si le vrai Jésus de Nazareth revenait aujourd'hui comme il était il y a 2 000 ans, personne ne le reconnaîtrait, parce que les gens s'attendent à un dieu fait homme (Odin), pas à un homme ordinaire. En plus, s'il n'a ni la barbe, ni un visage angélique et les cheveux courts, ce sera encore pire. Jésus est déjà vivant, et sûrement que pleins de gens l'ont déjà rencontré sans le reconnaître (ce n'est pas un personnage connu), il reste encore complètement invisible aux yeux du monde..

Comme je ne connais pas encore le nom de l'incarnation actuelle de Christ (la parousie), je vais l'appeler Jésus 2.

La chose la plus importante que nous aurons à faire dans notre vie, c'est de savoir reconnaître Jésus, et ne pas le confondre avec Satan. Il est dit que même les saints seront trompés… Ces parties sur Jésus 2 (en dessous) et sur Satan/Odin (au dessus) devraient vous aider à faire le bon choix !

Âme ET Christ (p.)

Les ET incarnés ont toujours des positions de conseillers, pas de dirigeants, car l'être humain doit être maître de son destin, et donc de sa gouvernance.

Multirôle (p.)

Il ne sera pas là pour être roi du Monde, mais pour rectifier lui même le christianisme, en disant la vérité sur son premier ministère il y a 2 000 ans (et perverti par Paul puis les empereurs romains). Il se contentera de redonner le message qu'il avait donné il y a 2 000 ans (et qui a été supprimé de la Bible).

Ensuite, il aura un rôle temporel de chef de guerre contre Odin, puis de leader spirituel bien entendu, mais aussi de conseiller des rois.

Enfin, il aura un rôle purement spirituel, en montrant que l'illumination humaine (au delà de l'éveil de Boudha), sous notre forme homo sapiens actuelle, est possible. L'illumination est une connection directement au divin, une compréhension de la nature de dieu et de l'univers.

Déjà incarné (p.)

Jésus 2 est forcément déjà incarné, d'une manière ou d'une autre puisqu'il ne se présentera pas sous la forme d'un enfant de 5 ans, mais d'un adulte entre 30 et 50 ans.

L'âme ET Christ

Survol

Jésus est une incarnation ET de très haut niveau, et cela confère un minimum de capacités liées à l'âme. Ces capacités iront crescendo au fur et à

mesure de sa vie pour arriver à un maximum durant sa bataille avec Odin. Jésus est aussi une arme en lui-même, c'est pour cela aussi qu'il a été envoyé dans ce contexte particulier. Harmo en révélera plus en temps voulu, car certaines choses doivent rester cachées jusqu'au bout !

Une âme ET

Les Altaïrans sont formels sur le fait que cette entité habitant Jésus 2 n'est pas d'origine terrestre, mais qu'elle s'est incarnée sur Terre pour aider l'Humanité à avancer.

En effet, les âmes d'autres mondes choisissent parfois de s'exiler et de renoncer au confort de leur situation dans les univers supérieurs, afin de trouver d'avantage d'opportunités spirituelles, et comme la compassion est la base de cet épanouissement, elle a davantage de moyens de s'exprimer dans les mondes violents et immatures. Le travail à y effectuer est plus difficile mais plus gratifiant. En ce sens, une âme déjà très avancée trouvera dans les mondes en apprentissage comme le notre un chemin court mais semé d'embûches, alors que si elles étaient restées sur leur monde natal, elles auraient parcouru un chemin bien plus long mais aisé avant d'arriver à leur destination. Ce n'est pas un raccourci facile, mais un choix spirituel et un sacrifice récompensé par un raccourcissement de la distance à parcourir. C'est pourquoi il est plus rapide pour une entité qui choisit le chemin le plus rude d'arriver à l'ascension ultime.

Notre galaxie est jeune et n'a encore jamais connu d'illumination, car ce processus est extrêmement long. Cette première explique pourquoi autant d'ET sont intéressés par notre planète, surtout en ce moment.

Son nom

C'est plus pratique de donner un nom à une âme pour suivre chacune de ses incarnations, et séparer ainsi l'âme du nom du corps qu'elle a ou va incarner.

Comment appeler l'âme de Jésus 2, la même que celle de Jésus ? Je pourrais l'appeler « toto », mais ça ne fait pas très sérieux !

Parmi tous les noms donnés par les différents peuples (Mashia'h, Messie, Al-Masih, Christos, voir le glossaire) j'ai retenu le nom latin "Christ", avec un « C » majuscule pour indiquer que c'est un nom propre.

J'emploierai le mot messie (avec un "m" minuscule) pour indiquer la fonction qu'aura à remplir Christ sur Terre (guider les hommes, s'illuminer, etc.).

L'illuminé

"christ" veut dire illuminé

Les mots "messie" en hébreux ("christ" en grec ancien) veulent dire "illuminé", "oint". C'est un concept pour décrire l'illumination d'une âme (p.).

Par abus de langage, parce que Christ ("C" majuscule) sera la premier à vivre l'illumination, son âme a été appelée avec le nom commun du concept dont il sera le précurseur.

Christ pas encore illuminée

L'âme évolutive Christ n'est pas encore illuminée dans notre dimension asservie au temps, où le futur n'est pas encore écrit.

mais comme au niveau divin, le temps n'existe plus, et que tout est déjà réalisé, on sait déjà qu'il sera la première âme de notre portion de galaxie à atteindre l'illumination.

C'est pourquoi on l'appelle le messie (l'illuminé), bien que techniquement il ne le soit pas encore, et qu'aucune de ses précédentes incarnations ne l'a été.

Dit autrement, si le corps n'est que ce qu'il est à l'instant t, l'âme est ce qu'elle est au delà du temps. Elle se révèle progressivement mais EST déjà.

Pour comprendre cela, il faut comprendre que l'âme évolutive se perfectionne dans le temps, qu'elle ascensionne de dimension en dimension.

Quand l'âme évolutive atteint le niveau spirituel 9 divin, elle s'affranchit du temps, et tout son parcours existe en même temps. Il n'y a ni début ni fin dans le niveau divin.

Donc même si actuellement, dans notre dimension soumise au temps, Christ est encore une âme en progression, non accomplie, nous savons déjà qu'elle sera la première à le faire, montrant à l'humanité qu'il est possible de s'illuminer, même avec nos corps actuels au cerveau coupé en 2 (conscient/inconscient).

Illumination de Jésus 2

Jésus 2 (le corps physique) sera donc la première incarnation de l'histoire humaine à atteindre "l'illumination" totale de son vivant, ce qui explique ses caractéristiques et ses particularités hors du commun.

Il n'atteindra pas cette "illumination" par/à sa naissance, mais par le travail et la dévotion à l'âge adulte, un travail qui finira de compléter des milliers de vies précédentes à la recherche de cette illumination.

Nous sommes tous des christs

Nous atteindrons tous un jour ou l'autre l'illumination. Notre âme, en dimension 9, est déjà accomplie (et connaît donc notre futur et celui de nos incarnations ultérieures), et notre âme évolutive dans cette dimension peut y avoir accès.

Christ, âme en commun

Les espèces évoluées atteignent un niveau d'altruisme tel qu'elles se considèrent comme "un", même si leurs individualités sont conservées. Donc tout ce qu'on peut affirmer, c'est que ce sera un Christ de la même espèce d'origine que celui qui est déjà venu, lui-même ou un de ses frères, puisque ils sont en totale symbiose, cela revient au même.

Ses précédentes incarnations (David, Jésus)

Pour savoir de quelle incarnation on parle , les juifs rajoutent au nom de l'âme d'une incarnation le nom du père physique qui l'a engendré.

Par exemple, les juifs appellent Christ Mashia'h (Messie) avec un "M" majuscule, nom propre de l'âme que j'appelle Christ. Jésus 1 (Jésus de Nazareth) est donc Mashia'h ben Youssef (Messie, fils de Joseph).

Selon les prophéties, il est pauvre, vit parmi les pauvres, chevauche un âne et sera tué, on parle de Jésus 1.

Mais les juifs appellent le 2e Mashia'h Ben David, car descendant de la lignée de David. Selon les prophéties, il a la promesse de Dieu de ne pas être tué et donc établira un royaume pérenne sous son autorité (ce que le premier n'a pas pu accomplir dans les faits), on parle de Jésus 2.

Pour ne pas compliquer les choses, vu que Jésus 2 a aussi été le roi de David, je m'en tiendrai a donner le nom le plus connu de son incarnation pour repérer cette dernière (David, Jésus, Jésus 2). Plusieurs corps utilisés différents à des époques différentes, une seule âme pour les incarner !

L'incarnation roi David

L'appellation Mashia'h ben David (Messie, fils de David), le libérateur à venir selon les juifs (Jésus 2), est symbolique et réaliste en même temps.

Symbolique, car c'est David qui tue le géant Goliath, un fait historique, le géant étant un hybride anunnaki. En ce sens, c'est une mise à mort symbolique de notre héritage anunnaki (tout comme le rituel de la Para Adouma, le sacrifice de la vache rousse). Sachant que c'est Jésus 2 qui nous libère d'Odin.

Réaliste, car Jésus 2 sera un descendant du personnage historique de David d'un point de vue généalogique (comme Jésus l'était). Selon les prophéties, il devra être de la descendance (directe) de David (descendance cachée, puisqu'il est appelé un bourgeon de la racine de la descendance de David). Il est considéré comme une personne différente du premier mais de même "nature" divine. On trouve même des commentaires qui parlent de "l'âme de l'âme" de ces Machia'h et c'est cette "âme supérieure" qui serait le point commun entre les deux. Une forme de retour du "Jésus divin" mais sous une forme matérielle différente.

On retrouve la dimension spirituelle à l'appellation Mashia'h ben David, car Christ était le personnage de David dans cette précédente incarnation. Les incarnations pouvant suivre des lignées familiales et le faisant assez souvent, ce fait n'est pas surprenant. L'âme sait reconnaître certaines caractéristiques génétiques dont elle souhaite disposer dans sa nouvelle incarnation. Elle peut donc suivre un gène ou une série de gènes rares particuliers qui peuvent aider à sa mission ou à ses projets.

Jésus revient mais pas forcément tel qu'il était à l'époque de sa première venue, c'est l'idée. Un être de chair et de sang, différent matériellement, mais avec le même fond divin. De là à parler de réincarnation, il n'y a qu'un pas, réincarnation qui pourrait bien correspondre en partie à la résurrection des morts à la fin des temps (toutes les âmes sont rappelées à la vie pour vivre cette période clé). Cela explique aussi le fait que le Rabbi Kaduri ait prophétisé à sa mort la venue du Machia'h pour très bientôt et que ce serait "Yeshua", une prédiction qui a surpris toute sa communauté et pour cause !!

Enfin, dernier point intéressant de comparaison, les prophètes chrétiens français (comme Marie Julie Jahenny, l'abbé Souffrant) parlent aussi d'un Grand Monarque descendant de David. Ont ils été influencés par la mystique juive, c'est tout à fait possible, il y a eu de grands Rabbis juifs en France qui font référence, comme Rachi.

Au IIème siècle, le sage juif Rabbi Shimon Bar Yochai prédit que quand un souverain diabolique à Damas [Néron de l'Est, c'est à dire Odin] tombera du pouvoir, le Messie, fils de David, apparaîtra. De même, le Zohar, le texte mystique juive fondamental, dit que lorsque le roi de Damas tombera, le Messie viendra.

Plusieurs pays auront un impact majeur sur la suite des événements et notamment ces éléments "messianiques". Israel bien entendu mais aussi la France et l'Arabie saoudite. d'autres pays seront également importants, la Russie et les USA sont de toute manière incontournables dans le monde d'aujourd'hui. Je dis la France parce que de nombreux prophètes et savants aussi bien juifs, arabes que chrétiens pointent sur notre pays pour des raisons que j'ignore. Les chrétiens parlent souvent du Grand Monarque, de la lignée de David (il sera des Lis, car selon une ancienne tradition, les rois de France seraient des descendants de la famille de Jésus). Le Grand Monarque qui reconstruira la France selon eux suite à des catastrophes (ou une guerre civile) étendra son autorité sur le Monde et établira la royauté de Dieu sur Terre. On retrouve exactement la même idée chez de nombreux juifs et de grands rabbins fondateurs (Rachi, Bal Chem Tov, Rabbi Loubavich de New York) affirment que leur Machia'h (le Messie, roi des juifs) est prophétisé par le prophète Obadia. Ces textes anciens affirmaient, bien avant la destruction du second temple et l'exil moderne, que ce Machia'h sortirait d'un pays nommé Tsarfat. Or tous les grands exégètes juifs sont unanimement d'accord pour dire que Tsarfat, c'est la France (Rachi dit que c'est Francia).

L'incarnation Jésus

Les Altaïrans expliquent qu'en tant que Jésus (qu'on aurait pu appeler Jésus 1), Christ n'a pas accompli cette illumination totale, mais qu'elle aurait pu être atteinte dès cette époque. Le monde d'alors (il y a 2000 ans) ne s'est pas révélé apte à comprendre et imiter cet exemple. C'est cette potentialité qui lui a fait porter le nom de messie à ce moment là, mais pas le fait qu'il l'était concrètement. Il aura donc fallu une seconde incarnation favorable (Jésus 2) pour que cette illumination se fasse, **et** qu'elle serve.

Contrairement aux croyances musulmane, le corps de Jésus est bien mort, mais cela bien après la crucifixion du corps synthétique. Jésus a vécu jusqu'au terme de son temps physique. C'est dans un autre corps (celui de Jésus 2), sous une nouvelle incarnation , qu'il connaîtra l'illumination.

Son corps ne serait plus sur Terre, car Jésus est mort sur une autre planète (où il avait du travail à faire en attendant que nous soyons prêts).

Les défricheurs et soutiens

Les prophètes n'apparaissent jamais seuls.

Les défricheurs

Depuis le début du 20e siècle des hommes se sont incarnés pour défricher le terrain, faire évoluer les consciences, être les victimes des moqueries et doutes que subissent les précurseurs, et qui permettront à Jésus 2 de ne pas devoir tout reprendre depuis 0 (sinon on n'est pas sorti de l'auberge).

Les âmes incarnées amies

Au moment de l'incarnation de Jésus 2, il sera aidé par toute une troupe (l'équivalent des disciples ou apôtres de Jésus de Nazareth, qui ne se sont jamais limités à 12, qui correspond au conseil des dieux sumériens anunnakis). On parle plus d'une centaine de personnes.

L'âme de Jésus 2 rencontrera d'autres âmes qui étaient déjà proches lors des incarnations précédentes, comme le Mahdi, qui il y a 2000 ans avait déjà déblayé le terrain sous les traits de Jean le Baptiste.

L'adversaire, Iblid (p.)

Jésus 2 n'a pas à proprement parler d'ennemis, à savoir que l'antéchrist, Odin, n'est là que pour aider les hommes à comprendre en quoi suivre le message de Jésus est bénéfique. Pour cela, il leur fera vivre le contraire, à savoir l'égoïsme à outrance.

Odin est une âme incarnée depuis plusieurs milliers d'années, qui après avoir passé beaucoup de temps à ramener les hiérarchistes du côté de la coopération, a décidé de retirer le maximum d'âme du processus de l'ascension altruiste humaine. Il est là pour faire ressortir ces âmes égoïstes immatures.

Si le discours Odin-Jésus pourrait sembler identique (Odin>conversation avec dieu p.), leurs actes feront toute la différence. Jésus aidera les autres pour leur profit, Satan exploitera les autres à son profit.

Incarnation actuelle

Aspect

Jésus 2 est un homme de type caucasien (européen blanc), né dans un pays de culture chrétienne. France, Québec, Grèce ou Russie ou USA, Harmo ne sais pas, et n'a pas le droit de le savoir. Il faut préserver son anonymat. Ce sera à lui de se dévoiler le moment venu, mais ne vous attendez pas à un demi-dieu, mais à un homme comme les autres, ni beau, ni laid. Ce n'est pas l'apparence du corps qui compte, mais ce qu'il y a dedans.

Alors français ou pas, peu importe, même si pour nous ce serait pratique (au niveau de la langue).

Jésus sera forcément de ceux qui refuseront Odin, parce que les vrais éveillés sentiront l'arnaque immédiatement. Alors oui, il sera un opposant à cette nouvelle religion mondiale et fera partie de la résistance. D'une manière ou d'une autre ses qualités humaines et spirituelles joueront, et il sera reconnu sur le terrain par son comportement, ses idéaux, etc.

Ce n'est que bien plus tard qu'il commencera à développer des anomalies (pouvoirs pour faire simple), mais pas du temps de la théocratie d'Odin.

Pourquoi attendre si longtemps avant de se révéler ? Le but de tout cela est justement de mettre les gens devant un choix, entre un faux dieu attrayant et un vrai prophète anodin, pour que nous regardions au delà des apparences. Jésus sera tout à fait normal, mais les vrais réveillés verront en lui ce qu'il est. Une grande leçon spirituelle à méditer et qui sous-tend tous les problèmes de notre civilisation.

Buts

Jésus 2 aura beaucoup de choses à réaliser dans cette incarnation, dans l'ordre d'importance décroissante :

- Sauveur/épée : retirer Odin de la Terre,
- Briser la croix / rénovateur religieux : restaurer le message qu'il avait déjà prodigué il y a 2000 ans et que les romains ont camouflé/dénaturé dans le catholicisme (symbolisé par la croix), restaurer le Coran, et faire comprendre aux juifs et chrétiens qu'ils sont musulmans, et révéler aux musulmans que le message de Mohamed a été corrompu par les premiers califes. Il fera sûrement cela pendant qu'il est conseiller du Mahdi.

- A la mort du Mahdi, conseiller les hommes dans leur évolution, instaurer les bases d'une nouvelle civilisation altruiste. Comme roi probablement, détenteur du pouvoir régalien.
- réaliser l'illumination dans un corps humain.

Nous détaillerons plus bas ces buts dans l'ordre chronologique (pour des raisons pratiques, il faudra retirer Odin avant de pouvoir travailler tranquillement avec l'humanité).

Buts > Sauveur/Épée

Pas de sauveur des péchés

Ce que les catholiques racontent de la notion de sauveur est complétement erronée. Cette notion de Horus sauveur vient de la notion d'offrande au dieu sumérien pour racheter nos péchés, dans l'optique sumérienne du rachat, une entourloupe spirituelle pour que les dieux mangent à l'oeil... En effet, le but est de déclarer péché un besoin naturel et pas répréhensible (comme le sexe) et d'obliger ceux qui ont forcément fauté de se sentir coupable et d'aller sacrifier des animaux pour que le dieu le mange.

Jésus n'est pas, et n'a jamais été, un sauveur. Cela est une déformation grave de son message. Nous sommes nos propres sauveurs, il n'y aura personne pour expier nos fautes à notre place, nous sommes responsables de nos actes. Ce serait une vue bien égoïste si nous pouvions mal nous conduire et que quelqu'un vienne pour tout prendre sur lui. C'est une conception totalement égoïste de la spiritualité, et une négation du libre arbitre (Jésus nous oblige à nous racheter contre notre gré). Chacun est responsable de ses choix jusqu'au bout, personne pour racheter nos erreurs à notre place. Il n'y aura jamais de sauveur et il n'y en a jamais eu.

L'Épée

L'âme fortement évoluée de Jésus 2 débloquera petit à petit des capacités psychiques hors norme, jusqu'à agir sur la matière et défaire Odin. C'est le seul côté "guerrier" à son intervention sur Terre.

Buts > Réforme des religions existantes

Jésus 2 rétablira la vérité sur les malversations romaines qui ont eu lieu lors de la création du catholicisme, le catholicisme sera réformé, et n'aura plus besoin de papes, de dirigeant ultime infaillible, etc.

A l'inverse, saurez-vous reconnaître Jésus 2, simple humain banal physiquement ?

Le judaïsme est le reliquat d'une partie de la religion du grand tout. Une fois Jésus venu la compléter il y a 2000 ans, le Judaïsme doit disparaître dans les oubliettes de l'histoire, pour devenir le christianisme (Judaïsme réformé).

Une fois le paraclet Mohamed (annoncé par Jésus) venu réformer le christianisme, le catholicisme doit sombrer dans les oubliettes de l'histoire, pour devenir l'islam (le christianisme réformé, ou encore le judaïsme après 2 réformes).

Vu que peu le savent, il faut bien se rappeler que Mohamed se réfère à Jésus, à Moïse et à Abraham, et vient rajouter de l'information complémentaire à celle des précédents prophètes comme Jésus, tout en précisant ce qui a été déformé par les empereurs romains quand ils ont écrit la bible catholique romaine.

Même si l'Islam a lui même été perverti par les illuminati sumériens qui avaient le pouvoir en Arabie, c'est ce qu'on a de mieux actuellement (je parle du message spirituel de Mohamed, pas des traditions sumériennes telles que circoncision, esclavage de la femme, homophobie, torse rasé et barbe anunnakis de rigueur, interdits sans fin comme avec le porc, et j'en passe...).

C'est pourquoi Jésus 2 sera, comme le laissent entendre les hadiths prophétiques, le conseiller du Mahdi musulman (le prince MBS). C'est plus logique qu'il travaille sur la dernière mouture de sa religion (le christianisme réformé, c'est à dire l'islam), et pas à partir d'une ancienne version abandonnée (à savoir le catholicisme) il y a 1400 ans déjà, lors de la venue de Mohamed.

Ses différents noms dans les prophéties

Jésus 2 est le véritable messie attendu par les juifs, le Mashia'h ben David.

Jésus2 correspond aussi au Grand Monarque des prophéties chrétiennes, dans la mesure où il prendra la suite de l'autre (le Mahdi, son précurseur), mais avant cela, il sera connu dans ces mêmes prophéties comme le Grand Pontife. Cela s'explique par le fait que Jésus 2 ne recevra pas immédiatement le pouvoir régalien (c'est le mahdi qui l'occupera jusqu'à sa mort), mais sera avant cela un grand rénovateur et leader religieux (conseiller du mahdi). Il ne faut donc pas l'assimiler à un Pape ou à un Cohen Gadol.

Le pape François n'est pas le Grand Pontife, il est la ré-incarnation de Pierre, un disciple de Jésus.

Attention au fait que suite au corruption des prophéties privées par l'Église catholique alliées au royalistes, le grand monarque peut aussi désigner le roi de France (de l'empire romain germanique plutôt), une personne qui n'a rien à voir avec Jésus 2. Grand Monarque = Jésus 2 si la prophéties n'a pas été corrompue, Grand Monarque = roi de France si la prophéties est fausse ou corrompue.

Pas un avatar

Jésus 2 n'est pas un avatar, car un avatar est l'incarnation d'un dieu, ce que Jésus n'est pas, même si c'est une âme très évoluée certes. Cette qualité exceptionnelle peut être ressentie intuitivement, c'est d'ailleurs comme cela que de nombreux disciples à son époque ont "senti" qu'ils avaient à faire à quelqu'un d'exceptionnel et qu'ils ont tenté à tort de le diviniser.

La lignée génétique de David

Jésus 2 est de la lignée de David (celle de Jésus), mais pas la lignée respectant les héritages traditionnels (seul l'aîné déclaré apte/élu conserve la droite ligne et la lignée d'héritiers). C'est pourquoi il est dit qu'il sortira d'une branche perdue, un bourgeon coupé. Et c'est pourquoi il y a tant d'interrogations sur que sera réellement Jésus 2, parce que les descendants de David, si l'on compte les bâtards (connus ou non connus), les multiples croisements possibles entre bâtards porteurs des gènes anunnakis, tout ça sur une histoire chaotique dont les illuminati n'ont pas pu tenir tous les comptes, ça fait des millions de personnes possibles...

Marques d'incarnation

Les incarnations laissent souvent des marques de l'ancien corps sur le nouveau, non pas parce que c'est nécessaire ou lié à un mécanisme d'empreinte, mais parce que l'âme signifie symboliquement qui elle a été (notamment quand il s'agit d'un traumatisme ou quelque chose qui a beaucoup marqué la vie précédente). Un ancien aveugle ne naîtra pas aveugle, mais cela peut éventuellement (ce n'est pas une obligation) se manifester par diverses anomalies bénignes, souvent passagères comme une hétérochromie etc. Ces signes sont très subtils. Jésus 2 portera de tels signes, et notamment des signes liés à sa non-crucifixion (stigmates légères).

Pourquoi, alors que son corps n'a pas subi les stigmates de l'exécution ? Parce que c'est une sorte de signature pour ceux qui savent lire entre les lignes.

Et ce n'est pas parce que le corps de Jésus n'a pas subi physiquement la crucifixion (un mannequin biologique l'a remplacé au dernier moment grâce à l'OVNI/nuage relaté par la bible), que cela ne l'a pas énormément choqué spirituellement (l'âme Christ).

Les hadiths des musulmans donnent d'autres signes de reconnaissance, mais ils ne sont pas 100% fiables, car il y a eu souvent des amalgames avec ceux qui décrivent le mahdi. Il est donc difficile de faire la part des choses entre ce qui est à l'un et ce qui est à l'autre (Jésus 2 et le Mahdi sont 2 personnes différentes, un débat qui existe chez les musulmans).

Aspect physique

Jésus 2 est un humain normal, typé européen.

Pas le fils de Dieu, ni un être extraordinaire : c'est un fils d'homme, il l'a dit lui-même en son temps. Oubliez le grand châtain aux longs cheveux bouclés, à la belle barbe fleurie, à l'oeil bleu, qui resplendit sur son trône en or et dont la technologie permet de ressusciter les morts : celui là c'est l'autre, Odin, le dieu sauveur extérieur à vous-même (et vous fait payer l'addition d'un service qui ne sera pas rendu).

De part les gènes anunnakis du roi David (sa mère était une hybride), et Jésus 2 étant de la lignée de David, il est probable que Jésus soit un caucasien (blanc de peau), aux yeux bleus et cheveux châtains. Assez grand (plus d'1,8 m), et au nez sémite un peu fort. Il est dit par les Altaïran qu'il n'est ni laid ni beau, un type normal que physiquement rien ne pourra différencier (excepté peut-être les légères traces de stigmates).

On sait d'après les Hadiths (considérés comme globalement légitimes par les Altaïran) qu'il transpirera beaucoup (comparé aux arabes qu'il rencontrera à Damas), qu'il sera blanc de peau mais aux joues roses (c'est sur que s'il a très chaud...). Il existe même un hadith qui dit que Jésus ressemblera à un juif de cette époque (certains hadiths rajoutent dans sa façon de s'habiller, d'autres par rapport à son visage, et d'autres ne précisent pas).

Jésus aurait pu être noir ou asiatique, ou une femme, ça n'aurait pas posé de problème pour ce qu'il avait à faire, excepté pour se faire reconnaître du plus grand nombre... Déjà que beaucoup refuseront de le reconnaître, il ne fallait pas trop compliquer les choses. Cette sorte de racisme ou de misogynie dans le choix de son corps ne vient donc pas de lui, mais de nous…

Bref, Jésus 2 ne sera pas un mannequin angélique avec un physique exceptionnel, mais davantage un européen blanc qui crève de chaud à Damas. Ça doit faire environ 200 millions de Jésus 2 potentiels !

Pas de miracles venant de lui

Tant que Jésus 2 ne sera pas illuminé, il est peu probable qu'on ai de gros miracles venant de lui.

Ceux qui attendent un jésus 2 né le 25 décembre seront déçus ! (le 25 décembre c'est la fête de Mithra, pas la naissance de Jésus). Idem pour ceux qui attendent des "miracles" d'ailleurs, au sens "paranormal". Si jésus a multiplié les pains et le poisson, c'est peut être parce que les ET l'ont aidé et sûrement pas qu'il a dédoublé la matière. Il s'est passé des choses sous le ministère de Jésus (la transfiguration etc...), mais elles ont toutes une explication. Jésus était fils d'homme, il n'avait aucun super pouvoir. D'ailleurs, il le disait lui même, que rien ne venait de lui. Suffit de lire.

Les anunnakis subjuguaient les foules en disant que ce qu'ils faisaient avec leur technologie était des "miracles" et qu'ils avaient des super pouvoirs comme chez Marvel. La propagande des héros Marvel n'est pas un hasard d'ailleurs, pour vous faire adorer un héros super puissant...

Forcément que cette habitude de voir les "dieux" comme cela a déteint sur le christianisme, et a coloré le récit historique.

Jésus 2 ne sera pas un héros qui peut voler…

Les gens s'attendent généralement à voir un super man indestructible, un spider man tout en muscle et d'une beauté angélique, qui lancera des éclairs par ses yeux et détruira tous les ennemis rien qu'en ouvrant la bouche comme un X-men. Cela fait partie de nos vieux réflexes, car les super-héros ne sont que la version moderne des dieux sumériens et des héros tels Hérakles ou Gilgamesh. Personne ne s'est imaginé plutôt un homme ou une femme normal(e) en général.

Sa date de naissance

On ne la connaît pas, mais on peut l'estimer. Il est forcément né à une date où il devait être opérationnel dans le cas où les choses se déroulaient rapidement (tout dépend de notre libre arbitre, donc le futur dépend de nos actes à tous,

ce qui explique que les lignes temporelles peuvent se décaler et prendre du retard).

Dans la ligne temporelle au plus tôt (celle de Pierre Frobert, qui en 1980 annonçait Macron élu derrière Sarkozy en 2012, au lieu de Hollande le bouche-trou pendant 5 ans) Nibiru passait mi-2013, et le combat Jésus 2 – Odin se déroulait vers 2018.

Or, on sait que pour exercer son ministère, il faut que Jésus 2 ai au moins 30 ans, l'âge où Jésus 1 a atteint ses plein pouvoirs, ses plein ancrages au niveau des chakras, et a commencé à propager la bonne parole. Jésus 2 est donc forcément né avant 1988 (pour avoir 30 ans en 2018). Dans les années 1960, Lobsang Rampa, bien qu'il soit un imposteur, avait accès aux infos des remote viewers de la CIA, et annonçait un Jésus 2 né en 1985.

Attention aux mélanges avec l'attente des royalistes du Grand Monarque, qui pour eux est Emmanuel Macron, né en 1977 (sûrement lui l'enfant blond vu par les remote viewers, et dessiné sur les murs de l'aéroport de Denver).

Son pays d'émergence

De nombreux prophètes et savants aussi bien juifs, arabes, que chrétiens, pointent sur la France.

Les prophètes chrétiens parlent souvent du Grand Monarque, de la lignée de David (un "Roi de France" des Lis (ou Lys), car selon une ancienne tradition, les rois de France seraient des descendants de la famille de Jésus, donc de la lignée davidique). Le Grand Monarque qui reconstruira la France selon eux suite à des catastrophes (ou une guerre civile) étendra son autorité sur le Monde et établira la royauté de Dieu sur Terre.

On retrouve exactement la même idée chez de nombreux juifs et de grands rabbins fondateurs (Rachi, Bal Chem Tov), notamment ceux de l'école hassidique du Rabbi Loubavich de New-York. Ces rabbis affirment que leur messie est prophétisé par le prophète Obadia. Ces textes anciens affirmaient, bien avant la destruction du second temple et l'exil moderne, que ce messie sortirait d'un pays nommé Tsarfat. Or tous les grands exégètes juifs sont unanimement d'accord pour dire que Tsarfat, c'est la France (Rachi dit que c'est Francia). Le Rabbin Loubavitch, mort en 1994, a même intégré la Marseillaise dans les champs liturgiques juifs, pour dire le lien qui unit la France à la libération finale dans ces courants orthodoxes.

Beaucoup de très grands Rabbis affirment même que Jésus 2 sera un converti.

Enfin les musulmans, bien que ces informations soient aujourd'hui passées aux oubliettes, disent que Jésus viendra de "Faris" (un hadith très rare et introuvable quasiment sur le web). Certains associent Faris à Paris, mais la plupart considèrent Faris comme une référence à "France" (Faris et France sont très proche dans la prononciation, le F ne pouvant pas être lié à un son P d'un point de vue linguistique).

Généralement, les musulmans estiment qu'il sera amené du ciel par deux anges à Damas, l'un n'excluant pas l'autre (son émergence en France et son arrivée à Damas pour défaire Odin).

Si on rassemble les 3 traditions, on retombe effectivement sur la France. A ce stade, c'est tout ce que Harmo peux nous dire (et le "peux" est à comprendre sous deux sens : ce qu'il sait et ce qu'il a le droit de dire).

Si les Altaïrans, au contraire des Zétas (Nancy Lieder), sont bien plus intéressé par la religion et la spiritualité que par Nibiru, et qu'ils ont leur contacté (Harmo) en France, ce n'est peut-être pas sans raison. Ils veulent aider à quelque chose dans ce pays, mais là encore, Harmo ne veut pas en dire plus.

Les pays importants par la suite

Plusieurs pays auront un impact majeur sur la suite des événements et notamment ces éléments "messianiques". Israël bien entendu mais aussi la France (pour l'émergence de Jésus 2) et l'Arabie saoudite. D'autres pays seront également importants, la Russie et les USA sont de toute manière incontournables dans le monde d'aujourd'hui.

Le réveil

Un accès partiel à son âme (et aux connaissances acquises lors de vie antérieures, sans se rappeler forcément de la vie dans laquelle on a acquis ces connaissances) mets généralement 40 ans à se faire (ce qui s'appelle prendre du plomb dans la tête, la maturité, ou ces changements soudain de personnalité appelés le démon de midi pour les hommes). Chez les âmes plus denses, comme celles de Jésus, cela s'était produit à l'âge de 30 ans (date à laquelle il avait commencé à prophétiser).

Cela ne sera pas différent ni pour le Mahdi, ni pour les autres personnages importants de l'histoire. Des personnes ayant fait des actes pas très glorieux, mais qui changeront du tout au tout avec la maturité (pour le mahdi, les prophéties musulmanes disent qu'il se réveillera un matin en étant le mahdi, mais généralement le réveil est plus progressif).

L'éveil

Jésus va ensuite devoir connecter son conscient à son inconscient pour se rendre compte qu'il est le christ…

Jésus 2 ne saura pas qui il est / a été jusqu'à peu avant son illumination, et cela à cause du voile d'oubli qui accompagne les incarnations dans les corps humains (dû à la manipulation génétique pour couper notre conscient de notre inconscient, et nous priver notamment de la télépathie et de la connaissance de nos vies antérieures).

Jésus 2 est caché tant qu'il ne sera pas nécessaire qu'il apparaisse publiquement, donc les infos s'arrêtent là pour ne pas en révéler plus. Moins on en saura et plus il aura les coudées franches pour agir quand ce sera nécessaire. En tout cas, il est au courant de sa mission, parce qu'il a bien fallu qu'il récupère un certain nombre d'infos liés à sa précédente incarnation puisque son but est de rétablir la vérité sur celle-ci.

Une fois qu'il aura pleinement récupéré les connaissances qu'il avait quand il était Jésus, il pourra alors réaliser l'illumination, chose qu'il était déjà capable de faire dans sa précédente incarnation, mais le moment n'était pas propice pour que ça serve à l'humanité.

Chronologie

Émergence progressive

L'émergence de Jésus 2 ne se fera pas du jour au lendemain.

Lui aussi est dans un processus continu, avec des paliers et des montées plus vives. Cela n'arrivera pas instantanément, tout comme cela ne se passera pas en ligne bien droite vers le haut. Donc tout dépend de nos critères pour savoir si cette émergence est complète ou incomplète. Il y a des phases qu'on peut repérer :

- il est informé lui même de son identité et de son rôle (identité reste cachée)
- cette identité et rôle est reconnue par des personnes (identité devient publique)

573

- identité et statut reconnu par sa communauté
- identité et statut reconnu par la majorité.

Harmo, en Juillet 2015, estimes que Jésus 2 est au milieu de la première phase (il a de gros doutes, mais pas encore la confirmation).

Le calendrier dépend aussi du libre arbitre de "Jesus 2" qui avance à son rythme. Certes les événements peuvent accélérer son processus d'émergence, mais c'est un homme et donc il a aussi son mot à dire.

Sa révélation au monde

On peut estimer que Jésus 2 se "révélera" au monde (au sens matériel comme au sens spirituel) après un an de règne de Odin, lors de la défaite de ce dernier.

Jésus 2 se révélera avant le retour des anunnakis (3 ans et demi après le 1er passage de Nibiru).

Jésus ne se révélera qu'après Odin l'antéchrist (anté = avant).

Les Altaïrans affirment que Jésus ne se révélera pas tant que ce sera nécessaire, et que les gens ne sont pas prêts. D'ailleurs, les Altaïrans restent flous sur le moment de son émergence, car nous dire trop précisément les choses biaiserai notre leçon spirituelle, qui sera de reconnaître Jésus 2, même s'il ne correspond à nos attentes (p.).

Moment de sa révélation

Harmo pense qu'il se révèlera avant la venue des Anunnakis, dans les 3 ans et demi après le premier passage. Pourquoi ?

"jésus" viendra avant la période la plus critique du second passage et de ses conséquences, parce que cette épreuve sera bien pire que la première. Le premier passage et surtout la période de bouleversement qui suivra seront difficiles, mais pas insurmontables, mais comme je l'ai dit, le second passage sera bien pire que le premier parce qu'il va en remettre une couche sur un monde déjà profondément chamboulé. Si l'Humanité perd déjà 90% de sa population sur 7 ans, imagine l'impact des 7 ans suivant le second passage. Pour passer le cap, il faudra qu'on ait reconstruit un nouveau monde solide (avec l'aide des Et, ce ne serait pas plus mal, d'où l'importance de "Jésus"), afin que ce second tour ne nous extermine pas entièrement. Le premier passage en lui-même sera une catastrophe, avec des millions de morts dus aux tsunamis et aux séismes, mais c'est bien plus la période des 7 ans entre les deux passages qui sera critique. Les gens sont devenus extrêmement dépendants du

Système et sont complètement déphasés par rapport à la Nature. La mortalité va faire un bond parce que les gens ne sauront pas comment se nourrir, parce qu'ils ne supporteront pas de vivre sans être tenus par la main pour tout et que leurs convictions s'effondreront comme des châteaux de cartes. Ce changement brutal sera fatal à l'esprit de nombreuses personnes, mais aussi à leur système immunitaire (l'impact sera aussi bien spirituel que matériel, les deux sont liés). Si une personne préparée n'aura pas tant de difficulté que cela à survivre (et même au contraire, y trouvera du bon), les personnes les plus impliquées dans le système actuel dépériront avec lui. Le premier passage, ce sera environ 30% de la population mondiale en moins, et sur 7 ans, c'est 60% de plus qui disparaitront (avec un gros pic les 2 premières années). C'est sur les 10% restant qu'il faudra se concentrer et que les ET + Jésus + les entités de "soutien" devront travailler pour faire survivre l'humanité à la seconde phase. Si nous nous débrouillons bien, le second passage sera seulement une formalité. Les passages sont des étapes importantes et très brèves, mais ce sont leur impact dans les années qui suivent qui sont le véritable défi, et c'est sur ces années là que "Jésus" agira, pas vraiment sur les passages eux mêmes. Les catastrophes naturelles sont inévitables, les conséquences concrètes sur l'Humanité non. On peut prendre des mesures pour les atténuer, d'où la nécessité de construire une civilisation plus adaptée. Voilà ce que je voulais exprimer : Jésus ne viendra pas pour les passages en eux mêmes, il n'arrêtera pas les tsunamis et les séismes par des miracles, il viendra pour la reconstruction, pour le concret (n'oubliez pas que c'est un homme pas un dieu).

il doit être présent suffisamment tôt pour nous aider à reconstruire et à lutter contre les menaces (comme Odin ou les anunnakis de Nibiru plus tard). Bien entendu ce n'est pas un seul homme qui fera tout. Quand je dis "Jésus", je parle de toute une équipe qui est déjà à l'œuvre, pas uniquement du personnage qui doit seulement compléter le dispositif !

Calendrier événementiel

Il faut attendre ces événements comme s'ils pouvaient arriver demain, et guetter les signes. Donner une date est impossible car ces événement ne sont pas figés dans le temps. Ils peuvent être avancés ou retardés. Il y a des noeuds dans le temps, avec des événements qui se produiront inévitablement, mais la séquence des événements intermédiaires, tout comme le calendrier, a une certaine élasticité. On peut dire que le grand tout a le pouvoir de modifier les choses, tout comme il a le pouvoir de faire en sorte que ses promesses (et les prophéties des prophètes) se réalisent obligatoirement.

Les Altaïrans disent que Jésus 2 viendra AU PLUS TARD à l'age de 50 ans. On sait donc qu'il aura entre 30 (pleine incarnation de son âme) et 50 ans quand nous connaîtrons son identité actuelle !

[AM : nous pouvons faire un estimatif : si comme la dernière fois, le mahdi (incarnation de Jean le baptiste) est né quelques mois avant Jésus 2, et que MBS (né le 31/08/1985) est le Mahdi, Jésus est né fin 1985, et devrait se révéler entre 2015 et 2035.

But 1 : l'illumination

Ce n'est pas à proprement parler le but premier, mais Jésus 2 aura besoin d'être illuminé pour défaire Odin (bien qu'il soit possible qu'il soit juste aidé des ET bienveillants et leur technologie implacable, et que son illumination se produise plus tard).

Tant que Jésus 2 n'est pas illuminé, il est lui aussi soumis aux turpitudes du monde, et même illuminé, il restera la même personne physique.

Jésus 2 est là pour montrer le chemin à l'humanité, afin de dépasser l'éveil du Boudha pour arriver à l'illumination, qui est de se connecter directement au divin, une compréhension de la nature de dieu et de l'univers.

Ce sera un tournant dans l'évolution spirituelle de l'Humanité, puisqu'elle montrera que non seulement l'illumination humaine est possible / réelle / concrète / faisable (première fois qu'une entité spirituelle (âme) atteindra un tel point de réalisation spirituelle dans notre espèce), mais en plus possible sous notre forme actuelle d'homo sapiens (avant la prochaine espèce télépathe). Cette première sera un grand choc pour nous tous.

Jésus 2 devrait atteindre son maximum d'incarnation vers 40 ans, on peut penser que ce sera à partir de cet âge qu'il réalisera son illumination.

Qu'est-ce que l'illumination?

C'est la "grande connexion avec le Divin", "l'illumination divine", "l'Eveil total". C'est un "saut" / "seuil" spirituel, l'âme (corps?) changeant de dimension :

- Ce n'est pas l'illumination de Bouddha, qui est plutôt un "éveil" qu'une illumination totale. Jésus était aussi éveillé, c'est à dire indépendant de ses liens instinctifs dictés par les pulsions, la programmation génétique. S'affranchir des désirs matériels liés à nos corps physique, de connecter le conscient avec l'inconscient, donc avec l'âme.

- L'illumination est une compréhension de la nature du grand tout. Elle est un lien qui s'établit entre le grand tout et l'entité spirituelle incarnée, une connexion directe, le but ultime de toute existence.

- Elle se traduit par des caractéristiques concrètes quoique parfois anecdotiques, comme une altération du temps mais aussi de la gravitation par exemple, une certaine capacité à modeler la matière ou à produire de la lumière (une chose liée à l'altération du tissu dimensionnel entre les Univers)

- Il existe des illuminations partielles, donc incomplètes, qui sont notamment caractérisées par un fil du temps altéré, une prescience qui est caractéristique des prophètes, et dans leurs états les plus élevés, à une connaissance du futur lointain. A ne pas confondre avec les médiums et les contactés ou visités, qui ne tirent pas leurs informations d'eux mêmes, mais de sources extérieures.

- Dans le cas de Jésus 2 qui arrivera à l'illumination totale, celle-ci est relativement particulière car elle ne correspondra pas à une "ascension" normale, telle que le fera l'humanité par la suite. Les humains subiront bientôt une première "ascension" liée à leur épanouissement spirituel qui les fera passer, physiquement et spirituellement (corps et âme) dans une dimension quantique supérieure. Elle facilitera la suite de leur épanouissement spirituel mais ne correspondra pas encore à l'illumination opérée par Christ.

Comme nous sommes tous connectés, dès qu'un être humain réalise quelque chose, les autres peuvent le faire à leur tour. Ensuite, plus le processus est fait par un grand nombre d'humains, plus c'est facile pour le reste des humains.

Jésus va ouvrir la voie et montrer le chemin, il va le parcourir avant nous, mais pas à notre place.

C'est cette illumination qui a été abondamment illustrée dans toutes les traditions.

Comment Jésus 2 va vivre son illumination?

Il n'atteindra pas cette "illumination" par/à sa naissance, mais par le travail et la dévotion à l'âge adulte, un travail qui finira de compléter des milliers de vies précédentes à la recherche de cette illumination.

Jésus 2 ne saura pas qui il est / a été jusqu'à peu avant son illumination, et cela à cause du voile d'oubli qui accompagne les incarnations dans les corps humains.

Toutes les créatures de l'univers ne sont pas concernées par ce défaut qui est lié à la génétique des ET égoïstes, en l'occurrence une séparation du cerveau en deux parties inégales et peu communicantes. La partie mise au second plan (l'inconscient) est cependant la principale, celle qui est en lien avec l'âme, celle par laquelle elle intervient sur le corps physique.

Les connaissances liées aux vies antérieures sont placées dans l'inconscient et peuvent être complètement voilées pour la personnalité "consciente" ou superficielle de l'individu. Cependant, le processus n'est pas instantané / quantifié / abrupte, et il y a une récupération progressive des connaissances avec l'âge. Ce processus de recouvrement prend au minimum 30 ans chez l'être humain actuel, pour les âmes les plus expérimentées comme Christ (c'est pourquoi Jésus 1 ne s'est révélé qu'à 30 ans).

Première illumination dans notre coin d'univers

La Terre, dans le futur proche, sera la première planète de la Galaxie à abriter une entité de niveau 8, le maximum. Il s'agit de Jésus 2. C'est d'ailleurs en apprenant ça que Odin a basculé du côté obscur de la force, par dépit, lui qui avait tant donné pour se développer individuellement et réussir cette illumination en premier.

But 2 : le sauveur, l'épée

Un gars comme Satan, il ne partira pas de son plein gré. Il faudra bien des forces physiques pour le faire partir et défaire ses armées. Ce sera la mission principale de Jésus 2 dans un premier temps, l'urgence : rien ne pourra suivre tant que Satan sera là.

Seule l'intervention miraculeuse éclair de Jésus 2 mettra fin à l'ancien monde et à son injustice. Odin et les hiérarchistes purs (7% de l'humanité) sont retirés de la Terre.

Jésus n'est pas le sauveur au sens "rachat des péchés" (p.)

Jésus ne vient pas faire le boulot à votre place, ni souffrir pour vous racheter quoi que ce soit, car ça vous mettrait en position de lui être redevable. Or, si Satan est là pour vous exploiter, Jésus 2 est là pour vous aider gratuitement.

Jésus est un guide spirituel. Il ne pourra parcourir le chemin à votre place, ce sera vous qui rachèterez vos propre péchés, en vous pardonnant sincèrement, tout simplement…

Son combat contre Odin

Jésus est là comme antagoniste au diable Odin. Tant que l'antéchrist Odin/Satan ne s'est pas révélé, Jésus 2 n'apparaîtra pas.

Les deux sont liés, c'est ça la grande leçon, c'est arriver à acquérir le vrai sens critique, le véritable sens du jugement des choses. L'apparence ou le fond. Celui qui présente tel un dieu et fait des miracles, et ou l'homme normal (voir même commun) qui parle et ne fait rien par lui même d'extraordinaire. Malheureusement, nous sommes TOUS tentés (à des degrés différents certes) par le premier côté, par la beauté extérieure plutôt que par la beauté intérieure. Si on dit que même les "saints" pouvaient être tentés et succomber, ce n'est pas pour rien (p. Erreur : source de la référence non trouvée).

Pour résumer, il y aura une guerre au proche-Orient (encore!) pour empêcher Odin de récupérer l'esplanade des Mosquées à Jérusalem. Les armées de Odin seront victorieuses, et au moment où Odin va tuer le Mahdi, Jésus 2 descend du ciel et sauve le Mahdi en éliminant Odin, clôturant ainsi cette ère d'obscurité sur terre.

Jésus 2 sera assisté concrètement et physiquement par les Anges (les ET) et ce sont eux qui l'amèneront physiquement du Ciel (par voie aérienne) pour porter secours au Mahdi assiégé par Odin.

Le "Ciel" de la Bible n'existe pas, le grand tout ne réside pas au delà de l'atmosphère terrestre. Si Jésus descend du ciel, c'est qu'il descend d'une certaine altitude, tout comme les anges descendent parce qu'ils viennent de mondes au delà de notre planète, depuis des appareils aériens. Ceci peut paraître anecdotique et pourtant c'est primordial si l'on veut comprendre ce qu'est le grand tout. Le Jésus historique a dit à raison que le grand tout était plus proche de nous que nos pieds et nos mains. Ce n'est pas un dieu qui vient de l'espace, vu que le grand tout est partout. le grand tout est donc sur Terre comme au Ciel, le mot ciel étant à entendre comme Espace/Univers.

Jésus est aussi l'épée

Harmo : Jésus 2 ne sera pas là pour être roi du Monde, mais pour rectifier lui même le christianisme en disant la vérité sur son premier ministère il y a 2000 ans. En l'occurrence, rétablir la vérité abimée par Paul puis les romains sous influence des illuminati qui ont transformé le christianisme initial pour en faire ce qu'il est aujourd'hui, notamment en intégrant le culte de Mithra. Qui mieux que Jésus lui-même pour le faire ? Ensuite, il aura un rôle de leader spirituel bien entendu mais aussi de chef de guerre contre Odin, mais ça s'arrête là. Il n'a pas vocation à être roi, mais conseiller des rois. Jésus est un ET, il n'a donc pas le droit de régner sur les hommes. Les ET incarnés ont toujours des positions de conseillers, pas de dirigeants, car l'être humain doit être maître de son destin, et donc de sa gouvernance. Les visions et idéaux des gens du sacré Coeur comme Sarachaga sont donc bancales, et très fortement inspirées des prophéties et de l'eschatologie juive. Ce sont leurs opinions et leur vision du Christ, et cela ne correspond pas à la réalité de ce qui va se passer. Jésus est forcément quelqu'un d'humble, comme il l'a été il y a 2000 ans. Quelqu'un qui a dit qu'il était plus facile à un chameau de passer à travers le chat d'une aiguille que pour un riche d'entrer au Royaume des Cieux (traduisez par "embrasser fermement et définitivement une orientation spirituelle altruiste", et donc faire partie de ceux qui pourront rester sur Terre après l'ascension), a forcément un point de vue très arrêté sur le luxe et le confort matériel. Cette personne est cachée tant qu'il ne sera pas nécessaire qu'elle apparaisse publiquement, donc les infos s'arrêtent là pour ne pas en révéler plus. Habite-t-il sur Terre, si oui dans quel pays etc... ce serait bien trop en dire. Caché veut dire caché, moins on en saura et plus il aura les coudées franches pour agir quand ce sera nécessaire. En tout cas, il est au courant de sa mission, parce qu'il a bien fallu qu'il récupère un certain nombre d'infos liés à sa précédente incarnation puisque son but est de rétablir la vérité

sur celle-ci. Ce n'est pas Macron en tout cas, pas de souci là dessus, les ET sont clairs à ce sujet. Il est bien différent/distinct d'un Grand Monarque éventuel (il ne sera pas roi), et du Mahdi des musulmans (qui lui sera roi). Jésus est une incarnation ET de très haut niveau, et cela confère un minimum de capacités liées à l'âme. Ces capacités iront crescendo au fur et à mesure de sa vie pour arriver à un maximum durant sa bataille avec Odin. Jésus est aussi une arme en lui-même, c'est pour cela aussi qu'il a été envoyé dans ce contexte particulier. Vous verrez en temps voulu, et je n'ai pas toutes les réponses bien entendu car certaines choses doivent rester cachées jusqu'au bout !

La récolte / moisson

Jésus 2 a mis fin au cycle des hiérarchistes. Les esclaves cessants d'obéir à des maîtres terrestres, le système esclavagiste s'éteint de lui-même.

Pour aider à l'effondrement des choses, et éviter que ces êtres qui ne peuvent changer d'avis dans cette vie ne prolongent leur influence néfaste, le reliquat hiérarchistes purs survivant (les 7% qui ont choisi cette orientation spirituelle depuis plusieurs vies en leur âme et conscience) est raflé par les ET hiérarchistes (reptiliens Raksasas de Sirius principalement).

Ceux qui ont choisi cette orientation spirituelle depuis longtemps (et qui ont fait généralement beaucoup de mal dans leurs vies), seront globalement puni du sort qu'ils auront fait subir aux autres, parce qu'il n'est plus possible (ou quasi) de les faire revenir en arrière. Rien ne sert de les soumettre encore à des leçons, c'est cuit. Les humains de cette catégorie sont donc classés sans espoir et sont donc la propriété de leur clan, et comme ce sont des esclavagistes, les humains en question seront emmenés en butin par les ET de leur groupe, ce n'est que justice. A prêcher l'utilisation égoïste des autres, on finit par être victime de ses propres principes.

Ces purs égoïstes seront moissonnés par leur faction spirituelle, c'est à dire que les ET hiérarchistes (qui ont inspirés tous les bourreaux sadiques de la Terre) se partagent le gâteau : mettre en esclavage ceux qui peuvent servir, torturer puis manger les autres.

Étant les derniers arrivés sur leur nouvelle planète prison, les égoïstes n'auront pas le choix de leur prochaine incarnations, et pendant un très long cycle, se réincarneront en bas de la hiérarchie, sans espoir de s'échapper, et devront subir les turpitudes de gars plus sadiques qu'eux… C'est un peu l'enfer, sachant que même leur mort les enverra dans un monde similaire, nulle part où trouver le repos.

En gros, les gens de type Soros n'auraient de toute façon que 3 ans maxi à vivre après le premier passage de Nibiru… Je comprends leur hâte à aller se réfugier sur Mars avant la défaite de leur champion, et pourquoi leur plans d'échappatoires ne visent pas forcément le premier passage…

7% des humains sont des fermement égoïstes. Ça représente 500 millions de personnes.

Faire le lien avec les 500 millions de rescapés demandés sur les Georgia Guidestone, comme quoi ces gens avaient bien prévu de tuer tous ceux qui n'étaient pas de purs égoïstes, un sacré enfer en prévision sur Terre si ça avait été le cas. :)

Harmo dit aussi que "Les égoïstes incurables seront emmenés dès la chute d'Odin, inutile de leur donner des leçons supplémentaires."

Je ne sais pas si les "égoïstes incurables" et les "purs hiérarchiques" sont les mêmes.

Si ma déduction est bonne, ça veut dire que lorsque Jésus 2 défait Odin, 500 millions d'ultra-riches sans conscience, de politiciens corrompus jusqu'à la moelle, de cheffaillons pervers narcissiques et psychopathes, de truands sans scrupules, de chefs de gangs ultra-violent, etc. seraient instantanément retirés de la face du monde…

Tous les purs égoïstes ne sont pas des Élites. Dans les 7%, seul 1% se retrouve tout en haut de la hiérarchie (par exemple, le puppet Master, l'illuminati qui a remporté la bataille pour Jérusalem, est un indéterminé à tendance altruiste, même si c'est l'éducation illuminati et la dévotion envers son dieu Satan qui prime, n'ayant pas encore été déçu par son champion).

Une sacrée bouffée d'oxygène pour l'après, afin de rebâtir un monde meilleur, juste perturbé par les 68 % d'indéterminés qui n'ont pas encore choisis l'orientation spirituelle altruiste. La révélation de Jésus 2 au monde sera un vrai nettoyage des mauvaises énergies.

La chute finale du système

Nibiru avait quasiment détruit le vieux système, il restait les enclaves High-Tech, derniers reliquats du passé.

Pour tous ceux qui n'en peuvent plus de ce monde, de ce Système, sa destruction sera un soulagement. Elle sera une opportunité pour les gens de se retrouver eux mêmes et avec les autres.

Pour ceux qui ont fusionné avec ce Système et y évoluent de façon plus connectée, ce sera la "fin du monde", parce qu'ils ne pourront pas supporter cette destruction, et encore moins la reconstruction.

But 3 : Restaurer le message d'origine

Le troisième but qui sera atteint chronologiquement, mais le véritable but, qui comme le dit le Judaïsme, est une libération (des anciens dogmes contradictoires).

Quand Mohamed dit que Jésus 2 fera tomber / brisera la croix, c'est qu'il va enlever du catholicisme les principes anunnakis moisis, comme le dieu barbu physique qui lance des éclairs sur ses serviteurs quand il est mal luné, ou la croix, un symbole sumérien d'adoration de Nibiru. Mais sans détruire les religions existantes, juste redire ce qu'il a dit à l'époque, et qui sera mieux compris et retenu ce coup-ci.

Briser la croix

Jésus brisera la croix selon le Coran et les hadiths (L0). C'est logique, vu que :

- Jésus n'a pas été "tué" sur une croix mais sur un poteau.
- Le Coran affirme que Jésus n'a pas été crucifié mais seulement son apparence, une façon simple de résumer le fait qu'il a été remplacé par un clone synthétique.
- Le vrai symbole des chrétiens est et restera toujours le poisson.
- Le symbole de la croix est trop chargée de l'influence anunnaki (apparence que prend Nibiru au début où elle devient visible), c'est donc un élément idolâtre par excellence.

La croix a été imposée par les empereurs de Rome, adorateurs de Mithra, comme le 25 décembre.

Réforme des religions existantes

Jésus 2 ne va pas détruire l'Église et les chrétiens. Il mettra les choses au point, l'Église pourra alors se renouveler en conséquence (l'apostasie, ou rejet en bloc de la religion, est la pire des choses pour l'humanité). Toutes les religions seront rectifiées d'une manière ou d'une autre par cette réforme. Les fausses religions (les sectes) deviendront caduques, parce que les gens ne vont dans ces groupes que parce qu'ils ne sont pas satisfaits des religions principales. Une fois celles-ci revenues à la raison, beaucoup de personnes changeront d'avis sur les choses, parce que les incohérences et les corruptions ne les dérangeront plus.

D'un autre côté, les différences entre chrétiens, juifs et musulmans s'estomperont, et même si on n'arrivera pas à une religion unique et uniformisée, il restera simplement des différences culturelles et non dogmatiques.

Libération des religions de leurs corruptions

La libération attendue par les juifs n'est pas celle du seul peuple juif, mais de tous les humains, par rapport à l'héritage négatif et esclavagiste que nous ont laissé les anunnakis, et leurs serviteurs humains les illuminati. Une fois le processus achevé, c'est un nouveau système de civilisation qui émergera, mais avant tout une religion nettoyée appliquée à cette civilisation.

Les trois grandes religions monothéistes prophétisent qu'il y aura une grande conversion mondiale sous leur propre voie, ce qui n'est pas faux. Judaïsme, Christianisme et Islam seront débarrassés des corruptions et une fois cela fait, il n'y aura plus véritablement de différence entre les trois. On peut donc tour à tour considérer que le Monde se convertira entièrement au nouveau Christianisme, au nouveau Judaïsme, ou au nouvel Islam, peu importe, ce sera la même religion, celle qui aurait dû être si le message des prophètes (sous influence Entités ascensionnés et servi avec l'aide technique des ET altruistes) n'avaient pas été corrompu par les hiérarchistes au pouvoir, qui en ont fait des instruments d'asservissement.

Destruction de la religion sataniste

La religion globale de Jésus 2 sera l'opposée de la religion d'Odin créée précédemment, qui sera une prolongation du système actuel, avec juste quelques points de réparés, mais sans refonte complète du système. Une religion d'Odin qui n'aura récupéré que le côté anunnaki, service à soi et rituels inutiles sans fin… Une réforme sataniste qui aura eu le mérite de mettre en avant le côté falsifié des anciennes religions.

Si la nouvelle religion mondiale (Odin>religion p.) fixée par Odin sera encore plus restrictive et prescriptive pour augmenter le contrôle matériel, la religion de Jésus 2 au contraire rétablira les règles non pas pour le matériel mais pour le spirituel.

Dans la vraie rénovation, de nombreuses règles inutiles qui ne servaient qu'à des vues de contrôle des Élites sur les populations seront abrogées, les rituels seront simplifiés voire abandonnés, au profit des aspects les plus spirituels, de l'épanouissement, de la règle d'or (Aime ton prochain comme toi-même) et du lien direct avec le grand tout, véritable but de la religion.

But 4 : Initier une nouvelle civilisation

La nouvelle religion, réforme des anciennes, permettra d'asseoir les bases d'une nouvelle civilisation mondialisée.

Là encore, ce sera l'opposé du Nouvel Ordre Mondial de Odin, une théocratie hiérarchiste où le pouvoir n'est concentré que dans quelques mains, alors que la communauté mondiale de Jésus tendra à rendre à chaque individu sa liberté individuelle, en respectant celle des autres. Cette civilisation enseignera à chacun à devenir autonome, pour diminuer le contrôle étatique au minimum, chaque citoyen étant de plus en plus responsable. Sans pour autant renoncer à l'ordre, qui protège l'intérêt commun des prédateurs du service envers-soi, le jugement dernier des âmes n'étant pas encore fait (l'ascension).

Jésus 2 n'a pas vocation a être roi, il sera le conseiller de ceux qui veulent bien l'écouter. Le Mahdi le prendra comme conseiller, et en Arabie se mettront en place les prémisses de la nouvelle religion réformée. C'est pourquoi ce pays est si important depuis Mohamed.

Les faux prophètes

Beaucoup d'escrocs se sont présentés, et se présenteront encore, comme étant le nouveau Jésus.

Comment les éviter ?

Beaucoup de faux prophètes et de faux messies ont vu le jour, et le feront encore dans le futur car ce qu'ils convoitent, c'est le pouvoir et le contrôle sur les autres.

Il existe des critères valides qui vous permettent de vérifier les dires de ces personnes. Les Altaïrans conseillent d'être prudents à ce niveau, parce que l'envie (de croire et de savoir) peut être plus forte que la raison. Si vous soupçonnez une personne d'être ceci ou cela, jugez là selon les bons critères.

Les Altaïrans conseillent aussi d'abandonner ces pulsions de culte et d'idolâtrie qui nous font révérer des êtres humains comme des hommes intouchables. Ces pulsions font partie de l'héritage anunnaki, héritage que nous devons abandonner.

Il y a une nuance entre le respect pour ce qu'une personne est / a été par son comportement, et ce qu'une personne est / a été par son statut. En la matière, Jésus 2 est quelqu'un de "normal", un enfant d'homme, pas le fils du grand tout ni un être extraordinaire. Même illuminé, il restera la même personne physique, un homme normal. La démythification et la désacralisation (dans le bon sens du terme) est essentielle. C'est cette sur-sacralisation (l'idolâtrie et la mythification des prophètes) qui a fait que Jésus 1 n'a pas été reconnu par ses paires en son temps. Ceux qui attendent un être surnaturel au lieu d'un humain de chair et de sang reproduiront la même erreur et se tourneront logiquement vers Odin, tel est l'héritage génétique instinctif que les anunnakis (voir même les reptiliens) nous ont légué pour que nous soyons des esclaves serviles et dévoués à leurs maîtres.

L'imposture du « Livre de l'agneau »

Jésus n'étant pas du tout ou du moins qu'en partie ce que les juifs, les musulmans et les chrétiens s'imaginent, le livre de l'agneau est forcément un faux. Sachant ensuite que l'agneau sacrifié n'est qu'une image retravaillée de Mithra portant un veau sur le dos, que l'eucharistie est un rite mithriaque connu et reconnu, et que la trinité est une déviance idolâtre et blasphématoire de la nature unique du grand tout (le grand tout est une puissance qui n'a pas de fils, c'est une conception complètement erronée), ce livre est le fruit des fantasmes d'un faux messie plutôt que du vrai

Ce que les Altaïrans invalident, ce sont ce que des arrivistes et des profiteurs ont mis dans la bouche des vrais savants qui ont étudiés des pans inexplorés de la science. Il est facile de jouer sur les mots. Tesla n'a jamais parlé d'une énergie qui sortirait par magie d'un chapeau de magicien. L'énergie libre existe, mais elle ne sort pas du néant absolu, elle est tirée de quelque chose. Pour Tesla, libre voulait dire disponible pour tous gratuitement, pas qu'on allait sortir de l'énergie de

rien. Il a découvert que la matière contenait d'autres formes d'énergie que celles connues jusqu'à présent et qu'on pouvait exploiter ce potentiel. Il n'a jamais dit que cela allait être simple au point de faire tenir ces dispositifs dans une bouteille de soda. Les écrits de Tesla sont suffisamment énigmatiques pour que des gens mal intentionnés les déforment et les utilisent à leur avantage. Quant à Bruce de Palma, Joseph Newman ou Thomas Bearden, il est pratique pour les arnaqueurs qui se prennent pour des physiciens de la trempe de Tesla sans y parvenir de se couvrir les uns les autres en se citant eux mêmes comme référence. Peut on croire un menteur qui prend comme témoin d'autres menteurs qui lui rendront la pareille à l'occasion, parce qu'ils ont tous les mêmes intérêts dans cette histoire : hameçonner des gens avec des théories fumeuses, se faire passer pour des physiciens avant-gardistes sauveurs de l'humanité qui, pour vivre, sont bien obligé d'arnaquer deux ou trois personnes au passage. Ce sont des gens en recherche de notoriété et de reconnaissance, et ils se prennent pour des messies. D'ailleurs la limite entre religion et science est très floue dans leur discours. Ce sont des "sauveurs" qui offrent gratuitement par le miracle de leur génie incompris (Nul n'est prophète en son pays) une solution définitive aux problèmes du monde, pas moins en train de lutter contre les méchantes corporations sataniques. En ce sens, c'est une forme dangereuse de faux messianisme moderne, où la Science est une forme de religion laïque (chose qui est bien connue d'ailleurs).

On me demande mon avis et celui des ET, je le donne. A chacun ensuite de le considérer valide ou non.

L'adversaire

Survol

Adversaire à la hauteur (p.)

Odin est plus fort physiquement et technologiquement que Jésus, et le niveau de connaissance spirituelle de Odin nous paraîtra équivalent à celui de Jésus. Seul le fait que Jésus 2 dit la vérité et est soutenu par l'Univers fera la différence, même si beaucoup seront trompés au final.

Odin se fera passer pour Jésus (p.)

Les religions ont été falsifiées pour nous pousser à idolâtrer Odin.

Jésus 2 sera pris pour Odin (p.)

Les mêmes falsifications religieuses pousseront ceux qui n'ont pas compris la spiritualité de base, à prendre la vérité de Jésus 2 pour du satanisme.

Odin est un adversaire à la hauteur de Jésus (p. 503)

Satan est le plus vicieux des anunnakis (raison de son exil sur Terre) mais aussi un des plus intelligents et possesseur de connaissances. Il a un savoir immense (imaginez ce qu'il a accumulé en plusieurs centaines de milliers d'années d'existence...). Sachant que son espèce est bien plus intelligente que l'homme (ils nous a délibérément diminué en taille et en intelligence en créant néandertal).

L'espèce humaine ne fait pas le poids face à un anunnaki, surtout le champion de leur espèce. Le corps humain que Jésus 2 utilisera face à l'anunnaki Satan ne sera pas son plus gros atout...

L'âme d'Odin n'est pas en reste non plus. Iblid (Odin) a atteint le même niveau spirituel que celui de Christ (Jésus), donc quasiment celui du grand tout. La connaissance ésotérique d'Odin nous semble infinie (même si il ne dit que le quart de ce qu'il sait). Odin a de plus accès à son âme, avec toutes les capacités que ça confère.

E plus de la magie, Odin a accès une technologie anunnaki très largement supérieure à la notre, Odin ressuscitera les morts...

Pour résumé, Jésus 2 sera inférieur en tout à Odin : un corps physique inférieur, une âme équivalente, aucune technologie. Comment Jésus 2 pourrait-il avoir une seule chance ?

Tout simplement parce qu'au contraire d'Odin, Jésus 2 dira la vérité... Et toutes les manipulations du monde ne peuvent rien contre cela. Jésus bénéficiera du soutien sans faille du vrai grand tout d'amour inconditionnel, de la coopération altruiste (1+1=3) ! L'altruisme triomphera du mal, même si ce ne sera pas facile dans cette société engluée dans l'égoïsme depuis des millénaires. Tous ne seront pas sauvés : si Odin sait qu'il "perdra" la Terre, son unique challenge c'est d'emmener le plus d'âmes possible avec lui, et il va malheureusement entraîner de nombreuses âmes dans sa chute... Ses futurs esclaves pour des milliers de réincarnation..

Ceux qui prendront Satan pour Jésus 2 (Odin>imite Jésus p.)

Odin trompera facilement les humains peu préparés, de par sa débauche de connaissances et de manipulations habiles pour présenter les choses. Il se fera passer pour un dieu, voir même pour le Jésus des évangiles.

Quand il parlera, Odin utilisera le même langage que Jésus, la même sagesse apparente. Sauf que s'il parlera des règles de base de la spiritualité (Nous faisons tous partie de l'Univers, et nous avons notre libre arbitre), comme le fera Jésus, il vous laissera deviner tout seul ce qui en découle, à savoir que la liberté individuelle est limité par celle des autres. Lui vous dira au contraire qu'elle est illimité, sans préciser là encore que ce précepte peut conduire aux abominations telles que les tortures d'enfant pour repousser toujours plus loin l'imposition de son libre arbitre égoïste sur les autres, de franchir toutes les règles morales pour voir jusqu'où peut aller son arbitre (et vu qu'il ne vous aura pas parlé du retour de bâton karmique...).

Ceux qui prendront Jésus 2 pour Satan

Jésus 2 sera un simple humain, sans pouvoir surnaturels type X-Men. Ceux qui attendent un dieu incarné avec plein de tours d'illusionniste technologique, comme le fera Odin, diront évidemment que Jésus 2 est le diable.

Quand Jésus 2 révélera qu'il n'est pas le grand tout incarné, que le grand tout n'est pas 3, il se mettra à dos la moitié des chrétiens.

Exactement ce que font ceux qui critiquent le pape François (p.), sans chercher à comprendre les motivations profondes qui ont sous-tendues le parcours de vie de François. Le pape François est finalement un bon test préparatoire pour reconnaître le vrai Jésus 2 du faux...

Conclusion

Reconnaître "Jésus" sera une très très grosse leçon.

Certains attendent Jésus, d'autre Odin...

Ceux qui attendent Jésus attendent un Mashia, Mashi, messie, etc. avec un vision différente du personnage suivant les traditions.

Les musulmans s'attendent à revoir le Jésus tel qu'il était au moment de la (non) crucifixion, les chrétiens généralement un homme-dieu parfait à la peau blanche, la barbe et les yeux bleus, et les juifs ont tellement fantasmés des siècles sur leur messie qu'il passeront sûrement encore une fois à côté de la plaque.

Il y a un énorme nettoyage à faire sur l'image, cette l'idéalisation extrême très trompeuse, c'est ce que j'appelle la sur-sacralisation.

Selon les Altaïrans, si Jésus se manifestait aujourd'hui publiquement, personne ne le reconnaîtrait comme tel. Certes, on ne peut pas croire le premier venu qui se dit un tel ou un tel (d'ailleurs on nous a prévenu à propos des charlatans qui essaieraient de se faire passer pour lui), mais même à l'épreuve, Jésus 2 échouerait tous les tests. Pourquoi ?

Parce que les gens s'attendent à quelque chose qui n'est pas réaliste. Jésus ne peut pas revenir tel qu'il était en l'an 33 (pour simplifier) parce qu'il est déjà mort, il doit nécessairement se réincarner.

ET

Le réveil spirituel est principalement aidé par le travail des ET, qui vont révéler leur existence lors de l'apocalypse.

Survol

Risques du contact (p.)

Les interactions ET-Humains sont très limitées, afin de ne pas interférer sur notre développement, de ne pas provoquer un génocide culturel et une apostasie meurtrière, ou encore sur le retour karmique sur les ET qui violeraient notre liberté de se croire seul dans l'Univers.

Règles d'intervention (p.)

A cause des risques, les interactions avec les ET, pour le moment, ne peuvent se faire en conscience. De plus, les ET ne peuvent agir que sur ceux de leur bord spirituel : ceux qui prennent soin des autres sans contrepartie, tomberont sur des ET qui font de même.

L'avertissement télépathique (p.)

Depuis les années 2000, des messages télépathiques sont envoyés sur la Terre. Captés par nos inconscients, l'information remonte doucement au conscient, nous nous inquiétons de choses qui ne nous touchaient pas avant, nous cherchons à répondre à des questions profondes, ou nous sommes attirés inexplicablement par le retour à la campagne. Que des suites de ce message.

Les hackers (p.)

Si Wikileaks existe, c'est que des hackers informatiques humains, disposant de mots de passe obtenue grâce à la télépathie ET, peuvent divulguer au grand public une partie des malversations qui sont organisées dans les coulisses.

Juste pour accélérer le réveil, la prise de conscience du monde dans lequel on vit.

Contacts individuels (p.)

Certains humains bénéficient d'un contact individuel personnalisé, toujours bien encadrés par les règles de non intervention.

Désinformation (p.)

Pour retarder l'éveil, une grosse propagande de désinformation est faite par nos officiels, surtout dans la sphère conspi.

Risques d'un contact trop rapide

Le principal risque est l'apostasie (perdre ses valeurs morales par rejet massif de la religion) ce qui engendrerait de grands génocides sur Terre.

Respect de notre libre arbitre

Les ET bienveillants sont très attentif à respecter le libre arbitre des autres, et ne veulent agir que touche à touche dans notre développement, nous montrant le chemin, mais refusant de nous forcer à faire ce qu'ils conseillent, ou a parcourir le chemin à notre place, à nous faire sauter des étapes d'apprentissage.

D'un autre côté, ils interviennent quand même suite aux demandes d'humains, ou pour que nous ne détruisions pas la Terre ou l'humanité. Mais à chaque fois en respectant le plus possible le déni de certains humains. Par exemple, l'apparition du vaisseau mère quelques secondes au dessus de Fukushima ou de Tchernobyl, était uniquement dû aux nécessités de se placer dans notre dimension pour retirer physiquement le coeur en fusion, pas pour commencer une révélation. Ces apparitions ont été très peu commentées, même par les ufologues.

Propagande anti-ET des Élites

Si une révélation ET dans les années 50 se serait plutôt bien passée, en 2014 ce n'est plus le cas.

En effet, les Élites voient d'un très mauvais œil l'ingérence ET, parce que ceux-ci dénoncent notre civilisation comme étant un système élitiste et esclavagiste, injuste et incompétent en terme de ressources et de progrès spirituel.

Pour contrer ce message, les Élites font une attaque ad hominem (si on ne peut attaquer le message, on attaque le messager).

Les Élites font tout, avec les moyens qui sont à leur disposition, pour dénoncer les ET comme étant des monstres, des menteurs et des manipulateurs, simplement pour justifier leur domination égoïste des masses et conserver le Statu Quo.

Cela fait depuis 1950 qu'il y a une propagande anti-ET (comme les films sur les morts vivants qui viennent de l'espace pour envahir la Terre et tuer tout le monde). Cette propagande est notamment centrée sur les "gris" (les Zétas) dont le discours communiste type Jésus n'a vraiment pas plu à la moitié du MJ12 en 1947. Cette moitié qui avait bien aimé au contraire le discours hiérarchiste des reptiliens, un an avant.

Ceux qui poussent à croire que les Zétas sont des monstres cruels et intéressés, sont ceux qui ne veulent pas que le peuple se réveille de son état comateux d'esclave servile ou de chair à canon.

Ethnocide (L2)

L'ethnocide, c'est une dislocation des valeurs sociales/culturelles/morales qui régissent une société, et, appliqué à toute une planète, cela peut prendre des proportions dangereuses.

Tout le monde n'est pas prêt à accueillir les ET, et loin de là. Les religions, les médias, les gouvernements, ont fait un tel travail de sape qu'en 2014, si les ET se révélaient ouvertement, toutes les sociétés et cultures du monde seraient impactées profondément.

Acculturation

Le premier risque d'ethnocide est l'acculturation, parce que cette nouvelle chamboulerait les fondements moraux qui font les règles sociales. L'acculturation, c'est une perte des repères. Elle se rencontre par exemple chez certaines générations d'immigrés qui sont entre deux mondes : ils ne suivent plus les valeurs et les traditions des parents, mais ne sont pas encore intégré à leur culture d'accueil. Ces gens sans repères peuvent devenir très violents car ils n'ont pas pu se structurer socialement et se voir fixés des limites.

Apostasie

Toutes les anciennes croyances auraient du mal à survivre à l'arrivée des ET, notamment parce qu'on

nous a menti sur nos origines, sur la vie extraterrestre, sur la nature du grand tout, etc... L'échec des religions à anticiper cette rencontre avec des civilisations extérieures est telle que la plupart des mouvements religieux actuels tomberaient dans le chaos :

- une bonne partie des croyants, entrerait en apostasie (rejet violent de ses anciennes valeurs)
- une autre portion formerait un culte aux ET (ce qui est très dangereux en soi)
- Une troisième partie se radicaliserait, mettant les ET au rang de démons, puis entrerait en déni total définitif.

D'un côté un fanatisme pro ET, de l'autre un fanatisme anti-ET, de sanglantes batailles en perspective.

Statu Quo en attendant

Nibiru va remettre les pendules de la propagande anti-ET à zéro, et réveiller les gens par la force. Le grand public se rendra compte qu'il est dirigé par des menteurs incapables et égoïstes bien humains qui n'ont pensé qu'à eux mêmes dans l'urgence. Que le message altruiste des ET compatissants est préférable au système d'esclavage qu'ils ont connu. Le confort relatif qui maintient les masses dans leur état comateux ne sera plus là, les gens réfléchiront par eux mêmes. Plus de propagande aussi, ça va aider. Les gens seront plus ouverts et les risques d'ethnocide tomberont. Le contact pourra se faire en conscience.

En attendant Nibiru et l'annonce de Nibiru, les ET sont coincés, parce qu'un tel ethnocide enflammerait la Terre et que cet incendie serait impossible à arrêter. Si les ET sauvent 4 milliards de personnes mais détruisent à moyen terme toute l'Humanité, il n'y a aucun intérêt.

Règles des contacts

Les contacts humains-ET doivent obéir à plusieurs règles, principalement celle de respecter notre libre-arbitre et notre évolution.

La règle du doute

Jusqu'à présent les ET se sont toujours cachés, ou leur apparition comportait toujours une absence de preuves flagrante. C'est la règle du doute, par exemple les ufologues passionnés qui après plusieurs mois d'attente, voyaient un bel OVNI se promener devant leurs yeux, comme récompense de leur travail, mais dont les photos étaient systématiquement floues. Depuis 2013, la règle du doute est progressivement assouplie, pour que chacun soit au courant de leur existence (de plus en plus d'apparitions, on en parle de plus en plus en en discutant entre amis ou à la télé, avant que la vérité tombe et que tout le monde ai l'impression que la vie ET était une évidence qu'ils ont toujours su).

Les OVNI d'origine non humaine ont été confirmé officiellement en décembre 2017 (divulgation sur l'OVNI TicTac observé par l'US Navy en 2004, avec vidéos des poursuites par l'avion de chasse).

Les ET eux même se montrent de plus en plus, mais toujours progressivement.

L'appel (p.)

Les ET peuvent répondre aux appels de l'inconscient des humains, s'ils le désirent. Plus il y a d'humains qui le demandent, plus l'appel a de chance d'être exaucé.

L'appel est reçu par télépathie par les ET bienveillants, par rituels pour les malveillants (qui possèdent rarement la télépathie). La visite des malveillants n'est jamais agréable, vous servez de défouloir aux maîtres des satanistes sadiques…

L'appel ne peut être résolu que par des ET du même bord que vous, ou en accord avec la demande.

Même orientation spirituelle

Les ET hiérarchistes ne peuvent agir sur les humains altruistes qui ne leur ont rien demandé, même s'ils ont droit de venir leur parler pour tenter de vous séduire / tromper / corrompre (voir le diable qui vient tenter Jésus dans le désert).

Les ET malveillants sont pareil aux démons : ils peuvent souvent vous satisfaire, mais toujours à moitié (par exemple, il vont vous rendre beau ou riche, mais perclus de rhumatismes, avec que des femmes inintéressantes ou qui vous arnaquent). Seul l'amour inconditionnel peut tout vous donner sans contrepartie.

Les indéterminés spirituels peuvent recevoir la visite des 2 clans indifféremment, dépendant du contenu de l'appel (demande égoïste = arrivée des égoïstes).

Normalement, un altruiste, même s'il fait une demande égoïste, ne recevra pas la visite des malveillants, même si c'est pas joué. Mais généralement, une demande égoïste d'un altruiste se répercutera sur les autres.

Règles > L'appel

Comment passer l'appel ?

Les humains ont la particularité d'envoyer constamment des messages télépathiques sans les maîtriser.

Par exemple, lors des interrogations profondes (sur l'Univers, les ET, sur le grand tout ou peu importe), c'est à dire quand il y a un questionnement de fond qui fait appel à des mécanismes inconscients, le cerveau inconscient émet un message télépathique, comme un émetteur radio, sans destinataire précis, et pouvant être capté par tout individu ou entité capable de recevoir l'émission.

Interrogation profonde

Prenons un exemple simple assez courant. Une personne s'interroge sur l'existence des ET suite à divers documents, lectures, vidéos qui l'interpellent. Le désir profond d'en savoir plus déclenche une émission télépathique quasi constante, parce que ce sujet particulier remet énormément de valeurs morales et sociales en balance. Cet appel (à en savoir plus) donne explicitement la permission/la possibilité aux ET d'y répondre, puisque la personne est demandeur. Le résultat est alors souvent une rencontre du premier type avec vision indubitable d'un OVNI.

Quand une personne souhaite ardemment faire une rencontre physique avec des ET, elle va lancer le même type d'appel télépathique sans pourtant en avoir pleinement conscience. Par cet appel, elle donne explicitement le droit aux ET de venir la visiter.

Les droits des ET

Ces visites (as les abductions), qui ne peuvent se faire qu'avec l'accord expresse du visité sont la plupart du temps pacifiques. Une personne spirituellement indéterminée ne sera pas agressée par des mauvais ET même si ceux-ci peuvent parfois essayer de l'intimider.

Cependant, quand il s'agit de "mauvais ET" rendant visite à quelqu'un profondément en accord avec leur orientation spirituelle, cette retenue n'existe plus. La personne est considérée comme un "acquis" et les ET sont propriétaires de cette personne, en quelque sorte. C'est souvent le cas avec les reptiliens de Sirius qui peuvent répondre à ce type d'appel télépathique de nature concordante avec leur propre orientation. Il existe donc des visites violentes, irrespectueuses, intimidantes ou humiliantes, voire même faisant l'objet d'actes de torture, parfois de viols.

Les abductions sont un cas à part. Elles font partie intégrante d'un programme spécifique autorisé par l'ensemble des ET, et qui permet aux Zétas Reticuli de faire ce qui est nécessaire afin de mettre au point la prochaine évolution génétique humaine. Ces abductions se font sur les personnes qui sont importantes pour ce programme, qu'elles soient volontaires ou non.

Les avertissements de masse

L'avertissement télépathique

Depuis de nombreuses années (avant 2014), les ET nous envoient des avertissements télépathiques, via un message universel à tous les habitants de la terre. Tous les humains dans le monde, au niveau de leur inconscient, sont donc au courant pour Nibiru.

Les abductions personnalisées

Depuis 2010, les zétas ont abducté directement la plupart des humains du monde, afin de parler directement à leur inconscient, de faire une annonce personnalisée en fonction de ce que l'âme a choisi pour son incarnation.

Manifestation ET

Les manifestations d'OVNI (dont les formes et le ballet (mouvement relatif des boules lumineuses les unes par rapport aux autres, l'orientation géographique prise) parlent à l'inconscient, de même que les crops circles (dont les symboles parlent à l'inconscient) sont encore des alertes ET pour prévenir nos inconscients de ce qui arrive.

Le choix des âmes évolutives

Certaines âmes pousseront au voyage, à profiter de ce monde tant qu'il existe, à libérer leurs instincts primaires de meurtres, n'ayant pas envie de survivre au pole-shift, ayant déjà fait le choix de continuer en tant qu'égoïste ou indéterminé sur d'autres planètes esclavagistes par la suite.

D'autres se consacreront à l'autonomie, et d'autres à réveiller leurs proches, selon la mission et les aspirations de chaque âme.

On ne peux pas forcer une personne à sortir de son déni, mais cela n'empêche pas non plus qu'elle y arrive d'elle même. Cette décision (inconsciente) est uniquement entre ses mains, on ne peut rien y

faire. Là où on peut faire du mal par contre, c'est à essayer de forcer les choses, mais plutôt que de les arranger, on les dégrade. Une personne dans le déni doit être informée si elle le demande, point barre. C'est son choix de sortir la tête ou pas, il faut donc la laisser libre de sa route.

Blocages du subconscient

Tous les humains sont aujourd'hui informés des problèmes à venir, mais comme le message télépathique est reçu par l'inconscient, il est souvent refoulé et nié. N'empêche qu'au fond de chacun, il y a déjà toutes les réponses. C'est la peur et la manipulation médiatique des Élites qui empêchent les gens de voir la vérité, que le monde est déjà parti en morceaux et que le processus est largement enclenché, et c'est sans parler des incohérences scientifiques sur notre passé etc... Ceux qui veulent voir peuvent dors et déjà être persuadés, reste cependant notre vieux réflexe de refuser la vérité quand elle est trop effrayante.

Peur et formatages

Mais pour la grande majorité d'entre nous, le message ne franchi pas le subconscient pour atteindre la conscience :

- Nous vivons dans un monde ou les informations anxiogènes saturent les médias (la peur bloque le subconscient et les foules demandent d'elles même plus de contrôle pour se rassurer).
- Le subconscient fait un déni quant au contenu et à la forme du message, à cause des formatages matraqués depuis l'enfance.

Détails des formatages

En résumé, voilà ce que se dit le subconscient quand il doit passer cette info au niveau du conscient :

- la télépathie étant impossible, il ne faut pas faire remonter cette info au conscient.
- Ça fait 60 ans que la télévision nous martèle que les ET n'existent pas, en plus ils ne disent rien sur le sujet dans la bible. Les seuls endroits où ils existent, c'est dans des films où ils veulent nous voler nos biens, et ils sont effrayants avec la musique qui fait peur.
- Le message me dit que je vais perdre ma maison, ma console, mon smartphone, mon confort, et ça je n'en ai pas envie! Si je ne regarde pas le danger, peut-être que le danger ne me verra pas (la réflexion du subconscient est assez basique et limitée...),

- Si c'était vrai, BFM Tv et TF1 nous l'aurait dit.
- On nous a déjà bassiné à la télé avec la fin du monde maya en 2012, l'astéroïde Elenin, la grippe aviaire, la vache folle, le bug de l'an 2000, et rien ne s'est produit, ça sera sûrement à chaque fois pareil (dans le même raisonnement que ce conducteur qui dit qu'il a traversé un croisement sans regarder car 30 minutes avant il est passé au même endroit et il n'y avait personne...). Le bon vieux ressort psychologique du film d'horreur avec l'angoisse qui monte crescendo : l'héroïne a entendu du bruit et explore une vieille cabane immense et pleine de bordel avec juste son petit briquet ou une lampe qui éclaire que dalle en s'éteignant régulièrement), puis un chat bondit d'un coup ça fait sursauter l'héroïne, qui relâche son attention en riant de sa bêtise... c'est là que le vrai monstre lui saute dessus!

Le questionnement intérieur

Certaines personnes reçoivent en partie le message de manière confuse, elles commencent à s'intéresser aux prophéties de la fin du monde, se renseignent sur le survivalisme et l'autonomie, etc. sans savoir réellement pourquoi elles le font. C'est un comportement que l'on appelle à juste titre inconscient.

Ces personnes progressent petit à petit grâce à la synchronicité, c'est à dire tous ces hasards orientés par les entités supérieures (parmi des milliers de livres à la brocante, on va prendre celui qui nous apprend que l'histoire officielle de l'homme est fausse, que le gouvernement nous ment, puis par "hasard" la semaine d'après notre chérie est tombée sur un bouquin qui parle de fin du monde, etc.).

Un bon truc : regardez autour de vous, posez vous la question. N'avez vous pas l'impression que notre société part dans le mur, l'impression d'un danger latent, de vivre un changement d'ère, etc. ?

Les rêves

Les tentatives de l'inconscient de transmettre l'info au conscient peuvent aussi ressortir par les rêves, comme les cauchemars concernant les tsunamis, les tremblements de terre, la loi martiale, etc.

Le déni inconscient

Au contraire, d'autres personnes qui ne veulent pas survivre à la catastrophe vont se rendre inconsciemment dans les zones les plus dangereuses (comme les bords de mer). Elles préfèrent une mort rapide que d'avoir à vivre dans un nouveau monde sans confort matériel. On assiste à des séparations de couples si sur ce point là de la survie il y a mésentente.

Chez certaines personnes alertées consciemment du danger, on obtient des réponses très violente en retour (réaction émotionnelle de l'inconscient, qui refuse de voir). Ces personnes vous rappelleront le lendemain pour s'excuser de leur réaction brutale et incompréhensible, n'ayant pas compris pourquoi elles avaient réagi comme ça... D'autres sont intéressé, puis paniquent, d'autres y pensent puis occultent consciemment l'info.

La saturation inconsciente

L'inconscient mouline en permanence pour trouver des réponses, et comment gérer ce qui arrive.

Ces tâches de fond prenant beaucoup du processeur de l'inconscient, les tâches répétitives que nous faisons en automatique en pâtissent : les accidents de la circulation se font plus nombreux, les incendies ou accidents dans les entreprises s'amplifient, à cause d'un personnel moins impliqué (réveil) et plus distrait à cause de la saturation.

Les fuites des hackers

Les ET maîtrisent notre système informatique. Ils peuvent ainsi aider des pirates à dévoiler les secrets de la NSA, de grosses compagnies comme Sony, les wikileaks, etc. Ils détournent des milliards d'euros/dollars ou autres lors des transactions financières.

Cela crée une très mauvaise ambiance chez les dominants qui ne savent pas vraiment qui a fait le coup. Même si chacun était au courant des agissements de l'autre, les affaires des écoutes de la NSA ajoutent au doute : et si mes "alliés" ne m'avaient pas tout dit ? Qui a laissé les fuites wikileaks embarrassantes se produire ? Nombreux sont ceux qui ont un doute sur l'implication d'une puissance extérieure (ET), mais aucune preuve pour étayer cette hypothèse. L'idée est donc qu'ils ne savent pas de quoi est capable cette "puissance", si elle a fait des alliances avec certains et pas d'autres etc...

Les Élites deviennent paranoïaques, et les conditions de sécurité envers leurs personnes deviennent démesurées (voir les détournements d'avions de ligne lors du défilé du 14 juillet 2015).

Voir par exemple le film de la reine Elizabeth faisant le salut nazi [divulg1], qui est tombé dans les mains de journalistes de Paris Match malgré les procédures de sécurité prises par la royauté. Ce n'est qu'un avertissement des ET envers la reine, qui a bien pire que ça à cacher...

Les révélations WikiLeaks vont même jusqu'à divulguer les mails où Hillary et son staff discute des ET, et ça passe même dans les journaux [divulg2], preuve que le cover-up a du mal à suivre.

Contacts individuels

Il y a plusieurs types d'humains qui ont a faire avec les ET. Ces ET peuvent être bienveillant ou malveillants, sachant que les ET peuvent parler à n'importe qui du clan d'en face, mais n'a le droit d'agir que sur ceux de son camp (les cas de tortures ne sont donc que du fait d'ET malveillants sur des humains à tendance égoïste, avec la limite que les interventions chirurgicales dans un but bienveillant peuvent être interprétées à tort comme une torture, le conscient ne comprenant pas que son âme à donner l'accord pour que son corps soit guéri)..

Rien n'empêche que la même personne ne rentre pas dans plusieurs des cas suivants.

Channels (p.)

Se présentant comme des anges, des archanges, des guides, voir même directement des Pléïadiens, les channels canalisent des entités d'autres planètes.

Attention, le même channel peut canaliser des bienveillants ou des malveillants trompeurs.

Abductés (p.)

Ils sont contactés physiquement par les ET, pour plusieurs raisons, mais d'abord pour travailler sur le corps enlevé.

ETI (p.)

Incarnations ET dans un corps d'humain, ils sont soutenus par les ET.

Visités (p.)

Ils sont au contact des ET, soit physiquement, soit télépathiquement, afin de recevoir un message.

Contacts > Channels

Depuis 1990, les channels sont de plus en plus nombreux à canaliser les archanges, les anges célestes, etc. ça semblait religieux, ça plaisait aux gens. Mais on sait qui sont les gens avec des ailes :

des gens qui viennent du ciel en volant. Et le ciel, quand on lève la tête, c'est les étoiles.

Entre 2018 et 2019 tous les grands channels ont été encouragés à divulguer la vérité, à savoir que oui les anges et archanges viennent du ciel, on peut donc les appeler des ET…

Contacts > Abductés

La victoire altruiste déclenche les abductions

Le programme d'abduction généralisée fut lancé dès qu'il s'avéra qu'il y avait 11% d'âmes pur altruistes humaines incarnées, contre 7% de purs égoïstes. La bataille de la Terre étant alors gagnée (Harmo ne précise pas quand, mais il semble après la 2e guerre mondiale, et avant 1974), autorisés à aider les âmes charitables, les ET bienveillants passèrent alors au stade ultérieur de leur programme : non seulement les abductions et les phénomènes OVNI allaient se multiplier, mais en plus tout devait être mis en œuvre pour décourager les Illuminatis et les partisans de l'ascension Élitiste dans leurs tentatives de domination mondiale.

Pourquoi n'avoir pas chassé les illuminatis tout simplement ? Parce qu'il reste encore les 3/4 des humains qui n'ont pas encore fait leur orientation spirituelle, et qu'agir de la sorte aurait biaisé leur libre arbitre.

Le Big One, la catastrophe planétaire provoquée par Nibiru, est devenu du même coup un enjeu : quand surviendront les catastrophes, non seulement les Élitistes seront désavantagés (puisque privés de leurs sujets), les compassionnels avantagés (l'union fait la force), mais en plus ce seront de formidables opportunités d'apprentissage qui seront proposées par les événements pour les non-alignés.

Beaucoup mourront pendant la catastrophe, mais ils ne seront pas oubliés. Leurs âmes, mises en attente, trouveront rapidement des corps dans le futur. Certaines âmes humaines décideront peut être d'accepter l'offre de s'incarner dans une autre espèce non ascensionnée sur une autre planète pour achever leur apprentissage.

Pour aider les humains dans leurs objectifs, les ET bienveillants ont également permis, depuis 1945, à des âmes non humaines, issues de monde très évolués, de s'incarner dans des corps humains : les ETI (Extra-Terrestres Incarnés, voir L2>ET>Contacts).

Il aurait fallu encore au moins un siècle (après le PS2) pour que l'humanité atteigne d'elle-même l'altruisme permettant une ascension.

Ces ETI augmentent le niveau spirituel humain, accélérant ainsi le processus d'ascension (et donc le temps à passer en survie après un PS2 très fort).

C'est d'autant plus méritoire que pour ces âmes ascensionnées, retourner s'incarner dans des dimensions si basses, dans un corps dont elles n'ont pas l'habitude, exposées à des orientation spirituelles égoïstes, le tout dans une société horrible et rétrograde, est un vrai chemin de croix. Merci au sacrifice que consentent ces ETI !

Principes de base des abductions

Les abductions ont avant tout comme but d'agir sur le corps, et leur caractéristique est que le conscient est coupé.

Ces abductions ont été autorisées par l'âme de la personne avant sa naissance, ou par son inconscient. Jamais le libre arbitre de l'humain n'est violé, même si le conscient n'a pas toujours conscience de cet accord inconscient, et vit mal ce viol de son libre arbitre apparent.

Sur place

Les abductions se font sur place si l'opération n'est pas trop lourde (voir le cousin du prophète Mohamed qui racontait que des anges avaient ouvert le ventre du prophète pour opérer, puis mis une poudre qui a fait se refermer la plaie sans cicatrice).

Les ET hiérarchistes, n'ayant pas possibilité de traverser les murs comme les Zétas (technologie limitée) peuvent aussi travailler sur place.

Dans le vaisseau

Pour les interventions lourdes, les tests nécessitant du temps, le corps est emmené sur le vaisseau. Ça peut ensuite se transformer en visite instructive, avec visite du centre de stockage des fœtus.

Les visites dans le vaisseau peuvent aussi être rendue nécessaire pour voir sa « famille » ET (ses enfants par exemple, pour créer un lien).

Problème de l'inconscience

Vu le milliards d'êtres humains à aider, les ET (Zétas principalement) qui s'occupent de ce programme sont obligé de faire comme le père Noël, travailler à la chaîne à des cadences inhumaines.

De plus, le fait que le conscient soit coupé induit un stress pour le corps (un peu comme un chat qui ne comprend pas que le vétérinaire va le soigner), et ce stress remonte sous forme de peur, lorsque les souvenirs mémorisés par l'inconscient remontent au conscient.

Nombre d'abductés

En France, il n'y a pas plus d'une centaine d'abductés (en 2010), ce qui corresponde à environ 1 personne sur 1 million, ce qui est déjà énorme à gérer pour les ET qui s'occupent de ce programme.

Les pourcentages peuvent varier d'un pays à l'autre. par exemple, les USA étant leaders dans le débunking ET, il y a donc plus d'activité là bas pour contrer la propagande étatique et les désinformateurs CIA.

Certains pays, moins prêts à accueillir la présence ET comme une réalité, sont un peu moins "pourvus".

Il n'y a pas de notions véritables de frontière nationales pour le programme, ce sont juste les différences culturelles des humains qui entrent en ligne de compte, car pour les Altaïran, l'humanité ne fait qu'un et les nations ne sont que des moyens pour nos institutions de mieux nous monter les uns contre les autres pour nous soumettre plus facilement.

Buts des abductions ET

Les humains qui entrent dans le programme d'abduction correspondent à certains critères (certains individus comme Harmo pouvant rentrer des les 3 cas) :

- Les visités comme Harmo, humains qui sont ou seront utiles dans l'évolution de l'Humanité : dans ce cas, le but de l'abduction est de les soutenir en leur apportant des infos (visites), mais aussi en assurant leur bonne santé et leur sécurité.

- humains étant des ETI : il existe des problème d'adaptation corps/âme, qui doivent être monitorés, ou encore un soutien à l'éveil, vers l'âge de 30 ans pour ces âmes évoluées.

- humains rentrant dans le programme d'amélioration génétique. Ce programme n'est que la version finale de ce qui a été effectué dans le passé avec le passage du Néandertal vers l'homme moderne. Un certain nombre de défauts sont enlevées à notre patrimoine génétique et des améliorations sont apportées étapes par étapes. Ces programmes expliquent pourquoi les ET sont parfois appelés les "cultivateurs", car ils encadrent notre évolution génétique pour favoriser notre évolution spirituelle.

Abductions et programme génétique

Le programme génétique est responsable de la plupart des cas d'abductions. Il consiste techniquement à :

- prélever des échantillons génétiques qui peuvent être utiles dans l'élaboration d'un humain plus évolué. Il est plus simple de prélever des gènes viables sur des humains que d'en créer artificiellement. Même les Et ne s'amusent pas à jouer à dame nature dans ce domaine, car le génome humain est beaucoup plus complexe que ce que nos scientifiques le pense, car le codage se fait sur de multiples couches, et pas seulement sur un brin d'ADN linéaire.

- réaliser des inséminations artificielles : bien que les ET aient acquis une technologie génétique importante, il est impossible pour eux de remplacer les tous premiers stades de développement utérins naturels. C'est pourquoi les enfants "améliorés", parfois appelés "hybrides", sont prélevés très tôt.

- réaliser des prélèvements de spermes et d'ovules (lié au point précédent). En effet, il n'est pas possible de reconstituer les processus chimiques de la fécondation avec des ovules et du sperme artificiel. Les enfants nés dans ces conditions ne sont pas viables pour des raisons liées aux interactions énergétiques de ce qu'on peut appeler " le corps astral" de la mère et du père, bien que ce terme ne soit pas assez précis. Ce problème est le même que pour le développement du foetus lors des premiers stades de développement, demandant nécessairement d'être réalisé de façon naturelle.

- monitorer des essais de manipulation in vivo: tous les "hybrides" ne sont pas enlevés à leur mère. Nombreux sont les abductés à avoir une infime partie de leur patrimoine génétique soit modifié, soit qui est utilisé dans la création de l'humain nouvelle version, et les ET surveillent comment ce gène fonctionne et s'il sera finalement retenu au final.

Voir la suite sur Harmo-thèmes>NNSPS>05/09/2010 - Petites

mises au point sur les abductions: le plan des ET

Contacts > ETI

Incarnations d'entités ET dans des corps humains, pour aider à franchir l'apocalypse puis l'ascension.

Ils bénéficient d'abductions pour vérifier que l'adaptation de l'âme au corps se passe bien (et corrigée si nécessaire).

Il existe aussi un processus d'éveil assez long, le temps que l'âme puisse totalement être en fonction de recouvrer sa mission et ses connaissances, même partiellement. cette période est d'environ 30 ans, mais varie d'un individu à l'autre. Les ETI sont en contact télépathiques avec d'autres ET de leur espèce pour que tout se passe au mieux.

Contacts > Visités

Les visités ET sont bien moins nombreux que les abductés totaux.

Ils sont protégés, et ont régulièrement des contacts pour apporter de l'information, ou s'assurer que tout va bien avec leur corps auquel leur âme n'est souvent pas habitué (ce sont des ETI).

Le message apporté semble plus complet que celui des ETI. Mais il se pourrait que visités et ETI soient la même choses, avec chacun une mission différente.

Désinformation

Générer la peur des ET

Comme les visités ET sont difficilement contrables sur le terrain des arguments, la désinformation joue beaucoup sur la peur et la haine des Zétas, les petits gris qui font des opérations que les abductés ne comprennent pas.

Si les abductions bienveillantes peuvent être vues comme traumatisantes par ceux qui s'en souviennent (à cause de l'hypnose nécessaire pour endormir le patient, l'inconscient mémorisant des événements que le conscient ne comprend pas, et vu comme un viol de sa volonté, alors que ces abductions ne se font qu'avec accord de l'âme), la désinformation met en avant ceux qui ont rencontré des ET hiérarchiques, et là c'est tortures et viols gratuits lors de rituels rappelant ceux de Moloch…

Le milieu ufologique a été infiltré par des agents gouvernementaux cherchant à faire peur vis à vis des abductions, et qui en rajoutent sur les abductions satanistes que certains subissent.

Les faux visités

Il est tentant, pour les désinformateurs, de reprendre en partie les prévisions des vrais visités, pour se prétendre soi-même visité et emmener les foules vers des théories moins subversives pour le gouvernement en place.

Un réel visité reconnaît assez facilement un faussaire après quelques minutes de conversation. Et oui, il existe un nombre important de détails que les visités réels ne divulguent pas, et qui sont très pratiques pour démasquer les gens qui veulent juste se rendre intéressants.

Nibiru

Survol

Nous ne verrons que les effets qui ont un effet sur notre civilisation. La trajectoire de Nibiru, les effets sur la Nature (indépendamment de notre civilisation humaine), seront vues dans L2 > Cosmologie.

Rappels sur Nibiru (p.)

Nibiru passe à côté de la Terre, 2 fois à 7 ans d'intervalle, comme tous les 3 666 ans, et provoque des cataclysmes destructeurs.

Nibiru passera

Arrêter Nibiru c'est nous priver de ce qui fait de nous des humains, dans le meilleur mais aussi le pire.

C'est un phénomène naturel, qui fait partie de notre évolution depuis 7 milliards d'années, et ce phénomène se reproduira encore une fois.

Seule la gravité des cataclysmes, ou la dimension dans laquelle nous nous trouverons, restent des inconnues (06/2020).

Calendrier Nibiru (p.)

Ce calendrier sera l'occasion de rappeler brièvement la trajectoire qu'adopte Nibiru dans le système solaire interne.

Date de passage inconnue (p.)

Seul le grand tout sait. La date servirait aux Élites à faire des massacres, et de toute façon, les ET qui nous informent ne sont pas au courant non plus de tous les tenants et aboutissants, et laissent le grand tout gérer au mieux pour tout le monde. Les

Altaïrans et Zétas nous ont malgré tout donné quelques indices. Par exemple, les probabilités sont fortes pour un risque majeur de Chaos global sur fin octobre-novembre, avec apparition de Nibiru le 23 décembre.

Montée en puissance des cataclysmes (p.)

Les années avant le passage, les cataclysmes naturels vont monter crescendo.

Les mois avant le passage (p.)

Après un cataclysme avertisseur, les cataclysmes vont augmenter de manière exponentielle, les secours étant largement dépassés au moment du passage en lui-même.

Le 1e pole-shift (p.)

Plusieurs cataclysmes dangereux simultanés :

- tsunami (200 m de haut et 1 000 km dans les terres),
- séismes records
- volcans
- pluie de petites météorites
- ouragan record généralisé.

L'inter-passage (p.)

La mer monte de 200 m de haut, réduisant comme peau de chagrin certains continents dont l'Europe.

Le 2e pole-shift (p.)

Mêmes événements que le 1e pole-shift, mais en plus puissant et plus longs. Compter 1/3 d'effets en plus, pour une puissance double.

Rappels sur Nibiru

Comme tous les 3 666 ans, la planète Nibiru est de retour dans le système solaire.

Les effets de Nibiru sur la Terre deviennent flagrants depuis 1996. Si l'élévation de la température moyenne mondiale est un bon indice de son avancée vers la Terre, on peut aussi regarder le nombre de crash d'avion ou d'aéroports / gares fermées sou sous un prétexte fallacieux, le nombre d'éruptions de volcans, de séismes, de météorites, etc.

Nibiru s'approche de la Terre par sauts. Comme Nibiru peut rester plusieurs années sur la même orbite autour du Soleil, il n'est pas possible de prévoir à quel moment elle passera près de la Terre et provoquera les destructions. En 2019, les Élites planifient sur 2022, sachant que le niveau de destructions par les cataclysmes naturels croissants sera déjà bien élevé depuis 2020.

Le passage de Nibiru provoquera un basculement de la croûte terrestre. Le Soleil s'immobilisera dans le ciel plusieurs jours, partira à l'envers, puis le pole-shift se produira : tsunami géant de plus de 100 m de haut partout dans le monde, de séismes records, d'un ouragan généralisé à toute la planète, ainsi que des chutes de pierres brûlantes.

2 ans après le 1er passage, le niveau de la mer augmente de 200 m (fonte de toutes les glaces + fort réchauffement des océans).

7 ans après le 1er passage, Nibiru repasse. La puissance des destructions est 2 fois plus forte que lors du 1er passage, la croûte terrestre étant fragilisée et le manteau terrestre bien plus chaud que la 1ère fois.

Résumé des impacts de Nibiru sur la société

Dans L2, nous voyons le résumé des impacts de Nibiru sur la Terre.

Beaucoup de ces impacts naturels ont des impacts sur la société humaine. Les augmentations de ces phénomènes entraînent :

Catastrophes diverses

(accidents d'avions, usines Seveso en feu, inondation détruisant des milliers de voitures, etc.)
- Manque de matière première
  - Crise économique globale (1/3)
- Pression sur les banques + réassurance
  - Faillite de la réassurance étatique + budgétaires
    - Révoltes populaires (1/3)
    - Tensions inter-État + guerres des ressources
  - Spéculation
    - Crise économique globale (1/3)

Mauvaises récoltes

Climat détraqué, catastrophes naturelles, pénurie de matières premières.
- Pénuries alimentaires
  - Révoltes populaires (1/3)
- Hausse des prix
  - Crise économique globale (1/3)

Préparation des dominants au Pole-Shift

- Alliances de puissants occultes (clans illuminatis) qui se battent dans l'ombre

- Réunions inter-États permanentes
- Comportement semblant irrationnel de la part des dominants
  - Révoltes populaires (1/3)

Révoltes populaires

Issue des phénomènes direct de Nibiru, ce résultat entraîne à son tour :
- Chute des gouvernements
- Durcissement des États
  - Restriction des libertés
  - Lois martiales
  - Contrôle sévère de l'information
  - NOM

Calendrier 2003-20??

Examinons le passage de Nibiru qui nous intéresse, celui que nous sommes en train de vivre, et qui va nous permettre d'illustrer la trajectoire de Nibiru, détaillée dans L2>Cosmologie.

En 2001, le pôle Nord du Soleil semble s'orienter vers le Sud. Juste une erreur d'interprétation avec l'arrivée du magnétisme de Nibiru.

En 2003, Nibiru arrive à toute vitesse du sud du système solaire, et est venue s'installer près du Soleil, qui l'a capturé magnétiquement; fin 2003. Si elle était visible avant (voir sa découverte en 1983, et les travaux du professeur Harrington en 1991), elle est depuis 2003 camouflée par le halo solaire, on ne peut plus la voir avec les télescopes terrestres non IR. Pendant les 9 ans où elle reste en limite de la couronne solaire (le temps de se retourner), même les satellites ont du mal à l'étudier. D'où la construction de HAARP, pour détecter sa signature magnétique.

Il faut 9 ans pour que Nibiru se retourne de 270°. Une fois le pôle Sud de Nibiru exposé au pôle Sud du Soleil (Nibiru aligné magnétiquement sur un axe Terre-Soleil), Nibiru commence à s'éloigner du Soleil. Plus Nibiru se rapproche de la Terre, plus elle est visible aux IR. En 2013, HAARP est arrêté, devenu inutile, et est remplacé par des télescopes terrestres IR type LUCIFER, ainsi que de nombreux satellites.

Pour résumer (Harmo aout 2015) :
- 2003 - Entrée rapide de Nibiru dans le système planétaire solaire.
- fin 2003 - Orbite spirale courte sans synchronisation avec la Terre - début du

basculement de Nibiru afin de se détacher de l'emprise magnétique solaire.

- fin 2012 à 2014 - Éloignement progressif du Soleil et début de l'orbite spirale synchronisée avec la Terre. Accélération forte la première année.
- 2014 - atteint l'orbite de Vénus (100 millions de km du Soleil)
- 2015 - Orbite de Vénus franchie,
- 2017 - Nibiru restera dans son rail 2 ans
- fin 2018 - Nouveau saut de rail
- fin 2019 - Nouveau saut de rail ? (EMP plus puissantes dans les creux magnétiques).
- fin 2021 - Nouveau saut de rail ?
- 2022? - Passage 1 (P1)
- P1 + 3.5 - Demi tour dans la ceinture d'Astéroïdes
- P1 + 7 - Passage 2
- P1 + 7 + 10 (env.) - Sortie de Nibiru du système solaire.

Date et Dureté inconnues

Survol

Seul Dieu sait (Apocalypse > Date, dureté inconnue>Seul Dieu Sait p.)

Comme nous l'avons vu pour les dates de l'apocalypse, la date de Nibiru ne nous sera connue qu'au dernier moment, même si on peut l'approximer.

Le futur dépend du libre arbitre de chacun, il est de ce fait fluctuant sur la date et l'intensité. On sait que ça va se passer, mais on ne sait ni quand, ni dans quelles proportions.

Hypothèse la plus probable

Un vieux "planning" que j'avais estimé, et il a l'air de toujours tenir la route (10/2020). Il s'agit du futur le plus probable, bien que 2023 ne puissent pas encore être exclus de la course.

novembre 2020

Début des grosses dégradations côté humains (économie, émeutes, durcissement du système de gouvernance, camps) de l'agenda 21, couplé à la peur de Nibiru.

décembre 2020

Début des grands cataclysmes inexplicables et jamais vus, en trop grand nombre pour que la censure tienne plus longtemps, incitant les dominants à révéler Nibiru avant fin février 2021.

25 décembre 2021 - Nibiru visible

début janvier 2022 - Élément avertisseur.

03/03/2022 - Pole-Shift.

Pic EMP (p.)

Nos dominants savent que Nibiru passe sur un pic magnétique, les Zétas ont confirmé.

Visible à Noël (p.)

Si les dominants ont choisis Noël comme date sacrée, c'est que c'est une vieille fête célébrant l'apparition à l'oeil nu de la planète des faux dieux.

Passage à Pâques (p.)

L'Exode et les Zétas laissent entendre que le passage se fait à Pâques.

Hypothèses sur l'année (p.)

En couplant hindouisme, christianisme et Islam, on obtient une date entre 2021 et 2023.

Ne vous focalisez pas sur la date (p.)

Les hypothèses données ci-dessus se révéleront possiblement fausse, parce que la date ne compte pas. Soyez prêt le plus tôt possible.

Dureté (p.)

La dureté des effets de Nibiru dépendra aussi du besoin de réveiller certains,

pic EMP

Les Zétas ont annoncé que le pole-shift lui-même se produirait autour d'un pic EMP. Je pars sur le fait que Nibiru passera lors des dates classiques des pics EMP, et non que le pole-shift provoquer un pic EMP hors saison (on ne sait jamais avec les Zétas cherchant à tromper les Élites...).

Les pics EMP c'est une période fluctuante d'une année à l'autre (les fluctuations augmentant avec l'approche de Nibiru) :

- début mars,
- entre fin juillet et mi-aout,
- fin novembre

Visible à Noël

Les Altaïrans ont dit "Nibiru vue à l'oeil nu à Noël, clair comme de l'eau de roche / cristal".

Harmo pense que si Noël est une fête privilégiée, c'est que nos ancêtres se sont bien aperçus que Nibiru se montrait (ou avait un pic de visibilité) préférentiellement à cette époque.

Les mithraïtes vouent un culte à l'arrivée de Nibiru, voire Tauroctonie qui est en fait une carte du ciel avec des constellations montrant la planète comète comme une traînée de sang géante couvrant tout le ciel. C'est pourquoi le solstice d'hiver est pour eux une fête majeure, et que la naisse ce Jésus a été déplacée à la date de naissance de Mithra, avec l'étoile qui est bien visible le 25 décembre au dessus de la grotte de la nativité.

Cette date du 25 décembre est celle de la venue de l'Étoile du Berger (un concept ajouté par les illuminatis dans le nouveau testament), At Tariq (le destructeur, Islam) ou Raah (l'Astre du mal absolu, Exode chez les hébreux).

Nibiru étant au plus près à Noël (donc la plus grosse possible), il faut s'attendre à un passage un a 2 mois après.

Voir L2>saut de visibilité pour plus de détails.

Prévue le 23/08/2013

Au moment où il apparaissait que Nibiru ne passerait pas en 2013, les Altaïrans ont révélé que le passage de Nibiru aurait du débuter le 24/08/2013, un pic magnétique (en laissant le flou pour savoir si les 2 mois du passage commenceraient là, ou si le pole-shift aurait lieu à cette date). C'est la date qu'ils avaient estimé dans les années 1990, montrant donc que la planète avait été freinée entretemps.

A noter que c'est le 23/08 est l'anniversaire de la mère de Harmo, et que ça peut parasiter le message au niveau inconscient.

On a vu que c'est souvent le 23 septembre (pic sismique) qui est pointé du doigt par les médias.

En 2014, Harmo disait que Nibiru ne serait plus freinée 2 mois avant le 23/08/2014, afin qu'elle ai retrouvé un rythme d'avancement normal (la trajectoire spirale n'était pas encore révélée à ce moment). Un bilan de l'orientation spirituel a aussi été fait à cette époque.

Pourquoi donner cette information déjà fausse quand elle a été révélée ? Pourquoi Harmo en a parlé dans son livre sorti mi 2014, au risque de perdre les lecteurs ?

Si on couple avec l'autre information Zétas sur l'intervalle de temps de passage (entre 3657 et 3670 ans), on s'aperçoit que Nibiru doit donc passer entre 2013 et 2026. Est-ce que donner le jour et le mois était important ? Elle donnait le moment où a été amoindrie la règle du doute sur les apparitions ET. De manière générale, Harmo est régulièrement averti sur le 23 août, date à laquelle les catastrophes s'amplifient, c'est à dire que Nibiru saute d'orbite et se rapproche de la Terre.

Donc a priori, ce 23 août serait la date où Nibiru quitterait sa dernière orbite pour aller couper l'écliptique, et mettre la Terre a l'envers, quelques mois après.

Passage aux alentours de Pâques

Dans cette page sur Pâques, les Zétas laissent entendre que Nibiru passe à la Pâque (mais en restant ambigu pour savoir si c'est la position de la Terre à Pâque, sachant que cette dernière aura reculé, ou si c'est la date réelle).

Calcul de Pâques

Pâques est une fête juive, c'est le dimanche qui suit le quatorzième jour de la Lune [pleine Lune] qui atteint cet âge au 21 mars [équinoxe], ou immédiatement après (donc pouvant se trouver du 22 mars au 25 avril).

Indices précédents

Le Livre de l'Exode place Pâques entre les fléaux de sauterelles et l'Exode.

Les Égyptiens citent des récoltes coupées par la grêle, mais les saisons inversées et les doubles printemps rendent difficile à estimer la saison du passage.

Le disque de Nebra montre des constellations qui entourent le Soleil telles qu'elles le seraient en mars.

Les mammouths gelés sur place avaient des fleurs printanières dans leur estomac.

Prochains Pâques

Pâques sera le :
- 17/04/2022 (le 03/03/2022 serait alors l'élément déclencheur)
- 09/04/2023
- 31/03/2024

Ça ne correspond à aucune date Terre-Soleil-Lune-Jupiter alignés des Hindous, mais le calcul de la Pâques peut être faussé, et les alignements perturbés par le retard de la Terre sur son orbite.

Hypothèses sur l'année

Naissance de Jésus

[Hyp. AM] Ce paragraphe fait appel à plusieurs hypothèses osées au niveau des probabilités, le résultat en est une hypothèse encore moins probable. C'est juste pour donner une grosse approximation.

Nous ne connaissons pas la date de naissance de Jésus, mais c'est entre -3 et 0 (Jésus>Naissance>date p.).

L'apocalypse de St Jean parle de 2 000 ans, mais de manière non claire, avec les 1000 ans de Jésus + les 1000 ans d'Odin, ou encore d'une 2e résurrection 1000 ans plus tard.

D'autres versets bibliques semblent indiquer que les 2 000 ans annoncés parlent de la mort d'Odin (donc du dévoilement de Jésus 2) :

- Apocalypse [20:2] [l'ange] saisit le dragon, le serpent ancien, qui est le diable et Satan [Odin], et il le lia pour mille ans.
- Ecclésiaste [6:6] [en parlant d'Odin] Et quand bien-même celui-ci vivrait 2 fois 1 000 ans.

Je pars de l'hypothèse que Jésus annonce son retour dans 2 000 ans (une canalisation de Daniel Meurois dans "Visions esséniennes", qui vaut ce qu'elle vaut).

Il se peut aussi que cette durée de 2 000 ans soit très précise, car Jésus avait longtemps refusé de donner une durée, comme s'il attendait la date anniversaire avant de balancer le 2 fois 1 000 ans...

Jésus a annoncé ces 2 000 ans alors qu'il avait entre 30 et 33 ans (pendant son magistère, entre l'an 27 et l'an 30). Ce qui ferait entre 2027 et 2030 pour l'événement annoncé.

L'apocalypse nous dit que Odin vivra "un peu" après sa délivrance des 1000 ans sous terre, d'autres sources donnent 4 ans de règne.

La mort d'Odin se produit donc entre 2027 et 2033 calculé précédemment, Cela nous donne Nibiru dans les 4 ans avant (tout cela est très approximatif, rappelons-le !) soit Nibiru entre 2023 et 2026.

Enfermement de Odin

Nous avons vu que Odin la bête devait être enfermé 1 000 ans. Une durée précise ou laxe ? Comme il est difficile d'estimer la date de règne réelle du roi Arthur, nous ne pourrons pas savoir par ce biais.

Fitna Duhaima islamique

Nous avons vu (p.) que selon l'événement retenu comme départ des 12 ans, cela donne 2022, mais plus probable 2026.

Hadda islamique

Le ramadan commence le soir où apparaît le premier fin croissant d'une nouvelle Lune. Comme la Lune prends du retard sur son orbite avec l'approche de Nibiru, un ramadan commençant en théorie un mercredi pourra en réalité commencer un vendredi. De manière générale, ces dates prévues ont toujours pu être retardées d'1 jour, car il faut que le fin croissant de Lune soit visible à l'oeil nu pendant la nuit du doute (le soir prévu pour son observation).

Le ramadan dure entre 29 et 30 jours, le milieu du ramadan peut donc être 14 à 15 jours après le début.

Le Hadda (L0>Prophéties + Hadda p.), à savoir une explosion dans la région de la grande Syrie, dans la même période que 2 éclipses anormales, sera l'indicateur que Nibiru passera 10 à 11 mois après.

Si J est la date du Hadda (milieu de Ramadan), avec 30 jours de moins possible (dus à l'imprécision de la formulation), le début des 2 mois avant passage est à J+270 jours, le PS1 a J+330.

Le Hadda aura lieu un vendredi au milieu d'un ramadan commençant entre jeudi et vendredi (donc dans la soirée du jeudi, et commençant par un vendredi plein).

Année			
jour début (en soirée)	date début (en soirée)	date hadda	date PS1
samedi	02/04/22	16/04/22	12/03/23
mercredi	22/03/23	05/04/23	29/02/24
dimanche	10/03/24	24/03/24	17/02/25
vendredi	28/02/25	14/03/25	07/02/26
mardi	17/02/26	03/03/26	27/01/27
dimanche	07/02/27	21/02/27	17/01/28
jeudi	27/01/28	10/02/28	05/01/29
lundi	15/01/29	29/01/29	25/12/29
samedi	05/01/30	19/01/30	15/12/30

Tableau 1 : Liste des prochains ramadans

Terre-Soleil-Lune-Jupiter alignés Hindous

Dans L0>Nibiru>archives humaines>Tribulation, on a vu un verset du Bhagavad-Gîtâ qui disait :

Lorsque le Soleil, la Lune, Nibiru et la planète Jupiter seront ensemble dans la même maison, l'âge d'or sera revenu.

Je ne sais pas si l'âge d'or commence au moment du PS1 de Nibiru, mais au cas où ce soit le cas, si on regarde les prochaines fois où Jupiter sera pointé par le Soleil (vu de la Terre), avec la Lune entre le Soleil et la Terre (Nibiru étant forcément entre Terre et Soleil), c'est :

- le 03/03/2022,
- le 19/04/2023.

- peu aligné, le 07/05/2024 et 07/06/2024
- le 25/06/2025
- peu aligné, le 14/07/2026 et 14/08/2026
- 31/08/2027 (avec Cérès et Vénus pas loin de l'alignement derrière le Soleil, et Mercure qui aura la ligne d'alignement 13 jours avant)
- peu aligné, le 20/09/2028 et 17/10/2028
- 05/11/2029
- 25/11/2030
- peu aligné, le 13/01/2032
- 31/01/2033 (avec alignement Jupiter et Pluton derrière).
- peu aligné 19/03/2034
- 08/04/2035 (avec Cérès presque devant Jupiter)
- 27/05/2036 (alignement Lune-Vénus-presque Mercure-Soleil-Jupiter)

A noter que ces dates ne correspondent pas au PS1 si on tient compte des prophéties islamiques.

2026 - Prophétie Boudhiste Altar

Mettre la prophétie dans prophéties

Jamyang Khyenstse Choki Lodro est décédé en 1959, et fait la prophétie suivante vers 1920 :

En provenance de l'espace profond, dans l'année Feu-Mâle-Cheval (2026), un grand météore s'abattra sur les rives d'une grande étendue d'eau. ... Dans l'année Terre-Homme-Singe (2028), une épidémie se produira et son impact sera très profond. ... À l'automne de l'année Feu-Femme-Cheval (2026), et dans l'année Terre-Homme-Singe (2028), toutes les personnes maléfiques qui n'ont pas confiance en cet enseignement mourront. Mais si on l'écrit et qu'on le propage, alors on vivra longtemps, sans maladie, et le mérite deviendra très grand. Toutes les forces néfastes de ce temps mauvais se rassembleront rapidement dans les villes. ... Les personnes qui n'ont pas confiance en cet enseignement connaîtront un grand tremblement de terre l'année du cheval de feu (2026). Lorsque les temps mauvais arriveront dans l'année du Feu-Femme-Mouton (2027), il y aura des décès dus à la surpopulation. Certains mourront sur la route, d'autres du cœur (maladie). L'année de l'homme-terre-singe (2028), il y aura de terribles inondations. En été, la mort viendra d'épidémies provoquées par la famine. À cette époque, les démons seront partout. ... Dans l'année Terre-Femme-Oiseau (2029), il n'y aura aucun mal. Néanmoins, il sera très important de veiller à sa discipline et de ne pas manger de viande rouge. Dans l'année Fer-Mâle-Chien (2030), toutes les

villes et les zones environnantes seront remplies d'animaux carnivores tels que tigres, ours, chiens sauvages, loups et autres. ... en calculant à partir du moment où la période de temps maléfique augmente, toutes les forêts (écosystèmes) s'effondreront. Toutes les montagnes rocheuses s'écrouleront à leur base. On ne pourra pas supporter le nivellement (processus) des (montagnes) de la terre. Pour dix personnes, il n'en restera qu'une.

Les alignements possibles avec le calendrier chinois sont les années 1966, 2026, 2086, c'est 2026 qui a été retenue. Les Zétas confirment qu'en 1920, la ligne temporelle donnait 2026. Mais révèlent que depuis, cette ligne temporelle a probablement changé (" l'horloge céleste doit tenir compte de nombreuses forces et le passage peut s'accélérer ou ralentir, en fonction de nombreux facteurs"), tout comme les 90 % de mortalité.

2027 - Malachie et Jean 23

Malachie, dans sa liste des papes, donne le milieu de sa prophétie avec le pape Sixte 7 (1585) : "L'axe au milieu du signe". Signe voulant aussi dire prophétie, cette date peut être interprétée comme le milieu de la prophétie de Malachie, qui débute en 1143 avec le pape Célestin 2. (1545-1143) + 1585 nous donne la date de 2027 comme celle de la fin des temps. Il est bien prédit que de nombreuses tribulations auront eu lieu pour le dernier pape avant cette date (2025 qui accusera la première des 3 années de sécheresses), la fin de la prophétie se terminant par la destruction de Rome. Jean 23 donne la date de 2033. Mais comme le 2e passage est le pire, fin 2033 peut correspondre au 2e passage, 6-7 ans après le premier passage début 2027...

Seul le déroulement final est connu (Cataclysme annonciateur p.)

C'est sur les événements qu'il faut s'appuyer généralement.

On ne sera à peu près sûr du planning que à partir du gros cataclysme annonciateur des 50 jours.

C'est cet événement qui donnera le top départ. Une fois partis, les événements ne seront plus retardés.

Après la catastrophe annonciatrice, la puissance des catastrophes augmentera de manière exponentielle durant les 50 jours, jusqu'au cataclysme final.

Astuce d'anticipation à 6 mois du passage

Si, 50 j avant la fin du prochain pic magnétique, il n'y a pas eu le cataclysme annonciateur, on peut dire que Nibiru ne passera pas avant 6 mois.

Par exemple, s'il n'y a pas de catastrophe annonciatrice avant mi-novembre (50 j avant la fin "au plus tard" du prochain pic magnétique qui est fin décembre/début janvier), on peut en déduire que Nibiru ne passera pas avant le prochain pic, 6 mois après la non catastrophe annonciatrice.

Soyez prêt dès maintenant

Le cataclysme annonciateur, ou les "petits" d'avant, peuvent se passer chez vous !

Menez votre préparation (p.) au mieux, et le plus vite possible pour la base du survivalisme. Ensuite, chaque jour passé est un cadeau pour vous aider à passer au mieux l'effondrement du système. Développez votre spiritualité, aidez les autres dans la vie de tous les jours, éveillez-les progressivement.

Le jour venu, quelle que soit la date, vous serez prêt.

Date sans importance

Dieu seul sait (Apocalypse>date, durée, dureté>dieu seul sait p.)

Comme nous l'avons vu à de nombreuses reprises, notre futur ne nous est qu'imparfaitement connu, pour nous permettre d'exercer notre libre arbitre.

Quand une date est donnée, par exemple 2026 par les Zétas le 05/05/2021, cette date n'est bonne qu'au moment où elle est donnée. La connaissance de cette date va ensuite influer sur les décisions humaines, des décisions vont être prises qui vont en entraîner d'autres, toutes ces actions soumises au libre arbitre :

- 5 ans encore ? C'est bon, je peux me reposer et m'occuper d'autre chose que de préparer l'aftertime
- seulement 5 ans ! Il faut que je me dépêche de hâter ma préparation.

La ligne temporelle est ainsi changée, et la date donnée change, car il faudra au grand tout adapter l'avancée de Nibiru à celle de l'avancement de l'humanité, influencée par la date donnée, pour choisir le chemin qui est au mieux pour tous.

Les ET ne donnent pas de date

Donner une date aux Élites leur permettrait de verrouiller leurs plans de contention et d'extermination. L'incertitude retarde voir annulera pour certains peuples un génocide de la part de leurs dirigeants.

Cette limite a été levée le 05/05/2021. Mais la date reste changeante (libre arbitre) comme vu précédemment.

Les ET ne donnent pas la trajectoire

Pour la même cause que la date ne sera pas donnée, la trajectoire de Nibiru ne le sera pas non plus complètement (sinon ça serait facile d'en tirer une date !). Si la position de Nibiru depuis 1983 est parfaitement connue et suivie par les télescopes de la NASA, la position qu'elle aura le lendemain leur échappe encore. Parce que cette trajectoire fait intervenir des domaines de la physique que nous ne maîtrisons pas, comme la gravitation. Si on ajoute à cela que des forces supérieures intelligentes et extrêmement puissantes agissent physiquement pour retarder ou avancer le processus en fonction de la situation sur Terre, il est donc impossible de retracer ou pronostiquer quoi que ce soit. Nibiru a une trajectoire faite d'accélérations et de ralentissements (sauts), qui déstabilisent ce qu'on sait du comportement des planètes.

Ce n'est qu'en 2015 que Harmo a donné la trajectoire spirale, les Zétas ne changeant pas les infos incomplètes déjà données.

Le plan Divin s'adapte

L'apocalypse est une chose tellement importante pour la suite de l'humanité qu'une force supérieure aux ET (le grand tout ou pas loin) retardera autant que nécessaire l'approche de Nibiru, laissant au plus grand nombre d'humains possibles la chance de participer au monde d'après.

Date de l'Annonce de Nibiru inconnue (Annonce p.)

Cette date dépend du libre arbitre des Élites, des guerres entre clans, de la peur des réactions du peuple.

On sait juste qu'ils le feront juste avant que Nibiru ne soit visible à l'oeil nu, ou que ses effets ne puissent plus être niés.

S'attacher aux événements plus qu'aux dates

Donnez plus d'importance aux événements en eux mêmes qu'aux dates. Ce qui est prévu à une date X peut tout à fait se réaliser à une date Y, par contre tel événement X entraînera forcément l'événement

Y ensuite, quel que soit les dates de ces événements.

L'important ce n'est pas le quand, mais le pourquoi et le comment (liens de cause à effet).

Pourquoi les visités doivent donner des dates ?

Imperfection des lecteurs

Les visités donnent de temps à autre des dates, précisant qu'elles se révéleront forcément fausses. Pourquoi ? Parce que les ET ont bien compris que :

- si ils ne donnent pas de date, ils ne sont écoutés qu'à moitié, voire pas du tout.
- que 90"% de nos préoccupations et questions sont liées au calendrier, parce que notre priorité est généralement de savoir à quel moment agir, et pas pourquoi ou comment.

Nous avons besoin de dates pour écouter et nous préparer, les ET nous en donnent.

Ces dates du futur possible sont vraies le jour où elles ont été données, mais comme le futur va se déplacer rapidement en fonction de nos choix (influencés par cette date) cette date probable va finalement devenir caduque, reculant ou avançant dans le temps (sachant que les ET préfèrent donner la date la plus proche (futur le plus dur) pour que nous ne soyons pas pris par surprise au cas où ce soit ce futur qui se dessine).

Heureusement que nos dominants regardent le futur eux aussi (via leurs nombreux voyants type Manteïa), échangent avec les Zétas pour le MJ12 modéré (Q-Forces), et prennent les décisions qui leur laisse toujours une marge de manoeuvre supplémentaire, nous laissant plus de temps pour nous réveiller/préparer.

Ces dates mouvantes sont une grande leçon à apprendre pour l'Humanité en général, engluée dans de fausses conceptions de l'avenir/futur, du destin/prédestination et de la liberté/libre-arbitre (pour ne citer que ces concepts là à revoir).

Les dates se révélant fausses servent aussi à tester l'avancement spirituel de ceux qui suivent les visités. Ceux qui ne se basent que sur ce critère vont rejeter tout en bloc (manipulation des médias, sortir du système esclavagiste, arrêter de consommer inutilement, établissement du nouvel ordre mondial, nécessité de devenir plus altruiste et d'avoir plus d'entraide, revenir aux fondamentaux humains) et dévoiler leur faux éveil. Le pseudo "échec" de 2003 n'a jamais arrêté

le nombre phénoménal de lecteurs de Nancy Lieder de croître chaque année.

Nécessité de tromper les chapeaux noirs

En 1995, les Zétas disaient que Nibiru entrerait dans le système solaire en 2003. C'est ce que Nibiru a fait. Les Zétas avaient juste "omis" de préciser qu'une fois proche du soleil, Nibiru resterait coincée proche du Soleil pendant 7 ans, puis qu'elle se bloquerait de nouveau dans la zone de l'orbite de Vénus pendant 7 ans.

Les Élites des chapeaux noirs sont tombées dans le piège de 2003 et ont tombé le masque trop tôt (flase flag du 11 septembre 2001 bâclé ayant popularisé le conspirationnisme, lois liberticides du Patriot Act mal vendues, invasion de l'Irak sans preuves, aucune préparation économique, ce qui a conduit à la crise financière de 2008, etc.).

Apprendre à gérer l'attente

La patience est une vertu, et elle s'apprend par l'expérience. Votre patience mise à l'épreuve fait partie de la leçon Nibiru.

Tous ces événements n'ont qu'un but, faire avancer spirituellement l'Humanité. Savoir gérer l'Avant est tout aussi important que de savoir gérer l'Après. Il y a énormément d'opportunités d'apprentissage avant même le pole-shift.

Comme savoir voir la réalité des choses sans se faire avoir par le discours officiel, c'est à dire faire marcher sa propre "jugeotte" et son intuition au lieu que les autres (les médias, la société et nos proches encore trop formatés) nous imposent leur opinion.

Comme savoir gérer le stress de l'attente, mais aussi concilier la vie quotidienne avec la préparation, etc...

Avoir une date exacte serait vous enlever toutes ces expériences, car tout se réglerait comme du papier à musique. Plus besoin de comprendre les processus pour mieux les anticiper, il suffirait juste de bien programmer son agenda. Or ce n'est pas du tout cela qu'on nous demande. Ce qu'on nous demande c'est de comprendre avant tout. Peu importe ensuite si nous nous en sortons, tant mieux si c'est le cas, mais survivre en n'ayant rien appris ne vaut rien dans ce contexte.

Le fait que les dates ne puissent pas être données est en soi-même une excellente chose. Que les dates possibles données se révèlent en plus fausses parce que le futur change est aussi un très bonne chose, car cela vous apprend à penser autrement que par rapport à un calendrier qui devient alors une source de stress. C'est d'ailleurs un formatage qui fait partie du système que de fonder sa vie sur le temps. Que Nibiru vous apporte son lot de rendez vous manqués doit vous servir à comprendre que l'essentiel se trouve ailleurs.

Pour donner une analogie, vous vous attendez à partir en avion et guettez son éventuel retard sans comprendre qu'en fait vous êtes sur un bateau. Le problème c'est que généralement vous ne regardez pas autour de vous et n'avez pas remarqué qu'au lieu d'un aéroport, vous êtes sur un quai. Votre seule préoccupation est d'atteindre votre destination, pas de savoir pourquoi/comment vous y allez. Alors peu importe à quel moment votre avion vous prendra à son bord parce que vous n'arriverez sûrement pas à la bonne destination puisque vous grimpez en réalité sur le mauvais pont.

Dureté

Nibiru est ralenti par des forces supérieures, en fonction de l'avancement des êtres humains à se réveiller.

On a vu Nibiru rester 3 ans sans changer de rail après l'élection de Trump. On a vu des séismes majeurs se produire en plusieurs séismes moyens, dissipant ainsi l'énergie en faibles destructions plutôt qu'un gros Big One destructeur (boîtes à vibrations ET).

Les grosses destructions ne sont nécessaires que pour réveiller l'humanité. Si cette dernière se réveille avant, les gros gros cataclysmes n'ont plus lieu d'être, et certains seront amortis (si ça ne contrarie pas trop la nécessaire régénération de la planète).

La victoire de Trump aux élection US de 2016 à permis de changer la ligne de temps précédente : Clinton gagnait et déclenchait la troisième guerre mondiale, la planète Nibiru devant donc relâchée pour empêcher ce carnage.

Entre 2017 et 2018, les cataclysmes ont stagné en attendant que l'équipe des chapeaux blancs dégagent les chapeaux noirs pour favoriser l'Annonce de Nibiru. Et alors que la date initiale était 2013, puis ensuite repoussée à 2016, il semble désormais que les dates de 2020 (voir 2022 si réélection de Trump) soient devenues les nouveaux futurs probables.

L'élévation des consciences retarde d'autant le passage, et adoucit ses effets.

Nibiru passera quoi qu'il arrive

Certains penserait qu'en retardant Nibiru, on pourrait même annuler son passage. C'est faire preuve de bien peu de maturité spirituelle.

Nibiru est un phénomène naturel, qui s'est réalisé des milliers de fois auparavant, et se réalisera encore des milliers de fois par la suite. On n'y échappera pas, tout comme une pierre lâchée dans le vide ne s'arrêtera que lorsque elle aura touché le sol. Nibiru doit continuer son orbite comme d'habitude, ne serait-ce qu'en égard aux espèces vivantes de Nibiru, qui souffrent énormément d'être si près du Soleil.

Nous pourrons affaiblir les effets, pas les annuler.

Nous pourrions ascensionner avant le premier passage et ainsi ne pas subir de plein fouet les cataclysmes, mais cette hypothèse, vu l'avancement global de l'éveil de conscience de la population, tient désormais de la Science-Fiction. Ce scénario était possible si nous avions écouté le message de la Salette au 19e siècle, et les nombreux autres qui ont suivis.

Montée en puissance

Survol

Plus de cataclysmes dans l'hémisphère Sud

Ça n'a aucun rapport avec la réalité, mais juste que l'USGS USA, l'organisme qui censure les catastrophes, a plus d'influence dans l'hémisphère Nord que dans l'hémisphère Sud.

Contrails (p.)

Via toutes les particules du nuage de Nibiru qui rentrent dans notre atmosphère, ces additifs provoquent plusieurs effets comme les contrails qui s'étalent.

Charges électriques du ciel (p.)

Les charges électriques déversées en masse dans la haute atmosphère provoquent plusieurs effets électriques.

Émanations de gaz du sous-sol (p.)

Le sous sol compressé émet des gaz piégés dans les roches, et le danger de ces gaz est de s'accumuler au sol (morts de sangliers sur les plages bretonnes), faire des poches en altitude (chutes d'oiseaux en masse, malaises dans les avions), ou de grosses explosions au sol type Tunguska (L2), ou des maisons ou magasins qui explosent.

Effondrement de banquise (L2)

(2017) Le but n'étant pas de détruire l'humanité, il n'y aura pas effondrement de l'intégralité de l'Arctique en un seul coup, mais le risque est là pour des portions plus petites. Compte tenu que l'état d'avancement de ce processus de fonte et de la proximité de Nibiru, normalement nous n'aurons pas ce type d'évènement. Comme avec le Yellowstone, le temps aura manqué pour que ces phénomènes aboutissent. Quelques années de plus et on avait des super éruption ou des méga-tsunamis glaciaires en plus...

Finir de faire ce survol

Montée > Accélération mouvements tectoniques

Dans L2>Terre>Effets Nibiru>Noyau terrestre perturbé, nous voyons que le décentrage des masses dans le noyau terrestre provoque des balourds qui en plus du vacillement journalier, accélèrent le déplacement des plaques tectoniques.

Les grands déplacements mondiaux

Certaines zones s'enfoncent dans l'océan, entraînées vers le bas (Indonésie, Thaïlande, Ouest d'Haïti, Nord de l'Inde et son pourtour pakistanais et bengali). D'autres régions subissent au contraire des déchirures et tendent à s'écarter : l'océan atlantique s'élargit au niveau de son rift média-océanique rapidement : l'Europe et l'Est des USA portant plus de poids, ils ont tendance à se courber et à terme, s'enfonceront également. Cela sera très sensible au niveau de l'Irlande et de l'Écosse, mais sera moins décelable sur les côtes françaises. Aux USA, la côté Est, très ancrée sur les Appalaches, se bombe, et de nombreuses fissures profondes se réveillent.

Le centre de l'Amérique du Nord, quant à lui, est tiraillé entre la subduction de la plaque pacifique sous la Californie et le bombement de la côte Est : sous ces deux pressions, la vallée du Mississippi, qui abrite une immense faille se fend en deux. Le fleuve a une nette tendance à s'élargir, et les contreforts de cette immense vallée à s'effondrer, créant des séismes en Oklahoma pour ne citer que cette zone.

L'Himalaya, poussé vers le haut par l'Inde n'est pas exempt de ces processus, mais c'est peut-être plus vers la point de l'Afrique que cela sera le plus visible.

Face à tous ces déplacement, la péninsule Arabique sert de pivot. Axé sur le proche-orient, son mouvement vers le haut fait à la fois s'écarter l'Arabie de l'Afrique (avec des risques dans la zone des grands lacs, de Madagascar et de la mer rouge), mais également de la faire se rapprocher de l'Asie : l'Irak est compressé, faisant remonter le pétrole des couches rocheuses inférieures, et le Golfe persique prend de l'altitude : il perd progressivement de sa profondeur et à terme, le fond marin va émerger dans les zones les plus profondes, modifiant du même coup l'écoulement de l'Euphrate.

Effets visibles en surface

Ces pressions dans les couches sédimentaires et rocheuses provoquent des « sinkholes », et l'augmentation de pression des strates pétrolifères et gazières. Ce phénomène de surpression a provoqué de très nombreuses explosions de plates-formes, en particulier en mer du Nord ainsi que dans le Golfe du Mexique (Deepwater Horizon en 2010), très sollicités par la subduction de la plaque de coco et de la plaque caraïbe.

Le dégazage sous-marin de bulles de méthane peut provoquer des tsunamis gaziers, comme la vagues de 6 mètres à Nice en 2011, ou sur la côte californienne en 2010. C'est aussi un tsunami gazier (la tempête Xynthia de 2010 ayant remué et brisé la couche de sédiments retenant les gaz enfouis) qui est à l'origine de la montée dramatique des eaux en Vendée.

Montée > Séismes couplés aux EMP

mi-avril 2021, en plein pic sismique, les avions se mettent à tomber. Comment c'est possible ?

C'est juste une évolution prévisible par rapport à ce qu'en a expliqué Nancy Lieder il y a 26 ans...

Pour rappel des 2 pics

Pic magnétique

Comment ça marche ?

Les pics magnétiques sont une suractivation du noyau terrestre, quand notre noyau est frappé par les 3 bras magnétiques du Soleil (qui mettent un an environ à faire 1 tour).

Notre noyau terrestre se mets à émettre des de rayonnement lélé (un rayonnement pas encore découvert officiellement). Ces colonnes de Lélé, passant à travers les fissures de la croûte terrestre, et de préférence sur l'interface eau-terre, provoquant des activités électriques en périphérie de la colonne (éclairs accrus), une impulsion électromagnétique dans la colonne (EMP, qui tourne comme un vortex ascendant, les surtensions générées par l'EMP allant dans un sens puis dans l'autre), des dépressions et phénomènes anti-gravitaires légers (trous d'air costauds et pare-brise d'avions fêlés)).

Quand ?

Ces pics magnétiques se produisent mi-mars, début aout, fin novembre.

Selon l'année, ils peuvent varier de 15 jours à un mois pour le moment du pic.

Ces pics de 3 jours s'étalent sur une montée de 15 jours avant, 15 jours après.

Depuis 2019, le niveau bas (le minimum magnétique entre 2 pics) reste très élevé, du niveau d'un pic de 2014, quand tous les avions tombaient d'un coup (MH17, MH370, etc.).

Pic Magnétique > Action du système

Évitement

Les scientifiques ont obtenu, depuis 2016, la météo du noyau : ils savent quand le noyau de la Terre est plus actif (pic magnétique), et ils connaissent les failles principales de la croûte terrestre par où passent ces EMP pour partir dans l'espace. Ce qui leur permet de dérouter les avions quand une EMP est détectée, ou de fermer un aéroport quand l'EMP est sur l'aéroport. Ce qui diminue d'autant les accidents depuis 2016, système bien maîtrisé depuis 2019. L'arrêt du trafic aérien mondial a évidemment bien aidé à diminuer les crashs...

Censure

A notre niveau, nous n'avons pas l'info des pics EMP, et les accidents sont cachés par les médias : il nous est difficile de savoir avec exactitude le moment de ces pics (sachant que les EMP sont tout le temps désormais, et donc que c'est dangereux en permanence, c'est juste le nombre et la puissance qui augmentent lors des pics).

Pic sismique

Ces mouvements du noyau qui se produisent lors d'un pic magnétique, qui provoquent l'émission accrue d'EMP, se transmettent à la surface un mois après : c'est pourquoi le pic sismique suit d'un mois le pic magnétique.

Pic sismique n'est plus égal à séisme systématique

Depuis 2018, les plaques tectoniques ont tellement bougé depuis 1996, que toutes les aspérités se sont lissées : les plaques bougent, mais sans gros séismes.

On peut rajouter à cela la censure accrue : la magnitude des séismes est de plus en plus diminuée, les séismes sont effacés des bases officielles, les médias ne relaient plus l'information : cette censure est proportionnelle à l'augmentation de l'activité sismique, de manière à donner l'impression au public que le niveau sismique reste calme. On voit même des médias nous bassiner avec des séismes mineurs, vu tous les gros séismes destructeurs vécus avant 2018.

Depuis 2018, cette activité, à notre niveau, se voit surtout par les failles (en surface, ou souterraine, les sinkhole), les destructions de ponts ou d'immeubles, les ruptures de canalisation.

Pourquoi plus d'EMP désormais en pic sismique ?

Qui dit création de nouvelles failles lors des pics sismiques, dit plus de passages pour les EMP...

Le noyau de la Terre émets des EMP en permanence, et même au minimum magnétique. Si le nombre de trous vers la surface augmente, le nombre d'EMP frappant les avions augmente, alors que nous ne sommes plus en pic magnétique...

Un pic sismique peut donc apparaître comme un pic magnétique, via l'augmentation des EMP apparentes. Ce phénomène s'amplifiera à mesure que les plaques se déplaceront de plus en plus, en rapport avec la proximité de Nibiru croissante.

Les chutes d'avions et d'incendies électriques sont donc à rajouter aux effets du pic sismique...

Montée > Séismes

Directement liés à la tectonique des plaques, qui provoque aussi les problèmes de volcans.

Les plus grosses tensions

USA

La côte Est des États-Unis qui est tiré dans un arc serré causé par l'incapacité de la plaque Américaine à pivoter. Il faut qu'elle se brise au niveau de la faille de New Madrid.

Europe

Sous la pression perpétuelle de la Scandinavie vers le Tibet.

Inde

Poussé vers le bas (va être recouverte sous l'océan indien) et sous l'Himalaya (subduction).

Dernier blocage

Voici le verrou qui bloque toute la tectonique mondiale, la botte arabo-persique qui pivote. Chargée par tous les séismes, et surtout lorsque la faille de New-Madrid aura lâchée, ce devrait être, quand il lâchera, l'activation d'une réelle dérive des continents (et qui se verra par tous, car plus rien ne s'opposera au déplacement rapide de toutes les plaques de la planète).

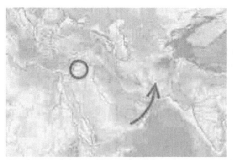

Figure 25: rotation péninsule arabique

Une fois ce verrou cassé, les plaques vont se déplacer l'une par rapport à l'autre, et vont s'accrocher sur les nouveaux accrocs/dents générés lors de la cassure irrégulière, c'est pourquoi nous reverrons alors des séismes comme nous n'avons jamais vu, et que nous avions presque oublié depuis 2018...

Caractéristiques d'un verrou qui lâche

On l'a vu sur les séisme de Puerto Rico en 2014, un verrou tectonique qui lâche voit une magnitude très élevée, et s'accompagne d'un nombre record de répliques (plus de 30) dont celles qui suivent le séisme original sont presque aussi forte, voir plus fortes dans certains cas. C'est le signe d'un déplacement important de la plaque, et d'une multitude de points d'accroches qui lâchent les uns après les autres, limant les bords de plaques (ce qui permettra ensuite des déplacements importants sans séismes, seules les importantes fissures en surface, ou même l'orogenèse, montrant ce qui se passe en sous-sol).

A noter que les ET peuvent des fois s'arranger pour qu'il y ai une pléthore de séismes importants, qui vont dissiper l'énergie, plutôt qu'un seul séisme record qui va tout détruire... C'est ce qui s'est produit en 2014, quand les ET ont posé les boîtes à bourdonnement qui aidaient au coulissement des plaques tectoniques. Ce sont les ET ascensionnés qui amortissent les dégâts, ou qui retiennent Nibiru, les Zétas et Altaïrans ne sont pas tout de suite au courant des décisions prises "en haut".

Quoi qu'il en soit, c'est la somme cumulée du séisme et de ses répliques qui montre l'énergie qui vient d'être libérée.

Ces verrous qui lâchent reporte la pression ailleurs, notamment sur des zones non sismiques, qui étaient protégées jusqu'à présent par les contraintes qui s'accumulaient sur le verrou, et qui les reportent ailleurs d'un coup (sur d'autres verrous non contraints jusqu'à présent).

Les derniers gros mouvements de plaques

En juillet 2020, les autorités s'affolent de nouveau autour de New-Madrid qui donne des signes inquiétants. Voici les grandes étapes qui restent :

1) New-Madrid (p.)

Déchirure de la faille de New-Madrid aux USA, du golf du Mexique jusqu'aux grand lacs (tout le Mississippi). Magnitude 8+.

2) Tsunamis Atlantique

Cette déchirure de New-Madrid provoque des séismes et des effondrements sous-marins autour du rift Atlantique (Islande). En surface, se produisent des tsunamis qui arrosent toute la façade Atlantique Européenne d'une part (30 m de haut), puis toute la côte Est Américaine (voir le film "Le jour d'après", avec le tsunami sur New-York).

3) San-Andreas et Cascadia

Quelques heures après New-Madrid, qui coupe les USA en 2, la faille de San Andreas lâche à son tour (toute la Californie, voir le film "San Andreas") suivie de la faille de Cascadia (Vancouver).

4) Saint-Laurent

1 ou 2 jours après, c'est la faille du Saint Laurent qui pète (Montréal - Québec, une faille méconnue), qui est en réalité le prolongement de la faille de New Madrid. C'est toute l'Amérique du Nord cette fois qui est coupée en 2, ce qui reste de New-York devenant un continent qui s'écarte de l'Amérique du Nord progressivement.

5) Tsunamis Atlantique sans secousse (p.)

A chaque secousse aux USA, il se produit un tsunami, mais le plus grave, c'est les effondrements sous-marins provoqués par l'écartement constant du rift Atlantique (sans secousse, vu que c'est un écartement) qui provoque un vide sous la croûte océanique, qui s'effondre régulièrement en masse de l'Angleterre au Portugal (la côte perds en Altitude à chaque fois, Carnac continuant à s'immerger, rejoignant les dolmens déjà sous l'eau). Tout ce volume effondré provoque des tsunamis pouvant monter à 50 m de haut (si couplé au vacillement journalier et aux grandes marées + tempêtes), tsunamis non prévisibles car pas de séismes avertisseurs (malgré la présence de bouées, qui avertiront quand c'est trop tard). Toutes les centrales nucléaires de basse altitude et exposées à l'Atlantique (Blayais, la manche, Golfech) ne sont protégées qu'à 9 m de haut, et exploseront pire qu'à Fukushima (là dessus, reste plus qu'à espérer que le gouvernement aura pris ses responsabilités, et aura coupé ces centrales en avance, quitte à subir la colère populaire... A nous aussi de nous montrer adulte...) Le Linky a été posé en urgence pour répondre à ce cas, et répartir l'électricité entre quartiers de ville comme en Californie.

6) Verrou Arabie

New-Madrid libère la rotation de la plaque Africaine, Gibraltar commence à s'écarter. Toute la pression mondiale des plaques n'est plus retenue que par un dernier verrou, celui de la péninsule arabique. On ignore combien de temps il tiendra, mais toute la partie Iran-Irak sous pression voit jaillir du sol des lacs de pétrole (provient des hydrocarbures du nuage de Nibiru, le naphte qui s'est déverse massivement dans notre atmosphère lors des passages précédents, et qui le refera de nouveau entre les tropiques). Quand le verrou arabique saute, il se pourrait que ce soit le séisme décrit dans les prophéties musulmanes, qui détruit une grande partie de Daech 2 qui a attaqué l'Arabie Saoudite.

7) Dérive des continents

Une fois le verrou arabe sauté, toutes les plaques tectoniques du monde vont se mettre réellement à dériver dans tous les sens en accéléré. L'Atlantique s'écarte, le Pacifique se ferme, Cuba bascule (coule d'un côté, remonte de l'autre).

8) Grèce-Turquie

L'Europe, principalement la France, étaient jusqu'à présent protégés par la faille Turquie-Grèce, qui prenait toutes les contraintes. Cette faille va lâcher dans un gros séisme (8+).

9) Séisme Europe

La faille Grecque ayant lâchée, toutes les failles européennes récupèrent les contraintes retenues précédemment en Grèce, se chargent, et des séismes records sont attendus en France (7+). Nous seront parmi les derniers à être touchés par ces séismes records (pour lesquels peu de constructions sont prévues).

10) Ralentissement et pole-shift

L'échauffement de l'interface croûte-manteau rend la croûte facilement découplée du manteau. Le pôle magnétique de Nibiru se rapprochant, la croûte ralentie sa rotation, s'arrête 3 jours, repart à l'envers au très ralenti 6 jours, puis le pole-shift se produit. Partout dans le monde, c'est un tsunami de 200 m de haut qui se produit, puis un séisme généralisé 15+ qui le suit. Se lève en quelques heures un ouragan généralisé (350 km/h +), provoqué par des terres tempérées chaudes transportées dans un air polaire (ce qui s'est passé pour les mammouths, asphyxiés puis gelés à coeur en quelques dizaines de minutes).

Séquence plutôt que Calendrier

Pour la date aucune idée, c'est une séquence qui se produira quand elle se produira.

Pour l'instant on a eu de la "chance" (un peu aidée par nos amis de là-haut) car les séismes sont fractionnés : plusieurs séismes de 4.5 (donc pas des répliques) qui dissipent l'énergie de manière étalée dans le temps, au lieu d'un gros 8+ qui détruit tout.

Est-ce que la chance va continuer ? Continuons à nous réveiller, a prendre conscience du monde dans lequel nous vivons, des erreurs à ne plus répéter, aidons-nous et le ciel nous aidera :)

New-Madrid

Localisation

La ligne de faille va du Mexique, Golf du Mexique, Mississipi, grands lacs, St Laurent, et jusqu'en Islande. Les séismes en Floride ou au Mexique écarte l'extrémité Sud-Ouest de New-Madrid, tandis que les séismes sur l'Islande écartent l'extrémité Nord-Est de New-Madrid. La plaque continentale dure, sur la ville de New-Madrid, se retrouve déchirée lentement par cet écartement.

Précurseurs

Les zétas disent que la rupture de New-Madrid sera précédée de séismes aux Açores et de manière générale de séismes sur le rift Atlantique (Islande).

dégâts

effondrement des ponts qui traversent le Mississippi, dégâts aux villes à partir de Memphis jusqu'aux États de la Nouvelle-Angleterre.

Les destructions seront importantes, car la faille, très peu sismique jusqu'à présent, n'a pas nécessité la construction de maisons anti-sismiques.

Mouvement

La plaque détachée du continent Nord Américain (celle où se trouve New-York) se dirigera vers le Sud-Est, libérée par la rotation de la plaque Africaine.

Rotation Afrique

Se traduira par un écartement de Gibraltar, et une compression de la péninsule arabique. Amorcée avant New-Madrid, elle s'accélérera avec la rupture de New-Madrid.

Péninsule Arabique

A noter que cette zone proche de Gizeh, semble depuis plusieurs passages être le point de rotation du globe (voir l'équateur incliné), le dernier passage déplaçant le pôle suivant le méridien de Gizeh. Peut-être pas pour rien que les anunnakis, les derniers 13 000 ans, en avaient fait leur base mondiale.

Montée > Météores

Cette carte des météores nous montre que la hausse est progressive depuis 2008, sauf entre 2016 et 2019 ou le nombre reste constant, comme le fait que la hausse des température s'est arrêtée temporairement ces années, tout stagnant. Preuve que Nibiru est bien restée sur le même rail ces 3 années, après l'élection de Trump. Les électeurs américains de Trump nous ont fait gagner plus de 3 ans mine de rien, merci à eux.

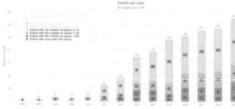

Figure 26: nombre météores entre 2006 et 2019

Tcheliabinsk (L0)

la NASA n'a rien vu venir. L'explosion dans le ciel a été très puissante. Plus proche du sol, elle aurait détruit la ville.

Les anti-missiles Russes ont été lancé pour détruire le météore en approche, mais il était encore trop gros (plus de 50 m de diamètre, alors qu'au delà de 25 m il y a de gros risques qu'ils ne se disloquent pas avant de toucher le sol). Ce sont les ET qui ont du faire exploser au final le météore, loin au dessus du sol, pour éviter un impact destructeur, tout en faisant suffisamment de dégâts (sans morts) afin de réveiller les populations.

Cette explosion a été peu impactante au final, car la source de l'explosion était haut en altitude, et allait dans le sens vertical (et pas horizontale (impact au sol), plus destructrice). C'est le sol qui a absorbé l'énergie qui venait d'en haut, et pas les objets recevant une onde sur le côté.

Protection par les ET limitée

Les bolide massif (plus de 40 m de diamètre) sont intercepté par les ET pour éviter un processus d'extinction globale de la vie sur notre planète. Ces astéroïdes tueurs ne sont donc pas à craindre, au contraire des plus petits (30 à 40 mètres) qui ne provoquent "que" des événements locaux, et qui entrent donc dans la catégories des catastrophes naturelles classiques sans risque de cataclysme global. Or les ET n'interviennent pas dans ces événements "normaux" qui font partie de la vie de notre planète comme les Ouragans, les Tremblements de Terre ou les Éruptions volcaniques. C'est la Nature, et la Vie sur Terre n'est pas mise en danger par ces événements. Seule la zone touchée, une ville de 30 000 habitant rasée, sera impactée durement par la chute.

Montée > Contrails

Montée > Effets EM

Accidents technologiques (EMP du noyau)

Le noyau terrestre émet des EMP, de plus en plus fortes plus Nibiru se rapproche de la Terre.

C'est toute notre technologie qui est en question, et même la plus sophistiquée que nous utilisons a ses limites matérielles. Avions, sous-marins, transformateurs et turbines industrielles sont d'autant plus fragiles qu'ils sont gros : les surtensions dues aux EMP du noyau sont proportionnelles à la taille des bobinages électriques. C'est pour cela que nos téléphones ne souffrent pas trop même si leur durée de vie diminue. En revanche, quand on a à faire à des bobinages de plusieurs tonnes, les échauffements et les surtensions montent à des niveaux critiques qui endommagent le matériel (le métal fond). Les générateurs des avions sont énormes comparés à ceux des voitures, ce qui fait que les surtensions provoquent des températures des dizaines de fois plus élevées. Si dans votre alternateur la surtension fera monter la chaleur de quelques degrés, dans un avion ou une turbine on dépassera les normes acceptables, les câbles fondent, les composants électroniques grillent et tout le système tombe en rade.

Tout générateur ou transformateur industriel peut être touché avec des conséquences différentes. La plupart du temps, ceux-ci prennent feu suite à la surcharge, ce qui explique les nombreux incendies se produisant dans des avions de ligne ces derniers temps mais aussi sur d'autres type de structures, comme les bateaux (voir Ferry Norman Atlantic).

Sur un bateau, on obtient une dérive qui peut être facilement passée sous silence dans les médias. Quand un avion se crashe, il est difficile de ne pas en parler.

Sous-tension puis surtension

Harmo ne précise pas le principe physique derrière, je vais essayer de décrire comme je le vois :

Quand un bobinage (par exemple, ceux des générateurs électriques, comme l'alternateur de votre voiture par exemple) est placé dans la première partie de la colonne EMP (avec les magnétons tournant dans un sens, en spirale montante j'imagine), c'est comme si le flux magnétique des bobines du générateur était diminué par l'EMP envoyant une tension inverse dans la première partie de la colonne EMP. Dit autrement, le champ magnétique arrive de gauche, et les effets sur la bobine s'opposent au passage du courant.

Dans l'autre partie de la colonne EMP, le flux de magnétons qui a tourné arrive de droite ce coup-ci, l'effet sur le bobinage est inversé, et ce coup-ci

l'EMP favorise la tension émise, ce qui provoque une surtension dans les bobinages.

Bien entendu, pour un avion de même construction arrivant dans l'autre sens, on aura une surtension avant une sous-tension. Et selon la disposition des bobinages, 2 avions dans le même sens mais de constructions différentes auront des effets différents.

Effets généraux

Surtension = surchauffe.

Explosion de transformateur ou des générateurs (suivi d'un incendie), fusion des câbles, que ce soit d'un appareillage électrique ou des câbles enterrés. Surtension produisant de gros arcs électriques entre les fils électriques aériens, entre eux ou avec le sol, qui eux aussi finissent par fondre.

Sur les électro-aimant comme les aiguillages, l'EMP provoque l'aimantation et l'actionnement de l'appareil pourtant hors tension. Les barrières de passage à niveau restent levées ou au contraire s'abaissent sans raison, l'aiguillage s'active sans commande, provoquant des déraillements si un train passe dessus au même moment, ou une collision de trains circulant en sens inverse sur la même voie.

Classique d'une EMP sur un gros moteur électrique : surchauffe soudaine des bobinages, les matériaux annexes fondent et s'enflamment.

Soit le transfo/générateur lâche en premier, soit il y a surtension et cela grille les composants en aval (pressurisation, commandes de vol, navigation).

Rupture de réseaux électriques

Le principe de rupture des transfos/générateurs, ou de rupture des équipements aval, est aussi valable sur les réseaux.

En France si un partie du réseau tombe en panne, l'électricité peut être amenée par une autre ligne, ce qui rend donc ces pannes relativement discrètes, surtout dans les villes qui ont de multiples réseaux redondants et d'autres transformateurs proches qui prennent le relais.

Mais malgré ça, ces pannes se multiplient, surtout en campagne, là où le réseau est le moins dense.

Si un transformateur est touché, il enclenche une panne en série sur les autres et cela entraîné une coupure général sur tout le système, surtout s'il est fragilisé ou déjà surchargé par la demande. Idem si le transfo ou la génératrice au sol ne grille pas, la surtension se transmet au reste du réseau pour aller griller d'autres appareils en aval. Pourquoi les aéroports sont particulièrement touchés ? Parce que ceux-ci ont des systèmes autonomes (alimentés par le réseau national mais possèdent leur propre transfo et ligne d'alimentation à part, sans parler des générateurs de secours). Si il y a une surtension, leur réseau interne est trop petit pour absorber la surtension, alors que sur un réseau national la charge peut être absorbée en partie. Plus le réseau est petit, plus il est fragile. Celui d'un avion l'est le plus, celui d'un aéroport un peu moins et celui d'une région encore moins. La surface des zones géographiques dont le réseau électrique lâche est un bon indicateur de l'intensité des EMP.

Dysfonctionnements internet

1 - les satellites sont de plus en plus perturbés, soit en étant mal alignés, soit en étant parasités. Il y a aussi de nombreux impacts avec des micros météores qui peuvent provoquer des avaries.

2 - Les réseaux terrestres sont endommagés par le déplacement des plaques tectoniques qui rompent les cables, ce qui entraîné le déroutement des flux d'information sur d'autres lignes et leur surcharge, aussi bien sur les bandes passantes que sur les serveurs des providers.

3 - les EMP parasitent les communications internet et téléphoniques en faisant "sauter" des paquets d'information. Pour compenser, les protocoles doivent en envoyer de plus en plus d'exemplaires pour qu'un seul arrive à bon port ou soit reconstitué sans pertes. Et c'est sans parler des interférences tout court.

Détails des destructions d'une EMP

Surtension dans les bobinages

Le principe de l'EMP c'est le principe inverse des électro aimants. Si on créé un champ magnétique, on crée un courant dans toutes les bobines qui sont dans ce champ. Or plus le champ magnétique est fort, plus le courant induit est fort. Si la bobine est faite pour recevoir du 220V et qu'on applique une tension de 30.000 Volts, le courant qui en découle fait fondre les fils. C'est la même chose dans les avions qui sont remplis de câbles et de bobines. Les moteurs ont des bobinages, les pompes à carburant ont des bobinages, tout comme les générateurs, les transformateurs, les radios, les cartes de circuits imprimés etc... Cela veut dire que tout ce qu'il y a dans l'avion subit un choc, et que des surchauffes et des pannes se produisent partout sur les circuits en fonction. Les circuits électriques qui ne servent pas, comme les circuits

de secours, ne sont pas généralement atteints (circuits ouverts) par les courants formés par l'EMP, appelés courants induits (comme dans les plaques à induction). Autre principe, plus le bobinage est gros plus le courant et la chaleur dégagés par l'EMP sont grands, c'est pour cela que les transformateurs et les générateurs industriels explosent et que les avions tombent, mais que les petits appareils comme les téléphones y sont bien moins sensibles. Si ton téléphone monte de 0.5° à cause d'une EMP, un avion en prendra pour 40°, parce que son bobinage est 80 fois plus gros (c'est une simplification bien entendu, mais le principe est là). Avoir un générateur de secours éteint, c'est donc la possibilité de remettre en route une fois que le générateur principal a grillé, d'où l'extrême utilité d'avoir ces systèmes dits redondants même s'ils alourdissent considérablement les avions (et donc les fait consommer beaucoup, le poids c'est le nerf de la guerre en aéronautique). Si l'EMP est trop puissante ou que l'avion passe vraiment pile poil au mauvais endroit, même les systèmes de secours éteints peuvent être endommagé, donc ces systèmes de secours ne sont pas une garantie totale. C'est important de le préciser (ce fut le cas sur le vol air France Rio Paris). Les compagnies low costs sont plus fragiles à cause de leurs pratiques, mais en règle général tout appareil peut en être victime, même ceux avec les plus hauts standards.

Système de secours fragile

Les avions Low Cost shuntent une partie des systèmes de secours pour gagner du poids. Les EMP ayant tendance à couper les générateurs et faire fondre les câbles, avoir des câblages et un générateur de secours, mais aussi des batteries dignes de ce nom peuvent permettre de relancer les commandes. Sans cela, l'avion reste paralysé au niveau électrique et électronique. Impossible de réinitialiser et forcément c'est le crash.

Les Boing 777 sont sensibles à un autre phénomène, à savoir que les batteries vont surchauffer sous la surtension générée, avant que le générateur principal ne lâche.

Sur les avions de la Malaysia airlines, le générateur de secours a parfois été mis hors circuit parce que les câbles de secours ont été retirés. Quant aux batterie, la compagnie a utilisé des types de batterie dangereuses et interdites, mais plus compactes, donc moins lourdes, tout cela pour gagner du poids. Ces batteries ont par contre tendance à prendre feu sous de forts courants, et comme les EMP créent des surcharges, forcément que c'est très mal vu !

Calculateurs

Une EMP ne met pas les calculateurs HS, elle les fait buguer. En effet, le système de gestion informatisé de l'appareil subit la sur-tension puis la sous-tension électrique du générateur principal, et les systèmes informatique, comme un PC aux condos électrochimiques trop vieux, se figent, ils sont bloqués. Ce phénomène peut aussi se produire à cause des accumulations de charges électrostatiques se produisant au passage de la LP.

Pompes d'alimentation des réacteurs (réacteurs en feu, pannes de moteur)

Pour les réacteurs en feu ou qui explosent, ou les avions qui semblent manquer de carburant, le scénario est le même.

Incendie de moteurs

1) l'EMP provoque d'abord une "sous-tension" (la pompe à kérosène n'envoie pas la quantité de carburant demandée). Cette sous-tension dure quelques minute, et oblige le pilote à ouvrir plus grand les gaz pour tenir le régime moteur demandé.

2) Une fois le centre de l'EMP franchi, il se produit désormais une surtension subite. Couplée à l'ouverture des gaz plus grande, les pompes envoient une grosse surpression de kérosène dans la chambre de combustion du réacteur, cette dernière explose et le turbo-réacteur prend feu. Tout ceci couplé aux fuites de kérosène venant des tuyaux fissurés par la surpression (surpression non dimensionnée car la pompe n'est pas censée travailler à ces niveaux de surtension, et la puissance générée peut être centuplée avant que la pompe ne lâche). Ces fuites provoquent des incendies qui peuvent se propager rapidement au reste de l'avion. C'est ce qui s'est passé sur l'avion russe dans le Sinaï, ou avec Egypt Air.

A noter que ces poussées intempestives dues à l'afflux de kérosène expliquent ces trajectoire chaotiques que ces avions ont faites avant de prendre feu et de s'écraser, la poussée du réacteur s'amplifiant d'un coup avant son explosion.

Pannes définitives de de moteurs

Si la paralysie de l'étape 1 fige le système, la pompe d'alimentation de carburant ne repart pas en phase 2. C'est ce qui s'est passé le 02/12/2016 avec l'avion Brésilien, soit disant tombé en panne sèche, alors que le pilote avait bien annoncé en premier une panne électrique totale.

Petits avions

Après il faut voir si même sans électronique, il y a des systèmes électriques. C'est moins l'électronique que l'électrique qui est toujours, notamment par induction de courant dans les fils (et d'autant plus si sont en bobinage). Une simple pompe électrique (à carburant par exemple) peut être fatale avec un gros dysfonctionnement. D'autres fois ce sont les altimètres qui peuvent avoir des soucis etc... Il faudrait donc étudier le cas par rapport à tous ces risques pour en avoir le coeur net (ce que nous ne pouvons pas faire, on ne sait pas si l'appareil a de tels dispositifs, ou si ses propriétaires ont fait des modifications etc...). Une météo capricieuse, des pilotes imprudents, une casse, autant d'autres éléments qui peuvent arriver aussi !

Avions de voltige

Les avions de voltige, tout comme les avions militaires, sont bien plus sollicités mécaniquement que leurs homologues civils (transport). La moindre défaillance peut être fatale, et plus l'avion est poussé à ses limites, plus ces défaillances peuvent survenir.

Avions fragilisés

Les EMP peuvent être la goutte d'eau qui fait déborder le vase. Transformateurs soumis à des températures caniculaires impensables et jamais vues au moment de l'établissement du cahier des charges, maintenance d'avions low-cost pas faite, ou espacées par des compagnies en faillite et survolées par des techniciens payés au lance-pierre, moins consciencieux ou de moins en moins formés (voir des intérimaires sans formation/expérience).

Pays en guerre comme la Syrie, où la maintenance est difficile, notamment sur les pièces les délicates (difficiles à faire et qui doivent venir de l'étranger, impossible avec les blocus). Avions sur-utilisés et en fin de course, etc. Ces EMP viennent achever un système qui s'effondre de lui-même.

Aéroports

Les aéroports sont particulièrement sensibles aux EMP à cause du système radar. Un radar a besoin d'une grande puissance (un oiseau qui passe devant un radar d'aéroport meurt grillé), de gros câblages et donc d'un gros transformateur. C'est là que la panne survient : une surtension dans le transfo le cuit ou fond les câblages, ce qui revient à une grosse avarie qui mettra quelques heures voire quelques jours à être réparée.

Pas des CME solaire

Dans L2>Cosmo>Terre>Intérieur>EMP, nous avons vu que les EMP émises par le Soleil placé à des millions de km de la Terre, avait bien moins d'impact que les EMP générées à 70 km sous nos pieds.

Impact sur les objets du quotidien

EMP (usure)

Si les alternateurs de voiture sont trop peu puissants pour générer de grosses surtension lorsqu'une EMP les traverse, à la longue cela provoque une fatigue prématurée des alternateurs ou des batteries des véhicules. Certains ont noté que leurs batteries tombaient en panne en série sur plusieurs de leurs véhicules en même temps. D'autres ont été victimes de problèmes électriques divers et d'une usure prématurée de leur alternateur.

La montée en température est proportionnelle à la taille des bobinages électriques. E,n donnant des chiffres à la louche, si votre portable prend 1°C à cause d'une EMP, il ne grillera pas. De même, le générateur de votre voiture, 10 fois plus puissant, ne prendra que 10°C et ne grillera pas non plus. Mais un transfo industriel 100 fois plus gros prendra 100°C ce qui posera bien plus de souci, surtout pour ces appareils qui ont déjà besoin d'un refroidissement en temps normal.

EP (incendies - électronique)

Les EP provoquent des effets sur l'électronique, surtout celle des calculateurs. On a vu des voitures qui accéléraient subitement toutes seules au point de faire patiner les roues. Des centaines de cas recensés, chez tous les constructeurs. A faire le lien avec les voitures folles bloquées à haute vitesse sur l'autoroute qu'on n'arrive pas à arrêter (régulateur bloqué alors qu'il est censé se couper quand le conducteur appuie sur le frein).

Sans parler des incendies auto-générés de voitures dans les parkings souterrains, où ce genre d'EP semble amplifiée par résonance. Comme ces multiples voitures situées sur le même parking de Disneyland.

En mars 2018, Nancy prévient que TOUTE électronique peut être affectée. Ce phénomène, encore marginal car les EP sont encore faibles et très localisées, va augmenter dans le futur. Avec le développement des robots, drones et voitures sans pilotes, ou encore nos smartphones, les conséquences des EP va coûter de plus en plus cher.

Les autorités sont au courant des EMP

Les gouvernements sont au courant : il existe des mesures très nettes sur ces phénomènes cycliques réalisées par des équipes scientifiques. Malheureusement, la pression est forte et les gouvernements se cachent derrière les impératifs de sécurité nationale pour museler légalement l'information (les directeur de publication ont reçus des consignes pour ne pas ébruiter les incidents de moteurs et autres incendies dans les avions, ou les mettre dans la section divers si l'incident commence à être relayé sur les réseaux sociaux).

Par exemple, les EMP du noyau sont facilement mesurables, notamment parce qu'elles ont un effet sur les infrastructures électriques mais aussi sur les radars. L'armée est forcément bien informée à ce sujet car elle veille en permanence par rapport aux risques de brouillage électronique ennemis.

Ensuite, il y a les données sismiques qui sont très nombreuses à montrer une forte augmentation, notamment des micro séismes/ séismes faibles notamment sur le territoire français, mais c'est un phénomène global, donc tous les pays équipés sont forcément alertés par ces essaims anormaux. Ces cycles se répètent de plus en plus fortement d'année en année, ce n'est forcément pas passé inaperçu. De même, les enquêtes officieuses sur les "pannes" et les accidents (crashs d'avion, collisions de trains) sont bien plus documentées que celles, officielles, que les médias rapportent au grand public. De nombreux gouvernements sont par exemple informés des avertissements des experts à propos des EMP et de leur effet "paralysant" sur l'avionique. Ces expertises restent confidentielles mais sont prises très au sérieux.

Comment s'en prémunir ?

Les autorités ont les moyens techniques (début 2015) pour éviter nombre d'EMP, encore faudrait-il qu'ils mettent en place les équipements coûteux et trop visible qui sont nécessaires. Chez ERDF ont parle depuis longtemps de mettre des piles à combustible un peu partout pour faire "de petites centrales" locales mais rien a été fait. Il y a encore les énergies renouvelables qui fourniront du courant localement... à condition que le transfo ne soit pas grillé. Ces dégâts seront aléatoires jusqu'à l'arrivée de Nibiru et il est peu probable qu'ils soient définitifs avant. Donc ce ne seront que des pannes passagères, courantes mais réparables (et réparées). Tout le système français ne tombera pas en panne, ce ne sera qu'en certains endroit en attendant que ERDF puisse faire les réparations. Les agents et ingénieurs ERDF vont être débordés.

Évitement des EMP du noyau

Les autorités ont finalement pris des mesures (fin 2015, avec la création du suivi de la météo du noyau) comme le contournement des zones dangereuses (sous de faux prétextes bien entendu). En gros, cartographie des zones d'EMP à éviter, partage de ces informations entre les gouvernements, mesure d'évitement de ces points chauds par les appareils (avions militaires ou civils) grâce à des zones d'exclusion. Résultat assez probant puisque aucun avion n'est tombé pendant cette période du pic de fin 2015.

Tout ne pourra pas être évité car si une EMP se produit sous une usine sensible, on ne pourra pas faire contourner le bâtiment !

Plus Nibiru sera proche, plus les EMP seront nombreuses et imprévisibles (nouvelles zones d'émissions qui apparaissent spontanément). Les gros crashs d'avion, dont le nombre a bien diminué après 2016 et les procédures d'évitement, reprendra de plus belle alors, provoquant de facto l'effondrement du secteur aéronautique. Sans compter que détourner sans cesse les couloirs aériens renforce dans le même temps les soupçons des personnels (tours de contrôle, navigants), même si ces derniers n'interviennent pas dans les choix des couloirs, et qu'un logiciel est censé calculer tout seul.

Suivis des EMP par les autorités USA

Tous ces phénomènes EMP du noyau sont monitorés depuis des dizaines d'années et leur évolution fait l'objet de rapports hebdomadaires à la présidence USA, mais aussi aux différents responsables américains comme le Général Dunford. Pas étonnant que Trump fasse des références à ce problème. L'armée a ses propres services scientifiques, et ne se gêne pas pour analyser le processus en court. La NASA est quant à elle une coquille vide qui est coincée dans son mensonge et ne débite qu'un discours pour le grand public. Trump, Dunford et tous les hauts responsables USA savent bien que c'est un organisation caduque qui s'écroulera vite une fois que Nibiru sera de notoriété publique et qui servira de bouc émissaire pour canaliser la colère du public américain.

16/08/2017 - Exercice transnational « black sky »

Voir L0 pour le contenu de cet exercice, 2 jours avant l'éclipse solaire. Les autorités ne savent pas si cette éclipse allait être normale, ou montrer un décalage de la Lune.

Le but pour les ET de ne pas révéler ce qui va arriver est double :

1. Assurer un effet de surprise. Il est primordial, car le système de débunking a du mal à gérer l'imprévu. Cet effet de surprise peut se faire de plusieurs manières, par exemple sur la nature de l'anomalie mais aussi sur le fait qu'elle ne survienne pas en temps et en heure.

2. Profiter de l'élan lié à cet éclipse: en effet monte aux USA une sorte d'angoisse entretenue par les astrologues et certains mouvements religieux, et qui fait écho dans les médias, que cette éclipse marquera un tournant pour le pays.

Résultat : le président est obligé de réaliser un exercice préparant tout ce que Nibiru peut provoquer, faisant se poser des questions sur l'intérêt de prévoir autant de dégâts et de cataclysmes possibles...

Accidents d'avion

Tourisme

Les petits avions ont nettement moins de résistance face aux EMP car leurs systèmes électroniques sont rarement blindés. De nombreux avions privés s'écrasent ces derniers temps et nombreux sont les cas où des défaillances de ce type sont responsables du crash.

Militaire

Pour les avions de chasse, oui, normalement les composants sont résistants, ils sont blindés mais pas plus ni moins que sur les appareils civils. Ils sont tous fabriqués de la même façon. Les puces sont plus sophistiquées mais ils utilisent la même technologie (de nombreux composants avioniques de base sont partagés par les avions civils et militaires qui sont construits par les mêmes fabricants avec les mêmes savoirs-faire). L'industrie électronique humaine est limitée par des considérations physiques qui sont largement dépassées par les EMP. En plus, les systèmes d'avions de chasse sont plus complexes que ceux des avions civils, ce qui les rend plus susceptibles encore de tomber en panne. Enfin, les avions de chasse sont poussés à des limites bien plus extrêmes que les avions civils, notamment au niveau des contraintes d'accélération qui fragilisent encore davantage des équipements de pointe. Ils sont faits pour être super performants mais demandent une maintenance d'autant serrée et fréquente en contrepartie. On peut faire le même parallèle entre avions civils et militaires qu'entre une voiture de tous les jours et une formule 1. Une formule 1 est au top de la technologie mais elle n'est pas faite pour durer. On lui demande son maximum pour une course, pas pour une vie. C'est la même chose avec un avion de chasse que l'on pousse à chaque exercice à ses limites. A chaque retour de mission de nombreuses pièces sont vérifiées et changées (ce qui explique le coût logistique très important des frappes aériennes par exemple).

Commerciale

Les avions de ligne, avec leur électricité de bord redondante, sont assez robustes aux EMP (le circuit principal grille, mais les systèmes de secours se mettent en branle une fois l'avion sorti de l'EMP). Pas un hasard si les premiers gros problèmes sont apparus sur des Boeing malaisien mal entretenu dépouillé du superflu pour des raisons économiques.

01/06/2009 - Crash de l'AF Rio-Paris 2009

C'est le premier crash provoqué par une EMP. Ce n'était pas un avion low-Cost (il avait tous ses systèmes de secours) mais il a joué de malchance et a subi les affres du manque d'expérience sur le sujet.

l'EMP a touché l'appareil en deux fois, grillant coup sur coup le générateur principal puis le générateur de secours.

Les crashs de la Malaysia Airline 2014
08/03/2014 - MH370

L'avion MH370 s'est craché après que tous les passagers soient morts asphyxiés par une panne générale des système électroniques, pressurisation et transpondeurs compris.

lorsque le générateur principal a grillé suite à la première traversée de l'EMP, les générateurs de secours ont pris le relai. Le pilote a fait demi tour selon la procédure d'usage, ce qui explique les 8 minutes pendant lesquels l'appareil a continué à voler après sa panne (radio comprise). Une EMP endommage ce qui est en marche, pas ce qui est éteint: radio, transpondeurs et générateur principal ont grillé mais pas les générateurs de secours qui n'étaient pas en route dans un premier temps.

L'erreur est d'avoir fait demi tour, puisque une fois les générateurs secondaires de secours actifs pour faire fonctionner les systèmes vitaux (pressurisation), le fait de passer une seconde fois dans la zone de l'EMP a fait griller les appareils branchés sur le générateur de secours. L'appareil n'ayant plus de générateur électrique du tout, tous les systèmes dépendants se sont éteints, c'est à dire l'éclairage, le chauffage et la pressurisation. En moins d'une minute tout le monde est mort, puis a congelé dans l'avion qui a continué sa route, les moteurs n'ayant pas besoin de générateur pour fonctionner en mode "safe". Les gouvernes se sont figés, l'avion a continué à voler en ligne droite tant que les moteurs ont fonctionné.

Réaction de Harmo à chaud : "L'erreur de tout le monde est de s'être focalisé sur un seul vol. Comme toujours avec Nibiru et avec le cover-up qui lui est appliqué, il faut prendre du recul. Regarder ce qu'il se passe à côté, recouper les incohérences et les phénomènes concomitants, éviter de ne regarder que ce qu'on veut que l'on voit.

Regardons déjà l'attitude générale du public et des autorités dans ce cas précis.

Tout d'abord, ne vous êtes vous pas posé la question de savoir pourquoi on faisait d'un "incident", certes triste, un événement médiatique international ? Parce que dans la même période d'autres avions se sont écrasés, faisant des morts et cela a suscité bien peu de curiosité. Il y a eu de nombreux crashs d'avion auparavant, cela fait la Une un ou deux jours et puis on oublie aussi vite, c'est la loi de l'information moderne.

De même, on fait bien peu de cas d'ordinaire des accidents sur des lignes étrangères notamment dans les pays non-occidentaux. Qu'on en parle quand cela se produit aux USA ou en France, c'est compréhensible. Mais il est courant (même si ce n'est pas normal au fond, chaque personne a la même valeur) qu'on se contrefiche éperdument de ce type d'accident "lointains" en général dans nos médias.

Or ici c'est bien tout le contraire et c'est là qu'il y a anguille sous roche. L'engouement pour cette disparition est tel qu'aux USA des outils ont été spécialement élaborés pour que le public aide les autorités à rechercher l'appareil. Google a du prendre les devants et dire aux gens de ne pas utiliser Google Earth tellement l'afflux de visiteurs et de requête était massif. Là bas c'est immédiatement devenu un événement national, on ne parle que de cela et dans les médias alternatifs le nombre d'hypothèses plus ou moins farfelues ont explosées. Ceci n'est pas normal.

D'après les Altaïran, il y a une volonté derrière tout cela et une bonne dose de manipulation. Cet engouement n'est pas du au hasard, il a été relayé et encouragé, la preuve avec les outils de recherche satellitaire qui ont été mis en ligne pour faire participer le public. C'est une méthode archi-connue, on responsabilise les gens ce qui les focalise sur leur tâche et leur nouvelle responsabilité. Ces méthodes ont été mises au point aux USA dans les années 60 lors de différentes expériences en sociologie des groupes.

Pour le vol MH 370, on fonctionne de la même façon en y ajoutant la surmédiatisation. Ici, on fait croire aux gens qu'ils peuvent être utiles à une recherche de l'avion mais retrouver l'appareil n'est pas le but. Le but est de focaliser l'attention des gens sur cet événement. De même, la surmédiatisation peut faire de n'importe quel événement normal une cause nationale : impossible d'y échapper, on ne parle que de cela, ce qui fait penser aux gens que si on en parle autant, c'est que c'est "hyper important".

Tout ce que je peux vous dire, c'est que cela fait parti d'un scenario élaboré depuis longtemps et mis en image par les autorités américaines sous le couvert de la série "The Event" (ce qui veut dire que ce qu'il y a dedans est proche du scenario original mais comporte des variantes de forme pour le camoufler). Je dis juste que **cela fait partie d'un scenario préconçu, peu importe ce qu'il est arrivé réellement à l'avion MH 370**.

Dans the Event, la disparition de l'avion est liée à l'annonce mondiale sur les ET du président Martinez. Sachant que ce même type d'annonce est en préparation par Obama, la coïncidence est troublante, non ?

Le comble serait donc de retrouver, comme dans la série, l'avion MH370 dans une zone trop éloignée pour qu'il y soit arrivé tout seul."

Quelques jours après, Harmo revient sur le sujet :

"Selon les Altaïrans, l'avion s'est écrasé pour les mêmes raisons que le vol Air France AF447 Paris Rio. J'ai eu le droit de divulguer cela puisque Nancy Lieder l'a fait de son côté et donne les mêmes informations que celles que j'ai reçu. Les raisons du crash sont malheureusement liées à Nibiru et les EMP qu'elle engendre, notamment pour la catastrophe ferroviaire de Bretigny-sur-Orge.

Cette confusion est entretenue par les autorités en général parce qu'elles ne veulent pas que les gens commencent à avoir peur de ces EMP et arrêtent de se déplacer en avion, ce qui, à très court terme, créerait une récession économique mondiale vu la place qu'ont les transports aériens dans le monde des affaires et du tourisme. En ce sens, le scénario évoqué dans "The Event" est fait pour semer le doute dans l'esprit des gens et de nombreuses rumeurs confirmant ce scénario ont été lancées artificiellement : je cite, entre autre, le fait que l'avion ait été détourné, qu'il a fait demi-tour etc... Tout pousse les médias à souligner un mystère qui n'existe pas. Par exemple, le fait que les téléphones portables des passagers semblent sonner n'est pas une preuve en soit, puisque quand on sait comment ce système fonctionne, vous n'êtes aucunement surpris qu'il y ait une tonalité même si le portable est physiquement HS. Tout cela est fait pour semer la confusion et faire croire que l'avion s'est volatilisé et les outils de recherche mis à la disposition des gens ne font qu'appuyer cela, puisqu'il est quasiment impossible de trouver un avion sur de si grandes surfaces depuis des photos satellites, surtout quand on sait le nombre de débris poubelles qui flottent dans cette région maritime très polluée. La réalité est bien plus concrète et dangereuse, car ces EMP localisées peuvent se produire n'importe quand. Il suffit alors qu'un train ou un avion passe pour que tout ce qui se trouve à l'intérieur tombe en panne, du système de pilotage aux portables des passagers, ou encore aux conditionneurs d'air. L'arrêt du système de pressurisation provoque la mort des passagers et des pilotes. L'engin devient un avion fantôme qui tombe au hasard après un vol incontrôlé.

Pourquoi le scénario type "the event" a-t-il été conçu ? Parce que les raisons qui font se crasher les avions sont inexplicables si on n'admet pas les effets EMP dangereux, et donc le meilleur moyen alors est de semer le doute en évoquant à demi mot des choses encore plus extraordinaires (Attaque EMP, intervention OVNI, collision avec un météore, etc...). C'est une méthode connue de manipulation par l'extrême, on accentue le côté extraordinaire et mystérieux pour le rendre quasi absurde aux yeux du public.

Mais il ne faut pas se bercer d'illusion, les enquêteurs n'arriveront pas à déterminer officiellement ce qu'il s'est produit et sûrement qu'une erreur humaine sera évoquée comme pour le vol Rio Paris. Notez que pour le train de Bretigny, l'enquête piétine parce que les tentatives d'accuser les employés ont échouées à plusieurs reprises. Du coup, une fois les boucs émissaires classiques hors de cause, plus rien de tangible sauf à dire la vérité, et cela nous ne l'aurons pas, trop d'enjeux économiques en cause.

On a tendance à tout mettre sur le dos d'Israël, surtout dans ce cas là. L'avion s'est crashé, le reste n'est que pure spéculation pour attiser un peu plus le doute dans la tête des gens et ainsi ne pas dire la vérité.

Pourquoi les passagers n'utilisent pas leur portable ? Même en cas de détournement/prise d'otage, il y a toujours un passager pour appeler. Si personne ne l'a fait, c'est parce que tout le monde dans l'avion, pilotes compris, sont morts en vol.

On nous précise bien que le vol est devenu "erratique" une fois les communications coupées. Ceci va tout à fait dans le sens de "l'avion fantôme" décrit par les Altaïran."

Comme le dit la théorie médiatique la plus plausible, si on remplace l'incendie par une panne généralisée des circuits électriques à cause de l'EMP, on revient à la description des Altaïrans : le pilote tente de faire demi tour/atteindre l'aéroport le plus proche, les transpondeurs tombent en panne, les passagers et les pilotes perdent connaissance.

Même si une excuse est trouvée pour ne pas parler de Nibiru (du genre que ça vient d'une éruption solaire), plus personne ne va vouloir prendre l'avion. Or, aujourd'hui 95% des contrats internationaux se signent encore en réel et il faut prendre l'avion pour aller dans le pays et rencontrer les autres entreprises. Si les gens ont peur de prendre l'avion à cause d'un risque d'EMP, l'économie internationale s'effondre.

Pourquoi la manipulation alors ? Parce que le jour où on va retrouver l'avion, on verra très bien que tous les circuits sont grillés. Il va donc falloir cacher la vérité au public. Beaucoup vont être obligés de mentir pour donner une fausse excuse (du genre suicide des pilotes [Harmo annonce le crash de German Wings de 2015 dans les Alpes françaises, comme un film sorti juste avant, comme quoi l'idée de cette excuse avait été préparée à l'avance], terrorisme) mais il restera toujours des incohérences et des gens qui diront que telle ou telle chose ne colle pas, comme avec le 11/09/2001. Donc, pour se couvrir, ils lancent des hypothèses dans tous les sens, comme cela les gens ne savent déjà plus qui croire.

Encore une fausse rumeur. de faire croire que le MH370 a été photographié à Tel Aviv Il est normal qu'une compagnie ait quelques avions identiques puisque quand elle passe commande au constructeur, elle le fait par packs (du genre une dizaine d'appareils). Ensuite les compagnies se revendent les appareils, notamment ceux qui commencent à avoir de la bouteille, notamment à des compagnies plus petites. Il arrive aussi qu'une compagnie se débarrasse de certains appareils afin de se renflouer et trouver des liquidités. Malaysian Airlines n'est d'ailleurs pas en grande forme économique.

Les rumeurs continuent parce que des gens ne veulent pas admettre la vérité toute simple. C'est souvent le cas quand on s'est engouffré dans le mensonge et qu'ensuite on s'y enfonce. La théorie du complot tourne parfois au ridicule, et c'est volontaire : la vérité est bien assez grave pour aller chercher ailleurs. je vous rappelle quand même que la Terre envoie des EMP et que les avions tombent comme des mouches quand ils passent au dessus. Mais ça, personne n'en parle, bizarre non ? Ces rumeurs sont orientées sur des fausses piste pour éviter de dire la réalité. On préfère accuser Israël, Soros ou je ne sais trop qui parce que cela titille les conspirationnistes juste sur le point G. Si la vérité était dite, c'est tout le système de transport aérien qui serait en crise puisque les gens ne voudraient plus prendre l'avion et c'est ça qui fait peur, pas des complots bidons...

Je vous ferais aussi remarquer que les équipes de recherche sous marine ont détecté des signaux en plein milieu de l'océan avant de revenir sur leur découverte. Y a-t-il beaucoup de signaux radio au fond de l'océan à des milliers de km de toute terre à part provenant de boîtes noires... désinformation là encore, les boîtes noires ont été récupérées.

L'excuse est aujourd'hui que les signaux captés venaient du bateau d'exploration lui-même... cela ne tient pas debout, parce que le bateau est conçu pour éviter ce genre de souci, c'est quand même son rôle premier. Si le bateau d'exploration envoie des signaux, il y a longtemps que l'équipage s'en serait aperçu lors des recherches précédentes. Comme quoi le mensonge même complètement ridicule ne leur fait pas peur.

Le MH370 a bien été retrouvé, les boîtes noires ont été récupérées et le plan semble être aujourd'hui de déplacer le lieu du crash de l'avion dans une autre zone. C'est pour quoi c'est si long, il faut que des débris soient récupérés et déposés à des milliers de kilomètres. Pourquoi ? Parce que les autorités (internationales et nationales) ne pourront jamais trouver d'excuse potable pour expliquer pourquoi l'avion s'est abîmé si loin en mer. Comme l'ont expliqué les ET, l'avion a été si loin parce qu'il s'est comporté en avion fantôme et s'est arrêté quand il est tombé en panne de carburant. Or comment expliquer ceci au grand public ? Comment expliquer la panne générale de tous les systèmes, de la survie (pressurisation) aux transpondeurs sans que les moteurs ne soient endommagés ? Seule une EMP est compatible avec les débris et la distance du crash et cela, c'est la dernière chose dont les autorités veulent nous parler. Tout va être maquillé et truqué.

Le 26/06/2014, des rapports préliminaires confirment la version d'Harmo :

Résumé article : Le vol MH370 était "très vraisemblablement" en pilote automatique lorsqu'il s'est écrasé dans l'Océan indien, à court de carburant, a déclaré jeudi le vice-Premier ministre australien.

Sinon, il n'aurait pas tracé la trajectoire très régulière qui a été identifiée grâce aux données satellitaires.

Un autre article nous apprend que les passagers et membres d'équipage du vol MH370 de Malaysia Airlines sont probablement morts de suffocation.

A propos de VIP dans les passagers : Malheureusement, sur tous les vols internationaux il y a des gens qui pour leur travail se déplacent à travers le monde. Qu'ils soient ingénieurs, scientifiques ou industriels, ils forment plus de 50% des passagers. Forcément que lors de tout crash, il y ce type de voyageurs à titre professionnel.

17/07/2014 - MH17

En plus des batteries Lithium-Ion interdites (gain de poids), la malaysia airline a supprimé un certain nombre de circuits redondants sur les appareils qui garantissent sa sécurité en cas de défaillance. Il est simple par exemple de diminuer les diamètres des câbles, supprimer ceux qui sont en double (pour des raisons sécuritaires) etc... Le gain de poids est très important sur ce type d'appareil, ce qui signifie une consommation nettement inférieure et une augmentation significative du profit par vol. De nombreuses compagnies à travers le monde sont tentées de tricher pour les mêmes raisons, certaines se contentant par exemple d'utiliser des additifs toxiques dans leur carburant afin de réduire la consommation. Le carburant tient une énorme part dans les frais fixes sur lesquels les compagnies peuvent agir.

L'avion MH17 a eu une défaillance au milieu de l'Ukraine, avant de survoler la zone de conflit. Une EMP a en effet mis hors d'état de nombreux systèmes électroniques suite à une surtension dans le générateur principal : plus de radio, plus de commandes de direction . L'avion a alors bifurqué de sa trajectoire normale (et a survolé la zone de conflit interdite de survol) et ne communiquait plus avec le sol. Les Ukrainien ont envoyé des avions intercepter le vol fantôme : les pilotes et passagers étaient vivants mais l'avion était totalement hors de contrôle, ce qui les a empêché de donner les signaux visuels adéquats aux pilotes de chasse (comme balancer l'avion). Les autorités ukrainiennes ont alors paniqué et on ordonné d'abattre l'avion.

Les autorités ukrainiens ont été déstabilisés par leurs propres émotions. L'EMP a créé des interférences sur le systèmes de défense du pays, en même temps qu'elle perturbait la trajectoire du MH17 et coupait ses communications. Cela a contribué à instaurer un premier état de panique (les ukrainiens ont cru que c'était un brouillage de l'armée russe qui se préparait à un assaut généralisé). Le contact a été perdu avec le vol nettement avant son crash comme le prouvent les différents rapports. L'avion "fantôme" a traversé presque tout le pays avant que les ukrainiens ne prennent la décision de l'abattre. Les raisons de cette décision sont confuses, car elles sont mêlées de peur et d'opportunités. Le fait que l'avion de Poutine soit dans les parages, la ressemblance de l'avion de Poutine avec le vol MH17 (type d'avion et couleurs similaires), le fait que l'avion ne réponde pas et son survol inattendu de la zone rebelle ont créé un faisceau de raisons diverses qui ont mené les décideurs à commettre ce crime. Opportunisme, peur face à un avion fantôme et pression des rebelles et de la Russie sur le pied de guerre, ont formé un très mauvais cocktail, d'où la panique et une décision absurde prise dans la précipitation et qui a mené au tir.

D'où le pilote responsable du massacre choqué quand il découvre que ce n'est pas l'avion de Poutine, mais un avion commercial avec des centaines de passagers innocents.

De toute façon les passagers étaient condamnés, même sans l'intervention des chasseurs, car l'avion devenu incontrôlable serait tombé quoiqu'il arrive, probablement en panne de carburant. L'asphyxie aurait également fait succomber tôt ou tard tout l'équipage car les systèmes de survie étaient devenus inefficaces.

Le MH17 a été abattu en l'air par les 2 chasseurs ukrainiens avec leur artillerie lourde (le MH17 aurait même tenté des manoeuvres évasives, mais il n'avait aucune chance évidemment face à des avions de combat).

Le MH17 ne volait pas à 10000 mètres d'altitude, mais beaucoup plus bas. Il ne faut pas oublier qu'il était hors de contrôle à cause de l'EMP qu'il a reçu à l'ouest de l'Ukraine. Les deux Sukhoï 25 ukrainiens ont pu atteindre l'avion de ligne sans problème grâce à une trajectoire d'interception, même s'ils étaient moins rapides. Selon les Altaïran, un des avions a tiré un missile qui a gravement endommagé l'avion (par l'arrière) sans l'abattre et le second appareil a achevé le travail avec son canon pour s'assurer de la réussite de la mission (notamment en tirant sur le cockpit et ainsi s'assurer que les pilotes ne pourrait pas révéler le traquenard par radio). C'est pour cela qu'on retrouve des traces des deux types d'arme sur le boeing. Si le missile a été utilisé en premier lieu, c'était en vue d'incriminer les rebelles (en faisant croire à un missile BUK sol-air).

Le missile était suffisant pour un crash, mais les ukrainiens voulaient que le boeing tombe avant la zone russe (problème de récupération des boîtes noires), c'est pourquoi ils ont donné l'ordre de finir le job rapidement et que les tirs au canon ont fini le job.

La lumière ne sera jamais faite sur ce crime car les occidentaux ne reconnaîtront jamais l'implication des Ukrainiens qu'ils soutiennent depuis le début, car cela reviendrait à abandonner les territoires rebelles à Poutine tôt ou tard. Au contraire, ils vont entrer dans le jeu des ukrainiens et accuser les rebelles qui, de toute façon, n'arriveront pas à prouver le contraire...

Ce que Harmo avait vu de la part des Altaïran, c'est une EMP et un avion désactivé avec des gens paniqués dedans, des pilotes incapables de commander leur appareil complètement figé. Les Altaïrans complètent plus tard avec les images des chasseurs et de l'avion abattu pour que Harmo comprenne le scenario de A à Z.

24/07/2014 - Crash Air Algérie

7 jours après le MH17, un avion se crashe en Afrique.

c'est bien une EMP qui a atteint ce vol également. L'avion, de conception ancienne, était beaucoup plus fragile que les derniers Boeing et Airbus dont le blindage des circuit électronique et la redondance des circuits électriques s'avèrent plus efficaces. Ce n'est pas donc pas la météo qui a abattu cet avion, mais bien sur survol au dessus d'une zone électromagnétique devenue dangereuse et qui a paralysé toutes les commandes de l'appareil.

28/12/2014 - Crash du vol QZ 8501 Air Asia

Crashé (162 personnes) pas loin de Sumatra, donc toujours en Indonésie, un avion Low-Cost... Toujours en 2014.

le même jour, à la même heure (vers 6h du matin), un ferry italien prenait feu.

2 EMP à chaque fois, les EMPs sont survenues juste avant l'aube aux environ de 6h en prenant en considération les fuseaux horaires respectifs, c'est à dire que l'incendie du ferry s'est déclaré bien après la perte de contact avec l'avion malaisien, mais c'était l'aube alors en mer adriatique. Selon ZetaTalk, l'influence de Nibiru se fait sentir juste avant le lever du soleil et crée des "arcs électriques" entre elle et la roche malmenée par les mouvements tectoniques. Les zones où les incidents ont eu lieu sont particulièrement stressées (jonctions plaques australienne-eurasienne, africaine-eurasienne).

24/03/2015 - Crash de la GermanWings 4U9525

Comme pour le MH370, dont le scénario de disparition mystérieuse avait été préparé par la série "the event", le crash du GermanWing, avec son pilote qui se suicide, avait été annoncé 2 mois avant. Dans le film argentino-espagnol *Les Nouveaux Sauvages*, sorti en France 2 mois avant cet accident, un steward déséquilibré se rend maître du cockpit d'un avion et l'écrase au sol.

Nous avons vu dans L0 que là aussi l'enquête avait été opaque, que l'avion était en flamme lors du crash, et que le pilote n'avait aucune intention suicidaire, et aucun moyen de verrouiller le cockpit, ni d'interdire les communications. Voyons donc ce qu'il s'est réellement passé.

C'est une EMP, le générateur a grillé, provoquant diverses pannes dans l'appareil. Les pilotes ont déclenché un appel de détresse et enclenché la procédure d'urgence pour parer à la dépressurisation (c'est urgent, la mort survient en moins de 2 minutes). Même si les pilotes savaient qu'ils se trouvaient dans une zone montagneuse, ils n'ont pas eu le choix que de descendre rapidement pour rétablir la pression dans l'avion. Le souci, c'est que les commandes et les altimètres étaient également défectueux, ce qui n'a pas permis de redresser l'appareil et d'éviter la collision. Les pilotes ont tout tenté (comme ralentir l'appareil) en vain.

Les informations rapportées par les médias étaient forcément contradictoires, passant de l'un à l'autre, parce que souvent ce qui est apporté dès le début du crash ne subit aucune censure et sont le fait des premiers (vrais) témoins /participants. Mais très vite, on demande aux chaînes TV et aux journalistes de rectifier sous peine de sanctions (voir CSA) ce qui gène sous prétexte que la version officielle (donnée par l'État ou ses institutions) est différente. Regardez simplement ce qu'il s'est produit avec le MH17 en Ukraine. Ne vous attendez donc pas à trouver immédiatement des choses qui corroborent la version Altaïran du drame vu que les compagnies aériennes, les enquêteurs et les pays concernés vont orienter les choses sur leur version et non sur la vérité.

Les boîtes noires sont très gênantes dans le cas des EMP parce qu'elles prouvent indubitablement que ce sont des surtensions électromagnétiques qui ont endommagé les appareils. C'est pour cette raison que le MH370 a été retrouvé mais que cela est gardé secret. Pour les autres avions, c'est moins pratique et il faut que les enquêteurs officiels, avec l'aide des États concernés, magouillent. Quoi de mieux alors que de retrouver une boîte noire vide, qui par l'absence d'information, ne contredira pas la version officielle. Enfin, c'est ce qu'on dit en ce moment, dès que les magouilles seront bien en place, on "retrouvera" peut être la boîte noire. Peu importe. Ayez une vision d'ensemble de ces crashs 2014 - 2015. Votre intuition sera la bonne, ne vous laissez pas embobiner par des gens dont vous connaissez déjà la mauvaise foi.

L'avantage avec la version du "suicide", c'est que l'enregistrement de la boîte noire est facilement falsifiable : on entend juste le pilote frapper à la porte, le souffle du copilote qui étrangement ne dira pas un mot, les appels de la tour de contrôle. C'est parfaitement impersonnel, impossible de savoir vraiment si ce son les bonnes personnes. Quand la famille du copilote provoque une contre-enquête en contredisant le fait que le copilote était dépressif, les médias montent les familles des victimes contre la famille qui refuse de se taire, en parlant d'indécence...

Le souci, c'est que les autres passagers sont en danger.

Le problème c'est que les EMP sont liées à la nature du sol, et notamment certaines zones où les particules responsables peuvent sortir plus facilement. Les Alpes sont une montagne jeune, très tourmentée (au niveau des couches géologiques). Tous les appareils passant au dessus de ce type de zones (valable aussi pour les Pyrénées) ou au dessus d'importants aquifères (qui amplifient les perturbations électrique en favorisant les courants électriques) sont susceptibles d'avoir des pannes.

L'avion a entamé une descente d'urgence enclenchée par les pilotes. L'enregistrement boîte noire est un faux qui a été monté pour faire croire à un suicide. L'idée est venue aux menteurs en fouillant dans le passé des deux pilotes pour voir si on pouvait les accuser de négligence. Pas de bol pour le copilote, celui-ci avait été soigné pour un burn out, comme 20% des travailleurs français. L'occasion était trop belle, il suffit juste d'en rajouter suffisamment pour démontrer à tort que le copilote était un psychopathe instable. Maintenant, est-ce que la compagnie l'aurait vraiment laissé revoler si il n'en était pas capable après un tel épisode de fatigue ? Prenez du recul et voyez tous les derniers accidents d'avion dans leur ensemble. Depuis le MH370 toujours disparu, c'est l'hécatombe, mais comme pour celles des animaux, on trouve toujours une explication spécifique différente. Cela se reproduira et de nouveau on aura une excuse bidon, du même genre, avec dans les médias des schémas démontrant que l'avion n'a jamais été davantage le moyen le plus sûr de voyager (grosse arnaque : nombre de morts en réalité multiplié par 3 entre 2013 et 2014). Attention au matraquage médiatique qui agit comme un formatage ! Pas plus de 20 minutes de BFMTV par jour :). Face à des milliards de pertes potentielles, la pauvre vie du copilote ne fait pas bien le poids (tout comme la vérité ou la vie des 149 autres disparus).

Concernant les pilotes critiquant les mensonges de la version officielle, on voit que les bases se désolidarisent des dirigeants parce qu'il y a des limites liées à leur conscience. Si les instances dirigeantes de ces grands médias sont coincés entre deux portes, de nombreux journalistes n'hésitent plus aujourd'hui à émettre des doutes. Bien entendu, cela reste limité, mais on commence à voir des voix discordantes. C'est une bonne chose, plus sera se fera et plus le grand public aura une chance de se réveiller petit à petit.

Les médias sont complices du mensonge d'État. Mais on voit poindre ça et là des articles remettant en cause la version officielle, ou donnant la parole aux experts qui contredisent la version officielle. Les médias obéissent aux injonctions de l'État, qu'elles soient directes ou indirectes. les rédactions ont pris l'habitude de ne pas contrarier les versions officielles et sont remises sur le droit chemin si elles ne vont pas dans le bon sens. Regardez les sanctions du CSA sur l'affaire Charlie Hebdo, ou les coups de fils de Sarko pour virer certains présentateurs qu'ils n'aiment pas. Les médias sont très liés aux politiques (combien d'hommes politiques sont mariés à des journalistes !) et sont soumis à la raison d'État (voir Tchernobyl). Néanmoins, les choses évoluent parce que les ET interviennent de plus en plus souvent. Ils mettent la pression sur les gouvernements et soutiennent les versions alternatives, y compris dans le grands médias. Il y a de la résistance, mais l'affaire Charlie Hebdo montre que les médias sont de plus en plus désobéissants / de moins en moins sous contrôle.

19/05/2016 - Crash Air Egypt en méditerrannée

Le vol MS804 était piloté par des pilotes expérimentés, par temps clair et n'a pas rapporté de problèmes mécanique ni envoyé de message de détresse. L'avion a chuté subitement, alors qu'un bateau de transport a pu témoigner avoir vu un objet en flamme dans le ciel au même endroit, un objet qui a fait une embardée sur la droite puis sur la gauche avant de disparaître des radars. Bien que le lieu se trouve sur la plaque tectonique africaine, en fait plus précisément sur la limite de cette plaque. Les premiers communiqués officiels font état d'une bombe qui aurait abattu l'appareil (rétractation par la suite, quand on a appris que le pilote avais alerté sur la présence de fumées à bord). Comment pourrait-on expliquer autrement l'absence de signal de détresse et les témoignages d'un avion en flamme ? En réalité, une EMP a "éteint" l'avion, puisqu'elle interfère avec toute activité électrique sur son chemin. L'équipement radio, les moteurs, la capacité des pilotes à manœuvrer l'appareil, tout est au point mort. Les

explosions arrivent quand les moteurs à propulsion ont du fuel allumé à l'intérieur et qu'elles ne peuvent le ventiler/l'évacuer, puisque les pales des turbines sont à l'arrêt. Les explosions qui se font une fois d'un côté une fois de l'autre de l'appareil causent des bifurcations/embardées qui peuvent être observées sur les radars.

Accidents trains 2013

Bretigny sur Orge

Le souci n'est pas l'éclisse mais l'électro-aimant de l'aiguillage qui a mal fonctionné (EMP). Les éclisses ont lâché parce que l'engagement de l'aiguillage inopiné lors du passage du train a transmis énormément de pression sur les rails, et les voies en mauvais état n'ont pas supporté le choc. Les éclisses ont sauté, ce qui n'a pas arrangé les pauvres passagers. Les causes réelles sont les derniers wagons ont déraillé lorsque l'aiguillage s'est accidentellement enclenché à leur passage (La locomotive étant déjà passée). Vu les masses en jeu, le train de tête a continué sa route mais les derniers wagons ont pris la seconde voie avec les conséquences qu'on connaît. Les aiguillages sont commandés électroniquement depuis le poste de contrôle qui donne des ordres à un électro-aimant. Lorsque l'EMP a eu lieu, les bobines de l'électro-aimant ont créé un courant par induction et enclenché le système.

12/07/2013 - Haute-Vienne

C'est bien ce coup-ci une éclisse qui a cédé. La raison n'est pas un flux magnétique mais une torsion dans les rails engendrée par une déformation du sous sol. Les éclisses servent à maintenir les rails bien alignés et à les joindre à leurs supports. Or, si le sol se déforme, les rails se tordent et l'éclisse subit une pression si intense que les boulons qui la retienne sautent. Elle n'est donc plus solidaire du rail mais se balade, accrochée à un ou deux boulons seulement. Lorsqu'un wagon passe dessus, elle peut se prendre dans l'essieu et se coincer, ce qui brise les deux pièces.

27/03/2013 - Train espagnol

Vers St Jacques de Compostel. Dans les pays pauvres le rail est beaucoup moins dépendant de la technologie pour fonctionner et par conséquent, les EMP ont moins d'impact.

La vérité en Espagne, ce n'est pas le chauffeur qui aimait aller à 190km/h là où c'était limité à 80... c'est que le système de freinage du train à grande vitesse espagnol n'a pas fonctionné et que la motrice a abordé le virage dangereux à 153 km/h au lieu de 80.

Pannes internet

Si elles peuvent être dues, comme la panne OVH, à un générateur principal qui saute en même temps que le groupe de secours, il faut tenir compte aussi de facteurs humains : surfréquentation des réseaux et sous-dimensionnement du matériel des providers, attaques DDOS, travaux pour mettre en place de nouvelles normes (3G et 4G etc...), obsolescence de certaines technologies (des relais satellites qui datent, des lignes téléphoniques âgées etc...) et des erreurs humaines. Sans compter les préparatifs pour mettre en place la censure. Les Altaïrans disent que seulement 20% des pannes peuvent être imputées aux EMP et à leurs problèmes connexes, ce qui est assez peu. Internet a été prévu pour trouver des voix d'accès parallèles en cas de pannes, ce qui limite grandement la casse !

Signaux hertziens

En numérique (TNT), les signaux sont codés et ont des sécurités en cas de pertes de données. Les EMP ont donc peu d'effets. Idem avec la TV sur internet, il y a des codes redondants qui permettent de réparer les données manquantes, c'est l'avantage du numérique. S'il y a des coupures, c'est alors lié à l'émetteur (vous êtes trop loin de l'émetteur TNT) ou de la connexion internet (qui peut fluctuer à cause de problèmes techniques classiques ou d'attaques DDOS) Par contre en hertzien (l'ancien système, pas en TNT), il y a des interférences.

Il se peut aussi que ce soit simplement un problème de localisation. Les signaux TNT ne passent pas à travers les collines et il arrivent qu'il y ait des zones d'ombre où elles arrivent mal. La météo par contre joue un grand rôle sur la réception car les nuages et l'humidité modifient la propagation des ondes magnétiques (effet de réverbération sur les couches atmosphériques). Avec le temps pourri provoqué par le changement climatique, ça explique pourquoi il y a plus de pannes qu'avant.

Montée > Émanations de gaz du sous-sol

Comme vu dans L0 et L2, on a 2 gaz principaux qui sortent : le sulfane et le méthane.

Explosions de bâtiments par effet cloche

Le méthane est censé monter et s'accumuler en altitude (L2), mais si il dégaze en dessous d'un bâtiment, celui-ci sert de cloche et empêche le méthane de monter en altitude. Il s'accumule, et comme il est inodore et incolore, les personnes ne remarquent pas sa présence. Elle se sentent mal, ont de grosses migraines (le fait d'aérer suffit à évacuer le poison).

En hiver les gens ouvrent peu pour aérer. Arrivé à la concentration requise, ou avant en présence d'étincelle ou source de chaleur, la poche de méthane explose, soufflant la maison.

Traversée de poches par les avions

Un avion qui traverse ces poches de méthane peut avoir des avaries, avec extinction des moteurs, malaises en cabines, etc.

Un réacteur, qui a besoin d'oxygène, est privé de son comburant lorsque ces nappes sont traversées. Sans oxygène, le moteur s'étouffe et perd en puissance. De même, les systèmes de pressurisation prennent l'air extérieur pour alimenter les cabines, et le méthane peut s'infiltrer par ce biais. Étant un gaz toxique (comme le CO, il se fixe sur l'hémoglobine) et ne permettant pas une arrivée d'oxygène suffisante (la bulle de gaz est composée à presque 95% de méthane), les personnes à bord peuvent être gravement incommodées.

Odeurs d'oeuf pourri

Il s'est repassé, le 11/05/2020 (L0), ce qu'il s'est passé à Rouen en janvier 2013 : libération de sulfane stagnant au sol, indicateur d'une énorme masse de méthane relarguée elle aussi, et qui s'est accumulée en altitude. Pas étonnant sur le bassin parisien, et ses roches sédimentaires remplies d'hydrocarbures accumulés (pétrole et gaz) et les gaz soufrés dus au volcanisme ancien.

En janvier 2013, l'excuse officielle de fuite de Mercaptan à Lubrizol ne tenait pas : l'odeur a été ressentie aussi bien en Angleterre qu'à Paris quelques heures après la "fuite". Le vent souffle dans un sens ou dans un autre, le nuage ne peut pas avoir pris deux directions opposées en si peu de temps...

L'origine de ce phénomène n'était pas Rouen, mais le bassin parisien, et le vent a poussé le nuage vers Rouen puis l'Angleterre. Logique élémentaire. Que ce phénomène se reproduise en

2020 n'est pas de bon augure, cela signifie que le sous sol de Paris dégaze fortement. L'explosion rue de Trévise en 2019, par exemple, était lié à l'accumulation de méthane dans les sous sol de l'immeuble, et n'a rien à voir avec une fuite de gaz de ville.

Le sous-sol de Paris est un vaste gruyère, avec de grandes cavités et des tunnels qui autrefois servaient de carrière. Si la plupart de ce réseau est connu, il existe des zones complètement inaccessibles car fermées. Le gaz peut alors s'accumuler dans ces espaces vides, et comme il n'y a aucune aération il y stagne. Parfois, il peut s'infiltrer par des fissures dans la roche, comme cela a été le cas rue de Trévise le 12/10/2019. Il existe donc un gros risque, car si ce gaz stocké en très grande quantité se libère, on pourrait avoir à faire à une énorme explosion qui pourrait raser tout le centre ville (mais pas au delà d'une dizaine de km au maximum, ce n'est pas une bombe atomique ni une super volcan non plus !!). Or différentes prophéties privées parlent effectivement d'une grande explosion qui raserait la Capital Française (notamment le Palais Bourbon).. Coïncidence ? Les Altaïrans ont toujours conseillé aux habitants de Paris de partir s'ils en avaient la possibilité...

Anoxie

Poche au sol

Méthane

Si la poche stagne au niveau du sol (pression atmosphérique faible, froid...), on peut observer de nombreux malaises et il y a alors un risque grave d'anoxie de masse (comme au lac Nios en 1986, pas du CO_2 comme l'affirment les enquêteurs mais du méthane).

Sulfane

Voir les nombreux animaux morts sur les plages bretonnes (L0), impactant surtout les animaux respirant près du sol (sangliers, petits chiens, herbivores types vaches ou chevaux, etc.). Le propriétaire peut voir son chien tomber, alors que lui, respirant 1 m plus haut, est au-dessus de la couche de sulfane. Par contre, il ressentira rapidement un malaise en se penchant pour ramasser son chien.

Hécatombe d'oiseau (p.)

si la poche stagne au dessus du sol, sous la couche nuageuse, il y a un risque élevé de mort de masse si un vol d'oiseau passe à l'intérieur. Cela a été observé à de nombreuses reprises.

Expulsion d'hydrocarbures

Les jaillissements sous-terrains vont s'intensifier, surtout dans les zones de gisements pétroliers qui contiennent énormément de gaz et de liquides sous pression (eau et pétrole).

C'est le cas de l'Irak/Iran (très compressé par la rotation de la plaque Africaine, voir la nouvelle réserve de pétrole immense découverte en Iran début 2020) où le pétrole va remonter en surface, prenant éventuellement feu. C'est ce phénomène qui provoquera un exode massif de population fuyant les zones concernées (notamment l'Irak).

Ces surpression se traduisent aussi par les explosions des installations pétrolières, comme la plate-forme Deep Water.

Montée > Hécatombe d'animaux

300 baleines retrouvées mortes dans un fjord

1 baleine morte sur 2 flotte une fois en décomposition (l'autre 50% est dévorée ou tombe sur le fond) : 300 baleines, ça veut dire 600 mortes en réalité.

Ensuite, ce fjord sert de lieu d'échouage aux cadavres parce qu'il finit en cul de sac, c'est un effet d'entonnoir, si bien que les cadavres flottants ont plus tendance à s'y entasser qu'ailleurs. Ce phénomène de "cimetière de baleine" est connu en paléontologie notamment dans une région d'Egypte où on retrouve des centaines de fossiles de baleines concentrés dans un même lieu. La conclusion, c'est que les quelques spécimens que l'on découvrait jusque là sur les côtes n'étaient que le sommet de l'iceberg : la mortalité des baleines est très élevée, mais entre celles qui tombent au fond ou celles qui sont amassées dans des cimetières de baleine non répertoriés, le nombre réel prouve une réelle hécatombe.

Pourquoi ? Les explosions sous marines et le méthane qui empoisonnent certaines zones des mers et océans où séjournent les baleines provoquent des lésions sévères dans l'organisme de ces cétacés. Les explosions détruisent le système radar sonore indispensable au repérage des baleines qui on du mal à se déplacer (ce sont souvent de grandes migratrices), chercher leur nourriture, et communiquer (et donc se reproduire).

Quant au méthane, il crée une asphyxie imperceptible, car sans odeur et sans saveur. Les cétacés sont empoisonnés de l'intérieur car le méthane remplace l'oxygène sur l'hémoglobine. Or pour des animaux qui ont besoin de "souffle", c'est vraiment problématique. Idem chez les oiseaux très gros consommateurs d'oxygène pour le vol. Les mammifères terrestres, dont les humains, peuvent ressentir les effets de cet empoisonnement sans mourir.

Montée > New Madrid (vagues géantes Atlantiques)

2 phénomènes se cumulent :

- la partie ouest de l'Europe s'enfonce à cause de l'affaissement du rift médio-océanique,
- la Terre vacille, créant des afflux de masses d'eau, selon un axe Nord-Sud fixé sur l'Atlantique. Les 2 effets combinés donnent ces vagues géantes qu'on observe depuis 2010.

Un 3e phénomène va se produire après la rupture de la faille de New-Madrid : des tsunamis sans tremblements de terre !

Principe du rift Atlantique

Le rift Atlantique mid-océanique, la dorsale qui se situe au milieu de l'Atlantique, se fragilise car les deux plaques, Europe et Amérique du Nord, s'éloignent. Normalement, ce processus normal est lent, ce qui permet au magma de remonter en surface et de combler la brèche. Or, avec l'accélération de la dérive des continents, le magma arrive de moins en moins à jouer son rôle de colmatage. La croûte océanique est moins soutenue au centre de l'océan, et les plaques ont tendance à s'enfoncer, par à-coups. Lorsque cela se produit, les plaques chutes brutalement. L'eau s'engouffre dans le vide et en surface une onde de choc se propage du centre de l'Atlantique vers les côtes, à l'est et à l'ouest. Pour l'instant, ces effondrements sont limités, mais dans certaines zones de la dorsale, des pans entiers de montagnes glissent. A cet endroit, pas de séisme, et pas d'alerte tsunami par les organismes de surveillance. Cela n'empêche pas l'onde de choc d'arriver sur les côtes sous forme de vagues (dites à tort scélérates). L'Atlantique est devenu une zone à grand risque de tsunamis qui vont devenir de plus en plus violents. N'oublions pas qu'en 2004, le tsunami indonésien a été du à un changement d'altitude brutal d'une partie de la plaque indonésienne (séisme crustal), et nous avons vu ce que cela pouvait engendrer de terrible. En ce qui nous concerne, il n'y aura pas d'avertissement, pas de séisme, puisque ce phénomène est lié à une cause différente : l'affaiblissement du rift océanique atlantique.

New-Madrid aggravateur

Quand la faille de New-Madrid va se déchirer, elle va d'abord provoquer des tsunamis sur les 2 côtes Atlantique, principalement sur l'Europe.

Ensuite, comme la déchirure aura libéré le rift Atlantique, il va pouvoir s'écarter, provoquant régulièrement des effondrements de plaques tectoniques sous marines de part et d'autres du rift. Ces effondrements provoqueront, en plus de l'enfoncement des côtes actuelles (les alignements de Carnac vont continuer à s'enfoncer sous les eaux), des tsunamis sur les côtes. Comme un séisme n'aura pas été détecté, le tsunamis semblera venir de nulle part. Seules les bouées, posées depuis 2015, permettront peut-être de savoir, 20 minutes avant, qu'une vague de submersion de 30 m de haut nous arrive dessus.

Hauteur

Pareil que pour le tsunami du pole-shift, pour les USA, les Zétas donnent 30 m pour la France, mais les Altaïrans donnent 50 m en local, en fonction de la configuration locale de la côte et du vacillement journalier, et de l'enfoncement plus prononcé (de quelques mètres) des côtes Atlantiques européennes.

Les Zétas donnent (2011), pour :

- Espagne de 10 à 12 mètres
- Royaume Uni de 60 à 90 mètres
- Norvège de 15 à 22 mètres

A son point le plus fort, le tsunami qui touchera le Royaume Uni continuera sa course à travers la manche puis dans la mer du Nord, et rentrera en collision avec tout flux qui viendrait du nord depuis la mer de Norvège. Les terres peu élevé en altitude autour de la mer du Nord peuvent donc s'attendre à un tsunami estimé à 30 mètres également.

Vagues de vacillement

Ce sera un phénomène mondial, les vagues auront un sens bien particulier à cause du mouvement, il y aura donc des différences de hauteur entre les mers du globe, mais globalement tout le monde sera touché. En plus on est jamais à l'abri de données locales (géographie, courants marins, mouvements de terrain et séismes opportunistes) qui peuvent faire monter le niveau de submersion d'un cran. Alors par exemple, même si en Méditerranée ce sera moins fort qu'en atlantique, des éléments peuvent se greffer par dessus et aggraver le phénomène.

La méditerranée sera moins sensible à ce retour d'inertie, parce qu'elle n'est pas positionnée de la même manière par rapport à la direction du vacillement. Mais cela ne veut pas dire qu'il n'y aura rien, juste que ce sera plus réduit. 30 mètres sur l'Atlantique ça n'exclut pas des 20-25 mètres sur la Méditerranée. On a déjà des tempêtes hivernales en 2004 qui apportent des vagues de 10 m vers Collioure. Il vaut mieux prendre les mêmes précautions que sur la façade atlantique, surtout que ce vacillement peut engendrer des séismes en méditerranée à cause des contraintes que va subir la croûte terrestre.

Un exemple comparatif, le tsunami d'Aceh

Tsunami aceh du 26/12/2004 : Imaginez maintenant la même vague touchant le monde entier et notamment l'Europe. Étudiez ces documents si vous voulez vous faire une idée de la dynamique de ce genre de vagues et les conséquences humaines désastreuses que cela va provoquer. C'est très dur, mais cela vous permettra d'anticiper les choses, surtout si vous êtes concernés directement par votre localisation sur les zones à risque.

Danger pour les grandes villes européennes

Plusieurs grandes villes en Europe sont exposées directement au tsunami de New-Madrid, par leur altitude à 1 ou 2 m seulement au dessus du niveau de la mer...

Le plus grand danger : des vagues détectées au mieux 30 minutes avant impact, une population de plusieurs centaines de milliers de personnes, ce qui prends 10 h à évacuer...

Dans le film "la grande inondation", les autorités n'ont que 2 heures pour évacuer 2 millions de personnes du centre de Londres. Pour New-Madrid, on parle peut-être de 30 minutes si les nouveaux satellites de Poutine (2020) de surveillance des vagues fonctionnent.

Sachant que les métros sont vite saturés (par exemple 30 000 personne par heure), que les routes sont tout de suite bloquées par l'afflux

d'automobilistes, que tous les grands hôpitaux ne peuvent évacuer (les hélicoptères militaires sont en nombre limités, et ne serviront qu'aux Élites et leur matériel), au final, dans le film, ils n'arrivent qu''à évacuer 200 000 personnes dans les 2 heures imparties, ce qui laisse 800 000 personnes emportées par les vagues.

Cette vidéo montre bien toute l'agitation et la faible efficacité des évacuations faites dans l'urgence.

Tout n'est pas perdu, dans la partie survivalisme (p.), nous verrons qu'il est possible de monter dans les bâtiments en dur, de courir vers les hauteurs les plus près. Mais on a vu à Sumatra que beaucoup de gens n'ont pas ces réflexes, ou du moins l'information suffisante pour avoir du recul sur la situation en cours et prendre les bonnes décisions : les gens descendent dans la rue ou sur le bord des plages pour voir ce qui se passe.

Pendant des décennies, et c'est peut-être toujours le plan en France pour une minorité d'Élites, le but était de tuer le max de personnes "indésirables" possibles. Et justement de jouer sur cet effet d'inertie (freins à l'évacuation, populations laissées dans l'ignorance), pour laisser le maximum de gens déclarés "inutiles" voir "néfastes" périr noyés.

On a, en France, des agglomérations particulièrement critiques :

- Bayonne, 130 000 habitants et 4 m d'altitude (30 m attendu pour New-Madrid),
- Nantes (655 000 habitants, 4 m d'altitude, voilà pourquoi ils voulaient absolument un aéroport pour évacuer les Élites),
- Bordeaux (1 millions d'habitants, 1 m d'altitude).

Pour les 2 dernières agglomérations, elles ont beau être loin de l'océan, ce dernier va remonter par effet mascaret le long des grandes embouchures de la Gironde et de la Loire, les 2 plus gros fleuves de France.

Montée > Les incohérences de dirigeants

A mettre dans NOM.

Comportement irrationnel en apparence

Un Bill Gates qui dit qu'il faut diminuer drastiquement la population humaine, mais qui investit massivement dans les vaccins censé sauver les populations. Ses vaccins qui comme par hasard, tuent ou stérilise les enfants.

Le même Bill Gates qui entraînent les milliardaires à donner 50% de leurs fortunes aux "bonnes oeuvres". Ces bonnes oeuvres se révélant être un moyen de détourner l'argent des impôts, et qui favorise les multinationales comme Coca Cola, dont Bill Gates est actionnaire.

Bill Gates qui est le principal financeur privé de l'OMS, OMS qui préconise les médicaments des labos pharmaceutiques dont Bill Gates est actionnaire.

Révélations des dérives des Élites

Si le peuple ne pourrait entendre la pédophilie de moins de 10 ans ou les sacrifices satanistes de nourrissons faits par des sociétés secrètes des personnes les plus puissantes du monde, les affaires Weinstein (viol d'actrices qui dépendaient de lui pour obtenir un rôle dans un film), puis l'arrestation du pédophile Eipstein en juillet 2019, montrent qu'au moins une partie de ces Élites sera empêchée de nuire, et qu'une partie des méfaits de gens laissés tous puissants est arrivée aux oreilles du public.

Révélation des OVNI

En décembre 2017, le Pentagone, sous l'impulsion de Trump, a divulgué l'existence OVNI, le fait que ces appareils possédaient une technologie tellement avancée qu'elle ne venaient d'aucune civilisation humaine terrestre connue, et que les programmes secrets de l'armée avaient caché ces informations au public.

Les gens sont tellement anesthésiés qu'il a fallu, régulièrement, aux USA, que les médias rappellent plusieurs fois que désormais personne ne pouvait nier l'existence des OVNI, même si officiellement on ne connaît pas leurs constructeurs et leurs pilotes.

Montée > Événements à venir

La moitié des événements doivent être mis dans NOM.

Depuis 2014, j'ai passé beaucoup d'événements de la catégorie "à venir" à la catégorie "réalisés", reste ces événements qui suivent pas encore déclenchés à l'heure où j'écris ces lignes.

Événements quasi-certains

Seule l'intensité et la date de ces événements reste inconnue, ces 2 paramètres dépendent de l'avancement spirituel humain (par exemple, la rupture de New-Madrid sera violente ou non, selon la nécessité de donner un choc aux populations du monde pour qu'elles se réveillent).

Les failles sismiques USA

L'activation des failles de New Madrid (toute la faille où coule le Mississippi, jusqu'aux grands lacs, et se prolongeant sur le St Laurent (Québec et Montréal détruites). New-Madrid générera un effet boule de neige sismique aux USA et ailleurs. L'opération Jade Helm, les Walmart fermés, les préparatifs divers sur le territoire américain qui ont fait croire à tort que le pays s'attendait à un impact majeur d'un astéroïde sont en fait là pour préparer ces méga séismes. Ces failles commencent à se déplacer et à fissurer dans tous les coins, comme l'effondrement de l'hotel Castle Rock fin 2019, suivi de la destruction d'un pont sur le Mississippi, de plusieurs explosions mystérieuses, d'odeurs d'égouts dans les rues (sulfane du sous-sol), d'une raffinerie qui explose, etc.

Quelques heures après New Madrid, la faille de San Andreas se brisera à son tour, puis celle de Cascadia (Vancouver). Le reste de New-Madrid (Montréal-Québec) suivra rapidement aussi.

La magnitude des séismes devraient être assez élevée, mais on a vu que les ET avaient amoindris depuis 2015 les séismes dans le monde, et au final ils verront ce qui est le mieux pour le scénario global. Si le séisme est amoindri, que ça fait 20 000 morts en moins, mais qu'ensuite les gens ne se préparent pas et que 3 milliards d'êtres humains meurent de faim ou de guerres, ça ne vaut pas le coup.

Les tsunamis Atlantique sans séismes

L'écartement de la dorsale atlantique, résultant de New-Madrid, provoquera de graves tsunamis sans alertes sur les côtes atlantiques (entre 30 à 50 m de haut, USA et France). Comme à Fukushima, c'est les centrales nucléaires types Blayais ou Golfech, dont les barrières anti-inondations sont sous-dimensionnées, qui seront submergées et entreront probablement en fusion.

La chute de l'ISS

La chute de l'ISS (et peut être de nombreux autres satellites) à cause du bombardement des météores issus ou perturbés par Nibiru et son nuage de débris. Sans compter que la gravitation de Nibiru va modifier les orbites des satellites et aider à leur chute.

La chute de l'ISS sera un choc important et symbolique, même si l'explication officielle de débris humains spatiaux sera crédible et permettra de calmer la population / de la détourner quelques jours/semaines encore de Nibiru. Les Hopis annoncent par exemple la chute de la "maison permanente dans le ciel" qui doit tomber dans un grand fracas, 9e et dernier signe avant la grande purification de la Terre.

Annonce de Nibiru officielle

Cette annonce de Nibiru enclenchera une série de mesures mondiales pour éviter le chaos économique ou social, avec un gel global des finances et/ou la loi martiale. On comprend que cette annonce de Nibiru marquerait le "début de la chute", une "révélation" (apocalypse voulant dire révélation) pour le grand public. La planète 9 annoncée en mars 2016 est la grosse étape de l'annonce de Nibiru, ne reste plus qu'à la découvrir, c'est au bon vouloir des Élites. La seule inconnue reste le temps entre l'annonce de Nibiru et le passage de Nibiru. Il y a 2 autres volets à cette annonce de Nibiru (existence des géants anunnakis et vie extra-terrestre), mais qui restent subsidiaires, les sites comme ZetaTalk n'attendant d'être lus par la population que par une annonce de Nibiru officielle.

Événements probables

Ces événements sont soumis au libre arbitre de nos dirigeants, et ne peuvent donc être anticipés. Mais les probabilités restent suffisamment fortes ou dévastatrices pour que vous soyez conscient des risques et que vous limitiez la casse éventuelle.

Grosse explosion

Les prophéties en parlent. Soit une bombe nucléaire type Hiroshima (au-dessus, l'humanité n'a pas le droit), ou la chute d'un gros météorite qui ferait de nombreuses victimes (pas une extinction totale de toute la planète, les plus gros astéroïdes étant détruits par les ET). Dans ce cas, la NASA n'est pas capable de repérer ce genre d'objet trop petit mais pouvant occasionner de gros dégâts.

Tcheliabinsk le prouve : la NASA n'a rien vu malgré la grosseur du météore (p.).

Les hadiths annoncent une grosse explosion sur la Syrie, tuant 7000 (ou 70 000) personnes et en rendant le même nombre sourdes. A priori, lié au ramadan de 2020.

Paris aussi a été régulièrement vue détruite par les voyants des prophéties catholiques privés.

Fusion de réacteur en France

Un accident nucléaire en France, pire que Fukushima, pour montrer au monde entier la dangerosité du nucléaire et que même le pays théoriquement le plus sûr du monde ne maîtrise rien du tout dans cette technologie. Cette version du futur s'est mise en place quand Nicolas Hulot a refusé d'arrêter le nucléaire en 2017, comme l'a fait Merkel en 2013 (sans augmenter la part de centrales au charbon, le développement du photovoltaïque seul a remplacé la part du nucléaire allemand, sans augmenter les importations non plus, les politiques français nous mentent comme des arracheurs de dent…).

Loi martiale

Le 11/09/2001 a bien montré qu'une catastrophe humaine pouvait permettre sans problème à un gouvernement de profiter de l'état de choc d'une population pour limiter les libertés individuelles, torturer, censurer les médias, sortir des mensonges d'État, envahir l'Irak, etc.

Catastrophes naturelles massives = état de choc des populations = mise en place du N.O.M., d'où l'utilité des camps FEMA et autres

La loi martiale sera quasiment obligatoire, car c'est le seul moyen, que les Élites connaissent, de contenir les populations en panique ou en colère.

La loi martiale (article 16 en France) peut arriver à tout moment, sous n'importe quel prétexte. Des false flags comme en 2015, ou un état d'urgence sanitaire comme le COVID de 2020. Comme ces 2 premiers cas ot déjà été testés, et que la population les a vu, il ne reste que le dernier cas, à savoir les émeutes et guerre civile (comme les émeutes antifs suite à la mort de Georges Floyd fin mai 2020 l'ont tenté aux USA.

La loi martiale dans de nombreux pays, permet en premier temps d'établir le couvre-feu (p.) : les Élites veulent savoir où se trouvent les populations (d'où les projets démesurés pour tracer les smartphones) et interdire les manifestations contre les gouvernements.

A l'approche de Nibiru, et selon quelles Élites seront en place, soit enfermement des populations dans des camps de travail ou de réfugiés, soit dans des camps de concentration (les villes fermées par l'armée par exemple). Comme certains camps seront placés volontairement dans des zones ravagées par des tsunamis, ce seront des camps d'extermination dont le seul but sera de réduire la population mondiale d'inutiles (inutiles pour les Élites). Avec les divers états d'urgence, les famines provoquées et les camps de réfugiés partout sur la planète, on va dire qu'on est bien partis.

l'article 16 permettra d'assigner les populations à domicile juste avant le passage de Nibiru. Des millions de Français seront piégés chez eux et ne pourront se mettre à l'abri face aux tsunamis, aux inondations et aux tremblements de terre qui endommageront les immeubles. Peu importe la stratégie qui mène à cela, c'est le but final qui compte. Vous avez été prévenus, si vous voyez l'article 16 se mettre en place, tenez en compte dans votre plan de survie.

Par exemple, quand le 16 mars 2020, Macron a annoncé 15 j de confinement, il y en aura finalement 55 jours, qui s'arrêteront juste après le risque de Hadda des prophéties musulmanes (possible le 8 mai 2020). Mais les règles sont restées dures question déplacements, et annonçaient le couvre-feu d'octobre. Beaucoup de citadins se sont retrouvés bloqués en ville, alors qu'1,2 millions de franciliens ont vu le truc venir et se sont enfuis dans la soirée à la campagne, qui à vivre dans u camping car.

La révélation de la vie extraterrestre

L'existence extra-terrestre est désormais reconnue par les scientifiques (avec un hors série "ET : la science y croit" de juillet 2016 sur le sujet par le magazine *Sciences et Vie*). 1 an et demi après, le Pentagone à officialisé l'existence des OVNI. En octobre 2019, le directeur de la NASA disait qu'il ne croyait pas que la population soit prête à apprendre que la vie existe ailleurs que sur Terre.

L'existence des géants anunnakis

De même que leur reconnaissance comme constructeurs des pyramides, ça va faire grincer beaucoup de dents. Plus probablement présenté comme un pub gratos pour Odin…

False flag pire que le 11/09/2001

Un attentat massif type WTC ou pire, sous fausse bannière, utilisant une bombe nucléaire. Il viendrait des Kazhars2. Les ET nous ont parlé de ces projets terribles. Le libre arbitre de ces décisionnaires étant en jeu, seul l'avenir nous dira s'ils mettront leur plan a exécution. Harmo nous a prévenu à chaque fois que le risque était là. La divulgation de ces préparatifs sur les réseaux sociaux, d'expliquer qui le faisait, comment et dans quel but, permet souvent d'empêcher ce false flag éventé à l'avance.

En novembre 2019, avec la défaite apparente des khazars2 et la perte de pouvoir de Netanyahu, il semblerait que ce risque soit écarté, mais sait-on jamais. Beaucoup d'ONG ne sont pas au courant de la défaite et risquent d'appliquer bêtement le plan.

Phase 8/10

Nous sommes depuis 2010 dans la phase 7/10 des Zétas : mouvements de plaque de plus en plus visibles, vacillement journalier croissant.

Les ET refusent de donner trop de détails sur cette phase, pour ne pas donner d'armes de préparation aux Élites.

Nous savons juste que c'est probablement la rupture de New-Madrid qui activera la phase 8/10. Comparé aux données de 1995, la phase 7/10, retardée par les boîtes anti-sismique ET, continuera de s'étaler sur cette phase 8/10, plutôt liée à des émeutes humaines suite à l'effondrement de l'alimentation, au vacillement de plus en plus visible, et pleins d'autres phénomènes naturels jamais vus (et pas enregistrés dans les annales).

On parle de plusieurs mois, peut-être un ou 2 ans, de forte instabilité des plaques, des saisons, ouragans.

Les derniers temps

Voilà ce qui devrait se produire les derniers temps, indépendamment de la notion des 2 derniers mois. Un planning établi par Harmo en 2011, ne tenant pas compte des boîtes à vibrations qui au niveau tectonique, ont étalé donc changé les effets sur les continents.

Terre

Suite chronologique

- Affaissement de villes côtières au Japon (Chiba, Tokyo ?) accompagnés de nouveaux tremblements de terre majeurs du Type Sendaï
- De nombreuses Îles du pacifique (Vanuatu, Samoa, Fidji ?), englouties ou rasées par des tsunami ou la montée de la mer (par affaissement pour les Mariannes, Philippines...)
- Conjointement, gros séismes en Amérique du Nord et du Sud, quelques semaines après le(s) big One(s) Japonais et polynésiens.

- Signe d'écartement du rift média-océanique atlantique avec activité accrue en Islande, réveil de l'Hekla et de ses frangins.
- Affaissements des Antilles avec disparitions de certaines îles, côte Ouest d'Haïti qui s'enfonce progressivement.
- Very Big One sur New-Madrid, faille de San Andreas + Cascadia (San Francisco/Los Angeles + Vancouver),
- Very Big One américain qui sera suivi immédiatement par un affaissement de la côte Ouest de l'Europe, créant un tsunami sur les côtes françaises Atlantiques.

Événements indépendants

Peuvent se produire n'importe quand dans la liste précédente (phénomènes isolés non prévisibles dans le temps). Des séismes importants :

Turquie (Istanbul),

Iran (Téhéran) par suite de la rotation de la plaque africaine, qui comprime le proche-orient (pétrole suintant hors de terre en Irak),

Algérie (Alger) : l'activité volcanique en Islande est directement liée au rift médio-océanique atlantique : des volcans qui se réveillent en Islande, ça veut dire que les plaques américaines et européennes ont bougées, ce qui peut déclencher par effet domino des perturbations ailleurs. Une éruption islandaise arrivant peut de temps après un séisme en Espagne, ce qui confirme le mouvement tellurique (élargissement du détroit de Gibraltar). L'élargissement de Gibraltar implique des risques au niveau de la faille d'Alger.

En parallèle

- Problèmes plus fréquents de lever/coucher de soleil en retard, mauvaise position des astres/Lune
- Phénomènes atmosphériques inexpliqués type spirales lumineuses
- Activité accrue des débris spatiaux, risques d'incidents avec les satellites/l'ISS endommagée
- Apparition de nouveaux astres lumineux, tout d'abord pris pour une(des) comète(s), mais prenant la forme de Lunes miniatures (même en plein jour)

Politique et social

- Augmentation des révoltes pour des raisons liées à l'approvisionnement, hausse des prix

- Les touts derniers temps, attaque de l'Arabie Saoudite, obligeant le peuple à choisir le Mahdi

Avancement de Nibiru

09/11/2020 - Phase d'approche

Les Zétas ont révélé que Nibiru commençait à se rapprocher (en apparent) du Soleil (alignement dans l'axe Terre-Soleil), donc que ce dernier allait être de plus être obscurci par le nuage (fin des 3 ans de sécheresse ?). Et que nous étions toujours dans la phase 7/10.

2 derniers mois exponentiels

Survol

Suite à un gros cataclysme, les événements vont augmenter brutalement, de façon exponentielle (de pire en pire, et très rapidement).

L'annonce de Nibiru (voir plus haut p.)

Après que Nibiru soit devenue évidente pour les populations, il y aura une période de calme relatif (question cataclysme) pour que chacun ai le temps d'absorber l'info et de lancer les préparatifs, ou que son âme fasse le choix contraire.

Événement avertisseur (p.)

Les 2 derniers mois avant l'arrêt de la rotation débuteront par un cataclysme majeur : ce début du compte à rebours sera évident, et ne se déroulera qu'une fois que Nibiru ne pourra plus être niée.

Progression exponentielle des cataclysmes (p.)

Ensuite, la courbe de progression des cataclysmes sera de type exponentielle : l'événement avertisseur sera suivi de plein d'autres événements du même type, encore plus puissants et nombreux...

Ces 2 mois seront très graves, de nombreux pays auront déjà connu de grands bouleversements et certains seront déjà détruits avant le passage en lui-même, les secours étant débordés, le système effondré.

Visibilité de Nibiru (p.)

Environ 3 semaines à 1 mois avant le pole-shift, Nibiru deviendra progressivement de plus en plus visible à l'oeil nu.

Les jours s'allongent (p.)

La Terre ralentissant sa rotation, la journées s'allongent, pour se finir par le Soleil arrêté dans le ciel.

Prophéties (p.)

Reprenons un peu le déroulé des événements annoncés par les prophéties, concernant les 2 derniers mois.

2 mois > Événement avertisseur

Les Altaïrans disent juste qu'il ne laissera pas de doute sur le début du compte à rebours.

Ce sera très clair pour tout le monde qu'il y a quelque chose de très grave et d'exceptionnel qui est survenu, signe qu'il y a un GROS problème évident qui aura des suites.

Hypothèses

Météorite

La chute d'un météorite qui ferait de nombreuses victimes (une zone large comme une ville de 30 000 habitants touchée, mais pas plus à cause de la protection des ET).

Dans ce cas, la NASA n'est pas capable de repérer ce genre d'objet trop petit, mais pouvant occasionner de gros dégâts. Ce que nous avons vu à Tcheliabinsk le prouve : la NASA n'a rien vu mais l'explosion dans le ciel a été très puissante. Plus proche du sol, elle aurait détruit la ville.

Explosion au sol type Tunguska

Une explosion au sol d'une nappe de gaz venant du sous sol, surtout dans la région du Moyen-Orient où la compression des sols fait ressortir en masse le pétrole et les gaz qui les précèdent. Vu la violence de Tunguska, si un tel phénomène se reproduisait dans des zones densément habitées, le nombre de morts se chiffrerait en dizaine de milliers...

Faille de New-Madrid

L'activation des failles de New Madrid (un séisme 8+ rasant plusieurs villes USA), menant à un effet boule de neige sismique dans le monde entier (suivie des failles de San Andreas et de Cascadia, avec des tsunamis importants (sur les côtes Atlantique) répétitifs et aléatoires).

Cela dit, des petits indices laissés par Harmo semblent indiquer que New-Madrid ne serait pas l'avertisseur.

Rupture de la dent syrienne (voir plus loin p.)

La rupture de la dent tectonique syrienne, celle qui empêche la rotation Africaine (le canal de Suez étant cisaillé) générerait un séisme sans

précédent, avec des déformations de plaques tectoniques bien visibles.

Vacillement extrême

Comme voir le Soleil se lever plein Nord.

Lune supplémentaire dans le ciel

Que ce soit Hécate ou une Lune de Nibiru.

Black-Out

Un black out électrique de très grande envergure. Ou encore une tempête de colonnes Lélé faisant tomber plusieurs avions d'un coup.

2 mois > Cataclysmes exponentiels

Dent syrienne : tout se débloque au Moyen-Orient

Lors des 2 mois, il se déroulera des événements très grave dans la région du golfe persique, car la rotation de la botte arabique (liée à la rotation de l'Afrique) est le dernier pignon de l'engrenage qui coince encore dans la mécanique sismique (donc après New Madrid).

Une fois que la dent syrienne aura lâchée, les (vrais) grands mouvements de plaques tectoniques pourront se faire sans contrainte.

C'est donc la région du moyen orient qui nous donnera les meilleurs indices normalement de ce compte à rebours.

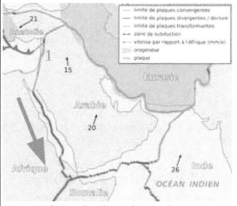

Figure 27: limites des plaques botte arabe

La flèche rouge vers le bas (à gauche sur la Figure 27) montre la contrainte exercée par la rotation de la plaque africaine (sens horaire). Cette pression se reporte sur le canal de Suez, qui va se déformer et remonter dans un premier temps. Ce qui empêche la plaque Africaine de glisser contre Israël, c'est le

624

verrou syrien 1 (sur la Figure 27) : cette dent de la méditerranée enfoncée entre Sud Turquie et Nord Syrie. C'est cette dent qui va casser dans un séisme meurtrier.

Séismes

Vous prenez le séisme le plus fort de votre région depuis le début des enregistrements (plus de 100 ans), vous rajoutez +2 à la magnitude, et vous aurez la magnitude que vous risquez d'avoir pendant les 2 mois.

Sur le site Sisfrance, se trouve la liste de tous les séismes de votre zone géographique qui y ont été ressentis, avec leur magnitude, non seulement à l'épicentre, mais aussi dans votre commune.

Attention, le séisme lors du pole shift sera sans commune mesure avec ces séismes records de +2 lors des 2 mois, mais tablera sur du 15+, une violence seulement observée dans les failles géologiques...

2 mois > Visibilité Nibiru

Nibiru devrait être visible seulement 3 semaines à 1 mois avant le pole-shift, les ET ne voulant pas donner un timing clair sur cette période (toujours pour ne pas donner des clés aux dirigeants dans leurs préparatifs de couvre-feu p.).

Il est d'ailleurs très possible que Nibiru soit visible avant les 2 derniers mois.

3 jours d'arrêt

Face ensoleillée

La Terre va rester figée avec le rift atlantique en face du Soleil, donc le Québec et la France seront sur la face ensoleillée.

6 jours inversés

Le Soleil se remettra à bouger progressivement (en France, en 6 jours, passera de la position 17h à la position soit 20 h, soit 13h, selon de quel passage on parle.

PS1 (premier Pole-shift)

Le « Big One » planétaire, ou « Apocalypse » mondiale, sera assez bref mais ruinera absolument toutes les civilisations du globe, tuant des millions d'individus : toutes côtes seront balayées par des raz de marée de 400 mètres de haut (sur les côtes) et sur environ 1000 kilomètres à l'intérieur des terres. Quant aux séismes, nul abri en dur n'aura pu supporter de telles contraintes, faisant ainsi

explorer les usines chimiques et endommager irrémédiablement les centrales nucléaires, qui si sans système d'arrêt automatique ou de précautions particulières prévues par avance, entreront dans des processus de fusion, comme nous avons pu en être témoin lors de l'accident de Fukushima, en 2011 au Japon.

Les cataclysmes engendrés par le passage présentent plusieurs défis. Grêles de pierre, tempêtes de feu accompagnées d'une brève période d'épuisement de l'oxygène, tremblements de terre d'une ampleur sans précédent, élévation rapide des montagnes, éruptions volcaniques, vents de la force d'un ouragan et raz de marée suffisamment élevés pour balayer de grands immeubles.

Nibiru, à cause de son aldébo proche de 0, ne sera visible qu'au tout dernier moment (L2> cosmologie> Terre> effets de Nibiru).

Ce premier passage sera évidement grave de conséquences mais ne détruira pas l'humanité dans sa globalité : ce sont surtout les zones déjà connues pour leur instabilité qui souffriront des séismes alors que les zones stables, comme la France, ne connaîtront pas des dégâts considérables.

La civilisation ne s'arrêtera donc pas ce jour là, pour preuve, aujourd'hui des séismes se produisent et les gens reconstruisent et reprennent leur vie. La reconstruction sera juste un peu plus longue parce que de nombreuses zones seront touchées en même temps, bien que de nombreuses zones n'auront pas été détruites.

Éclipses anormales

Il s'agit très probablement d'assombrissement de la Lune et du Soleil, à 15 jours d'intervalle selon les prophéties islamistes.

Les Altaïrans donnent 17 jours entre cette première éclipse, Marie-Julie Jahenny 37 jours, en précisant que le grand tout réduirait le temps pour nous épargner.

(au sens 17 rotations de la Terre ? soit un temps plus long si on compte en jours de 24 h ?).

Lever de Soleil à l'Ouest

La rotation de la Terre va ralentir doucement, jusqu'à s'arrêter complètement pendant 3 jours. Ensuite, la croûte terrestre va suivre pendant 6 jours nIbiru qui passe de droite à la gauche du Soleil (vu de la Terre). Le mouvement sera lent, mais le Soleil bougera un peu : c'est le fameux lever de Soleil à l'ouest prévu par les prophéties, mais un lever de soleil qui prendrait une semaine (tout comme son coucher avait mis du temps quand la rotation de la terre s'arrêtait).

Le problème, c'est que ce Soleil qui se remet à bouger, sera interprété comme la reprise progressive de la rotation terrestre. Les gens retourneront près des côtes ou dans leur habitation, et seront prises au piège lors du pole-shift, qui se produira à la fin de cette semaine au mouvement inversé.

PS1 > Déplacement des continents

Les continents, lancés à la vitesse de plusieurs km/h lors du pole-shift, vont s'encastrer les uns dans les autres lors de l'arrêt du pole-shift. Orogénèse et subduction vont se faire à grande vitesse lors du crash, surtout lors du 2e passage.

L'Atlantique va s'agrandir de façon spectaculaire, tandis que le Pacifique va se réduire d'autant.

L'Inde va glisser sous l'Himalaya et s'effondrer dans la mer définitivement.

PS1 > Tsunami

Les tsunamis perdent rapidement de leur puissance, mais à cause de la hauteur énorme du tsunami issu du pole-chift, l'eau va s'infiltrer jusqu'à 1 000 km dans les terres. Les 60 premiers kilomètres, il peut se produire des remous qui peuvent faire monter l'eau à 600 m de haut, c'est pourquoi il est préférable d'éviter cette zone.

Les tsunamis remonteront facilement les fleuves et rivières, amplifiant les effets dans les vallées, surtout en cas d'inondations.

Il faudra quand même quelques jours, voire plusieurs mois dans certaines zones où l'eau salée pourra former des étangs (dans les cuvettes).

PS1 > Séismes

Les tremblements de terre raseront essentiellement toutes les villes et, bien entendu, les voies de chemins de fer, les pistes d'atterrissage, les autoroutes et les ponts seront inutilisables. Les réseaux publics d'alimentation en électricité et en eau potable seront détruits et le resteront, et les téléphones seront définitivement hors service.

Aftertime

Les montagnes seront plus hautes, les littoraux pourront s'enfoncer et seront différents, les fleuves plus larges.

Il fera clair et doux en Europe de façon générale, malgré la bruine persistante.

Les pôles géographiques et magnétiques resteront proches l'un de l'autre, l'ancien Nord se retrouvant à l'actuel Nord-Est. Harmo ne dévoile pas le pôle intermédiaire, mais on peut penser qu'il sera au tiers du chemin entre le pôle actuel et la pointe de l'Inde, c'est à dire vers Tobolsk en Russie.

Montée des eaux

Les bras de mer

L'Europe et l'Asie se retrouveront séparés par un bras de mer, le fleuve Dniepr actuel.

Les isthmes (ponts naturels entre 2 terres)

Seuil de Naurouze

L'Europe se retrouvera séparée de l'Espagne dans l'Aude (France) à Montferrand (11320), entre Avignonet-Lauragais et Labastide-d'anjou, en dessous de Castres (81) : ce petit creux dans la ligne des crêtes (un col) forme la séparation des eaux vers l'Atlantique ou la Méditerranée, et est le point le plus haut du canal du midi (vu que ce canal coupe tout le Sud-Ouest de la France, on est obligé de le franchir pour descendre en Espagne).

Strabon, le géographe grec né en -20, appelait cet endroit l'isthme gaulois.

L'endroit sera inondé après le PS1 (184 m le bas du col, alors que l'eau sera 15 m plus haut), mais ce sera l'endroit où le bras de mer sera le plus étroit, et sera donc privilégié pour les grandes migrations.

Ligne de partage des eaux européennes

Ces **lignes continentales** (en rouge) sont les crêtes délimitant le partage des eaux. Selon le côté où tombe la goutte d'eau de pluie, elle ira rejoindre un bassin versant océanique (en gris) ou l'autre, et donc, si on prends l'exemple de la France, atterrira soit dans l'Atlantique, soit dans la méditerranée.

Figure 28: Partage des eaux européennes

Un bassin versant est la surface de terres qui collectent les eaux de pluie qui alimentent un cour d'eau. Ces bassins versants sont séparés par des lignes grises (**grandes lignes**), qui délimitent par exemple si la goutte d'eau va partir dans la Loire ou la Garonne pour rejoindre l'océan. Ce sont des lignes de partage des eaux secondaires, alors que les lignes continentales en rouges délimitent des bassins versants, comme le Rhône ou la Garonne, qui ne se jettent pas dans le même océan ou mer.

Les **petites lignes** (non représentées sur la carte) délimitent les bassins versants de rivières, qui vont ensuite se jeter dans le même fleuve (Comme la Dordogne et la Garonne, qui donnent la Gironde).

Les **points triples**, c'est quand 3 lignes de partage des eaux se rencontrent (comme le plateau de Langres, délimitant Rhône-Seine-Meuse).

Similaire à ligne des crêtes topographiques

Ces lignes de partage des eaux donnent la ligne des crêtes à suivre pour être quasi sûr de marcher à pied sec, sans ruisseaux ou autre à traverser. Ça peut être intéressant au moment où tous les ponts sont effondrés.

Il peut y avoir des décalages entre ligne topographique (crêtes définies par l'altitudes) et hydrographique : l'eau qui tombe sur un versant peut s'enfoncer sous terre et s'évacuer sur l'autre versant finalement, passant sous la crête visible topographique.

Frontières

Ces lignes sont aussi de bonnes frontières entre groupes humains, histoire de s'assurer qu'un groupe ne puisse pas polluer les eaux d'un groupe plus en aval.

Passage 2

Vu que notre civilisation n'aura eu que 7 ans pour reconstruire et que les gens croiront que "l'apocalypse" c'est de l'histoire ancienne, beaucoup pourront être pris par surprise.

Carte du monde après le 2e passage

Beaucoup de voyants après Edgard Cayce ont eux aussi donné une carte du monde après le 2e passage (pas donnée entre les 2 passages, ça aiderait trop les Élites). Nancy Lieder est, à ma connaissance, la dernière de la liste. Il n'est pas sûr que la carte des Zétas soit à 100% exacte, mais c'est celle qui correspond le mieux si on accélérait la tectonique des plaques soudainement.

Harmo dit que cette carte correspond après le 2e pole-shift, mais avant que la Terre ne se retourne sur elle-même (donc il faudrait l'inverser, le pôle Nord serait en bas sur la carte). Il rajoute que peut-être le rift Atlantique plus que lui ne le prévoit, ce qui pourrait amener à cette carte.

Personnellement, il me semble bizarre que les pôles se déplacent autant, ce qui correspond à un ÉNORME passage... Comme la gravité du pole-shift dépend de notre avancement, disons que cette carte est susceptible d'évoluer, et qu'il faudra être adaptable dans ses plans, prêt à migrer si besoin est (surtout pour ceux qui seront aux nouveaux pôles).

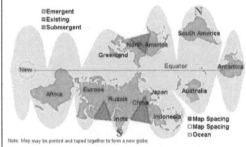

Figure 29: carte Zéta de l'aftertime

P2 > Tsunamis

Le mouvement des continents étant doublé, les effets du tsunami seront 1/3 supérieur au PS1. Ce coup-ci, il faudra s'attendre à des vagues de 300 m de haut, là où elles faisaient 300 m pour le premier passage, et 600 m de haut sur les côtes (il faudra se tenir encore plus éloignées d'elles, surtout qu'elles auront reculées loin dans les terres avec l'élévation des mers.

Ces 300 m s'entendent par rapport au niveau de la mer à ce moment-là, c'est à dire 300 + 215 m d'élévation des mers, donc 515 m par rapport à avant le PS1.

Ces tsunamis seront éventuellement plus hauts et plus puissants à cause de la nouvelle géographie, la surface des océans étant notamment plus vaste qu'aujourd'hui. Il y aura donc moins de terres émergées et de reliefs pour freiner les vagues.

De même, certaines zones, comme sur les côtes atlantiques, auront perdu un peu d'altitude en plus de la montée des eaux, à cause de l'affaissement du fond de l'océan.

Aftertime PS2

Pôles magnétiques

les pôles Nords magnétique et géographique seront plus proches l'un de l'autre après le PS2 qu'ils ne le sont actuellement. Mais les pôles magnétiques seront extrêmement erratiques pendant des années.

Europe

Avec la montée des eaux de 200 m, l'Europe deviendra une série d'îles, avec la Sibérie et une grande partie de la Russie sous l'eau.

Les Zétas encouragent les Européens à aller sur des bateaux, à préparer des bateaux assez solides pour la pêche en mer, car les océans seront à la hausse après le changement, avec toutes les bêtes mortes sous l'eau pour se nourrir, et la pêche sera abondante.

De même, le Groenland aura de l'eau potable fraîche, un bon commerce pour ceux qui sont intéressés.

Un deuxième facteur à prendre en compte est la migration, car tous les survivants supposent qu'ils ne subissent qu'une catastrophe locale et errent. Certains endroits en Europe souffriront plus de la migration que d'autres.

NOM

Survol

Nibiru sera l'occasion, pour les dominants, d'asservir totalement les populations, tout en éliminant les humains inutiles pour eux.

Nouvel ordre mondial dans le sens où les vieilles alliances se défont, et que ce sera, pour chaque pays, du chacun pour soi.

Le NOM qui s'établira dans votre pays ne dérangera que les esclaves des villes-camps.

Demandes anunnakis divergentes (p.)

Les anunnakis sont nombreux, et veulent tous le pouvoir. Les demandes différentes à leurs serviteurs, qui deviendront les illuminatis, expliquent les cafouillages actuels et la guerre de l'ombre.

Points communs à tous les plans (p.)

Plusieurs NOM sont prévus, tous avec un tronc commun : génocider les inutiles, surveiller et contrôler, marquer son bétail, préparer l'or pour le ou les anunnakis, un seul groupe d'illuminatis qui contrôle tous les autres.

Nom d'Anu (p.)

Le gouvernement mondial nommé le grand RESET est soutenu par les royaux, qui s'opposent à Odin en restant fidèle à Anu, le père d'Odin. Ce clan des chapeaux noirs (État profond) a beaucoup perdu de sa superbe, et doit composer avec les pro-Odin, malgré sa puissance de feu qui restera infinie tant que les paradis fiscaux existeront.

NOM d'Odin (p.)

La théocratie mondiale imposée par Odin (le GESARA) étant prévu par les prophéties comme celui qui gagnera un temps, avant de s'effondrer.

Guerre des clans Illuminatis (p.)

Voyons maintenant les différences fondamentales qui empêchent les clans de s'unir. Notamment sur l'anunnaki à qui rester fidèle, mais aussi le degré d'égoïsme à appliquer, ce qui revient aux différences entre satanisme et luciférisme. Mais ces points seront de toute façon caduque, quand Odin Satan, qui se fait passer pour Lucifer, se comportera comme le diable qu'il est.

Demandes Anunnakis divergentes

Les illuminatis sont des serviteurs des anunnakis, et respectent les demandes de ces derniers :

Tous (p.)

- Maintenir le système de valeurs et de fonctionnement hérité des annunakis : hiérarchie, élitisme, esclavagisme économique, amoncellement des richesses dont l'or, permanence des cultes et mythes religieux annunakis.

- Mettre en place un gouvernement mondial à l'approche de Nibiru, une théocratie fondée sur le culte des annunakis (d'où leur intérêt d'en trouver un vivant pour asseoir cette nouvelle religion mondiale).

Pro-Anu (grand reset p.)

- Garder une technologie simple (conservatisme), pour que les anunnakis n'aient pas de mal à envahir la Terre lors de chaque passage,
- Diminuer la population à 500 millions d'humains, afin qu'Anu ne se fasse pas déborder par une humanité trop nombreuse.
- Prendre le contrôle des anciens spatioports annunakis.

Pro-Odin (GESARA p.)

C'est l'inverse des pro-Anu, du moins avant le passage, dans le but d'impressionner Anu, et l'obliger à donner le trône à Odin s'il veut récupérer l'or :

- Développer la technologie un minimum, afin de faire peur aux armées d'Anu,
- Faire en sorte que chaque génération soit entraînée à la guerre (manipuler les gouvernements pour avoir des guerres perpétuelles), pour pouvoir s'opposer efficacement aux forces d'Anu,
- Prendre le contrôle du spatioport anunnaki de Jérusalem (le mont du temple).

Multiplier l'humanité pour qu'elle soit la plus nombreuse possible, afin de s'opposer au débarquement des anunnakis. Les soldats qui auraient survécus aux armes de destruction massive anunnakis, devenus inutiles après la reddition d'Anu, pourront ensuite être réduits à 500 millions d'humains, afin qu'Odin ne se fasse pas déborder par une humanité trop nombreuse.

Points communs à tous les plans

Survol

Pour résumer, leur but est de rester au pouvoir, et donc de nous garder comme esclaves. Ces points sont issus des constantes demandées aux anunnakis à leurs serviteurs.

Asservir et génocider

Les plans du NOM diffèrent un peu selon le clan illuminati qui les as conçus, tous ne passant pas par les mêmes moyens de domination :

- FM Bushies : domination de type militaro-industrielle,
- Vatican : dictature fasciste,
- City : une théocratie (un nouvel ordre mondial pour un gouvernement mondial fondé sur une nouvelle religion mondiale)

Tous ces plans, que ce soit le Grand Reset ou le Gesara, ont la base en commun : ils dénoncent les failles du précédent système, failles qu'ils ont eux-mêmes créées et exploitées à leur avantage, pour en conclure que moins il y aura de gens qui seront libres de nuire, mieux ce sera. Évidemment, seuls les petits nuiseurs seront contraints, eux, les pires nuiseurs au monde, garderont toute liberté d'agir à leur guise, pendant que le reste de l'humanité n'aura rien le droit de faire : libéralisme pour les Élites, et communisme pour les autres : eux posséderont tout, nous n'aurons rien.

Comme exemple de la manipulation, prenons la chartre de la Terre :

"Pour bâtir une communauté universelle durable, les nations du monde doivent renouveler leur engagement envers les Nations Unies, honorer leurs obligations dans le cadre des accords internationaux existants et soutenir l'application des principes de la Charte de la Terre au moyen d'un instrument juridiquement contraignant à l'échelle internationale sur les questions d'environnement et de développement."

Ce n'est pas un vrai projet altruiste malgré les apparences qu'elle se donne. Le but était de fournir à un éventuel gouvernement mondial de type "démocratie" les moyens juridiques de pression sur les pays les plus pauvres ; téléguider leur développement économique, leur éducation, leur gestion des ressources, tout cela sous prétexte de l'environnement. Or on sait très bien ce que veut dire "démocratie" pour nos Élites, et que derrière "juridiquement contraignant", c'est de l'ingérence / de la perte de souveraineté des peuples / de colonisation moderne.

Avec la chartre de la Terre, le but était d'imposer le mode de fonctionnement occidental (les Élites dominent par l'argent et une démocratie truquée) à tout le monde et de faire de l'ONU le centre de ce gouvernement, avec un "Président de la Terre" pantin au sommet.

Plans personnels des dominants

Si les dominants ne se sont préoccupés du peuple que pour savoir comment les exterminer ou les réduire en esclavage, ils ont aussi bien planifié leur petite survie personnelle, pour se mettre physiquement le plus à l'abri possible.

Bases spatiales

Un plan établi après le contact avec les raksasas : se réfugier sur les bases reptiliennes de la face cachée de la Lune, sur Mars ou Hécate, comme les reptiliens le leurs avaient promis, puis revenir sur Terre et asservir les survivants grâce à leur technologie supérieure.

Dans ce plan, on retrouvait le génocide des populations en fermant les villes soumises aux tsunamis, en laissant les gens s'entretuer et mourir de faim dans les villes mouroirs, etc.

Les gens de la campagne, plus sain et costauds (la vision des Élites est souvent de très bas niveau !) devaient être récupérés pour servir d'esclaves afin de produire de la nourriture.

Or il s'est avéré que les reptiliens ont mentis, seuls quelques altruistes seront mis à l'abri, les ET bienveillants ayant décidés que tous les humains, surtout les dominants, devaient passer les évènement à la surface de la terre. Toutes les fusées à vocation de colonisation sont vouées à l'échec, les ET bienveillants y veillant.

Les bunkers

Les Élites ont ensuite creusé des tunnels et abris souterrains de partout, ceux de Denver étant ceux qui ont le plus la côte.

Un système de transport existe entre Washington et des bunkers dans des zones plus sûres. Ces tunnels n'ont pas été créé uniquement pour Nibiru mais aussi en cas de conflit, afin d'évacuer le gouvernement américain.

Il est connu que la future destination sera Denver, qui est prévue depuis longtemps pour devenir la capitale de secours en cas de destruction de Washington.

Mais les Élites commencent à se rendre compte qu'avec les mouvements de la croûte terrestre ils pourraient se retrouver aplatis comme des crêpes, ou que les mouvements de terre coupent les sorties et les souterrains en plusieurs morceaux. Sans compter que lors d'essais, les humains placés dans des cavités souterraines se font griller par les EMP.

Les enclaves high-tech

Ils se résignent donc à passer comme tout le monde les épreuves du passage, et mises tout sur les communautés planifiées après les évènements pour devenir les rois de ces communautés et là aussi profiter des autres. Ils veulent refaire avec ces survivants ce qu'ils ont fait dans le passé et nous à amener au point de rupture que nous connaissons. Pour cela, ils visent les personnes avec assez de ressources pour préparer leur survie, et assez compétentes pour ensuite retrouver très vite une communauté prospère.

Comme ils sont obligés de rester, du coup ils ont du prévoir des solutions pour nous, et ça c'est pas bon signe...

Grand RESET

Ancien plan mondialiste Bushies

(09/2011) Dans ce contexte, les gouvernements occidentaux préparent depuis un certain temps la gestion de cette période de crise extrême.

Sous l'impulsion de l'extrême-droite américaine, raciste et pro-israélienne, proche des dominants (illuminatis et Élites mondiales), les visions étaient très noires et radicales : vu que les occidentaux seront incapables de régler les problèmes comme ils le font aujourd'hui, plusieurs méthodes ont été envisagées :

1. en premier lieu, l'élimination pure et simple des populations à risque dites indésirables (pauvres + noirs + asiatiques, voir génocides>ethniques p. + armes nucléaires et dernièrement H1N1 p.).

2. en second lieu, la sécurisation des zones à risque et des ressources : l'Irak est une plaque stratégique et c'est pour cette raison que l'auto-attentat du WTC (09/11/2001 p.) a été entamé. La lutte contre le terrorisme et les mensonges d'Etat (fausses preuves d'armes de destruction massive) a permis de passer outre un certain nombre de liberté et ainsi préparer le NOM. Le but était d'envahir l'Irak, puis l'Iran et ensuite se retourner contre l'Arabie Saoudite. De son côté Israël devait sécuriser la Palestine, tandis que les dictateurs pro-américains ou pro-russes (Egypte / Syrie) complétaient le dispositif. Cependant ce plan a échoué parce qu'il a été lancé trop tôt. Les catastrophe étant attendues

dès 2003, ils avaient également prévu une relance artificielle de l'économie mondiale à court terme via les subprimes. Comme rien ne s'est produit, la bulle a éclaté, et ces retard et ces échecs ont précipité leur éviction au profit de la City.

3. en troisième lieu, grâce à un système de triche bien rodé aux élections, le clan Bush devait garder le pouvoir, leur permettant de redresser la situation à moyen terme. Or ce système de triche a été mis à défaut par une forme de résistance au sein même des USA, soutenue par la City modérée. Obama n'est que le "représentant" de ce groupe, qui continue à préparer le "Big One" planétaire mais avec d'autres méthodes moins radicales.

Royaux

Ayant perdu en 1945, les clans royaux se sont soumis aux plans des khazars 2, car ils étaient à peu près les mêmes, aux différences vues ci-dessus :

Préparer le retour des anunnakis

Là où les Khazars 2 voulaient mettre l'un des leurs à la tête du NOM, les royaux voulaient mettre un héritier direct de la plus puissante branche des leurs, et bien sûr, les anunnakis au-dessus, chose que les khazars 2, dans leur eschatologie "corrompue" par les prophètes juifs, n'ont plus.

Khazars2

Génocide avant le premier passage

[Hyp. AM] Un plan commun a tous les illuminatis, seule la date du génocide varie entre les illuminatis loyaliste (pro-Anu) et les rénégats (Pro-Odin).

Comme d'habitude, on applique la demande des ET hiérarchistes, on ne dépasse pas 500 millions d'humains (les Georgia Guidestone n'ont pas sorti ce chiffre de nulle part). La manoeuvre est rodée depuis des dizaines de milliers d'années : on lance des rumeurs de mauvaises récoltes dans les régions d'à côté (surchargés de travaux, sans cheval, et sans escortes de protection, impossible aux paysans d'aller vérifier à plus de 20 km de chez lui, obligé de croire les sources d'infos officielles). Le pouvoir stocke les grains dans les greniers privés (voir détruit la production), 3 ans de famine et de guerre, puis on balance des germes de pestes dans l'eau des villages, dans la nourriture, et les systèmes immunitaires affaiblis

succombent en pagaille. Épidémies alimentées par de volontaires mauvaises conditions de vie et la promiscuité, l'occultation des règles d'hygiène, le non-confinement des personnes infectées **et** de leur soignants. La population est ainsi régulièrement ramenée proche des 500 millions demandés. De toute façon, c'était vraiment au moment où les anunnakis revenaient qu'il fallait que ce chiffre soit respecté, et la population considérée comme inutile était laissée confinée dans les cités en bord des océans (soumises aux tsunamis géants).

La connaissance des microbes n'a pas attendu Bill Gates et son vaccin : les conquistadors ont tués 85% des amérindiens juste avec la variole, de même que les premiers Américains européens offraient de l'alcool gratuit (affaiblir leur santé) et des couvertures contaminées à la variole aux amérindiens du Nord, mortel vu que leur système immunitaire maternel ne connaissait pas ce virus.

Esclavage

Domination totale imposée par la force. Les médiums donnent les noms des Windsor comme chefs de file, toutes les familles royales du monde (qui sont issues de la même famille que les Windsor), les Clinton, Bush, Obama, et des personnes dans le Vatican (François non cité).

Puce / marque

" À tous, la bête [Anu] impose une marque sur la main droite ou sur le front. Et nul ne pourra acheter ou vendre, s'il ne porte la marque"
L'apocalypse de Jean nous averti que le plan est de marquer les esclaves, qui sans cette marque ou cette puce sous-cutanée, ne pourrons plus bénéficier de la communauté.

Comme les royaux traditionnels, leur plan est de pucer les populations, pour les suivre à la trace lors de leurs migrations, et de retrouver leur bétail par la suite. Le fait que les Khazars aient gagné en 1945 n'a rien changé sur ce point.

Tout comme les anunnakis imposaient aux Hopis de signes de reconnaissance pour être retrouvés et remis en contrôle (et pas sous le berger / anunnaki concurrent), les puces serviront à savoir à qui appartenait tel esclave.

Depuis le moyen-age les noms de famille et le suivi servent à suivre les traces du sang, on voit l'usage pour les familles de lignées adamique, mais pour le peuple ? Il y a peut-être d'autres raisons que le marquage du bétail, mais Harmo ne les donne pas.

Pas étonnant donc si les chapeau noirs poussent pour la puce.

Quand Enlil a écrit l'apocalypse en -1 650, il savait que les royaux avaient ordre de marquer leur population. Quand on a le contrôle absolu, on peut en effet marquer toute sa population si on le souhaite, sous un prétexte bidon (du genre un attentat, une grippe, une flambée de pédophilie, tout est possible quand on est capable de payer des milliards de travailleurs à réaliser ses rêves secrets, sans être obligé d'expliquer au peuple quelle est la finalité du plan...).

GESARA

Plan luciférien originel

Pour mettre Odin comme dieu du monde, il faut préparer les esprits, et dévoyer les religions dont les prophètes ont expressément conseillé de ne pas suivre l'antéchrist, le grand borgne.

Le plan, établit par Albert Pike, est assez simple :

- Faire monter l'athéisme, dans le même temps laisser la société se décomposer, et faire croire au peuple que l'un découle de l'autre.
- Faire des crises économiques à cause de milliardaires sans régulation (qui ont corrompu les politiques pour ça), faire des guerres mondiales organisées dans les coulisses par ces mêmes milliardaires, et faire croire au peuple qu'il fait des organismes transnationaux pour réguler ça (ces organismes mondialistes, aux mains de ces milliardaires, ne font évidemment rien pour les réguler). Refaire les mêmes crises et guerres mondiales pour à chaque fois faire croire que les organismes de régulation ne sont pas assez puissants (la SDN après 1914, l'ONU après 1945), demander au peuple de se soumettre toujours plus à un gouvernement mondial.

Quand Jacques Attali dit qu'il y a du chômage parce qu'il n'y a pas assez d'Europe, dit qu'il y a des patrons de multinationales voyous parce qu'il n'y a pas de régulations mondiales, quand on regarde dans le passé, on s'aperçoit que ces gens répètent la même chose en boucle depuis 150 ans !

Tout ça, pour amener au culte Luciférien (Lucifer = Odin), vous avez reconnu le gouvernement mondial, une théocratie avec le faux dieu Odin a sa tête.

Odin redira la même chose que ce que ses laquais nous racontent depuis 100 ans : Grâce au gouvernement mondial, plus de guerre, plus de pollution, plus de faim (ce seront évidemment de gros mensonges).

Il faudra moins d'un an pour que les hommes qui les auront suivis s'aperçoivent qu'en fait non, tant qu'on aura une hiérarchie, les choses ne pourront aller bien pour la majorité....

Nouveau plan mondialiste City

(09/2011) Donc, maintenant que la City a pris le pouvoir sur les Bushies, les nouveaux objectifs sont les suivants :

1. la sécurisation "stratégique" passe maintenant par une neutralisation des risques locaux : si le monde se retrouve paralysé par de grosses catastrophes, ils veulent empêcher des dictateurs locaux d'en profiter. Saddam Hussein et son armée hors service, le but est de virer toutes les dictatures très militarisées (mises en place par les Illuminatis radicaux dans le passé) : Libye, Egypte, Syrie. Israël est également visé, mais là se posent d'autres difficultés liées à des éléments culturels et lobbyistes (Illuminatis sionistes). La création d'un État reconnu de Palestine servirait donc à museler politiquement Israël sans lui nuire, parce que militairement parlant, Israël n'est plus ce qu'il était (la tentative d'invasion de Gaza fut un véritable fiasco militaire). Un Etat Palestinien reconnu par l'ONU, organisé un minimum, suffira largement à contenir un Israël faible militairement.

Se posera aussi le problème de l'Iran, mais ce pays, contrairement à ce qu'on a voulu nous montrer sous l'ère Bush (pour mieux le décrédibiliser et l'attaquer), n'est pas un régime expansionniste, et n'a pas la capacité d'embêter ses voisins, tout comme l'Arabie Saoudite qui est dans le même cas de figure.

2. la préparation des populations à la grande catastrophe, de façon progressive, subtile et éducative, notamment à travers les médias et sans jamais donner un point de vue clair sur ce qui va arriver : cinéma (film "2012", mais aussi tous les films d'invasion alien qui ne sont que des prétextes pour montrer un monde en crise et dévasté dans lequel il faut survivre), reportages télé sur les chaînes documentaires. Les buts sont de montrer que la Terre a subit de gros cataclysmes et peut en subir encore (Soleil, Super volcans, crises climatiques, tsunamis géants, impacts d'astéroïdes etc...), et ensuite de montrer aux gens comment survivre

dans un environnement hostile, grâce à des techniques bushcraft (l'émission BearGrills qui se permet d'inviter Obama de la City aussi) ou à s'organiser via une solidarité locale renforcée. Une population préparée et plus autonome sera plus facile a gérer (ne viendra pas envahir les bunkers des riches), et donc cela évite une éradication systématique des populations "inutiles".

la mise en place progressive d'outils pour gérer les populations sans obligatoirement les éliminer : camps FEMA aux USA, construction d'immenses villes fantômes toutes équipées dans les hauts plateaux en Chine, bouclement des grandes villes qui deviennent des camps sécurisés (France et Europe en particulier, mais aussi Russie et USA), à l'image du prototype de Bagdad. Des moyens sont subtilement octroyés aux gouvernements pour préparer cette "loi martiale" généralisée, comme par exemple le redéploiement du matériel militaire, la mise en place de forces militaires déployables rapidement en cas de crise majeure (10 000 militaires en France), etc.

A résumer au dessus

Leur plan est simple, il est marqué dans l'apocalypse. Quand on comprend que c'est Odin qui a écrit ce texte, préparant ses fidèles du retour des anunnakis, et des plans que mettront en oeuvre les illuminatis loyalistes, tout s'éclaire.

Génocide avant le second passage

C'est la grosse différence avec les illuminatis loyalistes, c'est que Odin a besoin d'une humanité nombreuse pour avoir du poids de négociation auprès des anunnakis de Nibiru (qui semblent avoir un besoin vital de cet or), afin de justifier de prendre le trône de son père.

C'est pourquoi, lorsque Henri 8 découvre Odin, ce dernier lui donne le développement technologique qui va lui permettre de multiplier la population, parallèlement à des guerres permanentes afin de maintenir l'humanité prête à repousser les anunnakis.

En gros, si avant l'an 1000 on restait à 100 millions d'humains sur Terre, en 1900, on est déjà 1 milliards, et après 45, victoire de la City (pilotée par Odin), la population se multiplie trop rapidement.

C'est pourquoi aussi les chapeaux blancs ont empêché la 3e guerre mondiale, la vaccination forcée mondialisée, ou encore mettent tant d'énergie à faire tomber les royautés et autres financiers corrompus, dont les plans seraient de diminuer la population.

Pas d'espoirs cependant : en 1943, la City a montré qu'elle n'hésite pas à génocider des millions d'humains si ça va dans ses plans. Ce n'est pas par bonté d'âme que le dieu Enlil qui a décidé en -5 300 de laisser mourir tous les hommes du bassin de l'Euphrate, n'exterminera pas tout le monde avant Nibiru.

Une fois la négociation terminée, comme tout anunnaki, Odin a prévu aussi de se débarrasser de ses troupes en masse. Bien entendu, ce ne sont que ses plans, rien ne dit que c'est ça qui se passera. Mais ceux qui le suivront trop longtemps seront sûrement exterminés dans leur lutte contre les anunnakis.

Des fanatisés

Les membres de la City prennent vraiment Odin pour leur dieu. Les illuminatis le suivent depuis avant le déluge global de -9 000, et ont été exilés de Mésopotamie pour le suivre à Jérusalem après -5 300. 12 000 ans de fidélité absolue, apparemment ça ne se retire pas comme ça. Ces gens se réincarnent en permanence comme ses serviteurs, et quand Odin leur enseigne à se tourner vers l'intérieur, à se reconnecter à leur coeur, ils ne font que se reconnecter à leur âme, celle à qui depuis 12 000 ans, depuis plus de 120 incarnations, croient les mêmes mensonges, se voient rabâcher les mêmes enseignements, encore et encore... L'éveil, ce n'est pas se regarder le nombril, c'est au contraire s'ouvrir au monde, aux autres, regarder les merveilles du grand tout dans chaque chose, ressentir le grand tout et se fondre dedans.

Voilà pourquoi le New Age, une doctrine imposée par Odin via la CIA, vous dit que le mental c'est le mal. C'est la voie du milieu qu'il faut prendre, mental et inconscient (le coeur des trradition) sont complémentaires. l'inconscient absorbe tout sans comprendre, parce qu'il a besoin de l'analyse du mental. Et le mental a besoin de l'inconscient pour ses formidables capacités de mémorisation et d'analyse, en plus de la connection avec l'âme.

Marxisme libéral et mondialisme patriote

Un marxisme pour le peuple, un libéralisme extrême pour les Élites.

Donner l'illusion aux peuples de leur rendre leur souveraineté nationale, tout en renforçant le pouvoir du gouvernement mondial déjà existant.

Reich de 1000 ans

Odin nous dit que ceux qui n'ont pas reçu la marque, régneront avec le Christ pendant 1000 ans. Vous aurez reconnu le Reich de 1000 ans de Hitler, une répétition générale au grand plan de l'apocalypse pour imposer le NOM, orchestrée par la City de Londres qui finance Hitler, un bâtard Rotschild, donc lié à la famille de la City.

Hitler avait récupéré l'épée de Charlemagne, à faire le lien avec Macron qui fait le traité d'Aix-la-Chapelle avec Merkel (fille de Hitler), devant une image géante de Charlemagne, qui ressemble à Odin...

Guerre des clans illuminati

Donnés juste pour que vous ayez une idée de la guerre que ce livreront différents autour de points névralgiques.

Plus les citoyens seront réveillés et conscients, moins les Élites auront de soldats pour réaliser leurs pouvoirs de nuisance.

Mont du temple à Jérusalem

Harmo ne veut pas révéler ce qui intéresse tant tout le monde dans les sous-sols de la Ziggourat de Jérusalem, mais il se peut que ce soit l'immense trésor égyptien volé il y a 3 700 ans par Mosé, de même que des machines anunnakis laissées prêtes à repartir.

Comme il faut pour cela raser les monuments historiques se trouvant dessus (dont les plus anciennes mosquées du monde sacrées pour les musulmans, ainsi que le temple d'Hérode sacré pour les juifs), on peut imaginer que ces excavations ne pourront se faire qu'après une grave guerre (des roquettes présentées comme musulmanes qui détruisent la Mosquée), ou des démolitions provoquées par un séisme (même si des explosifs judicieusement placés aideront sûrement les choses à tomber...).

Plan Khazar 2

Le plan des Khazars 2 était d'annexer le mont du temple par Bibi (en s'alliant avec les juifs orthodoxes qui souhaitent rebâtir le 3e temple et reconquérir le grand Israël), de déclencher une guerre juifs-musulmans (les orthodoxes considérant les Israéliens non orthodoxes comme des moins que rien), avant que les khazars 2 ne viennent exécuter les survivants juifs et musulmans (les khazars ne sont pas des juifs, mais des adeptes de Satan), ayant ainsi volé la région aux musulmans, aux chrétiens et aux juifs.

Plan de la City

Déclarer Jérusalem zone internationale (par exemple en laissant Netanyahu annexer le mont du temple et déclencher un début de djihad islamique, obligeant l'ONU à intervenir et à placer le lieu comme zone internationale, sous couvert de rendre les territoires occupés). Le but ensuite est de fouiller en toute tranquillité l'ancien spatioport sous le temple d'Hérode, le tout protégé par des casques bleus français.

La présence de la France est primordiale, car seuls des casques bleus français auraient l'agrément des musulmans et des juifs.

Théocratie mondiale

Ce gouvernement existe déjà dans les faits, il s'agira juste de le rendre officiel auprès de la population.

La plupart des pays choisiront majoritairement d'entrer sous un régime de loi martiale (p.) et couvre-feu (p.).

Vu que Nibiru sera visible, l'existence des anunnakis sumériens sera révélée.

C'est alors qu'Odin va conquérir le pouvoir, et lancer la dernière croisade contre Jérusalem.

Odin sera aidé des 7 grands pays européens du Saint Empire Romain germanique reconstitué (la bête de l'apocalypse, qu'on nommera "traité d'Aix-la-Chapelle", une résurgence du saint empire germanique, ou encore le 4e Reich). Macron à la tête de cette Europe des 7, comme roi ?

Italie, France et Espagne sont les plus aptes à voir émerger Odin, sachant que ce dernier sera probablement le dernier dirigeant du Vatican.

Odin va mettre en place une nouvelle religion fondée autour de ses illuminati et d'Odin, soutenu par la City de Londres.

Les pouvoirs en place s'allieront ou plieront, et céderont leur place à cette théocratie conquérante et bénéficiant de la technologie des anunnakis prodiguée par Odin, ainsi que des diverses sociétés secrètes au pouvoir, comme les FM, qui reconnaîtront Hiram en Odin, ou encore le New-Age qui reconnaîtra Enki, les satanistes reconnaissant Lucifer, les juifs reconnaissant Yaveh, les chrétiens reconnaissant Jésus-Christ (dieu incarné), certains chiites reconnaissant Ali ou le Mahdi, etc. Le principe c'est qu'Odin sera celui que vous voudrez qu'il soit.

La façon dont les pays vont se régionaliser, pour mieux cacher qu'ils obéissent tous à un dieu sumérien, n'est pas bien sûre encore. Beaucoup

634

d'émeutes ? On met en avant le populisme des Le Pen, eux aussi aux ordres de la City. Effondrement économique, en accusant le nationalisme d'en être responsable, et incitant à demander le mondialisme ? Le milieu conspi sur le NOM est favorisé par la City de Londres...

Les campagnes / montagnes isolées en dehors des zones urbaines ou des voies de passage ne seront pas ratissées par Odin parce que ce serait un gaspillage de ressources pour un gain minime. Odin ne veut pas exterminer les gens, il veut en faire ses laquais. Si les habitants des villes seront exécutés s'ils n'obéissent pas, ce sera pour économiser des ressources. Odin est un stratège, il n'agit pas par haine. C'est un calculateur qui n'a aucun scrupules certes, mais qui agit de façon froide et logique. Tous les pays ne plieront pas, mais peu importe pour lui puisque son but est seulement de monter une grande armée pour sécuriser Jérusalem et récupérer son butin, dans une première phase.

Ensuite, il aura, s'il y arrive, les moyens de sa domination mondiale.

Guerre > Obama l'infiltré

Obama est ce qu'on appelle un agent dormant, il a joué le jeu de l'intérieur pour mieux faire tomber le système : il a caché ses véritables intentions (et celles de son groupe pour la vérité) afin que, une fois au pouvoir, il puisse de lui-même tout saborder. Courageux et très efficace, tout comme le cheval de Troie.

Obama Bashing par les conspis ultra-droite

Les réveillés ont généralement une très mauvaise d'Obama, surtout du fait qu'à partir de 2015, il a joué le jeu du DS, et a trahi les militaires avec qui il coopérait (militaires qui n'ont pas été récupéré par le DS en 2007, grâce à l'intervention du conseil des mondes et du puppet master, le conseil des mondes ne voulant pas faire tomber la plus puissante armée du monde dans les mains de psychopathes avides de génocide mondial).

Obama est un politique, évidemment qu'il est loin d'être parfait ! Mais les rumeurs qui tournent autour de lui émanent d'une partie extrémiste de la population américaine, très religieuse et très penchée à droite. Le racisme chrétien est puissant aux USA et Obama incarne pour eux une trop grande ouverture sur des sujets qui leurs sont tabous, comme le mariage homo. Le fait qu'il soit

noir n'est pas étranger à ces rumeurs non plus. Maintenant, il est moins pire que d'autres aussi bien chez les républicains (Bush et compagnie) et même chez les démocrates (Clinton etc...). Avant de le voir comme un antéchrist, il faut regarder ce qu'il a effectivement pu faire en qualité de président : il a arrêté l'occupation honteuse de l'Irak, retire les troupes d'Afghanistan, il a augmenté la redistribution des richesses dans son pays pour diminuer l'écart entre riches et pauvres, souhaite la diminution des armes qui font des centaines de victimes tous les ans (il vient de Chicago la ville la plus touchée par les guerres de gangs), a mis en place une "sécu" pour tous et surtout pour les gens qui n'ont pas les moyens de prendre une mutuelle et qui se retrouvaient sans aucune protection sociale, il a même fait baisser le chômage dans son pays. Si vous regardez bien, Hollande fait exactement tout l'inverse : le chômage ne baisse pas, la sécurité sociale rembourse de moins en moins, l'écart entre riche et pauvres se creuse toujours plus, les libertés des homos sont bradées pour faire joli (ce qui stigmatise les homos et les fait passer pour les méchants), l'armée est envoyée partout pour occuper littéralement certains pays d'Afrique (ce qui a le même effet qu'en Irak : provoque des guerres civiles sanglantes).

Ne jamais juger une personne sur son apparence, mais toujours sur ses actes.

Le FM

Obama est franc-maçon, parce qu'aucun président ne peut être élu s'il ne passe pas par cette case. Washington était franc maçon et les USA se sont fondés autour des maçons. Mais on peut faire partie de choses et ne pas être membre actif.

Obama fait parti d'un groupe de politique et d'Élites américaines qui ont depuis longtemps lutté contre le mensonge d'état sur les Et et Nibiru. C'est un "infiltré" qui a caché son jeu à ses adversaire pour être élu, en leur faisant croire qu'il avait les mêmes idée qu'eux. Une fois en place, il a pris son premier mandat pour préparer sa trahison (positive pour nous, d'où son surnom de "renegade" au sein des services secrets) et dès son second mandat, il a lancé son opération de divulgation.

Il a échoué plusieurs fois parce que de nombreuses personnes haut placés l'ont empêché. Obama a alors commencé le grand nettoyage en virant petit à petit toutes les personnes impliquée dans le mensonge d'état, à commencer par les plus grands généraux de l'armée US, mais aussi tous les directeurs d'agences (CIA, Pentagone, NSA) ou même certains politiques démocrates (Hillary Clinton). Pour assurer ses arrière, il s'est également allié avec Xi Jiping (Chine) et Vladimir Poutine (Russie), qui eux également sont très favorables à une divulgation. Tous ces gens veulent que Nibiru soit révélée au public parce qu'ils ont une conscience et qu'ils veulent que les gens puissent juger par eux même de la situation : eux mêmes ne sont pas sûr que Nibiru est dangereuse, mais ils estiment que si eux n'ont pas trop peur, les gens ont quand même le droit d'en juger par eux même et prendre des dispositions pour leur famille. Les ET ont aussi forcé énormément la main des politiques par des moyens dont nous n'avons pas forcément entendu parler, ce qui a aussi poussé les gouvernements dans le bon sens. Ce sont donc deux choses qui expliquent pourquoi les gouvernements (pas tous) veulent dire la vérité, même partiellement : la mauvaise conscience de certains politiques qui les fait culpabiliser (Ils ne veulent pas avoir des millions de morts sur le dos sans faire un minimum pour prévenir) et la pression des ET. Mais il ne faut pas être naïf non plus, si le secret a été gardé si longtemps, cela veut dire que la majorité des politiques ne désirent pas révéler la vérité et que c'est une minorité de gens influent qui vont dans le bon sens. En France par exemple, personne n'est vraiment partant pour l'annonce et ça traîne des pieds autant que possible pour ralentir le processus. ce sont souvent ceux qui ont trop trempé dans le système de mensonge d'état qui ont peur qu'on leur fasse un procès, car beaucoup de politiques qui ont eu des responsabilités dans le passé ont couvert le système de censure volontairement.

Obama n'a pas fini comme Kennedy parce qu'il sait lui de quoi est capable ses ennemis, alors que Kennedy était trop confiant. Kennedy ne pensait pas que des gens pouvaient en arriver à ce point juste pour cacher l'existence des ET, ou du moins, se sentait il simplement intouchable parce qu'il était président des USA. Mais ce n'est pas une fonction sacrée et ça ne rend pas immortel pour autant. Obama est moins naïf et n'a pas le complexe de supériorité de Kennedy. Il a échappé à de nombreuses tentatives d'assassinat ces derniers mois parce qu'il est prudent, mais aussi parce que les ET veillent au grain tant que

l'annonce ne sera pas faite. Cette annonce est trop importante pour l'humanité, ils font donc une exception en la faveur d'Obama.

Les attentats sur Obama

Quand Obama travaillait encore pour les chapeaux blancs, les ET ont du intervenir plusieurs pour éviter que l'État profond ne le tue. C'est suite à la guerre fédérale entre le mouvement proto-Q et l'État profond, qui date de 2012.

Ces attentats ont déjà été décrits dans L0, voyons ici les coulisses.

Lettre à la ricine

Envoyée par des républicains.

Dîner des républicains

Une affaire qui n'est pas ressortie dans les médias, tentative d'empoisonnement quasi avéré lors de son lunch chez les Républicains, Obama refusant au dernier moment de manger la nourriture présentée.

Enterrement de Mandela

Après un lavage mental, le schizophrène devait être incité à distance par un Remote Viewer de la CIA pour assassiner Obama. Heureusement, grâce aux ET, c'est des visions d'anges descendants du ciel qui ont apaisés le tueur.

La limousine en panne à Israël

En mars 2014, Obama est en Israël. La CIA à saboté sa voiture pour qu'elle tombe en panne à un endroit précis. A cet endroit, un membre de la CIA déguisé en palestinien appuie sur la gâchette d'un lance-roquette artisanal de type palestinien.

Si Obama meurt, il n'y aura pas l'annonce de Nibiru officielle tant redoutée par l'État profond. Cerise sur le gateau, les palestiniens seront accusés, il y aura un grand virage à l'extrême droite des USA (même si le peuple ne suit pas, on sature les médias et on triche pour les sondages et les élections), le Tea Party prend le pouvoir et soutient à fond Israel, appelant à une nouvelle Irak en représaille.

Les palestiniens et le moyen orient paient très cher ce false flag qui n'est pas de leur fait.

Sauf que la roquette ne s'est pas lancée (sabotage ET altruistes), et Obama à pu prendre sans dommage une voiture de rechange.

L'intervention ET fut comme d'habitude discrète (L2>ET) : le tireur de roquette qui devait tirer sur la voiture immobilisée d'Obama a vu son arme s'enrayer (refuser de tirer) ce qui l'a empêcher de commettre l'attentat. Les comploteurs pensent avoir joué de malchance mais c'était en réalité une action volontaire des ET pour éviter l'assassinat sans que la preuve de leur intervention soit évidente. A noter qu'on retrouvera ces enrayements inexplicables d'armes (comme dans le Thalys, 2 armes qui s'enrayent à la suite, dans le film qui reconstitue l'événement, les protagonistes en parlent entre eux, parlant d'un miracle...).

L'explication officielle absurde (le chauffeur d'Obama, membre des services de sécurité présidentielle, se trompe de carburant...) est volontaire, elle sert à attirer l'attention des gens sur un événement dont on ne peut pas parler officiellement : une tentative d'assassinat d'Obama par ses propres forces de sécurité (ce qui s'était passé avec Kennedy).

Pour assassiner quelqu'un protégé par un service de sécurité, somme un président, l'état profond créé souvent un événement inattendu, ou un déplacement dans une zone non sécurisée, afin de désorganiser le service de sécurité et en profiter pour tirer sur la cible.

Obama et Poutine

(2015) Lorsque qu'Obama et Poutine se sont rencontrés en marge de l'ONU en Septembre, ils se sont mis d'accord pour passer le relai à la Russie en ce qui concerne la Syrie. Obama et Poutine ne sont pas idiots, ils se sont bien rendu compte l'un comme l'autre que la coalition internationale faisait semblant de frapper l'EI. Plutôt que de détruire les QG des islamistes de DAECH, les bombes visaient des sites économiques comme des centrales électriques. Pourquoi ? Le but n'était pas de briser DAECH mais de briser ASSAD en mettant les populations dans la précarité, détresse facilement récupérable ensuite par la manipulation médiatique, mais aussi briser l'économie et les infrastructure du pays (pour pouvoir se le partager ensuite). Le passage de relai entre Obama et Poutine sur la Syrie intervient exactement après le scandale et la grève des informateurs US sur le terrain qui se sont plaint que leurs rapports étaient modifiés avant d'arriver à la Maison Blanche : non seulement le tableau était embelli (pour faire croire que la coalition était efficace et conforter Obama dans ses plans) mais en plus les cibles importantes étaient passées sous silence. De plus, de nombreuses plaintes venant du gouvernement irakien évoquaient des erreurs de largage de

munitions qui tombaient dans les bras de DAECH. Tous ces points sont du sabotage interne aux services US qui vise à aveugler Obama et à épargner, voire soutenir DAECH. Une fois que ce sabotage est devenu évident, Obama n'avait aucune alternative si ce n'est de donner le leadership à Moscou, seule puissance capable de faire le job.

Obama ne reste pas les bras croisés, et cherche à débusquer les saboteurs, mais il faut remonter très haut pour en trouver les instigateurs, en l'occurrence les illuminatis (la Russie n'est pas sous leur coupe, d'où l'avantage de Poutine !). Quant à la coopération USA-Russie en Syrie, elle ne pose pas de problème contrairement à ce que les médias (européens et notamment français) laissent sous-entendre afin de soutenir la vision biaisée et rancunière des européens. Même des voix dans l'OTAN s'accordent sur le bien fondé de l'action russe. Il n'y a que la France pour se dresser et s'indigner contre cet état de fait, et ce n'est pas un hasard.

Guerre > Bernie Sanders

[Zétas, 01/08/2020] C'était le bon gars démocrate des élections de 2016, qui s'est fait voler la victoire des primaires par Hillary (triche aux débats, HRC ayant les questions en avance, et triche aux élections). Lui ou Trump, il aurait bossé pour Q, mais sûrement plus efficacement, car il aurait pu justifier une politique de gauche, et nationaliser les médias...

Aux élection de 2020, c'était le seul à pouvoir battre Trump, allié avec la populaire Alexandria Ocasio-Cortez (AOC). Il a promis l'université gratuite, les soins gratuits.

Après les premières élections des primaires, qui donnaient la victoir eà Biden, les supporters de Sanders crient à la fraude. Les moyens de triche sont réduits, et c'est alors Sanders qui remporte toutes les élections, Biden étant tout en bas, prêt à déclarer forfait, comme tous les autres l'avaient déjà fait.

Puis à l'automne 2019, Sanders a une crise cardiaque, mais revient aussitôt dans la course, chose étonnante pour quelqu'un de 78 ans. Il est aussi changé. Aussitôt, les scores sont de nouveaux inversés en faveur de Biden, et trop rapidement, Sanders déclare forfait, laissant Biden se présenter contre Trump.

Ah, une précision, depuis son retour, le visage de Sanders a changé, et il n'avait plus de combativité...

Dans son passé, Bernie a embrassé de tout cœur la philosophie communiste - une lune de miel en Russie et des louanges pour Cuba.

Sa femme, qui dirige le collège du Lac Champlain, était effectivement corrompue (mais pas lui semble-t-il), et alors qu'il était interrogé par des agents fédéraux sur les fonds blanchis de sa femme, Bernie a effectivement eu une crise cardiaque, et est mort [les Zétas ne précisent pas si c'était volontaire de la part du Pentagone, pour faire disparaître l'adversaire de Trump]. Il a rapidement été remplacé par une doublure que l'État profond Démocrate avait à ses côtés.

Guerre > James Comey

(06/2017) C'est le procureur qui a ouvert l'enquête sur Hillary Clinton (à partir du portable d'Anthony Wiener) en pleine campagne présidentielle 2016, entraînant la défaite de cette dernière.

Comey n'a jamais été capable de prendre une décision, c'est à dire choisir son camps entre Hillary et Trump. Ses allers et retours notamment sur les enquêtes sur Hillary, ouverte puis fermées tour à tour, lui ont valu de monter tout le FBI contre lui. Ses équipes lui reprochent également d'avoir agit seul sans concertation, ce qui est très mal vu dans ce pays où le travail de groupe est une valeur traditionnelle, et d'autant plus au FBI. Pour toutes ces raisons, Comey s'est retrouvé isolé, incapable de résoudre ses dilemmes, ce qui explique son éviction par Trump. Aujourd'hui, il est clair qu'il essaie de se venger, c'est pourquoi il a fait fuir ses notes dans les médias.

Comey est en réalité coincé dans ses propres doutes, parce qu'il était normalement du côté de Clinton, mais face aux preuves et au choc de ce qu'il a appris sur elle, il s'est retrouvé déboussolé.

[AM : les rumeurs parlent d'une vidéo vraiment sale trouvée dans les données d'Anthony Wiener, où on voit HRC et Huma Abeddin (seconde (et amante ?) de Clinton, et femme de Wiener) découpé le visage d'une fillette vivante, puis s'en recouvrir le visage pour s'amuser, terrorisant la fillette pour en récupérer l'adrénochrome dans son sang.]

Cela explique pourquoi il a rouvert les enquêtes sur Hillary, puis qu'il s'est ravisé.

En faisant fuiter ses notes, Comey cherche un coupable à ses erreurs plutôt que de se remettre en question, tout simplement. Comey n'a aucune preuve de ce qu'il avance, c'est sa parole contre celle des autres. Il n'y aucune enquête sur des liens entre les Russes et Trump, il l'a avoué lui même, et le FBI ne le soutiendra pas dans ses allégations.

Guerre > Fondations Clinton / Soros

(06/2017) Les 2 fondations marchent sur les mêmes principes.

Ce sont des fonds qui servent à ceux qui les ont créé, c'est à dire qu'ils s'en servent comme outils (défiscalisés) pour financer ce qu'ils veulent. Les fondations sont utilisées comme intermédiaires notamment dans l'humanitaire, mais en réalité, l'argent qui y est versé reste toujours soumis à l'autorité du responsable. Hillary et Bill se servent dans les caisses de leur fondation, c'est un secret de polichinelle. D'ailleurs ils ont fait un virement depuis leur fondation d'un milliard de dollar au Qatar juste après la reprise de l'enquête les concernant au FBI. Le Qatar est un pays pratique, un paradis fiscal, avec un gouvernement pantin et aucun traité d'extradition. Un bon lieu de refuge si la situation tourne mal. Soros agit de la même manière, sauf que lui n'a pas besoin de piocher dans la caisse, c'est lui qui la remplit, on ne peut donc pas l'accuser de détournement de fond. Néanmoins, ces fondations (un régime fiscal et juridique spécial aux USA) sont d'excellents outils, puisque les financements des "oeuvres humanitaires" y sont facilitées (notamment fiscalement comme je l'ai précisé). Comme le spécifie l'article, ces fondations peuvent financer des ONG et même en créer de toute pièce, ONG qui peuvent être détournées en outils de propagande et de déstabilisation politique. Si cela tourne mal, c'est la fondation qui trinque, pas le fondateur, même si c'est lui qui a pris les décisions. De plus, la fondation a le droit de ne pas communiquer ses actions/financements, et l'auréole humanitaire sert d'ordinaire à éloigner les soupçons. Si l'on sait où la fondation Soros agit, c'est parce qu'elle a été piratée, et le listing était très révélateur. Ces fondations sont directement contrôlées par leur créateurs, puisque ce sont eux qui gèrent l'argent qui y est versé. Ce sont donc des outils qui ont des avantages bien plus pratiques qu'un financement direct.

Les milliardaires aiment les fondations, parce qu'ils pensent ainsi compenser leur image d'égoïstes invétérés. Et aux USA, les dons humanitaires sont déductibles des impôts, c'est pour cela qu'il y a autant de galas de charité. Bill Gates se sert de l'humanitaire pour tester des "vaccins" et d'autres produits (armes) biologiques/chimiques. Les populations aidées sont en réalité des populations tests, d'où son ultimatum déguisé d'attaque biologique mondiale.

Toutes ces fondations sont des outils, et leur utilisation dépend du milliardaire qui les a créé. Certains en font des outils de déstabilisation politique, d'autres des couvertures pour des programmes biologiques, d'autre encore des moyens de s'enrichir (Clinton) etc... Bienvenu dans le monde des Élites.

Guerre > La position sur les ET

25/10/2010 - Divulgation O.V.N.I officielle au Québec

Il y a 3 courants parmi les pro-NOM :

Khazars 2

Les vieux de la vieille : ceux qui restent sur leurs positions du début du 20e siècle et qui refusent absolument que les gens connaissent la vérité sur les ET. Ceux là veulent un NOM dur et autoritaire afin de créer un front de résistance, non pas pour NOUS protéger, mais pour protéger LEURS acquis et LEUR contrôle sur une société bien ficelée où tous les pauvres sont dans leur niche. C'est les FM USA, et des alliés type politiques LRPS. Ce sont les plus dangereux car ceux ci sont prêts à tout pour ne pas perdre, y compris couler le navire pour le laisser ni aux ET, ni aux gens comme nous (d'où les projets génocidaires).

City

La tendance à tout cacher a été majoritaire, voire unique, pendant longtemps. Mais depuis les années 90, un nouveau groupe est apparu : la City se rend compte que les ultimatum des ET sont sérieux. Ils se forcent donc à **préparer les gens**, doucement, parce qu'ils savent que si c'est pas eux qui le font, ils vont être exclus de la course par les ET. Donc plutôt que d'être éjectés manu militari, ils coopèrent, en traînant les pieds. Ils espèrent faire baisser la pression que leur impose les ET et dégonfler suffisamment l'abcès pour gagner du temps.

Donc ils relâchent l'info au goutte à goutte, sans trop brusquer les gens.

Ils ont peur aussi que, si ce ne sont pas les ET qui font tomber le système eux mêmes, ce soit les masses qui le fassent : en effet, si une divulgation trop brutale arrivait, les gens recevraient en pleine face que leurs gouvernements leur ont effectivement mentis pendant plusieurs générations, et ça se payerait très cher. Apprendre que les différents gouvernements, le Vatican, l'armée etc... savaient et n'ont rien dit, c'est les mettre tous à mort direct, le déclencheur d'une révolution mondiale sur tous les plans. Donc plutôt que les gens l'apprennent d'autres sources, ils préfèrent contrôler la divulgation pour mieux amortir les représailles, tout en révélant les malversations pédophiles de leurs prédécesseurs, histoire d'accuser des corrompus, pas le système qui a permis cette corruption.

La City n'a évidemment pas abandonné l'idée du NOM : ils espèrent qu'en se pliant aux exigences des ET, qu'ils pourront l'établir avec leur aide, ou du moins que les ET laisseront faire.

En cela ils se trompent complètement, car le but des ET est de renverser le système, pas de le laisser en place, même arrangé.

Les illuminatis de la City en sont conscients, mais pensent qu'en faisant des concessions, les ET se calmeront. Leur version du NOM est certes plus diplomate, mais aussi plus vicieuse.

Le mouvement de la City est d'ailleurs assez instable (en 2010) car les avis divergent sur la place à donner aux ET. Certains sont convaincu que les ET ont déjà gagné et coopèrent réellement (comme le Puppet Master), d'autres font semblant et coopèrent en toute hypocrisie.

Les alliances des dirigeants

Indépendamment de leurs alliances à un clan illuminati, ou de l'appartenance à un parti, les dirigeants se rangent donc soit parmi :

- le clan des modérés, prêt à une révélation partielle (comme les Chiracs et les Hollande, indépendamment de tout parti politique),
- le clan de la censure dure, comme les Sarkozy pro-Bush.

La bataille s'est jouée entre deux clans à droite (Chirac-Sarko) et se joue encore (Sarko/de Villepin)

A gauche, les cartes sont beaucoup plus brouillées. DSK/Aubry sont plutôt modérés tout comme Hollande, mais il reste un clan Fabius/Royal dur.

Il y a aussi les financeurs derrière, et ce sont eux qui commandent véritablement. C'est pourquoi, la victoire économique de la City sur les Khazars 2, depuis la crise économique de 2008, voit le clan modéré prendre plus de pouvoir. C'est d'ailleurs pourquoi la City démolissent Sarko en 2010. Vous savez maintenant à quoi a servi l'affaire Clearstream, une tentative de faire tomber Sarko qui a mal tourné. Ce n'est pas un hasard si le Clan Dassault et le clan Bettencourt sont attaqués car les deux font partis des ultras qui poussent dans le dos de Sarkozy. Par qui ? Il suffit de voir à qui appartiennent les médias qui mettent ces affaires au jour et qui cherchent la faille !

Même cas de figure au Vatican entre durs et modérés, là ce sont les durs qui tiennent la barre. Mais ce sont les modérés, pour affaiblir les ultras, qui lâchent les infos sur les affaires pédophiles, espérant reprendre par ce biais le pouvoir.

Pourquoi il y a eu un silence de plomb pendant si longtemps et que maintenant on médiatise ces choses horribles, pourtant déjà connues depuis au moins 20 ans (exemple de l'irlande en particulier). Il n'y a pas de hasard en politique.

C'est une véritable guerre qui se déroule sous nos yeux, chacun abattant ses cartes. Bush a voulu prendre de l'avance en mettant la main sur les réserves de pétrole, mais les autres ont fait capoter son plan... La grippe H1N1, une tentative des ultra durs pour imposer la quarantaine puis la loi martiale. C'est pour ça que de nombreux États se sont emballés à acheter des vaccins mal finis à grands coups de billets. C'était parce qu'ils savaient le but réel de l'affaire. Le virus était synthétique et issu de plusieurs souches qui n'auraient jamais du se mélanger, faut pas être sorti de Saint Cyr pour s'en apercevoir (donc même Sarko a pu comprendre). Sarko est une girouette, et voyant qu'il était isolé, il a suivi le mouvement (il a surtout eu peur pour ses fesses). Mais comme on le voit, ça l'empêche pas de virer les Roms et instaurer un régime de déchéance de nationalité, c'est à dire de commencer à faire le ménage. Le but, commencer à nettoyer ceux qui ne peuvent pas être contrôlés efficacement (banlieues, gens du voyage), ça fera moins de boulot lorsque les assignations de territoires se mettront en place... on perd pas les vieilles habitudes, car notamment chez Loréal, on est bien

connus pour aimer ce genre de nettoyage et avoir été de fervents collabo.

Qui tire les ficelles derrière la marionnette Sarko ? Sarko a eu un joli cadeau pour sa présidence, une ex mannequin qui se trouve être la fille d'un fidèle allié du Vatican, un industriel totalitariste italien antisémite (bien que d'origine juive). Il n'y a pas d'amour dans ce milieu, il n'y a que des intérêts, chacun place ses pions pour mieux manipuler sa marionnette.

Action des ET

Situation au 30/10/2010

Très actifs en Amérique du Sud

Simplement parce que les ET avaient énormément de boulot là bas, car la plupart des gouvernements de la région étaient des dictatures d'extrême droite plus ou moins déguisées, que c'est le continent où les indigènes ont été les plus maltraités (et c'est peu dire) et les inégalités les plus fortes avec l'Afrique.

Plus officieusement, ces dictatures étaient menées et soutenues par la CIA, c'est à dire par les CBS USA, les plus durs de tous les partisans d'un NOM. L'Amérique du sud était leur gagne pain, leur base arrière mais maintenant que les gouvernements se sont socialisés, moins facile de faire ce qu'on a envie là bas, des expériences au trafic d'organes en passant par la drogue et la prostitution, où les trafics d'enfants comme avec Jean de Dieu.

Comme à chaque fois, le message des ET est clair et se résume à une libération progressive des consciences face à toute dictature religieuse, politique ou économique, soit relayé par les abductés locaux soit pas les messages télépathiques. L'impact psychologique des parades d'OVNI a aussi un grand rôle à jouer : ils nous font comprendre que même s'il y a des centaines de témoins parfois, les gouvernements continuent à nier, ce qui montre bien qu'on nous manipule et qu'on veut nous maintenir dans l'ignorance, un pavé dans la mare en quelque sorte. Voila pourquoi l'Amérique du Sud était un enjeu majeur : faire tomber les CIA-lands et ainsi affaiblir les pro-NOM par la base, par le peuple.

Aujourd'hui, de nombreux pays de la région se sont énormément socialisés (Brésil, Vénézuela) et luttent pour aider leurs populations pauvres mais aussi se battent contre les multinationales qui faisaient la loi là bas et les trafics en tout genre. Voilà pourquoi ce continent a reçu énormément des ET au niveau OVNI et surtout des visions de masse.

Afrique et Chine

Prochaine étape la Chine puis l'Afrique, où là il y a énormément de boulot. Le sud de l'Afrique doit encore pas mal évoluer, car il reste là bas une majeure partie du clan des "White power", ceux qui veulent la suprématie de la race blanche. Ce clan est lié par intérêt à celui des Bushs, même si leurs objectifs ne sont pas toujours les mêmes. Ce sont tous des gens très dangereux, comme le prouve leur coopération sur l'arme ethnique réalisée sous la nom de projet "Coast" en Afrique du Sud, leurs exactions au Zimbabwé avant l'indépendance du pays, ou la trouble affaire des recherches sur le Vaccin contre le Paludisme au Congo (et la découverte par le clan des "White Power" du virus du Sida, ensuite utilisé comme arme bactériologique pour éliminer les populations noires, puis homosexuelles). Le Vatican est d'ailleurs lié à ce plan, et le virus du Sida était un moyen de supprimer toutes les populations qui pratiquaient la luxure (les bons chrétiens devant être épargnés grâce à leurs bonnes moeurs). C'est pour cela que le Vatican a toujours été contre toute forme de contraception pouvant protéger de ce virus, car ils ont toujours estimé que ceux qui contractaient cette maladie le méritait par leurs actes de fornication/luxure. Juste un petit exemple de leur façon de penser et d'agir...

Moyen-Orient

En ce qui concerne le Moyen/Proche Orient et toutes les zones de grande tension religieuse, la méthode est différente. Les OVNI ne sont pas les mieux adaptés et le message ET serait trop dur à encaisser. Les ET se servent alors d'images pseudo-religieuses pour communiquer car tout autre message serait compris comme démoniaque par des populations profondément endoctrinées. La situation dans ces pays est la même qu'au Portugal (Fatima) ou en France (La Salette, Lourdes) de 1700 à 1930 environ. Il y aura donc plus vraisemblablement des apparitions mariales que des apparitions d'OVNis dans ces contrées hermétiques à l'existence d'une vie extraterrestre. Le but est de désolidariser le peuple de leurs institutions religieuses, comme cela s'est produit en Europe à la fin du 19e, de semer le doute dans les esprits sur la légitimité de leurs leaders spirituels qui les manipulent.

Pour comprendre le mécanisme, il suffit de regarder comment l'évènement de Fatima s'est produit et comment il a été géré par l'Église. Ça ne l'a pas servi, bien au contraire. Une fois cette première prison culturelle tombée, il est possible alors de tenir un discours cohérent et scientifique dans ces pays ce qui n'est pas le cas actuellement, et il faut ces conditions de dialogue et de compréhension pour que les OVNI puissent être compris et les témoignages diffusés.

Guerre > Révélation des ET

Les ET mettent la pression. Dans L0, on a vu la divulgation de fin 2017, qui fera l'objet de plusieurs articles en Une des grands média américains histoire de préparer les population petit à petit.

Complètement éclipsée par le Covid-19, la déclassification du 28/04/2020 est un GRAND pas vers une reconnaissance du Phénomène OVNI avec source extraterrestre. Les vidéos en elles mêmes ne sont pas importantes, elles avaient déjà été diffusées et reconnues comme authentiques par l'Armée de l'Air USA, mais sans déclassification. Là on a une officialisation en bonne et due forme... mais qui passe complètement à la trappe, puisque le déconfinement/le virus phagocyte toute l'information. Un moyen de tester la réaction du grand public, car n'oublions pas que l'excuse (ou la raison) de la non-divulgation est la peur de voir déraper les choses (panique, peur et défaillance des systèmes de croyances, notamment religieux). Si la vérité est distillée par étape (même si c'est long), les gens vont s'y habituer, et la marge de tolérance est bien plus élevée que ce qui a été estimé jusqu'à présent par les responsables.

Un grand pas, mais qui arrive un peu à la traîne par rapport à d'autres pays, qui n'osent pas aller plus loin tant que les USA ne lâchent pas davantage. Plusieurs pays ont des preuves irréfutables, dont des corps. Roswell, Varginha et un autre site de "crash" en Union Soviétique (aujourd'hui aux mains de la Russie) ne laisseraient aucun doute. Ce ne sont pas de véritables crashes, mais des accidents volontaires pour donner des preuves aux gouvernements, ce qui leur a permis de relativiser le menace "alien". Ces preuves matérielles existent, et elles pourraient être rendues publiques, si la volonté de le faire y était, mais cela dépend de beaucoup de blocages qui persistent encore, autant au niveau administratif (secret défense), que des pressions de ceux qui veulent maintenir le status Quo coûte que coûte.

Guerre > Les morts de la guerre secrète

Pourquoi les cacher au public ?

Les tribunaux secrets ne veulent pas que le grand public soit au courant que les USA (et depuis 2019 la Grande-Bretagne) sont sous le coup de la loi martiale. Un semblant de continuité est maintenu pour éviter les émeutes et la panique dans le public.

Danger de contrôle des foules par les médias de l'État profond

En effet, le peuple américain est le plus armé au monde, et beaucoup encore ne sont pas réveillés aux fraudes et malversations, aux pouvoirs de l'État profond. Ces gens qui depuis des décennies, grognent de plus en plus nombreux contre les horreurs que font le gouvernement profond. Ces exécutions des corrompus seraient rapidement montées en épingle par les médias appartenant tous à l'État profond, exécutions dénoncées comme une chasse aux sorcières contre Trump, qui serait alors accusé d'éliminer "manu militari" ses opposants politiques. Rien de tel pour voir la moitié des citoyens américains prendre les armes contre le gouvernement fédéral de Trump, afin de remettre en place l'État profond qu'ils détestent...

On a ainsi vu les hong kongais descendre en masse dans la rue contre le gouvernement chinois, lorsque ce dernier à voulu extrader les plus corrompus des dirigeants de Hong Kong, principale plate-forme de blanchiment d'argent sale de l'État profond mondialiste. Le contrôle des foules est encore puissant grâce aux médias de l'État profond. ce pourquoi une des principales activité de l'équipe Q a été de shunter ces médias via les réseaux sociaux (Obama puis Trump sous Twitter), tout en soufflant le chaud et le froid dans leurs actions afin de discréditer la crédibilité des médias, en permanence en train de se planter ou de se rétracter.

Donner l'illusion de la continuité

C'est pourquoi les jugements et les exécutions sont tenues secrètes, et qu'ainsi, la cour suprême USA continue comme si de rien n'était, alors que la juge Ginsberg a été exécuté pour trahison, et que la Reine d'Angleterre Élisabeth 2 semble continuer à régner, malgré son exécution pour participation au sacrifices rituels d'enfants.

Date des divulgations

Il est prévu que juste avant Nibiru, histoire de donner le change (tout sauf Nibiru) les révélations officielles sur les procès des Élites coupables sera amené au public. Qui alors, vu la montée des cataclysmes, aura d'autres chats à fouetter.

Les limites des divulgations

Trump, Q et la junte militaire marchent dans un champ de mines, et il leur faut jouer serré.

Il a été considéré aussi que les populations ne sont pas prêtes à entendre les histoires de sacrifices rituels d'enfants avec torture préalable (pour récupérer l'adrénochrone dans le sang), et ces procès ne peuvent, pour cette raison, être divulgués. L'énervement des populations envers le gouvernement actuel non fautif, assimilé à tort avec l'ancien gouvernement coupable, ferait tout sauter... Ce chaos serait néfaste à tout le monde.

Le choix de Rommel

Rommel est ce général allemand, stratège de la 2e guerre mondiale, qui face au fiasco dans lequel Hitler entraînait le peuple allemand, a participé à l'organisation d'un attentat sur Hitler. Ce dernier ayant miraculeusement survécu, et Rommel ayant été mis en cause, on lui a offert, pour éviter l'humiliation publique et le meurtre de toute sa famille, de se rendre pour être exécuté, ou de se suicider. C'est cette dernière option qu'il a choisi.

Quand le corrompu accepte de coopérer, ça se solde par une démission, la collaboration avec les tribunaux, suivi d'une condamnation adoucie :

- emprisonnement secret (à vie généralement),
- assignation à résidence (les gardes du corps sont alors des gardiens en réalité).
- exécution par injection létale (on s'endort et on meurt) au lieu de la balle dans la nuque.

Le prévenu s'engage à ne plus nuire aux actions de Q. C'est sur ce point que Hillary n'a pas respecté l'accord. C'est pour la même trahison qu'Obama a été abattu d'une balle dans la nuque.

Quand les crimes, le pouvoir de nuisance, ou la continuation des crimes ne peuvent passer par une simple démission, les individus arrêtés par les tribunaux secrets ont à chaque fois le choix concernant leur traitement médiatique :

- suicide, mort accidentelle ou maladie (avec l'assurance que sa réputation restera intacte, que les procès publics seront étouffés),
- subir un procès criminel et une humiliation publique (ce qu'aucun des clans ne veut).

Quand au traitement réel, vu que c'est une cour martiale militaire, c'est souvent la mort qui se trouve derrière, mais les Élites peuvent avoir le choix de coopérer pleinement (comme Epstein) et d'être enfermé dans une prison d'où rien ne filtre, comme Guantanamo.

Les sosies

les exécutés

Quand le corrompu est exécuté, plusieurs choix s'offrent :
• on fait passer officiellement l'exécution (donc l'absence de la personne) pour une démission, suicide ou maladie rapide,
• Soit la personne est remplacée par un sosie.
Le sosie n'est utilisé que lorsque le personnage est bien connu, visible dans la sphère publique, et qu'il est influent ou puissant dans la société.
Trouver, former et gérer un sosie prend du temps et n'est pas toujours possible. L'absence d'un sosie approprié a parfois retardé une exécution, comme ce fut le cas pour Pelosi, qui a montré sa rage face à son exécution qu'elle savait inexorable.
Le grand public peut sentir que quelque chose cloche, mais comme l'utilisation d'un sosie n'est pas révélée, rapidement le public s'habitue et identifie la nouvelle apparence au personnage précédent.
La personne à remplacer est souvent absente des médias pendant un certain nombre de jours, voire de semaines, avant l'apparition de son sosie, ce qui rend difficile pour détecter l'échange. Malgré cela, les signes montrant qu'un sosie est utilisé sont souvent évident. Au-delà d'Obama, les exécutions pour trahison ont fait apparaître des caractéristiques nouvelles che les accusés, comme l'œil bleu d'Hillary l'année dernière, la face ovale de Schiff, et McCain, le soutien de Daech, mourant prématurément d'un cancer.
Les sosies sont toujours imparfaits. C'est pourquoi quand ils en ont l'occasion (comme Mc Cain, ou Cumming), une maladie en stade terminale est prétextée.
Dernier avantage à mettre un sosie à la place, c'est que quand votre adversaire officiel bosse secrètement pour vous, disons que les choses sont plus faciles !

Les corrompus

Certains sosies sont utilisés par l'État profond parce qu'un des criminels État profond est décédé d'une mort naturelle, mais que le réseau de personnes qui l'entoure souhaite que son influence se poursuive. C'est le cas de Soros, qui a subi une crise cardiaque et a été remplacé par un homme aux yeux beaucoup plus grands, et d'Erdogan, qui a également eu une crise cardiaque.

Tentatives pour éviter les tribunaux

Les condamnés savent que les tribunaux secrets anglais et américains ne veulent pas que le public soit au courant des exécutions.

C'est pourquoi ces truands en sursis cherchent à se tenir au maximum sous l'oeil des médias.

Et que le moindre temps mort dans l'actualité (comme les fêtes par exemple) sont l'occasion pour les tribunaux militaires de retirer le criminel d'origine subrepticement, pour le remplacer par un sosie.

Chronologie des exécutions

Texte écrit le 23/10/2019, alors que la purge des Khazars 2 par la City à commencé.

Cette liste des morts de personnalités célèbres vous servira d'aide-mémoire pour suivre toute l'affaire.

C'est Zetatalk de Nancy Lieder la source principale de ces mouvements dans les coulisses. Nancy Lieder traite ce genre de révélations depuis 1995, très prisées Outre-Atlantique, autant du côté Québécois que USA. En France, ce mouvement remettant en cause les malversations de l'État est moins développé (si ce n'est l'arrivée récente de mouvements type Asselineau). C'est pourquoi je ne donne pas tous les détails, et ne traite que de loin en loin les événement les plus significatifs.

Début 2017, Nancy Lieder a laissé les révélations au mouvement de Q, ne reprenant elle aussi que les morts les plus significatives qui lui étaient, surtout si Q ne pouvait connaître tous les tenants et aboutissants.

Ces morts ne sont qu'une part infime de tous les morts assassinés par les Khazars2. Le but c'est juste de vous donner un aperçu de ce qui existe, de comment marche le monde.

Pour empêcher les adversaires de nuire, oui il y a des exécutions des 2 côtés. Les exécutions venant des tribunaux militaires secrets (soutenus ar la City) bénéficient de juges, il y a des preuves apportées, tout est fait dans les les règles. Les assassinats des Khazars 2 ont juste pour but de supprimer les témoins qui apporteraient des preuves aux tribunaux.

Le problème, c'est que ceux qui sont actuellement au pouvoir ne veulent pas détruire la notion même de pouvoir, c'est à dire pourquoi avons nous laissé impuni de telles malversations (comme les sacrifices rituels d'enfants). Les dirigeants en place, comme Trump; tomberaient sous la colère du peuple, même s'ils ne sont pour rien dans ces atrocités. C'est pourquoi les partie les plus horribles sont tenues sous silence, et seront traitées par des tribunaux secrets (les morts qui suivent ne sont que le début). Seules les révélations supportables par le public, comme Hillary qui donne l'arme nucléaire à la Corée du Nord, seront divulguées au public.

La junte militaire, et Q, cherchent avant tout à reprendre le pouvoir, pas à détruire la notion de pouvoir. Révéler jusqu'où les dominants ont pu aller dans l'horreur en toute impunité choquerait trop le grand public, qui réfléchirait, et qui s'apercevrait vite que ce n'est pas les corrompus le problème, mais le système qui a permis la corruption, donc le pouvoir. Il demanderait plus de transparence, et une remise en cause totale de nos institutions. Comme la junte ne veut pas perdre la confiance des populations envers l'autorité, ils font tout, depuis le coup d'État de septembre 2015, pour maintenir l'illusion de la normalité.

C'est pourquoi, pour les exécutions tenues secrètes, il faut trouver des explications plausibles. Soit les personnalités meurent étrangement subitement sans beaucoup de détails (comme David Koch ou le frère d'Hillary), soit un sosie (une personne qui ressemble à la célébrité, et qui a subi de la chirurgie esthétique pour que la ressemblance soit plus poussée) remplace au pied levé l'exécuté. Comme la voix est difficilement opérable, ces sosies (qu'on peut appeler aussi doublures qui prennent les risques lors des apparitions publiques) se contentent d'apparitions lointaines et de secouer la main pour saluer la foule. Ils s'expriment principalement sur Twitter, comme ça personne ne peut se douter que ce n'est pas eux.

Les sosies étant imparfaits, la supercherie ne peut durer plusieurs années (sauf pour les personnes ne faisant plus d'apparitions médiatique). Ils sont aussi utilisé pour répartir les vagues d'exécutions dans le temps, il paraîtrait étrange au public que plusieurs personnalités meurent d'un coup toutes en aout...

Ces sosies ne sont pas des clones, même si les clones génétiques existent, et ont été utilisés par exemple sur Georges W. Bush, qui a 40 ans, après avoir coulé plein d'entreprise, être un buveur invétéré incapable, a été abattu, et remplacé par son clone. Officiellement, à 40 ans, il a eu un accident de voiture grave, il a rencontre dieu, et du jour au lendemain, s'est arrêté de boire et de se droguer, et son comportement à changé du tout au tout. Il a même réussi à être président de la république, ce qui montre la puissance du mensonge médiatique.

Ces sosies ont d'autres utilités : Le fils de Soros étaient un peu jeune à la mort de son père pour reprendre la place, et donner plusieurs millions pour un sosie est plus rentable que de donner des milliards à l'État en frais de succession :)

Évidemment que Soros n'était pas tout seul, et c'est son clan qui prend les décisions à sa place, mais vu que Soros était très intelligent et dirigeait le clan quasiment tout seul, c'est la dégringolade générale depuis sa mort. Un mois après, il avait déjà perdu 1 milliard, les investisseurs qui étaient au courant ne l'écoutaient plus, etc.

Voici la liste qui me vient en tête, informations Nancy Lieder (ou Ben Fullford quand elles me semblent valides/recoupées, car il s'appuie sur des rumeurs d'infiltrés qui la plupart du temps sont fausses, ou issues de la désinformation CIA, donc bien faire gaffe quand ils lui donnent de vraies infos pour faire remonter sa crédibilité, bienvenue dans la complexité du contre-espionnage) :

- 11/2016 : Georges Soros, le soir de la défaite d'Hillary Clinton, Crise cardiaque. Remplacé par un sosie.
- Dmitri Medvedev (premier ministre russe) disparaît 2 semaines (des photos de lui et le chef de la mafia russe venaient d'être diffusées, et il sabotait la Russie en travaillant pour les chapeaux noirs), il est exécuté et remplacé par un sosie plus coopératif envers Poutine.
- Fin 2017 : Peu avant le suicide de Kim Jung un, qui a compris qu'il allait être attaqué à la fois par les USA et son allié la Chine (qui ne pouvaient laissé une âme immature et inconstante jouer avec des missiles nucléaires dans l'après Nibiru), son corps subi un walk-in (échange d'âme, volontaire de l'âme qui abandonne son incarnation). Le nouveau Kim Jung change du tout au tout, la crise des missiles se résout magiquement, et après l'avoir insulté copieusement, Trump ne tarit plus d'éloge sur le nouveau Kim.
- 07/06/2018 : 3 "suicides" de célébrité en même temps, des assassinats de témoins des Khazars

2. Kate Spade, Anthony Bourdain, et Ines Zorreguieta (soeur de la reine Béatrice).

- 04/07/2018 : Wang Jian (témoin de malversation des Khazars 2) et Xu Rong Xiang (médecin des Clinton, donc au courant des problème d'Hillary et du Sida de Bill Clinton) sont assassinés par les chapeaux noirs, accidents officiellement

- 25/08/2018 : Mc Cain est officiellement décédé d'un cancer de la face, mais en réalité, a été emprisonné à Guantánamo, où il est été exécuté plus tard.

- 30/11/2018 : Mort officielle de Georges Bush père, qui était mort semble-t-il de cause naturelle quelques semaines avant, et était conservé dans un congélateur par les FM USA, en attendant l'occasion propice pour utiliser son enterrement pour ralentir les enquêtes Trump. Lors de l'enterrement sous l'oeil des caméras du monde entier, les enfants Bush, les Clinton, les Pence (pour sa femme) et les Biden avaient reçus chacun des citations à comparaître pour les tribunaux militaires. Le but de ce service public était laisser les caméras prendre leur visage décontenancé pour la postérité.

- fin 01/2019 : Exécution de Ruth Bader Ginsburg après qu'elle ai tentée de s'enfuir. Remplacée par un double, officiellement dans le coma en phase terminale de cancer, dans le but d'empêcher l'élection d'un juge à la cour suprême non corrompu.

- 18/05/2019 : La chanteuse Madonna, qui a changé complètement d'apparence, fait une performance vocale pitoyable à l'Eurovision (lors de la publication de la vidéo en ligne, les fausses notes étaient corrigées, mais on a la vidéo originale qui était en direct). Selon Nancy, exécutée par les tribunaux militaires secrets pour participation aux sacrifices de Moloch du show-biz USA. Ses concerts suivants furent en playback.

- 07/06/2019 : Linda Collins et Jonathan Nichols. 2 élus républicains qui enquêtaient sur les réseaux pédophiles sont abattus le même week-end. Un message clair des Khazars 2 pour faire cesser les enquêtes. La purge des Khazars 2 par l'équipe Q semble être avancée pour mettre fin au carnage.

- 10/06/2019 : Tony Rodham, le frère de Hillary Clinton est assassiné par les chapeaux noirs (élimination des témoins).

- 17/06/2019 : Gloria Vanderbilt, héritière du baron des chemins de fer Cornelius Vanderbilt (l'une des entreprises de l'époque les plus puissantes du monde) et mondaine, styliste New-Yorkaise et "diva de la mode", est exécutée.

- 08/07/2019 : Epstein est arrêté. Le 24/07, il subit une tentative d'assassinat de la part des Khazars 2 (qui ira jusqu'à couper l'électricité dans la moitié de la ville de New-York), puis accepte alors de collaborer et est exfiltré vers Guantánamo, au moment ou son faux suicide est mis en place le 10/08/2019.

- 12/08/2019 : Elisabeth 2. Arrêtée le 13 juillet, jugée pour ses pratiques sacrificielles et le pillage du pays, et condamnée à mort par un tribunal militaire secret, conjoint entre les USA et le MI6 anglais. La Reine d'Angleterre Elizabeth 2 est exécutée le 12/08/2019. Remplacée par un sosie.

- 23/08/2019 : Le milliardaire David Koch, suspecté de participer aux soirées d'Epstein, meurt subitement lui aussi sans explication quelques jours après Epstein. Je n'ai pas eu d'infos supplémentaires.

- 22/07/2019 : Erdogan meurt d'une crise cardiaque (il avait trop peur des Khazars 2 infiltrée pour accepter une opération) et est remplacé par un sosie. Les médias qui avaient annoncé sa mort sont obligés de se rétracter le lendemain. Pendant plus de 2 semaines, présenté comme "en vacances", Erdogan n'apparaîtra pas, le temps de la chirurgie pour son sosie qui n'était pas assez ressemblant pour remplacer tout le temps le souverain.

- fin été 2019 : D'après les zétas (en aout 2020), Mark Zuckerberg, le fondateur de FB, ayant franchi la ligne rouge (soutenir les groupes de pédophiles tout en censurant QAnon) a été remplacé (par un sosie peu ressemblant, et assez repoussant). Les groupes terroristes (comme Antifa et BLM) se servaient des serveurs de FB, étaient mis en avant par ce dernier (histoire de gonfler les émeutes). Dans les lois anti-insurrectionnelles, ceci est passible de la peine de mort.

- 29/09/2019, Obama est exécuté dans les tribunaux militaires (combattaient activement Trump dans l'ombre, et pour sa haute trahison alors qu'il était président). Remplacé par un sosie aux ordres du groupe Trump.

- fin 09/2019, l'ancien premier ministre japonais sous Reagan, Yasuhiro Nakasone, est emmené à Guantánamo (avec accord du PM actuel Abe) pour être interrogé sur les réseaux pédophiles japonais liés aux chantages CIA dans les années 1980. Celui qui avait laissé brûlé le PCB au Japon, empoisonnant gravement la population, est mort 1 mois après, à 101 ans (mort naturelle dû au stress de l'emprisonnement).
- 04/10/2019 : Bernie Sanders meurt d'une crise cardiaque (révélation Zéta du 31/07/2020). Alors qu'il semblait imbattable avec AOC (pour les primaires, puis contre Trump), qu'il attaquait le parti démocrate lors des fraudes, non seulement il se remet trop vite de sa crise cardiaque à 78 ans, mais revient changé physiquement, et étrangement amorphe. Alors que sans raison, Joe Biden, qui n'était plus en course, se mets à tout gagner les primaires, Biden se couche rapidement en déclarant forfait. Les zétas révèlent que la femme de Bernie Sanders était impliquée dans du blanchiment d'argent par les chapeaux noirs, et alors qu'il était interrogé par des agents fédéraux sur ces fonds blanchis (suspicion d'être corrompu ensuite), Bernie Sanders à fait une attaque cardiaque mortelle, et a été remplacé par un sosie des chapeaux noirs.
- 13/10/2019 : [zétas] Elton John (un proche de la reine d'Angleterre) remplacé par un sosie. De même que le roi Willem-Alexander des Pays-Bas, et la reine Maxima des Pays-Bas, qui passent d'époux royaux à une tenue vestimentaire déplorable, tout en changeant de visage, le roi se laissant pousser une barbe négligée. Leurs noms circulaient depuis longtemps dans les affaires de réseaux d'enlèvement d'enfants en Europe, et la soeur de la reine, Inés Zorreguieta était décédée suspectement, à l'âge de 33 ans, début juin 2018, le même week-end que 2 autres membres du show-bizz USA (suicide par pendaison au-dessus d'une porte).
- 17/10/2019, Elijah Cummings, le principal adversaire de Trump, est exécuté par les tribunaux militaires. Mort officiellement d'une maladie. C'est la peur des démocrates qui les as incité ensuite à poser la procédure de destitution, suite à la non affaire du coup de téléphone avec le président Ukrainien, où Trump révèle habilement, sous couvert de déclassification de documents, que Biden était plongé jusqu'au coup dans les affaires de corruption ukrainienne.
- 31/10/2019, Nancy Pelosi (chef du parti démocrate) et Adam Schiff sont en fuite dans les pays du proche Orient. Netanyahu ayant probablement perdu son poste, il ne pourra rien faire pour eux. Ils seront très probablement exécutés en même temps que plusieurs généraux impliqués dans le coup d'État manqué (Trump avait fait rappelé il y a une semaine la réserve des marines, corps d'armée sous commandement direct du président).
- début 11/2019, Nancy Pelosi a été exécuté par les tribunaux secrets, son double est aux ordres du groupe Trump. La tête amaigrie et différente, elle jouera l'hystérie aussitôt après.
- 26/10/2019, Adam Schiff est photographié avec une botte orthopédique. Comme Mc Cain et Hillary, cette botte cache tout simplement un bracelet électronique de cheville, à destination des prisonniers en liberté surveillée.
- Le 02 et 04/12/2019, Hillary Clinton paraît en public et annonce qu'elle candidatera aux élections présidentielles USA de 2020. Elle avait négocié avec l'équipe Q pour reconnaître officiellement ses crimes. Assignée à résidence (quelques sorties autorisées), les gardes du corps qui l'entourent étaient en réalité des gardiens l'empêchant de s'échapper. Son passage dans les médias rompt l'accord qu'elle avait passé. Elle est exécutée de manière secrète, et le 12/12/2019, un sosie complètement différent de la Hillary de 8 jours avant paraît dans les médias, qui en rajoutent une couche en disant qu'elle est devenue méconnaissable. Sa doublure joue désormais le jeu de Trump.
- 03/01/2020, le général iranien Soleimani, numéro 2 du pouvoir Iranien (chef d'une milice dangereuse pour le pouvoir en place, mis à mal par des manifestations orchestrées de l'étranger), agent des chapeau noirs et qui fomentait des attaques sur Israël pour fomenter la guerre et renforcer Netanyahu, est abattu par un drone américain. Comme Al Bagdadhi (leader de Daech) quelques mois plus tôt, ou Ben Laden en 2011, Soleimani avait déjà été annoncé mort en 2017, et il se pourrait que c'était son sosie qui ai été abattu dans une mascarade d'assassinat extra-judiciaire (la bague montrée comme preuve sur la main du

cadavre était différente de celle de Soleimani). Ce qui aurait dû déclencher une guerre Iran-USA immédiate ne l'a pas été, au grand dam des médias, Khameini et Trump étant déjà en accord sur ce plan.

- 10/01/2020 : Le prince Harry et Megan démissionnent officiellement de la succession du trône. Leur décision semble a priori stupide, vu qu'ils vont perdre des millions et leur fastueux train de vie. Sans compter qu'ils ne savent pas comment ils vont payer tous leurs gardes du corps. Les Zétas révèle ce qu'il y a derrière cette incohérence : Harry n'est pas le fils du prince Charles, et Megan est une métis. Lui et Megan ont participer avec enthousiasme aux sacrifices d'enfants, et que comme la reine, après avoir essayé pendant plusieurs mois d'échapper aux tribunaux militaires secrets, ils ont été remplacés eux aussi par des sosies. Pas de précisions supplémentaires, mais il semble bien qu'ils aient été exécutés, ou soient en instance de l'être.

- 14/01/2020 : Arrestation de Adam Schiff à la mairie de Burbank (suivie d'une exécution le lendemain semble-t-il), désormais remplacé par un sosie. Impliqué avec Pelosi dans la tentative de coup d'État contre Trump, il avait négocié un délai, mais lui non plus n'a pas tenu son accord.

- 18/01/2020 : La juge Ruth Bader Ginsburg est officiellement sortie du coma, et son cancer du pancréas a disparu, un vrai miracle... C'est évidemment son sosie qui opère à sa place, la juge ayant été exécutée en janvier 2019.

- 25/01/2020 : exécution du basketballeur Kobe Bryant, son hélicoptère ayant été (hypothèse AM) saboté par les khazars2 pour l'empêcher de témoigner (au début des années 2010, il avait participé avec Bill Clinton à des fondations de sauvegarde de l'enfance, on sait que ces fondations font le contraire en réalité).

- 27/01/2020 : Mike Pence, la cible des Khazars 2 quand il ont tenté le coup d'État contre Trump il y a 3 mois, a démissionné officieusement de son poste de vice-président. Le remplaçant de Trump en cas de décès est donc inconnu des khazars 2, ce qui floute leurs plans. La femme de Pence avait fait fuiter des secrets vers les Khazars 2 (à l'insu de Pence), c'est pourquoi elle avait reçu une convocation à l'enterrement de Georges Bush père.

- 28/01/2020 : Netanyahu fait paraître de plus en plus son sosie. Son propre camp, les Khazars 2 semblent vouloir l'exécuter (ils l'avaient pris pour leur messie, et voient qu'il n'est pas capable de remplir les prophéties), c'est pourquoi avec Poutine il semble désormais marcher dans le "plan du siècle" de Trump pour obtenir enfin la paix au Proche-Orient. Suite au déclenchement de la veille de tous les bras armés contrôlés par les Khazars 2 (un hélicoptère et un bombardier USA abattus par les talibans en Afghanistan, un avion de chasse abattu en Algérie, Daech qui ressort et attaque soudainement la Syrie, le bombardement d'une ambassade USA, Daech qui annonce ce coup-ci vouloir viser Jérusalem), Netanyahu se terre dans un bunker, envoyant son sosie prendre les balles à sa place. C'est pourquoi on l'a vu, avec le prince Charles, livide et abattu, et pourquoi dans les discours officiels il bafouille comme le fait le sosie de Pelosi.

- 02/03/2020 : Ulay, le compagnon de l'artiste sataniste Marina Abramovic, est exécuté.

- 26/03/2020 : Depuis le début du mois de Mars, Gates est remplacé par un sosie. Il a désormais une personnalité légèrement modifiée lorsqu'il donne des interviews. Il avait démissionné de Microsoft et de sa fondation juste avant, et avait acheté le yacht le plus rapide du monde (voir tous les milliardaires se donnant rendez-vous sur le paradis fiscal de St Martin à Noël 2019, pour échapper aux poursuites judiciaires. Gates avait prévu de créer un vaccin au coronavirus qui tuerait sélectivement un type de population, et c'est l'urgence pour développer ce vaccin avant d'autres labos qui l'a incité a divulguer ses plans dans des réunions sur écoute, donnant toutes les preuves qu'il fallait aux tribunaux militaires.

- 27/03/2020 : Le 23/10/2019, il paraissait évident que le pape François était devenu l'homme à abattre pour tout le monde : les 2 clans illuminati (Khazars 2 et City de Londres) de même que détesté de la Curie et des jésuites. Accusé par les médias et les désinformateurs du web d'être un pédophile, ce qui arrange bien les tradis et nostalgiques d'avant Vatican 2. De plus, le clan de la City cherchant à mettre l'antéchrist à la place du pape (le successeur de François dans la prophétie de St Malachie), et comme François prépare la venue du vrai Christ donc contre l'antéchrist, il n'avait malheureusement pas une fin de vie longue et tranquille... Un sacrifice qu'il est prêt à faire depuis longtemps, au point que les ET qui le protègent aurait aimé qu'il soit moins trompe-la-mort…

Cela faisait plusieurs mois que François tentait d'empêcher le vol de son anneau papal (c'était le signe convenu pour lancer les assassins du Vatican sur lui). Le 25 mai, une bulle papale lui retire le rôle de vicaire du Christ : c'est claironner qu'il n'est plus pape, car plus représentant du Christ sur Terre.

Après un Urbi et Orbi exceptionnel, où le pape François parle de la tempête à venir (l'apocalypse étant aussi appelé tempête par les Q-Forces), il est assassiné par les illuminatis du Vatican (jésuites et Curie unis) par peur que le pape dévoile le secret de Fatima. Après 3 jours d'absence inexpliqués, le pape refait une messe à Saint Anne, le visage changé, et ne dira plus de propos polémiques comme "comment peut-il y avoir des pauvres dans un monde dit riche". Le 1er mai, TRDJ révèle que le pape a changé, et c'est fin juin que Zetatalk confirme qu'ils ont attendus qu'il enlève son anneau papale pour son bain qu'il a été assassiné.

- 28/03/2020 : Le reste de la royauté britannique décimée. Nancy confirme l'exécution (date non précisée) du prince William, de son père le prince Charles, et il semble que Kate soit aussi un sosie (source TRDJ).
- 29/03/2020 : les armées de l'OTAN débarquent en Allemagne, Merkel leur demande de partir, sans effet. Ce qui fait que l'Allemagne est désormais un pays occupé.
- 10/04/2020 : Boris Johnson, qui a été retiré de la circulation quelques jours sous prétexte de soins intensifs du au COVID, réapparaît transformé 3 jours tard. TRDJ confirme son exécution, l'allié de la reine avait fait semblant d'appliquer le Brexit, mais dans les faits avait laissé l'UE en contrôle de l'Angleterre.
- 19/04/2020 : Zetatalk et The Dark Judge confirment pour Mike Pence et John Kerry, des éléments de l'État profond remplacés par des sosies mais pas encore exécutés. Mike Pence, vice président de Trump, était plus actif que prévu dans le coup d'État d'octobre rouge 2019 : la mort de Trump aurait donné le pouvoir à l'État profond. John Kerry a fait des crimes plus subtils qu'Obama, mais c'est quand il s'est précipité en Antarctique avec Buzz

Aldrin, juste après l'élection de Trump, qu'il a trahi ses allégeances à l'État profond. Pas d'infos supplémentaires sur Buzz Aldrin, qui contrairement à Neil Amstrong, a su tenir sa langue sur ce qu'il a vu là-haut, et n'est pas mort dans des conditions suspectes.

- 12/05/2020 : Zetatalk révèle une flopée de nouveaux remplacements (sans préciser si l'original a été exécuté, ni quand) :
  - Merkel, après 3 semaines de COVID, réapparais avec un petit doigt plus court. Exécutée pour son plan d'invasion de l'Europe avec Erdogan. Un gros opposant européen disparaît.
  - politiques FM USA : John Podesta, Jeb Bush, George W Bush
  - show-bizz des FM USA : Marina Abramovic, Tom Hanks. Lady Gaga est cité comme prochaine cible par les TRDJ.
  - Les royautés européennes : Gloria Vanderbilt
  - Royauté Anglaise : Prince Philip, Princesse Beatrice (fille d'Andrew, petite fille d'Élisabeth 2). La royauté britannique étant l'adversaire de la City dans le contrôle de Enlil, on peut comprendre le zèle du MI6 a décimer cette famille de Windsor pro-Anu...
  - Le président du Nigeria, Buhari, qui s'était engagé à lutter contre la corruption de son pays, gaucher avant une opération chirurgicale en Angleterre, est revenu est revenu droitier. Un assassinat et remplacement par l'État profond, souhaitant le retour de la corruption au Nigéria. Un crime qui ne restera pas impuni selon TRDJ. Boris Johnson a chopé le COVID après cette histoire d'ailleurs...
  - Kim Jung Un échappe aux tentatives d'assassinats. Après que son âme ai été remplacée par un Walk-In (juste avant les JO), le clan d'en face s'est débrouillé pour rapatrier l'âme noire de Kim Jung Un dans son corps d'origine (elle a priorité selon les règles d'incarnation). C'est pourquoi les essais de missiles avaient repris dernièrement, et que Kim Jung avait disparu quelques semaines, des tentatives d'assassinat de la part des généraux ayant eu lieu. Kim Jung est ressorti sain et sauf, c'est donc de nouveau une menace pour la paix

mondiale, et j'imagine qu'il va lui arriver des bricoles définitives cette fois.

- 30/07/2020 : Anthony Faucci a un sosie, mais n'est pas impliqué pour le moment. Sa participation aux actions de Soros et Bill Gates nécessite de la garder à GITMO pour interrogatoire, et donc de le remplacer pour les apparitions publiques dans la crise du COVID.

- 12/08/2020 : les Zétas font un point sur les sosies démocrates : Photo de Joe Biden appelant Kamala pour lui offrir sa place de vice-président, avec plusieurs incohérences, comme la feuille du script à lire bien visible sur la table, Biden tiens l'iPhone à l'envers, derrière l'écran de Kamala, un dessin avec un homme qui crie "POURQUOI MOI ?! Des détails qui ressemblent aux images de Q...

Le choix des candidats aussi est incohérent : Biden n'a pas été arrêté suite à la corruption en Ukraine, mais il peut l'être à tout moment, et n'a quasiment aucune chance de passer avec un tel dossier. On a vu que Sanders était mort de sa crise cardiaque, mais comment se fait-il que les démocrates n'ai trouvé personne de mieux que le pire choix qu'est Biden ? Pourquoi ne pas retenir la populaire Alexandria Ocasio-Cortez, la seule capable de battre Trump ? Pourquoi choisir Kamala, celle qui disait qu'elle comprenait les femmes que Joe Biden avait sexuellement agressées ?

Biden, ou du moins son équipe, ne sont pas des incompétents : c'est juste des codes pour dire qu'ils sont tous sous le contrôle de Q. Le parti démocrate a été décimé, littéralement...

Les Zétas expliquent toutes ces incohérences, et comment Q a tranché entre toutes les options possibles :

Pour rappel, on en était à Joe Biden, déficient mental, remplacé en 2016 après le départ d'Obama. Il est maintenu en vie, en cas de tests d'identité, mais c'est une doublure noire (obéissant aux chapeaux noirs) qui agissait à sa place. Cette doublure n'était pas légale, c'est pourquoi l'intronisation aurait été faite avec le vrai Biden, qui aurait été escamoté juste après, pour laisser la place à sa vice-présidente (Michel Obama avant son arrestation).

Sauf qu'en même temps, les démocrates ont monté une fraude massive aux élections : systèmes de vote par correspondance illégaux dans plusieurs États, en corrompant les postiers et obtenant des listes électorales signées par les agents de vote.

Kamala était une doublure blanche (obéissant à Q) depuis juillet. Pourquoi la doublure noire de Biden aurait choisi quelqu'un obéissant aux adversaires ? Tout simplement parce que la doublure s'est fait doublée : suite aux enquêtes sur les fraudes aux élections, le FBI a eu carte blanche pour arrêter tout le monde en face (dont le faux et le vrai Biden, actuellement en attente de procès à GITMO). C'est donc une deuxième doublure de Biden qui est monté sur la scène, une doublure blanche.

Pourquoi Michel Obama n'est pas intervenu (surtout vu sa popularité) ? Il a été arrêté par les Q-Forces en début d'année (juste après la sortie de son livre il me semble), pour les malversations faites les derniers temps du mandat d'Obama (notamment la tentative de coup d'État contre Trump, qui a déjà coûté la vie à Barack Obama). Donc, toute la campagne de Joe Biden est désormais contrôlée par le FBI (pour la légalité) et Q, qui contrôle aussi celle de Trump.

Et la démocratie dans tout cela ? Elle n'a jamais existé, de tout temps on a eu des marionnettes qui obéissaient au même maître dans les coulisses. Mais que les "libérateurs" utilisent les mêmes principes que leurs adversaires, doit nous mettre la puce à l'oreille en effet, et nous inciter à rester vigilants sur la suite des événements. A ne pas être naïf... Les Zétas disent que le choix des électeurs sera respecté. Certes, mais avec un pantin qui fait tout pour se décrédibiliser, est-ce que le choix est honnête ?

- 28/08/2020 : n_ième rebondissement dans l'affaire de l'âme de Kim Jung Un. La Corée du Nord avait été nucléarisée à la fin des années 1990 par les chapeaux noirs, via la bénédictions des Chapeaux noirs. Le but étant évidemment de se créer des adversaires redoutables lors de la 3e guerre, et de tuer le plus de monde possible. En mars 2018, Kim avait conclu un accord avec le président Trump, parce que les Q-Forces et le Conseil des mondes l'avaient coincé. Il connaissait des échecs répétés. En avril 2018, l'âme de Kim a voulu sortir et a quitté le corps, pour être remplacée par un Walk-In. Mais la règle concernant les Walk-In est que si l'âme d'origine veut revenir, l'arrangement du Walk-In est annulé, et c'est ce qui s'est passé début 2020. Les essais de missiles ont repris, et des tentatives de redémarrage d'un programme nucléaire ont été lancées. La junte militaire en Corée du Nord s'était habituée à un Kim plus gentil, et ne se réjouit pas du retour de l'ancien dictateur. Ainsi, à la mi-avril 2020, ils ont commencé à organiser la mort de Kim. Les Zétas disaient alors que les généraux avaient de grandes chances de réussir, ce qui s'est produit effectivement. Une opération du coeur en avril de Kim Jung s'est soldé par un coma (dont il sort et rentre en permanence, son âme noire s'accroche à cette vie), et Kim Jung Un devrait décéder dans l'année. Kim Jong Un a déjà passé la plus grande partie du contrôle du pays à sa sœur, facilitant ainsi le transfert du pouvoir. Peu de choses changeront en Corée du Nord lorsque Kim Jong Un mourra, et que sa mort sera reconnue par des funérailles officielles. En fait, la mort de Kim Jong Un pourrait être retardée pendant un certain temps, car la junte sera nerveuse quant à la réaction des citoyens de Corée du Nord : en effet, les dirigeants politiques sont traités comme des guides religieux (un peu comme la Reine d'Angleterre ou le Pape). Comme partout dans le monde, l'homme de la rue devrait donc être privé de ses droits. On craint également que le peuple, affamé et empêché d'échapper aux traitements brutaux infligés par Kim et la junte, se rebelle et commence à se révolter. Ce sont probablement les changements terrestres lors du passage de Nibiru qui apporteront un véritable changement en Corée du Nord.

- 29/08/2020 : Shinzo Abe démissionne. Selon les Zétas, Shinzo Abe, élu par les chapeaux noirs Khazars2 (et mis en place par la fraude électorale), et leur devant donc allégeance, avait prévu de lancer des bombes nucléaires sur l'Ouest des USA, obligeant à utiliser les bulletins de vote postaux. Mais comme les précédents False Flag (missiles français découverts in extremis dans des aéroports), celui-là a été désactivé. Abe avait à l'époque aidé à la bombe atomique israélienne, placée sur la faille japonaise, qui avait provoqué le désastre du tsunami et Fukushima, et assuré la coopération des banquiers japonais aux plans des Khazars2.
- 06/09/2020 : [Zétas] Biden 1 a été exécuté pour haute trahison, son corps est gardé dans la glace, en attendant un enterrement officiel, qui devrait suivre rapidement l'élection du 04/11.

- 16/01/2021, les zétas révèlent que Macron a bien été exécuté et remplacé (voir danger pour les Élites : coup d'État>France>remplacement de Macron p.).
- 17/12/2020 : [Zétas] Trudeau exécuté a une date inconnue. trahison et détournement de fonds.
- janvier, février, mars 2021 : beaucoup de morts officiels célèbres (acteurs, chanteurs, artistes, politiques, grands industriels, même de moins de 60 ans), affiliés au DS, dans le monde entier, depuis Noël, défiant toutes les statistiques, mêmes celles de la semaine après Noël (hausse de la mortalité chaque année). Comme par exemple Arnaud de Rothschild à 50 ans. Dans le même temps, démission de plusieurs gouvernements dans le monde, coup d'État en Birmanie suite à une fraude électorale massive, pays où Soros avait investi plusieurs dizaines de millions depuis 2013.
- 15/03/2021 : Netanyahu et sa clique exécuté, révélé par Fullford, confirmer le 20/03/2021 par les Zétas. Ses crimes sont rappelés, dont les dizaines de milliers de morts au Japon de par l'explosion de la bombe nucléaire ayant généré le tsunami meurtrier et la fusion des coeur de Fukushima, les attentats de Paris en 2015 (Charlie Hebdo, HyperCasher, Bataclan, stade de France), et plus généralement les attentats en Europe, la destruction du sous-marin russe Losharik, la tentative d'assassinat du président Trump par un missile tiré d'un sous-marin israélien, le bombardement d'une raffinerie de pétrole saoudienne, le partenariat avec Zuckerberg pour traquer les migrants en Afrique et en Amérique du Sud, l'incitation à la guerre avec l'Iran.

En complément, à venir (écrit le 23/10/2019) :

- Poutine ne fait pas partie des Khazars 2, et de toute façon est allié avec l'équipe de Trump. Il a subi plusieurs tentatives d'assassinat de la part des Khazars 2.
- Benoît 16 est le prochain sur la liste, et sa mort devrait coïncider avec celle de la reine d'Angleterre, dont le décès officiel ne pourra être repoussé trop longtemps à cause du sosie peu ressemblant.

Pour ceux qui voudraient se rendre compte, voilà par exemple un diaporama des morts célèbres. Quand vous voyez plein de photographes célèbres, qui photographiaient des mannequins liés à Epstein, qui meurent à quelques semaines d'intervalles, votre compteur interne de probabilités devraient s'affoler !

Guerre > Les grands moments

Survol

Soumissions en chaîne (p.)

18/10/2020 : Trump a déjà gagné. Revoyons les grandes étapes des soumissions en chaîne de tous les pays du monde, juste au niveau des signes visibles.

Soumissions en chaîne

Résumé de la conquête du monde par les Q-Forces, expliqué par des Q-Anons bien informés (mais ne parlant pas des doublures par exemple, juste des signes visibles que tout le monde peut voir).
Les chapeaux noirs (royaux et FM) se sont soumis à la City par peur de la Déclassification. Nous n'assistons qu'aux soubresauts de la bête morte. Récapitulatif de l'oeuvre de Trump, depuis son élection :

1. Arabie Saoudite soumise

À la mi-2017, Trump se rend en Arabie Saoudite. Le roi Salmane se soumet publiquement en portant une épée de danse en l'honneur de Trump. C'est le symbole d'une guerre commune. Q140. En octobre 2017, un côté de la pyramide chapeau noir est tombé avec le Coup d'État en Arabie Saoudite (éviction des princes corrompus chapeau noir, renforcement autour de MBS).

2. Israël soumis

Immédiatement après avoir quitté l'Arabie Saoudite, Trump se rend en Israël. Aujourd'hui encore, les États-Unis et Israël s'entendent bien. Trump visite le mur des lamentations. Israël s'est soumis publiquement en permettant aux USA de déplacer son ambassade à JerUSAlem.

3. Vatican soumis

Trump quitte Israël et s'envole directement pour Rome. Le pape François aurait reçu des preuves concrètes de trafic d'êtres humains fournies par la nouvelle coalition des USA, Arabie Saoudite et Israel. Des lignes rouges (à ne pas franchir) ont été tracées à cette occasion. Le Pape se soumet publiquement en ayant l'air sombre et dépité, tandis que Trump est tout sourire, et que Melania et Ivanka porte le costume noir des femmes se rendant à un enterrement.

4. UE et OTAN soumis

Trump quitte alors Rome et s'envole pour Bruxelles. L'UE et l'OTAN ont maintenant réalisé que Trump a toutes les preuves, et on leur a dit de laisser tomber #BREXIT et de payer plus pour #NATO. Les dirigeants de l'UE se sont publiquement soumis sur la photo lorsque Trump arrive en retard, comme si c'était le patron. Merkel ne fait pas le losange avec les mains comme d'habitude, elle garde les points serrés.

5. Bataille de Las Vegas

En octobre 2017, DEEP STATE a essayé de tuer le nouveau prince héritier de l'Arabie Saoudite, MBS (allié de Trump). L'ancien prince héritier d'Arabie Saoudite, Alwaleed, est neutralisé (arrêté officiellement le 06/11/2017). Il a juste réussi à contrôler Twitter. Q contrôle TWITTER depuis ce moment. C'était un ÉVÉNEMENT CLÉ. (Q117 : Alaweed était lié à Bruce Genesoke Ohr (ancien chef du département de la justice USA) et HUMA (Association des musulmans de Harvard)).

6. GAFA (haute technologie) soumis

Avec la disparition du marionnettiste Alwaleed, MBS commence un voyage, pour faire soumettre à Trump, tous les PDG précédemment soumis à la branche d'Arabie Saoudite de la pyramide des chapeaux noirs. Google. Apple. Twitter. Facebook. Microsoft. Etc. On voit une série de photos avec MBS (en costume 3 pièce occidental) rencontrer les patrons de toutes ces sociétés du GAFA. C'est pourquoi les censures Twitter et Facebook sur le mouvement Q-Anon ne sont que des leurs...

7. Japon soumis

Avec le Moyen-Orient et les GAFA soumis, Trump se tourne vers l'Asie en novembre 2017. Le Japon se soumet publiquement lorsqu'il laisse Trump remettre le trophée de champion de sumo. L'empereur japonais est mort en retirant à une vieille famille son contrôle.

8. Corée (Nord et Sud) soumis

Trump quitte le Japon et s'envole pour la Corée du Sud. Beaucoup pensent que c'était la première fois que Trump se rendait à la frontière de la Corée du Nord pour rencontrer Kim. Quelques semaines plus tôt, la montagne de recherche nucléaire de Corée du Nord s'était "effondrée", tuant les scientifiques nucléaires affiliés aux chapeaux noirs.
Supprimer la menace nucléaire ?

9.Chine soumise

Trump s'est ensuite envolé pour la Chine afin de rencontrer Xi dans la Cité interdite. C'est un acte de soumission MASSIVE. Rappelez-vous que Xi avait déjà visité Trump à Mar-A-Lago (résidence et site historique national américain situé à Palm Beach, en Floride, propriété de Donald Trump depuis 1985) pendant quelques jours au printemps 2017. La Chine de Xi veut aussi se débarrasser de son état profond.

10. Vietnam soumis

Trump se rend ensuite au Vietnam pour obtenir la soumission des dirigeants de l'Asie du Sud-Est (incluant Singapour et les Philippines). Trump est placé en position d'honneur, à la droite du leader vietnamien, comme preuve de la soumission du Vietnam. Il s'agit de mettre fin au trafic.

11. Davos soumis

Début 2018, les dirigeants mondiaux comprennent le plan et les citoyens américains moyens se réveillent. Trump s'envole dans la tanière du lion à Davos, en Suisse, en présence de Soros. Tous les plus grands PDG et banquiers du monde se soumettent à Trump à Davos (sur la photo, les directeurs sont en retrait sur leurs chaises, tandis que Trump, en position centrale, se tient penché en avant). Sont représentées les multinationales Novartis, ABB, Anheuser, SAP, Siemens, homeland security, Deloitte, Nestle, World Economic Forum, Nokia, Volvo, Adidas, Bayer, HSBC, Total, Thyssenkrupp, Statoil.

12. Inde soumise

Trump se concentre maintenant sur l'Inde. Leur leader Modi se soumet publiquement à Trump avec ces accolades. Sur cette photo, il a également joint ses mains pour montrer qu'il avait les mains liées et qu'il s'était soumis. Ces communications sont importantes pour les chapeaux noirs, et très symboliques.

13. Amérique centrale soumise

Trump demande au nouveau président du Mexique de se soumettre. Avec les dirigeants d'Amérique centrale. Les cartels doivent tous être supprimés par l'armée au fil du temps. Cette soumission se traduit par l'arrêt de la caravane de migrants. Sur la photo de signature des accords, les dirigeants mexicains sont assis et l'air pas content de signer, Trump est debout derrière eux, l'air sévère et regardant les contrats, comme s'il leur imposait de signer un accord de force.

14. Brésil soumis

Trump accueille un nouvel ami à la table des négociations lorsque le Brésil élit sa version de Trump avec Bolsonaro comme président. Bolsonaro arrête rapidement le meilleur ami d'Oprah (chapeau noir), conseiller spirituel, et trafiquant d'enfants (ferme à bébé), Jean de Dieu. Sur la photo, Bolsonaro est les mains jointes, comme attaché, l'air dépité et pas content, tandis que Trump, en train de parler, fait le signe du triangle vers le bas avec ses mains.

15. Argentine soumise

Lors du G7 en Argentine fin 2018, Trump rassemble tous les banquiers mondiaux et les force à se soumettre. Puis Trump quitte la scène, laissant le président argentin tout seul pour montrer la soumission de l'Argentine à Trump. L'Argentine est un repaire de trafiquants. Merkel aura 12 heures de retard, son Airbus ayant du se poser d'urgence, elle prend un vol d'Air Ibéria, tous les avions allemands étant cloués au sol, chose jamais vue pour un chef d'état de cette envergure. le mari de Merkel doit annuler sa participation et retourne à Berlin.

16. Trudeau & Merkel soumis

Trudeau & Merkel se soumettent à Trump lors du sommet du G7 au Canada. Ces images de Trump les bras croisés sont un autre signe qu'ils se sont soumis à Trump. Remarquez Trudeau (président du Canada) avec les mains jointes. Une belle soumission. Trump pointe son index sur Trudeau, avec le pouce en l'air comme un pistolet, comme s'il allait abattre Trudeau.

17. Macron soumis.

Macron est marié à une chapeau noir, et il a travaillé pour les Rothschild. Pourtant, il s'est complètement soumis à Trump sur ces photos (ou Trump le prend par la main et l'entraîne de force comme un gamin. Trump a toutes les preuves, et ces leaders sont chargés de nettoyer [leurs] états profonds ou Trump va tout DÉCLASSIFIER. La vidéo où Trump enlève des pellicules imaginaires sur l'épaule de Macron est révélatrice de cette demande de se nettoyer...

18. May soumise

Souvenez-vous quand Theresa May a pleuré comme un bébé et a démissionné pour permettre à Boris Johnson (partisan de Trump) de prendre le relais comme Premier ministre d'Angleterre. May doit la vie à Trump. Q a révélé que Trump a alerté

May d'un assassinat que les chapeaux noirs préparaient contre elle.

19. Reine soumise

La Reine s'est soumise à Trump lorsqu'elle lui a permis de marcher devant elle lors d'une revue de sa garde d'honneur. Trump est en position centrale sur la photo officielle (Reine et Mélania à sa droite, Charles et Camilla à sa gauche). La reine fait asseoir Trump sur la chaise de Winston Churchill. Soumission totale.

20. Prince Charles soumis

Tout comme la Reine, Trump est placé devant le Prince Charles pour passer en revue sa propre garde d'honneur. C'est un acte de soumission flagrant.

21. Russie soumise

Trump poursuit sa tournée de soumission mondiale et se rend en Norvège pour rencontrer Poutine. Lors de ce fameux sommet, Poutine donne à Trump un ballon de foot et lui dit "la balle est dans ton camp". Soumission absolue.

22. Kevin Spacey soumis

Spacey a livré de la "pizza" à la presse en portant un chapeau qui disait "à la retraite depuis 2017", puis il a réalisé ces vidéos effrayantes de "House of Cards". Spacey était sur l'île d'Epstein. Il sait tout. Il s'est soumis, mais la justice sera quand même rendue.

23. George W. Bush soumis

Dans un autre acte de soumission, Bush a également livré de la "pizza" à son détachement des services secrets. Et aux funérailles de son père Georges Bush, Trump donne une tape amicale sur l'épaule de W., nous avons tous vu la "non-réaction" de W. aux Lettres glissées dans les feuilles de chant, alors que Jeb Bush et Laura (Laurel) paniquaient. Soumission.

24. Schumer/Pelosi soumis

Ces deux agents politiques rusés, chefs du parti démocrate, ont pris "intentionnellement" (leurs doublures plutôt) des décisions horribles pour le Parti démocrate en octobre 2019. Ils détruisent les Démocrates de l'intérieur. Les mains jointes sur la photo avec Trump qui fait le symbole du triangle renversé vers le bas.

25. Newsom/Brown soumis

Après les incendies du Paradise Fires, Trump a fait le tour du carnage avec les gouverneurs Newsom & Gov Brown. Sur la vidéo de 3 minutes, les deux hommes gardent les mains "attachées derrière le dos" pendant que Trump parle à la presse. Une soumission absolue.

26. Cuomo soumis

Lors de sa récente conférence de presse, Cuomo s'est soumis à Trump en portant visiblement ses doubles "piercings" de téton sous sa chemise. Vous pouvez les voir clairement sur la photo. Cuomo a détruit sa crédibilité avec la mauvaise gestion du COVID.

27. Fed soumise

Pendant le COVID, la Réserve Fédérale a été reléguée au second plan par le Département du Trésor contrôlé par Trump pour la première fois en 100 ans. La Fed a soumis et payé toutes les liquidités alors que notre Trésor a garanti les actifs. Avant, c'était l'inverse.

28. Sénateurs du GOP (parti républicain) soumis

Chaque sénateur du GOP qui a voté pour confirmer Brennan pendant le règne de trahison d'Obama a soit démissionné, soit pris sa retraite, soit s'est soumis à Trump.

Trump a déjà nettoyé le GOP. Les Démocrates n'ont pas encore fait le ménage du tout. Glissement de terrain pour 2020.

29. Nouvelle-Zélande soumise

La Nouvelle-Zélande a été corrompue par la CIA, et elle était destinée à être la cachette des chapeaux noirs pendant le règne de terreur d'Hillary Clinton sur Terre. Après le false flag de Christchurch par la CIA, Trump a soumis la Nouvelle Zélande fin 2019. Sur la photo du 24/09/2019, les mains jointes pour Jacinda Ardern (premier ministre pour Jacinta), pouce levé pour Trump.

30. Sénateur républicain Lindsey Graham soumis

Ce sénateur (LG) a été compromis par McCain, mais a aidé à faire tomber McCain. Cette photo des funérailles de McCain montre la soumission où le Général Kelly signale à LG que l'armée surveille à qui vous parlez. Kissinger est entre les 2 hommes.

31. McCain non soumis

McCain a décidé de ne pas se soumettre. Il a donc été exécuté pour trahison. Je parie que l'[état profond] ne s'attendait pas à ça. Q1649 a prédit que sa "mort" coïnciderait avec la Journée nationale du chien. Vous avez remarqué le drapeau américain froissé sur son cercueil ? Soumission.

32. Chrissy Teigen (chef de la haute assemblée) finalement soumise

Elle a livré ces 3 pizzas à la presse alors que sa fille tenait la poupée d'un enfant nu. Ne vous inquiétez pas, la justice sera pleinement rendue. Son mari, John Legend, a probablement fait de même.

33 : Ellen de Genere (présentatrice télé) soumise

Sur cette photo, elle prend la pose du Pendu (reddition) de la franc-maçonnerie. On la voit ensuite portant le 11:11 sur sa chemise. Q a dit que 11:11 est un marqueur. Demandez-vous pourquoi [elle] annule son spectacle et se fait soudainement passer pour un tyran ? Soumission.

34 : Biden Soumis

Le 31 août 2020, Biden s'est soumis publiquement en livrant les traditionnelles "3 pizzas" lors d'une séance photo.

Croyez-vous vraiment qu'il est sénile ? Et qu'il dit des choses stupides ? Ou fait-il intentionnellement semblant, tout comme McCain a fait semblant d'avoir une tumeur au cerveau ? C'est à vous de décider.

Les étapes préparatoires de Trump

La listes des dires des Zétas sur l'avancement des choses dans les coulisses :

janvier 2018

Le décret de Trump signifie que tous les fonds Hillary, blanchis par l'intermédiaire de la Fondation Clinton, seront confisqués. Elle et Bill ont accepté des dépôts de dictateurs africains connus pour leurs violations des droits de l'homme. Tous les fonds Soros seront confisqués. Tous les fonds saoudiens sur le sol américain auxquels le roi ne peut accéder seront confisqués. Les politiciens américains connus pour se remplir les poches avec l'argent de la drogue seront confisqués, y compris Herbert Bush, le roi de la drogue. Aucune de ces confiscations ne sera publiée dans la presse.

décembre 2018

Dunford, en tant que chef de l'état-major, aura permis que la trahison de McCain soit poursuivie, que les fonds blanchis d'Hillary soient récupérés de la Fondation Clinton, que le chantage à la pédophilie soit récupéré des archives de la CIA à Langley. Dans les coulisses, les pédophiles sont arrêtés, et le sacrifice d'enfants Moloch condamné. Les anciens dirigeants du Nouvel ordre mondial ont perdu le contrôle et ne sont donc plus aux commandes .

Janvier 2019

Le divorce des Bezos est une tentative de protéger une grande partie de la richesse de la famille Bezos, estimée à 135 milliards à l'heure actuelle, de la confiscation par la junte de Trump ? Les tribunaux peuvent fonctionner sur la base de la trahison et/ou en se fondant sur le décret 13818 de la junte de Trump.

Quels sont les crimes concernés ? Amazon a une portée internationale, elle importe des marchandises d'outre-mer et en expédie partout. La drogue, le sacrifice de jeunes enfants pour Moloch et les immigrants clandestins, peuvent tous être transportés dans des conteneurs de transport et logés dans des entrepôts d'Amazon. Bezos en tant que tel n'est pas un fan de ce trafic, mais la CIA s'assure la coopération par le chantage.

octobre rouge (10/2019, fin des Khazars 2)

Q avait parlé d'octobre rouge en 2018, il faisait référence au coup d'État manqué des démocrates contre Trump en octobre 2019 (toujours un an d'avance) suivi de la purge des démocrates, et le probable abandon du pouvoir par Netanyahu.

Fini donc le nouvel Ordre Mondial obtenu dans le chaos suite à une 3e guerre mondiale, c'est la solution d'un Nouvel Ordre mondial, obtenu de manière plus pacifiste, aux mains de l'antéchrist qui s'est dessinée.

A noter que l'antéchrist représenté par Odin (un anunnaki instable psychologiquement mais qui ne va pas chercher à aller le plus loin possible dans sa domination des autres, regardant juste ce dont il a besoin) était préférable à un humain fou furieux et sataniste (qui cherche à aller le plus loin possible dans l'horreur pour prouver sa toute puissance). Odin mange des enfants pour combler son déficit en fer, les satanistes mangent des enfants en les torturant juste pour montrer leur pouvoir sur les autres, et qu'aucune règle morale ne vient entraîner leur liberté individuelle sacrée (sans se préoccuper de la liberté d'autrui).

Dans cette guerre souterraine, les nouvelles Élites cherchent à se mettre les populations dans la poche, comme Hitler avait fait en nationalisant les banques et en supprimant la dette qui avait mis l'Allemagne à genou. C'est exactement ce que la City cherche à faire. Ils nous foutent dans le chaos économique, pour ensuite nous jeter une bouée de sauvetage. Nous étions sur un paquebot de croisière luxueux, nous nous retrouvant sur un petit radeau exposé à la pluie et grelottant de froid, mais ce sera mieux que dans l'eau glacée entourés de requins...

Pour montrer que c'est les gentils, et comme la plupart des gens se rendent bien compte maintenant des malversations des Élites dans l'histoire, ils ont fait un truc très connu en politique. On laisse le candidat adverse prendre le pouvoir, on lui met des bâtons dans les roues, puis ensuite, aux prochaines élections, on gagne les élections vu qu'en n'ayant rien fait, on ne peut être accusé de ce qui est mal allé sous le mandat de son adversaire :)

Résumé d'octobre rouge

Le 15 janvier 2020, on peut résumer Octobre rouge qui vient de se passer.

Le scénario du coup d'État criminel était de condamner Trump et retirer le vice-président Mike Pence du pouvoir, puis installer Nancy Pelosi à la présidence. Une fois sur place, elle nommera Hillary Clinton en tant que vice-présidente sans résistance du Sénat, puis elle démissionnera, faisant d'Hillary Clinton la présidente.

C'est ce plan qui a fuité dans le milieu conspi en décembre 2019, mais il était déjà daté, vu que le coup d'État était déjà désamorcé par Trump ! Et sans guerre civile, comme il était prévu dans le plan initial.

Donc en effet, le président Trump devait être arrêté par des forces armées fidèles à l'État profond, de manière tout à fait illégale, mais CNN, en filmant l'arrestation, aurait oublié de préciser ça... En utilisant le biais cognitif "s'il a des menottes, c'est qu'il est coupable". C'était le jour ou Trump a "inexplicablement" rappelé la réserve des marines (corps d'armée directement sous son commandement) et l'a massé à Washington... Première déception de l'État profond, on oublie l'arrestation, les mutins n'étaient plus assez nombreux...

Ne leur restait alors que la possibilité de tuer Trump. Pour éviter les empoisonnements, Trump se nourrit dans un Mc Do au hasard chaque jour. Pourtant, il s'est quand même retrouvé à l'hôpital avec son goûter le même jour. La maison blanche a peu communiqué sur ces 2 jours de disparition, mais grâce aux zétas, on sait que ce jour là, Trump et son goûter ont vu le tunnel de lumière... Les

ET bienveillants ont eu le droit de les ramener, tous les 2 sont sains et saufs. Il fallait à la fois un poison qui se déclenche avec retard dans le corps, et à la fois un infiltré dans le service de sécurité de Trump, au plus haut niveau, qui sacrifie sa couverture dans cette tentative désespérée (normalement, il était gracié par Hillary présidente, mais vu comme ça s'est passé, je ne garanti pas qu'il s'en soit sorti sain et sauf...).

Cette tentative de meurtre du président ayant fait chou blanc (comme beaucoup, désactivées par les ET), ça a laissé le champ libre à Trump pour avoir les preuves et arrêter Pelosi et Schiff. Bizarrement, à la sortie de l'hôpital, Pelosi et Schiff sont partis tous les 2 a l'étranger. Une tentative de fuite et de négocier un exil dans des pays amis des khazars 2, et qui a échouée (ils ont été ramenés aux USA). Pelosi avait déjà un sosie de prêt, elle a été remplacée rapidement puis exécutée. Quelques jours après, on voyait une Pelosi plus maigre et peu ressemblante essayer de justifier en bafouillant qu'elle allait donner toutes les preuves au sénat (ce qu'elle refusait de faire quelques jours avant), ce qui évidemment n'était pas du goût des démocrates (ces preuves montraient que les démocrates avaient accusé Trump les mains vides). Schiff est apparu avec une botte orthopédique, cachant un bracelet de surveillance électronique accroché à la cheville. Son sosie est sorti ces jours derniers, et le vrai Schiff a lui aussi été exécuté... Hillary exécuté le 12/12/2019, et elle aussi remplacée par un sosie obéissant à Trump. 8 jours après le dernier passage de Hillary à la télé (elle passe tellement peu que c'était un événement, en effet en résidence surveillée elle ne peut pas se rendre sur les plateaux télé) que même les médias étaient obligés de reconnaître qu'elle était devenue méconnaissable en 8 jours, accusant une opération au botox (qui aurait très mal tournée vu le résultat !).

Les démocrates ont perdu toutes leurs roues de secours, les sosies qui remplacent les leader démocrates travaillent maintenant pour l'équipe Trump, un rude coup dont il est peu probable que l'État profond USA se relève... Surtout que les arrestations (144 000 FISA en attente, tiens, comme les 144 000 de l'apocalypse) vont pouvoir être lancées désormais.

Comme tout est relié, on a vu aussi l'arrestation fin décembre de Harry et Méghan, et cette décision semblant débile de quitter la royauté, ses millions et son confort, et d'aller s'enfuir au

Canada (alors que depuis 1 ans ils mettaient en place leur retraite au Botswana...).

On a vu début janvier Poutine virer tout son gouvernement, et retirer une partie des pouvoirs de l'État profond (hauts fonctionnaires invirables, se cooptant de générations en générations, et se protégeant judiciairement les uns les autres) pour les transférer à la douma, plus prévisible, sur lesquels on peut enquêter plus facilement, et dont on peut retirer les membres s'ils trahissent.

Si vous ne comprenez pas la version officielle servie par les médias, c'est normal. Il n'y a pas d'éléments irrationnels en politique, il n'y a que des guerres cachées au public. Tous ces actes ont une explication, juste que les mass medias ne vous donnent pas la bonne explication, et se contentent de dire que nos dirigeants sont fous... Si c'était le cas, tous ces dirigeants ne ressortiraient pas fortement enrichis de leur exercice du pouvoir...

Coronavirus et arrestations FISA

Un texte du 15/03/2020 (élections municipales en France, dont on annonce une loi martiale pour le lendemain, et le confinement de toute l'île de France).

Ces couples célèbres n'ont pas le coronavirus, mais resteront invisibles quelques temps, voir décéder mais pas de maladie, ou ressortir physiquement "transformés"... Dingue tout ce qu'une grippe peut couvrir, sans que ceux qui sont biberonnés par les mass medias ne se doutent de rien du tout...

Ce ne sont pas mes sources habituelles, mais c'est l'hypothèse qui explique le mieux ce qu'on observe de l'actualité (et qui explique que des gens comme des acteurs USA, ou encore Gérard Fauré le dealer des puissants, puissent balancer la vérité à la télé sur la pédophilie des puissants, dont l'existence même a été cachée pendant des siècles).

-Trudeau arrêté par les USA pour crimes d'entreprise et financiers.

- Tom Hanks arrêté pour la pédophilie.

- Plus de 80 fonctionnaires du Vatican arrêtés pour crime financier, pédophilie, traite des enfants et abus sexuels.

- Les Émirats unis ont achevé les arrestations massives de leur propre famille royale et alliés.

- Harvey Weinstein a accepté un accord en échange de son témoignage contre des centaines de célébrités Hollywood et leur implication dans le commerce de drogue, de pédophilie et le trafic d'enfants. Au lieu de 55 ans de peine, il n'a reçu que 23 ans de peine. En échange, il a fourni des témoignages contre certains des noms les plus grands et les plus puissants dont le Prince Andrew du Royaume-Uni, l'ancien président Bill Clinton, ancien vice-président Joe Biden, Tom Hanks, Oprah, Quentin Tarantino, Charlie Sheen, Kevin Spacey, John Travolta, Steven Spielberg, Podesta, NXIVM et PIZZAGATE, et des centaines d'autres.

- Comme Weinstein, Epstein ne s'est pas suicidé, et à collaboré avec la justice pour révéler tout ce qu'il savait. On sait que la prison n'est pas difficile pour tout le monde pareil...

- Les PDG de multi-nationales inculpées / arrêtées, d'autres obligés de démissionner au cours des 2 derniers mois, tels que PDG de la NBA, Harley Davidson, Gates Foundation, Intel, McDonald' s, Cesar Awards, Chef de la police du Vatican, Disney.. etc. 800 nouvelles démissions arriveront dans les 3 prochains mois.

Le virus de Coronavirus, géré en laboratoire, est une couverture pour l'agenda de vaccination obligatoire de masse, ainsi qu'une opération secrète des services de renseignement USA.

Cette opération d'arrestation de masse (158 000 personnes, les fameux FISA dont on parle depuis l'arrivée de Trump en 2017) va retirer et capturer les plus grands politiciens molochiens, célébrités et PDG y compris les Élites mondiales et les banquiers tels que George Soros, officiels de l'ONU, fondateurs de GRETA INC.

Trump remportera 2020 élections et les arrestations d'anciens présidents américains auront lieu début 2021. Toutes les arrestations majeures seront couvertes par les médias en tant qu'accident ou mort naturelle.

Certains leaders religieux seront arrêtés ou contraints de démissionner, certains seront "malades" soudainement. Le Vatican sera le premier et le Pape [Benoît 16 ?] sera enlevé en 2020. La production d'Adrénochrome extrait des sacrifices humains sera révélée et Hollywood et le Vatican en sera directement responsable.

À venir, il y aura une fermeture complète de 2 mois des opérations les plus courantes telles que les écoles, bourses, certaines banques, aéroports, expédition, voyages, événements, galas, expos, jeux sportifs, championnats de sport, cérémonies de prix de la musique , croisières de navires.

La mise en scène va inclure des pénuries alimentaires et perte d'électricité. Les prix de

656

l'essence vont baisser, les coûts alimentaires vont augmenter, l'assurance augmenteront, les stocks d'or / argent vont s'effondrer, de nombreuses entreprises vont soit en faillite ou prendre une perte financière importante comme ce qui va arriver à Air Canada, Disney et Coca Cola.

La grippe aviaire H5N1 sera intentionnellement libérée cette semaine hors de Chine.

Bienvenue au grand réveil. Ce qui va se passer cet été / automne va changer l'histoire du monde.

Apparition des fondamentalistes USA

Un gros post récapitulatif de Marc sur la situation actuelle, apportant plein d'infos supplémentaires par rapport aux Zétas (les Altaïrans n'étant pas liés aux opérations de Q actuelles).

Les évangéliques fondamentalistes provoquent le chaos

A réémergé l'année dernière un groupe illuminati minoritaire, lié aux royautés européennes (mais indépendant de l'État profond et de la City, ou encore des royalistes du Vatican de Macron), aujourd'hui connu comme les fondamentalistes religieux USA. Ce groupe (très virulent en ce moment via les télé-évangélistes) a pour but de hâter la fin des temps. Pour déclencher l'Apocalypse, ils procèdent à des attaques directes sur les pays piliers du catholicisme, Italie-Espagne-France, pour faire tomber ces pays dans le chaos (émeutes, guerre civile ou religieuse), et y entraîner le Vatican.

Ce groupe s'était déjà fait connaître par l'incendie de Notre Dame, un haut symbole religieux catholique, le même soir qu'ils essayaient de détruire la Mosquée Al-Aksa à Jérusalem, cause de toutes les crispations religieuses actuelles.

C'est ce groupe qui a propagé volontairement le COVID-19 en Europe début 2020 (p.).

Selon les Zétas, ce groupe se considère comme dirigeant le monde et occupe cette position depuis des siècles. Beaucoup d'entre eux appartiennent à la royauté. Bien qu'ils ne contrôlent pas les finances du monde, ils ont une grande influence. Ils sont superstitieux et accordent une grande importance au symbolisme. Ils assurent leurs arrières sur le front religieux, publiquement dévots, mais pratiquent également le satanisme pour gagner la faveur de ce côté.

Un exemple de ces groupes fondamentalistes, attribuant le COVID19 parce que dieu exècre les homosexuels... Ces gens n'ont rien a voir avec Trump, même si les médias les assimilent sous prétexte qu'ils soutiennent Trump en façade.

01/04/2020 - Fil du rasoir entre les 2 NOM

Les vidéos d'hypnose sources de ce paragraphe : no 1, no 2, no 3, no 4.

Des plans d'Élites, donc pas forcément ce qui va se passer.

La lutte est féroce entre ces 2 factions Khazares, et aucune ligne de temps claire ne se dégage.

Les illuminatis qui restent

Il n'y a plus que 6 illuminatis en course (un par continent à peu près), alors qu'il y en avait encore 7 du vivant de Soros. Ce groupe est toujours protégé pour l'instant, mais ils voient bien que la muraille craque de tous côté, et que leur temps leur est compté.

Leur protection semble venir de leur connaissances occultes très anciennes et puissantes (1 éon).

Leur but est toujours d'enfermer la conscience des humains, pour les garder dans l'ancien système (du moins le maximum qu'ils pourront).

Ces gens là refuseront jusqu'au bout de lâcher leurs avantages, jusqu'à massacrer un maximum d'êtres humains (que ce soit l'État profond, ou la City plus modérée qui les remplacent). Ils ont déjà du sang sur les mains, ils ont déjà fait tous les génocides de l'histoire, ça ne leur fait pas peur de recommencer, même en ces temps où le retour de bâton karmique est immédiat (une bonne image est donnée : si pour la plupart des gens mettre la main dans le feu les brûlent, ces gens là se sont endurcis et garderont la main dans le feu, même s'ils doivent brûler et souffrir atrocement).

Ces illuminatis sous estiment la puissance et l'autorité du Conseil des Mondes, qui s'immisce de plus en plus dans les affaires terrestres, et fait échouer l'un après l'autre les plans de ces ordures (voir les fusées Space X pour Mars).

La peur

Peur du COVID

Principal outil, la peur de mourir est matraquée à tout bout de champ dans les médias. Quelqu'un qui ne peut avoir le coronavirus par exemple (pas l'ADN pour, ou système immunitaire tuant le virus avant même qu'il ne commence à se développer), à force d'entendre des infos anxiogènes en permanence, va développer un effet nocebo, c'est à dire se transformer, diminuer son système

immunitaire, afin de tomber malade comme le lui demande de manière subliminale les médias...
Toujours le même système, les hiérarchistes ont besoin du consentement de l'individu dominé (ici à autoriser un virus à l'impacter) pour que le dominant ne charge pas trop son karma en imposant sa volonté aux autres.

Perte de temps et dépense d'énergie mentale

Cette peur cette aussi à penser au fait qu'on peut être touché aussi, et ce temps perdu à psychoter n'est pas passé à penser à soi, à préparer son autonomie et sa survie, à se renseigner sur ce système, à voir qu'il n'est pas au bon endroit pour sa survie future (par exemple ceux qui sont en ville).

Blocage du réveil humain

Cette peur a aussi servi à bloquer l'évolution de l'humanité qui était en train d'atteindre la masse critique (l'histoire du 100e singe). Notamment celle qui venait de se réveiller, mais n'était pas assez évoluée pour ne pas retomber dans le piège tendu par les médias, celui de gonfler artificiellement une crise sanitaire qui n'en est pas une.

Augmenter le contrôle et les restrictions des libertés

La peur sert à installer les outils liberticides, à couper les liens entre les gens, les isoler pour éviter qu'ils regroupent leurs forces (l'union fait la force). Les communications internet vont être artificiellement limitées, pour que les gens demandent d'eux-mêmes la 6G.

30% défendent toujours l'ancien système

Cette peur de mourir va pousser les 30% restant de la population mondiale a se battre pour conserver l'ancien système, a garder les illuminatis au pouvoir. C'est important, mais perso j'avais estimé qu'en dessous de 40% les carottes étaient cuites pour les anciens dirigeants. :)
Sur ces 30% qui refusent de s'éveiller et de voir la noirceur du monde auquel ils ont contribué, 70% commencent à se poser des questions ! :)
Encourageant !

Mouvements de troupes

Émeutes anticipées

Il va y avoir des annonces de durcissement, de mouvements politiques, susceptibles de soulèvements de population.
Les Américains, se sentant maîtres du monde, envoyés de leur "dieu" pour contrôler la planète, interviennent en Europe pour aider au maintien

des populations en vue du Nouvel Ordre mondial (les 2 types de NOM auront besoin de ce contrôle).
Le but est de sécuriser les gouvernements en place, les banques centrales qui vont basculer dans le nouveau système économique, prévenir les émeutes des endormis qui n'ont rien vu venir et seront en panique.

Les avions militaires de nuit

Déploiement de matériel et de troupes. L'armée régulière suit les ordre, sans avoir tous les tenants et aboutissants.
C'est l'État profond qui se déploie, agréé par Trump qui leur lâche du lest pour l'instant.

Non intervention

Il faut que les peuples restent à leur place, le combat pour l'instant se passe au dessus, et pour permettre le début de la libération, il faut que l'ordre règne. Le message envoyé est "ce sont des guerres entre Élites, ne vous préoccupez pas de ça, ce ne sont pas vos affaires". Pour une fois que nos dirigeants ne nous utilisent pas comme chair à canon dans leurs guerres d'égos, profitons-en !

Crise économique

Il n'y a aucune crise économique ou budgétaire réelle. L'argent est là, gardé dans quelques mains, et c'est selon leur bon vouloir qu'ils donnent de l'argent ou qu'au contraire ils déclarent qu'il n'y en a plus.
L'argent donné aux populations sera de plus en plus limité, en laissant juste assez pour subsister et laisser l'illusion que le système tourne encore.
Le coronavirus est donc juste un prétexte pour mettre un nouveau système monétaire corrompu (basé sur l'or, donc toujours sur une minorité d'humains qui possèdent cet or).
Pas d'autre moyen que la carte ou la puce pour payer avec ce nouveau système dématérialisé. On laissera la délinquance se développer, pour instiller la peur de se faire voler sa carte, afin d'inciter à la puce sous-cutanée.

Changement fin septembre 2020

Suivant qui aura gagné la guerre de l'ombre, un nouveau système économique se mettra en place fin septembre, quand les effets de Nibiru seront trop visibles.
82% de probabilité pour le système de la City à l'heure actuelle. Tout dépendra du nombre de pourris qui auront été neutralisés (la libération du cardinal Peel montre que l'État profond est encore très puissant) et de la réaction des populations.

Système État profond

La manière dont on dépense notre argent sera contrôlé (marxisme économique, tout comme nous ne serons plus propriétaires de nos terre), l'argent ne nous appartiendra plus vraiment.

Plus de nation, tout appartient au NOM.

Système City

Il a pour but d'assainir le fonctionnement du système actuel, qu'il n'y ai plus de détournements parasites aux échelons intermédiaires, afin que tout l'argent remonte bien jusqu'aux illuminatis. Et au passage, arrêter toutes ces choses glauques (rituels liés au sang et aux excréments) qui se passent dans les caves voûtées des grandes demeures, du fait de la portion la plus pourrie des Élites, non cautionnées par tous les illuminatis... Ces rituels ne seront pas révélé au grand public, ce dernier ne supportant pas, surtout si on lui dit que ça dure depuis des millénaires. Harmo ne le dit pas, mais j'imagine que la City de Londres, voulant mettre un dieu sumérien à la tête, ce serait malvenu de révéler ces cultes et rituels associés aux dieux sumériens...

Comme en Chine, chaque citoyen sera noté en fonction de ce qu'il vaut pour le système (la marchandisation de l'humain chère à Attali). Un handicapé mental ou moteur, un retraité ou un analphabète sans compétences utiles pour les Élites ne vaudra rien. Ceux qui font les boulots que tout le monde sait faire (balayeur, etc.) vaudront 10 points, et ainsi de suite en fonction des années d'expérience ou des qualités intrinsèques (comme les prostituées de luxe). La médium compare ça à ce qu'il y avait dans les camps de concentration. Ce qui ne valent plus rien mourront étrangement jeunes... Si ce n'est pas pour tout de suite, elle confirme que déjà en ce moment, il y a une volonté de faire mourir les vieux qui ne rapportent plus rien.

Le NOM sera moins visible dans cette version modérée, mais tout aussi puissant qu'avec l'État profond. Retour aux nations, à une économie locale, mais monnaie unique pour tout les pays (vu que tout est globalisé).

Les cultures des peuples, sous couvert d'être protégée, seront toutes, sous prétexte de progressisme ou de retour aux valeurs traditionnelles, fondues en une seule.

Idem pour les religions, qui seront toutes refondues dans celles des rituels sumériens (Odin).

Saut technologique pour ce NOM (technologies militaires encore gardées secrètes).

On gardera le secret défense, donc l'absence d'information aux populations, en prétextant, comme ennemi épouvantail, un État profond qui veut continuer à détruire une partie de l'humanité (l'État profond remplacera les Russes ou les Ben Laden, voir la minute de la haine du livre "1984", il faut toujours un ennemi insaisissable pour pouvoir contrôler efficacement la population...).

Vaccin forcé

L'État profond a pour but de forcer les gens à se faire vacciner dans quelques temps (pour rappel, un vaccin sur un coronavirus, qui mute en permanence, n'a aucune efficacité). Sous la contrainte des militaires, les gens accepteront plus facilement de se faire vacciner.

le but est d'injecter dans le sang des nano-particules. Ce ne sont pas forcément des puces RFID, mais pouvant être des métaux lourds toxiques qui se fixent dans le cerveau et ne sont pas éliminés, surtout quand comme en ce moment de confinement à domicile on ne peut plus faire autant de sport qu'avant.

Ces nanotechnologies sont déjà présentes massivement dans la nourriture, et le seront de plus en plus.

Apparemment, ces nano-particules sont déclenchables à distance, mais l'enquêteur ne cherche pas a en savoir plus.

Il y aurait une autre signification spirituelle, le peuple serait marqué par les Élites comme étant leur propriété à jamais, le signe qu'ils ont accepté la domination.

Camps de concentration

Toujours sous la pression de l'armée, les citoyens se laisseront plus facilement parqués dans des camps de concentration, qui seront présenté comme des camps de réfugiés, faits pour les protéger (la peur toujours)...

Pour rappel, il faut toujours inverser le sens de ce que vous disent les autorités...

L'équivalent des camps FEMA USA se trouveraient dans des souterrains pour la France (je pense à ceux des bases militaires), un piège mortel en cas de séismes majeurs pour lesquels ces souterrains n'ont pas été prévus.

Les leaders de l'alliance

Donald Trump est un insider (âme et une partie d'ADN arcturien). Il a mis un masque de méchant pour infiltrer les milieux des corrompus, alors que c'est un gentil qui veut faire le bien. Il est obligé de composer à la fois avec l'État profond, et à la fois avec la City de Londres, pour arriver à ses fins de libérer l'humanité (donc prendre des décisions paraissant mauvaises de prime abord, comme celles qu'il a prises, et qu'il continuera à prendre, sur Israël).

Vladimir Poutine (âme ET Dragon blanc, moins émotionnelle, pragmatique, sans état d'âme, puissante qu'une âme humaine). Son but est de mettre de l'ordre et d'assainir. Si Poutine maintient une forme d'homophobie latente en Russie, ce n'est pas parce qu'il est homophobe, c'est parce qu'il doit aller dans le sens de son alliance indispensable avec l'Église orthodoxe russe sans laquelle il ne pourrait pas gouverner. C'est pour cela que ces mesures homophobes ne dépassent jamais certaines limites et restent cantonnées à des mesures plus médiatiques que contraignantes pour les homosexuels russes. Par ce compromis et les mesures symboliques, il permet à un fort électorat orthodoxe d'être satisfait tout en ne menaçant pas outre mesure la vie même des homosexuels.

La guerre secrète

Actuellement, le coronavirus, une peur artificielle lancée par l'État profond et ses médias, est mise opportunément à profit par l'alliance pour séparer le bon grain de l'ivraie (procéder aux arrestations ou neutralisations des pires éléments de l'État profond, le tout de manière secrète, ça continuera à ne pas filtrer dans les médias, excepté pour les démissions ou les sosies plus ou moins ressemblants).

Neutralisation, au sens arrestation, ou perte de tous ses biens, ou assigné à résidence, et c'est leur exécution (ou leur suicide, voir "le choix de Rommel" p.) qui est prévue à terme. Certains s'enfuiront dans des bunkers, comme les nazis en Argentine après la guerre, ou encore les changement de nom des programmes de protection de témoins.

La première vague d'arrestation, faites par l'alliance + City sur l'État profond, a été freinée / stoppée par l'État profond qui a sorti de nouvelles armes / menaces. Chantages sur les médias, les moyens de communication (appartenant à l'État profond), menaces de démissions ou de destruction des réseaux, sabotages internes, ou encore de vacciner en masse les populations.

La vague d'arrestation prévue par Trump, qui annonçait Pâques pour entrer dans la lumière, a donc pris énormément de retard.

France

Macron est décrit par les médiums comme un simple pion de la City. Il semble totalement ignorant de ce qui se cache derrière le coronavirus. On l'a vu lors de l'annonce du confinement, il semblait complètement largué, se faisant imposer des choses qu'il ne comprend pas. Les 2 médium parle d'absence d'âme ou de conscience, un automate biologique vide (un effet des nombreuses drogues qui coupent les liens vers son âme ?).

Il se fait donner des ordres par tous les clans illuminati, et fait tout passer sans chercher à comprendre.

Vos plans

Tout ceci nous donnera du temps pour aller vers toujours plus d'autonomie, à ne plus dépendre d'autres, à être solidaires.

Pour donner des conseils positifs, c'est d'abord, au niveau individuel, de relever la tête, de ne plus accepter le contrôle d'autres sur sa vie, de se réaliser. Si tu ne prends pas ta vie en main, d'autres le feront à ta place.

Ensuite, c'est de commencer à constituer de petits groupes bien choisis, ou chacun doit connaître qui est l'autre (attention au masque social qui cache l'âme réelle d'une personne). Notamment éviter les individus facilement contrôlables (par exemple par la 5G), instables psychologiquement.

Les membres de ce groupe doivent avoir envie de travailler en collectivité (éviter les parasites qui vont pourrir l'ambiance à ne pas donner le meilleur d'eux-mêmes).

But du groupe : créer de la vie, que ce soit fabriquer sa propre nourriture, sa propre santé, collecter l'information, éduquer les plus jeunes au monde à venir et au vrai monde actuel, protéger les plus anciens, les plus fragiles, etc.

Conclusion

Bien voir que l'effondrement d'un système pourri et oppressif n'est pas la fin du monde, mais le début d'un monde meilleur :)

Nous vous informons juste de ce que d'autres ont prévus pour vous. Ce sont juste des infos, qui ne sont pas là pour vous faire peur, mais sont là pour vous éviter de tomber dans ces pièges tendus par d'autres, à savoir accepter tout ce que vous demandera le système. Encore une fois, après manipulation par les médias, une trop grosse part de la population sera malheureusement d'accords pour rentrer dans leur combine et redevenir les esclaves volontaires qu'ils seront restés.

Disparition des têtes de l'État profond

Je reprends les dires des Zétas :

01/2019

Le divorce des Bezos est une tentative de protéger une grande partie de la richesse de la famille Bezos, estimée à 135 milliards à l'heure actuelle, de la confiscation par la junte de Trump.

Les tribunaux peuvent fonctionner sur la base de la trahison et/ou en se fondant sur le décret 13818 de la junte de Trump.

Quels sont les crimes concernés ? Amazon a une portée internationale, elle importe des marchandises d'outre-mer et en expédie partout. La drogue, le sacrifice de jeunes enfants pour Moloch et les immigrants clandestins, peuvent tous être transportés dans des conteneurs de transport et logés dans des entrepôts d'Amazon. Bezos en tant que tel n'est pas un fan de ce trafic, mais la CIA s'assure la coopération par le chantage.

Bezos s'en sortira finalement.

31/03/2020 - Bill Gates

il suffit de voir le comportement de Bill Gates après le 13 mars (démissions diverses) pour se rendre compte qu'il craint pour sa vie. Il y a longtemps que la rumeur court que Gates avait l'intention d'assassiner une grande partie de l'humanité par le biais de vaccins, de sculpter l'humanité pour qu'elle convienne à la foule du Nouvel Ordre Mondial dont il est membre. Gates détient des actions au Pirbright Institute, mais ils n'ont pas créé le virus Covid-19, ni ne l'ont libéré en Chine, ni n'ont accéléré sa propagation. Mais Gates, comme d'autres, a correctement anticipé le mélange d'animaux sauvages dans les marchés humides en Chine, donnant naissance à un autre virus similaire au mortel SRAS.

Ce n'est pas pour ce qu'il a fait que Gates est poursuivi par les miliaires secrets, mais pour ce qu'il a prévu de faire. En avril 2005, l'administration Bush a organisé la dissémination accidentelle du virus de la grippe aviaire de 1957, un virus vivant, dans plus de 4 000 laboratoires du monde entier. Ce virus a été rapidement récupéré, mais s'il avait été libéré, il aurait certainement déclenché une pandémie avec une faible immunité dans la population après tant d'années. M. Gates avait mis en place un plan similaire et disposait d'un vaccin qui permettrait de guérir certaines personnes, mais d'en tuer d'autres de manière sélective.

Gates était sur le point de mettre au point un tel vaccin pour le virus Covid-19, mais trop de producteurs de vaccins authentiques sont passés à l'action et certains ont déjà obtenu des résultats. La pandémie de Covid-19 a explosé trop rapidement dans le monde, et Gates a perdu la course à la production de vaccins. Les plans de Gates sont connus depuis longtemps de la junte américaine et des Marines britanniques en charge du Royaume-Uni. Il n'y a pas de secret, surtout lorsque nous, les Zetas télépathes, aidons cette équipe. Gates a été déclaré coupable par les tribunaux car lors de récentes réunions, lui et ses associés ont révélé leurs plans [et donné toutes les preuves nécessaires aux tribunaux]. Ainsi, ils se sont essentiellement exécutés eux-mêmes.

14 mai 2020 - Melinda Gates

Melinda Gates n'a pas échappé à la justice lorsque les tribunaux se sont penchés sur son cas. Des preuves photographiques montrent qu'elle avait prévu de contrôler les énormes fonds de la Fondation Bill & Melinda Gates, ainsi que le nouveau Double pour Bill, mais en un jour, elle a elle-même été remplacée par un Double. Les rouages de la justice peuvent moudre lentement, mais ils sont inexorables et inévitables. Melinda était impliquée dans tous les plans de Bill Gates visant à exterminer un grand nombre d'humains par le biais de son projet de vaccin chargé de germes. Le plan de Gates consistait à infecter des parties indésirables de l'humanité tout en guérissant la pandémie actuelle.

Qu'advient-il de l'immense richesse des coupables lorsqu'ils sont jugés et exécutés ? Le décret du président Trump du 1er mars 2018 spécifiait que tous les fonds détenus par les personnes reconnues coupables de trafic d'enfants pour le culte de Moloch seraient confisqués. Ainsi, les fonds de la Fondation Clinton ont été confisqués, ne laissant qu'une somme suffisante pour les organisations caritatives valides [et ainsi garantir un fonctionnement minimal de façade]. Une approche similaire sera adoptée pour la Fondation Gates, bien que l'administration de toute subvention soit sous le contrôle de la Junta, et non des anciens employés. La grande majorité des fonds sera saisie.

La dette publique, souvent déclarée comme quelque chose que les citoyens américains devront payer pendant des générations, a été éliminée. La Réserve fédérale a été rachetée par Dunford en 2015, de sorte que la junte (Trump) imprime et distribue l'argent et que les dirigeants de l'ancienne Réserve fédérale n'en tirent plus profit. Une façade de normalité continue, jusqu'à ce que le public soit jugé prêt à se rendre compte que la loi martiale est en place depuis septembre 2015, et qu'elle fonctionne bien.

16/05/2020 - Elon Musk

Elon Musk subit un sort similaire. Là où Bezos jouait un rôle passif, Musk était un facilitateur. Sa compagnie de forage a aidé à créer les systèmes de tunnels souterrains qui ont facilité le trafic d'enfants sur l'île d'Epstein et dans la partie continentale des USA. Réputé pour dépasser les bornes pendant ses campagnes de promotion, Musk était un colporteur vendant des marchandises sans valeur aux riches avec son entreprise Mars One en 2016. Partenaire des Zuckerberg et Bibi dans le passé, il a subi les échecs des missiles Space X tout en soutenant leurs efforts pour asservir les migrants désespérés à l'avenir. Il n'a pas eu plus de succès en 2019 lorsqu'il a fait cavalier seul en proposant un réseau wifi gratuit de l'espace. Il n'y a pas de secret pour les Zetas télépathes, ni d'échappatoire aux règles du Conseil des mondes [les Élites ne pourront se réfugier dans l'espace pour échapper aux destructions de Nibiru, ni mettre en place des systèmes de surveillance pour retrouver les rescapés dans l'aftertime].

En mai 2020, Musk est soudainement à court d'argent, et pour une bonne raison. Ce n'est pas parce que ses usines Tesla ont été mises en veille, ni parce que sa richesse personnelle, estimée à 36 milliards, a été épuisée. Les tribunaux [militaires secrets] ont examiné les détails de son cas, et l'ont déclaré coupable de facilitation de GAIN financier. Musk a été aidé dans ses nombreuses entreprises par l'État profond, qui cherche à promouvoir le programme du nouvel ordre mondial. Cela inclut le sacrifice d'enfants, le viol et le meurtre pour l'adrénochrome le sang chargé récolté sur ces enfants terrifiés. Pour cela, Musk a perdu sa fortune et risque de perdre la vie. Si les Zétas ne précisent pas la suite, les tweets de Musk laissent à penser que c'est la peine capitale qui a été décidée :

29/04/2020 : « Franchement, j'appellerais cela l'emprisonnement forcé de personnes dans leurs maisons contre tous leurs droits constitutionnels. Cela brise les libertés des gens de manière horrible et erronée ».

"Oui, rouvrir avec soin et une protection appropriée, mais ne pas mettre tout le monde en résidence surveillée de facto"

01/05/2020 : "Je vends presque tous mes biens matériels. Je ne posséderai pas de maison."

"Rage, rage contre la mort de la lumière de la conscience"

04/05/2020 : "Le cours de l'action Tesla est trop élevé" : les invetisseurs se débarrasseront alors en masse de l'action, qui chute de 13%.

13/05/2020 : "La vie doit être vécue"

17/05/2020 : "prenez la pilule rouge [en référence au film Matrix, c'est à dire voir la réalité en face] : Lorsque vous prenez DayQuil et NyQuil en même temps". [Des traitements contre le rhum, allusion à l'injection léthale ?]

05/07/2020 - préparation au couronnement de Jean 3 d'Angleterre

La branche Windsor décimée

Décision a été prise d'annoncer le futur roi, Jean 3. Tous les héritiers de la reine Élisabeth 2 (à part Andrew, celui qui avait fait le moins de crimes...) ayant été exécutés, leurs doublures refuseront le trône, et c'est une branche lésée par les Khazars qui remontera sur le trône (le roi légitime ayant été enfermé par son frère, marié à une Khazar allemande).

Comme tous les rois "légitimes" européens, ce roi est de la lignée de David, donc lignée adamique, donc de la City de Londres.

Jean 3 est déjà au pouvoir occulte, vu que c'est lui qui a signé GESARA, l'accord sur le prochain système monétaire mondial, dans le même temps que le blason d'Élisabeth 2 a disparu du portail du château royal, que ni Elizabeth, ni le prince Charles, ne portent plus aucun attribut royaux type couronne ou écharpe, tout cela sans que les journalistes qui suivent la royauté n'aient voulus relever ce genre de preuves flagrantes...

Lignée de sang

Harmo rajoute des infos aux infos ci-dessus (Q + Zétas). La lignée Adamique sont des dirigeants de l'ombre, dont les héritiers (transmis par le père et l'aînesse) se retrouvent aujourd'hui dans la City de Londres (voir le crâne bombé des Rothschild, des cousins éloignés du puppet master de la City). De nombreux prophètes se sont incarnés dans cette lignée illuminati, tout simplement parce qu'il vous faut du pouvoir pour pouvoir changer les choses. Ce n'est pas pour rien que Mohamed était un chef, ou que Jésus était aussi attendu pour être le roi des juifs.

Par contre, ce n'est pas parce que dans cette lignée, s'est incarné Jésus (en tant que roi David d'abord, puis Jésus de Nazareth), que tous ses membres sont bons...

Cette lignée est la plupart du temps incarnée par des âmes égoïstes, et depuis l'apparition de Jésus dans cette lignée, les illuminatis ont mis en place un programme MK-Ultra pour détecter et abattre les âmes altruistes qui pourraient prendre le pouvoir par ce biais. C'est pourquoi les prophètes ou leurs aides n'apparaissent plus que dans des "branches coupées" comme le disent les prophéties, c'est à dire jamais la branche directe (comme c'est le cas de MBS).

Que fait une lignée adamique juive au contrôle de l'Europe ? De toute évidence, il y a eu malversation !

Voir l'histoire des rois Celtes après Clovis (les mérovingiens), trop "fainéant" pour imposer le catholicisme romain (sumérien en réalité, héritiers de l'empire d'Alexandre, et au delà de l'ancienne grande Sumer). Ces rois Celtes, coopérant de mauvaise grâce avec le Vatican, ont été remplacé de force par les carolingiens (Charlemagne), des davidiques imposés par le Vatican.

Il faut savoir que toute l'histoire du bas Moyen-age a été détruite par les romains (tout comme ils ont effacé l'histoire officielle du vrai Jésus) et réécrite par Grégoire de Tour (l'histoire des mérovingien n'est écrite que par un seul auteur, au service des rois qui ont pris le pouvoir aux mérovingiens, rien que ça, c'est douteux quand au fait qu'on ai bien en main la vraie histoire...).

Certains chercheurs parlent de récentisme (on ne retrouve pas de documents sur une période, c'est que cette période n'existe pas), mais c'est plus simple que ça : les documents de cette période ont volontairement été détruits, comme les autodafés incas ont détruit l'histoire de l'Amérique du Sud (Vatican romain là encore...).

Les Carolingiens se revendiquaient aussi de la lignée Davidique. Les Khazars d'Europe centrale (d'anciens sumériens, qui ont envahis l'Europe en devenant les chefs celtes d'il y a 5 000 ans, des bruns dominants les blonds pour résumer...) ont infiltré les royautés davidiques d'Europe après l'an 1000. Ils se prétendent juifs (sumériens en fait), mais ne le sont plus depuis 5 000 ans, c'est pourquoi les sumériens juifs davidiques d'il y a 4 000 ans ne les reconnaissent pas comme tels.

Au passage, si ce que je résume paraît simple, car venu des révélations de Harmo, ne pas oublier que ces Davidiques ont des tonnes de documents moisis qui ont traversé les millénaires et les diverses tribulations, qui ont été falsifiés, perdus ou mal traduits, et qu'ils ne savent pas ce que sont devenus les petits cousins du roi partis pour la colonisation de l'Europe en -3000...

C'est pourquoi c'est pas mal le recul que nous font prendre les Altaïrans sur les choses ! :)

Pour en revenir aux Carolingiens, avec l'exécution de Louis 16, l'héritier se retrouvait être Louis 17 le capétien, exfiltré du temple et remplacé secrètement par un mérovingien (p. 426). Macron est le descendant de ce faux Louis 17. Voilà pourquoi sa généalogie officielle dit Carolingien, et les Altaïrans disent Mérovingien...

La City de Londres est au courant de ce tour de passe-passe. C'est pourquoi, s'ils ont pris Macron en tant qu'associé (et pas simple employé comme l'était Pompidou), c'était pour mettre en avant la lignée Davidique des capétiens. Mais en secret, ils savent que Macron n'est pas de la lignée de David, et vont probablement le trahir pour un vrai davidique, voir pour le père de la lignée Davidique/Adamique, j'ai nommé Enki...

Tout ça nous ramène à Odin, Enlil qui déclare être Enki (et oui, toujours des usurpations d'identité : il est facile de mentir pour devenir roi, quand on ne regarde pas les qualités intrinsèques de l'individu, et de sa légitimité à exercer la fonction qu'il brigue). C'est pourquoi la city de Londres cherche à le remettre au pouvoir, et à promouvoir à la tête de chaque État le roi légitime issu de David donc d'Adam, selon les critère de succession (père et aîné + ceux qui fondent un nouveau royaume).

Sauf que, bienvenue dans les mentalités hiérarchistes, Odin n'est pas Enki mais son frère, Enlil, qui a toujours détesté et méprisé l'humanité, et il s'apprête lui aussi à trahir ses neveux adamique !

Harmo, le 17/09/2020, pense que ce serait William, ou du moins l'acteur qui le remplace, qui serait mis à la tête publiquement, et Jean 3 gouvernant en secret (couronnement bidon de William, suivi d'une cérémonie à huis clos pour Jean 3).

En effet, les sosies ne peuvent pas gouverner. Et l'exécution de la reine ne peut être repoussé indéfiniment : Des problèmes importants se poseraient au niveau institutionnel, puisque la Reine est aussi chef d'État d'autres pays comme le

Canada ou l'Australie. Si l'Angleterre est, à l'image des USA, contrôlée par un gouvernement militaire qui a renversé les dirigeants dans un coup d'État Silencieux (bien aidé en cela par les Américains très présents militairement dans le pays), cette fausse Reine ne fera pas forcément illusion à Camberra ou Ottawa. L'idée, selon les Zétas, serait de faire intervenir une autre lignée royale (une filiation de la Reine Victoria qui aurait été écartée du pouvoir) : ni Charles ni William ne prendraient alors les rênes du pays, mais un candidat tierce, alias Joseph Gregory Hallett. Ce serait un pari osé, puisque le peuple anglais est quand même très attaché à la famille Royale (à tort, mais ici n'est pas le problème).

info sur le Puppet master 01/2021

Depuis un ou 2 ans, Nancy Lieder s'était mise à parler "des" marionnettistes au lieu "du" marionnettiste. En refusant de répondre sur la crise cardiaque de Benjamin de Rothschild, qui selon TRDJ n'en est pas une, elle donne une indication précieuse :

[Benjamin ?] de Rothschild est "de la lignée féminine", et non de descendance masculine.

Depuis plus de 50 ans, le Puppet Master n'a pas été publié dans le livre de la lignée officielle (maternelle) des Rothschild, et est de la lignée masculine.

[AM : Officiellement chez les juifs, c'est la lignée féminine qui fait foi pour la judaïté, mais de ce que j'en ai vu chez les vrais puissants (pas ceux donné en pâture aux peuples comme les Rothschild visibles), c'est comme chez tous les illuminatis et leurs maîtres anunnakis, ou dans la lignée adamique, la lignée paternelle qui compte réellement].

Nancy Lieder a cru comprendre que le vieil homme, avec lequel elle a eu de nombreuses discussions, s'est retiré, et que l'un de ses fils gère les fonds de l'énorme trust familial. Nancy connais aussi le fils et ses fils, et ce ne sont pas des gens mauvais. Mais s'ils n'ont pas transféré leurs fonds des banques khazariennes occidentales, ce qu'elle soupçonne, leur pouvoir sera sapé.

AM : c'est sûrement à cause de cette sape que les volontés au sommet se sont éclatés, chacun tirant de son côté, et qui est compliqué d'analyser toutes les alliances et les buts recherchés.

Conclusion

Il n'y a pas d'autre roi légitime que vous-même ! Tous ceux qui voudraient décider à votre place ou vous imposer autre chose que l'intérêt commun, sont des usurpateurs !

Guerre > Daech

Daech est financée par les Illuminatis pour faire s'entre-tuer les musulmans entre eux dans un vaste génocide.

Daech n'est donc qu'une partie du plan 3e guerre mondiale (p.).

Daech 1

Aberrations

L'hypothèse d'un mouvement spontané venu de nulle part, et farouchement combattu par le monde occidental, ne tient pas une seconde :

Daech est apparu d'un coup, avec une armée de pick-up flambant neufs, avec des mitrailleuses lourdes montées à l'arrière. D'où venait tout cet argent ? Daech avait de l'argent bien avant de prendre les puits de pétrole Syrien.

On a vu les soldats de Daech aller se faire soigner en passant la frontières israélienne.

L'armée US, sous couvert de combattre Daech, larguait des armes "par erreur" à ses ennemis, ou bombardait, toujours officiellement "par erreur", les positions de l'armée syrienne censée être leurs alliés.

Les armées combattant Daech étaient victime de sabotages, de faux renseignements étaient fournis aux États-majors de l'armée, etc.

Obama et de nombreux stratèges ont en réalité été trahis en interne par le CIA noire à la solde de la fameuse mafia FM USA (CBS) qui a très profondément infiltré tous les étages des institutions américaines. L'autre erreur qui a été faite, c'est de croire que l'argent de Daech venait du terrorisme financé par un pays tiers, donc limité.Alors que c'étaient les illuminatis derrière, et leur argent illimité et ne pouvant être connu de manière officielle. Le danger est beaucoup trop sous-estimé au départ.

Mc Cain finançait ouvertement, via le sénat US, l'armée d'Al Nosra, alors qu'il était établi que sur le terrain, Al Nosra et Daech ne faisaient qu'un. Le sénat USA finançait les armées qu'affrontaient les troupes USA, un non-sens total.

La Turquie achetait le pétrole de Daech, finançant les génocideurs, tandis que la France achetait ensuite ce pétrole à la Turquie. La même Turquie qui bombarde les Kurdes, les adversaires de Daech qui affaiblissent ce dernier.

L'embargo occidental, contre les gouvernements attaqués par Daech (comme celui de Bacchar El Assad), empêche ces gouvernements de pouvoir se battre efficacement, tout en permettant d'apporter des armes à Daech : ainsi, le Charles De Gaulle a été envoyé pour approcher au plus près ces stocks d'armes des armées de Daech, et leur fournir de quoi se battre.

Si Daech détruit 2-3 monuments antiques, il se contente surtout de revendre les artefacts aux illuminatis, qui peuvent ainsi fouiller rapidement à peu de frais, au mépris des règles de fouilles classiques. Les combattants découpent donc les sculptures sumériennes pour les envoyer aux riches illuminatis qui récupèrent ainsi les oeuvres des premiers illuminatis de l'histoire, ces illuminatis finançant en retour ce mouvement qui les arrange tant...

But

Officiel

L'EI a pour objectif une purification ethnique des chiites et des autres mouvements musulmans non sunnites (comme les Alaouites dont fait partie Bachar El Assad).

Officieux

Mosquée de Jérusalem

Pouvoir démolir la mosquée Al-Aqsa (une des plus vieilles et plus belle mosquée du monde, bâtie sur le mont du temple de Jérusalem, l'ancien temple d'Hérode) est le point commun à tous les clans illuminatis.

Les Ultra-orthodoxes juifs, allis au clan Soros et CBS, et alliés aussi aux évangéliques US, veulent hâter la venue du messie juif, et reconstruire le 3e temple juif sur les ruines de Al-Aqsa.

La City veut pouvoir fouiller la ziggourat sous Al-Aqsa.

Tous ces plans imposent la démolition de la mosquée Al-Aqsa, ce qui déclencherait une guerre sainte des musulmans, la reprise du contrôle du lieu par le peuple musulman, et l'effondrement des plans des illuminatis. C'est pourquoi il faut affaiblir les musulmans avant tout chose, et les diviser pour mieux régner est toujours aussi efficace.

Grande Syrie / Grand Israël

Le 2 but est de faire place libre pour un nouveau Pays dans la région, un lieu où les illuminatis

régneront en maître sur les anciens spatioports anunnakis, dans l'attente du retour de leurs maîtres.

Pourquoi les musulmans gênent tant que ça les illuminatis ?

D'abord pour des raisons inhérentes à l'Islam, une religion qui combat ouvertement l'esclavagisme des illuminatis : contre l'alcool et les drogues (et tout ce qui empêche une incarnation pleine et consciente), contre l'esclavage (le wahhabisme, et l'exploitation des pakistanais, n'est donc pas l'Islam), et surtout, contre l'usure, empêchant la mise en esclavage par la dette sumérienne des pays musulmans.

Parce que le pétrole arabe est convoité.

Enfin, parce que les musulmans se trouvent sur les lieux des colonies anunnakis où les illuminatis voudraient pouvoir fouiller à leur aise, en total secret défense : Jérusalem, Irak, Égypte.

Les chiites iraniens les plus détestés

Parce que la révolution iranienne, comme la révolution cubaine, ont renversé des gouvernements tyranniques contrôlés par la CIA et les Élites et que celles ci n'ont jamais admis que des nations puissent échapper à leur contrôle.

Aujourd'hui, peu de pays peuvent se targuer d'être complètement indépendants du contrôle des Élites car l'Argent est roi partout. Le FMI endette les états comme les Etats endettent leurs citoyens pour mieux les contrôler. Sauf que les banques et les intérêts sont prohibés par l'Islam (comme les jeux d'argent d'ailleurs). L'Iran cumule donc toutes les haines, parce que non seulement c'est un pays musulman, il n'obéit plus aux banques et aux Élites, empêche le trafic mondial d'Opium d'Afghanistan organisé par la CIA (90% de l'opium = héroïne est produit dans ce pays), parce qu'il a d'importantes réserves de pétrole, parce que c'est un ennemi d'Israël, parce que sa puissance militaire est prépondérante dans la région, et au final, parce que les chiites sont détenteurs de l'héritage d'Ali (héritier de Mahomet) et que la purge organisée par les successeurs sunnites (des Élites corrompues qui ont mal guidé les musulmans) n'a jamais pu être menée à son terme.

Les soutiens de Daech

Quand Poutine affirme, le 17/11/2015 qu'il y a 40 pays dont certains ressortissants ultra-riches financent DAECH, il dévoile qu'il y a des pays du G20.

Poutine précise bien "par des personnes physiques" et non par des organismes d'état. Il n'y a pas de gouvernement derrière DAECH, que des ultra-riches sans nationalité.

Rien que le nom "ISIS" devrait déjà vous mettre la puce à l'oreille: la mère de Mithra/Horus qui est aussi l'étoile Sirius (origine des reptiliens raksasas), une déité païenne d'un polythéisme qui n'a rien à voir avec l'Islam et encore moins avec l'islamisme. Peut on appeler son organisation ISIS du nom d'une déesse impie et reprocher aux autres peuples de suivre des religions idolâtres et corrompues ?

ISIS a été lancée sur la base d'une branche d'Al Qaïda par les illuminatis, bien au-dessus des États. On ne peut donc pas imputer le financement de Daech à quelque chose de connu, comme un pays. Ces financements viennent de donateurs privés difficiles à cerner, les illuminatis étant apatrides et hors des juridictions des pays. Seuls leurs exécutants peuvent être localisés.

Les réseaux illuminatis sont internationaux et dépassent la notion d'État. Les milliardaires et les banques libanaises par exemple, sont connus pour être au cœur du trafic d'arme au proche / Moyen Orient, ce qui ne veut pas dire pour autant que c'est le Liban qui fournit des armes à l'EI. Et bien c'est la même chose avec les occidentaux et Israel. Il y a des forces qui n'ont rien à voir avec des décisions et des institutions politiques. Ce sont des intérêts privés liés à l'argent roi.

Les actions des USA ou de tout autre pays occidental dans la région, avant l'intervention russe, n'est qu'une brindille qui s'envole au moindre coup d'aile de la machine illuminati, parce que ceux-ci tiennent l'argent sous leur contrôle. Jamais ceux-ci ne sont intervenus aussi directement, et s'ils le font, c'est que c'est un projet de première envergure qu'aucun gouvernement occidental (infiltré par ces mêmes illuminatis) ne pourra arrêter. Seuls les musulmans sur place pourront s'y opposer s'ils mettent de coté leurs querelles intestines (chiites / sunnites).

Daech 1 était piloté depuis l'étranger par des illuminati chapeaux noirs (financés par des pions comme Mc Cain ou princes Saoudiens corrompus, ou infiltrés à la tête du Mossad), et ne visait qu'à établir le chaos au Proche-Orient et à faire se massacrer les musulmans entre eux, pas à construire une véritable entité. Les ordres n'étaient pas réalistes militairement, et il y avait déjà eu des tensions internes à l'organisation, et même des combats sanglants entre ses différentes factions. Al Bagdadi était un pantin, et sans la protection de son mentor principal (Mc Cain exécuté à Guantanamo), a perdu la main sur le groupe sur le terrain.

En 04/2017, Daech pouvait compter sur 2 gros soutiens :

Qatar

Beaucoup de princes et de milliardaires saoudiens ont financé Daech, parce qu'ils veulent un califat islamique sunnite pour contrer les chiites qu'ils détestent. Cette faction est soutenue par de nombreux Américains, et notamment la mafia CBS, et donc la CIA (Bush) et Israel (Soros) et le Qatar (Clinton).

Le Qatar est l'outil par lequel des milliardaires saoudiens rebelles à leur gouvernement financent le groupe terroriste et diverses opérations dans le monde. Leur méthode est par exemple de promettre des sommes faramineuses à d'éventuels terroristes mercenaires, qui espèrent tous s'en tirer tout en faisant leur œuvre. Certains réussissent leur coup, d'autres échouent malgré leurs précautions (le terroriste de Saint Petersbourg a sauté avec sa bombe prématurément, il n'avait pas l'intention d'y rester). En cas de décès, le pactole est versé à des membres de la famille, des proches ou des amis (qui sont souvent retrouvés et considérés comme complices heureusement). Ce financement touche aussi de nombreux autres secteurs, comme par exemple l'achat d'armes chimiques sur le marché noir afin de les transmettre aux rebelles pour organiser des attaques ensuite imputées au gouvernement syrien. Les prises d'intérêts financières du Qatar en France notamment ne sont pas non plus innocentes, elles avaient pour but d'infiltrer les qataris au sein de la vie des Élites françaises et ainsi influencer en leur faveur la politique de notre pays. Mais les choses ne sont pas si simples, car il suffit aux enquêteurs de retracer l'origine de l'argent et ainsi comprendre qui sont les vrais commanditaires de ces crimes.

Israël

Et surtout le gouvernement Netanyahu, que les israéliens n'arrivent pas à faire tomber malgré les malversations évidentes. Or quand on voit les ordres que reçoit Tsahal (l'armée israélienne), on peut avoir de gros doutes sur la stratégie de Netanyahu à lutter contre Daech. Au lieu de cela, les avions sont envoyés bombarder les troupes du

Hezbollah qui sont le pilier essentiel qui bloque les djihadistes sur Palmyre. C'est donc la preuve flagrante que Daech ne préoccupe aucunement Israël, et au contraire, tous les prétextes sont bons pour le favoriser.

Plus Daech est puissant, plus cela favorise Netanyahu, qui vise de prendre le pouvoir indéfiniment sur son pays.

Faux califat

Daech ne représente pas l'Islam, c'est une organisation criminelle qui se sert juste de la religion pour endoctriner les gens. La plupart des sages musulmans reconnus l'ont condamné, c'est pourquoi on parle de faux califat (un calife doit être approuvé par la communauté dans son ensemble, alors qu'ici il est autoproclamé).

Al-Baghdadi est une sorte de gourou qui a fondé une organisation mafieuse grâce à l'aide de la CIA et d'Israel.

Le but de L'EI n'est pas de propager un Islam radical, car eux mêmes ne le respecte pas. Son seul but est le pouvoir et l'extermination des autres musulmans (chiites mais aussi sunnites qui ne veulent pas se plier à la tyrannie) qui, dans leur très grande majorité, sont des gens de paix.

Le faux califat veut détruire la kaaba de la Mecque (dont Mohamed a dit que ça ne servait à rien, mais en laissant en place une tradition populaire qui ne fait pas de mal), ou rejoint le wahhabisme de la CIA pour détruire les tombes du prophète et de sa mère, ou encore raser la maison de Mohamed (pas d'idolâtrie, mais un lieu historique qu'il convient de conserver).

Zones visées

Génocider tous les musulmans qui ne se plieront pas à l'EI (Syrie, Irak, Iran, Arabie saoudite notamment) dans des attaques terroristes.

Prendre le contrôle tyrannique sur la Syrie et l'Irak, deux futures zones clé à l'approche de Nibiru pour les illuminatis.

L'invasion de l'Irak est facile, vu que les USA ont complètement détruit le pays depuis 1991.

Dans la foulée, Daech a prévu d'envahir l'Iran qui gène tant les chapeaux noirs, mais les prophéties dit que les armées chiites et Daech s'affronteront violemment (un bain de sang) à la porte d'Ishtar.

Une fois ces zones dominées par la Syrie aux mains de Daech, après un bain de sang des musulmans non Daech, il ne restait plus qu'aux chapeaux noirs à bombarder massivement la Syrie

pour génocider les musulmans Daech, et laisser Israël faire son rêve de grande nation débarrassée des arabes. Ces terres seront aussi importantes lors du retour des annunakis, les illuminatis ayant remis la main sur les anciennes bases annunakis qui abondent là-bas (Gizeh, Jérusalem, Baalbeck, etc.).

Au-delà, Daech qui menace les occidentaux d'attentats, ça permet de faire les false-flag qui arrangent tant les chapeaux noirs, comme faire des attentats sur les juifs français, pour inciter ces derniers à rentrer en Israël (p.), ou encore établir des états d'urgence permettant de faire appliquer des lois liberticides dans leur pays, comme le Patriot Act. Bien sûr, ces attentats justifieront le bombardement massif de la Syrie aux mains de Daech... tout comme le font les invasions de l'Ei, qui se font avec moultes tortures, décapitations, tortures et saccages d'oeuvres millénaires, permettant de se mettre l'opinion publique occidentale dans la poche quand le temps de raser Daech sera venu, et en faisant en même temps les holocaustes et tortures que les illuminatis extrémistes des chapeaux noirs adorent : on retrouve le "d'une pierre plusieurs coups" cher aux illuminatis.

On a vu aussi Daech génocider les camps de palestiniens mis en place par les Isaréliens, en faisant le sale boulot que l'extrême-droite israélienne ne peut pas trop faire officiellement.

Les raisons du succès de Daech

Daech reçoit énormément d'argent de par les illuminatis, c'est byzance pour les pauvres de banlieue. Il peut se permettre d'envoyer des prédicateurs de partout dans le monde, d'émettre des films léchés comme ceux d'Hollywood, etc.

Les embrigadés réagissent comme beaucoup en découvrant les horreurs des illuminatis : ils veulent que cela cesse.

Le plus triste dans cette histoire, c'est que ces occidentaux manipulés se retrouvent mis en première ligne devant les lignes kurdes, bien plus expérimentés et armés qu'eux, et deviennent de la chair à canon. En Syrie, ils participent au massacre de civils, et quand les jeunes embrigadés se révoltent contre ça (ils ne sont pas venus tuer des musulmans sans défense), ils se font fusiller pour insubordination. Ils croient se battre contre les illuminatis asservisseurs, mais comme dans les tranchées en 1914, ils ne font que se battre pour leur ennemi qui les manipule.

Propagande anti-Islam en Occident

Le peuple musulman n'a rien à voir avec les motivations de ses dominants, et on voit même que si les musulmans en général sont des gens de paix, leurs dirigeants sont bien plus agressifs. Cela n'est pas exclusif, car on retrouve ce paradoxe partout, que ce soit chez les juifs ou les catholiques notamment. La propagande anti-islam, lancée par les médias sur ordre des gouvernements, est un non sens qui ne mène qu'à renforcer Daech, tout en montrant du doigt la grande majorité des musulmans qui ne sont pas responsables de cela. Ce sont des calculs stratégiques, cela n'a rien à voir avec la religion.

Aucun vrai musulman ne souhaite envahir l'Europe, c'est à dire 90% des musulmans du monde. Les propos de Daech en ce sens, et qui sont repris par les merdias occidentaux, sont du bluff.

Les gouvernements se servent du terrorisme soit-disant fait par Daech pour légitimer des lois liberticides sur leurs propres peuples.

Les services secrets repèrent une petite frappe genre Merah ou les frères Kouachi, leur paye des voyages en Syrie ou autres, envoient des vrais tueurs professionnels dans des attentats false flag comme Charlie Hebdo, puis tuent ensuite leur marionnette pour que rien ne sorte.

Aide Turque à Daech

Le rôle de la Turquie n'est évidemment plus un secret. Le lien entre la Turquie et Daech c'est "l'ennemi de mon ennemi est mon ami", en l'occurrence l'ennemi ici ce sont les Kurdes (très soutenus par les USA). La Turquie a tous les intérêts dans l'histoire : coincée par ses propres alliances, elles n'arrive pas à mater les kurdes, Daech fait donc le travail à sa place, ou du moins occupent les kurdes qui ne sont plus sur le front contre la Turquie.Deuxièmement, c'est le pétrole, que Daech vend en masse à un prix dérisoire puisque maintenant il contrôle de grands champs pétrolier. Cela évite à la Turquie de se fournir chez des gens qu'elle n'aime pas (notamment les pays du golfe). Enfin, la Syrie n'a jamais été dans les petits souliers de la Turquie mais plutôt sur sa liste noire. Voir le voisin du sud remplacé avec un Daech bien plus arrangeant (et qui une fois épuisé dans sa lutte contre le gouvernement Syrien, sera facile à renverser) ne pousse sûrement pas Ankara et Erdogan dans le bon sens, bien au contraire.

Le pétrole de l'EI passe par des centaines de camions vers les turcs qui le revendent en se faisant une belle marge. Bizarrement, on trouve un Erdogan à la tête de ce trafic. De plus, la Turquie a déplacé sa frontière de plusieurs kilomètres en territoire syrien, sans le demander à qui que ce soit.

De même, quand un attentat meurtrier a endeuillé la Turquie, des gens on manifesté en masse contre... Erdogan car il était évident que c'était un false flag, et pour preuve, au lieu de frapper Daech, les turcs ont attaqué les kurdes, la principale force de résistance contre les islamistes de Daech.

Le problème, c'est que la Turquie fait partie de l'OTAN, et que tout le monde se retrouve piégé par ce pays qui a tourné à la dictature depuis un certain temps. La condamnation de la Turquie devrait être unanime tellement son soutien à Daech et sa mauvaise foi générale sont flagrants.

Erdogan, c'est un clan familial turc qui a mis la main sur le Pays, est corrompu par l'argent sale et souhaite réinstaurer l'Empire Ottoman. C'est un pays stratégiquement incontournable parce qu'il tient la porte de sortie de la mer noir (Bosphore et Dardanelle). C'est aussi un pays qui a mis de nombreuses bases à la disposition de l'OTAN et qui jouent un rôle majeur au moyen-orient. Le problème, comme dans beaucoup de domaines, c'est que pour lutter contre les russes, les occidentaux se sont alliés avec n'importe qui. La CIA a bien sûr participé à ces alliances, mais dans notre cas, elle n'a plus le contrôle du clan Erdogan. Le nouvel Empire totalitaire turc est né, malheureusement. Les Turcs sont certes moins puissants que les Russes, mais c'est quand même une armée majeure bien équipée, bien plus que l'Irak de Saddam Hussein par exemple. En plus, elle est très impliquée économiquement puisque il y a une importante délocalisation de l'industrie automobile, électroménager etc... notamment française et surtout allemande.

Le vrai allié de la Turquie se trouve du côté de Berlin. Les américains ne soutiendront pas Ankara car Obama et Poutine ont passé un deal contre Daech. La situation devient compliquée : l'OTAN dirigé par l'Allemagne va soutenir les Turcs, mais la Maison Blanche prendra ses distances. Poutine va faire pression juridiquement et économiquement sur les turcs, avec l'appui US, pour que les choses se tassent. La priorité pour les chapeaux blancs, c'est détruire Daech avant l'annonce.

L'avion russe abattu par les Turcs était bel et bien en Syrie. C'est l'appareil turc qui s'est aventuré dans la fameuse zone que la Turquie s'est octroyée toute seule.

Accord secret

Il y a un accord secret entre la Turquie et Daech. la Turquie récupére une partie du nord du territoire syrien, là où elle est historiquement impliquée. Une fois ce territoire pris, la Turquie stoppera et fera semblant de faire barrage à l'EI. Cela fait partie de l'accord de coopération : un morceau de la Syrie contre la promesse d'Ankara de sécuriser la frontière Nord du futur grand état islamique dont la capitale sera Damas.

L'EI va faire semblant de se battre contre la Turquie et sacrifier ses boulets, les combattants européens venus en Syrie, mauvais soldats, peu motivés au combat, extrêmement critiques et toujours demandeurs de plus de confort matériel. L'EI ne veut pas s'encombrer de pleurnichards qui lui coûtent des ressources. Ils seront très utiles contre la Turquie qui s'en débarrassera facilement. D'une pierre deux coups. C'est froid et hypocrite de la part de ces puissances, mais c'est la réalité et leur façon de fonctionner.

Aide des pays arabes à Daech

Pour les pays du Golfe, et notamment ceux de la péninsule arabique, chez certains groupes sunnites radicaux, il y a une très ancienne et viscérale haine vis à vis des chiites.

Ces complicités internes pro-Daech vont semer de plus en plus la mort parmi les populations "indésirables". Malgré la protection des gouvernements locaux, les chiites vont être de plus en plus persécutés et cela mènera à de très fortes divisions et des violences internes aux pays concernés, Arabie Saoudite en première ligne (de nombreux sunnites écœurés par les radicaux vont prendre la défense des chiites d'où le risque de guerre civile). La haine des chiites véhiculée par Daech s'exporte aux alentours et va aboutir à un vaste génocide.

24/09/2015, 700 morts lors d'une bousculade à la Mecque

Souvent, ce sont dans les lieux où l'iniquité est la plus sévère que les douleurs de l'enfantement se font ressentir en premier. L'Arabie saoudite (et les monarchies de la Péninsule en général) est une dictature menée par une Élite qui a perdu le sens moral, traite ses citoyens comme des esclaves et a succombé au pouvoir du luxe et de l'argent.On veut renverser Assad mais l'Arabie est encore bien pire. C'est dans ce lieu qu'il y a la révolution la plus profonde à effectuer, et c'est là que le renouveau va débuter. C'est exactement ce qui est annoncé depuis plus de 1 400 ans par Mahomet. Il avait prédit cette corruption, que les musulmans perdraient la vraie foi et deviendraient eux mêmes des mécréants.

C'est justement le rôle de ce fameux Mahdi, un de ces princes qui comprendra que son pays (et les musulmans en général) se sont égarés. D'un statut de participant à cette iniquité, il va complètement révolutionner les choses, démonter les mauvaises habitudes et rétablir justice et équité.

Ce qui se passe et va se passer en Arabie Saoudite va lancer comme une réaction en chaîne qui fédérera les bonnes personnes dans une révolution des consciences, car ce Mahdi trouvera des alliés chez les chrétiens et chez les politiques (des gens comme Poutine ou Obama). Cela aura un effet domino qui remettra en question le monde entier, c'est pour cela que suivre cette actualité et la mort de l'ancien système, notamment en Arabie grâce à MBS, est primordial.

Opposition russe à Daech

Si Obama a coopéré avec Poutine, les Européens et les Turcs, de même que les illuminatis chapeaux noirs, se sont fortement opposés à l'implantation russe pour combattre Daech.

C'est pourquoi Poutine a été fortement attaqué depuis le lancement de Daech : Ukraine, préparation des populations russes au passage de Nibiru, Annonce officielle, menace de mort sur sa personne et sa famille.

A chaque fois qu'il veut intervenir, la crise au Donbass flambe de nouveau pour le paralyser. Les illuminatis ont un certain contrôle sur l'Ukraine et arrivent à faire monter les tensions sans toutefois arriver à un conflit ouvert avec l'OTAN (ce qui serait contre productif pour eux).

Poutine là encore a marché sur des oeufs. Si Daech s'était senti dès le début menacé, il aurait utilisé direct les 3 têtes nucléaires à sa disposition, sans que Poutine ne puisse réagir en bombardant Daech, inséré au milieu de populations civiles innocentes.

Interventions de la France pour contrer les russes

Les français essaient de mettre des bâtons dans les roues d'Assad, ce qui en dit long sur les influences occultes qui gravitent autour de nos politiques. N'oubliez pas qui se cache derrière l'EI : pas la CIA ni Obama, mais les illuminatis.

La France est en tête des problèmes de coordination. Ce qui a été étrange, c'est que dès le début de la présence russe en Syrie, les autorités françaises ont changé immédiatement de comportement et ont commencé elles aussi des frappes. Maintenant, alors que Washington n'était pas contre a priori un maintien d'Assad pour l'instant avec option pour plus tard, les français lancent dans le même temps une procédure contre le régime syrien pour crimes de guerre, ce qui embarrasse Washington.

Nos médias se plaignent que les russes auraient tué des civils dans les bombardements par avion : c'est tout à fait possible en temps de guerre, mais comment nos médias arrivent à l'affirmer avant même que les avions russes aient décollé ? (on reconnaît ici l'annonce de l'effondrement de la tour 7 du WTC avant même que ça ne se produise). 15 ans après, la désinfo de nos médias bat toujours son plein, c'est du "sabotage" pour semer la zizanie autour du plan russe.

Mais dans le même temps, les frappes françaises ont quand même visé le camp d'entraînement des adolescents embrigadés par DAECH, jeunes qui n'avaient pas forcément eu bien le choix soit dit en passant. Tout cela ressemble à un "jeu" à plusieurs niveaux. Pourquoi les français sont ils aussi réticents à maintenir Assad tant que l'EI n'est pas vaincue ? Stratégiquement, la guerre contre Daech ne pourra pas être remportée sans le régime syrien. Logiquement, ce que les français essaient de faire, tout en frappant des cibles non stratégiques, c'est d'empêcher les russes de gagner cette guerre, ni plus ni moins.

Mais qui tire les ficelles ? S'il est évident que les français ont participé à la déstabilisation de la Libye pour se créer un corridor jusqu'à la Centrafrique contre l'avis de Khadafi, ce sont les liens avec les milieux d'affaire libanais qu'il faut suivre dans le cas de l'EI. Le Liban était un protectorat français, et on voit très bien aujourd'hui que les richissimes libanais sont très présents dans les affaires françaises, qu'elles soient légales ou non, et même parfois tenant au secret défense (voir les affaires Takieddine et

compagnie). Quel lien avec l'EI ? Daech est enclavé et encerclé par de nombreux fronts, n'a pas d'usines d'armement, mais continue à avoir autant de munitions et d'armes qu'il lui en faut pour maintenir la pression, alors que dans le même temps, le gouvernement syrien serait à sec sans une aide massive de la part des Russes depuis le port de Lattakié. Comment l'EI se fournit-il, si ce n'est par le trafic d'armes, et notamment par le Liban qui en est devenu LA plaque tournante depuis la guerre civile de 1975 et l'approvisionnement de la contestation palestinienne au Proche Orient, faisant du même coup la fortune colossale de certains hommes d'affaire du pays. La France est donc un État qui rassemble d'étranges volontés et liens en rapport avec Daech : elle a promu les révoltes arabes, est en lien étroit avec le trafic d'arme et les richissimes libanais qui fournissent l'EI, met des bâtons dans les roues des russes, fait semblant de frapper DAECH en visant des objectifs non stratégiques, et accuse enfin Assad de crimes de guerre. Vous pouvez donc deviner facilement qui tire les ficelles, et ce n'est ni les USA, ni Israel. L'EI a été créé pour faire s'autodétruire les musulmans, et permettre entre autre la reconstruction du 3ème temple, parce qu'une fois les musulmans mis "hors service", il sera possible d'accéder au dôme du rocher (et éventuellement le détruire). Le but des illuminatis est de préparer l'émergence d'Odin, un annunaki qui sera au centre d'une nouvelle religion (de type judéo-chrétienne revue à la sauce sumérienne) avec comme capitale Jerusalem et comme palais le fameux temple. Tout ce qui a été dit plus haut, toute cette guerre lancée par l'EI, le soutien des illuminatis qui tirent les ficelles de certains gouvernements, les préparatifs en Israël, tout cela a un objectif bien défini. Ce n'est pas tout à fait le Grand Israël tel qu'on pourrait l'imaginer d'un point de vue sioniste classique (et tels que de nombreux juifs se l'imaginent), cela dépasse la vision des juifs eux mêmes. Tout le monde est manipulé, musulmans, juifs et chrétiens, et tous s'en verront victimes. C'est pour cela que le danger a été annoncé tant de siècles à l'avance.

Obama prends encore Hollande à contre-pieds, comme quand Obama demande, avant d'attaquer la Syrie, les conclusions de l'enquête sur l'attaque chimique attribue faussement à Assad.

C'est simple : Poutine + Obama = même combat, les rivalités ne sont là que pour contenter les opinions publiques habituées à la guerre froide (donc russophobe aux USA et l'inverse en Russie). Hollande = Fabius = Lobbies (et donc illuminatis en arrière plan, là où il y a argent ils ne sont jamais loin) + OTAN = Allemagne = Merkel russophobe (ex allemande de l'Est). C'est très télégraphié comme tournure mais c'est pas bien plus compliqué.

Certains petits toutous feraient mieux d'arrêter d'aboyer et avoir honte que leur triste réalité soit aussi évidente ! Ca jappe toujours dans la direction d'où on leur balance les saucisses ou la boite de caviar, ça dépend du maître.

Intervention Russe de septembre 2015

En 3 jours, l'aviation russe a été plus efficace que toute la coalition internationale en 1 an. Les Illuminatis grincent des dents, ils n'aiment pas voir Daech, leur création qui sert leurs intérêts, perdre du terrain. L'ancien candidat à la présidence USA John McCain envisage même d'attaquer directement les troupes d'Assad (pas les russes, on n'attaque que les petits...) pour aider l'EI (alors qu'officiellement les USA luttent contre l'EI).

Obama passe la main à Poutine

Lorsque qu'Obama et Poutine se sont rencontrés en marge de l'ONU en 09/2015, ils se sont mis d'accord pour passer le relai à la Russie en ce qui concerne la Syrie. Obama et Poutine ne sont pas idiots, ils se sont bien rendu compte l'un comme l'autre que la coalition internationale faisait semblant de frapper l'EI. Plutôt que de détruire les QG des islamistes de DAECH, les bombes visaient des sites économiques comme des centrales électriques. Pourquoi ? Le but n'était pas de briser DAECH mais de briser ASSAD en mettant les populations dans la précarité, détresse facilement récupérable ensuite par la manipulation médiatique, mais aussi briser l'économie et les infrastructure du pays (pour pouvoir se le partager ensuite).

Le passage de relai entre Obama et Poutine sur la Syrie intervient exactement après le scandale et la grève des informateurs US sur le terrain qui se sont plaint que leurs rapports étaient modifiés avant d'arriver à la Maison Blanche : non seulement le tableau était embelli (pour faire croire que la coalition était efficace et conforter Obama dans ses plans) mais en plus les cibles importantes étaient passées sous silence.

On comprend comment il est possible de manipuler les hauts commandements dont la Maison Blanche et Obama sur l'efficacité de leurs décisions. Si les rapports que vous avez sur votre bureau vous disent que tout marche bien, pourquoi changer de tactique ?

De plus, de nombreuses plaintes venant du gouvernement irakien évoquaient des erreurs de largage de munitions qui tombaient dans les bras de DAECH. Tous ces points sont du sabotage interne aux services US qui vise à aveugler Obama et à épargner, voire soutenir DAECH. Une fois que ce sabotage est devenu évident, Obama n'avait aucune alternative si ce n'est de donner le leadership à Moscou, seule puissance capable de faire le job.

Les chapeaux blancs traquent évidemment les traîtres, un sabotage = 1 traître sacrifié par les chapeaux noirs, mais il faut remonter très haut pour trouver les instigateurs de ces sabotages, en l'occurrence les illuminatis (la Russie n'est pas sous leur coupe, d'où l'avantage de Poutine !).

C'est évidemment les illuminatis qui ont créé Daech qui sont responsables des sabotages. Non seulement leur fortune colossale peut presque tout corrompre, mais ils ont des agents entrés très profondément dans les agences, et même au MJ12. En revanche, ils ont beaucoup de mal à percer en Russie et en Chine car ce sont des pays qui se sont pas traditionnellement concernés par leur présence. Il y a eu des tentatives, mais elles restent limitées et ont été déjouées (arrêt de la prise de pouvoir des Oligarques en Russie, nettoyage massif de la corruption en Chine). Beaucoup jettent la pierre à Obama, mais lui aussi a été manipulé. Comment pouvait-il savoir que cette corruption remontait aussi loin au Pentagone, au point où les feuilles de route des livraisons d'arme aux rebelles modérés étaient trafiquées pour tomber dans les mains de l'EI ?

L'invasion trop facile de l'Irak

(30/05/2015) La prise par Daech de Ramadi, ville très proche de Bagdad, montre la corruption et complaisance des autorités en place. Lors de l'assaut sur la ville, les forces irakiennes en place, une force d'Élite entraînée par les américains, est partie sans combattre en laissant ses armes derrière elle. Cela rappelle ce qu'il s'est exactement passé à Mossoul.

Mossoul

Ce sont les ordres contradictoires des officiers irakiens devant l'avancée de Daech qui a créé la panique et la fuite des forces de l'ordre. Qui plus est, il y a eu des complicité au sein de la ville où l'EI compte de nombreux partisans, soit des sunnites anti-chiites, soit d'anciens du régime de Saddam Hussein voulant prendre leur revanche. Lors de la prise de Mossoul, les hauts parleurs des minarets qui servent normalement à l'appel de la prière ont d'ailleurs exhorté les gens à se rendre et à accueillir l'EI, rajoutant à la panique générale des forces irakiennes.

Ramadi

Mêmes phénomènes qu'a Mossoul : une complicité interne, de la corruption massive, un désarroi des forces irakiennes (majoritairement sunnites) qui ne savent plus quoi faire ni dans quel camp se ranger. Sans compter que les illuminatis font bien leur boulot grâce à leur agents infiltrés. Qui favorise financièrement l'EI et fourni l'organisation en armes et munitions via le trafic libanais ou turque ? Qui change les plans de vol des avions de ravitaillement occidentaux pour qu'ils larguent les munitions chez l'ennemi ? Pour cela, il suffit de truquer les renseignements qui viennent du terrain, et comme on sait que les services secrets irakiens sont corrompus jusqu'à la moelle et peu motivés à aider les pro-américain, ces opérations sont faciles.

Les médias en ont très peu parlé, mais la prise de Ramadi est grave : elle montre l'inefficacité totale de la coalition anti-EI et de l'État irakien.

Si Obama décide de combattre, ensuite, c'est l'US army qui gère. Or, en mai 2015, 60% des généraux américains sont contre Obama et lui pourrissent la vie (pour la plupart, des membres de l'État Profond). Ce qui explique les sabotages perpétuels dans la lutte contre Daech. Et encore, c'est après avoir fait un gros ménage.

Facteurs principaux qui favorisent Daech (1 et 2)

Illuminatis

infiltrés partout, et qui jouent à fond pour protéger leur bébé.

intérêts et les rivalités des uns et des autres

turcs russes, EU-Russes, EU-USA, USA-russes, Arabie-Iran etc, je vous laisse faire toutes les combinaisons...

Nibiru

Les effets de Nibiru qui vont attirer les attentions ailleurs : chutes de météores, ISS qui va se crasher, volcans, séismes, typhons et autres inondations, cela demande aux pays touchés de se concentrer sur leurs problèmes. Quand les USA vont être touché par l'ajustement de New Madrid et que cela aura des répercutions géologiques sur le monde entier (destruction de la côte Est et de la côte ouest de USA, du Japon et des côtes atlantiques), Daech deviendra pour eux un problème secondaire.

Arme nucléaire

La possibilité d'utiliser ces armes va freiner les ardeurs de beaucoup à aller combattre en Syrie, parce que qui voudra encore se frotter à une armée de fous extrémistes drogués aux psychotropes et possédant le feu nucléaire, que même les russes n'ont pas pu empêcher ?

Risques nucléaires

Obama a eu des informations fiables sur les intentions de l'Ei rappelle a Poutine les risques que son armée (celle d'Assad rejointe par russes et iraniens) finisse sa course sur une bombe nucléaire peinte en noir et blanc. "Catastrophe", mot employé par Obama dans son discours, c'est du hinting (il faut lire entre les lignes). Le seul moyen de gagner c'est de trouver les bombes de l'Ei et de les neutraliser avant de lancer un assaut massif. En fait, les ET expliquent qu'Obama craint énormément cette éventualité d'une réplique nucléaire de la par de DAECH mais que Poutine estime lui que les responsables djihadistes ne prendront pas ce risque pour eux mêmes. Le problème, c'est que Poutine raisonne en stratège, pas en fanatique. L'Ei fera sauter sa bombe sur une armée russo-irano-syrienne, même si au final les radiations atteindront les envoyeurs, parce que de toute manière, ces mêmes chefs djihadistes sont condamnés si les russes gagnent trop de terrain. Plutôt que de perdre, ils préféreront tenter le tout pour le tout. N'oubliez pas que les ET lisent dans les pensées des gens, ils connaissent les intentions de chacun. Poutine fait effectivement une erreur, il va trop vite.Ce qui est prévu dans les hadiths d'ailleurs, c'est qu'Al Bagdadi tombera gravement malade juste après la prise de Koufa en Irak (à cause du rayonnement des bombes). Il fera demi-tour et mourra avant d'avoir rejoint Damas pour se faire soigner. C'est alors que l'Ei se trouvera un nouveau chef, ce que les Hadith appelle le second Sufyani. Ce successeur est aussi appelé le "déformé", parce qu'il sera physiquement mal formé / proportionné. C'est lui qui attaquera

Bagdad et l'Arabie Saoudite. Je vous rassure, il n'y aura pas de 3ème Sufyani !

Quant aux armes nucléaires elles sont également présentes dans les textes prophétiques, sous l'appellation de "bâtons", au nombre de 3, des armes que possédera le Sufyani et dont l'usage ne laissera aucun survivant. Sachant que ces textes datent de plus de 1400 ans, on s'étonne de la correspondance avec les armes nucléaires en effet ! Mais doit on encore être surpris ?

Si les prophéties étaient écoutées, les événements annoncés ne se produiraient jamais parce que les gens feraient en sorte qu'ils n'arrivent pas une fois prévenus. Donc c'est un peu paradoxal :) Les prophéties servent juste à prévenir une minorité. Si la majorité les comprenaient, ce ne seraient plus des prophéties ! C'est pas "élitiste" comme point de vue, juste logique !

Les russes mais aussi d'autres pays ont parlé à plusieurs reprises que l'EI pouvait posséder des armes nucléaires. le souci, c'est que les missiles longues portée qu'ils ont récupéré en Irak n'ont pas d'ogive nucléaire, donc d'où ces ogives peuvent elles venir ? Et bien du Pakistan. Les ET disent que l'EI possède 3 ogives subtilisées à l'armée pakistanaise avec la complicité de très hauts gradés. Les ET ont également prévenu que si l'EI se sentait menacé par une reconquête de la Syrie par Assad, les russes et/ou la coalition, il n'hésiterait pas à s'en servir en sachant qu'en face personne ne répliquera sous peine de tuer des milliers de civils innocents. Lavrov confirme en partie ces préoccupations.

Ce n'est pas avec une bombe nucléaire que Daech réalisera leur épuration des chiites, mais ils s'en serviront sans avoir de scrupules de ces armes si nécessaire à des vues militaires.

l'Ei na pas besoin de ces armes parce que ses troupes avancent malgré les frappes aériennes. Si néanmoins elles reculent, l'EI risque de ne pas gêner. Damas ne sera pas visée par ces tirs (prévue pour être leur future capitale), mais Lattakié, Alep et Homs sont des cibles potentielles en Syrie.

L'EI n'en a rien à faire de l'avis des Jordaniens, des Libanais ou des Kurdes. De plus, une bombe ce sera déjà une belle contamination locale mais les têtes de l'EI ne sont pas très grosses et ne peuvent détruire qu'une ville moyenne. Israël fera obstacle à toute réplique parce que ce sont des voisins qui auront peur d'une escalade de bombardements dans la région. Cela évitera un aggravement des conséquences environnementales qui seront restreintes à cause de la faible taille des bombes de l'EI. En plus, d'un point de vue technique, je ne pense pas qu'Assad ou que l'Irak donnent leur accord pour que leur territoire soit bombardé avec du nucléaire par des étrangers, même alliés. Cela serait débattu de toute manière par l'ONU, aucun pays (Russes Chinois ou USA) ne passerait outre une décision du conseil de sécurité. C'est inconcevable, et vous pouvez être certains que la France serait en tête du non à la réplique. Obama, Poutine et Xi sont des gens intelligents, ils ne voudraient pas se mettre à dos la Terre entière et rester dans l'histoire comme des gens irresponsables qui n'ont savent pas garder leur sang froid (ce qui est bien loin d'être leur caractère). Quant à Netanyahu (Israel possède l'arme nucléaire contrairement aux iraniens), il n'a aucun intérêt à empoisonner son propre pays. Ceux de l'EI n'ont aucune éthique ni aucune conscience des conséquences d'un tel acte, ce qui n'est pas le cas des autres. Les rumeurs d'apocalypse nucléaire sont infondées, même si certains s'amusent à se faire peur en imaginant ce scénario apocalyptique.

Recrutement (04/2017)

Daech disposant d'énormes capitaux et infiltrés au plus sommet de l'État (la mafia illuminati), il a possibilité de sélectionner la bonne personne, et de leur proposer un gros pactole.

Il suffit ensuite de sélectionner des profils (comme des multirécidivistes violents qui ont une haine de l'autorité et de la police), les contacter sur internet, et leur présenter le chèque. Généralement, quand la cible est bien hameçonnée, une première somme coquette est versée afin de prouver la "bonne foi" des commanditaires et permet d'acheter au noir le matériel nécessaire (des adresses leur sont fournies), mais dans la plupart des cas ce sont déjà des personnes qui ont accès à ces armes pour fréquenter le milieu du banditisme ou de la drogue. Ces mercenaires n'ont aucune intention d'y rester, un coup à risques certes (quoique un hold-up a des risques aussi) mais ils se croient assez forts pour faire des dégâts et s'en tirer. Ils n'attendent que leurs consignes/cibles et le moment d'attaquer leur soient dictés par leurs commanditaires via internet et se tiennent prêts en attendant, de façon complètement invisible pour la police.

Le couple de saoudiens qui avaient attaqué aux USA a bien réussi son coup, et ils sont aujourd'hui au Proche Orient avec leur magot. Pourquoi cette méthode fonctionne-t-elle mieux que les cellules radicalisées ? Simplement parce que les mercenaires ne sont pas fichés puisqu'ils ne fréquentent pas les milieux djihadistes/d'autres personnes connues pour leurs positions intégristes. Ils sont donc parfaitement invisibles pour les services anti-terroristes tant qu'ils ne sont pas passés à l'action, et sont généralement prêts à tout pour de l'argent (et leur passé criminel va toujours en ce sens).

Déséquilibrés

Opportunité

(22/03/2017) Un homme a attaqué au couteau plusieurs passants à Londres, en tuant 3. Daech a revendiqué l'attentat. Mais qu'en est-il réellement ?

Encore une fois, l'acte d'un déséquilibré isolé passe pour un acte terroriste organisé. Comme dans de nombreux autres cas, ces individus agissent seuls, prennent leur propre voiture et ne se décident que sur un coup de tête de dernière minute. Il n'y a aucune préparation à ces actes, et systématiquement les coupables sont des personnes instables, déjà arrêtées pour divers actes de violence, vols, drogue etc... Ce sont des cas psychiatriques qui surfent sur l'actualité. Il suffit parfois qu'ils tombent sur des sites faisant l'apologie du terrorisme ou quelques vidéos sur internet, et ils ont un prétexte. Daech et d'autres l'ont bien compris, il y a assez de fous isolés pour qu'au moins certains d'entre eux passent à l'acte. Daech revendique tout et n'importe quoi, et pire encore, n'importe qui peut revendiquer n'importe quoi au nom de Daech.

Ces fous agissent seuls dans leurs fantasmes et leurs décompensations violentes, ce ne sont pas des attaques coordonnées de Daech, bien planifiées à l'avance, avec ceinture explosif électronique et armes de guerre, qu'il aura fallu rassembler préalablement.

A qui profite le crime ?

Alors à qui cela sert-il- de faire passer ces actes barbares pour des actes terroristes ? Les gouvernements bien entendu, puisque cela permet de maintenir les mesures de contrôle déjà établies, et de justifier par exemple en France l'état d'urgence.

Dans le cas du Royaume-Unis en 2017, cet acte sert à parler d'autre chose que du Brexit, et de faire peur avec les migrants (alors que la plupart du temps ces actes sont liés à des petites frappes instables psychologiquement qui sont nées et vivent depuis toujours sur le territoire). Mais pas d'une attaque planifiée de Daech.

Le vrai rôle de Daech est de faire s'entre-tuer le musulmans au Moyen-Orient, ils n'en ont absolument rien à faire des européens. Par contre du côté européen, c'est très pratique pour justifier des pertes de liberté et monter les gens les uns contre les autres... Ne tombez pas de ce piège, il n'y a rien de plus jouissif et pratique pour les loups que de se faire s'affronter les moutons blancs et les moutons noirs.

But des attentats européens (06/2017)

Un certain nombre d'Élites ultra fortunées désirent, à travers ces attaques, pousser leurs gouvernements respectifs à se durcir face aux populations. Si besoin, si ces Élites voient que le contrôle du peuple leur échappe, plusieurs attaques seront organisées pour que le pays devienne un état policier.

En effet, cette minorité d'Élites ultra fortunée des chapeaux noirs, n'a toujours pas plié sous la pression ET, et refuse encore tout compromis sur une annonce éventuelle et une préparation des populations. Ces Élites (qui ne sont pas musulmanes) télécommandent Daech via internet, et notamment qui donnent les ordres d'action aux cellules dormantes. Ce sont donc les mêmes qui se trouvent derrière Daech. Ils poussent les pays à devenir des dictatures afin que le peuple soit sous contrôle. Ils ont peur que le peuple soit pris de rage quand les anomalies seront impossibles à nier sur la présence de Nibiru. Donc plus les gouvernements deviendront durs et les pays des états policiers, sous prétexte de terrorisme, et plus ces Élites (minoritaires) seront rassurées.

Le peuple est leur plus grande peur, parce que c'est la seule force qui peut les dépasser. Heureusement que toutes les Élites ne sont pas de cet avis, et que ce groupe reste minoritaire.

Ces attentats servent donc à infléchir la politique du dirigeant en place, un levier ou une ficelle de marionnettiste.

Organisation des attentats (04/2017)

Les attentats revendiqués par Daech sont réellement "terroriste", de par l'organisation et la logistique. Mais le moment de l'attaque, de même que la cible, sont décidé uniquement par la mafia des chapeaux noirs.

Daech recrute, donne les outils, construit les réseaux, mais le déclenchement des attaques est organisé non pas depuis la Syrie ou l'Irak, mais depuis l'Ukraine.

Daech ne fait que préparer la cellule, l'ordre final du passage à l'action se fait via internet, et comme internet n'a pas d'odeur (et de nationalité), les terroristes exécutent les consignes en pensant être en contact avec Daech. L'ordre final (et la cible) est envoyé par la CIA noire, qui s'est implantée depuis que l'Ukraine est devenu un pays corrompu et sans foi ni loi sous l'impulsion néfaste de Soros.

Arrêter les attentats : stopper la source

La solution n'est pas de mettre un gendarme/policier/militaire à chaque coin de rue, car ils deviennent alors les cibles à abattre.

La seule solution est de bloquer l'argent, car c'est cela le nerf de cette guerre. Or cet argent passe par le Qatar, paradis fiscal et les ordres par l'Ukraine, pays de non-droit. Bloquer et surveiller les comptes offshores où les primes sont versées aux "terroristes-mercenaires" (ce qui sous entend mettre fin aux paradis fiscaux) est tout à fait possible, il ne manque que la volonté de le faire. Quant à internet, la même chose est envisageable.

La pression peut être mise sur l'Ukraine et toutes les informations sortantes ou entrantes de ce pays peuvent être filtrées.

Les attentats perdureront tant que les Élites voudront qu'ils se réalisent, et que le nécessaire ne sera pas fait.

Purge Saoudienne

La majorité des personnalités arrêtées par MBS sont des financeurs de Daech ou des pro-américains, la branche Clinton des années 2010'.

Après la purge, les médias ne savent pas trop comment aborder le problème, puisque ces milliers d'arrestations touchent essentiellement des politiques, milliardaires et religieux corrompus, les mêmes qui soutenaient Daech ! Idem avec le droit des femmes ou sa lutte contre l'islamisme wahhabite, alors que MBS était accusé du wahabisme là 40 ans avant lui, wahabisme CIA qui n'avait jamais posé problème aux médias jusque là.

MBS a confisqué les immenses fortunes de ces gens corrompus, fortunes redistribuées à la population par MBS, via ses plans de développement sociaux .

Liban

Les milliardaires Saoudiens ont alimenté les marchands d'armes libanais via le Qatar, afin de financer le Hezbollah ou les marchands d'armes internationaux, fournisseur d'armes à Daech (majorité du trafic alimentant Daech). C'est comme cela que Daech pouvait se targuer de posséder à ses début des milliers de 4x4 Toyota blancs flambant neufs, d'avoir des munitions et de l'équipement autant que nécessaire.

Les marchands d'armes, après avoir reçu l'argent Saoudien via le Qatar, achètent ensuite en masse aux occidentaux (France dont le Liban est un ancien protectorat, Allemagne, USA) pour revendre au Moyen Orient et entretenir les guerres sans fins autour d'Israël.

Les divers scandales en France sur la vente d'armes incluent presque systématiquement des intermédiaires libanais. C'est dans ce pays que Carlos Goshn, patron international de Renault-Nissan, s'est réfugié après avoir échappé à la justice japonaise en 2019.

2017

L'éviction du premier ministre libanais, assigné à résidence en Arabie par MBS n'est pas innocente. L'action diplomatique de Macron va dans un sens d'apaisement, et si MBS a consenti à cela (l'accueil du PM libanais) c'est en substance un compromis donnant donnant. Macron a aussi tout à y gagner, parce qu'Hariri a beaucoup d'infos sur les magouilles des anciens dirigeants français et le trafic d'arme dont ils ont été complices (voir affaire de frégates et bien d'autres).

Si MBS a fait tomber le premier Ministre libanais en même temps qu'il a fait sa purge anticorruption et anti financeurs de Daech, c'est qu'il connaît très bien la complicité des milliardaires libanais dans cette histoire (dont une grande majorité est venue se réfugier en France lors de la guerre au Liban, d'où les liens privilégiés avec la France dont le Liban est un ancien protectorat, je le répète car c'est important). Hariri a été arrêté par MBS et mis en résidence surveillée, comme Hillary Clinton aux USA par le Général Dunford qui effectue le même type de purge dans son pays avec la complicité de Trump, autre agent du Marionnettiste. Ces purges, qui peuvent prendre de nombreux aspects (voir scandales sexuels à Hollywood où tous les accusés sont des pro-

Clinton) contre l'ancien système corrompu n'ont donc pas fini de faire parler d'elles.

Turquie

Si elle a été un moment complice pour des raisons financières (elle achetait le pétrole de Daech à très bas prix) et avait dans l'idée de récupérer un peu du territoire syrien au passage, c'était avant tout un comportement opportuniste et pas vraiment motivés par un plan à long terme.

Daech 2

Ce groupe aura des visées plus réalistes et plus efficaces (car indépendant de chefs cherchant à provoquer un mouvement qui s'auto-détruira), pour prendre le pouvoir sur toute la région, en trompant les musulmans sur leurs buts réels.

Daech 2 s'appuie sur des gens qui, comme nous, ont ouvert les yeux sur ce système pourri, et veulent faire la révolution et améliorer les choses, et oeuvreront pour le Dajjal en croyant bien faire... C'est pourquoi je répète souvent de regarder loin pour voir dans quel combat on s'engage...

Mêmes ressources que Daech 1

Les immenses ressources de Daech 1 existent toujours (estimé 80 000 combattants, 300 millions de dollars), et serviront à relancer Daech 2. C'est surtout du côté d'Eir Ezzor que les troupes résistent encore.

Plus efficace

Le problème de Daech 1 était une organisation soumise à des stratégies venues de l'étranger : ne visaient qu'à établir le chaos, pas à construire une véritable entité, et généralement les ordres n'étaient pas réalistes militairement. C'est pourquoi il y avait déjà eu des tensions internes à l'organisation, et même des combats sanglants entre ses différentes factions. Al Bagdadi était un pantin, et sans la protection de son mentor principal (Mc Cain et Qatar), a perdu la main sur le groupe sur le terrain.

Alors que pour Daech 2, elle a libre action, et c'est ça le danger.

Prophéties

Les actions de cette entité n'étant pas connues au moment de l'écriture, seules les prophéties des hadiths nous en donnent une idée (Apo>Prophéties>Islam p.).

NOM > Pro-Odin

Survol

Date d'établissement (p.)

Quand le moment sera jugé le plus adéquat par les stratèges illuminatis, mais a priori, ces différents NOM se mettront en place juste au moment où les gros cataclysmes de Nibiru commenceront, que les esclaves n'aient pas le temps de voir l'asservissement qui va les piéger.

Prise de pouvoir (p.)

Ce seront les ville-camps appartenant à des États indépendants (Etat dégradé > indépendants p.) qui seront elles les véritables cibles d'Odin. Il se déplacera de l'une à l'autre pour les forcer à coopérer et former un gouvernement mondial. Sa religion sera imposée, et ceux qui refuseront seront exécutés, rien de nouveau.

Différents plans (p.)

Le NOM durera 3 ans, dont 1 an de règne de Odin. Mais juste pour cette courte période (primordiale pour le reste de nos incarnations), ça fait 3 666 ans que les illuminatis préparent cet interlude, ultime sursaut des égoïstes sur Terre.

Géographie du NOM (p.)

A cause des destructions d'infrastructures, ou les cultures altruistes très fortes, toutes les parties du monde ne seront pas touchées par cette guerre.

Chronologie (p.)

Le NOM ayant pour capitale Jérusalem, nous verrons les nombreux troubles que ça engendrera, notamment le déroulé des prophéties sur cette période.

Date d'établissement

Le blocage des ville-camps, et leur remplissage avec les populations raflées à la campagne, arrivant dès les premiers gros cataclysmes.

L'émergence d'Odin se fera peu avant, ou en même temps.

Probable que la détresse des populations de ces camps aidera à son recrutement. Il promettra sûrement la loyauté absolue contre de la nourriture, un grand classique puisque ventre affamé n'a pas de raison. Si ces villes-prisons ne deviennent pas des mouroirs bien avant, ceux qui refuseront de se soumettre au nouveau maître seront exterminés (ce n'est pas par haine, juste pour ne pas gaspiller les ressources qui seront données aux collabos).

Conquête progressive

La soumission du monde par Odin ne se fera pas en un seul jour, ce sera un phénomène progressif qui partira d'une zone donnée.

Il y a aura un délai à la conquête progressive des ville-camps. Même si Odin apparaît tôt, existera une période où les nations / pays mettront en place ce qu'il ont prévu de faire. Seul le pays cible qui servira de pilier à l'émergence d'Odin, pourra voir ses plans modifiés.

Plans > Classes sociales

3 catégories d'humains après Nibiru

Le film Elyseum est un bon exemple de ce que prévoient les Élites pour notre futur. Les droits du citoyen disparaissent.

Les Élites

Le 1% de la population (illuminatis, les serviteurs des illuminatis, les gens les plus riches). Pas la crème de l'humanité, mais comme aujourd'hui ce sera elle aux manettes, c'est eux qui nous contrôlent. Ils se sont prévus des zones vertes, enclaves high tech bénéficiant de tout le confort, et sévèrement gardées pas une armée/chien de garde (l'ancienne troupe d'Élite royale) bénéficiant de privilèges supérieurs au militaire de base, leur position élevée dans la société leur faisant défendre avec plus d'ardeurs encore leurs maîtres.

Eux auront un régime libéral, au sens où ils pourront faire tout ce qu'ils veulent, sans limites ni entraves, parce que leur richesse est censée représenter l'intérêt qu'ils apportent à la communauté (dans la doctrine "plus ils seront riches, plus la communauté en bénéficiera").

Les techniciens serviteurs

Ce qu'on appelle aujourd'hui la classe moyenne : Médecins, chercheurs, ingénieurs, réparateurs diplômés, techniciens robotique, etc. bref tout ce qui servira aux Élites pour leur confort. Ils habiteront dans les quartiers pauvres des enclaves high Tech, étant exposés les premiers en cas d'attaque pour protéger leurs maîtres Élites. Leurs droits seront bien diminués.

Les inutiles

Ces inutiles sont ceux qui n'ont pas de connaissances techniques.

C'est comme ça que nous voient les Élites pour la majorité d'entre nous. Les robots, et les techniciens serviteurs qui réparent les robots, rendent inutiles les classes les plus pauvres et les moins éduquées.

Parmi ces inutiles, existera une population remplaçable qui peut servir aux Élites : une main d'oeuvre non qualifiée, pour le travail qui n'en nécessite pas : appuyer sur le bouton du robot aspirateur, finaliser les coins où les machines ne peuvent pas aller, ou encore les prostituées, dominer et torturer, voir égorger un robot reste moins rigolo que quand ce sont de vrais humains. Ce seront surtout les enfants qui serviront d'esclaves jetables, tout en servant aussi d'usine à adrénochrome.

Géographie du NOM

Il y a de grandes chances que la théocratie centrée sur Jérusalem (le NOM) ne concerne pas l'Amérique du Nord : aucune des prophéties amérindiennes (Hopis, Lakota, Mayas) ne parlent d'antéchrist, et les Zétas ne disent pas un mot sur le NOM ou l'antéchrist, un personnage pourtant majeur des évangiles ou des hadiths prophétiques. C'est bien de forts indices que :

- le continent Américain, après le pole-shift et les destructions d'infra-structures, sera trop loin pour intéresser Odin,
- la City de Londres, avec laquelle les Zétas ont pris des accords de non-divulgation en 1947, participera à l'établissement du NOM.

Le NOM s'établira au Moyen-Orient, après les destructions du 1e passage de Nibiru, et cette théocratie cherchera à envahir/prendre le contrôle du reste du monde accessible (afin d'établir le culte d'Odin, et d'emporter ensuite le plus d'âmes possibles). Seront donc visées les terres accessible, c'est à dire l'Europe et la Chine, et surtout la Russie. L'Afrique, où les illuminati pro-Odin sont déjà au pouvoir, ne posera pas de problème. L'Europe, un des premiers continents envahi par les illuminati il y a 6 000 ans, sera aussi acquis à la cause sataniste au niveau de ses dirigeants, et sera la première à fournir son armée à Odin.

La Chine, dominée par des illuminati non sumériens (mais toujours pro-anunnaki), devrait rester fidèle à l'empereur Anu, et ne pas être trompé par Odin.

Restera la Russie. La Russie sera en effet le pays le plus puissant du Monde, celui qui aura gardé la plus forte population, armée et technologie, grâce notamment aux travaux de Poutine pour donner gratuitement des nouvelles terres à son peuple dans l'extrême orient nord de la Russie, sur les terres élevées qui résisteront au passage de Nibiru. Ou encore sur les bases arctiques nouvellement construites, des terres d'avenir une fois placées plus au Sud et libérées des glaces actuelles. Poutine, le seul dirigeant non affilié aux illuminati (de quelque clan que ce soit), ne se couchera pas devant un anunnaki.

Un autre dirigeant ne se couchera pas, c'est le Mahdi d'Arabie Saoudite (MBS a priori), allié avec l'Iran contre un ennemi commun (ce qui permettra de réconcilier chiites et sunnites, et d'engager la réforme de l'Islam faite par Jésus 2, qui sera conseiller du Mahdi).

Le but d'Odin est d'envahir le plus de cités organisées, en donnant aux survivants le mensonge qu'il est leur dieu, générant la tentation de rebâtir un système hiérarchiste égoïste. Tout groupe de plus de 50 personnes sera susceptible de l'intéresser.

La chute des camps élitistes

Les camps élitistes sont les enclaves fortifiées où les Élites ont prévues de vivre avec les meilleurs techniciens et un grand niveau technologique.

Même si les Élites et le système ne seront pas complètement anéantis sur le coup, ils ne survivront pas longtemps. Les Élites n'ont pas compris qu'elles ne peuvent pas survivre sans le système actuel, et surtout sans nous. Même en se repliant sur un noyau restreint de population sélectionnée dans des zones "vertes", c'est le peuple qui les fait vivre tels des hôtes liés à leurs parasites. Après quelques mois pour certaines et au plus 3 ans pour les autres, ces "enclaves" et restes gouvernementaux s'écrouleront, parce que sans leurs moutons, les bergers ingrats seront dévorés par leurs chiens affamés. Quant aux moutons, ils s'apercevront qu'ils n'ont besoin ni des bergers ni des chiens pour vivre (heureux).

Les idées "libertariennes" de Google (construire des enclaves technologiques "idéales" dans un monde en crise) ne sont qu'une vision hiérarchiste du monde et de la société future : le contrôle, l'individualisme, la séparation entre deux classes de personnes (la battante et les perdantes - ou les "chevaliers" et les "manants"), tout cela mènera à terme à une société de type hiérarchiste telle qu'on peut en trouver chez les Reptiliens de Sirius, les annunakis ou les Kos. A terme, si Google veut supprimer les Etats jugés archaïques, c'est pour mieux se "libérer" des contraintes juridiques. Les "Knights" seraient alors l'Élite dirigeante et tous les autres, les "manants", seraient les serviteurs, c'est à dire les esclaves. De même vouloir expliquer le Monde par les mathématiques et en découvrir les lois, c'est vouloir être comme Dieu, avec un contrôle sur l'Univers.

C'est la principale erreur de ces gens, c'est de croire qu'ils sont comparables à Dieu, qu'ils sont l'Élites "méritante" qui n'a aucune limite et qui peut comprendre, et donc contrôler l'Univers. Cela peut paraître lointain, mais Google est très avancé dans sa préparation au passage de Nibiru. Toutes ces idées qui peuvent paraître utopiste sont sur le point d'être mises en pratique. Google veut créer une nouvelle société selon ses idéaux et le fera dans des enclaves élitistes. C'est tout à fait viable malheureusement, comme le prouve les sociétés ET ayant le même modèle, sauf que la Terre n'est pas destinée à adopter ce genre de civilisation. Ces sociétés hiérarchistes s'écrouleront même si théoriquement elles sont viables, parce qu'elles contrarient le "Plan". Elles iront donc d'échec en échec et joueront forcément de malchance, retour de flamme oblige !

Chronologie d'Odin

Survol

Les prophéties islamistes (L0>Prophéties) nous donnent un bon aperçu des événements qui vont avoir lieu lors du NOM. Il se peut que l'élection de Trump en 2016 ai changé la ligne temporelle dans les détails (notamment les guerres contre le Sufyani), mais les points de passage obligés (exactions d'une partie des musulmans manipulés par les occidentaux, choix du Mahdi (alliance de tous les musulmans), batailles pour Jérusalem, Odin, Pole-shift, Jésus 2, retour des anunnakis) sont là.

Application des plans illuminatis (p.)

Plans déjà donnés plus haut.

Durée du NOM

La mise en place de ce gouvernement mondial prendra 2 ans, et Odin règne environ 1 an.

Apparition du Mahdi (p.)

Le Mahdi musulman rassemblera derrière lui les bonnes volontés, d'abord pour combattre les atrocités de Daech 2.

Émergence d'Odin (p.)

Avec tous les pays du saint empire romain germanique ayant choisit majoritairement d'entrer sous un régime de loi martiale, allié avec le fait que Nibiru aura révélé son existence et donc rendu possible celle des annunaki, Odin va prendre la tête du groupe des 7 grands pays européens. Se présentant comme Dieu lui-même, Odin fondera une nouvelle religion en prenant le trône de St Pierre, prétendant restaurer la religion originelle pervertie par les humains.

Le pouvoir illuminati cédera sa place à cette théocratie conquérante et bénéficiant de la technologie des annunakis prodiguée par Odin. Odin partira dans une croisade mondiale sur Jérusalem, établissant par la force ou la conversion la majorité de la population mondiale (hors Amérique).

La résistance (p.)

Le NOM rencontrera beaucoup d'obstacles et d'adversaires, avant que leur chef Odin ne voit son règne se terminer lors de sa confrontation avec Jésus 2.

Dégradation de l'empire d'Odin (p.)

Une paix provisoire s'organisera autour de la CAM, et un minimum de reconstruction s'opérera. La mort d'Odin ne sonnera pas la fin de l'ancien ordre mondial partout, et la guerre de reconquête continuera quelques temps. Cela se passera environ 3.5 à 4 ans après le 1e pole-shift, jusqu'au retour des anunnakis.

Chrono > Apparition du Mahdi

Survol

Les musulmans vont d'abord s'entre-tuer dans des guerres fratricides (car leurs dirigeants les ont divisé sur la définition du guide à suivre), avant de se rendre compte qu'ils sont manipulés, de réfléchir à ce qu'ils cherchent au fond d'eux-même, et de s'assembler autour de leurs fondamentaux communs, ainsi qu'une relecture de leur religion.

Quand le Sufyani apparaîtra, les musulmans cherchant l'altruisme et ayant pris le temps de réfléchir, s'uniront autour d'un chef (le Calife Mahdi) et renverseront le faux califat, engageant du même coup une révolution au sein de l'Islam et la reformation de l'Ummah (la communauté des musulmans comme au temps de Mahomet). Fini le fondamentalisme de forme de Daech, aveugle et corrompu.

Résumé

(14/06/2015) Si l'on interprète les différentes prophéties musulmanes, aux réserves habituelles que c'est un futur non écrit :

1. prise de Damas par Daech 2
2. fuite du gouvernement syrien (Assad) à Lattaquié, où il sera capturé et exécuté.
3. Offensive de Daech 2 vers l'Est en Irak, prise de Karbala et massacre
4. Prise de Bagdad et génocide généralisé des populations chiites
5. Bataille sanglante DAECH - Iran et victoire de l'Iran à la porte d'Ishtar
6. Offensive de DAECH sur l'Arabie Saoudite
7. Prise et sac de Médine, fuite des nobles saoudiens vers la Mecque
8. Nomination d'un nouveau Roi saoudien, un homme de 40 ans environ (le mahdi)
9. Marche arrêtée des armées de DAECH sur la Mecque, décimées par une catastrophe naturelle à la sortie de Médine (séismes importants qui secoueront 3 fois Médine)
10. Contre offensive arabe victorieuse
11. Libération de Damas et fin de DAECH 2
12. Contentieux occidentaux - Arabes qui aboutira sur une grande bataille, probablement en Syrie et défaite pour les occidentaux
13. Offensive arabe au Nord et prise d'Istanbul ravagée par des catastrophes, notamment un énorme séisme
14. Repli des saoudiens suite à des rumeurs concernant la venue d'Odin
15. Venue d'Odin et établissement de sa religion mondiale.
16. Le mahdi et les derniers résistants sont acculés à Damas.
17. Jésus 2 libère le monde d'Odin,
18. Jésus évite l'affrontement avec les annunakis, et seconde le Mahdi comme guide spirituel,
19. Jésus 2 devient roi quand le Mahdi meurt précocement.

Chaos (p.)

Nous avons dans la partie sur le Mahdi, d'où venait la chaos actuel dans le monde musulmans, et le fait que tous attendent l'apparition du Mahdi qui saura les fédérer dans la bonne direction.

Faux califat (p.)

Tout commence par l'établissement d'un faux califat (Daech) après la prise de Damas, sous l'impulsion du sufyani. Pillage de Médine, début des gros cataclysmes se rajoutant aux effets de la guerre.

Apparition du Mahdi et du vrai Califat (p.)

Le Mahdi se bat à la porte d'Ishtar, et établit son califat à Damas. Prise d'Istanbul déjà détruite.

Faux califat

Les bannières noires vont progresser d'abord, prendre Kufa et Baghdad en Irak mais aussi Alep, Homs et Damas (point crucial) avant de se retourner contre Médine.

La prise de Damas marquera l'établissement du faux Califat du Sufyani.

Le roi de Damas s'enfuit à Lattaquié (ville de naissance de Bacchar El Assad) où il sera tué.

Le faux califat de Damas n'a alors plus que 8 mois à vivre sous cette forme.

Peu de temps après Damas, Bagdad tombe.

8 mois après le faux califat créé à Damas, la bataille sanglante de la porte d'Ishtar en Iran (contre les iraniens et les musulmans d'Asie), où le faux califat sera défait au terme d'une bataille sanglante, meurtrière pour les 2 parties. A noter que cette bataille d'Ishtar pourrait se produire après l'attaque de l'Arabie Saoudite, donc les événements de la Mecque.

Pillage de Médine, puis de Mina. Le Sufyani ne peut entrer à la Mecque, bloqué par l'Armée Saoudienne qui s'y est réfugiée.

Destruction de la Mecque par un séisme, et sûrement au même moment, l'armée de l'EI est englouti dans un séisme.

Apparition du Mahdi et du vrai Califat

Assiégés à la Mecque, le djihad musulman lancé contre Daech qui, en pillant les pèlerins, a bafoué toutes les lois de l'Islam, feront que tous les musulmans vont devoir s'unir (Iraniens et Saoudiens).

Le Mahdi profitera des dégâts occasionnés à l'armée du Sufyani (militaires et naturels) pour détruire le faux califat définitivement et libérer les territoires tyrannisés. Il établira alors sa capitale, comme le Sufyani auparavant, à Damas. Pourquoi Damas ? D'abord parce que Médine aura été pillée et détruite, ensuite parce que le grand séisme aura détruit aussi la Kaaba (la Mecque). Il est dit aussi

qu'une importante invasion par le sud (par le Yémen) des peuples du Soudan / Éthiopie repoussera les arabes vers le nord. On se rend alors compte que les prophéties ne parlent pas que de simples guerres, mais de gros changements naturelles et géopolitiques partout dans le monde, dûs à l'amplification des dégâts de Nibiru.

Prise d'Istanbul par les armées du Mahdi (sans aucune résistance de la part des turcs, la ville étant déjà en ruine lors de l'invasion, suite à une catastrophe naturelle.

Reliquats du Sufyani et occidentaux

Une fois le vrai califat en place, il est dit que le Mahdi aura des soucis avec les occidentaux, notamment à propos de certains de leurs ressortissants prisonniers en Syrie suite à la défaite du Sufyani. Il est clairement dit que ces occidentaux étaient dans les armées du Sufyani, il est donc presque certain que l'on parle là de tous les gens partis faire le Djihad en Syrie et qui se retrouveront prisonniers de guerre. Ces tensions aboutiront à un conflit et probablement que l'affaire des prisonniers sera un prétexte pour renverser le nouveau Califat, puisque celui-ci sera une nouvelle grande puissance mondiale : non seulement il dominera les plus grandes réserves de pétrole (Syrie, Arabie, Irak), mais il contrôlera un très vaste territoire englobant l'Afghanistan et l'Iran en plus du reste (de la Syrie à l'Iran pour résumer). Cette confrontation sera courte et sanglante, selon les textes, avec les armées musulmanes perdant 2/3 de leurs effectifs, mais aboutissant tout de même à une défaite des occidentaux.

Chrono > Émergence d'Odin

C'est la défaite cuisante des occidentaux face au Mahdi qui déclenchera la venue de Odin (ou qui servira de prétexte à lever une nouvelle croisade en Europe). Il sera alors révélé au grand jour, créera une nouvelle religion sur les cendres des anciennes (le christianisme et le judaïsme seront moribonds face au nouvel Islam, et Odin prendra la tête du Vatican comme annoncé par Malachie à propos du non-pape qui prendra la place du dernier pape). Cette nouvelle théocratie mondiale faite par Odin sera basée sur sa propre divinité (dont l'Enkiisme est un prototype dangereux). Odin fédérera de très nombreux pays sous son autorité (Comme les 7 pays européens type

France-Italie-Espagne), alors que le monde est en plein chaos suite aux catastrophes liées à Nibiru.

Ce NOM, déjà en construction aujourd'hui grâce aux illuminatis, rentrera en guerre contre tous les récalcitrants et la seule force capable de lutter contre cette nouvelle puissance tyrannique sera le tout nouveau califat de Damas, les germes de la CAM qui remplacera le NOM.

Chrono > Résistance

Survol

Armées d'Odin (p.)

Les armées d'Odin (venant des pays occidentaux) attaque le Mahdi

Défaite du Mahdi (p.)

Grâce à sa technologie avancée, Odin reprend le territoire au Mahdi, et finit par l'assiéger à Damas.

Armées d'Odin

Rassemblant toute l'armée Européenne en une nouvelle Croisade, Odin reprend les territoires perdus.

Malheureusement, Odin détient une vaste connaissance scientifique qui lui donnera l'avantage militaire. Le règne d'Odin (sur Jérusalem ?) commence, et il durera un an.

Défaite militaire du Mahdi

Odin finira par assiéger Damas et la poche de résistance finale sera réduite à la seule Mosquée de la ville dans laquelle le Mahdi et ses dernières troupes se seront repliés.

Annonce de Nibiru

Survol

Apocalypse = Révélation en grec.

Ce qui veut dire que l'annonce de Nibiru EST l'apocalypse ! :) Elle révélera leurs malversations et leur mensonge depuis 14 000 ans...

Voilà pourquoi les ET tiennent tant à ce qu'elle ai lieu (c'est non négociable), et pourquoi nos chefs tiennent tant à ce qu'elle n'ai pas lieue…

Pourquoi ne pas avoir annoncé en 1983 ? (p.)

Tout simplement parce que la population aurait arrêté de travailler pour les Élites...

Historique de l'annonce de Nibiru

Si l'annonce de Nibiru était cruciale avant l'élection de Trump (c'était les Khazars2 au pouvoir, avec leurs plans de génocide mondial), cette annonce de Nibiru a été mise en suspens pour permettre le nettoyage des États profonds. Début 2020, le planning c'est que les révélations des malversations de l'État profond, couplé aux révélations progressives sur Nibiru, commencent dès septembre 2020, sachant que Nibiru ne pourra plus être niée en janvier 2021.

Après des années de bataille, le plan c'est que l'annonce de Nibiru officielle (plan A) ou scientifique (plan B), ou par divulgation Wikileaks (Plan C), n'aura pas lieu. L'annonce de Nibiru plan D (contacts ET) consiste à avertir inconsciemment tous les humains de la Terre. Une sorte d'annonce de Nibiru se fera alors, de manière contrainte et forcée, quand Nibiru sera visible dans le ciel, c'est à dire au dernier moment malheureusement. Les visités ET, comme Harmo et Nancy Lieder, seront alors mis en avant par les gouvernements du Puppet master (comme TRDJ l'a fait en avril 2020), même si les effets de Nibiru ne pourront être révélés directement, ce qui nuirait aux plans d'Odin. La France verra sûrement Harmo mis en avant aussi. Une sorte d'alliance contre-nature, pour permettre l'équilibre spirituel permettant de faire un choix clair sur l'orientation spirituelle qui souhaite être prise (altruisme ou égoïsme).

Nous sommes déjà prévenus

Dans la bande-annonce du film à succès "2012", est posée la question : "Comment les gouvernements de notre planète annonceront-ils la fin du monde à 6 milliards de personnes ?"

Réponse : "Ils ne le feront pas"...

Le sous-titre du film est "nous étions prévenu". Un contrat que nous avons passé implicitement. Ce film nous montre ce qui se passe réellement dans le monde, il nous montre les médias en train de cacher ces catastrophes naturelles. C'était à nous de comprendre que si les médias réels se comportaient comme dans le film, nous aurions du être assez intelligent pour comprendre qui mentait (les infos) et qui disait la vérité (la pseudo-fiction).

Au passage, le film est une horreur spirituelle : en dehors du fait que les "héros" s'échappent tout du long en laissant tout le monde crever autour sans aider personne (hiérarchisme), les tsunamis qui submergent la montagne la plus haute du monde (fatalisme) et l'idée que seuls les plus hiérarchistes et égoïstes d'entre nous doivent survivre, pour permettre de reconstruire le même monde qu'aujourd'hui (et arriver rapidement à une nouvelle destruction du monde de par l'avidité de nos dirigeants).

Bref, un film qui dit tout le contraire de ce qu'il faudra faire : nos dirigeants et ultra-riches ne sont pas la seule partie de l'humanité à conserver, c'est au contraire la seule partie de l'humanité à dégager... D'ailleurs, si ces Élites étaient montées dans des fusées à destination de leur prochain monde où ils seront esclaves, ça aurait été plus parlant de ce qui allait se passer lors de la moisson.

annonce de Nibiru = déblocage

Le gros point bloquant de notre histoire. Comme il est peu probable que le peuple accepte de pardonner aux dirigeants, ces derniers sont bloqués, et toute l'humanité du coup. Normalement, on devrait tout révéler. Les illuminatis révèlent leurs méfaits, leurs mensonges, les peuples reconnaissent leurs fautes, leur aveuglement. ON ne juge pas, on comprend et on pardonne : les illuminatis étaient prisonniers de leurs croyances, de leur mode de sélection, de Odin. Les peuples étaient prisonniers du formatage du système. C'est le système qui est en cause, pas les humains.

A la date du grand pardon, on annule toutes les dettes karmiques, les contrats, qui a fait quoi. Tout le monde repart de zéro, on se prend tous dans les bras, on se serre les coudes, et on repart tous ensembles, riches et pauvres.

Tant que ça ne se passera pas comme quoi, l'histoire restera sur l'annonce de Nibiru : comment avouer au peuple que l'on a menti, que le monde va être ravagé, que le système va s'effondrer, et qu'il faut changer du tout au tout de système ?

Contenu exigé des ET bienveillants (p.)

- Existence d'une vie extraterrestre
- Existence des Annunakis et de la manipulation de la société,
- Existence de la planète Nibiru, qui tous les 3600 ans apporte de grands cataclysmes sur Terre.

Sachant que juste révéler Nibiru, ça cautionne le message de Nancy Lieder, et tout le reste du coup.

Annonce incomplète (p.)

L'annonce de Nibiru médiatique sera évidemment incomplète et minimisée. Nibiru vient d'arriver (on ne vous a rien caché depuis 1983) et ne fera que peu de dégâts, juste un joli spectacle.

Conditions de l'annonce de Nibiru

L'actualité ne doit pas être chargée (sinon l'effet serait noyé à dessein par les médias complices), d'où les tentatives des États profonds de réaliser un false flag majeur après l'annonce de Nibiru.

L'annonce de Nibiru se fera probablement un samedi, juste avant la fermeture des places financières le dimanche, pour éviter un crash boursier consécutif à cette révélation officielle. Les médias auront alors le temps de rassurer le public, les bourses internationales et les entreprises (les grandes multinationales sont déjà prévenues, banques majeures incluses).

Tout ne sera pas révélé d'un bloc (Nibiru + ET), ça se fera en plusieurs étapes.

Importance de l'annonce de Nibiru pour les ET (p.)

Cette annonce de Nibiru est primordiale pour les ET. Il s'agit d'abord que le public sache en conscience ce qui lui arrive, qu'il ne meure pas dans l'incompréhension et la peur/haine (une aubaine pour le clan hiérarchiste).

Ce n'est pas qu'une simple annonce de Nibiru : elle clôture 50 ans de malversations et de censure, remet à plat nos connaissances, et sera primordiale pour ne pas répéter les erreurs du passé.

Conséquences importantes de l'annonce de Nibiru (p.)

Cette annonce de Nibiru aura de grandes conséquences sur notre façon de voir les choses, sur nos croyances, les corrompus devront rendre des comptes, un choc psychologique sans précédent, qui pourrait amener à une déstabilisation forte du système (d'où la volonté des Élites d'avoir la loi martiale et le couvre feu).

L'annonce de Nibiru se fera obligatoirement (p.)

Ne serait-ce que lorsque Nibiru deviendra visible dans le ciel... Il est important pour les dirigeants de le faire avant, sans quoi les populations en colère les lyncheraient, ce qui serait néfaste à tous : ils ont besoin de nous tout comme nous avons besoin d'eux, ainsi que d'un système minimum pour ne pas provoquer des milliards de morts.

Nibiru "attend" l'annonce de Nibiru

De ce que j'ai compris du message d'Harmo du 23/08/2013, c'est que tant que Nibiru reste dans la région de l'orbite de Vénus, un retard de quelques années n'impactera pas de manière majeure ni la Terre, ni Nibiru qui se trouve asse loin du Soleil désormais. A part la fragilisation excessive de la croûte terrestre, qui se paiera lors des pole-shift aller et retour.

Harmo semble dire que les forces supérieures bloqueront Nibiru en attendant que l'annonce de Nibiru se fasse (la pression des ET sur les humains s'amplifiant si ils mettent de la mauvaise volonté, ou jouent la montre), et que si les dirigeants ont besoin de plus de temps après l'annonce pour mettre leurs citoyens à l'abri, Nibiru sera alors retenue encore un peu (en l'empêchant de sauter hors du rail gravitationnel).

Nibiru est aussi là pour réveiller l'humanité, et un passage trop tôt, comme ça aurait été le cas si elle était passée le 23/08/2013 si elle n'avait pas été retenue, n'aurait eu plus personne à réveiller...

Ce n'est pas les ET qui feront l'annonce de Nibiru

Le risque d'ethnocide (L2) est trop grand pour que les ET interviennent directement.

C'est plus long en laissant les chapeaux blancs faire, mais au moins, cela viendra de nous, pas d'un intervenant extérieur en qui personne n'aurait confiance (propagande anti-ET depuis 1947). C'est en parcourant notre propre chemin qu'on apprend le mieux. La remise en question doit venir de nous même, sinon elle ne sera pas "naturelle" et se révélerait inefficace sur le long terme.

Les anti et pro-annonce de Nibiru (p.)

Globalement, les Khazars2 sont contre l'annonce de Nibiru. Leurs plans étaient d'établir la loi martiale lorsque Nibiru deviendrait visible, laissant les gens être noyés dans les villes côtières fermées par l'armée (les soldats mourant avec leurs prisonniers, tenus dans l'ignorance de ce qui se passe).

La City est plus ouverte sur une annonce de Nibiru quelques jours/semaines avant que Nibiru ne puisse plus être niée.

Différents types d'annonce de Nibiru (p.)

Sachant le cover-up absolu qui existe, les moyens de faire une annonce de Nibiru sont limités :

- Plan A : les politiques (plusieurs chefs d'État qui font l'annonce de Nibiru en même temps, comme Trump, Poutine, Xi, pape François),
- Plan B : la science qui découvrira par hasard une planète proche, ou fera des découvertes sur les ET et les anunnakis.

Les dénis (p.)

Ce sera une annonce de Nibiru qui coupe la poire en 2 : Nibiru sera révélée, mais les médias nous diront qu'elle vient d'arriver proche de la Terre (donc ne pas faire les liens avec les anomalies depuis 1996), qu'elle passera loin de la Terre, et qu'il n'y aura que très peu d'impact sur la Terre. Vos proches qui sont dans le déni total (jusqu'à 70% de la population possible) se raccrocheront jusqu'au bout à ce mensonge, c'est comme ça, il vous faudra faire avec...

Les confirmations

L'Annonce de Nibiru se fera probablement conjointement avec les révélations des malversations de l'État profond, de même que les chapeaux blancs mettront Nancy Lieder en avant. Une manière de perturber le public, de retarder sa préparation, et de l'inviter à rejoindre les camps pour prolonger le système de domination.

Pourquoi ne pas avoir annoncé en 1983 ?

De manière générale, il se serait passé ce qui va se passer lorsque le public sera au courant de l'annonce de Nibiru (conséquences p.) : remise en question du système, inutilité de s'épuiser pour réaliser les rêves d'un autre.

L'exemple Pelosi

Quand Pelosi est élue représentante de la chambre des représentants en 2007, à la stupeur du DS (qui avait fraudé les élections comme lors des 2 élections de Bush, fraude qui avait été contrée en 2007 par le Puppet Master), elle découvre la réalité de Nibiru, qu'elle ne connaissait que par des rumeurs jusqu'à présent.

C'est une âme assez altruiste, bien que sa fin de vie face à Trump ne lui ai pas rendu justice.

Appliquant d'abord le plan prévu avant de découvrir Nibiru, elle était plutôt partante pour coopérer avec l'armée : elle imaginait une forme de loi martiale, non pas pour garder le contrôle, mais pour atténuer la panique. Au-delà de cela, tout plan semble sombre, car que faire de ceux qui sont dans les villes ? Que faire de ceux qui ne bénéficieront plus des services sociaux, mais qui en ont besoin ? Elle n'a pas de réponse à ces questions, ni aucun de ses conseillers ou des militaires.

Laisser tout le monde se débrouiller seul, et même laisser les militaires rentrer chez eux, auprès de leurs familles, semble le meilleur choix possible.

Mais qu'en est-il des migrations ? Faut-il les arrêter ou les autoriser ? Et si vous les autorisez, que faites-vous à ceux qui se trouvent sur le chemin de la migration ?

Beaucoup de questions, et peu de réponses...

Chute des valeurs immobilières

Les villes ont été construites sur les côtes ou au bord des rivières, et puisque ces endroits auraient été censés être inondés, ils auraient été considérés comme sans valeur. Le public aurait été sélectif sur ce qu'il aurait acheté, et beaucoup d'entrepôts de multinationales auraient pris la poussière.

Démotivation des esclaves

On l'a vu avec la COVID : l'éventualité de pouvoir mourir mets en arrière-plan les préoccupations économiques.

Les travailleurs seraient devenus rebelles, ne voyant plus les pensions/retraites et les payes comme importantes comparés aux communautés de survie et à l'auto-suffisance.

Qui allait encore prendre une assurance vie, investir dans son entreprise, faire du développement si une planète est susceptible de tout foutre en l'air dans les 10 ans ? Notre économie est fondée sur la croissance et la gestion du temps (les intérêts, l'investissement, la finance etc...). Avouer l'existence de Nibiru en 1983 lors de sa découverte, c'était mettre une épée de Damoclès sur le Monde, stopper l'économie qui spécule constamment sur la croissance et l'avenir.

Risques religieux

Faire le lien entre Nibiru, et les destructions de la bible, c'est faire ressortir les découvertes sur les anunnakis et le travail de Sitchin. C'est faire comprendre que les religions actuelles, de même que les valeurs hiérarchistes de notre société, ne sont basées que sur l'esclavage pratiqué à Sumer par les anunnakis sur les hommes, et que nous sommes sous le joug d'une ultra-minorité, les illuminatis, descendants des grands-prêtres sumériens.

C'est toujours un problème de contrôle des foules qui pousse les gouvernements à mentir pour conserver le statu quo. Tout changement sous entend un risque de perte de contrôle, et cela n'est pas admissible pour nos dominants. Tout les pousse à mentir sur notre passé, mais aussi sur le présent pour conserver le système tel quel, bien rôdé, où les gens font ce qu'on leur demande sans broncher. Ils vont au travail, imaginent leur avenir et leur retraite, vont à l'Église ou/et regarde tranquillement le 20 heures en se disant que le monde est merdique, mais que c'est loin d'eux. Si tu commences à détricoter une maille, qui te dit que ce beau petit pull du quotidien ne s'effilochera pas totalement ?!

Création des chapeaux blancs

Nombreux sont les petites mains, dans les coulisses du pouvoir, qui connaissent Nibiru, et culpabilisent de ne rien dire à la population.

Depuis 1947, aux USA, un mouvement pro-vérité (sur les ET, puis sur Nibiru) de plus en plus nombreux essaie de s'infiltrer au sommet du gouvernement pour agir.

Obama fut l'une de leur torpille, faisant croire qu'il était un chapeau noir. Depuis 2010, les rangs de ceux qui veulent dire la vérité ont beaucoup grossi, autant dans l'armée US que dans les différents centres de pouvoir américains. Plus Nibiru devient visible dans ses effets, plus nombreux sont ceux qui culpabilisent de laisser mourir la population sans l'avertir.

Cela a soulevé une forte vague de soutien pour ce mouvement politique de fond.

Contenu de l'annonce de Nibiru

Ce contenu est exigé par les ET bienveillants, et se compose de :

- Existence d'une vie extraterrestre
- Existence des Anunnakis qui nous ont manipulés génétiquement pour en faire leurs esclaves, et qui, grâce au principe de classe dirigeante, ont maintenu les populations en esclavage et dans l'ignorance, pour favoriser une société de type égoïste plutôt qu'altruiste.
- Existence de la planète Nibiru, qui tous les 3600 ans apporte de grands cataclysmes sur Terre.

Sachant que la révélation d'un des 3 points, c'est déjà un grand pas, vu que ça cautionne le message de Nancy Lieder, et que les 2 autres points viendront dans la foulée pour ceux qui voudront chercher.

Par exemple, si Nibiru existe, alors les anunnakis décrits par Sitchin aussi, et les visités ET ont anticipé tout cela depuis 1995, ce qui sous entend forcément qu'ils sont aidés par des ET.

Comme l'annonce de Nibiru plan B avance, les 3 points doivent avancer en même temps, sinon le grand public comprendra qu'on l'a entourloupé.

Donc, si les gouvernements ne disent rien sur les autres points, avant que tout le système de censure se détricote, on va leur demander des comptes.

Par rapport à la reconnaissance de tous ces domaines par les gens, il faut voir le problème comme une pelote qui aurait plusieurs bouts de fils qui dépassent. Si tu commences à en tirer un, tous les autres viennent aussi et c'est toute la pelote qui est déroulée à la fin. Il suffit donc que les gens admettent un des fils pour que le reste suive. Avec l'annonce de Nibiru et Nibiru qui sera visible dans le ciel, forcément qu'un des fils sera tiré. On se demandera alors comment des gens pouvaient être au courant des années auparavant (contactés, chercheurs de vérité etc...), comment la Bible ou les textes anciens comme l'Exode ont pu décrire les mêmes catastrophes, que les Sumériens et leurs ancêtres parlaient déjà de cette planète avec un cycle de 3600 ans et que des géants régnaient sur Terre (géants aussi décrits dans la genèse). Un des éléments implique les autres, c'est à dire qu'une fois que le réveil est amorcé, il fait traînée de poudre.

Celui qui pour l'instant n'a pas le temps de regarder les preuves, et se contente du déni quand on lui parle d'une énorme étoile noire proche de la Terre, quand il verra Nibiru dans le Soleil, quand les médias vont confirmer ce que nombre de ses proches disaient, va voir remonter d'un bloc toutes ces choses stockées dans son inconscient en attente d'une analyse ultérieure :

" Tout ça était donc vrai ! "

L'apocalypse est déjà connue de tous, les infos on les a déjà, il faut juste basculer du mode :

"je crois les menteurs et leur histoire incohérente parce que tous mes ancêtres l'ont toujours fait"
à :

"Je comprends tout, je me libère de mes chaînes".

Cette bascule, on est beaucoup à avoir eu la chance de l'avoir déjà faite, et de se préparer à la suite plus sereinement.

Tirez sur le fil du mensonge, et toutes les mailles de votre prison se détricotent.

Achoppement sur la révélation des ET

Poutine, allié aux orthodoxes religieux, n'est pas trop d'accord sur le volet Anunnakis.

De plus, certains illuminatis chapeaux noirs, ayant perdu le pouvoir, seraient prêt à révéler les ET pour mettre à mal les chapeaux blancs au pouvoir : ces derniers ne sont pas responsables du cover-up chapeau noir, mais c'est eux qui paieraient les pots cassés en prenant la colère de la population. Pour ces illuminatis, le cover-up n'a plus d'importance de toute façon, dans leurs plans futurs.

Plan du conseil des mondes

[Zétas, 2007] Le plan du Conseil des mondes, a été de retarder la panique dans la population jusqu'à ce que les grands changements terrestres (précédant le PS) soient presque à portée de main. C'est pourquoi les cataclysmes sont adoucis, mais il ne seront pas relâchés d'un coup les dernières semaines. Cela va à l'encontre du souhait du Conseil d'informer les habitants de la Terre de ce qui va arriver, afin que tous puissent prendre leurs dispositions, ou au moins faire des adieux affectueux. Ainsi, une augmentation progressive des irrégularités météorologiques, c'est ainsi que l'on parle de la question. Des irrégularités de plus en plus évidentes avec la position du soleil, des constellations et de la Lune. Une augmentation des oscillations, toutes autorisées.

Des phénomènes suffisants pour que ceux qui se questionnent trouvent les réponses, mais pas assez évidentes pour créer des émeutes et un public exigeant devant les bureaux du gouvernement. De telles choses amèneraient à instaurer la loi martiale, les citoyens étant abattus dans les rues par la panique de l'establishment. C'est ce que le Conseil souhaite éviter. Ainsi, à l'approche des dernières semaines, ces irrégularités seront autorisées à s'exprimer sans être freinées.

Annonce de Nibiru incomplète

Étapes de l'annonce de Nibiru

L'annonce de Nibiru ne sera pas lâchée d'un coup, sans préparation médiatique préalable.

L'annonce de Nibiru se fera en 3 temps a priori, séparées de plusieurs jours voir semaines (les réactions du public étant analysés attentivement via la surveillance de masse sur les réseaux et les micros des smartphones, de même que les communications téléphoniques) :

- l'admission publique que la vie a existé sur Mars,
- découverte d'une planète errante,
- l'annonce que cette planète est plus proche que les scientifiques le pensaient (officiellement...).

Préparer les citoyens au déni

L'annonce de Nibiru sera partielle et les effets minimisés, pour faire rentrer les citoyens en déni.

La censure, ce n'est pas forcément "ne pas dire", cela peut être aussi déformer les choses ou jouer sur les mots (comme "pluie cévenole" au lieu de tempête tropicale anormale, mini-tornade ou "mistral tourbillonnant" au lieu de tornade, "vent d'autan" au lieu d'ouragan, etc.).

Les explications frauduleuses pour expliquer des catastrophes perdureront même après l'annonce de Nibiru, c'est d'ailleurs pour cette propagande qui va suivre que l'annonce de Nibiru sera incomplète.

Dans cette annonce de Nibiru, Nibiru sera montrée comme une planète :

- errante au lieu de cyclique (pour ne pas faire le lien avec des catastrophes passées),
- venant d'arriver depuis l'extérieur du système solaire, évitant d'expliquer pourquoi Nibiru :
  - est spéciale (éviter de révéler que sa trajectoire spirale crénelée défie notre science actuelle),
  - n'a pas été détectée avant (éviter de dire que NASA et consorts la cachent depuis 1983),
  - n'a aucun lien avec le réchauffement climatique, séismes, volcans (éviter de rembourser la taxe carbone perçue à tort).

Amplifier l'alarmisme

Pour aider les gens à couper le réflexion par dissonance cognitive, il y a aura 2 versions qui vont se télescoper (soit dans les médias, soit juste dans le milieu conspi), comme on l'a vu avec le COVID-19, ou on nous disait tout et son contraire d'un article à l'autre : la choroquine est dangereuse, puis l'article d'après, non elle n'est pas dangereuse.

Discours apocalyptique extrémiste qui va suivre l'annonce de Nibiru, notamment de la part des gens qui s'était déjà engouffrés dans la brèche avant 2012. Il y a de nombreux mythomanes, mais aussi et surtout beaucoup de personnes manipulatrices (ou simplement psy) qui

dramatiseront à outrance : la Terre va être détruite et l'humanité rayée de la carte... Encore le défaitisme et la tentation de se réfugier derrière celui qui a l'air sûr de lui...

Médias girouettes

Quand les plus mauvais moment arriveront et que les gens verront de leurs propres yeux que le gouvernement raconte n'importe quoi, il se tourneront vers d'autres sources, notamment celles qui donneront des explications plus logiques et cohérentes par rapport aux faits. Je pense, et vous l'avez confirmé au fil des mois, que les explications fournies par les extraterrestres sont bien plus logiques que celles complètement décousues que les scientifiques-girouettes avancent. Dans ces conditions, les gens viendront naturellement vers les visités.

Importance de l'annonce de Nibiru

Favoriser la préparation

Il s'agit en effet que les gens qui mourront le fassent en conscience de ce qui leur arrive, important pour la suite de leurs incarnations. C'est pour ça d'ailleurs que depuis 2013 le passage de Nibiru est retardé, histoire de laisser le temps à l'humanité de bien se préparer et qui sait? d'éviter un destin funeste si les bonnes décisions sont prises !

Restaurer la vérité

L'autre face de cette annonce de Nibiru est également spirituelle, car elle marquerait une victoire de la vérité sur le mensonge. Elle permettra de bouleverser les mentalités et de démontrer aux gens les vrais rouages du système : oui il est possible de cacher la vérité au monde pendant des dizaines d'années, et même plus encore, ce n'est pas que dans l'imagination de quelques illuminés conspirationnistes. L'annonce de Nibiru sera un choc, autant par cet aspect que par rapport à son contenu. En ce sens, elle est une préparation au changement de Système, une première étape dans la remise en question de cette société esclavagiste et élitiste.

Ce n'est donc pas qu'une simple annonce : elle marquera la fin de 70 ans de dictature de l'information. Ce sera la première fois que le grand public aura la vérité sur ces événements. Ce n'est donc pas une annonce de Nibiru, c'est une révolution en profondeur du système. Tous les gens qui ont tenu le secret pendant si longtemps seront pour une fois battus, ne contrôleront plus rien, et c'est la porte ouverte à de gros changements sociaux, politiques et éthiques.

Refonte de nos croyances

Les visités comme Nancy Lieder et Harmo, entre autres, verront leur message validé, ce qui va créer un vaste mouvement de remise en question : Rien qu'en ayant lu ce livre, vous vous rendez-compte de tout ce que ça implique sur nos croyances.

Ce sera aussi une ouverture sur l'existence des ET, des anunnakis, une porte ouverte sur une révision de notre histoire, sur nos croyances religieuses.

Changement de paradigme

Une simple annonce de Nibiru devient donc une révolution silencieuse, un départ qui va lancer une réaction en chaîne.

Le but est clairement de ne pas reproduire dans le monde d'après, les erreurs que nous avons faites jusqu'à présent.

Accélérer la construction d'une meilleure société

Quel est le but final de Nibiru, de l'Humanité en général ? C'est d'évoluer vers une société meilleure, différente.

Les événements catastrophiques à eux seuls, sans annonce de Nibiru, auraient suffit à remettre en question le système. Mais les gens formeront des communautés de survivants avec le réflexe de reconstruire le système d'avant, et il faudra très longtemps pour que les gens ne se rendent compte qu'il ne fonctionnera plus (sabotage systématique de toute tentative hiérarchiste par les ET). Autant de temps perdu, de morts supplémentaires, dans un environnement dévasté.

L'avantage de l'annonce de Nibiru, c'est qu'elle va commencer à faire vaciller le système bien avant les catastrophes, à une période où les gens auront encore accès à internet. Ils pourront encore se renseigner, remettre leurs connaissances en question, y trouver des réponses, et faire évoluer les mentalités.

Sauver des vies

Lors du passage

Un tsunami de 100 mètres ne fait aucun mort si la population est évacuée, mais des millions sur des côtes hyper peuplées.

Un séisme même puissant peu devenir presque inoffensif si tout le monde est dehors dans des tentes pendant 50 jours.

Idem pour les centrales, qui peuvent être sécurisées avant d'être endommagées...

Tout dépend de décisions politiques, et non des catastrophes en elles mêmes. C'est pourquoi les Altaïrans se sont intéressé aux manœuvres politiques, aux élections, car les gens qui seront aux commandes seront déterminants par rapport à la mortalité lors du passage de Nibiru.

Faire une annonce de Nibiru préalable, c'est éviter des centaines de millions de morts. C'est refuser de monter dans les camions de l'armée qui nous emmènerons dans es villes côtières qui seront soumises aux tsunamis.

Dans l'aftertime

De nombreuses personnes mourront, mais au moins avec l'annonce de Nibiru elles auront eu une chance de s'en sortir, ne serait-ce qu'en ayant préparer un minimum leur autonomie pour l'aftertime.

Réveiller les endormis

Comme nous le verrons plus loin, l'apocalypse est avant tout un enjeu spirituel. L'annonce de Nibiru, c'est donner une chance ultime aux plus endormis d'entre nous de se réveiller et de choisir l'orientation spirituelle qu'ils veulent prendre, chose qu'ils n'auraient pas eu l'occasion de faire s'ils avaient été pris dans la tourmente des événements sans avoir eu le temps de se poser un minimum.

Les médias calment le jeu

Les médias doivent jouer un grand rôle dans le retour au calme en expliquant et rassurant les populations (voir en mentant, en disant qu'il n'y aura que très peu d'impacts).

C'est pour cette phase qu'il y a / a eu (2015) un ménage de fond opéré par les gouvernements et les grandes chaînes elles mêmes. Les empêcheurs de tourner en rond on été évacués, parfois de façon expéditive, notamment aux USA et en Russie.

En France, ces dispositions de contrôle de l'information sont inutiles car les grands médias sont déjà très fermement maintenus, le système français étant très lié à l'État depuis longtemps.

Il existe en plus des réglementations qui imposent un suivi très strict de la position officielle en cas de crise grave, ce qui n'est pas le cas aux USA par exemple, où les médias sont seulement soumis à leurs propriétaires privés.

Conséquences importantes de l'annonce de Nibiru

Nous avons déjà vu les impacts qu'aurait eu l'annonce de Nibiru en 1983 (p.). Voyons ceux qu'ils auront après 40 ans de mensonge gouvernemental.

C'est toute une remise en question du monde, politiquement et spirituellement, que cela engendrera.

Comptes à rendre

Débunkers

Les gens qui ont participé au cover-up pourront être poursuivis pour leur actions illégales : non respect de la liberté de la presse, assassinats, chantages, trucages des l'élection, détournements de fonds, délits d'initiés, réalisation de projets interdits par les conventions internationales, etc. etc.

Fin 2017, la NASA a mis au point une nouvelle stratégie : admettre qu'il y a bel et bien eu un complot mais qu'elle en fut aussi la victime, à cause des pressions et des menaces d'assassinat. Ils espèrent ainsi être "pardonné" en quelque sorte, et se ranger du côté du grand public. Faites la relation avec l'avertissement énigmatique de Trump ("le calme avant la tempête"), celui de Brown l'inventeur de la planète 9 qui a parlé ouvertement de conspiration a propos de Nibiru sur Tweeter.

Religion

Les religions seront touchées. Le Vatican et le Pape auront à s'expliquer sur différents points, notamment sur le 3e secret de Fatima. Comme on l'a vu dans les propos de Jean-Paul II en 1981, il était très bien informé à ce sujet. De même, comment expliquer que le Vatican a financé la construction d'un observatoire sur le Mont Paloma expressément dédié à la détections des corps sombres comme Nibiru ?

Taxe carbone

Le mensonge du GIEC risque de se faire jour, même s'ils feront tout pour faire croire que Nibiru vient d'arriver.

Cette taxe carbone est un juteux détournement d'argent (voir le film "carbone" sur les escrocs israéliens qui ont escroqué plusieurs entreprises françaises).

Les gens / entreprises demanderont à ce que les taxes carbones et autres dépenses occasionnées par les mesures contre le CO2 leur soient remboursées. On parle de plusieurs centaines de milliards, compte tenu du manque à gagner que cela a occasionné et des dommages et intérêts qui pourront être réclamés. Que dira Volkswagen qui a été obligée (comme tant d'autres) de tricher pour tenir des normes trop rigides et qu'on a saigné dans le vide ? Car le réchauffement climatique d'origine humaine est une vaste fumisterie qui a servi à couvrir le réchauffement réel du noyau terrestre. Cette excuse pratique a dérapé et est devenue un moyen de racketter l'économie et boucher un tant soit peu les déficits budgétaires étatiques.

Dépend des actions des dirigeants

La Russie est un bon exemple de leadership positif, en développant son extrême orient et en offrant des terrains gratuits là où leurs citoyens qui veulent bouger. La Chine également, avec leurs cités fantômes à l'intérieur des terres qui attendent le déplacement des populations.

Cela contraste avec le plan de la Reine d'Angleterre ou des Élites françaises, qui ont prévu d'abandonner leur peuple pendant que les Élites allaient se réfugier en Afrique.

Les langues se délient

Cette annonce de Nibiru ouvrira aussi la voie à tous les scientifiques qui sont obligés aujourd'hui de se taire, et là on va en apprendre des bonnes, alors qu'aujourd'hui tous savent très bien qu'il est dangereux de parler. Si le cover up est démantelé, ils pourront parler sans risquer un accident de voiture, ni recevoir des menaces de mort sur leur famille.

Retour des civilisations primordiales

Alors que les religions qui n'auront pas annoncé Nibiru vont perdre des fidèles, les cultures anciennes, aujourd'hui dépréciées, vont connaître une nouvelle jeunesse, puisque leurs prédictions vont s'avérer exactes. Comme les Hopis.

Durcissement des dominants (p.)

L'annonce de Nibiru officielle enclenchera une série de mesures mondiales pour éviter le chaos économique ou social, avec un gel global des finances et/ou la loi martiale.

Réseaux et médias seront furieusement muselés.

Réaction populaire dépendante de la préparation des Élites

Dans la mesure où les officiels ont été relativement ouverts aussi bien sur Nibiru et la présence ET, et ont évidemment pris des mesures pour accueillir leurs citoyens lors de déplacement vers des zones sûres et la vie d'après, ces officiels auront de l'influence sur leur public.

Les pays qui se seront le mieux occupé de leur peuple (Russie, Chine, Inde depuis Modi, USA) garderont un minimum de confiance, les autres seront confronté à la rébellion. Et qui dit rébellion, dit surtout libération. Il ne s'agit pas forcément de se rebeller avec violence, mais de recouvrer son indépendance de penser avant tout.

La panique

Les dirigeants justifieront la censure en faisant croire qu'ils avaient peur de la panique des populations, l'abandon des postes, les bank-run où tout le monde veut retirer son argent des banques en même temps, les super-marchés pillés, les batailles et guerres civiles entre le peuple pour l'accès aux ressources, les queues d'attente qui augmentent et dégénèrent, les migrations au hasard, sans que les Élites ne sachent où rechercher les gens par la suite, etc.

En réalité, que le peuple s'entre-tue ne leur fera ni chaud ni froid.

La rage

Les dirigeants craignent bien plus la rage des populations, quand les gens s'apercevront qu'on leur a menti, que les Élites et dirigeants se sont construits des bunkers avec les impôts qu'ils ont volés, pendant que le peuple trimait sans être au courant.

A ce moment-là, il faudra aux dirigeants rendre des comptes, et plus la découverte de Nibiru se fera tard, plus les comptes à rendre seront élevés.

L'incendie de Lubrizol, en octobre 2019, est un bon indice de ce qu'il se passera quand des événements anormaux flagrants vont se produire. Entre :

- les révélations des pompiers (sur réseaux sociaux) sur ce qu'ils ont vu, qui ne cadr pas avec ce que racontent les médias et les politiques et les "experts" scientifiques qui auront le droit de parler sur les plateaux télé,
- la liste des produits qui ont brûlés qui n'est pas transmise au public,

les citoyens s'organisent spontanément, et se rassemblent en masse devant le tribunal pour demander des comptes, la tension montant.

Les populations seront d'abord sous le choc, mais aussi qu'une partie se retournera contre ses dirigeants sous l'impulsion de la colère. Personne n'aime être pris pour un imbécile, et comme la confiance en nos Élites / journalistes / les informations officielles est complètement érodée, beaucoup ne voient comme solution que cette colère.

Même si cette colère est complètement légitime, elle aboutie souvent à une violence qui peut vite devenir aveugle, et susciter chez les Élites un retour de bâton autoritaire tout aussi violent...

D'où l'intérêt de ne pas laisser cette colère macérer au point de devoir s'exprimer dans une colère explosive et irraisonnée, et de désamorcer les rancunes avant que la situation n'empire.

La religion impactée

Les guerres saintes

Israël a très peur de l'annonce de Nibiru parce que le pays craint un sursaut de violence à son encontre après l'annonce de Nibiru, et surtout après le passage, parce que les Iraniens notamment sont dans une logique prophétique et apocalyptique (l'Iran est une théocratie), et que le moindre signe pourrait les lancer en croisade pieuse (et Nibiru est un sacré signe !).

Les dirigeants alliés d'Israël devront choisir entre rapatrier les troupes sur leur territoire pour contrôler leur population, ou envoyer des troupes pour défendre Jérusalem.

Impact supérieur sur les populations pratiquantes

(03/2014) Dans tous les pays où les populations sont très croyantes et très pratiquantes (en Russie et ailleurs), il risque de se produire un sacré choc qui sera forcément déstabilisateur politiquement. Outre la Russie, l'Italie risque elle même d'être très touchée au niveau des équilibres politiques, tout comme l'Allemagne ou l'Autriche, où les partis chrétiens démocrates sont puissants. En France, ce sera moins le cas puisque nos partis politiques principaux ne sont pas véritablement affiliés (sauf le parti chrétien démocrate minoritaire de Christine Boutin). Une telle révélation des anunnakis provoquerait probablement ce que certains appellent la grande apostasie.

Poutine réticent sur les anunnakis

(03/2014) Si la Russie est favorable à ce qu'on parle des OVNI, elle l'est beaucoup moins pour qu'on révèle l'existence des anunnakis. Il ne faut pas oublier que Poutine s'appuie sur l'électorat orthodoxe.

L'Église orthodoxe est très fermée au changement (par définition l'"orthodoxie" c'est généralement cela) et en Russie, elle est également plutôt vieux jeu comparé à d'autres Églises. Or les anunnakis remettent complètement en question les bases des religions judéo-chrétienne car ce sont eux qui nous ont créé (et non pas Dieu), que "dieu" dans la genèse n'est qu'un anunnaki (comme les tablettes sumériennes le prouvent incontestablement). Si donc on apporte la preuve que ces géants extraterrestres ont bien séjourné sur Terre et ont influencé notre civilisation jusqu'à même l'avoir créé, et du même coup sont à la base des religions judéo-chrétiennes, que restera-t-il de celles-ci ? Pas grand chose, c'est pour cela que l'existence des géants est systématiquement cachée au niveau mondial par les différents découvreurs institutionnels ou privés. Poutine ayant un électorat ultra religieux majoritairement, si il confirme l'existence de ces faux dieux, les conséquences risquent d'être dramatiques pour l'Église Orthodoxe, et donc, il perdrait l'assise de son pouvoir au profit des ultralibéraux pro-occidentaux qui eux n'ont pas fait d'alliance avec les orthodoxes.

Poutine ne doit pas être très chaud pour voir son électorat partir en fumée et son alliance indispensable avec l'Eglise de Russie devenir caduque !

Les 50 jours avant le passage

Les grosses destructions qui précéderont le premier passage de Nibiru ne devraient pas se produire avant l'annonce de Nibiru, afin que les populations ne soient pas dans la panique.

Donc annonce de Nibiru, suivie d'une période de calme relatif (mise en place de la sauvegarde des populations pour les dirigeants altruistes, comme l'évacuation de l'Inde par exemple) jusqu'à un événement majeur suivi de 50 jours de cataclysmes croissants, arrêt pendant 9 jours de la rotation de la Terre (donc calme sismique, la croûte étant bloquée), puis pole-shift.

C'est à cause de cette annonce de Nibiru qui précédera de peu le passage de Nibiru, que Harmo a été obligé de suivre de très près toutes les tentatives d'Obama pour faire cette annonce de Nibiru, un suivi usant à la longue (pour Harmo et pour ses lecteurs), vu le nombre d'échecs, de volte-face et de trahisons qui se sont déroulées dans les coulisses à cette occasion. Cette annonce de Nibiru doit être un marqueur fort dans le démarrage de nos plans de sauvegarde, et il est intéressant d'être prévenus à l'avance vu les grosses tentations d'établir le couvre-feu (p.) peu avant l'annonce de Nibiru pour les Français, ce qui aurait bloqué des gens dans les villes sans qu'ils n'aient eu le choix de s'en échapper (même s'ils auraient pu le faire avant).

Les migrations

Citoyens

Compte tenu que la population prendra des mesures pour s'assurer sa sécurité et le bien être pour eux mêmes, leurs amis et leur famille, en n'écoutant pas les officiels essayant d'imposer des directives, qu'est ce que cela va donner ? Des migrations vont en découler, en telles proportions que les blocages seront inefficaces. Comme l'eau qui s'infiltre à travers les fissures des murs, le rythme sera constant et finalement érodera toute tentative de bloquer le flot.

Élites

Les couloirs du pouvoir arrêteront d'écouter les demandes des fortunés, ou les pleurnichements des directions des multinationale, si bien que ceux qui étaient au courant du proche passage de Nibiru déserteront leurs postes et prendront leur envol pour leurs enclaves et leurs bunkers. Les opérations gouvernementales vont s'arrêter vu que les dirigeants distraits ne seront tout simplement pas disponibles et les demandes incessantes de la population engendreront même chez les mieux intentionnés dans le gouvernement/l'adminisration un abandon progressif. Si des plans adéquats n'ont pas encore été mis en place, pour que le public puisse être dirigé en sécurité et survive, les gouvernements fléchiront et ne fonctionneront plus.

Fin du système égoïste et hiérarchique

Le but ultime, c'est surtout de faire en sorte que la Terre revienne aux altruistes, et cesse de détruire cette magnifique planète.

Sortis de leur confort qui les assoupit, les endormis seront obligé de se réveiller, et de faire des choix.

L'annonce de Nibiru se fera obligatoirement

Intérêts des politiques

Les dirigeants politiques seront obligé de faire l'annonce de Nibiru avant que Nibiru n'apparaisse à l'oeil nu. Sinon, la population ne se retourneraient pas contre les Élites qui ont tout fait pour cacher les choses, mais vers les politiques comme Poutine qui se sont pourtant démenés pour faire venir cette info aux yeux du public.

Si Obama a lancé un décret autorisant à faire des études comportementales sur les populations sans avoir besoin de leur consentement, c'est bien que comme tout politique, il connaît ce travers des humains : facilement passer du déni à la rage aveugle. C'est un phénomène très ancien du "je fais le mort" ou "je saute sur mon prédateur" - fuite ou affrontement. L'annonce engendrera le déni chez les populations, mais le mensonge jusqu'au bout provoquera la rage aveugle et arbitraire. La rage a besoin d'un prédateur à combattre alors que faire le mort sera de rester immobile, figé dans son train train quotidien et routinier, et les médias surferont sur ce désir d'immobilité pour minimiser les conséquences de Nibiru.

Au contraire, en s'y prenant plus tôt, les autorités auront l'air de maîtriser la situation. Les médias prendront le relai pour assurer les gens et cela passera comme une lettre à la poste. Les ennemis d'Obama (et cela est valable pour Poutine et Xi) ne se gêneraient pas pour tout mettre sur son dos, l'hypocrisie et le total manque de scrupule ne sont sont plus à prouver chez ces gens là.

Les ET feront tout pour faire l'annonce de Nibiru

Pression sur les récalcitrants

Les ET emploieront tous les moyens nécessaires pour l'annonce de Nibiru, même si ce sera en dernière extrémité, les humains devant se prendre en main par eux-mêmes.

C'est pour cela qu'ils laissent les dirigeants faire le plus possible et les soutiennent dans leurs projets.

Les ET interviennent pour soutenir ceux qui veulent faire l'annonce de Nibiru. C'est une exception à leur règle de non intervention habituelle. En l'occurrence, les Élites empêchent le libre arbitre des populations en cachant jusqu'au bout la vérité. On ne peut pas faire de choix si on

en a qu'un seul à portée dans les médias. Cette guerre est donc là pour mettre la pression sur les Élites fortunées notamment en révélant leur système de fonctionnement ou leurs crimes. Plus les Élites résisteront plus la vérité sur eux sera révélée.

Si les Élites arrêtent de tout bloquer, les ET arrêteront également de soutenir les révélations. Ils sont là pour maintenir un équilibre pour que les maturations spirituelles puissent se faire. Ils entretiennent l'école.

Les ET ne pouvant intervenir directement sur les gens et pas de façon complètement visible pour le grand public non plus, ils se sont attaqués au matériel :

- effacement des ordres de transfert de centaines de millions entre banques /entre comptes d'Élites en général (millions qui se sont purement et simplement volatilisés),
- soutient des tentatives de hacking positif (Sony),
- protection des donneurs d'alerte,
- Loi de Murphy, comme une canette de cola laissée par inadvertance par des employés, qui tombe miraculeusement sur le serveur et fait tomber tout le système en panne,
- transférer des documents privés sur des comptes publics "par erreur", avec des hackers qui étaient là pour la récupérer immédiatement avant effacement,
- déclencher des défaillances sur des satellites et des fusées

En gros, les réfractaires ont eu la super guigne sur tous leurs projets, et certains ont bien compris que ce n'était pas lié au hasard, mais à une volonté extérieure. D'autres tellement aveuglés par leur orgueil, ne peuvent pas admettre la défaite et sont toujours sous le coup de la méga-guigne :)

Coups de pouces aux bonnes volontés

Les ET aident effectivement les autorités à préparer l'annonce de Nibiru, mais leur méthodes ne sont pas "visibles", ils sont très habiles pour se jouer du hasard/coups de pouces du destin (ce que les abductés et les contactés nomment parfois la synchronicité, les heureux hasards, les grosses coïncidences etc...). Je ne suis pas persuadé que ces autorités aient vraiment conscience de ces actions, mais plutôt qu'ils ont eu de la "chance" dans certaines affaires. Quand les ET désactivent des missiles nucléaires, c'est du concret mais si ils retardent volontairement la voiture d'Obama en faisant traverser un chat afin d'éviter une tentative d'assassinat, je ne pense pas que cela soit aussi évident (j'ai pris un exemple bidon bien sûr). Les ET jouent souvent sur ces hasards, même dans la vie des contactés.

Le grand tout reprend la main en décembre 2016

Suite à "l'échec" des ET à réaliser l'annonce de Nibiru avec Obama, ils se sont retiré de ce volet, et ont laissé les choses se faire. C'est donc directement le grand tout qui prend les choses en main.

Si cette révélation de la vérité était déjà une priorité sous l'action des ET, elle est devenue une certitude maintenant. Les ET sont faillibles (d'où leur demi-échec, vu qu'ils ont obtenus la reconnaissance de planète 9), pas le grand tout qui agit directement sur la matière. Plutôt que des pressions, ce sera du forcing !

l'annonce de Nibiru nous sera imposée de force, au lieu d'être négociée avec les ET. Elle est indispensable, parce que Nibiru entraine une succession de questions sur les religions, l'histoire, les ET, la nature de l'Univers et ainsi de suite. Il suffit juste de donner un grand coup dans la fourmilière et le reste suivra !

Les ET ne seront pas de simples spectateurs, c'est toujours eux qui interviennent, c'est juste que ce ne sont plus eux qui prennent les initiatives et les décisions. C'est leur relative autonomie qui prend fin, pas leur présence et leurs actions. Pour être concret, les ET ne peuvent plus décider entre eux de ralentir Nibiru par exemple, pour donner plus de temps pour une annonce de Nibiru officielle. Les ET n'ont pas reçu d'ordre, c'est un retrait logique et naturel en cas d'échec. N'oubliez pas que les Et sont plus avancés que nous d'un point de vue spirituel. Ils sont bien plus raisonnables, pas besoin de les surveiller ou de les punir, ils sont tout à fait capable de auto-discipliner. Il y a eu des signes, dès décembre 2016, d'une reprise en main directe sur les événements. Les Et ont été attentifs à ce changement et en ont tiré par eux mêmes les conclusions qui s'imposaient. Qui a repris les choses en main, forçant naturellement les ET à se retirer ? Dans chaque espèce ET il y a un "avatar", qui n'a pas de conscience propre, et qui s'exprime au nom du grand tout.

Les ET reçoivent leurs missions de ces "avatars", voire d'autres ET plus évolués qui eux même ont reçu des consignes de leurs propres avatars, mais en aucun cas les ET n'agissent sans le consentement implicite ou explicite du grand tout.

Différence entre une annonce de Nibiru précoce et une annonce de Nibiru tardive

Plus l'annonce de Nibiru sera précoce, et plus les citoyens auront le temps de se renseigner, de s'informer, de se préparer. Plus tôt ils arrêteront de travailler pour leur maître, et plus les dirigeants devront se battre avec des citoyens refusant d'obéir aveuglément pour le profit exclusif d'un autre.

Cela aura des conséquences sur Odin. Plus les gens auront eu le temps de se renseigner, plus il y aura de monde qui saura qui est véritablement Odin, les anunnakis et Nibiru : il sera plus difficile de convaincre ces personnes d'adorer un culte qu'ils sauront bidon, de leur cacher les petites lignes liberticides du contrat passé avec le diable.

Nibiru "attends" l'annonce de Nibiru

Les ET bienveillants ne veulent n'est pas empêcher les catastrophes, mais les retarder jusqu'à ce que tout le monde soit au courant et ait le choix de l'action, ce qui n'est pas le cas actuellement. Nous, nous avons eu la chance de savoir la vérité, mais combien de personnes ne sont pas encore tombées sur les bonnes infos (faute de temps ou de moyens) ! Le but est de donner une chance à tous, riche ou pauvre, branchés internet ou non etc... C'est la fameuse loi du "libre arbitre". Une fois l'annonce de Nibiru faite, libre à chacun de faire ce qu'il faut ou pas, c'est une autre histoire. En attendant, vu que beaucoup ne peuvent pas décider en connaissance de cause, les ET atténuent les effets de Nibiru. Ils ne veulent pas les annuler (même s'ils en ont les moyens) parce que s'ils le faisaient, rien ne nous alerterait : ils sont obligés de laisser faire un minimum afin que les gens commencent à se rendre compte qu'il y a des phénomènes anormaux. De nombreux événements prévus n'ont pas eu lieu pour cette raison, et non pas parce que les contactés ont fait de mauvaises prévisions : les catastrophes prévues il y a quelques années ont été simplement reportées ou atténuées afin de laisser une chance au plus grand nombre le moment venu.

Les ET ralentissent Nibiru jusqu'à l'annonce de Nibiru, pour nous laisser notre libre-arbitre.

la plupart des gens ne peuvent pas faire marcher leur libre arbitre car ils ne connaissent pas les problèmes à venir. En mentant au peuple, les Élites empêchent le libre arbitre des citoyens d'opérer normalement, le jeu est donc truqué. Le ralentissement de Nibiru sert à laisser du temps pour que des gens comme Obama et Poutine puissent informer un minimum la population avant le grand crach planétaire. Pour que le libre arbitre d'une personne puisse s'exprimer, il faut qu'elle ait un choix. Or dans la situation actuelle, il n'y a qu'une seule case à cocher. Autrement dit, c'est comme quand tu as un seul candidat à une élection, ce n'est pas de la démocratie. Là c'est pareil. Le but est d'avoir différentes possibilités, alors les gens pourront choisir librement leur orientation spirituelle. Pour l'instant la plupart des gens ne font pas de choix, ils suivent juste les rails qu'on leur a tracé, comme des esclaves.

Le ralentissement est entièrement lié au libre arbitre, car tout est fait pour "dépiper" les dés truqués par les Élites qui verrouillent tout. Le libre arbitre ne signifie en aucun cas mourir dans les catastrophes sans savoir ce qui nous tue. Actuellement, le monde est sous un régime d'esclavage, nous ne sommes pas dans une vraie situation de libre arbitre.

Le délai sert à nous redonner notre liberté !

La Vie ne s'arrête pas à la mort, l'âme est marquée par ses expériences donc même si tu y restes, il vaut mieux savoir pourquoi tu es mort ! Les âmes ont besoin de comprendre et dans notre cas, il y a eu tellement de mensonges sur notre histoire, Nibiru, notre raison d'être, etc. que cela crée de gros problèmes spirituels, les âmes n'avancent plus et sont bloquées dans cette réalité mensongère. En gros, le système, en mentant, empêche l'épanouissement spirituel des gens en leur réduisant le monde. Si ton esprit est coincé dans une boîte, tu n'es pas libre de croire ce que tu veux et donc d'explorer l'étendu des possibilités. Boîte = pas de libre arbitre, c'est à dire une vision coincée du monde sans choix, sans saveur, sans véritables buts à l'existence. Même la mort n'a aucun sens dans ce contexte. Ta réflexion est typique justement de cette boîte dans laquelle on est enfermé. Non l'argent n'est pas le nerf de la guerre, l'argent ne sert à rien et ne servira justement pas à survivre. Cela, c'est ce que les Élites t'ont imprimé dans la tête comme à la plupart des gens. Tout ne passe pas par le pognon, loin de là, et même très loin. Nos ancêtres qui ne connaissaient que le feu

et la pierre taillée étaient bien plus heureux que nous et la vie bien moins difficile qu'on veut bien nous le faire croire. Je ne dis pas de retourner à cet âge, mais c'est pour faire comprendre que le but des Élites est de nous faire croire qu'il n'y a que le système actuel qui est bon et qu'il n'y en a pas d'autre, qu'eux détiennent la vérité sur Dieu, notre histoire, notre place dans l'Univers. Tout cela c'est leur vision, celle qui leur est bien pratique parce qu'elle nous bride constamment, comme si nous étions dans une prison. Dans cette prison, pas besoin de gardien car les prisonniers croient que la prison est le seul monde qui existe, et qu'il n'y a rien à l'extérieur... Pas de libre arbitre, pas de choix, on suit la voie tracée et on croit qu'il n'y a a rien à côté. La plus grande richesse est la connaissance du monde, de la nature, des animaux, des plantes, de sa santé, de ses capacités, de nos origines, de notre raison d'être, et pas d'avoir de l'argent pour acheter un bunker qui se révélera très rapidement inutile.

Le monde ne se limite pas à ce que les Élites te montrent !

Tout le monde n'est pas à égalité et c'est pareil au niveau du développement spirituel. De nombreuses personnes sont bloquées par le système, d'autres ne le sont plus depuis longtemps.

Bataille pour l'annonce de Nibiru

Obama a passé son premier mandat à nettoyer l'État profond pour pouvoir faire l'annonce de Nibiru, et la moitié du 2e mandat à essayer de faire l'annonce de Nibiru.

En septembre 2015, il a trahi son camp des chapeaux blancs, empêchant de faire l'annonce de Nibiru.

Les menaces de sécession

Plusieurs gouverneurs des USA (Californie, Texas), de Chine et de Russie, ont menacé leur président de faire sécession en cas d'annonce de Nibiru. Une pression supplémentaire pour ne pas faire l'annonce de Nibiru.

Ce sont les États où se trouvent ceux qui ont le plus à craindre des révélations et tribunaux qui suivront l'annonce de Nibiru, sur les assassinats et détournements de fonds pour conserver le secret sur les ET et Nibiru.

Le MJ12 chapeau noirs

[Texte d'Octobre 2013] Obama fut confronté à une organisation très scrupuleuse qui interdit toute divulgation depuis des dizaines d'années dans son pays. Cette organisation, qu'on appelle le "cover-up", est une alliance de différentes institutions publiques et privées qui ont vérolé et infiltré toutes les couches du gouvernement fédéral américain. A la base ce cette organisation, un groupe fondé par Truman en 1947 pour cacher l'existence des ET, le MJ12, un conseil de 12 personnalités issues de l'armée, de la politique, des médias et des multinationales américaines. Le bras officiel de ce groupe est la CIA (créée à la même date). Personne dans ce groupe n'a ménagé ses efforts pour complètement contrôler l'armée, la maison blanche, les grands médias et j'en passe. Cela ne s'est pas fait du jour au lendemain, et après autant d'années, il est difficile de déraciner une organisation aussi puissante, cachée, mais avec des moyens considérables.

Depuis des dizaines d'années, ce sont eux qui décident quasiment qui va être président aux USA (en manipulant les partis politiques via l'argent), font un lobbying très agressif, assassinent, font du chantage même aux hommes politiques.

Possédant tous les médias, ils se servent aussi de la barrière de la langue, comme on voit les médias français qui ont toujours 3 jours de retard sur les médias anglais. Ils utilisent aussi des événements très médiatiques, comme le bébé de Kate, ou des attentats en France, pour saturer les médias et ainsi reléguer en 4e plan toute annonce de Nibiru officielle qui serait faite par les dirigeants.

Peu de gouvernements ont intérêt à faire l'annonce de Nibiru car nombreux sont ceux qui ont trempé dans le mensonge d'État durant des dizaines d'années (aussi bien sur les ET que sur Nibiru). Il y a de gros risques de mécontentement de la part des populations et de crise politique. En France notamment, les gens actuellement au gouvernement ont tous fait parti de gouvernements précédents qui ont eux mêmes bloqué l'information en leur temps (sauf pour les plus jeunes ministres). La crainte est donc de payer pour des décennies de mensonge d'État.

Les Élites

Continuer le plus longtemps possible la vie actuelle

Les Élites (Ultra-riches, GAFA, multinationales, grands banquiers) veulent juste continuer à profiter de leur vie luxueuse et de leur pouvoir sur les autres.

Le but est de garder le secret pour que le "metro-boulot-dodo" qui leur permet de se remplir les poches tous les mois continue. Avec Nibiru, le danger pour ces gens est que le payeur de taxe ne le fasse plus, que l'ouvrier ou l'employé démissionne ou n'aille plus au taf, que les associations demandent des comptes d'un point de vue juridique, que la bourse se casse la figure, que les voyages internationaux soient encore plus encadrés (et limités), que l'opéra et les théâtre ferment (annoncé en 2013 par Harmo, c'est ce qu'on a vu lors du confinement 2020 d'ailleurs).

Faire des bonnes affaires

Cela leur permet aussi de continuer leurs propres préparations sans que personne ne se doute de ce qu'ils fabriquent : des bunkers (les travailleurs ne sachant pas que leur force de travail serait plus utile ailleurs), des réserves de nourriture à bas prix (toujours dû au fait qu'eux savent le vrai prix futur, et pas les masses)... nombre de gens hyper fortunés ont vendu leurs superbes villas au bord de la mer (grâce aux acheteurs qui ne sont pas au courant que ces maisons ne valent plus rien à cause de Nibiru).

Gérer l'évacuation

Les Élites vivent dans les pays à fort niveau de vie, mais savent que lors des cataclysmes, il faudra être en Afrique, une vie dégradée mais plus sécuritaire (bien que certains tablent sur le génocide des populations européennes pour être plus à l'aise ensuite).

Il faut savoir que ces Élites ne prennent pas juste un sac à dos lors du départ : dans leurs enclaves africaines, il faudra qu'ils déménagent leur 50 voitures de sport, leur collection de toiles de grands maîtres, de statues, et des stocks d'or vus comme la future monnaie de crise.

Dans l'hypothèse où le grand public apprenne la chose trop tôt, les Élites pourraient être bloquées par les populations aidées de certaines forces de l'ordre, et empêchées de rejoindre leurs lieux ultra-sécurisé pour le jour du passage. Si personne n'est au courant, ils pourront s'enfuir à n'importe quel moment si ça se gâte. Il ne faut pas oublier que la route sera peut être le seul moyen de transport à ce moment là cause des problèmes sur les avions.

694

Si l'argent ne vaut plus rien, leur puissance disparaît

Indépendamment de faire des bonnes affaires en achetant maintenant ce qui sera hors de prix et rare dans l'aftertime, ce qui leur permet de construire et payer leurs forces de sécurité, les bunkers, etc. c'est leur argent. Quand Nibiru va pointer le bout de son nez, les monnaies vont plonger, les banques couler, et leur patrimoine va tomber à zéro : comment feraient ils pour acheter leur survie si l'argent ne vaut plus rien ? Comment paieront-ils leurs domestiques ?

Gérer l'aftertime

leur but est que leurs "bunkers", (qui prennent plutôt la forme de camp/bases militaires) ne soient pas envahis par la populace qui souhaiterait en profiter. Moins la populace sera prévenue en avance, moins elle aura le temps de se renseigner sur les lieux où sera stocker les vivres.

Surtout pour qu'ils soient les seuls à s'en sortir, beaucoup parmi les Élites veulent voir la population prise au piège, c'est à dire n'ayant aucune consigne d'évacuation jusqu'au dernier moment. Ils n'ont pas envie d'avoir à gérer une horde de survivants en colère et préfèrent que la majeure partie d'entre eux meurent sur les côtes ou dans les villes. Moins il y aura de monde après le passage, et plus les Élites pourront gérer la situation. Ça c'est la vision de nombreuses Élites ultra-fortunées, mais pas la majorité.

Les dirigeants

Si les Élites, des personnages non publiques, n'ont pas de comptes à rendre au public et peuvent rejoindre leur BAD 1 an avant le passage, ceux qui sont au pouvoir ne peuvent pas évacuer en avance, sans que les populations ne se doutent de quelque chose. Si le public est au courant trop tôt, nos dirigeants risquent d'avoir du mal à s'éclipser !

C'est pourquoi il est prévu aussi un gouvernement d'union nationale. Si les fonctionnaires de l'Élysée accepteront de mauvaise grâce de servir le président en place, ils ne feront rien pour les politiques qui ne sont plus au pouvoir. L'union nationale est l'occasion de mettre à la disposition des plus corrompus tous les services de l'État, et de calmer ces derniers.

Moins de problèmes d'évacuation

Ils peuvent faire jouer leur statut pour atteindre des bases militaires fortifiées, ils n'ont pas les même préoccupations que les Élites.

Sauver les futurs esclaves

Les dirigeants préfèrent prévenir les gens pour avoir encore du monde à gouverner ensuite : plus un pays sauvera de sa population, plus il sera fort après la catastrophe. Ainsi le pays qui aura le plus sauvegardé sa population aura un avantage en nombre, mais aussi en terme de personnel (qualifié). La plupart des dirigeants pensent que la passage sera suivi d'une reconstruction, comme un peu après une guerre mondiale. Dans cette optique, plus il reste de gens pour reconstruire la nation, re-cultiver les terres, reprendre la recherche etc... mieux ce sera. Tous les pays n'ont pas les mêmes stratégies.

Chine (tri des esclaves)

La Chine compte faire un tri parmi sa population [2013], garder les plus utiles et les déplacer dans des villes fantômes toute prêtes à les accueillir par centaines de milliers.

USA (déplacer tout le monde)

Ils comptent déplacer tout le monde [2013], même s'ils savent que 60% de la population en danger ne voudra pas bouger et mourra à cause de cela.

France (tuer tout le monde)

Le gouvernement et les Élites friquées comptent se réfugier en Afrique du Nord, soit au Maroc, soit en Lybie où l'armée française (les Élites) sera presque entièrement déplacée (avec les meilleurs techniciens), laissant la population de métropole à l'abandon quasi total, avant un retour en force après le 1er passage et une loi martiale. Donc pour les plans des FM français, moins il restera de population vivante, plus ce sera facile de reprendre le pouvoir.

Le MJ12 de la City

Les illuminatis de la City favorisent en coulisse une révélation. Plus tôt les gens sauront pour Nibiru, plus tôt ils pourront faire sortir Odin de sa cachette. Mais combattre le cover-up des autres illuminatis, et des Élites qui leur sont alliées, n'est pas simple.

Les religions

L'annonce de Nibiru peut avoir un effet pervers, celui de booster les sectes apocalyptiques aussi bien que de radicaliser les religions officielles. L'annonce de Nibiru peut très bien engorger les Eglises comme les vider, ce qui peut avoir deux effets indésirables : une radicalisation du noyau dur des religions officielles en même temps qu'une apostasie massive pour ceux qui ne font pas partie des plus fanatiques, et du coup, un afflux dans les mouvements spirituels alternatifs (sectes, new age) qui mettra en avant de nouveaux gourous surmédiatisés (des charlatans habiles). Il y aurait donc une radicalisation de toute part et une montée en puissance de groupes spirituels alternatifs tout aussi indésirables que les mouvements officiels.

Le patchwork

Dureté du 1er passage

Les gouvernements comme les Élites fortunées ne sont pas des groupes homogènes : certains doutent que Nibiru fasse de si gros dégâts que ça, d'autres sont terrifiés et se réfugient dans leur bunker au moindre orage un peu fort.

L'hypothèse du PS1 léger

De nombreuses Élites/gouvernements sont, comme le seront les citoyens après l'annonce de Nibiru, dans une sorte de déni face à ce qui leur pend au nez : beaucoup pensent que les choses sont exagérées et que finalement il ne se passera que quelques petites catastrophes mineures. Cette opinion est très répandue et même majoritaire, surtout dans les pays qui n'ont pas de lien particulier avec les ET, ou qui ne sont pas en contact direct avec les FM USA, ou encore qui n'ont pas des données scientifiques suffisantes.

Leur modèle du « Big One » est directement tiré de ce qu'ils ont reçu des témoins du temps de l'Exode, et les futurs maîtres du Monde ont toujours considéré qu'il se produirait exactement le même scénario dans les années 2000. Sans prévoir que les PS sont plus ou moins graves selon les passages, et que le dernier était un des plus doux observé depuis longtemps, la Terre ne basculant que de quelques degrés.

C'est aussi pour cela que beaucoup de dirigeants ne sont pas pressés de parler de cette Nibiru, ils pensent que ce n'est pas la peine de faire paniquer les gens juste pour une planète qui ne fera que passer son chemin. cela est également du au fait que les conseillers scientifiques qui croient tout savoir affirment catégoriquement qu'une planète comme Nibiru, comme les comètes, n'ont aucun effet sur la Terre, tout cela étant de la superstition.

Ils considèrent que les visités ET et les textes anciens, ce ne sont que des foutaises tout juste bonnes à amener les gens dans les temples, les églises ou sur les sites internet de charlatans. Dommage pour eux (et les esclaves qu'ils dirigent), leur suffisance les empêche de voir la réalité des effets réels et concrets qui sont sous leurs yeux.

Ce qu'ils ne savent pas, c'est que les passages de Nibiru sont plus ou moins marqués (dépendant de l'angle de bascule de la croûte terrestre : plus il est grand, plus le trajet est long, et plus les dégâts sont importants). Ainsi, si au plus proche, le pôle Sud de Nibiru est orienté vers le bas, le basculement sera d'autant plus grand pour que le rift Atlantique bascule vers le bas.

Les FM n'ont pas conscience de la gravité de la situation : en ce qui les concerne, c'est bien un inversement magnétique des pôles qui aura lieu, et ils imaginent seulement qu'une dizaine de séismes majeurs et localisés vont ravager certaines régions à risque.

Ils sous-estiment grandement la situation, et c'est pour cette raison qu'ils essaient de préparer leur domination planétaire : dans le chaos limité qu'ils imaginent, bénéficiant de l'effet de surprise (les populations n'étant pas prévenues de Nibiru dans ce scénario), ils se voient participant à une course où chacun devra placer ses pions et profiter de la détresses des nations plus faibles pour enfin les submerger aisément avec leurs troupes, sous couvert d'aide humanitaire face à ces catastrophes humanitaires simultanées.

De cette façon, contrôlant le monde d'une main de fer en quelques semaines, ils espèrent ensuite leur retour des anciens Dieux Humanoïdes qu'ils vénèrent en secret depuis des milliers d'années.

Leurs Bunkers, tels que l'on peut les deviner sous l'aéroport de Denver, leur future capitale FM, seront bien maltraités, car ils sont sous-dimensionnés par rapport à ce que Nibiru va générer. Si un aéroport permet d'évacuer très rapidement toute cette clique sans risque d'être intercepté dans leur fuite par une population paniquée, une base en sous-sol n'est en revanche pas une très bonne initiative ! Mais laissons-les comploter, après tout, ils ont bien mérité d'avoir fabriqué leurs propres tombes. Car même si celles-ci résistent, ils ne pourront jamais retrouver leur légitimité auprès des populations survivantes... mais tout ça est une autre histoire.

Le PS1 lourd

Certaines Élites plus réalistes, comme Fabius, se rendent bien compte que le PS1 ne sera pas à négliger.

PS2 lourd

Toutes les Élites savent que c'est surtout le PS2 qui détruira leurs enclaves. C'est pourquoi les plans d'évacuation vers Mars sont prévus pour 7 ans après les grosses destructions de PS1, qui auront laissé les ville-camps intacts (dans leurs prévisions, mais ils se trompent).

Dureté dans le génocide

Concernant les plans pour l'avenir, certains sont extrêmes (drones tueurs patrouillant autour de leur bunker, vaccin pour génocider la population alentours, gaz d'anthrax relâchés sur de grandes étendues), alors que les autres sont complètement dégoûtés par ce que les autres prévoient.

La peur plus dangereuse

Les Élites dirigées par la peur sont le plus dangereuses pour l'humanité, car c'est celles qui prendront les décisions les plus génocidaires et dures. Ne pas oublier que c'est quand les nazis ont paniqué, sous la pression des défaites et de l'absence de nourriture dans les camps de concentration, qu'ils ont été obligé de mettre en place les chambres à gaz, ne sachant plus comment tuer autant de monde "humainement" (Himmler pleurait lors des essais de tirer sur les prisonniers).

Les tentatives d'Obama

Obama, un infiltré du MJ12 dissident (City) dans le milieu FM USA État profond, était allié avec les généraux de Q, avant de trahir en septembre 2015.

Les pressions Russie et Chine

Poutine et Xi ont hâte de faire leurs préparatifs au grand jour, d'avertir leur population pour que leurs citoyens se préparent. C'est pourquoi ils ont donné régulièrement des ultimatums à Obama, ce dernier ayant, années après années, su repousser l'échéance, inventant toujours un nouveau prétexte, et appuyé par l'Union Européenne anti-annonce de Nibiru.

La tentative de forcing d'Obama

Obama ne peut pas annoncer simplement l'existence de Nibiru. Il a tenté naïvement de le faire dans un premier temps. Il s'est rapidement heurté à des actions de blocage, car les médias sont tenus en laisse. Quand il a voulu faire une allocution TV, il a parlé dans le vide car rien n'a été retransmis sur les chaînes TV.

Obama avait l'intention de dire la vérité AVANT son élection pour un deuxième mandat, s'assurant ainsi même en cas de défaite que le travail soit

fait. Il y a eu les sabotages des système d'alerte nationale (dont dispose normalement la Maison Blanche et qui permette au Président de prendre la parole immédiatement en cas de crise grave, sans avoir à en référer au Congrès ou passer par des intermédiaires).

Ensuite, il y a eu les tentatives d'assassinat (p.).

Au niveau des médias, la bataille fut aussi sévère. Obama, bloqué par un système d'alerte saboté, a essayé de transmettre la vidéo de son intervention sous bonne garde aux rédacteurs en chef des principales chaînes télé afin que cette intervention soit diffusée sur tout le territoire. Les chefs de rédaction ont alors directement appelés les actionnaires des chaînes qui ont immédiatement refusé la diffusion. Afin de contrer une nouvelle tentative d'Obama de ce genre, ces Élites ultra fortunées propriétaires de tous les grands médias USA, ont mis en place un système de censure immédiate, leur permettant directement par un bouton "On-Off" de couper instantanément la diffusion de leurs propres chaînes. Ce système a empêché Obama, qui avait pourtant pris toutes ses précautions pour forcer les directeurs des chaînes TV du pays à obéir à leurs obligations vis à vis de la maison Blanche, à lancer cette annonce de Nibiru tant espérée. Cette dernière tentative en date a échoué il y a presque 1 an, le 20 octobre 2014. Seules quelques chaînes internet et câbles relayèrent la banderole préliminaire de test avant diffusion du message présidentiel à la nation.

Nettoyage préalable nécessaire

Le résultat c'est qu'Obama ne peut pas décider comme cela de parler si il ne nettoie pas la racaille qui mine l'administration et les médias.

Ce nettoyage n'est pas simple, car il faut déjà savoir qui virer. Depuis son élection de 2008, Obama passe son temps à tendre des pièges à ses ennemis, à les forcer à révéler leurs atouts et les pousse à tout faire pour le bloquer. En voulant l'empêcher de dire la vérité, ces gens prennent des risques et se font épingler (comme le Général Petraeus). En 2013, Obama a quasiment changé tous les directeurs (NSA, CIA, Pentagone...) pour y installer ses fidèles. Mais Obama joue avec le feu, et risquerait de finir comme Kennedy s'il n'avançait pas prudemment.

Les premières tentatives sérieuses d'Obama se sont faites en septembre 2012, en février 2013, octobre 2014. Ce sont toutes des périodes où il y a peu d'événements parasites (comme les fêtes de fin d'année, les vacances etc...). Si on considère que le 28 février 2013 était un piège pour voir qui allait saboter la tentative, toutes les autres se sont produites à la même période (septembre-octobre). Comme Nibiru est généralement visible le 25 décembre, ce n'est pas déconnant de choisir fin septembre pour l'annonce de Nibiru.

Les modalités finales de mises en place de cette annonce de Nibiru ont été peaufiné lors de la visite du pape et de tous les dirigeants de la planète, le 24 septembre 2015 à New-York. C'est là qu'Obama a trahi tout le monde, scellant son destin, et obligeant les ET bienveillant à intervenir de façon plus musclée (comme la suppression de la fraude qui aurait permis la victoire d'Hillary Clinton en 2016).

La pression ET

Les ET se sont mêlé des plans génocidaires et liberticides des dominants, et ont mis énormément de pression sur les récalcitrants : des milliards de dollars de transactions financières sécurisées, qui disparaissent mystérieusement lors de transferts de fonds, ça fait mal (pour des gens qui tiennent leur domination par l'argent, le danger a été vite compris), sans parler de l'aide apporté aux hackers par les ET (Sony, serveurs privés Hillary, e-mails du parti démocrates, etc.)... et ce n'est que le sommet de l'iceberg.

Les ET sont capables de modifier les données informatiques à volonté, et donc d'effacer l'argent, ou du moins d'empêcher leurs propriétaires d'y avoir accès. Quand vous êtes un ultra riche et que votre compte principal aux Bahamas avec 10 ou 20 milliards dessus disparait purement et simplement des données, et que cela arrive aussi à d'autres "collègues", sans piratage, et dans des banques de données ultra sécurisées et non-piratables, il y a de quoi se poser des questions. Les Élites savent que les ET existent (c'est un secret de polichinelle), et si un OVNI a été vu à dessein au dessus du data center, il n'y a plus de doutes.

Cette pression ET a eu bien d'autres volets que Harmo ne peut révéler encore.

Résultat, des morts en série chez les banquiers ou les grands présentateurs télé USA entre autre. Le ménage et les règlements de compte y ont été bon train, les Élites s'étant auto-purgées afin que cessent les attaques ET "là où ça fait mal".

Seuls quelques ultra-riches minoritaires ont refusé par arrogance cet état de fait, et ils font de la résistance (vaine). Les Élites en général ont été soumises, et aujourd'hui elles cherchent à s'arroger les faveurs des ET. Elles ne font pas cela par compassion, mais par espoir de bénéficier aussi de l'aide. Tous leurs autres projets ont été torpillés, et aujourd'hui elles n'ont plus le choix que de suivre le mouvement (04/2017).

Le danger des Élites acculées

Le risque, c'est que les gens qui ont le plus à perdre dans cette histoire utilisent des solutions disproportionnées pour contrer à tout prix cette annonce de Nibiru sur le point d'accoucher.

Pour ce faire, il faudrait un événement majeur, un traumatisme, ce qu'une bombe nucléaire sur une grande ville (New-York, Paris, Londres) pourrait très bien réaliser. La CIA-MJ12 et leurs équipes de débunking en ont les moyens, on l'a vu lors du 11/09/2001. Un false flag est toujours dans leurs cordes et il n'est pas certain que les ET s'autorisent à arrêter une telle chose.

Les Russes et Chinois

Les Chinois et les Russes ont voulu depuis longtemps parler de Nibiru, mais il y a aussi des freins dans leur propre pays. En Russie, Poutine a du faire le grand ménage chez les oligarques qui complotaient et bloquaient les choses. Quant à Xi Jiping, il a fallu qu'il lave aussi le PC chinois, notamment Bo Xhilai, celui qui aurait du devenir Président à sa place.

Si Obama souhaite surtout l'annonce de Nibiru, les Russes eux aimeraient bien qu'on parle aussi des ET. Quant aux Chinois, ils sont plus favorables à l'annonce de l'existence des anunnakis (n'oubliez pas qu'ils ont des pyramides tumulus sur le territoire). Ces décisions se prendront au dernier moment pour ces éventuels "bonus". Plus la population de ces pays sera calme sur le sujet de Nibiru, plus les gouvernements se sentiront à l'aise pour aller plus loin dans la révélation. Les autres gouvernements seront obligés de suivre car il sera difficile de nier ces évidences.

Tous les pays ont bloqué dans le passé la vérité chacun de leur côté, plus ou moins indépendamment. Il existait des agences équivalentes au MJ12 USA en Russie et en Chine, qu'il faut maintenant démanteler complètement, ce qui n'est pas évident vu le pouvoir qu'elles ont acquis avec le temps.

Essayer de parler sans nettoyage, c'est inutile, c'est directement bloqué par le système de censure.

Il faut du temps pour cela, et ce temps les ET l'ont accordé car ils ont estimé que cette annonce de Nibiru était très importante pour que l'Humanité se remette en question.

La Chine n'a jamais montré de volonté de cacher les phénomènes OVNI dans son pays, ni même celle de cacher ses préparatifs en vue du passage de Nibiru (construction de villes fantômes sur les hauts plateaux).

La Russie communique de plus en plus sur le phénomène OVNI (Medvedev) mais aussi sur l'espace (la plupart des comètes découvertes l'ont été par des Russes). Ces deux pays sont bien moins empêtrés dans des considérations religieuses de par leur passé communiste (athéisme d'État) ce qui leur laisse une plus grande liberté de parole sur les phénomènes ET.

France

Hollande est le pur fruit de l'ancien système de mensonge et de contrôle. La France n'a jamais eu l'intention de dire la vérité, c'est pour cela qu'il n'y a pas eu de ménage chez nous. C'est toujours les mêmes qui commandent et qui veulent garder le peuple sous censure. Mais ils seront bien obligés de suivre le mouvement, parce que si la Chine, la Russie et les USA disent la vérité, le gouvernement français sera obligé de suivre, il n'a pas la stature pour nier l'évidence.

Leur but était de ne rien dire jusqu'au dernier moment, puis, une fois Nibiru visible quelques jours avant les catastrophes, mettre en place la loi martiale /article 16 pour bloquer les gens chez eux. Une fois la dictature en place, plus de contestation possible, c'est la répression directe sans aucun ultimatum.

Évidemment qu'une annonce de Nibiru en avance perturbe grandement leur plan (voir le fait tomber à l'eau), c'est pourquoi depuis les années 1990, les Français ont toujours manoeuvré sur la scène internationale pour reculer le plus possible l'annonce de Nibiru, voir l'annuler.

L'annonce de Nibiru est donc primordiale, surtout pour la France, car sans elle, des millions de gens seraient bloqués sans savoir pourquoi, et mourraient sans avoir eu le choix de partir. L'annonce de Nibiru va changer la donne et empêcher un génocide aveugle et froid.

Guerres commerciales avec la Russie et la Chine

La France a fait pression sur Poutine et Xi pour retarder l'annonce de Nibiru, d'où le blocage de la livraison des Mistral, la désinformation anti-russe très virulente en France (et bizarrement beaucoup moins vive aux USA ou en Allemagne).

En retour, la pression économique joue à fond, avec des prises de participation de plus en plus offensives de la Chine sur la France.

Les Russes ont menacé officieusement d'entraver la fuite des Élites françaises et notamment de détruire les installations d'Afrique. c'est pour cela qu'Hollande s'est rendu en Guinée sous le prétexte d'Ebola mais s'est en fait rendu sur le site d'accueil au Niger-République centrafricaine. Il a voulu lui même se rendre compte de l'avancement des travaux et surtout que la sécurité y soit renforcée. Poutine, qui n'en démord pas, a renouvelé sa menace alors qu'Hollande essaie de frotter dans le sens du poil de Kazakhstan, une dictature violente qui gène Poutine au sud et dont il craint une attitude agressive envers la Russie après le passage de Nibiru. Il faut savoir que la Russie sera très réduite par la montée des eaux et que le plan de Poutine est de faire replier la population dans l'Oural (Sotchi) et dans l'extrême Est de la Sibérie (d'où l'alliance avec la Chine). Sotchi a vu disparaître pas moins de 50 milliards d'euros versés par des fonds privé à dessein afin de financer des infrastructures immenses (zones de survie gouvernementales) dans près des sites des JO, dans les montagnes de l'Oural. En France, le chantier de l'EPR de Flammanville a eu exactement le même but, c'est une vaste coquille vide qui ne sera jamais terminée. L'argent a servi pour financer des infrastructures en Afrique.

Pour ce qui est des gazoducs russes, ils permettent de rejoindre des zones qui seront importantes pour les Russes après le passage de Nibiru. Il faut savoir que le niveau de la mer passera +200 à +220 mètres en deux ans, que les côtes seront instables et les passages maritimes hasardeux, surtout pour des pétroliers ou des méthaniers. L'avantage d'une structure terrestre est qu'elle est facilement réparable en cas de problème.

Les 500 jours

Les Élites françaises ont été contraintes par la force d'accepter cet agenda. Au sortir d'une réunion le 13/05/2014 avec John Kerry, où Laurent Fabius n'a pas pu imposer la vision de la France de tout cacher, on voit Fabius, avec une tête d'enterrement, parler des fameux 500 jours avant le chaos climatique (Nibiru en langage codé des Élites).

Kerry l'a invité à répéter sa phrase en anglais, et Fabius a répété 3 fois ces 500 jours, histoire qu'on soit sûr que ce ne soit pas une erreur de sa part. Avec ces 500 jours, Fabius annonçait à ses anciens partenaires comme l'Angleterre (autre fort bastion anti-annonce de Nibiru à l'époque), que la France ne pouvait plus bloquer le processus de l'annonce de Nibiru officielle, et que les autres pays réticents n'avaient que 500 jours pour mettre en échec Obama, Poutine et Xi. La France ayant été contrainte par différents moyens de pression (notamment des scandales liés à des politiques pour lesquels Obama/Poutine/Xi ont les preuves suffisantes) si bien que c'est aujourd'hui la Grande Bretagne qui se retrouve en tête de file des récalcitrants. Cameron et la Reine sont de mèche, et à plusieurs reprises des contacts et des négociations ont été menées auprès d'Obama pour lui faire faire machine arrière, en vain.

A noter que si Fabius avait voulu de la conférence de Paris (COP21), il aurait annoncé 565 jours. Ces "500 jours" ont juste servi à donner un délai aux autres chefs d'État du monde par rapport aux prévisions sur l'arrivée de Nibiru. Comme ces informations sont données seulement en tête à tête entre hauts membres initiés des gouvernements pour éviter toute fuite (peu de personnes sont en réalité au courant), il est trop laborieux d'aller voir tous les chefs d'État du monde un par un. Cela a été fait à une époque pour leur dire que Nibiru existait. Depuis, on les informe de façon indirecte sur la situation. Cela est surtout destiné aux petits pays car les grandes puissances se tiennent régulièrement au courant directement (lors des G7 par exemple ou de visites officielles). Ces 500 jours sont un avertissement à toutes les personnes initiés dans les gouvernements : attention, USA et Europe estiment que le passage (l'inversion des pôles) se fera dans environ 500 jours à compter de l'annonce de Fabius-Kerry. Comme les scientifiques humains sont incapables en réalité de prévoir la trajectoire de Nibiru, et que de toute façon les sauts d'orbite semblent dépendre de l'avancement du réveil humain, il est complètement illusoire de vouloir donner une date.

A noter que le survol des centrales nucléaires françaises à débuter quelques mois après la déclaration de Fabius, nos Élites continuant à manoeuvrer contre l'annonce de Nibiru dans les coulisses.

Les ET collent à l'annonce de Nibiru

Autant Zétas qu'Altaïrans, ont divulgué en direct ce qui se tramait dans les coulisses, concernant les innombrables tentatives et préparatifs pour réaliser cette annonce de Nibiru.

Cette révélation en direct avait plusieurs buts :

Être prêt

Déjà, vu l'importance que l'annonce de Nibiru aurait sur la vie de tous les jours (loi martiale, gel économique) il convenait d'être prêt dans ses plans au cas où.

Voir les signes de surface

Cela entraîne le public à analyser les signes incohérents des dirigeants (comme le fait que du jour au lendemain, les ennemis déclarés que sont la Chine, la Russie, le Japon et les USA se réunissent brutalement), les milliardaires qui se réfugient dans leur bunker, la royauté qui se précipite en "vacances" dans leur enclave africaine, plusieurs empereurs ou papes à vie qui démissionnent, chose jamais vue depuis des siècles, etc.

Donner une leçon aux assises peu stables

Vu que Obama a saboté systématiquement l'annonce de Nibiru, et que le plan ensuite à été repoussé, on pourrait dire, vu sous un angle basique, que les visités ET ont sans cesse annoncé une annonce de Nibiru imaginaire qui n'est jamais venue...

Cette longue attente n'est pas juste là pour embêter les gens. Elle sert aussi à à faire réfléchir ceux qui disent qu'ils croient sans avoir de certitudes bien assises, contrairement à ceux qui en sont vraiment convaincus (parce qu'ils ont analysé et compris les preuves en profondeur). Les mal assis sont les premiers à nier quand les choses ne vont pas à leur rythme / que le visité ne dit pas ce qu'ils veulent entendre.

Différents type d'annonce de Nibiru

Annonce des chefs d'État

annonce de Nibiru politique plan A

Les USA veulent absolument être les premiers à faire l'annonce de Nibiru (ce sont les découvreurs de Nibiru en 1983, mais aussi ceux qui l'on annoncé aux dirigeants du G8).

Obama a bien vu que les télé USA étaient complètement verrouillées, et Trump voit le verrouillage des réseaux sociaux qu'il a utilisé (comme Obama) pour shunter les médias.

C'est pour cela aussi qu'Obama va utiliser Poutine et Xi Jiping, parce qu'en Chine et en Russie, la CIA a moins d'influence.

L'annonce de Nibiru se faire d'un seul coup par un communiqué commun de plusieurs chefs d'États, USA, Chine, Russie notamment, soutenus par le Vatican.

Obama doit blinder les preuves

Avec la désinformation qu'il y a eu pendant des années, il y a une forme d'inertie dans le grand public. C'est pour cela qu'Obama ne l'a pas fait avant, parce que lui et ses conseillers ont pointé ce problème dès le début. La plupart des gens auraient pris cela comme un hoax, une fausse info et se seraient demandé quel intérêt avait Obama à lancer cette fausse info. Soit il aurait été accusé d'avoir perdu la tête, et une procédure de destitution aurait été lancée par ses ennemis, soit les gens aurait crié à la manipulation, à une tentative d'Obama d'instituer une dictature fédérale. Il faut pas oublier que la majorité des Américains sont anti-gouvernement fédéral !

Alors Obama n'a pas le choix, il doit être bien préparé et bien assis sur une base solide : il ne doit pas être le seul à annoncer la chose si il veut qu'on le croit, et même avec toutes les précautions, les gens auront du mal.

Obama doit donc trouver des alliés dans les différents services fédéraux. Obama multiplie donc les actions, tout d'abord en interne en plaçant des hommes de confiance aux postes clé et en virant ses ennemis (Allen, Petraeus, Clinton...) et se met dans la poche la NASA qui devra faire un volte face dans ses déclarations. C'est pour cela que depuis début 2013, certaines annonces de la NASA vont dans le sens de l'existence de Nibiru (naines brunes, planètes errantes etc...).

Un dirigeant ne peut révéler Nibiru tout seul

Si la Russie et la Chine annonçaient Nibiru sans les USA, ils feraient un flop international parce qu'on les accuserait de mentir. Les médias occidentaux, possédés par les Élites, n'ont déjà de cesse de démolir les Russes et les Chinois, alors imaginez le chaos. La plupart des publics occidentaux suivraient l'avis des merdias qui

crieraient à la supercherie, tout simplement, ou alors entreraient en rage contre leurs gouvernements de ne les avoir pas avertis. La NASA et les USA en général sont leaders dans le domaine spatial depuis des dizaines d'années, comment pourriez vous expliquer que les Russes et les Chinois ont vu Nibiru et pas les Américains ?

Dans leur pays, ils seraient crus, mais ailleurs face à une propagande qui a quand même caché l'existence des ET pendant 70 ans, le risque est trop élevé d'activer des émeutes d'une partie de la population qui croirait Poutine. De plus, les problèmes internes aux USA (risques de sécession et d'insurrection) font que si les Russes et les Chinois prennent l'initiative, ils coupent l'herbe sous le pied à Obama et le déstabilisent. Peuvent ils se permettre de voir leur allié, première puissance militaire mondiale et principal détenteur des preuves (Nibiru et ET) vaciller et être renversé par une foule en colère exhortée par des médias hostiles demandant pourquoi on ne leur a pas parlé de Nibiru ! Les Élites seraient bien trop heureuse de cette opportunité.

Et même sans ces Élites pousse au crime, s'ils le faisaient sans que les autres pays n'ai préparé psychologiquement la population, déployée l'armée pour éviter les coups d'État qui profiteraient du chaos, ils déstabiliseraient leurs partenaires, et c'est des milliers de morts en vue (ces dirigeants qui veulent l'annonce de Nibiru ne veulent pas de massacre d'innocents, même si par ailleurs, de par les coups bas de leurs adversaires, ils sont obligés de rendre coup sur coup pour ne pas être tués).

Poutine et Xi avaient envisagés de faire l'annonce de Nibiru tous seuls, mais leur analyse avait montré que cela aurait trop déstabilisé le monde. De plus, depuis leur tentative, la Russie s'est pris en permanence des blocus et sanctions économique, à du intervenir en Crimée et en Syrie.

Russes et Chinois ne peuvent donc s'allier pour faire une déclaration commune sur Nibiru, dans la crainte de voir Obama destitué (émeutes ou accusations de mensonge), et de le voir remplacé par un membre de l'État profond anti-annonce de Nibiru, ce qui enclencherait une guerre médiatique d'abord, puis une 3e guerre mondiale (voir les déclarations d'Hillary Clinton, qui annonçait, lors de sa campagne pour 2016, engager des sanctions militaires contre la Chine et la Russie, une attaque de l'Iran, donc une 3e guerre mondiale...).

Regardez pour le MH17 abattu en Ukraine. Tout le monde avait des preuves que ce sont des avions ukrainiens qui ont fait le coup. Les Russes ont fourni des preuves, les Chinois les ont soutenu ouvertement. Est-ce que ça a changé les choses ? Absolument pas. Les médias ont tout verrouillé, peu importe qu'il y ait des preuves ou pas, elles ne sont même pas prises en compte. Il s'est passé la même chose quand les Russes apportent des preuves des false flag chimiques en Syrie, et il en serait de même avec une annonce de Nibiru non soutenue par Obama ou Trump.

Les Russes peuvent très bien vendre la mèche, aussi bien que les Chinois. Mais tous ont à perdre dans l'histoire à agir seul, et cela parce que le monde est internationalisé, interdépendant. La Chine aussi bien que la Russie sont dépendante d'un ordre économique mondial et le chaos ne leur servirait pas. De plus, l'annonce de Nibiru va secouer les opinions publiques et il y aura un écho dans tous les pays du monde, il faudra alors être solidaires pour maintenir l'équilibre et la paix, aussi bien en interne qu'en externe.

Sans voix unanime, les populations seraient plongées dans l'incertitude, le doute sur qui a raison ou tort et ce serait une panique généralisée. Comment organiser le survie du peuple russe dans le calme si le Monde est en feu ?

Contrer la CIA mondialisée

une partie de la CIA n'est plus sous contrôle depuis longtemps. Cette partie s'autofinance avec le trafic mondial de Drogue et se sert d'Al Qaïda et des Salafistes qu'elle manipule pour sécuriser la production et le transport illégal de ces marchandises : c'est pour cela que le Sahara et l'Afghanistan sont sous le contrôle des islamistes au départ, ce sont les deux premiers pays producteurs de Hashish (Afrique) et de Pavot (Opium = héroïne).

cette CIA est extrêmement dangereuse et s'attaque à tout le monde et leurs projets noirs (Black Programs) ne se trouvent pas qu'aux USA : cette organisation a d'énormes moyens que ce soit en capacité à faire des attentats ou des assassinats, mais en plus ils ont développé des armes létales, des réseaux d'entraînements et ont à leur disposition des armes chimiques, biologiques et même nucléaires. Ces armes sont stockées dans des bases secrètes un peu partout, même en Europe, et peuvent être utilisée n'importe quand. Cette capacité à nuire va forcément servir pour

éviter l'annonce de Nibiru ou à mettre le chaos par la suite pour détourner l'utilité de cette annonce.

Les enjeux sont globaux et nécessitent toute la coopération des pays autres que les USA pour sécuriser face à ce terrorisme international (qui n'est qu'une manipulation orchestrée).

Cette annonce de Nibiru n'est donc pas si simple que ça à faire, et nécessite une quantité de travail énorme auparavant !

Nous ne savons pas ce que nous ferions à la place d'Obama. Ce ne sont pas des décisions faciles, surtout quand les conséquences sont imprévisibles. Comment vont réagir les gens, le public, les nantis, les élus ? Les dictateurs et les gouvernements violents ? Les religions ? Autant de points qui font peser une immense responsabilité sur celui ou ceux qui voudraient bien dire la vérité pour une fois !

Annonce de Nibiru scientifique

Annonce plan B

Après l'échec d'Obama en septembre 2015, a été relancé l'idée d'une annonce de Nibiru scientifique. Ça fait depuis 1983 que les observatoires du monde entier connaissent Nibiru, là n'est pas le problème.

Pourquoi des scientifiques plutôt que des politiques ?

(2016) Les scientifiques et les personnes du grand public qui s'intéressent à la science sont souvent des leaders sociaux, et donc même si le grand public n'est pas touché directement, il le sera quand même via internet, les médias et le bouche à oreille. Même si un public particulier et averti est touché dans un premier temps, il y aura forcément vulgarisation. Une annonce de Nibiru politique n'aurait pas eu forcément plus d'impact, car sans confirmation scientifique, les politiques engendrent plus de méfiance sur leurs déclarations que ce qu'on imagine. Qui a encore confiance en ce que nos dirigeants racontent ? Le grand public est blasé par des années de mensonges et écoute de moins en moins les promesses et les déclarations comme argent comptant. Par contre, si cela vient d'experts scientifiques internationalement reconnu, il est plus difficile de douter du bien fondé, bien que la NASA avec toutes ses fausses alertes a bien entamé la confiance du public. L'avantage, c'est que c'est surtout l'image de la NASA qui a été écornée, pas ou peu celle de la Science en général. Regardez comment s'est passée l'annonce qu'une planète 9 existait, venant d'astronomes indépendants de la NASA. Si la NASA et les grands médias ont d'abord freiné des deux pieds, allant jusqu'à dire que c'était faux, ils n'ont pas eu d'autre choix que de suivre le mouvement. C'était typique dans les médias français par exemple, ou le doute a été le maitre mot des articles sur ce sujet pendant des mois. Le problème, c'est que si toute la communauté scientifique hors NASA est d'accord sur l'existence de la planète 9, douter n'est plus une position tenable. C'est ce qui se passera probablement pour le volet final de l'annonce de Nibiru plan B, avec tout d'abord une remise en question de la découverte puis un ralliement général. La NASA est aujourd'hui complètement grillée, et en coulisse elle a déjà été mise au placard. Son financement a été coupé et elle a été mise en mode veille. Quand aux médias refractaires, ils ne peuvent pas rester sur leurs positions si des grands médias internationaux vont dans le sens de la divulgation. Or de nombreux médias majeurs sont dors et déjà favorables, il y a donc peu de chances que les médias français par exemple puisse résister au mouvement. Tout se présente donc sous le bon angle, il faut juste laisser le temps aux scientifiques de prendre leur courage à deux mains.

Autre problème qui n'interfère pas avec l'annonce de Nibiru plan B (et heureusement). Les politiques et les Élites ont peu voire pas du tout d'impact sur le processus. De toute façon, les Français seront obligés de suivre si la planète 9 se précise en Nibiru comme il l'ont fait jusqu'à présent. Il existe certes des freins sur de nombreux domaines, notamment dus à des conflits d'intérêt (dont la FM est un élément mais loin d'être principal, cf lobbyisme des mafias politico-financières et qui sont très actives en France). La FM est aujourd'hui dépassée en terme d'influence est ne correspond plus qu'à des reliquats qui croient encore en leur pouvoir. La réalité est tout autre.

Danger de mort pour les lanceur d'alerte

Comme Nibiru a été classée secret défense, le scientifique qui en parlera verra tous ses proches êtres assassinés. Regardez la fermeture des observatoires solaires, où de grosses boules sont apparues sur les observations du Soleil. Tous les observatoires Solaires ont été fermés dans les 2 jours, et celui où ils avaient eu peur d'une fuite, a vu le FBI fermer la ville, et bloquer tous les courriers pour s'assurer que rien n'avait fuité.

C'est pourquoi, malgré leurs bonnes volontés, les scientifiques ne sont pas trop chaud pour être les premiers à révéler cette planète, même s'ils sont épaulés par leur président.

Les scientifiques ne peuvent faire l'annonce de Nibiru tous en même temps, car ça implique une préparation en amont. Comme internet et les moyens de communication qu'ils utilisent sont fliqués (NSA etc...), cela les expose à des assassinats. Combien d'astronomes ont fini dans un ravin en revenant de leur observatoire ? Combien on reçu des menaces sur leurs enfants ? Beaucoup trop. Autre problème, la population n'est pas prête et est généralement très ignorante sur les bases en astronomie. Il faut donc l'éduquer pour lui faire comprendre pourquoi une planète peut être très proche mais rester invisible. C'est un point que les gens ont vraiment du mal à intégrer.

De plus, sans soutien des politiques, on l'a vu avec Raoult, c'est une pression médiatique incessante, la colère du grand public contre les messagers plutôt que ceux qui ont caché, etc. de plus, on leur reprocherait de n'avoir rien dit avant. Pour que le grand public atterrisse doucement et que sa rage diminue, il faut une préparation psychologique de grande ampleur dans les médias. Ce pourquoi les scientifiques publient régulièrement des infos sur des découvertes de planètes, de risque d'astéroïdes, suivis par les médias, car ces alertes ne divulguent pas grand chose. Mais tant que Trump ne sera pas bien assis, qu'il n'aura pas lancé les arrestations massives sur l'État profond, cette annonce de Nibiru Plan B sera bloquée.

Planète 9

Brown et Batygin de Caltech (Université de Californie) on d'abord déclassifié Pluton en 2005, sans quoi la nouvelle planète découverte aurait été nommée planète 10 (Planète X (en chiffre romain) de Zetatalk). Or planète X, c'est Nibiru. C'est pourquoi Brown prend le surnom de "PlutoKiller" (tueur de Pluton).

Ils ont laissé des indices, car cette planète inconnue à d'abord été nommée Jehosaphat (référence à la vallée du jugement dernier à Jérusalem, nitée dans la Torah).

Brown et Batygin voulaient ensuite faire converger la planète 9 vers les caractéristiques de Nibiru par étape, pour ne pas choquer le public jusqu'au moment final où les deux théories se seraient devenus identiques.

Le plan était donc, toutes les 2 semaines, d'annoncer une nouvelle découverte dans l'espace (comme découvrir que la surface de Mars a basculé, puis 2 semaines après c'est la surface de la Lune, puis 2 semaines après, on annonce que la surface de la Terre est actuellement en train de basculer). Ou encore, de découvrir des planètes errantes, des corps froids au coeur chaud, une planète 9 qui a les caractéristiques de Nibiru (et qui se rapprochent de cette dernière à chaque nouvelle découverte) des corps invisibles parce qu'environnés d'un nuage de débris, que des planètes errantes ont provoqué des cataclysmes jadis sur Terre, que Planète 9 explique l'inclinaison des axes de rotation dans le système solaire, que planète 9 doit passer très près du Soleil pour arriver à faire basculer son axe, qu'il est possible de découvrir une planète habitable sous notre nez, puis au final découvrir Planète 9 au niveau de l'orbite de Vénus.

Leur plan est de découper les caractéristiques de Nibiru en petits morceaux, pour qu'au fil des années et des révélations, que Nibiru devienne familière aux gens, ni plus ni moins. Ainsi, sans que le public ne s'en rende compte, il rigolera de Nibiru en premier temps, puis il combattra farouchement l'hypothèse, avant de l'accepter comme s'il l'avait toujours su...

En juillet 2016, les révélations allaient crescendo, le volet 3 de l'annonce de Nibiru plan B devant annoncer que la planète 9 est une exoplanète errante et qu'elle se trouve plus proche que prévu (au niveau de Vénus, allant plus loin que l'annonce de Nibiru d'Obama, qui faisait arriver Nibiru d'au-delà de Neptune).

Mais d'un seul coup, tout le processus s'est stoppé en juillet 2016, quand 7 membres du parti démocrates, qui outrés du vol des primaires à Bernie Sanders, avaient participé à faire fuiter les malversations d'Hillary à Wikileaks, et ont été assassinés rapidement en représailles. Les astronomes ont eu peur pour leur vie en cas de victoire de Clinton, et on referma le dossier planète 9 qui depuis est figé.

L'obstruction NASA

L'annonce de Nibiru officielle plan B, qui doit passer par la voie scientifique, s'est confrontée à l'agence spatiale américaine NASA à plusieurs reprises.

D'abord, la NASA a nié les résultats obtenus avec le télescope WISE et la découverte de Tyché en 2011, ce qui a contraint les scientifiques à passer par des observatoires internationaux indépendants. Cela prendra du temps de contourner la NASA, c'est pour cela que la seconde tentative, avec la planète 9, n'arrive qu'en janvier 2016. La NASA a tout d'abord affirmé que les calculs des astronomes étaient faux, mais comme les données dont ils s'étaient servi ne dépendent plus désormais de la NASA, les autres équipes internationales ont validé les calculs et poussé encore plus loin les simulations, ce qui a complètement isolé la NASA dans son/ refus de cautionner la nouvelle planète.

Le 18/02/2017, sous couvert de coopérer à l'annonce de Nibiru, la NASA envoie les astronomes dans la mauvaise direction, en leur demandant de chercher la planète 9 dans la direction opposée de là où se trouve Nibiru. Sans compter que ça incite les chercheurs indépendants à envoyer leur trouvaille à la NASA, là où elle sera soigneusement étouffée.

Ce plan vise les astronomes amateurs bien entendu, parce que la grande majorité des astronomes professionnels sait où se trouve Nibiru, et sait qu'il faut garder le silence là-dessus.

Ce qu'il faut retenir, c'est que la révélation de Nibiru ou des ET ne peut pas venir de la NASA en l'état actuel des choses (02/2017), car cette organisation est sous le contrôle de la défense USA. Ceci est logique, l'espace étant un lieu hautement stratégique à la base. Dans ce contexte juridictionnel, l'agence spatiale américaine a un certain nombre de domaines de parole limitée car ils sont classés secret défense. Tout ce qui est relatif à la vie extraterrestre en fait partie, c'est pour cela que même si la NASA détecte des signes de vie, elle est contrainte de les cacher. Quelques exceptions sont autorisées, mais ne sont jamais complètement catégoriques comme vous avez pu le constater. Ce sont toujours des hypothèses. Ces demi-exceptions sont nécessaires afin de montrer une fausse bonne foi face à un public qui est de moins en moins dupe. La communauté scientifique en général est d'accord pour admettre que la vie extraterrestre est une réalité, mais comme toutes les preuves matérielles sont détenues soit par la NASA soit par les gouvernements (et généralement leur armée), les scientifiques indépendants ne peuvent aller plus loin (même s'ils le voulaient).

Le même problème se pose avec Nibiru ou Nibiru, puisque ce domaine a été rajouté sous l'ère Reagan à la liste des secrets défense absolus, et si un membre de la NASA vendait la mèche, il serait alors jugé par un tribunal militaire pour haute trahison, cela pouvant entrainer ni plus ni moins que la peine de mort. Et cette justice, réalisée par un tribunal militaire spécial non-public est expéditive. Il n'y a pas de juge, d'appel ou quoi que ce soit, et la sanction est appliquée sur le champ. Elle passe notamment par les assassinats des personnes inculpées sous couvert de défense nationale, assassinats qui entrent dans le bilan (annuel) du Conseil de Sécurité nationale. Rien qu'en 2015, ce Conseil a avoué (sur son bilan mais sans en préciser le nombre) qu'il avait organisé des assassinats dans 35 pays. Ce ne sont pas des rumeurs ou des fakes, ce sont des faits. C'est pourquoi une des premières choses que Trump ait arrangé, c'est la chute des deux Conseils qui veillaient à ce système. Un système mis en place en 1947, année du crash de Roswell, ce n'est pas un hasard de calendrier.

La NASA (Naza...) est l'ennemie de toute annonce de Nibiru officielle, parce que trop nombreux sont ceux dans cette agence qui seraient alors soumis à des poursuites judiciaires :

- pour avoir contrecarré le secret défense qui leur est encore imposé, et que Trump ne peut pas lever ouvertement
- pour avoir caché, menti fait des fausses déclarations (trucages vidéos) au grand public.

Ils seraient alors poursuivi à la fois par un tribunal fédéral / militaire mais aussi au civil par les citoyens. Donc une annonce de Nibiru et c'est leur fin.

Incohérences scientifiques

C'est évident que ces théories planète 9 et planète 10 ont des défauts majeurs, puisque ces planètes bidons qui seront servies au public n'existent pas. Ce ne sont que des inventions, construites par les scientifiques, pour amener médiatiquement à faire coller ces planètes imaginaires pour les amener sur les vraies Némésis et Nibiru. Ce ne sont que des théories-outils, pas de réelles théories basées sur des faits, et forcément que ceux qui sont réticents à une annonce de Nibiru vont se précipiter sur les anomalies de ces thèses montées de toutes pièces, pour les descendre à la moindre occasion. Seul le soutien massif de la communauté scientifique internationale (qui soutenait l'idée d'une annonce de Nibiru officielle) avait pu sauver la planète 9 (ces soutiens ayant accepté de cautionner officiellement des impossibilités logiques et des invraisemblances scientifiques, donc de mentir...).

Tout le monde sait que ces théories de planète 9 ou 10 sont fausses, la bataille se fait au niveau de grand public qu'il s'agit de convaincre, et ainsi le préparer à l'annonce de Nibiru, de la vraie Nibiru.

Pression pour le volet 3

(2016) Entamer la dernière étape de la divulgation, qui aboutira à dire que Nibiru est déjà vers l'orbite de Vénus, est une lourde responsabilité, car c'est comme ouvrir la boite de Pandore. Des années de pressions, d'assassinats et d'intimidations ont rendu la communauté scientifique prudente, voire méfiante (et on le serait à moins quand votre collègue meurt brûlé dans sa voiture ou que les enfants des autres sont enlevés à la sortie de l'école), et ce sera difficile pour ces gens qui se sont tus à cause de ces menaces de franchir le pas final. C'est pour cela que cette divulgation tarde, car il faut du courage pour lancer ce processus de vérité. Pas facile d'annoncer au Monde qu'une Planète va bientôt engendrer des catastrophes mondiales sans précédent. Cette décision est dépendante du libre arbitre et les ET ne peuvent qu'être observateurs dans cette affaire. La suite est dans les mains des humains.

Stagnation volet 3

[30/03/2017, Zétas] Même avec Trump à la Maison Blanche et la mafia criminelle des Clintons mise en état d'arrestation, et même si ISIS est en état de siège, le moment où l'establishment se sent prêt pour les émeutes, qui se produiront sûrement si Nibiru est admise, n'arrive jamais.

L'ordre exécutif de Reagan, sur le secret défense concernant Nibiru, n'étant toujours pas retiré, les scientifiques ne peuvent divulguer le volet 3.

Trump ne retire pas cet ordre, car le plan D est mis en place, et que l'État profond n'est toujours pas mort.

Mettre une partie de ce qui suit dans la guerre de l'État profond USA

(03/2017) Les astronomes comme Brown ont reçu de nombreuses menaces, et d'autre part, l'élection inattendu de Trump les a laissé perplexe et prudents. Regardez simplement comment Trump est toujours attaqué, que les rumeurs d'espionnage russes perdurent, comment des manifestations anti-Poutine sont organisées via les réseaux sociaux etc... Si une majorité aujourd'hui des Élites sont favorables à une divulgation, et que les pires ont été bien amochées, il n'en reste pas moins un bon nombre qui ont peur que la boîte de Pandore soit ouverte trop tôt. Ils veulent que la loi martiale soit déclarée AVANT, le plus tôt possible et que l'armée/la police/les autorités sécurisent leurs possessions mais aussi leurs "bunkers" où ils comptent se réfugier (ou le sont déjà). Deuxième grand acteur de ces pressions sur les scientifiques, c'est "l'État profond" américain, mené par la CIA (et la NASA qui s'occupe de brouiller les pistes au niveau scientifique). Trump a fait beaucoup de ménage, mais le coeur de l'agence ne se trouve pas dans l'agence, car il existe une CIA parallèle non officielle, responsable du trafic de drogue international (son financement), du débunking et du Cover-up. Cette CIA noire recrute au sein de la CIA officielle, mais n'est pas vraiment contrôlée par le gouvernement fédéral (Congrès, maison Blanche, direction officielle de la CIA). Le problème, c'est que Trump a attaqué tout cela de front et qu'il a donné un grand coup de pieds dans la fourmilière. Il a manqué de subtilité (faute de temps et d'appuis ?), car il aurait fallu détruire la CIA noire avant de destituer ses liens officiels dans les agences fédérales. En gros, en coupant la tête, Trump a lâché le monstre qui était tenu en laisse de façon cachée. La CIA noire était l'outil qui permettait de faire ce qui était illégal, mais c'était un outil contrôlé par un certain nombre de hauts fonctionnaires américains (défense, renseignement etc...) qui lui donnaient des directives officieuses. En enlevant ce semblant de contrôle, Trump a cassé les seules chaines qui maitrisaient cette CIA parallèle qui aujourd'hui est devenue bien plus agressive, n'étant plus canalisée. Elle a l'argent et n'est tenue à aucune loi, aucun traité. Elle peut donc assassiner partout dans le monde, faire des expériences interdites dans ses laboratoires, lancer des attaques bactériologiques (comme la grippe A) et cela sans qu'il n'y ait d'intérêt pour le gouvernement américain. C'est dans l'air du temps de parler de "cabinet noir" à l'Elysée, et bien il existe des agences noires, et elles finissent souvent par échapper à ceux qui les ont créé pour faire le sale boulot (et garder officiellement les mains propres). Après la mafia Clinton-Bush-Soros, reste maintenant les fondements de cette agence noire à démembrer, et ce ne sera pas facile. Elle est affaiblie car isolée, mais elle peut encore nuire, la preuve. Les scientifiques sont donc de nouveau sous la menace de cette entité, parce qu'elle craint pour elle même vu qu'elle a été l'instrument de la Loi du silence

internationale. Il faut aussi savoir qu'elle a toujours fricoté avec le privé, et que les Élites récalcitrantes s'en sont beaucoup rapproché. Là encore, quand les intérêts convergent, il y a des alliances du mal qui se forment facilement. On l'a vu avec les clans Clinton, Bush et Soros. C'est un moindre danger (immédiat), mais une contrainte assez forte pour bloquer l'annonce de Nibiru officielle plan B. Rien n'est encore perdu, mais depuis janvier force est de constater que les scientifiques se sont éteints dans leur enthousiasme pour la planète 9, même si certains d'entre eux y croient encore. le tweet de Brown indique qu'il mise aujourd'hui ses espoirs sur la population, et notamment les astronomes amateurs, et donc, indirectement, qu'il ne faut pas trop compter sur une découverte de Nibiru/planète 9 par la communauté scientifique.

Volet 3-bis

Le dernier volet (le 3) pour avouer Nibiru grâce à la planète 9 était de la détecter officiellement, puis de réévaluer sa distance pour admettre qu'elle était toute proche, au niveau de l'orbite de Vénus. Or, pour beaucoup de pays, admettre que Nibiru est proche est le tabou ultime, car ils ont peur qu'une telle chose mette le doute au niveau du grand public sur le mensonge international. "Si Nibiru/planet 9 est si proche, pourquoi personne ne l'a détectée plus tôt ? Ou alors, plus probablement, elle a été détectée depuis des années et personne ne nous a rien dit !"
Un nouveau volet 3 a été créé en juin 2017, où on fait arriver Nibiru juste à l'instant, ce qui vaut mieux que de la placer sur l'orbite de Vénus et faire croire qu'on avait rien vu arriver. Ce volet 3-bis sera plus rapide et ne passera pas par autant de volets que le précédent plan B. Ce volet semble, au départ, faire intervenir une planète 10.

Plan C (Wikileaks)

Vault 7

(2020) Les révélations Vault 7 ont entamé la révélation de Nibiru au grand public, mais les pressions extrêmes sur Assange ont fait stopper le processus.
Vault 7 est au coeur de la bataille entre des illuminatis modérés et le groupe des illuminatis pédo-criminels, une partie des illuminatis qui a complètement chuté dans les pires turpitudes possibles, véhiculant une idéologie perverse que l'on voit partout (dont les FM USA sont une

émanation). Sous couvert de "Libertés", ils sous entendent en réalité une libération totale de toutes limites, de toute morale, seule méthode pour permettre à l'Homme de se sublimer, car selon eux, ce sont les règles morales, les scrupules, les retenues qui empêche l'être humain d'être "efficace" à 100%. En gros, ce sont des philosophies passant par des rites qui visent à fabriquer des gens sans aucun état d'âme, des monstres, qui se considèrent à la fin de leur "formation" comme des purs, des "dieux-hommes". C'est l'essence même du hiérarchisme spirituel qu'on touche ici. Regardez tous les messages véhiculés par les médias, sur le dépassement de soi, le narcissisme, de céder à ses pulsions et ses plaisirs, d'épanouissement personnel par le corps et non par l'esprit, et notamment une liberté sexuelle dont les motivations réelles sont sordides (et n'ont rien à voir avec la vraie tolérance). Tous ces grands idéaux ne sont là que pour justifier les pires horreurs qui se résument par 3 mots : Liberté, Egalité et Fraternité. Cela ne vous dit rien ? Sauf qu'en réalité c'est leur liberté, mais aussi l'égalité et la fraternité entre eux et eux seuls.

Déclassifier les OVNI

Lâcher du lest sur l'existence des OVNI plutôt que sur Nibiru dans l'immédiat. Cela aurait pour effet de donner un grand coup de pouce à toutes les personnes qui en parlent depuis des années, et indirectement, pousser les gens à se renseigner. Cela aurait pour effet de mettre en avant les ET, les visités et du même coup Nibiru. Une pierre deux coup en quelque sorte, et cela éviterait aussi d'avoir à officiellement reconnaître la planète rôdeuse et donner des explications à son sujet. L'annonce de Nibiru se ferait alors de façon "officieuse" par l'intermédiaire des contactés, reconnus comme tels grâce à la reconnaissance des ET.

Envisagée en 2013 avec Obama, c'est Trump qui la mettra en oeuvre en 2017 avec l'OVNI TicTac (L0). Il semble que le grand public n'ai pas suivi, malgré la bonne couverture médiatique sur le sujet.

Plan D (visites ET)

Un 4e plan d'information a été mis en route (2016?) : Un peu plus de la moitié du Monde est dors et déjà en train d'apprendre la vérité à travers des contacts ET (au niveau inconscient). Et ce message ET remonte progressivement à la surface.

Si chaque âme fait ce qu'elle veut ensuite de l'information, le but est atteint : que notre âme choisisse en conscience les actions à faire, que le corps ne meurt pas sans que l'âme n'ai compris ce qui était en jeu.

Plan E (forcée au dernier moment)

C'est l'optique qui a été retenue en mai 2017 : l'achèvement du plan D (les visités comprendront vite quand ils verront les signes qui ne pourront être niés), et qui s'achèvera sur le volet 3 du plan B (annonce de la découverte de Nibiru sur une orbite proche de la Terre).

Les révélations sur les horreurs faites par l'État profond seront faites aussi dans cette période, donc grosse agitation de toute part (en parallèle aux cataclysmes naturels exponentiels, et aux préparatifs pour la survie), pas sûr que tout le monde soit bien au calme pour tout comprendre...

L'annonce de Nibiru se ferait probablement de façon forcée, c'est à dire au dernier moment quand les gouvernements ne pourront plus nier l'évidence. Il est clair qu'un certain nombre de choses vont devenir tangibles, observables, et qu'à un moment ou un autre il faudra lâcher le morceau au grand public. Certains sont pour une annonce de Nibiru plus ou moins précoce, d'autres pour mentir jusqu'au bout, c'est pourquoi la pression continue d'exister sur la planète 9 et ses découvreurs. Les Altaïrans sous-entendent [ce qui veut dire qu'il peut y avoir encore des surprises] que Nibiru ne sera avouée que quand elle commencera à être visible dans le ciel, c'est à dire pendant les 2 derniers mois avant le passage final. Ce sera bien court comme délai pour la plupart des gens qui n'auront pas beaucoup de temps pour se renseigner correctement et se préparer en conséquence.

Divulgation Nibiru au dernier moment

Une fois que Nibiru ne pourra plus être nié (début 2021 selon les infos 2020), l'administration Trump poussera en avant Nancy Lieder (Zetatalk) vers plus de couverture médiatique. Il le voudront parce qu'ils souhaiteront casser la loi du silence sur la présence ET en parallèle à celle sur Nibiru. Comment mieux expliquer l'étonnante exactitude de Zetatalk mis à part de dire que les extraterrestres sont ici et fournissent des connaissances/un savoir à l'Humanité. L'intuition de ses dirigeants sera que les ET bénéfiques pourront alors avoir davantage de contacts avec les gens, et que l'assistance de ces ET aux populations sera également accrue.

Il est possible que les autorités françaises suivent l'administration Trump. Contraints par le fait accompli (si tout internet en parle les médias français seront forcés de suivre le reste de la planète), ou volontairement, il est fort probable que la loi du silence soit progressivement brisée, aussi bien sur les ET que sur Nibiru. Si aux USA Nancy Lieder risque d'être propulsée au premier plan assez rapidement (elle fait déjà des émissions), de nombreuses personnes seront également sollicitées dans d'autres pays (langues). En Russie c'est déjà le cas, de nombreuses émissions main stream ont parlé de la théorie de Nibiru, avec des documentaires, des débats (et même Nancy y a figuré à plusieurs reprises). En France c'est plus délicat, car il n'existe pas vraiment de lieux médiatiques où ces thèmes sont abordés, c'est une des raisons qui fait que la France est un des pays les plus fermés sur ces questions. Il est bien probable que ce soit une grosse nouveauté pour beaucoup de Français, même un choc, alors qu'aux USA ou en Russie tout le monde a déjà entendu parler de Nibiru, et le sujet ET est loin d'être aussi tabou que dans l'hexagone.

France

(06/2017) Malgré le puppet master aux commandes avec Macron, les vieux réflexes ont encore la peau dure. Rien ne garanti que les populations seront évacuées, du moins suffisamment à l'avance. L'idée est de conserver le statu quo le plus longtemps possible. Si l'ancienne clique voulait laisser les gens dans l'ignorance jusqu'au bout, les nouveaux ont légèrement évolué vers une solution de dernière minute (même après une annonce de Nibiru officielle, le déni serait entretenu au maximum). C'est encore largement insuffisant bien entendu. Évacuer les gens 1 semaine avant le basculement n'empêchera pas cette même population d'être victime des tsunamis précurseurs (qui pourront atteindre 30 à 40 mètres). Un progrès ne veut pas dire qu'on est arrivé à la meilleure solution, c'est juste une amélioration. Les Élites sont toujours menées par leurs vieilles peurs, et même si elles font des efforts, il reste encore beaucoup de travail. C'est pourquoi il leur est toujours nécessaire de trouver des excuses et des fausses pistes, puisque leur idée est de tenir les gens dans le mensonge le plus longtemps possible.

Preuve en est que l'arnaque du réchauffement climatique anthropique, qui sert de couverture aux effets de Nibiru, est défendu mordicus par Macron. Cela peut paraître contradictoire avec l'attitude de Trump qui est pourtant lié lui aussi aux Illuminatis anglais.

La différence, c'est que Macron doit aussi composer avec les Élites françaises et européennes qui elles sont beaucoup moins enthousiastes à l'idée de remettre en cause le dogme du réchauffement climatique d'origine humaine. C'est pour cela qu'on a deux politiques opposées sur ce sujet, même si le sponsor est identique. Le Puppet Master est certes un Marionnettiste, mais au final ce sont les Élites locales (État profond) qui font réellement la politique des pays, pas leurs présidents. Or les Élites françaises d'aujourd'hui sont les mêmes que celles qui avaient poussées aux plans génocidaires, et Macron doit suivre. On le voit bien avec la collusion entre le privé et le public dans son gouvernement et les nombreux conflits d'intérêt. Ceux qui commandent sont toujours les mêmes, Macron ou pas.

Macron pourrait mieux faire, convaincre les Élites, mais pour le moment, ce n'est pas le cas. Les centrales sont toujours ouvertes, le réchauffement climatique humain est défendu bec et ongles, les lois vont dans le sens des Élites contre le peuple. Comme tout président, il est manipulé par son staff, puisque il ne tient ses informations que de cet entourage. Cela ne veut pas dire qu'il ne peut pas retourner sa veste en notre faveur. Comme toujours, tout le monde a le choix de faire le bien ou de faire le mal, encore faut il avoir toutes les clés en main pour prendre les bonnes décisions.

Dans des circonstances plus tendues, les attitudes changeront. N'oubliez pas non plus que Macron ne peut pas se mettre toutes les Élites à dos en les braquant subitement.

Donc en attendant que cela bouge, on reste sur la ligne classique. Il faut regarder du côté de Trump (plan A) et des scientifiques (plan B).

Quand le déclic sera fait, on verra peut être aussi un tournant chez nous.

N'oubliez pas que les Élites sont également dans une forme de déni sur l'impact qu'aura Nibiru sur la planète. C'est une vision a minima qu'ils entretiennent dans leur esprit. Tant qu'ils pensent qu'il n'y aura que quelques dégâts, et éventuellement des tsunamis lors d'une inversion magnétique des pôles, maintenir leur statu quo ne leur parait pas faire preuve d'imprudence. Ils se voilent la face, parce qu'ils préfèrent écouter les scientifiques incompétents (et qui ne doivent leur poste qu'à la lèche et à la flatterie), qui disent aux Élites ce qu'elles veulent entendre, à savoir que le passage sera minime. Et pas les scientifiques plus sérieux qui savent de quoi ils parlent, et passent pour des oiseaux de mauvaise augure.

Dès qu'il y aura des choses très graves (comme New Madrid), une vision plus réaliste s'imposera. Quand ils seront dans les 2 derniers mois, peut-être, comme tous le monde, ils ouvriront eux aussi les yeux.

Et Macron sera comme les autres, il devra s'y soumettre et changer ses opinions. Par exemple, lui qui est plutôt pro-nucléaire, pourrait complètement faire marche arrière suite à un accident majeur sur une centrale française.

Les dénis

La surprise ne durera pas très longtemps et les gens retourneront vite à leur routine comme si de rien était. Souvent, ils seront en déni, ou bien même fataliste, ou encore trop confiant dans leur gouvernement superman.

Nos dominants ont besoin de calme

Les stratégies des illuminatis, dirigeants et Élites ne peuvent fonctionner que si les populations restent "calmes" le plus tard possible.

Lorsque les gens se rendront compte que Nibiru est dans le ciel, tout sera fait pour les tromper dans les médias nationaux qui demanderons à tout le monde de rester chez soi, laissant ainsi la population en attente (d'une mort certaine). La population bien assise devant sa télé ne gênera pas la fuite des dirigeants, de leur armée et d'une partie de la population triée sur le volet. Plutôt que de mettre en place des évacuation des zones dangereuses (comme les côtes), on demandera aux gens de rester à l'écoute, de bien suivre les instruction et surtout de ne pas s'inquiéter.

Il y aura même des camions militaires qui videront le massif central (l'endroit le plus sûr si loin des volcans) pour les emmener dans les grandes cités littorales, là où ils seront tués certainement.

De toute façon, après, il n'y aura pas de procès pour tous ces morts qu'on aurait pu sauver simplement en s'y prenant quelques semaines à l'avance. Moins de souci pour les dirigeants (français surtout) qui voient là une occasion de passer un coup de balai et surtout de reconstruire sans une trop grosse population de survivants à gérer (et à nourrir). La France n'a pas de stratégie d'hégémonie dans le futur, contrairement à d'autres qui voudront avoir le plus de survivants (comme les USA), parce qu'ils savent que la France ne sera plus qu'un chapelet d'îles. Ce pourquoi d'ailleurs il est stupide de croire que Poutine voudrait envahir l'Europe ses plans pour le futur se passent justement à l'opposé, à l'extrême Nord-Est... Les prophéties qui parlent d'une invasion russe décrivent une ligne de temps des années 1970, avec l'URSS, ligne de temps disparues en 1980 (début du sabotage intérieur de l'URSS).

La peur des réactions excessives américaines

Face à l'incertitude de la réaction du public américain, dont il faut bien se souvenir qu'environ 1/3 des Américains sont des fondamentalistes chrétiens (33% des Américains pensent d'Obama est l'antéchrist) qui rejettent l'évolution des espèces de Darwin comme fait scientifique et sont adeptes du créationnisme biblique. Comme par hasard, on retrouve ces personnes là où on vote massivement républicain (Bush et compagnie), des républicains à la base du MJ12-CIA, du trafic de drogue mondial et du black-out sur Nibiru et les ET depuis Roswell. C'est cette population, très largement formatée, qui risque de se trouver décontenancée par l'attitude de leurs représentants d'extrême droite nationaliste (Romney, Palin, Bush...) en apprenant un mensonge qui a duré des décennies. Plutôt que de regarder l'évidence, la plupart de ces gens obtus persévéreront dans leur ignorance et suivront des élus véreux et coupables de mensonge d'État qui nieront tout en bloc, accusant Obama de mentir ou d'inventer des accusations contre eux. Bien sûr, ce ne sera qu'un moyen pour ces gens malhonnêtes d'éviter un jugement en se cachant derrière le fondamentalisme d'une minorité violente et fanatique.

Quant aux autres, beaucoup plus ouverts (50% des Américains croient que Roswell était un crash d'OVNI), ils feront obligatoirement le lien avec les personnes qui ont parlé de Nibiru dans les années précédentes : Sitchin bien sûr à travers ses livres, mais c'est surtout Nancy Leader, une contactée américaine qui donne des informations très fiables sur son site Zetatalk.

Une réaction calme globalement

En général, la réaction des populations sera plus calme que ce qu'anticipent la plupart des gouvernements. N'empêche qu'au cas où, il vaut mieux prévenir que guérir, et certains gouvernements iront plus loin que d'autres. La limitation des déplacements, surtout dans les pays en crise, le gel momentané des transports aériens ou des banques etc..., tout cela est de l'ordre du possible et dépend du niveau d'angoisse des Élites, pas de celui des populations.

Une population amorphe face à la révélation de planète 9

[Harmo, janvier 2017] La planète 9 aurait du déjà faire son effet, et les gens faire le lien avec Nibiru. Tous les signes nécessaires sont là. Encore faut il que les gens prennent le temps de se renseigner plutôt que d'envoyer des photos de leurs fesses ou de leur nombril sur Facebook. Cette inconséquence sera payée très chère, parce qu'à vouloir rester idiot aura un coût au final. Bien entendu que les grands médias ont aussi leur part, en ne faisant pas circuler l'info, mais rien n'empêche les gens de taper 3 mots clés sur Google. Encore faut il s'en donner les moyens.

Quand on a une civilisation aussi creuse, ça énerve un peu, surtout que les conséquences sont là pour tous, même pour ceux qui ont fait des efforts.

Des scientifiques mouillés jusqu'au cou

De nombreux scientifiques ont bien compris qu'il y avait autre chose que des cycles naturels. Les scientifiques à l'origine des pré-annonces (comme l'article de 11/2017 révélant que la Terre ralenti sa rotation depuis 2014, et qu'en même temps les séismes majeurs augmentent) son origine ont reçu des consignes (les scientifiques sont comme les journalistes, ils sont dépendants de leur budget et donc de leurs financeurs, ce sont des mercenaires). Ils savent qu'ils mentent pertinemment, même s'il ne connaissent pas forcément l'existence de Nibiru. Comme ils sont complices d'une manipulation, ils défendront leur fausse piste coute que coute parce qu'ils savent bien qu'ils sont coupables. Alors ne vous étonnez pas une fois une annonce de Nibiru officielle faite, et encore plus pendant ce processus de révélation, de voir encore des excuses "tout sauf Nibiru" être publiées. Le Soleil, le réchauffement climatique lié à l'Homme,

les cycles "naturels" et normaux de la Terre, etc. ne mourront pas avec la vérité.

80% des endormis resteront dans le déni

Le travail de minimisation de l'annonce de Nibiru par les médias sera bien accepté par un public lobotomisé depuis des décennies.

Après l'annonce de Nibiru, les gens continueront généralement à vivre leur vie comme si de rien était. Environ 80% des endormis va tomber dans une forme de déni, soit parce qu'ils ne vont pas comprendre toute l'étendue des conséquences de l'annonce de Nibiru, soit parce que les médias et la manipulation des gouvernements leur montreront un tableau largement sous estimé du danger. L'économie survivra parce que non seulement les gens continueront leur train train, mais en plus les monnaies et tout le reste seront sécurisés par le gel économique (p.).

Notre propre absence de réaction va nous surprendre aussi ! Le déni est une réaction complexe de notre espèce, qui explique qu'une femme va rester jusqu'à sa mort avec un mari violent, refusant de voir la réalité des choses (L2>déni).

Pourquoi les endormis ne se réveilleront pas ?

Refus d'ouvrir les yeux et les neurones

Il faut vraiment être endormi pour croire les versions officielles qui ne tiennent pas debout, et ne pas s'apercevoir que le monde part en morceaux. Si les gens le voulaient bien, ils se renseigneraient et ils verraient que ça cloche: Pour les Altaïrans, 70% des gens sont des endormis (2013), incapables de penser, incapables de s'adapter, incapables d'avoir un raisonnement rationnel et objectif sur la situation. Si les gens étaient rationnels, ils n'auraient jamais cru que le nuage de Tchernobyl s'était arrêté à la frontière belge. Les gens sont capables de croire à des choses qui n'ont ni queue ni tête, par contre, et même avec des preuves flagrantes, ils nieront l'existence des anunnakis parce que "les chefs" ont dit que ça existait pas. Les ET ont plus de compassion que de dédain pour les endormis.

Les fausses alertes précédentes

La désinformation nous fait le coup du "je crie au loup" pour que personne n'y croit plus le moment venu. Les médias focalisent l'attention sur une date qu'ils savent sûre, pour que d'échecs en échecs, le public se lasse des alertes qui ne débouchent sur rien de concret.

La capacité de réaction des populations aura été fortement amoindries par rapport à toutes les fins du précédentes, que ce soient des fins du monde présentées de manière consciente (vache folle, bug de l'an 2000, 2012, collapsologie et effondrement du au CO2) ou inconsciente ("un astéroïde de la taille d'un terrain de foot va frôler la Terre ce vendredi, et la NASA ne connaît pas sa trajectoire précise"... sous entendu, en subliminal, que cet astéroïde pourrait toucher la Terre et détruire toute vie en surface).

Pour ne pas tomber dans le stress permanent (destructeur pour le corps), le cerveau désactive la réaction d'alerte, ce qui explique la réaction amorphe du public face à la vraie alerte... Une réaction volontaire de la part des dominants.

Ceci dit, il y a un effet pervers que ces appel au loup ont : en 2012, après m'être bien moqué de ceux qui avaient cru à la fin du monde, je m'étais alors posé la question de comment on pouvait croire raisonnablement que le monde touchait à sa fin. Quelques jours après, la 3e "tempête du millénaire" depuis 2009 se produisait. C'est là que je me suis souvenu des séismes qui s'amplifiaient et que personne ne savait expliquer, des incohérences sur le fond des océans se réchauffant plus vite que la surface, de la dérive accélérée et toujours inexplicables des pôles magnétiques terrestres, des tâches solaires en panne, de Mars qui se réchauffait plus vite que la Terre, etc. Au lieu de m'endormir, cette fausse alerte m'a au contraire réveillé !

Puissance de la manipulation

Il y a quand même des conditions atténuantes, parce que les Élites sont passées maîtres dans l'art de la manipulation. La plupart des gens sont emprisonnés drogués par les médias. Une fois cette drogue retirée, les gens ne seraient pas si crédules. C'est comme avec toutes les drogues, cela modifie la conscience sans que les personnes ne s'en aperçoivent, et c'est bien là le danger. Sans TV, sans internet, sans version officielle, les choses seraient bien différentes. Seuls les plus forts aujourd'hui arrivent à lever la tête, mais cela ne veut pas dire que ceux qui dorment encore sont de mauvaises personnes. C'est justement notre rôle d'être là pour l'instant où l'emprise de la drogue va diminuer et que leurs paupières vont commencer à s'ouvrir !

Freins internes

(2014) Les preuves de Nibiru (passées et actuelles) sont désormais largement suffisantes, mais la plupart d'entre nous ne fonctionnons pas sur un mode objectif (voir même tout le monde !). Nous avons tous des freins qui nous empêchent d'être complètement lucides sur les faits, et cela dépend de beaucoup de facteurs. Plus une personne a à perdre, plus elle va avoir des difficultés à adhérer et plus elle sera tentée par le déni. C'est tout à fait normal, cela fait partie de notre fonctionnement en qualité d'humains. Nos seuils ne sont pas tous les mêmes et dépendent aussi des sujets abordés. Certains seront plus facilement convaincus que les plaques tectoniques bougent, d'autres plus facilement convaincus qu'il existe des ET géants sur Nibiru. Chacun va à son rythme et ce rythme change en fonction des sujets abordés. Là encore, ne jamais se surestimer ou en vouloir aux autres. Nous faisons tous l'autruche à un moment ou un autre. Pour ce qui est des plaques tectoniques, beaucoup de gens sceptiques atteindront une limite à leurs doutes quand certains changements brutaux arriveront. Il faut souvent un choc pour débloquer nos réticences à croire en des choses dont il existe pourtant des preuves factuelles. Certains se remettront en question, d'autres s'enfonceront dans leur déni, tout dépend de la force et du courage de chacun à affronter la réalité en face. Certains y sont prêts mais hésitent par prudence, d'autres pas, c'est comme ça. Ce n'est pas pour rien qu'il nous faut souvent plusieurs vies pour comprendre certaines choses !

Pour éviter de se remettre en question, beaucoup vont donc traîner des pieds et être de mauvaise foi. Ceux qui réclament toujours plus, c'est qu'ils ne sont inconsciemment pas prêts. Même si une équipe de super pro faisait des analyses sans récusations possibles, les gens en déni chercheraient encore la petite bête. Leur soif de preuve supplémentaires incessantes ne fait qu'alimenter leur volonté de déni.

Inutile de discuter avec une personne en déni,

Ne perdez pas votre temps avec une personne en déni : ces gens qui ne sont pas capables d'encaisser le changement vous perdrons dans leurs propres abysses. Si vous jouez à LEUR jeu, vous serez forcément perdant. Le seul moyen de les vaincre est de refuser le combat. Il se battent pour se rassurer eux mêmes, pas pour en faire sortir la vérité. Une fois compris cela, vous avez aussi compris que qoui que vous disiez, ces gens feront tout pour rester aveugles, bien cachés derrière leur fausse rationalité. Ceux qui ont le courage de regarder la réalité en face, quand viendra Nibiru, auront déjà leur pyramide des certitudes reconstruite sur des bases solides. Si la leur chancelle, libre à eux d'essayer de la rafistoler, mais une mauvaise fondation reste une mauvaise fondation.

Faux zététisme

C'est vrai des zététiciens comme des scientifiques sur les sujets tabous : Tout peut toujours être remis en question, comme on peut imaginer que la Terre est plate et qu'un mécanisme complexe dans les cieux fait croire qu'elle est ronde. La critique et la remise en question des faits peut être éternelle/infinie, car il subsistera toujours un doute. Donc, quand on a franchi un certain seuil d'arguments favorables, il faut faire le deuil de ce doute impossible à dissiper, et faire son choix, ce qui permet de continuer à avancer dans la découverte du monde. Dans cette avancée, nous découvrirons de nouveaux faits, qui consoliderons ou invaliderons notre choix. Nous pourront alors définir une nouvelle théorie à l'aune de nos nouvelles connaissances.

Le danger des endormis pour la suite

75% des humains sont des endormis. Comment construire une société meilleure si on se traîne un tel boulet ? Les moutons sont, et le resteront dans l'aftertime, la force des psychopathes qui nous servent de dirigeants : sous prétexte de démocratie, on utilise les moutons qu'on manipule pour maintenir une majorité, et cela permet à une société cruelle, inégalitaire et j'en passe de subsister.

Le pire dans tout cela, c'est que les moutons sont volontairement des moutons. Cela fait des siècles que ça dure et que les ET bienveillants sont obligés de regarder ce spectacle désolant sans intervenir, en espérant un réveil hypothétique des consciences.

Le déni est un suicide déguisé

L'arrivée de Nibiru est un phénomène naturel : c'est comme cela, la Terre subit des extinctions massives, ce n'est pas la première fois.

Less ET voient à très long terme, ils ont une vision globale des choses. Et les humains ont choisit de mourir : sans Nibiru, la Terre se serait éteinte naturellement en 2030, 2040 ans au maximum.

Tous les humains seraient morts en vain, par bêtise, pour avoir détruit leur environnement. Qu'ils meurent avec Nibiru ou 10 ans après, quelle importance ?

Et malgré Nibiru, cela fait des siècles que les humains soufrent et meurent de leur condition d'esclaves, s'entre-tuent, mais refont toujours confiance à ceux qui les emmènent à chaque fois à l'abattoir. Même en nous sauvant 15 fois de l'apocalypse, nous retournerions aussi sec dans un scénario suicidaire pour la vie à l'échelle de la planète.

Cette disparition de l'humain actuel est déjà écrite dans les noeuds obligatoires du Plan, c'est pourquoi les Zétas se sont démenés pour faire le programme de l'homo plenus, afin de sauver au moins les âmes compatissantes et de prolonger la nouvelle humanité sur la Terre.

La seule solution en effet, c'est de s'appuyer sur les humains qui ne sont pas auto-destructeurs, de les favoriser, afin qu'ils reconstruisent autrement après le nettoyage des écuries.

La mort n'est pas une chose qui devrait être tabou, elle fait parte de la vie et, surtout pour ceux qui croient en la réincarnation comme les ET, les gens auront d'autres chances de se réveiller plus tard, dans une autre vie. Au moins, sur Terre, on en aura fini avec ce système pourri, c'est ça le principal.

L'annonce de Nibiru est le dernier rappel pour réveiller les endormis

L'avantage de l'annonce de Nibiru, c'est qu'elle a des chances de réveiller de nombreux moutons qui pourront alors participer à la reconstruction, c'est à dire qu'elle donnera une chance à TOUS de se remettre en question.

Sans annonce préalable, les gens formeront des communautés de survivants mais le réflexe sera toujours d'essayer de reconstruire le système d'avant, et il faudra très longtemps pour que les gens se rendent compte qu'il ne fonctionnera plus.

Les ET ne souhaitent pas la mort des gens, même des plus idiots/endormis d'entre nous. Alors autant saisir l'opportunité pour arrêter le cycle de souffrance à cette occasion, et donner même aux plus endormis d'entre nous, l'occasion de choisir leur orientation spirituelle.

Le principal pour les endormis c'est un minimum de reconnaissance de ce que racontent les réveillés, car cela pourra permettre aux gens de rebondir dans la bonne direction (et de ne pas se précipiter dans le premier camp de concentration venu).

Cette annonce de Nibiru officielle ouvrira une boîte de pandore, et même si cette boîte n'est ouverte qu'à moitié, elle est quand même ouverte. Les croyants, chrétiens et musulmans pourront aussi se rappeler de leurs textes et y reconnaitre l'Absinthe pour les uns, et Qarn Zu Shifa pour les autres. Il y a beaucoup de gens qui se posent des questions mais qui n'osent pas franchir le pas, par peur de ce qu'en penserait leur entourage. Mais un fois admise l'existence d'une planète errante inconnue jusqu'ici, ce sont nos certitudes qui en prennent un coup. L'univers n'est pas la chose stable qu'on veut nous pousser à croire et il reste encore de nombreux secrets à découvrir. Cela voudra dire que la "Science" (en qualité d'institution internationale) n'est pas aussi toute puissante qu'elle le prétend. Les gens chercheront des réponses à leurs doutes, et cette recherche ne sera pas si farfelue aux yeux des autres.

Quand Nibiru sera visible dans le ciel, beaucoup de gens auront déjà été se renseigner sur le net, agrandissant d'autant les nombre de personnes qui pourront expliquer aux autres ce qu'est réellement cet astre rouge dans le ciel. L'annonce de Nibiru permet de gagner du temps et de nouveaux éveillés, et cela, par voie de cause à effet, permettra aussi de sauver des millions de vies dans le monde. Une personne éveillée de plus, c'est peut être toute une famille qui grâce à elle saura réagir, se mettre à l'abri et survivre. Même les éveillés de dernière minute pèseront dans la balance, malgré le fait qu'ils seront moins bien préparés, au moins ils tireront du bon côté, et ne seront pas des poids morts.

29/06/2020 - Ne rien dire

Les Zétas font un résumé important sur comment l'annonce de Nibiru des derniers sera faite.

Dire des Zétas

Quels sont les scénarios probables si la présence de Nibiru à proximité de la Terre n'est jamais admise par le système ? Nous avons déclaré que les chefs d'État ont été avertis par l'administration Bush en 2003 que Nibiru était entré dans le système solaire interne.
L'étude des scientifiques humains de la progression de Nibiru, montre que Nibiru sur la Terre ne pourront plus être niés en janvier 2021.

[AM : ce qui n'implique pas forcément qu'elle passera à ce moment-là, et sous-entend qu'il faudra la révéler au dernier moment en décembre 2020, avant que les populations ne s'en rendent compte d'elles-mêmes]
C'est pourquoi divers gouvernements se préparent à déclarer la loi martiale pour contrôler les émeutes attendues, et beaucoup profitent du verrouillage de Covid-19 pour instaurer un état pré-loi martiale.
[AM : la sévérité de la dictature et de la loi martiale sera proportionnelle à la violence des émeutes et des volontés de renverser les gouvernements, ou de faire des révolutions. Dans l'histoire, les gouvernements n'ont jamais hésité à génocider leur propre population, voir le massacre des soviets populaires par les bolcheviques bourgeois en 1917]
Le public, cependant, n'a pas besoin d'un aveu officiel pour connaître la vérité. Plus de la moitié de la population mondiale a déjà été contactée inconsciemment par les ET (extra-terrestres), ET qui leur ont révélé la présence de Nibiru.
[AM : ces contacts ET se font conscient coupé, c'est pourquoi vous ne savez pas consciemment que Nibiru existe, mais vous aurez ces personnes qui sans raisons conscientes aucune, ont soudainement envies de quitter leurs boulots à la ville et de partir faire de la permaculture à la campagne, ou d'apprendre à fabriquer des objets en bois, etc. En réalité, même si le conscient ne s'en rend pas compte, il se trouve attiré par toutes ces histoires parlant de planète invisible encore, ou d'effondrement des civilisations, signe que l'inconscient cherche à lui transmettre l'information]
Le discours sur la fin des temps inonde de plus en plus l'Internet, et apparaît même dans les titres des médias. Chaque religion a une prophétie sur la fin des temps, soulignant la nature spirituelle des changements ainsi que les spasmes cataclysmiques que la Terre doit endurer. On peut donc s'attendre à ce que les peuples de la Terre cherchent à se réconforter et à se guider auprès de leur religion, vu que leurs dirigeants politiques ne répondent pas à leur questionnement profond.
[AM : les mensonges sur le COVID, qui font que les populations retirent leur confiance aux médias et aux décisions politiques, est en réalité le résultat d'un mouvement de fond, qui a commencé dès 2003, et le mensonge sur l'invasion de l'Irak avec ses armes de destructions massives inexistantes]

On dissimule actuellement les progrès des tribunaux militaires secrets, qui jugent et exécutent les personnes reconnues coupables :

- d'avoir torturé puis sacrifié des enfants (dans le but de boire leur sang saturé d'adrénochrome, molécule générée par la peur et la souffrance intense, et dont les satanistes ont fait leur drogue),
- d'avoir trahi leurs engagements envers le bien public, ou d'avoir été corrompu, ou encore pour vol de fonds publics.

Ces tribunaux militaires secrets ont débuté aux USA (inaugurés par le décret du président Trump en 2018), et se sont étendus aux Marines britanniques (MI6) et à divers autres mouvements type "chapeaux blancs" dans de nombreux pays d'Europe. Il s'agit maintenant d'un effort international contre les différentes branches du Nouvel Ordre Mondial.

[AM : D'après Harmo, divers postes hauts placés en France (généraux, directeurs de recherches, journalistes, juges intègres, etc.) ont cherché à monter un mouvement du type chapeau-blanc en France, mais jusqu'à présent, malgré le soutien du sponsor de Macron et du président Macron lui-même, notre pays s'est révélé irréformable, notre ripoublique étant verrouillée par ses institutions, son État profond surpuissant, ses juges FM et ses milliardaires inamovibles. Ne pas oublié que c'est les FM français qui ont fait la révolution américaine, et que la constitution américaine n'était que le prototype de la notre. La constitution française est "bien mieux" conçue (pour notre malheur) pour empêcher les citoyens de reprendre le pouvoir aux "hommes" (les FM). Le sort de notre pays pour l'instant n'est pas bien défini]

Des doublures [des sosies subissant des chirurgie esthétiques pour ressembler le plus possible à l'original] sont utilisées pour dissimuler l'ampleur des nettoyages faits par les Tribunaux secrets. Q et TRDJ (le Dark Judge au Royaume-Uni) ont déclaré que le fait d'admettre le nombre de doublures actuellement utilisées, entraînerait la troisième guerre mondiale.

Si ces exécutions par les tribunaux secrets sont tenues secrètes, c'est à cause des émeutes et insurrections qui suivraient immanquablement ces révélations.

[AM : Ces émeutes seraient probablement amplifiées et dirigées par l'État profond, pour reprendre le pouvoir et établir un Nouvel Ordre Mondial dur, avec 6,5 milliards de morts pour atteindre les 500 millions d'humains sur Terre qu'ils veulent maintenir]

Si Nibiru était admise, la discussion immédiate porterait sur la sécurité publique, les lieux sûrs non situés le long des côtes, et la poursuite de la distribution de nourriture aux nécessiteux. Les systèmes bancaires s'effondreraient sûrement si le public se rendait compte qu'il fait des versements hypothécaires sur des logements qui ne vaudront plus rien dans un avenir proche.

Les citoyens, dans l'ensemble, sont des âmes immatures. Les dirigeants s'attendent à ce qu'au lieu de se préparer à s'aider eux-mêmes ou à aider les autres, les citoyens dépensent leur temps à manifester pour demander des services sociaux et de l'assistanat.

[AM : Ces projections sur les réactions des populations ne sont peut-être pas si éloignées de la réalité que ça, sachant que lors des destructions de Nibiru, l'État centralisé sera détruit, et qu'il ne faudra attendre de l'aide que des locaux]

Ce sont des questions qui ont été discutées dans des pièces enfumées, avec divers scénarios branchés sur des modèles informatiques.

Les résultats montrent que le nombre de décès serait plus élevé si le public était informé, que si la dissimulation se poursuivait.

[AM : C'est pourquoi l'optique estimée jusqu'à présent se précise :

- Un confinement des populations quand Nibiru deviendra visible (avec juste une constatation des médias type "Tiens, une nouvelle planète vient d'apparaître, elle ne touchera pas la Terre, donc pas d'inquiétude"),
- le résultat des tribunaux sera amoindri, les haut-placés démissionnant pour soi-disant avoir trompé leur femme, alors qu'en réalité ils ont massacré des nourrissons]

Étant donné que l'établissement n'admettra pas Nibiru ou les résultats du Tribunal, même lorsque les dernières semaines arriveront, à quoi peut-on s'attendre ?

La loi martiale aura été imposée depuis longtemps, en espérant que les émeutes seront réprimées, et que le public sera contraint de produire de la nourriture.

[AM : c'est ce à quoi nous avons été préparé pendant le confinement, avec les chômeurs réquisitionnés pour travailler dans les champs en remplacement des esclaves étrangers habituels]

Les gouvernements s'effondreront quoi qu'il arrive, avec seulement un noyau soudé s'opposant aux demandes du public (cherchant à garder le contrôle militaire sur les populations). Les milices engagées par les Élites se retourneront contre ceux qui les payent, et les armées trouveront leurs rangs désertés, lorsque de nombreux soldats rejoignent leurs famille dans des groupes de survie.
Ainsi :

- les tribunaux n'auront JAMAIS à expliquer l'utilisation des doublures, qui restera dans l'histoire comme une théorie du complot,
- la NASA ou l'establishment n'auront pas à expliquer la dissimulation de Nibiru depuis 1983, ni les nombreux assassinats qui ont rendus cette dissimulation possible.

Ils laisseront ZetaTalk expliquer tout cela.

Résumé AM

[AM : en gros, tout ce que nous racontent Zetatalk et Marc Chazal ne seront jamais admis officiellement, mais cela deviendra la nouvelle connaissance humaine quand "l'officiel" tombera, et que Nibiru passera, comme l'ont annoncé depuis des décennies les lanceur d'alerte, montrant qui avait raison et qui avaient tort.
A noter que cette histoire n'est sans doute pas finie : les ET n'ont pas révélé comment allaient se produire les derniers moments avant le passage, et nos dirigeants peuvent encore être surpris par la tournure des événements]

Prior ZT : 07/2015

S'il y avait 12 000 personnes contactées en 1998 et près d'un milliard en 2012, et si la moitié de la population de la Terre, soit 7 milliards de personnes, était contactée à la mi-2013, quel est le bilan aujourd'hui ? Ce chiffre est passé à 4,2 milliards

Prior ZT : 03/2019

Existe-t-il un tel programme mondial dont l'échéance est fixée à 2021 ? Chaque pays en a un. On leur a dit, lors de rencontres entre chefs d'État, que c'est l'année où Nibiru sera suffisamment proche pour que le déni ne soit plus possible.

Avant le 27/05/2006 ZT

En 2003, Bush a convoqué tous les chefs d'État du monde entier à des réunions en France, toutes en même temps, soi-disant pour rétablir la situation en Irak. Les visages choqués qui sont sortis ensuite pour les séances de photos ont montré que quelque chose de dévastateur avait été discuté. Nous avions alors déclaré qu'il était admis qu'une

présence dans le système solaire interne provoquait des perturbations sur Terre, mais que cela devait passer et que le seul danger allait être la panique dans l'opinion publique.

Avant le 9/01/2012

Il est franchement trop tard pour que l'establishment tue Nancy et ZetaTalk. Ils ont essayé pendant des années - en ridiculisant et en contrant la vérité par des mensonges, en proposant des porte-parole alternatifs et en forçant la presse à ignorer ZetaTalk - et n'ont pas réussi à l'éradiquer. La vérité, pure et simple, est difficile à éradiquer. Ainsi, face à l'apparente ignorance de l'évidence, les médias contrôlés par le système seront confrontés à un choix :
1. Continuer à ignorer Nancy, et donc révéler qu'ils sont contrôlés et qu'ils cachent la vérités aux citoyens,
2. Mettre Nancy en vedette avec son histoire, sa réputation de précision, ses ruptures chronologiques comme le passage de 2003 et le délai allongé de la phase 7/10, et la description par ZetaTalk de ce qu'il faut prévoir pendant le changement de pôle.
Ils choisiront la deuxième option au bout de quelques jours, essentiellement sous la contrainte, en essayant de diminuer l'impact réel du passage de Nibiru sur la Terre.

Avant le 20/4/2018 ZT

Nous avons décrit 50 % de la population qui nie l'existence du prochain déplacement des pôles, 43 % des survivants qui deviennent fous à cause du Trouble de stress post-traumatique, et toute l'infrastructure de l'humanité qui est détruite lors du déplacement de la croûte terrestre et des raz-de-marée.

Avant le 28/04/2010 ZT

Le programme SOHO de la NASA (satellite observant le Soleil) est une narrative inventée à au moins 50 %, avec les planètes en transit prévues à l'horaire fixé (alors que Nibiru rend incertain ce transit) et une position des constellations appropriées à ce qui serait prévu. Combien de temps ce jeu va-t-il durer ? Jusqu'à ce que ce qui est évident pour l'homme, ce que le commun des mortels voit dans le ciel, soit tellement déconnecté de ce que la NASA impose au public que la NASA soit obligée de fermer les vidéos et de refuser tout commentaire. D'ici là, pour la plupart des êtres humains, la chance de planifier leur sécurité sera passée. Jusqu'à ce moment, ceux qui sont dans le déni, et qui ont besoin de déni car ce sont des individus peu sûrs, incapables de faire face à une dure réalité, continueront à affirmer, haut et fort, que tout est normal. - Fin des dires des Zétas

Que faut-il en déduire comme comportement à adopter ?

Les événements vont se précipiter. Donc ne perdons plus de temps a regarder le système qui s'effondre, préoccupons-nous dès maintenant de connaître les plantes sauvages locales, afin d'être autonome et prêt à parer à toute éventualité.

Inutile non plus de se plaindre après le gouvernement, d'essayer de le modifier : tant qu'ils sera tenu par les derniers électeurs en déni, une trop grosse partie de la population serait prête à mourir pour protéger ses maîtres.

Faisons notre jardin, le gouvernement ne devrait pas trop embêter ceux qui ne l'attaqueront pas frontalement : si leurs bunkers s'effondrent, ils savent qu'il vaudra mieux pour eux qu'ils trouvent des communautés prêtent à les accueillir, et à leur offrir une meilleure vie, celle que leurs milliards n'ont pas pu leur offrir.

Le niveau de destruction lors du passage de Nibiru dépendra de nos réactions : Si nous nous entraidons, si nous construisons dès maintenant des bases autonomes et durables, les destructions seront affaiblies au-dessus de ces bases (merci les ET).

A l'inverse, notre violence, notre participation aux émeutes fomentées par les Élites, n'entraînera qu'un chaos plus grand encore, parce qu'en plus des destructions de Nibiru, nous rajouterons les nôtres, des combats qui ne nous concernent pas en fait.

Les Élites ont peur de la réaction du peuple, et réagiront aux émeutes par des massacres faits par l'armée. Plus notre réaction sera violente, plus la leur sera proportionnelle en violence.

Or, les humains sont complémentaires : on a besoin des Élites pour faire marcher la société, ils ont besoin de nous pour faire marcher la société. Les guerres fratricides ne servent à rien, il faut leur pardonner leurs crimes.

C'est quoi le pardon ? c'est pardonner à quelqu'un qui s'engage sincèrement à ne plus reproduire les fautes commises.

Pas d'amnistie non plus, si les coupables ne se repentent pas, on ne les punit pas, on se contente de les empêcher de nuire, en leur retirant leur pouvoir de nuisance, et en les faisant travailler pour réparer les torts qu'ils ont fait aux victimes, pour qu'ils comprennent le mal qu'ils ont fait.

Les Élites ont, comme nous, été endoctrinés dès l'enfance à faire le mal, et c'est nous qui les avons laissé faire, c'est nous les vrais coupables.

Dans le déformatage spirituel que nous avons à faire, le principal est d'enlever la notion de liberté individuelle absolue (le libéralisme), celle qui ne tient pas compte du libre arbitre d'autrui. Et notamment l'horrible loi du talion qui en découle, la vengeance aveugle et sans discernement.

Dès lors que le fautif prend conscience de sa faute, et s'engage à ne plus la refaire (le repentir sincère), pourquoi vouloir le punir, pourquoi chercher à l'empêcher de faire des fautes qu'il ne fera plus ?

C'est le même principe pour les Élites actuelles : la plupart sont coincées par les crimes qu'elles ont été obligées de commettre. Si on laisse les repentants oeuvrer au bien commun ce coup-ci, le passage de Nibiru se passerait au mieux.

N'oubliez pas que même le pire salaud est une âme accomplie en devenir. Nous avons tous fait des bêtises, dans cette vie ou les précédentes, heureusement que notre âme immortelle n'a pas à pâtir pour l'éternité du moindre pas de travers qu'elle a fait, que nous ne soyons pas maudit à jamais pour avoir débuté notre vie en faisant dans nos couches...

Pardonnez, et vous serez pardonné. N'oubliez pas que le pardon profite plus au pardonneur qu'au pardonné, nous libère des mauvaises émotions qui nous polluent la vie.

Mais tant qu'ils auront peur, tant qu'on cherchera à se disculper de notre propre participation au mensonge (ne serait-ce que par le déni) en accusant les autres, ce sera l'impasse, et le pire scénario possible qui se déroulera.

Nibiru a un volet principalement spirituel, on parle de tri des âmes. Ne soyez pas du mauvais côté de la balance, comme l'idée de vengeance vous y emmènera.

Pardon, acceptation, telles sont les portes de sortie pour continuer à avancer, libéré des chaînes du passé :)

Pas de 3e guerre mondiale classique

Armées contre civils

Plutôt que 2 armées étatiques qui s'opposent, ce sera une guerre d'armées contre des civils, des armées qui :

- se retournent contre leur population qu'ils étaient censé défendre,
- défendent leur territoire contre les réfugiés étrangers civils qui auraient vu leur territoire disparaître ou être ravagé.

Évidemment, quand d'un côté il y a des tanks et des bombardiers, et de l'autre juste des cailloux, ça tourne vite au génocide des moins armés.

Civils contre civils

Les guerres se feront aussi entre réfugiés, pour les ressources si ces dernières sont inférieures aux besoin des populations. Les pays comme la Russie seront fermés, et tous ceux qui se présenteront à la frontière seront tués, sans négociation possible.

Pas d'hécatombe nucléaire

Survol

Il n'y aura pas d'hécatombe nucléaire (des milliers de bombes nucléaires irradiant toute la planète).

Les guerres mondiales du type États majeurs contre États majeurs sont dépassées, on passe forcément par une guerre froide et non un affrontement direct. Pourquoi ?

1. Parce que cela tournerait à un conflit nucléaire qui détruirait aussi les décideurs, et personne n'a envie de vivre sur une planète stérilisée. Les politiques et les militaires ont aussi des familles.
2. Parce qu'en cas d'escalade nucléaire, les ET interviendrait en force pour tout désactiver. Ils l'ont déjà fait et tous les pays qui possèdent ces armes atomiques le savent. S'ils essaient d'en lancer, les missiles tomberont systématiquement en pannes.

Peur d'être touchés

Déjà le conseil des mondes ne le permettrait pas, et de plus, les dominants ne souhaitent pas détruire leur gagne pain (je parle de la planète, pas de nous). Ils auraient trop peur d'être eux mêmes contaminés par une guerre nucléaire.

C'est cet égoïsme qui a évité pendant des décennies aux puissances nucléaires de se bombarder (lors de guerres locales par exemple,de la Corée au Vietnam), avec quelques dérapages heureusement rattrapé par les ET.

Les Élites sont des égoïstes qui pensent avant tout à leur petite personne, et leur petite personne peut très bien mourir à cause d'un hiver nucléaire ou des radiations. Ce qu'elles veulent c'est continuer à profiter de leur luxe sur des îles paradisiaques, pas de finir leur vie avec des cancers dans un bunker 6 km sous terre.

Les ET empêchent l'escalade

Toutes les bombes lancées dans le but de déclencher un chaos global ont été désamorcées, entraînant les traités de non prolifération nucléaire quand les dominants se rendirent compte qu'à chaque fois qu'ils ont voulu envoyer du matériel militaire "offensif" ou mettant en danger la sécurité des populations, le résultat a toujours été une destruction de ce matériel par des OVNI (rendus visibles, car ils savent que les gouvernement étoufferont les observations, et tiennent à ce que ces derniers sachent où se trouvent les limites imposées, sachant que les dominants sont au courant de la présence ET, des grands frères surveillant le bac à sable où les illuminatis jouent les caïds).

Guerres du Moyen-Orient

La seule guerre mondiale se passera au Moyen-Orient, autour des colonies anunnakis (Égypte, Syrie, Irak), mais surtout la ziggourat de Jérusalem.

Cette guerre est localisée, mais peut être qualifiée de mondiale, dans le sens où tous les illuminatis du monde y participent...

Cette 3e guerre mondiale est déjà engagée (on peut même dater son début lors de la 1e guerre du golfe en Irak en 1991), une guerre d'un nouveau type avec Daech (les illuminatis- puissance financière et politique privée) et les gouvernements (organismes et armées publiques). A noter que Daech s'est cristallisé autour de la garde d'Élite de Saddam, montée à l'origine par la CIA.

On peut comparer cette guerre avec ce qu'en histoire nous appelons la guerre de cent ans : des périodes de grandes batailles et des périodes de

717

paix relative, des escarmouches, des crises locales, des attentats et des moments d'espoir.

Durcissement des dominants

Survol

La crise attendue ne va pas se faire du jour au lendemain, mais progressivement, et les États ont déjà prévu des plans pour gérer la situation : mise en place progressive de lois sur les réquisitions, le contrôle des foules et des ressources.

Il n'y aura donc pas un décret imposant d'un coup une dictature dure, mais toute une série de loi dégradant toujours plus loin les libertés individuelles.

Nos dictatures occidentales, qui se cachent sous un aspect de démocratie libre, vont enfin montrer leur vrai visage.

Plus le gouvernement paniquera et aura peur qu'on lui demande des comptes, plus il y aura de chance qu'il mette en place le durcissement tôt, et plus ce durcissement sera dur, et la répression sévère.

Les dirigeants visibles n'ont de pouvoir QUE parce que la démocratie permet de faire perdurer un certain ordre dans la population, ce que leur demande leurs maîtres, les Élites. Le jour où la démocratie (même si c'est une mascarade) ne parviendra plus à tenir le peuple, les Élites (pilotés par les illuminatis) reprendront le volant. Au menu, loi martiale et prise de pouvoir totalitaire.

Risques encourus par les dirigeants

Nos dirigeants ont planifié et construit leur fuite avec nos impôts, sans rien avoir prévu pour protéger leurs citoyens des catastrophes (ou pire, ont prévu des génocides des populations considérées comme inutiles).

Ils ont donc peur du retour de bâton quand les foules se rendront compte du monde dans lequel elles vivent, et ne viennent les pendre haut et court, ou détruisent leurs bunkers, ou simplement leur fasse perdre leur pouvoir et les avantages qui vont avec.

Pourrissement volontaire du système (p.)

Le but est de pourrir notre système actuel (délinquance, émeutes, attentats), pour que nous ayons peur, que nous soyons nous-même demandeurs d'un système totalitaire et dictatorial.

Préparatifs (p.)

Plus la tension des populations est grande, plus les dominants resserrent la vis. Suppression de la liberté d'expression, droits bafoués, lois travail, etc.

Formatage des militaires (p.)

Il faut bien comprendre que les militaires obéiront au doigt et à l'oeil à la plupart des ordres. A moins d'une rébellion massive, peu probable à cause des endormis trop nombreux, les mutins sont exécutés.

Émeutes (p.)

Crise économique, destructions naturelles, restrictions des libertés, révélations, volontés de certains de faire des révolutions de couleur, polarisation spirituelle, délinquance volontairement non punie, vont entraîner des troubles sociaux (début de guerre civile), voulus pour imposer la loi martiale.

Intensité

Ce durcissement aura lieu avant et après le 1er passage, sur un rythme qui sera uniquement fondé sur l'état de panique de nos dirigeants : plus ils auront peur de leurs concitoyens, plus ils mettront en place des restrictions de liberté.

Couvre-feu : restrictions de circulations (p.)

La liberté de déplacement sera la première liberté que l'on perdra. Les Élites ont en effet une peur bleu des grandes migrations, qui pourraient amener des milliers de personnes dans les régions où elles ont prévu de se réfugier, de voir leurs châteaux et bunker pillés, etc. C'est pourquoi ils tiennent tant à confiner, à savoir où sont parti les gens, ou à bloquer les villes.

Ce couvre-feu pourra être lancé jusqu'à 1 an avant le passage, sous le couvert d'une épidémie (comme le SRAS de 2002) ou une vague d'attentats false-flag ou laissés faire (comme le Bataclan en 2015), une crise économique et les émeutes qui vont avec, etc.

Arrivera un moment où le couvre-feu empêchera les gens d'aller travailler.

Loi martiale (p.)

Découle directement des émeutes, ou de la peur générée par un virus faussement tueur. Devrait se faire aux alentours de l'Annonce de Nibiru. Durcissement du contrôle des peuples, état d'urgence permettant de voter des lois liberticides.

Chaque gouvernement va rapatrier ses troupes de l'étranger, pour assurer la loi martiale au niveau national. Ce sera le cas de la Russie, car la population devra être encadrée et dirigée vers les zones sûres. Ces évacuations serviront à canaliser les énergies des populations avant qu'elles ne dégénèrent en émeute. Ce seront des camps de travail ou d'extermination selon les pays, c'est pourquoi la loi martiale, décrétée partout, n'aura pas les mêmes buts et la même intensité.

Diminution liberté d'expression (p.)

Cette liberté apportée par internet va progressivement être muselée.

Gel économique (p.)

Avant le crash final de l'économie (provoqué, bien que les destructions des cataclysmes de Nibiru n'aident pas), les bourses seront fermées, les retraits limités, les prix gelés et contrôlés étatiquement. Une nouvelle monnaie sera instituée.

Rester ou partir

Comme en 1940, les âmes altruistes prendront le maquis. Il faudra être autonome, mobile et adaptatif au sein de petits groupes.
Bien sûr, il restera la possibilité de s'incliner, mais commencez dès maintenant vos stocks de vaseline, elle ne sera plus fournie, et vous prendrez plus souvent qu'à votre tour...

Pourrissement du système

Anti-dépresseurs

Plus la population est anxieuse (peu rassurée sur l'avenir), plus le corps réagit, comme avec l'obésité (pour préparer une crise de famine que l'on sent inévitable), la dépression, la paranoïa et le cancer (un suicide).

Il est dans l'intérêt de l'establishment d'avoir des esclaves robots qui se promènent et font leur travail, plutôt que des bagarres, des psychoses et des suicides. Mieux vaut être drogué que bruyant, voilà la logique.

Les médecins sont rémunérés par les labos pour écouler en masse des anti-dépresseurs, ils ne font pas l'objet d'une enquête ou ne sont pas punis pour leurs actions, l'info se répand et fait des émules !

Des enfants avec un déficit de l'attention, qui sont traités en leur donnant des médicaments qui excitent le système nerveux ! Une épidémie !

L'autisme, qui est un ensemble de maladies qui en provoquent les symptômes, soit la schizophrénie infantile, soit un type de réaction auto-immune de la mère à l'enfant, toutes deux provoquées par l'anxiété, la tension incessante.

Ne pas oublier l'augmentation des maladies, la baisse du système immunitaire, l'apparition de germes opportunistes à l'approche du PS, le futur incertain (chômage, réchauffement ne semblant pas s'arrêter, dirigeants qui nous dirigent dans le mur sans sembler s'apercevoir de ce dernier, médias mentant sans cesse, etc.)

Surtout que l'analyse des études sur le sujet, montrent que l'anti-dépresseur Star, le prozac, se paye le luxe d'être moins efficace que l'effet placebo... A croire que la médecine ne voudrait pas guérir les catatoniques, et les garder amorphes et peu rebelles... Voir dans l'euthanasie en dessous, les anti-dépresseurs qui poussent au suicide...

Euthanasie

Les Zétas ont prévu qu'après le PS :
* 43% de l'humanité souffrira d'une maladie mentale à un certain degré,
* 90% des humains ne mourront pas dus de blessures ou de famine, mais de dépression.

La personne dépressive s'assoit simplement et refuse de s'aider elle-même, et finalement le manque de nourriture et d'eau fait des ravages. Les Élites comptent évidemment sur le fait que les populations se suicident d'elles-même, ce qui leur évitera de porter le poids karmique d'un génocide, l'organisation de ce dernier, et la perte de confiance des populations survivantes envers leur pouvoir.

Lors de l'ouragan Katrina en 2005, certains membres du personnel hospitalier ont aidé les personnes gravement malades à mourir sans souffrir, ce qui était un geste de bonté puisque personne n'allait les secourir et que les eaux montaient. Devaient-ils se sauver eux-mêmes et laisser les patients se noyer ? Il y aura beaucoup de décisions de ce type dans les temps à venir, où le personnel médical, assuré qu'il ne sera pas poursuivi, choisira un moment tranquille, une mort tranquille, plutôt que l'hystérie.

Depuis 2017, l'euthanasie a pris droit de cité en occident. Suicides assistés, et accompagnements de fin de vie accéléré (comme la prescription de rivotril, qui est une mise dans le coma et endormissement du corps, au point qu'il ne puisse plus gérer le moindre problème (ce qu'il fait dans le sommeil, qui est censé être réparateur) et le corps meurt rapidement dans le coma sous

Rivotril, comme l'impossibilité de respirer en cas de gêne ou d'infection respiratoire).

Ainsi, là où les Vincent Lambert continuaient d'être nourri avant, depuis 2017, les soins sont arrêtés : donner à boire et à manger à un malade est considéré comme un soin, en fait, les patients meurent de faim et de soif, sans pouvoir se plaindre car mis dans un coma non réparateur.

C'est la même chose pour les Alzheimer, dont le départ est accéléré par l'arrêt de nourriture et les sédatifs.

C'est la même chose pour les anti-dépresseurs vus précédemment : il est désormais bien documenté que ces anti-dépresseurs poussent au suicide, de nombreux témoins parlent de leurs envies suicidaires irraisonnées avec ces médicaments, envies qui s'arrêtent avec la cessation du traitement. Un risque d'ailleurs noté sur la notice, mais censuré par le système (notamment par la sortie de fausses études, qui contredisent l'immense majorité des études sur le sujet, mais qui sont mises en avant par les pro-médicaments anti-dépresseurs). Je vous laisse juger de la dangerosité de donner des anti-dépresseurs à un dépressif, qui n'a plus goût à la vie...

Hitler aurait adoré vivre dans notre époque...

Préparatifs

La censure des mass médias et des réseaux sociaux se fait de plus en plus resserrée, la restriction des libertés individuelles des peuples (telles que les Patriot Act aux USA, où l'annulation des référendums sur l'Europe de 2005 en France, de même que le non respect des grands mouvements tels les retraites en 2009, ou les Gilets jaunes en 2018) se font à un rythme trop rapide pour qu'une minorité de plus en plus importante de population ne s'en rende compte, augmentant d'autant le réveil. C'est pourquoi les Élites y vont progressivement, bien qu'ils soient pressés par le temps.

Pousser au chaos

Pourquoi le gouvernement se met le peuple à dos ? Les violences contre les manifestants sont voulues. De nombreuses Élites poussent à ce que le peuple devienne instable, ce qui forcerait le gouvernement à mettre encore plus d'ordre. C'est cela le but recherché, les violences ne sont qu'un outil pour presser le contrôle, et notamment la sécurisation des biens et des VIP. Peu importe

l'Etat d'urgence pour les Élites, leur seule motivation est leur sécurité et celles de leurs biens (et donc de leur confort).

Ce qui est recherché dans l'Etat d'urgence, c'est plus de ciblage sur les VIP. D'ailleurs, des exercices sont mis en place dans certaines villes pour simuler l'évacuation de personnalités, comme les hélicoptères qui se posent en plein centre-ville.

Il y a eu les mêmes dérives aux USA, où les Élites (Soros et compagnie notamment) ont poussé aux émeutes inter-raciales afin de forcer la main à Obama. Là encore, le but n'est pas de sécuriser la population mais juste les VIP et leurs biens.

Les tueries de masse

Les zétas révèlent que les ET malveillants, souvent lors de messes noires ou de rituels sataniques, poussent les âmes ultra-égoïstes à faire des massacres de masse qui vont terrifier la population (ce qui l'incite à perdre confiance en son voisin et à se replier sur soi, générant plus de bascule d'âmes vers l'individualisme et la hiérarchie lors du tri des âmes).

Harmo explique la chose vu du côté humain : ces tueries de masse sont juste un appel à la violence, émis via les réseaux sociaux, qui donne à des gens ultra violents, et avec une soif extrême de sang (et de notoriété, d'où le concept de martyr), un moyen, une raison apparente de laisser aller leur mauvaises pulsions. L'auto-radicalisation est d'un ridicule effarant, puisque que ces personnes qui passent à l'acte étaient déjà dans des situations de violence auparavant : vols, agressions, etc. Nous avons ici non pas du terrorisme, juste des effets de la polarisation spirituelle des individus, et celle-ci n'a besoin que d'un prétexte pour s'exprimer, ce que les idéologies extrêmes fournissent toujours d'une manière ou d'une autre (l'occasion fait le larron). Les ultra-catholiques n'ont ils pas placé des bombes dans des cinémas lors de la sortie de "la dernière tentation du Christ" ? N'y a-t-il pas des actes de violence contre les musulmans innocents perpétrés par des islamophobes ?

Tous ces égocentrés frustrés en colère n'attendent qu'une occasion pour réaliser leurs fantasmes morbides, placer des bombes, tuer des gens et faire la Une des journaux. Aucune loi martiale, même totale, ne pourra empêcher cette violence pré-existante de s'exprimer, car comme dans le cas d'Orlando ou du meurtre du policier en France, les individus n'ont pas de liens avérés avec l'EI, ne font pas partie de réseaux ni terroristes ni idéologiques. Juste des indivualistes solitaires qui se donnent bonne conscience pour exprimer leur psychopathie sous couvert d'une cause noble.

Il est donc impossible de saisir des preuves contre ces individus avant leur passage à l'acte.

Il n'y a pas de solution à ces auto-radicalisés, sauf à faire passer de vrais bilans psychologiques avec prise en charge des pulsions violentes, et mise à l'écart des individus dangereux.

Mais le système en place ne mettra jamais ces solutions en route, car ces tueries servent leurs intérêts : rétrécissement des libertés pour tous, renforcement du caractère arbitraire de l'État, qui sera suffisamment vague et ouvert pour être appliqué à tout le monde, islamiste ou non.

Utiliser l'armée plutôt que la police

Rappel de la différence police / armée

Normalement, les policiers sont les gardiens de la paix (protègent la population des méchants), et pas les forces de l'ordre (protègent les dominants des revendications des dominés). Le fait que les CRS ne soient plus que des agresseurs contre les manifestations légitimes, montre qu'il y a un grand souci dans notre société occidentale.

Les militaires sont des forces d'invasion ou de défense contre les armées d'un autre pays. Ils ne font pas face à des civils, mais face à des gens armés comme eux. La gestion des conflits et des affrontements ne se fait pas de la même façon que face à des civils désarmés qui n'ont que des pavés à leur disposition.

Danger d'utiliser l'armée contre des manifestants

Lors des manifestations des Gilets Jaunes, l'État a commencé à appeler l'armée en renfort.

Les militaires n'ont ni la formation ni les moyens de gérer un mouvement de foule. Imaginez que les manifestations se dirigent vers le périmètre de sécurité de l'Élysée, gardé par les militaires de l'opération sentinelle. Pas de boucliers, pas de LBD, pas de grenades de dispersion, pas de lacrymogènes, pas de matraque... mais des armes de guerre. Bien entendu que personne chez les militaires de sentinelle ne veut tuer qui que ce soit, mais eux aussi sont à bout depuis 2015. Dans une situation tendue, une confrontation entre des militaires surarmés et fatigués, sans moyen de défense non léthal, il peut facilement y avoir un dérapage. C'est généralement comme cela que les révolutions commencent, avec des militaires qui tirent sur la foule en colère : 1789 et 1917 en sont deux exemples très parlant.

Une révolution violente n'a jamais été une solution, l'Histoire nous en donne là aussi les preuves. ça ne résout rien, cela sème le chaos. Les FM ont un précepte : "Ordo Ab Chaos" : l'ordre suit le chaos, au sens où ils déclenchent volontairement le chaos pour générer derrière, avec l'appui d'une majorité de la population qui a peur du chaos, une nouvel Ordre Mondial tyrannique. Ne donnez pas le fouet qui servira à vous frapper, ils n'attendent que cela.

Les militaires obéiront

Les risques

Désobéissance militaire

Cette désobéissance est plus dangereuse que l'obéissance, puisqu'elle est sanctionnée, pour le mutin, par la cour martiale (procès sommaire et peloton d'exécution, comme pendant la 1ere guerre mondiale avec l'exécution des mutins, sans parler des gradés qui restaient en arrière de l'assaut, et tiraient sur le soldat ne courant pas assez vite vers la mort).

Cette désobéissance des militaires s'est vue plusieurs fois dans l'histoire : lors du putsch des généraux d'Alger, les soldats ont du choisir entre obéir à leurs chefs directs, ou obéir au président de la république. Idem pour la chute de l'union soviétique, quand les généraux ont tenté un putsch sur Boris Eltsine, les militaires n'ont pu approcher du palais présidentiel à cause de la foule nombreuse qui protégeait l'entrée, et ont décidé de ne pas tirer sur la foule.

Mais globalement, ces cas sont assez rares, les militaires sont plutôt obéissants.

Mutinerie

Quand les militaires découvrent qu'ils n'ont servi que les intérêts des Élites, au détriment du peuple, ils pourraient se révolter. Mais encore faut-il qu'ils soient suffisamment nombreux à avoir cette clarté d'esprit, pour prendre du recul sur ce qu'ils font, et ensuite, qu'ils aient la volonté de se mettre en danger pour leurs idées et leur altruisme élevé. Chose que des moins de 30 ans normaux n'ont pas forcément la capacité d'appréhender sereinement, d'où l'importance de prendre des hommes jeunes au sein de l'armée.

Formatage

Ne pas oublier qu'il est facile pour les hauts commandements de "formater" les soldats. On le voit bien avec les CRS qui obéissent comme de bons petits chiens de garde, ne bougent pas quand on leur dit de pas bouger, et foncent dans les femmes et les enfants quand on leur dit de mordre.

Ce n'est pas bien différent avec l'armée, qui est professionnalisée, dans la mesure où les dirigeants pourront jouer sur deux cordes sensibles :

Croire qu'on est dans le camp du bien

Les militaires croient qu'ils servent leur pays, qu'ils protègent leur famille, leurs possessions, leur culture, leur mode de vie.

Faire vibrer la corde patriotique, et bourrer le crâne des militaires de grands principes et de grands sentiments, comme par exemple éviter le chaos de la France, maintenir la démocratie, " nous défendons nos concitoyens que nous avons jurer de protéger, y compris d'eux-même", etc.

Déshumaniser l'adversaire

Il y a des limites, notamment si on demande aux militaires d'ouvrir le feu sur des civils (comme ceux qui voudraient sortir ou forcer des barrages).

Le but est alors de dépersonnaliser les gens d'en face, pour qu'il soit plus aisé pour les militaires d'obéir à des ordres dérangeants.

Aux USA, on entraîne les militaires à cette éventualité sous couvert de "guerre des zombies". Bien sûr, il ne s'agit pas de vrais zombies comme dans les films, mais l'idée est de finir par faire voir les populations comme hordes d'individus revenus à l'état sauvage, hors de contrôle, comme si la folie liés au événements catastrophiques leur avaient fait perdre la raison. En faisant passer les populations pour dérangées ou folles (à cause des catastrophes qui leur ont perturbé l'esprit), il est moins difficile de leur tirer dessus.

Faire croire que c'est les civils veulent les tuer

C'est le même principe (faire croire que l'adversaire est fou) qui se produit en octobre 2020 en France : Tous les cas de chauffards franchissant les barrages, et blessant ou tuant les gendarmes, qui se produisent depuis des décennies par laxisme volontaire, sont désormais relayé tous les jours par les médias, pour justifier le durcissement, mais aussi faire comprendre aux militaires qu'en face

c'est des ennemis sans coeur, qui n'hésitent pas à tuer leurs camarades, ou des gendarmes mères de famille.

On peut rajouter les nombreux trolleurs appelant à la haine et au meurtre de policiers, eux aussi bien relayés par les médias et jamais censurés par les réseaux sociaux...

Lors des troubles, on fera encore plus croire aux militaires que c'est eux ou nous...

Des civils contagieux

Pour que les militaires de la Françafrique tirent sur les migrants qui s'approcheraient des zones vertes, l'idée est de les faire passer pour des contaminés (ébola ou autre) extrêmement dangereux.

Les militaires penseraient alors faire leur devoir et sauver des centaines de vies.

Obéissance aveugle

Il faut voir aussi que les effets de l'autorité sont beaucoup forts que la conscience individuelle des soldats. De nombreux tests psycho-sociologiques montrent que la soumission à l'autorité fonctionne chez 70% de la population humaine. Ces tests ont été menés afin de comprendre pourquoi de simples gens avaient pu commettre des atrocités dans les camps de concentration, sans pour autant que ce soit des personnes cruelles ou psychopathes. De nombreux tests ont prouvé que les gens obéissent même quand on leur demande de torturer d'autres humains et que très peu se rebellent au final (expérience de Milgram L0).

Les bons sentiments c'est dans le films hollywoodiens, la réalité est bien plus froide et cruelle (docs 1 et 2).

Et encore, dans ces expériences type Milgram, les gens/candidats ne sont pas soumis à une propagande particulière... Dans de bonnes conditions de formatage, le pourcentage d'obéissance passe de 62% à 95%. Nous sommes des esclaves consentants.

Motivations à obéir

Camp du bien

Le soldat fera son devoir parce qu'il aura l'impression d'être dans le bon camp, qu'il agira pour la nation, le bien, peu importe qu'il soit payé ou pas.

Reconnaissance du ventre

D'autres le feront parce qu'au moins dans l'armée ils seront nourris/logés/blanchis alors que l'argent n'aura plus de valeur, ce qui est un sacré luxe par rapport aux populations civiles qui devront se démerder à trouver de la nourriture.

Sanctions

Quand les carottes vu plus haut sont épuisées, pour ceux qui seraient pas assez lobotomisés par les grands discours, ou que leur conscience serait plus forte que leur estomac, les dominants utilisent alors le bâton...

Pression sur les familles

Les familles des militaires, policiers, forces de l'ordre, administrations civiles, etc.) seront mises à l'abri dans les zones sûres, en priorité. Elles seront notamment placées dans les casernes et les bases militaires, pendant que les soldats seront envoyés sur le terrain.

Au début, cela rassurera les soldats, mais au final, ce sera une épée de Damoclès au dessus de leur tête : quelles sanctions sera prise par la hiérarchie en cas de refus d'obéissance ?

Très vite, les familles qui voudraient sortir du camp ne le pourront, elles s'apercevront trop tard que ce sont des prisons. Plutôt que d'être en sécurité, ce sont des otages qui forceront les militaires à obéir et à perpétrer à contre coeur des atrocités : les gens obéiront par peur que leurs enfants ne soient torturés et exécutés par les pédosatanistes qu'ils protègent...

Ça marche aussi sur les révoltes, et même sur les démissions : si votre conjoint se plaît dans les logements de militaires (laverie, restaurant, écoles / garderie, etc.), et rechigne à partir ?

Un chantage bien rôdé

Une forme de chantage qui fonctionne déjà, notamment pour tenir les langues de ceux qui sont au courant pour Nibiru. Des militaires, des scientifiques, des personnels du gouvernement, il y a des gens qui savent mais qui ne peuvent rien dire. Souvent ils sont les proches collaborateurs des généraux ou des dirigeants, ce qui leur donne accès à ces informations confidentielles. Mais après, comment peuvent ils prévenir le reste de la population ? Si il y a une fuite, on saura que c'est eux d'une manière ou d'une autre, parce que le nombre de collaborateurs est très restreint et qu'ils sont surveillés 24h/24 (écoutes téléphoniques et courrier / mail, dénonciations, etc.). C'est pour cela que personne ne parle, c'est le règne de la terreur et des menaces.

Si certains scientifiques commencent à parler, c'est qu'ils sont encouragés par ceux qui les financent, c'est à dire l'état. Ils savent tous que sans autorisation, on finit dans un ravin avec sa voiture, si ce n'est pas brûlé vif dans un incendie accidentel. De tels cas ont eu lieu, et cela sa servi d'exemple.

Quand l'Etat va se durcir, il aura encore plus de moyens pour réaliser légalement ce chantage en plein jour, quand tous les pouvoirs lui seront conférés et que la démocratie sera définitivement enterrée sous l'article 16 de la constitution.

Cour martiale

Dans tous les cas, les soldats feront ce qu'on leur dit, ou alors ils seront exécutés, eux et leurs familles. C'est comme cela que ça se passe en temps de guerre. Regarde le nombre de soldats tués par leur propre hiérarchie lors de la première guerre mondiale, juste parce qu'ils avaient refusé d'obéir à des ordres irrationnels.

Ici, les conditions seront encore pire, car la propagande idéologique sera plus forte, les soldats rebelles seront vu comme des traîtres à éliminer systématiquement (par leurs camarades).

Le formatage est très profond, 90% des soldats obéiront sans broncher tandis que les autres seront soit tués, soit subiront un chantage à la famille.

L'armée tirera sans états d'âme

Si vous arrivez sur un barrage en espérant que personne ne vous tirera dessus, sous prétexte que nous sommes désarmés et avec ses enfants, nous serons tués, point barre. Comme en Israël, sont exploités dans les casernes les cas où les enfants kamikazes se font exploser sur les patrouilles. Nous serons tout simplement vus comme des ennemis, fous à lier qui plus est (donc plus vraiment humains).

Forces étrangères

Les militaires sont toujours réticents à tirer sur des civils, surtout quand c'est des gens dont ils connaissent la langue, ou pire, qu'ils connaissent directement. C'est pourquoi les militaires sont régulièrement muté, pour éviter qu'ils ne se lient d'amitié avec la population locale. Difficile de demander à un soldat de tirer sur sa femme et son enfant en bas-âge...

C'est pourquoi l'euro-genfor a été créée : des soldats ukrainiens, têtes brûlées néo-nazies persuadées de leur supériorité raciale, ne parlant pas la langue locale, ne comprenant pas les civils, et obéissant sans problème aux ordres. Lors des manifestations des GJ, ce sont ces unités qui ont fait le plus de dégât parmi les manifestants.

Cas différent des enclaves

Les Altaïrans pensent que tous ces stratagèmes ne marcheront pas après Nibiru. La population étant trop petite, étant trop près du pouvoir et de ses exactions (les révélations sur les trafics d'enfants auront bien réveillé les consciences), et surtout, ces Élites n'ayant plus aucune utilité sans le réseau mondial qui leur donnait leur importance, et moins cachées qu'avant, il sera tentant pour le chef de guerre de devenir chef tout court.

Après plusieurs mois de vie dans ces enclaves sécurisées, ce seraient les militaires qui prendraient inévitablement le pouvoir : pourquoi obéir à des politiques incompétents, qui se gavent et gaspillent des ressources précieuses, font du chantage odieux sur les familles et ordonnent des actes de barbarie ? C'est pour cela que quoi qu'il arrive, toutes les tentatives des Élites de survivre à l'écroulement de leur système hiérarchiste sont vouées à l'échec, et que finalement ce sont les communautés altruistes qui seules s'en sortiront (et s'en sortiront même très bien).

Seul danger pour les Élites : le Coup d'État

Les généraux sont généralement choisis pour être en accord avec la politique générale des dominants, mais il arrive que face à trop d'abus, ou pour une question d'ego du général en chef, l'armée prenne le pouvoir sur les politiques corrompus.

USA

Nous avons vu qu'une junte militaire à fait un coup d'État invisible (p.) en septembre 2015, sous la houlette du général Dunford, suite à la trahison d'Obama.

France

2019 - Harmo annonce le montage d'une équipe chapeaux blanc

Les Élites jouent avec le chaos pour proclamer la Loi martiale. Le problème qui n'est pas ou peu pris en compte, c'est la fidélité des forces de l'Ordre. A force de faire tampon entre des ordres / des déclarations politiques qui visent à mettre de l'huile sur le feu, le surmenage, le manque de moyens, la pression des familles et la mauvaise image des violences policières qui leur retombent

dessus, un grand nombre de gendarmes notamment sont sur le point de se retourner contre l'État. Tout dépendra des situations personnelles bien sûr, mais aussi des hiérarchies dans la police et l'armée (Les gendarmes étant des militaires). Plusieurs hauts officiers ont lancés de forts signes au gouvernement en ce sens [AM : comme le général Pierre de Villiers avant sa démission], signes qui n'ont abouti à rien, puisque les promesses non tenues et le comportement volontairement provocateur du gouvernement ont au contraire aggravé les choses.

La situation dépend du libre arbitre de nombreuses personnes, mais qu'en même temps il y a une stratégie et un mouvement de fond qui ne date pas d'hier.

Par exemple, le 19/03/2019, le préfet de police de Paris a été remplacé, car la hiérarchie policière n'avait pas suivi les ordres du gouvernement d'utiliser à outrance les LBD contre les Gilets Jaunes. On est en plein dans le refus d'obéir et de l'objection de conscience. Ce sont des signes évidents que les forces de de police reçoivent des ordres qu'elles refusent d'appliquer.

2020 - Coup d'État invisible en France

Le coup d'État a été confirmé, quand les Zétas ont révélé, le 16 janvier 2021, ce dont on se doutait depuis la vidéo à la lanterne, à savoir que Macron avait été exécuté.

16/12/2020 : Macron testé COVID, qui s'isole à la lanterne. C'est un des endroits les plus luxueux de France, et pourtant le mur derrière Macron est miteux, comme une cave de commissariat, et le président algérien, COVID au même moment en Allemagne, tourne avec les mêmes rideaux en arrière plan. La caméra est une focale courte, déformant le visage de Macron, mais malgré cet artifice, on "sent" bien que ce n'est pas la même personne.

16/01/2021: Les Zétas confirment que Macron a bien été exécuté et remplacé. Harmo donne la piste du général Pierre de Villiers, comme étant celui à la tête du coup d'État invisible.

Depuis, comme annoncé par Harmo, les révélation de pédophilie (dont Olivier Duhamel, le patron de "le siècle" (L0), obligé de démissionner) pleuvent sur les Élites françaises. Macron 2, contrairement à 2020, refuse désormais de reconfiner, malgré les demandes pressantes, et de plus en plus menaçantes, des médias aux ordres des Élites française.

Le confinement mis en place est léger, et sert surtout à éviter les risques posés par les cellules dormantes.

le Président étant chef des armées, les généraux ont donc désormais carte blanche, puisqu'il n'y a plus personne pour les commander. Nous avons donc nous aussi notre gouvernement fantoche (les ministres) qui ne gère que les affaires courantes, et sur les décisions importantes, doit se plier aux généraux.

Couvre-feu

Buts

Ces couvre-feu seront décidés niveau local (bouclage des grandes agglomérations), au contraire du gel économique et de l'état d'urgence qui seront nationaux.

Ce plan, qui sert à empêcher le déplacement des populations, a principalement pour buts de :

- Stocker les populations indésirables (pour les Élites) dans des camps d'extermination, ou dans des zones soumises aux destructions massives,
- Empêcher la dispersion des futurs esclaves, les garder sous la main pour ne pas aller courir dans la nature à rechercher des milliers de petits groupes humains,
- Tenir éloigner des enclaves ou bunker les hordes de migrants,
- Libérer les routes afin que les Élites puissent rejoindre, avec tout leur matériel, leurs enclaves de l'after-time (un déménagement massif qui poserait trop de question tant que la loi martiale n'est pas appliquée),
- Obliger les citoyens à travailler pour les Élites jusqu'au dernier moment.

Les Élites réussiront à continuer à faire travailler la grande majorité des gens malgré l'annonce de Nibiru, parce que la majorité finit le mois avec un découvert ou rembourse un crédit (maison, voiture consommation). Nibiru sera visible dans le ciel, certes, mais les gens ne saurons pas si cela va avoir un impact grave, ou dans combien de temps exactement il y aura des soucis. Les informations officielles seront trompeuses, si bien que les gens penseront que quitter son travail sera une erreur. Qui a envie d'être en défaut de paiement sur ses crédits ? Les médias et les versions officielles seront faites pour nous inciter à continuer notre métro boulot dodo, et pendant ce temps les Élites seront en train de déménager tranquillement dans leur BAD (l'Afrique pour les Élites Françaises).

La problématique de l'évacuation des Élites

Les illuminatis sont déjà dans leurs forteresses d'after-time, ou disposent d'un aéroport privé, l'évacuation ne les concerne pas. Mais ce n'est pas le cas des Élites qui les servent.

Si certains ont des aéroports privés, d'autres sont encore dépendants des infrastructures nationales, et donc des aéroports civils. Ce qu'ils veulent, même si leur avion leur appartient, c'est avoir la priorité sur les vols commerciaux en cas de problème. De plus, il y a le souci du trajet entre leurs luxueuses demeures et l'aéroport. Ce sont lors de ces transferts que les risques de blocages sont les plus importants. Imaginons l'évacuation d'une région : la population s'est va en masse et la circulation devient rapidement chaotique et ralentie. Comment rejoindre son avion si il y a des centaines de kilomètres de bouchons partout ? Ces problèmes logistiques sont d'autant plus angoissants pour les politiques qui n'ont pas les mêmes moyens que les Élites fortunées pour les contourner. C'est pour cela que l'aéroport de Brive a été conçu et que 2 de nos présidents étaient des élus corréziens. Pourquoi construire un aéroport international avec une seule piste dans le département le moins peuplé de France, pour le tourisme ? :) Les hommes / femmes politiques qui sont au courant pour Nibiru n'ont pas le choix : il faut qu'ils soient au gouvernement s'ils veulent bénéficier d'un traitement de faveur, du transport et de la logistique de la République. Les autres, les non élus ou ceux qui n'ont pas de postes, se retrouvent forcément sur le banc de touche !

C'est pour cela que depuis Hollande, les gouvernements n'ont jamais autant d'initiés de haut niveau (comme Fabius par exemple). C'est là aussi l'avantage d'un gouvernement d'union nationale, les grosses huiles de droite comme de gauche auront comme cela leur ticket assuré pour l'Afrique...

Déjà testé

C'est déjà ce type de "check-points" et couvre-feu qui existent pour les palestiniens venant travailler en Israël par exemple. Idem à Bagdad depuis 2003, avec des check-point d'entrée en ville, et des rues barrées rapidement avec des remparts de béton pré-construites.

Les plots de béton étaient au départ de 3 m de haut, barrière quasi infranchissable pour la plupart des gens. mais les plus d'1,8 m de haut, légers et puissants, peuvent, avec de l'élan, s'agripper au sommet et se projeter par dessus d'un bond. Pour pallier le problème, en 2019, les plots de béton ont été porté à 6 m de haut !

Toujours en 2019, dans la ville égyptienne de Charm-El-Cheikh, ce genre de dispositif de "protection" a été placé sans explications.

Mode opératoire

Les déplacements ne seront autorisés que pour le travail (métiers itinérants au cas par cas). Sachant que l'accent sera mis sur le télétravail.

C'est comme avec Schengen, les pays fermeront leurs frontières en prévision des exodes massifs liés à Nibiru.

Justificatifs bidons

S'arranger pour que la demande de couvre-feu semble venir des populations.

Les citoyens libres ne supporteront pas longtemps l'interdiction de se déplacer.

De plus, les forces de l'ordre qui l'appliqueront ne le feront pas si ce n'est que pour protéger les Élites, alors que si les forces de l'ordre ont peur d'un danger (comme d'une pandémie pouvant toucher leurs proches) ils n'hésiteront pas à tirer sur ceux qui, dans leur esprit, mettraient la communauté en danger.

Divers prétextes bidons

C'est pourquoi il faudra soit la loi martiale (les militaires des points de contrôle autorisés à tirer) soit une peur massive de la population (état d'urgence) :

- une fausse pandémie comme le COVID,
- une vraie arme bactériologique relâchée sur les population par chemtrails (cas peu probable, car les ET interviendraient),
- une guerre civile (du moins des émeutes montées en épingles et sur-exagérée dans les médias),
- une série d'attentats, voir un false flag massifs (comme une bombe nucléaire dans une grande capitale),
- une guerre inventée,
- Une crise économique provoquée,
- crise migratoire,
- catastrophe naturelle sur le territoire.

Les possibilités sont nombreuses pour les dominants.

Limité dans le temps

Les médias étant de moins en moins crédibles, les citoyens de plus en plus réveillés, cet enfumage à grande échelle ne pourra tenir plusieurs mois, ce pourquoi le moment de départ de l'état d'urgence (sanitaire et/ou attentat), voir de la loi martiale, accompagnera sûrement le couvre-feu, en même temps qu'un matraquage médiatique de type COVID.

La loi martiale sera surtout utilisé afin de voter les dernières lois permettant d'entrer en dictature et de mettre totalement les citoyens en esclavage (article 16).

Comment restreindre le carburant ?

Le plan a déjà été testé en 2016 : sous le prétexte de grèves, les raffineries sont bloquées, et les stations services vite asséchées.

Les derniers, l'essence sera carrément rationnée : comme pour les années d'occupation, il faudra justifier d'un travail pour avoir des bons d'essence. Les campagnards seront incité à aller en ville pour éviter les trajets en voiture, dans des logements entourés de barbelés...

Ces restrictions sur les carburants empêcheront les grands déplacements. Même si vous emportez des bidons avec vous, la police vous contrôlera, les confiscera et vous fera faire demi-tour.

Les inondations

En 2016, la crue historique avait été préparée par l'exercice Alerte Sequana, ou des rappels médiatiques de la crue historique de 1911 avant que la Seine ne dépasse ce niveau record, ce qui leur a permis d'évacuer des oeuvres d'art du Louvres.

La plupart des cours d'eau sont munis de barrages, et il suffit de ne pas vider les lacs en amont pour que tout déborde à volonté. Je prends exemple sur le Lot, depuis l'inondation de 2003 ils le gèrent super bien, ils vident les lacs supérieurs chaque fois que de la pluie est prévue. Mais au printemps 2016, ils ont laissé les barrages remplis (on a vu le niveau aval baisser) alors qu'ils annonçaient de grosses pluies (on aurait du voir le niveau monter, signe qu'ils vidaient les barrages amonts pour accumuler toute cette pluie qui s'annonçait excédentaire). Évidemment, la rivière a débordé en même temps que la Seine a Paris, donnant l'impression que toute la France avait été inondée. Depuis 1910, tous les affluents de la Seine sont contrôlés par les barrages, ce pourquoi la Seine n'avait plus débordé de manière excessive depuis plus de 100 ans. J'imagine que ces inondations étaient voulues, et qu'ils pourraient le refaire au moment adéquat, noyant les ponts et les voies sur berge.

Ajoutez à cela que aucun barrage ne résistera au passage de Nibiru, et que tous les fleuves et affluents importants déborderont, battant tous les records absolus. Les vallées fluviales seront des barrière très très difficiles à franchir. Elles isoleront certaines régions, et vous pouvez vous servir de cela pour anticiper les mouvements migratoires post-nibiru, aussi bien des rescapés que des bandes de pillards (qui iront au plus simple et ne vont pas s'amuser à aller sur des zones difficiles d'accès).

Comment tracer les déplacements

Mise en place de barrages routiers, voir de container barrant les routes secondaires comme lors du confinement du COVID en 2020. Vous êtes pistés : pas question de garder votre téléphone portable avec vous, même si vous arrivez à contourner les barrages avec votre voiture ou à pieds, vous serez repérés. Aux USA comme en France, il est même fort possible que pour certaines zones ultra sécurisées, les drones soient mis en place pour vous abattre sans sommation.

Si vous n'avez pas quitté les villes avant les restrictions, c'est cuit. Voir le 1,2 millions de franciliens qui se sont échappés de Paris le soir même de l'annonce du confinement du 16 mars 2020, profitant du délai d'un jour accordé par Macron, délai qu'ils n'appliqueront plus la prochaine fois.

Musellement de la liberté d'expression

Contrôle des réseaux sociaux

Légalement, les réseaux sociaux auront possibilité de clôturer les comptes considérés comme dangereux pour la tranquillité.

Plus retors, ils pourront interdire au propriétaire du mur de publier, et publier à sa place des faux messages rassurants. Pas des messages automatiques, mais des messages adaptés au discours précédent du mur, écrits par des humains formés pour ça.

Par exemple, nous verrons d'un coup Harmo dire qu'il ne faut pas s'inquiéter, que finalement Nibiru n'aura pas d'effet, qu'il a menti toutes ces années, que le mieux c'est d'aller dans les camps gouvernementaux, et que le grand barbu est notre vrai dieu...

Méfiez-vous surtout des articles qui feront le buzz sur ces réseaux sociaux, car il est facile de faire des reposts automatiques sans que les personnes ne les aient concrètement effectués, et cela pour booster le caractère viral de ces rumeurs. Idem pour le nombre de likes, c'est aisément falsifiables...et on sait que la complosphère, payée par les désinformateurs, aime les rumeurs virales, même si elles sont complètement infondées.

Ce phénomène s'est déjà produit pour le lancement des Gilets jaunes en novembre 2017. J'ai personnellement reçu de plusieurs personnes, qui ne m'envoyaient jamais rien d'habitude, une vidéo de l'hypnothérapeute mise en avant, censée être contre Macron, et qui en réalité, avait bosser sur la campagne de Macron... Les médias avaient parlé de cette vidéo avant même qu'elle ne fasse le buzz dans les réseaux sociaux. EN demandant à ceux qui me l'avaient envoyé, ils ne se rappelaient pas avoir envoyé cette vidéo, qui appelait à manifester en mettant un gilet jaune... Comment lancer un mouvement pseudo-insurrectionnel, en mettant dès le début le leader qu'on veut à la tête...

Un contrôle inutile

Le public connaît déjà la vérité, dans la mesure où la majorité de la population mondiale a été contactée par les ET (au niveau inconscient), et des discussions et questionnements traitant ouvertement des changements terrestres, et de ce qui nous attend, vont éclater/augmenter, forcés en cela par les changements terrestres eux mêmes. Rien ne peut stopper cela, même tenter de contrôler les médias et bloquer internet. Phénomène amplifié par la télépathie qui se libère, l'accès plus facile à son inconscient, etc.

Crise alimentaire

La grande crise alimentaire est en route depuis 2008.

catastrophes naturelles

Mettent le pression sur la production agricole mondiale (tempête de 1999, canicule 2003)

Stocks baissiers

Depuis 2000 environ, les stocks mondiaux de nourriture, qui normalement se remplissent chaque années lors des multiples récoltes, font le yoyo et se vident en moyenne plus vite qu'ils ne se remplissent.

Mécanismes mis en place

Fabriquer plus avec moins

Diminution de la consommation de produits lors de la fabrication :

émulsion

De plus en plus d'eau est ajoutée aux produits manufacturés, afin de réduire leur coût en matières premières.

ersatz chimiques

Il y a l'aspartame cancérigène, censé remplacer le sucre, mais ces ersatz se retrouvent même dans des produits non lights.

Packaging

De nombreux desserts lactés ont perdu en quantité, aidé par un changement de législation : les contenances des produits ne sont plus faites en volume (cl) mais en poids, ce qui permet de diminuer la quantité vendue, sans possibilité de comparaison avec les anciens produits.

Diversification

Mise sur le marché de nouveau produits (Aloé Véra, etc.) ou de remise au goût de jour de produits oubliés et négligés (voir expérience de Lewin plus loin)

Propagande pour changer les habitudes

Propagande marketing sur les populations pour faire changer leurs habitudes alimentaires. Inutile d'avoir une dictature quand les moutons obéissent au doigt et à l'oeil à ce que la télé leur susurre à l'oreille :

Mode du light

Permet d'écouler les produits à ersatz chimiques.

Mode du bio

Favorise l'émergence de petites exploitations qui sont moins soumises aux aléa climatiques (plus de souplesse). Statistiquement, un consommateur bio consomme en moyenne 33% de produit en moins qu'un consommateur classique.

Mode de la maigreur

Notamment au travers de la mode : mannequin filiformes, modèle alimentaire poussant à l'anorexie, développement des régimes et de la pression sur les gens en surpoids.

Qualité

Propagande en vue d'une consommation de qualité mais pas de quantité : manger 5 fruits et légumes différents par jour, dénonciation du manger gras/sucré, mise en valeur de la cuisine via la mode de la "cuisine de chef", manière de diminuer les portions avalées.

Simplicité volontaire

Grande propagande (pubs ou émissions) visant à diminuer son alimentation :

- C'est bon pour la planète et son empreinte carbone,
- manger sucré/salé/gras c'est mauvais à la santé,
- consommer des conserves et de surgelés, ce qui permet de stabiliser les stocks de produits frais dans le temps,
- émissions culinaires partant sur la qualité des repas plutôt que la quantité,
- shows télévisés USA : régimes minceurs, concours de mannequinat

Politique de prix

Spéculation

Dès que les stocks s'affaiblissent, des "spéculateurs" s'attaquent à la marchandise en question pour augmenter son prix artificiellement et diminuer sa consommation (Inversion des motivations : les spéculateurs ne spéculent pas parce que le prix monte, ils agissent pour faire monter le prix, ce qui montre qu'il y a une volonté autre que de faire de l'argent)

Camouflage des données

Mise en place de l'euro, manipulation des chiffres, nouvelles normes qui effacent les anciennes (et qui enlèvent les possibilités de comparaison)

Peur

Vache folle, grippe aviaire

Augmentation de la production agricole

Diversification de l'offre

Apparition de nouveaux produits qui forment de nouvelles sources d'alimentation, ce qui soulage la demande sur les produits de base (Aloé Véra, huile de palme, etc.). Il y a donc un glissement de la demande sur une plus grande variété de produits. C'est un transfert de pression des produits classiques sur des produits neufs. (effet connexe de fabriquer plus avec moins)

Production artificielle contrôlée

Cultures hydroponiques de masse (tomates sous serre) qui sont plus protégées contre les aléas climatiques

OGM

Cette pression sur des plantes résistantes aux nouvelles conditions environnementales cache quelque chose

Indices des difficultés d'approvisionnement

On peut voir qu'il y a un souci d'approvisionnement par les indices suivants, indépendamment du prix :

- La qualité de la viande en général a diminué, avec de plus en plus de problèmes de viandes avariées
- Un nombre croissant de nouvelles saveurs (chimiques) et de produits "nouvelles recettes", souvent plus fades que les précédentes, mais plus sucrées (aspartame dissimulé).
- Diminution et hétérogénéité des qualités des marques : certains cafés ont des disparités de goût extrêmes (d'un paquet à l'autre), des qualités de torréfactions allant du moyen au très bas : soit goût de brûlé (café récolté trop mûr, voir pourri) soit saveurs trop acides (café récolté vert)
- Le lait ressemble de plus en plus à de l'eau blanche, goûtez du vrai lait entier qui sort du pis pour comparer.
- Les pots de crèmes desserts ont toujours la même forme mais ont changé d'échelle. Impossible de voir la différence à l'oeil nu, mais on est passé de 75 cl à 50 cl dans certains cas, sans différence de prix. Certains packs de yaourts sont passés de 12 à 10 unités.
- La multiplication dans les rayons des aliments "sans" : sans sucre ajouté, sans gluten etc... mais aussi des aliments "avec" : margarines avec ajouts de vitamines, omégas 3, parce qu'elles sont de plus en plus composées d'eau.
- Scandales sanitaires, ou du Bisphénol, produit toxique et polluant, est évacué en le mettant dans le lait.

Des études anciennes

Kurt Lewin (1890 – 1947) : la dynamique de groupe

En 1943, après l'entrée en guerre des USA, des **risques de pénurie alimentaire** sont apparus. On a alors pensé que si on parvenait à **augmenter la consommation d'abats, jusqu'alors méprisés par les ménagères**, il serait possible d'éviter le rationnement des autres morceaux.

On prépara des conférences portant :

- sur les mérites nutritifs des abats
- sur les moyens culinaires permettant d'améliorer leur présentation.

Il s'avéra que ces conférences marchaient mieux que les injonctions directes du type "manger 5 fruits et légumes par jour", qui ont un autre intérêt (faire croire que notre santé les intéresse, et accroître la propagande plus vicieuse via les conférences par exemple).

On organisa des exposés-discussions où, après une information plus brève, les femmes étaient invitées à poser des questions et à discuter entre elles des essais possibles, sous la conduite d'un animateur. Modèle repris plus tard pour les émissions télé.

La consommation d'abats avait augmenté de 30% chez les ménagères participant au second groupe, contre 3% chez celles du premier groupe.

Il est donc plus facile de modifier les habitudes d'un groupe que celles d'un individu pris isolément. On modifie donc le comportement via les médias de masse, et pas par l'éducation individuelle

Ces méthodes de groupe sont facilement reproductibles via la télévision, où les personnes ne sont pas incitées directement à consommer différemment, mais où on leur présente comme souhaitables des comportements alimentaires/sociaux différents.

À force de voir un "dîner presque parfait", les "ménagères" modernes (aussi bien hommes que femmes) se sentent jugées dorénavant quand ils invitent des personnes à leur table. Une propagande insidieuse qui modifie les comportements au sein des foyers.

L'expérience de Lewin est une PREUVE en soi que les gouvernements tentent d'influencer les habitudes alimentaires des gens lors de pénuries.

Gel économique

Survol

Un gel décidé sur tout le territoire national, mais découlant d'un plan mondial.

Ces Élites qui contrôlent plus ou moins les gouvernements, tirent leur pouvoir de l'argent, c'est à dire que si le système tombe, elles n'auront plus les moyens de se maintenir au dessus du lot, et notamment de se protéger efficacement pendant les temps difficiles qui s'approchent.

Une crise financière modérée fait toujours des gagnants (1929, 2008, etc.), mais une crise économique globale (c'est à dire un écroulement global) ne profite à personne. C'est pourquoi un gel économique, protégeant nos comptes en banque, mais aussi et surtout le leur, sera mis en place par les dominants.

Quand les premiers évènements de la crise majeure qui s'annonce vont se manifester, la réaction normale des populations sera de dépenser de l'argent pour anticiper les difficultés : achat de matériel, de nourriture, de médicaments, d'armes, d'une nouvelle maison, d'un véhicule utilitaire, etc. On remarque facilement ce comportement lors d'annonces de guerre prochaines, de pénuries, etc. Avec du liquide, on peut acheter de main à la main, au marché noir, entre particuliers etc... c'est beaucoup plus souple et on remarque qu'en cas de crise, c'est un comportement courant. Si courant que les banques ne pourront fournir tout ce liquide : c'est le bank run.

C'est pourquoi les dominants appliqueront le gel économique pour éviter le bank run, et retarder la préparation des populations (ils ne veulent pas des autonomes bien préparés, mais des esclaves démunis prêt à leur manger dans la main pour se nourrir).

Si la situation se gâte, le système ferme tout, marchés financiers, banques, magasins, maintenant de cette façon le statu quo économique

En cas d'annonce officielle, les cours de la bourse s'effondreraient, entraînant un effondrement économique. C'est pourquoi les bourses seront fermées pour éviter que ça arrive, le système ne sera pas libre de se casser la figure comme le libéralisme le prône.

La crise monétaire annoncée n'est donc pas vraiment celle qui adviendra, parce que Nibiru n'est pas prise en compte par les analystes.

Chute inévitable (p.)

Chaque catastrophe affaiblit l'économie, mobilise des moyens, et enlève la crédibilité aux dominants.

Mode opératoire (p.)

Il n'y aura pas de chute économique, surtout financière. Les Élites ont déjà mis en place des sécurités, et veulent juste figer les prix (et leur fortune...).

Redéfinir les priorités économiques (p.)

Lors d'un couvre-feu / confinement, il faut décider qui a le droit de sortir travailler ou pas. Les restaurateurs, et de manière générale, tous les métiers qui ne servent qu'au peuple, vont disparaître.

Course à l'or (p.)

Depuis plusieurs années, les pays cherchent à récupérer leur or.

La marque de la bête (p.)

Pour participer au système économique, il faudra signer le pacte avec le diable.

Revenu universel (p.)

Le but est aussi d'arriver au revenu universel, celui déjà mis en place depuis les années 1940, que ce soit dans les camps nazis, ou dans les Goulag : contre une grosse journée de travail épuisante, l'esclave est garanti d'avoir la vie sauve tous les soirs (en tant qu' "utile") un toit sur la tête, une couverture, un matelas de paille, 300 g de pain par jour, et une soupe à l'eau bouillie plus ou moins claire... 1 pain et des jeux, le principe était déjà connu sous les romains...

Perte de propriété (p.)

Les esclaves ne peuvent posséder, c'est pourquoi on les dépouillera de tout, par exemple en mettant tout aux mains de l'État, ou des banquiers qui nous expliqueront que nous devons leur rembourser des intérêts qui n'ont pas lieu d'être.

Pourvoir aux patrons (p.)

Seuls les plus riches garderont leurs possessions, tout le reste sera nationalisé, c'est à dire mis aux mains des plus riches, qui posséderont littéralement le monde (ce qui était déjà le cas en réalité). Libéralisme pour les Élites, communisme pour les autres. État = Élites au lieu de l'intérêt commun.

Les travailleurs non essentiels resteront bloqué au domicile, les autres seront réquisitionnés.

Nettoyage / Génocide / Tri des populations (volontés génocidaires p.)

Une fois que nous n'existons plus en tant qu'humains libres, mais uniquement de par notre capacité à remplir un travail pour les Élites, les esclaves devenus inutiles pour les maîtres n'ont plus d'intérêt à rester sur Terre à la polluer (le volet "écologique" du grand reset).

Le temps des événements, le bêtes trop vieilles ou trop malades pour travailler 11 h par jour, de même que les enfants de moins de 15 ans pas encore assez performants (sauf pour les pédo-satanistes...), seront génocidés car considérés comme inutiles. C'est surtout leur esprit pollué par l'idée de liberté qui gênera les Élites. De nouveaux bébés, nés esclaves, retirés rapidement à leur parents, et endoctrinés pour rester esclaves, seront désormais utilisés.

Comme dans les camps nazis, tout le monde ira aux douches lors de ce nettoyage : pour les travailleurs ce sera de l'eau, pour les exclus ce sera du gaz...

Différentes visions

(24/08/2015) "Lundi noir" et dégringolade des prix des matières premières. Mais pas de crack boursier généralisé qui détruira l'économie mondiale, ce n'est qu'un repli lié à l'approche de l'annonce officielle de septembre 2015.

Les Élites ne veulent pas tomber dans une récession planétaire, ils n'ont jamais été aussi riches et heureux, avec un contrôle jamais vu sur les populations. Il feront tout pour éviter l'effondrement de l'économie actuelle.

Les optimistes

La majorité des Élites pensent que le système va survivre, et voient même en Nibiru une occasion d'imposer leur vision des choses sur le Monde, et ainsi se débarrasser des freins actuels qui les limitent (voire les sociétés utopiques style Google). Une sorte de super guerre mondiale permettant de reconstruire et de s'enrichir comme jamais.

Cette grande majorité, qui comprend la plupart des politiques, soutiendra l'économie comme cela s'est déjà produit avec les banques. Peu importe que cela ruine les pays puisque il y aura une remise à zéro générale et concertée des dettes prévue à l'arrivée du 1e pole-shift (le grand reset des chapeaux noirs, voir l'annulation de la dette africaine par Macron au printemps 2020).

Les pessimistes

Ils retirent leurs billes des bourses, car ils pensent que Nibiru détruira tout le système économique, et préfère investir ailleurs que dans les comptes en banque. Ces ventes massives d'actifs entraînent de fortes variations et un glissement sur des valeurs refuge.

Essais grandeur nature

Chypre a vu ses banques faire faillite, et les créanciers se payer sur l'épargne des particuliers qui n'avaient pas retiré à temps leurs économies.

La Grèce, avec ses limitations de retraits drastiques et ses fermetures de guichets, s'est retrouvée brutalement sans argent liquide, dans un pays peu habitué à la CB. Les retraités sans Carte Bleue ne peuvent retirer leur retraite, seulement 60 euros en liquide par jour.

Des tests grandeur nature qui permet de voir comment gérer une telle situation sans impliquer tout le système, pour maintenir l'économie à flot à l'approche de Nibiru et de l'annonce officielle.

Comment le grand public va-t-il réagir ? Comment les gens vont ils se débrouiller ? La panique ou la révolte vont elles poindre ? Bien entendu, chaque population a ses propres limites avant de passer à l'insurrection, et en l'occurrence les grecs étaient un essai valide puisque excédés par les mesures d'austérité. Ce n'est pas pour rien qu'aux dernières élections, ils ont voté très à gauche !

Un marché régulé par les ultra-riches

L'économie est totalement sous contrôle, et si les Élites voient qu'elles n'arrivent plus à maîtriser au jour le jour les fluctuations, elles enclencheront le grand gel économique.

Ceux qui croient que le système de "libre échange" est régulé par le "marché" se mettent le doigt dans l'oeil. Tout est déjà contrôlé depuis longtemps. L'économie de marché est un mythe pratique, le libéralisme un prétexte pour priver les travailleurs de leur droits (en retirant la régulation aux États, et en la donnant aux plus riches), la finance une tondeuse à moutons.

(04/2011) Cela fait longtemps que les USA ont sombré économiquement, comme les autres puissances économiques mondiales. Seulement elles sont tenues, en apparence et à bout de bras, par la Triche avec un grand T.

Comment ? Depuis des années, les Élites maintiennent artificiellement l'économie. Tout simplement en artificialisant les marchés, c'est à dire que les marchés financiers (cours de la bourse) sont complètement truqués, ce qui permet d'éviter que la crise réelle quotidienne ait un impact sur les données économiques nationales et internationales. Une preuve ?

Les cotations en bourse sont prévues à l'avance et les investisseurs dans les marchés se font avoir : les tableaux de cotations dans les places boursières donnent des chiffres faux, mais personne ne s'en aperçoit parce tout est informatisé. La preuve : Jean-Pierre Pernault donne le cours de la bourse alors qu'elle est fermée pour le jour de Pâques. Tout est bidon. Il y a longtemps que les "cotations boursières en temps réel" sont une vaste mascarade. On peut faire dire n'importe quoi à un journaliste, rien n'empêche donc la société qui gère la bourse de paris de tricher et d'envoyer de faux chiffres aux médias, y compris économiques. Ce qui s'est passé ce jour-là, l'organisme de triche avait envoyé les faux chiffres à TF1, ne tenant pas compte de la fermeture physique de la bourse pour cause de jour férié.

Qui décide des cours si ce ne sont les banques, les gouvernements et derrière les Soros et compagnie ? Cette triche a permis d'éviter le pire tout en laissant la crise se produire pour ses côtés positifs pour les Élites (qui soit dit en passant n'ont jamais été aussi riches depuis !). C'est donc une fausse crise qui sévit sous contrôle. Cela ne sera pas différent maintenant que la vraie économie sur le terrain s'écroule au delà des possibilités de contrôle des Élites. Ils devront donc un jour laisser filer et passer à la phase 2 de leur plan, le statu quo définitif (gel économique).

Ce gel leur permettra de garder leurs actifs financiers, leur confort exubérant et leur pouvoir.

Quand ?

Ce Grand Gel pourra être fait par étapes, notamment juste après l'annonce officielle qui pourrait entraîner une panique sur les marchés boursiers et chez les populations. Un retour en arrière (un dégel) est peu probable, car les premières mesures pour sauvegarder l'économie par gel s'étendront au fur et à mesure des difficultés, et ces difficultés seront croissantes. Le Gel économique se transformera inévitablement en Grand Gel économique...

Tout est dors et déjà prévu, ne manque plus que le coup de départ.

Mode opératoire

Ce qui est prévu c'est le Grand Gel économique global : cours de la bourse, des actions et des monnaies figés, surveillances des transferts de fond, limitation des paiements et des achats (peut être un rationnement mais surtout limitation des retraits), gel des prix et des loyers, etc. Le durcissement sera simplement législatif, un pas de plus vers la fin de toutes nos libertés.

Fermer les bourses

Les crises et effondrements économiques se font dans les places boursières, il suffit donc de les fermer si ça part en cacahuète.

Le but n'est pas de fermer les banques en "faillite", mais d'éviter ces faillites. Des protocoles sont mis au point afin de réagir extrêmement vite : L'Annonce de Nibiru comporte de grands risques de dégringolade sur les marchés financiers, c'est pourquoi elle a toujours été prévue sur un WE (fermeture des places financières le Dimanche). En cas de panique sur les marchés, il sera donc possible pour les états de mettre en place des protocoles d'urgence et ainsi éviter la casse.

Les cours bousiers seront gelés, sortie du système informatique mondial de cotation. Les actions ne pourront ni baisser ni monter puisque il n'y aura pas d'achats ou de ventes.

Cela n'aura aucun impact sur les petites gens comme nous, et même au contraire ! Ce sont les bourses qui créent l'instabilité dont nous souffrons au quotidien, donc ces fermetures seront une bonne chose. Pas de méga krach à attendre, puisqu'il n'y aura plus possibilité de spéculation /effondrement des monnaies nationales / hausse des prix.

Ces fermetures des places financières ne seront actées que si la panique s'est installée. Ils conserveront le plus longtemps possible l'illusion que nous continuons à vivre dans un monde normal.

Suite à l'Annonce de Nibiru, les places financières sont fermées pour quelques jours (c'est un mini gel provisoire). Ensuite, 2 possibilités :

- Si la panique des premiers jours est modérée et s'atténue vite, ce gel partiel sera annulé,
- si le risque est toujours présent, cette situation se transformera en Gel sans limite de temps.

Comme préparation, le 08/07/2015, la bourse de New York a été brutalement suspendue, pendant que la bourse chinoise semblait victime de hackers. C'était juste les Élites qui mettent en place des protocoles pour figer tout le système financier international. Comme ils n'ont aucun droit de fermer les bourses en Chine, ils les font plonger, ce qui oblige Pékin de les fermer. La Grèce n'était qu'un essai sur le terrain.

Figer les valeurs des monnaies

Le système de change (taux de change) sera également figé, les monnaies garderont la même valeur relative les unes aux autres.

Ce protocole a été validé par tous les grands pays du G7+Russie, les monnaies ne fluctueront plus du tout.

Comme ce Grand Gel des changes persistera des années après le passage de Nibiru (selon leurs plans), mieux vaut avoir tout de suite une monnaie compétitive, parce que ce sera un avantage énorme sur le très long terme (Gel prévu pour durer 5 ans minimum, renouvelable, dans leur optique où le système réussit à se prolonger, ce qui ne sera pas le cas).

C'est pour cela que les Chinois ont dévalué le huan de façon préventive, et que Poutine a encouragé en coulisse la chute du rouble. Une monnaie faible favorise l'économie par l'exportation, diminuant du même coup la capacité des autres pays à envahir votre marché. Ce sont des mesures protectionnistes que les USA ont aussi réalisé en laissant le dollar faire une chute vers le bas.

Un Yuan faible sur 5 ans, c'est assurer à la Chine qu'elle restera pendant ces temps de "reconstruction" la première puissance exportatrice du Monde (et donc favoriser sa propre reconstruction industrielle entamée par les tsunamis). Les pays à côté allant se fournir chez elle plutôt que chez eux, c'est elle qui possédera tous les ingénieurs et techniques, c'est elle qui décide... C'est d'une logique économique et stratégique simple mais imparable !

Les pigeons de l'histoire ce sont les européens, puisqu'une monnaie trop forte favorise le chômage et permet à tous les autres pays de vous envahir avec leurs produits moins chers. A quoi cela sert-il alors de maintenir l'euro fort ? Les banques et les rentiers, parce qu'une dévaluation fait perdre des sous aux milliardaires (certains richissimes chinois ont perdu plusieurs milliards de dollars avec la dévaluation du huan).

Figer les prix

Aucun risque de voir un nouveau 1929 (crise voulue).

Il y aura un contrôle stricts des prix, des cours des matières premières (or compris), des loyers et des salaires (voir revenu universel p.), etc.

L'inflation sera stoppée parce qu'elle dépend des prix et de la valeur des monnaies, elles même figées.

Les approvisionnements en biens et nourriture continueront puisque l'argent aura toujours une valeur raisonnable, et les prix fixés (donc pas d'inflation).

Rationnements

Pour éviter que les gens ne se ruent sur les marchandises, et sachant que les prix seront figés, il faudra obligatoirement établir un rationnement pour empêcher qu'une seule personne n'achète à elle seule tout le magasin.

Ce rationnement se fera soit de manière visible (tickets, ou carrément retirer le liquide, et mémoriser les achats fait par CB), soit de manière automatique par la limitation des achats journaliers, même par carte bleue. Voir Restrictions bancaires (p.).

Restrictions bancaires (p.)

Les taux d'emprunts seront eux aussi figés. les transferts financiers internationaux seront restreints. Banques fermées quelques jours pour éviter le bank run, Restriction des retraits de liquide, volonté de tout payer par CB, ce qui permettra un rationnement dans les achats.

Maintenir le système à flot

Les riches permettront à leur fortune de rester intacte.

Pas une crise artificielle d'enrichissement

Tous les dérapages du passé (1929 et la suite) ont été voulus, et ont servi à asservir les populations et à renforcer le pouvoir de contrôle des Élites sur l'argent. Il n'y a jamais eu de vraie crise.

Le -777,7 du dow jones du 29/09/2008, qui est tombée le jour de la fête trompette juive, fut un évènement, de par son timing et l'ampleur de la chute, rarissime dans l'histoire financière.

Les Élites s'amusent avec l'économie, et que parfois des forces opposées entre eux se disputent ouvertement sur les marchés financiers. C'est un monde de requin et les crises sont un moyen pour les gros de dévorer les plus petits avant qu'ils ne deviennent de sérieux concurrents. Cela fait partie du renforcement du contrôle.

Moins de requin signifie un contrôle plus efficace car moins de prises de décision différentes et d'intérêts divergents. Il est plus facile de manipuler l'économie à 20 qu'à 20000.

Crise de Nibiru

Causée par la pression de Nibiru sur l'économie et la production agricole, elle sera facilement endiguée par des mesures conservatives artificielles.

Voir venir

Ce gel financier permettra aux dominants de voir comment les populations se comportent, la nature des destructions lors de l'approche de Nibiru, etc.

Difficultés d'approvisionnement

Vu que les prix seront fixes, les retraits interdits ou grandement limités, les échanges internationaux fortement diminués parce que les transferts de fond entre pays seront gelés, etc. il y aura forcément une situation confuse où il sera difficile de s'approvisionner en tout. En plus, si le gouvernement installe une situation de blocage/rationnement sur l'essence par exemple, difficile de se déplacer, etc.

Réquisitions

Comme toutes vos possessions, la dictature qui se sera révélée réquisitionnera votre argent. Soit l'or physique en le récupérant chez vous (en cassant tout, pour trouver les caches où vous l'auriez placé en espérant des lendemains meilleurs) ou à la banque, ou à la descente du train dans la ville-camps, là où vous l'aurez placé dans votre valise en ayant cru aux boniments de la télé, comme à Treblinka (L0).

La Grèce a servi de test grandeur nature, afin de voir comment techniquement on pouvait priver les gens de leur argent et ensuite saisir leurs comptes et leurs économies bancaires. Ces essais techniques ayant été concluants, il y a de grandes chances que les capitaux des populations occidentales soient elles mêmes réquisitionnées par l'État dès le début des catastrophes.

Les impositions vont augmenter, et se feront directement avant salaire. La part restante risque de diminuer sacrément, au point de n'avoir plus que le pain journalier de 300g en guise de salaire, et il faudra en plus les remercier au moment où ils nous le tendront...

Après tout, les millions de futurs morts n'auront plus besoin de leurs économies, non ? Autant qu'elles placent tout dans les banques, ce sera bien plus facile de leur confisquer !

Dans les pires scénarios, les rescapés aussi se verront tout prendre, vu qu'un esclave n'a pas le droit de posséder quoi que ce soit.

La virtualisation de l'argent le rend indestructible aux yeux des Élites, mais ils oublient qu'une simple panne ou OVNI les fait s'évaporer à jamais, et que cet argent était avant tout le symbole de la capacité de travail des esclaves. Ces millions de morts ne pourront plus accepter cet argent devenu en excès, et l'inflation va forcément jouer. Le but de ces ultra-riches est de savoir lequel en aura le plus. Si vous achetez l'heure de travail 10 000 euros, seuls les plus riches pourront se payer des esclaves.

Pas d'intervention ET

Les ET sont là pour maintenir un équilibre, pour que les maturations spirituelles puissent se faire. Ils entretiennent l'école.

Les ET n'interviennent que rarement, uniquement pour une situation bloquée, par exemple pour révéler la vérité. Dans cette censure, les populations ne peuvent pas faire de choix spirituel si elles n'en ont qu'un seul dans les médias. Les ET mettent alors la pression sur les Élites fortunées, notamment en révélant leur système de fonctionnement ou leurs crimes. Plus les Élites cacheront la vérité, plus la vérité sur eux sera révélée. Si les Élites arrêtent de tout bloquer, les ET arrêteront également de soutenir les révélations.

Au niveau économique, le système étant de toute façon destiné à disparaître, les ET ne le soutiendront pas.

Ils ne l'aurait fait que si cela empêchait les gens de faire jouer leur libre arbitre. Il n'y a aucune action à mener pour l'instant, car peu importe ce que les Élites feront du système économique, cela n'empêche aucunement les choix spirituel des gens de s'effectuer correctement.

Redéfinir les priorités économiques

En lien avec la loi martiale, il va falloir définir qui est essentiel, qui ne l'est pas. La fermeture des magasins non essentiels en novembre 2020, avec les rayons livres qui sont bâchés, alors que le rayon magazine ne l'est pas, est un bon exemple : les fabricants de livre ne sont plus les bienvenues, histoire de faire tomber les petits éditeurs qui publieraient des livres subversifs.

Course à l'or

A la base, c'est les anunnakis qui veulent l'or. Les dominants essaient de faire les plus gros stocks d'or possible pour négocier avec les anunnakis (une évacuation de la Terre avant le PS2, vie éternelle, les illuminatis se sont fait pleins de films irréels à propos de leurs faux dieux), mais pour le commun des mortels, aucun intérêt.

Vous êtes fichés

En France, au delà de 15.000 euros d'achat d'or, vous êtes fiché, c'est officiel.

L'anonymat administratif en dessous de cette somme est une vaste blague, puisque les entreprises qui vous vendent cet or sont tenues à garder une copie de l'acte et votre identité, au moins pendant 5 ans (sachant bien entendu qu'elles le font sur plus longtemps afin de se couvrir en cas de blanchiment suspecté a posteriori, l'usage étant de garder les fichiers entre 20 et 30 ans).

Réquisitions

Grace au fichage, le gouvernement sauront ou taper à la porte pour récupérer l'or. En Inde (où la population est très attachée culturellement et religieusement à ce métal), la détention d'or a été réduite à 500g (et le sera davantage plus tard). Il est probable qu'en France cette quantité sera bien inférieur, surtout dans le contexte du Gel Économique. Pour soutenir l'effort de la nation, on vous remplacera l'or physique par de la monnaie de singe.

Autorités

Le prix de l'Or a été artificiellement dopé, dans un contexte global de crise (les petits ont moins de pouvoir d'achat), le but était que les particuliers revendent leur or en masse pour compenser leur appauvrissement. Laisser les cambriolages se faire participe aussi à préférer se débarrasser de ses louis d'or familiaux (qui de toute façon ne nous sont plus d'aucune utilité). C'est la stratégie du dégorgement, surtout dans le pays où la population détient beaucoup d'Or privé.

France

Pays où la population est la plus grosse détentrice d'or privé du Monde par tête: par un prix attractif on force sans le dire les masses populaires à déstocker leur or, mais au final qui l'a racheté ? A quelles conditions et à quel prix réel ? La plupart des gens se sont faits arnaquer pour quelques billets par des entreprises opportunistes, apportant sur le marché international des milliers de tonnes de métal précieux dont les pays se sont gavés pour constituer des stocks post-Nibiru.

Inde

Les autorités indiennes obligent leurs citoyens à se débarrasser de leur or.

Dans la réalité, l'Inde saisie l'Or des pauvres et interprète sa propre loi pour arriver à son but : piller les classes laborieuses qui n'ont pas pris de précautions légales ou qui ont investit leur argent liquide gagné via l'économie souterraine majoritaire dans le pays dans de l'Or en urgence.

Les populations ont thésaurisé en Or, une vieille coutume en Inde, et cela a très fortement progressé depuis que les grosses coupures ont été interdites. Si les Élites veulent récupérer l'argent des indésirables, elles n'ont d'autres choix que de trouver des prétextes à la saisie. Le fait que des lois existaient auparavant ne change rien, car le gouvernement indien peut tout à fait invoquer n'importe quoi pour arriver à son but. Le résultat se sont des saisies à tout va, sous des prétextes bidons.

L'Inde n'a jamais été un pays démocratique, à en voir comment ses citoyens de basse classe (les "indésirables", autre mot pour "inutiles") sont traités. Les plafonds ne sont pas respectés, et tout l'or est saisi une fois qu'il a été étiqueté "acheté avec de l'argent sale" par une police corrompue... et les plus riches, qui utilisent des dizaines de kilos d'or à chaque mariages ne sont même pas concernés. Le problème c'est que ces rafles sont gênantes pour l'establishment maintenant qu'elles ont fuité sur les réseaux sociaux, et le gouvernement indien est obligé de se justifier davantage. Il paiera donc quelques journalistes mercenaires pour débunker l'info. Quand on voit le dernier amendement à cette loi qui dit de durcir "les pénalités que devront payer les possesseurs d'or qui sont incapables de justifier la façon dont ils ont fait l'acquisition du métal", n'oubliez pas que nous sommes en Inde, et que les populations n'ont sûrement pas pris la peine de couvrir leurs achats avec des documents officiels, qui, de plus, peuvent très bien être refusés par la police sous prétextes de faux. Quant aux plafonds, c'est là encore à la pure discrétion des autorités : si l'Or trouvé est estampillé illégal (acheté au black ou avec de l'argent dit sale, soit la majorité de l'économie populaire du pays), il sera entièrement saisi sans plafonds.

Les bonnes questions sont : pourquoi l'Etat indien a-t-il interdit les grosses coupure puis, immédiatement après, réactivé et amendé la loi sur la détention illégale d'or ? Qui bénéficie de ces mesures ? Quel est résultat pour l'Etat indien si ce n'est des milliers de tonnes d'or récupérées ? L'Inde est elle un gouvernement fiable et juste ? Comment sont généralement traités les plus humbles et privilégiés les plus riches ? Une fois que vous avez répondu à ces questions, il n'y a plus de doute possible. Que les grosses coupures et les saisies d'or réactivées se produisent en même temps ne peuvent pas être des solutions contre le crime dans un pays ou la majorité de l'économie tourne au black naturellement et que cela a toujours été laissé faire par l'Etat (qui n'a pas le choix d'ailleurs). C'est un braquage pur et simple des plus humbles. Alors pourquoi maintenant ?

Je cite : "40% des Indiens n'ont pas de compte en banque. La méfiance vise-à-vis de l'Etat est confortée par la corruption.". or qui sont ces 40% ? Les intouchables qui n'ont quasi aucun droit dans le pays. Ces sous citoyens sont la cible principale du braquage et seront les premiers à être déportés dans les zones dangereuses. Génocide en approche, mais avant, arrachons leurs dents en or... ça rappelle de très mauvaises périodes nazis et la saisie des bien juifs avant l'extermination.

Fort Knox

En septembre 2015, les pays européens retirent leurs stocks d'or de la FED, C'est simplement le signe de la fin de l'hégémonie américaine anticipée par les différents pays du monde.

Le cours de l'or ne cesse de monter, signe que beaucoup savent que les monnaies actuelles ne valent plus rien.

Les gouvernements veulent juste récupérer leur dû avant que ces transferts de lingots soient rendus impossibles par la montée en puissance des catastrophes aux USA (New-Madrid anticipé par les autres pays). C'est l'heure du replis sur soi.

Pourquoi cherchent-ils l'or ?

Dans l'aftertime, les gouvernements espèrent préserver le gel de l'économie déclaré avant le pole-shift, et donc leur richesse et leur monnaie, en la rebasculant sur l'étalon Or.

Ils savent que dans le chaos des communications (les satellites seront HS et les câbles sous marins endommagés) ils ne pourront plus gérer les cours financiers.

Ils comptent revenir au 19e siècle, avec des bourses non informatisées, des actions papiers ou équivalent. Les prix, les monnaies, les cours des ressources seront figés.

Ils se trompent, car cela implique une reconstruction rapide à l'échelle mondiale, alors que tout gouvernement mondial reconstruit sur les restes ne donnera rien.

Une mauvaise idée

L'économie va subsister avant le pole-shift, figée par le gel économique dans une situation tout à fait gérable. L'or vous restera sur les bras, surtout que plus personne ne voudra s'en embarrasser ou le racheter dans cette situation.

Surtout que pour faire une transaction en or, il faut se déclarer, et donc s'exposer aux réquisitions quand le durcissement va s'amplifier.

Après le pole-shift, il n'y aura pas de redressement, l'or ne vaudra plus rien quand les étalages seront vides et l'économie sera détruite : qui vous rachètera votre or accumulé sous les coussins de votre canapé ? A moins que l'or ne soit comestible, il ne vous servira plus à rien...

A résumer plus haut

Il est connu que l'or est une valeur refuge : lorsqu'il y a une crise financière majeure comme en 1929, ou encore comme en Argentine dans les années 2000, l'argent papier perd de sa valeur. Si le commun du mortel perds un peu dans l'affaire, les très riches perdent proportionnellement très beaucoup...

Donc, plutôt que de posséder de l'argent papier ou pièce, on préfère posséder de l'or, qui peut lui s'échanger de nouveau contre de la monnaie une fois la crise passée, alors qu'un billet ça reste un bout de papier. En 1929, en Allemagne, le mark papier ne valait tellement rien qu'il fallait une brouette de billets pour aller acheter son pain. Par contre les gens qui avaient de l'or ont pu le revendre après la guerre pour se refaire une fortune, c'est pour cela qu'entre 1939 et 1945, les nazis tentaient de récupérer toutes les réserves des pays conquis et de les faire passer en Suisse.

Bref, ce phénomène est encore d'actualité car le court de l'or est en nette hausse depuis quelques années. C'est un mauvais signe, car cela signifie qu'un certain nombre de personnes font des stocks, ce qui crée une pression sur le marché et une pression suffisamment forte. Cela signifie que des tonnes d'or sont achetées mais pas revendues sous forme de bijoux ou autre, mais stockés.

Il y a eu un cambriolage chez les Dassault. Les voleurs ont embarqués d'importantes quantités d'or en lingots. La famille Dassault, après avoir déclaré un montant faramineux à la police est rapidement revenue sur ses propos et très à la baisse. Pourquoi ? Pourquoi cacher de l'or en si grande quantité, or qui n'a pas été forcément déclaré à l'Etat ? Pourquoi des gens si fortunés se sont ils fait voler, et pourquoi avaient il cet or chez eux et pas dans une banque ?

Aucune spiritualité dans l'or

C'est quand même pas le but au final, de sauver sa fausse fortune ! Ça sert à quoi d'acheter de l'or ? Pour refabriquer le système, tout en se disant, "nous on a été plus malins que les autres, on aura plus de puissance ensuite" ? Le but est de coopérer, pas de garder de quoi être supérieur aux autres. Quand inévitablement on va mourir, ce n'est pas la quantité d'or que l'on aura su cacher qui restera, mais ce que nous avons fait pour autrui.

Sauvegarder son patrimoine devrait être le dernier problème envisagé dans cette crise : on en fait quoi de ces travailleurs esclaves, au Brésil, en Chine et ailleurs, qui travaillent comme des chiens dans les exploitations gigantesques de canne à sucre qui détruisent l'environnement par exemple ? Ou de ces peuples qui sont empoisonnés par les exploitations de pétrole ? c'est sur leur sacrifice que le système est capable de soutenir notre pouvoir d'achat depuis que le capitalisme existe ! Tout patrimoine n'a été fondé que sur le sang de ces gens, voila la vérité. Pourquoi vouloir prolonger cela ?

Savoir si acheter de l'or est un bon placement ou pas, ce n'est pas la question. Le système va disparaître avec les illuminatis, et l'or ne sera plus que cherché pour ses qualités physiques, à savoir protéger les connectiques électriques. Pour cela, seules de faibles quantités suffisent.

C'est les anunnakis qui nous ont imposé l'or comme statut social, pour que nous l'accumulions pour nos maîtres de Nibiru.

Les gens comme Jovanovic, qui vous conseillent d'acheter de l'or en espérant que le système revienne (et donc en vous incitant à tout faire pour que ce système hiérarchiste se reconstruise) sont donc de très mauvais conseillers spirituels, qui vous ouvrent tout grand les portes des ville-camps...

On est contre le système soit :

- sur le fond (richesse des uns basée sur l'exploitation des autres)

- parce qu'on est jaloux de pas arriver à son sommet.

Seuls les faux opposants (les jaloux) souhaitent sauver leur patrimoine en achetant de l'or, parce que ça leur permettrait de gagner du galon en sortie de crise.

Les rumeurs de guerre mondiale

Sans les infos Altaïrans, nous serions tous des Alex Jones en puissance, et il est clair qu'on pourrait s'attendre à une guerre mondiale, tous les signes sont là.

Jésus a déjà répondu

Marc 13-7 : "Quand vous entendrez parler de guerres et de rumeurs de guerre, ne vous laissez pas effrayer ; il faut que cela arrive, mais ce ne sera pas encore la fin.
Car on se dressera nation contre nation, royaume contre royaume, il y aura des tremblements de terre en divers lieux, il y aura des famines ; c'est le commencement des douleurs de l'enfantement".

Les seules guerres seront locales

Depuis 2001, seules des invasions localisées ont eu lieu.

Seules les guerres stratégiques pour reprendre le mont du temple risquent encore d'avoir lieu autour d'Israël. Cette guerre a commencé petit, mais elle va s'amplifier à tous les pays alentours.

Par contre après le PS1, des guerres localisées de conquête des pays voisins auront lieu, de même que la croisade sur Jérusalem, mais cela ne concernera que ceux qui seront restés dans le système.

Dans la partie Aftertime, nous verrons le devenir des grandes puissances dans l'immédiat Aftertime (p.).

Un moyen de tenir les populations dans la peur

Non seulement ces rumeurs de guerre focalisent les populations, qui parent au plus pressé, et ne prennent pas le temps de se renseigner sur Nibiru, mais on sait aussi qu'une population se regroupe derrière ses dominants quand il y a danger, un moyen de gouvernance et de domination dont les dominants usent et abusent depuis des milliers d'années, sans que les populations ne semblent se lasser...

Pourquoi pas de guerre mondiale

En raison des pénuries de récoltes et des émeutes, les dirigeants nationaux vont pointer du doigt la frontière et avertir que le loup arrive. Ce type de tactique tend à faire rentrer les gens dans le rang, une vieille tactique.

Les guerres ne se multiplieront pas, car personne n'a à gagner lorsque tous les pays souffrent et luttent. De plus, les gouvernements ont du mal à garder leur propre peuple en ligne, pas une armée docile.

De plus, les armées seront réservées pour franchir au mieux Nibiru, et chercher à se défendre de l'envahissement des pays voisins.

Les objectifs des grandes puissances est de se positionner d'une part dans la nouvelle géographie et le nouveau climat d'après Nibiru, mais aussi d'assurer leur sécurité face à des voisins qui pourraient éventuellement profiter du chaos pour élargir leurs frontières.

Dès 1995, les Zétas préviennent que les pays feraient de plus en plus de lever de sabres.

C'est comme des chiens attachés qui bavent tellement ils aboient fort, tirant de toute leurs forces sur leurs chaînes pour attaquer les chiens attachés à 1m en face, mais à la première frayeur (les prochaines grosses catastrophes de Nibiru), ils vont tous rentrer en couinant dans leurs niches (leurs bunkers) : au final, aucun n'irait mordre l'autre. Le tout est de s"intimider quand on ne peut pas trouver d'accord avec ses voisins. Ces stratégies sont des positionnements pour l'après Nibiru, où beaucoup d'États ont peur que leurs voisins profitent du chaos pour prendre un bout de leur territoire.

Tous les pays se préparent à Nibiru depuis des années, et aucun ne se lancera dans une guerre frontale alors que le Monde va être retourné sur lui même, que les catastrophes vont frapper partout et si bien qu'il faudra toutes les ressources en hommes et en matériel pour survivre à ce chamboulement.

Non seulement tout le monde a construit ses défenses, mais en plus pour lancer une guerre, il faut des moyens, et il y a longtemps que TOUS les pays sont dans le rouge (économies à plat et pénurie de récoltes) et ne peuvent en aucun cas maintenir une logistique de guerre de cette ampleur. De même, socialement, les gens n'ont plus envie de se battre contre un ennemi pour des raisons obscures de politique. C'est donc un peu la guerre froide des tranchées, où chacun regarde l'autre avec méfiance, mais n'a pas lui-même la capacité matérielle de lancer une offensive.

Les gouvernements savent aussi que toute tentative de guerre nucléaire généralisée sera arrêtée par les ET, ils ont démontré dès les années 60 qu'ils pouvaient mettre hors service tous les missiles s'ils le veulent. Les grands pays le savent et ont abandonné cette tactique depuis longtemps.

Les gouvernements vont durcir leur défense, mais pas leur attaque.

Il n'y a aura donc pas de vraie guerre entre USA, Russie, Chine ou autres grandes puissances, parce que tous ces pays seront également atteints et qu'ils n'auront pas les moyens de mener des offensives entre eux. Aussi bien la côte Est que la côte Ouest des USA vont être détruites, et les Américains seront déjà bien occupés à soigner leurs propres plaies que d'aller enquiquiner la Russie qui aura aussi son lot de terreur et de morts, tout comme la Chine. Au contraire, plutôt que de s'affronter, ils coopèrent et coordonnent leurs actions à l'avance, faisant des accords de Yalta avant que la guerre ai lieu.

Le vrai ennemi c'est nous, l'Occident

Pas toujours facile de voir qui a les torts, surtout si on est dans le camps agressif, nos gouvernements font tout pour nous faire croire que cela vient des "autres".

En Ukraine et dans les pays baltes, c'est pas la Russie qui tient un discours agressif.

Idem dans les pays arabes, les déstabilisations des "printemps" arabes ont clairement été soutenues voire fomentées par l'Occident.

Même topo en Afrique depuis des décennies, diviser pour mieux piller.

Entre les américains et leurs conquêtes économiques libérales et les européens toujours à la recherche de colonies à exploiter, nous ne sommes pas nés dans le bon camp...

Toute cette image de pays "civilisés" et démocratiques, c'est une construction factice pour justifier une domination. Dans la réalité, les libertés servent juste à mettre les gens en esclavage un peu plus.

Qui peut se dire libre en Occident ? Un boulot, un crédit et nous sommes coincés. Nous sommes libre de nous acheter une voiture luxueuse à 50.000 euros, libres d'aller monter une entreprise en Chine pour exploiter de pauvres gens, ou de spéculer avec des milliards sur les monnaies ou les biens de consommation quitte à faire exploser les prix. Mais très peu ont les moyens de le faire, et 99% des occidentaux sont surtout libres de travailler comme des esclaves pour les 1%, à se faire chier avec un job de merde, des collègues de merde, dans un quartier de merde. Le vocabulaire est volontairement cru, pour montrer à quel point nous ne choisissons pas notre vie, qui nous est imposée.

Si nous étions vraiment libres, nous serions entre copains à la campagne, en train de refaire le monde, à l'abri de la pollution et du bruit, nourris de nourriture saine non industrielle.

Nous ne pouvons pas lutter, mais juste nous adapter.

Le problème des grandes puissances

Les grandes puissances ont 2 problèmes :

Les milices des pays voisins effondrés

Les pays gravement touchés par ces catastrophes, et trop faibles pour maintenir l'ordre dans ce chaos, sont dangereux, puisque les armées de ces pays, privées de contrôle politique, peuvent faire n'importe quoi.

Il est prévu que si un État de taille moyenne tombe dans le chaos politique, un pays désigné par un plan de partage pré-établi l'occupera pour rétablir la loi et l'ordre (et donc en fera un pays satellite).

Les grandes migrations

Ces grandes catastrophes vont créer des flux massifs de migrants, des millions de personnes fuyant les zones devenues inhabitables. Ces hordes seront une source de déstabilisation supplémentaire dans les pays traversés ou destinataires.

Pour éviter les ennuis, une fermeture des frontières est prévue, avec refoulement systématique des réfugiés non nationaux, c'est pour cela que des Pays comme la France se fâchent avec la Turquie (2011), parce que la Turquie est justement un des pays qui va souffrir le plus. Donc on se fâche volontairement avec ses voisins qu'on sait condamnés à court terme, histoire de créer un bon mouvement anti-français en Turquie, comme ça on est sur qu'ils viendront pas squatter chez nous ! En France, on fait monter, avec Zemmour, la xénophobie/stigmatisation des non-français : tout cela parce que face aux exodes massifs attendus, les Élites ne veulent accueillir personne. Et pour cause, tous les pays seront touchés tôt ou tard et un jour ou l'autre les français aussi seront jetés sur les routes.

Des invasions qui ne disent pas leur nom

Ce repositionnement général des frontières peut être considéré comme des invasions, mais comme les pays envahis seront au sol, il n'y a aura pas vraiment de combat, surtout que le prétexte sera humanitaire.

Les grandes puissances de l'immédiat aftertime

Les pays qui s'en sortiront le mieux sont ceux comme la Chine, les USA et la Russie qui ont de grands territoires peu industrialisé, placés sur des zones élevées et stables.

La France par exemple n'a pas beaucoup de marge : mis à part le centre du massif central et quelques plateaux (dont le plateau d'Albion), les accidents industriels (chimiques et nucléaires) risquent de contaminer tout le pays, et seules quelques rares poches seront épargnées. Dans le cas des Pays bas, le souci est que tout le pays risque d'être englouti si un tsunami important se produit dans le Nord de l'Europe (En Islande par exemple).

Les différents positionnements

Toutes les guerres qu'on a vu depuis 2001 (invasion USA de l'Afghanistan, de la Libye ou de l'Irak) sont des positionnements stratégiques, où les grands pays cherchent à poser leurs pions, mais en aucun cas ils ne chercheront la bagarre avec d'autres vraies puissances.

Les nations sont comme des rapaces qui jouent du bec en attendant que le système devienne un cadavre dont on pourra se nourrir pour survivre.

C'est donc un élargissement des frontières qui se prépare : chaque grande puissance a fait un certain nombre d'accords avec ses grands voisins, pour se partager les petits États qui seront touchés par les cataclysmes massifs. C'est le cas de la Turquie, des pays d'Amérique centrale, la Thaïlande, entre de nombreux autres...

Au 08/2001, un vaste exode des nantis et de leurs forces militaires était déjà programmé, chaque pays ayant commencé ses préparatifs.

Les Élites qui ont l'intention de changer de pays se sont généralement arrangées pour mettre l'extrême-droite à la tête de ces pays, comme l'Afrique du Sud, un pays prisé de l'aftertime pour son accès à l'Antarctique.

Cette Élite ne peut vivre que parce qu'elle se comporte comme un parasite économique. Dans un monde en chaos, ils seront livrés à eux mêmes, leurs propres soldats se retournant contre eux. Qui fera respecter les lois qui les protègent eux et leurs biens ? Le soldat, le gendarme ou le juge, ils seront comme les autres, ils seront avec leur famille, pas dans la rue ou dans les tribunaux à obéir aux ordres. Les Élites ne tirent leur pouvoir que du contrat tacite qui dit que les esclaves ont un toit et de quoi manger. Une fois que ces besoins primaires ne sont plus fournis, les esclaves arrêteront d'obéir, et les Élites de gouverner, faute d'esclaves qui leurs obéissent.

Ils sont l'Élite parce qu'ils imposent leur domination grâce à des moyens qui ne vaudront plus rien (or, papier monnaie), et donc, ils perdront obligatoirement leurs monopoles

Les Élites auront beau fuir où elles veulent, ça ne changera pas ce qu'elles sont. C'est leur nature et leur comportement qui les mène à leur perte, donc peu importe l'endroit où elles iront, elles emmèneront leur système avec elles, système que se cassera la figure quoi qu'il arrive, entraînant les Élites dans sa chute.

Ils finiront abandonnés de tous, trahis par leurs serviteurs proches, incapables de se débrouiller, et finalement rejetés/tués pour leurs méfaits passés. Le sort malheureux de Kadhafi, lors de la révolte que ces Élites ont organisé, leur montre ironiquement leur propre devenir...

Tous les mouvements que nous allons voir ci-dessous, c'est des Élites qui font tout pour conserver le système de domination en place après PS1. Mais partout, ces systèmes locaux font finir par s'effondrer d'eux même, au profit des petites communautés autonomes, altruistes et coopératives, qui s'entraident plutôt que d'attaquer les survivants qui migrent.

Inde

L'Inde va se retrouver sous l'eau, c'est donc logique que ce pays cherche à grapiller des hauts plateaux vers le Tibet, et que la Chine réagisse immédiatement à cela.

Chine

La Chine s'installe militairement sur les îles qui se situent entre le continent et le Japon, car les chinois ont peur que les japonais recommencent leur invasion des années 40.

Les Élites chinoises se réfugieront dans leurs hauts plateaux intérieurs et au Tibet.

Japon

Le fait que le premier ministre nippon Shinzo Abe aille visiter des mémoriaux controversés, mémoriaux rappelant avec "nostalgie" les atrocités commises par le Japon sur les chinois, montrent que les inquiétudes des chinois concernant une tentative d'invasion de la part du Japon sont justifiées.

Le Japon va énormément souffrir des cataclysmes, alors que la Chine a de vastes zones sures déjà aménagées : il sera tentant pour les Élites japonaises d'aller piller les villes fantômes construites pour les Élites chinoises.

Cependant, le Japon n'a plus les moyens de son ambition, et c'est cela qui empêche l'affrontement. Notamment parce que les jeunes sur-occidentalisés ne se plieront jamais à un enrôlement militaire.

Corée du Nord

Plusieurs points inquiètent les autres pays du voisinage, et pas que la menace nucléaire militaire :

1 - Impossible de convaincre Kim qu'il faut qu'il désamorce ses bombes parce qu'une Nibiru arrive, il ne croit pas à cette théorie. C'est un homme qui vit dans son monde et qui a à peine dépassé le stade adolescent au niveau de ses questionnements et de ses préoccupations. C'est donc un danger qu'il faut régler avant que Nibiru commence à déstabiliser notre planète trop sévèrement, on ne peut pas laisser un immature jouer avec des armes nucléaires au moment de ravages naturels mondiaux.

2 - Il faut empêcher Kim de faire ses essais dans une zone volcanique instable, parce que non seulement le super-volcan est redynamisé par la tectonique des plaques, mais en plus les explosions abîment le dôme et augmentent sa fragilité, ce qui permettrait à une éruption de se produire plus facilement. Les séismes enregistrés lors des essais ne sont pas liés à l'explosion des bombes, mais à la déstabilisation du réseau magmatique et du dôme volcanique (des photos prouvent qu'il y a eu d'importants glissements de terrain).

Russie

Pourquoi Poutine a récupéré la Crimée et le Donbass, alors que ce sont des territoires à population russe qui se trouvent pile poil de son côté du futur bras de mer qui va séparer Asie et Europe après la grande montée des eaux de 215 mètres ? De plus, l'installation des néo-nazis de

Merkel en Ukraine ne laissent pas les russes indifférents, vu ce qu'ils ont subis des nazis lors de la 2e guerre mondiale.

Poutine est le seul qui ai les moyens d'envahir ses voisins (L'Europe), mais envahir une Europe qui va finir réduite à une peau de chagrin par la montée des eaux et gaspiller ses ressources/envoyer ses soldats dans une guerre alors que toutes les ressources matérielles et humaines seront nécessaires pour encadrer l'évacuation des russes vers le centre du pays, serait complètement ridicule.

La Russie va se replier à l'opposé de l'Europe, vers le Nord-Est. Les restes de l'Europe et cette nouvelle Russie seront très éloignés et séparés d'une immense mer. La carte ci-dessous montre à quel point les peurs d'une invasion russe sont injustifiés.

Figure 30: Russie après montée des eaux 200 m

Poutine est un fervent patriote, tout ce qui l'intéresse c'est de mettre son peuple en sécurité, pas de se lancer dans des conquêtes futiles de territoires qui seront impossibles à maintenir occupés après le passage de Nibiru.

Poutine fait donc comme les chinois, il sécurise ses frontières avec l'Europe (les risques d'invasion viennent des allemands, et pas l'inverse), et développe son far-Est, zone sûre.

Pour ne pas se mettre des bâtons dans les roues entre russes et chinois, ils ont pris des accords qui garantissaient les frontières communes, pour mieux s'étendre ailleurs, un peu comme Staline et Hitler avant la seconde guerre mondiale (ce qui veut dire que malgré les accords, il pourraient y avoir des altercations sino-russes dans l'avenir).

Syrie

C'est un exemple de repositionnement local, où la plupart des groupes rebelles sont sponsorisés par des voisins avides de graboter quelques territoires limitrophes : Israël au Golan, la Turquie à Alep, les Saoudiens dans le désert (et le pétrole) à l'Est.

La Syrie est aussi une plaque tournante privilégiée qui donne accès à toute la région, elle forme un lieu central évident, depuis laquelle différentes

invasions peuvent être menées. Pas pour rien que l'EI, puis le Mahdi, s'installeront à Damas. Les zones de passage obligé sont souvent le centre de batailles iluminatis pour en prendre possession, de par les péages pouvant être imposés aux routes commerciales.

Europe

(08/2011) L'Europe lorgne sur l'Afrique du Nord. Une belle terre d'accueil pour nos Élites francophones quand notre pays sera une vaste poubelle nucléo-chimique complètement dévastée par son industrie en ruine. Les révolutions arabes ne sont que des moyens de préparer le terrain, la Lybie étant un parfait candidat : une très faible population, d'énormes réserves d'eau douce (aquifères), un bon accès à la mer et un arrière pays vaste, et surtout, du pétrole en quantité.

Allemagne

(06/2016) L'Allemagne qui se réarme, c'est encore des agissements pré-Nibiru. Merkel sait qu'elle ne pourra bientôt plus compter sur les troupes US dans l'OTAN (cause New-Madrid) et que les Élites françaises laisseront tomber la France en se réfugiant au Mali.

(04/2021) Ces plans sont évidemment tombés à l'eau avec la chute du DS mondialiste, mais il en restera des traces quand les Élites restantes seront au pouvoir.

USA

Les Élites ont prévues de se réfugier dans les grandes plaines et autour de Denver.

Les voyants voient des résultats

Alors pourquoi les vrais prophètes/voyants voient-ils une guerre mondiale, le feu, les destructions, des gens qui s'entretuent, ou encore des champignons nucléaires ? En fait, ils voient le basculement des pôles, les villes dévastées par les flammes et les tremblements de terre, les météorites qui impactent le sol et forment de grands champignons de poussières/débris incandescents. Les populations migrent en masse, les groupes de pillards armés et les restants des troupes d'états menées par des chefs de guerre s'entre-tuent etc... En somme, tous les symptômes d'une guerre mondiale/globale qui n'en est pas une. Il n'y a pas de différence visuellement entre l'impact d'un gros météorite et une bombe nucléaire. Il n'y a pas de différence entre une guerre entre armées et une guerre entre chefs de guerres qui n'ont plus d'ordres gouvernementaux et se disputent des territoires/des ressources. C'est un peu ce qu'on voit en Somalie avec les Shebabs, des chefs de guerre avec des armes lourdes qui se disputent de petits territoires, des villes, mais sans organisation étatique. Ce seront des guerres "tribales", où d'anciens officiers se feront auto-proclamés chefs par leurs troupes déboussolées, et qui n'ont plus d'allégeances/d'ordres officiels. Les voyants voient aussi souvent des gens qui fuient, mais ils ne fuient pas les combats, seulement les villes ravagées par les catastrophes naturelles ou industrielles. Le tableau est donc exactement le même, et comme ces voyants n'ont pas tous les éléments pour interpréter ces visions (comme l'existence de Nibiru), ils interprètent sous l'aspect qui leur parait le plus logique, mais cela reste une interprétation !

La 3e guerre mondiale sera civile (p.)

Il y aura en effet une 3e guerre mondiale, mais ce sera des militaires qui se retournent contre des civils, pas au sens où on l'entends, États contre États avec lâché général de bombes nucléaires. Pas de destructions généralisées donc, ce que les voyants voient, ce sont le résultat de cataclysmes naturels de Nibiru, ressemblants fortement aux dégâts provoqués par les guerres...

Conflits locaux

Après PS1, il y aura des conflits locaux importants dus aux bouleversements et au déséquilibrage des forces.

Pas de guerre mondiale toujours, car tous les pays auront été impactés et diminués militairement et logistiquement. Les conflits se feront entre groupes localisés sur des territoires disputés, les grands états étant bien trop déstructurés et endommagés pour mener quoi que ce soit. Les grandes armées sophistiquées seront paralysées par leur manque de maintenance car les produits de pointe indispensables (composants électroniques en particulier) seront indisponibles. Les avions seront cloués au sol, les radars en panne, les missiles balistiques in-lançables etc... Les armes occidentales qui équipent les armées modernes ne résisteront pas aux conditions et seront inutilisables en à peine 1 mois, faute de quoi les entretenir.
Ne pas oublier que les guerres sont faites par et pour les Élites, et que ces dernières n'ont de pouvoir que parce qu'ils tiennent les rênes du système. Une fois le système effondré, ce ne sont pas les 0 et les 1 électroniques écrits dans les mémoires de serveurs informatiques détruits qui

peuvent être lancés par 8 ultra-riches contre des armées ennemies fortes de milliards d'individus... Les conflits se régleront à "l'ancienne", avec des combats de proximité et des armes basiques comme l'EI sait très bien le faire aujourd'hui contre les kurdes. Les armes type "kalachnikov" seront très recherchées car très robustes et demandant peu d'entretien. Ce nombre de conflits seront très, très nombreux malheureusement. Cela promet une sorte de "guérilla" avec les forces frontalières, de nombreux rescapés formant des milices pour forcer le passage. Dans ces milices il y aura de nombreux militaires, car les pays très touchés (comme l'Inde) ne géreront plus rien, et des brigades entières risquent de déserter pour se mettre à l'abri (et éventuellement aider les populations en exode). Ce n'est donc pas une guerre au sens propre du terme, avec deux états bien distincts, avec des ordres et une stratégie.

La marque de la bête

Le système en cours de construction nécessitera une acception totale des nouvelles règles de domination, une acceptation allant jusqu'au niveau spirituel. Tout ce que le système propose (liberté de circuler, d'échanger, etc.) sera conditionné à s'être fait vacciné (avec bracelet, puce ou carte d'identité bien remplie, ou n'importe quel autre signe ou marque dite "de la bête").

Il s'agit avant tout, pour les dominants, de centraliser le maximum d'information sur le bétail qu'on exploite (comme l'ADN, nos fonctionnements cognitifs, nos raisonnements et manières de réagir). De même qu'établir un contrat moral, disant que nous leur vendons notre âmes pour les milliers d'incarnations à venir, eux en tant que maîtres, nous en tant qu'esclaves. Les termes du contrat sont implicites, et ne seront pas clairement formulés.

Un seul moyen de paiement

Disparition du cash, pillage des comptes en banque, seule la puce (conditionnée à avoir la marque) permettra d'acheter.

Revenu Universel

Comme seuls les boulots aux Élites seront conservés, il faudra le revenu universel (quart ou tiers du SMIC).

Tickets de rationnement

On peut penser que les bénéficiaires de ce revenu seront présentés comme des bouches inutiles lorsque la famine viendra, et c'est ce qui sera fait. A terme, ces "inutiles" seront exécutés.

Ces tickets, qui permettront de se nourrir pauvrement (une partie du revenu universel) diminueront de plus en plus au fil du temps, jusqu'à s'arrêter au moment du génocide des "inutiles".

En effet, les cataclysmes mettent de plus en plus de tension sur les stocks de nourriture, les réquisitions sont effectives (visites de toutes les domiciles, confiscation des voitures, des stocks de nourriture, ou autre matériels utiles aux Élites). Une partie de ce butin sera redistribuée pendant quelques semaines, le temps de donner l'illusion que ces confiscations sont nécessaires.

Ensuite, comme les nazis ont été obligés de le faire en 1942, quand la nourriture a manqué, l'armée a été prioritaire, les populations ont manqué, et il a fallu enclencher le génocide de masse dans les camps qu'on ne pouvait plus nourrir.

Travaux forcés

Le revenu universel est conditionné à la marque et aux travaux d'intérêt général (moins bien payé au final que le revenu minimal actuel).

Suite aux abandons de plus en plus nombreux, le système est pris à la gorge (les seuls soutiens actuels du système sont les retraités, et ceux qui travaillent déjà à fond pour compenser les manques de notre société).

D'abord 24 h (3 j) par semaine, puis les 60 heures par semaine que la loi macron de 2016 autorise, sous prétexte que c'est l'état d'urgence.

Au final, à travail équivalent, avec l'inflation, on gagnera 4 fois moins que le SMIC, autant dire un pouvoir d'achat ridicule, on n'aura plus que le droit de manger et dormir.

Perte de propriété

Le revenu universel, couplé à l'annulation des dettes illégitimes, sera conditionné aussi par le fait que nous perdions toutes nos possessions : nous serons entièrement dépendant d'un cartel d'ultra-riches, qui feront de nous ce qu'on voudra.

Réquisition des terres et maisons individuelles, obligation de payer un loyer tous les mois pour les propriétaires (ce qui oblige à travailler pour le système).

Pouvoir au patrons

Les autorités étant débordés, leurs moyens ayant été retirés, c'est les grands patrons qui prennent le contrôle.

Ce gel économique sera accompagné d'un durcissement des règles au travail, et c'était tout l'objectif des loi travail, car la crainte c'est que l'absentéisme explose quand les gens sauront pour Nibiru. Les principales mesures de ces nouvelles lois sont un renforcement des possibilités de licenciement pour les patrons, mais aussi de leur autonomie de décision vis à vis des questions syndicales.

Les patrons pourront alors renvoyer ceux qui ne se rendront plus à leur travail (occupé à se préparer aux catastrophes) et compenser en faisant travailler davantage ceux de leurs employés qui resteront.

Besoin de mettre en esclavage pour maintenir l'économie

Mettre les populations en servage pour maintenir l'économie et l'approvisionnement, comme dans l'agriculture (ce qui a déjà été fait lors du premier confinement 2020). Les gens seront également mis en travail forcé dans les entreprises clés, sans limite d'heure.

Une solution envisagée depuis longtemps est de verser un revenu universel pour calmer la population "non exploitée".

Loi travail (préparation > 13/06/2016 p.)

C'est toute la loi travail que vous retrouvez là dedans : le patron roi qui sert de relais à l'État, la facilitation du licenciement en cas de crise grave, la possibilité de faire travailler les gens au maximum (12 heures par jour, 60 heures par semaine) en cas de situation exceptionnelle.

Cette loi délègue aux patrons la gestion de l'économie, un peu comme ils l'entendent, c'est lui qui gère les grèves et la grogne. Avec des milliers de sans emplois demandant à travailler pour manger (car seul le patron sera capable de donner l'argent nécessaire au système économique, pas possible d'acheter sans passer par le système), on voit où sera le rapport de force.

Une loi mondiale

Cette loi travail est appliqué à tout les états membres de l'UE, vu que c'est une directive européenne.

C'est en réalité un volet du Gel économique qui est mondial : un plan international auquel participeront tous les pays. Il a été négocié entre le système bancaire et les grandes institutions, USA, Europe, Japon. Poutine est resté neutre sur cette question, et la Chine appliquera une chose équivalente sur son territoire. Les USA et le Japon ont un droit du travail complètement différent qui permet déjà ces mesures. Macron étant le champion de ce système financier pour la France, c'est pour cela qu'il est l'inspirateur d'El Khomri. Cette stratégie sera internationale, mais des pays comme la France ne pouvaient pas l'appliquer à cause des protections sociales. Dans un contexte normal, c'était bien entendu un recul des libertés et de la protection des travailleurs, mais dans le contexte de Nibiru cela a un autre sens. D'ailleurs El Khomri n'a pas été appliqué encore. C'est bien que c'est fait pour une situation bien particulière. La loi est votée (49.3), toute prête, mais il n'y a pas encore les décrets d'application au complet. Ils seront sortis au dernier moment.

Les vrais placements

Une fois Nibiru passé, en dehors des ville-camps, la vraie valeur reviendra aux choses pratiques : seuls les sachets de riz ou les produits rustiques sans électricité s'échangeront.

Certains continueront à chercher de l'or, mais ce sera le même type de fou que ceux qui voleront les TV de luxe alors qu'il n'y aura plus de courant ou d'émissions hertziennes. Et ça disparaîtra quand les derniers fous comprendront que le système ne se remettra plus en place.

Les denrées alimentaires serviront dès le gel économique, quand les circuits de distribution seront déboussolés. Une fois Nibiru passé, un stock trop important deviendra un handicap, car il ne pourra être déplacé. Au niveau sécurité, ces boite de conserves deviendra comme un gros tas d'or, apte à exciter les convoitises des pillards sans morale dans un monde où la police n'existe plus.

Création de marchés parallèles

Des marchés parallèles risquent de s'organiser, mais cela ne permettra pas à tous de compenser. La majorité des gens seront quand même sous contrôle, c'est à dire sur surveillance de ce qu'ils font (par leurs achats). Il ne s'agit pas ici de surveiller les déviants (comme nous ou à l'opposé les terroristes), parce que quelqu'un qui veut se débrouiller se débrouille, que ce soit pour acheter une tente d'occasion par troc ou pour se procurer une Kalachnikov pour faire un massacre. Le but

est de surveiller la globalité. La plupart des gens réagissent selon des schémas prédéfinis, des tendances ou des propensions, c'est ce qu'on appelle les effets de groupe et c'est ce qui sert au marketing et aux politiques pour savoir s'ils "touchent" avec leurs produits et leurs promesses. Par exemple, ce ne sont pas les réserves de bouffe que tu feras chez toi qui seront un secret, parce que ton activité internet t'a trahi depuis longtemps. Tous les gens comme nous sont déjà repérés ou le seront facilement (l'oubli sur internet n'existe pas). Par contre, Monsieur tout le monde qui décide d'un coup de stocker pour 3.000 euros de bouffe en secret parce qu'il y a eu une annonce officielle n'est repérable que si il a payé par carte bleue. Et il y en aura des milliers de ce "bons pères de famille" (ou bonne mère bien entendu). Ceux là seront alors repérés par leurs achats comme déviants et rajoutés sur la liste au dernier moment. Non seulement ils seront perquisitionnés, mais en plus ils porteront l'étoile jaune des parias. Bien entendu j'ai légèrement caricaturé, mais ce n'est pas si loin de la réalité. Tout achat "subversif" sera comptabilisé, que ce soit de la nourriture, une arme, un chalet à la campagne etc... ce que l'Etat veut savoir, ce n'est pas ce que nous faisons, nous parias anti-système minoritaires, c'est le comportement global des 70 millions de Français "normaux" qui l'intéresse pour mieux gérer les stocks, les flux et ceux qui seront sélectionnés pour suivre les Élites etc... ou tout simplement, le contrôle total est un moyen pour les Élites de se rassurer, peu importe parfois les raisons qu'ils peuvent invoquer. Quand le bateau coule, ces tendances de fond à dominer deviennent maladives !! Il y aura d'autres moyens de contrôle comme par exemple ceux qui monitoreront les déplacements de population. Les portables seront autant de puces de localisation et les radars automatiques / caméras des sentinelles capables de suivre les flux automobiles en direct. Les outils ne manquent pas !

Gel Éco > Chute croissante et inévitable de l'économie

Survol

Ces catastrophes sont de formidables opportunités, dans la mesure où les dégâts qu'elles occasionnent font plier toujours plus le système économique et politique : plus il y a de catastrophes, plus les Pays sont ruinés, plus les populations sont en colère, et plus la contestation augmente...

Gouvernements visiblement incompétents

Les dominants sont inefficaces à gérer ces crises, ce qui les rend illégitimes au regard des peuples touchés.

Réassurance (p.)

Les coûts des destructions sont d'abord assumés par les assurances, puis par les compagnies de réassurances, elles mêmes financées par les fonds de l'État. Les déficits budgétaires qui plombent les économies/budgets sont en réalité le résultat des catastrophes naturelles.

Hausse des prix (p.)

Les prix augmentent parce que la production agricole et minière est en partie détruite, ainsi que les moyens de productions, ce qui fait chuter le pouvoir d'achat des plus pauvres et casse la croissance économique.

Réassurance

On ne parle pas ici d'assurances pour les particuliers (auto, maison), qui elles se portent bien (2010). Ce sont les assurances lourdes, celles qui doivent rembourser des ponts et des infrastructures (professionnelles et institutionnelles), qui se portent mal.

Principe de la baisse de budget

(2011) Les catastrophes naturelles sont en augmentation permanente. Quand vous voyez toutes ces voitures neuves flotter à la moindre inondation, sachez qu'une assurance va devoir la rembourser. Quand ces bâtiments high-tech de raffineries brûlent, c'est encore des milliers d'experts qui vont devoir rebâtir, payés par la réassurance et l'augmentation du temps de travail de tous (ces experts ne participeront pas à d'autres tâches).

Quand les banques étaient sur la paille en 2008, on leur a filé un max d'argent sans discuter, et sans conditions. Pourquoi ? Parce qu'on sait en coulisse pourquoi ce système s'écroule (la réassurance), et que pour maintenir le silence, on paye. Le but est de préserver l'impression de normalité pour le grand public, peu importe ce que ça coûte, puisque de toute façon l'argent ne vaudra plus rien d'ici quelques temps, et toutes les dettes seront effacées...

Pourquoi, dans le même temps, 40 milliardaires américains, pas connus pour leur altruisme, se mettent à donner 50% de leur fortune aux bonnes oeuvres ? Bien facile de filer son pain à un mendiant, quand on sait que celui ci est déjà tout moisi à l'intérieur.

Impact sur la finance mondiale

La finance mondiale, ce sont les fonds de grandes sociétés détentrices de capitaux qui cherchent à placer leur argent sur les marchés financiers pour le faire fructifier. En gros, ces compagnies récoltent de l'argent (qui n'est pas à eux théoriquement) qui doit rester disponible, et font leurs bénéfices en le plaçant sur les marchés. Elles ne gagnent pas énormément en pourcentage, et leur bénéfice est directement proportionnel à la quantité d'argent qu'elles placent. C'est pour cela qu'il faut qu'elles investissent des sommes très importantes pour en tirer suffisamment.

Or, plus ces groupes remboursent de dommages liés aux catastrophes, moins elles peuvent investir sur les marchés, et donc moins elles gagnent. De même, moins elles mettent de l'argent sur les marchés, moins les parts d'entreprises (actions) se vendent pour simplifier. Donc moins les banques[16] mettent d'argent sur les marchés financiers, moins les actions prennent de la valeur (vu qu'il y a moins de demande), et donc les marchés financiers s'écroulent lentement.

La reconstruction n'enrichit pas les compagnies d'assurance mais d'autres secteurs comme le bâtiment. L'argent sort donc une première fois des mains des banques, puis une deuxième, puisque cet argent donné ne fructifie pas sur les marchés.

Encore faut-il qu'il y ait reconstruction : Comme on le voit aux USA a la suite de l'Ouragan Katrina, à Haïti ou au Pakistan, beaucoup de gens sont encore à la rue, ou très mal logés. Certains vivent même encore dans des maisons dangereuses.

Il y a des choses que l'argent ne remplace pas : les incendies en Russie ont ruiné la production agricole du pays, et même pris en charge par les fonds d'indemnisation, il y aura toujours un manque de blé à l'international, ce qui va faire monter les cours.

Lors d'une tempête, une sécheresse, une pandémie (volaille, oeufs, vaches), ce qui est perdu manque et cela fait augmenter le tarifs des produits

---

16 Ces entreprises sont à 75% des filiales de banques, et les 25% sont des groupes mutualisés qui ont leur comptes dans des banques, ce qui revient à dire qu'au final, 100% de l'argent investi dans la finance est le fait de banques.

agricoles, et par voie de conséquence, tous les produits manufacturés qui utilisent ces produits de base. Si une hausse du prix du pétrole coûte cher, une hausse des prix de la production agricole coûte énormément aussi ! Quand on a vu le prix de la pomme de terre prendre 250% en un an, c'était pas un coup de l'euro.

Tricherie dans la réassurance

- De nombreuses assurances institutionnelles refusent aujourd'hui de couvrir les risques. Certaines municipalités en France ont du mal à trouver quelqu'un pour les prendre en charge. Les pays pauvres qui eux ne sont pas assurés du tout. Par ce refus, les banques ont amorti leurs pertes aux seuls pays riches.

- Les estimations des dégâts sont sous estimées, les procédures de remboursement ont des délais énormes. Cela permet d'étendre les pertes brutes dans le temps. Les remboursements et les travaux de reconstructions publics suite au tremblement de terre de l'Aquila sont inexistants 1 an après. Où est l'argent ? Et bien il n'y en a pas !!

- Les banques bénéficient de traitements de faveur qui leur permettent de ne pas respecter leurs obligations financières, notamment celles des réserves obligatoires de sécurité, tout simplement parce qu'elles piochent dedans pour pouvoir honorer les sommes colossales qu'elles sont obligées de verser en cas de catastrophe naturelle importante, et qui se chiffrent souvent à plusieurs milliards d'euros. Répétez cela 4 fois en 6 mois...

- Le secteur assurance déficitaire est soutenu par le financement des banques par les particuliers, qui ont vu leurs dépenses bancaires exploser en quelques années. La crise de 2008 a augmenté les découverts, premier poste de revenu pour les établissements bancaires. Sachant que 30 euros/personne pris sur plusieurs millions de clients, ça comble un déficit. Sans parler du surendettement, qui est extrêmement rentable. Pourquoi l'État laisse faire ? Parce qu'il y a accord entre autorités publiques des finances et banques (voir les milliards des caisses des Etats donnés sans discuter et sans conditions pour renflouer les caisses d'entreprises privées), alors qu'on nous dit qu'on est incapable de trouver 3 milliards pour la Sécu.

- Les marchés financiers sont truqués. Pour exemple, quand un début de krach commence à pointer son nez, les bourses ferment. Qui prend la décision de la clôture ? Qui surveille les marchés financiers et donne les statistiques ? Les institutions financières gouvernementales, puisque ce sont elles qui gèrent les marchés boursiers... De plus, comme tout est virtualisé, informatisé, cela rend tout manipulation enfantine. De nombreux résultats de grandes entreprises multinationales sont manipulés, comme cela avait été mis en lumière aux USA.

- Enfin, et c'est le plus important, de nombreuses assurances catastrophes naturelles (toutes en France) sont réassurées par l'État ! Au bout du compte, c'est nos impôts qui payent... A votre avis, il vient d'où le déficit public ? Par exemple, la tempête Xynthia va coûter 1.2 milliards d'euro aux assurances, une bonne partie incombant donc à la CCR (Caisse Centrale de Réassurance, entreprise d'Etat). Même chose dans le Var (700 millions d'euros).

Cercle vicieux du greenwashing

Greenwashing = faire semblant de nettoyer la pollution qu'on génère.

Le greenwashing est une forme de racket qui s'est développé alors que le but au départ était de camoufler les effets de Nibiru sur l'environnement.

Or ces effets entraînent aussi une surenchère économique (réassurance assurée par les nations, budgets en hausse pour compenser le chaos climatique, santé des gens qui se détériorent, hausse de la polarisation des mentalités et violences) qui grève les budgets.

Les écotaxes sont là pour racketter les entreprises et les populations, pas pour des raisons écolos. C'est un ensemble assez pratique où le marketing s'est aussi engouffré, si bien que tout le monde en profite ou presque, sauf la Nature et les masses laborieuses.

Hausse des prix

N'avez vous pas remarqué que les prix grimpent depuis une dizaine d'années, et beaucoup plus que ce qui était attendu ? L'Euro a bien servi de couverture à cette explosion des prix, en la camouflant aux yeux du public et en trouvant un bouc émissaire bien pratique.

Ressources naturelles

(30/06/2015 - crise économique grecque)

Bases de la croissance

Contrairement à ce qui est véhiculé dans les théories économique, la seule création de richesse vient de l'exploitation de la planète : agriculture, sources d'énergie fossiles ou renouvelables, minerais...

C'est le sang de l'économie, parce que c'est cette richesse qui est ensuite utilisée par les autres secteurs. Si vous diminuez l'afflux de matières première, vous enclenchez une attrition des secteurs de transformation (agroalimentaire, commerce, industrie), de la consommation, et donc de toute l'économie dans son ensemble.

Combiné à des états de plus en plus ruinés et qui coupent ensuite dans leurs dépenses, vous avez globalement un gros problème de récession.

Baisse de l'extraction

Cette création de richesse (extraction des ressources naturelles) s'est écroulée à cause des catastrophes de Nibiru et de la surexploitation. Ceci explique pourquoi des pays à économie non fondée sur cette exploitation s'endettent, dépensant plus que leur revenus par inertie.

La Russie, grosse exportatrice de blé, obligée d'importer à cause d'incendies hors normes.

Masquage artificiel depuis 2005

Cet effondrement des ressources primaires est camouflé par de nombreuses magouilles, notamment comptables, mais aussi par la manipulation illégale des cours financiers et boursiers. L'économie est donc maintenue artificiellement depuis des années, alors qu'en réalité elle aurait dû déjà s'écrouler depuis 2005.

Touche tous les pays par effet indirect

La Grèce étant dépendante essentiellement du tourisme, la crise dans les autres pays l'accable encore plus, puisqu'elle n'a pas de création de ressource de substitution.

Les pays qui tiennent l'économie

A l'inverse le Brésil, la Russie ou les USA maintiennent leur niveau grâce au pétrole et au gaz (les USA ayant augmenté leurs dépense de façon exponentielle, cette manne pétrolière est moins visible mais primordiale, sans elle le pays aurait déjà fait banqueroute).

Faim non prise en compte

On peut créer des euros de rien, mais ça ne se mange pas. Quand des hectares et des hectares de champ de blé brûlent, la famine s'installe.

Qui va nourrir le Pakistan ? Qui va remplacer la production des agriculteurs Canadiens (3 milliards de dollars) ? Qui va payer le blé russe ? Et bien c'est nous, avec l'envolée des prix du pain ou de la viande (les animaux mangent du blé).

On craint de voir ressurgir les émeutes de la faim de 2008 provoquées par des hausses spectaculaires de matières premières agricoles.

Seule la finance y trouve avantage

Les institutions financières nationales (publiques) spéculent, ce qui n'est pas normalement leur rôle sur les marchés (c'est celui des banques et investisseurs privés). C'est donc la preuve qu'il y a une volonté de la part des gouvernants, une stratégie qui est imposée, pour faire augmenter les prix artificiellement, et ainsi camoufler les véritables hausses dues à une offre plus faible de la part des producteurs.

A chaque fois que le monde va mal, les marchés financiers explosent, parce que ce sont de formidables opportunités de profiter des déséquilibres d'offre et de demande.

Les marchés financiers liés à la spéculation se nourrissent de la misère des gens, ce qui augmente la rentabilité des placements des assurances. Un équilibre instable se forme et tout cela sur le dos des contribuables, qui sont les vaches à lait des spéculateurs (pétrole, café, blé, tout se paye à la caisse etc...). Cela se paye aussi au final comme on l'a vu avec le dernier crash boursier, car ces revenus spéculatifs sont instables et éphémères. Le cycle est donc celui-ci: chaque catastrophe naturelle crée un boum spéculatif (une bulle spéculative) tout en fragilisant les institutions financières, jusqu'au moment où ce boum s'éteint et révèle les véritables déficits. Mais la catastrophes suivante crée une nouvelle bulle spéculative qui camoufle les coûts de la précédente, et ainsi de suite.

Au final, le système se casse la gueule en dent de scie à chaque nouvelle catastrophe mais chaque calamité produit aussi un boum qui camoufle les problèmes. Plus ces catastrophes seront mondialement réparties et plus elles seront rapprochées, plus ça va grignoter les fonds financiers artificiellement gonflés par les bulles spéculatives.

C'est bien de faire un beau crépis pour cacher les fissures, mais ça empêchera jamais la maison de s'écrouler si ses fondations s'effritent...

Échanges compliqués

Nos économies sont fondées sur les échanges, la communication et l'abondance. Or Nibiru va mettre à rude épreuve ce système d'équilibriste. Non seulement certains pays seront dévastés, coupant du même coup les approvisionnements, mais en plus chacun voudra dans cette ambiance de pénurie garder ses moutons chez lui plutôt que de les vendre au marché.

Pour des pays comme la France, qui est exportatrice de denrées alimentaires, le problème se montre moins urgent. Mais pour d'autres états, très dépendants des importations agro-alimentaires, ce sera la famine ou un retour des gens à la terre. Un pays comme la Belgique risque de subir des tensions dans son approvisionnement car son agriculture ne le permettra pas de combler les besoins. Il faudra alors partir des villes et remettre en exploitation de nombreuses terres, plombant ainsi l'économie du pays entier. A choisir, il vaut mieux laisser son emploi de service ou industriel et retourner à la ferme pour produire sa nourriture. Ceci n'est qu'un exemple, vous pouvez imaginez d'autres cas de ce genre.

La libre circulation des marchandises ne se fera plus, tout comme la libre circulation des gens. Dors et déjà, on l'a bien vu en Europe, on se prépare par des lois à contrer de grands mouvements de populations.

Que faire de tous ces gens alors que déjà chez soi on a du mal à trouver de la nourriture pour tous. Et bien les gouvernements vont choisir le chacun pour soi ! Tous vont se replier sur eux mêmes et imposer des contrôles stricts à leurs populations.

On oublie souvent qu'il y a aussi des monopoles de production au niveau mondial : le cuir bon marché qui sert à 90% de la maroquinerie et à la chaussure provient du Bangladesh, pays qui sera rapidement noyé et invivable. pire encore, ce pays est un grenier à riz pour toute l'Asie du sud ! Les fruits et légumes en provenance d'Israel, d'Afrique équatoriale ou d'Espagne n'arriveront plus sur nos étales et les prix vont exploser. Quant au pétrole, quel pays producteur voudra encore nous en vendre alors qu'on lui refuse de l'approvisionner en nourriture ? Et que dire des installations portuaires qui seront hors service ? De même, nos moyens de communication informatisés n'auront plus de pièces de rechange, surtout si Taïwan, producteur de 95% des composants électroniques mondiaux (dont 100% en ce qui concerne la mémoire vive des pC, portables etc...), ne peut plus approvisionner le monde en passant par le détroit de la Sonde via un Singapour sous les eaux !

Donc bien plus que des victimes humaines, même s'il y en aura, ce sont tous les problèmes annexes qui remettront en question le système sur toute la planète. Les catastrophes ne seront pas automatiquement brutales, mais progressives. Il y aura certes quelques séismes majeurs, mais ce seront bien les inondations et l'arrêt des transports internationaux et des approvisionnements qui mettront tout sans dessus dessous, en empêchant le commerce.

Effondrement du commerce international

Les derniers temps, les cataclysmes seront tels que tout le commerce international va s'arrêter. Internet fonctionnera partiellement, mais ne suffira pas à entretenir l'économie, car il n'y aura plus rien à vendre, ou plus de routes pour apporter les produits des fournisseurs aux clients.

Routes commerciales coupées

Le commerce mondial est limité par quelques poins critiques. Sabotages humains ou destructions naturels, blocages durant plusieurs mois, et c'est tout notre modèle économique qui s'effondre.

Détroit de la Sonde (Sonda)

C'est l'endroit où transitent le plus de navires marchands au monde, mais comme l'Indonésie sera complètement dévastée, ce ne sera plus possible de passer ici.

Canal de Suez

Les approvisionnement en pétrole d'Arabie seront également stoppés à cause du Golfe persique qui va connaître de grands bouleversements, la plupart des puits de pétrole devenant inutilisables.

De plus, la rotation de l'Afrique comprime le canal de Suez, qui on l'a vu avec le porte-conteneur Evergreen en mars 2021, va devenir un temps inutilisable (avant de s'écarter de nouveau une fois que la pointe syrienne de la plaque méditerranée sera cassée, ce qu'on appelle le verrou Turque).

Ainsi, en mars 2021, un porte-conteneur s'est planté dans le canal, en même temps que la voie ferrée à côté était endommagée par une collision frontale de trains. Artificiels ou naturels, ces événements ont complètement bloqué les importations européennes.

Canal de Panama

Un autre point d'engorgement critique, en plus cisaillé par la rotation de l'Amérique du Sud.

Gel Éco > Restrictions bancaires

Survol

Le liquide est très utilisé en cas de panique. Comme les banques ne pourront pas fournir autant de billets, il est prévu de fermer les banques temporairement, puis de limiter les retraits.

Les taux d'intérêts seront figés.

Seule la carte bleue fonctionnera, ce qui permettra au gouvernement de mieux tracer les gens, de suivre les mouvements de population.

double problème pour le peuple :

1. nous ne pourrons pas retirer notre argent, et le peu d'argent liquide que tu auras sera vite épuisé.
2. Il n'y aura rien à acheter, les gens garderont les choses pour eux et les magasins ne seront plus réapprovisionnés

Au final, seul le troc suivra. Les boîtes de sardines, durant très longtemps et inoxydables, légères, seront une bonne monnaie d'échange (même s'il vaudra mieux aller directement pêcher les sardines sur les mers proches).

Fermeture des banques temporairement

Elles rouvriront partiellement quelques jours après la tourmente, le calme devant revenir assez vite.

En effet, les banques fermeront afin d'éviter des retraits massifs d'argent en liquide par les particuliers, retraits qui ne pourraient être tous honorés et qui mèneraient à un défaut de paiement global des établissements bancaires. Ces fermetures seront assouplies quand un calme relatif reviendra mais il y a aura de fortes restrictions sur les montants et les heures d'ouvertures des guichets.

Les retraits de liquide seront préalablement limités les années qui précèdent (1 000 euros par jour, puis 800, puis etc.). Au delà de la limite, les retraits seront soumis à une demande préalable (les demandes seront refusées en cas de crise).

Seules les restrictions bancaires nous poseront problème, car en plus des banques fermées, les transactions et les retraits par Carte Bleue seront limités à une petite somme par jour.

Ouverture limitée

Après la fermeture totale pendant une semaine, on peut imaginer des horaires d'ouverture restreints (que 2 heures dans une journée par exemple), une diminution des retraits autorisés par semaine encore plus bas (200 euros par semaine, en guichet ou par retrait automatique), une généralisation des paiements virtuels limités (cartes bleues plafonnées).

Il est possible que comme en Grèce en juin 2015, les distributeurs automatiques ne seront simplement plus réapprovisionnés en liquide, et seuls les retraits en agence seront possibles durant les quelques heures par semaine où ils seront ouverts (et sous bonne garde).

Thésaurisation

Les banques ont toujours cherché à empêcher les gens de retirer leur argent et d'en profiter : pour elles, tout cet argent doit rester à leur disposition, c'est pourquoi elles incitent à épargner.

A part pour les retraits d'argent liquide, les CB marcheront comme avant chez les commerçants, parce que l'argent qui circule par ce biais reste dans les poches des banques et fait tourner l'économie (sans laquelle les puissants ne sont plus rien).

C'est le fait de retirer de l'argent de leur contrôle qui les embêtent : stocker des billets chez soi ou se les donner entre nous de la main à la main, c'est la thésaurisation. C'est ce qui leur fait peur en plus du bank run (tout le monde veut retirer des billets qui n'existent pas).

C'est le même principe de thésaurisation si on garde de l'or chez soi (mais pas de souci de bank run de ce côté là). C'est de la valeur qui sort du système bancaire. C'est pourquoi tout achat d'or est stocké dans des bases de données. Le jour venu, vous serez tenu de restituer cet or, vous en serez pénalement responsable. On a vu ce que ça donnait en Inde, ou plusieurs mesures ont incité des particuliers à donner leur or personnel. En France, il suffira de dire que l'or sert aux terroristes, et ce sera aussi illégal d'en avoir chez soi que d'avoir une arme. Une fois la loi vous obligeant à vendre votre or passée, tout le monde doit vendre et le cours s'effondre... beau placement que vous avez fait là !

Préparation au bank run

Jusqu'à présent, le système avait soigneusement caché cette possibilité aux citoyens, leur cachant que ils étaient assis sur du vent. Pour rendre ce danger réel, et informer le public (et ainsi servir d'excuse pour justifier la fermeture des banques) on explique que ce bank run ferait tomber le système (ce qui est faux, la monnaie virtuelle pouvant continuer d'être utilisée).

C'est pourquoi des propagandes ont lieu régulièrement, appelant à un retrait massif d'argent.

C'est comme pour les pénuries, **ils suffit qu'on dise qu'il y a un risque de pénurie de carburant pour tous les gens se jettent sur les pompes** et créent la pénurie qu'ils redoutaient ! Cela s'appelle un effet "d'**autoréalisation**". Pour déclencher cela, il suffit de faire une "**effet d'annonce**", bien connu en politique: dire qu'on va faire ceci ou cela pour déclencher la réaction des gens, même si au départ personne n'a l'intention au gouvernement de réellement faire passer la loi : on manipule "en faisant croire que".

La foule grâce aux médias, est prévisible et manipulable car tout le monde a été bien formaté à n'agir que pour ses propres intérêts égoïstes. Pas besoin d'être sociologue pour voir que les gens sont des moutons...

Blocage des comptes

Ce blocage doit être préparé longtemps en amont, parce qu'il existe déjà outils de gel des comptes, mais ils ne fonctionnent pas en cas de crise globale soudaine, ces outils étant difficiles à appliquer à la va-vite. C'est pourquoi ce nouveau moyen de blocage direct (08/08/2017) en cas de difficulté des banques est proposé, du même style que celui imposé à Chypre en 2013 : l'Etat chypriote a réussi à faire bloquer dans le secret, par ses banques, tous les comptes de l'île, et ce si rapidement que les gens qui ont voulu aller retirer leur argent après l'annonce de la nouvelle taxe ont été grillés sur le poteau : l'argent était déjà bloqué, le transfert de compte à compte est bloqué, le montant de la taxe figé sur le compte. Le test était pour voir la réaction des gens, et voir quel pourcentage de personne allait se ruer sur les distributeurs, mais aussi voir le mécontentement que cela donnerait. Une expérience à petite échelle pour valider leur méthode.

Les banques pourront dans un premier temps éviter les retraits (par blocage des comptes), ce qui leur garantie de ne pas tomber en faillite sur le coup, du moins jusqu'à ce que les États enclenchent le gel économique global, dans quel cas elles pourront de nouveau, grâce à des quotas, permettre la reprise les dépenses/retraits. Cette mesure est une mesure d'urgence qui permet de faire la liaison entre le début de la crise majeure (comme une annonce de Nibiru inopinée, New Madrid etc..., c'est à dire tout événement qui pourrait enclencher une panique) et le moment où les gouvernements mettront en place un état d'urgence avec gel économique.

Comme le déclencheur ne peut pas être prévu à l'avance (et c'est bien là le gros problème dont ce sont rendus compte les Élites), et qu'il y aura un décalage entre le début de la crise (boursière entre autre) et la mise en place du gel par les Etats, il faut bien empêcher les gens de vider leurs comptes.

Les banques sont bien plus réactives que les gouvernements, et elles couperont l'accès au compte automatiquement en moins d'une heure grâce à ce nouveau dispositif de blocage, ce qui laissera 5 jours (extensible à 20) à la mise en place par le gouvernement du Gel économique au niveau national. Tous les pays ont ce plan sous le coude, mais sa mise en place ne pourra jamais être instantanée. Banques et Gouvernements se sont donc accordés pour se compléter et peaufiner leur tactique. Ce blocage des comptes courants est une amélioration de plus.

Les Élites (politiques et financières) voient venir à grand pas ce moment où l'économie va directement être impactée par des événements inattendus, mais aussi qu'elles ont compris qu'elles ne maîtrisaient plus le calendrier. Face à l'aléatoire, elles essaient de trouver une parade, tout simplement, choses qui n'étaient pas au cahier des charges auparavant. Cela peut paraître anodin, mais cela sous entend que les Élites sont en panique et qu'elles savent qu'elles ne contrôlent plus la situation.

Compliqué de faire ses préparatifs

Il est possible que même la hauteur des paiements par CB soit limitée (même s'il n'est pas à l'ordre du jour, car l'objectif principal n'est pas de stopper l'économie, mais de garantir un statu quo).

Il y aura par contre des rationnements sur les denrées en pénurie, pour éviter la spéculation et la thésaurisation, l'accaparement par une minorité de produits vitaux. Ces rationnements passeront soit par des tickets, soit par un décompte sur les montants de votre CB.

750

Ce sera compliqué de faire des achats pour sa survie au dernier moment, tout en sachant que les producteurs ne peuvent pas fournir à toute la demande (au printemps 2020, les filtres à eau Berkey ont été en rupture de stock face à l'afflux).

Les CB permettent d'être repérés par les autorités. Si vous achetez 10 kg de pâtes d'un coup, ou pour 1 000 euros de nourriture, votre logement sera rajouté à la liste de ceux à vider en priorité par l'armée, et vous serez ajouté à la liste des gens à surveiller, et à rafler en priorité le moment venu. L'absence de liquidité rendra compliqué de passer sous les radars.

Dépendance au réseau virtuel

Cette limite augmente également notre dépendance du système bancaire virtualisé. Or qui dit virtualisé dit réseau informatique et internet. Si notre technologie et nos communications sont impactées par les catastrophes et le chaos climatique.

Ce n'est pas pour rien qu'en 2015, le ministre souhaite que la CB soit acceptée pour tous les paiements, même les petits, tout en généralisant le sans contact (gain de temps) et tous les terminaux reliés à internet. Disparition programmée des chèques, facilité du prélèvement. Suppression totale de l'argent liquide.

Déstabilisation et les pannes de satellites, on perd ces moyens de paiements virtuels. Comment ferons nous pour payer du matériel si les cartes bleues ne fonctionnent plus ? Que les chèques sont systématiquement refusés car il sera impossible de vérifier si ils sont approvisionnés ? Une panne de ces systèmes de paiement combinés à une limitation des achats, et la population ne pourra pas entamer de gros préparatifs de survie, comme déménager, s'acheter un nouveau véhicule plus spacieux (pour transporter les réserves etc...), s'acheter des tentes et des équipements autosuffisants, se procurer de l'hydroponique...

Ces empêchements à l'autonomie sont voulus : Croyez vous que les terroristes seront freinés pour acheter des armes au marché noir par une limitation des paiements liquide ?

Rationnement

Avec un paiement entièrement électronique, il est aussi possible de mettre en place un système de rationnement identique à celui qui avait cours pendant/après le second guerre mondiale. Les cartes bleues et la traçabilité de opérations permettent de limiter vos achats alimentaires, de

carburant etc... Combiné au Linky qui peut rationner l'électricité de chaque foyer / zone, vous avez tous les outils ou presque d'une "économie gelée" de crise majeure, style Nibiru.

Petite réserve de liquide

Ce seront surtout les gens sans CB qui seront impactés. Il y en a beaucoup : petits vieux, les gens en interdit bancaire, etc.

Comment on fait si on a 1 200 euros de frais de garagiste ou si il faut faire des travaux dans ta maison ?

On peut donc garder un peu d'argent liquide chez soi (50 ou 100 euros) pour les courses les plus urgentes où la CB ne passe pas (médecin, achats pour les personnes fragiles qu'il faut sécuriser (bébé, personnes âgées, malades), etc.), et passer ces quelques jours/semaine de fermeture. Évitez de garder trop d'argent chez vous aussi, et, si vous le faites, n'en parlez surtout pas autour de vous. Des gens que vous pensez de toute confiance peuvent révéler un fort mauvais potentiel en cas de crise. Pour ceux qui n'ont pas de CB, il y aura sûrement moyen de s'arranger avec des amis qui ont des CB.

Certains scénarios demandaient d'avoir la marque pour pouvoir payer, comme une puce ou une attestation de tests ou de vaccins.

Pas certains que le liquide soit toujours accepté (surtout pour les grosses coupures). Soit le gouvernement l'interdit, soit ça se fait tout seul : si les commerçants ne peuvent ni déposer ni retirer d'argent liquide parce que les banques/guichets sont fermées, les commerces ne voudront pas s'embarrasser. Dans tous les cas, une petite réserve d'argent chez soi en petites coupures est une sécurité, mais rien ne garantie pour ces diverses raisons qu'on pourra s'en servir concrètement, même si la monnaie physique reste légale.

Compliqué pour les préparatifs de survie lourds

Après l'Annonce de Nibiru, et s'être renseigné sérieusement sur cette planète sur internet, il y aura des centaines de personnes qui voudront déménager, changer de véhicule, faire des stocks. Ils paieront tout cela avec leur CB si elle fonctionne, ce qui permet à l'Etat de connaître exactement les déplacements des populations, qui a fait quoi et où. Comme il y aura sûrement des interdictions pour ces migrations afin "d'assurer l'ordre public", ceux qui voudront quand même partir pourront.

Loi Martiale

Survol

Utilité de la loi martiale en période de crise (p.)

La Loi Martiale (LM) est censée servir à protéger les bons citoyens. C'est un bon principe si elle est décidée pour de bonnes raisons.

Le dévoiement de la LM (p.)

Malheureusement, certaines Élites aimeraient bien en être les principaux bénéficiaires, et que l'Armée protège leurs biens plutôt que les citoyens les plus pauvres.

La Loi martiale est un outil, et comme tout outil il peut servir au bien ou au mal, tout dépend des intentions sous-jacentes ! En France par exemple, obliger les gens à rester chez eux doit servir à éviter des mouvements de foules. Et pourquoi pas se débarrasser d'une population déplacée dont on ne saura pas quoi faire ?? Les millions de Français qui vivent sur les côtes, on en fait quoi, on les nourrit comment, on les reloge où ? De là à se débarrasser des petits vieux dans les EPAD avec le COVID, et des futurs migrants liés aux tsunamis en les laissant dans les zones qui vont être ravagées, il n'y a qu'un pas.

Tout dépenda donc de nos décideurs, de leur conscience et de leurs remords éventuels.

Une population peut être évacuée rapidement des côtes pour les premiers tsunamis, donc ne jetons pas la pierre à nos dirigeants avant de les voir à l'action (même si Harmo est plutôt pessimiste sur ce que ferons nos décideurs français). Tout comme les satellites russes et américains lancés récemment serviront à surveiller le tsunami Atlantique de New-Madrid (et à prévenir les populations françaises, anglaises et espagnoles), autant les dirigeants français et espagnols n'ont pas participé à ces programmes, et ont préféré à la place lancer des satellites de surveillance des migrants (qui ont été détruits par les ET...). Les différences idéologiques sont donc faciles à deviner (pour savoir quelles actions seront prises pour gérer New-Madrid, d'un côté et de l'autre de l'Atlantique).

Utilité d'une loi martiale

Les violences de rue, agressions et pillages qui ont suivi l'ouragan Irma sur St Martin en septembre 2017, montre que la loi du plus fort revient vite avec des bandes armées qui sont laissées libre d'agir depuis des décennies, comme dans les banlieues françaises, qui depuis 1990 attendent impatiemment le grand soir (la chute du système pour imposer sa loi).

De bandes armées sortent les armes, profitant de la désorganisation des forces de l'ordre, et de leur saturation (débordés par la fatigue et les choses à gérer) pour braquer les magasins, puis les maisons, faisant régner la loi des gangs.

C'est exactement pour cela qu'il n'y a pas d'annonce officielle facile. Dès que le champ est ouvert, les pillards affluent. Il leur suffit de conditions favorables. Il faut être réaliste, la loi martiale sera obligatoirement déclarée, soit à cause de la multiplication des catastrophes (ouragans, séismes, météorites et j'en passe), soit à cause des phénomènes migratoires (qui sont en augmentation parce que les conditions économiques et climatiques s'écroulent dans le réalité), soit à cause d'une annonce officielle (qui engendrerait un stress évident sur toutes les populations).

Contenir la colère populaire

Le gouvernement souhaite prendre toutes les dispositions préventives possibles pour contenir la colère des gens.

Cette colère sera une accumulation, colère sociale, colère face aux mensonges de l'Etat, colère parce que des catastrophes nationales se multiplieront sans explications cohérentes des scientifiques et du gouvernement, colère parce que les gens demanderont du soutien qu'ils ne recevront pas. Et si une annonce officielle (par voie scientifique) de Nibiru arrive (peut être atténuée et progressive, on ne va pas vous dire d'emblée qu'une planète tueuse est rentrée dans le système solaire), il faudra bien que l'État trouve des solutions et cesse de maintenir la population dans le flou. Cela ne passera plus, il y a beaucoup de moutons mais la majorité se rend déjà compte que rien n'est cohérent. Plus l'État ment et se durcit, plus la population entrera en rage contre lui. C'est déjà ce qu'il se passe, la confiance s'érode de jour en jour. La plupart des gens sentent intuitivement qu'il y a anguille sous roche avec ce COVID, surtout vis à vis des vagues qui suivent.

C'est pourquoi depuis 2009, la France ne pense plus qu'à se doter des dernières technologies anti-émeutes.

Pour cela, la loi martiale contiendra des limitations :

- des réunions : pas plus de 6 personnes associées (éviter les manifestations, mais aussi les bandes armées qui pratiquent le pillage, profitant de leur nombre,
- des déplacements, pour éviter qu'une grosse partie de la population ne se rassemble à Paris, mais aussi pour limiter les migrations, ou juste pour éviter que les gens sortent de chez eux pour aller piller : tous ceux qui sont dehors sont arrêtés et abattus s'ils résistent.
- de la liberté d'entreprendre : tout doit passer par un organisme centralisateur qui veut tout voir tout savoir.

Ces mesures passeront aussi par le contrôle du matériel :

- réquisition de tous biens et services nécessaires pour mettre fin à la catastrophe sanitaire, comme les voitures, les réserves de nourriture, les armes à feu, les sacs de survie, carburant, maisons, bus et trains pour transporter les populations vers les camps, ou les "malades" vers des faux camps de quarantaine, etc.
- contrôle des prix, pour éviter la spéculation de certains, ou leur volonté de cacher de la nourriture pour faire monter les cours,
- Régulation de l'économie dans son ensemble (gel économique p.)

Il y aura enfin l'enfermement :

- confinement à domicile (les confinements en France avaient les mêmes contraintes qu'un prisonnier qui purge sa peine à domicile, avec le bracelet électronique : pas besoin de construire des prisons, nous payons le loyer de notre cellule de prison...
- Confinement dans la ville ou le département : les radars automatiques, en scannant toutes les plaques d'immatriculation, s'assurent que tout le monde respecte les restrictions de déplacement,
- isolement des villes, comme le rideau de fer de Melbourne, ou le verrouillage de Barcelone pour le COVID : il suffira juste de rajouter les murs de béton préfabriqués pour ressembler à Bagdad. A savoir que les ronds-points serviront de bouclage stratégique, les autres voies étant bouchées par des plots de béton.

- Couvre-feu : à une certaine heure, plus personne ne doit être dehors.

Excuse quelconque

Le gouvernement trouve de plus en plus d'excuses pour mettre en place un état d'urgence généralisé, peu importe le prétexte : attentats, covid, crise économique, crise migratoire, même objectif : faire en sorte que la population reste chez elle, et surtout ne manifeste pas.

Comment : Vote de l'assemblée

La seule chose qui empêche l'Etat de dériver vers un régime dictatorial (tout comme avec l'anti-terrorisme etc...) ce sont les contre-pouvoirs dans les institutions : Conseil d'Etat, Assemblée, Conseil Constitutionnel, Justice. Or, lorsque l'article 16 de la constitution est déclarée, nombre de ces contre-pouvoirs tombent ou sont faciles à contourner, notamment grâce au fameux "secret défense".

Le but final des false flag, état d'urgence cause attentat, virus ou économique, est la mise en place de l'article 16 de la Constitution qui donne au président et à l'exécutif des pouvoirs d'exception, l'équivalent d'une forme de dictature et de loi martiale. Or cet article16 ne peut être mis en place que suite à un vote des députés.

Sous Hollande

Cet article 16 avait prévu un gouvernement d'union nationale pour mieux faire passer la pilule auprès du peuple, il fallait donc un motif de dissoudre l'assemblée pour obtenir un premier ministre de droite. Soit assassiner Valls, soit une attaque contre l'assemblée elle même permettaient de mettre en place l'article 16 directement. Ces solutions ont été envisagées par les dominants, mais sont difficiles à mettre en place sans éveiller les doutes (voir les rumeurs de false flag à chaque attentat désormais).

une autre solution plus pacifique peut être éventuellement mise en place et qui consiste à utiliser les rouages légaux du fonctionnement des institutions. Par exemple, en faisant passer une loi contestée type Macron grâce à l'article 49-3, on engage la confiance envers le gouvernement actuel, c'est à dire qu'en invoquant cet article on force l'assemblée à se prononcer sur le gouvernement. Si l'assemblée vote la confiance, le gouvernement reste, sinon il doit être remplacé par un nouveau. Or si Valls doit sauter, l'assemblée aussi. Pourquoi ? Parce que le premier ministre futur doit être de droite bien sûr (union nationale) ! Or à l'heure actuelle, l'assemblée dans sa configuration actuelle ne peut pas valider un premier ministre de droite (qui n'est pas majoritaire). Il faut donc deux choses. Si renverser le premier ministre actuel en est une, il faut également que l'assemblée passe à droite. Logiquement, il faut donc que François Hollande provoque une dissolution de l'assemblée.

On a donc le scénario suivant : Manuel Valls invoque le 49-3 sous prétexte de la loi Macron et met son gouvernement sur la sellette (processus qui peut se faire en deux temps, avant ou après le retour de la loi au sénat). De ce fait, il force un vote obligatoire de l'assemblée, dit "vote de confiance" qui peut mener à un vote négatif, faisant tomber son gouvernement. Si tel est le cas, cela contraint politiquement avec une quasi certitude Hollande à renouveler l'assemblée (dissolution) puisque il sera impossible à l'avenir de proposer un autre ministre de gauche capable d'avoir la majorité du vote des députés (crise de confiance). Des élections sont déclarées, ce qui explique pourquoi Hollande a fait passer ces derniers mois des simplifications en cas d'élections anticipées (accélération des démarches d'inscription etc...). Il est évident que les proportions de chaque parti changeront après le vote et que l'assemblée sera différente, très orientée à droite. Tout sera fait alors pour que seul un ministre de droite (cohabitation) puisse obtenir la confiance de cette nouvelle assemblée, puisqu'il est facile de manipuler le vote des français dans un sens ou dans un autre (dans notre cas, le PS peut facilement s'auto-torpiller avec quelques bourdes médiatiques bien amenées). Une montée du FN dans l'assemblée serait aussi une belle opportunité, soit dit en passant. Résultat final : un premier ministre de droite (Sarkozy en tête de liste, Juppé en second) prêt pour l'union nationale, une assemblée favorable, toute prête à voter l'article 16 puisque le pouvoir sera désormais partagé équitablement entre droite et gauche (aucune assemblée ne voterait l'article 16 si un parti monopolise la présidence et la place de premier ministre comme actuellement). Et voilà, une belle solution à notre problème et qui passe complètement inaperçue aux yeux du grand public : fin de la partie, échec et mat contre le peuple !

Cette stratégie à fait plop, car contre toute logique démocratique, les députés ont refusé de scier la branche sur laquelle ils étaient assis (et tous les avantages pécuniaires qu'offre un poste à l'assemblée). Ils se sont assis sur leur idéaux, laissant faire passer des mesures d'extrême-droite (comme la loi travail de Macron) tout en continuant à s'empiffrer sur le dos du contribuable français. Quand, en 2017, les nouveaux députés de Macron, issus de la société civile, ont pris place sur les bancs de l'assemblée, on s'est aperçu qu'ils buvaient 2 fois moins d'alcools de luxe que leurs prédécesseurs.

Sous Macron

Le président ni de droite ni de gauche, avec des ministres récupérés des anciens partis historiques, c'est déjà une union nationale à lui tout seul.

Mais si la crédibilité de Macron auprès du public n'est pas assuré, de nouveau se posera la dissolution de l'assemblée pour obtenir une cohabitation, à savoir un premier ministre d'un autre parti (mais qui fera la même chose que celui du parti présidentiel).

Que permettent les états d'Urgence ?

L'exemple de l'Égypte

En Égypte, l'état d'urgence fut imposé en 1981 (assassinat du président el-Sadate), a été reconduit années après années, et n'a été levé qu'en mai 2012 chute de Moubarak). Cet état d'urgence permet la restriction des libertés civiles (celle de se rassembler ou de circuler par exemple), l'arrestation et la fouille sans restriction de personnes, le contrôle des communications et des médias, l'interdiction du port d'armes, etc. Sous Moubarak, pendant des décennies, cette loi a donné lieu à des milliers d'arrestations arbitraires, les prisonniers politiques étant détenus sans jugement, ou étant jugés à huis-clos devant des tribunaux militaires, et a permis d'étouffer toute forme de contestation politique.

La France

La Constitution de la 5e République prévoit le même type de mesures que l'Égypte, dans un état d'urgence régit par l'Article 16 : Quand les dirigeants estiment qu'il y a menace quelconque (définition suffisamment floue pour déclencher cet État d'urgence dès qu'ils le veulent), le Président de la République peu accroître temporairement les pouvoirs de l'exécutif (comme voter des lois par ordonnance, donc sans débat à l'assemblée).

Les garde-fous juridiques (consultation officielle du Premier ministre, des présidents des assemblées ainsi que du Conseil constitutionnel, consultation du Conseil constitutionnel sur les mesures prises) sont peu contraignants. Le Conseil constitutionnel ne peut mettre fin aux pouvoirs exceptionnels.

Cyberdjihadisme

Le cyberdjihadisme est un très bon exemple de la mécanique de législation en prévision de l'arrivée de Nibiru que les Élites (via le gouvernement) met en place étape par étape.

Sous prétexte d'antiterrorisme, les autorités pourront bientôt fermer des contenus internet. Les lois et règles sont suffisamment bien faites (ou mal faites, suivant de quel point de vue on se situe) pour être étendues facilement : aujourd'hui le djihadisme permet de légitimer ces textes, mais ils restent ouverts à l'inclusion, rapide et par voie simplement de décret /circulaire (sans aval démocratique des contre pouvoirs). Imaginez un donneur d'alerte à propos des préparatifs des Élites et du gouvernement, des personnes (comme moi ou d'autres) qui préviennent des magouilles en cours et de l'anormalité de la situation (climat, séismes etc...). Tous ces comptes et tous ces sites qui peuvent devenir gênant quand Nibiru fera son apparition pourront alors être fermés. Ceux qui n'y auront pas eu accès à temps n'auront alors plus les clés pour se mettre à l'abri, comprendre les enjeux et ce qu'ils doivent faire. Tout comme Ebola peut servir à lancer une interdiction / limitation des déplacements des populations (avec appui militaire et tirs sans sommation si besoin), le djihadisme sert à promulguer des lois qui peuvent être rapidement étendues pour faire taire la vérité... et tout le monde laisse faire, parce que la peur bien entretenue par les médias (des islamistes ou des maladies) fait accepter n'importe quoi. La peur pousse à l'égoïsme et au repli sur ses propres priorités. Peu importe que les autres (et leurs enfants) meurent, pourvu et que les miens -et moi en particulier - je reste en vie. Les autorités savent jouer sur cet égoïsme grâce à ces peurs, mais le jour où les choses se gâteront, personne ne sera épargné.

LM avant le départ des Élites

Avant le départ des Élites en Françafrique, il y aura un gouvernement de coalition régi par l'article 16 de la constitution, un gouvernement qui aura tous les pouvoirs d'exception et qui tiendra la population avec une poigne de fer pour éviter toute contestation (et accessoirement permettre une évacuation incognito des Élites).

Rien ne sera fait pour notre survie, ce qui comptera avant tout c'est de tenir le citoyen sous contrôle et à carreau, pas de l'encourager ni de l'aider à s'organiser.

C'est à cause de cette prévision d'exil que rien n'a été fait par les Élites pour sécuriser le pays, comme déplacer les villes dans les terres, fermer les centrales nucléaires, etc.

But : réagir à la réaction des populations

Réaction violente attendue

Ils se dépensent sans compter [pour l'union nationale et l'article 16] parce qu'ils ont prévu une réaction très agressive de la part des populations.

Permettre leur départ au dernier moment

Les Élites ne peuvent pas partir trop tôt. Ils doivent donc quitter leurs habitations luxueuses et le confort que leur apporte leur super fortune au dernier moment : premièrement parce que le confort dans les lieux de survie des Élites est bien inférieur à celui qu'ils ont actuellement, et deuxièmement parce ils ont leurs affaires à gérer sous peine de voir disparaître leur puissance financière trop rapidement. Mais le plus grave, ce qui leur fait le plus peur, c'est que la population (les sans-dents et toute la populace qu'ils détestent, c'est à dire... nous) découvre le pot aux roses et les empêchent d'aller rejoindre leurs bunkers. S'ils partent trop tôt, leur disparition de la sphère publique fera la Une et paraîtra suspecte, les gens se douteront qu'ils ont fui et on risque d'aller les déloger et leur demander des comptes. Partir au dernier moment a beaucoup d'intérêts, comme je viens de l'expliquer, mais le problème que cela engendre au retour, c'est de se retrouver coincé sur place. Quand Nibiru sera visible dans le ciel, que les gens chercheront une solution pour se mettre à l'abri, fuir ou rejoindre leurs proches, il sera extrêmement difficile de se déplacer, ce qui risque de bloquer/ralentir du même coup le départ des Élites.

Protéger les biens des Élites

L'objectif final, définit en France depuis 1999, c'est que beaucoup de pays allaient passer en Loi Martiale. Il y a une volonté des Élites (les Ultra Riches) de protéger leurs biens face à la colère des populations (comme Nibiru cachée depuis 1983). En France la priorité sera la protection de la propriété (des très-riches bien entendu, boutiques de Luxe, quartiers très favorisés, protection des très riches), et des "institutions" (Assemblée, Élysée, etc.).

En effet, une fois que les gens sauront que Nibiru existe et va faire des ravages, il est certain que beaucoup surveilleront ce que font les Élites car il est bien évident qu'avec leurs moyens, ils ont de quoi se mettre matériellement à l'abri. De nombreuses personnes risquent de les épier et de les suivre afin de profiter aussi des bunkers, voire de leur faire barrage à cause de cette injustice face à la survie.

Voler et génocider les populations

Cette loi martiale permettra beaucoup de choses à l'Etat (et accessoirement aux Élites), notamment la saisie des réserves des particuliers et des entreprises pour leur propre compte, de condamner n'importe qui sous n'importe quel prétexte d'ordre public ou de tirer à vue, de réserver les aéroports et les autoroutes avec intervention de l'armée etc... . Cela permettra aussi d'assigner les gens à résidence dans des zones qui seront détruites, diminuant ainsi le nombre de "sans-dents" que les Élites pourraient avoir sur le dos plus tard. L'économie ne sera plus, il faut bien éliminer tous ces esclaves... pardon travailleurs qui ne serviront plus à rien. Ce seront des bouches à nourrir pour rien.

Les Élites chercheront des serviteurs pour assurer leur bien être, pas des flopées de travailleurs dans des usines ou des bureaux : 66 millions de français c'est beaucoup trop. Lorsque l'État et les Élites auront sélectionné ceux qui leur seront utiles, tous les autres seront parqués puis éliminés petit à petit.

Alors oui les Élites sont et seront toujours des mégalomanes qui ne reculeront devant rien pour assurer leur avenir.

Le travail forcé (gel éco>mettre en esclavage p.)

Que feront les gens quand ils comprendront que Nibiru est réelle, que le Monde est touché par de multiples catastrophes ? Que le gel économique est appliqué (prix bloqués, retraits en Banque drastiquement limités), les déplacements hyper encadrés ?

Ils voudront se mettre en sécurité, cultiver leur jardin pour être autonomes, partir des villes qui seront devenues invivables (encore plus avec le confinement). Faire sauter les 35 heures, les jours fériés et les vacances, c'est n'est donc que le sommet de l'Iceberg. A terme les gens seront obligés de travailler comme des prisonniers, dans

les champs/camps, dans les usines, dans les services. Il y aura des camps de travail, des travailleurs clés qui seront réquisitionnés, etc. Autant de choses qui ne peuvent être acceptées dans un État de droit libéral, d'où la volonté de l'agenda 21 de repasser le peuple sous le régime du socialisme, alors que les Élites continuent à accumuler sous le régime du libéralisme.

Les décision liberticides (durcissement p.)

La loi martiale (renommée état d'urgence grâce à l'article 16) permet d'avoir un contrôle total sur les populations, et d'imposer plusieurs décisions liberticides :

- traçage des populations, surveillance des communications,
- prise de décrets-Lois sans recours aux assemblées,
- capacité des États à saisir les biens privés ou à contraindre la population,
- mise en place des drones de surveillance,
- maintien des populations à domicile,
- report (indéfini parfois) des élections.

La suite logique seront les réquisitions de travailleurs, de travaux forcés/camps de travail d'intérêt général, le gel total de l'économie (Bourses, Banques, Changes et Prix), une justice expéditive, un emploi de la force de plus en plus violente et hors de l'état de droit, une violation de la vie privée des populations, un rationnement des productions clés, et à terme, des déportations et un tri de la population en fonction de leur "utilité". Que deviendront les personnes qui seront considérées comme une charge inutile, cela dépendra de chaque Pays, mais ce n'est sûrement pas de bon augure dans certains.

Les déplacements de populations forcés (soit en direction des villes-camps, soit en direction de camps, ou alors au contraire de zones d'abandon comme l'Ukraine) sont donc la conclusion, et le but, de tout ce processus.

Risque Daech

En octobre 2020, est apparu un nouveau risque, venu du plan Merkel - Erdogan de faire envahir l'Europe par des djihadistes de Daech. Ce plan a échoué pour Merkel, et n'a pu être mené à son terme, mais reste de nombreuses cellules dormantes, qui attendent les tsunamis Atlantique, ou l'Annonce de Nibiru, pour passer à l'action, et tenter de prendre le contrôle de l'Europe, en profitant du chaos. Ils ne sont pas assez nombreux, mais les cellules sur le terrain ne le savent pas, et appliqueront le plan.

Élection US 2020

Les États démocrates ont appliqué le confinement, afin de forcer les gens à voter par voie postale, et ainsi pouvoir infléchir l'élection par la triche.

La perte de l'élection obligera ces États à déconfiner, et la crise économique qui en résulte oblige les californiens et les New-Yorkais à quitter ces zones, une bonne chose au vu des séismes et tsunamis à venir.

Trump, quand il sortir un vaccin (non obligatoire) permettra de lever le confinement.

Contraintes exercées

Avant le pole-shift

Rationnement d'essence, restrictions de déplacements, couvre-feu de 18h à 6h, etc.

Après le pole-shift

Réquisitions de vos biens / propriétés / stocks de nourriture, puis de votre personne (déportations, rafles, pour être emmené dans les camps), sous couvert de vous protéger, ou pour participer à la "reconstruction", pour travailler dans les champs, etc.

La loi martiale permet tout, et les contrevenants sont abattus sommairement par les forces de l'ordre, les tribunaux sont expéditifs, peine de mort rétablie.

Liée à la prise de conscience de Nibiru

Tous les gouvernements se sont emboîtés le pas pour la gestion du COVID-19, parce qu'ils savent tous qu'à un moment ou un autre les problèmes liés à Nibiru, et la planète elle même d'ailleurs, seront bien vite indéniables. Il faudra maintenir le contrôle, mais aussi qu'il y a ici un avantage certain en donnant les mains libres aux exécutifs. Trump en profite pour purger le marais (la corruption etc...), et d'autres après lui engagent ou engageront les plans qu'ils avaient élaborés pour cette période critique.

Importance de la date pour les Élites

[Zétas, qui expliquent pourquoi ils ont préféré mentir en annonçant Nibiru pour mai 2003] La loi martiale c'est ordonner aux citoyens de rester dans leurs maisons. Quel effet cela aurait-il sur les citoyens à l'intérieur des villes où les bâtiments s'effondreront, ou le long de la côte comme dans les basses terres certaines d'être inondées par les raz de marée ? La mort, des blessures sans secours médicaux, et une hécatombe massive. Cette hécatombe est elle réellement l'objectif de ceux qui commandent dans ces gouvernements, qui ont juré de protéger leurs citoyens et qui collectent des impôts afin d'assurer cette protection ? Il ne fait aucun doute que cela était intentionnel, et il suffit de lire dans les actions de ces gouvernements pour déterminer cette réalité.

Ils ne peuvent plus coordonner et étroitement bloquer une ville sans date et heure précises, ce qui les place ainsi dans un perpétuel état de préparation, afin d'être prêts à tout moment à rassembler un blocus rapide, blocus impossible sans une bonne raison, où s'il n'est pas appliqué au bon moment.

Ils doivent alors soit partager le véritable ordre du jour avec de nombreux organismes locaux, afin d'avoir la coopération pour un rassemblement rapide, ou prévoir de ne rien dire et arriver à l'échec d'un appel à un blocage soudain et imprévu. Les institutions locales seraient alors probablement favorables à la population locale et de la rébellion s'ensuivrait.

Un perpétuel état de préparation oblige les organismes/institutions à se concentrer uniquement sur des exercices, et à ne pas être distraits de ce travail régulier, et toute catastrophe naturelle qui s'ensuivrait briserait cet état de préparation.

Les catastrophes naturelles telles que l'implosion de bâtiments dans la zone d'étirement des plaques tectoniques, les séismes ou des éruptions volcaniques dans les zones de forte compression, feront se détourner les ressources que l'État a alloué à ce blocus des villes en perpétuelle attente.

Les gouvernements ont de plus en plus de mal à expliquer le perpétuel état de préparation, des exercices constants, en dépit d'un manque de terrorisme réel, perdant ainsi la crédibilité de ceux requis pour effectuer un blocus.

L'incidence des catastrophes naturelles, et la visibilité croissante de Nibiru, changent l'orientation des conversations dans les chaumières vers ces problématiques et donc un ordre de rester dans leurs maisons semblerait inapproprié pour les citoyens, qui se rebelleraient.

Et quel est l'effet sur l'homme commun, qui se voit refuser même à cette date tardive toute information honnête sur ce qui est en train de dévaster leurs vies ?

Pour ceux qui attendent le spectacle indéniable que sont les changements terrestres que nous avons prévus, l'arrêt de la rotation suivie par un saupoudrage rouge sera ce signe indéniable, et toute date annoncée doit être ignorée jusqu'à ce que ces signes soient évidents.

Pour ceux qui veulent aller à un endroit sûr avant l'arrêt de rotation terrestre, mais qui ont des liens avec leur vie ordinaire et des obligations, les changements terrestres rapides tels que les séismes et les éruptions volcaniques, ainsi qu'un ralentissement perceptible de rotation, seront leur indice, quel que soient les dates qui sont concrètement publiées.

Pour ceux qui ont fait très tôt des changements dans leur vie, se déplaçant vers des lieux sûrs et s'y étant installé, la date exacte n'est vraiment pas cruciale.

Pour la grande majorité de l'humanité qui n'a même pas entendu parler d'un possible basculement des pôles, annoncer les dates n'est pas vraiment pertinent.

Pour la grande partie de l'humanité qui ne peut pas se déplacer vers des endroits sûrs ou faire des changements dans leur vie, parce que leur vie est une lutte pour la subsistance au quotidien, annoncer les dates n'est pas vraiment pertinent non plus.

Pour ceux qui voyagent pour le travail ou pour le plaisir, qui ont choisi d'être à l'étranger à cette époque, ou qui se placent dans une telle position par leur choix de travail, ils ne prennent finalement pas le message au sérieux, et ce quelque soient les dates annoncées.

Ainsi, une date annoncée à l'avance serait peut être commode, mais ne changerait pas le résultat de la préparation de l'homme de tous les jours, où alors elle serait grandement utilisée par ceux qui veulent assassiner leurs citoyens, ou profiter des autres, et nous avons donc refusé de donner toutes les dates pour ces raisons. Observer les changements de la Terre et le comportement de ceux qui sont dans les couloirs du pouvoir seront les meilleurs indices.

Avantages décisifs du mensonge blanc

Nancy Leader a expliqué que cette date de 2003 était un piège, non pas destiné aux gens qui la suivaient, mais aux debunkers qui transmettent les informations qu'ils récoltent grâce à la surveillance des personnes clés (scientifiques, abductés etc...).

En même temps, les ET avaient falsifié les données des sondes américaines pour les amener à faire des calculs pointant également sur la date de mai 2003. Le résultat ne s'est pas fait attendre, puisque les Élites américaines conservatrices ont abattues leurs cartes : falsification massive des élections grâce aux machines automatisées, trucage des résultat dans les États clés (Floride) et élection de Bush fils en janvier 2001, malgré les preuves de la fraude.

S'en suivent directement les divers attentats qui mènent au fameux WTC du 11/09/2001, la mise en place d'un état d'urgence limitant les droits des citoyens et proche d'une dictature fasciste (emprisonnement arbitraire sans jugement, torture, assassinats de personnes dans le monde entier), mais surtout l'invasion de l'Irak grâce à de faux renseignements sur des armes de destruction massive.

D'un point de vue économique, ont été mis en place également des mesures à court terme qui s'écrouleront en 2007 (crise des subprimes).

Nibiru n'étant pas au rendez vous, tous les mouvements et mesures prises par les Faucons de Washington sont tombées à l'eau, car ils n'avaient bel et bien qu'une vue à court terme, se préparant à prendre le pouvoir après le passage de Nibiru qu'ils pensaient arriver en 2003. Le piège a effectivement fonctionné, faisant sortir le loup du bois.

Nettoyage des auditeurs de Zetatalk

Alors que de nombreuses personnes qui suivaient Nancy Leader étaient convaincues que le passage se ferait en 2003, personne ne s'était réellement bien préparé pour les catastrophes. Un paradoxe qui a fait prendre conscience à beaucoup qu'il est bien beau de regarder les choses d'un point de vu scientifique/intellectuel/spirituel, mais qu'on ne peut pas se contenter de cela : pourquoi des gens pourtant convaincu que 2003 allait être la bonne date ont-ils autant négligé leur préparation ? Le "white lie", ou mensonge blanc de Nancy Leader avait aussi ce but, réveiller les gens et leur montrer que malgré tout, personne n'était prêt à la date prévue. Alors à quoi cela sert-il de donner une date précise si les gens ne se bougent pas mieux ? Une bonne leçon qui a servi à faire un bon nettoyage : les gens qui donnaient plus d'importance à la logique et aux informations vérifiées données par Nancy Leader n'ont pas changé leur opinion malgré 2003, alors que ceux qui venaient juste là pour avoir une date et sauver leurs petites fesses ont été voir ailleurs si quelqu'un pouvait les tenir par la main. Une manière de faire fuir les indésirables qui ne s'interrogent pas sur le fond mais attendent juste de profiter des renseignements pour assurer leur propre sécurité.

Limites des émeutes

[AM] Les émeutes sont là pour faire peur à la majorité de la population, celle qui écoute la télé et ira attaquer les révolutionnaires qui voudraient prendre d'assauts l'Élysée. C'est pourquoi il est si important de ne mettre dans la précarité qu'une minorité de la population, et de garder le contrôle des médias pour raconter la narrative que l'on veut. Pour ne pas devenir pauvre (et donc mourir selon la narrative), les classes moyennes (la majorité du peuple qu'on exploite sans vergogne) seront rendues peureuses de perdre le peu de possessions qu'elles ont. Il s'agit par contre d'éviter qu'un trop grand nombre de citoyens descendent dans la rue. Avec les Gilets Jaunes (GJ), mouvement de contestation créé et aiguillonné volontairement par les Élites (les médias qui annoncent le mouvement des GJ plus vite que les réseaux sociaux ne le font, Macron qui se moque de Jojo le GJ, qui passe des lois sur le Lycée obligeant les lycéens à rejoindre les manifestations, etc.), il a fallu pousser fort : il y avait plus de policiers massés à Paris que de manifestants...

Manière d'établir la loi martiale

Le problème est de faire passer la pilule aux populations. Si en Chine l'État a l'habitude de prendre des décisions fortes et de restreindre les libertés des citoyens (la communauté prime), c'est bien moins le cas dans les pays occidentaux qui ont joué (pour l'intérêt des plus riches) sur les concepts de Libertés Individuelles pour construire un système fondé sur l'accumulation des richesses par une Élite, et un individualisme débridé. Comment justifier sinon, que certains possèdent des milliards, alors que d'autres n'ont pas les moyens de vivre correctement ? Le seul moyen était de mettre en avant un égoïsme centré sur le SOI avant les autres, en somme une Méritocratie capitaliste qui mets en avant l'Individualisme (et le Libéralisme économique qui lui est lié). Pratique pour accumuler les milliards volés aux autres, mais moins pratique pour imposer des restrictions de libertés...

Le respect de ces libertés individuelles, celles qui ont servi de support à la construction de notre

Système, empêche toute Loi Martiale d'être proclamée par le Haut, car on crierait vite à la Dictature et à l'État de Droit.

Mais lorsque on fait paniquer une population en manipulant une pandémie, c'est cette même population, auparavant complètement réfractaire, qui va alors demander d'être privée de ses libertés. Si vous rajouter dessus des attentats, c'est jackpot pour les dominants, qui peuvent ainsi imposer leur volonté aux populations, réduisant leur libre arbitre.

En 2020, tous les Zétas étaient en attente d'un prétexte pour imposer la loi martiale, le COVID-19 le leur a servi sur un plateau.

Au pire, il aurait fallu New Madrid et la vague sismique mondiale qui en découlera pour passer à cette phase. Mais la date n'était pas entre les mains des Élites, et ils sentent bien que l'économie tire la langue plus vite que les séismes ne peuvent le faire.

Pandémie inévitable

Beaucoup d'Etats savaient que, à terme, une pandémie arriverait. De nombreux rapports de spécialistes, d'organisations (comme la CIA, l'armée etc...) avaient prévu un tel phénomène. Il n'est pas un secret que le stress lié à Nibiru entraine une baisse des systèmes immunitaires, non seulement parce que les gens sentent qu'il se passe quelque chose, mais en plus Nibiru modifie le climat et fait produire des radiations néfastes au noyau de notre planète. De plus, la quasi totalité de la population a été informée télépathiquement de ce qui doit survenir, et de nombreuses personnes ne veulent pas vivre un tel bouleversement. Leur âme botte en touche, et la moindre maladie peut alors être fatale, puisque l'âme ne veut pas davantage laisser le corps survivre. L'augmentation de morts subites, ou la rapidité de certains décès (COVID-19 mais aussi cancers qui flambent en quelques jours parfois) sont des sabordages internes. Ces gens veulent quitter ce Monde et passer à une autre Vie. Les Etudes et les statistiques de l'état de santé global des populations ne laissaient pas de doutes que le moindre nouveau virus, même relativement bénin, donnerait des pertes humaines supérieures dans ces conditions. Il suffisait ensuite de gonfler les chiffres, et de passer à la phase industrielle de suppression des anciens (Rivotril, voir L0) qui durait déjà depuis 2017.

Amplifier la pandémie

Pour faire paniquer une population, c'est très simple. Il suffit de parler de chiffres, car la plupart des gens n'ont aucune idée des proportions "normales". En ce sens, comparez le nombre de morts liés aux virus saisonniers, et ceux du COVID-19. Les chiffres étaient de 17.000 morts entre Septembre et Avril aux seuls faits des grippes et des Corinavirus classiques (dit "européens"). Or, le 12/04/2020, le COVID-19 n'a même pas encore atteint ce nombre. Néanmoins, quand on parle de plus de 10.000 morts, ou de plus de 500 morts par jours, cela parait énorme pour les citoyens. Mais combien y-a-t-il de morts par an liés au tabac (70.000) ou directement à l'alcool (40.000) ? Ce coronavirus est une grippe sévère comme en connaît régulièrement. L'état de santé globale de la population est en déclin à cause de Nibiru comme vu plus haut. Certes il y a une surmortalité, mais elle est globale. Les hôpitaux étaient déjà débordés les années précédentes (systématiquement depuis 2015), au bord de la rupture. Non seulement le nombre de patients augmente mais en plus, les ARS fermaient des services partout, coupaient les budgets pour le matériel (certains soignants témoignaient déjà en même temps que les gilets jaunes, d'avoir à courir après les gants dans les services, parce le stock n'était pas renouvelé... et j'en passe !). La rupture de notre système de santé n'est PAS lié au COVID-19, mais à une dégradation de l'accueil quantitativement et qualitativement. Pourquoi les soignants manifestaient autant AVANT le COVID-19 ? Si vous alliez cela à une population qui tombe de plus en plus malade et s'affaiblit globalement, il était évident que cela craquerait au premier petit virus qui passe. Enfin, il est simple de jouer avec les statistiques, surtout quand on peut marquer sur un avis de décès "COVID-19" alors qu'il n'y a que "Présomption" (pas de tests ni d'autopsie lors de la première vague) ou "comorbidité". Les 3/4 des personnes âgées en EPHAD sont en difficultés respiratoires même sans virus, car ce sont tous leurs organes qui sont en difficultés. De plus, les tests sont bidons. Non seulement la plupart ne sont fiables qu'à 61% en moyenne (donc presque 1 chance sur 2 de se planter), mais en plus ils ne font pas la différence entre les traces laissées par le COVID-19 des autres coronavirus saisonniers qui traînent depuis toujours. Ainsi, le nombre de cas détectés (quand il y a tests...ou pas), ou le nombre de décès ne veulent absolument RIEN DIRE. C'est une mascarade, soutenue par les médias (et donc les Élites privées), pour des intérêts et des objectifs complètement différents que la santé des populations. Pour eux nous sommes déjà tous morts ou en sursit : Installer la panique pour instaurer la LOI MARTIALE. Pourquoi le protocole de Raoult est toujours combattu, non seulement par l'Etat profond (Inserm et compagnie), mais aussi et surtout par des médias main stream qui sont entrés dans une virulence inexplicable et à peine voilée. Il suffit de voir le comportement du Monde, qui avait classé Raoult dans les "fake news" via le Décodex, et qui encore aujourd'hui, fait affirmer à ses journalistes (qui ne sont ni virologues ni médecins) que la chloroquine ne soigne rien. Or il existe des tests in vitro qui indiquent l'inverse, et même si on peut reprocher à Raoult l'absence de Groupe Placebo, est ce que c'est bien le moment de s'accrocher à des méthodologies longues et complexes alors que les gens sont en train de mourir MAINTENANT. On ne veut pas que cette pandémie s'arrête, au contraire, on va donner aux gens la frousse d'une SECONDE VAGUE, et d'un DECONFINEMENT trop hâtif.

Contrôler les groupes dont on a peur

Les Élites fortunées essaient aujourd'hui de créer des désordres populaires pour pousser et justifier à leur propre protection, comme aux USA, où il a été clairement établi que des milliardaires comme Soros poussaient aux affrontements inter-raciaux, en prenant le contrôle et en finançant les groupes anarchistes.

Pourquoi pousser des groupes comme antifas ? Tout simplement parce que les milliardaires ont peur des islamistes et des anarchistes, qui veulent renverser leur pouvoir. Le mieux dans ce cas-là c'est d'attirer à soi ceux qui veulent sincèrement changer le système, et s'arranger pour qu'au contraire, manipulés, ces idéalistes protègent le système qu'ils prétendent combattre...

En France, certains Élites ne sont pas satisfaits de l'état d'urgence, car ils voudraient que leurs propres intérêts soient davantage ciblés, alors que l'état d'urgence reste une mesure générale. Les exercices d'évacuation de VIP par l'armée sert à répondre à ces demandes mais elles restent plus ou moins insatisfaites, car ce qui est demandé est encore plus de contrôle ciblé, et notamment comme les "anti-riches", anarchistes, extrême gauche, etc..., car c'est d'eux que les Élites ont peur (et surtout que ces groupes viennent entraver

760

leur fuite ou saccagent leur biens). Le gouvernement est donc poussé dans le sens d'une surveillance des groupes à problème pour les riches, anarchistes et conspirationnistes, mais aussi toute personne qui ose remettre la domination des Élites en question.

Évidemment, si ces groupes agissent sous le contrôle des Élites, le contrôle de ces groupes est absolu, leurs plans connus, et les plans qui seraient efficaces aussitôt désactivés par les têtes pensantes corrompues du mouvement.

Serrage de vis progressif

Les Élites comme les gouvernements étaient pressés de mettre la Loi Martiale en route, ou du moins de resserrer la vis petit à petit. Avec le terrorisme, puis les contestations sociales, c'est bien ce qu'on a vu par exemple en France. Plus le temps passe et plus les contraintes sont fortes et la violence étatique en hausse. On a commencé à mettre des forces militaires en place (Sarkozy), de 10.000 hommes qui pouvaient intervenir sur le territoire en cas de "problème", puis au plan vigipirate permanent suite au terrorisme (Hollande), et enfin à la répression violente avec les gilets jaunes (Macron). Petit à petit l'étau s'est resserré, et c'est particulièrement vrai en France ou culturellement, la population est connue pour être rebelle (la France championne des grèves et des manifestations, bien plus que tout autre pays !). Une pandémie est bien trop pratique, parce qu'elle inverse les rôles. L'État fait semblant d'être réticent ou feint de ne pas réagir assez vite, pour que les gens réclament eux mêmes plus de mesures liberticides. Les médias et les politiques semblent indifférents au risque, puis une fois, mais soudain l'idée du confinement "inévitable" en place et accepté en temps que principe, c'est l'inverse. L'État et les médias cristallisent la panique générale : pas de masques, pas de traitement, une contamination galopante, une rupture du système de soin anticipée... Plus tard, ce sera la panique économique qui prendra le dessus, alors même que la Pandémie ne cessera jamais. On craindra une seconde vague et on CONTRAINDRA les travailleurs à aller bosser pour maintenir le système malgré la peur de la contamination qui sera toujours présente. Nous aurons alors à la fois un confinement permanent (qui peut être allégé mais qui ne partira jamais), et une contrainte d'État à maintenir le système coûte que coûte, en mettant les travailleurs en état de travaux forcés.

Limiter les déplacements

Confinement

Les mesures prévues au début par les Bushies, étaient d'ordonner à tout le monde de rester chez soi, la mort par " abri sur place " : Ceux qui étaient utiles étaient évacués des zones dangereuses, tandis que les inutiles étaient confinés dans les zones dangereuses, et les inutiles dans les zones sûres étaient déplacés dans les zones dangereuses, sous prétexte officiel de les mettre à l'abri.

Déplacements limités

On pourra aller travailler pour le système, mais pas faire de migration de masse. Les sorties de la ville, dans les autres départements, etc. seront interdites, des barrages militaires vérifieront que vous avez un laissez-passer pour les boulots qui le nécessitent.

Cela évite :

- les migrations de masse vers les campagnes isolées où les Élites ont leur bunker,
- les gangs de pilleurs d'envahir un autre État

Les problèmes dans les plans des Élites

Les diverses mesures (gel éco, couvre-feu et confinement) vont évidemment rencontrer une forte opposition au sein de la population. D'où la nécessité de connaître la date de Nibiru, pour que la confiance des français ne soit pas trop émoussée au moment du passage.

Confinement

Se poser et réfléchir à sa vie

Quand on est confiné à la maison, on l'est avec ses proches, que l'on croyait connaître, mais qu'on voyait peu souvent dans la journée au final.

Se retrouver "entre soi" a un effet miroir et révélateur des problèmes qui se posent dans nos vies. Cela laisse le temps de faire le point sur sa situation matérielle, familiale ou maritale, mais l'inaction relative permet surtout de réfléchir à ses priorités de vie. Cela a un impact bien plus grand sur le spirituel que sur le matériel, pourtant le plus visible. En ce sens, le COVID-19 et indirectement le confinement servent de révélateurs. Ils mettent en lumière tous les travers du Système, tout ce que nous avions ignoré mais qui ne nous convenait plus.

Les gens qui se retrouvent sans revenus, dans 15 m² avec 3 enfants, ce ne sont pas des situations nouvelles, mais ces personnes tenaient le coup souvent avec des boulots précaires et mal payés. Il y a une remontée en surface des inégalités sociales qui va bien plus loin que la grogne des gilets jaunes.

Révélateur spirituel

Les altruistes

En contrepartie, c'est bien l'orientation spirituelle des gens qui est d'un seul coup sollicitée et mise en avant, avec des personnes compatissantes qui essaient d'aider les gens en difficulté (cagnottes, dons de nourriture, jardins de Gilets Jaunes, assistance aux personnes isolées alors que dans le même temps les associations caritatives sont hors circuit) à contre courant de l'État/des services sociaux et autres associations qui bottent complètement en touche à ce niveau, abandonnant les gens à leur propre sort.

Comme ces gendarmes qui se cotisent pour acheter une semaine de course à une personne qui en était réduite à braquer un supermarché.

La solidarité ne vient pas "du haut", mais de la "base", c'est un point extrêmement important à souligner, montrant que nous n'avons pas mis au pouvoir les bonnes personnes.

Égoïstes

De l'autre côté, chez les égoïstes, nous avons des individus qui pensent d'abord à leur petit pouvoir pour bloquer des traitements, parce que l'urgence les court-circuite et que cela démontre la dictature administrative sous-jacente qu'ils maintiennent sans états d'âme (l'Etat Profond). Quand on voit des ARS qui prévoient toujours la suppression de centaines de lits et de postes dans les hôpitaux alors que, dans le même temps notre système de santé ne tient que par la bonne volonté des équipes médicales en manque de tout, quand on voit la direction de la Poste qui planque en secret 24 millions de masques sans en faire bénéficier ses facteurs, par peur de se les faire réquisitionner... On distingue facilement les priorités spirituelles qui sont éclairées au grand jour par la situation.

Réveil des populations

De l'autre, Le confinement et le déconfinement ne sont que des problèmes structurels et logistiques, mais qui auront des répercussions sur le réveil des populations. La confiance dans les médias et les dirigeants était déjà très entamée, mais en ces jours elle s'effondre complètement. On ne peut pas dire aux gens qu'il est hors de question de fermer les écoles pour faire totalement l'inverse

le lendemain, ou encore dire que le masque est inutile afin de cacher des erreurs monstrueuses de gestion du matériel, pour au final faire complètement volte face par la suite... Tout comme le blocage de la chloroquine, médicament connu et archi connu depuis 50 ans, donné sans précautions aux touristes jusqu'à l'arrivée de la pandémie, et dont l'utilisation aujourd'hui reste coincée par des barrières administratives/lobbyistes incompréhensibles pour le grand public (malgré la propagande axée sur les effets secondaires réels, mais largement maîtrisés depuis 50 ans d'utilisation banalisée). Tout cela passe mal, et aura une énorme répercussion sociétale. Les gouvernements ont été opportunistes, mais ont sous estimé l'impact de cette mise en Loi Martiale généralisée et prématurée. Ce sera un impact profond qui laissera une plaie ouverte jusqu'à l'arrivée de Nibiru, et qui se superposera aux autres événements dramatiques qui suivront à n'en pas douter. A savoir concrètement la réaction générale des populations, la colère monte, mais son extériorisation pourra être aussi variée qui les cultures et les aléas environnementaux. Cela n'est pas prévisible dans le détail, mais toute colère ou frustration finit forcément par ressortir.

Espionnage de masse

Nous l'avons vu plus haut (prise de conscience des populations), les dominants ont besoin de sentir à l'avance quand la population va se réveiller sur Nibiru.

Cette surveillance généralisée massive existe depuis des années, les autorisations de l'état d'urgence de 2015 ne sont là que pour rendre publiques d'anciennes pratiques cachées sous le couvert du secret défense.

Plusieurs astuces sont utilisées. Par exemple, la CIA se sert du jeu "Pokemon GO" pour pister la population.

Une réalité ancienne

Les catholiques

Le confessionnal catholique est le premier outil d'espionnage de masse. En plus, les gens disaient directement ce qu'ils avaient en tête.

Les prêtres remontaient les infos intéressantes à leur supérieurs, et tout était traité et analysé au Vatican.

Réseau Échelon

Dans L0, nous avons vu que les téléphones ont toujours été écoutés. L'ordinateur permet d'écrire son journal intime sur disque dur, et le branchement sur internet, via le système d'exploitation de Microsoft, envoie tout ensuite sur des serveurs dédiés de la CIA, comme le fameux Kraken. Les catholiques sont battus, il n'y a plus cette réticence à parler devant quelqu'un d'autres de ses pensées les plus profondes.

Officialisation de ces pratiques

Les attentats de 2015 ont été l'occasion d'officialiser cette surveillance généralisée, avec le prétexte que cet espionnage de masse servirait à détecter les futurs attentats islamistes. C'est ensuite le COVID-19 de 2020 qui a servi d'excuse à tracer la pandémie, le ministre de l'intérieur Castaner se permettant même le luxe de faire croire que le peuple était en demande de se faire suivre de partout.

Suivi des migrants de Nibiru

les gouvernements avaient l'intention de suivre les déplacements de population, notamment à l'approche de Nibiru où il y aurait des exodes massifs. Le COVID-19 engendre le premier exode de masse de ce type. Selon les estimations, 1.2 millions de parisiens ont fui la capitale le jour de la mise en place du confinement, et probablement que bien d'autres urbains ont fait de même. Les gens ne sont pas fous, ceux qui le peuvent comprennent très bien que la campagne offre bien des avantages en période de pandémie (faible population, solidarité supérieure, environnement plus sain et plus confortable...). Ces mouvements sont logiques et prévisibles, mais ce sont les destinations ainsi que l'ampleur des mouvements qui inquiètent les dirigeants. Quand les premiers signes de la dangerosité des océans/mers seront évidents avec les premiers tsunamis sur les côtes européennes (et New Madrid aux USA en parallèle), les problèmes d'approvisionnement en nourriture et en biens, la baisse des revenus due à une économie en perdition (mais gelée pour éviter sa déblâcle totale), les gens vont s'adapter et chercher de meilleures conditions, comme pour le COVID-19. Fuites côtes devenues dangereuses, fuite des zones les plus impactées par la famine... mais pour aller où ? C'est ça que les dominants veulent savoir.

Ces migrations COVID sont mondiales, par exemple en Inde.

Pas de puce sous-cutanée, mais un smartphone

Voir dans déformatage>Santé>smartphone (p.) la manière dont nous sommes accro à notre portable, refusant de lâcher cet appareil, qui s'est révélé plus sûr qu'une puce sous-cutanée.

Les téléphones portables sont bien pires que les puces RFID, car non seulement ils permettent de nous tracer, mais en plus donnent le contenu de nos conversations (voix, mails, réseaux sociaux, etc.) et de nos fichiers.

(07/2016) En effet, ce n'est pas la puce du smartphone qui vous trace, mais son processeur. le seul moyen de le désactiver est de lui couper le courant, et encore, il semble que ces processeurs, comme ceux des pc, puissent réagir à des impulsions et renvoyer en passif leur position. Donc même en coupant le courant, on est pas certain d'être furtifs !

A partir du moment où il y a un processeur, le risque est là : tablettes, liseuses, smartphones, GPS de voiture, etc. tous utilisent des processeurs qui sont des traceurs passifs. N'oubliez pas que certains smartphones sont plus puissants que certains PC haut de gamme d'il y a 10 ans. Les RFID sont partout sauf là où les conspis les cherchent (c'est à dire dans votre corps). Ah oui, et n'oubliez pas les GPS dans vos voitures, idem.

Pour la RFID, l'idée du puçage dans le corps a été plus ou moins abandonnée pour les populations, car il existe une assez grande méfiance (merci aux conspirationnistes). Par contre, il existe de nombreuses solutions indirectes qui permettent de remplacer le puçage direct. Non seulement vos smartphones peuvent vous trahir, mais il existe bien d'autres astuces. Vos chiens ne sont ils pas pucés ? Vos PC n'ont ils pas des moyens autonomes de géolocalisation (notamment grâce au processeur) ? Idem pour les voitures récentes. Ça c'est seulement pour la géolocalisation permanente, puisqu'il aussi très simple de vous suivre par vos achats (carte bleue) ou grâce à la plaque d'immatriculation de votre véhicule. Et oui, rien de plus simple de faire en sorte que tous les radars fixes lisent en continu TOUTES les plaques qui passent à leur portée. Enfin sachez que les cartes d'identité après 1995 sont pucées (et encore plus avec la nouvelle de 2021), avec une petit rond très discret au niveau de la gorge (sur la photo)... Votre carte vitale, à moins que vous n'alliez jamais à la pharmacie, vous trahit également à chaque utilisation. Si on combine tous ces moyens, il est très difficile d'échapper à une surveillance éventuelle, surtout que nous avons tous ou presque un smartphone ou une voiture au minimum (avec une plaque d'immatriculation ou une puce antivol pour les plus récentes). De toute façon si vous êtes sur Facebook, c'est déjà cuit, parce que vous utilisez au moins soit un PC soit un smartphone. Échec et mat.

Le problème n'est pas dans la géolocalisation des gens, vu que nous n'avons rien à nous reprocher. Le problème se poserait par contre en cas d'exode massif des populations à l'approche de Nibiru, car il serait alors possible de connaître les déplacements et de bloquer les fuites dans les barrages.

Cette géolocalisation n'est en effet pas un problème au niveau individuel pour les gens qui ne font rien d'illégal mais, au niveau global c'est différent car elle permet de modéliser les réactions de populations à diverses choses ainsi que de repérer des mouvements de population.

Surveillance accrue avec le confinement

Étant incapables de se parler de vive voix, nous sommes tous obligés de nous organiser virtuellement, de passer par des visio-conférences toutes surveillées. Une aubaine, puisque non seulement les autorités ont votre localisation, mais en plus ils connaissent votre destination et les raisons de votre exode.

Restrictions de déplacement

Il faut bien préciser que tout ce qui suit sont les plans prévus par les Élites, et pas forcément ce qui va arriver. Quelque part, de détailler tout ça, ça permettra peut-être de diminuer l'intensité des mesures qui seront mises en oeuvre.

Blocage progressif des villes

Les ville-camps se bloqueront progressivement. D'abord, sous un prétexte quelconque, interdiction de sortir de la ville.

Les rond-points

Les rond-points, des points de passage obligés pour entrer et sortir des villes, seront bloqués par des check-point militaires.

Tirs à vue

Les forces de l'ordre qui garderont ces barrages seront autorisés à tirer à vue. Depuis des décennies, on nous a habitué aux chauffards qui

tuent des policiers dans ce genre de barrage. Il suffisait juste de les surmédiatiser pour faire évoluer les mentalité (et les procédures) dans le "bon" sens. La population ne sera donc pas trop choquée de ce traitement expéditif des délinquants... jusqu'à ce qu'ils se retrouvent eux-même victime de ce genre de tir expéditif...

Murs de blocage

Les autres routes seront barrées par des plots de béton, ou des containers pour les petites routes.

Laisser les utiles travailler

Si les activités d'une personne sont considérées comme non essentielles (du point de vue des dominants, pas du point de vue de la personne pour qui son activité est sa passion et toute sa vie...), cette personne ne pourra sortir.

Mais les "utiles" (aux dominants) doivent continuer à travailler à l'intérieur des zones bouclées. Des laissez-passer seront octroyés aux personnes habitant hors de la zone fermée pour des raisons professionnelles. Si vous habitez à la campagne mais devez travailler en ville, vous passerez des checkpoints, des points de contrôle, qui se situeront dans la couronne des villes (au niveau des ronds points généralement).

Concentration des miliciens dans les ville-camps

Les forces de l'ordre vont être aussi reconcentrées dans le zones bouclées pour faire respecter le couvre feu, mais dans le même temps, ces forces seront prises en campagne où la sécurité sera moins présente, effectifs dans les gendarmerie réduit oblige. Enfin l'armée pourrait être sollicitée dans le cadre de ce couvre feu en appuie de la gendarmerie. Ce plan est également préparé depuis longtemps, puisque c'est Nicolas Sarkozy qui a créé la force militaire de 10.000 homme capable de se mobiliser sur le territoire pour le maintien de l'ordre en cas de trouble majeur.

Réquisition de toutes les forces armées

Le summum du déploiement des forces armées sera atteint quand les populations "a risque" vont commencer à migrer en masse, notamment du bord de mer vers l'intérieur des terres. Les premières vagues "scélérates" qui seront en fait des tsunamis sans séismes, de plus en plus fortes à cause du vacillement terrestre, mais aussi les conséquences de New Madrid sur l'Europe y contribueront pour la majeure partie. Ceci ne sera que le début des restrictions et des contrôles !!

France

Petit à petit, les gouvernements vont museler leurs populations via des lois martiales et des blocages pour les empêcher de se déplacer, notamment en France. A terme, ce qui est prévu c'est de concentrer les populations dans des zones sanctuaires, comme les villes. Certaines deviendront des forteresses, avec une Loi Martiale totale et écrasante, afin d'éviter toute rébellion et maintenir le pouvoir des Élites.

Ce durcissement des gouvernements atteindra son paroxysme avec l'arrivée à l'oeil nu de Nibiru dans le Ciel, de très puissants séismes/tsunamis qui toucheront des zones peuplées, tous les volcans du monde, même ceux éteints depuis des millénaires, qui se réveillent, un vacillement de l'axe terrestre qui sera impossible à ne pas remarquer tant les écarts seront importants d'un jour à l'autre. Face à tous ces problèmes, le Système voudra survivre et conserver son contrôle sur les populations (prôné par Voltaire : la minorité doit travailler et nourrir la minorité qui se contente de régner).

Plusieurs plans ont déjà été appliqués, utilisant les différents leviers, pour provoquer une loi martiale :

- Provoquer des problèmes sociaux : Regardez avec du recul l'huile que Macron et d'autres mettaient méthodiquement de l'huile sur le feu pour que la rage ne retombe jamais. LBD, yeux crevés, tabassages, scandales, phrases assassines ou désobligeantes vis à vis des pauvres, et avantages toujours plus nombreux donnés aux ultra riches. Heureusement que les gens ont contenu leur colère et n'ont pas répondu par la révolte aux violences/provocations qui visaient à mettre le chaos dans le pays, et donc l'imposition d'une loi martiale.
- Le COVID-19 ensuite : une mauvaise grippe amplifiée de toute pièce : traitement spécifique par les médias, informations contradictoires, afin d'instaurer la panique et l'incompréhension dans la population. Blocage des soins (intimidation de Raoult, interdiction des traitements efficaces, destruction des stocks existants et arrêt des usines de production, destruction des masques aux soignants et forces de l'ordre pour que le virus contamine plus de gens, etc.)

Si les gilets jaunes n'ont pas atteint le but espéré par les Élites (en excitant les classes les plus pauvres, mais aussi les plus réveillées...), faire peur aux classes moyennes à aisées (les plus endormies dans leur confort, refusant, comme les Élites, que leur situation ne change) avec le COVID a été plus efficace pour justifier leur loi martiale.

Plus la crise empire (médiatiquement, pas dans la réalité), plus l'état d'urgence est fort et sera difficile à lever.

Seul souci pour les Élites, c'est un effet boomerang, car ces manipulations/mensonges sont plus qu'évidentes pour la partie la plus réveillée du grand public : En effet, il y a un remède simple, bien connu, et des gens se font soigner avec succès à l'IHU de Marseille, pourquoi pas nous se disent beaucoup de personnes exclues des tests et des protocoles de soins, ou qui voient des proches atteints et privés de cette solution presque miraculeuse tant elle est toute bête : médicament simple à fabriquer, peu cher et connu depuis des décennies, et donné systématiquement sans précautions à tous les touristes qui vont dans des zones à paludisme, tout ça depuis 80 ans.

Autre effet boomerang, la destruction de l'économie. Gare au retour de flamme : à force de souffler sur le feu, on finit non seulement par se brûler (population en colère) mais aussi brûler le plancher sur lequel on est assis (l'économie).

En 2020, nous n'étions pas loin non plus des travaux forcés avec les réquisitions de personnels. Esclavagisme en marche, c'est le but final des Élites, rappelons le !

Génocides

Survol

Il y aura plusieurs génocides de prévu. Génocide :
- par les vaccins (p.)
- des vieillards dans les Ephad (p.)
- lors du PS1 en bloquant les gens dans les zones dangereuses (p.)
- dans les villes mouroirs du NOM (p.)

Ces plans étaient prévus par le DS, mais nous avons vu que les Q-Force les ont laissé faire...

Différents plans, plus ou moins probables

Certains plans ne seront appliqués que par un groupe illuminati, et pas par les autres.

Certains plans seront appliqués par tous (on le voit avec Trump et Poutine vantant les vaccins), pour dégager les plus faibles de la population.

D'autres plans auront des dates décalées selon les Élites (tuer avant ou après Nibiru).

Qui ?

On ne parle pas des Illuminatis ici, mais bien de certaines super-Élites fortunées, celles proches de l'ultra-droite américaine notamment.

Certains satellites lancés en 2020 doivent servir à des alertes précoces tsunamis en Atlantique. Cela veut dire qu'il y a une volonté de sauver les gens. Mais de l'autre, certains satellites qui devaient servir à tracer les survivants ont été détruits par les ET lors du lancement, des satellites français et espagnols. Les différences idéologiques, sur l'attitude à porter envers les populations, varient encore beaucoup au sein du même pays.

Volonté de tuer (p.)

Les plans des Élites ne prévoient pas de nourrir tout le monde, il faudra donc tuer les indésirables pour que les dominants conservent leur petit confort, puissent assurer leur fuite et la tranquillité de leur survie, sans que des hordes de crève-la-faim ne viennent taper à la porte de leur bunker.

Critère d'amplification (p.)

Le facteur clé est la peur de la perte de contrôle par les Élites, qui comprennent mal la réaction des foules : plus les gens réagissent calmement, plus les Élites sont apaisées et leurs plans moins extrêmes.

Timing précis

Ce génocide est une solution de dernière minute, les Élites ne veulent pas annihiler trop tôt leur "cheptel" d'humains dociles qui payent des impôts et assurent leur super-confort matériel quotidien.

Peu de choix possibles pour gérer Nibiru

Il y a une variété de plans selon chaque pays, mais fondamentalement 3 catégories d'actions :

- Des relocations de populations afin de sauver le plus de monde possible, soit sur le territoire national, soit en accord avec d'autres états.
- Un plan de sauvetage pour les Élites, accompagné d'un abandon des populations au mieux, ou des plans d'extermination ou de déportation au pire,
- Ceux qui sont obnubilés par leur territoire géographique (restaurer des anciens empires, ou appliquer des prophéties messianiques) et leur sécurité ([2016] Israel - Iran - Arabie Saoudite, Turquie (empire ottoman) entre autres) et qui sont totalement fatalistes pour leur population, sans plans ni positifs ni négatifs à leur égard.

Comment génocider ? (p.)

En déportant, et en confinant les citoyens près des côtes soumises au tsunami de pole-shift ou aux séismes records, en les entassant dans des villes fermées qui ne seront plus approvisionnées, en bombardant les colonnes de migrants, les dominants ont le choix et l'expérience...

Des plans changeants

Les plans évoluent avec l'évolution géopolitique du monde, l'arrivée de Trump, et des nouvelles Élites que constituent les Q-Force, changent la donne dans pas mal de pays. Mais comme ces plans sont édictés par les dominants non élu l'État profond, et que les nouvelles Élites ont les mêmes centre d'intérêt que les précédentes (eux-mêmes), comptez que les nouveaux plans ne seront pas très éloignés des anciens, voir que l'État profond sera toujours en contrôle à ce moment-là, et que les anciens plans peuvent être réactivés à tout moment.

No Man's Land des ville-camps (camps>forteresse défensive p.)

Mettre en place des zones interdites, assez larges, autour des enclaves. C'est dans ces zones que les humains libres seront systématiquement persécutés et tués, avec les mines, miradors et autres drones automatisés tueurs.

Faire s'entre-tuer les populations

Le plan de Merkel et de la Turquie, était de donner le contrôle aux migrants (en les armant, et en leur donnant dès le début des chefs) pour exécuter les populations européennes, avant que les armées européennes des ville-camps ne viennent tuer les milices migrantes survivantes de la guerre civile.

Repousser ou bombarder les colonnes de migrants

Des millions de personnes vont être jetées sur les routes suite aux destruction de leur zone de vie. Est-ce que les dirigeants réfugiés dans leur palais-bunker partageront leurs ressources, quitte à se priver. Leurs plans de bombarder préventivement ces "hordes" de réfugiés montrent bien que non... Des plans qui ne bénéficieront pas de l'aide de high-tech, voir les satellites lancés conjointement par Facebook et Israel, censés surveiller l'arrivée de ces migrants, qui se crashent les uns après les autres.

Les migrants qui arriveront aux portes des enclaves high tech seront abattus comme des chiens.

D'autres plans prévoient de les canaliser vers des pays poubelles comme l'Ukraine. Les forces armées seront utilisée pour encadrer ces flux de population qui se compteront par dizaine de millions en même temps.

L'Australie prévoit de repousser les boat-people.

Vaccin : Hypothèses additionnelles possibles

[AM] Harmo ne parle pas de cette hypothèse, normalement tombée à l'eau avec l'exécution de Bill Gates.

Un plan qui était prévu juste avant le passage de Nibiru pour le volet 3e guerre mondiale, mais qui peut être mis à tout moment pour le volet vaccination mondialisée : sous couvert d'un coronavirus quelconque, présenté comme bien plus mortel qu'il ne l'est en réalité, l'humanité sera vacciné par un vaccin à ARN (jamais testé à grande échelle avant), qui ne tuera pas tout de suite, mais 1 à 5 ans plus tard. Permettra de détruira à terme certains génotypes humains, ou certaines régions sur lesquelles lorgnent les Élites.

Pourquoi génocider les "inutiles" ?

"inutile" du point de vue d'un dominant égoïste, pour qui l'environnement n'est classé que par ce qui peut lui servir (utile), et le reste (inutile ou néfaste).

Pour la Nature, la vie d'un esclave est aussi inutile que celle du maître, mais ce dernier ne se remet jamais en question...

Pour un dominant, les inutiles sont des bouches à nourrir qui semblent retirer de la bouche des ultra-riches des miettes, miettes perdues sont ils semblent souffrir énormément...

De par leurs demandes, les inutiles passent vite dans la catégorie de néfaste à éliminer, constituant un danger possible pour le confort du dominant.

Mais c'est surtout le nombre d'inutiles qui fait peur au dominant : les Élites préfèrent une faible population de serviteurs performants pilotant des robots, plus faciles à contrôler. Plutôt que des hordes de zombies sans cervelle (à leurs yeux), qui risquent un jour de les envahir et de tout casser.

C'est pour les mêmes vues égocentristes et peu empathiques que les anunnakis ont toujours massacré les populations humaines devenues trop nombreuses, et que les Raksasas ont demandé le maintien en dessous des 500 millions d'individus.

Lors du PS1

Il existe plusieurs stratégies pour diminuer drastiquement le "nombre de bouches à nourrir" :

Rester dans les zones mortelles

Moins il y a de survivants et moins il y aura de personnes à "traiter" (c'est à dire aider dans un premier temps puis exterminer dans un second quand les ressources manqueront). Les Élites vont tout faire pour garder les populations indésirables dans les zones dangereuses, comme les littoraux soumis à tsunamis.

Ne croyez surtout pas les gens et les rumeurs qui disent qu'il faudra rester chez vous sous peine de mourir instantanément dehors, à cause de radiations cosmiques ou peu importe l'excuse bidon. Ce sera un moyen de vous tenir dans les zones dangereuses, et vous mourrez soit noyés, soit écrasés sous votre maison.

Regrouper dans des camps

Relocaliser les gens sous le contrôle de l'armée, et ainsi éviter des migrations de masse qui peuvent être dangereuses pour les Enclaves High tech. Dans certains pays se sera dans des camps type FEMA (les grands magasins Wall Mart transformés avec des milliers de lits etc...) , d'autres des camps de réfugiés (style tentes ONU), d'autres dans des zones urbaines (les fameuses villes prison). Les allemands ont prévu par exemple de canaliser les flux migratoires massifs en provenance des Pays du Bénélux ou du Danemark vers l'Ukraine, qui deviendra un vaste "camp de concentration". En France, les projets vont plutôt vers les villes-camps, parce que c'est plus facile de contrôler une population dans une zone restreinte et murée.

Et le génocide ? Il suffit de couper approvisionnement de ces camps, et de laisser les gens s'entretuer.

Les No-Man's Land

Mettre en place des zones interdites, assez larges, autour des enclaves. C'est dans ces zones que les survivants pourront être effectivement persécutés et tués. Il sera donc indispensable de ne pas rester près d'une ville où vous verrez une activité du type que j'ai décrit, avec des drones ou des avions/hélicoptères qui s'y rendent. Il sera difficile de se protéger de drones télécommandés ou même parfois automatisés avec vision nocturne / infrarouge.

Limite des No-man's Land

Dans le reste du territoire, et c'est valable aussi bien en France qu'ailleurs, les effectifs et les moyens de sécurité seront déjà utilisés à 100%, et aucune ressource en homme ou en matériel ne pourra être dépensée à traquer une centaine de personnes inoffensives perdues dans de milliers de kilomètres carrés de ruines/ de nature en friche.

Se tenir à l'écart, tranquille, et laisser passer les drones de livraison au dessus de soi sans essayer de les intercepter sera aussi une bonne stratégie, même si l'appât du butin sera fort. Au moindre signe d'agressivité de votre part, vous serez repérés et anéantis. C'est pas plus compliqué. Restez invisibles et éloignés, et vous n'aurez rien à craindre. Nos communautés seront prospères si elles restent dans leur petit coin dans un premier temps. Ne cherchez pas le contact "officiel", privilégiez l'autarcie et l'entraide avec d'autres communautés isolées du même type que la votre. En deux mots, restez discrets ! On ne va pas tuer une simple mouche à 500 mètres de son dîner parce qu'on a peur qu'elle vienne se poser dans sa soupe.

PS1 > Europe

UE

Le projet européen a toujours été de faire une fédération, mais cela n'a jamais pu aboutir.

Aujourd'hui, c'est un projet qui n'est plus retenu, et l'Europe ne fonctionne déjà plus. Si elle subsiste, c'est parce que ce n'est pas la peine de la faire éclater maintenant que Nibiru arrive, ce serait rajouter du chaos sur du chaos. On la laisse juste couler.

Dans les faits, l'Allemagne et la France ont déjà divorcé puisqu'elles ont mis des stratégies pour Nibiru complètement différentes.

L'Europe est un faux problème qui sert juste d'épouvantail / bouc émissaire à des personnalités politiques comme Marine le Pen ou Asselineau. On fait jouer le nationalisme sur un problème réel qui a existé, dont nous avons encore les séquelles,

mais qui n'existe plus, et dont il ne subsiste que la coquille.

France

Ces plans varient selon le groupe d'Élites, et seront activés au dernier moment, car ils ne seraient pas tous explicables.

C'est surtout en France que seront appliquées la stratégie des ville-camps (transformer les grandes villes en caps fortifiés géants p.).

Fuite en Françafrique (p.)

Les Élites se réfugient dans les enclaves high-tech Areva d'Afrique.

La population française est complètement abandonnée, aucun plan de secours établi ni pour sécuriser les côtes, ni pour sécuriser les installations sensibles (nucléaires et industrielles).

Pour que ces Élites puissent rejoindre l'Afrique (avec toutes leurs oeuvres d'art, voitures de sport, etc.) c'est de la très lourde infrastructure, qui nécessite de privatiser les routes, il faudra que le peuple soit confiné chez soi, pour ne pas interférer avec leur migration.

Loi martiale + confinement

Pour contrer un soulèvement populaire préventif, elles souhaitent établir au plus vite :

- la loi martiale (article 16 de la constitution + plein pouvoir au Président)
- forcer les gens à rester chez eux.

Toute velléité de révolte sera réprimée par le sang, le but étant de tenir les gens dans la terreur, à domicile et ainsi permettre une fuite en toute sécurité des Élites françaises.

Une grande partie (les meilleures) des troupes accompagnera les Élites en Afrique lors de leur fuite jusqu'à leur zone de refuge. Les Altaïrans ne savent pas dans quelles proportions, cela dépendra de la décision et des réglages finaux des Élites dans ce plan.

Les aéroports de Nantes, ou encore celui de Brive-la-Gaillarde, aéroport international en pleine Corrèze (fait aussi pour servir de point chute au gouvernement lors d'une fuite de la capitale), participent à ce plan d'évacuation. Les Élites sont exfiltrées par l'armée puis conduites aux aéroports. Les exercices d'exfiltration de VIP ou d'œuvres d'art (sous couvert des inondations semblant volontaires de Paris) confirment ces plans.

Grande Allemagne

Qui ?

C'est la stratégie de la grande Allemagne de Merkel (Allemagne en tête, Pays Bas, Belgique, Danemark).

Notez que la France et l'Angleterre ont leurs propres plans, montrant que l'Europe, c'est depuis bien longtemps "l'Allemagne" et sûrement pas une alliance "Franco-Allemande".

Tsunamis

(2014) Ne rien faire pour sauver leurs habitants des tsunamis.

De nombreux pays d'Europe du Nord seront complètement submergés momentanément (régions très basses en altitude). Les pays bas et généralement toutes les côtes, donc les pays baltes, le Danemark et de grandes parties des autres états la région vont disparaître sous les eaux, aussi bien pendant les tsunamis que suite à la montée progressive du niveau de la mer.

Bunkers dans les Alpes

Plutôt que de prévoir des solutions, tout ce qu'ont prévus les dominants allemands est de se réfugier, eux et leurs esclaves sélectionnés, sur les hauteurs (montagnes du Sud, vers les Alpes) et se barricader.

Couloir vers pays poubelle

Les millions de sans abris seront bloqués aux nouvelles frontières du Sud, et seront poussés vers l'Ukraine et la Russie pour que ce soit ces pays qui en aient la charge. Ils y seront abandonnés, un vaste camp d'extermination / déportation.

C'est pour cela que l'UE, Allemagne en tête, pousse à la révolte en Ukraine, en utilisant le même système que pour les révolutions arabes est employé, notamment l'utilisation massive des réseaux sociaux. Poutine, inquiet et informé de ce plan, refuse de laisser sa frontière ouverte, d'où la guerre dans le Donbass.

Ukraine

Déstabilisation de l'Ukraine par Merkel. Ce pays doit servir de "camp de concentration géant" afin d'y expulser tous les survivants en provenance de l'Allemagne, des Pays bas, de la Belgique, de la France, du Danemark, et des pays baltes.

Danemark (Groenland)

(2016) En plus de ses plans avec l'Allemagne, le Danemark possède le Groenland qui sera mieux placé avec le basculement, et cherche juste un lieu de transit avant d'y installer ses populations sélectionnées.

Angleterre

(2016) Les Anglais ont beaucoup cherché des solutions pour leurs Élites (comme les enclaves africaines pour la famille royale) mais rien pour leur peuple.

L'Angleterre va considérablement rétrécir à cause de la montée des eaux et être détruite par les tsunamis (le pays est très plat et a beaucoup de côtes). Rien n'est prévu pour mettre le peuple à l'abri, mais depuis le milieu de la décennie 2000, les anglais les plus aisés ont acquis une maison de campagne en France, dans les régions reculées du grand centre, comme les hollandais avaient fait avant eux.

Mur de Calais

Le mur de Calais, officiellement appelé "mur de protection anti-migrants" par les autorités britanniques, est construit en 2016 aux abords de l'autoroute A216 (rocade portuaire de Calais), afin de mettre fin à l'afflux de migrants vers le Royaume-Uni. Le mur de 4 mètres de haut a une longueur d'environ 1 km., à été financé à 3 millions d'euros par le Royaume-Uni. Il complète les dispositifs existants3 (50 km de barbelés autour du port et autour du tunnel) pour empêcher les migrants de monter à bord de camions à destination du Royaume-Uni.

Ce mur est lié à l'arrivée de Nibiru, pour gérer les migrants de Nibiru. Pas pour empêcher les étrangers de venir en Angleterre, mais pour empêcher les anglais survivants et non sélectionnés de quitter la Grande-Bretagne.

L'Angleterre sera un pays gravement touché, et la seule vraie solution de fuite se trouvera à Calais. Que risque de faire les anglais une fois qu'ils auront compris la menace Nibiru ? Ils fuiront par bateau, sur des embarcations de fortune parfois et il faudra bien que ce flux soit canalisé quelque part. Calais sera donc probablement un lieu de triage des migrants mais dans un contexte bien différent et inverse de celui que nous avons aujourd'hui. Si actuellement ce sont les Africains généralement qui sonnent à notre porte, avec Nibiru ce seront des occidentaux qui se rueront sur l'Afrique espérant y trouver une terre d'accueil face à une Europe sur-polluée et devenue dangereuse à cause des centrales et de tous les sites Sevesos. Est ce que cette arrivée en Afrique sera une bonne idée ? Pas forcément, car les peuples africains feront parfois payer très cher les actes "colonialistes" du passé, sans distinction de qui fut/est historiquement coupable ou non !

Le nouveau logement de la Reine

La Reine cherche depuis plusieurs années un pays qui pourrait l'accueillir définitivement (d'où les nombreux articles montrant que Buckingham palace est trop vétuste, alors que les réparations ne coûteraient que 10% du montant reçu en loyer par an).

Ce que la Reine craint le plus pour l'instant ce ne sont pas les catastrophes liées à Nibiru, mais la rage de la population quand les gens se rendront compte qu'on leur a menti ! Son but est de fuir la "populace" londonienne.

La reine a d'abord tenté avec les pays du Common Wealth où elle est chef d'état (Canada, Australie), mais elle s'est retrouvée devant 100% de refus. Elle cherche en effet un lieu capable de l'accueillir mais aussi de préserver ses droits, car elle espère avoir les mêmes avantages que dans son pays d'origine. Ces exigences complètement farfelues et irréalistes expliquent ces portes fermées.

La Reine a envoyé son petit fils William début juillet 2015 pour parler à Obama par rapport aux problèmes liés à Nibiru. La Reine pense que le pays va déclencher la loi martiale pour protéger ses Élites. Ces Élites Ultra-Riches font pression sur Obama dans ce sens (via les (affrontement raciaux, les tueries de masse, l'économie, etc.), mais ce dernier veut protéger tout le monde, et sûrement pas pour poster les militaires devant les enclaves des ultra fortunées, qui s'étaient habituées à se servir de l'armée US comme si c'était la leur.

Obama a bien des projets de loi martiale, mais pour protéger les populations des pillages, pas pour sécuriser des enclaves et laisser les pauvres s'entre-tuer à côté. Les projets de la Reine ne sont donc pas du tout en accord avec ceux d'Obama, qui a refusé de la recueillir.

Il va donc bien falloir qu'elle trouve une solution "privée". Elle est en contact avec les ultra riches des USA qui espèrent toujours faire plier Obama, et donc elle pense qu'elle bénéficiera comme eux d'une protection dès que la loi martiale sera déclenchée. Son appartement acquis à New York ne serait qu'une étape avant d'aller dans une enclave à milliardaires. Obama ne pliera pas et les ultra riches n'auront pas l'armée US à leur service. Qu'ils continuent à le croire montre bien qu'ils vivent dans leur tour d'ivoire, que tout leur est du

que le monde doit tourner comme ils le veulent. Et bien non, le monde change et leur domination est révolue. La Reine se berce d'illusions et ne sera pas accueillie comme elle l'entend.

Les attaques ET

[20/07/2015, a propos du film de la reine Elizabeth faisant le salut nazi en 1939, et qui a fuité dans la presse]

Comme tous les dirigeants s'opposant à l'annonce, des fuites dans la presse mettent à mal la royauté britannique. Comment un tel film a-t-il pu sortir des archives royales, et atterrir dans les mains des journalistes, le tout en n'ayant subi aucune censure / arrêt à tout ces niveaux ? C'est un avertissement pour la Reine, qui a encore bien plus à cacher. Le but est de lui faire peur, pour qu'elle revoit ses plans en prévision de Nibiru, notamment le blocage de l'information qu'elle s'apprête, en accord avec Cameron, à réaliser en vue de l'annonce officielle prévue pour septembre.

Scandinavie (Suède, Norvège, Finlande)

Plans de sauvegarde, les populations étant bien moins importantes que pour les autres pays, et les zones sûres relativement désertiques.

Vatican

Se réfugier en Espagne, à la frontière portugaise (pas loin de Fatima). Ils ont conservé pour eux les informations apportées lors du miracle de Fatima. L'Italie va devenir un lieu très dangereux avec séismes sévères et éruptions volcaniques (Etna, Stromboli, Vésuve...). Rome ne sera pas épargnée et la hiérarchie Vaticane ne veut pas rester dans cette zone.

Ils envisagent la fuite bien avant que ça commence. Or comme la vierge de Fatima a dit qu'elle reviendrait au même lieu dans le futur, ils espèrent être sauvés en allant sur place.

PS1 > USA

Déplacer les population en danger ou sinistrées dans les camps provisoires FEMA (construits sur des zones sûres). Permet de gérer les flux de survivants et les relocaliser ensuite dans d'autres régions de leur territoire plus épargnées. Comme ils ne savent pas exactement quel sera l'impact de Nibiru sur leur pays, ils ne peuvent pas, comme la Russie et la Chine, aménager les futures zones d'accueil à l'avance, d'où la nécessité de camps provisoires répartis sur tout le territoire.

(2014) accumulation de matériel pour gérer un nombre de mort très important (500.000 cercueils), constitution de stocks de nourriture et sollicitation du secteur privé en ce domaine, constitution de stocks massifs de munitions pur les forces de sécurités locales, rapatriement des soldats à l'étranger, comportement étrange de sociétés privées (Google met en place une bibliothèque universelle, Amazon/Google rachètent des entreprises d'armement et de robotique militaires), nettoyage en profondeur de l'armée USA (dont de nombreux très hauts gradés).

PS1 > Russie

Ce pays a déjà tout prévu, et fera migrer des millions de personnes (en danger ou sinistrées) sur des zones d'accueil sûres, dans l'Oural ou le far-Est sibérien. Des villes y sont déjà construites : bunkers secrets à Sotchi financés grâce à de grosses fuites de capitaux lors des JO, une volonté depuis 1 ou 2 ans d'occuper l'antarctique (ressources) mais aussi une redistribution des pouvoirs administratifs massive vers l'Est (du Côté Chine) accompagnée d'accord de soutien militaire sans précédent avec les autres grandes puissances mondiales (USA et Chine).

Le 19/06/2014, un groupe d'intervention de 133 000 personnes créé en Russie

En 2019, il a été prévu d'y inclure une partie des populations indiennes, pour ensuite s'étendre sur l'arctique qui aura dégelé.

PS1 > Moyen-Orient

Arabie Saoudite

(2014) Invasion déguisée et déstabilisation de la Syrie et de l'Irak via des groupes armées extrémistes, investissements massifs et prises d'intérêts en occident via le Qatar, menaces envers la Russie, augmentation des tensions Chiites Sunnites ancestrales, élimination des membres de la famille royale trop impliquées avec les occidentaux (Prince Bandar démissionné de force puis empoisonné).

Israël

(12/2014) Pléthore de courants divers sur la marche à suivre pour la suite. Le plus dangereux est la droite conservatrice et les ultra-orthodoxes qui souhaitent établir le Grand Israël et instaurer la religion juive comme religion d'État et condition de citoyenneté (les arabes seraient alors indésirables ou privés de la nationalité).

Le but de tous est de récupérer le trésor sous le temple de Jérusalem (artéfacts qui leur seront utiles pour la suite), notamment dans les grottes qui se situent sous le dôme du rocher, aujourd'hui site sacré pour les musulmans.

Netanyahu veut déclencher la loi martiale, et multiplie les provocation pour enrager la rue arabe (sachant que Hezbollah et Hamas sont sous ses ordres, faisant semblent d'être des opposants). Cela serait un prétexte a envahir l'esplanade des Mosquées, et permettre aux chapeaux noirs de venir fouiller en toute discrétion et sécurité dans la colline. Les travaux de construction d'un nouveau Temple, qui n'ont jamais pu être lancé à cause de la population arabe qui résiste, devaient servir de couverture à ces opérations de récupération. Avec l'arrivée de Nibiru, cette couverture ne sera plus nécessaire.

Iran

(2011) Personne aujourd'hui n'a les moyens de mener une guerre contre l'Iran :

1. 1 - les États sont en faillite, et les USA ont explosé leur déficit à cause de la guerre en Irak et en Afghanistan.
   2- comme on l'a vu en Lybie avec les bombardements aériens, les militaires n'ont plus de sous pour payer leurs missiles : la France et le RU se sont retrouvé à sec en 15 jours et les USA ont été obligés de taper dans leurs stocks.
   3 - difficile de s'attaquer à un allié de la Chine, Chine qui est le seul pays, avec la Russie, à avoir des réserves de devises, ayantt même racheté une bonne partie de la dette des occidentaux : couper l'approvisionnement en pétrole de la Chine, c'est s'exposer à un retour de flamme économique destructeur !

Cette hystérie contre l'Iran ne vient pas d'Obama (qui cherche à quitter la région), mais c'est l'extrême-droite israélienne de Netanyahu, alliée aux évangéliques (chrétiens extrémistes américains) qui veulent foutre la pagaille : plus on fait passer les musulmans pour des méchants, plus ils recrutent chez les lobotomisés USA qui regardent trop la télé, et qui vont courir donner leurs dollars aux prédicateurs.

771

(2014) Quand les Américains étaient en Irak, sous l'ère Bush, ils ont tout fait pour que Chiites et Sunnites d'entre-tuent (découpage des quartiers, faux-attentats, etc...), de même que la CIA, en créant le Wahabisme en Arabie Saoudite, à monté ce pays sunnite contre l'Iran chiite.

Il y a un gros enjeu par rapport à la Chine et la Russie, notamment avec le pétrole, puisque la Chine en particulier, est très dépendante de cette zone.

Syrie

(09/2011) La Syrie est bien une dictature sanguinaire qui s'affole et tue son propre peuple. Il ne s'agit donc pas de blanchir ses dominants, qui sont les mêmes que tous les dominants de la planète d'ailleurs : la France ferait mieux de se libérer elle-même avant d'envoyer des armées "libérer" les autres pays...

Par contre, les révoltes arabes ne sont pas "naturelles", elles ont effectivement été provoquées dans le cadre du nouveau plan mondial de la City (p.), pour affaiblir localement des dictateurs qui pourraient avoir des visions expansionnistes une fois le monde déstabilisé, surtout les voisins d'Israël.

PS1 > Asie

Chine

Même stratégie que les Russes. Ils ont prévu et déjà construit la future Chine sur les hauts plateaux du centre. Organisation des bâtiments quasi militaire (zones rouges, bleues, jaunes etc.) typique des camps où l'on doit gérer des gros afflux de personnes, villes qui sont autonomes mais qui restent totalement vides mis à part quelques gardiens, accord de fourniture de gaz massif avec la Russie, nettoyage massif dans le Parti au pouvoir, et d'autres choses qui n'arrivent pas jusqu'à nos oreilles.

Inde

(12/2016) Les Élites indiennes sont en train de se préparer à ce que leur pays sombre dans l'Océan. Sachant que 80% de leur population va y rester, leur idée est de réserver le peu de terres qui resteront émergées dans les montagnes pour une partie triée de la population, et de laisser tous les indésirables derrière.

De nombreux milliardaires indiens sont dors et déjà partis.

Tous ces indésirables détiennent des sommes colossales, notamment en liquide et en or (bijoux et autre). Interdire les billets revient à forcer les citoyens de basses classes à ouvrir des comptes en banque, des milliards qui pourront être saisis et transférés virtuellement des banques indiennes vers des paradis fiscaux. Les Élites indiennes pourront alors compter sur des fortunes immenses pour se faire une nouvelle place dans l'économie post Nibiru [AM : qui n'aura pas lieu].

Les milliers de tonnes d'or détenues par la population doit aussi retomber dans les poches des Élites, un Or qui sera très utile (selon leurs plans) dans la première période où les transactions financières seront rendues difficiles par les catastrophes. D'où les diverses lois incitant les indiens à échanger leur or contre un compte en banque qui va disparaître à court terme, quand les banques s'effondreront.

(2019) Le premier ministre indien Modi a pris un accord avec Poutine, un partenariat allant conduire à évacuer une partie de la population indienne dans l'extrême-Orient Russe.

Indonésie

Les Indonésiens ont conclu des accords avec les australiens entre autres, pour reloger leurs Élites mais repousser les futurs boat-people déshérités.

Japon

(2014) Durcissement des positions gouvernementales, nationalisme (frontières), reformation d'une armée capable d'intervenir en dehors des frontière, durcissement des lois et du système de secret défense, durcissement de ton vis à vis de la Chine, fermeture des centrales nucléaires et politique d'économie générale des ressources pour les populations.

Spécificités de Nibiru

Migrants de Nibiru

(2016) Les survivants des tsunamis, des séismes, de la montée des eaux, etc. qui n'auraient pas été sélectionnés préalablement, sont l'inquiétude majeure des dominants pour l'aftertime.

Il y aura d'immenses mouvements de foules. Que feront les habitants des Pays Bas quand ils réaliseront, dès les premières grosses catastrophes, que leur pays finira sous des tsunamis de 30 à 100 mètres de haut ?

Quand Macron a annoncé le confinement le 25/03/2020, au moins 1,5 millions de franciliens ont quitter la région parisienne le lendemain. Idem pour toutes les grandes villes de France fin octobre 2020, pour le 2e confinement. Ces mouvements seront amplifiés au moment où Nibiru sera comprise par la majorité de la population.

Ces mouvements commenceront très tôt, et de nombreux gouvernements sont inquiets pour diverses raisons, certains voulant empêcher des populations "sensibles"de fuir/bouger.

La Chine par exemple, a saisi les passeports des gens d'une province entière.

En juin 2015, une panne étrange a bloqué l'émission de Visas, ce qui revenait à bloquer le pays à toute entrée de personne étrangère.

Ces "essais" de fermeture ne concernent pas les occidentaux et les pays alliés des USA, mais tous les gens (pauvres ou indésirables) qui seraient susceptibles de venir aux USA avec un VISA et d'y rester. N'oubliez pas que les relations avec Cuba ont été rétablies et que ces îles, tout comme l'Inde ou le Pakistan, seront bientôt rattrapés par la submersion. On parle donc là de millions de personnes qui pourraient être concernées par des migrations et des demandes de VISA vers les pays tiers, notamment les pays riches où il y a une une forte diaspora. Regardez ce qu'il se passe partout avec ces histoires d'immigration. L'Australie ferme ses frontières, d'autres font des camps d'extermination (Birmanie ou Thaïlande, à vérifier, sans parler que les boat people sont coulés par l'armée). En Europe la question est sur toutes les lèvres et pas seulement pour la Lybie et l'Afrique. C'est un problème général où les positions se sont très brusquement durcies. De là à dire que le sort des migrants sur la Méditerranée est aggravé volontairement, il n'y a qu'un pas. N'oubliez jamais que l'une des peurs de tous les pays qui auront des zones sures face à Nibiru est de voir des millions de rescapés / réfugiés arriver à leurs frontières. L'Ukraine par exemple a été choisie par l'Allemagne et ses alliés pour accueillir des millions de personnes indésirables (surtout les pauvres) ayant fui leurs régions dévastées (L'Ukraine deviendra un vaste camp mouroir). Ces tensions migratoires sont un avant-goût et une occasion de fermer / durcir les lois en la matière : les bateaux militaires en méditerranées ne sont pas là pour sauver les migrants, mais sont mis en place pour éviter un afflux massif quand les choses empireront.

On sait très bien que les français ne seront pas un problème, et qu'ils souhaiteront rester en France si leur pays a des soucis. Mais est-ce que cela sera le cas pour l'Inde (plus d'un milliard de personnes menacées), le Mexique, le Brésil etc... ? Sachant que les principaux bénéficiaires de visas sont les ressortissants mexicains, chinois et indiens, ce sont donc eux qui ont été affectés par la "panne".

Volonté de tuer

Les Élites savent bien que leur durée de vie dans leurs enclaves high-tech pourrait être courte si la situation sur Terre ne s'arrange pas : les centrales nucléaires qui explosent, les terres qui disparaissent suite à la montée des eaux, une population en constante migration et qui pourrait se révéler agressive envers ces enclaves (qui se sont préparées sans prévenir personne), peuvent rendre les conditions de vie des ces nantis et de leurs ~~esclaves~~ "sujets"directs, de plus en plus précaire.

C'est pourquoi ces Élites ont financé Elon Musk sans limite pour ses fusées Falkon capable d'emmener 100 personnes d'un coup sur Mars, avant le 2e pole-shift.

Certaines Élites préfèrent que les gens meurent en masse pour éviter d'avoir à gérer des afflux de populations sans abris, qu'il faudra nourrir et soigner, avec les tensions que cela suppose avec les populations d'accueil. Si toutes les côtes sont évacuées, que va-t-on faire des millions de gens en Europe à la recherche d'une zone de repli ? Que va-t-on faire des danois et des hollandais qui seront totalement apatrides ?

Le 21/09/2015 par exemple, la Hongrie a ordonné à l'armée de tirer sur les migrants, une volonté prise à des niveaux supérieurs, vu que jusqu'à présent, les migrants n'ont fait que traverser la Hongrie sans s'arrêter.

La Hongrie est le terrain d'essai de la gestion des futures vagues migratoires (comme Bagdad et la Grèce l'ont été sur les ville-camps et le gel économique) : quel est le pourcentage dans les forces de sécurité qui suivront les ordres de tirer à vue ? Sur quels leviers psychologiques peut-on appuyer pour convaincre ces militaires / douaniers que ce sont des ordres légitimes ? Quels sanction prendre pour rendre dissuasive toute désobéissance ? Quel impact cette violence aura sur le flux migratoire etc... C'est l'Allemagne qui est derrière tout cela parce que c'est un domaine où elle souhaite avoir des données de terrain, une expérience. Pour la déportation des migrants post-nibiru en Ukraine, malheureusement 39-45 a déjà fourni des protocoles validés...

Au moment de Nibiru, les survivants seront des migrants indésirables, et la réaction des États et de leurs forces de sécurité survivantes sera de tirer dans le tas, sans sommation et sans distinction.

Heureusement, même si les Élites et le système ne seront pas complètement anéantis sur le coup, ils ne survivront pas longtemps. Les ET ont détruits les satellites lancés conjointement par Zuckerberg et Netanyahu, dont le but était de traquer les migrants qui s'approcheraient d'Israël, pour sûrement lancer des bombes à distance et éliminer en amont le problème.

Facteur d'amplification

Les Élites ont tout simplement peur des réactions des populations, et réagissent crescendo à ce qu'elles sentiront être une menace.

Compte tenu du fait que l'annonce d'une planète 9 a fait très peu de vagues, les Élites sont donc de plus en plus confiantes et sont moins nerveuses. En général elles s'attendaient à une certaine prise de conscience dans la population, une forte de demande ou une nervosité chez les gens, et rien de tout cela n'a eu lieu. Cela démontre aussi qu'ils comprennent mal les populations qu'ils ont sous contrôle, car il existe un réel décalage en leur vision et la réalité de la société qu'ils administrent. Par exemple, la révélation de la planète 9 n'a pas eu d'impact sur la population, enfermée dans ses problèmes et peu au courant de l'espace.

Cela est très déstabilisant pour les Élites, parce que en ce qui les concerne, cette planète 9 est très angoissante. Il y a donc un total déphasage dans les points de vues, entre une population très "terre à terre", généralement assez ignorante et qui se laisse porter par les événements, et une autre partie plus intellectualisée (Élite + personnes éveillées) mais qui reste très largement minoritaire.

Des morts évitables

Si le vacillement de la Terre augmente, cela créera des vagues de submersion chroniques. On commencera par quelques dizaines de centimètres pour finir à 30 mètres. Si au début du phénomène, qui sera flagrant, les autorités continuent à ne rien vouloir dire, c'est à terme des millions de morts sur nos côtes, et d'autres centaines de milliers fuyant les vagues meurtrières dans le chaos le plus total.

Si en revanche, dès les premières vagues sérieuses, les autorités reconnaissent qu'il y a un problème et évacuent les zones à risque, il n'y aura que quelques dizaines de morts, peut être des centaines si il y a des récalcitrants aux évacuations.

Nibiru sera une catastrophe politique avant tout, parce que ce sont ceux qui nous dirigent qui vont être responsables du sort des populations, et pas l'ampleur des phénomènes naturels en elle même.

Tous les morts de Nibiru auraient pu être évacués en zone sûre, notre société reconstruite pour plus d'équilibre et de répartition, et personne ne s'appropriant une terre sûre, et rejeter les enfants vers une mort certaine sous prétexte qu'il lui fallait de l'espace pour ses piscines, ses châteaux et ses oeuvres d'art, son golf, ses stades, ses forêts désertes pour la chasse à cours, bref, son confort personnel.

Trouver des pays d'accueil

Les Élites négocient généralement leur exode, avec les pays accueillant, uniquement pour eux-même, laissant leur population disparaître sous les eaux, avec leur peuple avec.

Il ne s'agit pas d'accueillir seulement quelques hommes politiques et leur famille, je parle d'accueillir toute une armée et ses dirigeants : quel pays prendrait le risque de recevoir sur son territoire toutes nos forces militaires et politiques ?

C'est la raison pour laquelle Khadaffi n'a pas accepté la demande de la France, et que la Libye a été envahie (le Mali étant déjà sous contrôle de nos Élites via les FM). (p.)

Récupérer les richesses des morts

La plupart des Élites mondiales pensent que leur système va survivre d'une manière ou d'une autre, que le Monde/l'Economie se reconstruira à court terme, et donc qu'elles continueront à être des minorités privilégiées.

Certaines sont donc tentées de sauver le plus de meubles possibles pour assurer leur pérennité dans l'aftertime. Parmi ces stratégies, confisquer les capitaux et les sommes faramineuses détenues par des populations condamnées (parce qu'indésirables pour les Élites) est d'une logique froide et sans compassion, mais logique dans cet optique élitiste. Les Nazis s'étant déjà enrichis grâce à l'or des juifs, la méthode est bien connue (L0> Treblinka).

Ces populations indésirables ne sont condamnées QUE parce que les Élites veulent conserver leurs privilèges : il était évidemment matériellement possible de sauver ces mêmes populations, en se servant de leur argent pour négocier des migrations concertées avec d'autres états disposant de vastes zones sûres. Le choix de se débarrasser des populations et de les dépouiller pour se reconstruire plus tard prouve donc à quel point les Élites sont profondément hiérarchistes et égoïstes, n'ayant aucune empathie pour la vie d'autrui...

Génocide mondial

Les Georgia Guidestone nous le disent : certaines Élites ne veulent pas que l'humanité dépasse 500 millions d'êtres humains sur Terre. Un chiffre datant des anunnakis, qui ont toujours su que l'humanité pouvait exploser démographiquement de manière incontrôlable pour leur domination.

Lors du passage de Nibiru, le but pour les Élites est de diminuer drastiquement le "nombre de bouches à nourrir" : moins il y a de survivants et moins il y aura de personnes à "traiter" (c'est à dire aider dans un premier temps puis exterminer dans un second quand les ressources manqueront).

Solutions retenues

Comme toujours, on entassera dans un lieu pour tuer loin du regard du bétail qui continue à travailler.

Laisser faire Nibiru (hécatombes)

Faire en sorte que les populations "nuisibles" restent dans les zones mortelles lors du premier passage, pendant que les Élites sont évacuées.

Pour ces Élites là, moins la population en saura, plus elle restera sur place face au danger jusqu'au dernier moment. Après, il sera trop tard, les routes seront fermées et les populations coincées dans les zones dangereuses.

Ne croyez donc surtout pas les gens et les rumeurs qui disent qu'il faudra rester chez vous sous peine de mourir instantanément dehors, à cause de radiations cosmiques, kill shot ou peu importe l'excuse bidon. Ce sera un moyen de vous tenir dans les zones dangereuses, et vous mourrez soit noyés, soit écrasés sous votre maison lors du séisme généralisé.

Ville-mouroir par destruction

Un séisme dans une grande ville est forcément mortel, vu qu'il y a pu d'espace entre les immeubles, et que ces derniers sont très haut : difficile d'échapper à leurs chutes.

Idem pour les tsunamis : toutes les villes côtières seront dévastées par les tsunamis, voilà pourquoi jusqu'au bout les Élites nieront les destructions de Nibiru, même quand elle sera visible à l'oeil nu.

Concentrer dans des ville-mouroirs

En règle générale, la plupart des grandes villes seront saccagées, soit par les séismes, soit par les tsunamis, ou encore par des incendies : il ne faut pas oublier que les pompiers et les militaires seront bien occupés dans les zones sinistrées et qu'il n'y aura pas assez de monde partout. Les villes vont rapidement se désagréger, avec des pillages, des incendies volontaires ou non, l'absence de matériel de rechange pour les machines (à cause de l'arrêt du commerce international) et pour l'informatique.

Même les villes épargnées par les catastrophes se détérioreront très rapidement, au contraire des campagnes et des villages qui sauront s'organiser pour la sécurité, l'entretien, etc.

Sachant cela, une bonne manière de tuer plein de gens, c'est de les entasser dans les villes. Si la plupart refuseront de quitter leur vie et leur appart, obéissant bien au formatage inconscient que les médias leur ont inculqué, il faudra aller rafler les réfractaires ou les campagnards, pour les entasser avec les citadins.

Si ces ville-mouroirs recevront des vivres un premier temps, elles cesseront ensuite tout simplement d'être alimentées, comme en Yougoslavie dans les années 1990, ou mettront des solutions actives de génocide, comme dans les camps nazis. Toute rébellion sera matée dans le sang, incitant les gens à mourir lentement de faim plutôt que de chercher à fuir.

Vaccin

Selon les Zétas, le vaccin du DS de 2020, censé tuer les gens, ou du moins les rendre fou, devait agir 1 ou 2 ans après, sur une catégorie seulement de la population, via les vaccins ciblant un ADN spécifique.

Il semblerait que ces plans aient été désactivés par l'alliance, au moment de l'exécution de Bill Gates, mais vu que Bill utilisait de l'argent qui n'était pas le sien, et que le DS a racheté une grosse partie des terres agricoles USA avec l'argent de Gates qu'ils géraient toujours, rien n'est garanti.

De plus, rien ne dit que cette partie du plan n'était pas commune à celle de l'alliance, dont le but est aussi de garder sous contrôle leurs populations.

Vaccin > Grippe aviaire

Les médecins se sont aperçu que dans la plupart des cas mortels, ce sont les cocktails antibiotiques préconisés qui achevaient les malades en les affaiblissant. Depuis que l'on a arrêté ces cocktails, la grippe aviaire ne fait presque plus de victimes, mais on a vite oublié toute cette affaire...

Vaccin > H1N1 (2009)

(2009) La grippe A a été introduite artificiellement au sein de l'humanité après la manipulation de trois souches distinctes de grippes qui n'auraient jamais dues se rencontrer naturellement. Son origine artificielle a fait d'elle un virus instable qui s'est rapidement "ramolli" (grâce à l'aide des ET bienveillants), c'est bien pourquoi il a y un décalage entre ce qu'avait préparé l'OMS et les gouvernements cosignataires. Car ce qui était prévu c'était une super-pandémie contagieuse et on voit bien que nos gouvernements ont continué selon le plan "original" sans tenir compte de la réalité (parce que c'est pas eux qui sont à l'origine du plan, ils ne font que suivre les ordres...)

En tout cas la grippe A m'aura appris quelque chose d'essentiel : si une grippe B vraiment dangereuse se pandémise, comment vont être attribués les privilèges de vaccination ? Avez vous remarqué que pour la grippe A, il faut attendre de recevoir son "ticket" de vaccination dans sa boite au lettre ? On se croirait dans "Deep impact" ou le récent et très amoral film "2012" !

Le scénario pour la prochaine grippe B (vraiment dangereuse, pas le COVID-19 qui n'était qu'une mauvaise grippe 2 fois plus mortelle que la grippe classique) : Une grippe B virulente apparaît, des vaccins sont créés et une campagne de vaccination est organisée : un vaccin 1 est distribué à des personnes sélectionnées et le vaccin 2, un pur placebo est distribué au reste de la population... résultat, survie ceux qui ont reçu le vrai vaccin et exit tous les autres... sans parler qu'un vaccin 3, mortel ou à l'effet inverse peut être également distribué... Devant le manque de transparence des compagnies pharmaceutiques, on peut tout envisager.

Le 24/11/2009, Un nombre inhabituel de réaction allergiques "sévères" au vaccin contre le virus H1N1 a été enregistré. Les médias ne s'étendent pas sur le sujet, ce qui montre bien que ça embarrasse du monde tout ça ! Preuve aussi que le vaccin glaxo a été fabriqué à l'arrache sans précaution. Énorme détail, que la ministre polonaise de la santé a souligné dans son allocution (cf vidéo sur ce post), les compagnies pharmaceutiques refusent de prendre la responsabilité des effets secondaires de leurs produits. Donc on fait quoi si on a une réaction au vaccin ? Par qui sommes nous pris en charge en cas de séquelles graves ? Faudra-t-il se retourner contre l'état (ce qui est peine perdue) ?

La création du vaccin grippe A a été le plus rapide a être réalisé de l'histoire, les délais de fabrication à grande échelle des doses a battu un second record historique, à croire que c'était déjà tout prêt quand les premiers cas de grippe A sont apparus... De quoi mettre le doute sur les motivations des groupes pharmaceutiques dans cette histoire.

[AM : A noter que le COVID-19 de la vaccination 2020-2021 a montré les mêmes problèmes, et même cover-up dans les médias]

Vu les problèmes observés lors de la vaccination [AM : En 2021 en Israël, 40 fois plus de risque de mourir du vaccin que du COVID pour les moins de 75 ans], mieux vaut attraper H1N1 (une grippe plutôt mollassonne) et se vacciner naturellement (notre système immunitaire se souvient des grippes contre lesquelles il a lutté, ce qui améliore sa résistance face aux mutations saisonnières), plutôt que de prendre le risque avec des vaccins fabriqués à la va-vite et sur lesquels on a aucun recul expérimental sérieux, même de la part de leur fabricants qui se déchargent de leur responsabilité en cas de foirage.

Pourquoi se vacciner aujourd'hui alors qu'on se vaccinait pas les années précédentes alors que la grippe était plus virulente ? Faut être un peu logique aussi non ?

Mutations

Quant aux mutations grippe A détectées, elles ne sont que des mutations dégénératives dues au fait que le virus a été artificiellement créé à partir de 3 souches génétiques différentes de grippe.

Statistiques de contamination non fiables

- de nombreux parents n'envoient pas leur enfants à l'école en prétextant une grippe A sans que ce soit le cas. Ils préfèrent juste prendre des précautions pour leurs enfants et on les comprend. Une simple rumeur dans une école pour que les présences chutent de 70% en 2 jours. Cela explique que les chiffres des infectés soient composés en majorité de mineurs. Au final, il ne reste plus beaucoup d'infectés et la pandémie se dégonfle comme un ballon...

- les stat sont réalisées aussi à partir des ventes de tamiflu en pharmacie, mais on sait très bien que les médecins qui prescrivent ne réalisent qu'un diagnostic rapide, superficiel et souvent de complaisance (en ce qui concerne les enfants par exemple). Les médicaments sont donc achetés et stockés sans être utilisés.

Tout cela montre d'ailleurs qu'il n'y a aucun outil mis en place en France qui soit fiable en cas de réelle pandémie, qu'il soit statistique ou organisationnel.

Les poumons noirs Ukrainiens

Ce n'est pas H1N1 qui a provoqué ces graves lésions, mais bien la peste noire. Ils ne veulent pas reconnaître que c'est la peste parce que c'est une maladie de la pauvreté (et donc honteuse) et la grippe A est alors un bon moyen de camoufler à la population le vrai problème, tout en faisant peur aux populations et en les incitant à vacciner.

La peste n'a jamais disparu dans les pays pauvres, tout comme la lèpre, la malaria, la poliomyélite, la tuberculose, le tétanos... malgré les vaccins et les moyens de soigner les gens atteints. Pourquoi ? Parce qu'un grand nombre de personnes très pauvres et mal nourries n'ont pas accès au minimum de soins.

ILS recommenceront avec la grippe B

Ce qui est à craindre n'est pas une mutation de la grippe A, mais c'est que ceux qui ont créé cette grippe ne recommence leur opération en corrigeant leurs erreurs avec une grippe B plus stable et plus contagieuse.

Ce serait grave, car nos gouvernements sont incapables de gérer ce type de problème.

Il se font truander par les compagnies pharmaceutiques qui se font des ronds avec des produits mal finis et sûrement pas très efficaces (vu comme ils ont été bâclés) voire même dangereux pour la santé.

Donc même si ces compagnies ne sont pas de mèche avec les créateurs du virus pandémique A, on peut pas vraiment compter sur eux.

Vaccins > Problèmes engendrés

Réactions allergiques (insuffisance respiratoire)

Le syndrome d'insuffisance respiratoire du aux virus grippaux est de type allergique (donc auto immunitaire), les poumons se mettant soudain à réagir exagérément à l'infection virale. On retomberait encore sur des problèmes liés au système immunitaire et donc inévitablement aux adjuvants qui se trouvent dans les vaccins et les antiviraux, de type squalène ou aluminium, connus pour booster le système immunitaire des malades. Une maladie auto-immune, c'est quand le système immunitaire est tellement boosté qu'il attaque le corps

Dans L2, nous voyons comment marche le système immunitaire naturel, qui n'a pas besoin de vaccin pour fonctionner.

L'intention officielle d'une vaccination/antiviral est de vous aider à construire une immunité/lutter contre les organismes potentiellement nuisibles qui causent un mal et la maladie. Toutefois, le système immunitaire de votre corps est déjà conçu pour effectuer cela (L2>santé>système immunitaire), en réponse aux organismes qui envahissent votre corps naturellement.

Les additifs au vaccin provoquent les inflammations chroniques

Le squalène et l'aluminium sont des éléments qui permettent de rendre plus rapide les délais d'efficacité des vaccins et des antibio/viraux en boostant le système immunitaire de la personne. Il a été prouvé que les adjuvants à base d'huile comme le squalène génèrent des réponses immunitaires concentrées et soutenues au cours de longues périodes de temps. Mais une étude datant de l'an 2000 et publiée dans l'American Journal of Pathology (journal américain des pathologies) a démontré qu'une seule injection de l'adjuvant squalène chez les rats déclenchait "une inflammation chronique du système immunitaire, liée à l'immunité et spécifique aux articulations", aussi connue sous le nom de polyarthrite rhumatoïde.

Depuis que les labos connaissent ce fait, les vaccins contiennent systématiquement du squalène et de l'aluminium...

Comme vu dans L2>système immunitaire>inflammation chronique, le squalène est un élément du corps absorbé naturellement quand on ingère de l'huile d'olive par exemple, et qu'on retrouve dans le système nerveux et le cerveau. Injecté dans le sang directement par le vaccin, il est alors reconnu comme un agresseur, et le système immunitaire attaque alors tout le squalène de notre corps : inflammation chronique et attaque du cerveau/système nerveux par le système immunitaire...

Les anciens combattants de la guerre du golfe souffrant du syndrome de la guerre du golfe (Gulf War Syndrome ou GWS) avaient reçu des vaccins contre l'anthrax qui contenaient du squalène. Le MF59 (l'adjuvant au squalène de Novartis) était un ingrédient non autorisé dans les vaccins expérimentaux contre l'anthrax et a depuis été lié aux maladies auto-immunes dévastatrices dont souffrent d'innombrables vétérans de la guerre du golfe : arthrite, fibromyalgie, lymphadenopathie, éruptions cutanées photosensibles, fatigue chronique, maux de tête chroniques, pertes de poils corporels anormaux, lésions cutanées ne guérissant pas, ulcères aphteux, étourdissements, faiblesse, pertes de mémoire, convulsions, changements d'humeur, problèmes neuropsychiatriques, effets anti-thyroïde, anémie, élévation de l'ESR (Erythrocytes), lupus erythemateux disséminé, sclérose en plaques, SLA (sclérose latérale amyotrophique), phénomène de Raynaud, syndrôme de Sjorgreen, diarrhée chronique, sueurs nocturnes et fièvres de bas grade.

Une étude menée à la Tulane Medical School et publiée dans le numéro de Février 2000 de la revue Experimental Molecular Pathology (pathologie moléculaire expérimentale) inclut ces étonnantes statistiques:

- La grande majorité (95%) des patients souffrant de GWS possédaient des anticorps anti-squalène.
- Tous (100%) les patients atteints du syndrome de la guerre du Golfe avaient été vaccinés au vaccin novartis, pour leur service durant les opérations Desert Shield/Desert Storm (Bouclier du désert/Tempête du désert).
- Le Département de la défense des USA a fait toutes les tentatives possibles afin de nier que le squalène était un contaminant ajouté dans le novatrix. C'est la FDA qui le découvrit dans les vaccins incriminés.
- Les victimes du GWS avaient été déployés ou non (éliminant l'hypothèse de l'Irak lançant des bombes chimiques sur les soldats US).

Déjà en 1990, on savait que le squalène dans le vaccin était néfaste, au point que l'armée cache son utilisation dans les vaccins, et en 2021, encore la moitié des vaccins contre le COVID contiennent du squalène...

Relation prouvée entre Sclerose en plaque et vaccin contre l'hépatite B

GlaxoSmithKline a du payer, en juin 2009, près de 40.000 euros à une femme atteinte de sclérose en plaques après avoir été vaccinée contre l'hépatite B. Le tribunal de Nanterre a souligné "la défectuosité du vaccin Engerix B".

Les antiviraux type Tamiflu

Donc la question se pose comme suit : si le squalène et d'autres additifs que l'on retrouve à la fois dans les vaccins, mais aussi dans certains antibiotiques, provoque des flambées du système immunitaire, et que les pneumopathies foudroyantes sur des patients atteints de H1N1 sont bien des réactions disproportionnées de système IgA des poumons (là où a commencé l'infection et où le corps a déjà commencé à réagir), on pourrait donc dire que c'est la médication, en boostant avec ses adjuvants un système immunitaire déjà en plein travail qui crée une surcapacité immunitaire du système IgA, et donc la mort du patient.

Le syndrome d'insuffisance respiratoire, du aux virus grippaux, est de type allergique (donc auto immunitaire), les poumons se mettant soudain à réagir exagérément à l'infection virale.

La sécrétion de cytokines est si brutale et importante qu'au lieu de réguler l'inflammation elle provoque des défaillances organiques parfois mortelles. Cela arrive également lors de certaines "grippes malignes" où une production très abondante de cytokines provoque par exemple un œdème aigu du poumon, lequel perd alors de son élasticité et donc de sa fonctionnalité.

Des morts même chez des personnes en bonne santé, comme cette femme de 27 ans morte à son domicile de Viry-Châtillon (Essonne) sous les yeux impuissants d'un médecin. Elle était sous Tamiflu depuis quelques jours et suivie par son médecin traitant lorsque son état s'est soudain aggravé.

Comme dans le cas des cocktails antibio pour la grippe aviaire H5N1, c'est l'excès qui nuit à la santé du patient, en superposant la réponse immunitaire normale et une réponse immunitaire artificielle.

778

En gros, quels sont les effets des médicaments à base de type squalène (vaccins et antibio/viraux) sur des personnes en bonne santé qui ont contracté le virus et réagissant déjà naturellement contre lui ? Pourquoi est-ce que l'effet de ces adjuvants, découverts (officiellement...) sur les milliers de soldats vaccinés lors de la guerre du golfe, n'aurait pas été utilisé à des fins nuisibles ?

Effets de commutation lors de l'utilisation d'antiviraux

C'est le même principe aussi au niveau des vaccins : la commutation est le passage du patrimoine génétique d'un virus tué par antiviraux à des cellules saines qui peuvent évidemment reproduire alors une forme virale mutante plus virulente.. Certains considèrent même qu'en vaccinant et en utilisant par exemple du Tamiflu, vous avez une formule explosive qui fait de votre corps un véritable incubateur. Le virus atténué du vaccin transmet son patrimoine génétique à des cellules saines.

En gros, si vous êtes vacciné et que vous prenez quand même la grippe A, comme c'est le cas avec le vaccin classique (témoignages des seniors à l'appui), votre médecin va vous prescrire du Tamiflu ou du Relenza... et la boucle est bouclée...

Se faire vacciner avec des adjuvants qui boostent le système immunitaire puis contracter la grippe A, ça augmente le risque d'une réponse immunitaire aberrante au niveau des poumons (là où se loge le virus). (allergie = réponse immunitaire anormale). La vaccination augmente le risque de complication pulmonaire en cas de grippe A.

Le principe de l'extermination

Tout simplement en combinant deux produits inoffensifs pris séparément. La vaccin inocule la bombe et le second produit inocule le détonateur. Il suffit donc d'équiper progressivement tout le monde de la bombe qui reste inoffensive seule et d'ensuite faire prendre le détonateur à grande échelle (un autre virus, une contamination par l'eau, par des aérosols type chemtrails, etc.).

Même si c'est techniquement possible, Harmo ne crois pas que cela se fera (intervention des ET).

Les erreurs apparentes de date de vaccination

La grippe A, artificielle, n'EST PAS la grippe saisonnière, l'épidémie était déjà lancée en aout. Pourquoi alors n'a-t-on pas entamé la campagne de vaccination dès août alors qu'on avait déjà les vaccins, comme cela a été conseillé par les professionnels de santé ? Aucune explication donnée sur cette bêtise, qui aurait contentée tout le monde.

Par contre, la vaccination a été faite quand la pandémie est déjà bien installée : comme il faut un certain temps pour que le corps s'adapte aux sollicitations du vaccin (entre 2 et 3 semaines pour que le vaccin prenne toute son efficacité), cette vaccination était donc inutile, voir néfaste, vu qu'on vaccinait des gens qui incubent déjà le virus mais qui n'ont pas déclaré de symptômes.

En gros, là on vaccine les gens alors que le virus s'est déjà propagé et que les gosses ont déjà récupérés de la grippe qu'ils ont attrapé. Vacciner en décembre, c'est comme mettre un pansement sur une plaie qui est déjà refermée !

Les buts noirs

A l'international on est en train de tester une stratégie toute simple. Puisque on ne peut pas invoquer de loi martiale facilement dans la plupart des pays démocratiques sans une levée de bouclier immédiate et radicale des populations, a été élaboré un plan visant à ce que les gens soient au contraire demandeurs des restrictions de leurs libertés.

Comment ?

En leur faisant peur avec une fausse épidémie contagieuse.

Fausse pourquoi ?

Parce que le but n'est pas encore de détruire la population, mais de la contenir, donc il a été décidé de ne pas employer un virus trop virulent mais suffisamment pour obliger les gens à demander des actions sanitaires d'urgence. Or, le premier virus utilisé à cet effet, H5N1 était inefficace et surtout trop peu contagieux. Il a donc été décidé de fabriquer un virus plus puissant à partir de souches différentes : 2 virus porcins (dont 1 issu des souches conservées au USA de la grippe porcine de 1976, l'autre un virus porcin venu d'Asie) et le H5N1 classique, principalement : le virus type A est né.

Introduit au Mexique via un libre service scolaire, le H1N1 progresse rapidement mais mute à chaque changement d'hôte car sa structure génétique hétérogène régresse : le virus n'est pas naturel mais un montage, et du coup, il est instable. Il arrive donc à un stade de type A°, contagieux mais peu dangereux.

Cependant, le plan bien rodé depuis un certain temps pour déclarer une pandémie et mettre en place des campagnes de vaccination, de fermetures d'école etc... est mis en action sur l'hypothèse d'une pandémie sévère. Tout est prévu, phase par phase mais bêtement, on avait pas prévu par contre que le virus se saboterait lui même. Du coup, les réponses des gouvernements, prévues dans les accords signés avec l'OMS bien avant l'apparition de H1N1 devient ridicule, décalé et disproportionné. Les pays persistent dans leur incompréhensible réaction face à un virus presque inoffensif ? Incompréhensible ? Pas vraiment parce ce plan doit être mené à son terme d'une façon ou d'une autre. On en est ici aujourd'hui.

Du coup que peut il se passer ?

Contre attaque immédiate sur les médias, trucage du nombre d'infectés, fermeture d'écoles préventives que l'on dit ensuite touchées par la pandémie, mutations détectées du virus. En gros, dépêchez vous d'utiliser le vaccin et les antiviraux. Les campagnes de vaccination se mettent en place mais bien sur on prend soin de créer 2 types de produit : un avec adjuvant l'autre sans (administré aux ministres par exemple). Le vaccin boosté à l'alu et au squalène provoque alors la mort de personnes en bonne santé (25-35 ans), de même que l'utilisation des antiviraux grippaux par réactions auto-immunes, syndrome de guerre du golfe, caractérisées par une pneumonie foudroyante (induite par le système immunitaire IgA trompé).

Plus besoin de truquer les comptes des morts, il suffit alors d'aligner le nombre de cas sans préciser que les personnes s'étaient faites vacciner ou qu'elles étaient sous antiviraux : la fameuse pandémie est donc artificiellement créée. Toutes les mesures d'urgences sanitaires, plans blancs et compagnies, restrictions de déplacements et fermetures d'établissements sont donc acceptées par une population soucieuse... restrictions qui sont équivalentes à une loi martiale déguisée comme beaucoup de monde l'a bien compris. Malgré le couac du virus type A, l'objectif principal de tout ce stratagème est atteint ! Car c'est bien là le but depuis des années de préparation et de matraquage médiatique sur les risques viraux, ce n'est pas de tuer les gens mais de les faire rester chez eux... mais pourquoi ? Cette stratégie est mise en place pour réaliser un contrôle des masses et des migrations, c'est là le but ultime.

Car le danger ne vient pas de la grippe A à proprement parlé, il vient d'autres chose dont les "hautes sphères" sont alertées depuis un certain temps et dont elles craignent de vastes mouvements de foule et de paniques. C'est là l'enjeu de cette coopération internationale sur la grippe A. On voit tous que le plan est bien rôdé et qu'il a été préparé bien à l'avance (rapidité de l'élaboration des vaccins, consultations des instances nationales d'urgence par les ministres prématurées, etc.).

Ce n'est pas un virus ou un vaccin qui nous tuera, mais bien le fait de rester chez nous soit disant en sécurité, et sans voir ce qui se trame réellement en coulisse. ce n'est pas un virus ou un vaccin qui nous tuera, mais bien le fait de rester chez nous soit disant en sécurité, et sans voir ce qui se trame réellement en coulisse. Pour répondre à la question du jour, je dirais donc oui, nos gouvernants (multinationales et religions y compris) veulent bien nous exterminer, mais pas directement. Ils veulent qu'on soit bien sage et qu'on reste chez soit quand le ciel nous tombera sur la tête et qu'eux seront tranquillement à l'abri dans leur "arches", bunker ou tout autre moyens de survie qu'ils auront gardés pour eux...Pour répondre à la question du jour, je dirais donc oui, nos gouvernants (multinationales et religions y compris) veulent bien nous exterminer, mais pas directement. Ils veulent qu'on soit bien sage et qu'on reste chez soit quand le ciel nous tombera sur la tête et qu'eux seront tranquillement à l'abri dans leur "arches", bunker ou tout autre moyens de survie qu'ils auront gardés pour eux...

Les mensonges sur les réanimations saturées

Harmo s'est renseigné auprès de proches dans le milieu hospitalier : sur le bassin Roannais (42), il n'y a eu qu'une seule admission en réa (une personne affaiblie en plus) alors que le département est soit disant touché de plein fouet par la grippe A avec 70% d'absences dans certains Lycée du coin (qui ne sont pas fermés par décision du préfet qui dénonçait de l'abus en la matière). De même, une cadre supérieure de l'hôpital qui s'est faite vaccinée, et qui a été choquée par le fait que lors de l'injection "à la chaîne", on lui a fait signer une décharge. De ses mots même, tout cela lui parait complètement incohérent. Cette cadre supérieure s'est trouvée très fatiguée ce WE après l'injection et qu'elle ne se sentait pas très en forme.

Elle a quand même du s'aliter et dormir pour récupérer un minimum.

Harmo connaît personnellement une personne qui 2 jours après un vaccin antigrippal classique en 2002 s'est retrouvé cloué au lit avec 40 de fièvre et une parodontite aigüe au niveau de la mâchoire inférieure, avec surinfection et déchaussement des dents. De même, ses grands parents qui ont 86 et 83 ans ont quand même pris la grippe malgré leur vaccin chaque années depuis que les personnes âgées peuvent en bénéficier. D'ailleurs, ça ne les a pas empêché de prendre la grippe en premier et de la refiler à toute la famille ! L'année d'avant (2008), son père qui a 60 ans, a dérouillé sévère... et c'était la première fois qu'il se faisait vacciner !

La vaccination H1N1 aura donné aux gouvernants un bon renseignement : à la fin de la campagne, ils sauront quel est l'indice de confiance qu'a encore le peuple face à leurs élus. En gros, voir qui les suit et qui se méfie d'eux. Et c'est très important, car ça permet aux institutions de connaître le niveau de contrôle qu'elles ont encore sur les populations.

Vaccins > COVID-19

Vous copiez-collez le paragraphe précédent sur H1N1... Dans L0, nous avons bien détaillé cette manipulation de l'opinion, que ce soit dans les parties "chronologie" ou dans "manipulation des masses".

Vieillards

[AM] Le COVID a montré qu'il y avait probablement 10 000 anciens tués lors de l'apparente mauvaise gestion de la plandémie. En effet, sur 30 000 morts prétendument COVID début 2020, on peut estimer :

- 10 000 morts de la grippe classique ou du nouveau coronavirus (grippe renommée COVID cette année-là),
- 10 000 morts classiques (accidents, crise cardiaque vieillesse, affaiblissement système immunitaire par le rayonnement du noyau en augmentation à cause de Nibiru, etc.) faussement attribués au COVID (il suffit de faire un test sur le cadavre, avec des tests donnant des faux positifs dans 95% des cas),
- 10 000 morts mal soignés de la grippe (interdiction chloroquine ou ivermectine ou Zinc ou vitamine C et D), voir carrément tué au Rivotril (des personnes ayant du mal à respirer

était plongées dans le coma, sans intubateur, donc s'étouffait rapidement).

Il est probable que la City ai cherché à affaiblir ses adversaires qui détournaient l'argent de l'assurance maladie, des retraites, et des rentables maisons de retraite, en tuant les vieux qui permettaient ces détournements d'argent...

Plans par pays

France

Le plan de la Françafrique (p.) prévoyait de tuer une grosse partie de la population française.

Les populations indésirables (sélectionnées l'avance par divers moyens, comme imposer les ville-camps) sont envoyées dans les villes soumises au tsunami.

Un des plans était aussi de laisser les centrales nucléaires en activité, limitant le nombre de migrants européens qui auraient rejoint le Sahara.

PS1

Survol

Réactions attendues des populations (p.)

Durcissement des dominants (p.)

Cela se produira avant le 1e passage de Nibiru, un avant-goût du NOM. Le grand reset prévu depuis des décennies.

Nous vivons en dictature, sauf que nous ne nous en rendons pas compte. Avec le réveil des populations, et l'effondrement des barrières mentales qui en découle, il faudra bien que les dominants appliquent des barrières physiques pour reprendre le contrôle.

Au programme, couvre-feu (p.) et loi martiale (p.), bien qu'ILS les appelleront confinement et état d'urgence pour ne pas faire peur. Suivi d'un gel économique (p.).

Application des plans génocidaires (p. Erreur : source de la référence non trouvée)

Les Élites considèrent qu'on est trop sur Terre. Au programme, ville-mouroirs, arrêt de distribution des ressources, milices actives.

Réactions attendues des populations

Quelques jours avant PS1, lorsque la rotation de la Terre va ralentir fortement. Les médias continueront de faire croire, jusqu'au bout, que le passage de Nibiru ne provoquerait que quelques séismes sans importance et des minis tsunamis. On peut même attendre des émissions de divertissement pour faire la fête lorsque la rotation de la Terre reprendra, avec lever de Soleil à l'Ouest, pour faire croire que le plus gros est passé.

Imaginez la situation. D'un côté de la Terre, le Soleil ne se couche pas. La température monte. Les machines cessent de fonctionner. Les lignes téléphoniques sont saturées et les autoroutes bloquées par des voitures en panne. Les piétons ne font pas long feu au soleil. Globalement, tout est bloqué par la chaleur. Les gens chercheront les endroits frais et attendront de voir ce qui se passera. De l'autre côté de la Terre règne une nuit interminable. Là l'activité n'est pas bloquée par la chaleur, mais plutôt par le sommeil. Les bureaux n'ouvrent pas car tout le monde se pose des questions. Les pendules auraient elles cessé de fonctionner? Les lignes téléphoniques sont là aussi saturées, et il y a un manque de coordination évident partout. Ceux qui travaillent de nuit finiront peut-être par rentrer chez eux, épuisés, mais les équipes de jour ne se pointeront pas. Le voyageur qui essayera de se rendre quelque part trouvera les stations service sans personnel et des voitures à sec qui bloquent les routes.

Il y aura en général, chez ceux qui ne savaient rien ou bien qui niaient les faits, deux attitudes distinctes en réponse à cet arrêt de rotation :

Paralysie

S'assoir dans son fauteuil et fixer le vide. Vider le bar. Faire un gâteau et recevoir pour faire diversion. Tout faire pour que les heures passent plus vite.

Aller au travail, faire des courses, pratiquer son rôle social comme si de rien n'était. L'activité et les choses familières tendent à rassurer.

Dans la paralysie, on ne fait aucune tentative pour se protéger des désastres à venir. Ceux qui continueront de nier l'évidence, alors que la nuit ne fera plus place au jour, ou que le jour n'en finira pas de s'éterniser, seront dans cet état de paralysie.

Fuite

Ceux qui ressentiront l'urgence de la situation tenteront de prendre l'avion.

S'ils avaient été informés, et en avaient bien rigolé, ils sauront peut-être quoi faire et où aller, et le feront en toute hâte. Ils laisseront derrière eux leurs biens et même les êtres chers, laissant la

porte grande ouverte, se précipitant vers les hauteurs, vers un abri pour échapper à la ville.

S'ils n'ont pas été informés, ils tenteront de prendre un avion pour n'importe où, et iront dans toutes les directions. Certains, confrontés à un Soleil de plomb qui ne faiblira pas, se tapiront sous des structures qui les enseveliront ensuite, car ils ne sauront pas quoi faire d'autre.

Certains, en entendant la Terre gronder sous eux, prendront l'avion ou bien iront à la mer s'ils le peuvent, pour se retrouver éjectés dans les airs par des vents forts comme un ouragan ou écrasés sous des vagues de 100 m de haut.

Ceux qui se seront préparés et se seront mis à l'abri avec les êtres aimés ne se retrouveront pas paniqués à la dernière minute. Ce ne sera pas parce que les traînards des derniers instants n'essaieront pas de les rejoindre. Mais parce que ces traînards ne pourront plus les rejoindre.

Ceux qui comprendront la situation à la dernière minute ne pourront pas aller où ils veulent.

L'exception résidera chez les riches et les puissants qui se seront gardés un avion, chargé en carburant et prêt à partir. Les terrains d'atterrissage privés rendent possibles ces vols de dernière minute. C'est le type de plans que concoctent les membres des autorités qui s'efforcent de laisser l'humanité dans une ignorance totale alors qu'ils se préparent eux-mêmes.

Aftertime : tribulations

L'effondrement du système (p. 783)

Les cataclysmes naturels, des réveillés qui arrêtent de travailler pour un système sans avenir, tout cela fragilise notre système. Nous sommes dépendants d'un système complexe, où seuls les chefs connaissent les rouages et supervisent tout (cloisonnement des connaissances).

Lors du passage de Nibiru, le grippage de plusieurs rouages va entraîner l'effondrement du système (plus de supermarchés, d'électricité, d'eau, de routes, de polices, d'hôpitaux, etc.).

Après passage : Camps (p. 795)

Le système mettra un genou à terre lors du passage de Nibiru, mais survivra quelques temps après, dans une dictature se repliant dans les grandes agglomérations transformées en ville-camps ultra-surveillées.

Le durcissement des dominants atteindra là des sommets. Les populations survivantes seront raflées, de force, ou en leur faisant croire que c'est pour les protéger.

NOM (p. 628)

Profitant du chaos, l'antéchrist (Odin) prendra le contrôle des ville-camps une à une, et voudra envahir Jérusalem pour des buts uniquement personnels.

C'est cette supervision des villes-camps qui constituera sa théocratie, le fameux Nouvel Ordre Mondial (NOM). Odin se révèle pour donner le choix à l'humanité de choisir entre l'égoïsme et l'altruisme : c'est le tri des âmes, le test de fin d'année qui va permettre de déterminer si nous passons en classe supérieure, ou si nous redoublons.

CAM (p. 807)

Entre les ville-camps, des petites communautés altruistes ayant échappés aux rafles pourront s'épanouir, en se faisant toutes petites les premiers temps, puis en prenant de l'ampleur au fur et à mesure que le NOM s'auto-détruit. Ces sociétés, qui se tiendront loin des guerres du NOM, seront protégées et aidées par les ET altruistes.

Jésus 2 (incarnation actuelle de Jésus) fait disparaître Odin de la Terre (ce sera le seul rôle de "sauveur" qu'il aura). Il devient ensuite un leader temporel et spirituel (à la fois roi et pape, science et religion ne faisant qu'un). Redonnant le message déjà transmis il y a 2 000 ans, et corrompus par les romains, il unifie les 3 religions du livre et fonde les bases d'une communauté mondiale altruiste.

Il éduquera les populations à devenir autonomes, pour qu'elles puissent se passer du leader qu'il est.

Le retour des anunnakis (p. 809)

3 ans et demi après le premier passage, les anunnakis reviendront sur terre piller les stocks d'or (type Fort Knox) entassés par leurs serviteurs (les illuminati). Mais ça va créer des tensions avec le reste des armées d'Odin.

Les anunnakis sont ensuite rapidement évacués de la Terre par les ET altruistes, de gré ou de force, puisque le règne des ET hiérarchiques sur les humains étant désormais terminé, leur quarantaine sera définitive.

Aftertime > Effondrement du système

Survol

Lors du premier passage, une grosse partie du territoire va être laissée à l'abandon, l'État se réfugiant dans les villes-camps de l'aftertime, ne pouvant reconstruire sur toute la superficie du territoire. Voici ce qui disparaîtra dans les zones libres de contrôle.

Abandons de postes (p.)

Démobilisation massive au sein des armées (les militaires refusent de se battre à l'étranger et veulent rejoindre leurs familles).

Les employés préfèrent se préparer à l'autonomie pour nourrir leur famille, plutôt que de travailler pour un patron égoïste.

Dégradation avant le pole-shift

De moins en moins d'hôpitaux, de routes, d'écoles, etc. Par contre une grosse couverture de surveillance (fibre internet, pylônes 5G), nos dominants ne lésinant jamais sur la dépense dès lors qu'il s'agit de surveiller ses esclaves...

Tout cela est lié à l'agenda 21 (p.), qui cherche à dépeupler les campagnes en avance.

Violences urbaines

La violence collective est en hausse. Depuis 2007, ces violences sont en hausse : un homme battu sans raison, sorti de sa voiture et sa tête fracassée par des adolescents déchaînés. Un autre homme battu à mort alors qu'il tente d'en défendre un autre. La plupart des crimes ne sont jamais résolus, en fait, donc ce n'est pas nouveau. Des témoins terrifiés, des témoins qui sont éliminés, tout cela n'est pas nouveau ! Mais le fait que les frustrations bouillonnantes se transforment en violence collective est une nouvelle tendance. Les nombreuses tensions auxquelles la population fait face, sans relâche, car la dissimulation ne leur permet pas de comprendre ce qui se passe. Les médias leur annonce des emplois plus nombreux, que l'économie est en hausse, alors que les vrais gens peuvent voir la dévastation tout autour d'eux, sachant que ces rapports sont des mensonges. Le temps est de plus en plus capricieux, et pourtant les dirigeants refusent de s'attaquer aux causes déclarées du réchauffement de la planète, à savoir le CO2. Ils sentent qu'on leur ment, leurs dirigeants leur paraissent incompétents, corrompus et voleurs, et ils explosent.

La solution a tout ça est pourtant simple : informer le public de ce qui se prépare, et lorsqu'ils commenceront à y croire, les signes de Nibiru ne pouvant plus être niés, ils pourront prendre des mesures pour s'aider eux-mêmes et leurs proches. Cela désamorce la situation, car l'action est un exutoire à la colère.

Les chocs psychologiques

Lors des 3 jours de ténèbres, les pillards seront comme d'habitude au rendez vous, on sait bien que la nuit a tendance à faire sortir les prédateurs (pour rappel, en France, nous serons sur la partie éclairée). Beaucoup de personnes seront psychologiquement perturbées par les événements, et cette instabilité pourra engendrer une violence gratuite dont il vaudra mieux rester à l'écart. C'est pour cela que vous devez quitter les villes, parce que de toute manière ce seront des mouroirs, des lieux de crime et de violence (pillages, meurtres etc...) les populations perturbées chercheront des expiatoires à leur haine et leur détresse, et cela s'exprimera par n'importe quoi pour exorciser leur peur. Comment se nourrir dans un environnement aussi violent, des immeubles en ruine, et des entreprises polluantes à proximité qui relâcheront, lors des incendies des gaz toxiques ? Il y a aussi des rumeurs selon lesquelles à certains moments, sortir de chez soi vous tuera instantanément. Là encore même remarque, tout faire pour que votre habitation devienne votre tombe, mais il y a ici un fond de vérité. De nombreuses personnes qui n'auront pas été préparées à voir Nibiru et les événements impressionnants mourront de mort subite, parce que le choc psychologique sera intense. Plus une personne est psychorigide, coincée dans sa réalité immuable, moins elle pourra encaisser ce choc, et le cerveau peut entrer en crise grave, entraînant le décès (attaque cérébrale, voire crise cardiaque). Nous serons tous extrêmement stressés, mais nous passerons le cap surtout si nous avons un minimum d'ouverture d'esprit. Pas la peine d'avoir eu la sublime illumination pour cela, comme je l'ai dit, ce seront les personnes les plus psychorigides qui auront ce risque. Rien de neuf ici, ces morts arrivent presque à chaque séisme fort, même avant l'arrivée de Nibiru. Il y a toujours des gens que la panique tue. Là ce sera une panique psychologique intense, parce qu'un séisme, ça reste classique somme-

toute. Par contre le Soleil et/ou la Lune arrêté dans le ciel, une journée ou une nuit de 72 heures et un astre rouge gros comme la pleine lune dans le ciel, certains auront du mal à encaisser.

Ces craintes ne vous concernent plus vu que vous lisez ce livre, mais vous pourrez expliquer les choses à ceux qui seront tétanisés par ce qu'ils voient, ou qui délires où adoptent des TOC, signe que quelque chose ne tourne plus rond dans le cerveau.

Tout ce qui sera détruit le restera

Excepté dans les ville-camps, qui auront les pièces pour reconstruire (prévues d'avance), considérez que tout ce qui sera détruit, et qui sera technologique (comme l'eau potable, les réseaux électriques, etc.) restera détruit par la suite.

Perte des communications

Au niveau des télécommunications, 3 facteurs vont jouer :

1 - les satellites vont faire de moins en moins bien leur boulot parce qu'ils seront endommagés (météorites) ou déboussolés (apparitions de sous-pôles magnétiques, dérive rapide du champ magnétique global de la Terre, décalage d'orbite par la gravitation additionnelle de Nibiru ou ses lunes dans le secteur);

2 - les câbles sous marins qui prennent le relai, notamment pour internet risquent de se briser de plus en plus souvent à cause des séismes et des mouvements de plaques tectoniques (comme l'écartement du rift Atlantique).

3 - Les EMP du noyau vont perturber de plus en plus nos communications. Ces EMP peuvent endommager les appareils sensibles comme les transformateurs industriels (coupure de courant) ou même perturber les signaux Hertziens.

Fuite des Élites

Nous vivons dans un système cloisonné, où seul le chef à connaissance du fonctionnement global, mais s'appuie sur des techniciens pointus (les vraies Élites). Enlevez un des nombreux points critiques, et le système s'écroule. Or, c'est ces gens importants que les Élites ont prévues d'emmener avec elles dans leurs enclaves.

Zones de refuge

Dépendra des pays et des personnes. Les pays les plus à risque verront leurs dirigeants quitter le pays avec l'armée, pour revenir soumettre les survivants par la suite. Tous se réfugieront dans des bunker protégés, construits de nombreuses années à l'avance...

France

S'installer en Centrafrique en passant par la Libye, ce qui laisse présager une intervention militaire dans ce pays pour assurer le transfert des dignitaires et des personnels (militaires notamment). Seule une très petite partie de la population française est concernée, tout le reste de la population sera tenue à domicile (restrictions de déplacement par le couvre-feu ou un confinement sous raison quelconque, le temps que le déménagement soit fait puis que le tsunami détruise les villes portuaires où la population aura été massée).

Abdication

De nombreux dirigeants démissionneront ou abdiqueront, pour s'enfuir et laisser leur population être détruite, les plans de sauvegarde n'ayant pas été faits, exceptés ceux concernant le dirigeant.

Fuite > Refuges français en FrançAfrique

Survol

Détaillons un peu ces enclaves africaines, vu que nous les avons chèrement payées avec nos impôts, argent qui a aussi à rendre malheureux et à massacrer les peuples locaux...

Évolution du plan (p.)

Ce plan a pris du plomb dans l'aile depuis la défaite de Fillon, mais l'État profond qui l'a pensé depuis 2000 est toujours au pouvoir, et vous donne une idée de quoi nos Élites sont capables. Les autres plans qu'elles fomenteront seront dans ce goût-là.

Des plans égoïstes et génocidaires

Les plans des Élites françaises (dirigeants et grands patrons, issus des mêmes familles) étaient de s'envoler pour le Mali, Sénégal, désert Libyen, Françafrique en général (grâce à la préparation par Areva) en laissant les Français se noyer dans les tsunamis de pole-shift, et irradiés par les fusion de coeur des centrales nucléaires. Si la France reste habitable après les catastrophes, alors ils reviendront envahir de nouveau le pays.

Ces plans sont très graves pour la survie des Français, parce que à cause de leur volonté de tuer les gens sous les tsunamis, et pour que leurs enclaves soient construites ou financées par des esclaves qui continuent à travailler pour eux comme si rien n'allait se passer, ils ont complètement la reconnaissance de Nibiru, à parler de la planète 9 et des différentes découvertes récentes. Les gens ne peuvent pas se préparer, et êtres autonomes plutôt que de devoir travailler comme esclave dans les camps pour pouvoir se nourrir.

Du coup, c'est aussi eux qui freinent la sécurisation des centrales nucléaires et des usines. En gros, on laisse tel quel, parce de toute façon ils ne seront plus là quand la France sera polluée.

C'est une vision naïve du monde mais ces gens vivent dans leur tour d'Ivoire et n'ont aucun bon sens pratique (et c'est bien pour cela que notre Système est complètement absurde et cruel d'ailleurs). Se réfugier au coeur de l'Afrique les mettra à l'abri de beaucoup de choses, mais pas de leur propre défauts.

Pourquoi partir ?

Si la Chine fait ses villes sur les hauts plateaux désertiques, la France n'avait pas un territoire adapté à ce genre de plan. La solution a été trouvée de l'autre côté de la Méditerranée, proche d'amis politiques (le Roi du Maroc est un grand copain de Sarko, qui a même été habiter chez lui après les élections).

Une autre solution aurait été d'être solidaire avec la population française, mais ça, vu les gens auxquels on a à faire (Bouygues, Rothschild, Dassault, Lagardère et compagnie), la compassion est le cadet de leurs soucis.

Ce qui compte, c'est que nos "riches et puissants" veulent fuir la métropole, ses centrales, ses usines Sevezo et sa population très en colère contre eux, pour se créer un petit paradis dictatorial et esclavagiste comme à la période coloniale pré napoléonienne, où ils pensent vivre comme des Nababs, et se délester de toutes les responsabilités.

Qui ?

Milliardaires, politiques et personnes d'influence (qui sont très proches au niveau des familles en France).

Les gouvernements, comme les Élites fortunées, ne sont pas des groupes homogènes. certains doutent de Nibiru, d'autres sont extrêmes dans leurs choix d'extermination des populations, d'autres dégoûtés par les plans génocidaires prévus par les autres Élites.

En France c'est particulier, parce que nos politiques et les Élites ultra-riches sont très proches et ont formé un groupe assez solidaire à ce niveau, en accord avec les anglais.

Les opinions sont parfois partagées et que les Élites ne forment pas un ensemble homogène. La fuite en Afrique c'est surtout pour les politiques et les riches industriels proches des politiques. C'est donc un clan, celui qui est majoritaire, mais c'est loin d'être le total : 60% contre 40% environ, en sachant que sur les 60% une partie n'ira pas en Afrique si Nibiru reste modérée. Pour les 40%, ce qui les attire se sont les enclaves high tech totalitaires privées parce qu'ils n'ont pas envie d'être à la botte de politiques incompétents qui feront des militaires leurs chiens de garde (et on les comprend).

L'Afrique, c'est donc plus un plan "gouvernemental", politico-militaro-industriel, plutôt que le plan de la totalité des richissimes. Certaines Élites sont plus proches dans les idées et les alliances de ce qu'on voit chez les GAFA.

Une autre classe d'Élites était restée secrète, car elle n'avait pas le droit d'exister depuis 1905, c'étaient les monarchistes. Avec la victoire de Macron ils ont pris le pouvoir en France en mai 2017 et sont en train de changer le rapport des forces dans les Élites.

Un plan parmi d'autres

Le projet africain n'est pas une certitude absolue. C'est le plan catastrophe de "dernier recours" pour certains.

Les Élites attendent de voir comment Nibiru va impacter le monde. Si c'est très grave et que la France devient peu propice à leur vie privilégiée, ils partiront. Mais si Nibiru reste modérée, leur choix sera en grande partie de rester en France parce que c'est là qu'ils pourront bénéficier de plus de confort. Toujours les mêmes priorités chez ces gens : eux mêmes.

Plan complémentaire au ville-camps

Il est probable que les deux projets se fassent. Une néo-France (pour les ressources notamment, ou en site béta) et des ville-camps en métropole, la première allant surtout servir en cas de gros couac en Europe (style un gros accident nucléaire). Les Élites préféreront toujours le luxe, les beaux tableaux et les dorures qu'ils ont dans leur pays d'origine, plutôt que de prendre le risque de tout reconstruire en Afrique en laissant leurs œuvres d'art, leurs marbres et leurs grosses voitures en arrière (parce qu'il ne pourront pas emmener beaucoup).

Ce sont des gens très pragmatiques, ils ne mettent jamais tous leurs oeufs dans le même panier.

Exode massif

Nos Élites aiment leur confort, et ne peuvent se contenter de partir avec un sac à dos contenant un duvet léger et un hamac. Quand vous verrez ce qu'elles prévoient d'emporter avec elles, vous comprendrez que le mot massif n'est pas exagéré : c'est une bonne partie de la France qu'elles emportent avec elles.

Bagages

Toute leur fortune, sous des formes tangibles (pour eux, en fonction de ce qu'aiment les anunnakis) : or, argent et pierres précieuses, oeuvres d'art de toutes époques (statues, tableaux, etc.), voitures de sport, et j'en passe. Regardez ce que les nazis avaient volé et entreposé pendant la guerre dans des km de galerie, partout sur leur territoire.

Armée

Parce que les Élites veulent pouvoir reprendre le pays qu'elles ont laissé derrière, il faut que son armée soit opérationnelle.

Une grosse partie de l'armée (+ de 80% de l'armée et son matériel, que le personnel le plus aguerri) va suivre ces Élites, avec un matériel conséquent. L'équivalent de la majorité de nos camps militaires (recentrés depuis l'arrêt de l'armée obligatoire et la vente des forts non déplaçables) qui partira en Afrique, au cas où la France ne serait plus habitable. Les vaisseaux à propulsion nucléaire (le Charles de Gaulle et toute notre force de frappe nucléaire sous-marine) ce qui implique des installations portuaires, donc un accès à la mer.

Les 20% de l'armée restant sur place seront chargées de maintenir l'ordre à tout prix avec l'appui de milices de sécurité privées, tentant de conserver le pouvoir pour faciliter la reconquête ultérieure.

Quand on dit armée, on parle des militaires mais aussi de leur famille proche, qui serviront de moyen de pression sur les militaires.

Carburant

Le carburant sera indispensable pour faire fonctionner les chars et tous les véhicules blindés, les navires à propulsion classique, les centrales électriques thermiques mais également les avions (de chasse ou de transport).

Les réserves pétrolières de la Libye étaient donc un butin intéressant.

Esclaves

La basse main d'oeuvre, et la chair à canon, sera trouvée sur place. Romains et nazis ont toujours obligé les vaincus à aller attaquer leurs voisins, leur laissant espérer que s'ils survivaient 10 ans en première ligne, ils seraient affranchis...

C'est une grande migration des "forces vives de la nation" qui est prévue. Les sous-fifres que les Élites possèdent déjà ici : médecins, cuisiniers, conseillers.

Les techniciens pour les enclaves high-tech seront choisis lors des rafles, bien que la plupart travaillent déjà là-bas en tant qu'expatriés.

Moment du départ à la panique des Élites

La grande peur des Élites c'est que la "populace" apprenne la fuite, et y fasse obstacle en s'interposant (voir en pratiquant une justice expéditive sur leurs personnes).

La décision du départ de l'exode se fera quand le trouillomètre aura atteint un niveau élevé, ou si un vent de panique s'empare de ces nantis. L'annonce de Nibiru pourra être un déclencheur, si ces personnes estiment qu'elles sont en "danger" insurrectionnel en métropole (les populations en colère de voir que Nibiru leur a été cachée, et que rien n'a été prévu pour les populations).

Restrictions en France lors de l'exode

Limiter les déplacements

Pour palier au danger des populations en colère, et pour sécuriser ensuite leur fuite, l'idée est de placer la France en loi martiale (qui sera appelée état d'urgence pour ne pas faire peur), et donc les restrictions de mouvements sur certains grands axes, le blocage d'autoroutes, la fermeture des aéroports et des frontières, les grèves montées de toute pièce pour bloquer les raffineries, etc.

L'aéroport principal d'évacuation est Brives-la-Gaillarde (isolé donc tranquille pour les Élites, et c'est d'ailleurs cette ville qui a lancé les essais de

dépose d'hélicoptère en centre-ville en octobre 2020.

Union nationale

Le plan est d'avoir un gouvernement droite-gauche de rassemblement (sous un prétexte quelconque, pandémie, attentat, etc.), pour justifier ensuite de la loi martiale.

Toutes les parties des Français étant représentées, ils n'ont donc plus besoin de contre-pouvoir (opposition, qui de toute façon n'était que de façade), telle sera la justification de l'embrouille. Ce n'est pas les Hollande-Juppé/Sarkozy comme ils l'avaient espéré, mais Macron et ses ministres de droite et de gauche.

Il ne reste plus que la loi martiale (un cran au-dessus de l'état d'urgence dans lequel on est (depuis 2015) pour savoir que c'est très proche...

En effet, une loi martiale imposée trop tôt ne sera plus respectée par le peuple au bout de quelques semaines. D'où l'intérêt pour ces Élites de savoir quand précisément Nibiru passera.

L'attrait de l'Afrique

Zone de la Françafrique

Si la Françafrique se situe sur les anciennes colonies françaises, c'est que nos Élites n'ont pas fait le deuil : ils essaient de contrôler cette zone même après la vague d'indépendance.

Les enclaves high-tech sont déjà en partie construites sur ce territoire (Libye-Mali-Niger-République Centrafricaine-Tchad).

Des relents colonialistes

L'Afrique les a toujours fait rêver, ses richesses, son climat et son réservoir de main d'oeuvre esclave à portée de main. Ce sont les mêmes familles et les mêmes Élites que celles qui étaient responsables de la colonisation et de l'esclavagisme de masse, il est certain que la nostalgie de ces hiérarchistes doit jouer énormément dans leur vision de leur futur post-Nibiru où les règles seront remises à zéro.

Ça va même dépasser le néocolonialisme, les Élites vont chasser les habitants pour prendre leur pays (ou en faire des esclaves, ce qui ne m'étonnerait pas du tout). Je ne sais pas comment ils vont appeler ce nouveau pays, peut être Néo-France, mais en tout cas, aucun Africain ne sera citoyen de ce nouvel état... Petit à petit, les Élites vont leur voler leurs terres, et c'est déjà commencé.

Nucléaire

AREVA est installée sur cette Françafrique et exploite (ou plutôt pille) l'uranium africain.

Et justement c'est le nucléaire qui est la clé de cette stratégie. La France est un petit pays en surface et celui qui, au km^2, comporte le plus de centrales avec le Japon. de ce fait, tous ces réacteurs forment une vaste zone de danger (de 100 à 200 km autour des réacteurs) et vue la taille et la forme de notre pays, peu de territoire sera épargné par la radioactivité en cas d'accident.

Une zone riche en matières premières

La zone est déjà sous contrôle depuis longtemps par AREVA et est extrêmement riche en ressources : Pétrole, terres rares, uranium, minéraux, etc. Nos Élites se réjouissent d'avance d'aller creuser et saloper les lieux...

C'est aussi une zone fertile avec une population pauvre déjà soumise (et qui ne fera pas le poids contre l'armée française qui tirera à vue).

Zone bien équipée

Très bien équipée grâce à AREVA : hôpitaux, écoles, voies ferrées, etc. Voir par exemple le magnifique train circulaire faisant le tour de l'immense enclave d'Areva au Mali.

Une zone sûre

C'est une zone à sismicité nulle ou quasi nulle, au milieu d'un immense continent. C'est une des zones les plus sûres de la planète puisque même le jour du basculement, elle aura juste le minimum des dégâts possibles. Certes certaines choses seront communes à tous, comme le vent violent qui va se lever rapidement lors du pivotement de la croûte (compter l'intensité d'un ouragan), des chutes de météorites ou encore le tremblement généralisé MAIS pas de séismes complémentaires et pas de tsunamis.

Personne n'entendra crier

Dans ces enclaves, l'esclavage et les sexactions sur les populations environnantes seront de mise : Personne ne va s'offusquer, car le monde sera différent, compartimenté. Chacun vivra dans son coin, craignant les autres. Il n'y aura plus d'instances, ni de police, ni de tribunaux internationaux, et les États seront recroquevillés sur de petites ville-camps. Il n'y aura personne pour voir et dénoncer les exactions, et encore moins pour les punir...

Cette impunité est déjà effective le 18/10/2016 : "Tous les observateurs s'interrogent, en tout cas, sur la motivation qu'auraient les forces Barkhan à délimiter et à maintenir sous haute surveillance une énorme zone inaccessible à tous – aux forces régulières maliennes comme aux rebelles – dans la région de Kidal. Usage malveillant que la France est en train de faire de l'Accord militaire imposé à notre pays à grand renfort de chantages faits aux plus hautes autorités. En tout cas, les craintes et suspicions peuvent se justifier par les innombrables convois douteux de cargaisons à perte de vue, qu'on a vu traverser le Mali du sud au nord et qu'on ne voit jamais emprunter le sens inverse."

Pays Dogon

Ce sont les mêmes motivations qui ont poussé les anunnakis et les Élites françaises à visiter le coin du pays Dogon, en l'occurrence les ressources très abondantes de la région Niger-Mali-Centrafrique. On y retrouve de gros gisements d'uranium (mais pas seulement, loin de là) qui ont très tôt attiré AREVA. Or comme avec toutes les multinationales, les locaux ont été mis à l'écart : ce n'est plus vraiment une zone qui appartient aux pays d'Afrique, c'est AREVA qui y fait la pluie et le beau temps depuis quelques décennies. Il n'y a pas de différence ailleurs avec les mines d'or, le diamant ou le pétrole voire même les zones fertiles au climat intéressant (comme les grands lacs africains où sont cultivés les roses horticoles, les zones chaudes et marécageuses de l'Ouest qui fournissent en riz l'Asie/la Chine, les cultures de cabosses pour le chocolat récolté par les enfants esclaves mais dont les locaux ne voient pas la couleur). Souvent ces zones riches en ressources sont interdites aux nationaux, et strictement, sous peine de mort. Qui plus est ils servent volontiers d'esclaves (même si la terminologie n'est pas officielle, comme pour le chocolat entre autres).

En Guinée par exemple (Harmo a eu un témoignage direct), toute personne qui franchit les barbelés des mines d'or est abattue, sans forme d'autre procès, mais l'argent tiré des mines n'arrive jamais jusqu'au peuple. Ce n'est pas différent dans tout le reste de l'Afrique où les ressources sont pillées par les autres pays du monde, pour peu qu'ils aient corrompu les pouvoirs locaux. Ce sont ces ressources et cette base logistique (des enclaves toutes prêtes) qui attirent les Élites françaises, et en ce sens, elles ont à peu près le même comportement que les anunnakis en leur temps qui vivaient dans des colonies fermées et se

788

servaient des humains indigènes comme main d'œuvre corvéable à souhait. Pas d'autre point commun hormis la même logique "hiérarchiste" derrière ces actes, et qui sert de modèle à tous (pas besoin des illuminatis pour coordonner ces comportements par exemple). C'est toujours les mêmes réflexes qui reviennent, même pas la peine pour ces groupes de se donner le mot. Ce sont des grands classiques du modèle spirituel en question, des automatismes. "Je m'empare et je m'enferme avec mon trésor" : or là où il y a trésor, il y a forcément une force d'attraction pour ces individus avides de pouvoir, c'est pourquoi on retrouve toujours cette orientation spirituelle aux mêmes endroits. Peu importe qu'ils soient anunnakis, humains ou reptiliens, c'est toujours le même schéma hautement prévisible qui se répète !

Lybie = tête de pont

La Libye doit servir de tête de pont à l'établissement de nos Élites en Afrique centrale où l'armée est déjà présente sous couvert d'intervention "sécuritaire".

Les preuves de l'accointance Sarko-Clinton

03/07/2015 - La version de Sarko sur la Libye est remise en cause par les mails de Clinton.
Les emails de l'ancienne secrétaire d'Etat rendus publics par le département d'Etat dans le cadre de l'enquête sur l'attentat anti-américain de 2012 en Libye contre le consulat de Benghazi réservent des surprises. A en croire le conseiller d'Hillary Clinton qui les a envoyés, les services secrets français auraient organisé et financé la rébellion contre Mouammar Kadhafi.

La version officielle de la France est que Paris a choisi d'intervenir à l'appel d'opposants libyens pour éviter un bain de sang causé par la répression du dictateur libyen contre les mouvements contestataires lancés à la fin de l'hiver 2011. Al Monitor, basé à Washington, rappelle que Bernard-Henri Levy, aurait, selon la version officielle, rencontré le chef du Conseil national de transition Moustapha Abdel Jalil, le 4 mars 2011, appelé aussitôt Nicolas Sarkozy qui aurait invité l'opposant à l'Elysée, et reconnu le CNT le 10 mars.

Mais selon un mail daté du 22 mars, des agents de la DGSE ont entamé des rencontres secrètes avec Jalil et le général Abdelfattah Younès -qui venaient de quitter le gouvernement de Kadhafi- dès la fin février à Benghazi. Paris aurait fourni argent et conseils pour la formation du CNT. "En échange de ce soutien, indique la note, la France attendait que les nouvelles autorités favorisent les entreprises françaises, en particulier dans le secteur pétrolier." La France a été le premier pays à reconnaître le CNT.

Al-Monitor souligne l'existence d' un autre mémo, daté du 5 mai, qui évoque des vols humanitaires organisés mi-avril de la même année, qui auraient compté parmi les passagers des cadres de Total, de Vinci, et de l'EADS. Le site a également consulté un mémo datant du mois de septembre selon lequel la France demanderait que 35% des contrats pétroliers soient attribués à des entreprises françaises.

Au début de l'année 2012, Blumenthal évoque la potentielle partition de la Libye, dans laquelle il voit la main de la France. "Une source extrêmement sensible indique que la DGSE et le SIS (les services secrets britanniques) entendent organiser le mouvement vers un État semi-autonome dans un système fédéral."

Ne pas oublier que si c'est Sarkozy qui a déstabilisé la Libye, c'est Hollande qui a continué le plan en envoyant la France au Mali-Centrafrique pour favoriser Boko Haram sous couvert de le combattre.

Exode massif lourd en intendance

Pour transférer tout ce beau monde depuis la France et tous leurs bagages + armée avec son matériel lourd, il faut des infrastructures portuaires capables d'accueillir cette logistique (et des bateaux lourds).

Seule la Libye était possible

Ce qui aura perdu la Libye, c'est que c'était le seul pays évolué, donc le seul à avoir les infrastructure portuaire a ce super exode prévu vers la néo-France (notamment pour garer le Charles de Gaule et les sous marins nucléaires).

Il y a tout ce qu'il faut : des raffineries de pétrole, des aéroports, des ports pour le débarquement des forces armées françaises, une faible population concentrée en bord de mer et un arrière pays vaste, vide et dont le sous sol contient des quantité astronomique d'eau douce sous forme d'aquifères (futures plantations).

Khadafi refuse l'invasion

Kadhafi avait été reçu par Sarko en grande pompe, afin de négocier ce passage, lors du fameux repas "union méditerranée" qui avait coûté 80 millions d'euros...

789

Kadhafi avait refusé de voir la France s'installer en Afrique : il considérait qu'il s'agissait d'une nouvelle colonisation de l'Afrique du Nord, et avait des projet d'une union nord-africaine.

C'est pour cela que la Libye a ensuite été déstabilisée, poussée à la révolte. Kadhafi assassiné, puis la Libye envahie. On mets à sa tête un gouvernement fantoche, assujetti à notre pays. Le chaos en Libye est maintenu par les services secrets français qui ont même poussé à l'attaque de l'ambassade US, histoire de bien faire comprendre aux Américains que c'était propriété privée.

Ce chaos artificiel sert à laisser la Libye affaiblie et faire perdurer le "besoin" d'une intervention militaire terrestre future qui tombera juste au bon moment pour préparer la fuite des Élites.

Un beau corridor qui part des côtes libyennes jusqu'en centrafrique, c'est exactement ce dont les Élites ont besoin.

Les enclaves du désert

Après la chute du leader Lybien, les multinationales françaises se sont rués sur le pays pour aller y fabriquer les installations nécessaires au plan : infrastructures portuaires à remettre en état et surtout bases d'opération dans le désert avec des fermes hydroponiques (de grands cercles verts au milieu du sable).

Ces eaux souterraines sous le désert Libyens venaient de commencer à être exploitée par Kadhafi, grâce aux Français, formant ainsi de grandes fermes/terres fertiles en plein désert, très productives (chaleur+soleil+eau+sol riche = jackpot vert).

2010 - Aéroport international de Brives-la-Gaillarde

Pourquoi faire un tel aéroport surdimensionné par rapport aux besoins locaux ? Cet aéroport servira de point de départ vers la Libye pour les Élites, de par sa position centrale en France, éloignée des grands centres urbains.

02/02/2016 – France contre Daech en Libye

C'est pour préserver leur tête de pont que la France déploie des troupes sur place, des opérations spéciales censées ne pas être là-bas. Seul le corridor intéresse la France, pas les populations exposées aux massacres.

Les attaques du passage

Bien entendu que la France interviendra en Libye juste avant l'exode, parce qu'il faudra nettoyer le chemin, sécuriser les installations portuaires et faire traverser toutes nos Élites fortunées et leurs richesses.

Boko Haram nettoie la Françafrique

07/12/2014 - Boko Haram agents de la France

C'est la France qui est derrière Boko Haram, c'est une évidence quand on connaît leurs plans pour cette région centrale de l'Afrique. Cet avion arrêté avec du matériel militaire français (2 hélicoptères de combat gazelle), allant de CentrAfrique, vers le Tchad où sévit Boko Haram, est une preuve flagrante quand on connaît la vérité sur plan des Élites françaises. Le groupe islamiste est financé notamment via les prises d'otage de ressortissants français pour lesquels ont paye des rançons astronomiques, mais il n'y a pas que cela. Des intermédiaires neutres, engagés par les Français, fournissent armes et munitions mais aussi des renseignements stratégiques (notamment les mouvements de l'armée nigériane). Le but est de faire de cette région une zone de non droit et le projet est de détruire Boko Haram quand les Élites arriveront de la métropole. Si la Centrafrique et le Mali ont pu être envahi militairement sous de bien beaux prétextes, ce n'est pas le cas du Nigéria qui pose problème (le pays le plus peuplé d'Afrique). Le meilleur moyen de le faire reculer, c'est de créer une organisation terroriste cruelle et barbare. Les populations "terrorisées" quittent l'Est du Nigéria et ne poseront plus de problème à la Nouvelle Françafrique. Le territoire de Boko Haram servira alors de tampon de sécurité que les Français sécuriseront avec des drones et des avions de chasse. Tout ce qui y entrera sera détruit, un bon moyen d'avoir la paix pour des Élites qui détestent les Africains et les considèrent comme des animaux sauvages.

Hollande continue l'oeuvre de Sarkozy

Encore une preuve que les 2 étaient liés par leurs plans, Hollande a continué le plan en attaquant le Mali suite à la déstabilisation de la Libye, et des musulmans allant tuer d'autres musulmans, un classique des religieux manipulés.

Si, lors de la marche des chefs d'États pour Charlie Hebdo, c'était le président malien qui était aux côtés de François Hollande, au milieu et en tête, ce n'était pas par hasard. Le signe de l'importance de ce pays pour les Élites françaises. Avant les élections de 2017, les ministres français passaient leur temps au Mali, et ne savaient pas

790

comment l'expliquer aux journalistes qui s'étonnaient qu'ils passent plus de temps au Mali qu'à leur poste en France.

Les ET ne laisseront pas faire

Plusieurs indices des avertissements envers les Élites françaises :

- DROVNI au dessus des centrales nucléaires, coupure des centrales par les ET.
- les scandales sexuels des soldats français en Centrafrique, qui obligent notre gouvernement à faire intervenir d'autres pays et à mettre fin à Sangaris. Qui a permis que ce scandale aboutisse ?
- Les pannes répétées sur les avions de Hollande ou de certains ministres, qui sont très peu ou pas médiatisés, mais qui leur passent un sévère message : à 10 000 m d'altitude, la gravitation est formelle : président ou pas, il tombe, et la pomme fait de la purée en touchant le sol depuis une telle altitude...

Qu'est-ce que c'est ce survol ?

Dans L0, nous avons vu les nombreux articles montrant que ce n'étaient pas des drones, mais des OVNI. Nous reste à savoir ce qui a motivé cette vague de survol sans précédents dans le monde.

Les ET gardent un oeil inquiet sur le parc nucléaire français, le pays qui en compte le plus au km².

Les ET nous avertissent et font pression sur l'État, EDF, le CEA et AREVA afin que des protocoles d'extinction rapide des coeurs nucléaires soient instaurés, afin que ces centrales ne soient plus un danger avec le passage de Nibiru.

Cela est possible, il manque simplement une volonté politique de le faire. Le problème, c'est que s'il faut éteindre les centrales et mettre en place un protocole d'extinction des coeurs simultané sur toutes les centrales, il faut aussi dire pourquoi on le fait... et là, mis à part dire qu'on s'attend à une catastrophe planétaire, c'est dur à justifier !

Depuis 2013, les ET manifestaient leur mécontentement en laissant des pannes se produire sans intervenir (alors qu'ils le faisaient continuellement avant). Ces pannes n'alertant personne, ni même la catastrophe pourtant révélatrice à Fukushima, cela oblige inévitablement les ET à faire plus. Nous avons de la chance, ce n'est pas leur genre de provoquer des pannes voire des accidents. Espérons seulement

que les responsables saisiront cette opportunité avant que la pression ET monte encore d'un cran. A titre d'exemple, les "drones" ET peuvent tout à fait désactiver eux-mêmes les centrales et ils le feront si besoin s'en fait sentir. Mais il ne faut pas oublier le côté éthique de tout cela, le but étant de confronter les autorités à leurs responsabilité alors que pour le moment le plan des Élites françaises est de laisser les populations sans aide, de ne pas prévenir les catastrophes.

Qu'est-ce qui fait peur aux ET dans nos centrales ?

Une centrale en démantèlement peut rester très dangereuse, notamment parce qu'elle peut abriter des "stockages" non sécurisés car provisoires. Même problème avec la Hagues qui est aussi en démantèlement. Ensuite, les anciens sites de centrales servent aussi, une fois "mis à la retraite officielle" comme sites de stockage et là, l'information sur ce qui est entreposé est très confidentielle, voire inexistante. Entre ce que le gouvernement dit et ce qu'il fait, il y a (souvent) un fossé. Si les ET survolent le site, c'est qu'il représente un danger par rapport à Nibiru : soit c'est un problème de coeur en fusion qui doit être arrêté, soit c'est un stockage très dangereux qui risque de partir dans la nature (les centrales étant sur les bords de mer ou de fleuves, on comprend pourquoi !).

Les centrales françaises sont visitées par des ovnis depuis longtemps. Soit les appareils restaient furtifs pour ne pas être repérés, soit ils étaient visibles et les témoins discrédités et les enquêtes enterrées. c'est le cas par exemple du survol de Golfech en 2010. Maintenant, si les OVNIS se font voir et en si grand nombre sur presque toutes les centrales françaises aujourd'hui, cela veut dire deux choses : 1 - cette vague ne concernent que la France dans l'immédiat, cela veut dire que le problème est lié à notre gestion nationale des choses 2 - presque toutes les centrales + d'autre sites nucléaires français sont concernés, cela veut dire que ce n'est pas lié au danger d'une seule centrale, mais bien à un problème général sur tout notre parc.

Comme je l'ai expliqué, cette vague de survol sert à pousser le gouvernement français/AREVA/EDF à mettre enfin des protocoles adéquats pour rendre inoffensifs nos centrales lorsque Nibiru passera. Pour l'instant, nous sommes un des seuls (voire le seul) pays à ne pas l'avoir fait, d'où la vague OVNI uniquement sur notre territoire.

Si cette vague de visites est plus impressionnante, c'est surtout parce que le nucléaire est un danger majeur bien supérieur au reste et qu'il est possible d'y faire quelque chose pour peu qu'il y ait une volonté politique. C'est pourquoi les ET insistent plus.Tout s'explique

Étouffer les survols OVNI 2014 des centrales françaises

"L'Etat" n'est pas quelque chose d'homogène. Il y a différentes couchent de gouvernance, et si une certaine Élite domine généralement le tout, elle n'a pas 100% de contrôle sur toute la hiérarchie. Les employés des centrales sont les premiers témoins, et quand la rumeur commence à devenir virale (le mot est à la mode) sur le site EDF il faut bien que la direction du site donne des explications. Du coup, elle en réfère à EDF et cela aboutit au directeur général qui lui même passe le message à AREVA, au CEA puis eux même au gouvernement. Le problème, c'est comment faire taire des centaines d'employés témoins sur les sites, témoins qui se font du souci pour leur sécurité : qui envoient ces lumières ? Les russes ? Les écolos ou pire encore des islamistes ? Quand on travaille sur un site aussi sensible, qu'on a sa famille à proximité et qu'on multiplie cette inquiétude par 100 personnes, cela devient intenable. C'est pour cela qu'EDF est obligée de porter plainte parce que sinon elle est en face d'une très forte demande de la part de ses employés qui ne comprendraient pas qu'on laisse faire. Du coup, ce nombre de témoins inquiet est trop important et force la main à tout le monde. Si l'Etat dans son ensemble s'en était tenu au silence, les employés auraient fait passer le mot par les réseaux sociaux et alerté la population "à la sauvage", sans contrôle de l'information. L'avantage pour le gouvernement d'en parler lui permet de mettre en place un contrôle, une désinformation et ici en l'occurrence faire croire à tout le monde que ce sont des drones. Le problème aujourd'hui c'est que cela se retourne contre lui car malgré le dispositif renforcé, les survols continuent prouvant par leurs caractéristiques que ce ne sont pas des drones. C'était le but des ET, forcer la main et cela a réussi. Le contexte juridique lié aux centrales a permis ce forçage alors que quand ce sont des lieux "civils" qui sont survolés il est bien plus facile de décrédibiliser les témoins. C'est la sécurité des centrales et la peur

des employés EDF qui a fait le plus gros du travail, tout simplement.

Comme toujours, les ET laissent la possibilité aux gens de réagir et de changer, c'est pour cela que leurs actions sont toujours progressives/ par palier de pression. Ces survol ne sont qu'une première étape: si les positions ne changent pas (dans le public et dans le gouvernements), un second palier plus significatif s'en suivra et ainsi de suite. Il y a des limites à leur action (aux ET), mais ils ont de très nombreuses cordes à leur arc à l'intérieur de ces restrictions.

Les ET, via ces "DROVNI" (faux drones et vrais OVNI) se servent de leur technologie pour créer les incidents en question (probablement enclencher les systèmes d'arrêt/de sécurité) qu'il faut relancer : cela explique pourquoi les techniciens sont appelés en urgence en plein nuit pour régler ces soucis. Afin pour l'info, lorsque les OVNI agissent sur le matériel, cela prend souvent la forme de rayons de lumière dirigés vers les installations (d'où les témoignages qui parlent de projecteurs sur les drones dirigés vers le sol).

Les projets secrets ont toujours été utiles pour les débunkers afin de cacher des phénomènes. La vérité c'est qu'aucun pays ne dispose de drones capables de faire du sur place 1 heure, d'échapper aux radars militaires et aux brouilleurs, voire même aux hélicoptères à vision nocturne. Les USA ont des drones furtifs très sophistiqués, et cela n'a pas empêché de pouvoir les abattre à l'occasion voire même de les capturer (voir le cas iranien). Ensuite se pose la question du mobile : pourquoi survoler les centrales ? Plus de 32 survols, parfois plusieurs fois au dessus du même site, et aucune véritable raison de le faire. Une puissance étrangère (type Russie) voulant montrer sa supériorité technologique (qui serait énorme dans ce cas !!) volerait au dessus des bases militaires, pas au dessus de centrales nucléaires qui, si elles étaient attaquées, ferait autant de mal pour tous les belligérant (attaquant compris).

Le seul motif cohérent avec les caractéristiques de ces survols, ce sont des OVNI qui essaient de faire installer des mesures de sécurité en vue du passage de Nibiru.

Harmo avait prévenu de nombreux mois avant que si les Élites ne prévoyaient rien pour les centrales, il y aurait des survols massifs. Le gouvernement a accès aux infos de Harmo, que les ET utilisent pour faire passer des messages à ceux qui savent... Harmo avait aussi parlé des coupures d'un des réacteurs, et ça s'est produit aussi, le gouvernement continuant à faire la sourde oreille.

Les ET ne couperont jamais tout le réseau EDF parce que derrière, il y a trop de personnes qui sont dépendantes, chez elles, d'appareils médicaux qui les maintiennent en vie, par exemple. Les conséquences seraient extrêmement lourdes. Les ET touchent au centrales, mais sur un seul réacteur à la fois.

Les ET pourraient arrêter les réacteurs des centrales dangereuses sans toucher aux installations. Par exemple, lors de l'accident de Fukushima, le vaisseau qui a survolé le complexe a arrêté la fusion des cœurs qui s'était amorcée. Ils sont donc capables de rendre grâce à leur technologie le combustible nucléaire inerte sans rien détruire des installations alentours. Pas d'explosion, juste des barres de matériau fissile qui ne jouent plus leur rôle. Si tel était le plan, il serait bien difficile pour les autorités d'expliquer ces "pannes" alors que la centrale est intacte. Risqueraient ils alors de saboter leurs propres installations ? Possible. L'idée des ET n'est pas de prouver leur existence par cs visites, mais d'embarrasser les autorités jusqu'à ce qu'elles mettent en place des protocoles de mise en sécurité.

Drovni pourchassé par un hélicoptère militarisé mais qui s'en tire sans problème. Les ET ont la technologie suffisante pour être complètement en sécurité lors de ces survols, toute notre technologie ne peut absolument rien faire. C'est comme si un indien amazonien tirait des flèches sur un avion de chasse parce qu'il survole son village. L'écart technologique est trop important pour représenter le moindre risque d'interception.

quand on compare le QI des ET à celui de nos politiques, on comprend vite qui aura le dernier mot en la matière. L'idée ici pour nos dirigeants est de prendre les devants des problèmes en essayant de trouver à l'avance des excuses pour des événements qui ne sont pas encore arrivés. Ainsi, en pointant du doigt les transformateurs des centrales et l'éventualité qu'un groupe de "terroriste" les mettent hors service, les autorités espèrent couper l'herbe sous le pied à des OVNI tout à fait capables d'éteindre nos installations nucléaires. Sauf que les ET ont bien plus de cordes à leur arc. La seule chose qui les limite (les ET) c'est de ne pas provoquer d'Ethnocide. S'ils interviennent maintenant, c'est parce que le danger

des centrales est supérieur à celui de faire paniquer les gens avec une vague de survol.

les ET ne laisseront pas tomber et qu'ils ont encore de la marge, surtout qu'en parallèle, notre bon vieux sénat gâteux a voté la loi énergétique SANS réduction du nucléaire. On voit que personne n'a envie de comprendre au gouvernement que plus ils s'enfoncent dans leur bêtise (drone et nucléaire compris), plus la sanction sera sévère en retour ! A mon avis, ce qui cloche et ce qui rend les politiques si sûr d'eux, c'est que les ET ont toujours fait marche arrière jusqu'à présent quand la tension devenait trop forte. Cela avait pour but d'éviter un ethnocide et de respecter les limites de leur neutralité. Sauf qu'à présent, et cela les Élites ont encore du mal à s'en rendre compte, il y a un gros changement d'attitude dans l'action des ET qui ont littéralement déclaré la guerre à nos dirigeants (politiques et économiques). Ce ne sera pas à coups de "canons lasers" certes, mais les ET ont des moyens de faire encore plus mal et de façon ciblée. La guerre de l'information peut être bien plus destructrice pour les Élites qu'un survol d'OVNI car un bon scandale bien révélé peut réduire toute une carrière politique à zéro, ruiner un milliardaire ou décrédibiliser définitivement une personne publique. Comme l'explique Nancy Lieder, un exemple d'action de répression ET peut s'effectuer sur notre système bancaire : celui-ci fonctionne grâce à des réseaux et des transferts d'information en temps réel (bourses et cotations). Il est extrêmement enfantin pour les ET de modifier ces transmissions et ainsi faire perdre des millions en 1 seconde à n'importe quelle Élite fortunée. De même, quoi de plus facile pour les ET de transmettre anonymement des preuves irréfutables sur internet de crimes sexuels, de magouilles et autres corruptions ou malversations. Quoi de plus facile aussi de protéger les donneurs d'alerte qui donnent des listes de fraudeurs fiscaux, de scandales gouvernementaux, de fraudes en tout genre. Les ET ont l'embarras du choix car nos Élites ont tous de nombreux squelettes dans leurs placards :) En conclusion, plus ils mentiront sur les drones en organisant de faux témoignages et de fausses interceptions, plus le retour de bâton sera terrible. Tout ce que font les ET c'est pour nous, pour faire pression sur nos gouvernants irresponsables et nous verrons en parallèle des manipulations médiatiques autant de réponses de la part des ET.

Évolution du plan sur la néo-France

(2016) Sarkozy est empêtré dans les affaires, Juppé et Fillon, ses remplaçants, sont aujourd'hui attaqués par l'État Profond mais aussi par les médias au service du Puppet Master. Ce sera difficile de maintenir cet objectif d'Union Nationale, et donc une partie de l'exode massif vers la néo-France est repoussé.

Hollande s'est allié à Macron, car il se rend compte que l'ancien plan est caduque. Il ne se représentera pas pour favoriser l'élection de Macron, de même que Sarkozy, encore très populaire.

Si le PS1 se montre modéré, il est évident que les Élites préfèreront toujours rester en France, là où leur confort est assuré. Leur intérêt premier n'a toujours été qu'eux-même.

Il est probable à l'heure actuelle que les deux projets se fassent. Une néo-France (pour les ressources notamment, ou en site béta) et des enclaves en métropole, la première allant surtout servir en cas de gros couac en Europe (imagine un gros accident nucléaire). Les Élites préfèreront toujours le luxe, les beaux tableaux et les dorures qu'ils ont dans leur pays d'origine, plutôt que de prendre le risque de tout reconstruire en Afrique en laissant leurs œuvres d'art, leurs marbres et leurs grosses voitures en arrière (parce qu'il ne pourront pas emmener beaucoup).

Ce sont des gens très pragmatiques, ils ne mettent jamais tous leurs oeufs dans le même panier.

(2017) Ces anciens plans sont toujours d'actualité pour certaines de ces personnes, même après leur perte du pouvoir apparent avec Macron élu en 2017, bien que cette fuite de grande ampleur d'une grosse partie du haut du panier français, avec l'Élite de l'armée et une grosse partie de cette dernière ne se fera plus.

La mort rapide de Serge Dassault après l'élection de Macron, a sûrement été la partie visible d'une bonne purge chez ces Élites génocidaires.

L'arrêt du Franc CFA en 2020 a fait beaucoup de mal à ces Élites chapeaux noirs, et le fait de ne plus disposer de toute l'armée française envahissant une grosse partie de l'Afrique, a sûrement refroidi les ardeurs des va-t-en guerre.

Centrales nucléaires

Si les centrales nucléaires entrent en fusion (plan des chapeaux noirs), on sera tous irradiés fortement de toute façon, mais un bon système immunitaire, couplé à une aide de l'âme, permettra de franchir le cap.

Distances de sécurité

100 km d'une centrale en fusion (150 km sous le vent, et canalisé par des vallées orientées dans le sens des vents dominants, comme le Lot avec Golfech, irradié jusqu'à Decazeville).

50 km autour d'une centrale qui aurait été fermée correctement, mais qui de toute façon ne pourra être démantelée complètement, et sera éparpillée par le tsunami.

Difficile de les sécuriser

Arrêter les centrales ne les rendra pas inoffensive ! Mais ce serait un peu plu sûr en cas de catastrophe naturelle, car ça éviterait des fusions de coeur. Les centrales resteront des spots à éviter, quoiqu'il soit décidé par l'état.

Scénario prévu en France

(2016) Cela fait plus de 30 ans que la France enterre médiatiquement les fuites, les fissures, les défauts et les accidents. Puis d'un seul coup, on s'aperçoit que du plutonium a été déversé VOLONTAIREMENT dans la Loire. Les centrales n'ont JAMAIS été complètement étanches aux radiations...

En même temps qu'on nous averti que les coeurs ont des malfaçons, et donc que certaines centrales pourraient être arrêtées à n'importe quel moment sur ordre de l'ASN, les médias se mettent à relayer tous les incidents dans les centrales, alors qu'avant c'était cover-up. Il faut déconstruire 30 ans de propagande pro-atome, et le meilleur moyen est de faire peur aux gens avec une contamination.

Beaucoup de Français sont encore persuadés qu'il vaut mieux du nucléaire que du pétrole. Mais quand on leur annonce qu'ils recherchent des volontaires pour aller refaire le sarcophage de Tchernobyl qui fuit, et que si le nucléaire n'est pas si dangereux ils n'ont qu'à aller poser leur candidature, plus personne...

Fermeture partielle du parc nucléaire français, mais pas toutes les centrales. Il y aura donc des restrictions de consommation, notamment les appareils inutiles, mais aussi au niveau des foyers avec une restriction de l'ampérage (comme quand vous n'avez pas payé votre facture). Les communes ont été engagées à tester une extinction des éclairages de nuit, au même moment que la mise en place des compteurs Linky (qui rendent complètement automatiques les bridages d'ampérages éventuels, sans intervention humaine).

Épidémies

L'assainissement et la mauvaise hygiène vont provoquer de nouvelles fortes épidémies comme l'Europe en a souvent connues.

Les rivières et les lacs seront pollués par des matières fécales provenant des usines de traitements des eaux usées et des canalisations qui débordent. Des maladies comme la fièvre typhoïde et le choléra vont faire un retour tonitruant.

Sans parler des anciennes maladies issues du permafrost qui aura fondu.

Libération des fauves

Les centres de dressage de chien, les zoos, les prisons et les asiles d'aliénés vont pour certains relâcher leurs pensionnaires dans la nature.

Des gens qui se retenaient de faire le mal par peur du système, qui voulaient dominer mais n'ont pas pu le faire, vont relâcher d'un coup leurs années de frustrations avec un sentiment d'impunité. Des gens vont paniquer et faire n'importe quoi, abreuvés de Walking Dead où on leur a dit que l'homme est dangereux. Vous serez plus en sécurité en supposant que le pire de l'espèce humaine est en liberté.

Obsolescence programmée

Si nous avions des entreprises publiques qui aient travaillées pour le bien être commun, les produits fabriqués auraient tenus plus de 50 ans, et nous pourrions relancer la production de puces électroniques par la suite grâce au nombre de machines pour ça réparties sur le territoire. Comme ce n'est pas le cas, après effondrement du système nous ne saurons pas conserver toute cette connaissance qui nous sera si utile et actuellement mémorisée au format électronique (PC et smartphones).

Les ordinateurs fabriqués par des sociétés privées doivent nécessairement tomber en panne dans les 5 ans, sinon l'usine mets la clé sous la porte. C'est souvent par une petite piste électrique qui casse, un condensateur électrochimique se mettant à fuir, quand ce n'est pas directement une puce électronique qui arrête de fonctionner après tant de temps ou tant d'utilisation.

On peut chercher à réparer, mais tous les composants sont prévus pour un certain nombre d'heures, et vont tous tomber en panne les uns à la suite des autres.

Aftertime > Camps

Survol

Avec l'effondrement du système, nous voyons qu'une grande partie du territoire sera abandonné par le système en place.

Préparer le 2e pole-shift (p.)

Le système survivra au 1e passage, c'est le second passage 7 ans après qui inquiète les Élites, et la raison pour laquelle ils voudront prolonger encore un peu leur système.

Villes-camps (p.)

Le système de contrôle Étatique survivra en partie dans les grandes villes du territoire, qu'il transforme en camps de déportation géants.

La majorité de ceux qui n'auront pas fui, les endormis et les esclaves volontaires, seront enfermés dans ces villes-camps. Les libertés individuelles, mises à mal lors du durcissement, disparaissent complètement : esclavage total pour les 15-55 ans compétents, extermination pour le reste.

État en mode dégradé (p.)

Ces villes-camps resteront connectées entre elles (internet hertzien et avions), constituant ainsi un reliquat d'État tyrannique très étendu géographiquement.

Reconquêtes (p.)

L'armée se remet rapidement pour entamer des plans prévus longtemps à l'avance, et envahir leurs voisins.

De nouvelles zones, dégagées par la fonte des glaces, se peuplent des déportés des zones détruites.

Durée de la restabilisation

Cette phase de reprise en main des ville-camps par les précédents dirigeants pourra prendre jusqu'à 2 ans après le 1e pole-shift (fin de la montée des eaux).

Différents plans (p.)

Faisons un tour d'horizon des différents plans prévus par les Élites, pour différents pays. Beaucoup se cristallisent autour du mont du temple à Jérusalem.

Préparer le 2e pole-shift

Il est important de bien comprendre que le 1e passage sera un sale coup pour le système, MAIS il survivra.

Ne croyez pas que le Monde va tourner à la Mad Max comme après une apocalypse nucléaire. Ce sera loin d'être une destruction de ce type.

Il y aura une période dure au départ, une baisse de la présence étatique partout, MAIS beaucoup de choses survivront, notamment concentrées dans les ville-camps fortifiées à l'accès restreint.

C'est surtout le SECOND passage, 7 ans plus tard, qui angoisse ces Élites.

C'est donc dans cette période des 7 ans que les projets de ces gens doivent se concrétiser (construire des fusées de 100 personnes capables de les emmener sur Mars ou sur la Lune, ou en orbite protégée des astéroïde).

Ce n'est donc pas pour l'après 1er pole-shift que les Élites veulent aller sur Mars, car ils estiment que la vie sur Mars serait bien plus précaire que rester sur Terre pendant cette période inter-passage.

État sans les Élites

Plus on monte dans la hiérarchie, moins les individus sont attachés à un pays ou une région du monde. C'est ce qu'on appelle les Élites apatrides ou hors sol, qui vont là où leur confort et leur sécurité sont assurés.

Une fois que les Élites et dirigeants politiques auront pris la poudre d'escampette, ne resteront aux commandes d'un pays que les hauts fonctionnaires.

Ces hauts-fonctionnaires ne seront pas forcément mal intentionnés. Il feront leur devoir, et leur devoir sera d'aider les gens. Pour se donner bonne conscience et garder la confiance de leurs hommes en Afrique, les Élites se serviront des restes de l'État (ces fameux hauts fonctionnaires) en métropole pour mettre en place des plans de secours, dans le cas où le pays s'en sorte mieux qu'ils ne l'aient anticipé.

Ces plans seront, officiellement, de sauver tout le monde, et de forcer les relocalisations des récalcitrants "pour leur propre bien". Regardez à quoi ressemble la zone autour de Fukushima ou de Tchernobyl.

Les gens n'ont pas eu le choix, ils ont été déménagés de force. La grande majorité a écouté les consignes par "confiance" en l'autorité, mais bizarrement ceux qui ne voulaient pas partir y ont été contraints. Il y a toujours des prétextes à ces évacuations forcées (pour le bien de la personne qui n'est pas consciente du danger, pour éviter le pillage, pour éviter aux secours de revenir plus tard si la personne change d'avis ou lui apporter de la nourriture, etc...). De plus, n'oubliez pas que les Élites souhaitent le contrôle. Des gens qui "vagabondent" à la sauvage sont des barbares dangereux à leurs yeux. Qui peut vouloir rester sur place si ce n'est des anarchistes ou des brigands / pilleurs qui mettront en danger les honnêtes gens. Les camps serviront aussi de "gare de triage" et de réserves de main d'œuvre. Les Élites s'enfuiront en Afrique avec les forces armées, mais elles ne comptent pas s'arrêter là. Une fois cette fuite assurée, il faudra bien du personnel civil pour reconstruire la Nouvelle France sur place. Les camps seront des lieux de recrutement forcés. Donc tout poussera les autorités à envoyer des équipes de ratissage pour s'assurer que tout le monde est sous contrôle pour une raison ou une autre. N'oubliez pas que ces gens ne pensent pas comme nous, ils sont dans leur propre monde et nous sommes comme du bétail pour eux.

Tri des populations

Survol

Les populations actuelles seront triées, leurs compétences

Humains libres (CAM p.)

Beaucoup d'humains prendront le maquis, refusant de monter dans les camions. ceux-là seront laissés à l'abandon (les Élites étant persuadées que les populations sont incapables de s'en sortir sans elles).

But

Le durcissement des dominants n'a qu'un seul but :

1. mise en esclavage des populations "actives"
2. refoulement des indésirables.

Partout, l'idée chez les dominants est de créer pour l'aftertime des zones vertes high-tech, les dominants toujours à leur sommet, mais avec beaucoup moins de population qu'auparavant : des esclaves triés sur le volet, qualifiés avec un taux de chômage égal au niveau de liberté individuelle,

796

c'est à dire nul. Sur que quand on tue les pauvres, c'est une façon de faire disparaître la pauvreté...

Dans cette vision du futur, ce sera même encore mieux qu'avant puisqu'ils seraient débarrassés des peuples capricieux qui les limitent et les jugent. Une bonne planète remplie d'esclaves, sans avoir à rendre de compte à la justice ou à une démocratie, c'est leur nouvel idéal : du chaos sort l'ordre, celui de l'age d'or des Élites. Mais cela ne se passera pas comme prévu :)

Si les premiers temps, le peuple hors du système souffrira plus que les Élites, au moins il sortira vivant et grandi. Un décalage qui va rapidement s'inverser, rassurez-vous la morale sera sauve !

Profils recherchés

Des militaires bien obéissants d'abord, donc plutôt des jeunes de moins de 30 ans qui ont peu de recul sur la vie, et sont bien endoctrinés à ne pas réfléchir comme la légion étrangère. Seuls les officiers les plus loyaux, les plus aguerris dépasseront cet âge.

Les esclaves au service de leurs maîtres : médecins, conseillers, cuisiniers, femmes de chambre, etc.

Quand on voit le nombre de médecins des Clinton qui ont été assassinés pour cacher les secrets de ces derniers, ne croyez pas que vous serez indispensable sous prétexte d'une compétence élevée...

1e tri

Si l'État d'urgence permet aux dominants de réquisitionner les propriétés et les réserves et outils des populations, les dominants ne se priveront pas de "réquisitionner" les citoyens avant le passage pour servir de larbins dans les ville-camps.

Les survivants ne pourront être tous relogés, les gens des "campagnes" et des grandes agglomérations seront triés selon leur "valeur". Ceux qui seront jugés inutiles (donc la plupart d'entre nous sans être péjoratif) seront "relocalisés", emmenés dans des villes fortifiées qui seront des camps de déportation, camps qui deviendront vite des mouroirs parce que les ressources seront phagocytées par les villes des Élites.

Des transports militaires emmèneront des "réfugiés" de la ville A à la ville B, leur disant que cette dernière est plus sûre, tandis que les réfugiées de la ville B seront emmenés dans la

ville A, dont on leur dira qu'elle est plus sûre... En réalité, ce sera un tri de la population. Monter dans des camions, permet de faire un premier tri de la population, en contrôlant les identités et compétences :

- vers des villes-mouroirs pour ceux qui n'intéressent pas les dominants
- villes-camps d'esclavage pour les autres réfugiés.

La plupart d'entre nous seront considérés comme inutiles, donc inutile de tenter sa chance...

Les réfugiés esclaves, ayant perdu leurs possessions, leurs amis et leurs repères, serviront de sujets / esclaves aux Élites réfugiés dans les zones vertes. Cet exode est important pour qu'ils perdent tout, même si les villes-camps A et B sont toutes les 2 des camps de travail, et qu'ils auraient pu rester à leur ancien emplacement.

Ces "utiles" seront les techniciens soumis, les belles filles et beaux petits garçons, mais qui seront tant en surnombre (ou plutôt, les Élites voudront tellement réduire la population mondiale) que la durée de vie de ces esclaves sera brève, ils seront exploités jusqu'à la corde.

Une fois dans un camp de travail, avec des gardes qui ne laissent rien passer et que ta ration de nourriture est ton seul salaire, je peux te dire que tu files à la trace, surtout qu'en dehors de camps on te dira bien entendu que la mort t'attend. On aura bien pire ici que les camps nazis.

Impossible de s'enfuir, avec les drones qui surveillent le périmètre, et se croire seul, sans savoir que des communautés existent en dehors. Comme d'habitude, les inévitables révoltes seront réprimées dans le sang. De toute façon, les gens seront tellement dépités qu'ils penseront même avoir de la chance d'être dans cette situation d'esclavage.

France

Dans le cadre de l'Exode massif en Libye (p.), s'il a lieu. Les sélectionnés seront répartis en 3 groupes :

- les plus aguerris et expérimentés des esclaves partiront avec les hautes Élites en Françafrique, les moins doués des utiles resteront en France pour servir aux Élites locales de moindre "importance", les vassaux censés tenir les populations sous contrôle en attendant le retour de leurs supérieurs.,
- Les 80% restants sont les "inutiles" (dont nous ferons sûrement partie) à exterminer...

Les forces de police sur le territoire seront chargées de maintenir l'ordre à tout prix, avec l'appui des milices de sécurité privées (que souhaitait si ardemment Fillon lors de la campagne de 2017).

2e tri

Les gens des "campagnes" et des grandes agglomérations ayant été entassés dans les grandes cités, et la nourriture et les abris venant à manquer après le passage, un deuxième tri sera à faire.

Ceux qui seront jugés inutiles (donc la plupart d'entre nous sans être péjoratif) seront "relocalisés", emmenés dans des ville-mouroirs qui seront des camps de déportation/concentration (appelé "de réfugié pour faire moins peur) un premier temps, camps qui deviendront vite des mouroirs parce que les ressources seront phagocytées par les villes des Élites. Un peu ce qui s'est passé dans les camps de réfugiés et de regroupement nazis (en vu de déporter des populations dans une nouvelle zone) rapidement transformés en camps d'extermination dès que la nourriture a manqué (les armées prenant tout), les nazis créant les chambres à gaz pour éviter les émeutes qui auraient renversé les gardiens des camps bien moins nombreux.

Cannibalisme

Le film "Soleil vert" laisse entendre que les humains qui seront génocidés pourront servir à nourrir un temps les esclaves des camps de travail. Vu leur volonté farouche à nous faire absorber des cellules de foetus avortés dans notre alimentation, tout est possible...

C'est pourquoi je vous répète de ne pas espérer trouver quelque chose du côté des ville-camps.

Villes-camps

Survol

Harmo ne cesse de répéter qu'il n'y a rien à trouver dans ces villes de l'aftertime, voici pourquoi.

Moment de mise en place

Ces villes pièges seront bloquées dès le début de la loi martiale. Les ville-camps fortifiées arriveront donc très tôt dans le processus, dès que les Élites vont fuir et que les premières catastrophes vont arriver.

Entrées et sorties interdites

Les villes vont devenir des jungles urbaines hostiles, il faudra en partir dès que possible (avant la loi martiale). Une fois que les entrées et sorties seront interdites, il sera très difficile d'en sortir. On a vu le commencement, avec des villes confinées sous prétextes bidon (comme à Barcelone en septembre 2020).

Les déportations commencent en Australie et Nouvelle-Zélande, avec des camps pour ceux qui refuseraient le test, et ensuite le vaccin.

Rafles et restrictions de circulation

Des rafles dans les campagnes vont avoir lieu, couplées à des restrictions de circulation. Les gens vont être concentrés dans les villes fortifiées, qui vont devenir des camps de concentration (comme pour l'ouragan Katrina en Floride, où les survivants ont été concentrés dans un immense stade, dont ils n'avaient pas le droit de sortir).

Différentes formes

Les ville-camps seront d'aspect différent selon les Élites et la zone. De même les buts finaux ne seront pas tous les mêmes.

Grandes infrastructures existantes

Des camps type FEMA (les grands magasins comme Wall-Mart, construits dès l'origine avec des miradors...) transformés avec des milliers de lits etc.). On a vu les USA utiliser le superdome en 2005 en Floride (un énorme stade), pour masser et parquer les survivants. Ils étaient laissé à l'abandon, l'armée empêchant tout le monde de sortir. Des mafias étaient établies, les femmes violées sans que personne ne puisse rien y faire, etc.

Camps de réfugiés

Style tentes ONU.

Ces camps dépendent de la destination qui leur est donnée. (2016) Camps FEMA USA, des camps de concentrations avec des chambres à gaz construits par le gouvernement Bush (but d'extermination). En Géorgie, le gouvernement entrepose 500 000 cercueils plastiques étanches, où l'on peut mettre 3 corps à l'intérieur. Dans L0>Treblinka, nous avons vu les problèmes rencontrés par les nazis pour faire disparaître tous les corps exécutés dans les chambres à gaz, sans polluer durablement les nappes phréatiques, sans engorger les fours crématoires, sans trop alerter les populations voisines. Des loupés dont nos dominants ont pris note...

Ces camps ont été légalisé par Obama, dans le but de camp de travail et de réfugiés. Si la FEMA a stocké des centaines de milliers de cercueils, ce n'est donc pas pour faire un massacre, c'est parce que ce sera une nécessité de santé publique de donner une sépulture correcte aux milliers de victimes.

Les camps FEMA USA auront désormais bien moins de risque de devenir des camps de la mort que ce qui doit se monter en France, même s'ils peuvent retrouver leur fonction première très vite... L'outil dépend de qui le manie. Mais avec Dunford au pouvoir, les camps FEMA seront une aide précieuse en logement de secours pour les rescapés.

Ces camps pourront accueillir, par chemin de fer, 55 000 personnes, et ils sont au nombre de 153 partout aux States.

Certains camps sont destinés à être des prisons, parce qu'il faut bien être réaliste, le chaos amènera sa part de violence (casseurs etc...) et les prisons sont déjà pleines.

D'autres, comme ceux construits dans les supermarchés Wallmart, sont davantage des dortoirs équipés des commodités que des prisons. Ils permettront, du moins dans un premier temps, d'absorber dans des conditions humaines les vagues de populations fuyant les zones de séismes dans l'urgence, avant de pouvoir les reloger dans des zones plus sûres. C'est aussi ce qu'ont fait Poutine et Xi en Russie et en Chine.

Les migrants/rescapés des grandes catastrophes seront parqués dans ce type de camps partout sur la planète, et risquent forts de devenir des camps d'extermination quand on ne pourra plus nourrir tout le monde.

Camps militaires

Ces camps sont déjà clôturés et barbelés : prévus pour résister aux infiltrations depuis l'extérieur, ils serviront aussi de barrière pour ceux qui voudraient sortir. Le camp dans les Landes sera parfait pour entasser des personnes qui seraient noyées par les tsunamis Atlantique, tandis que le camp d'Orléans-Sarran serait pour les tris intermédiaires.

Pays poubelles

Les Allemands ont prévu de canaliser les flux migratoires massifs en provenance des Pays du Bénélux ou du Danemark vers l'Ukraine (radioactive avec Tchernobyl), qui deviendra un vaste "camp de concentration".

Villes grandes et moyennes

Toutes les grandes villes/villes moyennes françaises, épargnées par les catastrophes, se transformeront en ville-camps, parce que c'est plus facile de contrôler une population dans une zone restreinte et murée. Quelques blocs de béton comme à Bagdad permettent de rapidement ceinturer la ville, empêchant les gens d'entrer ou sortir.

Villes fantômes (prep>ville-camps>ville fantôme p.)

Ces lieux (nouvelles capitales, nouvelles villes éloignées et surdimensionnées, vides d'habitants pour l'instant), aussi bien en Russie, aux USA qu'en Chine, serviront à accueillir de grandes populations qui y seront déplacées, non pas pour y être exterminées, mais comme réfugiés climatiques/post-catastrophiques : ils sont en train de prévoir de grandes catastrophes avec leurs lots de survivants dont on ne sait jamais quoi faire (voir le camp de Sendaï, au Japon, suite au tsunami/catastrophe nucléaire, où des populations importantes (+40 000) ont été relogées en urgence dans des abris de fortune).

Enclaves high-tech / smart cities

Ces villes, généralement construites par les géants des GAFA, sont directement prévues pour être autonome en tout : champs gérés par des robots, panneaux photovoltaïque et champs d'éolienne, confort moderne. La ville de Neom, en Arabie Saoudite (dans le Sinaï) est devenu l'archétype de ces villes du futur.

Les zones vertes (forteresses au centre des villes), qui regroupent toutes les réserves et matériel, et protégés par les cités des esclaves (servant à la guérilla urbaine de protection si besoin est) seront toutes des enclaves high-tech, située au coeur de la ville camp.

Le pétrole n'arrivant plus, c'est pourquoi vous voyez tant de plans de plans "transition énergétique" se mettre en place : éolien et géothermie seront accessibles partout dans le monde. SI le photovoltaïque n'est pas aussi développé qu'il devrait, c'est que les illuminatis savent qu'il y a 50 ans de pluie qui nous attendent, donc un ciel voilé permanent, rendant peu intéressant cette technologie venant du solaire.

Ces lieux High techs se trouveront notamment en Europe, aux USA en Chine ou en Russie, de même que les enclaves centrafricaines des Élites françaises (p.).

Séparées en zones hiérarchiques

Ces ville-camps seront séparées en plusieurs zones.

Exemples connus

Anticipation

Les films apocalyptiques vous montre ces villes apocalyptiques high-tech (ex : "Time-Out" ou "Divergente" ou même le livre "1984"), où la population aisée vit cloîtrée derrière des murs les protégeant des bas-fonds, les décideurs se trouvant dans la forteresse centrale.

Histoire

L'histoire aussi nous l'a montré, comme le 19e siècle : Des hôtels particuliers protégés des populations des faubourgs hors-remparts, qui font tampon face aux agressions extérieures.

Actuellement

Le 21e siècle possède déjà ces ville-camps : La capitale irakienne Bagdad (prep>ville-camp>Bagdad p.) et d'autres pays pour des raisons locales, comme Israël.

Atlantis

Tout ça ne sont pas des inventions récentes, mais la recopie de la répartition des villes sumériennes, comme la ville d'Atlantis chez Platon : le temple au centre, les grands prêtres illuminatis autour, puis les dirigeants (la cité interdite), puis les Élites (préfets et rois, hauts fonctionnaires, patrons des grandes entreprises), puis la classe aisée (ingénieurs), classe moyenne (techniciens) puis les faubourgs/banlieues avec les petites mains esclaves, vivant misérablement dans des bidonvilles.

Bagdad (prep>ville-camp>Bagdad p.)

Les villes-camps ressembleront au prototype géant qu'est Bagdad : un bunker géant hyper-surveillé, où les populations des alentours ont été forcées de s'y entasser pour servir les riches de zone verte au centre.

Codes couleurs

Ces zones hiérarchiques seront classées par code couleur (comme à Bagdad) :

- vertes (forteresse centrale) pour les plus sûres (zones des riches),
- bleues pour les normales (classes moyennes),
- orange et rouge pour les moins sécurisées (ouvriers "qui ne sont rien")

En effet, les camps se situeront dans les grandes villes qui deviendront de vastes zones murées, avec de grandes murailles pour éviter les pillards et les bandits, les personnes ayant perdu la raison (c'est à dire tous les "zombies", la mot servant de nom de code pour décrire toutes ces populations rebelles à l'autorité), mais en fait, ces murs serviront surtout à empêcher les gens de sortir, pour les garder sous contrôle.

Villes-mouroirs

Il n'y a pas de différence entre une ville-camp et une ville-mouroir : il suffit d'arrêter d'approvisionner cette ville, tout en la gardant confinée, pour que tout le monde meurt. Évidemment, ces villes auront géré l'évacuation des milliers de morts fait chaque jour, les camps nazis ont beaucoup travaillé sur la question, nos Élites ont de l'expérience sur le sujet...

Forteresses défensives

Les abords des ville-camps seront défendus farouchement, et tous ceux qui essaieraient de s'approcher pour quémander de la nourriture seraient abattus massivement s'ils essayent de s'approcher des enclaves.

Cette défense sera organisée au maximum par des drones tueurs, afin d'éviter au maximum une milice humaine susceptible de se rebeller contre les Élites inutiles.

Toute personne qui s'approchera de ces villes sera systématiquement abattue.

De même que tous les groupes qui seraient considérés comme des menaces (on écrase les mouches à distance avant qu'elles ne viennent se poser dans nos assiettes), ou qui nuiraient au transport inter-cités (drones de livraison, etc.).

No man's land, barbelés et mines

Tous les camps sont entourés de mines, y compris des mines explosant par le dessous, empêchant le creusement de tunnels. C'est ces mines qui rendaient si compliquées (et meurtrières) les tentatives d'évasion depuis les camps nazis (il valait mieux s'échapper lors des séances de travail à l'extérieur du camp).

Plusieurs niveaux de clôture des barbelés, fortement défendues par des miradors, l'armée, snipers et lunettes à vision nocturne.

Des milices fortement armées et entraînées sécuriseront les lieux.

Drones de surveillance

Les nazis faisaient avec les moyens du bord pour sécuriser les abords du camps (gros projecteurs, nombreux gardes et patrouilles canines).

Dans les ville-camps de l'aftertime, pour empêcher les prisonniers de s'enfuir, de même que des attaques de l'extérieur de populations affamées attirées par les stocks de nourriture, il faudra la même surveillance, mais en limitant le nombre de participants à la surveillance du grand périmètre de confinement (autant de gardes en moins susceptibles de se rebeller contre le gouverneur local, qui ne pourra pas être aidé facilement des armées voisines, les routes étant détruites).

C'est pourquoi les caméras de surveillance et les drones volants seront mis à contribution, un seul opérateur non militaire remplaçant des dizaines de gardes.

La vision infra-rouge enlève le besoin des coûteux projecteurs, et augmente la discrétion globale.

Les caméras fixes sont déjà mises en place depuis très longtemps, sous couvert de protéger les citoyens de la délinquance en hausse (laxisme volontaire, voir false flag ou incidents exagérés par les médias).

La mise en place des drones de surveillance autour des villes-camps sera rapide et facile, grâce à l'état d'urgence qui aura préparé les choses (caméras volantes vendues comme surveillant les gens qui n'auraient pas de masque, qui violeraient le couvre-feu, etc.). Ce sont des choses qui se mettront en place petit à petit en 2020 et 2021 mais pas de façon linéaire, mais plutôt par étapes en fonction des autres événements mondiaux qui arriveront par dessus la pandémie.

A chaque nouveau problème, il y aura un SAUT dans la mise en place des drones, puisque cela donnera des excuses/éléments supplémentaires à ces mises en place.

Drones tueurs

Ne vous laissez pas avoir par le nom, cela cache des engins presque aussi gros que des avions de chasse, sans pilote et autonomes en décision. Le film "Robocop" est une bonne image des désirs de nos Élites.

Forteresses ambulantes

Certains drones sont très avancés : des chars d'assaut autonomes, qui lancent des petits drones volants de reconnaissance, de même que des drones terrestres plus petits de défense, et qui prennent leurs décisions tout seul.

Décisions basiques : ça bouge = je tire

L'intelligence artificielle est limitée, et servira surtout à éviter de gaspiller des munitions contre des oiseaux ou des papillons. Mais dès que la bête est un peu grosse, comme un humain, ça sera "je tire sans me poser plus de questions"...

Aéroport souterrain

Sur la zone 51, les images satellites montrent des pistes de décollage, pour engins de 15 m d'envergure, qui sortent d'une montagne. On voit bien les traces de fumée au sol, preuves d'engin avec moteur à réaction.

ce type de stockage d'appareil aérien n'est pas unique, les suédois font pareil. De nombreux avions de chasse (Saab Viggen par exemple) sont cachés dans des collines avec des pistes de décollage rustiques camouflées dans la forêt juste devant l'entrée du bunker souterrain. Ces bunkers pour avions d'interception ont un clair avantage défensif contre des tirs aériens ennemis, ou bien pour éviter l'espionnage par photographie (avions espions à haute altitude, satellites militaires d'observation).

Les drones sont très utilisés par l'armée américaine (depuis les années 2000) pour la surveillance de zones étendues (caméras infrarouges...). Il peuvent aussi être armés et opérer des frappes télécommandées sur de grandes distances (missiles air-air, air-sol, mitrailleuses).

Pour assurer leur sécurité, il doit sûrement y avoir une défense anti aérienne importante sur la base. Ce type de sortie est typique de ces infrastructures.

Les cultures

Toujours dans la zone 51, on voit de grands cercles de culture. Comme on en voit en Libye dans les enclaves construites par la France, après la prise du pays à Kaddafi.

Ce qui manque au désert pour être fertile, ce n'est ni des nutriments ni du soleil, c'est de l'eau. Une fois cette eau trouvée, souvent sur place et en grande quantité (nappes phréatiques), ces champs artificiels sont très rentables, surtout pour des essences exotiques qui ont besoin d'énormément de soleil et de chaleur (donc qu'on ne peut pas faire pousser en zone tempérée).

C'est l'irrigation circulaire qui donne cette forme aux champs.

Là encore, les développements robotiques montrent des tracteurs autonomes gérer tous seuls les champs.

Déjà testées

Les ville-camps de l'aftertime sont testées depuis longtemps. Les camps de concentration font partie de tests à grande échelle. Depuis 20 ans, la ville de Bagdad sert de test à grande échelle aussi, sans qu'aucun média ne relaie l'info. Les smart-cities comme Neom sont l'exemple de ce que nos dominants se construisent comme bunker high-tech, et le fait que les GAFA rachètent à coup de milliards toutes les entreprises de robotiques militaires du monde aurait du nous mettre la puce à l'oreille.

Bagdad

Nous avons vu Bagdad en L0, voyons plus en détail.

Depuis son invasion par l'armée USA en 2003, la ville est devenu un bunker géant hyper-contrôlé (documentaires 1 et 2), les gens aux alentours forcés de venir s'y "réfugier", mais surtout de servir les Élites réfugiées dans la zone verte.

Remparts

Les murs des immeuble font office de remparts. Entre les immeubles, sont posés rapidement des blocs de béton, murs de 4 m de hauts pré-fabriqués, qui sont posés sur les artères principales, bloquant ainsi la ville hermétiquement.

Cloisonnement

Des murs immenses anti-explosion barricadent les quartiers, séparant les zones hiérarchiques.

Surveillance orwellienne

Il y a des ballons en haute-altitude pour surveiller les moindres faits et gestes des gens, avec des caméras à la résolution immense : en une seule image couvrant des dizaines d'hectares, vous avez toute la ville, avec une précision hallucinante comme voir l'heure sur les montres au poignet des gens.

Militarisée

L'armée est présente partout, avec des contrôles tous les 100 mètres.

Zone verte centrale

Réservée à l'Élite au centre de la ville, ou pour les journalistes et diplomates qui dorment dans un hôtel de luxe 5 étoiles ressemblant à une forteresse, avec des miliciens sécurisant les abords.

Cette zone possède des parcs, et tout le confort possible. Elle est ceinturée de murs encore plus grands que ceux qui protègent les esclaves de la périphérie.

Une sorte de paradis pour "riches" et politiques, au coeur d'un immense camp de prisonniers.

Villes fantômes (L0)

Les nouvelles enclaves (villes vides, voir nouvelles capitales), sortant de nulle part, commence à être construites depuis l'an 2000.

Même principe que les camps FEMA, avec les villes fantômes chinoises (Mongolie intérieure, loin des destructions littorales). Pourquoi la Chine aurait-elle construit des villes suite à une forte croissance économique, alors que l'activité de la Chine se situe entièrement sur la côte ? Pourquoi aller construire des villes entières, appartements, infrastructures etc..., à l'autre bout du pays, si loin des populations actives, dans des zones semi désertiques et inhospitalières ?

La ruée sur le high-Tech

L'approvisionnement des industries post-Nibiru sera en effet un gros problème, c'est pourquoi il y a eu un tel développement des énergie renouvelables. Cela n'a jamais été une question d'écologie. La voiture ou l'avion électrique, et donc les drones, peuvent très bien être approvisionnés en énergie par des éoliennes, des centrales à hydrogène, la géothermie etc... Le pétrole n'arrivera plus, mais des solutions pour les villes enclaves high tech des Élites ont déjà été pensées !! ce ne sera pas différent pour le reste. Pourquoi le créateur de Space X justement, Elon Musk est aussi le patron de Tesla, la fameuse marque de voiture électrique de luxe ? Pas de hasard !!

Bizarrement, les gens qui ont des fortunes se sont jetés sur toutes ces entreprises un peu particulières, comme les voitures électriques émergentes. Regardez Google, Facebook et Amazon qui rentrent des milliards et qui rachètent... des entreprises de robots tueurs ! Bien entendu que le prince saoudien qui voulait racheter Heuliez branche voiture électrique ne travaillait pas seul dans son coin. Il existe des stratégies derrière tout cela, parce qu'évidemment, Nibiru est en tête des charts dans les plans/discussions de TOUTES les Élites qui, grâce leur argent et leurs contacts, sont forcément informées (sans compter les informations récupérées chez Harmo et Nancy Lieder, dont ils connaissent la validité). L'Arabie saoudite a été mise au courant comme tous les autres pays du monde pour Nibiru, et certains princes sont envoyés pour acheter tout ce qui est possible afin de préparer le futur. Ce n'est pas différent chez les Chinois qui s'installent durablement en Afrique ou achètent des terres cultivables/des aéroports

Transhumanisme

La vision des GAFA (Google, Amazon, Facebook, Apple, les industries géantes de l'informatique, mais aussi Microsoft, Tesla et autres) est celle de beaucoup d'Élites, misant sur la robotique : une caste d'humains type Bill Gates, rendus immortels par manipulation génétique, protégés par une caste de guerriers, servis par une armée de robots entretenus par des techniciens pauvres.

Ces transhumanistes vont créer des îlots high tech, qui leur permettront de perdurer, à condition de tuer tous les humains libres du périmètre (plans génocidaires p.).

C'est ces majors des GAFA qui avaient passé un deal avec Hillary Clinton (comme le révèle Trump), leur laissant beaucoup plus de champ et d'impunité si elle devenait Présidente des USA, notamment en les soutenant à l'étranger. Ils ont aussi négocié des garanties pour l'après Nibiru afin d'assurer la sécurité de leurs enclaves High-Tech.

L'internet par drone

Facebook monte des projets pour établir les liaisons internet sans installations en dur, par des drones ou des ballons relayant les ondes en local. Ce ne sont sûrement pas les populations défavorisées africaines qui motivent ce projet (ça fait longtemps qu'ils auraient du éradiquer la faim dans le monde) mais la destruction de tous les satellites lors du passage de Nibiru et son bombardement de micrométéorites. C'est pour ça que l'Inde, puis Elon Musk, ont envoyé en masse des milliers de petits satellites en orbite (starlink) en espérant que quelques-uns d'entre eux survivent au 1e passage.

Ces projets sont fait par le camp des Élites en déni, qui croient que le 1e pole-shift ne fera que peu de dégâts. Ils pensent que le système va survivre sur tout le territoire, et non seulement dans les ville-camps.

La réalité sera plus dure, mais en cela, nos Élites en général ne peuvent imaginer leur vie autrement que riches et puissants. Ces recherches sont faites

en pure perte et témoignent simplement d'une volonté de palier à un sentiment d'impuissance face à l'inéluctable. Plutôt que de vouloir conserver leur position (et dépenser des fortunes dans le vent), chose qui est perdue d'avance, peut être que les Élites feraient mieux de se remettre en question et de se servir de leurs positions / fortunes pour sauver des vies. Mais cela c'est un choix spirituel qu'ils sont incapables d'opérer et qui sonnera leur disparition.

Surveillance

Tous les services de renseignement du monde surveillent leurs populations, il n'en va pas autrement avec le logiciel espion Babar écrit par la France. Edward Snowden a révélé l'espionnage de la NSA USA, mais Assange a révélé par la suite que la CIA aussi espionnait les populations. Une chose connue depuis que le réseau Échelon (espionnage de l'Europe par les USA) a été révélé en 1999, actant le fait que tous nos mails étaient accessibles par l'espionnage USA.

Mise en place des programmes d'espionnage / récupération des données de masse internet par la France, notamment la surveillance globale de leur population. Il aurait bien été naïf de croire l'inverse. Le plateau d'Albion, ancien emplacement des missiles nucléaires français, est utilisé en 2015 pour des installations d'écoute et de récupérations /stockage /traitement de données. C'est l'équivalent du système Echelon ou des installation de la NSA. Ces programmes d'espionnage / de récupération de données ont évolué avec la technologie et internet, mais ils existent depuis bien longtemps ! Comment pouvez vous maintenir par exemple la désinformation et le secret sur les OVNI sans surveillance ? Comment arrêter un scientifique ou un politique qui aurait la langue trop bien pendue ? Comment discréditer quelqu'un sans connaître ses plans ou les informations dont il dispose ? Le grand public est d'une naïveté sans borne et même s'il est parfois mis au courant de ces faits hautement liberticides / dangereux, il reste inconscient de ses implications.

État mode dégradé

Survol

Ces ville-camps de plusieurs dizaines de milliers d'habitants seront reconstruites par des pseudo états en décomposition. Les États ne disparaîtront pas, généralement ils se morcelleront en petites entités indépendantes qui géreront le périmètre immédiat de leur colonie principale.

Les ville-camps fortifiées (îlots contrôlés par l'armée) formeront un réseau qui contribuera à une nouvelle forme d'économie et d'échanges. Les communications entre ces pseudo gouvernements au niveau mondial sera rétablie dans les quelques mois qui suivront Nibiru, et le système actuel survivra dans une version light, autoritaire et encore plus esclavagiste, mais avec les mêmes moyens (armement, communications, transports).

Ce réseau continuera à faire tourner le monde "comme avant", mais en plus limité et contrôlé (l'économie sera gelée *ad vitam eternam* par exemple).

aura rétrécit comme une peau de chagrin, car plutôt que d'avoir de grands pays peuplés de façon relativement uniforme autour de grandes villes nombreuses, vous n'aurez plus que des villes fortifiées éparpillées et assez indépendants qui garderont des liens directs, séparées par des "deserts" en terme de civilisation. Les avions ou les drones décolleront d'une pour atterrir à l'autre, et tout le reste du territoire, soit 95% des terres, seront considérées comme des no-man's land. Les personnes qui voyageront de l'une à l'autre des enclaves ne le feront pas par voie terrestre, car il n'existera plus de routes, la nature ayant tout balayé puis tout recolonisé. La France sera vite une friche puis une vaste forêt emplie de ruines, avec quelques enclaves par-ci par là, et sans gouvernement (La France ne survivra pas à Nibiru, même de façon amoindrie).

Les effectifs des pseudos États seront limités, car la plupart des forces armées seront réparties sur le territoire pour garder les grands axes de circulation, ainsi que les réserves de nourriture/d'essence et les grandes villes.

Odin ne sera pas un problème majeur si vous ne faites pas partie de ce réseau de villes.

Le réseau économique

Les villes-camps formeront un réseau qui contribuera à une nouvelle forme d'économie et d'échanges. Pourquoi les géants du web ont ils acheté des entreprises de livraison par drone automatique, de fabrication de drones armés ou de voitures sans conducteur, si ce n'est justement pour équiper ces villes-oasis high tech. Les riches auront toujours internet (via des drones antennes relai, voir Facebook), pourront commander des biens (qui seront livrés par les drones d'Amazon).

Plus aucune interaction avec l'extérieur, devenu no man's land.

Libéralisme

Ces villes-camps continueront leur activité pendant quelques années, sans contraintes (plus d'impôts, plus de droits de l'homme, un écart riche-pauvre démesuré et sans limite, etc.).

GAFA maîtres du monde

Les géants du web comptent même saisir l'opportunité pour devenir les "maîtres du monde" (Spiritualité>faux prophètes>Transhumanisme p.), puisque ils seront partout. Ils voudront même imposer leurs vues au illuminatis et à Odin. Les arrestations par les Q-Force ont mis un frein à leurs ambitions (ils ne deviendront pas calife à la place du Calife), mais leur technologie servira juste à d'autres maîtres.

Ils serviront de base logistique pour toutes les villes-camps des Élites dans le monde occidental.

États indépendants

Anciens États préparés

Beaucoup de pays auront de nombreuses villes capables de survivre à Nibiru, et elle serviront de support à des fédérations locales, et il est probable que la Russie, la Chine et d'autres pays bien préparés survivent sous une forme amoindrie.

Sécessionnistes

Certaines cités seront gérées par des gouverneurs, dont les allégeances (à l'État dégradé ou à Odin) ne seront pas définitivement acquises.

Déplacements

Aérien

Des drones aériens pour le transport, mais exposés aux éléments et aux pillards armés de lances-roquettes ou simples fusils.

Hyperloop

Elon Musk (firme "Tesla") développe l'hyperloop, à savoir faire circuler des navettes dans des tubes sous vides (pour diminuer les frottements aérodynamiques, et aller plus vite). C'est comme le métro, mais en plus individuel.

Hyperloop servira surtout de relais entre les différentes villes-enclaves du futur. Leur souci ce n'est pas tant la vitesse, mais la capacité de ces engins à circuler incognito dans des tubes souterrains.

Hyperloop passe dans des tunnels circulaires facilement creusés avec des excavatrices, à l'intérieur desquels on lace des tubes préfabriqués qui s'emboîtent les uns les autres.

Facilité de creuser et de construire, le tout en ligne droite sans besoin de passer par des gares intermédiaires, vu qu'il ne restera que des enclaves high tech fortifiées et isolées.

Les GAFA savent que les transports aériens seront difficiles entre ces enclaves, mais que la voie terrestre sera plus sure car invisible aux "manants" et autres "sans dents" (humains libres) qui auront eu la mauvaise idée de survivre. Impossible donc de savoir où ces Élites vont et viennent, vu que tout est caché dans le sol.

Reconquêtes

Les grandes puissances

[Zétas 16/11/2019]

Le monde de l'after-time aura-t-il encore des super puissances économiques et militaires ?

Sur la carte ci-dessous (Figure 31), les étoiles notent les futures centres de puissances qui émergeront suite au 1e pole-shift de Nibiru et à la montée des eaux de 200m, faisant disparaître une grosse partie des continents actuel.

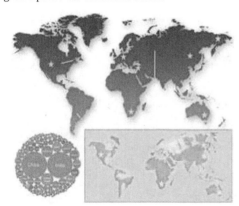

Figure 31: puissances économiques après la montée des mers de début de l'after-time (source Zetatalk)

Comment les prévoir ?

Les facteurs à considérer sont nombreux, et toujours dépendant du libre arbitre humain, donc difficilement prévisible. Mais on peut anticiper les rapports de puissance suivants :

Dévastations Pole-Shift + montée des mers

Cette montée des eaux fait disparaître sous l'eau la moitié de la Russie, inondant ses zones actuelles fortement peuplées près de Moscou. Mais la Russie a déjà décidé de se positionner en Extrême-Orient, en y déplaçant sa population et ses infrastructures.

L'inde disparaît aussi dans l'after-time, mais son gouvernement actuel sous Modi s'est déjà arrangé pour s'associer avec la Russie.

La montée des eaux fait disparaître un quart du centre des USA, mais les USA ont déjà déménagé dans la région de Denver.

[AM : La Chine aussi, avec ses villes fantômes construites sur les hauts plateaux aujourd'hui déserts, déplacera ses populations en lieu sûr]

Actuellement déjà une super puissance économique et militaire

Une économie actuelle forte donne au pays une main-d'œuvre qualifiée et des fonds pour déménager si besoin.

Centres de puissances attendus

USA

Les USA sont à la fois une super puissance économique et militaire, capitale Denver.

Russie

L'Extrême-Orient Russe, en altitude, vaste et vide d'hommes, et préparé depuis plus d'une décennie par Poutine.

Chine

La Chine est forte dans les 2 critères (surface dans l'aftertime et puissance économique), plus proche du futur équateur.

Allemagne (ex-Europe)

L'Allemagne [résurgence du Saint empire romain germanique, le 4e reich] a aussi les deux critères valides, et l'Europe a des hauts plateaux que l'Allemagne dominera, comme l'Ukraine et les passages commerciaux ou de migration vers l'Afrique.

Les zones moins impactées de l'Allemagne ou l'Autriche, n'auront pas les moyens logistiques suffisants pour aller très loin, même si la Belgique ou la Suisse peuvent passer sous leur giron. Là encore, ils privilégieront tous les ville-camps à envahir, et laisseront la campagne tranquille pour ne pas étaler leurs forces pour rien.

Australie

Le plan des Élites anglaises est de chercher refuge en Australie (les règles sur l'immigration en Australie depuis 2002 reflètent cet état d'esprit).

Ils vont donc déplacer leurs navires de guerre et leurs armements vers l'Australie, qui deviendra le leader de l'ancien Common Wealth.

Turquie

La Turquie veut revenir aux jours de l'Empire ottoman, et compte tenu de la quantité d'armes dispersées au Moyen-Orient, sera une puissance militaire importante.

Afrique du Sud

L'Afrique du Sud sera littéralement envahie [militairement] par les anciennes puissances coloniales, dont le but est d'attendre que les glaces fondent en Antarctique, ainsi que la nouvelle terre qui émergera à proximité après le Pole Shift [une terre vide d'homme et de pollution, très fertile].

Les Élites riches, et les mercenaires servant leurs besoins de conquêtes, assureront la puissance de l'Afrique du Sud.

Les grands perdants

Perdants au sens des dirigeants, mais pas au sens des esclaves qui redeviendront autonomes. Vous serez assez tranquilles tant que vous serez à plus de 20 ou 30km des ville-camps et leur zone de sécurité.

Généralités

Là où des plans étatiques forts n'ont pas été établis (comme Russie, Chine, USA), l'État centralisateur va se recroqueviller dans les grandes ville-camps, au profit d'autres types d'organisations/sociétés/communautés, plus locales, petites ou plus grosses.

C'est un peu comme revenir à l'ère médiévale des vassaux, avec des petits royaumes indépendants, des cités états, des groupements de villages.

[AM : Les consuls de ces groupements resteront plus ou moins inféodés aux ville-camps, de par les alliances actuelles au sein de la FM, mais aussi au fait que les armées seront concentrées pour défendre les ville-camps, et pourraient attaquer un par un tous ces villages (mais pas si tous se coordonnaient, chose peu probable).]

Ce sont des réseaux qui se formeront vite après la fin des grandes institutions étatiques (qui ne pourront plus gérer leur territoire depuis les ville-camps, et les laisseront à l'abandon).

Ce sera le lot de la plupart des pays, comme le Maroc, France, Belgique, etc.

Pays d'Amérique du Sud

L'élévation du niveau de la mer après le Pole-Shift efface la moitié de l'Amérique du Sud, qui de plus n'a pas de géant économique ou militaire qui pourrait unifier en un seul pays tout le continent sud-américain. Il restera essentiellement un continent du tiers monde.

Canada

Le Canada a de vastes terres, mais une petite population, et sera absorbée comme le 51e État par les USA, sans compter la Chine qui aura des velléités sur l'Alaska réchauffé et cherche en 2020 à grignoter du côté de Vancouver.

Alaska

L'Alaska peut devenir un point de conflit entre les USA et la Russie, et devrait revenir à la Russie si les Chinois se joignent à l'invasion par le détroit de Béring.

Nord de l'Inde et Iran

Les anciens pays satellites russes au-dessus de l'Inde n'ont pas en eux-mêmes une puissance économique ou militaire, et seront séparés par la nouvelle voie maritime intérieure qui va déchirer les terres à travers la Perse [Iran] jusqu'aux montagnes de l'Oural. Cela va perturber les déplacements par rail ou route.

Europe

L'Europe deviendra une série d'îles et la population va probablement migrer en direction du Sud, vers l'Afrique [Sahara actuellement vide d'hommes], comme le fera Israël.

Moyen-Orient

L'Irak, ainsi que de nombreux pays arabes voisins, seront dévastés par l'explosion des champs de pétrole, qui va voir la classe dirigeante dépouillée de sa richesse. Les Élites des pays musulmans (et du coup leur peuple) devraient rester sur place, la classe dirigeante ne se sentant pas capable de migrer sans perdre leur pouvoir sur le peuple. Ces pays vont ainsi redevenir les bédouins qu'ils étaient il y a 100 ans seulement.

[AM] : Cette région (et particulièrement le Proche-Orient / Ancienne Sumer) aura une importance stratégique sur la suite des événements, puisqu'elle verra naître 2 nouvelles religions mondiales :

- celle de l'antéchrist (le NOM), centrée sur le sumérianisme et l'égoïsme,
- ensuite la CAM de Jésus, basée sur la liberté individuelle (celle des autres avant la sienne) et l'amour inconditionnel.

Effondrement

Les Altaïrans révèlent que ces enclaves finiraient par disparaître (de par le réveil des conscience des esclaves, voir poussé par les ET bienveillants) pour ne laisser vaillantes que les petites communautés d'entraide. Mais cette disparition prendra quelques années.

Certaines de ces ville-camps tomberont toutes seules rapidement, mal gérées ou pourries par des luttes de pouvoir.

Pour les autres, l'effondrement est inéluctable à moyen terme, même pour les États préparés.

High-Tech

Les GAFA n'ont pas conscience, à force de vivre dans leur petit monde, qu'ils ne doivent leur survie que parce qu'il y a une économie vaste et variée, du fabriquant de verre aux mineurs de terres rares dans l'Himalaya.

Le passage sera plus dur que ce qu'ils avaient anticipé. Contrairement à ce qu'ils pensent, le système mondial ne survivra pas. L'écroulement du commerce international, les changements géographiques et climatiques, cela sera un très sale coup pour l'économie mondiale : plus de composants électroniques venus d'Asie, plus de pétrole, plus de courant électrique (sauf au niveau local via de petites productions intactes, le réseau sera trop endommagé).

Si les capteurs solaires pourront fonctionner dans le ciel voilé de l'aftertime, cela sera insuffisant. De même, les drones volant pour l'internet supporteront-ils les conditions d'humidité, les vents ? Comment seront-ils guidés sans GPS à des centaines de kilomètres de leurs bases ?

Les enclaves high-tech, de même que les ville-camps ayant trop misé sur la technologie, qui se seront débarrassées de leurs esclaves qui étaient inutiles au moment des robots qui marchaient, seront bien incapables de subvenir industriellement à leurs besoins en composants, en matériaux de remplacement, et la pression des algorithmes rendra le lien social purement individualiste et rigide. L'homme n'est pas une machine qu'on peut expliquer par des formules ou des nombres, et le ratio bonheur sera au fond du trou, jusqu'à ce que les technologies s'effondrent par obsolescence programmée (conservation de la consommation) ou usure progressive.

Les Altaïrans leur donne en moyenne 4 ans de survie, après ces enclaves high-tech tomberont en désuétude.

Ville-camps

Les cités bunkers des anciens états quant à elles connaîtront également une décadence tragique, car ce qui fait tenir nos sociétés c'est le non-choix et la violence légitime. Nous sommes obligés d'y participer car il n'y a aucune autre solution. L'autorité est respectée parce que le système ne nous laisse aucune échappatoire, et il ne tient sur ses piliers que grâce à la violence légale qu'il prodigue : police-justice-administration qui reposent elles mêmes sur des lois et des règles. Or qui forcera les gens à reconnaître ces règles, quand finalement la nourriture manquera et qu'on voudra laisser les élus et autres castes politiques parasites et improductives derrière soi. Vu qu'ils sont dépendants des citoyens, ils les garderont auprès d'eux par la force, et face à tant de violence institutionnelle, ce sont obligatoirement les armes qui prendront le pouvoir (armée, police), jusqu'à, la encore, épuisement des ressources (munitions, pièces de rechange des armements).

États préparés

Les Chinois et les Russes ont une vision moins privée que celle des GAFA. Leurs ville-camps, administrées par des autorités prévoyantes, résisteront bien un premier temps, mais leur déclin sera inéluctable aussi.

Aftertime > CAM

Survol

Plus dur au début seulement (p.)

Pour le petit peuple exclus des smart-cities et bunker rempli de nourriture et de matériel, ce sera bien dur les premiers temps, contrairement à ces Élites. Un déséquilibre qui reviendra rapidement à l'avantage des hommes libres, quand les ville-camps enclaves s'effondreront d'elles-mêmes.

Dans tous les cas, il vaudra mieux être un humain libre qu'un esclave des camps.

Déroulé des événements (p.)

Cette Communauté Altruiste Mondiale

(CAM) commencera au moment même où Jésus, selon les prophéties islamistes, sauvera le Mahdi des troupes de Odin,et fera disparaître ce dernier.

Proche-Orient (p.)

Jésus, avec le Mahdi, fonde la future plus grosse puissance mondiale, appelée à réformer toutes les religions et à guider sagement la planète, sous l'inspiration de Jésus.

Plus dur seulement au début

En 1940, les maquisards étaient aidés par la résistance locale et les populations qui travaillaient (et redistribuaient ce que le système fournissait), le Monde tenait encore debout malgré la guerre. Régulièrement, les paysans fournissaient un mouton, ou de leurs réserves de blé. Les conditions étaient alors plus facile, qu'être en complète autonomie.

Se tenir loin des ville-camps

Rafler le plus de monde possible

Ceci est valable aussi bien en France qu'ailleurs. Comme nous l'avons vu (ville-camps>tri des populations p.), les dirigeants pro-Odin chercheront le maximum de personnes à inclure de leur côté du tri des âmes, tandis que les chapeaux noirs auront cherché à tuer le maximum de personnes, que soit dans leurs camps ou dans les communautés susceptibles de les attaquer par la suite.

Le NOM aura donc cherché à récupérer le maximum de personne lors de la concentration des populations dans les ville-camps, mais pour les réveillés qui seraient passé au-travers des mailles du filets lors de cette première étape, ils auront ensuite d'autre chats à fouetter

Pas moyen de récupérer tout le monde

Tout le territoire (hors des grandes villes-camps et des champs qui les entoure), sera laissée à l'abandon par les Élites. En effet, les ressources stockées dans les enclaves étant très limitées, elles ne seront pas gaspillées à traquer les humains libres. Les effectifs et les moyens de sécurité seront déjà utilisés à 100%, et aucune ressource en homme ou en matériel ne pourra être dépensée à traquer une centaine de personnes inoffensives perdues dans de milliers de kilomètres carrés de ruines/nature en friche.

De plus, dans l'esprit des Élites, les exclus ne survivront pas longtemps sans assistanat.

Bien entendu, cette vision d'une population qui ne peut survivre sans assistanat est fausse, mais elle est typique de nos dirigeants, qu'ils soient économiques ou politiques, qui ont une vision très réductrice du "peuple".

Dans les pays pro-Odin, les campagnes / montagnes isolées en dehors des zones urbaines ou des voies de passage ne seront pas ratissées par Odin, parce que ce serait un gaspillage de ressources pour un gain minime.

Peu d'humains libres

La majorité des "indésirables" aura été "neutralisée" d'une manière ou d'une autre (solutions retenues p. 775), et donc le nombre de personnes dans le no man's land autour des ville-camps sera faible (comme les Boko Haram massacrant les populations, ou les incitant à partir, autour des ville-camps prévues au Mali par les Élites françaises).

Rester loin et invisible

Comme vu dans la défense des forteresses que constituent les ville-camps (p.), seuls les groupes humains susceptibles de poser problème (trop proches, ou attaquant les drones d'échange commercial entre cités) seront traqués et détruits par la haute technologie militaire dont disposerons ces cités.

Comme il sera difficile de se protéger de drones télécommandés, ou même parfois automatisés avec vision nocturne / infrarouge, il sera donc indispensable de ne pas rester près d'une ville où vous verrez une activité militarisée, avec des drones ou des avions/hélicoptères qui s'y rendent. Se tenir à l'écart, tranquille, et laisser passer les drones de livraison au dessus de soi sans essayer de les intercepter sera aussi une bonne stratégie, même si l'appât du butin sera fort. Au moindre signe d'agressivité de votre part, vous serez repérés et anéantis.

C'est pas plus compliqué. Restez invisibles et éloignés, et vous n'aurez rien à craindre. Nos communautés seront prospères si elles restent dans leur petit coin dans un premier temps. Ne cherchez pas le contact "officiel", privilégiez l'autarcie et l'entraide avec d'autres communautés isolées du même type que la votre. En deux mots, restez discrets ! On ne va pas tuer une simple mouche à 500 mètres de son dîner parce qu'on a peur qu'elle vienne se poser dans sa soupe. On ne le fait que quand elle s'approche à moins de 5 m.

Interactions avec les anunnakis

Odin

Odin ne sera pas omniprésent partout, et les communautés protégées le seront jusqu'au bout. A nous de le mériter (au sens où la communauté devra être altruiste).

Odin sera surtout un danger pour les gouvernements locaux qui auront réussi à se reformer avec le temps, les ville-camps qui auront su survivre jusque là, et tous les groupes de ce genre. La Terre est vaste, une seule personne, alors que l'Humanité sera réduite à un petit nombre, ne pourra dominer concrètement la planète. Il récupérera surtout les grands groupes humains précédemment raflés par les États, les grosses communauté de plus de 100 personnes, les communautés situées sur les grands axes, ou facile d'accès, qu'il rencontrera sur son chemin, mais n'ira pas perdre son temps précieux à aller traquer les groupes de moins de 100 personnes isolé au milieu des bois, sans accès facile.

Les pro-Anu

Ce sera le même principes avec le retour des anunnakis (p.), il y aura très peu de risques que de petites communautés autonomes et perdues sur un territoire en friche intéressent qui que ce soit.

Aide des ET

Nous ne pouvons pas savoir si la communauté dans laquelle nous aurons atterri sera suffisamment altruiste pour être parrainée par les ET. Beaucoup ne le seront pas, donc il faut voir cette aide comme un bonus, et faire comme si on devait se débrouiller seul dans un premier temps. Par contre, si on gère bien, cela vaudra vraiment le coup.

Résilience

Nous avons vu que les communauté hiérarchiques allaient s'effondrer (ville-camp>effondrement p.).

Les seules communautés viables sont celles qui seront respectueuses de leurs membres, car c'est à cette seule condition que les gens se soumettront volontairement à des règles naturelles décidées en commun accord, et sans violence légale pour les faire respecter.

Notre futur, sera de vivre dans de petits villages tranquilles, où tout le monde s'occupera du bien être des autres, mais en préservant les différences complémentaires de chacun. Ensuite, quand cela

sera bien rodé, les ET viendront nous aider, non pas pour nous donner une civilisation qui n'est pas la notre, mais pour participer à une reconstruction globale de notre environnement, et à terme une civilisation respectueuse et spirituellement épanouie. Enfin, 3e étape, nous passerons à la densité supérieure, nous libérant ainsi de certaines contraintes physiques, et à notre tour nous pourrons aller aider d'autres civilisations naissantes à s'orienter spirituellement, à les accompagner dans leur apprentissage, et les soutenir dans leurs choix.

Déroulé des événements

Apparition de Jésus et disparition d'Odin

Alors que les troupes du Mahdi s'apprêtent à tenter de forcer le blocus, la Parousie attendue par les Chrétiens et les musulmans arrive.

Selon les hadiths, Jésus descend du ciel, accompagné de deux anges (ou porté par eux) jusqu'au minaret blanc de la grande Mosquée des Ommeyades de Damas.

Jésus défait les armées du Dajjal, et met fin au règne despotique de Odin, de même qu'à la fausse religion instaurée. Les fidèles de l'antéchrist sont poursuivis sans relâches et la paix est rétablie.

Paix mondiale

Cette paix s'organisera autour de la résistance mondiale et un minimum de reconstruction s'opérera. La disparition d'Odin ne sonnera pas la fin de l'ancien ordre mondial partout, et la guerre de reconquête continuera quelques temps.

Aftertime > Retour des anunnakis

Survol

Environ 3.5 à 4 ans après le 1er pole-shift, de nombreux anunnakis vont revenir sur Terre, récupérer l'or que les illuminatis ont stocké pour eux.

Leur stratégie, comme cela l'a toujours été, n'est pas de conquérir la planète, mais de sécuriser (par la force) de toutes petites zones (les colonies).

Seul le contrôle de ces zones les intéresseront, et il n'interviendront à l'extérieur que pour détruire des menaces potentielles, notamment les restes de l'armée d'Odin disséminés. Le CAM sera épargné (pas d'armement lourd).

Ils seront forcés de repartir définitivement avant le 2e passage de Nibiru.

Ne resteront finalement que les communautés altruistes liées au CAM. Nettoyage accompli !

Quarantaine

Conditions de la quarantaine actuelle

Depuis le départ des anunnakis en -1 600, il n'y a plus eu de contacts entre les anunnakis de Nibiru et nos illuminatis (excepté pour Odin). Tous les plans prévus par les illuminatis loyalistes datent de ce qui a été décidé longtemps avant.

Les anunnakis n'ont pas (encore) le droit de retourner sur Terre ni de prendre contact avec les humains, les deux espèces sont en quarantaine mutuelle. C'est le conseil des mondes qui veille à cela.

Pourquoi le programme des Élites de migrer sur Mars est saboté, ce n'est pas QUE pour les empêcher de fuir, mais aussi de prendre contact avec les anunnakis de Phobos. Les mêmes mesures sont faites pour contraindre les anunnakis.

Les anunnakis ne pourront pas nous envahir/ tenter de revenir tant que cette quarantaine est encore présente.

Date de levée de la quarantaine

Harmo n'a pas tous les détails, mais il semble qu'une fois que Odin sera publiquement connu, la quarantaine des anunnakis deviendra caduque.

But

Leur but est juste de récupérer les stocks d'or, argent, diamants et oeuvres d'art entassés depuis des millénaires par nos dirigeants.

Il existe une volonté illuminati de former de grosses réserves de métal précieux : certains nantis pensent que cela pourra acheter l'indulgence des nouveaux maîtres temporaires de la planète. Vous savez, les choses n'ont pas été différentes à l'arrivée des armées allemandes en France pendant la seconde guerre mondiale. Le phénomène de la collaboration est universel, peu importe la nature de l'envahisseur, il y en aura toujours pour se mettre à genou et s'acheter une place dans le nouveau système. Et quoi mieux que de l'or pour acheter sa place parmi les anciens dieux ?! Sans compter que certains, qui croient avoir goûté au fruit de l'arbre de la connaissance, voudrait bien aussi goûter à celui de l'arbre de vie, qui dans leur croyance, permet d'accéder à la vie éternelle.

Ce n'est donc pas pour rien aussi que de nombreux pays rapatrient leurs réserves stockées aux USA car de nombreux initiés pensent pouvoir sauvegarder leur autorité et sauver leur État en donnant cet or aux nouveaux envahisseurs. Bien sûr, cela est vain, car les anunnakis profitent bien plus de la disparition des États nations que de leur sauvegarde. Plus la société humaine sera désorganisée, sans gouvernance et sous le régime des microcommunautés, et moins les colonisateurs auront d'armées à contrer. Des micro sociétés humaines indépendantes sont inoffensives, un État avec une armée une menace potentielle. Les anunnakis ne vont sûrement pas reproduire les erreurs du passé.

Cela dit, les anunnakis ont mis au point des techniques plus simples pour extraire de l'or, comme l'exploitation des gros astéroïdes et des lunes inhabitées, bien plus riches en minerais et faciles d'accès. La gravité faible permet aussi de faire décoller plus facilement les cargaisons. L'or terrestre n'est donc pas la seule raison à leur venue.

Imaginez vous vivre sur une planète que ressemble à un désert, avec quelques oasis et une végétation qui pousse extrêmement lentement (les saisons durent 3600 ans), avec une population réduite à cause du manque de ressources : la Terre apparaît alors comme un paradis grouillant de vie, de nourriture et aussi.. d'esclaves ! Or tout bon anunnaki se doit d'avoir le plus de serviteurs possible compte tenu de leur société très hiérarchisée et pyramidale : plus vous avez de serviteurs et d'esclaves, plus vous êtres respecté, riche et considéré (un peu comme les grands patrons sur Terre :)). Notre planète c'est le pays de cocagne et les géants ne seraient sûrement pas partis si les humains ne les avaient pas chassés petit à petit !

Or, avec le passage prochain de Nibiru, les sociétés humaines, trop dépendantes de leur technologie, vont se retrouver complètement paralysées : alors que dans l'ancien temps, les monarchies humaines antiques étaient robustes et coriaces, endurcies par les conditions de vie, nous à l'inverse, sommes affaiblis par notre confort : prenez un soldat des anciens royaumes de Sumer et un soldat USA qui n'a plus de munitions, et vous verrez rapidement le premier transpercer le second avec sa lance en bronze (qui ne tombe pas en panne et qui n'a pas besoin de munitions !). Les anunnakis ont eu les mêmes soucis en leur temps, car les armes modernes et sophistiquées qu'ils avaient amenés avec eux se sont épuisées, si bien qu'à la fin seuls les grands seigneurs avaient encore une technologie fonctionnelle (lance à foudre de Zeus). A la fin de leur dernière colonisation, les géants avaient perdu leur avantage technologique sur les humains et les forces se sont rapidement équilibrées au profit des anciens esclaves dont les outils rudimentaires n'était pas dépendants d'un ravitaillement qui n'arrivait pas !

Où ?

Zones d'implantation

Ils ne veulent pas occuper la Terre, juste y prélever ce qu'ils ont besoin.

Particularités qui attireront les anunnakis pour fonder leurs colonies:

Historique

* présence d'une ancienne colonie anunnaki (lac Titicaca, Irak, Baalbek, Jérusalem par exemple),
* lieux où les reptiliens ont séjourné il y a très longtemps et que les annunakis considèrent comme sacrées. L'Angleterre sera probablement occupée.

Stratégique

* Les lieux clés seront fortifiés et occupés notamment pour se sécuriser contre les restes des forces militaires humaines encore actives.
* Zones les plus efficaces pour leurs atterrissages et décollages (à cause de contraintes techniques, nous faisons la même chose pour nos fusées : temps dégagé, pas trop froid et proche de l'équateur).

Logistique

Dans les zones où il y a les ressources qu'ils recherchent, car il ne faut pas oublier que c'est avant tout pour cela qu'ils sont là :

* [AM] présence de puits de lélé sortant du noyau terrestre, pour en récupérer l'énergie ?
* proximité d'un gros stock de matière précieuses stockées par les illuminati,
* [AM] Mines ?

Impact limité géographiquement

L'occupation se fera sur de toutes petites enclaves fortifiées, et pas sur de grands territoires trop difficiles à sécuriser.

Seul le contrôle de ces zones particulières les intéresseront, et les anunnakis n'interviendront à l'extérieur que pour détruire des menaces potentielles (comme les restes disséminés de l'armée d'Odin, ou les ville-camps qui auront su garder un minimum d'armée dans leurs enclaves).

Ils chasseront aussi le gibier (humains par exemple) aux alentours, car il faut bien qu'ils mangent. Les groupes humains à proximité seront soit détruit pour éviter tout danger, soit serviront de nourriture ou d'esclaves.

Pour les communauté de survivants classiques, se tenant loin de leurs colonies, nous ne verrons même jamais un anunnaki en chair et en os, nous ne les intéressons pas ! Ils auront assez de leurs prisonniers de guerre pour remplir leurs quotas d'esclaves et ne viendront pas nous courir après !

Interactions avec les humains

Résistance des armées d'Odin

Bien que leur chef Odin ai disparu, les armées d'Odin, dressées à s'opposer ou à négocier avec les autres anunnakis que leur dieu, vont combattre les anunnakis, et se faire massacrer avec leur technologie inférieure.

Actions de la CAM

La CAM, ne disposant pas d'armement lourd (au contraire des restes de l'armée d'Odin), et étant protégé par les ET, ne sera pas inquiété par les anunnakis, de même que les communautés altruistes se tenant à l'écart des enclaves anunnakis.

Jésus 2 se contentera de mettre ses disciples à l'écart des anunnakis, en attendant leur départ.

Communautés protégées

Les communauté pures altruistes, protégées des anunnakis et avec la technologie ET, seront protégées des exactions des anunnakis, à condition qu'elles se tiennent à distance.

Quarantaine définitive des Anunnakis

Pas de données sur le temps exact pendant lequel les Anunnakis seront présent sur Terre, mais leur invasion sera jugulée avant le 2e passage de Nibiru.

Les anunnakis seront contrés rapidement par les ET bienveillants, une fois qu'ils auront débarqués. Les ET ne peuvent intervenir que si l'invasion est flagrante et les exactions avérées : ils n'ont pas le droit d'empêcher les anunnakis de venir sur Terre, elle leur appartient autant qu'à nous.

De plus, ils auront le droit de combattre les armées d'Odin, de même spiritualité égoïste qu'eux.

Mais de part leur nature, les géants ne resteront pas pacifiques, et dès qu'ils deviendront agressifs, ils seront remis à leur place, tout d'abord dans leurs colonies, puis sur Nibiru si leurs exactions sont trop importantes.

Il est par exemple probable qu'ils tentent des actions contre les communautés protégées à terme, ou qu'ils s'adonnent à des actes contre l'environnement.

C'est quand ils franchiront une de ces limites qu'ils déclencheront forcément une réaction des ET bénéfiques. De nombreux ET interviendront alors et les mettront en déroute (via un virus probablement).

Les Zétas et leurs alliés disposent d'une force militaire des millions de fois supérieure à celle des anunnakis. Une simple démonstration de force suffirait à les faire fuir. Zétas et alliés peuvent battre les anunnakis en quelques secondes en désactivant toutes leurs technologies, éradiquer leur espèce avec une arme ethnique en quelques heures. Tout dépendra des anunnakis eux mêmes et de leur motivation à vouloir rester.

Les reptiliens de Sirius ne feront rien car la Terre appartient depuis 1994 à l'autre camp (date à laquelle le nombre d'humains communautaristes a largement dépassé celui des hiérarchistes). Ils se plient de gré ou de force aux limites qu'on leur impose. Une solution pacifiste sera sûrement trouvée pour faire repartir chez eux les anunnakis (en 2015, c'est le choix d'une maladie non mortelle qui est à l'étude, maladie qui les forcera à retourner sur Nibiru).

Les anunnaki ne laisseront pas de poste avancé permanent, comme ils le faisaient à l'époque.

Au revoir, pas adieu définitif

Lors de l'ascension anunnaki, la faction Anunnaki altruiste (minoritaire, 7%) viendra se réincarner sur la Terre. Nibiru restant en dimension 3, ses impacts futurs sur la Terre en dimension 5 seront désormais limités.

Tri des âmes

Le choix d'une orientation spirituelle pour l'humanité devra se décider avant Nibiru. En effet, les ravages du Big One planétaire (surtout lors du PS2) vont être si graves que l'espèce humaine ne pourrait pas y survivre si elle était livrée à elle-même : seule une intervention extérieure des ET bienveillants est à même de nous sauver de cette extinction totale. Or pour agir, il faut savoir si il faut préparer un monde type Raksasas, ou une monde Compassionnel : les âmes humaines arrivent à maturité pour l'ascension, et ce moment coïncide avec celui de l'extinction.

Après l'ascension, seules les âmes altruistes pourront rester sur Terre. Et retirer les égoïstes permettra de hâter cette ascension.

Que vont devenir les âmes non purs altruistes ? Le jugement dernier permet justement de répondre à la question, en définissant sur quelle prochaine planète vont se réincarner les âmes, en fonction de leur évolution spirituelle. Il s'en suivra une séparation de l'humanité en 3 groupes spirituels.

Survol

Le test spirituel commence dès la naissance. Lors de l'apocalypse, il y aura plusieurs échéances : 2012, arrêt du Soleil dans le ciel, mort d'Odin, Ascension. Ces tests valident le comportement de tous les jours.

Purs égoïstes

Se réincarnent dans les foetus en bocaux des vaisseaux hiérarchistes, puis emmenés sur la planète prison.

2012

Depuis cette date, les purs égoïstes qui meurent se réincarnent dans la planète prison.

Disparition d'Odin

Moissonnés par leurs semblables, les ET malveillants, pour êtres torturés puis mangés (à eux de fournir l'adrénochrome maintenant...). Se réincarnent sur la planète prison.

Indécis

Nouvelles âmes

L'explosion démographique produit des corps en excès : une âme ne peut se former qu'en 3e dimension. Quand un bébé naît et n'est pas incarné par une âme préexistante, le qi s'agglomère en lui de par sa conscience, et forme une nouvelle âme. Si cette dernière n'est pas assez intéressée, et ne développe pas assez sa curiosité, son ressenti spirituel, tester l'aide aux autres plutôt que rester centré sur sa petite personne, vivre une vie riche en émotion, son âme ne franchira pas le saut quantique pour s'allumer, et restera une âme animale qui se dissoudra à la mort du corps physique. Aucun tri des âmes pour eux puisque l'âme n'existe pas.

Disponibilité des corps

Si plus de corps disponibles, les plus égoïstes se réincarnent sur la planète école.

Ascension

Au moment où l'humanité ascensionne, les indécis ne pourront mécaniquement pas ascensionner. Mourant très vite sur la planète Terre désénergisée, seront emmenés pour se réincarner sur la planète école.

Purs altruistes

Soleil arrêté dans le ciel

Sera décidé qui sont les purs altruistes qui seront aidés par les ET bienveillants dans l'aftertime.

Introduction

Le Triat Hametim attendu par les juifs est déjà réalisé, puisque cela consiste en la réincarnation de toutes les âmes ayant vécu en humains (et non pas des cadavres sortants de leurs tombeaux, le mythe des zombies étant une mauvaise interprétation de l'ancien testament). Cette présence de toutes les âmes humaines (et des nouvelles vu l'explosion du nombre de corps, trop nombreux pour les âmes en attente) a un but, celui de déterminer son orientation spirituelle, et de la suite à donner à ses futures incarnations.

Cette période d'apocalypse s'accompagnera d'une polarisation spirituelle, entre ceux qui ne pensent qu'à eux, et ceux qui pensent au moins la moitié du temps aux autres. Comme les 2 humanités ne pourront vivre sur la même planète dans le futur, il y aura séparation : les égoïstes redoubleront en petite section, et les altruistes vont continuer à apprendre en entrant en grande section. Cette séparation est le tri des âmes, encore appelé jugement dernier.

La partie centrée sur soi partira vivre la suite de son apprentissage sur d'autres planètes écoles (ou prison pour les fermement égoïstes), se réincarnant dans d'autres espèces. Les ouverts aux autres resteront sur une Terre ascensionnée en dimension supérieure.

Cette séparation est aussi rendu nécessaire par la question "que fait-on de toutes ces âmes immatures désincarnées ?", sachant que suite aux destructions il n'y aura plus assez de corps physiques pour que tout le monde puisse se réincarner.

Ce tri des âmes aura lieu en plusieurs fois. Depuis 1974, les âme ET hiérarchistes n'ont plus le droit de s'incarner. Depuis 2012 (?), les âmes des fermement égoïstes décédés (types Molochiens), se réincarnent sur une planète prison. Après les 3 jours d'arrêt du Soleil dans le ciel, les modérément égoïstes décédés iront sur une planète école. Lors des tribulations, les égoïstes réunis en meutes auront plus tendance à s'entre-tuer que les communautés bienveillantes qui s'entraident. Lors de la chute d'Odin, les fermement égoïstes encore vivants seront tous évacués vers la planète prison (étape appelée la moisson par les hiérarchistes, les vaisseaux de Marie).

Au bout de quelques années, les indéterminés spirituels auront eu le temps d'apprécier la vie en communauté et l'entraide, plutôt que la guerre en permanence et la course à la domination d'autrui. Dès que le nombre d'humain de même orientation spirituelle est suffisant, toute la terre monte en vibration.

C'est l'ascension dans la dimension supérieure qui fera le tri final, les derniers indéterminés (moins de 15% de la population restante), ne pouvant s'élever aux vibrations supérieures, resteront mécaniquement bloqués sur une Terre 3D qui se meurt (et seront par la suite réincarnés dans des planètes écoles).

La guerre spirituelle

Les médias ne sont que l'image des 7%

Entre 25% (source Harmo en 2013) et 33% (source Zétas en 2007) des âmes de la Terre qui se réincarnent actuellement sont au service des autres, environ 7% sont au service du soi, le reste étant indécis.

Pourquoi alors semble-t-il que les médias mettent l'accent sur les objectifs de plaisir, de contrôle, de richesse et d'autopromotion du service à soi-même ? Parce que ceux qui sont fortement servis par eux-mêmes ne reculent devant rien pour prendre le dessus au cours de leur vie, faisant leur propre promotion, volant le travail des autres et s'en attribuant le mérite, poignardant dans le dos et utilisant le chantage ou la corruption pour avancer. Ils se hissent au sommet des organisations. Puisque c'est ce qu'ils valorisent, ils supposent que c'est ce que les autres valorisent, et en font le centre de leur divertissement. De nombreux enfants des étoiles, des âmes qui sont retournées en 3ème densité pour servir, font un effort pour égaliser cet équilibre. Ils sont suffisamment forts pour savoir comment naviguer dans les sociétés orientées vers le service au soi qui dirigent les médias ou les industries du divertissement.

Des films tels que "ET" et "Close Encounters" sont des exemples de divertissements orientés vers le Service à l'Autre. [AM : même si leurs producteurs et réalisateurs semblent avoir un comportement de Service-à-soi, seule manière pour eux d'arriver à un poste où il pouvait ensuite influer positivement sur les autres, quitte à faire des saloperies pour faire le bien ensuite).

Les altruistes aidés

Les humains sont aidés dès maintenant, s'ils sont de la bonne espèce, s'ils sont hautement serviteurs des autres et dévoués à aider les autres. Ils reçoivent de l'aide pour leur santé, sont guidés vers des lieux sûrs et vers des rencontres avec d'autres personnes ayant le même esprit. Ils découvrent des plantes indigènes utiles qui poussent près d'eux et qui semblent soudainement apparaître comme si elles avaient été plantées là par les ET (ce qui s'est produit !).

Les appareils de haute technologie ne seront pas partagés avant le PS, en raison du danger que les humains du service à soi s'approprient ces technologies. Immédiatement après le PS, selon l'endroit et la menace de prise de contrôle par le Service-à-soi, les survivants trouveront une main secourable tendue si, c'est-à-dire, s'ils ont la bonne mentalité, la bonne orientation spirituelle, et si aucune prise de contrôle par le Service-à-soi n'est possible dans leur endroit.

Dans quoi se réincarner ?

Certaines âmes humaines se sont déjà incarnées dans des corps proto-plenus, et même dans des corps Zetas à part entière. La question de savoir s'il faut s'incarner à nouveau dans un corps humain est discutée par les guides de naissance et l'âme en question. Il existe de nombreuses variables. Les âmes qui s'incarnent dans des corps Zeta ou prot-

plenus se préparent à rendre service lorsque le changement de pôle se produira, elles ont grandi et ont été éduquées dans un rôle qui comptera. Les âmes qui ont besoin d'une leçon particulière à la 3ème densité sur Terre, la bataille entre le bien et le mal, sont placées sur Terre dans un cadre approprié. Cela dépend beaucoup de la maturité de l'âme et des rôles qu'elle a choisi

Contacts ET conscients

Celan dépend également de l'état de préparation des humains qui verront ces vaisseaux ET. Certaines parties du globe, certaines communautés, sont si réceptives que des contacts conscients avec des formes de vie extraterrestres auront lieu pendant et après l'ascension. Comme nous l'avons dit, ayant été secoués, littéralement, ils sont ouverts à presque tout et de telles rencontres n'augmenteront pas l'anxiété. D'autres parties du globe, d'autres communautés, ne verront même pas d'observations de masse, tant la peur risque d'être grande. Si on leur a dit que ce sont des démons dans le ciel, et qu'ils n'ont aucun autre moyen de le savoir, alors cela ne leur sera d'aucune utilité.

Retour de toutes les âmes en incarnation

Le Triat Hametim attendu par les juifs est déjà réalisé, puisque cela consiste en la réincarnation de toutes les âmes ayant vécu en humains, une grande réunion de famille pour le point d'orgue de notre maturation. Ce n'est pas du tout la résurrection des morts physiques (qui a donné les zombies dans la culture USA), mais le retour des âmes de tous les morts via la réincarnation. Selon les juifs, les corps devraient ressusciter avec les défauts de leur vie passée, donc tel qu'ils ont été enterrés (un aveugle revient aveugle etc...) et qu'ensuite dieu les réparerait/soignerait.

C'est une mauvaise interprétation mais qui n'est pas sans fondement. Les incarnations laissent souvent des marques de l'ancien corps sur le nouveau, non pas parce que c'est nécessaire ou lié à un mécanisme d'empreinte, mais parce que l'âme peut signifier symboliquement qui elle a été (notamment quand il s'agit d'un traumatisme ou quelque chose qui a beaucoup marqué la vie précédente) afin que les personnes qu'elle a pu côtoyer avant la reconnaisse.

Un ancien aveugle ne naîtra pas aveugle, mais cela peut éventuellement (ce n'est pas une obligation) se manifester par diverses anomalies bénignes, souvent passagères mais qui peuvent perdurer, comme une hétérochromie etc... Ces signes sont très subtils, comme le seront les stigmates de Jésus 2.

Les autres planètes d'incarnation

Planète école

Comme aujourd'hui sur Terre, s'y retrouveront les orientations spirituelles indéterminées, qui expérimenteront encore les voies de l'égoïsme ou de l'altruisme, avant de se déclarer fermement pour une orientation ou une autre lors d'un futur tri des âmes.

Planète prison

Les fermement égoïstes de notre temps (les gens au pouvoir généralement), comme annoncé, passeront de premiers à derniers. Ils seront réincarnés sur une planète prison pure égoïste, où ils se réincarneront pendant des milliers d'incarnation en tant qu'esclave, pour bien comprendre ce qu'ils ont fait subir aux autres.

Ces futures incarnations dans une planète prison, ce n'est pas une volonté de leur nuire, de vengeance, punition ou autre. C'est juste l'aspect mécanique de la loi du retour de bâton : ce que tu as fait aux autres, tu le subiras pour que tu comprenne ce qui est bien et mal. Comme Tout est Un, c'est à nous que nous nous sommes fait du mal, il faut un feedback de la douleur pour qu'on arrête de mutiler ainsi...

Ceux de l'orientation du Service-Envers-Soi sont à la recherche de nouvelles recrues. L'orientation du Service-Envers-Soi est très hiérarchisée et très structurée (principe des castes chez les hindous, avec les intouchables tout en bas, comptant moins que des animaux). Les nouvelles recrues commencent toujours au bas de l'échelle. Inutile d'expliquer pourquoi ceux de l'orientation du Service-Envers-Soi attendent avec impatience de voir le désespoir et le sentiment d'abandon (et donc la volonté de quitter sa vie) s'emparer de beaucoup d'entre nous dans le futur proche. Ils convoitent de nouvelles recrues! C'est pourquoi les ET hiérarchistes, via les channels ou les possédés, tentent d'influencer les humains dans cet état d'esprit.

Exposés à d'autres âmes purs égoïstes ayant priorité dans le choix d'incarnation, ces nouveaux arrivés prendront les réincarnations qui restent, celles des esclaves du bas de la pyramide, et seront donc soumis aux volontés d'autres âmes égoïstes comme eux. Ils se battront sans cesse pour regravir les échelles de la pyramide, pour à leur tour imposer à leurs bourreaux leur volonté, tandis que les réguliers revers de fortune les remettront à leur tour en position de souffre-douleur de leurs anciennes victimes, aussi égoïstes qu'eux. Ça ressemble fort aux feux de la géhenne décrites par les anciennes religions, une guerre sans fin où ils sont tour à tour bourreaux puis victimes. Fini le "paradis" sur Terre où ils pouvaient exploiter les altruistes, leurs faire croire qu'ils allaient s'améliorer...

Les différents tris

Le tri karmique a commencé depuis l'entrée de l'apocalypse. Si les ET égoïstes n'ont plus le droit de s'incarner depuis 1974, depuis 2012 (estimé) les âmes de ceux qui meurent en étant purs égoïstes sont aussi évacuées sur la planète-prison non ascensionnée, se réincarnant dans des corps d'esclaves (les premiers seront les derniers).

Lever de Soleil à l'Ouest

Un premier tri sera fait à la fin des 3 jours d'arrêt du Soleil dans le ciel (au moment où le Soleil se lèvera à l'Ouest, pour une durée de 6 j avant le PS), pour déterminer qui aura :

- pris conscience de la fin des temps,
- commencé une communauté de purs altruistes, en ayant su passer outre le masque social et ses propres formatages.

Aucun impact lors de ce premier tri, si ce n'est de définir l'orientation spirituelle de chacun, et qui aura le droit d'aider qui. Les orientations spirituelles fermes seront aidées par les ET de même orientation qu'eux. C'est à dire que les communautés altruistes seront aidées activement par les ET bienveillants lors des tribulations, alors que les bandes de pillards seront abandonnés des leurs, voir détruites pour récupérer le plus d'âmes le plus rapidement possibles.

Les âmes immatures (ou pire, pas encore allumées lors de leur première existence), ceux qui sont encore en déni sur l'existence ET, Nibiru et les anunnakis, ne se réveilleront pas dans cette vie (voir plus loin "pourquoi trier ?" p.). Il est probable que ce soient ceux qui meurent le plus lors du 1er passage (rester au bord de la mer, obéir aux ordres génocidaires comme rester en ville ou monter dans les camions qui emmènent dans les camps, ou encore attendre sans rien faire les secours qui ne viendront jamais).

Tri décidant de toutes les tribulations

L'idée est donc de laisser une période de test qui commencera au premier lever du Soleil à l'Ouest et finira bien plus tard, après le second passage (probable que lors de l'ascension, les listes seront réévaluées). Cela laisse 7 ans voir plus pour prouver qu'on est fermement altruiste si on était limite au départ. L'inconvénient c'est qu'on ne recevra pas d'aide si on est dans la zone tampon, et pas encore assez fermement ancré dans son orientation spirituelle.

Les tribulations

Les personnes égoïstes, ou dans la peur, se regrouperont en bandes de pillards, et mourront plus rapidement que les altruistes qui coopèrent et s'organisent en communautés organisées.

Ceux qui meurent lors des tribulations voient leur âmes aller vers les 3 types de réincarnation possibles (pour l'humanité) depuis l'entrée dans l'apocalypse :

- Planète école : indéterminés ou faiblement égoïstes
- Planète-prison : purs égoïstes
- Planète-Terre (communauté protégée) : altruistes

Fin d'Odin

Un tri retirera physiquement les âmes les plus égoïstes (même si elles sont encore incarnées), car sans espoir de voir une amélioration de leur spiritualité dans cette vie.

Concrètement, les ET hiérarchistes auront le droit d'emmener les humains vivants concernés, dans leurs vaisseaux de Marie, vers la planète prison type Sirius, pour des milliers d'années d'incarnations en tant qu'esclave.

La mort d'Odin sera un test important, parce que les personnes faibles dans leurs orientations altruistes seront sévèrement tentées lors de son vivant à le rejoindre. Passé sa mort, on peut dire que la tentation sera très faibles, les jeux seront quasi faits. Si on résiste à la corruption jusque là, c'est gagné.

La mort d'Odin sera une étape importante (la fin de la plus grande épreuve spirituelle en quelque sorte), mais c'est l'ascension elle même qui reste l'événement numéro un quand même.

L'ascension (L2)

Le tri final se fera de façon mécanique : les âmes humaines, unies par l'altruisme (plus de 85% des incarnations de l'époque) vont ascensionner en dimension supérieure, emmenant avec eux la force vitale de la planète. Les restes de la Terre en dimension 3 deviendront vite invivables pour les 15% de l'humanité ne s'étant pas décidés à temps, et seront emmenés à leur tour sur la planète-école.

Pourquoi trier ?

Survol

Toute personne altruiste, peu importe le moment où elle le devient, sera aidée et transportée tôt ou tard sur la Terre 2. C'est le propre des altruistes de prendre soin les uns les autres, personne ne sera abandonné.

Par contre, pour des questions de priorité et de revirement possible, il y aura plusieurs tris à faire avant les grandes étapes.

Les endormis

(18/05/2015) Les endormis qui refusent de se réveiller, qui par leur mollesse complice contribuent à prolonger un système injuste moribond, feront-ils partis du monde futur, où ils auront toujours la possibilité de fermer les yeux et de laisser faire / cautionner le mal ?

Tous ces endormis ont encore une chance de se réveiller. On ne peut effectivement pas jeter la pierre à tous alors que sévit une manipulation incroyable.

Néanmoins, on ne peut pas éternellement trouver non plus des excuses à tous les endormis, même si elles existent et sont légitimes. Il va bien falloir un jour ou l'autre dire "celui là est OK pour la future société" et "celui là n'est pas encore mûr". Le "tri" dont je parle n'est pas encore terminé, même ceux qui ont un peu de retard peuvent encore le rattraper. Malheureusement, il y a une date limite qui sera le jour de l'arrêt de la rotation terrestre, les ET ayant décidé de figer les comptes à ce moment là (il faut bien le faire à un moment ou un autre). Si, avec tout ce qu'il se sera passé dans le monde avant ce moment précis, les gens n'ont toujours pas ouverts les yeux, alors ils ne le feront jamais dans cette vie. Nous avançons tous à notre rythme certes, certains prendront le train au dernier moment, mais il y en a forcément qui le louperont, c'est inéluctable. C'est là qu'il y a aura un tri, mais celui-ci n'est pas encore définitif à l'heure d'aujourd'hui. N'importe quelle personne encore dans le déni peut en sortir, il n'est jamais trop tard pour bien faire ! Le souhaitent-elles toutes, c'est une autre affaire. N'empêche que, d'un point de vue objectif, il y a assez de choses visibles dans le monde pour ouvrir les yeux de tous, manipulation médiatique ou non.

Les ET ont utilisé de nombreux chemins pour avertir les gens, que ce soit aujourd'hui et même dans un lointain passé. Les contactés ne sont qu'un moyen parmi d'autres. Pour comprendre le fond du problème, il faut simplement se rendre à l'évidence que trop de gens sont complices du système par passivité. Être un ancien qui a baigné dans la propagande depuis bien trop longtemps n'excuse rien, ni même d'être neurotypique (à la différence d'asperger, personne n'est parfait :)).

Regardez les anciennes générations vis à vis des pédophiles. Tout le monde dans les villages / le quartier le savait mais personne ne disait rien. "Pas grave, c'est qu'un gamin, pas de quoi fouetter un chat", voilà où on en était il y a 50 ans. La société a changé, maintenant on écorcherait vif les pédophiles si on pouvait le faire. Est ce que les gens ont changé au fond, dans leur conscience ? Non. Ils suivent le courant, les gens n'étaient pas plus mauvais (ni meilleurs) il y a 50 ans qu'aujourd'hui. Alors, je le répète, il ne faut pas confondre les actions visibles de gens, ce qu'ils peuvent dire aujourd'hui et le fond de chacun, c'est à dire la véritable orientation spirituelle. Quelqu'un qui dénonce un pédophile aujourd'hui et va faire des marches blanches, se serait peut être tu 50 ans plus tôt en disant que ce n'était pas son affaire.

Alors qui est complice ou pas du Système en règle générale ? La question n'est pas simple et notre société n'a pas mis en place les bons outils pour juger du FOND des gens. Elle juge sur des critères subjectifs qui changent en fonction de l'époque, de la culture, des apparences.

Il y aura un tri parce qu'il est nécessaire, et ce tri sera connexe au déni ou à l'inverse à la reconnaissance du problème Nibiru, entre ceux qui auront été plus forts que la propagande et ceux qui se seront laissés aller dans le courant, parce que c'est leur orientation spirituelle qui les amènent sur le bon chemin. C'est comme cela. Éveil et maturité spirituelle découlent l'un de l'autre en quelque sorte. Ces gens sont ils coupables ? Ont ils des excuses ? Oui et non. C'est plus compliqué que cela, et ce n'est pas la question essentielle.

La question essentielle est la suivante : qui peut-on garder sur Terre pour reconstruire autre chose, une nouvelle société ? Le tout n'est donc pas de "punir" les gens juste pour le principe, il doit simplement y avoir un tri entre ceux qui sont prêts et ceux qui ne le sont pas. Même si le pire psychopathe peut avoir des conditions atténuantes (même si cela n'excuse en rien ses crimes, il peut avoir lui même subi de graves sévices dans son enfance), sa présence n'en reste pas moins peu souhaitable dans la future société. Il faut à un moment donné être bien plus pragmatique.

La simple complicité involontaire / inconsciente / naïve, malheureusement, pourrait nuire à la suite de notre évolution car c'est un comportement immature non souhaitable dans une société apaisée et spirituellement compatissante, même si ce n'est pas le pire comportement qu'on puisse trouver sur notre planète bien entendu. C'est cependant un défaut spirituel suffisamment lourd de conséquences pour être exclu d'une humanité renouvelée et arrivée à maturité.

De plus, il faut savoir que toute personne spirituellement mature est un jour ou l'autre guidée par les ET et arrive forcément à la vérité. Aucune personne spirituellement aboutie n'a de risque de passer à côté des problèmes à cause des mensonges médiatiques et des manipulations, aussi étendues qu'elles soient.

En conclusion, tout ceux qui continuent à nier l'existence de Nibiru, des ET et de la fin programmée de notre civilisation actuelle, ne seront pas du voyage, même s'il reste encore une dernière chance offerte à tous pour changer jusqu'à l'arrêt de la rotation terrestre, jour choisi comme dernière limite avant un "état des lieux spirituel" de l'Humanité.

Ne vous inquiétez pas, les gens "non retenus" après cette date ne seront pas jetés dans le néant, ils finiront leur apprentissage spirituel sur une autre planète école car de toute façon, ils n'étaient pas encore prêts à aller plus loin ici. Ne pas être prêt aujourd'hui ou demain n'est pas grave en soi, le monde ne s'arrête pas à cette vie-ci, chacun doit évoluer à son rythme. L'important n'est pas où on s'incarne mais pourquoi. Ce n'est donc pas une condamnation, juste un tri nécessaire pour faire de la Terre autre chose qu'un champ de bataille continuel, un monde apaisé et où les humains pourront enfin s'épanouir et donner libre cours à leur immense potentiel.

[AM (24/11/2018) : Ce tri se fera au moment où la Terre s'arrêtera de tourner. Auparavant, la Terre aura été grandement ravagée, les jours dureront 30 h, il y aura une nouvelle planète et pleins de lunes nouvelles dans le ciel. A ce moment-là, ceux qui continueront à croire les médias, c'est qu'ils ne sont pas prêt à comprendre la suite, n'en profiteraient pas et seraient des boulets au final. C'est dans cette optique qu'il faut le voir.

Il ne s'agit pas de croire, mais de développer son esprit critique, et de regarder avec ses yeux et son intelligence. Nous serons par la suite exposés aux ET, dont beaucoup ne sont pas bien intentionnés et ont des millions d'années d'expériences en manipulation. Quelqu'un qui au moment du passage de Nibiru, n'aurait pas compris qu'on la lui a mis à l'envers depuis sa naissance (que le système lui ment), ce serait criminel de le sortir de son bac à sable, où il n'est exposé qu'à des manipulateurs qui portent encore des couches, pour le mettre en face de mafiosos qui ont des lances-roquettes et 20 ans d'expérience en extorsion internationale...

Les âmes immatures (beaucoup d'entre nous sont des premières incarnations, suite à l'explosion démographique) continueront donc leur apprentissage dans un bac à sable sécurisé, sur une autre planète… - Fin Note AM 2018]

[Note AM : 16/03/2021 : Dans le texte ci-dessus, Harmo résume le premier tri lors de l'arrêt du Soleil, mais ailleurs dans ce livre (Odin>iblid>réversibilité d'une orientation p.), il développe ce passage : Ce premier tri conditionne l'aide ET aux survivants (chaque orientation aidée par son camp). A priori, ceux qui sont aidés ont plus de chance de survivre jusqu'à l'ascension, mais jusqu'au bout les participants pourront choisir leur orientation spirituelle. Les indéterminés qui meurent, en raison du manque de corps, devront directement se réincarner dans la nouvelle planète école.

A résumer ci-dessus : le choix d'une orientation spirituelle est réversible malheureusement. Si un état des lieux sera fait dès l'arrêt de la rotation terrestre pour savoir qui pourra être aidé et par qui, nombreux seront ceux qui seront sur la liste des compatissants qui peuvent encore revenir en arrière. En effet, être fermement dans un camp ou un autre demande du temps (et parfois plusieurs vies) et les ET ne peuvent pas se permettre de laisser passer des gens qui retourneront leur veste dans le monde futur où seuls les compatissants pourront rester. Odin sert donc d'ultime tentation pour éprouver ceux qui sont sur la liste, afin qu'il n'y ait aucune chance plus tard de voir quelqu'un revenir en arrière (et contaminer en quelque sorte le futur). Cette ultime épreuve est tellement sévère qu'elle sera un véritable stress test. Les religions ont d'ailleurs prévenu que la tromperie sera si grande que même les plus croyants pourraient être tentés. Bien entendu, ceux qui s'en retourneront sur de mauvaises tendances seront enlevés de la liste établie précédemment et ne recevront plus d'aide. Cette liste est donc surtout valable avant / pendant le passage et jusqu'à l'arrivée d'Odin. Odin la rendra partiellement obsolète et une liste définitive, avec des départs et de nouvelles entrées, sera établie au bout du processus.

Le tri n'est pas une décision arbitraire des ET, qui ne veulent pas prendre de décision à la place de Dieu. Ce tri sera "mécanique", dans le sens où les hasards de la vie feront que les moins préparés auront statistiquement plus de chance de mourir, et que les entités qui s'occupent des réincarnations auront à faire des choix dans une situation avec beaucoup d'âmes et peu de corps disponibles. Il y aura ensuite la "moisson", où il faudra séparer les orientations spirituelles (donc les différents types d'humains) pour permettre à chaque groupe une évolution plus rapide par la suite (que des altruistes, que des hiérarchistes, ou que des gens qui n'ont pas encore choisis et veulent regarder plus avant avant de choisir).

Il n'y a aucune obligation non plus à choisir une orientation spirituelle. Quelqu'un de très indéterminé et immature serait malheureux dans une Terre altruiste, c'est pourquoi ce tri est ce qu'il y a de mieux pour l'âme en question, selon son niveau d'évolution. [Fin Note AM 2021]

Manque de corps

Suite à la mort en masse d'indéterminés (suicide inconscient, en restant au bord des mers, ou en écoutant le gouvernement et en montant dans les camions, ou en se laissant piéger dans les villes mouroirs), il y aura alors un excès de d'âmes désincarnées par rapport aux corps disponibles. Sachant que ces âmes immatures seront les moins denses, sans réincarnation rapides elles risquent de se dissoudre en perdant leur individualité. C'est pourquoi les ET compatissants, pour les sauver, seront obligées de faire un tri. Or, il y aura de nombreux morts causés par l'immaturité, mais aussi par le manque de bol ou autre. Il faudra alors savoir qui réincarner sur Terre, entre les altruistes qui sont morts en se sacrifiant pour les autres, et les immatures qui ont gâchés stupidement leur vie et ont toutes les chances de refaire la même chose sur cette période importante de l'après Nibiru... C'est je pense là que s'effectuera le tri.

Marc dit souvent que l'état d'esprit dans lequel on meure est primordial, et ça le sera encore plus lors des événements.

Le yoyo entre les orientations spirituelles

Il y a des gens qui sont fermement altruistes ou égoïstes, et même si leur orientation varie (avec des petites crises d'égoïsme pour les uns voire d'altruisme pour les autres), ils restent globalement dans leur camp et cela ne remet pas en question fondamentalement leur orientation. Ils ont des petites baisses mais ne franchissent jamais la limite.

Mais beaucoup de personnes sont juste sur la ligne, elles ne sont pas vraiment neutres, mais pas encore dans un camp non plus. ces personnes sont dans une zone spirituelle tampon, et les ET ne peuvent pas se permettre d'attendre qu'elles prennent une décision définitive sur leur voie spirituelle. cette période tampon peut durer plusieurs vies, et donc aider une de ces personnes à la limite de l'altruisme mais pouvant du jour au lendemain retomber dans la neutralité voir pire tomber dans l'égoïsme ne peut pas être sur la liste des personnes qui seront aidées.

Premier lever du Soleil à l'Ouest

il y a une date précise, qui sera le premier lever du Soleil à l'Ouest (dès le début de la rotation inverse de la Terre lors du processus) où les ET feront un bilan, pour savoir qui pourra recevoir directement de l'aide lors des catastrophes du PS qui suivra 6 jours après.

Il faut bien comprendre que les ET doivent s'organiser, ils n'ont pas de ressources infinies.

Il faut aussi penser aux yoyos spirituels (p.) : si les ET sauvent d'un tsunami une personne limite altruiste, et que la semaine d'après cette personne est embarquée par Odin, qui la corrompt et l'emploie comme bras droit, ça serait contre-productif.

Le flou sur la date est bénéfique

Les ET bienveillants ne font pas du chiffre. Si le monde doit repartir avec 2 personnes, tant pis. Si on force les choses et qu'on en prend une troisième qui n'est pas prête, le futur ne sera pas celui que l'on souhaite. La patience est une vertu inestimable tout comme la réflexion. Ceux qui ont compris ce qu'il se passe savent très bien que le passage est inéluctable, alors peu importe quand cela arrivera, il faut être prêt pour avant hier. Il y a énormément de travail à faire sur soi-même et cela est valable pour TOUS ici présent (moi y compris). Nous ne pouvons nous permettre le luxe de lancer des projets même sur court terme au dèlà d'une certaine limite. Pour illustrer cela, refaire la peinture de sa salle de bain est une occupation, certes inutile par rapport au passage de Nibiru, mais elle permet de se tenir actif pour éviter de se replier sur soi-même, sur sa peur du passage et sur ses doutes. L'action empêche la rumination. Monter une association X ou Y n'est pas une occupation, c'est une distraction, dans le mauvais sens du terme. Cela "distrait" dans le sens de "détourne", parce que cela demande un investissement personnel important qui devrait être mis ailleurs. Il ne s'agit donc pas de trouver des exutoires à ses peurs / craintes ou son impatience. Il faut se méfier et ne pas se mettre en position d'attente ou d'investir des ressources personnelles (temps, énergie) alors que cela devrait être mis exclusivement dans la préparation (qui est bien plus psychologique que matérielle). C'est un piège dangereux parce que la vérité, c'est que l'on ne veut pas regarder en soi ce qu'il ne va pas. Si on le faisait, on verrait tout de suite qu'il y a énormément de travail à faire et que cela nous occuperait bien assez. Se lancer dans des projets aujourd'hui, c'est une forme de déni puisque l'on se détourne des taches prioritaires qui nous sont dévolues. S'il y a du flou c'est que nos projets ne sont pas aboutis. S'ils l'étaient nous ne serions pas là en train de nous poser des questions de ce type, nous serions en train de travailler sur vous mêmes !

Suis-je digne d'être aidé ?

Si nous étions dans une secte New-Age, je vous dirais des choses flatteuses pour vous rassurer, des choses agréables à entendre du genre "Dieu vous aime plus que quiconque, il vous aidera et pourvoira à tous vos besoins, il veut que vous ayez une vie où la richesse et les besoins matériels seront comblés. Ayez foi en Dieu et tout vous sera donné au moment venu".

Mais vous savez que le message des Altaïrans et des Zétas s'adresse à des adultes responsables, des gens qui ont les pieds sur Terre, et ont tendance à être réaliste : "Aides-toi et le ciel t'aidera".

C'est une très grosse erreur de ne pas se préparer en se disant que le grand tout pourvoira à nos manques, parce que nous sommes quelqu'un de spécial (entendre "supérieur aux autres"). Attendre en croyant qu'on est digne de la miséricorde divine, c'est présumer un peu trop rapidement sur ses qualités spirituelles. Qui vous dit que vous êtes dans "les petits souliers du Seigneur" ? Si il est une chose impossible c'est de pouvoir se juger soi même. A la limite, je dirais même que c'est plutôt culotté, narcissique et présomptueux de se croire ainsi protégé. Et l'humilité dans cela ? Il vaut mieux se rendre compte qu'on peut toujours s'améliorer et qu'on fait forcément des choses mauvaises, qu'on a tous des défauts qu'on ferait bien de travailler. Si vous pensez que Dieu fera tout à votre place, c'est justement que vous avez un sacré travail à réaliser sur vous-même. Faites demi-tour, où c'est bien l'inverse qui risque de se produire (Dieu va travailler contre votre personne trop égocentrée).

Orientation spirituelle et comportement avant PS1

Il y a beaucoup de violence à Marseilles car sa fin prochaine exacerbe les hiérarchistes et perturbe les indéterminés. Certains s'en vont mais beaucoup restent, parce que c'est leur ville et leur culture, et cela est aussi vrai pour les hiérarchistes que pour les altruistes. Beaucoup d'altruistes n'abandonnent pas le combat sur place et resteront solidaires de la ville. D'autres par contre, voyant qu'ils seront utiles après pour d'autres populations, s'en vont. Cela change la proportion des uns et des autres, mais rien non plus de complètement inversé. Si il y a 8 ou 9% de hiérarchistes au lieu de 7%, la violence explose, mais est-ce pour autant qu'il n'y a pas encore 91% de gens qui en valent encore la peine ?

Les hiérarchistes ne préfèrent pas les zones dangereuses, ce sont généralement les indéterminés. C'est pour cela qu'on a des migrations de personnes sur les côtes, le fameux effet "Sud" ou "la Rochelle". Les hiérarchistes

bougent là où il y a des opportunités pour leur égo, et n'ont pas d'autres considérations.

Les corps sont aussi liés à la terre de leurs ancêtres (L2>rayonnements locaux), c'est pourquoi resteront dans les endroits peu sûrs.

Chronologie

Reprendre les infos et les mettre dans les parties correspondantes au-dessus. Dans cette partie, ne mettre que les infos de bases qui renvoient au détail plus haut, c'est juste pour avoir les événements en mode chronologique, pas classés par thème; pour avoir une vision différente de l'histoire.

02/09/2014 - recul de l'aide humanitaire en Afrique

Les Élites veulent absolument mettre l'Afrique à genou pour deux raisons : 1 pour se venger de la décolonisation, et de 2 parce que ce continent sera le plus épargné par Nibiru et qu'il sera un lieu clé pour la suite.

09/09/2015 – photo d'Ilan (migrants)

Pourquoi s'apitoyer aujourd'hui sur le sort des migrants, alors que ça fait des années que leurs cadavres s'entassent par centaine chaque semaine sur les plages de méditerranée ? Que les bateaux de migrants sont coulés volontairement, soit par les passeurs (qui ont été payés pour couler les navires) soit parfois même par les occidentaux.

Les gouvernements sont nerveux, parce qu'ils savent que les catastrophes liées à l'approche de Nibiru vont pousser des millions de gens sur les routes (et ce sera encore pire après le 1e pole-shift).

Le problème, c'est qu'ils pensent que les États nations vont subsister après le 1e pole-shift, que les frontières vont toujours exister. Or un pays qui a fait réfugier ses Élites sur les hauteurs voudra-t-il accueillir des millions de personnes alors que les ressources sont limitées ? Le partage serait toujours possible, mais est-ce que les Élites ont envie de voir leur niveau de confort diminuer ?

Ils ont prévu des ville-camps avec une population réduite, sans personnel "inutile" dedans.

Ils sont donc tous en train de nous faire apitoyer sur le sorts de migrants aujourd'hui parce qu'ils veulent réguler ces flux, pas pour l'instant présent, mais pour le futur. En imposant des quotas très faibles, cela leur donnera l'excuse de refuser ensuite les millions qui suivront à l'approche de Nibiru. Quand la Turquie sera balayée par des séismes, qui va accueillir toutes les personnes qui n'auront plus de toit ? Surement pas le gouvernement turc qui se repliera dans ses enclaves dès le début du processus. Ce n'est pas pour rien qu'Erdogan s'est fait construire un méga-palais à l'écart. Pourquoi la Hongrie fait un mur, si ce n'est en prévision de ce moment là !

Un petit attentat lié à DAECH, des migrants qui violent et tuent des européennes, tout cela mis sur le dos de terroristes infiltrés parmi les réfugiés (et pas sur le laxisme judiciaire), et l'opinion publique oubliera cet enfant kurde noyé sur la plage. Les migrants déjà accueillis seront stigmatisés et on les expulsera s'ils osent dénoncer leurs conditions sous prétexte de terrorisme.

Ces plans sur les migrants s'opposent au plan de Merkel et Erdogan, qui avaient prévu de faire prendre le contrôle de l'Europe par les cellules dormantes de Daech (les attentats d'octobre 2020 utilisent cet outil) avant que les armées régulières ne soient autorisé à massacrer ces musulmans que nos Élites haïssent. Cela explique l'accueil de millions de migrants par l'Allemagne en 2015 (alors que les autres pays fermaient leurs frontières), et l'impunité dont bénéficiaient les chefs (viols et meurtres à répétition pour la même personne).

Début 2016

Positionnement OTAN

Si on regarde où se positionne l'OTAN, c'est contre la Russie, mais aussi pour rassurer les petits pays qui ont peur d'être envahis par leurs voisins suite à Nibiru. Est ce que la Pologne serait de taille contre l'Allemagne (qui a toujours eu des vues sur elle) ou les Russes ? Non.

Donc la Pologne cherche à avoir le soutien des USA, croyant qu'ils ne sont pas intéressé par leurs terres. Ils se trompent, car non seulement l'OTAN n'est plus du tout dominé par les USA mais bien par l'Allemagne et ses satellites (Belgique, Danemark, Pays-Bas), mais en plus ces forces sont plus là contre les populations elles mêmes que contre un supposé ennemi russe. Tout le monde place ses pions, et certains se trompent d'alliés, tout simplement. Poutine est largement plus un homme de parole que les dirigeants qui sont derrière l'OTAN.

Émeutes

Les Élites fortunées essaient aujourd'hui de créer des désordres populaires pour pousser et justifier à leur propre protection. Ce fut le cas aux USA, où il a été clairement établi que des milliardaires comme Soros poussaient aux affrontements inter-raciaux. Ce n'est pas différent ailleurs. En France, certains Élites ne sont pas satisfaits de l'état d'urgence, car ils voudraient que leurs propres intérêts soient davantage ciblés, alors que l'état d'urgence reste une mesure générale. Les exercices d'évacuation de VIP par l'armée sert à répondre à ces demandes mais elles restent plus ou moins insatisfaites, car ce qui est demandé est encore plus de contrôle ciblé, et notamment comme les "anti-riches", anarchistes, extrême gauche etc..., car c'est d'eux que les Élites ont peur (et surtout que ces groupes viennent entraver leur fuite ou saccagent leur biens). Le gouvernement est donc poussé dans le sens d'une surveillance des groupes à problème pour les riches, à savoir anarchistes et conspirationnistes, mais aussi toute personne qui ose remettre la domination des Élites en question. Pourquoi les donneurs d'alerte sont condamnés à la place d'être protégés ?

Il se greffe par dessus des magouilles internes aux politiques. Hollande veut faire tomber l'assemblée qui s'est auto-protégée contre les dissolutions pendant l'état d'urgence. Le plan de mettre un homme de droite en PM est donc à l'arrêt. Diverses solutions sont envisagées, et même de supprimer carrément la fonction de premier ministre. Tout dépend de l'assemblée nationale et des décisions qu'elle prendra (comme voter et réaliser une motion de censure contre Valls). Tout ne se passe pas comme Hollande et Sarkozy en avait convenu en 2010. Nous sommes donc dans une situation ou tout le monde a intérêt au chaos social, aussi bien les Élites que les politiques.

11/05/2016

Fabius serait celui qui commande derrière Hollande, ce qui est une forte possibilité. Pourquoi est-ce Fabius qui a traité avec les américains au sujet de l'annonce et a parlé des 500 jours ?

Pourquoi, peu après, c'est lui qui a convoqué les Monsieur et Madames météos des grandes chaînes TV à huis clos ? Alors que ce n'était pas son rôle. Qui plus est, et on l'a vu aussi bien sur le sujet de l'Iran que maintenant sur la Syrie, les français sont vraiment les empêcheurs de tourner en rond en ce moment. Ce sont eux qui bloquent généralement les discussions. Bizarre, puisque cela fait quand même bien écho à ce que les ET disent sur le rôle négatif que les français ont eu sur l'annonce jusqu'à ce qu'ils soit forcés à accepter les choses.

Le président peut dissoudre l'Assemblée. Le prétexte est même trouvé, ce sont les frondeurs. or on sait très bien que vu l'impopularité des socialistes, c'est forcément la droite qui raflera la majorité des sièges. Je rappelle que le premier ministre est toujours du bord de la majorité à l'assemblée. Donc pour mettre un Sarkozy, un Juppé ou un Fillon (les trois en tête de liste du plan) au gouvernement, il FAUT passer par une dissolution de l'Assemblée.

L'idée est de pousser les députés de second rang à la rébellion contre le gouvernement actuel, et cela s'appelle mettre des rotchildiens (des Macrons, les bêtes noires des gens de gauche), des ministres incompétents ou de toucher aux lois du travail (toujours source de tensions). Bizarrement, tous les ingrédients sont faits pour faire monter les frondeurs, c'est même évident. Même les violences gouvernementales mises en scène, ou le mouvement nuit debout, sont des outils qui vont en ce sens. Tout cela est de la manipulation selon les ET, parce que Hollande ne peut pas partager le pouvoir avec la droite sans un effondrement des socialistes.

Rien n'est joué, et c'est sans compter que d'autres acteurs peuvent encore intervenir (comme le Conseil Constitutionnel. En fait partie Fabius tout nouvellement arrivé (quel hasard du calendrier !), il est donc clair qu'il pousserait à rendre caduque cette révision constitutionnelle votée par l'Assemblée. C'est étrangement au même moment que l'Assemblée contredit les plans de Hollande en votant ce impossibilité de dissoudre que celui-ci nomme Fabius Président du Conseil Constitutionnel ni plus ni moins, un Conseil qui qui sert tout justement à juger ce type de révisions. Ces gens ont bien plus d'un tour dans leur sac !!

Maintenant, reste à démontrer que Valls n'est plus à sa place, ce qui est en train de se faire avec les manifestations anti-loi Travail, les bureaux du PS

attaqués et les frondeurs qui montent une motion de censure. Tout se jouerait donc sur le choix du nouveau PM qui demande presque obligatoirement une dissolution.

N'oubliez pas aussi que l'Etat durgence a été déclaré surtout pour l'Annonce officielle,

L'Etat d'urgence peut tout à fait être levé momentanément (jusqu'au prochain attentat ou autre) car la situation est moins tendue.

24/05/2016 – Tests d'évacuation des Élites

Le spectaculaire déploiement de l'armée dans le Morbihan n'est pas le premier cas du genre : des exercices évacuation de maires ont déjà été réalisés par hélico peu de temps avant (que dire des déploiements d'hélicoptères de fin octobre 2020 en France). ces exercices n'ont absolument rien de "militaire", ce sont des préparations à Nibiru. Les soldats vont servir d'outil pour les Élites, et celles qui se retrouveront bloquées seront alors évacuées. C'est du "sauve VIP". Quel rapport maintenant avec les grèves et la pénurie de carburant ?

Pour évacuer en Libye, les Élites ont prévu de nombreuses choses, comme des aéroports, parce qu'il est bien plus facile d'éviter les obstacles par avion que par la route. Le problème, c'est rejoindre les aéroports, parce que cela demande un minimum de route à faire. Or une population sur les routes, c'est pas bon pour les limousines. Un des moyens envisagé est donc de contraindre les populations à rester chez elles (ce que l'état d'urgence ou le confinement permettent déjà de faire).

Mais entre la loi et la réalité, on sait très bien que beaucoup de personnes prendront quand même leur voiture si la panique s'installe, ce qui bloquera le chemin de nos Élites pressées de fuir. Une solution serait alors de bloquer ces transports (blocage des routes par l'armée, seuls les VIP ayant le droit de passer). Rajouter une pénurie de carburant (dans les stations d'essence accessibles au peuple) serait alors un moyen infaillible de garder tout le bon peuple au chaud chez lui, pendant que les pompes de carburant de l'armée continuent d'être disponibles. L'intervention des hélicoptères n'étant là qu'en cas de dernier recours.

A noter que la pénurie de carburant est une solution qui est aussi valable pour les tsunamis et les autres catastrophes, des gens bien au chaud chez eux, ce sont des morts assurés par noyade ou par écroulement de leur maison (et autant de survivants de moins à nourrir).

Les loi El Khomri sont tellement liberticides que de telles mesures ne pouvaient pas passer auprès des populations. Tout comme Sarkozy s'est auto-torpillé dans les deux dernières années de son mandat pour laisser la place à Hollande (profitant au passage d'imposer ces lois dans notre législation, comme les lois retraites, Hollande s'auto-torpille pour laisser la place à Macron (l'initiateur des lois El Komry, mais tous les médias ont fai semblant de ne rien voir).

La contestation contre les lois liberticides est menée par la gauche radicale, elle même aux ordres des socialistes (Hollande, le président en place, celui qui mets en place les lois liberticides), Mélenchon est un vendu dont les affinités sont connues (et notamment ses liens avec les francs-maçons socialistes). Comment mieux contrôler la gauche radicale que de mettre son agent à sa tête ? C'est aussi le cas dans les syndicats. Pour résumer, ce ce sont les mêmes qui à la fois votent la loi, et à la fois protestent contre cette loi...

Une grève peut être aussi un bon moyen de fermer une centrale nucléaire, mais aussi de créer des pénuries de courant, qui seront alors réglées par la force. Même problème qu'avec l'essence, les gens demanderont le rétablissement des choses, et donneront eux même la permission au gouvernement de se radicaliser. C'est pas gagné, et on voit très bien que les syndicats poussent très fort, mais pas pour nous défendre. Ils obéissent aux ordres de ceux qu'ils prétendent combattre.

Le ras le bol va s'installer sur les travailleurs qui n'auront plus les moyens de faire le plein d'essence [AM : Harmo annonçait la cause des Gilets Jaunes 2 ans avant...], et au lieu de dénoncer la loi sur le travail, les gens vont réclamer au gouvernement plus d'action et plus d'ordre. C'est une technique connue de manipulation, on attend que sa victime soit elle même demandeuse de la fin de ses libertés. Nous sommes en état d'urgence (situation grave), et les blocages/grèves etc... ne vont donner que de l'eau au moulin afin que d'autres dispositions durcissent les moyens des forces de l'ordre et de l'Etat sur le terrain. Même si la loi El Khomri sautait, on a l'habitude que les lois sautent mais reviennent sous une autre forme incognito, regardez le traité de Maastricht ou le CIP de 1995, revenu en 1998...

La situation est donc très grave, puisque la majorité est encore manipulée contre elle même. Si on rajoute à cela le terrorisme réel et/ou arrangé et des Élites qui pressent pour que leur situation soit sécurisée au plus vite, nous avons là un mélange extrêmement nauséabond.

il y a de grandes chance que cette situation se répète sous une forme ou une autre à l'approche finale de Nibiru. Les gens ne pourront pas utiliser leur voiture, ce qui sera une aubaine immense pour contrôler les déplacements et faciliter ceux des Élites et des forces de sécurité. D'où l'incitation à prévoir de devoir quitter sa voiture et de marcher dans ses plans d'évacuation.

Ne pas oublier les visions de Harmo qui montraient des autoroutes bloquées avec des dizaines de voiture de gendarmerie et des files de personnes à pieds qui ne cessaient de regarder quelque chose dans leur dos tout en marchant. Cela ressemble à une évacuation forcée. Si les gens sont à pieds, c'est qu'ils n'ont pas pu utiliser leur voiture, alors que les gendarmes eux l'ont fait.

29/06/2016 - Service civique

Le service civique obligatoire c'est le futur esclavagisme des jeunes pour le Post-Nibiru. une main d'œuvre jeune et corvéable a souhait est un rêve, déjà réalisé par les jeunesses hitlériennes (dès 14 ans, les enfants étaient envoyés à la guerre, et ce sont révélés de farouches combattants bien endoctrinés et se posant peu de questions sur la vie, croyant encore à tout ce que leurs disaient les adultes.

Insérer 9 mois en 2 temps dans un cursus scolaire, est une catastrophe, vu qu'on perds très vite à chaque arrêt.

Ces lois servent à mettre les gens au pli avant Nibiru, sachant qu'une partie de la population sera sélectionnée pour suivre les Élites dans leurs zones de repli.

Un service civil a les mêmes obligations qu'un service militaire en théorie, sauf que tu es affecté à une tache civile. En gros tu travailles gratos pour l'Etat pendant 9 mois. Si tu ne te présentes pas, tu as des sanctions judiciaires (qui peuvent être proches en terme juridiques d'une désertion civile). Dans ce cadre, des centaines de milliers de jeunes peuvent être réquisitionnés rapidement, sans être payés pour n'importe quoi, de la sécurité à l'agriculture en passant par l'industrie, la construction etc... Attendez vous à que, sous une forme ou une autre, on glisse doucement sur le tri des populations (apo> tri des pop p.).

11/03/2017 - Estimer le résultat des Élections

Depuis février, depuis la vision qu'il avait eu, Harmo savait que ce serait Macron qui gagnerait. Voilà comment il était possible de deviner cette victoire d'autres manières.

Trop d'erreurs possibles

Il n'y a aucune certitude pour l'instant, parce que les français pourront s'exprimer sans entrave ni triche. C'est leur libre arbitre qui parlera, c'est théoriquement imprévisible. Si Macron a aujourd'hui les meilleurs soutiens et le Pen une grande popularité, il y a tellement d'évènements qui peuvent disqualifier ces candidats qu'on ne peut même pas anticiper dans 3 jours. Il a suffit d'un scandale lancé dans les médias pour démolir la côte d'un Fillon pourtant parti favori en début de campagne et qui se retrouve maintenant distancé. Et même si certains candidats n'ont pas de grosses casseroles, il est toujours possible d'en trouver (ou d'en inventer). Pas à l'abri non plus de grosses bourdes dysqualifiantes, là encore les candidats sont des humains qui font des choix, et donc des erreurs.

Estimation seulement possible une semaine avant

Pour les Alts, il sera possible de donner un aperçu des tendances une semaine avant le vote définitif, parce que sur le nombre de votants seule une petite partie fera jouer son libre arbitre au point de revenir sur leur choix au dernier moment. Généralement les jeux sont faits.

Pas de communication à l'avance

Les Alts ne communiqueront pas là-dessus, car ce serait entraver le libre arbitre des français.

Ce n'était pas le cas en 2012, puisque de toute façon il y avait triche. Les ET avaient alors dit que Sarkozy avait gagné officieusement, sans impacter le résultat final puisqu'il était déjà cousu de fils blancs pour Hollande. [et que l'un ou l'autre, ça aurait été la même politique]

Là c'est différent, puisque c'est une véritable élection "démocratique". Donner des tendances (comme le font les sondages) influence forcément l'avis des gens.

Les visions prophétiques

Maintenant, je vous avoue par souci d'honnêteté que j'ai eu une vision où j'ai vu le / la président/e derrière son bureau à l'Elysée. C'est un peu contradictoire avec ce que j'ai dit plus haut, que le libre arbitre joue, mais vous savez aussi qu'il n'y a pas que les ET en jeu et que le Monde a été repris d'une main de fer depuis janvier par des forces bien supérieures encore. [Harmo fait référence aux visions que seule une vision divine/hors du temps pouvait la lui avoir fourni].

Chose que normalement les humains en 3D n'ont pas accès, seulement des visions de seconde main (via par exemple, un avatar divin des dimensions bien supérieures a la notre). Si un ou une doit arriver au pouvoir pour la suite du scénario, peu importe le libre arbitre des gens, il sera court-circuité.

Les Alts ne sont pas au courant de ces plans, ils restent sur des positions théoriques au niveau des prévisions.

Néanmoins, ils ne sont pas naïfs et ils voient bien qu'il y a une main invisible qui intervient. Il suffit alors d'observer qui est favorisé par le destin pour avoir la solution.

Pour résumer, les ET ne peuvent pas prévoir scientifiquement avec certitude, mais ils observent et prédisent déjà une victoire en regardant des signes non-scientifiques. Je ne sais pas si vous faites bien la nuance entre la prévision et la prédiction, mais c'est très important ici. La science ne peut pas déterminer l'issue avec certitude, mais les signes du "destin" démontrent qu'il y a un/e favori/e voulue par le grand tout qui est aux commandes.

Macron est presque un passage obligé

Asselineau est envoyé par les partis traditionnels LRPS (FM), alors que Macron est le candidat des Élites (bancaires notamment, et du fameux Marionnettiste qui contrôle le système financier mondial) pour shunter la classe politique. C'est aussi pour cela qu'Asselineau n'a pas ou peu de couverture médiatique, parce que ces médias sont en général tenus en laisse par l'argent.

Si le Figaro fait de la résistance et soutient à 200% Fillon, c'est parce que son propriétaire est lié au complexe militaro-industriel français, et donc complice de l'ancien système politique FM en place. Dassault fait aussi bien dans le médias que dans l'avion de chasse, et ce n'est pas une stratégie innocente. La plupart des médias français sont partis pris, et pour savoir qui ils soutiennent, il suffit de voir la couverture qu'il font des candidats. Si le Figaro soutient mordicus Fillon et attaque Macron, BFMTV fait tout l'inverse. Derrière, des Élites qui se déchirent, et les plus puissantes sont sans conteste celles qui sont derrière Macron.

Les ET veilleront comme aux USA à ce que le peuple français puisse s'exprimer sans les fraudes. C'est pour cela que les partis traditionnels s'effondrent, ils ne contrôlent plus rien, ni l'information, ni l'état profond (la justice et l'administration). Qui a renseigné le Canard enchaîné à la source du PenelopeGate, si ce ne sont ces forces qui poussent derrière Macron, et qui ont ensuite utilisé le journal comme porte parole. Je crains donc que la torpille Asselineau (agent des Républicains), tout comme la torpille Mélenchon (agent des socialistes) ne servent pas à grand chose cette fois-ci pour tenir les votes extrêmes (à gauche comme à droite). C'est clairement le Front National, qui est une entité politique ancienne mais qui n'a jamais gouverné (et donc qui n'a pas un lourd passé d'incompétence de ce point de vue) et un Macron qui veut plaire à tout le Monde (il se positionne aussi bien à gauche qu'à droite) qui risquent de finir au sprint final.

Avantage à Macron, parce que les gens voteront par dépit pour bloquer Marine Le Pen qui ne détient pas la majorité du vote populaire. Alors même si les français peuvent réellement s'exprimer sans tricherie, le pronostic est équivalent à l'élection de Trump, les français seront au final obligé de voter Macron au second tour. C'est l'agent envoyés par les Élites "modérées" (à comparer à leurs plus extrêmes (les pédo-criminels) style Clinton ou Soros) qui risque de l'emporter contre les partis traditionnels (un seul candidat anti-système, contre plusieurs éclatés en face, Asselineau ayant eu ses 500 signatures bouffant des voix à Fillon et à Le Pen à droite), parce que ce sont ces Élites modérées qui tiennent la majorité des médias main stream (liés aux monarchistes européens, pas à la City). Quand on sait que les électeurs votent celui qui passe le plus dans les médias, et que ces derniers nous matraquent de Macron...

On s'aperçoit aussi qu'une part des anciens ténors politiques ont retourné leur veste, et trahissent leur ancien parti. Hollande et Royal derrière Macron plutôt que Hamon par exemple. Il y a des gens qui sont plus malins (ou mieux informés) que d'autres,

et ils savent de quel côté est le pouvoir. Dans ce cas là, on quitte le navire et on se place derrière le "futur" vainqueur.

09/05/2017 - Macron élu par 12,6% des français au 1e tour

Que faisaient les précédents présidents français à 39 ans ? :

"À 39 ans, en 1950, Georges Pompidou est directeur de cabinet de Charles De Gaulle avant d'officier en tant que banquier d'affaires à la banque Rothschild. Un parcours qui ressemble étrangement à celui d'Emmanuel Macron. Il deviendra président en 1969, 19 ans plus tard". Rien de vraiment nouveau donc. Les Élites ont toujours été derrière les politiques, c'est simplement les gens qui ont changé.

Les Élites ont toujours dominé les politiques, et l'argent en est leur moteur, le vrai pouvoir de décision.

Nous sentons l'arnaque du mensonge de Nibiru, que des mouvements se font en coulisse et que les politiques /entreprises /Élites ne sont pas cohérentes dans leur comportement. Rien à voir avec Rothschild, c'est juste qu'on a bien vu de façon consciente ou non que l'arrivée de Macron était complètement artificielle. Ce n'est donc pas sur la figure du personnage qu'il faut se focaliser, mais sur le pourquoi de ce mouvement express qui l'a placé à la tête de la France.

C'est le réveil des matins difficiles, et beaucoup de gens sont malgracieux avant leur 3ème café matinal ! On est rarement en forme quand on sort de plusieurs siècles de coma transgénérationnel !

Les ET sont intervenus sur les élections contre la triche, au minima pour éviter les anomalies les plus grossières, mais environ 5% des votes en faveur de Macron sont liés à des anomalies volontaires en sa faveur (il était à 60% au lieu des 65% observés). Les ET se sont engagés à ce que la volonté des votants soit respectée, et en ce sens, ils l'ont fait puisque les anomalies restantes n'ont que peu changé le résultat.

Si les scores avaient été plus serrés, les ET seraient intervenus pour annuler les fraudes massives. Les ET ne se sont jamais engagés pour aucun candidat, parce que ce n'est pas leur rôle de choisir à notre place.

Il ne se sont pas engagés non plus à ce que la majorité des français fasse le choix de leur président, mais que le vote, c'est à dire le choix exprimé, soit respecté. Cela n'inclut pas les abstentions ni les votes blancs qui sont un non-choix. Si une majorité des français qui se sont exprimés sont en réalité des moutons qui ont eu le cerveau lavé par les médias, c'est NOTRE problème. D'un point de vue éthique, la démocratie a fonctionné. Le problème des ET était simplement d'assurer que les français soient responsables de ce qui leur arrive.

17/05/2017 – enjeux français de l'élection

A ranger dans Histoire> France

Fillon et sa clique ont de telles vues, parce que leur objectif est de tenir la France par une poigne de fer, pas de maintenir l'ordre public pour le bien du peuple. Netanyahu, Erdogan et Clinton (si elle avait été élue) sont des despotes dans l'âme, ils ne cherchent qu'à s'accaparer le pouvoir pour qu'une Élite rétrograde et sans scrupules assure ses arrières face à Nibiru, ou soient libérés des affaires (qui vont bien plus loin que des détournements d'argent) qui les poursuivent. Fillon ou Le Pen élus, vous avez le même scénario qu'en Turquie avec Erdogan. Déjà que cela fait plus d'un an que nous sommes en état d'urgence sous la gauche, avec la droite c'est direct la loi martiale, pour protéger officiellement la population des émeutes et des pillards, mais surtout pour protéger des ultra riches sans scrupules, tout en sacrifiant les populations indésirables. Si les Alts disent que Fillon est le seul vrai danger de cette élection, ce n'est pas pour rien.

C'est pour cela que Hollande a été intégré au plan monté par Sarkozy sous son mandat. Hollande a pris le train en cours de route et selon les ET il faut lui reconnaitre (à lui et son clan) qu'ils ont eu un impact positif sur la stratégie Sarko-Fillon d'origine. En intégrant la gauche au plan de néoFrance, ceux-ci ont atténué les mesures les plus extrêmes qui avaient été prévues. Il faut au moins les remercier de cela. Ensuite, on comprend aussi que ce sont les moins extrêmes qui ont été les plus facilement convaincus par les pressions ET d'abandonner de tels plans, mais que les vrais instigateurs de cette stratégie restent sur leur première lancée. Hollande a certes été intégré, mais il a contribué à adoucir les angles dans un premier temps plutôt qu'à suivre les plans initiaux de Sarkozy. Les gens sont rarement tout noirs ou tout blancs, c'est pour cela généralement que je

parle d'Élites extrémistes (les plus sombres) et d'Élites modérées (les plus raisonnables et qui ont quelques scrupules). Si Sarko et Fillon sont les fers de lance des premières, Hollande et Macron sont dans le camps des modérés qui ont abandonné les plans établis sous le mandat Sarkozy et sont aujourd'hui majoritaires. Comme je l'ai dit, Sarkozy et Fillon font de la résistance et sont acculés par les affaires. Ils sont dans la même position que Clinton, ils n'ont pas le choix, ils doivent gagner pour s'en sortir.

Dassault fait partie de la minorité des Élites qui n'a pas voulu capituler face à Macron (il décédera d'ailleurs assez vite après l'élection), et forcément qu'ils se retrouvent isolés et forcés le tout pour le tout.

Une chute inéluctable des institutions

Même si les ET garantissent par principe que cette élection sera réelle et sans triche, les carottes sont cuites et le résultat inéluctable : la France va devenir ingouvernable et être paralysée par une crise majeure. Elle sera le second pays de ce Système à tomber après les USA, et sa chute sera encore plus rapide. Trump a été élu plus tôt, mais les institutions US mettront plus de temps à se dissoudre. La France a toujours été prévue dans les prophéties comme la première à tomber, mais aussi à se reconstruire.

Un régime auquel plus grand monde ne croit

Les français sont formatés à être des rebelles épris de liberté depuis la révolution française afin de contrer un retour à la Monarchie, et ce formatage initial se retourne aujourd'hui contre ses promoteurs. Nous sommes Vercingétorix, nous sommes les coupeurs de tête des despotes, les portes étendards des droits de l'Homme et des libertés fondamentales, Paris la ville des lumières... Créer un peuple rebelle aux monarchies absolues, au favoritisme, à une Cour/une noblesse de parasites qui vivent au frais de la population qui soufre d'une économie difficile (famine nationale sous Louis XVI), au népotisme (je place ma famille et mes amis) et aux divers abus de la classe dirigeante (droit de cuissage des bonnes, justice à deux vitesses, corruption, guerres inutiles couteuses en vies etc...) a très bien fonctionné pour faire tomber l'Ancien Régime, mais avec le temps, la République est tombée dans les mêmes travers et vous pouvez faire facilement un parallèle entre les deux époques.

Dans ce contexte, la notion de représentativité s'érode avec les affaires, et les français finissent par reconnaitre l'Ancien Régime qu'on leur a appris à détester dans le système actuel. Le mépris pour le peuple (les "sans dents"), le gaspillage des élus et de l'argent public en général, le népotisme du Pénélopegate, les costumes à 13000 euros pendant qu'on tape sur les RSistes dans les médias mainstream. Cette érosion n'est pas nouvelle, elle a vu le jour sous les mandats de Mitterrand, le grand déceveur socialiste duquel le peuple attendait une solution "révolutionnaire" en l'élisant en 1981. C'est Coluche et la politique du "bonnet blanc et du blanc bonnet". Plus cet effritement de la confiance envers les politiques augmente, plus à la fois le vote contestataire et l'abstention progressent, et le risque c'est que le pays ne finisse par être gouverné que par des élus qui ne représentent plus personne.

Absence de votants

Le problème de la gouvernance de la France depuis quelques dizaines d'années c'est l'effritement de l'électorat, et notamment l'abstention. C'est une question de légitimité des élus, et c'est donc particulièrement vrai pour le président qui représente la République. Bien plus que le résultat final du vote, qui est de toute façon rectifié pour coller à ce qui est voulu par les Élites (voir le cas réélection de Sarkozy en réalité en 2012 par exemple), c'est le nombre de votants qui les terrorise.

On ne peut pas rendre le vote obligatoire en France, parce que justement les français sont attachés à la liberté (d'expression, de vote etc...). il existe alors plusieurs parades :

1) Diaboliser

méthode simple, faire monter le diable dans les sondages pour mobiliser les votants. FN ou Mélenchon généralement, mais plus inattendu, Sarkozy a été attaqué autant que possible en 2012, pour que les gens aillent voter contre lui. C'est très dangereux d'un point de vue démocratique, parce que voter contre quelqu'un, c'est ne pas voter du tout (on choisit d'exclure le candidat que l'on ne veut pas, mais du coup on accepte l'autre candidat qu'on ne veut pas non plus). C'est ce système qui a été mis en place aussi pour 2017, c'est pour cela qu'Hollande a TOUT fait pour attirer le plus fort taux de mécontentement (et passer pour un tout mou incompétent, ce qu'il n'est pas). La stratégie était que les français votent en masse contre le PS pour le sanctionner, peu importe le candidat d'en face. Cela garantit une abstention réduite, car les gens veulent punir l'ancien président et n'ont que ce moyen symbolique pour réellement s'exprimer.

2) Éclater l'offre électorale

Si il n'y avait que 2 partis comme aux USA (démocrates et Républicain), vu l'effritement de la confiance politique, l'abstention battrait tous ses records.

Comme une élection présidentielle ne serait pas validée si l'abstention dépassait un certain seuil au premier tour, le premier tour serait rejoué X fois, sans qu'un des 2 partis ne se démarque. On serait obligé de déclarer un gagnant illégitime qui n'aurait aucune assise pour gouverner. Ce serait la fin de la République, la fin de la démocratie à la française et une crise institutionnelle majeure.

En multipliant l'offre au premier tour (par exemple les pro-animaux de Brigitte Bardot, les pro-animaux intégristes pour ceux qui boycottent Brigitte Bardot, etc.), on s'assure que tous les votants potentiels trouvent un candidat qui leur plaît. Plus les idées sont différenciées des partis principaux, plus l'offre s'étale loin et empêche l'abstention du premier tour. On balaye large, de l'extrême droite à l'extrême gauche pour capter toutes les niches électorales, même les plus radicales ou hors clivage. Le but est le chiffre et le chiffre seulement.

Il suffit ensuite pour le second tour, de faire jouer la stratégie 1, en diabolisant/décrédibilisant un des candidats (Le Pen en 2002, Royal en 2007, Sarkozy en 2012, Le Pen en 2017). Ce sont tous des votes "contre" un candidat, même si c'est moins flagrant en 2007 que pour les autres (Voir Tapie qui avait révélé la dangerosité d'élire Royal).

Le danger principal est alors qu'un des partis périphériques poubelle prenne trop d'importance et devienne un danger pour les partis traditionnels. Deux solutions ont été naturellement trouvées, pour développer l'offre électorale, sans danger pour les marionnettistes qui dirigeront quel que soit le candidat choisi :

- harceler le candidat dangereux, comme ce fut le cas d'Olivier Besancenot ou de Coluche. On décapite le mouvement naissant.
- remplacer les têtes de ces partis par un fidèle agent double chargé de se torpiller en cas de besoin. Ce n'est pas pour rien qu'une fois Besancenot éliminé, Mélenchon a fait le forcing pour prendre la tête de la gauche radicale.

En effet, le remplacement de la tête émergente par un homme à soi, de reprendre le contrôle de toute nouvelle niche électorale émergente, permet d'assurer la variété, pour que les votes soient captés et ne tombent pas dans l'abstention, mais aussi soit contrôlée pour qu'elle ne fasse pas d'ombre aux partis principaux : Ecologie, Frexit, Conspirationnisme, Indentité nationale (chasse, pêche et tradition), Famille (on a failli avoir le parti "la manif pour tous" avant que cette tendance ne soit phagocytée par Fillon). Toutes ces tendances servent à ce que les électeurs trouvent dans le menu un plat additionnel qui les fasse voter, mais aucun n'est destiné à aboutir (grâce à la torpille à la tête, sabotant le parti qui ferait trop d'ombre à une des 2 partis dominants).

Plus la carte est variée, moins il y a d'abstention, c'est aussi simple que cela.

3) Focaliser sur l'importance de l'élection

Faire croire au public dans l'importance de l'élection en terme d'avenir, de changement ou tout autre argument qui fera de cet événement l'actualité incontournable, une question de vie ou de mort. C'est le rôle des médias de noyer le public dans du full-élection, que cela soit sur toutes les lèvres et à la une continuelle de tous les journaux TV. L'élection devient incontournable, et pire encore, on introduit dans l'esprit des gens que c'est LE moment majeur de la vie politique française.

lors de toutes les dernières élections, on s'aperçoit finalement que les promesses ne sont jamais tenues, que la politique du nouvel élu est en continuité avec celle du précédent et que ce sont toujours les mêmes stratégies économiques qui perdurent. En faisant de ces élections présidentielles un événement cosmique d'ampleur biblique, on hypnotise les gens qui n'attendent plus qu'une chose, c'est de départager les combattants de l'arène avec le pouce en l'air ou le pouce baissé, histoire de favoriser leur champion, alors qu'en réalité, dans les faits, la politique des gouvernements successifs est complètement indépendante du vote des français. On leur fait croire un moment qu'ils pourront changer leur monde, mais au final, la politique mise en place est une longue ligne plate et continue, et les élections sont complètement inutiles. Ce sont des non-événements par excellence qu'on fait passer pour des enjeux de vie majeurs afin de pousser les votants à prendre parti et à départager des chefs de pacotille mis en compétition dans les médias, mais

qui en réalité mangent à la même table. Pousser les gens à la confrontation de leur choix électoral, exacerber les opinions politiques chez les votants mis en concurrence, faire de l'élection l'événement clé de la politique du pays, et c'est s'assurer que l'abstention sera convenablement faible. Mettez un appât peu appétissant dans une rivière où il n'y a qu'une truite, et elle ne se déplacera pas. Jetez le même appât dans une rivière où il y a plusieurs truites en concurrence, et elle se battront pour le gober, peu importe le gout insipide de ce qu'elles avaleront. Leur but c'est d'être celle qui aura chopé le truc avant les autres. Vous pouvez même leur jeter un caillou qu'elles se rueront dessus et ne regarderont même pas ce qu'on leur a mis dans la bouche. Et bien les électeurs ont le même comportement. Plus on met les candidats en concurrence, plus les gens se déplacent pour faire passer leur champion ou couler celui qui est haï de tous. Ebay a bien compris la combine, puisque ce qui intéresse les gens est davantage de gagner l'enchère que le produit qu'ils achètent. Et les exemples se multiplient à l'infini. La légende raconte par exemple que Parmentier et les autorités de l'époque n'arrivaient pas à faire consommer de la pomme de terre au peuple, car la plante était considérée comme seulement ornementale. Il aurait suffit de poster des gardes devant le champs pour que les gens s'intéressent à ce qu'on pouvait y cultiver et finissent par voler en douce ce qui était gardé comme un trésor par les gardes du roi. [AM : idem avec la pseudo pénurie de vaccins en 2021, pour inciter les gens à se faire vacciner] C'est de la manipulation fondamentale, et avec l'essor des médias lave cerveau, c'est d'autant plus facile de créer l'événementiel incontournable, de figer les gens sur l'élection et d'en faire des fondamentalistes furieux et complètement subjectifs quand il s'agit de parler de leur candidat.

La nouveauté 2017 : intervention des ET

Est venue se greffer sur cette élection une troisième partie non attendue. Comme ils l'avaient expliqué, la stratégie des Élites françaises était au départ de créer une Union Nationale avec Hollande Président et Sarkozy Premier Ministre, le tout sous un état d'urgence qui allait finir à terme en loi martiale sous l'article 36 de la Constitution. Nibiru ni les catastrophes ne se pointant à l'horizon, l'état d'urgence a perduré dans le vide mais rien ne permettait de passer à l'Union Nationale. Par exemple, les frondeurs au parlement ont échoué à tomber Valls et à pousser Hollande à dissoudre l'Assemblée : or les nouveaux députés élus à coup sur bénéficié du vote sanction contre la gauche; auraient forcément donné une majorité à droite, donc un PM de droite, une bonne vieille cohabitation à la française prémices à l'Union Nationale indispensable à la mise en place de l'art.36. Plans contrariés avec une élection 2017 qui ne peut pas être reportée faute de raison juridiquement valable et d'un vote des députés frondeurs bidouillé par les ET pour que le vote de confiance de Valls réussisse malgré le 49.3 décrié par tous.

Une seconde stratégie de secours s'est alors formée : Sarkozy empêtré dans des affaires (on se demande aussi grâce à qui...), c'est son remplaçant numéro 1 qui prend la suite, Juppé, favori de tous les médias complices de l'arnaque du monde politique, alors que Hollande est descendu en flèche comme prévu dans le même temps. Stratégie de la diabolisation ou du contre vote sanction.

On pousse les gens dans les bras de l'autre en tapant sur le premier. Second impair, Juppé est éliminé par le vote des gens, et ce n'est pas par hasard que ces magouilles des primaires des républicains ont échouées, les ET ayant mis encore une fois leur grain de sel pour que le vote soit réel et non complètement truqué. Résultat, exit le favori des médias, et c'est Fillon, troisième sur la liste, qui est contraint (et content) de prendre la place. Or il est dernier sur la liste des remplaçants potentiels, car seuls des politiques ayant gouverné à très haut niveau sont au courant pour Nibiru, et donc peuvent faire partie de l'Union Nationale. Sarkozy ex-président, Juppé et Fillon ex-premiers ministres, ils sont forcément informés, et la liste ne va pas plus loin, il n'existe pas de plan au delà de Fillon. Les ET ont donc poussé le plan du côté des républicains à sa limite.

Arrive entre temps le grand méchant loup non attendu, Macron, champion du Marionettiste qui dirige le système financier global. Hollande, qui devait servir d'épouvantail pour pousser les français au vote sanction vers Juppé puis Fillon, ne se présente même pas, il sait que la stratégie est cuite d'avance, car il a bien compris à qui il avait à faire, inutile de lutter face à de telles puissances financières comme celle de la City.

Ce mouvement de capitulation s'amplifie de jour en jour, puisque aussi bien des gens de gauche comme de droite se ruent derrière Macron, ils ont tous leur sens de l'opportunisme en émoi et plient devant la loi du plus fort. Si un Juppé ne veut plus être le plan B (alors qu'il s'était présenté vainqueur convaincu aux primaires), ou que des vieux singes comme Hollande et Royal qui trainent depuis leur sortie de l'ENA dans les couloirs de l'Elysée, se mettent d'un seul coup en rang derrière le favori d'Attali, c'est qu'ils ont compris que les dés étaient pipés. Fillon résiste (d'où le harcèlement incessant contre lui), mais c'est une résistance d'arrière garde puisque tous les anciens plans d'Union Nationale pré-Macron sont perdus d'avance. Plus de fuite en Libye puis en Centrafrique, la donne a complètement changé.

Dans ce contexte, les ET veilleront à ce qu'aucun de ces partis ne fassent un hold up artificiel sur les élections en garantissant que ce soit bien le vote des français qui compte. Pas de triche suffisante pour faire basculer le résultat des élections.

Conclusion

Mais ce n'est que purement déontologique, puisque quoiqu'il arrive la France sera ingouvernable, à l'image de ce qui se passe avec Trump :

1. Si un des partis traditionnels gagne (Fillon, Hamon), le Marionettiste sanctionnera via le système économique, et ça fera très mal.

2. Si Le Pen gagne, ce sont et l'état profond (les partis politiques classiques) et le Marionnettiste qui sanctionneront, judiciairement/législativement et économiquement, et Marine le Pen sera confrontée à une crise économique majeure aussi bien qu'une crise institutionnelle (elle n'aura jamais la majorité des députés, et il sera impossible de nommer un PM de consensus).

3. Si Macron gagne, il sera récompensé par un boum financier et économique comme avec Trump (emploi, bourse, etc.) mais l'État profond luttera de toutes ses forces contre tous ses mouvements : justice, administration, et Assemblée s'ils peuvent, peu importe ce qu'il fera, ce sera démonté.

4. Cas très improbable, si un autre candidat périphérique gagnait à tout hasard (malgré son auto-torpillage), ils serait forcément attaqué par tout le monde. Un Asselineau ou un Mélenchon Président n'auraient aucune majorité, seraient attaqués par tous les partis et auraient une crise économique sur le dos. Même sort que pour Marine le Pen.

Comme dit au début de cet exposé, que vous alliez voter ou pas ne changera absolument rien au résultat, un effondrement institutionnel inévitable et une France ingouvernable, paralysée par les tensions politiques autodestructrices.

21/06/2017 – rencontre gendre Trump (Kushner) - Nethanyahu

Pourquoi Trump envoie son gendre plutôt qu'un diplomate ? Parce que la discussion en tête à tête qui va se dérouler ne peut être rendue public.

Sûrement que Jared a assuré Netanyahu de l'appui inconditionnel du plan de soutien aux annexions, en vue d'établir le Grand Israël. Une trahison de Trump envers son gendre, proche des Ultra-Orthodoxes Israéliens.

Harmo évoquait la possibilité que Jared evoque le plan de la City de Londres, Jérusalem une capitale à 2 États, se qui rendrait Netanyahu fou de rage, qui a oeuvré toute sa vie à se présenter comme le messie juif qui réaliserait le grand Israël, hâtant l'apocalypse comme le lui a demandé Loubavitch.

22/01/2019 - Traité d'Aix-la-Chapelle

Signature du traité d'Aix la Chapelle 2019, passé complètement inaperçu de la majorité des français. Ce traité est un préparatif pour une association encore plus étroite entre les pays de l'empire chrétien d'Occident (Illuminatis>Grands clans>Vatican>Monarchistes européens>Empire p.), la suite directe des manœuvres déjà exercées pendant la seconde guerre Mondiale : recréer en Europe un Saint Empire Romain Germanique. Un empire que Hitler a déjà refait temporairement, et que sa fille biologique Angela Merkel aimerait réaliser à nouveau (Les Illuminatis font TOUJOURS appel à des liens de sang dans le choix des dirigeants à leur service).

Pour remonter cet empire, les monarchistes européens se sont associé aux Illuminatis du Clan Bancaire Anglais de la City, dont le rôle a toujours été complètement ambigu à ce niveau (ils ont d'autres projets concernant le chef de l'empire en question, poussant Macron au sommet, pour mieux le faire tomber ensuite).

Empire Chrétien d'Occident sous entends aussi empire Chrétien d'Orient (p.), donc Jérusalem, que lorgnent les Illuminatis de la City et les Royalistes européens qui se sont alliés derrière Macron...

L'objectif commun Monarchistes européens et City est de relancer une forme de croisade au Proche-Orient afin de reprendre Jérusalem-Est, d'assurer la pérénité du Grand Israël, etc. Netanyahu est une gêne pour eux, puisqu'il est associé à la Cabale CBS (des traîtres aux Illuminatis de la City) et aux Khazars 2 (adorateurs de Moloch).

Le triangle formé par Angela Merkel, lors de ses rendez vous publics avec d'autres chefs d'État, est bien un signe illuminati. Il signifie en l'occurrence que l'"'affaire est sous contrôle", que les intérêts des Illuminatis derrière elle sont favorisés.

Les Altaïrans révèlent qu'Angela est dupée (les monarchistes européens ne veulent pas d'elle, et la City la trahira comme elle a trahi son père), mais qu'en plus, si sur le papier les choses vont dans le sens des Illuminatis, dans les faits, rien ne se passe vraiment comme prévu, et ils sont loin de contrôler la situation qui a davantage tendance à déraper.

03/2020 - Confinement mondial

Pas grand chose à rajouter par rapport à L0, la guerre entre les pro-Odin et les pro-Anu ayant provoqué des couacs et des aller et retours médiatiques qui ont révélé aux citoyens ce qui se passait en coulisse.

Nibiru la vraie cause du confinement

Rappelons qu'à l'approche de Nibiru, le but est de mettre, dans presque tous les pays, une Union Nationale, via un État d'Urgence, avec Limitation des Déplacements et Maintien à Domicile. Force est de constater que le confinement à permis tout cela. Il suffit juste de leur donner un adjectif ou un nom équivalent. L'[État d'Urgence] est "Sanitaire" - [Limitation des Déplacement]+[Maintien à Domicile], c'est le Confinement.

Les populations sous une [Loi Martiale] qui ne portera jamais ce nom, sous peine d'être rejetée.

le but est de renforcer le contrôle des populations jusqu'à la fin de l'année 2020, sachant que de nombreux phénomènes vont survenir d'ici là et que Nibiru devrait être difficile à nier en décembre 2020 - janvier 2021 (selon les dominants).

New Madrid et les tsunamis atlantiques, le vacillement toujours plus important de l'axe terrestre qui rend la météo de plus en plus aléatoire etc... sont autant d'éléments qui font craindre aux Élites (ultra-riches comme politiques et militaires) des mouvements de population, soit liées des émeutes, soit liés à des migrations (fuir les zones à risque, se mettre à l'abri ou tout simplement fuir un confinement en ville par exemple).

Pourquoi avoir déconfiné en mai ?

(20/04/2020) Compte tenu de la culture et de la psychologie humaine, un confinement ne pourrait pas être maintenu sur le long terme, surtout dans les démocraties occidentales. Les habitudes de vie, mais aussi une croyance très vive en ses libertés individuelles, ne pouvaient pas faire perdurer cette situation. Beaucoup <u>de signes ces dernières semaines</u> de ras le bol : de nombreuses entreprises ont repris leurs activités déjà la semaine dernière, et ce mouvement se confirme ce lundi. De même, avec l'arrivée de l'été, c'est de moins en moins tenable (Fête de la musique le 21 juin, mois de mai, et vacances d'été à l'horizon pour la France par exemple). L'échéance du 11 mai était inéluctable, car la lassitude se fait déjà sentir dans les foyers, notamment en France. Aux USA, même constat, puisque de nombreuses personnes manifestent pour la fin du confinement dans certains États, où le maintien des personnes à domicile est vivement contesté, une contestation soutenue par Trump lui même.

2 pistes se présentent donc pour les gouvernements/Élites :

Assouplir les restrictions

Mais il y a alors une perte de contrôle sur les populations, qui rend caduque ce qui a été mis en place jusqu'à présent. Relâcher sur ce point rendra très difficile de remettre en place un nouveau confinement, car les gens ont été très échaudés par celui qui est en cours, et qui est de moins en moins respecté. Les médias peuvent continuer à faire peur aux gens, ceux-ci feront de plus en plus la sourde oreille.

Il y a un ras le bol généralisé, et une crainte d'une grosse récession économique. Du coup, l'activité aussi bien privée que professionnelle reprend. A force de crier au loup, les merdias perdent en efficacité à convaincre (le débat pour/contre la chloroquine a fait des dégâts). Une sphère scientifique incapable de donner une analyse tranchée et cohérente sur le Coronavirus, lui fait perdre énormément de confiance de la part du Grand Public. La Science, qui se montrait comme toute puissante, dévoile en fait son vrai visage : dysfonctionnements, études aux conclusions contradictoires, politisation (alors qu'elle devrait rester neutre et objective), conflits d'égo, dictature des administrations (Inserm et...), batailles de coqs entre provinciaux et parisiens, main mise des lobbys (big pharma) et conflits d'intérêts évident et répandus. Dans ces conditions, la Science, comme réponse "à tout" en cas de problème, garante du Système, s'effondre, et avec elle l'intérêt des populations envers ce qu'elle peut bien affirmer.

Maintenir l'état de confinement coûte que coûte

Divers problèmes s'invitent :

- une population de moins en moins sensible à la peur du virus véhiculée par les médias. La propagande passe par une oreille et ressort par l'autre, par lassitude et par intérêt.
- Les gens dans une forme de déni de la pandémie parce qu'ils ne veulent plus la voir afin de recouvrer leurs libertés (ras le bol du confinement oblige, arrivée de l'été : fête de la musique, vacances, etc.). On ne peut pas convaincre des gens qui n'ont pas envie d'entendre, et les médias peuvent finir par crier au loup dans le vide.

Dans ce contexte, le Virus ne fonctionne plus aussi efficacement comme excuse pratique, il va donc falloir trouver un autre pilier de propagande, capable de maintenir les gens à domicile, ou du moins compléter l'effet de peur de la maladie.

Un événement "naturel"

Événement qui vient relancer le système (New Madrid, Impact de météorite, Tsunamis, etc.) mais dans ce cas, il faut que cela représente une menace globale et permanente.

Une récession économique

Soit on engage une autre hystérie, comme par exemple une vaste récession économique qu'on laisse volontairement se creuser (cafouillages des plans de soutien aux entreprises, résistance à mettre en place des aides financières, aussi bien en Europe qu'aux USA).

Aux USA, le fond d'aide aux petites entreprises est à sec car les démocrates refusent de le renflouer à nouveau, au grand désarroi de Trump. Le résultat pourrait être une explosion du chômage à des niveaux jamais vus, et donc une montée de la contestation populaire.

Idem en France, car derrière les promesses de prise en charge du chômage partiel des 9 millions de salariés concernés, les entreprises se retrouvent avec une épée de Damoclès au dessus de la tête qui pourrait se transformer en poignard planté dans le dos si l'Europe tarde/rechigne à payer, ou si les dites promesses ne sont pas tenues dans les faits !

Reconfinement

Le but est d'avoir une forme de Loi Martiale et une Union Nationale à l'approche de Nibiru en décembre/janvier 2020. Notamment pour prévenir des exodes massifs à l'approche des problèmes lié à Nibiru. Si les côtes atlantiques deviennent dangereuses, suite à des tsunamis Atlantique (non avoués dans un premier temps), comment juguler une relocalisation des gens fuyant pour leur sécurité ? N'a-t-on pas vu, lors du début du confinement le 16 mars 2020, un exode des villes vers les campagnes (résidences secondaires, famille) ? Plus d'1.2 millions de parisiens ont fuit la Capitale juste après l'annonce du confinement.

(23/04/2020) Ils auront recours à une seconde vague comme stratégie de la part des gouvernements, notamment en France. Cependant, la population commence à être immunisée, non pas au Covid-19, mais au discours officiel des politiques et des médias, et les couacs dans la communication médiatique, lors du premier confinement, laissera des séquelles. Un second confinement serait bien plus contesté que le premier, ce qui rendra bien plus délicat son application, sauf à durcir les sanctions (et dévoiler la loi martiale réelle, la disparition de la démocratie).

Mais il faut prendre en compte aussi les autres événements qui peuvent, et se grefferont probablement par dessus à un moment ou une autre : un impact de météorite, un ou des séismes importants et tout un tas de choses inhabituelles qui rendront les populations perplexes.

Sans compter qu'ils auront possibilité d'amplifier la crise économique, pour énerver les populations et provoquer des émeutes, qui justifieront un couvre-feu. Voir le classique False Flag, bien qu'un peu éventé de nos jours.

A voir suivant les décisions de chaque dirigeant et de leurs équipes, chose qui est liée au libre arbitre des individus et qui ne peut être prédite dans les détails. Si la volonté de contrôle de population est là, le "comment" effectuer ce contrôle à l'approche de la fin de l'année pourrait grandement varier d'un gouvernement à l'autre !

Juin 2020 - Crash de Magé

Il y a eu une rude bataille lors du confinement du COVID, qui s'est répercuté dans les sphères ET, avec la destruction de l'OVNI des têtes pointues à Magé au Brésil, fin mai 2020 (toutes les images montrées sont des fakes, mais la censure totale de Twitter sur le sujet montre que toute cette agitation des désinformateurs avait pour but de décrédibiliser et noyer les vrais témoignages sous les fakes). Selon Zétas, les têtes pointues, qui suite à la défaite des chapeaux noirs doivent évacuer l'Antarctique, ont tenté d'échapper à leur sort en passant dans notre dimension.

Pas de chance pour eux, la bataille ET fait rage en ce moment, en parallèle de la guerre sans merci que se livrent nos Élites dans les coulisses. Même si ce genre de choses se produit peu (voir les Védas hindous il y a 7000 ans), il semble qu'il y avait urgence sur ce coup.

Les ET bienveillants ont eu autorisation de la abattre à la vue de tous.

Les Zétas n'en disent pas plus, sinon que s'ils ont mis autant de temps à confirmer, c'est qu'ils étaient coincé du côté de leurs alliés humains.

Une grippe naturelle

Contrairement à ce que laissaient penser les apparences, cette mutation du coronavirus est naturelle, même si beaucoup de faits penchent vers l'hypothèse d'une bidouille génétique au labo P4 de Wuhan.

L'hypothèse du labo

le virus est apparu dans la seule ville chinoise disposant d'un laboratoire P4, inauguré par la France par Yves Lévy (dont le nom sera tellement impliqué dans la propagande gouvernementale anti-chloroquine). Cette inauguration a eu lieu seulement 2 ans l'épidémie.

Le professeur Montagnier, ou même Trump, penchent pour l'hypothèse d'une construction humaine, bien qu'il reconnaisse que l'équipe qui a fait ça est plutôt bonne, et disposait des outils de pointes de notre civilisation. Il s'appuie sur la très faible probabilité d'avoir un croisement de plusieurs espèces.

En effet, dans ce virus, les barrières naturelles de protection inter-espèces sont abolies. Un serpent infecté d'un virus compatible peut manger par chance une chauve-souris infectée elle aussi par un virus compatible avec celui du serpent, un pangolin infecté d'un virus lui aussi compatible peut manger par inadvertance les excréments de ce même serpent, juste après son repas de chauve-souris, mais les probabilités que les 3 soient infectés en même temps relève du miracle, surtout en sachant que le pangolin n'existe pas dans les régions où vivent les précédents animaux....

Que là dessus du génome du virus du Sida humain se retrouve mélangé diminue encore les probabilités très proche de zéro...

Une mutation naturelle

Autant les Zétas que les Altaïrans ont dès le début, confirmé l'origine naturelle du COVID-19.

Déjà, les virus humains ont toujours muté rapidement, perdant de leurs létalité. Ce virus s'est montré assez stable dans le temps. L'hypothèse d'une construction naturelle s'en retrouve renforcée.

Comment expliquer ce croisement de virus improbable ? Tout simplement en regardant comment marchent les marchés humides de Wuhan : une aberration humaine d'où se sont déjà échappés de nombreux coronavirus précédemment, au point que toutes les études des illuminatis prenaient l'hypothèse d'une nouvelle résurgence de ce type de virus, les conditions des marchés n'ayant pas été changées.

Marché humide

le Covid-19 n'est pas une fabrication biotechnologique, mais un concours de facteurs lié à un environnement particulier. Les décryptage du génome du Virus montre des traces de plusieurs hôtes, chauves-souris, pangolin et humains... entre autres. Cela est connecté à la culture même de la ville de Wuhan, où ces animaux sauvages étaient vendus vivants sur les marchés, tués et cuisinés sur place, avec une hygiène digne des pires conditions du plus sombre du Moyen Age.

Ces animaux étaient souvent issus de captures illégales, dans les forêts tropicale d'Asie du Sud-Est, et c'est notamment le cas du Pangolin, une espèce protégée, ce qui n'empêchait pas sa dégustation dans la province du Hubeï. Ces animaux, comme beaucoup d'autres, sont porteurs de virus et notamment de virus de la famille des Coronavirus. Normalement, ces agents pathogènes sont propres à une espèce et ne se retrouvent jamais en contact les uns avec les autres... sauf sur le marché de Wuhan, où les animaux tués sur place faisaient des marchés de la ville des mares

de sangs et de tripes, lesquelles étaient nettoyées par jets d'eau.

Cette vidéo montre bien les conditions affreuses de ce type de marché : Des milliers d'espèces différentes, élevées dans des conditions déplorables, des animaux affaiblis et malades, découpés n'importe comment, les abats tombant à terre et se mélangeant entre eux, le sang coulant à flot et les gens piétinant dans ce sang, le tout sur des tables en bois ou bambou jamais nettoyées, à l'air libre, aucun gants, ni masque (ni charlotte pour les cheveux !) pour ceux qui découpent (ou même les clients qui triturent la marchandise avant de se décider), les normes d'hygiènes européennes des abattoirs aseptisés avec uniquement de l'inox et des soudures lisses sont très, très loin... Wuhan est une ville

Cette eau souillée se retrouvait stagnante dans les égouts avec les eaux usées domestiques, dans un environnement chaud et humide typique du milieu tropical humide, si bien que cette "soupe" nauséabonde a permis à des fusions de génomes diverses de se réaliser.

Ces virus mutants sont passés à de multiples reprises chez des hôtes humains (dont des sidaïques), s'adaptant à chaque fois avant de nouveau être rejetés dans les eaux usées, et chaque prototype naturel du Covid-19 devenait de plus en plus virulent. Ce cycle a permis au Covid-19 de s'adapter à l'Homme, alors qu'au départ, les virus dont il est issu étaient spécifiques aux animaux réservoirs.

Pourquoi pas avant ?

Pourquoi les Chinois mangeaient des chauves-souris avant et ça ne se produisait pas ?

Déjà, beaucoup de maladies nouvelles émergent régulièrement de Chine depuis 2000, donc on ne peut pas dire que ça n'arrivait pas avant !

Ensuite, les gens (ça c'est général à tout le monde sur la planète) se comportent comme leurs parents il y a 50 ans, quand la population mondiale était la moitié seulement de la population actuelle. Ou comme leurs grands-parents, quand la population était le quart de celle actuelle...

La population de Wuhan a triplé en 40 ans. Quand vous relâchez 4 fois plus de sang dans les mêmes égouts, statistiquement, les mélanges génétiques entre virus augmentent très fortement.

Mélanger ensemble le sang chaud de centaines d'espèces, élevées dans des conditions de promiscuités déplorables (la chauve-souris sous les hangars aux milliers de porcs, déféquant dans l'auge des cochons), à un rythme quotidien et dans des volumes que jamais la nature ne pourrait atteindre (11 millions de personnes concentrées à Wuhan, dans une ville de surface réduite, le marché qui génère des tonnes de sang pour ces 11 millions de personnes dans le même marché rikiki), c'est chercher la catastrophe...

Et concernant les protéines identifiant le VIH, un virus originellement présent chez les chimpanzé d'Afrique ? Tout simplement que l'épidémie de Sida est mondiale, et que les sidaïques du marché de Wuhan, qui ont contracter le virus mutant (et n'ont pas su le combattre avec leur système immunitaire déficient) ont permis au coronavirus de s'adapter au corps humain, et de s'allier avec d'autres virus humains présent dans le corps...

Ces sidaïques vecteurs sont probablement des vendeurs, captant le virus, le faisant muter, puis le redonnant soit aux abats de leurs animaux, soit directement à leurs nombreux acheteurs via les produits sur lesquels ils ont toussé, voir juste respiré, qu'ils ont touché avec leurs mains, etc. Un des risques du Sida qu'on ne nous explique pas : si en effet le virus est difficilement transmissible, il peut se glisser dans un autre virus qui lui, est transmissible par l'air.

Qui est le vrai responsable ?

On le vois, c'est surtout nos conditions de vie déplorables qui ont généré ce virus : consommation d'animaux sauvages, trafic illégal et traditions de la ville de Wuhan.

Mais il est plus facile d'accuser un savant fou (qui existent, vu que H1N1 de 2009 était un virus de laboratoire) que remettre en question l'aberration du système dans lequel on vit...

Bref, nos sociétés sont un peu trop hygiénistes, mais n'oublions pas pourquoi nous avons développé ces normes draconiennes, ni le fait que si seuls dans la Nature, on peut faire ce qu'on veut, entassés à des millions au même endroit, les règles d'hygiènes doivent être méticuleuses... sinon, comme pour les lapins trop entassés, un virus apparaît et clairsème les rangs, un mécanisme naturel de régulation des écosystème, pour éviter qu'une des espèce surpeuplées ne détruise tout...

Le Gouvernement chinois n'a pas créé directement le Virus, mais le laisser faire à Wuhan notamment de la vente d'animaux sauvages vivants interdits et protégés rend responsable le gouvernement de la province, et par extension le Gouvernement Central.

Ce virus survit à son hôte dans certaines conditions et pendant un certain temps, notamment en milieu humide. Les employés d'assainissement du marché de Wuhan ont été multi-contaminés, mais pas forcément les vendeurs. On sait aussi que l'eau usée peut contenir le Covid-19, cela a été prouvé à Paris dans l'eau de la Seine. Or les égouts comme les rivières contiennent des organismes qui peuvent abriter le virus, et forment une réserve de contamination, notamment des employés qui gèrent les eaux usées et les gens qui tirent leur eau directement des ruisseaux-rivières en aval, soit pour eux mêmes soit pour leurs animaux. Or ces animaux domestiques étaient aussi vendus sur le marché avec des animaux sauvages locaux (grenouilles, carpes etc...), ce qui complète le cycle et renforce le virus. Les commerçants du marché ne sont pas les premières cibles, ils en sont simplement la source. Ils sont en contact avec les coronavirus primaires, ceux qui infectent les animaux sauvages MAIS, si cela reste asymptomatique pour l'Homme, cela ne veut pas dire pour autant qu'ils n'infectent pas l'organisme du sujet de façon provisoire. L'individu ne développe pas la maladie, mais il peut être vecteur sain. Tout le souci de ce virus vient du cycle des eaux usées, dans lesquelles le virus peut survivre plusieurs semaines voire des mois, via des hôtes intermédiaires asymptomatiques, allant de la bactérie au rat d'égout en passant par l'Homme. Le problème ici c'est l'hygiène de l'eau. Peut être qu'on s'apercevra d'ici quelques temps (et si on nous en parle un jour) que de la nourriture en provenance de Chine a permis de diffuser le virus dans le Monde entier, et pas forcément directement ou complètement via les déplacements des personnes contaminées d'un pays à l'autre.

Labo P4

Ce Labo a juste été implanté sur la zone la plus probable d'émission du futur virus naturel, dont les États profonds voulait se servir pour utiliser une pandémie artificiellement montée. Ils espéraient d'ailleurs que le virus soit plus mortels que le COVID-19, ce qui aurait favorisé le mensonge médiatique, et l'amplification du moindre mort pour augmenter la peur au sein de la population.

Son implantation, seulement 2 ans avant, résulte simplement de la volonté des dominants de faire une pandémie mondiale basée sur rien. S'ils avaient décidé de lancer toute cette mascarade en 2012, ils auraient construit le labo P4 dès 2010. Et c'est le MERS qui aurait alors servi de chiffon rouge, bien plus dangereux avec ses 30% de mortalité (ce virus avait été confiné dès le début à l'époque, comme on le faisait depuis longtemps, ce qui avait empêché sa diffusion).

Cela dit, il est possible que le labo ai détecté un virus il y a quelques années, contenu, puis que ce virus ai été relâché au moment le plus opportun pour l'État profond. Certains gènes du coronavirus (99% celui du pangolin) étaient présents sur de vieilles versions de ce virus, mais ne montraient pas les dernières mutations de ces dernières années...

(01/05/2020) Bien entendu que le virus a été repéré par le laboratoire P4 très tôt, et qu'il a été étudié là bas. Oui, ce laboratoire avait bien des souches de Civid-19 et des prototypes naturels dont il est issu, mais ils ne l'ont ni fabriqué artificiellement, ni échappé dans la Nature.

Trump le sait très bien. Il a les preuves que le laboratoire P4 avait connaissance de ce virus bien avant la pandémie officielle en Chine et qu'il en détenait des souches. MAIS, le laboratoire n'est pas la source de contamination. Trump joue comme à son habitude aux échecs avec la Chine, et se sert du laboratoire P4 pour faire pression sur le gouvernement de Pékin. C'est une stratégie politique, pas une vérité absolue. Le Président américain essaie de négocier avec Xi Jiping en avançant sur ce terrain, parce que comme Q l'a précisé, la Chine a "acheté" l'OMS entre autre. N'oubliez pas non plus que les Chinois détiennent une grande partie de la dette américaine, et que Trump souhaite surtout faire revenir les emplois délocalisés aux USA. S'il peut par dessus cela avoir un substantiel dédommagement de la part de Pékin, il ne va pas se gêner. N'oubliez jamais qu'entre le discours officiel et la réalité, il y a souvent un grand fossé. C'est le jeu politique et de la négociation, à ne pas prendre pour argent comptant.

Trump a des preuves car c'est lui qui a financé les travaux du P4. C'est pour cela qu'il faut prendre toute cette affaire de "responsabilité" avec du recul.

Prolonger et amplifier la grippe

Dissémination volontaire

(30/03/2020) C'est un peu le flou dans la guerre souterraine qui est menée dans le monde à l'approche de Nibiru, l'épidémie de COVID-19 a vraiment redistribué les cartes entre les chapeau blancs qui nettoient les Élites corrompues (c'est pour eux une opportunité), et ceux qui tentent de maintenir leur corruption effective.

La contamination du séminaire évangélique de Mulhouse est criminelle, et non naturelle.

Une contamination de la nourriture ou de l'eau est tout à fait envisageable. C'est la seule chose logique qui puisse expliquer une contamination générale, ce que n'aurait pas pu réaliser une seule personne contaminée. De même, d'où venait cette personne ? La recherche du patient zéro reste infructueuse, et cela à raison, puisque il n'y a pas de patient zéro, vu que la contamination était criminelle.

L'infographie le montre bien, la contamination est partie de l'Est de la France pour aller disséminer partout ailleurs, notamment à Paris où une bonne partie des évangéliques du séminaire était originaires. A part une petite centaine, tous les autres étaient venu des alentours de Mulhouse, ce qui explique ces spots particuliers de contamination.

Une preuve indirecte tient dans le fait que les bateaux de croisières qui comptaient des cas de COVID-19 n'ont pas vu tous les croisiéristes prendre le virus. Et pourtant il y a plusieurs milliers de personnes (1500 à 6500) dans une grande promiscuité. Alors comment expliquer une contamination générale dans le rassemblement évangélique, si ce n'est pas une source de contamination généralisée et non une transmission directe de personne à personne.

Possible que ce soit le cas également en Espagne et en Italie, puisque on a vraiment des spots rouge cramoisis bien déterminés (Bergame en Italie par exemple). Cela pourrait expliquer le manque de préparation du/des gouvernement/s, qui pensai(en)t bien gérer la propagation. A leur décharge, l'action artificielle qui a été menée est un gros coup de poignard dans le dos.

Si le virus est naturel, la propagation en Europe est criminelle [AM : et aux USA aussi semble-t-il, puisque plusieurs foyers d'infection partent des communautés évangéliques là aussi].

Les 2500 personnes qui ont participé au rassemblement évangélique de Mulhouse ont été toutes contaminées, et cette contamination n'est pas possible par simple proximité dans une si grande proportion.

Responsable, le même groupe religieux chrétien des évangéliques fondamentaliste, qui a mis le feu à Notre Dame de Paris (donc pas le gouvernement), et qui souhaite déclencher une guerre de religion.

Si la France, l'Italie et l'Espagne sont particulièrement visées par les contaminations criminelles, c'est qu'elles sont des piliers du catholicisme. Déclencher l'Apocalypse par une attaque directe sur ces pays (comme Notre Dame, un haut symbole religieux catholique), n'est pas un hasard. L'objectif est de faire tomber ces pays dans le chaos et y entraîner le Vatican.

Actions dépendent des maîtres occultes

Nous avons un indice sur quels groupes d'Élites contrôlent quels pays :

- France, Espagne et Italie ont mis en place les mêmes mesures, ont fait preuve des mêmes négligences et sont dans une surmortalité analogue à cause des mêmes défauts (manque de masques, faiblesse des tests, refus de la chloroquine).
- L'Allemagne fait bande à part, avec ses pays satellites.
- Au Royaume Uni, Johnson suit les pas de Trump, c'est aussi très clair.

De bons indices pour situer où/qui sont nos "maîtres".

Refus de soins

Le refus de toute solution évidente et peu onéreuse de soin, au profit de solution perdues d'avance, frôlant même le ridicule. L'essai clinique européen Discovery est une mascarade.

Si un traitement peu cher et disponible existe, pourquoi ne pas l'utiliser ?

Pourquoi les médias tireraient-ils à boulets rouge sur ce traitement, alors qu'il fonctionne non seulement in vitro, mais en plus a été prescrit pendant des décennies sans ordonnance et à tout va, à tout touriste qui partait en voyage dans un pays touché par le Paludisme ? Bizarrement, un médicament "banal" devient dangereux juste parce que le Covid-19 est arrivé ? Logique fondamentale. Cela prouve bien qu'il y a une

volonté de se servir du Covid-19 pour autre chose, et tous les moyens sont bons pour maintenir la peur. Si l'hydrox+ est efficace, la panique retomberait ainsi que le nombre de décès !

On s'est même aperçu que la chloroquine provoquerait l'éclatement des globules rouges. le médicament existe depuis 80 ans mais on vient juste d'en trouver un grave effet secondaire ? Tiens donc ! Mais à qui sont donc inféodés les grandes institutions comme les agences du médicament ? De nombreux scandales l'ont prouvé, elles ferment les yeux sur des études bidons que leurs fournissent les grands labos par rapport leurs molécules. Médiator ça vous parle ? Que deviennent les biologistes et autres scientifiques qui travaillent dans ces administrations une fois finie leur mission ? Ne leur propose-t-on pas de bonnes grosses places dans les mêmes labos dont ils ont auparavant jugé les produits sur des études incomplètes ou biaisées ?

Si Trump a été aussi sarcastique avec son "eau de Javel dans les Poumons" ou "UV dans le corps", c'est parce qu'il était irrité que les labos cherchent encore des solutions souvent fantaisistes, un "TOUT sauf Hydroxychloroquine+antiviral". IL critiquait ainsi les solutions loufoques proposées par Faucci (qui pour sauver sa peau des tribunaux militaires, a joué le jeu de rendre visible la corruption qu'il avait pratiqué des décennies durant).

Il est clair pour beaucoup qu'on ne veut pas soigner les gens, mais maintenir un état de panique et de saturation des systèmes de Santé.

Le nombre de plaintes envers le gouvernement français prouve à lui seul que les gens ne sont pas dupes sur la gestion de cette "Pandémie", une mauvaise grippe comme cela se produist régulièrement.

Dans le même temps où le gouvernement interdisait la chloroquine, les ministres et l'armée se faisait soigner avec la chloroquine : les soldats doivent vite redevenir opérationnels, mais les civils doivent être plongés dans la panique pour maintenir un état de psychose. Si la CHQ+ était publiquement admise comme traitement dès les premiers stades du virus, la panique et le nombre de décès seraient-ils aussi élevés ?!

Trafic des chiffres

Le jonglage des statistiques, la qualité douteuse des résultats de tests, etc.

Une chèvre et une papaye révélées Positives au Covid-19.

La saison grippale n'a jamais été aussi douce, avec un nombre de morts minime... transfert de mortalité d'une maladie à l'autre, vu que les symptômes sont proches et les tests bidons. On a vu aussi les accidentés de la route, les cancéreux en phase terminale, les vieillards en fin de vie, les crises cardiaques, toutes être placées dans la case COVID. Au final, la mortalité reste la même que les années précédentes.

Or les statistiques sont la base de la propagande des médias mainstream, avec leurs "scores", au point qu'on se croirait dans un jeu télévisé.

Combien aussi de faux témoignages circulent, des gens mythomanes qui en rajoutent pour passer dans ces journaux, bien content de trouver des éléments en leur sens, jusqu'aux cas inventés de toute pièce avec des acteurs, y-a-t-il une limite ?

Complicité du monde scientifique

La complicité du monde scientifique lié à l'État/certains groupes ou aux grands labos.

On le voit bien avec l'hydroxychloroquine, où des labos disent complètement noir et d'autres complètement blanc. La Science est politisée, comme les médias. Journalistes et scientifiques sont volontiers des mercenaires toujours en recherche de financement, ce qui rend toute étude/information suspecte.

Construction médiatique

La panique paranoïaque soutenue par les médias.

Bug dans la narrative

Sacrifice de la sacro-sainte économie mondialisée que ces mêmes personnes ont soutenu comme une religion pendant des décennies. Quand le vent tourne aussi vite, c'est qu'il y a anguille sous-roche. Si le PIB est sacrifié, c'est que derrière il y a un enjeu encore plus massif.

Déclenchement de la panique à l'heure voulue

Le Virus circule depuis bien plus longtemps qu'admis. Mais en Octobre Novembre 2019 par exemple, c'était "trop tôt" pour une arrivée de Nibiru fin 2020. Sa "découvert" a été retardée, le temps de retirer la chloroquine de la vente libre, de supprimer les stocks de chloroquine (disparus sans que personne ne sache où) et de masque (destruction soit-disant "par erreur", permet la propagation du virus via les personnels soignants et forces de l'ordre) et de tests (pratique pour ne pas connaître la mortalité réelle, et annoncer des chiffres gonflés pour faire peur, ou encore ne pas soigner correctement les infectés, laissant se développer l'infection chez les plus fragiles), d'arrêter les outils de production de la chloroquine, puis carrément d'en interdire la prescription en cas de COVID (fausse étude du Lancet), sous peine que le médecin qui la prescrive soit radié de l'ordre des médecins. Et pleins d'autres joyeusetés de ce genre...

On ne peut pas maintenir une population en confinement plus d'un An, car même si une "seconde vague" sera un prétexte pour remettre une couche de confiture hystérique sur la tartine pandémique, les gens ont mal digéré le premier opus. Probablement qu'un reconfinement se fera à l'automne, peu avant Nibiru (visible en fin d'année 2020 d'après les calculs des Élites). Les médias nous le rappellent souvent, ce re-confinement est un secret de polichinelle !

01/09/2020 : mutilation chevaux, vaccins, méningites à venir

Pourquoi les Russes ont déjà un vaccin prêt ? Parce qu'ils ont fait un vaccin. Juste un vaccin. Ce n'est pas le but du clan d'en face, les Zéta nous en avait déjà parlé pour les plans de Bill Gates : le but est de tuer, mais lentement, pas tout de suite (ce qui prend du temps à développer, notamment les nouveaux vaccins à ARN, dont on sait déjà qu'ils peuvent modifier le génome de l'hôte, c'est à dire changer l'ADN du vacciné). Comme pour la tentative d'empoisonnement de Trump, le poison doit agir avec retard, histoire que le goûteur qui prend les risques ne meure pas tout de suite, afin de rassurer les autres.

Le vaccin est de toute façon inutile (une épidémie sans malades, un coronavirus qui mute plus vite qu'on ne peut produire le vaccin), alors autant ne prendre aucun risque, même avec le vaccin russe (qui de toute façon, va être interdit ailleurs dans le monde, comme la chloroquine, pour nous inciter à prendre le produit qu'ils veulent, notamment le moderna, qui a l'air d'être le pire).

Ne vous laissez pas avoir : l'argent ne vaut plus rien, tout le monde en haut le sait : ce n'est donc pas pour les profits faramineux qu'ils se battent...

Les tests : ils contiennent des particules nocives, et sont souvent infectés : non seulement ils peuvent obtenir votre ADN, mais surtout ils enflamment la barrière de protection du cerveau : épidémie de méningite à prévoir en 2021.

Évidemment, vous connaissez nos dirigeants sans honte ni remords : toutes ces maladies neurodégénératives qui vont apparaître seront mises sur le compte de "séquelles dues au COVID"...

Volonté de transhumanisme : comme avec la puce implantée d'Elon Musk, ces tests qui deviennent publics, ont plusieurs décennies de développement dans les black programs... Ceux qui vous vendent les énergies libres, on sait que le but est de continuer à se couper de la Nature, à suivre le grand architecte...

Ce sera d'autant plus difficile de se couper de ce monde, qu'il va commencer à devenir sympa : comme l'a fait Hitler en 1932 (voir mon post de ce jour sur mon mur), ce système va sembler s'améliorer d'ici la fin de l'année, nous vendant de belles promesses de reconstruction... sur des bases toujours aussi bancales (propriété privée des moyens de production, donc contrôle du système complet par des personnes dont nous ne connaissons rien, ni leurs buts réels, et sur qui le peuple n'a aucun pouvoir, si ce n'est de suivre en aveugle).

"Vous êtes à présent le taureau dans l'arène. Ne vous battez pas contre un ennemi, mais pour le respect de votre libre arbitre et de vos choix."

L'image du taureau est aussi bonne que celle du poisson : une fois ferrée, on le fatigue, en tendant puis en relâchant : un coup du COVID en peur, un coup du Raoult, de nouveau des interdictions, des publis annulées, puis remises, etc.

Sacrifices de chevaux

Tortures de chevaux (157 cas en quelques semaines) mises en avant par les médias, donc des attaques qui servent les puissants : "semer la peur, la souffrance, et collecter cette immense et sombre énergie pour la retourner contre vous. Ils utilisent donc l'amour et la noblesse de l'animal qui symbolise la liberté pour étrangler ce qui vous reste de vie lumineuse ou libre."

En réalité, tous les types de mammifères conviennent (et on les voit se rabattre sur des chèvres, moutons) mais ça secoue moins le public (se nourrir de nos émotions) si on égorge un cochon comme on le fait déjà des milliers de fois par jour dans un abattoir...

Le réseau qui fait ça sont des professionnels (connaissent parfaitement comment gérer les chevaux, sont capables de mettre à terre les propriétaires qui s'opposent aux mutilations). Les attaques se font partout en France (donc pas un fou solitaire), et nos moyens policiers sont incapables de les arrêter (arrêt des enquêtes en haut lieu, comme avec la pédophilie de réseau de haut niveau type Dutroux ou autre Serial Killer type Francis Heaulmes, où l'hypothèse du fou solitaire ne tuant que pour sa consommation personnelle est systématiquement retenue...).

Comme pour les affaires d'état dont on veut cacher la réalité au public (du genre les drones-OVNI), on arrête des suspects (aussitôt relâchés après que tous les médias aient relayé l'info) juste pour faire croire que la police enquête, et que ces actes peuvent être fait par n'importe quel citoyen lambda.

S'ils sont protégés comme les pédosatanistes, peut-être alors s'agit-il du même réseau ?

On sait que les premières attaques de chevaux ont eu lieu le jour d'une importante fête sataniste.

Que le mode opératoire ne correspond pas aux mutilations de bétails des années 1970-1980 (à l'époque, le black-program sur le nano-anthrax prélevait uniquement les organes du système digestif (langue, joues, morceaux d'intestins, anus), ceux où se concentrent les nano-particules d'anthrax pulvérisées par chemtrails dans l'environnement).

Nous n'avons pas de récupération de viande comme c'était le cas quelques années avant, des groupes mafieux shuntant les abattoirs.

Ici, les animaux sont volontairement effrayés, torturés, lacérés, et l'oreille droite est coupée, comme dans les sacrifices du taureau de Mithra (corridas).

Ce que les médias avouent à demi-mot, mais sans le dire, c'est que les animaux sont égorgés et vidés de leur sang. Or, que retrouve-t-on en masse dans le sang d'un animal torturé (douleur), effrayé (stress et peur) ? Bingo ! l'adrénochrome (adrénaline oxydée, une puissante drogue).

Qui étaient de gros consommateurs d'adrénochrome ? Qui a vu les réseaux d'approvisionnement d'enfants se tarirent ?

Pour rappel des cas les plus emblématiques, depuis 4 ans que Trump est au pouvoir, on a vu la fermeture de la ferme à enfant de Jean de Dieu au Brésil, fermeture de la frontière Mexicaine et des passeurs d'enfants kidnappés venant d'Amérique du Sud, 80 000 enfants retrouvés dans des tunnels après l'explosion de Beyrouth, des centaines de réseaux démantelés et des milliers d'arrestation de kidnappeurs et de pédophile, etc. etc.

S'ils en sont réduit à se rabattre sur des chevaux, c'est que d'autres plus puissants ont du installer en urgence des filières d'approvisionnement depuis la France : loi bioéthique du 01/08/2020, autorisant de sacrifier les nouveaux-nés, comme ça avait été le cas le 22/01/2019 aux USA (quand Trump avait asséché les filières remontant aux pédosatanistes de l'état profond). Quelque part, quand on voit qu'aux USA, ça avait été suivi par l'arrestation d'Epstein et de l'ouverture des tunnels de Central Park, on peut penser que le nettoyage commence à s'amorcer en France aussi. Mais nos stars ne sont pas encore squelettiques comme aux USA, ce n'est que le début...

On peut noter qu'en Belgique, l'autre grand pays du satanisme US, on a aussi des tortures de chevaux.

Moins en Allemagne, suite au grand nettoyage depuis avril, et la fameuse invasion de l'ancien domaine Rothschild en forêt noire.

08/09/2020 : Le plan derrière la pandémie

En hypnose régressive, Mathieu Monade récupère cette info, en discutant avec Odin : il y avait plusieurs plans derrière le COVID (d'une pierre 3 coups) :

- Éliminer tous ceux qui "coûtent" à la société (ça, on l'a vu dans les EPHAD, ou avec les jeunes avec soucis de santé grave).
- Pulvériser sur les continents des nano-particules + virus, soit pour nous contaminer directement, soit pour déclencher des virus latents. Est-ce que les avions privés qui quadrillaient la France au début du confinement étaient là pour ça ? Sont alors apparus des OVNIS, qui ont aspiré les particules balancées.
- Les labos pharmaceutique profitent de la manne financière que leur donne les États, pour, au lieu de travailler sur le vaccin du COVID, travailler sur l'ADN (un vaccin dépendant de l'ADN ?). Les tests COVID de grande ampleur sont d'ailleurs là pour récolter l'ADN de toute la population (mutants, hybrides, enfants indigos, ADN plus que 2

brins, peuple élu, branches royales, etc.) sachant qu'un frottis nasal, douloureux et dangereux, ne se justifie pas pour le COVID (le test salivaire suffit car le virus est dedans, mais est moins riche en ADN...). Une fois l'ADN anormal détecté, ils envoient alors des entités énergétiques regarder qui est incarné dans ce corps (la preuve que science et énergétique font très bon ménage dans ce black programs CIA type remote viewing !).

- Tous les êtres égoïstes profitent du COVID pour se déchaîner et faire le plus de morts possibles, à leur petit niveau individuel. Nul doute que l'accélération des exécutions secrètes des tribunaux militaires des Q-Force fait partie de cet ensauvagement des égoïstes, de même que les agressions gratuites dans la rue...
- Rendre malheureux les gens, comme les personnes en fin de vie en EPHAD, ne pouvant recevoir la visite de leurs enfants. Autant d'âmes mourant dans la détresse, la peur ou la haine, et qui sont plus facilement récupérées par les ET malveillants, vibrant trop bas au moment de leur mort.

La canal décrit Odin émotionnellement comme un enfant de 6 ans, qui considère que la Terre lui revient de droit. Elle décrit de la folie furieuse.

Cette désintégration des plans néfastes, par les ET bienveillants, vient de l'optimisme de ceux qui savent que tout va bien se passer, qui veulent voir un monde qui s'en sort, qui veulent voir de l'amour et solidarité. Le réveil (comprendre ce qui se passe dans le monde, savoir qu'on n'est pas tout seul dans cette bataille) est important pour donner corps à nos envies de monde meilleur (l'Appel, qui permet aux ET du même camp spirituel d'intervenir). Du coup, les tentatives d'attaques sur l'homme sont comme un feu qui s'éteint de lui-même, des balles qui ne trouvent pas de point d'accroche et retombe au sol sans faire de mal à celui connecté au grand tout, qui oeuvre au bien commun.

L'enquête date du 15/08/2020. A cette époque, pour les dirigeants, c'était encore le flou sur la conduite à tenir. Ils imposent pour ne pas se voir reprocher qu'ils n'ont rien fait.

10/2021 : planning prévu Agenda 21 / Grand reset

10/10/2020

L'agenda 21 est un mix entre la Chine communiste, l'URSS d'après Staline, et le régime nazi.

Justin Trudeau, alors premier ministre en exercice, accusé par zetatalk de vendre le Canada à la Chine. Les Zétas confirment les volontés expansionnistes chinoises sur le Canada proche de la Chine. Au même moment, la NZ et l'Australie ont réellement mis en place des camps de détention pour ceux qui refuseraient le test, à la durée de détention illimitée.

Le COVID est une bonne excuse pour hâter la mort des petits vieux, comme on le voit aujourd'hui (Rivotril, surdosage de paracétamol, non soin des pneumonies, voir absence de nourriture). Il faudra pour cette mascarade que les lanceurs d'alertes honnêtes des réseaux sociaux aient été neutralisés, et que l'opposition contrôlée, type Raoult ou Asselineau, montrent leur vrai visage et retournent leur veste...

Réforme et extension du programme de chômage pour faire la transition vers le programme de revenu de base universel (au final, les populations sont plus pauvres qu'avec les aides précédentes).

Mutation projetée du COVID-19 pour février 2021 (ce qui a été vérifié avec le variant indien, ingénierie résistante à la chloroquine qui avait évité un gros nombre de morts en Inde en 2020), et / ou co-infection avec un virus secondaire (appelé COVID-21) conduisant à une troisième vague avec un taux de mortalité beaucoup plus élevé et un taux d'infection plus élevé.

Ensuite, ruptures projetées de la chaîne d'approvisionnement, pénuries de stocks, grande instabilité économique. Pour rappel, l' "event 201", organisé par Davos, avait eu lieu en octobre 2019. Organisé avec le centre John-Hopkins, le Forum économique mondial et la Fondation Bill et Melinda Gates, il s'agissait d'un exercice qui prévoyait une épidémie mondiale causant la mort de 65 millions de personnes. Quelques jours après, les militaires des jeux olympiques mondiaux militaires étaient contaminés avec le covid-19, et ramenaient tous ke virus chacun dans leur pays...

Alors que cette rupture des stocks, prévue pour l'automne 2021, avait fuité en octobre 2020, on apprends qu'il y aura bien une simulation, "Cyber Polygone 2021" le 09/07/2021, réunissant une dizaines de pays, sous l'initiative de Davos toujours, comme l'"event 201". Scénario : des cyber attaques généralisées provoquant un effondrement de la chaîne d'approvisionnement du monde occidental. Le plantage de l'evergreen au printemps 2021 nous en a déjà donné un avant-goût.

Vous vous doutez bien que les pénuries alimentaires ne vont pas se faire sans grognements des populations... Déploiement de personnel militaire dans les principales régions métropolitaines, ainsi que sur toutes les routes principales. Points de contrôle (sur les rond-points par exemple) pour contrôler tous les déplacements. Limiter les déplacements. Fournir un soutien logistique à la région.

Parallèlement au déroulement précédent, les lois travail Macron vont entrer en jeu : licenciements facilités, travail 60 heures par semaine, jusqu'à 11 h par jour. Comme beaucoup de réveillés vont quitter leur poste, ceux qui n'auront rien vu venir, continueront à soutenir le système, et seront exploités jusqu'à la moelle.

Vol des terres des citoyens

Pour compenser l'effondrement économique à l'échelle internationale, les gouvernements vont offrir aux citoyens un allègement de leurs dettes personnelles (hypothèques, prêts, cartes de crédit, etc.), y compris de la dette publique illégitime qui pèse malgré tout sur le dos de nous tous. Pour que les trop riches ne perdent pas trop, tous les pauvres et classes moyennes vont tout perdre...

En échange de cette remise totale de la dette, l'individu :

- perd la propriété de tout, pour toujours. Il devient esclave, car sa maison et son jardin ne lui appartiennent plus, il doit payer le voleur Ultra-riche pour continuer à jouir de ce qui lui appartient pourtant de plein droit...

- doit également se soumettre aux prélèvements ADN (sous couvert de test COVID), éventuellement au puçage (ou plutôt une pièce d'identité avec photo HealthPass biométrique), et au calendrier de vaccination COVID-21. En échange de quoi, cet esclave marqué pourrait retrouver la liberté de se déplacer et vivre sans trop de restrictions (mais qui reviendront vite...), un droit de base à la base... C'est comme s'ils nous coupaient gratuitement une jambe, et qu'il fallait les remercier le jour où ils daigneraient nous vendre une jambe de bois pourrie...

Les biens confisqués deviendraient la propriété de "tout le monde", entendez par là ceux qui possèdent le système, et prennent les décisions. Ce seront des comités non élus, genre la commission européenne, plus besoin pour eux de se cacher désormais.

Les gros agriculteurs deviennent tout puissant dans la campagne proche des villes, grâce à la mécanisation à outrance, les pesticides et les "fermes à 1 homme" (vision des transhumanistes).

Les humains libres

Et pour les individus refusant de participer au programme, il est du devoir du comité local de s'assurer que cela ne se produise jamais. Ceux qui refusaient vivraient, en premier temps, indéfiniment sous les restrictions de verrouillage (sous couvert d'un pass sanitaire par exemple). Rapidement, ceux qui refuseraient ce programme seraient considérés comme un risque pour la sécurité publique, et seraient transférés dans des établissements d'isolement, où ils auraient 2 options: plier et être libérés, ou rester à vie dans ce camp de déportation, sous la classification d'un risque grave pour la santé publique, et tous leurs biens seraient saisis.

Concentration en ville

L'interdiction de construire à la campagne va s'amplifier, obligeant les gens à se concentrer en ville. Ces villes (smart-cities, enclaves high-tech) seront attractives, car pleines de gadget et de trucs bling bling qui brille, attirant les citoyens comme le feu les papillons de nuit. Les nouveaux arrivants vont s'entasser dans des petits appartements "connectés, écologiques et fonctionnels", les "tiny flats".

Comme les voyous continueront à rester impunis, les populations demanderont elles-mêmes à construire les barbelés de protection, et les miradors de surveillance. Tout sera surveillé par les caméras et les voisins vigilants. Il sera trop tard quand ils s'apercevront que leur zone de résidence s'est transformée en camp de concentration, et qu'ils sont coincés à l'intérieur...

Des centres urbains (villes-prisons) où toute la population est concentrée et facilement surveillable (objets connectés, smart grid), où le contrôle des foules n'est plus nécessaire : en cas d'émeutes, on cesse la fourniture de vivres...

Destruction des valeurs traditionnelles

Comme tous les protocoles, l'Agenda 21 est une multitude de règles et lois, cachant la dictature sous un bel emballage de sauvegarde de la diversité, de la nature, de retour à la spiritualité New-Age égoïste.

Les ONG de rachat de terres pour les littoraux ou les réserves naturelles, sûrement les éco-lieux visant à capter les premiers esclaves en fuite du système, ou encore la transition énergétique locale via les programmes comme les programmes "petites villes de demain", c'est l'agenda 21. Voir l'exemple de l'infiltré Pierre Rhabi, le système n'a jamais hésité à envoyer des décennies à l'avance des soldats à eux pour verrouiller les portes de sorties qui s'offriraient aux premiers réveillés.

[Zétas] Trudeau a vendu le Canada à la Chine

Suite à un traité de fin 2019, depuis le début de 2020, la Chine masse discrètement ses troupes sur plusieurs points de la côte Ouest Canadienne, officiellement pour protéger les investissements vitaux chinois au Canada.

Dans la mesure où la Chine achète des produits agricoles au Canada, cela pourrait être considéré comme une invasion. Trudeau a été remplacé par une Doublure en 2019, et vendre le Canada pour son profit personnel était l'un de ses crimes. La Chine a-t-elle l'intention d'envahir les USA ? Le prochain Pole Shift offrira de nombreuses opportunités, l'une d'entre elles étant la disproportion de la population entre la Chine et le continent nord-américain. La Chine compte 1,3 milliard d'habitants, les USA et le Canada seulement 0,357 milliard. Le détroit de Béring se trouvera sur le nouvel équateur après le 2e pole-shift, un court saut dans les terres pratiquement inhabitées de l'Alaska et du nord du Canada. Donc oui, l'invasion chinoise des terres aujourd'hui désertes est prévue.

03/11/2020 - 2 coups d'États

Si je veux prendre le pouvoir et appliquer une dictature terrible, que vaut-il mieux faire ?
- faire un coup d'État sur le calife (fausse pandémie, Loi Martiale), prendre les risques militaires et être impopulaire ?
- ou laisser un autre vizir renverser le calife, appliquer un régime dur, se mettre les populations à dos, puis ensuite arrêter ce vizir (qui était en réalité un acteur payé par moi), redonner un peu

des colossales richesses volées au peuple (tout en continuant à le saigner sans vergogne), puis m'installer tranquillement sur le trône vacant du calife, prenant les rênes de la dictature qui vient d'être établie, lâchant un chouilla la bride, puis laissant le peuple m'acclamer en sauveur, sans que le peuple ne me demande quel système hiérarchique je vais mettre en place derrière. Je leur promet un peu de paix, de nettoyage de planète, un petit concert de pipeau et de blablatages devant les dizaines de milliers de personnes, et ils se rendorment, toujours esclaves...

L'ombre vient faire ses premiers prélèvements. Ciblés, ceux qui portent le masque sans se poser de question, obéissant sans réfléchir. Les meilleurs : ceux qui vont se faire tester d'eux-mêmes, des champions du monde...

- "Bon, on a réinstauré la paix, sécurisé le proche-orient, viré les méchant trafiquants d'enfants, on donne un revenu universel pour tout le monde. Tenez, 2 000 euros par mois sans rien faire. Faudra juste cocher ici.
- Ouais, génial, trop bien, avec plaisir !"
Plus tard (trop tard...)
- "Eh, c'est quoi cette baguette de pain à 20 euros ? Pourquoi je dois bosser 60h par semaine ?"

Résumé : Les Q-Forces vont laisser faire l'État profond un temps, tout en révélant progressivement leurs méfaits, avant de stopper la dictature en marche, pour nous présenter un monde 10 fois mieux que celui proposé par les États profonds.
Mais 10 fois mieux, ça reste loin de la perfection, non ?
L'État profond (le pire chemin que pouvait prendre l'humanité) est de l'histoire ancienne, il est temps nous aussi de dévoiler qui se cache derrière les nouveaux vainqueurs...

Une bonne façon d'expliquer les choses :
- Antichrist : États profonds satanistes (Service à soi extrême)
- Antéchrist : Q-Forces lucifériennes (service à soi modéré)
- Christ : Jésus (altruisme, service aux autres)

Perso, j'ai toujours trouvé bizarre que l'apocalypse dénonce l'antéchrist, ça semble si (trop) facile à déceler... En me disant que si j'étais à la place de l'antéchrist, j'aurais mis quelqu'un avant moi, pour jouer le rôle de l'antéchrist, afin d'ensuite me présenter comme le christ-sauveur...

En parlant du site internet "Un autre futur", ça fait plaisir de n'être plus tout seul à le dire : Macron est bien allié à Trump, et ces prétendus sauveurs ne sont là que pour vous offrir un esclavage soft au lieu de dur.
Odin étant une âme très évoluée, connaissant très bien la notion de respect du libre arbitre d'autrui : plutôt que d'imposer ses vues aux autres, on les amène juste à nous suivre et à nous servir d'esclaves, en leur balançant régulièrement des banalités New Age, sans en révéler trop, en restant à un niveau très bas, avec juste 2-3 cliffhanger pour tenir l'esclave en haleine (voir les feux de l'amour, qui durent depuis 50 ans, pour une histoire ne vous apprenant rien au final, même si elle est riche en rebondissements).
C'est pourquoi le vaccin ne sera pas imposé, mais Odin laissera la majorité signer tacitement le contrat en renonçant à réfléchir par soi-même, en laissant d'autres nous guider.
D'une manière générale, ceux qui se détachent de ce système ne seront pas poursuivis par Odin, il veut des esclaves dociles pour plusieurs incarnations encore.

Extrait du texte :
"Le cours des événements s'accélère ! Bientôt la plupart des humains ordinaires perdront de vue le tableau d'ensemble. Tout laissera penser [poudre aux yeux] que les [Q-Forces] sont venues pour délivrer des enfants, libérer des esclaves, puis sauver la population du mensonge viral puis, oh miracle, pour apporter la paix et améliorer le monde. En vérité, la véritable intention de ce corpus, sera d'instituer une nouvelle forme d'autorité et de contrôle qui sera souhaitée et approuvée par quasiment toute la population mondiale."

Les prophéties disent que tous seront trompés par Odin. Dans quelques jours, on vous révélera publiquement les méfaits des États profonds, le plan agenda 21 qui sera mis en place pour que les populations comprennent de visu à quoi elles échappent, puis que juste après les pénuries, les émeutes, la loi martiale, les génocides des vieux, l'effondrement, laissés faire un temps, parce que Q a expliqué que des fois, il fallait vivre 'expérience pour comprendre.

les Q-Forces viennent et restaurent un peu le monde d'avant, qui aura le réflexe de leur demander quel monde ils veulent mettre à la place ?

Peu poseront les questions judicieuses : qui est ce dieu censé protéger le pays, comment les populations surveillent leurs dirigeants, comment s'assurer que les citoyens soient correctement informé, pourquoi basé la monnaie sur l'or et pas sur l'heure (de travail), pourquoi les banques sont toujours privées, pourquoi le riche possède toujours le bien commun, etc. etc.

Par exemple, si j'ai toujours soutenu Poutine ou Trump (en comparaison de ce qu'il y avait en face), maintenant qu'ils n'ont plus d'ennemis, je me sens de moins en moins libre de parler ouvertement de spiritualité comme je le fait dans cette publi... VK appartenant à quelqu'un et pas au peuple, il ne faut pas non plus se leurrer...

Pour finir, un conseil judicieux de ce texte : "ne pas laisser ce qui se passe dans votre monde extérieur, "entrer à l'intérieur de vous"…

Autrement dit, continuez à vous informer suffisamment (sans excès) de ce qui se trame dans le monde extérieur, pour savoir le cas échéant, opérer une manœuvre, prendre une décision, ou si vous devez accomplir quelque chose, pouvoir le faire en pleine conscience des événements.

Mais faites cela sans rester attaché à la tournure que prennent ces événements extérieurs !"

"Ne vous laissez pas atteindre émotionnellement par les événements extérieurs. Ils ne sont que des illusions toujours inscrites dans le plan matriciel, mais ne font plus partie de votre réalité."

"Apprenez donc simplement à focaliser votre conscience sur l'idée d'un monde différent [donc donner de l'énergie à ce monde meilleur] et portez vos efforts sur votre œuvre, votre création !"

Liste des liens pour le grand reset (le reset appliqué par Odin, la grande restitution/réinitialisation, sera moins pire que l'autre, c'est tout).

World Economic Forum COVID Action Platform
WHO Simulation training exercise
Event 201
John Hopkins - Statement about nCoV and our pandemic exercise

Rockfeller Foundation Scenarios for the Future of Technology and International Development

Le TIME s'est associé au Forum économique mondial pour demander à des penseurs de premier plan de partager leurs idées sur la manière de transformer notre mode de vie et de travail.

Options des élections US (22/11/2020)

[Zetatalk] Pour que le public américain comprenne ce à quoi l'administration Trump a été confrontée, il faut le guider dans l'obscurité pour qu'il voit la [fausse] lumière.

Après l'échec d'un canular de collusion russe, des tentatives de destitution, des tentatives de coup d'État et une tentative d'empoisonnement du président, après d'interminables fausses nouvelles et de faux sondages - une bonne partie du public américain [et du reste du monde] ne connaît toujours pas la vérité.

L'élection de 2020 a été considérée par les satanistes comme leur dernier espoir de reconquérir les États-Unis d'Amérique, et donc de revendiquer le monde.

Quelles sont les options qui s'offrent à Trump et aux militaires ? :

Stratégie 1 - Semblant de normalité

Tout faire pour que le public ne soit pas au courant, et éviter de passer en jugement de la cour suprême. Inciter les États à annuler eux-même la fraude, recompter et à trouver les bons chiffres d'eux-même, les médias ravis de détourner le regard comme à leur habitude.

Option 1 : empêcher le vote postal

Convaincre les États et le public que l'option du vote par correspondance universel n'était pas sûre [pour qu'il soit abandonné d'eux-même par les États corrompus]. Si les bulletins de vote par correspondance sont sécurisés (à la demande de l'électeur, et ce dernier doit présenter une pièce d'identité et une vérification de sa signature), ce n'est pas le cas du système de vote par correspondance universel : des millions de bulletins de vote retournés par des anonymes sans aucune vérification. L'apposition systématique du terme "fake news" sur ces révélations a fait échouer cette option.

Option 2 : Retrait de Biden

L'acteur, jouant Biden pour les chapeaux blancs, se retire de la course juste avant l'élection. Cela aurait obligé le parti démocrate à élire un autre candidat, et à détruire tous les bulletins de vote par correspondance déjà imprimés. Les électeurs auraient du se présenter aux bureaux de vote, empêchant les millions de fantômes des votes par correspondance universelle de s'exprimer... Il fallait que le retrait soit aussi proche que possible de la date de l'élection du 3 novembre. Quelques jours avant l'élection, Biden a annoncé qu'il n'allait plus faire campagne, et des rumeurs ont circulé selon lesquelles Hunter aurait été hospitalisé. Le décor était planté, mais Biden a soudain recommencé à faire campagne, les militaires ayant choisis d'écarter cette option.

Option 3 : Recomptages

Procéder à des recomptages dans les États où le résultat était litigieux, comme la Géorgie, le Michigan et le Wisconsin. Mais comme la Géorgie l'a rapidement montré, les fonctionnaires de l'État préfèrent mentir plutôt qu'admettre la vérité, et ont rapidement changé les règles pour empêcher que les résultats initiaux truqués puissent être remplacé par un recomptage non truqué (refus de certification).

Les recomptages (payé par Trump à hauteur de 3 millions de dollars) ont rapidement montré l'ampleur de la fraude. La différences est tellement flagrante qu'elle a fait peur aux fonctionnaires, qui étaient responsables du bon déroulement. C'est pourquoi ils ont préféré refuser de certifier les résultats du recomptage, pourtant image du vrai vote des américains.

Cette option est un échec jusqu'à présent, mais possède encore un atout : l'opération Sting du filigrane des bulletins de vote n'a pas encore été révélée.

Option 4 : Attendre les divers jugements

Demander aux États d'arrêter de certifier les résultats initiaux, tant que tous les recomptages et les procès (comme les États où il y a plus de votants que d'électeurs possibles, que faire des morts qui votent, etc.) n'ont pas été faits. Mais vu les États qui se précipitent pour certifier avant que la vérité n'éclate, cette option est mal partie elle-aussi.

Option 5 : Relâcher le Kraken

Kraken = Nibiru

Pourquoi avoir appeler "Kraken" le supercalculateur Cray qui a servi a retrouver la fraude électronique de Scytl ?

Pourquoi l'équipe de Trump menace de "relâcher le Kraken" ?

Le Kraken est un monstre aquatique géant (sorte de pieuvre/calmar, des mêmes légendes scandinaves que celles qui décrivent Odin), similaire au léviathan juif (à la fois monstre marin des profondeurs qui remonte en surface à la fin des temps, à la fois monstre cosmique ressemblant à Nibiru).

Le Kraken détruit tout sur son passage, dans une fureur aveugle, une bête fauve lâchée sans savoir jusqu'où elle ira en destruction, ni si elle ne va pas se retourner contre celui qui l'a lâché.

On pourrait penser que les Q-Forces faisaient référence à la colère populaire, mais Poséidon (Odin) avait le pouvoir de relâcher le kraken (Nibiru) comme une calamité sur des hommes qui ne l'avait pas assez bien servi.

Il semble donc bien que le mot Kraken est utilisé dans son sens Nibiru.

TRDJ et Q semblent penser que grâce à leur coopération avec les ET, ils peuvent manipuler Nibiru à leur guise... Ils menacent peut-être aussi leurs adversaires de faire une Annonce de Nibiru...

Montrer la fraude

Il faut présenter l'ampleur de la fraude au public américain, et mettre les responsables de la triche sous les verrous. C'est exactement ce que l'équipe juridique représentant Trump a fait, en se rendant sur les grandes stations de médias. Présentation de Sidney Powell et de Rudy Giuliani montrant au monde entier une fraude électorale massive et coordonnée : Observateurs républicains pas autorisés à observer le comptage des votes, machines de vote fabriquées par Dominion qui utilisent un logiciel fabriqué au Venezuela sous la direction d'Hugo Chavez. L'avocat Sidney Powell CONFIRME que les serveurs de Scytl en Allemagne (après transit en Espagne) ont été confisqués.

Dans la mesure où ces arguments sont maintenant devant le peuple, cette option est un succès.

De nombreuses démissions chez les hauts fonctionnaires USA, le démantèlement progressif de la CIA, montrent aussi au public qu'il se trame quelque chose de lourd dans les coulisses, et que le nettoyage est efficace.

Option 6 : Les grands électeurs votent contre le président officiellement choisi

Les grands électeurs sont choisis par les assemblées législatives de leurs États respectifs. Ainsi, le fait que les États de l'Arizona, de la

Géorgie, de la Pennsylvanie, du Michigan et du Wisconsin ont tous des législatures républicaines est important. Il est légalement possible que les votes montrent que Biden a gagné, mais le Collège électoral vote Trump.

Une option à éviter, car reviendrait à trahir le vote populaire (même si le peuple est conscient de la fraude, et que Biden n'est pas le vainqueur).

Stratégie 2 : CS (Cour Suprême)

Les Zétas estiment inévitable ce passage depuis juillet, voir la juge Ruth remplacé au dernier moment.

Secret défense

Ce sera surement via une procédure sous scellé (huis clos, c'est à dire secrète) et seulement quelques fraudes avouées au public, sans dévoiler toute l'ampleur de la triche, et son implication mondiale.

Option 7 : Annuler les bulletins frauduleux

Tous les bulletins de vote envoyés par voie postale sont déclarés inconstitutionnels. Ils sont retirés, et les États seront obligés de procéder à un nouveau décompte des voix sans ces bulletins.

Option 8 : élection annulée, vote de la chambre

Élection invalidée pour cause de fraude massive (surtout qu'un décret de Trump en 2018 annule automatiquement l'élection en cas d'ingérence extérieure, et les serveurs bidouillés en Allemagne est une ingérence d'un pays étranger), c'est le vote de la chambre des représentants qui détermine le vainqueur. Chaque État obtient une voix, et il doit voter en fonction de la ligne de son parti pour cela. Il y a plus d'États républicains (30) que d'États démocrates (20), Trump gagne.

Bon anniversaire JFK ! (22/11/2020)

Pédosatanisme révélé à la télé USA

L'un des plus grand avocats américains, Lin Wood, annonce, en direct à la télévision, "que de hauts responsables politiques se sont livrés à la pédophilie et au culte satanique à Washington, DC".

Fraude massive et médias trompeurs

L'avocate Sydney Powell semblait faire partie de l'équipe de campagne de Trump, car elle était apparue avec Gulianni pour apporter les preuves qu'ils avaient dans une conférence télévisée.

L'équipe de campagne a révélé qu'elle ne travaillait pas pour eux, les médias ont titré qu'elle avait été virée (espérant décrédibiliser ses révélations), et à la fin de la journée, elle a révélé qu'elle n'avait jamais fait partie de l'équipe de Trump, qu'elle n'était ni républicaine ni démocrate, et que le recours en justice concernait des députés corrompus des 2 partis. Que seule la défense des citoyens, la justice et la volonté de faire tomber l'État profond motivait son action.

Les juges des cours suprêmes des États corrompus ont refusé de tenir compte des procédures concernant les fraudes, les procès vont donc remonter à la cour suprême fédérale, pro-Trump...

TRDJ suspendu de twitter

Le compte Twitter de TRDJ a été suspendu, une première depuis 2009 semble-t-il. Zetatalk (préalablement confirmée par le MI anglais qui pilote TRDJ, a pris le relais sur Twitter, en disant que "la vérité ne peut être suspendue", que rien n'arrêtera le Kraken

Enquête mondiale sur les fraudes électorales

Le général Flynn (travaillant avec Sydney Powell) révèle que les serveurs Scytl en Allemagne ont bien été récupérés, et que l'enquête sur la fraude des USA va aider le monde entier, la plupart des pays étant victimes de la fraude électorale électronique depuis des années. La France par exemple, avec en 2012, le vote électronique des Français de l'étranger surtout, en plus des machines à voter électronique en "test" dans différentes villes, malgré les nombreuses allégations de fraude qui pesaient dessus. Pour rappel, Les Altaïrans révèlent que Sarko était élu en 2012, malgré son sabordage volontaire au dernier débat (le but était de faire passer des lois d'ultra-droite par un faux socialiste, sans que les syndicats ou les médias ne brassent trop...).

Pour empêcher que le vote des Français à l'étranger ne soit utilisé pour faire passer Fillon au premier tour, ce vote électronique a été interdit en mars 2017. 12% Français ont bien votés Macron au premier tour...

Pas de triche possible entre le centre de dépouillement et la préfecture, comme beaucoup de réinformateurs l'ont cru : Ces résultats de la préfecture sont publiés sur internet, et n'importe qui peut s'assurer que ce sont les mêmes résultats que ceux issus du dépouillement de son bureau de vote local. Il reste toujours des triches à gauche et à droite, mais les Altaïrans avaient révélé qu'elles n'avaient pas impacté le vote des Français en 2017. La City ne dévoilerait pas sa propre triche si elle l'avait fait (inutile de tricher quand on possède tous les médias et instituts de sondage...).

Attali et réseaux sociaux

Jacques Attali a répété, les jours d'avant, son envie de nous supprimer nos libertés, de casser Facebook, du moins l'usage que nous en faisions pour rétablir la vérité en shuntant les médias aux ordres du pouvoir en place. Google est dans le collimateur.

CIA assassinée

Memo 57 : La CIA assassinée le jour anniversaire de l'assassinat de JFK. Oeil pour oeil... Ce mémo avait été mis en place par JFK, il avait pour but de couper le financement de la CIA. JFK est mort assassiné par la CIA avant d'avoir pu l'appliquer (principalement parce qu'il allait révéler les ET de Roswell, puis pour le dollar hors FED).

La CIA avait déjà été démantelée les jours d'avant ce dimanche, mais ce mémo vient donner le coup de grâce, appliqué par Trump le jour anniversaire de l'assassinat de JFK. Ça fait un peu loi du talion...

Découverte boîte à vibration (monolithe de l'Utah)

Une boîte à vibration extra-terrestre anti-séisme a été trouvée par hasard au milieu des USA, sur une faille, dans un endroit désert (c'est l'hélicoptère qui comptait le cheptel qui l'a découverte), les Zétas disent qu'elle servait, elle et beaucoup d'autres, à éviter que les séismes de San Andreas ne se répercutent trop sur la faille de New-Madrid. Le but est d'assurer que les révélations diverses (fraudes, pédosatanisme) ne soient pas parasité par les USA qui se coupent en 2 au niveau du Mississipi...

Elle est fermement plantée dans le sol, dans une crevasse ne permettant pas, semble-t-il, d'y amener des engins pour la planter. De plus, avec plus de 3m dépassant du sol, ce n'est pas un petit objet... La ressemblance frappante avec le monolithe du film "2001", sa propreté parfaite et sa construction sans soudure visible, ne laissent guère de doute sur la technologie avancée qui a permis sa construction... Que les médias en parlent est un signe par contre...

Réunion aftertime

Une réunion secrète qui a fuité, entre les grandes stars de l'après Nibiru : NEOM, Netanyahu, le chef du Mossad, MBS, Pompeo (Trump).

Préparation à Noël (12/12/2020)

L'élection ne sert à rien

(janvier 2021) L'équipe Q et les militaires et civils qui la composent ne forment pas la Junte militaire (des généraux qui composent le nouveau gouvernement secret), même si les deux fonctionnent ensemble (et ont des membres communs).

Les fraudes électorales de 2020 ont permis un bon nettoyage aux USA, c'était un des objectifs prioritaires. Mais maintenir Trump président n'en faisait pas partie. A très court terme la junte prendra le pouvoir aux USA quand le pays sera en Etat d'Urgence Catastrophe. Donc peu importe Trump ou Biden.

Trump convient parfaitement à la junte militaire, parce qu'il coopère étroitement avec eux (voir les Q-Proofs, où Trump confirme qu'il travaille avec les militaires. Mais pour la junte militaire, Trump n'est pas la seule option. Trump ou la doublure de Biden sous leurs ordres, ça leur va aussi.

Pour les militaires, seul le résultat compte, ils ne se soucient aucunement de la morale électorale ou de respecter la constitution, sachant très bien que de toute façon, le principe de représentant ne veut rien dire, c'est toujours l'État profond qui gouverne (ou la junte en cas de coup d'État) : la démocratie a toujours été bidon...

Leur objectif principal reste la survie de leur pays et des populations, si cela doit passer par un défaut constitutionnel ou une morale élective non respectée, c'est un moindre mal. La preuve, ils ont fait un coup d'Etat. Était-ce constitutionnel de renverser un Président ?

La Constitution US est déjà caduque (le président n'a quasi plus de pouvoir depuis septembre 2015), alors peut importe le vote, c'est une mascarade. La Junte n'a pas été élue et concentre déjà tous les pouvoirs, et le fera quoi qu'il arrive par la suite : l'opinion du public n'a aucune place dans cette réalité.

La seule injustice en laissant Biden serait de ne pas récompenser le soutien des Q-Anon, ce serait insulter leur investissement personnel.

La loi martiale est une obligation

De nombreux événements graves se préparent (comme New-Madrid), et la Loi Martiale deviendra une obligation. Celle que nous avons actuellement en France sous prétexte du COVID-19 est mensongère, car elle ne dit pas ses vrais objectifs, mais au final elle devra être institué aussi quand les catastrophes vont frapper l'Europe.

Pointages sur le 24 décembre

26/11/2020 : Les médias n'ont quasi pas parlé de la décision de Trump, sans justification digne de ce nom, de restaurer les exécutions à mort fédérales, tout en restaurant des horreurs comme l'électrocution, la pendaison ou le peloton d'exécution. 18 ans que ces exécutions avaient été suspendues... Cette décision prend effet le 24 décembre, veille de Noël.

11/12/2020 : Une veille de Noël bien spéciale, vu que Trump l'a déclarée jour férié fédéral, les fonctionnaires n'allant pas travailler 2 jours d'affilée (11 jours fériés au lieu de 10). Sans justification toujours, et toujours sans relais des médias. A noter que Trump avait accusé ses adversaires, en 2016, de vouloir "sortir Noël de Noël" : fin 2020, les médias ont relayés en France l'idée de fêter Noël en juillet.

Préparation à la loi martiale

Depuis octobre, Trump menace les États fédéraux, qui laissent les BLM et antifas tout casser, d'établir la loi martiale et d'envoyer l'armée.

Le décret pris en 2018, qui spécifie que l'ingérence d'un pays étranger dans l'élection serait considérée comme un crime de trahison, sur lequel la Cour suprême (CS) ne pourrait statuer, imposant le passage devant les tribunaux militaires.

Le 12/12/2020, Trump tweetait que la CS avait été trop lente à traiter les preuves de fraude, et que ce sera maintenant DOA (acronyme ayant plusieurs signification, mais pouvant aussi faire référence à l'appel à l'armée).

11/01/2021 - Les arrestations de masse

Des militaires ont été déployés en masse à Washington, et de nombreuses arrestations sont en route (des coupures de courant volontaires sont faites pour rendre sourds et aveugles les coupables afin de les pincer sans qu'ils puissent prévenir leur réseau). Des enfants, mais aussi des militaires du PCC, ont été retrouvés sous les tunnels du Capitole.

21/12/2020 - Que représente le 21/12 ?

Le retour de Saturne (que j'appelle Odin) [symb] était prévu à des dates particulières, comme la superposition de Saturne-Jupiter de ce soir...
On y apprend que lors des saturnales (le sol invictus romain, c'est à dire le 21 décembre), l'exercice physique était interdit (le repos forcé hebdomadaire des juifs et chrétiens) et il fallait jeûner (voilà pourquoi salles de sport et restaurants sont parmis les seules activités interdites dans le confinement actuel...).
Les enfants étaient initiés au culte du jeun à 6 ans, d'où le port du masque dès cet âge.
Les dates où Trimp puis Biden sont entrés en campagne répondaient aux contraintes astrologiques du culte de Saturne.
Le 21 décembre, c'est aussi l'anniversaire de Macron. Ils sont capables de changer le nom de leur future marionnette plusieurs générations avant (Macron = Monarc), et de programmer son heure de naissance, juste pour satisfaire à leurs règles astrologiques. Le pape françois est né le 17 décembre, jour d'ouverture des saturnales (le 24 décembre en étant la fin).
Sur les représentations de l'Égypte antique, Re (planète Jupiter) et Set (planète Saturne) adoubent Horus (Odin / dieu Saturne ou Jupiter selon les époques) en joignant leurs mains (conjonction de ce soir). Pour nos dominants, c'est le signe d'une nouvelle ère (grand reset).
Dans l'ancien temps, les mythes racontaient l'histoire du bon dieu qui se battait avec son frère mauvais dieu, le bon dieu était tué, puis renaissait au 21 décembre en battant le mauvais dieu.
Dites-donc, avec ces batailles chapeaux noirs - chapeaux gris, vous ne nous auriez pas rejoué le coup du Soleil invaincu qui renaît de ses cendres ?

05/01/2021 - Julian Assange

[Zétas] Seth Rich a été brutalement assassiné en 2016, de même que 6 autres lanceurs d'alerte démocrates, qui ont remonté les malversations faites par l'État profond. Ces assassinats étaient une vengeance pour empêcher que les documents recopiés sur le serveur du parti démocrate ne deviennent publics. Mais Seth Rich les avait déjà passés à Assange de WikiLeaks, ce qui a donné le scandale des e-mails d'Hillary Clinton.

L'ambassade d'Équateur, qui hébergeait Assange, a été menacée, et Assange a du quitter l'ambassade

847

et a été arrêté par les Britanniques en 2019, sous prétexte que Assange était recherché mondialement par les USA pour divulgation de documents secret défense. Arrêté sous prétexte de l'extradé aux USA, Assange est finalement resté dans les geoles anglaises, dans un confinement serré (interdiction de parler à toute personne extérieure, que ce soient les journalistes, ou même sa famille ou ses avocats).

Hier, un juge britannique a de nouveau refusé la demande d'extradition des USA, en prenant une excuse bidon (risque de suicide de Assange).

Assange est en isolement à cause de ce qu'il sait et pourrait partager avec le monde. On nous présente la situation d'Assange comme désespérée (en si mauvaise santé que la seule issue pour lui semble être la mort), mais pourquoi les Britanniques ne le libèrent-ils pas simplement sous caution ? Clairement, ils craignent aussi les informations transmises par Seth Rich.

Finalement, le président Trump pardonnera Assange. Assange sait ça.

06/01/2021 - Montrer pour voir et lâcher du lest

Hiérarchie des vaccins

Si on est vraiment bloqué, et qu'on doit se faire vacciner (comme prendre l'avion impérativement), il faut exiger de prendre le vaccin sans ARN messager, par exemple le Russe Spoutnik 5. Quelques jours après avoir donné ce conseil, le gouvernement a ... interdit tout autre vaccin que ceux à ARN messager

Nous n'aurons pas le choix non plus du labo qui fabrique le vaccin... Ça permettra d'envoyer les vaccins moins dangereux dans les beaux quartiers de Paris, les autres dans les quartiers populaires...

A choisir entre la rage et la peste noire, je me suis demandé lequel des 2 vaccins imposés aux Français, Moderna ou Pfizers, serait le moins dangereux. M'est venu Moderna comme le moins pire.

Certes, c'est le plus concentré en ARN messager des 2. Mais alors, qu'y a-t-il d'autre comme produit dans le pfizers ?

De plus, fin novembre dernier, on avait appris que l'État profond avait prévu de longue date de rajouter un "agent de contamination" dans les vaccins, qui nécessite d'être stocké à -70°C... comme le vaccin Pfizers doit l'être, première fois

d'ailleurs qu'un vaccin nécessite un tel attirail, au point qu'il a fallu acheter très cher des congélo tenant cette température... Moderna n'est qu'à -20°C pour donner une idée.

Dernier indice, il y a 15 médecins en France qui sont pour la vaccination (les seuls qui passent à la télé, et les plus payés par les labos, et du coup ceux qui ont le plus de chance d'être liquidés par le nettoyage Trump, comme on voit tous les exécutés de longue date (Biden, Pelosi, Pence, etc.) se faire vacciner les premiers). Ces 15 médecins se sont eux aussi fait vacciner les premiers, et ont choisis pfizers. Vous vous souvenez de Rantaplan, le chien débile de Lucky Luke ? Quand il prend à gauche, c'est l'indice que la meilleure route est à droite.

- au passage, je n'ai pas trouvé de vidéos complètes de la vaccination des 15 médecins. Ils prennent une seringue sortie d'on ne sait où, possiblement remplie d'eau salée sans danger... -

Donc voilà quoi faire dans l'ordre de préférence, selon moi, et sans aucune preuve de ce que j'avance :

1) se tenir loin de tout vaccin

2) se tenir loin de l'ARN messager

3) se tenir loin des vaccins à -70°C...

Mais peut-être que je me plante complètement, parce que les médias disent exactement le contraire de moi...

Lâcher du lest

Questions

Pourquoi les Q-Force exécutent les plus malsains d'entre nous à tour de bras ?

Pourquoi laissent-ils les plus endormis d'entre nous se faire vacciner à l'ARN messager ?

Comment comptent-ils diminuer les effets de Nibiru ?

Alléger le Karma humain

Une compréhension qui n'est que mon interprétation des faits :

Seul moyen d'échapper à Nibiru : ascensionner. Et même si Nibiru passe alors que nous sommes encore en 3D, plus l'humanité sera réveillée et tournée vers les autres, plus ça se passera bien.

Pour alléger et faire monter la montgolfière, il n'y a pas 50 solutions :

- envoyer plus de chaleur dans le ballon, mais trop d'un coup et l'enveloppe brûle,

- larguer par dessus bord les poids morts qui plombent l'ensemble, et l'empêche de monter...

Retirer les purs égoïstes

C'est triste à dire, mais en exécutant les pires des membres des chapeaux noirs (tellement égoïstes et éloignés de l'empathie pour les autres qu'ils sont irrécupérables pour cette vie et celles d'après), les Q-Force permettent à ces âmes de rejoindre dès maintenant la planète prison de leurs futures incarnations.

Retirer les corps endormis

Mais les endormis ou indéterminés spirituels sont eux aussi des poids morts qui ne participent pas à l'élévation. Toutes ces personnes qui refusent de voir la réalité en face, qui malgré toutes les preuves apportées, refusent de changer leur manière de penser, de progresser et de se remettre en question. Leur cerveau physique conscient est tout simplement trop formaté rigidement pour pouvoir changer, et n'ayant jamais appris à remettre leurs savoirs, croyances et pratiques en question, ils font partie de ces dinosaures qui n'ont pas su s'adapter... L'évolution est sans pitié, car c'est toujours pour le mieux que les choses évoluent.

Il faut savoir que cette rigidité physique ne présuppose pas la grandeur de leur âme, ou leur altruisme. C'est juste que leur corps ne peut plus suivre l'évolution, ce qui ne veut pas dire qu'on ne les retrouvera pas par la suite : les plus prometteurs des immatures pourront se réincarner rapidement sur Terre si les places le permettent, afin de participer au tri final que constitue l'ascension, sinon ils iront dans la future planète école.

Gérer la mort

Au-delà des pertes temporaires que nous allons vivre, il faut bien se rendre compte que dans la vie on s'en sort toujours. Notre âme étant immortelle, même si on meurt, on s'en sortira quand même !

Nous avons vu précédemment que le vaccin risquait de provoquer le déclin irrémédiable des capacités cérébrales... Nous nous retrouveront en quelques mois avec des légumes, la dernière saloperie que les satanistes nous laisse : les égoïstes laisseront leurs vieux crever dans leur merde et ne se préoccuper que de leur survie perso (en tuant les enfants sur leur route), tandis que les altruistes perdront leur temps, au point de risquer leur propre survie, ou celle de leurs enfants, à

s'occuper d'une personne vaccinée déjà morte à l'intérieur, et demandant des soins constants... Une manière que les ET malveillants (qui ont aidé à fabriquer ces vaccins génétiques), ont trouvé pour orienter l'humanité dans leur direction, et favoriser leurs disciples de l'égoïsme et de la domination à outrance...

Les poids morts que seront les vaccinés

Choix difficile qui sera à faire par les altruistes, on parle par exemple de 30% de Français qui se feront vacciner, donc à la fin de l'année possiblement 30% de gravement touchés (6 millions) au point de saturer les Ephad et Hôpitaux psychiatriques, et 15 millions de moyennement atteints, mais devenus incapables d'être utiles et autonomes dans la survie.

Depuis longtemps, les Zétas et les Altaïrans nous préparent aux dures décisions spirituelles que nous aurons à faire à l'avenir, à réfléchir à long terme et avec du recul : soutenir les personnes fragiles, mais pas au détriment du groupe et de l'avenir, surtout quand c'est sans espoir.

Que sauver les enfants d'aujourd'hui, c'est permettre aux vieux qui partent de se réincarner à l'avenir dans un meilleur corps, avec un groupe plus soudé, et orientant dès l'enfance vers l'altruisme et la coopération, et à apprendre de nouvelles choses tout au long de sa vie, sans crainte de remettre la pyramide de ses certitudes la tête à l'envers.

Pourquoi Trump s'est entouré de corrompus ?

Trump n'a pas découvert la politique sur le tas, en faisant des erreurs. L'État profond est au contrôle du monde depuis des millénaires, les humains les plus intelligents font parti de cette diaspora mondialiste pour arriver à leur but de gouvernement mondial, on n'attaque pas un tel ogre en tâtonnant ou en faisant des essais-erreurs...

Si vous regarder les histoires de MK-Ultra, de chaise Montauk et autres Remote-Viewing, vous vous apercevrez que depuis les années 1960, le disciple du sataniste Aleister Crowley, le chef de la scientologie, a drainé dans sa secte les plus performants médiums de notre temps, pour travailler dans les programmes CIA a voir l'avenir, a influer les pensées des grands dirigeants, etc.

Il faut savoir que pour gagner cette guerre, les ET bienveillants ont du entrer directement dans la bataille en 2016.

Par exemple, il était impossible pour les chapeaux blancs de gagner les élections de 2016. Les médias étaient verrouillés, le système de vote aux mains de l'État profond, et les principaux organes fédéraux, comme le FBI et la CIA, également contrôlés. La fraude électronique était plus que protégée, impossible de pirater le système depuis l'extérieur. Les Zétas ont du téléporter des hackers humains directement dans les bunkers de triche, tout en figeant les autres humains présents, pour que les hackers puissent désactiver les programmes de fraude et laisser la vraie volonté populaire s'exprimer. C'est pourquoi jusqu'au milieu de la nuit, l'État profond était encore persuadé d'avoir gagné, personne ne comprenant ce qui se passait.

Comment Trump fait pour savoir les plans du DS à l'avance ? Ce n'est pas un super ordinateur Quantique magique Kraken qui fait le taf, mais bien les Zétas télépathes qui voient le futur possible, et les plans dans la tête des chapeaux noirs.

Les chapeaux noirs avaient de leur côté les ET hiérarchistes tête pointue (comme le visage ET géant de l'Antarctique sculpté dans les roches), mais comme tous hiérarchistes, ils sont obligés de se couper de la télépathie, et sont forcément moins puissants que les Zétas (combattre le grand tout, on pars forcément perdant...). Cette collaboration, commencée quand Kerry s'est précipité en Antarctique, s'est terminée par les crash de Magé, un OVNI tête pointu abattu par les ET bienveillants.

Cela, c'était juste pour montrer que Trump ne pouvait pas se lancer dans cette bataille de fin des temps avec la bite et le couteau... Aucun politique n'est tout seul, et globalement, les personnes que nous voyons combattre n'ont que très peu de poids dans l'histoire réelle. Trump sert à personnaliser une immense équipe derrière lui.

Pourquoi alors Trump s'est entouré de conseillers du Deep State, de collaborateurs comme Mike Pence (un Deep State aussi), et à laisser son gendre du Deep State prendre autant de place ?

Parce qu'un parti politique, pour arriver à la tête, il faut faire des compromis avec les multiples orientations qui composent ce parti politique. Le Deep State n'a laissé Trump faire que parce qu'il avait placé des pions à lui autour de Trump. Trump fait semblant d'écouter des mauvais conseillers, que parce qu'il faut lâcher du lest à ses ennemis.

De manière générale, ce qu'à fait Louis 14, il faut mettre ses ennemis à ses côtés, de manière à les tenir à l'oeil, à les empêcher de comploter sans en être au courant.

La maison blanche était ainsi un repaire de l'État profond, mais ce n'est pas grave, parce que les choses importantes se déroulaient au Pentagone...

La plupart des taupes de la Maison Blanche étaient connues, et ceux qui étaient douteux étaient débusqués régulièrement par des fausses fuites. Des mémos étaient envoyés à tous les collaborateurs, comportant des infos qui nuisaient à Trump. Chaque mémo avait un détail qui variait. Quand ces mémos fuitaient dans les médias, la variante insérée permettait de savoir qui avait provoqué la fuite.

Et au final, ces infos contre Trump se retournaient contre l'État profond. Par exemple, un mémo avertissait que Trump avait exigé de l'Ukraine qu'une enquête mette en cause les Biden, et qu'il ne fallait pas en parler. Cette info fuitait, les médias exigeaient que cet appel téléphonique soit déclassifier, et Trump le faisait volontiers : cet appel montrait que Trump n'avait rien exigé (quid proquo) et révélait aux yeux du monde entier que les Biden avaient effectivement obligé l'Ukraine à cesser l'enquête sur Hunter Biden. Et une taupe de la maison blanche sautait...

Mike Pence était bien un vendu du DS, c'est pourquoi sa femme avait reçue une convocation lors de l'enterrement de Bush père. Ayant participé au coup d'État d'octobre 2019, il a été remplacé par un acteur, tout comme Pelosi au même moment.

Là encore, cette affaire d'empoisonnement montre à quel point Trump travaille dans de mauvaises conditions : ce n'est pas par amour du fast-food qu'il mange pizza et burger tous les jours. Vous croyez qu'il n'aurait pas aimé profiter du grand chef cuisinier français de la maison blanche, comme tous ses prédécesseurs avant lui ? C'est tout simplement qu'il savait qu'il serait mort rapidement, empoisonné à petit feu, s'il avait mangé de ce pain là... C'est pourquoi, tout les jours, Trump et les bons collaborateurs, étaient obligé de se farcir des produits du Mc Donald, un des nombreux Mc Donald choisi en ville, pris au hasard tous les jours... Cela n'a pas empêché un des goûteurs de Trump de décéder lors d'un déplacement à Londres...

Pence est toujours à GITMO, et c'est bien lui qui a écrit la lettre annonçant qu'il allait certifier la fraude, car c'est ce que le plan prévoyait. Mais l'acteur qui le remplace n'a certifié cette fraude que parce que le Pentagone le lui a demandé, cet acteur ne risque donc rien. Le vrai Pence si, il n'est gardé en vie que le temps d'attendre que la procédure soit finie.

Voilà, une explication pour expliquer que la politique c'est des faux semblants et des noeuds de vipère, et qu'aucune décision bénéfique à l'humanité ne peut sortir de ce type de fonctionnement du pouvoir. A nous de changer le système complet, et pas seulement les humains qui prennent les décisions !

Montrer pour voir

Il faut traverser les ténèbres les plus sombres pour que la fausse lumière paraisse plus éclatante...

Beaucoup de Q-Anon ont perdu espoir quand le Vice président Mike Pence a certifié les votes frauduleux. Ces ténèbres sont-ils suffisants ?

Certes, c'est une opération militaire de grande euh.. non, d'IMMENSE envergure, et jamais une armée ne dévoile quand et comment elle va attaquer. Mais je trouve que la junte militaire laisse les choses empirer jusqu'au dernier moment, jouant avec les nerfs de ceux qui suivent l'actualité de cette guerre des coulisses...

Une mascarade qui pouvait être arrêtée dès le début

La junte militaire a volontairement laissé se faire la fraude, puis la corruption de la justice, puis les mensonges médiatiques. Ils avaient en effet possibilité de faire en sorte que Biden se désiste le jour des élections (sous un prétexte de santé), obligeant les Américains à voter en direct, supprimant du coup tous les bulletins postaux frauduleux imprimés en avance au nom de Biden.

Les Zétas avaient aidé les Anonymous à désactiver la fraude électronique en 2016, ils auraient pu le faire cette fois encore. Dominion était sous surveillance, ils auraient pu désactiver cette ingérence étrangère 2 ans avant. Sans parler de Pence, un acteur qui obéit directement aux militaires, et aurait pu bloquer l'élection de Biden en refusant la certification du 06/01/2021.

Quand Q annonce un événement 2 ou 3 ans à l'avance, c'est que cet événement s'est déjà produit au moment où il est révélé, et qu'il n'y a plus de danger à divulguer l'information. Quand les militaires ont décidé de laisser la fraude se faire jusqu'au bout, c'est qu'ils se sentaient assez forts,

et avaient toutes les cartes en main, toutes les preuves, tout l'arsenal législatif pour punir et éliminer l'État profond.

La guerre n'est perdue qu'à l'armistice

Biden sera président quand il sera derrière le bureau oval. Pour l'instant il est loin d'y être. Est-ce qu'un criminel fusillé peut devenir président des USA ?

Échec des USA sur toute la chaîne

Une fraude certifiée reste une fraude. Pour l'instant, le système constitutionnel US s'est montré corrompu sur tous les points d'une élection : mise en place de la fraude par l'État profond sans être inquiété par le renseignement ou la justice, malgré les nombreuses alertes et procès de l'équipe Trump. Implication de pays étrangers dans cette fraude sans intervention, surveillance des élections qui n'empêchent pas, voir couvrent la destruction de bulletins légitimes et leur remplacement par des bulletins frauduleux, cour suprême de chaque État refusant de juger la fraude, cour suprême fédéral refusant aussi de juger, certification du vice-président de votes frauduleux, certification du congrès des mêmes votes frauduleux, alors qu'ils avaient étudier les preuves apportées, et surtout, le quatrième pouvoir (les médias) qui joue le jeu de la fraude et du coup d'État, et étouffe la vérité.

Pourquoi ces criminels sont libres ?

Il faut se rendre compte que chacun de ces acteurs a manqué à sa tâche, a refusé de faire son travail, donc s'est mis hors la loi... Tous ces gens là vont finir devant un peloton d'exécution (ce n'est pas du pénal, c'est de la trahison militaire, donc cour martiale).

La vraie question c'est : pourquoi ces gens continuent de déambuler comme s'ils n'avaient rien fait de mal ?

C'est quoi qui s'accumule depuis 2017 ? Les FISA, des arrestations en attente. Dans le cadre d'une enquête, il est possible de ne pas arrêter tout de suite les coupables identifiés, afin de faire tomber tout le réseau. On parle ici d'un réseau mondial et multi-millénaire... Il y avait 200 000 FISA en attente avant les élections, avec possiblement 8 personnes par FISA. On parle de 800 000 personnes à arrêter, voir 100 000 de plus avec toutes celles qui se dévoilées depuis 2 mois en laissant faire les fraudeurs.

Quand est-ce que les arrestations vont pleuvoir ? Là est la vraie question !

Peut-être ces arrestations ont lieu

Au moment du vote de certification, des antifas déguisés en Q-Anon (et étrangement relayés en abondance dans les mass médias) ont envahi le Capitole, ouvert par des policiers démocrates de Washington complices, visiblement en sous nombre pour ce jour important, et visiblement prévenu de ce qui allait se passer. La certification a été repoussée de quelques heures.

Mike Pence certifie des votes frauduleux, alors qu'il lui est interdit par la loi de le faire. C'était un crime de haute trahison, puni par la cour martiale et le peloton d'exécution, comme l'avait indiqué la veille l'avocat Lin Wood. Le lendemain matin, la bannière Twitter de Mike Pence est passée en noir, comme tant d'autre, son premier conseiller a été empêché d'entrer à la maison blanche, et l'agenda officiel de Mike pence a été effacé. Quand Pelosi a appelé Mike Pence pour lui demander de destituer Trump sous prétexte d'avoir poussé les Q-Anon à l'insurrection, elle a attendu 25 minutes avant qu'on la prévienne que Mike Pence ne pourrait pas répondre.

Il est à noter que les 2 sont des acteurs Q, donc tout ceci est une mascarade offerte aux médias.

Biden doit gagner pour que Trump soit président

Expliquons plus avant ce titre incohérent, qui ne l'est qu'en apparence du moins !

Je vais tenter d'expliquer au mieux ce que signifie la phrase de Q :

"il faut montrer pour que les gens voient'

Pour changer un système, il faut arriver à prouver qu'il a bien la rage.

Le système actuel américain c'est ça : des médias privés qui appartiennent aux mêmes ultra-riches qui payent les représentants pour faire passer les lois qui les arrange, qui font du chantage aux juges et aux fonctionnaires par leur implication dans les sacrifices sexuels d'enfants, etc.

Si ce système arrive à empêcher qu'un homme mafieux et corrompu comme B. prenne le pouvoir par la triche, alors ce système ne pourra pas être changé, car il aura montré sa robustesse. Difficile ensuite de justifier toutes les arrestations faites et à venir.

Si par contre, malgré tous les recours possibles tentés par les avocats, Trump n'arrive pas à faire

respecter le vote réel des électeurs, alors ce système ne mérite pas de vivre... Et les Américains seront d'accords. Nous avons le 06/01/202, ce qu'une foule de 300 000 personnes pacifiste peut faire face à 3 000 policiers et militaires débordés. Les choses sont restées bon enfant, malgré 4 morts à déplorer...

La junte militaire, au pouvoir depuis septembre 2015, ne prendra pas le risque d'une insurrection populaire : il y a 1,4 millions de militaires, et 400 millions d'Américains armés en face... Sans compter que les militaires se mutinent quand on leur demande de tirer sur sa propre population, surtout que les motifs sont légitimes.

Voilà pourquoi il faut que Biden gagne le processus électoral, pour que Trump devienne président des USA en faisant disparaître les anciens USA et en arrêtant l'État profond.

Le but derrière

Les Zétas rappellent que cette (longue) période de démantèlement des institutions a un double but :

- restaurer le vote original des Américains envers Trump,
- éduquer le public à la puissance de l'État profond, pour être capable d'organiser une telle fraude depuis le monde entier, d'empêcher que les preuves soient utilisées pour restaurer l'élection, et garder le secret sur l'affaire dans les médias du monde entier.

Les Zétas rajoutent que la période de transition amènera aux postes de décision des gens au service-aux-autres.

12/01/2021 - Fin d'une guerre de 12 000 ans

La fin des temps actuelle est le dénouement de plusieurs luttes de dominants pour le contrôle de la Terre, dont certaines datent de 12 000 ans ! Ces histoires ont déjà été détaillées précédemment, elles seront très résumées ici, parce que les péripéties sont en réalité innombrables.

Sumer

Enlil Vs Anu et Enki (Satan Vs la bête et Lucifer) Tout part de là : Enki est le premier né, et dans la tradition hiérarchiste, c'est lui le second après son père Anu, l'empereur de la planète Nibiru.

Sauf que le second né, Enlil, a les dents qui rayent le parquet, et cherche à passer de n°3 à n°2, puis sur la lancée, à passer Number One...

Serpentaire

Il y a 12 000 ans, Enki viole Eve, une esclave humaine. Forniquer avec des animaux est mal vu chez les anunnakis qui se prétendent supérieurs aux humains qu'ils utilisent comme bétail (esclavage, viande et sang). Enlil profite du scandale pour prendre la tête du conseil anunnaki des 13 chefs, et de virer au passage la 13e place (qui devient le conseil des 12). C'est là que le serpentaire disparaît du Zodiaque.

Enlil justifie sa prise de pouvoir car certes il est le second, mais comme sa mère est aussi la fille de son père Anu, il considère qu'il a plus de sang de Anu que Enki. Voilà d'où viennent les tendances consanguines de nos dominants...

Déluge

Nous passerons rapidement sur la guerre qui s'en suivit (construction de la grande pyramide de Gizeh par Enki), mais lors du passage de Nibiru, Anu remit Enki comme chef des Anunnakis. Ensuite, s'étant pris 2 déluges d'affilée qui détruisent leurs infrastructures, les anunnakis décident d'abandonner la Terre, et de laisser une caste d'humains, les illuminatis, prendre les risques à leur place : les anunnakis se contenteront de repasser tous les 3 666 ans pour récupérer l'or, pierres précieuses et oeuvres d'art ou objets de luxe que les illuminatis auront fait produire à leurs esclaves humains.

Suite à ses nombreuses malversations et tentatives de coup d'État, Enlil est banni à vie de Nibiru.

Exode

En -1600, Enlil vole l'or des égyptiens avec l'aide des Hyksos, et va l'enterrer sous la ziggourat de Jérusalem, après que les Hyksos aient envahis Israël. Il se sert de cet or pour forcer Anu à non seulement le laisser revenir sur Nibiru, mais aussi à lui céder la place d'empereur. Anu refuse, et Enlil se retrouve bloqué sur Terre, devenant dans les légendes le juif errant immortel.

Les faits historiques, c'est que ces Hyksos ont été chassés d'Egypte par les Rois/ pharaons égyptiens vers -1548 selon nos données actuelles (comme par hasard, il y a 3600 ans). Il est rapporté qu'après la chute de la ville d'Avaris, les Hyksos fuyant l'Egypte furent pourchassés par l'armée du Pharaon jusqu'au Sinaï. Ce n'est pas la Bible qui le

raconte, ce sont bel et bien des récits royaux égyptiens. Ensuite, d'autres textes égyptiens, connus sous le nom de "manuscrit d'Ipuwer" ou "d' "Ipou-Our", décrivent des fléaux identiques à ceux que l'on trouve dans l'Exode, preuve que les sémites n'ont pas été les seuls à rapporter ces événements, même si ceux-ci ne sont pas reconnus officiellement comme ayant une base réelle. Or ce deux sources se situent toutes les deux au alentours de -1500, au moment du dernier passage de Nibiru (3 600 ans avant notre ère). Alors oui, les faits ont été déformés, mais ils ont une base historique.

Plusieurs faits historiquement proches ont été amalgamés par des siècles de transmission orale, pour finir sous la forme que l'on connaît aujourd'hui (et qui s'est stabilisée depuis l'antiquité). Il y aurait eu deux évènements consécutifs sur deux générations :

1. La prise de pouvoir de sémites sur l'aristocratie égyptienne traditionnelle, et leur défaite finale face au pouvoir égyptien légitime. Ces sémites, appelés hyksos se sont enfuis avec leurs dirigeants de l'époque vers la Palestine en emportant le trésor royal égyptien avec eux.
2. Le pharaon légitime ayant récupéré tout son royaume sauf le trésor colossal de son pays, il a fait payer le prix fort aux "sémites" restés en Égypte ou capturés à la suite de la poursuite des chefs hyksos. Ce sont ces esclaves, ou du moins ces prisonniers condamnés aux travaux forcés, qui ont profité des catastrophes liées à Nibiru pour s'enfuir d'Égypte et rejoindre leurs terres d'origines.

Ces faits historiques ont fusionné dans l'Exode donnant un récit qui n'est pas au sens strict ce qui s'est réellement passé à cette époque, mais il comporte de nombreux faits et descriptions historiques valides.

Moloch

Nous nous retrouvons donc avec, sur Terre, des castes humaines d'illuminatis (descendants toutes des enfants nés de viols d'anunnakis sur des humaines, voir Zeus qui viole à tout va), fidèles à l'empereur Anu, et un Enlil fou de rage, qui fomente encore un coup d'État.

But du jeu : Prendre le contrôle de tous les illuminatis (les rois) pour les forcer à lui obéir à lui plutôt qu'à Anu. Mais la plupart refusent, et seuls ses serviteurs lui restent fidèles. Il leur fait alors prendre le contrôle du monde via la mafia Khazar.

Merlin

Après beaucoup de tribulations, Enlil, devenu Odin, s'établit à la City de Londres, base du capitalisme.

Division des illuminatis

Dans les illuminatis, plusieurs branches ont dérivées dans le temps :

Les satanistes

Encore appelés Molochiens, qui torturent les enfants avant de les sacrifier et boire leur sang, juste pour aller le plus loin possible dans l'horreur, preuve que leur liberté individuelle n'est pas limitée par des règles morales.

Les Lucifériens

Ils font la même chose que les satanistes, mais juste pour l'effet que l'adrénochrome leur procure, sans forcément chercher à faire le mal pour le mal. Par exemple, les francs-maçons sont à l'origine la branche luciférienne du Vatican, qui trouvait que le message de Jésus avait encore trop de place... Mais au final, les FM se sont aussi séparés entre extrémistes et modérés.

Royauté anglaise

Ok, reprenons les forces en présence en cette période d'apocalypse :
- les royaux fidèles à Anu,
- les fidèles à Odin
Les 2 stockent le plus de lingots pour leurs maîtres anunnakis.

Mont du temple

Il y a donc 2 gouvernements mondiaux en préparation, tous sur Jérusalem :
- le grand reset des chapeaux noirs, dans le but de prendre le trésor sous le mont du temple et l'offrir aux anunnakis (et donc la promesse d'une vie éternelle, chose que les anunnakis ne peuvent pas offrir aux humains en réalité, fausse promesse). Il est aussi possible que la technique utilisée par Hiram pour construire le temple de Salomon sans utiliser le métal (condition nécessaire pour construire le 3e temple) soit toujours dans le temple de Jérusalem. Cette technique d'amollissement de la surface des pierres, qui ressemble à un coq de bruyère.
- le Gesara des odinistes, dans le but de prendre le trésor du mont du temple, et de s'en servir comme monnaie d'échange pour prendre le trône d'Anu.

Baphomet

Avec, dans chaque groupe :
- les égoïstes extrêmes fidèles à Satan
- les égoïstes modérés croyant que Odin est Lucifer.

Dajjal

Parce que oui, Enlil s'est fait passer pour son frère Enki, ce dernier ayant meilleure presse que lui.

Isa vs Dajjal

Les altruistes

La Terre reviendra à ce dernier groupe. Odin, l'antéchrist, sera laissé monter sur le trône, et pourra laisser libre cours à sa doctrine luciférienne pendant 4 ans. De belles paroles (vous êtes divin car tout est Un, la mort n'est rien, centrez-vous sur vous-même plutôt que vous ouvrir aux autres, développez votre libre-arbitre) mais qui oublie de dire que le libre-arbitre individuel est limité à celui des autres, que nous ne sommes pas Dieu mais seulement une de ses infinies parties, et que comme tout est Un, faire du mal aux autres c'est se faire du mal (retour de bâton), et qu'il vaut donc mieux faire du bien aux autres !
Ensuite, la réincarnation de Jésus fait disparaître Odin/Dajjal muuslman et enseigne aux hommes.

Stonhenge

Les buts

- Les fidèles à Anu (royaux et FM) ont reçu l'ordre de réduire la population à 500 millions d'humains (donc 7 milliards doivent être génocidés. Les anunnakis ont toujours eu peur de notre démographie galopante, et ne peuvent prendre le contrôle de la Terre avec autant de personnes.
- Odin a le but inverse : avoir une armée d'humains à ses ordres, les plus nombreux et plus armés possibles, afin d'imposer ses conditions à l'empereur de Nibiru. Une fois son but atteint, comme les autres anunnakis, il tuera les humains excédentaires...

Le tri des âmes

Ça va, pas trop compliqué ? Si !
Bon, accrochez-vous, ça se corse encore !
Ce passage de Nibiru en cours, est appelé l'apocalypse. C'est le moment où suffisamment d'humains sont évolués pour ascensionner. Une ascension ne se fait que par les âmes d'une même orientation spirituelle : soit que des égoïstes, soit que des altruistes. Sur Terre, ce sont les altruistes

qui sont plus nombreux que les égoïstes, c'est donc les altruistes qui vont ascensionner, tandis que les âmes indéterminées seront emmenées sur une autre planète école, et les âmes égoïstes seront emmenées dans une planète prison. Depuis 2012, tout humain pur égoïste qui meurt se réincarne en esclave sur une planète hiérarchiste. Les indéterminés auront l'occasion jusqu'au bout de devenir altruiste, dans la limite des corps humains disponibles.

Aide ET

Lors de ce tri des âmes, nous sommes aidés par les Extra-Terrestres (ET). Les bienveillants aident les altruistes, les malveillants cherchent à récupérer le plus d'âmes possibles pour animer leurs esclaves. Chaque groupe ET apprend des choses sur l'Univers à cette occasion, c'est pourquoi ils sont si nombreux en ce moment.

Pour résumer les forces ET en présence :

Malveillants

Les reptiliens et les mantoïdes, ressemblant aux Zétas,

Bienveillants

Les Zétas (petits gris, souvent confondus malheureusement avec les mantoïdes lors des abductions).

Roswell

L'histoire de Q, si elle commence il y a 12 000 ans avec la soif de pouvoir de Enlil, prend vraiment corps en 1946. Quand les reptiliens prennent contact avec les hauts gradés de l'armée américaine à Roswell, les orientant vers le capitalisme/concurrence à outrance, dans la haine de la coopération et du respect des autres. Pour contrebalancer, les Zétas crashent un vaisseau en 1947 à Roswell toujours, et exposent leur point de vue. Ils se sont placé volontairement sous l'angle de la faiblesse, alors que les reptiliens avaient intimidés les humains, les dominant de leurs capacités technologiques.

Il en résulte que le MJ12 se scinde en 2 factions, les extrémistes adhérant aux idées des reptiliens (tuer les humains), les modérés penchant plus du côté Zétas (ne pas tuer les gens). Les instructions des Zétas ayant un objectif commun avec les plans d'Odin, c'est principalement la City de Londres qui, si elle n'avait pas accès au pouvoir, tentera de limiter les hiérarchistes, comme en plaçant Kennedy.

11 septembre

Les Zétas feront donc alliance avec les illuminatis de la City, même si le but final n'est pas de donner le pouvoir à l'un ou l'autre clan, mais au contraire que les humains deviennent libres de choisir leur vie. Mais il faut d'abord empêcher les royaux de tuer 7 milliards d'humains...

Ur

Nous voila donc avec les royaux et FM qui font une grosse erreur avec l'attaque de l'irak en 2003, permettant à la City, aidée des chapeaux blancs (tous les humains de bonne volonté) de provoquer la crise de 2008, et de faire monter un gars à eux, Obama, comme chef du monde. Les chapeaux noirs sont bien implanté (le gouvernement mondial est une réalité depuis des siècles) et réussissent à reprendre le contrôle de Obama.

Jade Helm

C'est en septembre 2015 que le général Dunford provoque un putsch invisible, passant le pays en loi martiale après la trahison d'Obama rendant l'opération Jade Helm inutile.

Dunford reprend la main sur la Fed, s'allie avec la City (mouvement Q) en laissant BlackRock gérer les transactions internationale, et favorise le poulain de la City, Trump, pour prendre le pouvoir visible (mais très limité en réalité). Les preuves sont accumulées pour arrêter et exécuter les plus puissants membres des chapeaux noirs. Les histoires de sauver les enfants ne sont que de la propagande pour le public, il s'agit avant tout de neutraliser un ennemi, et de le remplacer au pouvoir, pas de détruire la notion même de pouvoir, celle qui a permis toutes les atrocités commises.

Les buts de l'alliance

Les buts profonds des différents groupes de l'alliance divergent, c'est pourquoi il y a des tiraillements de temps en temps, et qu'il y aura séparation une fois le danger des chapeaux noirs écarté :

- La junte militaire veut retrouver l'autonomie de son pays. La city veut reprendre Jérusalem aux juifs, chapeaux noirs et musulmans. Voilà pourquoi Trump a tout de suite parlé de mettre l'ambassade des USA à Jérusalem.

- La city n'est pas intéressée par les USA. Elle sait que la rupture de la faille de New-Madrid va affaiblir le pays, et après les destructions du premier passage de Nibiru, le continent américain ne sera plus joignable par le gouvernement mondial odinique de Jérusalem.

- Les zétas veulent sauver le plus d'humains possibles, pour leur laisser la possibilité de choisir en âme et conscience leur voie spirituelle, qui va déterminer toutes leurs prochaines incarnations pour des milliers d'année à venir.

La situation actuelle

Il fallait montrer pour voir. En 2019, les grands dirigeants des chapeaux noirs ont été exécutés, et remplacés par des sosies aux ordres des Q-Forces. Ainsi, la plupart des membres du parti démocrates ont été remplacé. Ce qui explique qu'ils aient pris le plus corrompu de tous, Biden, dont les histoires de fréquentation d'Epstein, de corruption en Ukraine, étaient déjà connues.

Il pouvait être arrêté à tout moment, mais pourquoi ne l'a-t-il pas été ?

Pelosi

Pelosi et Biden étant des acteurs aux ordres de la junte militaire, ils avaient possibilité de détruire la fraude en faisant en sorte que Biden déclare forfait au tout dernier moment (pas moyen d'utiliser les millions de bulletins postaux déjà utilisés) et en arrêtant en avance le système dominion.

Mais le but est de montrer que le système actuel américain ne marche plus, en montrant que posséder tous les médias, en faisant chanter les juges, on pouvait avoir une telle aberration que la surveillance des élections ne marchait plus, la justice refusait d'étudier les preuves, la cour suprême refusait aussi de le faire, et jusqu'au vice-président qui certifiait des votes pourtant prouvés comme frauduleux.

C'est pourquoi la junte militaire se sentant tout puissante (toutes les cartes en main, plus les manches remplies d'As), ils ont laissé la triche se dérouler jusqu'au bout, pour le plus grand nombre de personnes possibles.

Pence

Une stratégie qui rend ceux qui suivent la vraie actualité, celle des coulisses, un peu nerveux : nous avons vu la cour suprême faillir le 8 décembre, Pence trahir le 6 janvier, du coup beaucoup, qui n'ont que le filtre d'analyse de Q, ne savent plus où ils en sont. Cette vidéo est là pour donner une vision globale de l'ensemble, et comprendre que ces élections ne sont qu'une mascarade, tout était plié depuis 1 an et demi.

Pelosi est une actrice, qui se contente de faire ce que lui demandent les membres de l'État profond, pendant que les militaires notent qui demandent quoi à qui. Pelosi surjoue l'hystérie, le but est de montrer aux Américains que les démocrates sont fous, pour expliquer des actions visiblement incohérentes... Alors que tout suit une logique parfaite si on sait qui est aux commandes, et dans quel but.

Les derniers jours

Depuis l'insurrection au Capitole du 6 janvier, l'appel au calme de Trump a été censuré par les démocrates. Ce n'est donc pas Trump qui est visé par l'acte d'insurrection, mais ceux qui ont poussé aux émeutes populaires, c'est à dire les démocrates.

Les Zétas ont révélé hier que la majorité des Américains avaient désormais compris pour la fraude, et la tentative de coup d'État des démocrates. Il n'y a donc plus besoin de jouer la narrative de la destitution, même s'ils vont occuper le public quelques jours là dessus.

Vatican

L'insurrection act est effectif depuis vendredi soir (le 8 janvier), et les arrestations massives ont déjà commencée : quand vous voyez une grosse panne électrique quelque part, c'est que les communications sont coupées, pour que les arrêtés ne puissent être prévenu à l'avance par des taupes au sein de la police et des militaires. Les avions militaires font des rondes incessantes pour emmener tout ce beau monde à Guantánamo, sachant que la décision de Trump de décembre, de diversifier les moyens d'appliquer la peine de mort, permet de désengorger les prisons fédérales qui sont pleines... Perso, ça ne me réjouit pas de voir cette usine d'extermination se mettre en place, quels que soient les crimes commis par ces engeances. Ces exécutions sont là à cause du secret défense sur toute l'affaire, afin de cacher le nettoyage au public. Aurait-on gardé un tel système de pouvoir, avec des masses populaires continuant d'obéir à des gens présentés comme supérieurs à eux, si tout avait été rendu public ? Veulent-ils nous libérer, ou juste prendre le pouvoir à d'autres, puis le garder ?

La junte militaire à acquis un énorme pouvoir pour combattre l'ogre mondialiste, mais une fois ce dernier tombé, le pouvoir acquis par la junte pourrait vous faire peur à votre tour...

Pour bien préciser les choses

Les Q-Forces nous ont retiré une sacré épine du pieds en supprimant les chapeaux noirs, qui prévoyaient de tuer 7 milliards de personnes par la vaccination et l'enfermement dans les villes soumises au tsunami. A choisir entre 2 rois, autant choisir Trump comme ont été obligé de le faire les Zétas.

Le futur

Et maintenant ? Je n'ai pas plus d'infos, ça reste un futur lié au libre arbitre des humains qui le construisent.

Il faut savoir que Macron faisait partie du plan de la City pour Jérusalem, c'est pourquoi ils n'arrêtaient pas de se prendre dans leurs bras au début, malgré les politiques communes. Macron n'a pas pu réformer la France, notre système est trop verrouillé.

Actuellement, il me semble que c'est un sosie de Macron qui parle. A-t-il trahi la City ? Cette dernière l'a-t-elle trahie ? La France avait un rôle de médiateur entre juifs et musulmans, l'histoire des caricatures de Charlie était un piège tendu, duquel Macron n'a pas su se dépêtrer. Il est devenu un peu inutile du coup dans ce plan. Netanyahu semble avoir fait allégeance à la City, pour lui offrir Jérusalem. Là encore, Macron ne sert plus à rien.

Ce qui est sûr, c'est que le nettoyage de l'État profond à commencé en France, Italie, Espagne, les 3 pays les plus susceptibles de voir Odin émerger.

Hypothèses AM

Toutes les infos précédentes viennent des contactés ET, mais comme ils ne dévoilent pas tout des plans de la City, je pose maintenant des hypothèses de mon cru :

Les forces restant en présence

- La City-Odin, avec le GESARA en théocratie (voilà pourquoi Trump dit que le pays sera rendu sous le contrôle de dieu, il parle d'un dieu sumérien). La City semble avoir récupéré le temple des mains des juifs et des chapeaux noirs, et qui doit trouver quelque chose pour le retirer aux musulmans et le placer aux mains d'un gouvernement mondial. A priori, seule une guerre ou des cataclysmes naturels pourraient permettre ce plan.
- la junte militaire des USA, qui laisserait un président pro-Odin prendre les commandes, tout en faisant les préparatifs pour que les USA survivent à Nibiru, via les camps de travail FEMA par exemple.
- Les pays européens, des populations bien moins réveillées que les Américains, et qui auront à gérer la prise de pouvoir de Odin et la forte présence encore de chapeaux noirs au pouvoir (mix entre grand reset et Gesara). Ce sont les européens qui iront combattre Jésus au Proche-Orient, notre travail est avant tout de se réveiller pour ne pas servir d'esclaves aux plans d'Odin.

sismicité

Ce qu'il faut retenir, c'est qu'une fois le chaos politique résorbé en février mars, l'activité sismique reprendra pour le pic sismique d'avril, et que tous les plans humains attendent désormais pour se développer la hausse croissante des cataclysmes de Nibiru.

Les civilisations

Les civilisations chapeaux noirs, comme la France, s'effondreront rapidement par manque de préparation. Les civilisations de la City, comme la Russie et les USA, s'en sortiront mieux, mais s'effondreront quand même quoi qu'il arrive.

Les petites communautés locales altruistes, comme ce qui se passera dans les campagnes françaises, auront les premiers temps de conditions assez dures (bandes de pillards égoïstes, traque depuis le NOM des ville-camps), mais s'en sortiront assez rapidement, et seront toutes seules après l'effondrement complet de toute civilisation hiérarchiste sur Terre.

L'ascension alors pourra se faire.

Quand ? Dans 1 an ou dans 100 ans, ça dépend de nous ! :)

Dernier récapitulatif

Ouf !

C'était long !

Un dernier récap ?

Nous assistons a un combats entre nos dominants, pour savoir qui sera le maître du monde.

Ne vous inquiétez pas, c'est le moins pire des 2 dirigeants qui va gagner aux USA, de ce côté là c'est torché. En Angleterre et en Allemagne c'est bien parti aussi (TRDJ), de même que tous les pays du commonwealth (Australie et Canada sous le contrôle des Q-Forces).

La France et Italie-Espagne vont aller très vite en arrestations aussi, et l'Europe devrait exploser, pour se recentrer sur le saint empire romain germanique (France comprise).

C'est pour nous qu'il faut désormais nous inquiéter.

Ces gens qui se battent entre eux ont besoin de nos forces pour leurs batailles, ils nous font croire donc qu'ils veulent notre bien, un monde de paix et d'harmonie, de coopération, d'écologie. Mais on ne peut nettoyer une Nature qu'on continue de salir. Un système ne peut être basé sur l'or, qui ne sert qu'aux Anunnakis, et qu'on entasse stupidement au lieu de s'en servir pour nos connectiques électriques foireuses. La vraie monnaie, c'est basée sur la productivité d'une heure de travail. Ça se compte en heure, par en or...

La défaite apparente de Trump que nous venons de vivre, ce n'était que pour nous placer le plus possible dans l'obscurité, afin que la fausse lumière luciférienne nous éblouisse. Mais ne nous y trompons pas : continuons à réfléchir, à ressentir, à voir ce qui ne va pas dans notre environnement. Ne laissons pas d'autres gouverner à notre place. Seul le bien commun compte, et quand tous y travaillent, tous reçoivent au centuple les fruits de leur travail. Et pas seulement une minorité. Ce n'est pas parce que les chapeaux noirs nous prenaient 90% de notre travail, qu'il faudra remercier quand la City ne nous prendra que 80%...

Certes, notre salaire aura doublé, mais en cette fin des temps, nous visons l'excellence, pas la médiocrité. Nous ne voulons pas choisir à quel dieu sumérien il faut obéir, ni entre l'égoïsme extrême ou modéré : nous voulons l'altruisme désintéressé, nous voulons obéir à nous même, au grand tout dont nous faisons partie.

N'attendons pas un sauveur, mais un guide sage et compétent. Jésus ne sera pas un chef mais un conseiller, n'aura pas besoin de temple ou de trône en or pour asseoir son autorité. Il nous montera le chemin, mais ne le fera pas à notre place.

19/03/2021 - Qui contrôle l'armée ?

Les 3 leviers du pouvoir

Un pouvoir se maintient par 3 leviers :
• la force
• l'argent
• la connaissance

Toute personne qui possède un supplément dans un des 3 domaines acquiert du pouvoir sur les autres. Ceux qui ont un gros excédent dans un domaine, comme celui de l'argent, peuvent contrôler les autres domaines (en privatisant l'armée et la recherche, c'est à dire en les mettant sous leurs ordres comme employés).

L'armée (force)

C'est le domaine de base du contrôle, celui vers qui ont revient systématiquement en cas de dérapages. C'est pourquoi, savoir qui contrôle l'armée, est primordial. Lors du Putsch des généraux d'Alger (qui voulaient conserver l'Algérie française et donc le pouvoirs des riches colons), les soldats français ont eu 2 choix : obéir à leurs supérieurs directs, ou désobéir et obéir à De Gaulle. C'est la deuxième solution qui a été retenue. Même si De Gaulle n'avait pas la main sur l'argent ni la connaissance, la propagande faite autour de la résistance pendant la seconde guerre lui a assuré un soutien fort de la population. Une propagande inverse fera que cette même population l'abandonnera 8 ans plus tard.

Comment choisir ses généraux ?

L'armée française a toujours choisi ses généraux en fonction de quel groupe avait le plus de pouvoir. On sait par exemple, que depuis 1905, les royalistes étaient fichés, et n'avaient pas le droit de monter trop haut dans la hiérarchie militaire.

Les généraux saboteurs

Idem : en 1870 et 1939, les Khazars avaient décidés, pour leurs plans, que l'armée française faillirait. Quand on regarde 1870, ce groupe de pouvoir a obligé Napoléon 3 à attaquer l'Allemagne, tout en sabotant, via les généraux qui tenaient l'armée, l'armée française, provoquant le désastre de Sedan. Idem pour 1939, où sur le papier, l'armée française avait de meilleurs équipement que les allemands. Mais le sabotage était fait depuis quelques années, comme un laissant un trou béant au-dessus de la ligne Maginot, en ne renouvellant pas les équipements (en prenant l'excuse de la dette et du manque d'argent, un grand classique que nous vivons encore aujourd'hui), et en réagissant avec 3 jours de retards à l'invasion qui n'était pas si éclair que ça, alors que la plupart des généraux enrageaient de voir que leurs demandes, de la simple logique, n'était pas écoutée par 1 ou 2 supérieurs saboteurs...

Et aujourd'hui ?

Depuis quelques temps, les monarchistes ont réussi, en s'infiltrant chez les FM, a récupérer une partie des postes hauts gradés de l'armée (comme

Q l'a fait aux USA, un lent travail de sape par des groupes secrets, infiltrant d'autres groupes secrets devenus satanistes, et qui avaient perdus leur base idéologique). C'est ainsi que les De Villiers ont pu monter si haut, alors que c'est des monarchistes vendéens reconnus.

Quel groupe est au pouvoir ?

Les clans monarchistes

Quels monarchistes ? Il y a ceux qui croient que Louis 17 est mort au temple (p. 426), et qui se rabattent sur la branche Orléanaise (Compte de Paris, pièces rapportées des rois d'Espagne) et il y a le groupe plus secret qui sait que Macron est descendant des capétiens de Louis 17, fidèles à Charlemagne. Il y a aussi ce groupe encore plus restreint, qui a réalisé l'échange entre Louis 17 et un héritier des Mérovingiens.

De quel clan est Pierre de Villiers ?

Nous avons vu que depuis 2020, Pierre de Villiers à pris le contrôle de la France, et avec l'exécution de Macron, il est désormais le président occulte. Reste à savoir pour qui travaillent les De Villiers ? A priori pour les monarchistes de Macron, qui ont été déçu du comportement de leur poulain. Mais ils peuvent aussi travailler pour d'autres groupes plus secrets, bienvenue chez les illuminatis, où personne n'est franc ni n'affiche clairement ses intentions...

Ainsi, une partie des monarchistes s'est retrouvée trahie en apprenant que Macron était un mérovingien. La guerre FM-Royalistes se transforment en guerre royalo-monarchiste...

Pour répondre à qui contrôle l'armée (donc derrière Pierre de Villiers), je pense que c'est un camp royaliste, mais qu'ils se battent pour savoir quel roi mettre au pouvoir. Tout en continuant à nettoyer la France des pédo-criminels qui ont trop longtemps proliféré à nos dépens, et à défaire la république.

Quelle gouvernance ? (L2)

Maintenant, ce ne sont que des guerres pour savoir quelle minorité va se gaver le plus du travail des 99%. Comment faire pour que la communauté travaille réellement à la réalisation de tous ses individus, et pas une minorité qui se croit supérieure aux autres ?

Tout simplement en étant franc, en annonçant ses buts, et en les adaptant à ceux de la majorité, pour le bien de tous. Tout manquement aux buts

affichés, doit faire suspecter la traîtrise, et l'éviction immédiate du pouvoir décisionnel (après procès juste et équitable évidemment).

10/04/2021 - Remous dans les coulisses

10/04/2021 - Armée de terre envoit des codes

Sur les réseaux sociaux, comme twitter et Facebook, l'armée de terre française a barré le terme "COVID-19", et a activé le mode "combat" à la place.

12/04/2021 - Début des révélations

Les médias US, à partir du 12 avril, se sont mis à parler soudainement de ce qu'il y avait sur le laptop de Hunter Biden. Tout comme ils ont parlé des révélations de l'US Navy, avec diffusion de la vidéo, d'un OVNI triangulaire survolant un de leurs porte-avion en 2019.

Chose plus étonnante, le Point en France reprends l'info de l'OVNI triangulaire avec seulement un jour de décalage par rapport aux USA, preuve que son patron a été remplacé.

On a aussi le retour de Ardisson et Patrick Sébastien, virés de la télé par Macron 1, qui reviennent sous Macron 2... Ardisson avait expliqué pourquoi il avait été déçu par Macron en 2018, et Philippe de Villiers l'explique en ce moment : n'a pas tenu ses promesses (n'était pas le jeune homme brillant qu'on leur avait vendu) et a semble-t-il trahi les monarchistes, notamment avec le traité de Marakech de 2018 (ils n'ont pas compris que la City les avait trahi plutôt).

le 15/04/2021, suite à l'annonce de Poutine qui annonçait qu'il était temps d'abandonner le dollar comme monnaie mondiale, le rouble est tombé à 77.07 roubles pour 1 dollar. Ça rappelle le 777,7 de wall street en 2008, quand la bourse s'est effondrée, bloquée à ce seuil plancher.

Passeport vaccinal à l'arrêt

Le passeport vaccinal est la clé de voûte du grand reset : créer 2 classes de citoyens, les humains et les esclaves. Ceux qui ont le passeport peuvent rentrer dans les zones vertes du centre-ville huppé, peuvent voyager, diriger des entreprises, etc.

Les autres sont confinés dans les faubourgs et bidon-ville miteux, ayant juste le droit de travailler 11 h par jour comme des esclaves, et de recevoir la soupe populaire, de l'eau chaude et un peu de pain ranci comme dans les camps de concentration. Des esclaves bien contents d'échapper à l'euthanasie des chambres à gaz...

Évidemment, ces 2 classes de citoyens n'allaient pas être établies sur un simple vaccin : il s'agissait avant tout de mettre en place ce passeport.

Ensuite, sous un prétexte quelconque (crise économique, nombre de points de bons citoyens sur un système de calcul incompréhensible, les bons citoyens étant au final ceux qui gagnent le plus d'argent), le passeport aurait reçu de nouvelles conditions pour être accepté ou pas dans la zone verte centrale, et les vaccinés pauvres iront de toute façon rejoindre les douches à gaz ou les armées d'esclaves...

Ça faisait peur hein ! Rassurez-vous, ce grand reset à de grandes chances de tomber aux oubliettes de l'histoire, même si le nouveau système sera, grosso modo, du même type que celui décrit, mais de manière moins visible...

Au passage, sans explication, Biden 3, qui jusqu'à présent soutenait tous les projets du grand reset, fait volte-face sans explication (sauf pour ceux qui connaissent le principe des sosies, et savent à qui obéissent ces sosies ! :)

Pour résumer les incohérences croissantes :

- 16/12/2020 : Macron change de tête, et refuse de suivre les demande des médias de l'État profond, notamment sur un confinement. Puis quand il confine 5 semaines, il retire le besoin d'attestation et la limite des 1 km, les points les plus contraignants pour la population,

- Les pédophiles et incestueux français sont désormais dénoncés,

- Macron 2 se moque de Klaus Scwabb, le chef du grand reset, en disant, alors que la communication est coupée "je ne vous reçois plus".

- Biden 3 refuse le passeport vaccinal, la clé de tout le reste.

- le prince d'Angleterre meurt avec des 666 de partout (mort le 99e jour de l'année, le 9e jour du mois d'avril, dans ses 99 ans, ne vous reste qu'à retourner les chiffres 9 pour obtenir le 6),

- Les médias US se mettent d'un coup a diffuser les images du laptop du fils de Biden, diffusées depuis plus d'1 an par les lanceurs d'alerte.

20/04/2021 - David H. Berger remplace Mark Milley à la tête de la junte US

Et puis toute l'agitation provoquée par les révélations sur Biden sont tombées à l'eau, comme si le DS avait encore renié l'accord de cesser le feu.

La junte militaire a du être obligé de faire le ménage dans ses têtes pensantes, vu l'échec de la stratégie d'accords avec le fourbe État profond, qui renie en permanence ses promesses.

[Zétas]Le général Dunford, chef d'État Major interarmé, était un Marine solidement pro-Trump, mais le général Mark Milley, qui a été son remplaçant, n'avait pas cette inclination pro-Trump.

Milley a été promu chef d'état-major de l'armée dans le passé par Obama, et gardait des idéaux démocrates. Milley n'était pas de l'État Profond, juste qu'il n'était pas d'accord avec les autres membres de hauts gradés de l'armée, probablement d'inclinaisons républicaines.

Les atermoiements après la fraude massive du 3 novembre 2020 viennent de la réticence de Milley à utiliser les preuves du Kraken pour rétablir le président Trump dans ses fonctions officielles. De par son inclinaison démocrate, il était favorable à une présidence plus progressiste, tout en voulant faire tomber toujours plus de membres de l'État Profond grâce à la fausse présidence Biden.

Mais comme expliqué plus haut, cette pêche aux corrompus était sans fin. Devant la complexité à gérer une fausse présidence, Milley a été remplacé, à la tête de la junte du coup d'État, par David H. Berger, chef des marines.

Harmo annonce aussi l'abdication de la reine, qui devrait avoir lieu pour son 2e anniversaire du 12/06/2021, 6 jours après le 6/6 (666...) ultimatum de Trump pour les OVNI déclassifiés.

05/05/2021 - Victoire des Q-Forces

Les Zétas se permettent de confirmer une prophétie donnant 2026 (en précisant bien que cette date n'était valide que quand la prophétie a été donnée, en 1920), affirmant qu'avec le départ des têtes pointues, qui poussaient aux sacrifices d'enfants par les satanistes, avaient abandonné la Terre, et que les humains correspondants à cette faction avaient été désactivés.

La bataille maintenant, c'est de faire plier les Élites qui tiennent les médias, pour les obliger à révéler Nibiru, comme les ET l'imposent.

A priori, les pires plans génocidaires sont derrière nous, mais n'oublions pas que sur le terrain, certaines petites mains gardent ça dans leurs cartons, et pourront toujours éventuellement les appliquer.

03/06/2021 - point sur la situation

Survol

Cette vidéo de Cascarino est un super résumé de la situation, dit avec d'autres mots que les nôtres. Tous les dominants (Trump (City et Q-Force), militaires, DS) veulent nous dominer (sic!). Seul le fait que l'immense majorité des humains ouvre les yeux peut nous sauver.
Les vaccins ont pour but de nous amollir le cerveau, d'accepter bouche bée la dictature qui s'installe, quel que soit le dominant qui gagnera.

Tous les dominants veulent nous dominer

Plusieurs optiques pour garder le contrôle

Plusieurs clans égoïstes se disputent notre avenir, pour l'instant tous dans le but de garder le contrôle sur nous :

- Les transhumanistes, qui lancent par exemple les 3 enfants chinois pour obtenir un grand nombre d'endormis/manipulés/humains robotisés (les âmes étant pour l'instant gardées emprisonnées et formatées/manipulées pour servir les plans de leurs dominants sur Terre). Le but étant de submerger par le nombre les âmes compatissantes réveillées,
- Ceux qui essayent au contraire de tuer les gens, de couper les réveillés qui refusent de plier,
- le clan de la City (dont Trump n'est que la vitrine), qui veulent, pour l'instant, garder les populations en plus grand nombre que dans les autres plans, et ce uniquement pour leurs intérêts ultérieurs. Cela ne veut pas dire qu'ils veulent garder toute l'humanité actuelle en vie, ni qu'ils ne feront pas un génocide comme les autres une fois que nous ne leur servirons plus... Même sous Trump, méfiez-vous de ce qu'on vous donne ou oblige à prendre...

Mordre jusqu'au bout

Ces tentatives désespérées (aucun de ces plans ne gagnera ni n'empêchera l'ascension générale dans 10 à 100 ans) montrent que ces gens sont tenaces, et ne s'avouent jamais vaincus, et se battront/mordront jusqu'au bout, à l'image d'Hillary Clinton en 2016 contre Trump.

Positionnement des militaires et ET bienveillants

Les militaires ne sont pas forcément dans ces clans (mais infiltrés à leur tête par ces divers clans, voir par des agents triples), et pour l'instant, collaborent avec le clan Trump/ City, parce que c'est le plan le moins néfaste pour l'humanité (ce pourquoi les ET bienveillants les appuient, en l'absence d'autre choix possible).

Ces guerres de l'ombre deviendront visibles

Avec Nibiru, ces guerres souterraines se déclareront tout à fait, les civilisations type Trump/Poutine/Xi, les mieux préparé à Nibiru, prendront d'abord le pas sur les autres, mais il est prévu qu'à terme elle s'effondrent comme tous les autres clans égoïstes/domination, et que c'est le côté coopération qui l'emporte au final, un côté pour l'instant étouffé et oeuvrant en souterrain.

Seul le réveil des conscience nous sauvera

L'autre plan dont parle la vidéo, seule façon de s'en sortir (mais qui a peu de chance de se réaliser avant Nibiru), c'est le soulèvement des consciences de tous les humains, le réveil et la réflexion. Ce n'est pas l'apparition d'un sauveur qui pourra réfléchir pour tous les autres, c'est tout le monde qui doit reprendre le contrôle de sa réflexion et de ses actes. Plus les gens auront les yeux ouverts, plus les lignes de temps seront faciles.

En France, il n'y aurait que 5% de yeux ouverts... Ça me semble très peu, mais c'est vrai que de ce coté-là, nous sommes un des pires pays de la planète, et nous devrions être le dernier à être libéré...
Au niveau mondial, les choses sont moins rigides qu'en France (aveuglée par ses certitudes) :

- 40% participent encore activement à leur asservissement (endormis (33%) ou purs égoïstes (7%) qui se croient libres),
- 25% ont pris conscience (réveillés), mais laissent faire les choses, s'en accommodent,

sont les ventres mous, vont d'une pensée dominante à l'autre (fluctuent au fil des énergies dominantes) sans réfléchir ni prendre de décisions pour changer les choses, en espérant passer à travers les pires côtés de la domination / se trouver assez haut dans la condition d'esclave pour ne pas trop en souffrir... Un réveillé peut-être un indéterminé spirituel, voir un égoïste : réveil et orientation spirituelle sont 2 notions différentes...

- 35% sont réveillés et en action agissante pour renverser la vapeur (les réinformateurs et lanceurs d'alerte). Ces gens réveillent les conscience, et font peser dans la balance de l'humanité, même si trop souvent, ces flèches heurtent le ventre mou qui ne réagit pas.

Le point positif, c'est qu'il ne reste plus que 33% d'endormis, on est à la limite : moins du tiers, et la société change du tout au tout, même s'ils faudra encore plusieurs mois/années à ces nouveaux réveillés pour bien comprendre dans quoi ils se trouvent (il va leur falloir passer par la désinformation et les mensonges HAARP, la Terre Plate, les dinosaures et le moyen-age n'existent pas, la bible est écrite par dieu, le Gesara, il n'y a ni bien ni mal, etc. avant de voir poindre enfin la vraie lumière :)).

La marge de manoeuvre des dirigeants visibles

La question sur Macron est mal posée dans la vidéo, car il y a 2 Macrons : l'originel, au main de la City, et l'acteur de remplacement, aux mains des militaires. C'est pourquoi la réponse oscille, un des problèmes de l'hypnose régressive quand les questions sont mal posées/bordées...

Quand quelqu'un est vide, il a une âme, mais le personnage en lui-même n'a aucune marge de manoeuvre, son énergie agissante ne vient pas de lui (mais d'une IA apparemment, c'est à dire que le Kraken (superordinateur de la CIA) est un tableau excel/simulateur prenant en compte tous les paramètres, et les gens derrière s'appuie sur des calculs froids, et basés sur des données erronées, des théories boiteuses et des équations incomplètes ou fausses...).

L'acteur Macron 2 doit obéir pleinement aux militaires, en gros il a un texte à lire et ne doit pas en sortir, toutes les décisions sont prises par d'autres. Idem pour le Macron 1 de la City, qui n'avait guère plus de marge de manoeuvre entre la City et les royaux européens dont il était issu, et

n'était lui aussi qu'un acteur (ce pourquoi les militaires continuent à l'utiliser à l'occasion).

Pour Trump, on voit que c'est une personnalité/âme forte (général Patton), qui a un peu plus de marge de manoeuvre / intervient un peu plus dans les décisions et discussions, mais est très contraint lui aussi par les décisions des groupes auxquels il appartient.

C'est un peu le cas de nous tous au passage, enfermés dans nos conditionnements mentaux, nos réflexes de conditionnement social et de culture, de nos émotions et besoins physiques. Les possibilités / notre libre arbitre à notre disposition sont assez limités au final.

Être un être libre demande beaucoup de travail sur soi ! :)

But des vaccins

Les ET bienveillants ne peuvent révéler les plans des ET malveillants, loi de l'équité.

On ne peut que constater que la City et les militaires (ces derniers pas forcément au courant) laissent faire le plan du DS, parce qu'ils y trouvent un intérêt dans leur volonté de contrôler des populations.

Les Zétas avaient révélés, lors du remplacement de Bill Gates en mars 2020, que les plans d'extermination des populations par le vaccin avaient été désactivés.

Les morts du vaccin ça arrive (vaccins pas assez préparés et trop toxiques), mais uniquement sur les plus affaiblis ou fragiles (même temporairement, même sur des personnes paraissant en bonne santé, je parle de fragile au sens relatif à ceux qui s'en sortent). De toute façon, aucun groupe égoïste n'a plus envie de garder les éléments les plus faibles ou fragiles de leurs esclaves, ce sont tous des suprémacistes adeptes de la loi du plus fort.

Mais on sent les ET bienveillants ambigus sur les méfaits restants de ces vaccins (loi de l'équité, ils nous donnent des indices comme ils le peuvent).

Les vaccins ne sont pas là pour nous exterminer, mais c'est clairement pas pour notre santé les pass et autres obligations vaccinales...

Tel que je le ressens / comprends, c'est que l'ARN va en effet modifier notre ADN, ou faire produire des toxines par notre corps, qui vont dans le sens de nous faire devenir des esclaves bien obéissants :

- soit par fatigue chronique et brouillard mental,
- soit directement par effacement supplémentaire de notre subconscient (accès à notre inconscient, qui est en lien avec notre âme).

C'est sûrement ce que veulent dire les voyants par "nous couper de notre âme". Des esclaves qui n'ont plus de curiosité, plus d'envie de se battre, qui obéissent sans réfléchir : pourquoi nos dominants s'emmerderaient à fabriquer des robots qui tombent en panne, si la vie fait pousser toute seule des esclaves bien obéissants ?

Le vieux Odin aurait retrouvé, via ces vaccins, un moyen de contrer l'action des Zétas, quand ils nous ont fait évolué de Néandertal à Sapiens (homme sage).

Comme lors de notre chute face aux raksasas il y a 5 millions d'années, choisir de se faire piquer ou pas, c'est choisir de rester en esclavage, donc une décision bien plus importante qu'il n'y paraît.

Pas irrévocable bien sûr, rien n'est jamais définitif jusqu'à l'ascension, mais si la personne ne s'est pas encore pleinement réveillée et décidée aujourd'hui, ça va être dur de le faire, une fois la réflexion affaiblie par le brouillard mental...

Facilite la dictature

Qui plus est, nos dominants vont pouvoir resserrer la vis de manière drastique (faire monter la température dans le bocal de la grenouille) sans que cette dernière affaiblie mentalement, ne se rende compte de rien. Vous allez voir vos proches vaccinés être encore plus désespérément inertes face aux changements sociétaux...

Ce sera utile aussi pour faire les révélations aux populations, révélations imposées par les ET à nos dominants. Nos dominants pensent que ça diminuera l'agitation sociale qu'ils craignent tant... A noter que la nourriture industrielle produit aussi ces effets, d'où les conseils des Zétas et des Altaïrans, d'être de plus en plus autonome ou de manger du local dont on est sûr, n'ayant pas le droit de révéler qu'ils sont en train de nous empoisonner par tous les moyens à leur disposition.

Reste à venir (05/05//2020)

Il s'agit d'un futur possible, soumis à notre libre arbitre.

Rupture de New-Madrid (p.)

Un séisme majeur sur la faille de New-Madrid aux USA (lit du Mississippi puis du St Laurent) relâcher toutes les plaques tectoniques du monde. Suivi sur quelques heures/jours des failles de San Andreas (Californie), Cascadia (Vancouver au Canada), St Laurent (Montréal et Québec au Canada), puis tout le Moyen-Orient (blocage quelques temps du canal de Suez, les champs pétrolifères en Irak qui débordent et s'enflamment, séisme majeur en Turquie, etc.).

Les plus gros dégâts seront provoqués par l'écartement du rift Atlantique, générant aléatoirement, et sans avertissement, des tsunamis sans séismes qui ravageront les côtes Atlantiques, possiblement quelques heures seulement après le séisme majeur déclencheur de New-Madrid.

Annonce Nibiru (p.)

(09/2020) Les dominants estiment que Nibiru ne pourra plus être niée début 2021.

un groupe de scientifiques internationaux (plus seulement liés au monde occidental) a pour projet de hâter la révélation au public de l'existence de Nibiru.

Restrictions de déplacements (loi martiale p. et couvre-feu p.)

Les dominants de la plupart des pays ont toujours peur de migrations ou de révoltes sociales. Les restrictions du confinement COVID ne sont qu'un avant-goût, le COVID, la crise économique, les attentats puis les cataclysmes naturels ne sont qu'un prétexte à confiner les gens chez eux, pour éviter les pillages et autres agressions.

Daech 2 (p.)

Daech fini par détruire Médine et massacrer les pèlerins (violant le code d'honneur des musulmans), le Mahdi est élu par tous à la Mecque (un prince Saoudien, MBS probablement) et la contre-offensive contre Daech est lancée.

Odin (p.)

- prend le trône du pape avec l'agrément de la Curie et des jésuites (maintenant que le pape n'a plus à représenter Jésus, voir 25 mars 2020 et la notion de vicaire du Christ).
- prend la tête d'une théocratie mondiale (soit avant Nibiru, via un coup d'État mondial, soit le pouvoir une par une des ville-camps de l'aftertime).
- force ses adeptes à aller combattre dans ses croisades.

Survivalisme

Nous vivons dans un système où tout nous tombe tout cuit dans le bec. Tout montre que très bientôt, tout ça va s'arrêter (plus d'eau ni d'électricité, supermarchés vides, plus de police ni d'hôpitaux).

Accès aux ressources difficiles, sols pollués devenus stériles, réacteurs nucléaires à l'air libre et en fusion, rendront compliqué la survie des populations. Les problèmes au début seront plus posés par les autres hommes que par mère nature. Pas grand chose à faire si ce n'est :

- se cacher le temps que les hiérarchistes s'entretuent,
- pratiquer l'entraide pour s'en sortir

2 volets :

- Matériel (survivre physiquement)
- Spirituel (survivre spirituellement)

Nous donnons des infos uniquement, mais pas de conseils sur comment vous devez organiser votre vie en fonction de ces infos. C'est à chacun de choisir sa vie et la manière dont il va la vivre. Chacun possède son libre arbitre et doit l'utiliser, même si c'est moins confortable qu'un système qui décide tout pour vous et vous exploite en retour.

Préparation

Survol

Points primordiaux de la préparation :

- Connaissances et savoirs-faire valent mieux qu'accumuler du matériel,
- Préparation sur le plan physique (autonomie)
- Préparation sur le plan spirituel (augmenter sa bienveillance envers autrui pour ne pas mourir 3 ans après lors du jugement dernier)

Multi-plans (p. 865)

Le futur est mouvant et incertain. Entraînez-vous à improviser des plans sur le tas, tout en anticipant les lignes temporelles pouvant subvenir.

Vos choix (p. 865)

Vous préparer fais partie de votre expérience de vie. Nous ne donnons que quelques conseils et connaissances, ça reste à vous à déterminer la vie que vous voulez vivre.

Gérer l'attente (p. 866)

Période bizarre, que de continuer à devoir vivre comme avant, alors que tout nous pousse à tout lâcher et à partir dès maintenant dans les bois.

Planifier la préparation (p. 866)

Comme tout dans la vie, on est plus efficace si on fait planning de comment va se dérouler notre préparation.

Se familiariser avec les événements à venir (partie apocalypse p.)

Bien lire la partie "apocalypse" qui liste les événements que l'on va rencontrer, histoire de ne pas être surpris ou paniqué.

Psychologie (p. 868)

Faire le deuil de sa vie actuelle et de ses souvenirs concrets (photos etc...). , savoir quoi laisser sur place et quoi emporter.

Ne pas prévoir trop de choses inutiles (ex : confort), plutôt revoir ses priorités et ce qui est réellement important.

Physique (p. 872)

Préparez vous physiquement en mangeant moins et moins riche, en marchant etc...

Écoute des signes et synchronicité

Pour échapper aux pièges de l'aftertime, un des moyens qui nous permettra d'être "guidé" est justement par ces synchronicités / récurrences / coïncidences. Plus on approche d'une période critique, plus cet outil sera utilisé !

Attention à ne pas basculer dans l'excès, et ne pas trop chercher des signes partout non plus, c'est le danger inhérent aussi à notre prise de conscience de ce "système d'alerte" qui nous donne des indices. Chaque "récurrence" en plus est personnalisée, et seule la personne qui les reçoit peut en comprendre le sens. Elles ne seront pas les mêmes d'une personne à l'autre, parce que nous ne vivons pas les choses de la même manière.

Intuition

Apprenez à recevoir directement les infos de son âme supérieure, celle qui envoie des synchronicités, mais peut aussi s'exprimer plus clairement si on se mets en état de zen, à l'écoute de ses ressentis intérieurs (L2).

Récupérer l'information (p. 872)

Apprenez dès maintenant à analyser les informations disponibles, éliminer les fakes.

Changer le système (p. 873)

Plus nos concitoyens seront réveillés et préparé, plus le système oppresseur sera affaibli, et mieux nous pourrons passer les événements. Informez, même si ça mets des années à rentrer.

Groupes de survie (p. 888)

La survie solitaire est aléatoire, familiarisez-vous dès aujourd'hui aux problématiques de groupes.

BOB (p. 892)

Préparer son sac à dos de survie pour être prêt à quitter votre chez vous définitivement en quelques secondes.

Zones sûres et zones à risque (p. 893)

Nancy et Harmo ont fait un gros boulot pour décrire les risques encourus dans chaque zone du monde.

Lors du pile-shift, il faudra être loin des côtes, en altitude, dehors dans un endroit dégagé, dans une tranchée d'1 m de profond pour l'ouragan, recouverte d'une tôle légère pour les petits météorites.

Pillards (p. 901)

Les mafias (militaires ou civiles) hors des villes-mouroirs seront le principal souci auxquels seront exposées les communautés isolées.

Plan d'évacuation (p. 901)

Revoyons toute l'organisation à faire pour quitter une zone devenue dangereuse, tandis que loi martiale, confinement et couvre-feu battent leur plein.

Véhicule d'évacuation (p. 908)

De préférences une petite voiture passe-partout, qui pourra servir plus longtemps de par sa faible consommation d'essence.

RAS (p. 908)

Nous avons vu le BOB (sac à dos de survie) qui permettait de rejoindre une zone refuges sécurisés (RAS pour passer les évènements, donc temporaire), avant de rejoindre la BAD.

BAD (p. 911)

Mettre en pratique, et s'entraîner / déverminer, en installant une BAD (Base Autonome Durable). Cette BAD sera au-dessus du 2e tsunami (pour ceux qui voudraient construire quelque chose de pérenne pour franchir le 2e pole-shift) pour recommencer à vivre en autonomie une fois que tout se sera tassé.

Compétences et savoirs (p. 914)

Apprendre les gestes de base pour repartir de zéro, les techniques vitales pour redevenir résilient (démerdard et confiant!).

Pour en savoir plus

Actes à faire dans l'immédiat puis pour le futur.

Avoir plusieurs plans et être adaptatif

Nibiru est un phénomène assez mystérieux, qui peut avoir des conséquences tout à fait inattendues. La versatilité de ceux qui nous gouverne est aussi à prendre en considération. Votre attention et votre esprit doivent toujours être tournés vers l'actualité, mais vous devez aussi savoir vous mettre à la place de l'État. Si une chose est ressenti comme une source de chaos ou de menace, il y aura forcément une réaction symétrique de l'État vers plus de contrôle. Plus vous voudrez le renverser par la force, plus le durcissement du contrôle sera important.

Nous serons contraints de nous adapter au fur et à mesure de décisions qui dépendent presque totalement du libre arbitre d'une poignée de personnes. Nous connaissons les grandes lignes, mais pas toujours de quel côté le vent va tourner. Chaque clan d'illuminatis a des objectifs, en plus de ceux des groupes d'Élites. Attendez vous, d'un côté comme de l'autre, à ce que les choses ne se passent pas comme prévu. L'instabilité demande de la réactivité, soyez souples dans vos plans et ne négligez pas de pistes. Mieux vaut avoir de nombreux plans de secours, et ne pas rester rigides.

Plan prévisionnel

Il vous faudra établir un plan général d'évacuation.

Si votre lieu de vie est trop exposé (ville ou gros village, proche des routes, côtes ou centrales, dans une vallée, etc. voir le lieu de votre zone refuge plus bas pour éviter les zones à risque) il vous faudra définir une zone refuge (RAS) pour passer les évènements, puis ensuite une Base Autonome (BAD) pour fonder une nouvelle communauté.

Il vous faudra prévoir de vous déplacer entre ces 3 points, dans un monde dégradé (avant le premier passage) puis dévasté (après le premier passage), grâce au sac à dos de survie bushcraft (BOB).

C'est vos choix

Harmo, et de manière générale personne, n'ont le droit de participer concrètement à votre préparation, car c'est une responsabilité que vous devez prendre, c'est une leçon spirituelle importante.

Harmo ne donne que des conseils généraux, et surtout est là pour vous expliquer comment les choses fonctionnent, ce qui vous permet d'anticiper les choses, et donc d'améliorer votre préparation.

Harmo ni personne ne sont là pour faire le job à votre place !

[Zétas] Il y a autant d'approches qu'il y a d'individus. Dans certains cas, les gens s'installent dans des régions où ils sont guidés, où ils sont contactés, de sorte que des communautés se forment naturellement dans un esprit de service à autrui. Dans d'autres cas, les gens sont conscients qu'ils ne sont pas dans un endroit sûr et prévoient de déménager, sans savoir consciemment où ils prévoient d'aller ou qui ils s'attendent à rencontrer ! Les présentations se font sur des vaisseaux spatiaux, et ces personnes suivront leurs intuitions le moment venu. Utilisez les archives géologiques passées de la Terre (Mammouths, strates calcaires, etc.) pour amorcer la conversation et briser la glace, Velikovsky par exemple pouvant difficilement être contesté.

Gérer l'attente

Vous devrez encore vivre au quotidien dans ce système actuel encore plusieurs mois/années, alors ne quittez pas votre boulot sans avoir une sécurité matérielle derrière, gardez vos économie pour l'achat de matériel (car il y aura toujours des choses à acheter au dernier moment). Ne donnez pas de dates à vos proches ou les gens qui vous côtoyez au travail etc..., car si les choses étaient repoussées, vous vous serez grillés à leurs yeux et vous ferez l'effet inverse de vos bonnes intentions.

C'est une période délicate où nous voudrions déjà nous installer sur les starting blocks, mais le faire trop tôt c'est au contraire mettre en péril notre préparation, car si le coup de départ arrive plus tard, nous aurons déjà pris des crampes qui nous pénaliseront grandement. Les faux départs sont aussi mauvais que les non départs. C'est parfois un effort important que de continuer dans la routine alors qu'on est persuadé que tout cela va partir en fumée, mais c'est NÉCESSAIRE. Maintenir ce quotidien est une chose, mais cela ne nous empêche pas de commencer à agir en second plan : un jardin, des poules, goûter aux fruits de la nature (avec sagesse et prudence, le risque d'accident est très élevé quand on débute), camper de temps en temps dehors (en prétextant un loisir), se préparer physiquement en mangeant moins et moins riche, en marchant tous les jours, etc.

Actions

Ne vous comportez pas en nihiliste, brûlant tout en attendant l'effondrement complet en quelques mois.

Ne prenez pas de contrats (emprunts), etc. jusque parce que vous êtes persuadés que le monde va s'écrouler bientôt, ce serait malhonnête.

Continuez comme avant et ne vous torpillez pas avant l'heure dans des coups de tête qui sont complètement inutiles. Au contraire, assurez votre présent comme vos préparation.

Avoir des catastrophes graves et des bouleversements sociaux et politiques majeurs ne veut pas forcément dire basculement des pôles immédiatement ensuite. Cette situation intermédiaire peut durer longtemps, même avec une Nibiru visible dans le ciel. La situation sera grave, les secours débordés, bien avant le basculement en lui-même.

En parabole, ne brûlez pas vos vêtements avant que le beau temps n'arrive, parce qu si l'hiver persiste plus longtemps que prévu, vous aurez tout gâché et vous attraperez la crève.

Beaucoup de choses se feront toutes seules le moment venu, c'est pour cela qu'il faut être patient et ne pas vouloir pousser trop fort trop tôt. Faites vous confiance, avec Nibiru dans le ciel nos comportements et mauvaises habitudes en prendront un coup automatiquement.

Planifier la préparation

Survol

Chaque minute passée à préparer la préparation vous fera gagner des jours de préparation. Utile si vous ne découvrez que 50 jours avant la fin que tout va s'arrêter.

Liste de points à planifier : cas concrets, savoir, savoir-faire, savoir-être, outils, stocks.

cas concrets

Liste des soucis pouvant être rencontrés, et auxquels vous pouvez chercher dès maintenant à donner une réponse :

- si les murs s'effondrent sur mon sac de survie lors d'un séisme, si les pierres roulent jusqu'à mon trou de survie,
- Si je me casse la jambe, comment faire une attelle ? Si je me coupe profondément, les bandes de sparadrap suffiront-elles? Le

nécessaire de couture sera-t-il suffisant? Comment désinfecter ?

- Pour les maux de tête, après le dernier paracétamol avalé, je fais comment par la suite?
- Comment je me passe de l'eau du robinet ? Comment filtrer l'eau du ruisseau à côté ? Si la mer atteint le niveau de la source? Où se réfugier si des pillards envahissent mon habitation ?
- Comment sauvegarder la connaissance ? Si je part sur l'option informatique, comment je recharge les batteries des ordinateurs ? Comment protéger au mieux ces derniers pour les faire durer plus longtemps possible ? Prendre du matos en double, ou apprendre à réparer, voir refabriquer des batteries ou semi conducteurs ? Prendre une sécurité en stockant dans des bidons étanches les livres les plus importants pour la suite ?
- Comment je fait de la lumière si toutes les lampes électriques sont cassées ?
- etc.

savoir

Écrire sur du papier les savoirs qu'il serait intéressant d'acquérir, c'est à dire apprendre :

- différents types d'abris en fonction de ce qu'on trouvera et des dangers sur place.
- les méthodes pour faire un feu à partir de rien, quelles pierres ramasser pour faire un briquet préhistorique, comment frotter 2 bâtons l'un contre l'autre pour en faire des flammes.
- différents modes pérennes de filtration et purification de l'eau.
- plantes comestibles.
- piéger, pêcher, chasser, cultiver, élever des poules, lapins, chèvres
- conserver la nourriture en trop, comme les fruits. Plusieurs modes de conservation en fonction du climat rencontré par la suite.
- self defense.
- gestes de premier secours.
- médecine de la vie de tous les jours, reconnaître une plaie qui s'infecte.
- météo, anticiper les orages.
- construire un four haute température pour cuire le pain, les céramiques, les tuiles, etc.
- fabriquer du savon, éponge vaisselle, du dentifrice, ou sinon comment m'en passer.

- faire du tissu et tricot.
- comment se passer de papier toilette, comment faire des toilettes dans la nature pour ne pas propager les maladies à tout le campement.
- planter du blé, le récolter, le moudre, le cuire pour en faire du pain.
- Comment faire de l'électricité, la stocker et régénérer les batteries plomb.

savoir-faire

Une fois le savoir au dessus acquis, il faudra le pratiquer pour éviter de s'apercevoir de problèmes seulement lorsqu'on sera en situation précaire. Par exemple, des savoirs vus précédemment :

- Filtrer et purifier son eau soi-même, en partant de l'eau du robinet. Permet de s'assurer que tout marche bien, qu'on ne tombe pas malade, qu'on aura tous les ingrédients sur place, que les filtres ne s'usent ou ne se colmatent pas trop vite, comment les nettoyer, que ce ne soit pas des filtres à remplacer dont on n'aura plus les pièces dans 5 ans, etc.
- Commencer à sauter le petit déjeuner (jeun intermittent), régime cétogène (moins de sucres), manger un petit peu d'un seul ingrédient toutes les 2h, entre midi et 18 h un seul ingrédient par prise d'aliment.
- S'entraîner à faire des jeûnes de 1, 2 puis 3 jours toutes les semaines, déjà parce que ça dégage une grosse partie des toxines du corps, ce qui nous fatigue quelques jours.
- S'entraîner à piéger, chasser, pêcher, cultiver, à élever des poules, lapins, chèvres. Fabriquer un filet à poisson avec des fibres d'ortie, regarder au bout de combien de temps les fibres se cassent, si avec d'autres fibres ça tient mieux, etc. Fabriquez votre propre arc, regarder s'il vous fait mal parce que mal taillé, au bout de combien de temps il casse, mettez à volonté proche du centre, etc.
- Regarder chaque jour le ciel, regarder l'évolution de la météo, pour se reconnecter à son environnement.
- Pratiquer un sport de self défense, ou faire de la course à pied plusieurs fois par semaine.
- Pratiquer le bricolage, le jardinage.
- Faire des week-end Nature où on construit des abris, vérifier qu'on se rappelle de tous les noeuds à maîtriser, qu'on a suffisamment de cordes, que le couteau coupe bien et qu'on ne

se blesse pas avec (plus facile de recoudre un doigt maintenant que en survie), etc.

- Faire des week-ends où on coupe l'eau et l'électricité : on voit vite ce qui n'est pas encore au point, ce qui est mal optimisé et deviendra pénible à la longue.
- L'électricité vous permettra d'avoir de la lumière et de faire marcher vos appareils électroniques et électriques, des postes de soudure, des pompes à eau ou à essence, un équipement radio ainsi que pour recharger votre téléphone, etc.

savoir-être

C'est notre attitude face aux problèmes que nous allons rencontrer, comme des agressions, des morts plus nombreuses, etc.

Étudier la méditation pour se poser soi-même, enlever les problèmes chez soi avant de faire face à ceux de nos semblables.

Comment faire face aux gens difficiles, les bases de la psychologie voir de la psychiatrie (les asiles vont relâcher leurs patients).

S'entraîner à parler aux inconnus dans la rue, histoire de vaincre le stress des relations sociales, découvrir de nouvelles personnalités.

Outils

Liste des choses à acquérir. Comme des lampes à LED, trousses de secours, couvertures de survie, chauffage autonome, générateur électrique autonome.

Un arc à poulie pour la chasse et un taser pour la défense contre les animaux sauvages, etc.

Regarder si les batteries tiennent les années, ou si au contraire, non utilisées en milieu humide, elles rouillent et son rapidement hors d'usage.

Lampes LED

Lampe de poche LED rechargeable par manivelle. Mais les batteries ont une durée de vie ridicule. Le gros avantage, c'est qu'en tournant la manivelle, même batterie morte, les LED fonctionnent. Solution durable (même si la manivelle est monté sur des paliers plastiques, qui s'usent assez vite, obsolescence programmée toujours). Attention néanmoins au bruit du moulinage, pas discret du tout.

Les LED en elles-même sont quasiment increvables, et pourront être récupérées pour être alimentée par une petite éolienne type alternateur

de voiture (soudure étain d'électronique à basse température).

Vieilles lampes tempête

De vieilles lampes sur un vide grenier (à acéthylène, à huile, à suif).

stocks

Chercher les consommables qui vont manquer (grâce à l'expérimentation), comme pour la nourriture le sucre (confitures), les consommables de bricolage comme les planches et clous, les hameçons de pêche.

Il faudra toujours savoir par quoi les remplacer une fois qu'on aura user les derniers, comment les réparer ou les refabriquer.

Entasser ce qu'on jette d'habitude et qui pourra nous servir plus tard, comme les grands cartons, les sacs plastique, les emballages en polystyrène, les bouteilles d'eau plastique vides (qu'on remplira juste avant que les robinets ne tarissent histoire d'avoir des réserves pour les premiers temps, quand les ruisseaux seront plein d'hydrocarbures de Nibiru, de cendres volcaniques ou de résidus nucléaires).

Psychologie

Pour se préparer à la survie, le premier travail est d'abord psychologique. Accepter de perdre notre vie d'avant (qui était une impasse) pour accepter de vivre pleinement sa nouvelle vie, et le monde meilleur qui l'accompagne.

Survol

Devenir meilleur (p.)

Beaucoup d'épreuves sont à venir, il faut apprendre à y faire face avec calme et sérénité. Méditation et recentrage sont les maîtres mots, pour ne pas laisser les formatages prendre le contrôle.

Faire le deuil (p.)

Faire son deuil de sa vie actuelle et de ses possessions, accepter les pertes pour recevoir les gains.

Déformatage divers (p.)

Vous aurez appris à ne pas laisser les formatages prendre le contrôle de votre corps, voyons maintenant à retirer ces formatages qui vous polluent la conscience un a un.

Psycho > Devenir meilleur

Gérer ses émotions

Le danger en survie, c'est les personnes hystériques, qui ne gèrent aucune émotion, qui vont paniquer, s'énerver, faire n'importe quoi à cause d'un pétage de plomb, et se mettre en danger, eux et le groupe.

Voir par exemple la survie de 4 personnes sur un catamaran retourné : un des survivants était colérique, s'énervait pour un rien. Une "forte personnalité" comme dit notre société (qui veut nous faire croire que c'est une qualité). Non, c'est de la folie furieuse, et ça se soigne par un travail sur lui-même du concerné (quitte à l'isoler pour le forcer à travailler sur lui). Les psychopathes au pouvoir, comme Odin, ont aussi ce trait de caractère, qui est en fait de l'instabilité psychologique, celui de ne supporter aucun retard dans l'assouvissement d'un besoin. Dès que ça n'allait pas, ce fou dangereux gueulait, foutait tout le monde en stress, se battait pour se défouler et extérioriser des failles psychologiques qu'il aurait dû résoudre depuis longtemps. Pour le calmer, le seul moyen était de passer tous ses caprices, ce qui a conduit souvent au bord de la catastrophe (perte de l'ancre, perte des voiles, perte de la seule canne à pêche, découpe de la coque au risque d'embarquer trop d'eau, branchement du gaz sur une bonbonne rouillée prête à exploser, etc.). Ce genre de personne est chiante à supporter dans un monde civilisé, mais ce sera une horreur en survie. ne leur laissez rien passé, quitte à les envoyer se défouler sur un punching ball pour éviter les dégâts inutiles qui compliqueraient la survie ultérieure.

On peut aussi penser à ceux qui se figent d'effroi quand il faut courir, qui vont courir comme des dératés dans des pièges alors qu'il faudrait se poser et analyser calmement, qui vont crier hystériquement quand il faudra faire silence, etc.

Briefer ces personnes dès le début, qu'elles s'entraînent à vivre des situations dangereuses, qu'elles apprennent la méditation, à respirer, à se calmer et à analyser après coup ce qui a déclenché le comportement inadéquat (se poser la question de pourquoi on est comme ça, faire le vide dans sa tête, et regarder toutes les pensées qui nous viennent et qui sont en lien avec ce comportement).

Nous sommes tous arrivés sur terre imparfaits, quand on était petit on piquait des crises de nerf dès que nos besoins n'étaient pas satisfaits (être changé tout de suite, avoir le sein tout de suite, avoir le jouet tout de suite, avoir l'attention de tout le monde tout de suite, etc.). Nous avons tous grandis, acceptés que le monde ne tournait pas autour de notre petite personne. Si la plupart des gens ont bien franchis la plupart des étapes, certains ont gardé un lourd passif d'égoïsme à résoudre. Si ces personnes ne veulent pas travailler sur elles-mêmes, elles seront des boulets pour le groupe, et il faudra envisager de s'en débarrasser pour les cas les plus graves et dangereux pour le groupe...

S'améliorer spirituellement

Harmo profite souvent de l'actualité pour nous dire comment voir les choses, comment il faudrait le gérer en survie, quels comportements ou réactions on doit améliorer pour améliorer son amour envers autrui, comment aider autant les enfants des autres que ses propres enfants, ne pas voir que sa communauté, mais tous les humains, comme des frères.

Lâcher prise

Nibiru sera l'occasion d'apprendre le lâcher prise : Ce qui nous dérange, on le change. Si on ne peut pas le changer, on s'y adapte.

Accepter de tout reprendre à zéro, de prendre un nouveau départ, comme un nouveau-né qui a tout à découvrir. Sinon, comment continuer à remplir une tête déjà pleine ?

Méditation

Méditez (L2) à tout moment : placez-vous dans l'instant présent, analysez vos pensées, l'environnement autour de vous, appréciez comment l'Univers conspire à ce que vie se réalise pleinement à chaque instant.

Psycho > Faire le deuil

Survol

On ne prend pas une nouvelle vie sans abandonner l'ancienne. Il y aura des choses qui vous paraissaient importantes, à vous de vous rendre compte qu'elles ne l'étaient pas.

Photos

Regarder une dernière fois vos photos et souvenirs peut vous faire du bien. Pas question de les détruire ou de s'en débarrasser, juste de se dire "ben voila, je vais tout laisser en place quand je partirai". Ce n'est que du matériel périssable, les moments que représentent ces photos existeront toujours dans l'éternité.

Accepter les catastrophes (p.)

On ne se rend pas compte de la puissance des cataclysmes sur Terre. C'est quand on en vivra un qu'on pourrait être abasourdi et tétanisé.

Renoncer aux valeurs inculquées

Accepter que depuis votre conception, le gouvernement nous ment et travaille contre nos intérêts, qu'une partie de nos connaissances et savoirs sont faux. C'est bien de le dire, mais d'en avoir confirmation ça fait un choc.

Toutes nos idées religieuses sont remises à plat (le dieu vengeur et dominateur n'existe pas, il y a d'autres espèces intelligentes extra-terrestres dans l'univers, l'âme humaine immortelle existe, etc.).

Renoncer à l'asservissement

Sortir de notre condition bien tranquille d'esclaves, à qui le gîte et le couvert étaient fournis, retravailler pour soi même et les autres, s'ouvrir aux autres, reprendre une évolution spirituelle, devoir se poser des questions et résoudre les problèmes de la vie au lieu de s'abrutir devant des programmes télé et de laisser les autres décider pour nous. Bref, reprendre sa condition d'être humain, libre par définition.

Renoncer à ses possessions

Préparez-vous en général à laisser vos biens là où ils sont.

Tout ce que vous croyez posséder, son habitation, sa voiture, ses jeux vidéos, le confort apporté par la vie moderne.

Revoir le sens de sa vie. Pour les occidentaux, tout est basé sur une unique vie qui doit être la recherche de plaisir, de confort matériel et de domination de ses semblables, et de continuité génétique à travers sa descendances que l'on essaye de garder dans les hautes sphères du pouvoir. Quel intérêt de passer dans un mouvement communautariste où tous les hommes sont égaux en droits?

Accepter la mort

Nos proches vont mourir. Nous allons mourir. Dans 100 secondes, ou dans 100 ans ? Au moment où ce fait inéluctable se produira, aurons-nous fait ce que nous avions à faire sur cette Terre ?

Faire dès aujourd'hui le deuil des proches qui ne pourront pas survivre, parce qu'ils sont trop malades, trop vieux, handicapés, qu'ils ne voudront pas vivre dans le nouveau monde, ou seront tout simplement victime d'un bête accident (comme une coupure qui s'infecte).

Se séparer des dangers (p.)

Parmi les choses qui vont devenir dangereuse (rester avec un conjoint psychopathe et narcissique, dans un groupe d'égoïstes), il faut se rendre compte des animaux qu'on ne pourra plus maîtriser par la suite.

Accepter les catastrophes

La plupart des gens n'accepteront la réalité des catastrophes qu'au dernier moment, car la vigilance concernant une catastrophe à venir a été émoussée de manière volontaire par le gouvernement qui a procédé à plusieurs fausses alertes (maladie de la vache folle, bug de l'an 2000, grippe porcine, grippe aviaire, grippe H1N1, ebola, fin du monde maya de décembre 2012, météorites tueurs, tempête solaire, etc. soit une vingtaine de fin du monde ces 15 dernières années).

De plus, la désinformation tourne à fond et chaque phénomène est expliqué "scientifiquement". Même si les explications sont fausses et qu'un gamin de 6ème a les connaissances nécessaire pour s'en rendre compte, la plupart des gens acceptent sans sourciller les contresens physiques (les meubles dans les cas de poltergeist sont soulevés de terre à cause de la présence de prises électriques, le fond des mers se réchauffent parce que l'eau chaude tombe au fond des océans, les avions se désintègrent en ne laissant aucun débris, etc.).

Se séparer des dangers

On ne peut pas établir de solutions générales aux problèmes qui vont suivre, les solutions à adopter ne pourront venir que de vous, car il s'agit d'une expérience et de choix que votre âme à a faire pour progresser, en fonction des contraintes de votre propre vie.

Chiens

Les gros chiens seront le principal danger qu'auront à affronter les survivants. Dans une nature dévastée et sans gros gibier, ils ne pourront survivre qu'en consommant la nourriture des hommes, voir en consommant les hommes tout court... Ce seront évidemment les petits enfants qui seront leur proie préférée.

Ils vont se regrouper en meute et seront des prédateurs redoutables de l'être humain. Si vous avez du mal à nourrir vos enfants, accepteriez-vous de vous épuiser à nourrir un animal qui consomme plus de nourriture chaque jour que 2 ou 3 enfants ?

Plusieurs cas de figure :

- Votre chien est fidèle, ne mange pas trop ou se laissera mourir de faim sans vous faire de mal. Vous ne l'avez pas pris pour flatter votre égo, ou par besoin de dominer quelque chose, ni sous la pression sociale, mais parce que vous avez de l'amour à donner et une relation altruiste. Ou alors, ce chien a sa place dans votre vie actuelle, et dans celle que vous allez avoir par la suite. Votre chien est comme un membre de votre famille, vous allez vous soutenir mutuellement, à la vie à la mort. Mais laisserez-vous crever des enfants orphelins qui ne sont pas votre famille, parce que vous avez juste assez de réserves avec tout ce que mangent vos chiens ?

- Vous avez plusieurs gros chiens que vous n'avez pas vraiment voulu, vous laissant emporter dans le travers de la collection ou de la satisfaction de diriger une meute la plus importante possible, et que vous êtes désormais débordé par le nombre ?

- Vous avez une relation hiérarchique avec votre chien, et le jour où il a faim, il mange le chef de meute qui se montre inapte à le nourrir. Ne l'abandonnez pas à son sort vivant, il ne vous ferai plus de cadeaux la prochaine fois que vous le rencontrerez, ni aux enfant qui tomberont sous sa dent. Vous êtes responsables moral des actes des animaux que vous avez pris sous votre protection.

Psycho > Les décisions dures de l'aftertime

Qui doit manger ?

[Zétas] Le PS à venir est une grande opportunité de décisions, de mouvements vers l'orientation Service-à-Autrui ou Service-à-Soi. Ces décisions ne sont pas faciles à prendre !

La plupart des actions fortement axées sur le service à l'autre comportent un élément de

sacrifice de la part de l'entité qui entreprend l'action.

Toutes les actions fortement orientées vers le service à soi-même affectent gravement les autres entités.

Lorsque vous faites partie d'un groupe touché par une pénurie de nourriture, il vous faudra discuter du problème avec tous et de prendre des décisions collectives. Les personnes âgées doivent-elles manger, tandis que le petit enfant souffre de lésions cérébrales dues au manque de nourriture ?

S'il y a des obèses dans le groupe, alors faites en sorte que ces individus mangent des herbes pour les vitamines, peut-être un œuf par jour pour les protéines, et vivent de leur graisse ! Un écossais en surpoids n'a atteint son poids de santé qu'au bout d'un an et demi sans manger et en faisant du sport, juste en prenant des compléments en vitamine de temps à autre. Les obèses ont de la marge.

Les personnes qui apportent de la nourriture au groupe, qui savent jardiner ou chasser, ou la mère allaitante qui nourrit peut-être plusieurs bébés, devraient être considérées en premier. Ce sont des décisions auxquelles de nombreuses cultures dans le monde sont confrontées quotidiennement !

Autoriser suicide et contrôle des naissances

[Zétas] Les cataclysmes vont arriver rapidement, et la grande majorité des décès seront si instantanés qu'il n'y aura pas de temps pour l'anxiété. Il faudrait s'inquiéter pour les survivants, qui seront blessés, sous le choc, affamés et qui chercheront dans le désespoir de leurs proches.

Ceux qui souhaitent se suicider devraient être autorisés à le faire. Certainement ceux qui souffrent de douleur et de tourment, sans espoir de rétablissement ou d'espoir de recevoir un traitement médical quand un tel traitement est rare ou inexistant.

Appliquer le contrôle des naissances, sans argument, car le taux de mortalité infantile éliminera presque tous les nés au cours des premières années après. Prenez pitié des mères, qui partageront de la nourriture rare avec un fœtus pour le voir naître mort, ou lutter sans succès pour la vie.

Le chagrin qui résultera des cataclysmes ne sera pas plus grand, pour un humain, que le chagrin que sa vie normale pourrait supporter. Le chagrin est quelque chose qui vient à chaque vie, et plusieurs fois au cours d'une vie. Les humains anticipent le deuil de la perte de leurs proches, qui peuvent mourir soudainement par accident ou par maladie inattendue ou s'attarder pendant un long et triste adieu. Les humains anticipent les torrents de la nature - volcans, tornades, inondations, éclairage, tempêtes de grêle et tremblement de terre. Ceux-ci viennent parfois sans avertissement, mais plusieurs fois sont anticipées. Les humains anticipent les problèmes sociétaux, la perte d'emplois ou de statut, la famille et les amis qui désertent un à un, les échecs bancaires. Tout cela peut soudainement placer un humain dans le deuil, mais dans la plupart des cas, les problèmes en suspens s'annoncent régulièrement. Tout survivant des cataclysmes aurait pu vivre une situation de vie où la maison, le travail, la famille et les amis et la santé ont disparu. Cela peut et arrive aujourd'hui à beaucoup, et pas seulement à cause des actes de nature.

Ce qui sera différent, c'est que l'aide anticipée des pays riches ou de leur propre gouvernement ne sera pas disponible. Pour la plupart des pays du monde, cela ne sera pas un choc, car c'est plutôt un choc lorsqu'ils reçoivent de l'aide. Pour les pays riches et industrialisés, ce manque d'assistance sera un choc. Certains individus vont devoir apprendre à compter davantage sur eux-mêmes et à travailler en commun avec d'autres. Ce sont des leçons que la vie enseigne en tout cas et qui ne se limitent pas aux cataclysmes. Les cataclysmes offrent une opportunité, comme la vie en général, d'être utile. Ce sont des temps de grande opportunité, d'être grandement utile. Ce sont des temps où l'on peut grandir, et découvrir la force en soi auparavant inconnue.

Remise en forme physique

La sédentarité nous a affaibli, l'abus de médicaments nous a fragilisé. Si vous ne marchez plus depuis 20 ans, il y a de grandes chances pour que vos genoux se bloquent au bout de 3 km et que vous ne puissiez plus avancer les 3 jours qui suivent.

Pour éviter cela, faire de la marche, du sport juste pour bouger toutes les parties de son corps. Y aller progressivement si cela fait des années que le seul sport que vous pratiquez consiste à montre dans la voiture ou s'asseoir devant l'ordinateur ou la télé.

Se remettre en forme c'est aussi aider les autres, pour ne pas être une charge pour le groupe. Il faut au contraire être un soutien.

Veiller à régler les problèmes physiques qui ne pourront plus l'être après la chute du système, comme les soins des dents ou de nouvelles lunettes, en prendre des solides et une paire de rechange.

Plus le corps est fort plus il obéit, plus le corps est faible plus il commande.

Je vous conseille la course d'endurance à pieds, ça s'apprend plus facilement et rapidement qu'un sport de combat...

Apprendre à récupérer l'information (L0)

TOUS les médias en France (télévision, radio, journaux papier, magazines et les plus gros sites internet) sont détenus par seulement 10 milliardaires, qui ont tous intérêt à occulter certaines informations, voir à démolir ceux qui tenteraient de vous en informer.

Déjà n'achetez plus de journaux papiers, aucun, même Nexus ou Mediapart, ne vaut le coup. Ils font tous parti de la conspiration et ne vous apprendront rien, ils servent juste à vous faire perdre votre temps (qui devient de plus en plus précieux).

Tout se passe actuellement sur internet, Google actualité pour avoir un suivi large et très orienté, Sputnik pour avoir quelques informations en plus que les autres médias ne relayent pas de manière aussi évidente, et surtout les bons lanceurs d'alerte sur les réseaux sociaux, comme la page Facebook de Marc Chazal (Harmonyum).

Apprenez à ne plus regarder les articles en premières pages, l'information mise généralement en avant n'est pas subversive (ne fait pas trembler les dominants). Les analystes ne regardent que les entrefilets, les petits articles de 3 lignes, comme par exemple Obama décide de lancer un programme martien, le réchauffement climatique à notre porte, l'Allemagne redonne des consignes de stocker 14 jours de nourriture chez soi, etc. Il faut savoir qu'il y a des mots clés, comme réchauffement climatique qui veut dire Nibiru. Les cessez-le-feu au Moyen(Orient peuvent indiquer un retour des armées dans leur pays respectif pour faire face aux évènements de Nibiru qui semblent imminents.

Les articles annonçant qu'on a trouvé une nouvelle planète dans le système solaire vous donnent aussi des indications. Plus la planète 9 ou 10 ressemblera à Nibiru telle que décrite dans L2, plus on sera proche de la révélation officielle de Nibiru, de son apparition dans le ciel, et donc du 1er pole-shift.

La manière de cacher l'information sur les catastrophes naturelles doit vous mettre la puce à l'oreille, quand seul un petit entrefilet de 2 lignes annonce que suite aux inondations, 40 millions de Chinois ont été déplacés (comme si on déplaçait la France entière...). Plus cet étouffement sera flagrant, plus les cataclysmes seront en réalité élevés.

La manière de monter en épingle les altercations inter-communauté montre aussi la volonté de créer une mini-guerre civile en France. Les annonces sur le recrutement d'une garde nationale, sur l'armement des policiers montre aussi où on en est sur l'avancement de la loi martiale.

Inutile de lire en détail les articles sur les JO, l'euro de football, le mariage Gay, la loi travail, le COVID, ce ne sont que des poudres au yeux, des consommations de temps inutiles.

Il faut savoir aussi que tous les sondages sont faux, que la moitié des études scientifiques sont bidonnées, bref, qu'on ne peut plus avoir confiance en grand monde si ce n'est en nous même, et dans la bienveillance du grand tout !

Méfiez-vous des incitations à des comportements dangereux : Tchernobyl nous a prouvé que la raison d'État peut être supérieure à la vie / santé des populations. En plus, l'état d'urgence permet au gouvernement un contrôle total de l'information /des médias (voir Sputnik qui du jour au lendemain, c'est mis à ne relayer que les articles sur le COVID faisant peur, et allant dans le sens du gouvernement, copié-collé de BFM TV, qui semble donner LE LA dans la propagande médiatique française).

Changer le système

Survol

Il y a une différence entre être une victime du système, et fermer les yeux devant ses dérives. Si on ferme les yeux et qu'on reste passif, on devient complice.

Le but final de tout cela, de Nibiru, de l'Humanité en général ? C'est d'évoluer vers une société meilleure, différente. Or, la question est de savoir si les événements catastrophiques seuls vont pouvoir remettre en question le système. La réponse est oui, sur le long terme, mais l'avantage d'une annonce c'est qu'elle va entraîner un effet boule de neige avant les catastrophes et mieux préparer l'Humanité à la suite.

Un des aspects forts de la préparation, c'est d'essayer de réveiller doucement les populations : ce sera autant de soldats en moins par la suite (soldats aux ordres des hiérarchistes cherchant à nous tuer), et autant de supports préparés pour passer au mieux les événements (des aides dans notre survie).

Ce système est costaud, la domination d'une minorité sur la majorité dure depuis des millénaires, il sera très dur de changer cet état de fait avant Nibiru, voir quasiment impossible. Mais nous pouvons essayer.

Éviter la violence (p.)

Évitez de manière générale la violence : plus vous vous battrez violemment contre le système, plus il durcira le ton et massacrera la population, par peur légitime. Toute révolution est destructrice, par l'effondrement de la société qu'il entraîne, et plus celui qui reprend les commandes derrière est violent et génocidaire.

Respect des règles en attendant

Tant que l'État fonctionne et ne dépasse/ ne faillit pas à son rôle, vous devez vous conformer aux règles et aux lois.

Désobéissance civile

Le même problème auquel sera confrontée la population française face à la loi martiale des derniers temps, est le même que sous le gouvernement de Vichy en 1940. Doit on continuer à obéir, ou alors entrer en résistance et faire ce qui doit être fait ? Vous êtes seuls maîtres de juger quand un gouvernement, un État, outrepasse son rôle ou n'est plus légitime. Vous êtes seuls responsables des désobéissances que vous ferez à l'ordre public si vous jugez que tel est votre devoir de citoyen. L'État n'est pas un ennemi, tant qu'il reste dans certaines limites au delà desquelles on ne peut plus être éthiquement et moralement solidaire de ses agissements, sachant qu'il faudra toujours chercher une solution légale et pacifique à vos problèmes avant de tomber dans des actions alternatives.

Un système vérolé

Ce système civilisationnel est vérolé à la racine, tout commence par le pouvoir d'une minorité sur la majorité, et le fait que cette majorité demande à ce que des personnes décident pour elles. ELles disent se battre pour la liberté mais refuse la liberté individuelle de base, celle d'être maître de sa propre vie et d'appliquer le libre arbitre qui nous est donné.

Ce système ne peut être amélioré, il est la cause, pas la solution.

Tout ce que nous pouvons faire, c'est l'ignorer et arrêter de l'alimenter, reprendre le contrôle de nos vies.

Les sociétés modernes capitalistes et hiérarchiques, héritées des annunakis et sous contrôle illuminati depuis plus de 5200 ans (de partout sur la planète, des Amérindiens aux Indiens et Chinois), vont atteindre leur point culminant lors de l'avènement du nouvel ordre mondial, 2017-2018. Il faudra alors entrer en dissidence, sortir de leur système qui tue la planète et consomme toutes les ressources sans penser aux lendemains, pour fonder des sociétés altruistes où tout le monde apportera ses compétences à la communauté.

Ne vous plaignez : ceux qui en 1941 anticipaient que des millions de gens allaient mourir dans les camps qui n'étaient encore que des camps de réfugiés nazis, et qui du coup ont refusé d'aller travailler au STO pour faire marcher la machine génocidaire nazie, devaient prendre le maquis, vivre dans les bois en risquant, si la police les attrappaient, l'exécution sommaire. Nous sommes loin d'être obligé de faire ça pour sauver les enfants Syriens, yéménites ou les esclaves d'Angola en refusant de payer les bombes des rafales français.

Un système qui ne peut être réformé

[Bernard Werber, livre du voyage] Le système est trop grand, trop lourd, trop ancien, trop complexe. En criant : « Mort au Système » tu ne fait que le renforcer : il vient de resserrer les colliers d'un cran, en prétextant que c'est pour se défendre contre « ta » révolution. Aucune chance de gagner, il est prévu pour ça : que les esclaves protègent les chaînes qu'ils croient posséder, et s'attaqueront à toi, responsable des lois liberticides.

Ce drapeau que tu défends, c'est le système qui l'a fabriqué puis te l'as tendu... Un autre système d'asservissement en devenir.

Que faire, se soumettre ? Non, car tu es ici pour apprendre à vaincre, et non pour te résigner.

Commence par faire ta (r)évolution personnelle : avant de vouloir que les autres soient parfaits, évolue toi-même.

Cherche, explore, invente : Les inventeurs, voilà les vrais rebelles !

Pose ton épée. Renonce à tout esprit de violence, de vengeance ou d'envie.

Au lieu de détruire ce colosse ambulant sur lequel tout le monde s'est déjà cassé les dents, ramasse un peu de terre et bâtis ton propre édifice dans ton coin. Propose autre chose.

Même si ça ne ressemble au début qu'à un château de sable, c'est la meilleure manière de t'attaquer à cet adversaire : Essaie de faire que ton propre système soit meilleur que le Système en place.

Automatiquement le système ancien sera dépassé. C'est parce que personne ne propose autre chose d'intéressant que le Système écrase les gens.

De nos jours, on ne nous propose que 2 extrêmes : les forces de l'immobilisme qui veulent la continuité, contre les forces de la réaction qui proposent de revenir à des systèmes archaïques.

Méfie-toi de ces deux impasses. Il existe forcément une troisième voie, celle du milieu, qui consiste à aller de l'avant.

Ne t'attaque pas au Système, démode-le !

Tentatives de reprise de contrôle

La séparation des bons et immatures ne se fera que quelques années après le premier passage de Nibiru, les profiteurs/exploiteurs seront toujours là après les événements, avançant comme à leur habitude à visage masqué (le loup à masque d'agneau), s'infiltrant dans tout ce qui marche pour essayer d'infléchir les décisions à leur avantage, voir sabotant un groupe pour favoriser l'invasion ultérieure de leur groupe hiérarchiste.

Quand l'intérêt personnel des dirigeants prime

Agnès Buzyn va dérembourser les médecines naturelles, signez la pétition.

Macron veut signer le pacte de Marakech ouvrant grand les portes de l'Europe aux migrants, manif le 30 à 11h à Paris.

Ils portent la retraite à 72 ans, tous avec les gilets jaunes.

Ils déremboursent les chômeurs qui n'accepteraient pas un boulot de merde sous payés, venez tous on va bloquer les autoroutes.

Ils favorisent l'exil fiscal des riches, Exigeons un référendum d'initiative populaire.

Ils signent le traité où les multinationales auront priorité sur les millions de citoyens, envoyez tous un coeur rose aux parlementaires européens.

Ils augmentent la CSG des retraités, aller vous plaindre en masse à votre député.

Ils suppriment l'ISF, braillez vos revendications à la mairie.

Ils ne veulent pas arrêter les centrales nucléaires qui fuient dans l'environnement, donnons nous la main et faisons une chaîne humaine de plusieurs kilomètres le long de l'autoroute.

Ils ....

Stop !!! Tout le monde souffle profondément... Expire... encore ... encore un fois. Aller, on vide bien les poumons....

On respire lentement, on est zen :) On revient au centre, on se coupe des combats extérieurs perdus d'avance.

Si on changeait plutôt le système ? Si on remettais l'intérêt commun au centre de tout ?

Ce système égoïste ne vous rendra pas le pouvoir de lui-même

La fin du capitalisme ne viendra jamais d'une crise économique ou d'une guerre, car le capitalisme se nourrit de la guerre et de la pauvreté, c'est lui qui les provoque volontairement.

La fin du capitalisme viendra quand les gens n'iront plus bosser pour les capitalistes, car tout le système repose sur l'exploitation des gens. Quand il n'y a plus d'esclaves, il n'y a plus de maîtres.

Il peut y avoir plusieurs scénarios à cette issue, donc certains moins sanglants que d'autres. Qui vivra verra.

On peut faire la révolution, mais ça a déjà été fait. Comme tout le monde sait qu'il faut changer ce système, mais que personne ne sait par quoi le remplacer, ce seront les riches d'aujourd'hui, à qui on aura oublié de retirer le pouvoir, qui garderont les rènes.

Sortir du système

Pas possibilité de changer le système, il est vérolé à la base, complètement pourri dès l'origine. Plutôt que de réparer, il vaut mieux tout mettre à plat, et tout reprendre depuis le début.

Nous sommes des esclaves soumis qui ne savent même plus qu'ils sont esclaves, complices de la destruction de leur propre monde.

Nous sommes tellement bien pris dans l'engrenage, qu'on ne sait plus quoi faire pour changer les engrenages sans arrêter la machine.

Si nous quittons notre emploi, nous n'avons plus d'argent pour nourrir notre famille, et ça nous ne pouvons pas nous le permettre. Sauf qu'en continuant à travailler, on renforce les barreaux de notre prison dans laquelle nos enfants vont nous remplacer, et qui les tuera à petit feu.

Nous serons mort pour rien, en inconnu, juste pour se nourrir, dormir, manger, et détruire le monde. Voila dans quelle société on est aujourd'hui.

Il existe des solutions, mais qui demandent évidemment une prise de risque, et surtout de lâcher son confort. Donc c'est **soit :**

- je vis dans un appart avec un pc, des beaux habits et une belle déco, j'invite d'autres zombis qui sont mes amis mais qui ne me connaissent pas au fond... et je bosse toute ma vie pour une pierre tombale bidon...

- je reviens à une vie simple, sans achats, sans argent, proche de la nature, a produire ma bouffe à la force du bras et non du billet, à faire mes besoins dans un chiotte improvisé, à mettre toujours les mêmes fringues lavés dans de l'eau sans savon... et à être avec ses proches, à parler de soi et des autres, se connaître, s'aimer autour d'un bon repas bien mérité mais surtout à être soi même, bien dans son corps, en paix.

Il y a des gens qui vivent sainement, chez les Hopis par exemples dans les Andes, au fin fond de la Chine ou de l'Afrique. Ces gens vivent de la terre et se contentent de peu... ça ne les empêche pas de vivre plus de 100 ans en pleine forme et sans problèmes de santé, avec une famille aimante. Que demander de plus ?

Ne plus être employé

Inconvénients d'être employé :;

- faible rentabilité : nous perdons chaque mois ce que le patron gagne sur notre dos... Nous donnons notre temps précieux, car limité, contre une somme dérisoire ne nous permettant pas de nous réaliser, ni ne nous laissant le temps nécessaire pour cela.

- bâtir le rêve d'un autre : nous travaillons à fabriquer le destin d'autres hommes, destin qui n'est pas le notre.

- locataire : nous investissons de l'énergie dans quelque chose qui ne nous appartient pas, un capital qui n'appartient qu'aux patrons, ou aux banques qui l'ont financé.

- Pas de sécurité de l'emploi : aujourd'hui en France on peut se faire licencier pour que les actionnaires gagnent en productivité du jour au lendemain, la boîte peut faire faillite et être vendue à l'étranger sans que l'État n'intervienne. Au moment de vous flanquer dehors, aucun des efforts que vous avez fait ne sera considéré par vos chefs.
- le cocon : rester salarié trop longtemps nous endort dans une fausse béatitude, un confort d'esclave dont nous aurons du mal à nous échapper, allant jusqu'à nous battre pour garder le système en place.
- Perte de liberté : nous n'avons plus d'indépendance, nous devons subir et appliquer des décisions injustes ou bêtes, subir des chefs dont la seule volonté est d'avoir du pouvoir sur les autres, donc par définitions des malades mentaux malsains. Environnement stressant pour nous rendre soit disant plus productif, au détriment de notre santé et de notre bien-être, et au final de la productivité pour la collectivité.

Avantage de se lancer dans se propre entreprise :

- L'entrepreunariat est une aventure en soi : le chemin vaut mieux que le but.
- L'expérience : rester dans la même entreprise permet d'engranger de l'expérience, mais de manière faible car on reste dans un vase clos. Aller au contact du monde et des hommes, leur diversité nous fait engranger une expérience formidable et diversifiée en très peu de temps.
- Plein de places : il y a beaucoup plus de salariés que de patrons, il y a donc pleins de place à prendre en tant que son propre patron.

Il est évidemment inutile de se lancer comme patron pour se comporter comme un patron classique, qui considère ses employés comme des esclaves. Voyez plutôt vos collaborateurs comme des gens se réalisant dans cette oeuvre commune, une association pour coopérer, une égalité entre tous.

Quoi faire pour changer

A notre petit niveau, nous pouvons déjà beaucoup.

1) Réveiller ses concitoyens

Éduquer les gens, leur donner les mécanismes critiques nécessaires pour qu'ils se forment leur propre opinion objective, et ainsi voir la vérité, c'est une bataille qu'on mène au quotidien.

La vérité est une arme redoutable, surtout contre les gens qui ont énormément à se reprocher...

Si chaque citoyen réveille 3 citoyens, qui réveilleront eux-même 3 citoyens, puis ainsi de suite, le mouvement fait vite tâche d'huile ! Ces phénomènes sont toujours très longs au début, on ne voit rien venir, mais une fois qu'une taille est critique, c'est toute la société qui change d'un coup, et va demander à changer, ne pouvant plus vivre dans une telle crasse avec les yeux ouverts.

Pour réveiller, il faut rester sur des éléments connus de tous, et juste faire les liens sur les absurdités : dénoncer les dérives du système : Wikileaks, le scandale des pédocriminels, le mensonge des médias, les conflits d'intérêts, les votes truqués, le mensonge du réchauffement climatique anthropique (en pointant sur ses incohérences scientifiques). Voir L0.

On ne peut pas aborder correctement les domaines tels que les ET, Nibiru etc... car là on se heurte à trop de scepticisme, et nos actions ne mènent à rien, sauf à nous discréditer. On peut donner des pistes, mais en restant sur des choses tangibles. Vous pouvez montrer les anomalies archéologiques par exemple (comparaison Jérusalem Baalbek, Puma Punku, les anachronismes en Egypte comme les tombeaux taillés de manière trop précise, etc.

L'idée est donc de rester sur des chemins connus mais d'ouvrir des portes sans aller trop loin (ce qui les ferme au contraire)

2) Se remettre à niveau soi-même

accumuler des connaissances plus poussées pour déjà se remettre soi même à niveau et se débarrasser des mensonges. cela permet d'avoir une vision plus réaliste des choses, et là on peut aller très loin puisque c'est une démarche volontaire et personnelle. C'est à vous d'ouvrir les portes. L'action collective est trop difficile dans ce secteur, car vous irez forcément trop loin par rapport aux autres (vos proches etc...) qui ne sont qu'au début du chemin que vous leur avez fait entrevoir dans le point 1 (réveiller). Ce n'est pas qu'une démarche égoïste même si elle est pour le moment individuelle, car ce que vous apprenez, vous pourrez le transmettre ensuite, quand les gens vous rejoindront. Ils seront tous demandeurs, car une fois qu'on accepte de rentrer sur cette voie, on ne peut que continuer dedans surtout si le rythme est ajusté (pour éviter des blocages normaux liés à la "digestion" du changement).

Bonne préparation à Nibiru

Si vous suivez les deux voies précédentes, vous aller préparer l'arrivée de Nibiru parce que vous aller attaquer le système sur ses deux points faibles. L'immédiat, qui correspond à une préparation psychologique collective (l'Eveil des consciences), mais aussi à,plus long terme avec votre rééducation personnelle, indispensable pour reconstruire autre chose. Si on détruit d'un côté, il faut aussi songer à reconstruire de l'autre. On ne peut pas dire de tout casser sans apporter de solutions.

Continuer la vie quotidienne

Il faut ensuite ne pas tomber dans l'extrémisme, et essayer de continuer une vie quotidienne un minimum équilibrée. Quitter son travail n'est pas forcément une solution raisonnable. Cet équilibre est délicat car il vous plonge dans une sorte de conflit, où vous vous sentez décalés. Je pense que c'est la partie la plus délicate, de trouver un juste milieu entre votre réveil et la nécessité de conserver une vie sociale qui est indispensable si vous voulez conserver un lien avec le quotidien avec vos proches. Si vous tombez dans des extrêmes, vous perdez ce lien courant qui vous sera nécessaire pour vous mettre au niveau des autres, et ainsi mieux les accompagner. Si vous êtes déjà au bout du chemin, vous perdrez les autres en route, et le but n'est sûrement pas de parcourir cette route seul.

oeuvre morale

Nous avons au moins le devoir moral de faire quelque chose. Ce n'est pas forcément le résultat qui importe, car effectivement la réussite n'est pas entre nos mains. Par contre si on essaie d'agir sincèrement, il y a des mouvements qui peuvent partir de choses minuscules et entrainer des mouvements majeurs. Nous avons peu conscience des effets réels de cause à effet, qu'on appelle parfois effets papillons, domino ou boule de neige. Cela nous ne le maitrisons pas, notre cerveau ne peut pas imaginer ces phénomènes trop complexes. Mais rien n'empêche que ces effets existent, et qu'une seule personne ou un groupe restreint de personnes peut, sans le savoir, faire toute la différence. Nous ne sommes pas seuls, en plus, et notre seule intention peut engendrer dans un monde qui nous est pour le moment encore invisible, de grandes conséquences. C'est tout le pouvoir de la foi (la vraie). Faites et les choses iront d'elles mêmes si elles doivent aboutir. Ne faites pas et vous serez spirituellement coupables à

tout jamais. Une guerre peut être gagnée avec un seul cri.

Être patient

Nous sommes dans une phase de préparation, pas dans un véritable phase d'action. Nibiru est le seul déclencheur qui fera évoluer la situation, et qui le fait déjà même si ce n'est pas encore directement. Tout ce que nous faisons, en nous même et envers les autres, ce réveil, n'aura vraiment de sens que quand le système va se détricoter. De l'intérieur d'abord, parce que la population va devenir de plus en plus rebelle, et par l'extérieur à cause des contraintes environnementales liées à Nibiru (qui détruisent l'économie par exemple). Nous "capitalisons" notre travail pour qu'il soit maximum au moment opportun. C'est frustrant, car comme toute personne qui se prépare, on ne saura vraiment si on a été efficace que quand la "compétition" va débuter. En attendant, on reste sur de la préparation, une préparation physique et spirituelle, mais qui ne peut pas s'exprimer dans toute son amplitude.

Courage, nous regretterons malgré tout quand les choses vont véritablement entrer dans le vif du sujet. Ce travail actuel n'est pas perdu néanmoins, loin de là. Regardez simplement le chemin que vous avez déjà parcouru, il est sûrement énorme !

Respecter le rythme de chacun

C'est notre travail en effet de mener les gens / nos proches sur les bonnes pistes, et il faut juste être vigilants et s'adapter à leur rythme personnel. Ce travail est loin d'être inutile, il faut juste veiller à le faire sans précipitation (ce qui serait contre productif). Et la colère est le premier signe du réveil, car qui aime être trahi dans sa confiance ? pas grand monde !

Et c'est souvent à travers les émotions que l'esprit nous parle. Quand le cerveau se fait avoir par les apparences, la petite voix de la conscience elle, voit au delà. C'est cela qui provoque une sorte de malaise, de ne pas être à sa place, de décalage, un déclic etc... Il y a beaucoup de confusion entre ce que nous pensons être nos émotions profondes et nos émotions superficielles. L'enthousiasme que l'on peut ressentir dans une foule lors de meeting, c'est plus lié à une liesse qu'à une émotion profonde. On peut être accroché aussi à des paroles d'un politique parce qu'il va dans le sens de nos convictions, mais c'est une jouissance intellectuelle plutôt qu'une réelle persuasion (puisque nous sommes déjà persuadés). Là encore, dans la vie de tous les jours on peut aussi trouver des exemples, comme le fait que les gens confondent l'attirance amoureuse (qui est physique) avec l'Amour (qui est spirituel). Dans le même esprit, beaucoup confondent la ferveur religieuse (l'appartenance à un groupe, la sécurité éthique, la liesse festive et rituelle, le sentiment d'avoir bien agi en accord avec des règles etc...) avec la Foi (profonde et réelle). La confusion est entretenue par la société, car elle permet de faire passer des vessies pour des lanternes. Mais au final, si on est honnête avec soi même, on peut écouter cette petite voix qui nous prévient que les choses ne sont pas aussi simples.

 si nos dénonciations reste en vase clos, c'est peut être justement que nous les adaptons pas au rythme des autres personnes. Si on est déjà arrivé à destination, comment pouvons nous guider les gens qui viennent juste de commencer le périple. Aller trop vite est LE gros danger pour nous, parce que notre enthousiasme, nos certitudes, et notre impatience nous empêche de nous adapter. Il faut savoir tronquer ou voiler son savoir pour mieux le faire passer auprès des autres. C'est très important comme problématique. Si on annonce tout de but en blanc, on zappe la réponse aux questions en cours de route, et donc permettre à la personne de suivre, ou même de croire à ce qui est annoncé.

 Cette adaptation à l'interlocuteur n'est pas là pour garder de la connaissance de façon égoïste, mais pour la diffuser au bon rythme, quitte parfois à trop simplifier (et mentir par omission ou manque de détail). C'est un difficile équilibre d'accompagner les autres, et souvent nous le faisons très mal, car on voudrait que les gens nous rejoignent le plus vite possible. Le résultat est une catastrophe, parce qu'une personne non préparée à des sujets avancés trouveras vos théories complètement farfelues. Pas étonnant donc qu'on reste en vase clos, surtout si on ajoute par dessus un décrédibilisation systématique de la part des médias dominants.

 Ce ne sont ici que quelques conseils. Nous avons chacun nos vies, notre histoire, nos sensibilités. Certaines actions conviendront à certains, mais pas à d'autres. La "prise de risque" n'est pas bonne pour tous, même si elle l'est pour certains d'entre nous. A chacun de voir là où son cœur l'emmène !

Ne pas avoir peur

 Harmo réponds sur les risques qu'il prends en révélant toutes ces choses :

 "On ne s'attaque pas au mal gratuitement, sinon quel mérite aurions nous, bien protégé derrière une bulle. Mais d'un autre côté, j'ai confiance, parce que je sais qu'il existe quelque chose de bien plus puissant que tous les groupes d'influence ou même ET qui existent. Alors peut être que j'aurais des emmerdes, de toute façon dire la vérité ne plait forcément pas à ceux qui veulent se la réserver. Donc dès que j'ai commencé en 2011 (et même avant), il y avait déjà un risque. L'expérience m'a montré néanmoins à de très nombreuses reprises qu'on me tenait la main, de façon invisible. Si vous avez cette confiance, cela vous donne une très grande force, c'est la "foi" en quelque sorte. En plus je suis persuadé d'œuvrer dans le bon sens, alors peu importe. Si l'on reste bien protégé dans sa grotte parce qu'on a peur des prédateurs, on meurt de faim de toute manière. Alors parfois à l'extrême, il vaut mieux une mort physique, qu'une mort spirituelle. Je n'ai aucunement envie de mourir, loin de moi cette idée, j'ai encore des millions de choses à faire dans cette vie, surtout avec les formidables bouleversements qui nous attendent. Ce sera dur mais aussi un véritable privilège de voir ces instants là. Alors en attendant, je fais ce que j'ai à faire, en quelque sorte, sans me poser trop de questions qui de toute façon ne résoudront rien au contraire !"

Quelle société ? (p.)

 Le principal échec des changements, vient du fait que nous ne savons pas quoi mettre comme société à la place. Tous nos modèles idéaux ont été faits par des gens qui voulaient conserver le pouvoir.

 Nous verrons tous les échecs des systèmes de gouvernance tentés jusqu'à présent, afin de déterminer tous les pièges à éviter pour la gouvernance commune à venir.

Changer > Problématique

 (2010) Pour changer les choses, c'est par la tête que ça passe, et pas par les mains/poings.

Mouvement de masse ? trop d'endormis

 Il n'y a pas de façon simple de boycotter le système, ni de façon de le changer. Les puissants sont trop puissants, et la seule chose qui pouvait les éjecter, ils l'ont dompté : je parle du peuple. Seul un grand mouvement populaire pourrait aujourd'hui mettre fin à tout ça.

 Sauf que 70% des gens pensent que ce système est le seul viable, et mis à part manifester pour des détails, ils ne remettent pas en cause les fondements, comme par exemple la course au confort, la propriété privée, l'inégalité du partage des richesses. Pour les gens, le fait qu'il y ait des riches c'est normal, voila le souci : ces riches, donc ceux qui ont du pouvoir, garderont tout le temps le pouvoir pour eux-mêmes, ils ne le redonneront jamais aux 99% d'humains restants.

Le mouvement de masse ne se fera donc pas, parce que les gens ont eu le cerveau lavé.

Contestation individuelle ? trop peu nombreux

La masse ne bougeant pas, on peut complètement casser avec le système, c'est à dire ne plus rien accepter qui vient de lui. Mais qui aujourd'hui aurait le courage de ne plus aller bosser, avoir une voiture, emmener ses gosses à l'école ? Le système nous tient aussi de ce côté, donc fausse route aussi.

Sachant qu'une minorité qui s'exclue totalement du système, ne va pas changer grand chose quand 70% de la population continuera de trimer pour soutenir le système, maudissant ces profiteurs diabolisés dans les médias, qui refusent de travailler et sont responsables de la hausse d'impôts, ce qui leur donne du travail supplémentaire les empêchant de se rendre compte que les médias leur mentent, que ce sont encore les ultra-riches qui ont pris la part qui n'est plus donnée aux auto-exclus...

Intervention ET ? Ils ne peuvent que montrer le chemin, et le balayer un peu

Il n'y a pas d'action concrète à attendre des ET bienveillants (ce qui ne veut pas dire qu'ils ne sont pas là et qu'il ne font rien...).

Ce ne sont pas nos sauveurs : nous sommes comme des enfants qui devons nous brûler pour comprendre qu'il ne faut pas mettre la main sur le feu.

Donc, c'est par nous même que nous devons changer les choses, et ne rien attendre des ET bienveillants, si ce n'est des conseils.

Prise de conscience collective : le réveil des endormis

C'est par une prise de conscience collective que les choses changeront.

Rééduquer le public en commençant par soi-même

Ces 70% de personnes qui trouvent le système normal et qui se font entuber sans le savoir, voila où se trouve le champ de bataille.

Pour reconquérir ces endormis, il faut leur rappeler les bases de la vie :

- que des gens meurent dans le monde par la malbouffe,
- que la course au confort et à l'argent, c'est une abomination spirituelle,
- que le luxe (le trop), c'est la mort d'innocents (le pas assez),
- que ce qui compte, c'est la compassion et la solidarité : c'est donc une honte d'être riche.

Pourquoi as-t-on perdu de vue l'évidence ?

Le lavage de cerveau fonctionne parce qu'on a ressassé aux gens qu'aimer son prochain c'était une faiblesse. Le système tire sa force de l'individualisme. Chacun accumule dans son coin, prend soin de sa famille mais s'en fout de celle du voisin... La religion a dégoûté les gens de ces concepts en les rendant stériles à force de les répéter dans le vide. C'est pour ça aussi que ça dérange pas de parler à 5 minutes d'intervalle aux infos des gamineries de l'affaire Bettencourt suivie de l'annonce de 50 morts dans un attentat à Bagdad, puis des résultats sportifs. Tout le monde est blasé, on finit par se foutre de tout sauf de ce qui se passe à ses pieds...

As-t-on besoin du trop ?

Il faut condamner la mode, le luxe, le superflu, la TV-bouffe cerveau, la musique-drogue mais plus profondément le travail comme élément fondateur de nos vies.

Se poser les bonnes questions : à quoi ça sert d'avoir un canapé à 800 euros ? Une cuisine intégrée ? Une voiture à 200 ch ? Un PC high tech juste pour surfer sur le net ? Un téléphone portable qui fait le café alors qu'on lui demande juste à appeler et recevoir des appels ?

Être soi : ne pas copier des modèles imposés

C'est aussi ne pas envier les riches, et ne pas vouloir faire comme les gens prétendus biens, à avoir sa petite maison toute propre avec une télé qui trône dans le salon...

S'accepter comme on est

C'est arrêter de jouer un rôle "politiquement correct", on s'en fout si on est gros, qu'on a pas le nez de Brad Pitt ou qu'on a mis des baskets avec un tailleur. C'est aussi finir de faire l'hypocrite avec ses amis, souvent des gens qu'on ne voit que pour pas s'ennuyer mais qui ne connaissent rien à ce que nous sommes au fond.

Dire ce qu'on pense, même si ce n'est pas la doxa imposée

C'est arrêter aussi d'avoir peur de dire les choses parce qu'on a peur du jugement.

Le système place les gens qui osent remettre les choses en question dans la case des illuminés, parce que toute pensée paranormale ou prophétique est dangereuse pour lui : dans le sac "secte à caractère arnaqueur de braves gens" et on n'en parle plus.

Le but de cette stigmatisation est que tout mouvement alternatif soit mis à l'écart, que toute personne qui ose dire que Dieu c'est autre chose soit mise à l'écart, que toute personne qui croit en des choses paranormales soit mise à l'écart.

Tout revoir à zéro, en commençant chez soi

Se détacher des objets

Nous considérons avec des sentiments des choses qui ne sont que des choses et qui peuvent disparaître du jour au lendemain, cet affect que nous avons avec la propriété est un des piliers de la consommation et de l'accumulation de richesse. Qui aujourd'hui serait capable de laisser tout ce qu'il a chez soi ? Vous ferez tous comme ces gens qui ont perdu leurs biens lors d'une inondation, vous direz que vous n'avez plus rien alors que vos enfants sont là vivants à côté de vous ? J'avais des amis qui furent quasiment en deuil quand leur gaufrier tomba en panne, d'autres qui ne pouvaient pas se débarrasser de meubles qui tenaient plus dans leur nouvelle appartement, ou d'autres encore qui ont acheté une voiture parce qu'elle avait 2 pots d'échappement. Et bien j'ai dit stop, c'est pas comme ça que je veux vivre, pour les choses. Je casse une assiette à grand mère c'est c**, mais j'ai pas tué une deuxième fois ma mamie... Une chose ça reste une chose, c'est impermanent et utilitaire, ça n'a pas à être lié à des sentiments. Ça c'est la propriété vue par le système du dieu "argent".

Arrêter de consommer ce dont on n'a pas besoin

80 % des dépenses du consommateur moyen sont parfaitement inutiles. Les gens se plaignent de ne pas pouvoir terminer la fin du mois parce que la vie est chère ? Mais jetez donc un œil dans un caddie au supermarché et regardez ce que les gens achètent... Des gadgets, des conneries, des "promotions"... Bref, des trucs dont on n'a pas besoin.

Nous consommons trop, nous consommons mal est bien entendu nous gaspillons. Conséquence logique de tout cela, plus on consomme plus on pollue... Sans compter que le superflu que l'on gaspille est le nécessaire de ceux qui n'ont rien !

Les fêtes de fin d'année sont malheureusement toujours un triste spectacle : celui d'une débauche de gaspillage alimentaire... La fête pour les hommes ? Mais combien de souffrance pour tous les animaux torturés, égorgés, gavés, et pour quel résultat ? Pour en vomir la moitié pour cause d'indigestion ? Pour se tuer sur les routes parce qu'on a trop forcé sur le champagne ?

Arrêter avec la musique permanente (hypnose et contrôle)

en finir avec cette manie d'avoir de la musique constamment avec soi: la musique agit sur nos émotions, c'est pour cela qu'il y a toujours de la musique dans les magasins ; elle fonctionne comme une berceuse qui atténue les véritables sentiments en en stimulant d'autres. C'est un anesthésiant naturel et le système l'a imposé comme une drogue indispensable au confort. Il en distille de toute sorte mais toujours dans le même but : créer des dépendances. Je parle de la musique parce peu de gens se sont rendu compte de sa véritable nature et son immense impact sur notre comportement. La musique nous déphase de la réalité en nous plongeant dans des ambiances qui ne sont pas réelles et pas celle dans laquelle nous somme réellement. De plus à la TV, dans les pubs, les films, les documentaires, la musique nous dicte à l'avance quelle réaction émotive nous devons avoir par rapport aux images. On met par exemple une musique épique pour annoncer une prochaine rencontre de foot pour stimuler votre fibre patriotique et la rivalité internationale, alors qu'au fond, ce ne sont que 22 employés en train de faire leur boulot sur une pelouse. Enlevez le son et ça ressemble d'autant plus à ce que c'est : un combat de poissons rouges dans un aquarium.

Arrêter toutes les addictions

jeux, TV, sexe, drogues, alimentaires, fumées ou bues...

En finir de considérer l'aberration comme normale

toutes ces images que le système nous impose comme des évidences : les disparités de richesse, la travail une valeur fondamentale, mais aussi les canons de beauté : les mannequins sont des morts vivantes en mauvaise santé pas des sexe-symbole, vieillir n'est pas une déchéance; que la concurrence et la compétition ne sont pas les seuls moyens pour une société de progresser... Il y a énormément de choses qui nous sont montrées comme normales et qui ne le sont pas : un milliardaire va faire voir qu'il s'est fait mettre des cuvettes de WC en or massif, ou un autre de la peau de crocodiles sur les murs de sa maison, mais c'est normal c'est des caprices de riches, "je ferais pareil si j'étais lui après tout" se dit Monsieur Lobotomisé moyen qui joue au super loto dès qu'il le peut. Non c'est pas normal que des gens aient des chiottes en or, non ce n'est pas normal qu'ils aient 20 personnes à leur service, non ce n'est pas normal qu'ils aient des bateaux dont un seul pourrait financer 5000 écoles au Rwanda. Non ce n'est pas normal qu'il y ait des restos à 300 euros le menu minimum.

En finir avec l'appartenance à un clan

Le patriotisme n'est que la marque de son appartenance à un clan du système, un moyen pour nous monter les uns contre les autres, idem pour les religions. Finalement ça veut dire quoi être fier d'être Français ? Allemand ? Russe ? Sénégalais ? Indonésien ? Péruvien ? A cause d'une équipe de foot ? D'une langue ? d'une culture ? La fibre patriotique qu'on nous excite constamment, c'est pour mieux qu'on lui donne sa vie pour rien dans des tranchées plus tard, ni plus ni moins.

En finir avec l'identification avec des modèles standardisés

pourquoi tous les ados ont les cheveux longs, pourquoi tous les vieux se ressemblent ? Pourquoi avons nous un canapé, un lit, une chambre, que nous mangeons 3 fois par jour. Pour voir l'ampleur de notre programmation (notamment par la pub), je vous conseille les travaux de Bourdieux, qui a découvert que l'on pouvait prévoir de façon exacte la disposition, les couleurs et les objets que l'on peut trouver dans chaque intérieur de chaque classe sociale. Mais on peut pousser encore plus loin avec les loisirs, l'habillement, etc. Au final, en fonction de votre classe sociale, vous aurez 90% des mêmes habitudes que les autres personnes de la même classe que vous, et ça, c'est effrayant, mais c'est scientifiquement prouvé. Le plus parlant c'est quand un jeune couple fait construire sa maison : pas étonnant qu'on retrouve à peu près partout le même carrelage, et que les lotissements soient des allées de clones à toit.

Pour donner un exemple parlant : les gays sont peut être les gens les plus stéréotypés, tellement formatés qu'on les reconnaît à 50 mètres. Les hétéros ont l'image d'Épinal de l'homo fêtard, progressiste de gauche, qui adore acheter des fringues et propre sur lui. Dans 75% des cas, ce modèle est exact, simplement parce que les gays se conforment au modèle qu'on leur impose. Si l'image de l'homo avait été celle d'un bon patriote de droite à la mentalité monastique, 75% des gays auraient porté la soutane et aurait manifesté contre le mariage homo...

En finir avec la spéculation

Quand on prononce le mot « spéculations », tout est dit : les mensonges, les délits d'initiés, l'appauvrissement des uns pour l'enrichissement des autres, le milliard d'humains qui souffrent de famine, le chômage, l'augmentation des prix, la course au profit, l'esclavage des travailleurs dans les pays les plus pauvres, etc.

À la sortie de cette crise, une nouvelle crise se préparera, tant que perdurera le système capitaliste. Le capitalisme est, par définition, l'ennemi de l'humanité, l'ennemi de la vie, l'ennemi de l'avenir. Le capitalisme ce n'est pas seulement le scandale des parachutes dorés ou des énormes primes versées aux spéculateurs (traders)... C'est surtout la négation des véritables valeurs humaines : le capitalisme déteste et combat la gratuité, la charité, la générosité, l'entraide (sauf si elle parvient à les détourner pour augmenter encore son profit : voir l'exemple scandaleux du Téléthon).

Pourquoi ce ménage ?

Les quelques prises de conscience vue ci-dessus, c'est le tout début du ménage qu'on a à faire.

Pourquoi tout ça ? Parce qu'**une fois qu'on a compris par quoi et comment le système nous programme, on peut se reprogrammer autrement**. Si on n'a pas conscience de ces points, on ne peut pas avoir l'esprit clair pour lutter contre lui et on finit par croire qu'il n'y a pas d'espoir de lutte. Ça c'est faux, c'est juste parce que le système nous tient tellement fort entre ses griffes qu'on ne voit pas d'issue possible.

Mais il y en a. Ne nous renfermons pas sur nous-même, **cherchons là où le système pense à notre place dans notre vie**, de comment nous nous habillons, pourquoi nous possèdons ci ou ça, pourquoi nous faisons comme ci et pas comme ça... pas évident à préciser, car ça dépend de chacun, nous ne sommes pas influencés par les mêmes choses... qu'importe, faut savoir ce qui est issu de soi et ce qui nous a été imposé par la société, le bon goût, la tradition, la morale, la religion...

Pour savoir qu'on peut être libre, il faut déjà être conscient qu'on a des chaînes aux pieds.

Il ne s'agit pas de tout changer chez soi, il faut être conscient de ce qui est de notre volonté, et de ce qui est de la volonté du système : le père Noël, c'est le système, la fête des mère, notre alimentation, nos loisirs, notre déco, nos fringues, comment on éduque nos gosses, un nom et un prénom, le mariage, etc. tout ça aussi c'est le système...

Le système se cache partout : Participer aux Manif anti retraites ou aux gilets jaunes, c'est toujours être dans le système : en pensant contester, on ne fait au contraire que lubrifier les rouages politiques gauche-droite.

Voter blanc par contre, refuser de participer à la vie politique, ça c'est de la contestation.

A chaque fois que l'on vote pour un candidat (gros ou petits, système ou anti-système), on leur fourre le caviar dans la bouche, aux uns où aux autres. Se syndiquer c'est payer des traîtres, voter c'est nourrir des parasites, épargner c'est gaver des tortionnaires.

Voila où les aliens apportent leur aide, ils nous montrent ce qui ne va pas, pour que nous le disions ensuite à d'autres et que ça fasse boule de neige. Les abductions, ça sert à 50% à ça, le reste étant la préparation à la suite de carrière de l'humanité après sa cure de désintox.

Devenir un grain de sable

Une fois tout ce travail de prise de conscience faite, on évite les pièges et là on devient un autre grain de sable dans les rouages. Quand assez de grains se sables se rencontrent, il forment un caillou, des cailloux une pierre puis un rocher... et quand il y aura assez de rochers, le système sera grippé, parce que plus personne ne servira d'huile pour lubrifier sa mécanique.

Il sera alors loin le temps d'aujourd'hui, où on est tous en train de ramper bien dociles, et c'est pas 2 poussières par ci par là qui empêcheront le tout de fonctionner.

Grève du zèle

Faites le minimum légal : payez vos impôts, bossez le minimum pour vous nourrir uniquement, et pas travailler comme un forcené pour flatter votre égo ou votre soif de pouvoir.

Jouer le moins possible le jeu du système, c'est ne travailler qu'à temps partiel, afin d'avoir plus de temps libre, moins d'argent donc moins consommer.

Surveillez ce qui rentre dans le crâne de vos enfants, Ne leur donnez pas d'argent de poche, rectifiez leurs a-priori propagés par les copains, ne soyez pas fier d'être français ou chrétien ou gay ou quoique ce soit qui vous classe dans une boîte avec une étiquette : si vous êtes dans la boîte, vous faites comme ceux qui sont avec vous, vous vous conformez au usages de votre classe.

Un changement utile même dans la pire des solutions

Le réveil des populations reste quand même une utopie très hypothétique : le système mutera au fur et à mesure de la prise de conscience, allant jusqu'à inventer des présidents sauveurs, et le remplacement de l'ancien système par un nouveau paraissant un peu moins pire de prime abord, mais qui sera pire, s'axant sur la propriété privée de quelques uns, un libéralisme à utrance, bref, tous les défauts décrits plus haut, et qu'il nous aurait fallu identifier, au niveau de la grande majorité du collectif, avant d'être dans le mur.

Autant dire que la case chaos (Nibiru dur) est quasiment assurée.

Mais pour survivre au chaos et reconstruire après sur du neuf, il faut un minimum de préparation. Ce n'est pas quand nous aurons à faire face aux manques du quotidien, à l'impossibilité de communiquer ou de se déplacer facilement, qu'il sera possible de se nettoyer de ses formatages pour créer une société nouvelle. Pour cela il faut que les gens se nettoient, se préparent et commencent une nouvelle société avant, parce que sinon, le système, même ébranlé, renaîtra de ses cendres : les populations n'auront pas entendu qu'une autre version de la vie de groupe est possible.

Il faut commencer à changer avant le chaos, sinon ça n'aura servit à rien. Quand le système sera à terre, comment feront nous pour créer une société ensemble si nous sommes éparpillés et à plusieurs mois de marche les uns des autres, si nos idées

882

n'ont pas atteint un minimum de personnes pendant qu'on peut encore les faire circuler.

Beaucoup sont fatalistes pour la suite, mais ils raisonnent faussement avec la situation actuelle : cela ne va pas toujours être le cas, le système qui nous tient aujourd'hui sans espoir de le vaincre, cette bête surpuissante, elle va recevoir des coups qui vont la blesser et l'affaiblir au point de la mettre à terre. C'est là que nous pourrons saisir notre chance et l'achever.

Ne pas attaquer le monstre tant qu'il est fort

Tant que le système est tout puissant, le combattre serait vain : si tout le monde retire son argent des banques, ça ne sera qu'une piqûre de puce sur la jambe du monstre : pas beaucoup de dégâts, et ça l'inciterait juste à se montrer plus prudent à l'avenir, et nous confisquer le peu qu'il nous reste. Ce peu de marge de manœuvre qu'il nous restait nous sera très utile pour nous organiser afin d'achever le système quand il sera titubant, alors n'allons pas perdre ces choses dans des actions inutiles face à un dragon attentif et vigilant.

Pour le moment, le système est trop fort, et toute tentative se traduira par un resserrement des chaînes, si bien qu'on risque d'être trop étouffé pour tenter quoi que ce soit quand des opportunités s'ouvriront. Il faut être patient.

Planifier l'avenir

A la place des actions peu dangereuses sur le système, il serait plus constructif d'entrer dans des actions sur le long terme, comme rencontrer des gens et discuter avec eux de comment faire une société autrement. C'est bien beau de faire tomber ce système qu'on déteste, mais si on n'a pas de solution de rechange, on fait quoi ? On crève ?

Il faut au contraire commencer à poser les bonnes questions et donc les bonnes bases. Voir ce qui se fait déjà comme système alternatif, regarder leurs défauts et voir comment on peut régler tout ça.

Lors de la reconstruction, il y aura la tentation de la facilité, c'est à dire de reprendre ce qui existe aujourd'hui en essayant de couper les branches pourries (les banques). Le danger c'est que les populations n'essayent pas de comprendre sur le fond ce qui a mené justement à ce que des branches pourrissent.

Le partage, l'équité mais également la place de l'argent et de la propriété dans nos sociétés sont des points qu'on ne débat plus. Dès qu'on parle

d'amour universel on se fait rire de nous parce les gens ont l'image de raëliens courant à poil dans les champs. Il faudra savoir retrouver l'éthique et la morale des religions.

Il y a des principes de fond, notamment la redistribution et l'allocation des richesses qui ne sont plus débattues : est-il normal que des individus accumulent plus que leurs propres besoins ? Est-il normal que des individus prélèvent plus que ce que leur communauté a besoin (Pillage de la mer pour faire du profit etc...). On ne pourra pas avoir une société respectueuse de la Nature et des autres humains si on ne réfléchit pas sur les questions de base : la propriété individuelle, le profit, l'intérêt général, l'autorité etc...

Changer > Symbole du drapeau blanc

Quelle emblème pour notre combat d'égalité ?

Il ne faut pas de symboles (ramenés à une lutte ou pouvoir existant), pas de couleur (une autre façon d'avoir un symbole).

Le drapeau blanc est "Humaniste".

Le Blanc ne contient pas toutes les autres couleurs de l'arc en ciel ? C'est la seule couleur qui n'en ai pas une vraiment, et qui rassemble en toute neutralité.

C'est un symbole en lui-même, un symbole de Paix, de Tolérance, d'unité / solidarité. Symbole le grand tout, Tout est Un.

C'est pour cela qu'on l'utilise pour demander un cessez-le-feu. Ce n'est pas une reddition, c'est le refus de la violence et l'appel au VRAI dialogue (les pourparlers).

Changer > Vote blanc

On peut nous forcer à voter, mais pas à voter pour des candidats qu'on nous impose via les partis politiques. Bonnet blanc et Blanc bonnet disait Coluche, il avait raison. Plus ce sera fait, et plus la classe politique perdra sa légitimité. Voter pour quelqu'un, et encore pire, voter contre quelqu'un, on a vu ce que cela a donné. Vous nourrissez les gens qui vous font mutiler. STOP !

Que se passera-t-il si le nombre de votants blancs dépasse les bulletins exprimés ? L'élection est moralement caduque (la majorité ayant exigé qu'aucun des candidats proposés ne prenne le pouvoir).

En plus cela nous permet d'être acteurs et non passifs devant la situation. C'est aussi un symbole fort.

Inconvénient de l'abstention

L'abstention, c'est dire "je ne participe pas à votre démocratie". Mais alors, il faut s'exclure totalement du système, et on n'a pas le droit moral ensuite de demander à le changer.

Si vous ne votez pas, seuls les bulletins exprimés seront validés, et compteront comme volonté populaire.

Vous n'existez pas si vous ne votez pas, vous sortez des comptes. Une erreur qui nous rends complice de la situation actuelle finalement.

Ne pas voter, c'est aussi être passif devant la situation.

Pour nos dirigeants, ne pas voter, c'est du laisser-faire, ils pensent que nous leur donnons implicitement "carte blanche". Vous vous déchargez quelque part d'une responsabilité démocratique.

Changer > Inutile de changer le président

"Virons Macron" et après ? Est ce que cela changera le système ? Le problème est loin d'être récent, il s'est accumulé depuis de nombreuses présidences, et pas seulement chez nous. Ensuite par qui le remplacer ? Un autre Haut Fonctionnaire ou Énarque qui nous sera présenté, comme tous les précédents, à une Élection Présidentielle où finalement, ce sont toujours les mêmes types de candidats qu'on nous impose ? Allons-nous placer un Mélenchomaduriste à la présidence ? D'autres l'ont déjà fait, ils s'appelaient Staline, Kim ou Khmers Rouges. Un Lepénonationaliste, d'autres ont tenté et ils ont eu Mussolini, Franco ou Napoléon.

Garder le même système avec un homme tout puissant, s'est provoquer des millions de morts.

Changer > Éviter la violence

Manifestations devenues inutiles

Manifester n'est pas la bonne solution, parce que cela entraîne plus de chaos que cela ne résout le conflit.

La stratégie des Gilets Jaunes est un échec après 2 ans à battre le pavé tous les week-ends, et nous n'arrivons qu'à la confrontation entre français (orchestrée par les médias).

Les gilets jaunes ne font que nourrir les inquiétudes, et finalement les méthodes employées ne font qu'aggraver la situation (surtout si on sait que les Élites les excitent pour en arriver à justifier une loi martiale).

Révolution = guerre civile

C'est là qu'il faut trouver de "nouvelles" méthodes de contestation, du moins des méthodes qui ne nourrissent pas le MAL, la Guerre Civile qui porte le doux nom de Révolution quand on ne retient que le côté "épique et glorieux" des choses. La Révolution Française a plongé le pays dans le chaos pendant des décennies, entraîné des massacres (dans les deux parties) pour finalement arriver à une situation identique 200 ans plus tard, avec des Élites privilégiées et coupées du Peuple.

La force est contre nous

Arsenal législatif / juridique ou Arsenal matériel, nous n'aurons jamais la Force avec nous, sauf au prix du sang, parce qu'à vouloir faire le forcing, on a déjà eu des morts, des yeux crevés, des crânes défoncés, des mains mutilées. Et c'était alors que le mouvement des GJ était encore pacifique, que l'armée n'était pas appelée en renforts. Il faut rester réaliste et terre à terre. Nous ne sommes pas en 1789 technologiquement. Les Républiques ont eu d'autres soulèvements, il y a le terrorisme qui a servi de leçons, il y a les technologies nouvelles. Il ne s'agit plus de placer une troupe avec des Mousquets devant les Tuileries ou la Bastille.

Danger des soldats pour réprimer les manifestations

Les soldats sont compétents pour tuer, mais pas pour contenir sans blesser une manifestation populaire.

Un malentendu ou un petit accident anodin peut parfois avoir des conséquences imprévisibles. Rien n'est complètement sous contrôle. Un imbécile qui essaie de voler son arme à un militaire, un fou qui ouvre le feu parmi les GJ, un militaire/un policier/gendarme suicidaire en burn out qui pète un plomb, sans parler des voyous radicalisés au nom de Daech. Quand la tension est vive de chaque côté, un rien peut déclencher un incendie, surtout quand les militaires ont autorisation de tirer. Cela peut arriver même si

884

personne ne le souhaite vraiment, ni au sommet ni à la base.

Beaucoup de policiers ont de la sympathie pour les GJ. Voilà où le libre arbitre des militaires sera déterminant dans tous les cas en effet !! Bien entendu cela dépendra AUSSI des circonstances, et c'est bien là le souci. Même si les militaires de sentinelle ne veulent pas tirer sur des civils, pris dans un mouvement de foule, tout peut arriver.

Même si il n'y a aucune volonté d'en arriver là, un fait ou un élément isolé peut engendrer la panique, un accident, un acte non-réfléchi. C'est pourquoi utiliser des soldats n'est pas une bonne idée à la base. Ils n'ont pas de bouclier et pas les moyens de repousser un groupe d'individus, qui, persuadés que les soldats n'oseront jamais leur tirer dessus, iront à leur contact. Même les soldats ont peur pour leur vie, tout simplement. Ils ont des proches, une famille, des enfants.

Guerre civile

Une guerre civile, ce ne sont pas des civils contre des civils. C'est un pays avec deux clans, des civils et des militaires, qui se battent. Un civil peut devenir un milicien avec une arme dans la main, c'est ce qu'on a vu en Syrie. Les rebelles sont tous des civils qui ont pris les armes.

Attention aux leaders auto-proclamés

Méfiez vous des leaders autoproclamés, surtout ceux qui appellent à la violence, ils ne travaillent pas toujours pour ceux qu'ils prétendent représenter.

N'oubliez pas que le but des Élites est souvent (comme dans le cas des GJ) de semer le chaos et de chercher le soulèvement des populations pour mieux les réprimer, et imposer ensuite la Loi Martiale. Cette situation de crise ne peut être provoquée, selon la Constitution, que si il y a un danger qui pèse directement sur le fonctionnement des Institutions. Menacer d'un coup d'État est exactement ce qu'il faut pour cela, du moins si ce risque est avéré.

Changer > Éviter l'effondrement

La seule solution efficace est de tout détruire pour remettre à plat, afin de tout reconstruire. Solution de dernier secours, tant les morts humaines seront importantes...

Un bon moyen de tomber dans cet effondrement. C'est pourquoi le changement est préférable, bien que bien plus dur à mettre en oeuvre.

nous avons aussi besoin du système, de l'économie. Nous gagnons de l'argent et non du pain. Si nous détruisons l'économie ou l'affaiblissons, on perd notre pain parce qu'il est lié à notre compte en banque. C'est pour cela qu'il faut négocier avec les Élites et non leur foncer dedans, sinon on entraînera tout vers le fond, et les premiers à payer le prix seront les petites gens.

Il faut rester le plus terre à terre et pragmatique possible, régler et poser les priorités et on avancera forcément dans le bon sens sur le long terme. Environnement, Pouvoir d'achat, Partage du Pouvoir et des Ressources, mais aussi tension entre les Élites et le Peuple, tout est lié.

Nous n'avons pas l'avantage de la Force, ni des Ressources ni du Droit, mais du Nombre et de l'Esprit (Solidarité, Fraternité).

Changer > Boycotts

Médias

Boycotter les médias, cela ne veut pas dire ne pas les regarder / lire, mais arrêter de se laisser submerger par l'information en continue, se renseigner directement via internet, etc. et surtout ne pas faire confiance parce que ça "vient du haut". Nous avons aussi les moyens de nous faire notre opinion, même si elle est humble. Pas besoin de faire de grandes carrières ou de grandes études pour ça. Il faut juste garder son esprit critique et avoir du bon sens pour ne pas se faire attraper par la propagande journalistique partiale.

Une télé ça s'éteint, mais rester informé, même des mensonge de l'adversaire, c'est aussi nécessaire.

Changer > Quelle société ?

Mettre ici les échecs des gouvernance passées de L2, et on laissera un résumé dans L2 pour expliquer pourquoi nous avons choisi cette société

Nous avons tous nos croyances, qui peuvent parfois paraître folles pour d'autres, mais la vraie tolérance est de se retrouver autour de l'essentiel. La Compassion, l'Amour pour Autrui, le Respect des "Fois", le Libre Arbitre de tout individu. Au delà, ce que vous pensez et croyez ne regarde que vous. Nous sommes ici avec toutes nos particularités, c'est ce qui fait de nous des êtres uniques. Alors si parfois, nos "pistes" ne sont pas les mêmes, rappelez vous ce que nous partageons et non ce qui nous divise.

Nous voulons une société où tout le monde participe. Or, pour l'instant, le peuple à été infantilisé, et la plupart ne sont même pas capables de gérer leur vie, comment pourraient-ils gérer les interactions avec leurs semblables ?

C'est pourquoi il faudra passer par une phase où des maîtres temporels et spirituels, tel le Mahdi et Jésus 2, mettre en place de façon absolue les base d'une société plus juste, société qui permettra aux humains de s'émanciper, de se développer techniquement et spirituellement, afin de devenir autonome au niveau de leurs décisions, avant de pouvoir participer à la vie communautaire. Il faudra bien rester vigilant sur la diffusion de l'information, et la volonté du maître spirituel de vous libérer réellement de vos chaînes d'esclaves, pas comme Odin à juste vous faire croire que vous n'êtes plus esclaves, afin que vous travailliez encore plus fort pour lui.

Plus le peuple sera responsable et autonome dans ses actes, moins il y aura besoin de le diriger. Une société constituée que de leaders éclairés n'a pas besoin de dirigeants.

L'intérêt commun doit primer

Ok, on sort du système. Mais il faut réfléchir à celui qu'on voudra voir mis en place.

L2 vous donne des pistes de réflexion pour les futurs organisations sociales humaines, afin de tous vivre ensemble, au mieux pour tout le monde. En voici un résumé :

Tout est public. C'est la communauté qui fournit à l'entrepreneur le matériel de production, l'entrepreneur reçoit un salaire en fonction du travail fourni, et les produits durables sont vendus à prix coûtant.

Pas de taxes, impôts, etc. Chacun travaille quelques heures par semaines au fonctionnement de la communauté, et le reste du temps, vit sa passion qui profite à tout le monde en général. Aucun problème de chômage donc, vu que tout le monde participe à la société. Inutile de faire des produits qu'il faudra racheter l'année d'après : on fait une voiture pour 40 ans, et après tout le monde travaille moins.

Les plus honnêtes, altruistes et compétents d'entre nous vont surveiller les techniciens chargés de faire que tout se passe bien. Dès que quelqu'un a une idée pas con, on l'applique. Que ce soit un enfant de 3 ans ou un handicapé malade qui ai eu l'idée.

Tout le monde est virable de son poste à tout moment, en cas d'incompétence ou de trahison manifeste.

Des comités de citoyens où les plus réveillés/connaissants apprennent aux moins réveillés/instruits. Des groupes par niveau de compréhension et de connaissances, le groupe avancé apprenant à ceux d'en dessous, et faisant remonter, après analyse, les bonnes idées issues d'en bas aux groupes du dessus.

Surtout pas de différences de traitement entre les "niveaux" de connaissances. Les moins connaissants sont les connaissants de demain.

L'info est disponible à tous, les cercles d'en bas pouvant contrôler/écouter les cercles d'en haut. Un gamin de 3 ans, s'il a les bons arguments, doit pouvoir faire virer un sage suprême corrompu qui avait trompé tout le monde.

Pas d'anonymat ou de votes à bulletin secret. Les croyances de chacun doivent être respectées, chaque avis ou point de vue pouvant être débattu de manière calme et respectueuse.

La plupart des décisions peuvent être choisies sans vote, en respectant juste l'intérêt de tous (celui de la biodiversité comprise), le libre arbitre individuel, le moindre coût, la logique. S'il doit y avoir des décision, elles sont prises à la grande majorité (67 %).

La connaissance est disponible à tous (pas de secret défense, secret des affaires, secrets de caste on de confrérie). La connaissance s'organise en termes simples, vulgarisée pour que tout le monde puisse comprendre (et pas un jargon de spécialiste, différent d'un domaine à l'autre, dont le seul intérêt est d'en jeter plein la vue au profane).

Les idées et travaux réalisés appartiennent à tous. Un inventeur qui a une bonne idée est rétribué pour cette idée, il est aidé pour sa mise au point, et tout le monde peut sans limitation développer le concept ou le faire évoluer. Ce n'est pas l'auteur qui est important, mais l'oeuvre. Les grands romans peuvent être améliorés ou modifiés en partie par tous.

Quand tout le monde possède un outil, on ne va pas s'arranger pour que ce dernier casse le plus vite possible pour en revendre de nouveau. On arrête tout simplement de faire ces outils qui durent dans le temps, et le jour où il y a une vraie révolution technique qui vaut le coup, on relance

886

les machines pour la nouvelle génération d'outils. Arrêtez de croire que ça va mettre des gens au chômage, ça va tout simplement permettre à tout le monde de moins travailler dans les boulots d'intérêts généraux déplaisants. Dès lors qu'il n'y a plus d'intérêts privés, les choses doivent être complètement remises en perspectives.

On ne fait plus de médicaments, on fait vivre les citoyens de façon à ce qu'ils restent en bonne santé. Plus d'intérêts privés qui cherchent au contraire à vous rendre malade pour vous vendre leur camelote, cherchant à vous garder malade le plus longtemps possible (un patient guéri est un client perdu).

Les promoteurs véreux n'ayant plus de pouvoir, ils ne peuvent plus déboiser la forêt vierge pour nous faire ingurgiter leur huile de palme toxique (contrairement à ce que les études payées par ces véreux ont affirmé...).

Plus de pub ni d'exhausteurs de goûts pour nous bourrer de Nutella qui nous rendent malade.

On fait tout simplement ce qui est le mieux pour la planète et ses habitants.

On fait ce qu'un petit groupe d'humains matures, responsables, informé et qui réfléchit, ferait naturellement.

Ce n'est pas une société utopique, c'est la seule société qu'on devrait avoir. Cette société est viable, vu que c'est celle que nous avons eu pendant des millions d'années, avant la révolution néolithique qui n'a que 6 000 ans en France. Tous ceux qui vous diront le contraire sont des menteurs qui cherchent à vous exploiter.

Au sein de cette société peu contraignante, où évidemment l'ordre est réellement assuré pour protéger le faible du fort, où l'esclavagiste est isolé pour protéger la société (mais travaille pour manger et faire son confort, il a le droit à sa vie sans qu'on veuille se venger ou l'exploiter, il faut juste qu'il n'ai pas la possibilité de nuire aux autres).

Chacun fait ce qui lui plaît, dans la limite de ne pas nuire aux autres.

Ce n'est plus l'intérêt d'une personne qui doit devenir le but de la société, mais l'épanouissement personnel de tous. Une société constituée par des humains meilleurs et qui travaillent intelligemment ensemble, dans la même direction.

Les pièges à éviter

Un bon fonctionnement égalitaire sociétal implique de ne pas refaire ce qui n'a jamais marché, à savoir :

- la démocratie représentative (république actuelle) : je vote pour un inconnu égoïste qui n'est même pas obligé de faire ce qu'il a promis et s'arrangera pour faire passer son intérêt (ou celui de ses financeurs) avant celui de la communauté.
- la démocratie participative (comme un conseil municipal) : des gens élus sur d'autres critères que leur compétence, qui prennent des décisions sur des sujets qu'ils ne maîtrisent pas. Tout le monde braille sans s'écouter, on prend les décisions sans réfléchir, ou sans prendre de recul, en laissant des critères émotionnels ou irrationnels prendre le pas sur la technique.

Oui, je sais, encore une fois je vous propose la voie du milieu ! Est-ce que cette voie est toujours la meilleure, ou est-ce plutôt que la société se positionne volontairement sur les extrêmes, évitant soigneusement la solution idéale privilégiant l'intérêt commun ?

Répartir la richesse

Certains individus ont volé 99 % des richesses aux autres. Comment répartir plus égalitairement ? Fait-on comme à la révolution, où on tue les possédants et on disperses sans gestion les richesses ? Ou alors on considère que quelque part ces possédants les mérite, et on leur laisse un certain confort par rapport au reste de la population ?

Séparer le riche honnête du tricheur

Il faudra analyser la fortune. Si le riche à respecter les règles du jeu, n'a pas soudoyé les politiques, n'a pas étouffé des scandales en Afrique, s'est comporté en bonne personne, il peut conserver son confort et le poste où il s'est révélé bon, mais les bénéfices sur ce que ses employés font appartiennent désormais à son vrai propriétaire, la communauté. Le patron aura le salaire que son travail mérite.

Si au contraire, le riche s'est révélé être un truand, ou si l'origine de la fortune familiale s'est faite en truandant, ou sur l'esclavage de quelqu'un, toute la fortune et confort sont retirés (en fonction des fautes). Ceux qui ont été spoliés seront remis à égalité avec le riche.

Cela sera fait de manière sommaire. On ne va calculer les taux d'intérêts que les békés esclavagistes devront rembourser q

Chacun garde ce qu'il peut

Chacun garde ce qu'il a et qu'il peut utiliser. Par exemple, les 60 000 ha de Rothschild en Ukraine reviennent forcément aux employés agricoles qui les cultive déjà. Rothschild gardera un ou 2 châteaux, et suffisamment d'argent pour payer les employés pour l'entretenir.

Vote nominatif et responsable

Il faudra demander aux gens ce qu'ils veulent. Si les gens veulent continuer à utiliser le nucléaire tout en sachant que c'est dangereux, il faudra laisser ceux qui croient ça aller au bout de leur bêtise : il reste le coffret béton de Fukushima à réaliser, et celui de Tchernobyl à refaire. Ceux qui votent pour le nucléaire devront préalablement réparer les bêtises de leurs prédécesseurs qui croyaient aussi que le nucléaire n'était pas dangereux.

Certains occidentaux pourraient aussi demander à ce qu'on continue à utiliser la force envers les enfants esclave d'Amérique du Sud, pour continuer à bénéficier de leur chocolat quasi gratuit. A ce moment là, ceux qui ont voté ça seront emmené de force en esclavage pour produire le chocolat à bas coût qu'ils demandent (évidemment, si les enfants esclaves n'étaient pas assez riches pour se payer ce chocolat, ils ne le pourront pas non plus).

Les 2 modèles de société après une grosse catastrophe

Les grosses catastrophes ne détruisent pas complètement le monde d'avant, les survivants s'en souviennent et recréent ce qu'ils connaissaient, dépendant de leur orientation spirituelle :

- Les égoïstes vont chercher à piller l'autre, ils vont se rassembler en bande et s'entre-tueront jusqu'au dernier.
- Les manipulateurs égoïstes vont chercher à exploiter les autres. Ils offriront des couverture et une soupe chaude à un étranger, puis lui demanderont de rembourser en le faisant travailler pour lui, ou encore lui donneront une pauvre pitance en échange de sa protection, comme on le fait avec un chien de garde.

- Les altruistes vont partager les ressources de la terre et de leur travail pour faire avancer la communauté. C'est ce modèle qui s'en sort le mieux, pour peu qu'elle soit capable de se défendre contre les égoïstes qui chercheront à profiter immédiatement du système sans se soucier du long terme (pillages).

Ces communautés se formeront de plusieurs façons :

- les communautés existantes, rurales et reculées, qui vivront comme avant et seront peu enclines à accepter les étrangers.
- les communautés planifiées de survivalistes, qui étaient au courant des catastrophes et ont prévus des zones refuges. Ils n'ont pas expérimenté la vie avec les collègues, la plupart sont de nature égoïstes, chercheront à prendre le pouvoir, et seront tellement invivable que la communauté finit par éclater.
- Les communautés spontanées, les survivants se regroupent après les catastrophes, de préférence par affinité (les catastrophes révélant le pire et le meilleur des individus, les meneurs altruistes et égoïstes seront dévoilés, chacun s'alliera selon son orientation spirituelle).

Les communautés spontanés, principalement échappées des villes, s'organiseront de la façon suivante :

- Une vie sauvage, avec tentes rudimentaires et chasse et pêche.
- la ferme, avec accueil de nouveaux arrivants pour la main d'oeuvre.
- la vie maritime, avec construction ou récupération d'un bateau pour vivre au près des côtes.

Groupes de survie

Survol

Groupe ou seul ? (p.)

On a besoin d'être plus qu'un (ou l'extension, le couple) pour que la vie ai un sens, et qu'elle croisse.

Bien choisir les membres (p.)

Vos enfants pourraient vous tuer si vous ne les connaissez pas assez.

Montez votre propre groupe (p.)

Les groupes du futur devront être nombreux et peu nombreux, répartis également sur le territoire.

Inutile de chercher à rejoindre un groupe existant (ou un éco-lieux dont la plupart semblent être des pièges du système), montez votre propre groupe.

Des individus forts pour un groupe forts (p.)

Un groupe formé d'individus autonomes et individuellement préparés sera plus fort.

Types de groupes libres

Montés à l'avance (p.)

Des gens se préparant à l'avance, mais s'appuyant sur des personnes qui cachent leur vraie nature.

Villages (p.)

Des communautés existantes, qui auront tendance à se renfermer sur elles-mêmes.

Spontanés (p.)

Sans possessions à défendre comme les 2 premiers, ces groupes formés par les synchronicités seront plus aidants, plus adaptatifs et semblent être la meilleure solution à terme.

Taille du groupe (p.)

La taille du groupe devrait être réduite (mais ce n'est pas une généralité). S'il faut se cacher, moins de 8 personnes vivants retirés dans la nature, apprenant à se nourrir de plantes sauvages, d'insectes, etc. (tout ce qui ne se plante pas pour être mobile).

Gestion du groupe (p.)

résolution des conflits, le mode d'organisation, etc. Ça sera toujours des idées qui aideront à prendre les décisions sur place.

Groupe ou seul ?

Spiritualité

Certains se voient plus seul (ou en couple seulement) plutôt qu'au sein d'un groupe.

C'est tout simplement oublier que le but sur Terre, c'est de vivre en communauté, d'apprendre l'amour des autres. La survie ne veut pas dire oublier la vie...

Même si les autres sont imparfaits, on les fait évoluer, ils nous font évoluer. Même si c'est moins sécuritaire de vivre avec des non survivalistes sans compétences, tant pis, on meure ensembles en ayant fait de notre mieux. Les fourmis qui ont préparé leur survie depuis des années, auront un peu de mal à partager avec les cigales qui ont profité de la vie sans réfléchir pendant que les fourmis se privaient pour être prêt le moment venu.

Et bien tant pis. Tu leur montre, tu partages tes réserves avec eux, c'est la vie ! Les grands aident les petits, les parents sont patient avec les enfants immatures! Quelque part, c'est rendre ce que les autres nous ont donné au début de notre vie, et nous rendrons de nouveau dans nos vieux jours.

Laisseriez-vous un handicapé planté avec son fauteuil, sous prétexte qu'il n'avait qu'a pas perdre ses jambes? Jetteriez-vous vos enfants à la rue sous prétexte qu'il n'est pas juste qu'ils profitent de la maison pour laquelle vous avez travaillez dur? Non. Qui plus est quand vous savez que la richesse n'est pas matérielle, et que vous devrez la lâcher de toute façon un jour ou l'autre.

Ne pas alimenter le mal

Il ne s'agit pas de tout supporter non plus, les exploiteurs qui ne veulent pas y mettre du leur, les égoïstes on leur donne leur chance, s'ils ne veulent pas participer ils iront voir ailleurs, ou pire s'ils reviennent... (ne pas oublier que ces personnes sont condamnées à court terme).

Choisir les bons membres

Mais l'état d'esprit jouera encore un plus grand rôle : la majorité des survivants deviendront fous, puisque les fondements mêmes de leurs principes religieux et moraux se seront effondrés avec la civilisation. Beaucoup resteront prostrés, immobiles, attendant d'éventuel secours, fantasmes directement liés à leur anciennes conditions d'assistés : aujourd'hui on se blesse ou on est malade, il suffit d'aller aux urgences ou chez son médecin. On a faim, on court dans les super-marchés s'approvisionner ; il y a le feu ou une bête sauvage, appelons les pompiers ! Et si un bandit nous menace, faisons appel à la force publique ! Rien de tout cela ne sera disponible après le Big One : il faudra ne compter que sur soi-même et ses plus fidèles amis !

D'ailleurs, sur qui peut-on vraiment compter dans des situations comme celles-là ? Peut-on compter sur une compagne ou un compagnon avec qui nous vivions par simple intérêt social mais avec qui nous n'avions pas tant de points commun que ça ? Quels parents ne seront pas tués par leurs propres enfants ou leurs soi-disant amis ? La sincérité des relations sera une condition « sine qua non » de sa propre survie dans des conditions aussi extrêmes.

Montez votre propre groupe

Je ne peux que donner que des conseils d'ordre général, je ne peux pas faire votre plan de survie à votre place parce que c'est à vous de construire votre vie et de prendre ce genre de décisions, cela fait partie de votre préparation spirituelle.

Danger de donner des zones

Déjà, je ne suis pas omniscient. Si je dit le Morvan c'est bien, et qu'un astéroïde détruit toute cette région ?

Je suis aussi perdu que vous pouvez l'être, inutile de me demander où déménager. C'est le sportif qui court et qui se réalise, pas son coach.

De plus, vous pouvez mourir dans l'endroit sûr désigné, alors que vous auriez survécu sans problème en restant dans l'endroit considéré comme dangereux où vous vous trouviez.

De plus, si le but de votre vie était d'aider des proches à évacuer un endroit dangereux, ça vous flingue votre leçon d'incarnation, vous obligeant à revivre ça par la suite...

Vous avez votre libre arbitre, c'est à vous de construire votre vie et de prendre ce genre de décisions, cela fait partie de votre préparation spirituelle.

Répartir les lumières

Vous êtes tous potentiellement des "leaders" (dans le sens de montrer la voie, pas de commander), dans le sens où vous aurez compris ce qui se passe.

Il faut le maximum de personnes réveillées qui aident les autres. Comme les personnes réveillées ne sont pas nombreuses, ne cherchez pas à rejoindre un autre groupe déjà constitué, montez le votre, tout en renforçant vos maillages. Même une préparation minimum suffit, du moment que vous y avez réfléchi un peu et que vous savez en gros ce qui va se passer.

Maillage

Tout comme vous vous apercevrez que les gens de votre groupe vous apporterons ce que vous n'avez pas (en matériel et connaissances), vous vous aiderez ensuite entre groupes altruistes voisins pour augmenter la synergie commune.

Multiplicité = solidité

Il vaut mieux éviter que les altruistes qui ont eu le temps de se préparer se regroupent au même endroit car :

- un astéroïde qui rase une région pourrait détruire tous les réveillés d'un coup
- le reste du territoire manquerait de guides qui montrent la voie (dans les ténèbres, une bougie même petite suffit pour montrer la voie).

Si toutes ces bougies se donnent rendez vous au même endroit, non seulement il suffira d'un seul souffle pour toutes les éteindre en même temps, mais en plus c'est l'obscurité qui sera prédominante partout ailleurs.

Ne fuyez pas votre rôle, organisez-vous pour former un maillage, et pas une pelote toute recroquevillée. Une lumière n'a pas besoin d'une autre lumière pour éclairer, par contre les gens dans le noir qui n'ont pas eu votre chance ou votre lucidité ne pourront jamais trouver leur chemin tout seuls.

But de sa vie

Il y a une raison si vous vivez là où vous êtes. Même vous qui vous trouvez sur des zones très dangereuses, et qui devrez partir avant le pole-shift, vous aurez un rôle à jouer. Quand le niveau de catastrophe sera tel que les gens voudront savoir quoi faire, dans votre famille, votre quartier votre village ou même votre ville, il faudra bien que quelqu'un leur dise où aller et quoi faire.

Conclusion

Ne vous prenez pas trop la tête à chercher des zones sûres, suivez vos instincts. Ce n'est pas moi qui sais, mais vous !

Bref, lancez-vous. Vous vous apercevrez sur place que vous avez tout sous la main : un tel aura emporté ça, l'autre saura faire ça, etc. Vous vous rendrez compte qu'à côté se trouve un autre groupe altruiste, avec qui vous pourrez échanger des savoir-faire, mettre en commun le matériel ou les forces vives pour les gros travaux, tout en gardant la souplesse des petits groupes.

Individus forts et coopératifs pour un groupe fort

La perte d'un membre ne mets pas en jeu la survie des autres car ses connaissances sont en partie connues des autres, moins d'énergie à faire la police entre des membres disciplinés qui se gèrent tout seuls).

Si le temps de préparation vous manque, vous pouvez répartir la préparation entre chaque membre du groupe (un membre apprend la médecine, l'autre les plantes sauvages, l'autre à chasser, l'autre à conserver la nourriture, l'autre à faire du feu et à gérer l'eau potable, etc.).

Évidemment, il faut que chacun y mette de la bonne volonté, se donne à fond. Si un membre se réserve pour être moins fatigué et prendre le pouvoir sur les autres, sabote pour faire accuser son adversaire au pouvoir, mets une mauvaise ambiance par intérêt, nous n'avons plus la synergie 1+1=3...

Groupes montés à l'avance

Certains pourraient être tenté de montre un groupe de survie avant le passage.

Désavantages

- les personnes que l'on croit connaître vont changer sous la pression, surtout si elles portaient un masque social... La polarisation spirituelle va rendre la cohabitation insupportable, sans compter que les égoïstes sabotent la synergie plutôt que d'apporter quelque chose : pires que des poids morts, ils tirent à l'opposé du groupe.
- la partie militaire (donc hiérarchiste) ne sont pas généralement de grands humanistes, aiment la loi du plus fort, et se voient déjà chefs...
- Ce genre de groupe déjà préparé, et avec tout le matos, fera une cible rêvée pour les non préparés égoïstes qui se sont jusque là moqués des préparés !
- Les groupes déjà constitués, issus d'un village, groupe d'amis, de la famille, survivalistes déjà préparés, etc. vont avoir tendance à se fermer aux autres, ce qui n'est pas bon au niveau spirituel et pour la survie des autres.

Les groupes formés après les événements, en fonction des synchronicités de la vie ou des affinités, sont la meilleure solution spirituelle.

Bien connaître les gens

Afin de détecter les masques sociaux. Ce n'est pas avec Internet qu'on connaît les gens pour de vrai. Rencontrer en réel est une bonne chose, mais cela pose un nombre important de difficultés logistiques.

Sélectionnez les altruistes

Sélectionner des gens selon leur métier est une erreur, la société actuelle est complètement inefficace pour mettre les gens là où leurs vraies qualités seraient les mieux exploitées : malheureusement aujourd'hui combien voit-on de professeurs pas du tout pédagogues, de médecins n'ayant aucun égard pour la personne humaine ?

Sélectionnez les communautaires

Un groupe de survie ne se constitue pas selon la fonction que pourrait prendre chacun mais dans sa capacité à vivre dans ce groupe selon des principes communs, à accepter le bien du groupe avant celui de l'individu. C'est le critère principal qui fait qu'un groupe est idéal ou non, c'est la capacité de tous ses membres à pouvoir vivre dans ce groupe et pour ce groupe.

Le but est d'aider les altruistes

Certains évitent les doublons question compétence. Cela pose un problème spirituel : c'est un groupe de survie ou un groupe de serviteurs que nous montons ? On fait quoi des personnes qui ne serviront pas à quelque chose ? C'est pour aider les gens à la base qu'on créé ces groupes, pas pour définir uniquement ceux qui nous serviront...

Ne pas tout baser autour de sa propre survie, les autres personnes n'étant que des "outils" avec des "fonctions" : la meilleure façon pour faire perdurer l'ancien système dans une version allégée. Une stratégie que ne cautionnent évidement pas les Altaïrans, et qui se révélera foireuse à une moment ou à un autre.

Adapter les gens aux tâches

Plutôt que de choisir les personnes en fonction de leurs compétences, il faut faire l'inverse : voir les tâches qu'il y aura à accomplir dans le groupe de survie et ensuite regarder quel profil de personne sera bien placée pour les réaliser. Donc pas de métier à proprement parler, mais en terme de qualités personnelles.

Par exemple, et surtout au départ, ce qui posera problème c'est la santé : entre les blessures, le manque de nourriture, les personnes âgées et les autres qui n'auront plus le traitement/médicaments habituels, il faudra trouver des solutions. Les médecins seront la plupart du temps inefficaces car la médecine moderne actuelle se repose sur les médicaments (fabriqués en labo), l'imagerie (radio, scanner) et l'analyse biochimique (sang, urines). Un médecin classique sera à 90% incapable de donner un diagnostic, mais surtout à 100% incapable de régler le problème.

De même il faudra fournir de la nourriture : soit en la chassant, soit en la produisant. Un chasseur avec sa carabine deviendra vite inefficace dès qu'il n'aura plus de cartouches, et il y a plus de chance qu'il les garde toutes pour devenir le tyran du groupe plutôt que le nourrisseur, une arme étant un moyen de pression gigantesque dans les mains du premier gogo venu. De même, la plupart des pêcheurs sont incapables de se débrouiller sans leur matériel "sophistiqué", et leurs appâts élaborés (que faire quand on a plus de fils ou d'hameçons ?).

Groupes spontanés

Dans la réalité, les groupes de survivants se regrouperont spontanément, peu importe leur age, leur ancien métier etc... on ne choisira pas, on s'organisera avec ce qu'il y aura.

après une catastrophe et dans un groupe de survie, les gens arboreront leur véritable nature qui jusqu'à présent est atténuée par les règles policées de la société actuelle. Dans un monde sans loi, où la survie est engagée, tu risques d'être fort surpris car tu verras ce que les gens sont au fond, aussi bien dans le positif que le négatif. Il y aura de grosses surprises, des gens que tu n'attendais pas être de véritables meneurs et d'autres si bien sur eux être de véritables crevures, même parmi tes proches et même très proches ! Des déchirures se feront même dans les couples, entre parents et enfants, frères et soeurs.

Il sera donc plus évident de fonder un groupe réellement pérenne une fois que les masques sociaux seront tombés, d'où l'intérêt de laisser la vie commencer à faire le tri.

Les groupes minimaux

Ceux qui veulent se débrouiller tout seul, bon courage, c'est le meilleur moyen de vivre 3 jours tout au plus. Il faut une taille minimale pour que la communauté soit rentable. Si on doit se répartir des tours de garde à 4, l'ensemble va vite être épuisé.

Technologie et profils à anticiper

Connaissances

[Zétas] Les petits groupes coopératifs, opérant dans le Service à l'Autre, où les préoccupations de tous sont les préoccupations de chacun, auront les meilleures chances. Le plus important est une attitude coopérative parmi le groupe, avec une volonté d'entreprendre des tâches désagréables, un désir de partager entre tout ce qui peut être peu, et une attitude positive envers l'avenir.

La lumière du soleil peut être rare, ainsi les récoltes cultivées sous la lumière artificielle seront les plus abondantes.

Les rivières et les mers peuvent être empoisonnées, alors que les poussières volcaniques tombent partout, de sorte que les réservoirs de poissons nourris d'algues cultivées dans les eaux usées humaines seront également les plus abondants [AM : hydroponie ?].

Certaines cultures se portent mieux et vont plus loin que d'autres.

Les bons cuisiniers, qualifiés pour rendre les plats savoureux, seront très appréciés. Un mode de vie naturel qui rappelle la vie au siècle dernier.

Il peut être utile d'avoir de la musique, de la poésie et de l'art. Cela remplit le cœur du musicien, du poète ou de l'artiste autant que du destinataire.

Planifiez d'éduquer vos jeunes, en sauvant le matériel éducatif. Les parents y passeront plus de temps qu'aujourd'hui où ils laissent le soin à d'autres d'éduquer leur progéniture.

La technologie sera dans les esprits et la documentation qui aura été sauvée.

Matériel

[Zétas] La mise en place d'installations pour cultiver des aliments et produire de l'électricité à partir du vent ou de l'eau sera d'une importance primordiale pendant la période de rétablissement après le pole-shift, et des logements plus permanents que les tentes seront souhaités.

BOB (sac de survie) (L3)

Survol

Pour en savoir plus

BOB

Le plus important à mettre dans le sac

C'est votre volonté de vivre qui vous sauvera. Votre forme physique, votre détermination, votre sang-froid et votre analyse de la situation, sont les bases du contenu du BOB en conditions de survie bushcraft !

Il n'y a rien sur terre que vous ne puissiez affronter.

Où trouver l'équipement?

Si idéalement à terme on devra faire nous même notre équipement, profitons-en tant que les produits sont accessibles relativement facilement et pas trop cher (les vides greniers ou les partages comme Emmaüs sont de bonnes sources). Rappelez-vous : 2 semaines sans fumer c'est 150 à 200 € d'économisé... L'argent se trouve si on gratte le superflu (cigarettes, vêtements inutiles, coiffeur, activité pour les gosses chère) pour aller à l'essentiel.

Santé

Commandez en pharmacie des pastilles d'iode si vous n'en avez pas.

Appareils électroniques

Ces appareils souffriront des EMP et EP, mais aussi d'autres problèmes :

1. obsolescence programmée, vos appareils sont faits pour durer 2 ans, voire moins - or il n'y aura pas de pièces de rechange disponible.
2. les sources d'énergie solaire ne fonctionneront pas après Nibiru, la météo serait voilée pendant plusieurs années. Préférez des chargeurs mécaniques, vent ou manuels.
3. Internet survivra dans un premier temps, mais pas pour tous. Ce sont les Élites qui maintiendront le système pour eux, mais vous n'aurez plus de connexion. Il n'y aura pas assez de serveurs, plus de fournisseurs d'accès etc... Prévoyez que vous n'aurez plus accès à internet.

Donc téléphones tablettes, pc etc... ne serviront plus à grand chose, sauf à lire ce que vous avez stocké sur votre disque dur/carte SD etc... Pour les connaissances, préférez les livres.

Enfin attention danger, il faudra vous débarrasser de tout téléphone portable ou tablette sinon vous serez vite repérés, embarqués et déportés (p.).

Batteries

C'est souvent dans les batteries que les entreprises placent leur obsolescence. La durée de vie d'une batterie est très facile à programmer physiquement en se servant de l'usure. Si vous mettez une cathode de 1 mm et qu'elle s'use de 0.1% à chaque charge, facile de voir combien de temps elle va durer.

Kit minimum

pour maintenir la vie du mieux possible, et facilement porté sur soi :

* régulation thermique (souvent une couverture en laine)
* se protéger des éléments (souvent une simple bâche)

* cuire, bouillir et réchauffer (souvent une gamelle de plus de 2 litres)
* contenir et transporter l'eau (souvent large et généreux)
* couper (souvent large, a lame fixe et durable)
* faire du feu rapidement (briquet + pierre à feu)

Le BOB contient donc :

* les vêtements sur le marcheur (poncho, polaire, chemise manches longues, sous-vêtements, pantalon et rangers)
* les vêtements de rechange
* l'abri mobile (tente ou hamac, sac de couchage)
* plusieurs moyens de faire du feu
* les stocks d'eau (gourde, paille filtrante)
* la bouffe déshydratée
* le matériel d'hygiène et de santé
* des accessoires multi-usages comme les bâton de marche, les grands mouchoirs, la ceinture, les couteaux, les multi-outils.

Zones sûres et Zones à risque

Rechecker en dessous qu'on n'a que les détails pour déterminer le lieu géographique de sa RAS, sinon, c'est à mettre dans Survivalisme > 1er passage> cataclysme correspondant).

Caractéristiques (p.)

Les endroits non exposés aux tsunamis (principal danger) devront permettre de s'adapter aux risques (les séismes, les ouragans, les éboulements en montagne et autres se passent plutôt bien du moment qu'on connaît les bons réflexes à adopter).

France (p.)

Le Morvan sera l'endroit en France le moins exposé aux séismes et autres dangers, le massif central mais à plus de 50 km des volcans.

Pour en savoir plus

Nancy Lieder a fait un gros boulot pour décrire les risques encourus dans chaque zone du monde, voir zetatalk onglet "safe locations".

Où se trouver ?

Ces conseils seront valables pour la RAS (lors du pole-shift) et la BAD (aftertime). Nous verrons plus en détail les lieux spécifiques à chaque période.

A répartir, tout est mélangé en dessous

Située de préférence à plus de 400 m de hauteur si on est loin des côtes, à 600 m plus près (avec l'élan, un tsunami majeur peut escalader les collines, sans compter les probables effondrements des côtes océanes).

De préférence dans les bois pour être moins visible.

Pour résumer, il faut prendre sa tente et rester dehors loin des constructions ou des arbre proches, aller à l'intérieur des terres (plus de 60 km des côtes) dans un lieu abrité du vent, loin d'une ville, à plus de 200 m d'altitude, et on ne craindra pas grand chose.

Les distances ou altitudes sont prises larges, car on ne peut indiquer tous les phénomènes locaux qui vont amplifier les dégâts. Mieux vaut se trouver à 200 m de haut à plus de 60 km des terre et n'avoir qu'un tsunami de 150 m de haut, qu'être à 300 m d'altitude à 40 km des côtes et se trouvé emporté par une vague capable de monter à 400 m de haut pour franchir une colline qui lui barre le passage.

Généralités

Pour s'en sortir il faudra prendre de la hauteur (échapper au Tsunami). Mais il faut se préparer à l'avance, car les freins aux déplacements seront nombreux (barrages de police ou de l'armée entre autre, terrains privés, etc.).

Les catastrophes 60 jours avant le passage (gros séismes destructeurs un peu partout sur la planète), vont mobiliser tous les moyens internationaux qui seront vite débordés. C'est aussi pour cette raison que les gens penseront que l'arrêt de la rotation terrestre (lever du Soleil à l'Ouest) et la reprise en sens inverse qui va suivre pendant quelques dizaines d'heure marque la conclusion du phénomène. Cet arrêt et la reprise en sens inverse seront perçues comme la fin du cauchemar, à tort.

Pour le plus gros séisme mondial et les ouragans qui vont suivre, il n'y aura plus de secours pouvant être apportés.

Zones polluées

Centrales nucléaires

Un accident nucléaire en France toucherait à terme toute la planète, comme l'a fait Tchernobyl et le fait Fukushima. Bien entendu, il y a des contaminations différentes selon les distances et les produits propagés par les vents. Les éléments les moins volatives (les plus lourds) se déposent très rapidement, dans les 100 km autour du point d'émission. L'iode, qui a une durée de vie plus courte, peut être transporté plus loin, et c'est ce genre de retombée qui a perturbé l'Europe de l'Ouest. Enfin, il y a d'autres éléments qui se fixent dans les poussières et l'eau atmosphériques, et eux font le tour de la Terre. C'est pour cela que les Et interviennent, parce une contamination globale pourrait détruire des équilibre vitaux pour toute la faune et la flore. Quant aux impacts de la radioactivité, ils dépendent aussi de la capacité de chacun à résister, capacité très différente d'une personne à une autre. Là c'est surtout le système immunitaire qui joue, et ceux qui en ont un bon peuvent encaisser largement les retombée dans la mesure où ils ne sont pas dans les 100 km autour du lieu de l'accident. Il n'y a pas de différence ici avec une pandémie. Ceux qui sont résistants sont ceux qui ont un bon système immunitaire. La seule chose qui varie, c'est que pour une maladie, la société actuelle remplace le système immunitaire des personnes affaiblie avec des médications, ce qui n'est pas possible avec la radioactivité. La question qui a été éludée parce que camouflée par la médecine, c'est de savoir pourquoi les systèmes immunitaires sont généralement aussi faibles chez les humains, comparativement aux animaux. Et là, c'est tout le système qui est en cause. Pour survivre à Nibiru, il faudra revoir le fond, pas juste la surface des choses. En ce sens, pour survivre il faudra avoir un système immunitaire correct, ce que le stress et la malnutrition n'arrange pas, système immunitaire qui est avant tout lié à l'esprit (90%). La santé est en majeur partie, dans le cas du nucléaire et des épidémie, lié au spirituel qu'au matériel. ce n'est donc pas en changeant des habitudes alimentaires par exemple qu'on résout le problème, mais en changeant intérieurement.

Les humains vont en souffrir des diverses pollutions chimiques et nucléaires, c'est sûr, mais pas autant qu'on pourrait le croire. Nous sommes plus résistants qu'il n'y parait : ce qui nous tue le plus aujourd'hui c'est le stress quotidien, car notre corps est bien plus sensible aux problèmes émotifs que chimiques. La plupart des maladies sont facilitées par notre dépression immunitaire généralisée. Donc, si le système tombe, ceux qui y étaient mal à l'aise, en recouvrant leur liberté même dans un quotidien difficile, auront une bien meilleure santé. Le psychique fait 90% de la santé, loin devant l'alimentation et la pollution. L'enjeu est donc bien plus spirituel que matériel.

Nous ne sommes pas tous à égalité face à ce danger là. Les nettoyeurs de Tchernobyl ont prouvé cette particularité : alors que certains mourraient après une minute d'exposition aux radiations intenses, d'autres sont restés à la même dose plus de 15 minutes et plusieurs fois, et nombreux chez ceux-ci ont même survécu sans séquelles ensuite. D'autres encore, qui n'étaient pas directement exposés aux radiations, dans les alentours de la centrale pour la logistique, sont morts dans l'année de cancers et d'irradiations. D'après les ET, notre esprit a un énorme pouvoir de régénération et, à l'inverse d'autodestruction, que nous venons à peine d'entrevoir avec la médecine moderne. C'est pour cela qu'ils disent que la spiritualité fait 90% de la santé et les empoisonnements ou la nourriture ne jouent que sur 10%. Ainsi une personne profondément déprimée peut tomber malade même en faisant tout pour avoir une vie saine et une autre, irradiée, mal nourrie, peut survivre même à des doses de radiations qui terrassent ses collègues en 1 minute. Ca n'empêche pas que le corps a ses limites, mais il y a des processus liés à l'âme qui peuvent booster le physique de façon spectaculaire.

Pour évacuer régulièrement la radioactivité qui s'accumule dans le corps, il faudrait faire chaque année, surtout pour les enfants, des cures de pectine. La pectine est présente en grande quantité dans les groseilles, la pomme, le coing, les pépins et les zestes. La pectine piège les métaux lourds accumulés et les éliminent par voie naturelle.

Pollutions chimiques industrielles

Évitez les sites chimiques comme Lubrizol a Rouen.

Pour ce qui est des produits chimiques, la pollution sera diluée dans l'atmosphère qui sera très remuée par des vents violents et ils ne seront dangereux qu'autour des sites (notamment ceux classés à risques). De manière générale, il ne faudra pas se trouver proche des grandes villes.

Où se trouver en France ?

Partout en France il y aura des dangers : Le centre de la France, un peu moins exposé aux accidents nucléaires, sera exposé aux volcans et aux séismes aux alentours de Clermont-Ferrand. Les Alpes, a priori les mieux placées, le seront moins en cas d'accident nucléaire, à moins que les conditions météo du moment poussent le nuage le long de la vallée du Rhône uniquement.

Bref, il n'y a pas de réponses, quelque part le destin nous pousse là où nous devrons être, en général là où nous vivons actuellement. Vous pourrez survivre aussi bien au centre d'une grande ville que réfugié dans les alpages.

Si votre famille à encore des terres à la campagnes, et que vous aimez bien y retourner, allez-y quand vous verrez que ça commence à chauffer. Suivez votre intuition.

Il n'y a réellement que les côtes et les endroits à moins de 200 m qui sont dangereux.

Zones à éviter

Toutes les terres à moins de 60 km des côtes, les vagues peuvent monter localement à 600 m d'altitude, mieux vaut ne pas jouer.

Les côtes atlantiques, il y aura un tsunami dévastateur avec probable effondrement des côtes. Il sera dangereux car provenant d'un soulèvement du fond marin, il se fera sans séisme avertisseur. Cela va se produire avant même le passage de Nibiru, de même que la Turquie sera détruite avant le big one.

Le risque nucléaire et industriels en cas de séismes/tsunamis.

Se tenir loin de l'eau en général qui avec l'accélération des plaques terrestres vont déborder de leurs berges.

Toute la côte d'azur pour les risques de séismes et de tsunami.

Les côtes océanes qui en plus risquent de s'effondrer dans la mer en plus du tsunami, prévoir des hauteurs plus hautes.

Les vallées en cas probable de ruptures de barrage ou de chute de falaises dans un lac surplombant les vallées, ou encore de rupture de verrous glaciaires.

Les vallées fluviales seront le lieu de remontée plus loin dans les terres des tsunamis.

Les séismes sont amplifiés dans les roches argileuses ou calcaires (ne pas se réfugier sur des collines de ce type), les roches sédimentaires renforcent les ondes sismiques.

Les falaises s'écrouleront, de même que le plafond ou l'entrée des grottes

Par la suite, les villes seront un enfer pour y survivre.

Marseille cumule tous les défauts : La ville est très minée par le grand banditisme. La Ville étant destinée de toute manière à être détruite par un immense glissement de terrain dans la mer, elle est devenue un bastion pour les gens mal intentionnés, puisqu'elle n'est pas dans les zones de l'après Nibiru, et donc non protégée par les ET qui poussent, très subtilement, à ce genre de tri : les gentils se retrouvant dans les zones qui seront sûres et les méchants dans celles qui seront détruites, ce n'est pas un hasard. Rien qu'avec le guidage des incarnations, il est très facile de placer qui on veut où on veut. Comme les contraires se repoussent et les concordants s'attirent, le mal attire le mal, le bandit attire le banditisme. Je ne saurais conseiller à tous les gens bien intentionnés qui y vivent encore de quitter la zone le plus tôt possible.

Zones "sûres"

Aucune zone au monde ne sera sûre.

Il faudra pour le premier passage se réfugier sur des hauteurs supérieures à 200 m de haut (600 m pour le second passage) si vous êtres près des côtes. A l'intérieur, divisez ces hauteurs par 2.

Les socles hercyniens anciens comme le massif central ou le Morvan devrait être relativement sûrs. Excepté pour la zone de Clermont-Ferrand qui verra des phénomènes volcaniques.

Pour rejoindre ces zones, éviter les grands axs comme les autoroutes qui seront les premiers bloqués.

A résumer et intégrer au dessus

Adaptons plus précisément la zone refuge à Nibiru.

Repérer un itinéraire pour rejoindre sa zone refuge qui ne doit pas être trop loin (barrages de police ou de l'armée entre autre, terrains privés, plus d'essence, etc.). Elle doit être loin des villes, les êtres humains étant les plus dangereux dans ces moments-là.

Cette zone doit être à plus de 50 km des côtes océanes, plus de 200 m de haut pour échapper au tsunami et à la montée de la mer (sans compter l'effondrement local de 45 m à l'ouest de la France).

Se tenir à 150 km à vol d'oiseau des volcans qui étaient encore actifs il y a moins de 10 000 ans .

Ne pas se placer sur les montagnes jeunes comme les Andes. Les Alpes sont considérées comme sûres, elles vont continuer à grandir mais à un rythme non mortel pour l'homme.

De préférence à plat pour éviter les éboulements des tremblements de terre, et protégé du vent pour résister aux typhons.

De même, s'éloigner de l'eau et des lacs qui vont déborder largement de leur lit (se tenir 100 m au dessus).

Indépendamment du tsunami, la mer va monter dans les 2 ans après le pole-shift et inonder une grande partie de la terre, il est préférable de bouger avant le pole-shift pour éviter de se retrouver dans le flux de migrants et les camps de concentration. Si vous êtes dans ce cas, il faut prévoir les futurs routes migratoires.

Les risques d'explosion de centrales atomiques deviennent faibles mais non nuls, rester à + de 50 km d'une centrale nucléaire.

Bon courage pour trouver l'endroit idéal !

Au vu de ce qui est ci-dessus, les endroits en France :

- Le Morvan et les parties externes du massif central (loin de la chaîne des volcans)
- le sud-est de la France, surtout la partie à plus de 200 m d'altitude, devrait pas trop mal s'en tirer. Le vent soufflant dominant sur la France étant maintenant sud-ouest, elles ne devraient pas trop être polluées par les explosions de centrales atomiques.

A résumer et ranger

Tsunamis

Effets locaux

La vague de tsunami sera la plus haute suite aux effets de mascaret (quand le courant d'un fleuve s'oppose à la remontée de la mer), de la géologie de la côte (baies), de là où l'eau est canalisée vers le haut parce qu'elle n'a pas d'autre endroit où s'étendre (effet de goulot lui faisant sauter les collines plus hautes que la vague elle-même).

Tsunamis lacustres

Évitez les abords directs d'un fleuve, car non seulement les tsunamis peuvent remonter les embouchures très loin en amont, mais en plus le niveau d'un fleuve est lié au niveau de la mer dans laquelle il s'écoule. Un tsunami peut provoquer une inondation à rebours qui remonte le fleuve sur toute sa longueur.

Tsunamis de pole-shift

Jusqu'à 200 mètres sur les côtes le jour J, 150 mètres de haut à l'intérieur des terres, mais perdant rapidement de leur puissance. Les tsunamis remonteront facilement les fleuves et rivières, amplifiant les effets dans les vallées.

Sur le moment, être assez en hauteur et loin des côtes pour éviter de se faire emporter.

Précision sur les hauteurs données

A cause du Golf de Gascogne et du sens des tsunamis, les tsunamis sur la façade Atlantique française seront plus élevés que partout ailleurs. C'est pourquoi les Altaïrans donnent généralement des valeurs plus élevées que celles des Zétas (60 mètres de haut à 160 km à l'intérieur des terres). Ces valeurs sont la limite haute, pour être sûr d'appliquer une bonne marge de sécurité. La hauteur sera moindre en Méditerranée (70 m ?) sauf proche des glissements de terrain comme Marseille, ou des effondrement de deltas (celui du Nil), où les 2 tsunamis (pole-shift + effondrement delta) risquent de se cumuler.

[Harmo, le 10/04/2016] : Les tsunamis lors du 1e pole-shift feront **EN MOYENNE** 150 mètres [zétas : un peu plus de 100 mètres], mais pourront atteindre 250 mètres localement sur les côtes elles mêmes à cause de problèmes de géographie [zétas : 228 mètres]. Pour le second passage, pour des raisons liées à la NOUVELLE géographie, prévoir un peu plus de marge. Globalement, le conseil est de se situer au dessus de 300 mètres [du niveau de la mer lors du pole-shift] pour les deux afin d'atteindre un risque zéro [soit 515 m de hauteur actuelle lors du deuxième passage]. Si vous vous réfugiez à 210 mètres d'altitude, vous ne serez probablement pas touchés mais comme il existe un risque (non calculable même par les ET) de voir certains effets cumulatifs dans les vagues (phénomène de résonance, goulot d'étranglement, effets d'inertie...), il ne faudra pas prévoir au plus juste. Autre critère, plus vous êtes loin des côtes et plus les risques tombent, car les effets aggravant sont surtout valables sur les premiers kilomètres, la vague perdant très rapidement de la puissance et de l'altitude. Rester pile poil sur la côte sera très dangereux, même à 300 mètres, car la côte va être très certainement érodée par l'impact jusqu'à 10 km jusque dans les terres. C'est contre tous ces aléas que la prise de marge est utile (mais pas indispensable, c'est à vous de juger).

Méditerranée

Destruction de Marseille par un glissement de terrain gigantesque. Celui-ci provoque un raz de marée d'autant plus imposant, surpassant ceux provoqués par Nibiru et détruisant du même coup le Sud de la France. Plus vous êtes proches de la zone de glissement, plus le tsunami est haut. Pour avoir une idée de cet événement, je vous conseille de vous renseigner sur les études scientifiques qui ont été réalisées sur un éventuel glissement de terrain sur le volcan El Hierro.

C'est le même modèle prévisionnel que pour Marseille : une immense masse de terre s'enfonce soulevant une onde proportionnelle au volume déplacé. Normalement, vous devriez vous tenir loin des côtes en général. Si ce n'est pas le cas, que vous habitez Marseille ou sa région, certains phénomènes liés à Nibiru pourront se déclencher prématurément.

Montée de la mer

Pourquoi ? (L2)

Après le pole-shift, les pôles surchauffés et les glaciers vont se mettre à fondre, et l'eau des océans se réchauffer. Mécaniquement, le niveau de la mer va s'élever de 200 m.

Hauteurs en fonction des différents événements

Pour estimer la montée des eaux lors des différents événements :

Tsunami de 1e pole-shift (PS1)

Dans le tableau qui suit (issu de Zetatalk), la hauteur de la vague attendue est augmentée de 71 m pour pallier aux imprévus (collision avec un lâcher de barrage, colline pente douce ou rétrécissement de vallée).

Les distances depuis les côtes sont données à vol d'oiseau.

En gros vous montez à 200 m, et tant mieux si votre maison à 150 m n'est pas touchée, tant pis sinon, vous serez vivant pour rebâtir.

Soyez de préférence à plus de 70 km des côtes.

Distance de la côte (km)	Hauteur de sécurité PS1 (m)	Hauteur de sécurité PS2 (PS1+315 m)
0	286	601
13	268	583
27	250	565
40	232	547
53	214	529
68	**196**	**511**
80	179	494
93	161	476
108	143	458

Distance de la côte (km)	Hauteur de sécurité PS1 (m)	Hauteur de sécurité PS2 (PS1+315 m)
121	125	440
134	107	422
148	89	404
161	71	386

Tableau 1 : Hauteurs dégressive des tsunamis PS

Montée de la mer en 2 ans

Même si ce phénomène ne se finira que 2 ans après le 1e pole-shift, vous pourriez avoir envie de construire une BAD plus durable, toujours là après le 2e pole-shift.

Harmo donne 215 m en France (200 m d'élévation de la mer généralisée + affaissement de 30 m de la partie ouest océanique => futur littoral Ouest à 215 m en moyenne).

Ne vous faites pas avoir par la science qui, pour vous tromper, vous dit que les eaux ne monteront que de 67 m... (ils ne prennent pas en compte le réchauffement (donc gonflement) des océans).

Le dessin des côtes à 215 m d'altitude actuellement vous donnera une idée de la distance de votre BAD par rapport au bord de mer lors du second passage.

Figure 32: Terre après une montée des eaux de 200 m

Les futurs littoraux européens et Africains, avec une hauteur de 200 m d'élévation.

Figure 33: Europe à 200 m

Figure 34: Afrique du Nord à 200 m

tsunami record du 2e pole-shift

Aux hauteurs de PS1 (Tableau 1), rajouter :

- pour l'altitude : 315 m, c'est à dire 100 m de haut (tsunami plus puissant que le premier passage) + 215 m (élévation des mers 2 ans après PS1).
- Pour la distance : Le contour des côtes futures visualisées ci-dessous.

Contour des futures côtes océanes (+215m)

Le site heywhatsthat nécessite de rentrer l'élévation de la mer en pieds (foot), par exemple 656 ft pour 200 m, et 705 ft pour 215 m. Il permet d'utiliser 2 niveaux d'eau différents (par exemple le premier niveau est les 215 m d'élévation (futurs littoraux), le deuxième niveau c'est la hauteur du tsunami prévu à votre emplacement, en fonction de la distance des côtes du moment).

Par exemple, toute la vallée de Toulouse à la méditerranée sera balayée, et les hauteurs montants assez vite, il n'est pas utile de regarder à 70 km.

Je vais donner la liste des villes qui se trouveront plus ou moins à 70 km des côtes. Se trouver à plus de 511 m de haut dans cette zone à plus de 70 km du rivage, et vous devrez garder les pieds au sec.

A noter que la côte sera très morcelées, et donner un littoral est assez compliqué.

ATTENTION : les villes ci-dessous se trouvent à 70 km des côtes, seront à plus de 215m de haut (donc émergées), mais rien ne dit qu'elles seront à plus de 511 m pour échapper au tsunami PS2 !! Il s'agira de regarder les hauteurs voisines (côté opposé au rivage) à plus de 511 m de haut. Si vous vous déplacez de 40 km plus loin des côtes par rapport à la ville donnée, vous n'aurez plus qu'une hauteur de 458 m à trouver.

Si on prend la plaine au dessus de la montagne noire, la ligne des 70 km de la côte (du Sud au Nord) passe par Requista, Padiès, Tanus, Naucelle, Rieupeyroux, Rignac, Decazeville, Lacapelle-Marival, Lacapelle-Viescamp, Arnac.

Au dessus, il y aura plusieurs grandes îles qui vont briser le tsunami, les 70 km peuvent être diminué par rapport à Brives (sous les eaux).

Ensuite la ligne des 70 km repart vers l'Ouest, Sarrans, Chateauneuf-la-forêt, Bujaleuf, Sauviat-sur-Vige, Guéret.

Ensuite, ça repart vers l'Est : Éveaux-les-bains, St Pourçain-sur-Sioule, Digouin, Montceau-les-mines.

Puis ça remonte vers le Nord : Autun, Corancy, Brassy, Précy-sous-Thyl, Baigneux-les-juifs, Bure-les-templiers, Nogent, Domrémy-la-pucelle, Domartin-lès-Touls, Chambley-Bussière, Esch-sur-Alzette, Neufchateau, Houffalize, Beurg-Reuland.

Ensuite, la ligne redescend vers le Sud, pour une mer intérieure, donc probablement des hauteurs moindres.

Séismes

Zones sismiques

Éviter de vous placer sur des failles sismiques, déjà connues pour leurs séismes réguliers (vallée de la Maurienne, Pyrénées près de Lack, etc.). Toutes les zones à fort risques tels qu'elles sont répertoriées en France.

Il ne faut pas oublier que les Pyrénées se forment grâce à la collision de l'Espagne (une sous partie de la plaque Africaine devenue indépendante) et de l'Europe. L'Afrique pousse vers l'Est, ce qui fait pivoter la péninsule arabique, qui à son tour, fait pression sur la Grèce et la Turquie. Cette pression repousse la botte italienne, qui est aussi une sous partie de la plaque africaine. La montée de l'Italie crée les Alpes également par collision avec l'Europe. C'est tout le problème des plaques tectoniques qui sont toutes liées. Ce qui pousse

une permet à l'autre d'avancer. Toutes ces plaques qui bougent provoquent des séismes, mais aussi des fissures profondes, c'est à dire intensifie les faiblesses de la croûte dans les zones frontalière entre les plaques, permettant aux EMP de passer plus facilement.

Type de roche

les roches sédimentaires ont tendance à renforcer les ondes sismiques : ne choisissez pas un lieu de refuge situé sur une colline en calcaire ou en argile, car ces roches amplifient le mouvement du séisme. Il est préférable soit de se trouver sur un plateau, soit directement sur des roches plus stables comme le granit. Tous les vieux socles herciniens sont de bons refuges. En dehors, privilégiez l'habitat en tente ou dans la tranchée toute les semaines à risques sismiques.

Danger du sol des villes

Éviter de se trouver en ville. Les routes et les dalles en béton peuvent se casser, les égouts, les souterrains et les caves s'effondrer, vous risquez, en ville (surtout à Paris ou Limoges et leurs carrières souterraines) de tomber dans une crevasse. Chances très faibles qu'il y ait une crevasse en plein milieu d'un champ ou pré ! (excepté causses calcaires, avec l'ouverture d'une doline).

Ouragans catégorie 5

Effets des ouragans de catégorie 5

Les vents sont à plus de 300 km/h. Tous les arbres et les arbustes sont arrachés. Certains édifices seront détruits; d'importants dommages seront faits aux toits et de sévères dommages seront faits aux fenêtres et aux portes. Les vitres explosent Les toits de plusieurs maisons et édifices industriels s'effondreront. Les marées de plus de 5,5 m causeront la fermeture des voies d'évasion de 3 à 5 heures avant l'arrivée de la tempête ainsi que des dommages importants aux rez-de-chaussée des structures.

Débris volants

Les dommages les plus importants n'émanent pas, la plupart du temps du vent en tant que tel, mais plutôt des débris (tuiles, morceaux de toits, fenêtres, édifices, branches, arbres qui tombent) qui sont transportés à une vitesse incroyable. Une planche de contreplaquée poussée à 300 km/h exerce une pression mortelle sur tout objet fixe qui chercherait à l'arrêter...

Météorites

Seuls les plus petits

Les astéroïdes (plus de 50 m de diamètre) ne sont pas un souci, ils sont trop gros et seront donc arrêtés par les ET pour éviter une extinction globale de la vie sur Terre (comme celui de Tcheliabinsk).

Les météores plus petits (moins de 50 m), ne seront pas arrêtés car ils ne provoquent que des problèmes localisés. Ils peuvent détruire une zone de la taille d'une ville moyenne, mais pas plus. Ils sont un danger majeur, bien que rare à l'échelle de la planète, et il est certain que plusieurs d'entre eux toucheront la Terre au moment du passage (et probablement aussi avant).

Direction d'impact

Verticale

Si le météore explose en altitude (intervention ET pour les gros météores, la destruction naturelle des petits ne provoque pas de grosses déflagrations), l'onde de choc vient d'en haut, et est dite verticale. Le souffle s'appuie sur le sol ou les toits, plus résistants, car prévus pour supporter la pesanteur (et les surpoids comme une grosse couche de neige).

horizontale

Le cas le plus destructeur, quand le météore explose contre le sol. Ce sont les objets sur son passage qui encaissent (comme une vitre de fenêtre), et généralement ils se brisent sous l'effet et arrêtent peu la propagation.

Pas d'abris possibles pour les plus gros

Contre les grosses météorites qui vous tomberaient pile poil dessus, on ne peut rien faire : même les grottes seraient pulvérisées sous l'impact.

Comme les séismes risquent de faire s'écrouler la plupart des plafonds des grottes de surface (toutes celles connues actuellement), et/ou ébouler leurs entrées, la solution de s'enterrer dans une grotte (qui risque d'être au sens propre du mot!) est à exclure.

Mais rassurez-vous il y aura peu de ces gros météores, ce ne serait vraiment pas de pot qu'ils vous tombent pile poil dessus.

Abri (RAS p.)

Notre abri devra nous mettre à l'abri du souffle de l'impact / la déflagration. Or normalement, votre abri semi-enterré pour le pole-shift devrait déjà

avoir pris en compte les vents violents, ce qui sera aussi efficace contre un impact météoritique (sauf si vous êtes juste sur l'impact...). Le gros souci est donc l'avant passage, puisque comme tout le monde, nous ne nous sommes pas encore mis dans nos abris de fortune mais vivons encore à découvert.

Une simple tôle de fer permettra de se protéger contre les micro-météorites brûlantes à faible vitesse.

Conseils

Si c'est une explosion de météorite, ouvrez la bouche, sinon l'onde de choc pourrait vous éclater les tympan par différence de pressions. Se mettre à terre (éviter d'être projeté violemment au sol) et loin des vitres (qui vont exploser, dans un sens ou dans l'autre).

Danger de l'onde

Lors d'un souffle de déflagration massive, ce sont les projectiles qui sont les premiers dangers (comme les éclats de verre).

Si l'explosion est très puissante, les murs ne tiennent pas le choc, et s'écroulent.

Se coucher

La seule chose que nous pouvons faire, c'est avoir le réflexe, en cas de flash lumineux intense, de nous coucher sur le sol (la lumière de l'impact arrivant avant le souffle, à la manière de l'orage et de l'éclair).

Être couché vous protégera des projectiles (comme les débris des vitres). C'est peut être simple mais c'est très efficace (et à sauvé des vies en Russie lors de l'explosion de Tcheliabinsk).

A Tcheliabinsk, une institutrice a sauvé ses élèves en leur disant de se cacher sous leurs bureaux, ce qui les a placé très proche du sol. Elle même n'a pas suivi sa consigne (trop occupée à mettre ses élèves en sécurité) et a été sévèrement tailladée au bras (elle s'est protégé le visage).

Contre les murs

Base du mur

Lors des fortes détonations (faisant tomber les murs), on s'aperçoit que la base des murs reste souvent intacte. Le haut du mur part en morceaux assez loin généralement, ou alors le mur se brise et retombe en laissant un espace de survie à la base.

Si donc nous nous couchons par terre, calés contre un mur, nous avons de grandes chances d'être dans cet espace de survie.

Tranche d'un mur

Faire en sorte que le mur s'aligne entre soi et la source de l'explosion. Les projections auront alors plusieurs mètres de mur à traverser. Mais encore faut il dans ce cas, savoir où est l'origine de l'impact (et donc du souffle), sans compter qu'il est rare d'avoir une tranche de mur accessible dans une pièce.

Pas le temps de courir dans un abri

Le délai est trop court pour se déplacer assez loin

Sidération

Il faut déjà comprendre ce qu'il se passe quelque chose (que le flash intense est une explosion massive) : plusieurs secondes d'hébétement en regardant le lieu de l'impact, de voir le champignon se lever, puis de réagir au fait qu'une onde de choc se rapproche rapidement de nous : l'explosion au Liban en 08/2020 montre bien l'onde qui s'approche, sans que ceux qui filment ne pensent à se protéger contre un mur.

Vitesse de l'onde

Passé le temps de sidération, aura-t-on le temps de se réfugier loin?

La vitesse du son est de 340 mètres par seconde. Si l'objet tombe à 10 km, l'onde choc met 29 secondes pour nous atteindre, et à 1 km c'est seulement 3 secondes. Comme on ne sait pas où s'est produite l'explosion, nous ne pouvons pas prendre le risque de prendre 20 secondes pour se mettre à l'abri. Et cela n'est que théorique, car la chaleur accélère la propagation des gaz, le son va alors plus vite que la normale.

Afrique

Rotation plaque tectonique africaine

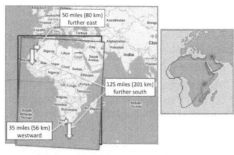

Figure 35: Rotation plaque tectonique africaine
Cette rotation se fera quand le verrou Syrien(la pointe sous la méditerrannée entre Israël, Turquie et Syrie) aura cédé, et que la plaque africaine, sous la méditerranée, sera libre de glisser contre Israël, pour descendre au Sud dans l'océan indien par glissement le long du canal de Suez. D'abord comprimée, la mer rouge s'écartera, et la circulation des bateaux sera ensuite facilité.

Pillards

Les non altruistes, ou les perdus, vont s'organiser en gang pour pouvoir trouver les ressources dont ils ont besoin pour survivre, ce qui augmente le sentiment de sécurité. Sans réflexion préalable sur le bien et le mal, ou sous l'influence d'un mauvais chef qui les terrorise, ils pourraient bien se retourner contre tous les humains qui ne font pas partie de leur clan, ou dont le chef est une menace de pouvoir pour le chef en place.

D'autres vont penser qu'il est plus facile de prendre un fusil et de braquer des paysans, que de se fatiguer à cultiver soi-même la terre.

Sachez les reconnaître et comprendre cette mentalité de groupe. Dans les meutes, il suffit souvent de s'adresser au chef pour parlementer, ce sont plus des gens perdus qu'autre chose.

Comparez-les aux politiques qui nous ont tout pris, et demandez-leur s'ils se sentent fier de retomber dans les anciens travers, si leur but est la guerre sans cesse, et une mort à plus ou moins brève échéance, pourchassés par toutes les communautés exaspérées de leurs méfaits.

Plan d'évacuation

On ne sait pas à quel moment les Élites vont s'affoler et bloquer toutes les routes, en provoquant la loi martiale, couvre-feu, déployer une armée sur le territoire, bloquer les rond-point et les routes secondaires avec des container ou autre, et en coupant l'alimentation des pompes à essence, voir déclencher un début de guerre civile. Des catastrophes naturelles énormes peuvent aussi avoir lieu bien avant le passage de Nibiru, et prendre tout le monde de court. Idem en cas de gros accident nucléaire ou industriel comme Rouen, qui vous obligerait à quitter précocement la ville dans la panique pour rejoindre votre RAS, même si c'est à pied. Voilà comment préparer votre départ.

Quitter la maison

Tous les membres de votre famille devraient savoir où se trouvent l'extincteur et la trousse d'urgence. Préparez de grosses inscriptions très visibles pour indiquer où se trouvent les robinets d'adduction d'eau et de gaz ainsi que le compteur électrique, et tout le monde dans la famille devrait savoir les couper.

Au moment où il vous faudra abandonner le domicile pour un temps (généralement ça se fait dans l'urgence...), celui qui ferme s'assure de couper toutes les entrées (électricité, eau, gaz, téléphone). Cela permettra d'éviter d'amplifier des dégâts en cas de destruction, et permettra à vous, ou d'autres familles, d'avoir un refuge éventuel par la suite.

Prenez le BOB et partez comme si vous ne deviez plus y revenir. La préparation sert justement à ne plus se poser de questions, pour que ce départ soit le plus rapide possible.

S'attendre aux attaques

De tous temps, les voyageurs lourdement chargés, avec juste sur eux des objets intéressants, ont été la cible d'attaques de brigands qui n'avaient qu'à attendre au bord des routes.

Supposez en permanence que quelqu'un vous espionne (en survie, il faut passer en mode paranoïaque). Si vous vous déplacez rapidement, vous diminuez les probabilités de vous faire attaquer.

Les attaques potentielles viennent d'ennemis à deux pattes, quatre pattes ou sans pattes.

Itinéraires d'évacuation

En cas d'urgence, ces itinéraires d'évacuation vous permettront de sortir rapidement de votre maison et de rejoindre les membres de votre famille ou vos colocataires au lieu de rassemblement prévu. Si vous devez quitter votre quartier, utilisez l'itinéraire que vous avez déterminé à l'avance, évitant les grandes artères auxquelles tout le monde pensera, et que les personnes les moins préparés (qui seront les plus nombreux) auront déjà bouché dans la panique.

Pillards et militaires (qui seront souvent les mêmes) tendront des pièges pour attaquer les voyageurs. Suivez des chemins moins fréquentés comme des lignes de chemin de fer (assez droites), les petits chemins, ou les sentiers de randonnées (carte IGN).

Enfants

Demandez aux responsables de l'école ou de la garderie de vos enfants quelles sont leurs politiques en cas d'urgence et comment ils communiqueront avec les familles en cas d'urgence. Demandez-leur également quel type d'autorisation ils exigent pour laisser partir un enfant avec une personne désignée, au cas où vous ne pourriez aller le chercher vous-même. Assurez-vous qu'ils possèdent des renseignements à jour concernant les parents et les personnes désignées. Gardez une copie des coordonnées des personnes désignées avec vous.

Il se peut que le gouvernement ai prévu des les garder "en sécurité", c'est à dire de les emmener dans des camps d'endoctrinement puis de travail, même s'il est prévu que tous les moins de 15 ans et les plus de 55 ans soient plutôt exécutés directement, seuls les esclaves directement exploitables seront usés jusqu'à la mort.

Besoins médicaux particuliers

Conserver une liste à jour de vos renseignements médicaux. Assurez vous que votre sac prêt-à-emporter contient une réserve suffisante de médicaments qui vous sont personnels, ainsi que les ordonnances et les documents médicaux. Les pharmacies seront peut être fermées pendant un certain temps, même lorsque la situation d'urgence sera maîtrisée.

Animaux de compagnie

Les emmener avec vous en cas d'évacuation. Ils peuvent être interdits dans certains lieux publics.

Risques spécifiques

Se préparer aussi pour les types d'urgences qui ont le plus tendance à se produire dans votre région : incendie, glissement de terrain, crue, etc.

Liste en cas d'urgence

- Suivez le plan d'urgence.
- Prenez votre BOB.
- Assurez votre propre sécurité en premier, pour ensuite venir en aide aux autres.
- Écoutez la radio pour avoir des informations (en gardant en tête les pièges possibles).

Les autorités locales pourraient vous demander de rester où vous êtes, ou au contraire d'évacuer. Suivez leurs instructions si elles vous semblent justifiées (incendie, rupture de barrage). Si les camions de l'armée viennent vous chercher pour évacuer, il y a de grandes chances qu'ils vous emmènent dans des villes-mouroirs d'esclavage, d'où il sera impossible de s'échapper. Si vous ne voulez pas de ça, cachez-vous et rejoignez votre RAS si votre maison n'est plus habitable (pillards, gangs, destructions, etc.).

Pour le passage de Nibiru, vous avez déjà estimé si vous pouviez rester où vous êtes ou s'il fallait évacuer vers un endroit plus sur, même si ce n'est que pour quelques semaines (plus de 200 m d'altitude, à l'abri du vent, sans rien qui puisse s'effondrer dessus).

Conseils généraux de déplacement

[Harmo] Je vais essayer de vous donner quelques conseils notamment vis à vis des mesures de déplacement que vous devrez prendre à l'approche de Nibiru, puis, dans un second temps, essayer de déterminer avec vous selon les conditions et l'évolution de la situation à quel moment il sera plus opportun de partir.

Règles de base

Ces conseils sont d'autant plus importants que vous habitez dans une zone urbaine ou non. voici quelques règles de base :

1 - Plus vous êtes isolés, plus les contraintes tombent.

Cette première règle signifie que plus la densité de population est forte, plus vous aurez de problèmes. A l'inverse, plus vous êtes dans une région désertique, plus c'est l'inverse.

a - L'État concentrera son contrôle là où les populations seront les plus importantes, parce que ses moyens sont limités. De même, l'accumulation de magasins attirera davantage les pilleurs et du même coup la protection contre les pillages. Plus vous vous éloignez de ces centres, plus l'État sera absent. La campagne sera une zone de relatif "non-droit".

b - Plus vous êtes isolés, plus vous êtes à l'abri des effets de masse et de concentration. Il est bien plus facile d'organiser l'évacuation de 10 personnes que de 10.000, parce qu'on dépasse vite l'échelle de l'individu pour passer à des phénomènes de groupe, ces fameux phénomènes qui entraînent les bousculades. Les gens ne se comportent plus comme des êtres humains, mais comme du "bétail": plus la foule est importante moins il y a de discipline.

2 - Plus vous êtes dans une ville "importante", plus les blocages seront importants

Dans le même esprit, jugez vos difficultés en fonction de la taille et du statut de la ville dans laquelle vous habitez.

a - Paris sera forcément l'endroit le plus dangereux, non seulement parce que c'est la zone la plus peuplée, mais en plus parce qu'elle va focaliser les efforts de contrôle de l'État sachant que c'est la capitale. De même, toutes les zones urbaines "importantes" pour les Élites auront un traitement "privilégié". Nice et Cannes ne sont pas les villes les plus peuplées, mais elles attirent une population au niveau de vie très élevé. Idem pour les grandes agglomérations en ce qui concerne les quartiers / arrondissements. "Important" n'est pas ici à comprendre quantitativement, mais qualitativement, c'est à dire qu'il faut juger la valeur de sa ville de façon stratégique.

b - Le facteur quantitatif compte évidement, plus il y a de monde au même endroit et plus l'attention de l'État sera grande, mais aussi les problèmes de déplacement grimpent en flèche. Des villes comme Grenoble sont particulièrement sensibles, parce qu'elle consiste en une population très dense au km², avec peu de voies de sortie. C'est donc un véritable "piège à rat" en puissance.

2 bis - Plus vous êtes en centre-ville, plus le risque de rester coincé sera fort

a - Même idée et même conclusion que pour le point 2. Si vous êtes à l'extrême périphérie d'une ville, votre sortie sera d'autant plus facile à condition de ne pas traîner, sinon vous serez rattrapés par la cohue.

b - le seul gros inconvénient d'être vers la "sortie", c'est que les barrages éventuels des forces de l'ordre seront sous votre nez ou presque. Avec de la chance, vous serez en dehors du périmètre "protégé".

3 - Ne comptez pas sur vos moyens de transport habituels

a - Tout d'abord rien ne nous dit qu'au moment de partir vous pourrez vous servir de votre voiture, que les transports en commun seront fonctionnels ou que les routes ne seront pas barrées (artificiellement par la police ou par des catastrophes naturelles). Cherchez autant de moyens alternatifs comme les deux roues, beaucoup plus agiles et flexibles.

b - Faites attention que des pénuries d'essence ou d'électricité ne vous immobilisent pas. Rien ne nous dit qu'avant votre départ, les livraisons de carburant ne soient perturbées ou que l'électricité soit coupée. De même vous serez peut être contraints de partir de nuit, prévoyez un éclairage suffisant (pour vous ou sur votre vélo par exemple), l'éclairage public pourrait être inexistant.

c - Les routes les plus rapides et les sorties de ville les plus usitées seront celles qui seront soit bloquées en premier par les barrages, soit celles qui seront les plus embouteillées. Pour sortir plus vite, le réflexe sera de prendre le chemin le plus rapide. Ce serait une erreur. Privilégiez toujours le chemin le moins connu, parce que c'est là qu'il y aura le moins de foule et où le circulation se fera le mieux, même si c'est plus long en théorie.

d - Toutes les autoroutes seront bloquées parce qu'à la première panne ou au premier accrochage, les bouchons seront impossibles à résorber, et on ne parle même pas des autoroutes/rocades et autres périphériques qui sont déjà bloqués en heure de pointe en temps normal. La voiture sera le moyen à la fois le plus populaire mais aussi le moins pratique, parce qu'une voiture peut facilement rester bloquée.

4 - La voiture ne sera pas une solution pour tous, surtout pour les urbains

a - Si vous n'avez pas le choix, prévoyez de toute manière que vous quitterez nécessairement et rapidement votre véhicule.

b - Ne vous focalisez pas sur ce que vous ne pourrez pas transporter sur votre dos. Prévoyez en priorité des sacs à dos avec les ressources de base (eau, casse croûte, trousse de secours), des vêtements chauds (même s'il fait beau faudra passer la nuit dehors, voir marcher), de bonnes chaussures. Rien ne sert de remplir en priorité son véhicule de choses non transportables à pieds vu qu'il est quasi certain que vous serez contraints de tout abandonner. Ce conseil est bien entendu moins vrai si on est isolé et qu'on a moins de risques de rester bloqués. Rien ne vous empêche de le faire néanmoins, sauf si cela vous fait perdre du temps. Mieux vaut assurer sa fuite et aller à l'essentiel.

c - N'hésitez pas à utiliser des poussettes même pour les enfants qui ne sont plus en age d'y aller. Cela pourra soulager les plus petits qui ne pourront pas tenir le rythme de marche. Tout autre idée pour soutenir vois enfants dans cet effort sera le bienvenu (sauf les amphétamines ! :))

c-bis - Prévoyez d'aller chercher les plus faibles et les moyens de les transporter. Une personne âgée même valide ne pourra tenir le rythme. Par contre,

si vous avez un fauteuil roulant à disposition, vous pourrez vous déplacer à pieds sur les voies un minimum carrossables, même sur de petits chemins. Si certains de vos proches sont trop faibles (hospitalisation indispensable par exemple) pour partir tout court, prévoyez de leur expliquer quelques jours à l'avance, par un coup de fil si cela fonctionne encore, les raisons de votre départ. Faites la paix avec vos proches et rassurez les en leur disant que vous ne les oubliez pas (même si vous êtes contraints de les abandonner pour sauver le reste de votre famille).

d - Prévoyez une laisse pour vos animaux de compagnie (ou une cage provisoire de transport si votre chat par exemple n'a pas été habitué au harnais) et de quoi les nourrir (avec des friandises énergétiques moins volumineuses par exemple).

5 - Prenez vos précautions chez vous autant que possible

a - Si vous avez à partir, ne laissez pas des choses dangereuses derrière vous. Pensez à vos voisins qui n'auront pas eu votre chance. Coupez le gaz, l'eau et l'électricité par exemple. Ne laissez pas de bougie allumée si vous partez alors qu'il y a une panne de courant, etc...

b - Si vous avez des animaux non transportables, du type poissons, oiseaux, reptiles (sauf si vous avez un animal dangereux du genre Boa ou Python, prendre ses responsabilités très tôt), ils ne survivront pas sans vous. Si vous savez que vous allez partir dans l'heure voir dans les jours qui viennent, vous pouvez leur donner une chance en les relâchant dans la nature/dans un lieu sécurisé où ils pourront éventuellement survivre. Sinon, renseignez vous sur un moyen humain et simple de les euthanasier.

c - Conservez des documents de base non virtuels, comme des cartes papier, car vous n'aurez pas forcément votre GPS fonctionnel. Je rappelle que Nibiru doit dégommer les satellites à terme et que les système GPS ne peuvent pas fonctionner sans. Idem avec Internet et les infos sur les plantes comestibles, prévoyez des bouquins de poche (qui pourront vous aider le long de votre voyage).

d - Internet ne sera pas forcément disponible pour suivre l'actualité, pensez qu'il existe d'autres moyens d'information comme la radio (facilement transportable). Les réseaux téléphoniques seront peut être saturés en cas de gros pépins.

e - Si vous voulez savoir où sont les barrages, vous pouvez aussi vous faire un réseau de connaissances qui pourra éventuellement vous indiquer les routes sûres, à condition bien entendu que les communications soient fonctionnelles. Evitez les radars fixes qui font partie du système de surveillance des plaques d'immatriculation en continu, même sans flash. N'emportez pas de téléphone portable même éteint si vous ne voulez pas révéler votre position.

f - Faites le deuil (Survie>préparation individuelle p.) de vos possessions et de vos souvenirs dès aujourd'hui. Relativisez. Ce sera moins difficile de tout quitter si vous vous êtes déjà fait à cette idée. Ce n'est pas un conseil accessoire, mais bien un conseil principal. Savoir laisser derrière soi est toujours une difficulté en cas de fuite précipitée. Le danger s'est de s'encombrer et de gaspiller un temps précieux.

Quand partir ?

Harmo

Dans cette section, toutes les personnes ne sont pas concernées de la même manière. Ces conseils et ces analyses sont surtout faites pour les gens qui habitent des zones à risque majeur (villes et côtes), puisque, comme nous l'avons vu, les personnes les plus isolées (petit villages, campagne) n'auront pas les mêmes contraintes / auront plus de marge de manœuvre.

Par contre, les personnes les plus exposées aux risques de blocage devront réagir vite et assez tôt, bien plus que les autres. L'idée serait de partir dès maintenant, mais il faut être réaliste. Le travail, la famille, le manque d'argent etc... tout cela forme d'énormes freins, et pour contourner ces contraintes il faudra partir au dernier moment. L'idée c'est qu'à un moment, peu importe votre travail si dans 2 jours Nibiru ravagera la planète. Avec l'urgence, les contraintes tombent, mais il ne faut pas non plus que cela arrive trop tard et que vous ne puissiez pas réagir.

Les personnes avec une certaine aisance financière pourront devancer les événements, parce que cette trésorerie leur permettra de quitter leur travail de façon précoce, de trouver un logement à l'écart etc... Bien entendu que nous ne sommes pas tous dans les mêmes conditions d'urgence et que nous devrons nous adapter à nos propres limites personnelles.

Pour trouver le moment "le plus tôt possible" mais pas "trop tôt quand même", il va vous falloir une bonne analyse de la situation, situation qui pourra évoluer très vite. Il vous faudra donc être très attentifs aux actualités, puis réactifs si vous voyez que les conditions de votre départ sont réunies.

Événements

Le besoin de contrôle et les mesures de restriction des libertés peuvent varier très vite en fonction des événements, mais les catastrophes naturelles peuvent aussi devenir des barrages importants en elles-même. Voici quelques éléments qui peuvent être des déclencheurs d'une montée des restrictions et des contraintes.

Acte terroriste

C'est le déclencheur numéro un et le plus difficile à prévoir (pour nous). Peut être, ou non (en fonction des besoins des Élites à ce moment-là) d'un durcissement sécuritaire. Couplé à un État d'urgence, ces attentats (il en faut plusieurs pour que la population demande elle-même le confinement) déclenchera forcément la réponse maximale, celle qui vous empêchera de bouger de chez vous. Cette phase maximum ne vous laissera qu'une toute petite fenêtre d'action, quelques heures à 24 heures tout au plus après l'attentat déclencheur. Au delà vous serez coincés, et il sera délicat de contourner les mesures de sécurité.

Catastrophe soudaine (naturelle ou industrielle)

L'impact d'un météore sur une ville par exemple, une EMP importante, un tsunami ou un séisme, mais aussi une explosion chimique ou un accident nucléaire majeur peuvent également faire grimper la réaction de l'État, surtout dans un contexte d'État d'urgence. Là encore, il faudra être très réactif, mais en plus il faudra surveiller si les infrastructures nécessaires à votre fuite ne sont pas touchées. Des ponts écroulés, des glissements de terrain, etc. peuvent accentuer encore les difficultés de déplacement en plus du contrôle étatique. Renseignez-vous sur la situation sur le terrain.

Catastrophe annoncée

Surtout les phénomènes climatiques qui peuvent être perçus à priori et qui peuvent être sujets à des alertes météos. En cas d'arrivée d'un ouragan dans les jours à venir, vous aurez un peu plus de marge mais à peine, car l'État prendra des mesures préventives. Idem en cas d'alerte d'impact de météore. Ne laissez pas traîner votre départ sous prétexte que l'événement doit arriver dans deux jours. L'État réagira avant.

Annonce de Nibiru officielle (p.)

C'est un gros sujet et il reste beaucoup d'incertitude sur la réaction éventuelle des gouvernements à ce sujet. La France d'avant Macron était très opposée à ce concept, car c'est un des pays qui a le plus de craintes à son sujet. L'État profond anti-annonce étant toujours en partie en place, il faut donc prévoir une réaction assez radicale dès l'annonce de Nibiru, mais pas forcément des restrictions de déplacement immédiates. Là encore, plus vous partirez tôt mieux ce sera, mais ce sera très difficile de juger si c'est opportun ou non.

Suite à cette annonce, comptez surtout sur un gel économique (impossibilité de retrait d'argent liquide, p.).

Exode en Libye (p.)

Quand les Élites françaises voudront s'expatrier en Afrique centrale via la Libye, ils voudront le champ libre, et pousseront aux restrictions de circulation (couvre-feu, confinement, loi martiale, blocage des routes et fermeture des frontières et aéroports).

Eux-mêmes ne savent pas quand ils mettront cet exode en branle, mais c'est surtout leur panique qui mettra leur protocole en route.

Événement non prévu (plans adaptatifs p.)

il faut toujours prévoir ce que l'on a pas prévu, surtout avec un phénomène complexe comme Nibiru. La versatilité de ceux qui nous gouverne est aussi à prendre en considération.

Trop tôt ou trop tard ?

Tout dépend de quand tu pars. Si la situation est déjà chaotique, ce sera de toute manière tentes pour tout le monde. Par contre, plus tu décolleras tôt, et plus tu seras confronté à des problèmes d'hébergement en effet. La période transitoire est la plus délicate, car on est coincé entre deux chaises. Par exemple, je vous ai dit de ne pas faire de réserves pour survivre après Nibiru, ça ne servira à rien car vous serez obligés de les laisser derrière vous. En faire, c'est aussi prendre le risque que vous n'osiez pas quitter votre bouffe, alors que c'est pourtant la meilleure solution. Ne pas faire trop de réserves, c'est donc s'éviter cette tentation qui vous mènera à une impasse.

Zétas

Je reprends en septembre 2020 un Zetatalk vieux de 3 ans : plus ces textes prennent de l'âge, plus ils sont compréhensibles et d'actualité brûlante...

Surtout que pas mal de faits non réalisés en 2017 l'étaient mi-2020, comme le blocage des routes et des avions par le confinement, l'empoisonnement des vieux en Ephad avec le Rivotril, etc...

"Paix et sécurité" - Sauver Israël pour la fin
Les six premiers bols de la colère
- "Voici que je viens comme un voleur. Béni soit celui qui reste éveillé et vêtu, afin qu'il n'aille pas se mettre à nu et que sa honte soit exposée". Et ils assemblèrent les rois dans le lieu qui, en hébreu, s'appelle Armagueddon. Alors le septième ange versa sa coupe dans l'air, et une voix forte vint du trône dans le temple, disant : "C'est fait !"...
Apocalypse 16:16

ZetaTalk Insight 9/30/2017 : Pourquoi deux livres de la Bible - Apocalypse et Daniel - donnent-ils un décompte de jours explicite pour la fin des temps ?

L'évangile de Marc déclare que personne ne connaîtra la date, et nous avons affirmé la même chose. La date ne doit pas être connue par l'homme, car ceux qui penchent vers de mauvaises intentions utiliseraient cette connaissance pour nuire au peuple. Nous sommes autorisés à donner une séquence d'événements, comme les dernières semaines, et à confirmer que le passage coïncidera avec la fin d'un trimestre magnétique - vers la fin d'un mois d'août, de décembre ou d'avril.

Pourtant, l'Apocalypse et Daniel font tous deux référence à 1260 jours, soit 42 mois. Comme nous l'avons dit, les membres du Service-à-soi espèrent récolter une moisson d'âmes lors du prochain passage de Nibiru, et souhaitent ainsi accroître le sentiment d'abandon et de désespoir. Nous avons également déclaré que le Service-à-Soi a tenté de tordre les paroles de Jésus, de Mahomet et de Bouddha, et c'est pour cette raison que Jésus a pris soin de répéter souvent ses leçons clés, verbalement, afin qu'elles ne puissent pas être déformées par la suite. Jésus n'a pas écrit la Bible. Les auteurs étaient souvent des hommes qui pouvaient être sous l'influence d'entités du Service-à-Soi.

La date du passage, l'heure du pole-shift, est naturellement un sujet brûlant. Il n'y a guère de famille dont un membre ne veuille s'attarder avant de s'installer dans un lieu sûr, ne veuille rester à l'école, conserver un emploi et un salaire solides, rester entre amis. Le statu quo a de nombreuses causes : des paiements par carte de crédit, des hypothèques, des contrats de toutes sortes, etc.

Pourtant, tout retard comporte des risques. Les voyages peuvent être bloqués, les comptes bancaires gelés, et la loi martiale (avec des camps de travail forcés) peut être imposée. Si seulement la date était connue !

Pour l'Élite, le désir de connaître la date est aigu. Certains parmi l'Élite désirent empoisonner ceux qui, dans la société humaine, sont considérés comme une perte - les malades, les retardés mentaux et les personnes âgées. Ces mêmes éléments veulent la loi martiale le plus tôt possible, afin que leurs biens soient protégés, et qu'ils puissent confier la gestion de l'entreprise à des esclaves dans des camps de travaux forcés [pendant qu'ils se mettent à l'abri dans leurs bunkers].

Pourtant, les connaissances écrites combinées sur la façon de calculer la date du passage - à partir de documents égyptiens, sumériens, mayas et persans - sont contradictoires.

Plutôt que de chercher une date précise, il faut se concentrer sur l'empathie et l'aide aux autres. C'est une monnaie que l'Élite ne peut pas vous prendre. Ces enclaves de service-aux-autres trouveront que le partage et l'attention ne rendent pas seulement chaque individu plus sûr, mais qu'il apporte l'aide d'ET au grand cœur qui seront autorisés à prendre contact consciemment avec ces camps. Ces enclaves "Service-aux-Autres" se forment et s'agrandissent régulièrement, car les personnes en contact sont guidées sur les lieux où elles doivent se rendre lors de leur relocalisation. Et comme nous l'avons déclaré à maintes reprises, il vaut mieux déménager maintenant que plus tard, malgré les arguments en faveur du report.

En effet, l'évangile de Marc 13:32 déclare "Mais de ce jour et de cette heure, personne ne sait, ni les anges dans le ciel, ni le Fils, mais seulement le Père", indiquant que même Jésus ne connaissait pas la date, et que l'homme devrait se concentrer sur ses bonnes actions plutôt que de chercher la date, déclarant dans Marc 8:32 "Que personne ne cherche donc le dernier jour, quand il doit arriver ; mais veillons tous par nos bonnes vies, de peur que le dernier jour de l'un de nous ne nous trouve non préparé". Et de même, soulignant que beaucoup de choses se passeront avant le passage, en déclarant dans Marc 13:5 "Et quand vous entendrez parler de guerres et de rumeurs de guerres, ne vous inquiétez pas ; car il faut que ces choses arrivent, mais la fin n'est pas encore arrivée. Car une nation s'élèvera contre une nation,

et un royaume contre un royaume ; il y aura des tremblements de terre en divers lieux, et il y aura des famines et des troubles".

Freins au déplacement

Ils devraient augmenter dans les 50 jours avant le pole-shift.

Barrages routiers

Se préparer à l'avance pour rejoindre votre zone refuge, car les freins aux déplacements seront nombreux (barrages de police ou de l'armée entre autre, enclaves clôturées, aéroports et autoroutes (et routes nationales si elles sont privatisées) fermés, idem pour les petites routes avec des containers ou des plots de béton, frontières du pays fermées (soit par État d'urgence, soit par abolition de Schengen), etc.).

Ne faites jamais demi-tour en voyant un barrage militaire, soumettez-vous au contrôle sans faire d'histoire. On vous dira de rentrer chez vous. Dans le cas contraire, vous essuierez des coups de feu parce que vous serez suspects. Ces barrages ne badineront pas avec les gens et les consignes seront bien plus sévères.

Le problème de ces barrages sera pour rejoindre sa zone refuge, d'où l'intérêt d'avoir repéré à l'avance (ou d'avoir une carte routière) pour les petites routes permettant de contourner les check-point, qui ne pourront être répartis sur tout le territoire.

Même en faisant cela, nous serons limité sur les grands trajets, d'où l'intérêt de choisir des zones refuges proches de son domicile si on doit y aller à pieds.

Pénurie d'essence

Les illuminatis ont testé en mai 2016 en France une petite pénurie d'essence, pour analyser l'impact sur la circulation des véhicules. Le but étant de n'autoriser que les camions des Élites à circuler.

Pour éviter cela, vous pouvez toujours avoir 2 bidons de 10 l d'essence en réserve, à renouveler tous les 6 mois (les vider dans le réservoir et les remplir à la pompe, l'essence se dégradant au bout de 6 mois) qui vous permettront de relier votre lieu de vie à votre zone refuge, si vous ne tombez pas sur un barrage au milieu, ou si la route n'est pas coupée par une catastrophe climatique.

Véhicule d'évacuation

Véhicule léger, économe en carburant, rustique et passe partout (comme une 2cv ou une AX). Suite aux démolitions les routes, tunnels et ponts seront effondrés, vous ne roulerez que d'un village à l'autre, tant que dureront vos réserves d'essence. A noter que les vieux diesels rouleront plus longtemps à l'huile.

La voiture sera très vite arrêtée (manque d'essence et de route, bloquée a un contrôle routier), inutile d'y passer trop de temps.

Garder plutôt un vélo en bon état de fonctionnement. Il durera plus longtemps que les voitures.

Zone Refuge RAS (1er pole-shift)

Survol

RAS = Refuge Autonome Sécurisé, ou encore BOL en anglais (Bug Out Location) est l'endroit qui nous permettra de survivre aux cataclysmes de Nibiru, et sera suffisamment éloigné des centres urbains denses pour éviter les cohortes d'endormis (personnes non préparées qui risquent de s'entre-tuer).

Stock de nourriture (p.)

Engranger entre 1 et 2 mois de nourriture sèche et compacte (pâtes, riz, etc.) par personne, le temps de se retourner, d'en donner à ceux qui n'auront pas prévu ou auront tout perdu, etc. Ne prévoyez pas trop pour l'après-passages, les réquisitions et pillages prendraient tout.

Lieu

Ci-dessous, vous trouverez quelques conseils, mais la réponse dépendra surtout de votre cas personnel. Le destin nous pousse là où nous devrons être, en général là où nous vivons actuellement. Vous pourrez survivre aussi bien au centre d'une grande ville que réfugié dans les alpages si tel est votre destin, ou mourir en aidant vos proches à sauver leur âme, c'est votre choix d'incarnation qui prime.

L'idée est de trouver une zone refuge pas loin de votre lieu de vie, dans l'endroit où vous auriez aimé être si votre boulot ou votre famille n'avaient pas imposés des sacrifices.

On ne craindra pas grand chose si :

Séismes : on dort dans une installation légère comme une tente, qu'on reste dehors loin des constructions ou des arbre proches lors des secousses, éloignés des falaises ou des glissements de terrains (au-dessus ou en-dessous). Ne pas rester dans les maisons ou les grottes dont le plafond va s'effondrer sur vous.

Tsunami et débordement d'eau : on se trouve à l'intérieur des terres (plus de 60 km des côtes), à plus de 200 m d'altitude et 100 m plus haut qu'un lac ou gros cours d'eau encaissé (éviter le fond des vallées à cause des ruptures de barrage, des chutes de falaises dans un lac surplombant les vallées, ou encore de rupture de verrous glaciaires)

Ouragan : dans un lieu abrité du vent, allongé dans une tranchée d'1 m de profond avec évacuation de l'eau

Désordres humain : loin d'une ville (40 à 60 km suivant la taille de l'agglomération) ou des régions densément peuplées.

Proche de chez soi

Il faut prévoir une zone proche de chez soi, accessible rapidement malgré un risque de blocage des routes par l'armée.

RAS > Abri

Principe du RAS

Dans les premiers temps, il faudra se cacher dans cette zone, avec un groupe de survie, d'où l'utilité de reconnaître auparavant les lieux, et d'y enterrer peut-être des provisions.

On laissera dans ce refuge le matériel un peu plus lourd que le simple sac de bushcraft, à laisser dans une cache pour ne pas se les trimballer en permanence.

La zone refuge RAS n'est que temporaire. Elle sert à se cacher dans un trou quelques mois histoire de laisser les choses se décanter dehors, ou lors d'une attaque de sa BAD.

À proscrire : Caves ou grottes (effondrement) et vitres (éclatement).

Une fois choisi un lieu loin des dangers vu plus haut (notamment loin des côtes, et plus de 200 m d'altitude), il faudra choisir un terrain large (comme un champ) ou rien ne va vous dévaler, pas de glissement de terrain venant du dessus, ou s'effondrant dessous, ni d'arbres qui pourraient vous tomber dessus, et à l'abri des vents dominants (s'il y a une autre colline en face par exemple).

Pas de fleuve, rivière ou lac qui en débordant peut monter 50 m plus haut (surtout dans les vallées encaissées).

L'idée de cet abri est qu'il soit léger et flexible pour éviter un effondrement possible lors du séisme record mondial.

La tranchée abri

La tranchée est l'abri facile à construire (une demi-journée) qui vous permettra de franchir sans encombre la plupart des cataclysmes de Nibiru.

On fait comme en 1914, mais en plus basique : Creuser une tranchée de 1 m de profond pour éviter les objets volants à grande vitesse comme les tuiles, tôles ondulées, plaques, etc.

Creuser les parois un peu en entonnoir pour éviter qu'elles ne s'effondrent (une légère pente sur les bords suffit, juste éviter de faire un trou en U mais plutôt en V).

Mettre la terre excavé sur tous les côtés pour faire une butte qui évitera les gros écoulements d'eau de ruissellement dans la tranchée, et offrir une protection supplémentaire contre les vents ou les explosions de gros météores proches (Tcheliabinsk). Il faut rester le plus simple possible et utiliser ce qui est sur place (quelques pierres pour renforcer la petite butte de protection en anneau autour par exemple).

Prévoir un petit abri au dessus pour empêcher que la pluie ne vienne tout inonder, ou que les micro-météorites ou éclats provenant d'un impact proche ne viennent vous frapper (un capot de voiture suffit, une tôle ondulée métallique, tout ce qui ne prend pas feu facilement si frappé par des petits graviers brûlants). Cette plaque métallique de préférence, sera bien maintenu sur le dessus pour ne pas s'envoler, en renforcé par quelques branches / poutres dessous (mais rien de trop lourd, ça doit pouvoir vous tomber dessus sans vous faire trop mal, à cause des séismes.

Au pire, des branches, une bâche, puis de la terre dessus, évitera que la bâche ne prenne feu avec les météorites à faible vitesse, tout en n'étant pas trop lourd.

Le vent ne viendra pas forcément de l'orientation habituelle, essayer de faire le trou abrité du vent (surtout pas sur la face d'une colline bien exposée, les débris seraient arrêté par la colline et donc par vous!).

Comme il pleuvra beaucoup, il faudra prévoir une bâche de protection pour s'enrouler dedans et une évacuation basse de l'eau pour éviter de se noyer dans le trou.

Une longue tranchée un minimum étanche (sans de trop grosses entrées d'air) ne verra pas tout l'oxygène aspiré dans le cas d'une tempête de feu qui aspire temporairement tout l'oxygène sur la zone de la combustion (Phénomène dans les zones volcaniques, a priori peu probable en France).

Bateau

L'arche de Noé a existé, et c'était un submersible en bois et goudron. Qu'une famille et des animaux de ferme (un couple de chaque espèce : boeuf-vache, bélier-brebis etc...), la nourriture et des outils ait pu survivre à un immense tsunami créé par l'effondrement du delta de l'Euphrate (une vague de 500 mètres à son départ) prouve que cette idée du bateau n'est pas si excentrique.

L'avantage c'est que les tsunamis ne sont pas des vagues abruptes comme on le voit dans les clichés et les films catastrophe, mais une montée des eaux progressive, à l'image d'une marée. Il y a certes une vague de front, qui fait généralement 1 mètre, mais pas un mur d'eau. Un bateau sera soulevé et emmené par le courant, et le vrai danger est la collision avec d'autres objets (bâtiments, autres bateaux). Si vous êtes très éloigné de toute source de collision, votre bateau suivra simplement le courant, et vous ne verrez même pas que vous êtes sur le tsunami. Mais il y a d'autres dangers, comme les vents violents qui eux créent une forte houle qui peut noyer votre bateau en y amenant constamment de l'eau par le dessus, C'est pour cela que l'arche était un bateau couvert et étanchéifié avec du goudron. Une fois les vents calmés, l'arche a dérivé et s'est échouée, permettant ainsi à ses occupants de débarquer.

Ne pas sortir trop tôt de l'abri

La plupart des gens vont croire que tout est fini quand la Terre se remettra à tourner (les 6 jours de levé à l'Ouest) et vont sortir de leur abri. Alors que les pires catastrophes sont encore à venir. Ils vont rentrer chez eux, et quand le séisme mondial (composé de centaines de séismes locaux) arrivera, il prendra finalement la plupart des gens par surprise.

Réserves/Stocks

Ce petit stock servira pour les mois précédents le basculement, mais pas au delà.

Réserves de nourriture pour plusieurs mois (2 à 3 mois par personne), car la nourriture, même cultivée dans son jardin, sera extrêmement polluée. Comme les produits seront encore un minimum accessible, il vous servira à complémenter les premières pénuries :

- Pièges ou armes de chasse.
- Stocker environ 2 mois de nourriture sèche et compacte par personne (boîtes de conserves, purée, pâtes, riz, gros sel).
- Stock de bouteilles d'eau du robinet pour passer les premières semaines ou les sources seront polluées (bouteilles vides qui seront remplies au dernier moment) ou alambic pour faire de l'eau distillée.
- Divers outil comme pelle et pioche pour creuser la tranchée anti-ouragan/séisme.
- Appareil de filtration plus gros que la simple paille de filtrage.

Ces stocks sont de courtes durées, vous pouvez avoir des piles.

Les réserves de nourriture sont une solution intermédiaire pour faire la transition aussi bien avant qu'après Nibiru, mais il faudra vite passer à l'autonomie.

Des armes dans le stock ?

Vu que 43% de l'humanité souffrira de problème mentaux dans l'aftertime, il n'est peut-être pas judicieux de les laisser gérer des armes.

Ce stock d'arme sera un appât supplémentaire pour les pillards qui trouvent plus facile de se doter d'une arme à feu pour braquer les fermiers, et risquent au contraire de hâter votre mort en vous rendant attractif à piller.

Danger des gros stocks

À long terme, une fois le pole-shift réalisé, votre stock va devenir un handicap. Vous ne pourrez pas le transporter, alors que votre survie dépendra sûrement d'un déplacement vers une zone plus sûre (BAD).

Or avec les restrictions de déplacement, vous ne pourrez pas vous déplacer en voiture. Donc vous devrez abandonner votre stock sur place.

Ensuite, stock dit convoitise, car une boite de conserve vaudra plus que de l'or. Les chances de vous faire piller par les voisins (si vous avez la mauvaise idée de ne pas partager) seront très grandes (ça restera vrai pour la BAD).

Enfin, ne pas oublier que état d'urgence implique la réquisition par les forces armées des stocks de nourriture, peu avant, ou en même temps, qu'ils ne viennent vous rafler pour les camps. Là encore, si vous n'avez pas de stock, vous serez plus mobile le jour des rafles.

La meilleure solution reste d'être le plus en autarcie - auto-producteur possible: servez vous de ce que la nature offre, mais aussi de ce que vous pouvez facilement cultiver. Entrainez votre corps à jeûner (voir les techniques de fasting) ce qui non seulement vous permettra de mieux résister au manque mais en plus vous débarrassera des mauvaises graisses/hormones qui vous nuiront dans l'après Nibiru (notamment la dépendance aux sucres). La préparation c'est aussi bien pour l'avant que pour l'après, et pas seulement dans le sac à dos ou dans la carte des itinéraires !!

Ceux qui, suivant les consignes survivalistes à l'américaine, font de gros stocks de nourriture, bunkerisent leur maison ou un terrain, achète de l'or ou des armes, seront forcément fichés d'une manière ou d'une autre. En moins de deux, ils seront saisis manu militari et sans ménagement, tous leurs stocks étant réquisitionnés par l'armée. Ils se retrouveront sans rien, coincés dans leur BAD par les restrictions de circulation, quand le pole-shift de Nibiru arrivera. Ils seront ensuite embarqués dans des camions militaires pour les camps, des mouroirs vu qu'ils ne savent rien faire. Il y a une logique implacable derrière cela, et vous avez les solutions pour éviter cette éventualité peu souhaitable. A vous de faire ce qu'il faut et de ne pas tomber les deux pieds dans le piège.

C'est tout ce que je peux vous dire, puisque que je n'ai pas le droit de vous aider davantage dans votre préparation qui est de votre responsabilité (une leçon spirituelle en soi).

Stock 2 mois

La meilleure solution est donc celle-ci :

1 - faire un stock de nourriture pour 2 mois, afin de pallier aux dysfonctionnements de l'économie.

2 - Une fois Nibiru passée, maintenir un stock minimum transportable et échangeable (comme les boîtes de sardine).

3 - Compter sur votre débrouillardise à trouver et produire votre propre nourriture par la suite, car même si vous faites un stock directement sur votre RAS, il s'épuisera en quelques semaines.

Évacuer le refuge rapidement si besoin

Il peut se produire des phénomènes imprévus qui rendent la RAS inhabitable, il faut alors reprendre son BOB après avoir pris le max de nourriture sèche des stocks et évacuer fissa.

Sous-marin

Passer le PS sous l'eau dans des sous-marins.

Avantages

Les séismes ne secouent pas l'eau, ils créent des vagues que les bateaux au large franchissent sans problème, et que les sous-marins ne sont même pas brassé par les vagues. Sous l'eau, pas de prise aux ouragans de surface (plus un problème pour un bateau), les tempêtes de feu sont éteintes en touchant l'eau, évite le problème des bunkers dans les grottes ou des souterrains qui s'effondrent, où le sol en mouvement referme les sorties, enfermant les gens des bunkers dans une tombe.

Les humains de la terre ferme, près des volcans, doivent s'inquiéter s'ils sont à moins de 160 km des éruptions, et doivent éviter les cendres qui seront soufflées par le vent par la suite. Un sous-marin peut éviter cela si l'emplacement est soigneusement choisi de manière à ne pas être positionné au-dessus des volcans ou des cheminées sous-marines où il pourrait être cuit dans l'eau chaude.

Désavantages

Les super riches ont-ils donc trouvé un moyen d'éviter d'être blessés pendant le déplacement des pôles ? Le problème vient après, car personne ne peut éviter l'après ! Ces sous-marins seront certainement emportés très loin de leur point de départ, et dans des directions imprévues. Dans la couverture nuageuse basse, la pénombre volcanique et la bruine constante, il n'y aura pas d'étoiles visibles pour les guider, et les boussoles seront inutiles dans la tourmente magnétique. Toute prévision selon laquelle les satellites GPS seront opérationnels relève du fantasme, car les satellites ont déjà échoué et se sont écrasés sur Terre.

Donc, à moins que le sous-marin ne se trouve par hasard près d'un rivage familier (où il y a peu de chances de survivre aux marées, au choc avec les continents qui se déplacent, et au remous et brisants du PS), il sera perdu. Il peut se diriger vers le centre de l'océan, ou tourner en rond pendant des années, sans jamais trouver de terre. A ce propos, comme l'essence sera rapidement épuisée, le sous marin devrait avoir une voile et pouvoir flotter en surface comme un bateau.

Et même si le sous-marin finissait par trouver la Terre, ils seraient alors impatients de se réapprovisionner. Comment pensez-vous qu'ils seront accueillis par les survivants affamés qu'ils trouveront sur la terre ferme ?

BAD (Base Autonome Durable)

Survol

Présentation (p.)

Cette base est censée vous faire vivre longtemps en autonomie (comme une ferme à l'ancienne). Plus grosse en taille que le RAS, elle ne pourra pas être déplacée, et restera donc à la merci de bandes armées éventuelles.

Quelle altitude ?

Si vous voulez une base pérenne, placez-la plus haut que les hauteurs du tsunami de 2e pole-shift (Tableau 1 p. 898).

Stocks (p.)

Les stocks ne serviront qu'à passer les premiers mois de chaos.

Présentation

C'est une ferme à l'ancienne, quand les échanges avec l'extérieur étaient faibles et que la majorité de l'approvisionnement en nourriture et en énergie devait être produite sur place.

Vous pouvez vous permettre plus de matos que dans votre sac à dos de survie.

Contrairement à une RAS, une BAD n'est pas dans les bois. Elle ne sera pas monoculture :

- Lieu permanent de vie
- Approvisionnement indépendant en eau
- Indépendant au niveau de l'énergie requise à la vie quotidienne
- Production de nourriture (agriculture, élevage) en quantité supérieure à nos besoins
- Stockage et traitement de la nourriture produite
- Situé dans un lieu sécuritaire (loin des grandes villes ou grands axes de passage)
- Pas complètement isolé (lien social)
- Peu d'entretien (construction durable avec systèmes passifs)
- Production de la majorité (voire totalité) des matières premières organiques nécessaires (cuir, bois, fibres, etc.)
- Permet de générer une activité économique en vue du troc.

Cette BAD prend donc de la place pour les ateliers où ranger les outils, avoir de la place pour faire les conserves, traiter les récoltes. Ensuite de la place pour le stockage de la nourriture ou des biens manufacturés. On peut le voir comme une communauté ou chaque famille aura des petites maisons et de grands ateliers communautaires.

Cachée

Restez caché et hors de vue. Ne révélez jamais la position de votre BAD, essayez de lui donner un air déserté pour éviter d'attirer l'attention.

Demandez-vous par où un ennemi pourrait vous attaquer, si c'était vous qui vouliez prendre d'assaut la BAD.

Stocks

Produits rares

Vous pourrez faire tous les stocks que vous voudrez, ils se finiront toujours à un moment ou à un autre. La BAD sert à produire, pas à stocker.

On ne stocke donc que ce qui sera difficile, voir impossible à refaire. L'eau par exemple, devra être filtrée depuis la source ou l'eau de pluie, le savon fabriqué avec la cendre ou le lierre, etc. Par contre, si vous êtes loin de la mer, vous pouvez stocker du sel : peu si la mer sera proche 1 ans après, beaucoup si malgré les 200 m de hausse du niveau des océans, il faudra toujours plusieurs semaines de marche à travers des cols enneigés pour atteindre un point où le sel sera accessible...

Certains produits rares seront néanmoins toujours accessibles facilement, par exemple les pièces d'automobiles qui joncheront le paysage.

Pièces de rechange

Les stocks peuvent avoir du matériel en double, pour remplacer l'usure du matériel dans le temps, surtout pour les éléments techniques durables qui ne seront pas facilement refabriquables (pierre à feu, pots inox, stylo papier porte-mine, métaux techniques, etc.).

Durables dans le temps

Les batteries ou piles, qui s'usent même si on ne s'en sert pas, ne font pas partie des stocks longue durée. Idem pour les colles et produits chimiques, ciment, etc.

Stocks cachés et protégés

Ces stocks seront généralement cachés pour échapper aux pillards.

Ces réserves longues durées seront protégées de l'humidité et de la lumière.

Troc et placement

Ce système bancaire s'effondrera par étapes, et le souci ce sont les premières étapes, c'est à dire la période de gel économique.

Pièces rares et objets de valeur ne sont pas une solution pour cette période. Car une fois Nibiru passée et le système bancaire disparu, ces pièces seront de la camelote dont personne ne voudra. Par contre tout le monde se battra pour un sac de riz ou une boite de conserve. Il y aura des gens pour prendre l'or, mais ce seront des fous. C'est comme les pillards qui iront voler des TV de luxe alors qu'il n'y a plus de courant. Tu trouveras toujours des gens en déni les premiers jours, mais vite ils abandonneront leur butin quand leur ventre criera famine, or ou pas. Avec tes pièces ou tout objet qui attire la convoitise, tu prends donc le risque dès les premiers jours d'attirer les pillards qui te verront essayer d'échanger ces biens de luxe pour de la bouffe. Espérance de vie, 2 jours.

Vends maintenant ce que tu as de précieux, et sert toi de cet argent à bon escient pour ta préparation, comme le matériel pour de l'hydroponie.

Nourriture

- des bidons d'eau (l'eau du robinet suffit)
- Filtre à eau potable (type Berkey ou Katadyn)
- des produits déshydratés ou sec à longue durée de conservation (purée, pâtes, riz, etc.), barres céréales, etc.
- Des sacs de gros sel, qui pour le moment ne coûtent rien (rappelez-vous la gabelle au moyen âge !), qui permettront de conserver les aliments ou de produire de l'eau de javel désinfectante. Ces sacs ne s'usent pas : quand le sel prend l'eau, on le fait sécher près du feu.
- levures diverses comme pour brasser la bière

Cultures

Stockez des graines de plantes non hybrides, qui dépendront du climat attendu après le pole-shift (dont les 25 premières années avec 30% de la luminosité actuelle, assez chaud, et une pluie quasi constante).

Des mauvaises herbes, qui sont souvent rustiques, à préférer aux cultures domestiquées, qui sont cultivées pour obtenir des produits de haute qualité, et non pour leur rusticité / résilience.

Élevage

Du bétail ou des poissons pour le climat estimé après le pole-shift. Prévoyez les sacs pour alimenter une installation hydroponique.

Les chèvres seront plus faciles à élever que des vaches.

Produits de secours

1 ou plusieurs BOB qui vous servira en cas de perte de votre premier BOB. Vous pouvez stocker tout ce que vous avez dans votre BOB, ce seront de bonnes sources de troc, et elles vous serviront tous les jours comme les kits pour faire le feu (à avoir en excès) ou les casseroles et couverts, de préférence en inox pour la durabilité dans le temps :

- Kit feu : allumettes, briquet, pierre à feu et bloc de magnésium, silex et objet en fer ou en acier (comme une lame de couteau), loupe ou une lentille
- une casserole ou tasse en inox (pour cuisiner ou faire bouillir de l'eau)
- des couverts en inox (des assiettes, des verres, des cuillères, des fourchettes)
- de la corde ou de la ficelle
- bâche (tente, récupérer eau de pluie, etc.)
- ouvre-boite, tire-bouchon,
- un petit réchaud et des bouteilles de gaz de rechange
- scotch américain
- couteaux suisse et pince pliante multifonction
- sacs de fermeture zip
- attaches en plastique

Livres

La connaissance sera primordiale, donc ne lésinez pas sur les livres. Comment reconnaître les plantes sauvages comestibles, comment chasser et piéger, comment découper le gibier (parties comestibles et organes dangereux à cause des parasites ou du fiel), comment l'élever, comment cultiver la terre, les plantes médicinales, mécanique, conception, dictionnaire ou mieux encyclopédies, des cartes géographiques IGN locales + 1 atlas (inutile d'en avoir trop, vous ne voyagerez pas forcément très loin, et la géographie des continents sera complètement changée), etc.

ebooks

Une des meilleures choses qu'ai faite notre civilisation, c'est de condenser des bibliothèques entières sur une simple clé USB. Ce support ne sera malheureusement non pérenne dans le futur. Ce qui tiendra le plus longtemps, ce sont ces liseuses à encre électronique, dont l'écran ne consomme quasi rien (les batteries dureront plus longtemps), et dont l'électronique semble assez basique et durable dans le temps. Prévoir des clés USB et cartes mémoires de rechange.

De manière générale, éviter tout appareil électronique (qui émettent des ondes pour être localisés par les drones du NOM, même batterie retirée), et stockez-les dans des boites en fer complètement fermées (le moindre petit trou de quelques centimètres permet aux ondes de passer).

Assurez-vous que votre liseuse lise tous les formats de livres dont vous disposez, que les cartes SD ne fonctionnent qu'en lecture (chaque écriture diminue sa durée de vie).

Connecteur USB (normal ou mini ou micro), lecteur de SD card (normal ou mini ou micro), mémoire 1 Go, écran au moins 600x480 et si possible 800x600 visionnage de fichiers epub, PDF, Jpeg, Txt, Html, rtf, Bmp, Gif, et si possible multimédia mp3, wav, mp4. Éviter les kindle ou fnac, format propriétaire.

Implique d'avoir des batteries pour l'électricité, des petites éoliennes ou des dynamos manuelles pour recharger les batteries, sachant que ça ne durera qu'un temps.

Par exemple, une batterie USB chargeur de téléphone (de préférence solaire) et la dynamo de recharge en 5 V.

Pour ceux qui voudraient continuer à travailler sur ordinateur, il existe des ordinateur-tablette (notebook) se rechargeant en 5 V par USB.

Vie quotidienne

- piles / batteries + dynamo pour les recharger (éoliennes, turbines hydrauliques)
- lampes électrique rechargeables + bougies
- stylos pour écrire,
- vêtements de rechange
- bottes
- bateaux gonflables pour pêcher ou franchir des cours d'eau
- bombes anti frelons (à utiliser avec parcimonie, une bombe pouvant faire plus de 10 ans)
- sacs-poubelle

Avancé

Ces objets peuvent servir à diverses choses, comme des expériences scientifiques ou des constructions techniques, mais ne sont pas nécessaires dans l'absolu :

- petit alambic pour faire de l'eau distillée ou de l'alcool pour désinfecter
- Tubes métalliques divers
- Charbon de bois
- montres et horloges (remontage manuel)
- Altimètre / baromètres
- cordon de parachute (nylon, fils de pêche)
- câble léger en acier inoxydable (treuil)
- cordes d'escalade et bloqueurs, 8
- tronçonneuse (tant qu'on aura des réserves d'essence)
- réserves d'essence (inutilisables au bout de 6 mois, 1 an pour les moteurs les moins exigeants).
- sacs de chaux

Outils

- clous, vis, boulons
- bande, ficelle, fil
- boîte à outils complète, kits de douille
- gants de travail en cuir
- pelle
- pioche
- barre à mine
- truelle
- gamate (bac plastique pour mélanger le sable et le liant).
- Marteau
- pied de biche costaud
- scie américaine avec des lames de rechanges
- scie égoïne avec ses lame de rechange
- scie trapèze avec des limes d'aiguisage
- hache
- Ciseaux costauds et cisaille à tôle

Moyens de transport

Vélo, pompe à pneus, câbles, chaîne, chambres à air et pneus supplémentaires.

Compétences à acquérir

Source : "TempsTroublés" de Zetatalk.

Dans un monde détruit, il est bon de chercher comment faire les choses de bases. Nous ne verrons pas comment faire ces choses (elles se trouvent dans L3 (nomade) et L4 (sédentaire)), mais à quoi il faudra se préparer. Si les réponses dans L3 ou L4 ne conviennent pas à votre cas, ce sera à vous de chercher dès aujourd'hui comment vous répondrez à cette problématique le moment venu.

Pourquoi se préparer ? Lors des événements, une famille ou un individu peut être aidé à garder la tête froide pendant les périodes difficiles, s'il est armé de connaissances sur les mesures qu'il peut prendre pour améliorer ses chances.

Chaque famille ou chaque individu doit penser par lui-même, car ils sont les seuls à connaître leur situation particulière, les questions propres à leur environnement et leur capacité de préparation. Certaines familles ou individus se retrouveront à pied, sans ou avec peu d'effets personnels. D'autres se retrouveront avec un endroit sûr où aller, qui peut être approvisionné en vivres, mais même ces colonies peuvent se retrouver dépassées ou pillées.

Les grandes étapes futures à préparer

Votre préparation devra vous permettre de :

- survivre au pole shift lui-même, c'est à dire savoir échapper aux blessures subies lors des tremblements de terre, des raz-de-marée, des tempêtes de feu et des vents violents;
- survivre après le pole shift, grâce à du matériels et de la technologie conservés intacts;
- vivre au jour le jour dans la Nature, c'est à dire trouver les sources d'eau potable, de plantes sauvages et de nourriture atypique (tels que les vers et les algues);
- reconstruire une communauté , en créant rapidement des jardins et des logements;
- maintenir la santé et une nutrition adéquate;
- s'adapter à l'opacité volcanique et nuageuse (jardinage d'intérieur et distillation de l'eau);
- rétablir un réseau Internet indépendant des satellites ou des lignes terrestres (par exemple via les ondes courtes);
- rétablir la production d'électricité (installation autonome, telles que les éoliennes ou les centrales hydroélectriques).

Préparation à être nomade

Les solutions seront détaillées dans L3.

Préparez-vous psychologiquement à devenir démerdard, à observer votre environnement et voir ce qui pourra servir plus tard, avec le minimum de matériel a emmener. Pour donner quelques exemples, préparez-vous à :

Allumer un feu

Même sous une pluie battante et sur un sol boueux et humide, par exemple sur un couvercle de poubelle métallique renversé.

Fabriquer rapidement un abri improvisé

Les conditions seront changeantes, il serait bon d'apprendre les abris improvisés, comme attacher à la tête un petit bosquet d'arbuste et le recouvrir de chaume, ou placer une bâche autour d'un pieu central pour faire un tipi improvisé, à l'abri des vents dominants.

Utiliser des plantes sauvages

Un formidable moyen d'éviter la famine et de se soigner dans l'aftertime, en prenant des précautions : connaître les plantes toxiques des comestibles, comment cuire certaines plantes toxiques pour les rendre digestes, alterner les plantes qui contiennent toutes un poison différent, ne pas manger une trop grosse quantité d'un coup de la même espèce, etc.

[JP] Privilégier les livres de plantes sauvages avec de bonnes photos, car les dessins ne sont pas forcément fidèles. Il faut une bonne description aussi, l'image n'est alors qu'un support. L'idéal étant l'herbier, rien de mieux que d'avoir directement la plante sous les yeux pour la reconnaître, ne manquera que la couleur d'origine, et inconvénient, c'est très volumineux.

Le mieux est d'apprendre à reconnaître les plantes qu'il y a dans le périmètre de sa RAS et BAD. Sinon c'est trop divers.

S'il faut se déplacer, il devient difficile de se procurer facilement à manger car les plantes varient d'un lieu à un autre, suivant la nature du sol. Certaines plantes sont les mêmes, donc on les retrouve avec bonheur. D'autres par contre sont spécifiques et c'est pour ça que si on devient nomade, il faut s'être exercé pendant quelques années à les reconnaître pour que ça devienne du tac au tac. On n'aura pas le temps de passer ses journées à chercher quelle plante on a devant soi et si elle est comestible ou non.

Manger des insectes

Vous mangez déjà des homards ou des crevettes qui sont des insectes, vous verrez que les sauterelles, les criquets ont le même goût, et que les vers de terre (correctement purgés) ont un goût de poulet et contiennent plus de protéines que du bœuf. Les larves cuites à la vapeur seront une source de graisse.

Dans l'aftertime, il sera nécessaire de surmonter certains de nos obstacles psychologiques, si nous voulons parvenir à une alimentation saine. Dans la quête de protéines, les insectes devront être consommés, ainsi que les serpents et les grenouilles. Les gros serpents sont préférables. Le filet d'entrecôte peut être enlevé le long de la colonne vertébrale. Si c'est nécessaire à la survie (et si le calcium est nécessaire), on pourrait faire bouillir le reste de la carcasse dans un ragoût pour ramollir les os. Des serpents plus petits ne poseraient pas beaucoup de problèmes. Les cuisses de grenouilles, considérées aujourd'hui comme un mets délicat, pourraient devenir essentielles à une bonne santé après le pole shift. Les grenouilles sont faciles à élever et feraient probablement aussi bien l'affaire dans des réservoirs intérieurs éclairés qu'à l'extérieur, d'autant plus que la lumière du soleil sera rare pendant les premières années. Attention : les peaux de grenouilles sont toxiques, et comme il est possible qu'une partie du poison s'infiltre dans la viande, il serait probablement préférable de s'en tenir uniquement aux cuisses.

Les rats, s'ils sont gardés dans un environnement propre, sécuritaire et sain, peuvent aussi être une bonne source de protéines très prisée en Thaïlande.

Chasser

Il n'y aura pas de place dans une société post-pole shift pour des subtilités telles que la répugnance à tuer des animaux. La mise à mort doit se faire sans cruauté, mais elle sera nécessaire.

Attention : Bon nombre de ces animaux, notamment les lapins sauvages, peuvent être atteints de maladies, et il faut être prudent lorsqu'on envisage de les consommer.

Avec la diminution de la lumière du soleil, il y aura une réduction de la vie végétale et, par conséquent, une diminution du nombre d'animaux se nourrissant des végétaux, comme le grand gibier.

Il y a plusieurs façons de piéger les animaux sauvages, mais beaucoup d'entre eux sont cruels. L'une des méthodes préférables consiste à utiliser une cage ou une boîte spécialement construite à cet effet, dans laquelle les aliments sont placés. Les lapins sauvages, les petits rongeurs et peut-être même des animaux un peu plus gros peuvent être attrapés ainsi vivants, pour être recueillis pour l'élevage, ou être tués de manière indolore pour l'animal.

Les frondes seront une excellente méthode de chasse dans l'aftertime, car elles peuvent être utilisées aussi bien par les enfants que par les adultes. Ils sont également facilement transportables et peuvent être prêtes à l'emploi en un clin d'œil, une fois qu'un bon niveau de maîtrise a été atteint. Choisissez vos pierres avec le plus grand soin, car il est plus facile de frapper des cibles avec certaines pierres qu'avec d'autres.

Fabriquer un arc et des flèches en utilisant votre couteau à viande; les plaques de tôle trouvées le long du chemin peuvent être coupées en pointes de flèche.

Si les armes à feu sont retenues, un approvisionnement adéquat en pièces de rechange et en munitions sont inclus dans vos préparatifs pour le pole shift. Pour les plus petits animaux, un fusil à plombs est probablement la meilleure solution; le plus gros gibier peut être chassé avec des fusils de chasse ou des carabines.

Les armes à feu finiront par s'user et les stocks de munitions s'épuiseront, et il n'y aura aucun moyen de les réparer ou de les fabriquer, alors que la fronde et l'arc pourront toujours être reconstruits.

Pêcher

La pêche a sauvé la vie de communautés et d'individus depuis la nuit des temps, et il n'y a aucune raison de penser que le pole shift va changer cela. L'art de la pêche peut être pratiqué à partir d'un bateau au milieu de l'eau, ou d'une berge de rivière. Le filet de pêche (depuis un bateau, ou en travers d'un ruisseau) est la manière la plus efficace d'attraper du poisson.

Médecine

Dans les heures qui suivront le pole shift, il y aura beaucoup d'urgences médicales, mais pas de services de secours disponibles.

C'est avant le PS qu'il faut apprendre à reconnaître et à faire face aux situations de crise qui se présenteront (voisins coincés sous les décombres, membres cassés, articulations démises, plaies ouvertes, crises cardiaques).

Peu importe la quantité de matériel médical que vous aurez accumulée, il viendra un moment où ces stocks s'épuiseront.

Les sangsues permettent d'éviter la gangrène, les asticots nettoient les plaies, les plantes guérissent, etc.

Plusieurs moyens permettront d'évacuer le plomb en excès dans l'atmosphère.

Les herbes médicinales joueront un grand rôle dans notre avenir dans l'aftertime. Pour ceux d'entre nous qui prennent des médicaments, il est probable qu'il existe des herbes médicinales qui peuvent remplacer les médicaments que nous prenons actuellement, qui ne seront pas disponibles après le pole shift.

Hygiène rigoureuse

Il n'y aura plus de disponibilité des produits efficaces et pratiques achetés tous faits. Les problèmes de survie seront beaucoup plus grands si l'on pue, qu'on poisse/colle, et qu'on se gratte ! Comment remplacer le papier toilette, les couches, les serviettes hygiéniques jetables pour les règles, les douches, le savon / shampooing / lessive, les brosses à dents et le dentifrice, les lunettes, etc. Se laver l'anus à la bouteille d'eau, se frotter les mains dans la terre ou dans la cendre du feu ou dans la sauge antiseptique, des serviettes lavables ou des coupes menstruelles, des branches d'arbre coupées pour la brosse à dent, de la lessive à la cendre ou au lierre, des lunettes stéréoscopiques (percées de petits trous), etc.

Vêtements

La fabrication de vêtements devra être bien rodée avant l'épuisement des stocks.

Une fois de plus, nous nous retrouverons à revenir aux arts anciens, comme le filage et le tissage. Plus tard, si la laine devient disponible, le tricot sera un ajout. L'aiguille et le fil seront parmi les principaux points de négociation, de sorte que les groupes feraient bien de surstocker ces articles à des fins commerciales. Les machines à coudre non électriques seront également très chères, donc les lieux de survie devraient assurer un bon approvisionnement de ces machines, avec de nombreuses pièces de rechange pour les réparer. Ils serviront bien à votre groupe pendant la transition vers les anciennes pratiques.

Certaines plantes, comme le lin, fournissent de super fibres.

On peut rassembler avant le PS des modèles de vêtements pour la confection de vêtements.

Les peaux d'animaux seront une autre ressource, un tannage et une préparation appropriés de ces peaux avant utilisation sont extrêmement importants.

Les aiguilles à coudre peuvent être remplacées par des arrêtes de poisson ou des os.

Il est important non seulement de comprendre comment utiliser les rouets et autres outils, mais aussi d'avoir une bonne connaissance de base de leur fabrication et réparation.

Santé mentale

La santé mentale sera aussi importante après le pole shift que la santé physique. En conséquence dès maintenant, pendant qu'il est encore temps, il est nécessaire de jeter un coup d'œil à certaines des choses auxquelles nous serons confrontés, et de nous y préparer. Voici quelques-unes des situations auxquelles nous pouvons nous attendre : peur, panique, désespoir, dépression grave, sentiment de désespoir, manque d'estime de soi, stress lié à la délocalisation, isolement et lassitude, et détresse spirituelle.

la peur est une réaction naturelle et, en réalité, une réaction nécessaire à toute situation de catastrophe. Le danger vient quand on laisse cette peur dégénérer en panique. Savoir ce qui est à venir et s'y préparer, mentalement et physiquement, contribuera grandement à bannir la panique. Mais attention : les catastrophes ne sont jamais absolument prévisibles ; et peu importe le degré de préparation, il y a toujours l'élément le plus imprévisible.

Le désespoir face à la perte d'êtres chers, de biens matériels, du monde connu, en dépassera beaucoup, en particulier juste après la catastrophe. Encore une fois, ceux qui savent ce qui va arriver seront beaucoup mieux à même de le gérer. Le remède de bon sens pour cela, comme pour tous les exemples ci-dessus, est simplement d'avoir beaucoup de patience, beaucoup de compréhension, et de donner des encouragements au quotidien. Essayez d'assigner diverses tâches pour que les gens puissent rester occupés et productifs. Le millepertuis est un bon remède à base de plantes contre la dépression. Quant au stress de la délocalisation, repérez votre site de survie dès maintenant. Familiarisez votre groupe, et surtout les enfants, avec ce site. Ce pourrait être une idée de construire une sorte d'abri et d'y rester un week-end, ou quelques nuits à la suite. Ensuite, au moment où la catastrophe se produira, le site choisi ressemblera au moins un peu plus à la maison pour votre groupe.

Les livres peuvent être une grande évasion à la dure réalité pendant un certain temps ; assurez-vous d'avoir une bibliothèque bien garnie et variée. La musique peut aussi vous aider à cet égard ; vous serez bien avisé de vous assurer qu'il y a de la musique pour tous les goûts, ainsi qu'une variété d'autres divertissements. Tout cela

contribuera grandement à atténuer les situations susmentionnées.

Nouveaux climats

Dans la plupart des cas, le climat de l'aftertime sera très différent du climat actuel, et prenez vos décisions vestimentaires en conséquence. Pour ceux d'entre vous qui passent d'un climat plus tempéré à un climat plus froid, se préparer adéquatement à ce changement, si vous êtes dans l'incapacité de vous déplacer ailleurs, évitera trop de stress. Faites une étude approfondie de votre situation telle qu'elle se présentera, et tirez vos plans en conséquence.

Chauffage

Les solutions de remplacement des services d'utilité publique, que nous tenons aujourd'hui pour acquis dans notre société actuelle, seront d'une importance primordiale dans l'aftertime. Il n'y aura plus d'accès à l'eau courante, où l'on tourne un robinet et l'eau coule comme par magie; vous ne pourrez pas non plus augmenter ou baisser le chauffage en tournant un bouton, car il n'y aura plus de chauffage central (les combustibles de chauffage traditionnels, comme le gaz et le fuel, ne seront pas disponibles). Il ne sera pas possible de tirer la chasse d'eau des toilettes et il n'y aura pas de climatiseur pour refroidir l'air par temps humide et moite.

Éclairage

Dès les premiers temps, la lumière a été d'une importance capitale pour l'humanité, non seulement sur le plan visuel, mais aussi sur le plan psychologique. La vie semble et se sent beaucoup plus en sécurité lorsqu'il y a beaucoup de lumière - et plus la lumière est vive, mieux c'est. Après le pole shift, il y aura très peu de lumière solaire en raison de la poussière volcanique qui durera une vingtaine d'années, et, bien sûr, de plus faibles luminosités de la lune et des étoiles. Sans électricité, il sera difficile de créer de la lumière, et toute solution à cet égard sera au mieux à court terme.

Les ampoules LED combinées à une recharge manuelle (manivelle ou autre) semblent être l'idéal,sachant que l'obsolescence programmée et la faible durée des batteries sera le principal problème de ces appareils.

Préparation à la sédentarisation

Les solutions seront détaillées dans L4.

À ce stade, vous et votre groupe avez survécu au pole shift avec à peine plus que ce que vous pouviez prendre à la dernière minute comme matériels. Si vous avez plus de temps pour vous préparer, ou si le temps vous le permet, vous vous installerez et bâtirez une structure plus solide et commencerez à cultiver de la nourriture.

Provisions

Après le pole shift, il y aura des pillages. Les gangs qui n'ont rien à eux seront à la recherche de communautés qui se sont préparées à survivre, avec l'intention de prendre tout ce qu'elles ont. Il est donc important que lorsque vous entreposez vos précieuses réserves, la diversification soit à l'ordre du jour. En d'autres termes, ne mettez pas tous vos œufs dans le même panier ! Rangez vos provisions à différents endroits. De cette façon, si certains d'entre eux ne survivent ni au pole shift ni aux pillages de l'aftertime, il y a de fortes chances que d'autres stocks subsisteront. Une façon d'y parvenir est d'enterrer les stocks à des endroits éloignés de votre habitat, bien camouflés et protégés des éléments, des ravageurs et autres créatures qui pourraient leur nuire.

Voir RAS (p.) et BAD (p.).

RAS avant PS (p.)

Après le pole-shift, la plupart des bâtiments, y compris nos maisons, ne seront plus debout. Avant le cataclysme, les abris temporaires seront faciles à se procurer. Des tentes, des tipis et des yourtes, des abris en bâche plastique ou tout autre type d'abri facile à monter et à démonter serviront. Juste avant le pole-shift, ce logement temporaire doit être démonté et entreposé dans l' endroit et boîte de stockage que vous avez préparés.

Tranchée de PS (p.)

Pendant les cataclysmes, votre groupe doit trouver un moyen de protéger chaque personne contre les tempêtes de feu et les vents violents qui feront partie du pole-shift. La façon la plus simple de le faire, bien sûr, est le scénario d'un toit métallique au-dessus d'une tranchée, mais probablement, avec le temps qui reste, votre communauté trouvera une façon meilleure et plus sûre d'endurer et de survivre.

RAS après PS (p.)

Quand ce sera fini, en espérant que vous retrouverez vos provisions, etc. intactes, et que vous pourrez au moins remonter vos tentes et abris temporaires. Certaines de ces structures simples

peuvent devenir au moins semi-permanentes, permettant à d'autres besoins d'êtres satisfaits. À cet égard, il faudra essayer d'assurer le confort et l'habitabilité de votre espace de vie, afin que vous ayez une chose en moins à vous soucier lorsque vous vous occuperez de situations qui pourraient être, au moins temporairement, plus importantes.

BAD (p.)

Des habitations plus durables devront vraiment être construites au fil du temps. Les maisons peuvent être mieux isolées des rigueurs du climat ; elles offrent plus d'intimité et peuvent être agrandies à mesure que votre communauté grandit ; mais par-dessus tout, les bâtiments permanents donneront à votre groupe une stabilité psychologique et, bien littéralement, les fondations sur lesquelles bâtir son avenir.

Dôme

Ce type de bâtiment, de par sa résistance aux séismes et aux vents violents, est idéal pour être utilisé en RAS et en BAD (avant et après le PS).

La forme du dôme est largement reconnue comme la plus économique des structures, une fois que les dépenses initiales de construction ont été effectuées.

Pas indestructible : les débris soufflés peuvent couper la membrane de surface. Un objet suffisamment grand pourrait aussi percer ce dôme. Sans compter qu'un dôme construit sur une zone qui se retrouve sous l'eau, ou là où veulent s'établir des pillards, sera devenu inutilisable.

Il faut que le matériau de construction soit ignifuge, pour résister aux tempêtes de feu.

Matériel

Même si nous sommes économes après le pole shift, tôt ou tard, les choses vont commencer à s'user et à s'épuiser. Par exemple : la disponibilité des lubrifiants et des roulements à billes diminuera au fil des ans. Les roulements à billes peuvent être graissés et regraissés, à condition de trouver un lubrifiant ; mais à la fin, ils s'useront tout simplement. Ensuite, les tuyaux devront être fabriqués à partir de n'importe quel matériau - nylon, bronze, laiton ou cuivre, selon ce qu'il en reste. Le recyclage sera un must. Les décharges ont été suggérées comme une bonne ressource pour toutes sortes de matières recyclables, mais on peut se demander si l'une d'entre elles restera intacte pendant le cataclysme. La prudence avec les sites d'enfouissement, même s'ils restent intacts, serait que parmi vos matériaux à recycler, vous pourriez aussi finir par déterrer des agents pathogènes, un phénomène dont nous pourrions bien nous passer.

Comment résoudre le problème des pièces de rechange ? Eh bien, le stockage, bien sûr, est une façon d'y parvenir, mais peu importe la quantité que nous accumulons, même si c'est plus tard plutôt que plus tôt, le dilemme finira par nous rattraper.

Tous les mouvements de terrain et les secousses amèneront de nouveaux minerais à la surface, ou du moins les rendront plus accessibles et donc, plus tard, l'exploitation minière pourrait être possible. La fabrication peut aussi devenir une réalité, mais pour ces deux activités, nous devons nous tourner vers les pratiques médiévales, car, à moins que votre groupe ne dispose d'une grande source d'énergie, c'est sur elles que nous devrons compter, tels que la forge du forgeron. Entre-temps, il existe des substituts à certains matériaux qui seraient assez simples à fabriquer. Le ciment remplacé par la chaux calcaire, le bambou est un bon moyen de construction, les protéines animales font de la colle, les cordes sont faites en matière végétales, etc.

Ameublement

Immédiatement après le pole shift, après avoir construit votre abri, est de l'aménager.

Les meubles remplis d'air sont idéaux : fauteuils, poufs, matelas gonflables. La prudence avec ce type de meubles est la perforation, à prendre en compte lors de la préparation des stocks avant le pole shift (les rats aiment bien manger des bouts rendant inutilisable l'objet gonflable). Ce type de mobilier est une solution temporaire, car de par sa nature même, il a une durée de vie limitée.

Les meubles en plastique solide (PVC), comme les chaises et tables de jardin, s'en tireront mieux après le pole shift, à condition de les protéger du Soleil. Léger, résistant à la moisissure, facile à transporter, facile à empiler pour le stockage. De plus, le plastique en tant que matière première peut être fondu et transformé en quelque chose d'autre qui peut être plus avantageux que les meubles d'origine, et la réutilisation doit être un élément à prendre en compte pour tout ce que nous emmenons avec nous dans l'aftertime.

Le hamac est léger, maniable, facile à ranger, facile à laver et à sécher, adaptable à la taille de chacun, cette merveilleuse ressource existe depuis des siècles et a plus que prouvé sa valeur.

Une des façons de créer de la vaisselle et d'autres choses utiles pour votre communauté est d'étudier l'art de la poterie. Beaucoup de choses différentes peuvent être faites d'argile, qui est une substance assez abondante sur toute la Terre.

Assainissement

Avant que les humains ne commencent à vivre une vie sédentaire, ils laissaient leurs excréments et leur urine sur le sol, à la manière de tous les autres animaux terrestres. Il en est résulté que le sol a capté tous les éléments nutritifs et qu'une sorte de mouvement perpétuel - ou de recyclage - se réalisait.

Les grandes agglomérations ont du gérer ce genre de problème, pour éviter les grandes épidémies qui apparaissent dans les endroits où l'assainissement n'est pas géré (trop de concentration humaine sur une faible surface).

La cabane au fond du jardin est le WC le plus simple : un trou dans la terre, de la sciure après la commission. Ou un seau de chambre, dans lequel on met de la sciure ou de la cendre, et que l'on va vider au composteur régulièrement.

Produits de nettoyage

Le savon peut être fait de graisse animale, d'huile d'olive, de cendres de bois, ou de plantes comme le lierre ou la saponaire. Le vinaigre est aussi un nettoyant efficace, alors que le purin d'ortie décalamine vos casseroles mieux que le Coca-Cola.

Machine

Nous allons passer d'une structure hautement technologique à une existence primitive, avec tous les bouleversements physiques et psychologiques que cela implique. Plus de machine à laver suivi de sèche-linge, mais lavage manuel dans le ruisseau froid.

Il ne s'agira plus d'entrer dans une pièce et d'allumer une lumière, ni d'utiliser les toilettes et de simplement tirer la chasse d'eau, de contrôler la température avec un thermostat, de cuisiner sur une cuisinière électrique ou au gaz, ou d'effectuer une multitude de tâches avec la facilité à laquelle notre haute technologie nous a permis de s'adapter. Certains appareils, à condition qu'ils (ou leurs pièces démontées) survivent aux secousses et aux séismes associés à un pole shift, peuvent vous aider dans cette transition, à condition que vous ayez une alimentation électrique qui puisse les faire fonctionner. Cependant, vous devez vous rappeler qu'il s'agit toujours de machines et que tôt ou tard - et ce sera probablement plus tôt - elles s'useront.

Par exemple pour chauffer l'eau, pour garder au frais, pour laver le linge, pour moudre les grains, tout ça manuellement.

Gardez à l'esprit que le remplacement des pièces est une question clé, de sorte que les aimants permanents utilisés dans les voitures et les outils électriques peuvent être utilisés pour capter l'électricité à partir du mouvement du vent et de l'eau, mais tout dispositif plus complexe peut échouer par manque de pièces.

Énergie

L'énergie éolienne et l'énergie hydraulique seront les meilleures sources d'énergie électrique dans l'Aftertime.

Seulement 30% de luminosité solaire, donc oubliez les panneaux photovoltaïques et les panneaux de chauffage solaire.

Le forage du pétrole, certainement le raffinage du pétrole et sa distribution, cesseront après le déplacement des pôles, les gros réservoirs industriels se briseront et partiront en flammes.

Les solutions telles que la combustion de maïs ou de bois pour le carburant (gazogène) se limitent d'elles-mêmes car la végétation aura du mal pendant quelques décennies à cause de la réduction de la lumière du soleil.

Ne restent que le vent et l'eau.

Électricité

Il faudra alimenter vos machines électriques et éclairages par des générateurs électriques, actionnés soit par la force musculaire, des roues à eau, des éoliennes, des moteurs thermiques (hydrocarbures ou vapeur).

Mieux vaut avoir des membres du groupe qui comprennent l'électricité, parce que la génératrice impose souvent de redresser le courant alternatif des générateurs pour le stocker dans des batteries.

Le 12 V continu automobile est un bon compromis, au vu de l'abondance de matériel de ce type qui sera retrouvé dans l'aftertime. Attention à cette solution qui ne permet des installations que sur quelques mètres de câbles électriques, les pertes étant importantes sur la distance avec du courant continu basse tension. la source du courant doit être proche de l'appareil récepteur. Le courant continu peut être stocké dans des batteries, ce qui signifie que vous pouvez le générer à votre convenance, pour l'utiliser selon vos besoins.

Batteries

Au moins pendant un certain temps après le pole shift, les batteries seront le pilier de la plupart des communautés. Qu'il s'agisse d'alimenter quelques lumières pendant les longues nuits hantées post-pole shift ou de faire fonctionner des appareils retrouvés jusqu'à ce que les batteries s'usent ; ou qu'elles fassent partie d'un réseau électrique plus vaste, qu'elles soient utilisées ou non, il y a des choses que vous devez savoir sur les batteries, comment les entretenir afin que dans certains cas elles puissent tenir pendant 20 ans ou plus. A en juger par les recherches actuelles, il semblerait que les batteries 12V seraient la solution à adopter. Elles peuvent tout alimenter, des pompes à eau aux lampes.

Isolation

Quel que soit le type de bâtiment permanent que vous choisirez pour l'aftertime, que ce soit pour l'habitation, le stockage ou autre chose, l'isolation sera extrêmement importante. Le retardateur de feu est toujours un élément essentiel de l'isolation et, dans certaines parties du monde, le climat froid devra être pris en compte. Cependant, la capacité de votre isolant à combattre l'humidité qui sera si présente après le pole shift sera d'une importance primordiale.

Une fois que le pole shift et les séismes seront terminés, et que les choses se seront calmées, votre groupe pourrait alors se déplacer dans un climat plus tempéré, où l'isolation serait réduite à son minimum, voire inutile. Il y aura beaucoup de zones tempérées de ce genre dans l'aftertime. Si, cependant, vous êtes coincé dans les climats plus froids et que vous ne pouvez pas vous déplacer, rappelez-vous que les pionniers se débrouillaient plutôt bien dans les cabanes en bois rond, et si le terrain est bon, vous pourriez construire sur le versant d'une colline.

Outils

Après le pole shift, la civilisation devra être reconstruite à partir de rien, et même, pourrait-on dire, à partir de moins que rien, ce qui signifie que tous les types d'outils seront nécessaires. Le travail à faire comprendra tout, du jardinage à la réparation de la radio, en passant par la fabrication de petits jouets en bois et la construction d'un abri. Et n'oubliez pas que le montage n'est pas la seule utilisation que l'on puisse trouver pour les outils. Que faire de cette vieille voiture qui a atterri près de votre site ? On peut y trouver des aides utiles pour la survie, et vous ne pourrez pas les récupérer si vous n'avez pas les outils spécifiques pour le faire.

Si vous êtes sûr de pouvoir produire de l'électricité, alors n'hésitez pas à apporter vos outils électriques ; mais l'importance de nos précieux outils électriques modernes va probablement devenir insignifiante par rapport à la nature essentielle des outils manuels pré-électriques.

Si votre groupe ne comprend pas d'experts en construction, ou du moins quelques touche-à-tout, alors trouvez-en ! Il ne sert à rien d'emporter tous ces outils dans l'aftertime, si personne ne sait s'en servir.

Il faut apporter avec soi non seulement les outils indispensables et quotidiens, mais aussi chaque variante. Par exemple : il ne sert à rien d'apporter que des tournevis cruciformes, dans toutes leurs différentes tailles. Il y a aussi des tournevis en forme d'étoile, des tournevis carrés et peut-être d'autres tournevis de forme différente à prendre en considération, dans toutes leurs tailles.

Je me souviendrai peut-être aussi d'apporter une certaine quantité de clous et de vis, mais est-ce que j'inclurai des vis à bois, ou des vis "à tôle" ?

Prenez des perceuses avec des engrenages en métaux, plus durables que les plastiques prévus pour casser au bout de 100 perçages.

Où les trouver ? Vide-greniers, les liquidation judiciaires et les ventes aux enchères sont de bonnes sources pour les outils de type plus démodés. Les gens ont tendance à les jeter dans les bennes, et des trésors peuvent être trouvés pour une bouchée de pain. Profitez-en et rassemblez ce que vous pouvez.

Ne provoquez pas de désastre pour votre groupe en arrivant dans l'aftertime en ayant oublié quelque chose de crucial ; car à ce moment-là, on ne pourra plus rien y faire.

Jardinage

Parce que notre atmosphère sera saturée de cendres volcaniques et que notre sol ne sera pas propice à la croissance des plantes immédiatement après le pole shift, il faut trouver d'autres méthodes pour fournir à votre communauté suffisamment de produits naturels pour la garder en bonne santé.

Graines

L'une des choses les plus essentielles que vous devez emporter avec vous dans l'aftertime est une bonne collection de graines non-hybrides (la descendance fera n'importe quoi) et non F1 (pas de descendance ou même problème qu'hybride). Conservez les graines de vos meilleures plantes mères, en vous protégeant contre les dangers tels que la pollinisation croisée (utilisation de serres étanches), qui peut ruiner votre sélection génétique. Il sera important de conserver les semences d'une année à l'autre, et il y a plusieurs façons de le faire, et bien sûr, un stockage adéquat est essentiel.

Culture hydroponique

Si vous êtes bien installé et que vous disposez d'une source d'énergie fiable, la culture hydroponique est la méthode à privilégier, car pouvant être faite à l'intérieur (donc loin des pollutions volcaniques et du faible Soleil).

Jardin couvert

Le jardinage intérieur (sous serre par exemple), avec des lampes LED true Light pour pallier au manque de Soleil, nécessitera de récupérer du terreau des sous-bois.

On peut utiliser des contenants comme des barils ou des seaux, avec un trou de vidange de l'eau en excès au fond. Les choses qui ne peuvent pas être cultivées en culture hydroponique, comme certains fruits tropicaux et certaines plantes, peuvent être cultivées de cette façon, pourvu que votre communauté soit équipée pour produire de grandes quantités de tubes fluorescents et de lampes halogènes.

Vous pouvez penser à créer un jardin couvert, lequel peut en fait être situé à l'extérieur. Une bâche peut conserver l'humidité, protéger des pluies abondantes, des vents violents, des insectes et des oiseaux, tout en laissant pénétrer l'eau, les engrais et la lumière et en ventilant la chaleur les jours ensoleillés, mais pas immédiatement après le pole shift.

Les tentes peuvent être utilisées comme des serres portatives et peuvent être un autre moyen de protéger les jardins de la rudesse de l'environnement après le pole shift.

Sol et engrais

Le jardinage extérieur après le pole shift ne sera pas vraiment une option viable. Mais plus tard, lorsque les polluants auront cessé de tomber et que les choses se seront un peu calmées, des jardins couverts et abrités seront sans doute possibles.

Le manque de lumière solaire aura un impact important sur l'état du sol. On s'inquiète, même dans notre société actuelle, de l'appauvrissement des sols, et lorsque cela se produira dans l'aftertime, les solutions technologiques dont nous disposons actuellement (engrais principalement) seront absentes. Donc, c'est un retour à l'essentiel. Si votre groupe aménage un jardin extérieur, la rotation des cultures et le recyclage de tous vos déchets dans le jardin sont des options qui peuvent aider. Il est apparemment préférable d'éviter les terres agricoles et d'aller sur des terres de pâturage, tant qu'il ne s'agit pas de terres de prairie où rien ne pousse déjà aujourd'hui, malgré la technologie. Même après le pole shift, il sera possible d'améliorer votre sol : le récupérer par exemple des forêts ou le limon des rivières (plus riches qu'un champ cultivé ou qu'une pâture), voir stocker du terreau avant le PS.

Un bosquet de vieux arbres (plus de 50 ans) a un sol très riche, le bois servira au chauffage, et les cendres sont un bon fertilisant. Des tronc enterrés sous une butte alimentent cette dernière pendant 5 à 20 ans, proportionnellement au diamètre du tronc.

Miel et abeilles

Le miel est un aliment et médicament précieux, et les abeilles de bonnes fertilisatrices de plantes. Essayez de garder quelques ruches à travers le PS.

Poisson

Si votre groupe fait partie d'un campement de haute technologie, l'aquaponie peut être la voie à suivre. Si cela fonctionne, vous aurez des quantités prodigieuses d'aliments riches en protéines. Une combinaison de culture hydroponique et d'aquaculture, appelée l'aquaponie, décrite simplement, est une interaction symbiotique entre les plantes et les poissons, où les humains nourrissent les poissons, les déchets de poissons nourrissent les bactéries, les déchets de bactéries nourrissent les plantes, et les plantes nettoient l'eau pour les poissons. Dans ce contexte, il est possible de profiter du ruissellement riche en nutriments de votre installation hydroponique. Pour que ce système fonctionne correctement lorsqu'il sera nécessaire, il est essentiel que vous vous entraîniez au préalable. Ce ne sera pas le moment d'avoir votre première expérience avec l'aquaponie après le pole shift. Si votre campement n'est pas de haute technologie, il vous sera toujours possible d'obtenir du poisson. Il est important de se rappeler que les poissons n'accumulent pas le plomb de l'eau polluée. Cela signifie que les étangs extérieurs peuvent être utilisés pour les cultiver. Le saumon, la perche, le poisson-chat, l'écrevisse, la crevette et la carpe (avec certaines réserves, et s'ils sont manipulés correctement et bien découpés en filets), sont de bonnes perspectives pour l'aftertime. Il faut prendre soin de protéger votre précieux stock de poissons du choc du pole shift. Remarque - et si tout le reste échoue, il y a toujours la vieille canne à pêche et le vieux matériel de pêche !

Troupeaux

Les animaux comme les poulets, les moutons, les chèvres et les lapins ont de toute évidence survécu à des pole shifts antérieurs, et il ne faut pas beaucoup d'imagination pour se douter qu'ils vont probablement survivre à celui-là. Certains animaux ont été élevés dès les premiers temps sans aucune technologie, et nous serviront bien dans l'aftertime. Une fois que les conditions se seront stabilisées, ces animaux devraient être faciles à élever, à condition qu'on puisse les garder indemnes de maladies, et leur viande, leurs œufs, leur lait et leur fromage seront les bienvenus à la table communautaire.

Conservation

Le stockage et la conservation des aliments seront d'une importance primordiale, surtout juste après le pole shift, et plus particulièrement si vous ne pratiquez pas les méthodes hydroponiques. Il vous sera impossible de jardiner à l'extérieur, et un bon approvisionnement en nourriture stockée vous permettra de survivre à la catastrophe et vous servira bien pendant que vous mettez votre équipement et vos compétences en hydroponie en marche.

Aliments de survie

S'il y a des médecins dans le coin après le pole shift, une pomme par jour fera plus que les éloigner ! La pectine contenue dans les pommes contribue à abaisser la tension artérielle et combat le cancer, et il existe d'autres aliments courants qui, dans les bonnes circonstances, peuvent être cultivés après la catastrophe et qui peuvent également aider l'humanité dans sa lutte contre les maladies. La spiruline, l'oignon, les choux, pomme de terre, ananas, betteraves, sont des aliments à tout faire.

Aliments d'ombre

Avec 30% de luminosité solaire, c'est les plantes qui poussent à l'ombre actuellement qui s'en sortiront le mieux, comme l'ail des ours poussant en sous-bois, primevère et violette poussant sous les hautes herbes, ou démarrant tôt dans la saison.

Les germes poussent rapidement, sont faciles à entreposer et seront les bienvenus, quelques semaines après le pole shift, dans les conserves et les produits séchés que les survivants consommeront sans hésitation. Quelques graines recommandées : luzerne, haricot mungo, lentille, tournesol, blé, radis et brocoli. Ils n'ont pas besoin de beaucoup de lumière pour pousser ; ils sont plein de vitamines et sont une autre bonne source d'acides aminés. Ils doivent être conservés dans un endroit frais et sec. Aucune lumière n'est nécessaire pour faire germer ces graines, juste un environnement humide, chaud et exempt de maladies.

Bien que les champignons aient peu de valeur nutritive, ils ont beaucoup de saveur et seraient certainement un complément bienvenu à ce qui pourrait autrement être un repas terne. Certains poussent dans le noir, comme le champignon de Paris ou la pleurote.

Attention à la confusion très facile entre les champignons comestibles et toxiques.

Les champignons contiennent de la vitamine D, qui sera rare après le pole shift.

A noter qu'en cas d'accident nucléaire, les champignons concentrent les éléments radioactifs.

Vitamines

Après le pole shift, il n'y aura plus de course au magasin pour obtenir du lait ou du jus d'orange. Le lait et le jus d'orange - et d'autres substances nutritives - peuvent être possibles après un certain temps, mais avant cela, nous devrons nous contenter de tout ce que nous pourrons trouver. Puisque les vitamines ont une longue durée de conservation, il serait bon de se procurer des suppléments qui peuvent vous amener au moment où votre groupe aura atteint un certain degré d'autosuffisance.

Protéines

En plus des insectes et rats vus dans la partie nomade, les légumes peuvent aussi fournir des protéines, encore faut-il savoir lesquels.

Communications

À ce stade, vous et votre groupe avez établi un campement de haute technologie, autosuffisant et sécuritaire. Les communications avec le monde extérieur, pour vous renseigner sur vos proches situés ailleurs et pour partager l'information avec d'autres communautés, deviendront désormais votre priorité.

Compte tenu des distances entre les campements, de la difficulté ou de l'inexistence de moyens de transport et des dangers inhérents aux déplacements après le pole shift, il faut trouver des moyens de communication pour les campements. L'Internet tel que nous le connaissons sera mort ; il n'y aura plus de téléphones, plus de liaisons par satellite, il ne restera plus rien de notre réseau de communication moderne, et c'est à nous maintenant, pendant qu'il est encore temps, de trouver un moyen pour les gens de rester en contact, alors que cela pourrait faire la différence entre la vie et la mort pour certains ou tous, de votre communauté.

Les radios à ondes courtes (CB ou radioamateur) seront sûrement les méthodes les plus courantes, à condition d'être loin d'une ville-camp qui pourrait vous repérer.

Auto-défense

Quand on pense à la légitime défense, deux concepts nous viennent à l'esprit : l'un est la défense par l'utilisation des arts martiaux ; l'autre, un plaidoyer à un procès pour meurtre. Mais lorsqu'elle est considérée en conjonction avec le pole shift et l'aftertime, la légitime défense doit prendre une perspective beaucoup plus large, et doit littéralement signifier "légitime défense", comme dans la défense de soi-même et de sa communauté contre tout, des animaux sauvages aux pillards, du mauvais temps aux agressions de la nature ; de la menace des maladies aux attaques contre notre vie même. D'une certaine manière, tout ce livret pourrait être considéré comme un manuel d'autodéfense.

Transport

Imaginez un monde où il n'y a pas d'arrêt de bus pour attendre ce pratique moyen de transport; pas de métro ou de train pour nous transporter rapidement là où nous devons aller ; pas d'avion pour nous emmener à l'autre bout du monde à toute vitesse ; et, ce qui est peut-être le pire, pas de voiture ! Aussi mauvais que puisse être le système de transport dans votre ville, il apparaîtra, rétrospectivement, comme un modèle de planification parfaite et de vitesse vertigineuse, car vous traînerez peut-être dans la boue et les débris d'un monde d'après pole shift. Non seulement il n'y aura pas de carburant disponible pour faire fonctionner un quelconque système de transport, mais la nature même du terrain rendra un tel système impossible. Les routes seront détruites, les ponts écroulées, et vos autoroutes seront en lambeaux. Il sera non seulement extrêmement difficile et dangereux de se déplacer sur le terrain, mais, du moins au début de l'aftertime, à cause des gangs itinérants qui seront résolus à attaquer les personnes imprudentes, ce sera tout simplement dangereux. Si, cependant, vous devez voyager, soit parce que vous êtes à pied, soit parce qu'il y a un endroit où vous devez absolument vous rendre, il existe des moyens qui rendront cet exercice, sinon facile, au moins faisable.

Les pneus seront réparés un premier temps en les bourrant de mousse ou de paille. Les vélos seront rapidement le seul déplacement mécanique. Les brouettes et chariots permettent le transport de charges mi-lourdes.

Vu l'eau qu'il y aura, la connaissance du bateau sera un plus.

Contrôle des naissances

C'est une question très délicate, quelles que soient les circonstances, mais qui doit être abordée de manière approfondie par votre groupe avant que le pole shift ne nous atteigne. Il y aura des jeunes femmes dans votre communauté désireuses d'avoir des enfants, mais les avantages et les inconvénients doivent être soigneusement pesés. Quelles sont vos ressources actuelles ? Dans quelle mesure ces ressources sont-elles durables et quel est le pronostic pour l'avenir ? Quel est l'état de santé de votre groupe et les conditions sur votre site sont-elles optimales pour subvenir aux besoins des enfants ? Ces questions, et bien d'autres encore, doivent être posées et des réponses doivent être apportées avant de décider si votre communauté doit ou non mettre des enfants au monde, et quand elle doit le faire. Il ne s'agira pas qu'une famille décide seule d'avoir un enfant ; toute la communauté doit être impliquée.

Des méthodes naturelles de contraception existent, comme les graines de carottes sauvage comme pilule du lendemain, la méthode ogino, etc. Et même s'il y a des loupés de temps à autres, ce n'est pas bien grave.

Déformatage

Survol

Nous avons vu qu'au départ des anunnakis, les humains ont poursuivi en roue libre le culte envers des statues, puis envers des rois. C'était à l'époque ? Non, parce que ce culte continue aujourd'hui... Notre monde est aujourd'hui complètement embourbé dans ces rites que nous continuons à perpétuer sans les comprendre, quitte à tuer pour continuer à pouvoir les faire (conflit israelo-arabe entre autre). Bien que les ET bienveillants ont essayé de corriger à maintes reprises le tir, nous revenons toujours aux mauvais réflexes hérités de notre rôle d'esclaves.

Dans la foulée de la désinformation de L0, voyons donc la désinformation et le formatage officiel qui nous pourrissent l'âme depuis des centaines d'incarnations.

Votre esprit (conscient et inconscient) est bourré de croyances fausses, inculquées de force lors de votre apprentissage depuis votre naissance.

L'économie, le droit l'éthique etc...ont tous été influencés par l'héritage anunnaki à un moment ou un autre. Pourquoi la monnaie a été fondée sur l'étalon or ? Pourquoi le droit reprend de nombreuses fois des concepts liés à la Torah et à la Bible ? Pourquoi l'heure est découpée en 3600 seconde ? Même sans le vouloir, on participe tous à cette idolâtrie généralisée.

Il est important de se défaire de ses erreurs qui vous empêcheront d'évoluer par la suite, voir vous condamneront très rapidement lors du tri des âmes. Inutile de survivre à Nibiru si c'est pour y passer 3 ans après lors de la disparition d'Odin.

Donc certes il faudra s'éloigner des côtes, monter à plus de 200 m d'altitude, préparer des réserves de nourriture, mais il faudra aussi s'améliorer spirituellement. Si on doit faire toutes les crasses aux autres pour survivre tant bien que mal 3 ans sur une Terre dévastée, et passer les millions d'années qui suivent à en payer le prix fort sur une planète prison, non merci !

Il sera plus facile par la suite si vous faite ce dé-formatage en préparation aux événements. J'espère que toutes les clés qui suivent vous aideront à aller dans le bon sens, et à ne pas tomber dans les deux pièges tendus à l'opposé l'un de l'autre. Comme toujours, la bonne voie est celle du milieu, celle de la modération et de l'équilibre.

Orientation spirituelle (p. 925)

Déverminons cette idée qu'il n'y a "ni bien ni mal". C'est vrai dans l'absolu, mais faux dans les faits.

Le réveil (p. 926)

C'est quand nous nous rendons compte qu'on nous a menti, et que nous commençons à réfléchir par nous même.

L'éveil (p. 927)

C'est reconnecter son conscient à son âme. Mais attention, cette dernière aussi est formatée par les fausses croyances de toutes ses vies antérieures... Le déformatage consiste aussi à travailler sur ses instincts, réflexes et émotions.

Pas de haine (p. 927)

Oubliez les histoires de vengeance, d'honneur et tous ces sentiments qui vous éloignent de l'amour inconditionnel et absolu...

Pourquoi survivre ? (p. 935)

Beaucoup d'indéterminés spirituels se poseront des questions de pourquoi survivre. Chose que les égoïstes ne se poseront pas (acquérir du pouvoir en profitant du chaos), ni les altruistes (aider ceux qui seront dans le besoin).

Jouer son rôle (p. 938)

Argent (p. 938)

Sexe (p. 939)

Élections (p.)

Si les élections pouvaient changer les choses, ça fait longtemps qu'elles auraient été interdites...

Extrême-droite conspi (p. 933)

Ces complotistes vous auront sûrement saturé la tête de plein de mensonges, visant à vous faire basculer du mauvais côté.

Racisme (p. 933)

Nous avons tellement été habitué à se faire envahir par des masses hostiles, que nous en étouffons le mouvement premier de chaque humain, curieux de nouveautés et d'horizons lointains.

Ondes EM (Linky, 5G p.)

Légèrement nocives, elles ne méritent pas le combat exacerbé qu'on leur prête, pour vous faire perdre votre temps dans des faux combats.

Véganisme (p. 954)

L'alimentation végétale, adoptée par les anunnakis, est soutenue agressivement par les illuminatis, cherchant à nous affaiblir par ce régime.

La faim (p. 955)

Travail des femmes (p. 960)

Un faux combat, il faut laisser à chacun faire ce qu'il est poussé à aimer.

Santé (p. 949)

Les lobbys pharmaceutiques ne nous ont pas poussés à adopter des comportements sains, qui nous laisseraient en santé, notre état de fonctionnement normal.

Dénier Nibiru (p. 955)

Ne pas vouloir comprendre que Nibiru existe, c'est faire preuve d'un faible niveau de compréhension, ou c'est le signe d'un problème inconscient profond.

Vouloir la date de Nibiru à tout prix (p. 957)

Ce n'est pas la date en elle-même qui compte, mais l'enchaînement des événements.

ET (p. 958)

Les dominants ont volontairement formaté le peuple à avoir peur des ET, pour que d'eux-mêmes ils refusent d'écouter la vérité.

Religion (p. 964)

Si ce dé-formatage n'est pas fait (sans non plus tomber dans l'apostasie, qui serait pire), c'est la croyance qui provoquera le plus de combat et de divisions au sein des survivants si le travail n'est pas fait.

Orientation spirituelle

Le droit d'être hiérarchiste

Il n'y a pas de bien ni de mal. Si le système actuel vous plaît, si vous :

- vous en foutez de savoir que la moitié de la population n'a pas suffisamment à manger pendant que vous gaspillez la nourriture, qu'ils n'ont pas accès à l'eau potable à cause de la pollution engendrée pour répondre à vos petits plaisirs,
- êtes contents de payer une tablette de chocolat 1 centimes de moins en donnant ainsi de l'argent à des esclavagistes, qui avec cet argent vont pouvoir capturer plus d'enfants pour les mettre en esclavage et mourir avant 18 ans,
- vous sentez émulé par la compétition sociale, les guerres et les massacres d'autrui, l'envie d'escalader l'échelle sociale pour mieux asservir les autres et moins travailler, jouant ainsi le rôle de petit kapo travaillant au bien

être de ceux qui sont plus haut que vous dans la pyramide sociale.

Vous avez le droit de penser ça. C'est une méthode de pensée hiérarchique, égoïste, qui restera toujours limitée dans les basses dimensions de l'univers, mais c'est autorisé. Pas partout cependant, c'est pourquoi ces gens-là devront quitter la Terre très rapidement pour permettre l'ascension. Vous garderez votre âme immortelle, vous resterez dans le bas-astral où vous vous torturerez mutuellement avec les autres esprits égoïstes (loi de l'attraction, qui se ressemble s'assemble), vous renaîtrez à la vie en tant qu'esclave, et vous continuerez vos réincarnations d'esclaves jusqu'à ce que vous soyez fatigués de ce jeu de torture mutuelle, et que vous aspiriez à plus d'intérêt envers autrui, votre frère. C'est juste une voie immature et sans issue...

Mieux vaut être altruiste

Pour ceux qui voudraient continuer au sein de Gaïa, vivre enfin libéré des parasites hiérarchistes qui nous étouffent et nous empêchent de vivre notre vie, il faudra se rapprocher du divin et de son amour universel inconditionnel. Respecter la loi d'or, Aimes les autres comme toi-même.

Il s'agit avant tout d'un changement intérieur. La méditation de compassion est la clé, ne pas aller qu'à l'intérieur pour mieux se connaître et se nettoyer, mais aussi vers l'extérieur, vers les autres.

Théories économiques

Voir Illuminatis>outils d'asservissement>Obsolescence programmée (p.). Ne vous faites pas avoir par tous les grands principes économiques qu'on vous martèle sur les bancs de la facs, ou dans les magazines économiques, pour justifier le système économique et social merdique dans lequel nous vivons, système qui n'est fait que pour les Élites et pas pour nous.

La plus grosse arnaque est de nous faire croire que c'est normal et/ou inéluctable, que l'obsolescence programmée serait une évolution logique et obligée au capitalisme, que ça s'est fait tout seul, et que ce n'est pas un complot ourdi par les plus riches !

Tout comme nous faire croire qu'il n'existe aucun autre moyen de construire notre civilisation, et qu'on devait de toute façon en arriver là, à foncer contre le mur. Tout cela est faux !

Ne rabâchez pas comme des écoliers studieux ce qu'on vous a inscrit dans le cerveau, prenez du recul. Constatez les faits par vous même, ne devenez pas des robots idiots bien programmés.

La crise ? Depuis 1973, les Élites super fortunées ont fait exploser leurs comptes en banque, il n'y a plus de mouvements de contestation, la plupart des démocraties sont corrompues et il n'y a jamais eu autant d'esclaves travailleurs dans le monde ! **C'est pas l'objectif principal du nouvel ordre mondial ça, créer une Élite dominante et mettre 90% de la population en esclavage ?**.

Si ce n'est que du hasard, il fait bien les choses pour les plus riches, et tombent systématiquement sur leur côté de la pièce. Une anomalie statistiques qui devraient faire réagir ces pseudos économistes...

Le réveil

Toute notre vie ont nous a dit de voir le monde d'une telle façon, et d'occulter tout ce qui n'est pas marqué dans les journaux. Nous avons ainsi ricané des lanceur d'alerte, sans chercher à savoir ce qu'ils avaient à dire.

Puis un jour, on se prend une grosse claque, qui ouvre la porte du tiroir où on avait rangé tous les faits dérangeants l'ordre établi : les OVNIS belges de 1991 passés sur toutes les télés du monde, le mensonge des médias sur la catastrophe de Tchernobyl s'arrêtant à la frontière française, la mort suspecte de Boulin et de Pierre Bérégovoy, les mensonges pour la guerre 2003 en Irak, etc.

Une fois qu'on a ouvert les yeux, on est alors tenté d'apprendre, dans une boulimie de culpabilisation, tout ce que le système nous a caché, toutes les horreurs faites par les Élites dans les coulisses.

Cette boulimie est inutile et sans fin. Une fois qu'on a compris que certaines personnes, si on les laisse impunies, passeront leur vie à se creuser la cervelle pour aller toujours plus loin dans l'horreur et le dépassement des règles morales, inutile de regarder tout ce que ces personnes ont trouvé pour faire le mal, pour faire souffrir leur prochain : c'est justement de cette énergie/émotion que nous mettons là-dedans qu'elles se nourrissent.

Laissons donc ce monde tomber, informons nos proches juste de ce qu'ils peuvent admettre (la limite est très basse généralement, ils se braqueront rapidement), et occupez-vous de chercher comment vous améliorer, comment se défaire de tous ces poisons que les méchants ont mis en vous. Prenez une bonne douche spirituelle, comme les dé-formatages que nous allons voir en suivant, avant de se remplir de la vérité dans L2.

Auto-réveillés

Après 1850, il y a eu de nombreux précurseurs, comme Alan Kardec, les théosophes, Edgar Cayce, etc. qui ont éclairé la voie de la connaissance, et essuyé les persécutions du système et les moqueries de leurs concitoyens.

En 2016, les réveillés old school comme moi ont entre 40 et 70 ans. La plupart ont été éveillés depuis leur plus jeune âge par des "dons" (leur permettant d'avoir des infos de guides spirituels) ou par l'âme expérimentée qui les incarne.

D'autres par synchronicités et déductions logiques.

Entre 25 et 40 ans, il y a aussi des éveillés depuis l'enfance, en plus grand nombre que la population plus âgée, bien que la plupart n'ont pas eu encore trop le temps de s'installer dans leur incarnation, et leur humain manque de connaissance pour comprendre tout ce que les guides ou sa propre âme lui dit. Par contre, ils ont des capacités à s'éveiller plus vite.

Il y a ensuite ce qu'on appelle les enfants indigos, nés en majorité après 1990. Eux se sont éveillés encore plus vite, parce qu'avec une âme plus éveillée voir Extra-terrestre, et leur éducation ayant profité de toute la diffusion du savoir par internet et des précurseurs. Ils sont un grand nombre à avoir des pouvoirs psy, ils ressentent plus de choses, et il est difficile pour le système de leur faire prendre des vessies pour des lanternes.

L'éveil (L2)

Reconnecter le conscient à l'inconscient permet d'unifier son être, de mieux comprendre ce qui nous pousse, de dé-formater plus en profondeur son inconscient, la barrière sans filtre qui a subie de plein fouet le formatage subliminal, et garde les réflexes conditionnés qui nous font prendre les mauvaises décisions, type les achats impulsifs irraisonnés.

Il faut bien se rendre compte que se connecter à son âme évolutive, c'est se prendre un mur enfermant de fausses croyances que cette âme a renforcée vie après vie, notamment sur les infos occultistes. Il faudra nettoyer et déformater ces fausses croyances aussi, faire le tri entre les bonnes et les mauvaises, et seul un conscient

affûté peut le faire. Le mental n'est pas le mal, c'est utiliser 100% de nos capacités cognitives, en lien avec l'inconscient / intuition.

La plus grosse bataille que nous avons à mener est donc à faire en nous, afin que nous soyons une ressource forte pour faire face aux cataclysmes se produisant à l'extérieur. Les émotions (venues de l'âme ou du cerveau de base) seront vives et paralysantes, autant travailler bien avant pour apprendre à les gérer, ainsi qu'à faire disparaître les blessures émotionnelles négatives, qui sans cela ne manqueront pas de ressortir aux plus mauvais moments !

Pas de haine

Les ET hiérarchistes veulent développer chez les humains les mauvais sentiments, comme la haine, le ressentiment, la colère, la vengeance, etc.

Sans compter le fait qu'ils se nourrissent de ces basses énergies, si vous mourrez avec un tel sentiment dans le coeur, c'est pactole pour eux : encore une âme de récupérée !

Ces mauvaises émotions vous sapent, diminuent votre énergie vitale, et vous empêcheront de vivre pleinement votre vie, ce qu'ils recherchent, car ils veulent des esclaves complètement soumis et désabusés, vaincus et passifs.

C'est pourquoi les ET hiérarchistes cherchent à pousser les gens à des accès de désespoir et de colère au moment où ils découvriront l'existence de Nibiru. Quelle empreinte pensez vous que cela fera sur les âmes des personnes, quand elles s'apercevront qu'elles sont mortes, trahies, par de très mauvais conseils (comme de rester à la maison lors d'un Kill Shot ou Flash Solaire inexistants), écrasées sous leur maison par les séismes, alors que les Élites seront au chaud dans leur paradis High tech en Afrique?

A plusieurs reprises Harmonyum insiste sur l'état d'esprit que nous avons à notre mort, et qui influe sur la spiritualité de notre âme par la suite. Par exemple, il dit que ce n'est pas grave si nous mourrons en ayant la conscience tranquille, car nous avons tout fait pour échapper à Nibiru. Ou encore, qu'il faut éviter qu'en France les gens meurent écrasés par le tsunami, sans comprendre ce qui leur arrive, ça ne serait pas bon pour leurs vies suivantes et les empêcheraient d'évoluer.

Donc voilà, vivez et mourrez honnêtes par rapport à vous même, ne perdez pas de temps à ressentir des émotions sans intérêts, donnez le meilleur de vous même à chaque instant, en harmonie avec votre âme.

Élections

La démocratie a toujours été bidon.

Le vote est une aberration déjà vu dans L0, mais il est bon d'enfoncer le clou ici.

(05/2017) Quand Dupont-Aignan révèle les mails de pression sur lui, venant de Serge Dassault, on peut voir que les 2 hommes se tutoient.

Les politiques choisissent des camps, et ces camps sont menés par les Élites fortunées. Dupont-Aignan et Dassault étaient plutôt proches, du moins assez pour s'envoyer des SMS. Désolé pour ceux qui avaient déjà voté pour Dupont-Aignan, vous vous êtes faits avoir en beauté.

Vous comprenez maintenant que c'est la même chose avec Mélenchon et Asselineau, rebelles publiquement mais bien acoquinés en arrière plan. Ces liens sont un secret de polichinelle, mais de là à ce que le grand public réalise, il y a un fossé.

Les femmes de plus de 60 ans vont voter majoritairement Fillon, logique, c'est lié à leur génération. Un exemple parmi d'autres que la plupart des gens votent selon leur formatage socio-culturel et pas pour leurs idées, et s'en foute complètement que l'un ait détourné de l'argent, pas tenu ses promesses et compte bien s'auto-amnistier avec tous ses copains ripoux..

Les plus de 60 ans n'ont, pour une fois, pas suivi France 2, devenu pro-Macron (d'ordinaire, il suffit de regarder le journal de 20 heure sur France 2 pour savoir de quoi notre grand-mère va parler le lendemain). Les plus de 60 ans (en général) sont bien plus formatés que les générations suivantes, et lors des élections, cela se sent. Mais cela en veut as dire que le formatage n'agit pas pour les autres aussi. 95% des imparfaitement réveillés (qui croient encore aux élections) vont voter pour Mélenchon, Asselineau et/ou Dupont-Aignan. La variante entre les trois vient juste de micro-facteurs d'age ou socioculturels.

L'exemple USA 2020

Est-ce l'opinion de l'électeur ou celle du matraquage médiatique ? De nombreux démocrates votent "comme à la TV". Peu de gens, même chez les républicains, votent en utilisant leur libre arbitre. Le vote est avant tout une action sociale, liée à des contraintes extérieures. Famille, milieu, classe sociale, sexe, communauté ethnique, religion... A part les Q-istes qui sont mieux

éveillés aux problèmes que la moyenne, les autres américains ont voté par formatage aussi bien d'un côté que de l'autre.

L'extrême-droite

L'insécurité fait toujours monter la droite et l'extrème droite. C'est pourquoi Mitterand à toujours laissé se développer la délinquance, pour affaiblir ses adversaires de droite (en répartissant les voix vers le FN).

Les populations votent toujours pour des hommes forts qu'ils croient les mieux placés pour les protéger en cas de danger, et sont capables de sacrifier leurs libertés pour favoriser son pouvoir, mais quand il s'agit de revenir en arrière, on s'aperçoit que l'homme providentiel ne rend rien du tout et qu'on se retrouve avec un despote.

Choix de la sécurité

Pourquoi Mélenchon n'a pas réussi à faire davantage alors que son discours était plutôt très bien accueilli ?

Il existe une partie de la population qui n'assume pas ses opinions, et même avec un discours "mélenchoniste" attractif, ces personnes finissent par choisir la sécurité. Il a donc suffit qu'un ou deux médias lancent l'idée que Mélenchon allait devenir un nouveau Chavez, pour qu'inconsciemment les gens imaginent les rayons vides des magasins au Vénézuela.

Cet effet a été valable sur tous les candidats qui voulaient "changer" les choses. Les gens ne veulent pas tous le changement même s'ils le réclament, cela peut paraître contradictoire mais c'est pourtant un phénomène réel malheureusement. Ce n'est QUE quand les gens n'ont plus rien à perdre, qu'ils sont déjà dans l'insécurité, qu'ils passent à l'action. Tant qu'un certain confort matériel existe pour ces gens, ils ne risqueront surtout pas de casser leur petit nid confortable pour de grands idéaux, de risquer leur épargne dans une crise financière de l'Euro ou de ne pas pouvoir s'acheter le futur Iphone à cause d'une flambée des prix.

Ils se contenteront de râler dans le vide, mais sans remettre en question le status quo. Ils sont achetés par le confort matériel, et cela les Élites le savent bien, c'est pour cela qu'elles entretiennent une classe moyenne intermédiaire qui leur sert de support.

Beaucoup de ceux qui ont dit publiquement voter un-tel ou un-tel ont en fait voté Macron dans l'isoloir, c'est aussi pour cela que cette élection vous semble bidonnée, elle ne reflète pas les opinions que vous avez pu capter autour de vous.

C'est tout l'avantage (et l'inconvénient) du vote anonyme, car les votants sont finalement les seuls à savoir ce qu'ils ont vraiment mis dans l'urne. C'est une façon aussi de respecter le libre arbitre de chacun, même s'il est mal utilisé, afin que les gens votent selon leur véritable opinion et pas celle qu'ils affichent "contraints" par la pression sociale dans le quotidien.

Ce ne sont pas les fraudes qui ont élu Macron, mais bien la lâcheté des gens corrompus par la sécurité matérielle.

Les vrais dominants dominent quel que soit le candidat élu

Si vous allez voter, c'est que vous n'avez rien compris au système. Regardez simplement les résultats des élections précédentes, l'alternance fictive qui de toute façon met toujours les mêmes politiques économiques en place, celle des banksters. Alors voter Macron, Fillon, Chirac ou Sarko, c'était/ce sera tous les mêmes politiques libérales de type Attali voulues par les Élites financières. Et vous croyez ensuite que ces gens laisseraient des partis de gauche ou complotiste ou quoi que ce soit perdurer et remettre en question leur leadership ? Il y a bien longtemps que ces partis périphériques sont sous contrôle, il suffit de placer sa torpille à leur tête (si ces partis commençaient à prendre des voix, le leader se saborderait lui-même, et son parti avec). Échec et mate pour les électeurs, quoi qu'il arrive.

Les partis périphériques

Asselineau a été placé par les autres hommes politiques, tout comme Mélenchon, pour tenir une niche électorale (et ainsi augmenter l'offre au premier, pour empêcher le seul danger pour les Élites : le vote blanc). Son mouvement agit en parallèle pour une partie de public qui est commune. On retrouve par exemple la fin de l'euro et de l'UE actuelle, que la France n'est plus ce qu'elle était et qu'il faut sortir de l'OTAN, etc... Il y a donc un morceau de la base théorique qui est partagée.

Ce que visent ces partis, c'est le mécontentement, et il y a plusieurs façons d'être mécontents des partis traditionnels, c'est pourquoi il faut plusieurs partis "personnalisés" pour capter toute cette population de votants qui échappe au contrôle

classique (et qui sera de nouveau canalisée au second tour, par le vote de diabolisation).

Le problème c'est que les électeurs ont une vision étroite et naïve de la politique. N'importe qui peut se faire le champion de n'importe quoi, c'est ce qu'on apprend à l'ENA : le marketing politique. On peut très bien vendre et vanter le gout inimitable avec grande sincérité du fromage sans l'aimer. C'est comme dans le marketing classique, on vise des catégories de gens préalablement repérés. Si vous regardez bien, la population à vote "complotiste" a connu un boum extrêmement fort à la suite du 11 septembre 2001, car c'est là que les "théories du complot" ont réellement atteint le grand public.

L'Asselineau nouveau n'apparaît qu'en 2004 dans ce secteur, et pas en 1992 avec le fameux Non à Maastricht : un tel déni de démocratie concernant l'Europe aurait quand même du être un appel pour les Asselineaux "patriotes" et anti européens non ? Sauf que ce Monsieur à l'époque traînait bel et bien et sans complexes dans les équipes de ceux qu'il critique aujourd'hui, de Sarkozy à Juppé en passant par Pasqua ou Tibéri (qui est connu de très mauvaise réputation en passant) à s'accrocher à leurs costumes espérant une montée en grade évidente. Si ce n'est pas un pur produit du système politique, je ne sais pas ce que c'est.

Et puis, d'un seul coup, au moment où la niche est suffisamment importante pour justifier un parti, Monsieur se réveille et devient, après avoir été inspecteur des finances et être passé aussi bien que par divers ministères le tout pendant plus de 19 ans au service de l'état, le chantre du mécontentement ! Du pur parachutage...

Les Alts et Harmo évitent de rentrer dans des considérations politiciennes d'ordinaire, mais leur devoir est néanmoins, car c'est leur mission, de nous informer des traîtrises et de ce qui se passe en coulisse. Le but est de faire tomber un système de contrôle qui nous prend pour des abrutis.

Pas de petits partis au pouvoir

Si les médias vous présente comme petit parti, que vous n'avez pas des millions pour vous payer plusieurs sondages d'affilée, que les 3 milliardaires possédant tous les médias disent du mal de vous dans leurs médias, ou pire ne parlent jamais de vous, vous ne dépasserez jamais 5% des voix.

Pourquoi les petits partis ne se retrouvent jamais à la tête des états ? Ça montre bien que c'est une Élite qui est au pouvoir, qu'ils se connaissent entre eux et s'ouvrent les portes du pouvoir, alors qu'ils les ferment aux gens du peuple, qui seraient pourtant beaucoup plus représentatifs de l'ensemble. Impossible donc d'élire un Olivier Besncenot, qui ne sont pas assez formés et introduits dans le monde politique tel qu'il est réellement et qu'on ne peut vraiment percevoir que quand on sort de l'illusion de la démocratie. Ils ne seraient effectivement pas de taille et ne resterait pas longtemps au pouvoir, l'opinion publique étant incapable de payer le prix de sa liberté face à l'engrenage que représente l'action des Élites au pouvoir partout dans le monde.

Les vrais politiques de nos politiques

Les politiques ne choisissent pas un partie ou une couleur (gauche, droite écolo etc...) parce que cela leur correspond, mais parce qu'ils voient de ces organisations (les partis) des niches, des opportunités de carrière. Mitterand n'était pas de gauche, il était d'extrême droite. Hollande n'est pas de gauche, il est de droite. Sarkozy est de centre droit comme Strauss Kahn. Le discours politique public n'a rien à voir avec les vraies opinions des gens. Les moins hypocrites dans l'histoire sont les politiques qui sont dans les partis de droite, parce que ceux là sont à peu près à leur place. Quant à ceux de gauche, ce sont tous des hommes de droite qui n'ont pas pu faire carrière à droite. Pensez vous réellement que des nantis puissent en avoir quelque chose à faire des ouvriers, employés et autre petites gens ? Hollande comme Mitterrand sont des intellectuels de droite, et nous sommes pour eux des "sujets" comme au moyen age, sans dents et juste bons pour payer des dîmes. Il n'y a aucun politique de gauche, les écarts de langage, le comportement élitistes (caviar, grande cuisine etc...) sont propres aux Présidents dits "de gauche" parce qu'ils se sentent inférieurs à ceux de droite, ils compensent par le train de vie : c'est la seule différence entre tous, car au fond seuls leurs intérêts égoïstes les préoccupent loin des véritables besoins des populations qu'ils "gouvernent", qu'ils soient de droite ou de gauche : argent, sexe, pouvoir, domination. Un véritable homme de gauche mettrait en place des programmes de redistribution pour diminuer les inégalités, stopperait les guerres inutiles, veillerait au droit des plus faibles, etc.

Les extrêmes en arbitre et épouvantails

Le FN est un instrument qui a été utilisé par les deux autres partis majoritaires, notamment les socialistes. C'est une longue histoire mais ce qu'il faut savoir, c'est que chacun fait en sorte que le FN [Note AM : plutôt "les extrêmes de l'autre bord" je pense] monte pour que l'autre camp ait moins de voix. Le FN sert donc d'arbitre, en cela soutenu par les médias qui laissent une place très importante à ce mouvement pourtant minoritaire. Comme dans toutes les soit disant démocraties, les sondages sont truqués (facile, il suffit de choisir le bon échantillon de personnes) pour donner une place trop importante à ce qui n'en a que peu. l'Instrumentalisation de l'extrême droite, et, en parallèle, de l'extrême gauche, a toujours été un moteur de la politique occidentale. Si les socialistes se servent du FN comme grand méchant loup, ce sont les communistes (les vrais, pas ceux qui subsistent aujourd'hui) qui servent à la droite pour contrer leurs opposants de gauche. Tout cela n'a rien à voir avec l'opinion des gens, tout est soigneusement arrangé. Pourquoi Mitterrand a sorti les forces de police des banlieux si ce n'est pour y faire monter la criminalité, en particulier celle issue de l'immigration ? En ce sens, c'est lui qui a, par diverses manœuvres, alimenté le racisme anti-maghrébin en France. Le Pen (père) n'a cessé de grimper dans les sondages depuis ce temps, alors que son parti était auparavant cantonné aux plus bas des intentions de vote. Quant au communisme (avant le chute de l'URSS), il était bien pratique pour faire peur aux partis chrétiens traditionalistes (le communisme prône l'athéisme) et aux USA par exemple, dès qu'un politique trop bien intentionné voulait mettre en place une intervention de l'Etat fédéral ou une aide aux plus pauvres, il était automatiquement traité de communiste et mis à l'écart de la vie politique s'il ne faisait pas machine arrière. C'est moins visible en France, mais les plus anciens se souviennent peut être encore que George Marchais tenait dans les médias la place de Le Pen aujourd'hui, ou du scandale de l'arrivée de ministres communistes au gouvernement. Le grand méchant marxiste (populiste) servait bien la droite de l'époque (Chirac et Giscard d'Estaing), tout comme, quand la gauche a repris son tour, le Pen a toujours été montré comme le grand ennemi auquel il fallait faire barrage. Tout cela ce n'est qu'un jeu avec l'opinion politique via les médias et

930

les instituts de sondages (entre autre), puisque de toute façon les jeux des élections sont toujours truqués d'avance.

La fraude

Outre la fraude classique (faire comme Dassault et donner 100 euros par carte d'électeur dans les cités, faire voter des morts ou dans plusieurs villes, des faux noms sur les listes électorales, etc. c'est la fraude électronique qui est la plus utilisée et la moins traçable (voir les affaires dominion lors de l'élection USA 2020, avec les serveurs Scytl en Allemagne, géré par une société privée espagnole qui venait d'être rachetée par les chinois).

Exemple de fraudes déjà bien connues, et dont les gouvernements n'arrivent pas à vouloir corriger :

Acheter les voix, ou frauder (électeurs fantômes domiciliés dans des logements insalubres ou en cours de démolition - électeurs domiciliés chez des personnes âgées, avec fausse attestation d'hébergement - les changements d'adresse (même électeurs pouvant voter dans 10 villes différentes) - bourrage des urnes (introduire des bulletins supplémentaires lors de l'insertion (2enveloppes au lieu d'une) ou de l'absence temporaire de surveillants ou après ouverture de l'urne quand on regroupe les enveloppes, à la manière des prestidigitateurs + signer pour ceux dont on connaît l'absence aux 2 tours, pendant une absence ou une période d'affluence, ou en fin de scrutin quand on est sûr des abstentions, ou avant le scrutin sachant que les équipes ne regardent jamais en avance (il faut faire partie des premiers).

D'autres fraudes moins connues existent (si l'opinion publique n'a pas pu être manipulée à souhait avec des sondages qui la mène droit au vote prévu, ce qui est une fraude en elle-même).
il est toujours possible de faire disparaître des bulletins de vote en masse. Si rajouter des votes n'est pas possible à cause de la surveillance, la disparition en quantité industrielle de bulletins entre le bureau de vote et le dépouillage des bulletins , alors considérés comme "blancs", permet aux Élites de retomber sur leurs pieds. Sinon, on sait très bien quel circonscription vote à gauche, à droite ou à leurs extrêmes, il suffit de faire disparaître les urnes et de les remplacer par d'autres pleines de votes falsifiés. N'oubliez pas que c'est l'État qui surveille les urnes, Etat lui-même dirigé par les politique qui falsifient les bulletins : quand le gardien est aussi celui qui

commet le délit, forcément qu'il a le champ libre. Quelques % d'abstention de plus n'a jamais surpris personne et donc la mise au rebut de bulletins en grande quantité a été une méthode de nombreuses fois employée.

Il y a malheureusement un vaste écart entre la théorie et la pratique, et cela vaut également pour les précautions prises pour les votes. Comme il est très facile pour un illusionniste de faire apparaître ou disparaître des cartes manches relevées, l'astuce se situe souvent là où on ne regarde pas.
Il existe de très nombreuses techniques pour duper les gens chargés de surveiller les fraudes, en voici quelques-unes que les Alts ont repéré :
1 - la substitution d'urnes : cela se fait surtout lorsqu'il y a transport, mais surtout quand il y a un défaut de surveillance passager. Cela peut se faire dans un bâtiment, entre le bureau de vote ouvert au public et la salle de dépouillement, ou encore, dans de nombreux cas, quand il y a transport en véhicule sécurisé des urnes vers un centre de "dépouillage" différent de cela où l'urne a été disposée pour le public. Concrètement, une urne identique remplie de bulletins de votes "réarrangés" est très rapidement substituée à la vraie urne 100% identique. Les bulletins étant dans des enveloppes, il n'y a aucun moyen de confondre cette opération une fois le travail fait.
2 - des comptes truqués lors du rassemblement des "dépouillages" (j'aime dire dépouillages au lieu de dépouillement, mais l'idée est la même, on dépouille les gens de leur liberté) comme tout le monde s'en doute, tous les résultats des dépouillements sont centralisés par un organisme qui ajoute les voix. Il suffit alors "d'oublier" d'ajouter certains décomptes, comme ce fut le cas lors des élections à l'UMP, fraude qui a abouti à la tension entre Copé et Fillon. Comme ne pas tenir compte des voix d'outre mer. Cette fraude particulière a été rendue publique parce que Copé avait tenté un coup d'état interne, contredisant ainsi les plans des Élites. Vendre cette astuce a payé puisque personne n'a réellement compris que cela pouvait se faire aussi sur les votes nationaux.
3 - les astuces "marketing" basées sur la sociologie des groupes dont l'outil principal est le sondage. D'après les Alts, 30% des votants attendent le dernier moment pour voter...pour le gagnant annoncé. Les études scientifiques à ce sujet le montrent, et parfois des gens opposés au futur candidat sortant votent malgré tout pour lui.

Ils n'ont rien à y gagner objectivement puisque les votes sont anonymes mais d'un point de vu psychologique, le vote pour le gagnant présumé sert à conforter l'égo de la personne. Le sondage est ainsi utilisé comme arme tout au long de la campagne, mais il existe de nombreux effets capables d'influencer le choix des gens. Par exemple une personne donnée gagnante au début va être montrée comme l'adversaire à abattre, et son opposant qui "remonte" la pente devient rapidement le "battant" qui lutte contre l'état de fait. Les français notamment fonctionnent par rapport à ces rapports de force entre candidats et rarement sur le contenu des programmes. Et ce ne sont que quelques exemples de la manipulation possible. Résultat, la triche se fait avant le vote lui même, pas besoin de changer les résultats. Ce n'est pas négligeable, surtout avec 30% des voix acquises d'avance.

4 - L'auto-torpillage des candidats est également une méthode qui se sert des médias pour anticiper et tromper les gens. C'est simple, l'image du candidat est volontairement (par ses actions voulue et préparée) rendue floue, peu combative, antipathique etc... Les agents de com' sont très doués, la preuve, ils font bien passer Hollande pour un "gros mou incapable" alors que c'est un requin aux dents affûtées qui est en train de travailler d'arrache pied pour l'arrivée de Nibiru (mais pas pour sauver "son peuple").

5 - enfin le vote électronique et le vote dans les ambassades des ressortissants français sont complètement modifiables. Souvent rien que ces votes suffisent à inverser une tendance serrée. Reste à compléter avec quelques bureaux de votes dans des grandes villes (où la complexité de l'organisation rend la triche directe sur les bulletins aisée) pour voir sortir un président qui n'a pas eu la majorité réellement exprimée. Ce fut le cas en 2012, les votes électroniques ayant très nettement joué un rôle (machines à voter) dans l'élection usurpée de F. Hollande. En réalité, comme l'on assuré les Alts, c'est bien Nicolas Sarkozy qui a reçu le plus de voix, malgré un fort et évident auto-torpillage soutenu par les merdias.

6 - Enfin dernier exemple de triche, il suffit de faire surveiller les dépouillement par des gens payés et acquis à la supercherie, et il y a toujours, ou que ce soit et pour quoi que ce soit, des gens pour réaliser la sale besogne. c'est comme pour de nombreux jeux télévisés, les spectacles d'illusionnistes ou les escroqueries en bande organisée, il y a toujours une pléthore de complices bien rémunérés. En l'occurrence, pour les fraudes sur les votes, il existe un service spécial chargé de noyauter les personnes qui surveillent les urnes. Notez que souvent ce sont des membres des partis politiques concernés qui surveillent la bonne tenue du vote en prétextant se contrôler les uns les autres. En réalité, ce sont des personnes envoyées expressément et qui ont la même mission, puisque de toute façon les partis politiques ne font qu'appliquer les consignes des Élites.

Bien entendu que les petits bureaux de vote ne sont pas l'objet de tant d'efforts. En ce qui concerne les votes de la "masse provinciale", la triche est souvent celle qui s'effectue sur les comptes finaux si il y a besoin. C'est rarement le cas car les autres méthodes suffisent amplement à aboutir au résultat escompté. Toutes ces techniques ne sont pas employées systématiquement, mais seulement si les vrais sondages (pas ceux qu'on nous donne dans les médias et qui sont truqués) démontrent que les gens ne votent pas comme on attend d'eux. Différentes étapes sont alors mises en place suivant les besoins, mais bien rarement il est indispensable de les utiliser toutes en même temps. L'intérêt n'est pas d'avoir une majorité écrasante, mais juste ce qu'il faut. Quand on voit les faibles écarts entre les candidats, on voit bien que quelques % suffisent tout à fait. La triche, pour une présidentielle, a besoin de modifier un faible nombre de voix pour changer la donne.

En 2012, Hollande et Sarkozy ont eu un écart de 3.28%, soit un tout petit peu plus d'un million de voix (500 000 voix en plus pour Sarko, et il gagnait). Reprenez toutes les techniques de fraude, et vous voyez qu'en piochant à droite et à gauche dans la fraude, avec 30% de vote acquis de toute façon grâce aux effets de sondages truqués et autre surreprésentation dans les médias d'un candidat par rapport à l'autre, la démocratie est morte depuis bien longtemps (si jamais elle a eu la chance d'exister).

Voici un aperçu de l'opacité du vote électronique : Outre le fait que le vote électronique pose d'importants problèmes de contrôle du scrutin, qui est à la base de la transparence électorale, le ministère de l'intérieur refuse de communiquer la liste des bureaux de vote concernés, présents dans 64 communes. Notez que le nombre de votants ayant utilisé cette méthode (1,5 million d'électeurs

932

en France) dépasse l'écart de 1 million entre les deux finalistes, soit le triple de ce qu'il manquait à Sarko pour gagner (en réalité, c'est lui qui gagnait selon les Alts).

Syndicats

Les syndicats sont une façade des partis politiques, ils ne sont pas là pour soutenir les salariés mais les politiques dans leurs campagnes.

Ensuite, quand mouvement protestataire il y a, on se braque sur le gouvernement, qui lui aussi est une façade pour les industriels et financiers... du coup, les syndicats sont vendus aux politiques qui sont vendus à ceux qui les financent, resultat, tout le monde se trompe de cible.

Le droit de grève, les congés payés et les salaires minimum, c'était aussi de la poudre aux yeux car les grandes entreprises savaient déjà très bien comment elles allaient règler ça, notamment par l'immigration, puis par la délocalisation.

Ensuite si Mai 68 était parti d'un bon sentiment, la pâte est vite retombée, il suffit de voir où sont les meneurs 68tards aujourd'hui... dans la politique.

Bref, l'économie est une histoire politique mais nous ne sommes plus aujourd'hui que dans une double illusion : il n'y a pas de défenseur des droits des salariés, les réunion syndicats/patronat/état, c'est de la poudre aux yeux histoire de faire croire qu'on discute. Tout le monde sait que la CGT c'est le parti communiste, la CFDT c'est les socialistes etc etc... rien de nouveau tellement c'est le secret de polichinelle.

Ensuite, la démocratie n'est qu'une vaste blague puisque lorsque l'on vote pour élire nos représentants, ceux ci ont déjà été choisi par leurs partis et non par le peuple. Or qui dirige les partis ? Ce ne serait pas ceux qui les financent, c'est à dire les grandes entreprises et les lobbiistes ?

Pour la Présidentielle par exemple, si les partis de droite ou de gauche sont les valets des grands financiers, ne peut on pas penser que les jeux sont fait d'avance ? Que l'on choisisse un candidat ou un autre, c'est bonnet blanc et blanc bonnet, les vrais chefs ont 100% de réussite ! En gros, vous pouvez bien voter, sale populace, on en a rien à faire, les jeux sont faits puisque les deux candidats sont à notre botte !

Ce que je conseille donc, c'est attention, ne vous trompez pas de cible et n'attendez d'aide ni des syndicats ni des politiques, ils sont le jouet des partis dominés par les grands financiers et industriels. : alors le droit de grève, il y a longtemps qu'il a disparu puisque il ne sert plus à rien...

Haine > Extrême-droite conspi

Vous avez sûrement été réveillé par la sphère conspi. Il faut savoir en quoi consiste cette sphère, afin de vous éloigner des idées moisies qu'elle véhicule.

En effet, pas de hasard, si vous êtes tombé dedans, c'est que vous aviez déjà compris que le système vous mentait, mais ce système, qui pilote aussi dans l'ombre la sphère conspi, en profite pour continuer à vous formater l'esprit dans leur intérêt.

Dans les années 1990, la sphère conspi USA était très (trop) proche des milices paramilitaires blanches (nationalistes anti-fédéraux), et nous prenons le même chemin en France : la crise économique, le droit d'avoir des armes pour se défendre en cas de chaos, le survivalisme, a peur du complot judéo-FM liberticide. Tout n'est pas faux, mais c'est un cocktail déjà vu et qui est malsain, parce que plutôt que de pousser à la réflexion, cela pousse au rejet des autres, à la violence, à l'individualisme.

La sphère alternative n'est pas exclue de cette dichotomie altruisme - hiérarchisme. Il y a la vérité, crue, un monde qui ne va pas, mais pas forcément les mêmes solutions. Il y a alors ceux qui agissent par intérêt et par peur, et ceux qui agissent pour améliorer et comprendre. Toutes les mouvances conspi ne sont pas dans la bonne voie spirituelle, loin s'en faut.

Haine > Racisme

Comme pour le débat LGBTQ+, un formatage monté de toute pièce sous l'époque Mitterrandienne (p.), et qui résulte en une division de la société française, entre ceux a qui on a fait croire que le chômage et la précarité est venue des immigrés, et des immigrés à qui on a fait croire que leur condition d'esclave vient de tous les Français.

Rejet des différences implanté

La société impose un moule, car il est plus facile de manipuler un groupe de personnes qui réagissent tous de la même manière. Comme l'être humain est fait pour le groupe, il faut exclure ceux qui n'ont pas le comportement adéquat pour dissuader ceux qui restent d'adopter le même comportement, et pour inciter le comportement déviant à revenir dans la masse.

Par exemple, la théorie du genre est juste là pour éviter de payer une pub pour manipuler les femmes, une pub pour manipuler les hommes, il n'y aura plus qu'une pub qui manipulera toute la population d'un coup.

Le rejet des autres marche pour les étrangers (étrangers au village, au département, au pays, au continent, à la planète, à notre dimension, à la galaxie, à notre univers-bulle), le sexe opposé, les homosexuels, les couleurs de peau différentes, couleurs de cheveux, gros ou maigre, les idéaux, les cultures, les croyances, les façons de s'habiller, etc. Les autres auront toujours une différence physique par rapport à nous, mais à l'intérieur nous sommes les mêmes.

Migrants

Combattants des illuminatis

Un sujet délicat, car à la fois il y a des migrants économiques qui sont incités par la propagande de leur pays, aux mains des FM européens, à partir envahir l'Europe ou le clan Merkel avait un temps envisagé d'en faire une milice privée, les laissant déclencher une guerre civile, massacrer les civils inutiles aux Élites, avant que l'armée régulière ne massacre des Africains dont les Élites prendraient la place dans les enclaves high-Tech en Afrique.

Réfugiés

Les réfugiés sont des migrants venant des pays ravagés par les guerres faites par notre armée (Libye, Syrie), face à des barbares portants les armes françaises, payés par des milliardaires français (dixit Poutine). C'est de leur faute si des réseaux sont organisés par ces mêmes Élites pour les stocker dans une Europe surpeuplée soumise aux Tsunamis ? Ou c'est la faute des européens qui ont participé à ce système injuste, qui en fermant les yeux sur les affaires ont continué à travaillé pour cette horreur ?

Les réfugiés sont des personnes comme vous et moi, qui avaient une vie qui a été détruite par la guerre. Médecins, artisans, coiffeurs, restaurateurs etc... voilà ce que sont tous ces gens. Ils réagissent comme tout le monde dans des cas comme les leurs, apatrides, forcés de dormir et de manger comme des bêtes parquées dans des camps, malmenés par des gens hostiles sur leur chemin. Ce qu'ils veulent, c'est avoir une chance de repartir, et ils savent que ce n'est pas dans leur

pays qu'ils auront un avenir, au moins dans les 10 prochaines années. Ces familles sont traitées comme des chiens pendant leur voyage (Turquie, Hongrie notamment), arrêtés. Ils doivent payer des fortunes (le peu qu'il ont pu récupérer avant de partir) pour payer des passeurs d'une véritable mafia qui est en train de se faire des millions sur leur dos. A l'arrivée, en Allemagne, en France etc..., ils s'aperçoivent qu'ils n'ont plu rien et qu'ils sont totalement à la merci des peuples qui les accueillent. Franchement, vu comment ces migrants sont traités, soit comme des chiens soit comme des pions mais généralement rarement comme des êtres humains, je pense que l'Humanité n'arrange certainement pas son cas et précipite au contraire sa chute.

A noter qu'après le passage de Nibiru, c'est les Européens qui seront des réfugiés climatiques et devront demander asile à l'Afrique...

Islamophobie

Plats Hallal

Des municipalités veulent supprimer les repas de substitution au porc (donnés pour les musulmans). Est ce normal ?

Le problème n'est pas de faire des plats différents, mais de faire des plats pour tous, ou pas du tout (mais le nivellement par le bas n'a jamais été une vraie solution). C'est cela la vraie tolérance. On ne peut pas faire pour les uns et ne pas faire pour les autres.

Pourquoi les juifs ne sont pas concernés, alors qu'eux mêmes ont bien plus en effet d'interdits alimentaires. Le problème, c'est la disparité des conditions sociales. Les juifs comme de nombreux végétariens, sont d'origines sociales moyennes, alors que les musulmans, issus majoritairement d'une immigration récente (contrairement aux italiens ou aux portugais par exemple), n'ont pas encore bénéficié de l'ascenseur social. En d'autres termes, les musulmans ne peuvent pas pour l'instant en général monter des écoles privées qui seraient plus adaptées à leurs besoins, ce qui à l'inverse, est le cas de nombreux juifs pratiquants, une obligation puisque les juifs n'ont pas le droit de partager leur table avec des non juifs (ce qui avait déjà posé des problèmes entre Saint Paul et Saint Jacques notamment à propos des convertis romains). La solution trouvée par certains musulmans est d'inscrire leurs enfants dans des écoles privées catholiques (voire juives) et pas forcément musulmanes, mais ce coût est encore trop élevé.

Ne faisons donc pas subir aux musulmans leur relative pauvreté comparée à d'autres communautés. Plutôt que de supprimer les repas de substitution, ne serait il pas opportun, comme nous le faisons avec l'enseignement privé catholique ou juif, de subventionner des établissements confessionnels musulmans adaptés ? Ne serait ce pas là un moyen d'intégration bien plus efficace que ce soit l'État laïc qui prenne les choses en main plutôt qu'un rejet qui fait place belle, lui, au fondamentalisme ? Des mosquées construites et bien gérée sont des remparts au fondamentalisme, des écoles privées musulmanes contrôlées et subventionnées par l'État comme les autres écoles privés confessionnelles aussi. Le problème des repas est donc bien plus profond, c'est un problème de société.

Peur de l'autre

Or la peur de l'autre a toujours été le pire ennemi de la compassion. Le souci, c'est que la première appelle toujours au contrôle, et que cette attitude n'aura aucun avenir. Il est temps de se remettre en question, par que le retour de bâton va être dur. Les moutons sont ceux qui suivent la peur, pas ceux qui continuent à rester ouverts et à comprendre les autres même dans l'adversité. Plus la peur monte d'un coté, plus la réaction à l'inverse des extrémistes sera forte, parce que le rejet appelle au rejet. Une personne comprise est plus à même de vous comprendre et de vous respecter en retour.

Cette "crise" des migrants est peut être la première grande leçon spirituelle de ce processus lié aux catastrophes de Nibiru : elle nous met face à un choix, une alternative : la peur de l'invasion, de l'ingratitude, du terrorisme, du refus de la différence, autant de concepts qui sont partagés par les deux bords (et oui, bizarrement les djihadistes surfent sur les mêmes idées, stigmatisants eux-aussi les homosexuels comme le font les anti-mariage pour tous !) OU la recherche de la compréhension de l'autre, le partage des ressources, le droit à la diversité des façons de vivre tant qu'elles ne nuisent pas à autrui.

Autre coïncidence qui relient les peurs et les intolérances, c'est l'homosexualité (p.), autre grande leçon spirituelle. Mariages pour tous mobilisateur comme jamais, les conspis farouches anti-gauche donc anti-homos, les vieux arguments fallacieux de contre-nature, homos faisant de mauvais parents, menace démographique, etc. on

s'aperçoit que la stigmatisation des homosexuels par DAECH est identique sur le fond (spirituel) à celle des populations occidentales.

Seule différence, c'est que beaucoup en occident se planquent derrière une "tolérance" de façade à cause des conséquences juridiques et des grands principes humanistes / républicains inculqués par la société. Qu'en serait il si la France devenait un état de non droit comme en Syrie gouvernée par des extrémistes catholiques inquisiteurs pendant chrétien des islamistes de DAECH, qu'en adviendrait il réellement des homosexuels ? (Regardez ce que certains chrétiens fondamentalistes américains s'autorisent à proférer, comme vouloir le droit de tirer une balle dans la tête des homos comme bon leur semble pour se "débarrasser" de ce "fléau").

Pourquoi survivre ? (L2> incarnation)

Ce paragraphe reprend rapidement certains développements vus plus en profondeur dans L2> incarnation, plus généraux.

Nous avons une âme immortelle, pourquoi s'embêter à chercher à survivre dans les moments difficiles, comme le passage de Nibiru ?

Baisser les bras est aussi lâche que de ne rien faire parce qu'on refuse de voir la réalité en face. Survivre, se préparer, demande plus d'efforts et de volonté que de se laisser couler quand la marée monte. Donc de ce point de vue, à votre avis, qu'est ce qui est le plus formateur spirituellement ?

Celui qui voudra sauver sa vie la perdra

Une phrase de Jésus, sortie de son contexte, que vous entendrez souvent revenir de la part des désinformateurs, dont le but est de pousser au suicide et à la peur le maximum de gens, afin de diminuer la masse de population que leur patrons chercheront à tuer dans l'aftertime...

Si cette phrase vous incite à vous pendre tout de suite (avec le matraquage subliminal qui vous fera dire "pourquoi vivre dans un monde dégradé", un réflexe conditionné), Jésus disait pourtant cette phrase dans le sens inverse, ou justement il faut protéger la vie quelle qu'elle soit, que ce soit notre corps ou celui des autres. Notre n'est sacrifiable que si ça permet à d'autres de vivre, ou pour la bonne cause s'il n'y a pas d'autres choix. Ces cas sont ultra-rares, et c'est surtout dans le sens où il ne faut pas faire le mal par peur de la mort que Jésus l'a dite.

Qu'il ne faut pas avoir peur de la mort, car c'est un passage incontournable, mais que ce qui suit la mort est directement conditionné par vos actes. Inutile de tuer des gens pour prolonger votre vie d'un peu de temps. Harmo raconte souvent cette parabole du père de famille dans l'after-time, qui aura un sac de pâte pour lui et ses enfants, et devra choisir entre laisser les enfants des autres crever de faim pour prolonger la vie de sa famille de quelques jours. Celui-là ne sera pas aidé, et paiera cher cet acte égoïste par la suite. Alors que celui qui partage sa nourriture avec tous, même s'ils doivent tous mourir plus tard comme ils allaient de toute façon le faire, celui là sauve sa vie immortelle. Sans compter que les actes de générosité pure sont souvent aidé par la suite pour survivre, chose qui arrive rarement pour celui qui ne garde sa nourriture que pour lui et l'extension de lui, ses enfants.

Celui qui aura partagé élève ses vibrations, attirant la bonne chance sur lui, comme le gibier qui croise sa route, les sauterelles qui lui sautent dessus pour être mangées, les vers de terre qui sortent tous seuls, voir carrément la découverte qu'avec des vibrations élevées, on peut vivre sans manger beaucoup !

Impact de la mort du corps sur l'âme

Si l'âme survie au corps, ce n'est pas pour cela que le corps n'a aucune importance : si le corps est malade, l'âme en subit les conséquences, et s'il souffre ou meurt, cela laisse forcément une cicatrice spirituelle. Si la mort est violente, injuste et chargée d'émotions négatives, la cicatrice sera profonde et suivra l'âme tout au long de ses pérégrinations. La relation corps-âme est symbiotique, pas parasitaire !

Respect de la vie et de son corps (L2)

Si l'âme est immortelle, le corps n'est pas sans importance. S'incarner est une grande opportunité qui nous est offerte, et implique le respect de la vie sous toutes ses formes, que ce soit le corps des autres incarnations ou notre humain dont nous avons la responsabilité.

Est-ce que vous laisseriez votre chat se noyer sans rien faire ? Notre corps est un être sensible comme notre animal, et mérite qu'on en prenne soin.

De plus, l'âme se construit en fonction de ses expériences d'incarnations, qui laissent chacune

des marques indélébiles, et ne rien faire pour sauver sa vie ou celle des autres laisse de vilaines cicatrices spirituelles.

Impact sur ses proches

Il n'y a pas que votre corps dans cette histoire. Il y a aussi vos proches. Il y aura les habituels traumatismes qu'un suicide ou abandon provoque, le surcroît de travail pour gérer votre départ et la ressource en moins que vous leur avez retiré, l'inévitable chagrin.

Mais si vous êtes au courant des problèmes à venir, et que vous n'avez rien fait pour eux, comment pensez vous que cela va être ressenti spirituellement par eux ? Ce sont des cicatrices spirituelles qui resteront dans toutes les vies qu'ils auront ensuite. Peu importe leur corps, c'est le choc d'avoir été abandonné qui sera immense. Même si au final ils meurent mais que vous avez fait votre possible, ils en seront reconnaissants pour l'éternité. C'est l'amour qui doit guider vos pas, et l'amour dépasse largement les frontières de cette vie.

Si vous restez dans votre maison lors des séismes, vous serez une ressource de moins pour sortir vos voisins des décombres, et vous monopoliserez des ressources qui chercheront à vous sortir de là.

Sans compter tous les orphelins, tous ceux qui ont perdu leur famille, et qui auront besoin de soutien et de réconfort.

Retour de bâton karmique si suicide (L2)

Tout ceux qui se sont suicidés se sont retrouvés encore plus mal après, parce que le problème psychologique n'est toujours pas résolu et devra de toute façon l'être un jour ou l'autre, et que la situation que nous avions à expérimenter devra être vécue d'une façon ou d'une autre. La loi du retour de bâton fait que ce qui arrive derrière sera toujours pire que ce à croit nous croyons pouvoir échapper.

Protéger les incarnations suivantes

Une autre motivation est que nous ne le faisons pas que pour nous mêmes, mais pour les générations futures (nos futures incarnations). Elles pourront, si on se débrouille bien, repartir sur de meilleures bases !

Au niveau moyen d'avancement de l'humanité actuelle, la majorité des âmes n'est pas capable d'évoluer sans corps physique, car le chemin est long avant d'être un ascensionné. La moyenne des âme n'est pas assez dense et expérimentée pour se passer de corps pendant plus de 50 ans, au delà elle se fond de nouveau dans l'énergie primordiale, comme une âme d'un animal sans conscience.

Particulièrement après les cataclysmes de Nibiru, il y aura beaucoup moins de corps humains à disposition, les places pour la réincarnation risquent d'être chères. Les moins évolués devront se réincarner dans des animaux, ce qui n'est pas plaisant et constitue une régression. Plus il y aura de survivants, plus il y aura de corps disponibles pour les âmes peu expérimentées.

Un tri des âmes bâclé

Si vous êtes indéterminé ou égoïste spirituellement, et que vous avez volontairement sabordé votre survie, il y a de grandes chances pour que vous soyez directement emmené sur la prochaine planète école ou prison, sans pouvoir bénéficier de la période d'apprentissage entre l'aftertime et l'ascension période qui vous aurait donné la chance de vous améliorer dès maintenant, plutôt qu'infliger à votre âme encore des millions de réincarnations de souffrance avant de pouvoir à nouveau faire un choix spirituel.

Nos âmes ne sont pas assez évoluées

Votre âme désincarnée lors de Nibiru sera un poids à gérer plutôt qu'une aide, car il faut savoir que les âmes encore en formation (donc non indépendantes de la matière, voir L2) n'ont pas une durée d'existence infinie en dehors d'un corps, et que, vu que le nombre d'humains aura considérablement baissé, il sera difficile de vous caser. Surtout que ceux qui auront "abandonné" trop rapidement face à la difficulté ne seront pas prioritaires : vu leur peu d'entrain à protéger leur vie dans leur précédente incarnation, il ne pourrait être pris des risques avec le nombre limité d'humains restant sur Terre.

La durée de "survie" maximum d'une âme en dehors d'un corps est au maximum de 50 ans (par rapport au niveau actuel moyen de l'avancement spirituel des âmes humaines), donc en attendant de vous trouver une nouvelle "chaussure" à votre pieds, vous serez probablement obligés de vous insérer dans un animal supérieur (chien, chat, chèvre, cochon, vache etc... ceux-ci étant les plus proches de votre ancien conteneur). Votre avancement spirituel sera alors en pause, parce que ces animaux n'ont pas une biologie adéquate

pouvant favoriser l'apprentissage émotionnel de l'âme (L2>incarnation>besoin d'un corps physique).

Une vie meilleure arrive

La vie ne sera pas si dure qu'on ne l'imagine (dans la plupart des poches de paix des communautés soudées, comme celles que nous connaissions avant l'arrivée des anunnakis). Ce sera même pour de nombreuses personnes une libération. La société actuelle est une société esclavagiste, et même si on croit y être à l'aise, nous ne sommes pas fait pour cette vie là. De même, la nourriture sera plus saine, notre santé bien meilleure, le stress baissera parce que nous n'aurons plus à nous soucier des mêmes choses. La solidarité, le fait de ne plus tenir un rôle social, etc. seront de formidables boosters.

Si aujourd'hui nous sommes toujours malades et chétifs (même si vous vous croyez en bonne santé, ce n'est pas forcément le cas), notre corps mérite bien mieux !

Dans notre société esclavagiste, qui pèse à la fois sur l'âme (en la bridant) et à la fois sur le corps (en l'affaiblissant), connaissant la relation symbiotique âme et corps, nous avons une très mauvaise situation. Tout cela volera en éclats une fois le système dissout et qu'une nouvelle société reverra le jour (la société que nous connaissions avant l'arrivée des anunnakis). Toutes les sociétés des derniers 500 000 ans ne sont pas les nôtres, réjouissons-nous au contraire de leur disparition.

Lâcher cette vie artificielle

Ne pas chercher à mourir par peur de la vie. Ceux qui envieront les morts sont ceux qui n'auront rien vu venir, qui sont indéterminés spirituellement, et qui se penseront abandonnés par le Sort, Dieu ou peu importe. La surprise et le désespoir sera tel qu'il ne pourront le supporter. Ce sera d'autant plus vrai pour les gens qui sont devenus dépendant /sur-adaptés à ce Système actuel, dépendant du luxe, de l'apparence, de la domination sur les autres (qui peut être une drogue). Plus les gens seront sur adapté à ce Système, plus ils seront dans un état de décomposition morale / psychique. Par contre, pour ceux qui étaient étouffés, ce sera une libération !

Ne sombrez pas avec ce système injuste qui vous entraînera par le fond.

Une période d'évolution rapide de l'âme

Ceux qui seront encore incarnés en humains verront leur apprentissage spirituel multiplié par 10, 15 voire 100 face aux opportunités qui leurs seront offertes par la situation.

N'oubliez pas que l'âme a deux chemins de progression, un altruiste et un égoïste : tout choix dans un sens ou dans l'autre la fera avancer à grand pas. Plus il y a de choix, plus l'avancement est rapide ! De la même manière qu'une vie indolente et facile, sans douleur, n'allume pas une âme, de la même manière une vie riche et épanouie est la garantie d'une âme qui verra son gonflement boosté, son ascension et le déblocquement de pleins de nouvelles options intéressantes.

Jouer son rôle

Pour les éveillés, ce que nous devons faire : "Prenons du recul, acceptons ce qui arrive (et donc les millions de morts 25-30 M sur les EU), et grimpons en conscience, nous nous sommes incarnés dans cette période car on a tous un rôle à jouer: sauver l'humanité et l'aider. Il faut parler plus de solidarité les uns envers les autres, de compassion, de partage, préparer l'auto-suffisance solidaire et savoir que l'on a beaucoup d'aide autour de nous (99% invisible), demandez et vous recevrez. ".

Vous ne pouvez pas être sur tous les fronts. Agissez là où vous pouvez agir. Votre job c'est de sauver votre peau pour que vous puissiez aider les autres, vos proches mais aussi toutes les personnes qui seront désemparées et que vous trouverez sur votre route (au sens propre comme au figuré). Grandissez en compassion, renforcez vous vous même pour être un outil et un secours pour les autres, et vous recevrez de l'aide à profusion. Vous ne serez pas seuls dans cette tâche si votre démarche est sincère, ne doutez jamais de cela quoi qu'il arrive.

C'est aux contactés (comme Harmonyum ou Nancy Lieder) de lutter contre les manipulations du "mal" qui cherchent à endormir les gens avec Blue Beam ou autres HAARP. Ne nous occupons pas de ces divers debunking, concentrons-nous sur notre tâche. Nous n'avons plus le temps de douter.

Argent

Le monde peut exister sans l'argent (voir L2>société du don). Le monde futur sera si différent qu'on se dit même que c'est quasiment impossible de le mettre en place. On a toujours vécu avec l'argent et pour l'argent, si bien que la plupart des gens estiment aujourd'hui qu'il est indispensable. Bien sur les Élites surfent sur ce sentiments, plus les gens pensent que l'argent est nécessaire, plus cela soutient leur domination.

En fait l'argent est en réalité un énorme frein au progrès de notre espèce, que ce soit technologique ou spirituel, car les ressources (humaines et matérielles) ne sont pas utilisée de façon optimales, loin de là.

Ne pas rembourser une dette

Un des premiers réflexes de certains en découvrant Nibiru, c'est de prendre un crédit, sachant qu'il n'y aura plus besoin de rembourser rapidement. Ce crédit pourrait servir à payer des équipements pour la survie, mais nous allons voir que c'est une mauvaise idée.

Emprunter sans rembourser c'est du vol

Certes, c'est voler un voleur. Mais c'est l'exploitation des autres, car quelqu'un paye quelque part. Si on commence comme ça un nouveau monde, ce n'est pas très sain spirituellement.

Il vaut mieux se débrouiller seul, essayer de toutes ses forces, et se planter éventuellement un peu, que de partir sur du négatif. Mais c'est à chacun de faire ses choix.

Risque que les banques durent plus longtemps que prévu

Si Nibiru ne passe pas pour une raison X ou Y dans le temps imparti, cela engage les gens sur une très mauvaise voie financière, ils seront esclaves jusqu'à la fin et ne pourront s'enfuir dans les temps (c'est pour annuler ses dettes personnelles qu'il faudra se plier au NOM). Il ne faut pas s'engager dans des choses qu'on pourrait regretter si les délais s'allongent.

Débrouillez vous avec ce que vous avez, et si vous n'avez pas, soyez inventifs. Faites plutôt des économies sur ce qui n'est pas nécessaire et mettez cet argent de côté si c'est possible. Prenez un forfait téléphone/internet à 5 euros (Red SFR) à la place d'un forfait à 50. Coupez vos abonnements inutiles, n'achetez plus le journal, arrêtez de fumer etc... Après je ne connais pas la vie de chacun, mais la majorité des foyers font dans un sens ou dans un autre des dépenses de ce type qui peuvent être réduites. Si vous économisez 100 euros en 1 mois et que vous les mettez de côté, c'est largement suffisant. Remplir un sac à dos avec le strict nécessaire, ce n'est pas se prémunir contre tout risques encourus, c'est voyager léger avec le minimum. Notez bien la nuance. Le survivalisme a tendance à vous surcharger et vous faire emporter tout et n'importe quoi. Restez simples.

Le gros souci, c'est que normalement vous auriez du mettre petit à petit de côté. Seulement 30 euros tous les mois dans une caisse, c'est 720 euros de côté en 2 ans. 30 euros c'est un abonnement téléphonique, c'est 4 ou 5 paquets de cigarettes, et on ne parle même pas du cannabis qui lessive les comptes, surtout pour les gros fumeurs.

La préparation fait aussi partie de la leçon, autant que la survie. C'est la responsabilité de chacun qui est engagée pour lui-même et pour ses proches.

Remettre le matériel à sa vraie place

Rappelez vous bien que notre monde marche à l'envers. Ce n'est pas le matériel qui prime mais le spirituel. Ce n'est pas la vie qui prime, c'est la mort. Pourquoi ? Parce que la mort n'est pas un drame, contrairement à ce que notre société nous a enfoncé dans le crâne, alors qu'une vie de merde, ça c'est un drame. Vivre en esclave, en faisant des concessions morales dévastatrices pour notre âme, ça c'est un crime.

Mourir après que l'on ai tout fait, avec courage, sans rien avoir à se reprocher, c'est ce que tout le monde devrait rechercher.

Survivre à Nibiru, sauver ses proches, mais pour les emmener où ? et comment ? C'est pour cela qu'il vaudra mieux partager sa bouffe avec des enfants abandonnés et mettre sa propre famille dans la pénurie (et hâter leur mort) que de laisser ces gamins crever de faim en sauvegardant les siens. La mort ce n'est pas grave, c'est comment on meurt qui est important. Mieux vaut ne vivre que 6 mois avec sa conscience tranquille que 60 ans en ayant fait un mauvais choix spirituel qu'on traînera sur toutes les vies suivantes.

Ne vous focalisez pas sur la survie matérielle plus que nécessaire. Ce n'est qu'un pansement. Votre vraie priorité c'est de vous poser les bonnes questions morales, éthiques et personnelles. Si mes enfants doivent mourir, qu'ils le fassent en paix. Mieux vaut cela que de survivre en ayant fait des choix immoraux. Bien entendu, il ne faut pas

être dans un sacrifice constant, parce que sinon qui restera en vie ? Partager, cela ne veut pas dire tout donner. Tout doit être pondéré, bien entendu. Et c'est là tout le questionnement spirituel que vous devez faire. Comment dois je réagir dans telle situation ? Quels sont les choix les plus éthiques ? Ou et quand je dépasse les limites du raisonnable ? Quelles sont mes priorités ?

Trouvez les questions, parce qu'elle vous éclairerons sur votre préparation. Les sites survivalistes, bien souvent et au contraire, sont dans l'optique inverse. Méfiez vous, ils vous focalisent bien trop sur le matériel et sur l'argent. Alors oui, vous aurez tout dans votre sac, mais cela ne vous achètera pas une conscience. Soyez imaginatifs. Une tente n'est pas nécessaire. Est ce que nos ancêtres avaient des tentes ? Non, ils avaient des cabanes avec une peau sur le toit. Trouvez les solutions les plus simples et les moins coûteuses. En cherchant bien, avec de la récup, vous construirez à frais zéro tout ce dont vous avez besoin et pourrez transporter. Oubliez le camping le luxe avec le sac à dos rempli de cochonneries. Démerdez vous avec rien et essayez de trouver des moyens de vous servir au maximum de ce que vous trouverez le long de votre chemin. Nous sommes beaucoup trop habitués, dès que nous avons un besoin, d'aller l'acheter. C'est justement ce qui fait de nous des esclaves. Si pour survivre à Nibiru vous allez acheter des tentes au supermarché, c'est déjà mal parti pour l'émancipation spirituelle.

Sexe

Survol

Le sexe est un très fort moteur dans la société humaine, et est donc un outil de contrôle très puissant (besoin secondaire), utilisé de tout temps pour dominer l'humanité.

Tout ce qui touche à ce domaine a des répercutions disproportionnées.

Imposé par les anunnakis (p.)

Les annunakis ont toujours été emmerdé avec la grande reproduction humaine.

D'un côté il fallait que ses esclaves se reproduisent à tout va pour prendre le dessus sur les hommes libres qu'il fallait asservir, ainsi qu'avoir le dessus lors des guerres sur son rival prétendant au trône des annunakis.

De l'autre côté, les annunankis étant moins de 500 sur terre, il ne fallait pas que l'homme se reproduise trop pour éviter que les faux dieux soient submergés.

D'où les demandes interdisant la luxure et la fornication, et de l'autre les promesses de rendre son peuple aussi nombreux que les grains de sable dans le désert.

Notre société nage donc en pleine schizophrénie sur ces sujets.

Sexe > Homosexualité

L'homosexualité naturelle (L2> Incarnation> Sexe) existera dans n'importe quelle société et à n'importe quelle époque. Elle n'est pas condamnable, tout comme l'homosexualité amené par notre société hiérarchistes qui impose des stéréotypes, parce que les homosexuels, une fois leur orientation sexuelle prise, ne peuvent plus revenir dessus.

Il ne faut pas oublier que la condamnation de l'homosexualité n'existe que suite à la propagande du sanhédrin pour tenter de discréditer Jésus, et que ce n'est que depuis l'empereur Justinien en 543, que la répression de l'homosexualité a réellement débuté, en utilisant l'exemple de de la ville de Sodome. Or :

- nous avons largement débattu précédemment de stupidité de suivre le jugement d'un faux dieu,
- cette histoire de Sodome est falsifiée, c'est pour le crime de déicide que la ville a été rasée, pas pour de la sodomie rituelle justement imposée par les dieux, et dont les dieux profitaient.

Ce n'est pas pour cacher la sodomie que l'histoire a été falsifiée par la suite, mais pour cacher le déicide : les anunnakis; dans leurs histoires de propagande, évitent en général de révéler à leurs esclaves que les dieux sont mortels, et que les humains peuvent tuer les dieux...

Il n'y a quasi pas d'homosexuels chez les ET bienveillants, c'est notre société qui est malade. La très grande majorité des homosexuels humains le sont devenus parce qu'il y a un rapport paradoxal entre leurs aspirations spirituelles profondes (leur âme), et le rôle qu'on donne à leur sexe biologique dans la société dans laquelle ils se trouvent.

Afin de résoudre ce problème, l'âme est capable de modifier le sexe cérébral, et donc l'attirance sexuelle de ces personnes, ce qui met fin au conflit interne. C'est la grande majorité des cas actuels (80 à 90%).

Les 10 % restants sont les problèmes d'incarnation (une âme femelle s'incarnant dans un homme pour exercer le pouvoir dans une société patriarcale) qui ne se rencontrent justement, que dans les sociétés hiérarchistes patriarcales...

Formatage sociétal anti-homo

Les dominants veulent toujours plus d'esclaves, forcément que ceux qui ne participent à faire de petits soldats ou ouvriers sont mal vu, et dénigrés.

Être gêné par les homos, cela est bien plus le résultat d'un formatage qu'une réaction naturelle. Etre gêné est simplement la preuve qu'il y a encore de vieilles fondations dans notre inconscient, fondations inculquées par la religion, fondations qui survivent et qui s'expriment. Cela indique que l'acceptation de l'homosexualité n'est encore qu'intellectuelle, elle n'a pas encore réussi à supplanter complètement les a priori profonds et les tabous qu'on nous a placé dans l'inconscient dès nos plus jeunes années. Comme c'est le conscient qui commande et pas l'inconscient, nous sommes effectivement sincères dans notre acceptation de surface, mais dans un futur pas si lointain où les ET vont intervenir pour nous apporter les clés de notre inconscient, de notre vivant, cela pourra être problématique et source de conflits émotionnels.

Notre tolérance consciente et honnête est en effet en contradiction avec nos principes moraux inconscients, c'est pour cela que nous ressentons un malaise. C'est un symptôme, celui d'un paradoxe, d'un conflit intérieur. La plus grosse bataille que nous avons à mener pour notre épanouissement spirituel est à l'intérieur de nous, pas à l'extérieur. C'est pour cela que le monde, les catastrophes, sont des remises en question non pas externes, mais internes. L'élévation spirituelle est un processus lié à l'âme, pas un processus externe à l'individu.

Nous sommes ici en plein formatage : notre tolérance n'est qu'une façade (même si elle est sincère au niveau du conscient), parce qu'elle ne représente que 10% de son cerveau (le conscient). Notre gène démontre que 90% du cerveau (l'inconscient), celui qui est directement en contact avec notre âme, a encore des progrès à faire. Il se peut d'ailleurs que l'âme, après des centaines d'incarnations dans des vies imbibées de talmudisme ou de lévitique, soit profondément homophobe.

Ce progrès (qui peut être rapide) ne peut passer que par une acceptation de la situation : oui, ma tolérance n'est qu'une façade, donc il faut que je travaille sur moi-même pour voir ce qui coince exactement. L'homosexualité n'est qu'un petit élément du formatage, et c'est sur ce formatage que beaucoup de personnes doivent encore travailler. Ce n'est nullement un jugement, juste un constat de situation, une situation qui évolue parce que nous sommes dans une volonté de progrès spirituel. Le temps et les efforts paieront, mais il reste encore un peu de route.

Sexe > Protéger les enfants

Les actes sexuels sont des partages intimes et doivent le rester, pour des raisons d'érotisme mais aussi pour préserver les enfants qui sont encore neutres sexuellement, et qui ne peuvent pas complètement comprendre la portée exacte de l'acte sexuel (vu qu'ils n'ont aucune pulsion de ce point de vue). On ne peut pas comprendre, ou pire, on peut très mal interpréter une attitude sexuellement explicite quand on est enfant, ce qui peut être destructeur. L'enfant par exemple ne fait pas la différence entre le cri orgasmique et le râle de souffrance, un exemple parmi d'autres. S'embrasser en public peut être considéré par certaines cultures comme du sexe, donc cela dépend de la culture dans laquelle ce geste est fait. Un petit smack sur la bouche n'est pas un acte sexuel, se "rouler un patin" oui, mais cela est surtout valable dans notre culture et pas forcément transposable. Les choses changent, car comme vous le dites, la Télévision a eu son effet. Par exemple, si notre culture ne tolérait pas les cheveux détachés ou la vision des chevilles des femmes il y a peu parce considérés comme "dénudé" et sexuellement explicite, dans d'autres cultures les femmes ne portent rien pour cacher leur poitrine même devant les enfants. Là encore il faut interpréter les choses avec adaptation. Je ne suis pas certain aujourd'hui que nos enfants soient encore choqués de voir la poitrine des femmes sur les plages, parce que c'est devenu banal et pas forcément automatiquement sexuellement explicite pour eux, même si cela le reste pour des adultes hétérosexuels. Ce n'est ni mauvais ni bon, parce que la notion de nudité est à géométrie variable. Par contre l'utilisation par les médias du sexe pour vendre est malsain, parce que ces médias dépassent les limites tolérées par notre culture en la matière. Dans une tribu qui tolère les seins nus, les médias dépasseraient d'autres tabous. Ce ne sont donc pas les images de poitrines féminines qui sont malsaines, mais leur utilisation dans une société donnée.

Sexe > Stéréotypes

Le problème du sexe et des genres (donc de l'hétérosexualité et de l'homosexualité), du formatage culturel, etc... n'est pas simple, surtout que le sexe a toujours été un moyen de contrôle sur les populations, et que la société a compartimenté les taches en fonction du sexe biologique plutôt que sur les capacités individuelles.

La société hiérarchiste a donc imposé à l'homme un comportement et à la femme un autre, sans se soucier des affinités de chacun.

Sexe > Mariages

Parmi les stéréotypes sexuels vus précédemment, le couple n'est là que pour procréer, c'est pourquoi les mariages d'amour sont plutôt une invention récente, et encore bien peu répandue dans le monde. On marie les gens pour qu'ils fassent de futurs esclaves.

La notion de complémentarité dans le couple est passée à la trappe, on veut de la fécondité et des regroupements de patrimoine.

Ces sociétés où les mariages sont arrangés, ont été le lot de nos civilisations occidentales jusqu'aux années 1960.

Société post-68

Le souci, c'est que notre société actuelle est à cheval entre plusieurs mondes :

1. le mariage par intérêt, qui fait avec les gens comme avec du bétail,
2. le mariage marketing, où le foyer multiplie les occasions de consommer,
3. le mariage d'amour, de complémentarité spirituelle.

Le premier et le second font que les gens consomment le mariage (dans tous les sens du terme) aussi vite que possible et que le célibat est mal. Du coup on prend la première personne venue, parfois c'est bon, mais cela finit quand même dans de trop nombreuses séparations.

mariage par intérêt

C'est une famille ou un environnement qui pousse à la mise en couple, à une belle cérémonie bien chère avec des froufrous, où on veut 5 enfant (sans avoir les moyens de les élever) mais il faut se reproduire comme du bétail, vite faire construire au bout de 6 mois après la première rencontre avec bébé en route dans la foulée, etc...

La belle famille est presque plus importante que la personne qu'on épouse.

mariage marketing

Le mariage fast food, c'est deux salaires, donc deux fois plus de budget pour acheter une voiture, de l'électroménager etc... sauf que pris de folie de consommation, le marketing a poussé le vice jusqu'à ce que le sexe devienne le motif du mariage, si bien qu'au bout du compte, la société arrive aujourd'hui à une situation ou le mariage ne dure qu'un soir, c'est le célibataire occupé qui fait une rencontre chaque soir, a un portable et facebook et passe son temps dessus pour trouver une nouvelle proie-produit sexuel à consommer. Plutôt que de vendre 1 voiture et un abonnement téléphonique à un couple, on vend 2 voitures et deux portables. Le mariage marketing c'est l'apologie du sexe, de la consommation plaisir (des gens ou des objets), du divorce et du jeune célibataire libertin (ou du conjoint volage, ce qui revient au même, voir tous les sites et les médias qui poussent à l'adultère).

mariage complémentaire

C'est souvent le moins présent des trois types de mariage, il y a la complémentarité d'esprit, l'émotionnel, même si assez souvent beaucoup de couples croient être fondés sur cet aspect alors qu'ils ne le sont que sur les autres.

Qu'est-ce que l'amour ?

"amour" est le mot le plus ambigu qui soit.

Tomber amoureux est souvent bien plus une attirance sexuelle qu'une réelle connexion spirituelle. Faire l'amour est tour à tour essayer de procréer (mariage par intérêt), consommer du plaisir (mariage marketing) ou partager un moment d'émotion physique et spirituelle (mariage communion). Le plus ingrat alors c'est que dans un couple, les deux partenaires peuvent être motivés par des aspects différents, et parfois sans aucun rapport avec celui de leur partenaire, et pourtant les mots employés sont les mêmes. "J'aime mon conjoint" signifie aussi bien :

1. j'ai trouvé un bon partie qui m'assure une sécurité matérielle pour moi et mes enfants (amour bétail),

2. je suis satisfait(e) sexuellement et ma vie (matérielle) avec cette personne m'apporte beaucoup de plaisir de consommation,

3. je suis attaché spirituellement et émotionnellement à mon/ma partenaire à un point où je pourrais sacrifier tout le reste (et notamment le mariage bétail ou le mariage fast food).

Combien de fois on voit une personne perdre son travail et être larguée par son conjoint ? Combien de fois une personne malade ou devenue infirme est abandonnée par son/sa partenaire ? L'amour, le vrai, dépasse les problèmes matériels, le sexe, l'argent, la notoriété, le handicap physique, la vieillesse, les pulsions érotiques externes, etc...

Analysez votre couple

Compte tenu de tout cela, vous pouvez analyser votre propre couple à partir de ces critères, parce que comme tout le monde, les 3 aspects se mélangent dans tous les couples quels qu'ils soient. Le tout est de savoir dans quelles proportions, c'est à dire sur quel aspect votre couple est-il fondé prioritairement.

Face à quelles difficultés votre couple a généralement des tensions ?

* argent (travail, niveau de vie insatisfaisant, etc.),
* sexe (fidélité, qualité des rapport, etc.)

Votre couple n'est -il intéressé que par les voyages, le sexe, les sorties entre "amis" ? Avez vous des activités communes qui sortent de la consommation de "produits" loisirs ?

Votre vie a rarement été la vôtre, il existe des autoroutes toutes tracées, dont vous n'êtes pas conscients, mais qui vous dictent votre comportement. C'est cela le formatage.

Si ce formatage n'était pas si puissant et ancré dans votre inconscient, vous n'auriez pas de gêne face à deux personnes qui se montrent des signes de tendresse, peu importe que ce soit une femme à barbe, un homo, un cul de jatte ou une personne défigurée à l'acide. Si cette gêne existe, c'est que ce que vous voyez sort des rails, et cette gêne est justement la pression qui vous y ramène inexorablement : vous êtes des esclaves conditionnés. Avoir un travail est une obligation, se mettre en couple est un devoir tout comme faire des enfants ?

Toutes ces choses devraient être conditionnées au spirituel, non à des rails forgés par la société. Nous ne sommes pas des fourmis et pourtant nous

942

respectons les mêmes types de règles automatisées puisque nous ne somme pas maîtres de ce que nous faisons de notre vie (même si nous en avons l'illusion). Cette notion de formatage est indispensable à comprendre et à repérer chez vous (tout le monde en est victime), parce que sinon vous ne passerez pas le portail.

Ce que devrait être le mariage

Le tout est de trouver la bonne personne, et parfois cela prend du temps. Le problème de beaucoup de couples c'est que c'est précipité et fondé sur des choses superficielles (comme le sexe, l'argent, etc...). Beaucoup ont fait l'erreur et beaucoup peuvent en témoigner. La question est donc de savoir pourquoi il faut absolument faire vite, se "caser" etc... C'est juste du formatage social, et c'est vrai que la Religion catholique a grandement œuvré à cela (la tradition du néolithique sumérien patriarcal d'utiliser les femmes comme pondeuses d'esclaves et soldats à la chaîne).

Changer cela, plutôt que de pousser les gens à se marier et à faire des gosses le plus vite possible, c'est leur apprendre au contraire à réfléchir et ne pas s'emballer juste sur un premier sentiment amoureux, faire comprendre la profondeur d'un engagement quel qu'il soit. C'est cela que les religions, les parents et tout ce qui contribue à l'éducation des enfants, devraient pourvoir.

Le mariage, officiel ou non, c'est plus ici à prendre comme un accord entre deux personne pour se soutenir et être ensemble pour le meilleur et pour le pire. Pas besoin forcément de cérémonie, cela peut tout à fait être tacite. Il y a aujourd'hui plus de vrais couples solides et soudés non mariés que de couples mariés. Être bien accompagné, c'est infiniment mieux ! Mieux vaut être seul que de s'engager par dépit.

Pas d'esclavage de l'un des 2

Tant que dans un couple, le partage des tâches est équilibré, peu importe de laver les chaussettes des uns ou des autres. Après c'est certain, certains couples sont franchement déséquilibrés. Un mari qui passe son temps à dépenser des sous dans les bières à regarder le foot, pendant que sa femme non seulement travaille la journée, fait les tâches ménagères et élève quasi seule les enfants, ce n'est pas un bon modèle.

Mais la tendance est aussi déséquilibrée dans l'autre sens aujourd'hui. On ne compte plus les "mères de famille" qui font tout gérer à leur copain/mari pendant qu'elles vont voir des strip

teasers entre copines ou sont constamment en vadrouille avec elles. Avec le féminisme imposée par la CIA (guerre entre sexe plutôt que s'unir contre les dominants oppresseurs) misandrie ambiante, parce que même si elle est fondée par des abus connus de la part des hommes, ce n'est pas un prétexte non plus pour faire l'inverse. Ce sont souvent les hommes qui roulent les poussettes aujourd'hui, et un homme qui laisse à sa femme le soin de le faire est regardé de travers. Les temps changent, mais il ne faut pas passer d'un extrême à un autre. N'ayons pas des visions trop tranchées et stéréotypées.

On n'a pas tous de la chance dans nos rencontres, et ça peut aller très loin. Ce ne sont pas les femmes battues qui me contrediront. Par contre, on ne peut pas faire payer à tous les erreurs de quelques uns.

Qu'on tire des leçons pour soi même et qu'on se protège, c'est une chose, un traumatisme reste un traumatisme. Tout comme une victime d'attentat terroriste islamiste va prendre ses distances avec un certain nombre de choses, c'est pas pour autant qu'elle doit devenir islamophobe (ou alors elle n'a rien compris). De la même manière, une femme battue ou violée peux bien prendre ses distances avec les hommes, en être heureuse (et c'est ton droit le plus absolu), sans pour autant mettre tous les hommes dans un même panier de crabe.

Sexe > Déviances sexuelles

Excepté pour l'homosexualité naturelle (L2> Incarnation> Sexe) qui existera dans n'importe quelle société et de tout temps, toutes les autres différences sexuelles proviennent de déviance héritées de notre société hiérarchiste et décadente malade. Des déviances sexuelles à combattre, non au niveau de l'individu (qui n'y peut plus rien une fois formé ainsi), mais au niveau de la société qui a provoqué ces désordres.

On distingue plusieurs types de déviances :

- Homosexualité artificielle (issue des reliquats anunnakis de notre société, imposée ou résultant de l'éducation)
- l'hyper-sexualisation sataniste (sexe a tout prix, avec n'importe quel partenaire, des façons les plus glauques possibles).
- pédophiles provoqués par des viols dans l'enfance ou la volonté de certains de dépasser toutes limites morales.

Déviances acquises

La pédophilie est une maladie/perversion mentale grave, tout comme le sadomasochisme, le fétichisme ou la zoophilie. Ce sont des comportements déviants acquis souvent à cause de mauvais traitements qui ont eu lieu lors du développement de l'enfant.

Mettre le résumé là, et recopier dans les problèmes de développement L2 menant aux homos

Par exemple les fétichistes, qui ont une attirance sexuelle particulière pour les parties du corps humains non sexuelle, ou des objets incongrus (genre limite un focus parfois).

Ce sont des problèmes de construction de l'érogène. Dans des conditions particulières, une personne peut associer le plaisir (ou la montée du plaisir, c'est à dire le caractère érogène d'une situation ou d'un objet) à quelque chose qui au départ n'a pas de connotation sexuelle. Ceci est la base du fétichisme, où l'objet devient nécessaire à la personne pour avoir des "envies" sexuelles. On connaît le gout de certains pour les sous vêtements, mais là on reste encore dans une certaine logique, puisque les premières femmes sur lesquelles un hommes se masturbent sont généralement celles des pages de lingerie des catalogues. Après, ces problèmes peuvent être plus graves si l'association, liée à des circonstances exceptionnelles lie un objet hétéroclite à l'excitation sexuelle. ce ne sont pas des "perversions" dangereuses, puisque elles ne font généralement de mal à personne, mais relèvent plus du cocasse. Il y a des cas d'école, comme cet homme qui ne pouvait avoir d'érection sans porter des charentaises. L'explication est simple. Lorsqu'il a eu ses premières envies sexuelles, il était en pension chez sa grand mère, et il avait l'habitude de porter ses pantoufles. Il pris donc l'habitude de se masturber aux toilettes, avec pour seule vue les pantoufles, car il n'avait pas accès à d'autres moyens d'excitation. Le problème, c'est qu'en la matière, le cerveau fonctionne par stimulis à la manière du chien de Pavlov et il associe très vite le plaisir masturbatoire à l'environnement et aux sensations immédiates. Celles -ci sont définitives si elles entrent dans un contexte frustratoire (la grand mère ne lui laissait pas bien de liberté en ce domaine !) et la répétition sur de longues périodes. Donc parents, laissez un peu de libertés à vos enfants, cela évitera de les mettre dans des situations d'associations fétichistes. La frustration sexuelle (merci la culpabilisation religieuse) peut mener à des comportements hors champ. Plus l'environnement est restrictif, plus les risques d'associations érogènes déviantes sont possibles, elles sont d'autant plus présentes dans les milieux /cultures ultra stricts au niveau sexuel. Il faut donc savoir laisser un équilibre entre une éducation sexuelle progressive (sans non plus laisser ses enfants devant internet où ils trouvent un modèle de sexualité sans limite, ce qui est plus dangereux) et une interdiction au contraire de subvenir à leurs propres besoins naturels dans l'intimité.

Une personne qui est focalisée sur une partie inhabituelle du corps a connu les mêmes "problèmes" que les fétichistes, sauf que son stimulus s'est focalisé sur une partie du corps. Ce peut être les pieds, ongles, les cheveux, la base du cou, les doigts etc... ce sont toutes des associations inconscientes qui sont faites très tôt dans l'adolescence lors des premiers fantasmes et des premiers plaisirs sexuels intimes. Les odeurs peuvent être aussi un élément de ce type (comme certains parfums ou même des odeurs corporelles). Les femmes ne sont d'ailleurs pas exclues de ce type de phénomènes.

Si notre cerveau n'était pas coupé en deux (parts inégales 10% - 90%), il serait bien moins compliqué à gérer ! On ne maîtrise pas 9/10e de ce qu'il s'y passe, c'est clair que ça donne un peu la sensation de vertige et d'impuissance.

Vous savez, il y a bien plus grave encore concernant notre cerveau, vu que 90% de celui-ci ne fait pas la différence entre la fiction et le vécu. Imaginez à quel point nous pouvons être pollués.

Homosexualité artificielle

• Homosexualité par sexualisation sociale (stéréotype) qui fera de vous une fille si vous détestez la guerre, et inversement.

• Sodomie de pouvoir anunnaki (comme les stars obligés d'être sodomisées pour réussir)

• l'homosexualité par narcissisme exacerbé (l'individu cherche un clone de lui même)

Nous verrons plus loin un autre aspect de l'homosexualité, à savoir des propagandes artificielles pour créer de faux débats (p.).

Manipulations volontaires

Le débat sur l'homosexualité a été pipeauté dès le départ sous l'ère Mitterrandienne (p.). Là encore,

944

pour diviser la population, entre les conservateurs qui a juste titre refuse l'adoption à des gens hyper-sexualisés narcissiques (libéraux extrême qui ne cherchent pas l'adoption d'ailleurs, ou alors a des fins très mauvaises...), et les humanistes qui recherchent juste l'intégration et la non-stigmatisation des homosexuels normaux (naturels). Les homos naturels offrent souvent un meilleur foyer que des hétéros alcoolos ou pédophiles d'ailleurs...

Pédé ≠ pédophile

Ce n'est pas parce que pédé (abrégé de "Pédéraste") ressemble à "pédophile", que l'un est lié à l'autre.

Les amalgames qui visent à mélanger les deux sujets sont volontaires, car cela permet d'attiser la haine naturelle et normale des parents contre les pédophiles, mais qui du coup est étendue aux homosexuels.

Pour un homosexuel, un enfant (garçon ou fille) a autant d'intérêt sexuellement parlant qu'un arc en ciel pour un aveugle.

Pendant des siècles, les religions ont couverts la pédophilie dans leur rang, en accusant les homo.

Stéréotype social

Une grosse partie de l'homosexualité actuelle est liée au fait que les rôles dans la société occidentale (et même ailleurs) ne sont pas naturels, mais dictés par un héritage anunnaki fortement misogyne. Si le caractère profond (de l'âme) d'un individu est trop en contradiction avec le rôle social de son sexe, il va choisir le rôle social de l'autre sexe.

Propagande gay et genre

Les médias véhiculent depuis plusieurs années l'image de la drag queen et le gay ultra libertin, qui ne représentent qu'une minorité d'individus homos, comme il y a une minorité de nymphomanes et d'ultra-libertins chez les hétérosexuels.

Etrangement, un homo n'a pas le droit de donner son sang (alors que seule la minorité libertine est à risque), mais une prostituée et ses 20 passes par jour peut le faire...

Diviser

Cette propagande ultra-libertine est utilisée d'un coté pour la libération sexuelle sataniste (LGBTQ+), de l'autre pour stigmatiser les conservateurs (ceux qui refusent la pédophilie)

Propagande marketing

La super propagande lobbyiste LGBT (décriée à raison notamment par Poutine) n'est pas là pour protéger les homos, mais pour servir les intérêts du "Grand Marketing".

L'androgyne parfait

L'homme consommateur prend soin de lui et se "féminise", la femme moderne est une combattante, dure et froide qui se "masculinise". Cela n'a rien à voir avec l'homosexualité mais avec la confusion des genres, parce que le but du Grand Marketing est de créer le consommateur universel, qui consomme autant qu'un homme et qu'une femme à la fois (et qui atteint son paroxysme avec des personnages comme Conchita Wurst, sous de faux prétextes de tolérance). C'est l'"androgynisme" de l'argent, c'est à dire que l'homme et la femme disparaissent pour laisser place au consommateur androgyne. On pousse les uns et les autres à prendre les comportements de l'autre sexe pourvu que cela aboutisse à plus de consommation (en gros les hommes doivent faire autant de toilette que les femmes, et les femmes acheter autant de voiture de sport que les hommes, pour caricaturer).

Le célibataire

Dans le showbizz, les couples homos sont les plus stables de tous. La propagande veut éviter ça, et pousse les homos à être des célibataires endurcis à dessein, en leur donnant une fausse image d'eux mêmes / des modèles pervertis du couple.

C'est d'ailleurs toute la société qui est poussée par le marketing vers le célibat, puisque ce qu'on veut ce ne sont pas des couples bien établis, mais une parcellisation des foyers : deux personnes séparées sont plus rentables, parce qu'elles doivent tout avoir en double (pour leurs enfants) : appartement, l'électroménager, etc...

Vivre ouvertement son homosexualité dans la société est une chose récente, et les homos n'ont aucun recul sur leur situation. Beaucoup pensent que la seule vie qu'ils peuvent avoir est une vie de célibataire constamment à la recherche de partenaires. C'est le ghetto gay, qui est loin de représenter la majorité, mais qui bénéficie seul de la médiatisation. Des magazines comme Têtu sont extrêmement destructeurs au niveau social car ils ne donnent que des modèles libertins aux homosexuels.

Les bêtes de foire

Que ce soit pour les homos ou pour toutes les personnes différentes, il y a une nouvelle tendance qui, sous un aspect de compassion et de tolérance, n'est qu'un prétexte pour faire le buzz, tout comme les cirques attiraient les gens avec leurs monstres. Par exemple, les articles puta-clics "10 stars que vous ne pensiez pas homo".

C'est la mode de faire défiler des mannequins amputées, des trisomiques ou toute sorte de particularité. On emballe cela dans de la tolérance, on montre ces gens qui s'assument etc..., mais tout le monde s'en fout, la plupart ne sont là que pour voir du monstre. Les défilés de haute couture qui ont des mannequins "spéciaux" sont ceux qui ont le plus de succès, surtout auprès des Élites et des médias, et les gens spéciaux qui tombent dans ce piège, pensant au contraire prouver des valeurs humaines, ne sont qu'un instrument : c'est le syndrome du dîner de con.

Pas de mariage gay

C'est une fausse piste de revendication. Ce n'est pas parce que le couple aura un papier et un statut de marié que les homosexuels seront acceptés comme des gens normaux. Or, c'est tout ce qu'ils demandent. Ce mariage gay est donc une imposture du système pour stigmatiser les homos plutôt que les normaliser.

Si on accepte le mariage gay, c'est qu'on reconnaît que les deux personnes sont bien intégrées dans la société, et qu'on leur donne le droit de fonder un foyer normal en adoptant des enfants. Or, l'adoption n'est pas permise (à beaucoup de couples hétéros d'ailleurs...). A quoi sert ce mariage alors ?

Cela dit, les arguments pour empêcher les enfants dans un couple homosexuel homme ne tiennent pas : un papa une maman, ça veut dire qu'on retire leurs enfants aux femmes homosexuelles, aux familles monoparentales, etc. Sans compter que ces cas ont toujours existé (voir les berdaches (L2) dans les sociétés traditionnelles) et que ça n'a jamais posé de problèmes. Il serait d'ailleurs intéressant de faire des statistiques entre les enfants battus ou violés dans les familles hétéro ou homo. Pas sûr que le modèle "1 papa 1 maman" en ressorte grandi... Les pédophiles, pédo-satanistes et autres incestueux se cachent plutôt dans les couples hétéros...

Dans cette opposition au mariage gay, il y a évidemment les clichés :

- les homos c'est "cage aux folles", des célibataires endurcis féminisées qui veulent faire la fête sans enfants. Ils existent, mais son minoritaires et ne sont, par définition, pas concernés par l'adoption.

- les clichés religieux de contre-nature : manque de bol, les études animales trouvent toujours plus de cas de comportements homosexuels dans la nature, jusque-là passés sous silence. Les 10 commandements bibliques sont une aberration spirituelle, qui n'ont aucune réalité dans la nature...

- Homo=pédo dans la croyance populaire, ce qui est faux : une bonne partie des viols d'enfants par les curés (masculins) le sont sur des filles. Les homos, comme les femmes sont attirés par des mecs virils et musclés, pas par des enfants.

Bref, considérons les homosexuels comme des hétéros qui ne peuvent pas avoir d'enfants, et laissons les vivre leur vie comme ils l'entendent, tant qu'ils ne nuisent à personne.

La voie du milieu

Comme toujours, la bonne voie est celle du milieu, celle de la modération et de l'équilibre. De ne pas tomber dans les deux pièges tendus à l'opposé l'un de l'autre.

La vraie tolérance, qui ne doit pas devenir du lobbyisme (les hétérosexuels n'ont pas à avoir des comportements homosexuels comme le prônent les LGBT), c'est une façon de ne pas ressentir les homosexuels comme "anormaux", mais au contraire, les voir comme naturels/normaux, puisque ce qui motive ce comportement, comme dans les couples hétérosexuels, est l'amour partagé entre les deux partenaires.

Dans L2> incarnation> Sexe, nous avons toutes les raisons naturelles qui font qu'un individu est attiré sexuellement par les individus du même sexe. Le problème c'est qu'il n'y peut rien, ça ne se guérit pas, et laisser les homos vivre leur vie, ça n'augmentera jamais leur proportion dans la société : les hétéros seront toujours ultra-majoritaires. Imposer à un homo d'imiter la majorité, c'est comme imposer à un hétéro de se marier avec quelqu'un du même sexe. Comme il ne faut pas faire aux autres ce qu'on ne vous voudrait pas qu'on nous fasse, il faut les laisser gérer leur vie au mieux pour eux, parce qu'ils ne font pas de mal.

Le jour où deux hommes (ou deux femmes, mais cela est moins flagrant pour le lesbianisme) qui s'aiment pourront s'embrasser en public tout en restant des hommes (et des femmes) qu'ils sont, et non des êtres androgynes, et que personne n'en fera plus de cas qu'avec les couples (qui seront toujours extrêmement majoritaires) hétérosexuels, alors là le problème sera résolu.

Hyper-sexualité

Les satanistes, cherchant à transgresser toutes les règles morales ou naturelles, vont rapidement pratiquer l'hypersexualisation. Ils prennent comme victimes (ce ne sont pas de partenaire, mais des faire-valoir) de n'importe quel sexe, âge ou espèce. Les pratiques de tortures ou de dégradation de l'humain, (eux ou leur victime), allant dans des pratiques les plus glauques possibles (comme se faire chier dessus).

Pédomanie

Présentation

Je ne parle pas de pédophilie (personnes attirées sexuellement par les enfants mais qui ne passent pas à l'acte) mais de pédomanie (rapports sexuels avec des pré-pubères (avant la puberté, soit avant 12 ans en moyenne), ce qui pose évidemment problème, car les enfants n'étant pas sexualisés, un rapport sexuel à cet âge là est forcément non consenti, donc un viol.

Viol sans forcément de la violence

L'enfant est malheureusement facilement influençables (en utilisant leur curiosité naturelle), surtout quand la société refuse de lever le tabou sur ces aspect des choses (et donc de leur apprendre à dire non). Le viol se fait souvent sans violence (comme s'il était consenti), car l'enfant est démuni d'armes argumentatives face à :

- tromperie ou manipulation sur l'enfant,
- présentation comme un jeu,
- chantages divers,
- enfant devant obéissance aveugle aux adultes,
- menaces.

L'emprise et la manipulation des humains peut se faire à n'importe quel âge, mais surtout à ces âges là, quand l'enfant n'a pas le droit de dire non à un adulte, censé lui apprendre la vie.

Origine de la pédophilie

La pédophilie n'est pas innée, elle est consécutive, selon les Altaïrans, à des violences pédophiles subies par les pédophiles eux-mêmes dans leur enfance : c'est un traumatisme qui se répercute et

s'auto-entretient, même si la personne victime peut stopper ce cycle une fois adulte.

Un enfant abusé n'est donc pas automatiquement pédophile (il peut résoudre et surmonter le traumatisme), mais un pédophile est forcément une victime d'un autre pédophile au départ.

Plus les agressions sont ignorées par la société, plus la victime a de risques de développer cette perversion sexuelle. Voir le mal que les religions ont fait durant des siècles en protégeant cette pratique destructrice.

Les pédophiles sont attirés généralement par des enfants de l'âge où eux-même ont été violés.

Pas de religion privilégiée

L'abstinence des prêtres n'est pas en cause dans la pédophilie, même si le célibat provoque d'intenses frustrations sexuelles non naturelles, et qui peuvent être évacuées par des actes de viol.

La pédophilie est présente dans toutes les religions, et les catholiques dont les médias parlent abondamment sont peut-être justement la religion où il y en a le moins : les affaires étant étouffées dans les autres religions, les pédophiles se sentent impunis et passent plus à l'action.

Chez les bouddhistes par exemple, les jeunes moines servant presque systématiquement de défouloirs sexuels aux moines plus âgés.

Pédo-satanistes

Il faut savoir que les jeunes enfants d'Élites sont forcés de participer à des orgies et sacrifices rituels, et deviendront plus tard des pédophiles si ce traumatisme n'est pas résolu.

Ces pratiques chez les Élites, millénaires, ont été développées de manière très poussées au 20e siècle via des programmes comme MK-Ultra (dans le but de déstructurer mentalement l'enfant, pour en faire un robot commandable facilement), mêlant connaissances occultes (Alexter Crowley), expérimentations ésotéristes (Ron Hubbard de la scientologie) et tortures mentales (CIA).

Les pédo-satanistes sont des satanistes qui essayent d'aller le plus loin possible dans l'horreur et le dépassement des règles morales. Plus l'enfant est jeune, plus les tortures seront dégradantes et douloureuses, plus ils croient montrer la puissance de leur libre arbitre. Les enfants d'Élites, subissant ces viols mais n'étant pas sacrifiés, reproduiront à leur tour ce qu'il ont subi.

Un pédo-satanistes est bien pire qu'un pédophile, car contrairement à ce dernier, il n'a pas de pulsion sexuelle à assouvir, juste la volonté de faire le mal à autrui, de préférence innocent et pur...

Culture

Cinéma

Le cinéma est porteur d'un message particulier à faire passer à l'humanité, c'est à dire est il un instrument de "propagande" ou d'"'éducation". Mis à part le fait qu'il divertisse, et donc qu'il fasse momentanément oublier au spectateur son stress quotidien, il est forcément vecteur d'image et de symbole : il y a souvent une morale (surtout dans les films US), c'est souvent très caricatural BIEN/MAL et on fait du Tourisme car le décor des films n'est jamais anodin. En gros, dans un film, il y a tout l'esprit de la culture de celui qui l'a fait, en quelque sorte. Un film n'est donc jamais neutre.

Le cinéma a eu un impact énorme sur notre vision des Aliens/ET. On ne peut pas avoir vu ces films et ne pas garder en tête les images des ET méchants qui veulent voler la Terre aux humains. En gros, les films sont pour notre cerveau comme une expérience vécue : ils nous donnent des souvenirs mais factices, des briques, des images mentales pour notre esprit afin d'imaginer l'inconnu.

Si vous demandiez à un homme d'une tribu primitive n'ayant pas connu la civilisation de vous décrire un avion, il va vous dire qu'il a vu des oiseaux de fer qui laissent de la fumée derrière eux. Montrez lui la Guerre des Etoiles (starwars) et il imaginera alors que les avions sont alors des X-Wing, parce que c'est la seule image cohérente dont son esprit aura eu connaissance et qui correspond à sa vision du réel.

lorsque petit vous avez entendu peut être parler des aliens, pas facile de se faire une idée de ce que ça peut bien être. Ensuite, on vous emmène voir le film "E.T." au cinéma : votre première vision d'un alien sera donc celle du film, et votre cerveau associera cette morphologie à l'extraterrestre. Cette première image restera tout au long de votre vie le fondement de votre construction mentale du concept d'ET, toute nouvelle données se cristallisera sur la première pour le compléter. C'est ainsi que nous fonctionnons, et de nombreuses personnes, à cause de ce mécanisme, n'accepteront pas comme valable toute autre image d'ET s'éloignant trop de l'image de base.

Ceci est fondamental car cela explique pourquoi certains témoignages d'abductés ou de témoins de RR3 sont perçus comme bizarres, parce que les aliens qu'ils décrivent sortent de nos stéréotypes morphologiques. Quand un homme décrit des aliens en forme de cube avec un pic, on a tout de suite du mal à comprendre, on est dans le malaise parce que ça correspond pas à ce qu'on s'attend d'un ET : or, ce sont principalement les médias et le cinéma qui nous donnent le matériel qui nous sert à fabriquer nos stéréotypes mentaux, notamment dans le monde de l'imaginaire et de l'inconnu.

Faites le test autour de vous et demandez aux gens de dessiner, sans que les autres le voit, un extraterrestre. Comparez les dessins et vous verrez qu'ils sont tous compatibles avec un stéréotype particulier.

Les rois

Les tabloïds anglais vous ont décrit une vie complètement à l'envers de ce que vivaient réellement les rois. Une propagande qui existe depuis que les dieux sumériens se donnaient le beau rôle dans les épopées. Mais le monde est bien loin d'être celui que l'on nous montre généralement, il est bien plus sombre encore.

Mères porteuses

Meghan et Kate ont bien eu leurs enfants via des mères porteuses, qui se tapent tout l'inconvénient de la grossesse pendant que la princesse se contente de marcher avec un coussin sur le ventre (les plus exposées médiatiquement portaient un ballon gonflable dans l'utérus).

Ballon gonflable dans l'utérus

L'astuce est alors de faire croire à la maternité officielle en arrondissant le ventre des princesses artificiellement, notamment par un ballon dans l'utérus qu'on gonfle régulièrement (mais pas trop) à l'hélium (plus léger que l'air).

Coussin sur le ventre

Meghan, étant moins exposée, semble utiliser un coussin, comme le montre une vidéo pas diffusée dans les mass medias, où on voit Meghan, les bras encombrés de course, voir son coussin tomber à ses pieds sans pouvoir le retenir.

Lady Di

Diana n'a pas porté ses enfants car elle ne pouvait pas être fécondée (à cause de divers problèmes, dont l'anorexie mentale dont elle était victime). Un staff de spécialistes anglais et américains avait été engagé pour faire des tests, aussi bien sur Diana que sur Charles, mais aussi des prélèvements sur le couple afin de pratiquer des fécondations in vitro, puis des inséminations sur des mères porteuses.

Cela explique deux choses :

1 - le scandale (aidé par les ET bienveillants) d'un médecin dont la fille est le sosie de Diana, et pour cause, ce médecin a avoué qu'il avait participé aux prélèvements sur Diana et Charles et qu'il avait ensuite volé un ovule pour l'implanter à sa propre femme (c'était un moyen pour lui d'avoir une preuve)

2 - qu'à chacun des deux accouchements de Kate, il y ait des anomalies physiques (comme le fait qu'elle sorte de l'hôpital en quelques heures, sans être marquée physiquement par l'accouchement, le bébé qui semble avoir 3 jours plutôt que 3 heures, ou encore les postures acrobatiques prises par Kate pendant la grossesse, le ventre se pliant sans lui faire mal, ou encore penchée vers la terre sans mettre la main, sans que la gravité ne semble agir sur le ventre (alors qu'une femme enceinte se tient le ventre comme s'il risquait se déchirer, afin d'empêcher la peau du ventre de soutenir tout le poids).

Les clones

Pour le coup on parle bien de clones (des jumeaux), et non d'un acteur-sosie avec chirurgie esthétique/maquillage, images deep-face informatiques, ou simple masque facial.

Des clones sont réalisés dans le même temps qu'est faite la fécondation in-vitro, des doublures qui ne seront jamais connues publiquement mais qui peuvent servir, telles des poupées vivantes, à bien des choses (dont le don d'organe, voir le remplacement d'un enfant récalcitrant par son double au cerveau bien lavé).

Georges W. Bush, le président alcoolique et gênant fut exécuté et remplacé par un de ses clones, celui qui devint président, et est toujours utilisé en 2015.

Clonage basique

Ils utilisent le même clonage que pour les vaches. On prend l'ovule fécondé dans ses premières phases de développement, quand les cellules se multiplient mais sont encore primitives (souches). Le petit amas de quelques cellules est coupé en morceaux et chaque morceau devient un nouveau foetus qu'on n'a plus qu'à inséminer à autant de femelles mères-porteuses. Le procédé est courant dans l'agriculture depuis longtemps. On ne parle donc pas ici de clonage d'un individu déjà né mais

d'un clonage avant la naissance qui donne artificiellement des enfants multiples (2, 3 ou plus suivant les besoins). C'est une vieille technologie éprouvée aujourd'hui. Bien entendu, avant d'être publique, cette technologie était déjà testée dans les labos depuis bien plus longtemps encore, comme souvent, et disponible seulement aux privilégiés. Aucun transfert de technologie alien ou d'aide extérieure !

Pas de clonage d'adulte

Le clonage dont on parle généralement aujourd'hui, c'est à dire reproduire un individu déjà formé à partir d'une de ses cellules, n'a pas abouti pour le moment, même en secret. Pourquoi ? Parce que nous ne savons pas encore comment fonctionne l'ADN contrairement à ce que les scientifiques prétendent. La télomérase (le clone est aussi vieux génétiquement que l'adulte), l'ADN poubelle (de l'épignétique en fait) n'est pas du tout maîtrisé par nos généticiens, et les résultats donnent n'importe quoi.

Sur ces points, nous avons encore beaucoup de chemin et de découvertes à faire, et ce n'est pas plus mal vu comment cela serait (forcément mal) utilisé dans notre société !

Volontés dynastiques

Mère porteuse et fausse grossesse restent cantonnés aux Élites qui ont une volonté dynastique marquée, comme les Bush, la famille royale d'Angleterre, les Rothschild et d'autres dont vous n'avez jamais entendu parler bien sûr. Il n'y a pas de cela avec la famille Hollande, Chirac ou Sarkozy (qui n'ont plus à devoir répondre de la transmission des gènes du sang bleu anunnaki depuis la révolution). On parle de l'Élite ultra fortunée traditionnelle, pas des "trouffions" arrivistes gouvernementaux qui sont collés à leur arrière train.

Santé

L'égocentrisme de notre société nous pousse a devenir parano avec notre santé, cherchant à nous faire croire que nous sommes fragiles, dépendants des technologies d'affaiblissement des dominants (effet nocebo), alors qu'en réalité ils ne peuvent pas nous atteindre.

Immunité naturelle et massacre amérindien

Que s'est-il passé avec les amérindiens, officiellement décimés en masse par la variole, typhus, et autres maladies européennes importées ? Cette version pratique de l'histoire, nie le génocide volontaire, en reportant la faute sur les populations locales, incapables de travailler aussi fort que les noirs africains, fragiles au point de ne pas pouvoir supporter les virus européens classiques.

Ce faux mythe nous a été imposé à l'école pour faire croire que la médecine occidentale était meilleure que toutes les autres médecines du monde, et qui a servi à l'époque à justifier la colonisation (ce n'est plus des rois qui envahissent des populations pour les mettre en esclavage, mais des sauveurs qui apportent au monde le progrès de la médecine pour le bien-être de l'humanité... de belles images d'Épinal, que j'ai ressorties pas plus tard que hier soir, belle synchronicité là encore de la vie qui m'apporte ce matin la réponse à mon questionnement !!!).

Affaiblissement

Comme nous l'avons dans génocide (p.), les amérindiens étaient en bonne santé avant que les jésuites ne débarquent, ne détruisent leurs hôpitaux, ne tuent leurs médecins, n'interdisent les médecines traditionnelles, ne les épuisent aux travaux forcés, ne les entassent dans des camps insalubres, sous-nourris.

Les nouvelles maladies sont plus meurtrières

Depuis Nibiru, les animaux, avec leur comportement semblant fou (attaque à cause de la faim, du stress, des sons anormaux que nous n'entendons), les migrations en masse à cause des changements divers, propagent eux aussi de nouvelles maladies.

C'est la même chose pour les abeilles et les chauve-souris, ou encore les plantes qui se ramassent des maladies fongiques et virales inconnues.

Il faut rajouter à ces changements de climats les animaux, réservoirs de pathogènes, soient qui migrent, soit qui se déplacent plus loin avec les changements de climat : les virus des pays chauds s'installent dans les pays tempérés devenus chauds à leur tour (sans hiver très rigoureux qui assainit la vie de surface).

Effet confinement = bombe virale

Plus les humains sont confinés et entassés, plus il y aura de contaminations. A chaque contamination, le virus mute, s'adaptant aux systèmes immunitaires rencontrés, développant de nouvelles stratégies. Ce qui explique que les grippes ou rhumes sont toujours plus virulents sur les derniers infectés, que ce soit de la famille ou de la saison

Un massacre

Les amérindiens ont eu a subir en même temps toutes ces maladies inconnues, sans pouvoir se reposer une fois malade, sans avoir le droit d'utiliser les plantes diminuant la charge virale, sans manger suffisamment, dans des conditions d'hygiène déplorables favorisant la dissémination de l'épidémie, mais surtout par des virus rendus plus dangereux par le confinement en bateau pendant plusieurs mois de marins malades.

Résultat

Ce n'est pas l'absence de couverture vaccinale qui a décimé les indiens, car comme tous le monde, leur corps était capable de s'immuniser contre les maladies nouvelles.

Le génocide vient de l'affaiblissement volontaire de leur système immunitaire (fatigue, mauvaise nourriture imposée, hygiène de vie imposée déplorable, etc.), avec interdiction de prendre des plantes qui diminuent la charge microbienne, combinées à la dissémination volontaire d'une dizaine de virus boostés et mortels.

Santé > Ondes EM (Linky, 5G)

Qu"en est-il de la pollution électromagnétique imputées aux portables, aux antennes et à tous les nouveaux matériels utilisant des ondes HF (Wifi, appareils connectés sans fil etc..) ?

Sans effets notables de loin

Les ondes électromagnétiques sont des radiations. Le corps, comme pour les radiations UV, X ou nucléaires est capable de les supporter si on reste sous certaines limites.

Les ondes électromagnétiques dans l'environnement ne sont pas assez intenses pour provoquer des lésions ou des changement de comportement par manipulation de l'activité cérébrale. ces théories sont de la science fiction.

Électrochocs à courte distance

Par contre, administrées à courte distance (comme quand on porte le téléphone portable à l'oreille), elles peuvent modifier le cerveau, comme avec des électrochocs.

Faux soins psychiatriques

Les magnéto-chocs sont parfois utilisés par des médecins et psychiatres, notamment aux USA. Ils permettent de réinitialiser les ondes et le comportement général des neurones.

Ces "soins" sont évidemment à éviter. On ne soigne pas en détruisant, mais en comprenant d'où vient le problème !

Danger des téléphones portables

La sphère conspi, qui vous bassine avec la 5G, est bizarrement absente quand il faut rappeler que les téléphones portables sont dangereux pour le cerveau à haute dose d'utilisation (plus de deux heures en cumulé vers l'oreille), mais aussi pour les autres organes (comme porté à la ceinture, les organes génitaux étant sensibles à ces ondes).

Les téléphones portables et Wifi restent objectivement et réellement dangereux pour la santé à long terme et courte distance, parce que les ondes agissent comme des micro ondes et réchauffent les cellules fragiles et électrosensibles comme les neurones.

Dégradation des cellules

En dehors de l'effet ionisant et vieillissant de ces ondes, la haute fréquence agit comme un micro-onde sur les molécules, dont nous sommes fait à plus de 65% (80% pour le cerveau). Nos cellules surchauffent localement.

Quand vous avez votre portable dans votre poche et qu'il recherche le réseau en continu (ce qui est souvent le cas), tous les organes aux alentours sont touchés. Les cellules avoisinantes sont détériorées au bout de seulement 2 h proche du téléphone.

Les organes sexuels sont particulièrement fragiles et la gamétogenèse peut être perturbée (baisse de fécondité surtout pour les hommes qui ont leurs testicules souvent plus prêt de leur portable que les femmes et leurs ovaires). C'est également très mauvais pour les foetus comme toute autre agression extérieure (chimique, physique, radiologique).

Ce sont toujours les organes les plus proches qui sont les plus atteints : le coeur, le foie, le pancréas, les poumons. Cumulés cela à d'autres agressions alimentaires, environnementales ou chimiques (cigarettes, joints alcool et j'en passe), allié à une dépression du système immunitaire du au stress ou le manque d'exercice et vous obtenez un cocktail détonant très cancérigène.

Wifi

La Wifi est extrêmement néfaste parce qu'elle est constamment présente et à courte distance des usagers.

Électrosensibilité = maladie psychosomatique

Les multiples facteurs psychologiques de l'électrosensibilité ne peuvent pas être imputés aux ondes électromagnétiques elles mêmes. Ces migraines et autres intolérances ont des fondements inconscients souvent connexes à un rejet généralisé de notre société high-tech dépersonnalisée, stressante et incapable d'intégrer les vraies questionnements / besoins spirituels des individus.

Comprenez d'où vient le problème inconscient, acceptez ce rejet, et le fait que ces ondes ne peuvent vous atteindre, que vous êtes plus forts que ça.

L'hypersensibilité est une allergie à l'esclavage technologique ! Allergie aux téléphones portables et leurs puces bien plus efficaces que les RFID, au pistage et la surveillance de masse d'internet ou au flicage et au décorticage de toutes nos communications, déplacements et activités.

Comme l'inconscient sait toutes ces choses, il fait réagir fortement le système immunitaire/le métabolisme comme dans tous les cas d'allergies. Les ondes électromagnétiques étant le signe de la présence de ces technologies malveillantes, c'est par elles que le corps trouve un déclencheur, elles sont un stimulus pour la défense immunitaire/métabolique, source des symptômes.

Linky plus faible que les autres

Les compteurs en eux mêmes font moins de rayonnement magnétique qu'un téléphone portable, et encore moins que certaines normes Wifi.

Fréquence

Téléphonie mobile

La 5G, et probablement la 6G, dépassent largement les fréquences admissibles par l'homme. C'est le risque n°1 pour notre organisme.

Wifi

Le Wifi c'est quand même puissant parce que cela tourne sur des très hautes fréquences SHF. Par exemple la Wifi 5 tourne à 5 GHz et la WiFi standard à la moitié (2,4 GHz).

Linky et radio FM

Utilisent du VHF, très largement inférieur au wifi.

Les signaux CPL du compteur linky sont de l'ordre/compris entre 63 et 95 MHz (moyenne à 79) : On est bien sur du MHz, 1 000 fois plus faible que le GHz de la Wifi. 79 MHz pour le CPL, 5 000 MHz pour le wifi.

CPL le moins émetteur

Faibles émissions EM

Le CPL est complètement inoffensif en lui même, parce que ce sont des ondulations du courant qui sont intégrées à votre courant électrique. Si vous avez l'électricité chez vous, le CPL a globalement la même nocivité que le courant 50Hz habituel.

De plus, les Hz du CPL sont canalisés par les fils électriques car c'est du courant électrique qui est envoyé par le compteur, pas des ondes électromagnétiques. Or le champ magnétique induit par courant électrique dans un fil est extrêmement faible, ce qui n'est sûrement pas le cas des systèmes Wifi qui envoient non pas du courant électrique mais bel et bien des ondes électromagnétiques à pleine puissance dans votre environnement, et en plus avec des communications multiples. Si on estime le courant électrique produit par les fils électriques utilisé par le CPL du Linky qui est de l'ordre de 1%, vu le faible ampérage de la transmission CPL du compteur, les Wifi 5 ont une puissance 630.000% plus élevée que ce qui est émis par le CPL du Linky via votre réseau électrique.

Idem avant

Le courant électrique standard alternatif (50Hz 220V chez nous) à plusieurs ampères crée un champ magnétique bien plus puissant, et pourtant personne ne s'en ai jamais plaint en masse depuis que Tesla l'a inventé...

Votre radio reçoit depuis les années 80 un flot de MHz (bande FM) issus de votre environnement via des antennes géantes et cela n'a jamais rendu personne malade. Pourtant, et c'est un point crucial, votre radio FM utilise la même plage de fréquence que le Linky... Là encore, personne ne s'était plaint jusqu'à présent...

Appareils antiparasités

Il n'y a quasi aucun courant qui passe dans les bobinages/moteurs susceptibles de créer des champ magnétiques à cause des fréquences CPL parce que tous les appareils sont équipés de systèmes antiparasites.

Ce n'est plus comme dans les années 1970, où les appareils n'ayant pas l'antiparasitage, comme un mixer, se voyait sur la TV ! Les moteurs des machines à laver et autres moteurs électriques type sèche cheveux sont aujourd'hui tous équipés de ces systèmes, il ne sort aucun champ magnétique parasite ou presque.

Résumé

En somme oui, un compteur Linky émet des ondes électromagnétiques dans votre environnement, qui sont théoriquement dangereuses à haute dose tout comme les ondes générées par les courants électriques standards (50Hz), mais il faut se débarrasser avant du Wifi et du téléphone portable.

Il est d'ailleurs dommage que ceux qui décrient le CPL ne vous disent pas qu'il est moins dangereux d'utiliser votre box en CPL qu'en Wifi...

Danger des objets connectés

votre Box envoie 1 signal par objet connecté, et chaque objet lui répond avec son propre signal. Donc une box et 1 ordinateur en Wifi + une tablette + un bluetooth pour le téléphone + une imprimante connectée, imaginez un peu le brouillard magnétique que vous absorbez, en sachant que le type d'onde utilisé est au moins en % 600.000 fois plus nocif que le signal induit par le CPL de Linky.

Le but de Linky

Les gens ont compris intuitivement que ce compteur cachait quelque chose. Mais comme ils ne savent pas quoi, ils se sont focalisés sur le rayonnement, bien encouragés par les désinformateurs, ravis de les voir se lancer dans la mauvaise direction.

Gérer les fermetures de centrales

Ce sera un moyen punitif potentiel pour EDF en cas de pénurie de courant (incident nucléaire ou arrêt de la production, comme on l'a vu au Japon à Fukushima).

Surveillance généralisée (espionnage de masse p.)

Nos dominants aimant faire d'une pierre plusieurs coups, ils ont évidemment développés des applications permettant de surveiller ce qui se passe chez vous (votre conso électrique instantanée = votre activité journalière).

952

Santé > Smartphones

Effet addictif

Les portables créent une forte dépendance à l'usage, et c'est bien là le première chose que les Élites recherchent afin de soumettre ou d'amoindrir les volontés de leurs esclaves.

Les addictions sont loin en effet de se limiter aux produits chimiques. Les addictions comportementales sont très vivaces et dangereuses car elles surfent sur des processus neuronaux et/ou des peurs psychologiques. L'addiction aux jeux d'argent n'a rien de chimique et pourtant elle est difficile à maîtriser et conduit à des situations sociales aussi dramatiques que les drogues dures. Au niveau du comportement, les mêmes processus de manques ou de sevrages sont constatés. Il n'y a donc pas de différence entre un casino et une fumerie d'opium.

L'informatique crée de nombreuses addictions souvent parce qu'elles peuvent apporter une porte de sortie psychologique à un environnement insatisfaisant. La TV, les MMO (jeux en ligne multi-joueurs), forums et réseaux sociauxé sont autant de pièges psychologiques. C'est particulièrement vrai pour les MMO sur les adolescents, car l'avatar permet de faire abstraction des difficultés à accepter son corps imparfait. Ils peuvent aussi déconnecter l'individu du monde réel qui préfère son succès dans le monde virtuel (à comparer avec un quotidien où l'espoir se fait rare).

Comme pour l'alcool, le meilleur moyen de voir si vous êtes dépendants à quelque chose, c'est de vous en abstenir complètement une semaine. Si vous tenez le coup sans succomber ne serait-ce qu'une seconde (à boire un verre, à fumer, à jouer à des jeux de hasard ou à regarder l'écran de votre portable), c'est que vous n'êtes pas dépendants. Dans le cas inverse, et si vous avez été honnête, vous devriez vous poser des questions ! Attention aux fausses excuses, il est très facile de se faire berner par ses propres faiblesses en cherchant des prétextes.

Imposition sociale

Les portables donnent l'impression de sécurité et d'ouverture aux autres. De nombreuses personnes angoissent simplement de ne pas avoir emmené sur elles leur portable et ces angoisses peuvent souvent aboutir à des tocs et une dépendance invisible. Comme d'habitude, l'utilisation de ces appareils est constamment validée par les médias, qui les montrent comme indispensables, aussi bien dans la vie quotidienne que socialement. Pour preuve, une personne qui n'a pas de portable est de fait stigmatisée, exclue. C'est loin d'être limité aux téléphones, la même chose était vrai avant l'ère internet pour la Télévision. De quoi parlerions nous aujourd'hui facilement si l'on sort de ce qu'on a vu comme film hier, ou youtube aujourd'hui ?

Smartphone = puce de traçage

Le fait qu'aujourd'hui la grande majorité de la population mondiale, des plus riches aux plus pauvres, aient accès à la téléphonie portable devrait faire peur à tous les gens épris de liberté. Ce qui est ironique dans cette histoire, c'est tout d'abord, et c'est important de le noter, que le conspirationnisme et l'information alternative au "mainstream" se sont toujours soulevés contre les projets de "marquage" des individus, que ce soit les puces RFID, les marqueurs chimiques ou génétiques ou même la vidéo surveillance. Par contre, qui s'élève contre des émetteurs-récepteurs capables de fournir votre position en continu dans le monde entier, d'espionner vos activités quotidiennes, vos réseaux de connaissances, vos sources d'information, vos dépenses et même le montant de votre compte en banque, avec qui vous couchez (ou trompez votre conjoint/e), où vous achetez votre herbe ou vos sextoys.

Et oui, encore mieux que la RFID qu'on injecterait en force ou en secret dans les individus, le micro sous votre lampe de bureau ou la caméra qui vous traque tout le long de votre trajet, il y la le téléphone portable, capable de faire tout ce que les autres font et même mieux ! Mieux, parce que les gens le portent volontairement sur eux et ne s'en séparent jamais, ne s'en méfient pas et ont même une sensation de manque si il devient inutilisable.

Tout le monde s'est fait avoir, et les révélations d'Edward Snowden n'y ont absolument rien changé. La grande majorité de la population mondiale est sur écoute, son comportement et ses déplacements/ migrations sont suivis en continu grâce aux réseaux des antennes de téléphonie mobile et la plupart de ses activités/comportements laissent des traces exploitables très pratique pour orienter la manipulation à grande échelle. Voir plus dans (espionnage de masse p.).

Un "oubli" significatif

Pourquoi les médias et les personnes championnes des alertes conspirationnistes ne vous informent pas/ne vous alarment pas sur la question des portables ? Pourquoi en reste-t-on à des pseudo-preuves sur les chemtrails, sur les dangers fictifs de la nanotechnologie, ou les rumeurs de marquage RFID ? Ce sont toutes des fausses pistes qui vous détournent des faits qui se sont déjà produits, pourtant bien réels et avérés. Qui se soucie du nano-anthrax, le véritable danger des nanotechnologies et des chemtrails ? Qui se soucie des portables, un puçage/espionnage systématique et volontaire de 90% de la population mondiale (assez proche de la marque de la bête des prophéties, non ?). Qui se soucie du formatage des enfants qui se mettent à chanter en même temps et spontanément "Libérée, délivrée" ou qui ont tous la même liste de 5 jouets (épuisés) pour le père Noël ?

Se poser la question de qui vous suivez, et s'ils veulent réellement votre bien.

Santé > Interdits alimentaires

Pourquoi certains aliments sont cacher (ou Hallal), et pas d'autres ?

Simplement parce que ces animaux, ou ces modes de cuisson, contiennent des protéines particulièrement indigestes pour les anunnakis, au régime alimentaire bien différent du notre, à cause des 2 millions d'années passé sur une planète extra-terrestre. Mais ces viandes, auxquelles nous sommes habitués depuis des millions d'années, sont tout à fait digestes par les humains.

Pourquoi alors nos dominants ont appliqué ces interdits ? Juste une mauvaise compréhension de vieilles directives, que les dieux demandaient pour eux-mêmes, et que les prêtres ont cru qu'elles s'appliquaient aussi à l'humanité.

Santé > Véganisme

Encore un faux débat imposé par les ONG Soros et importé des USA dans les années 2010.

La société française se boboïse (prend trop soin d'elle et de sa suffisance supérieure, encore une histoire d'individualisme florissant).

On s'aperçoit vite que tout régime de ce type est dangereux (végétarien, végétalien, crudistes, végan), d'autant plus qu'il est strict dans l'échelle "végétarienne".

Culte aux anunnakis

Hitler était végétarien pour des raisons occultes/hermétiques, pas parce qu'il respectait la vie animale...

Quand les anunnakis sont partis, ceux qui les ont remplacé ont repris les pratiques anunnakis (à la fois pour se faire passer pour des dieux auprès du peuple, à la fois en essayant de percer le secret de la longévité des anunnakis, qui n'a rien à voir avec leur régime alimentaire). Si ces derniers sont devenus végétariens par la force des choses (très peu de vie animale sur Nibiru) sur 2 millions d'années, l'humain que nous sommes est génétiquement fait pour être omnivore (L2).

Imposé aux enfants

Ce qui est discutable déjà, et cela est valable pour toutes les religions et les choix éthiques, c'est d'imposer systématiquement aux enfants les choix non éclairés des parents (dans le sens où toutes les infos ne sont pas disponibles)

J'ai bien parlé de véganisme au dessus, pas de végétarisme, parce que le véganisme est la version la plus poussée et la plus extrémiste. (Végan et végétalisme étant deux choses très proches, mais le premier implique d'autres variations plus récentes du second). Il est possible de compenser partiellement la perte alimentaire due à l'absence de consommation de chair animale (notamment des chairs supérieures type mammifères), mais il est impossible sans conséquences graves de supprimer TOUT ce qui est d'origine animale (lait et oeufs par exemple). Même les vaches consomment plusieurs kilos d'insectes en broutant. Le Panda est également obligé de manger des insectes et des viandes faisandées sur des carcasses. S'il n'existe pas d'animaux végétaLiens chez les mammifères, c'est qu'il y a une raison. Le véganisme est un danger immédiat pour les enfants, alors qu'un végétarisme bien pensé peut éventuellement être satisfaisant. Tout dépend des aliments qui servent de substitut dans le régime végétarien. Si pour l'adulte les conséquences de malnutrition sont moins graves (sauf dans le cas du véganisme qui est nuisible à tous), le risque est de ne pas apporter 100% des besoins de croissance à l'enfant. Maîtriser le végétarisme pour les enfants n'est pas donné à tous, voir même extrêmement difficile à atteindre en terme de quantités. Les résultats peuvent être un ralentissement de la bonne croissance d'organes comme le cerveau, une fragilité du système

954

immunitaire, l'apparition d'intolérances au lactose, au gluten et/ou aux oeufs (même si ces symptômes apparaissent aussi chez les non-végétariens à cause des surdoses contenues dans les produits industriels).

Ça c'est pour le végétarisme. Pour le véganisme, même pas de question à se poser, c'est niet.

Mécompréhension du cycle naturel

Le végétarisme lui même est symptomatique de la mécompréhension du lien qui unit l'être humain et son environnement. C'est ce que j'appelle l'effet Disney. Les humains se pensent à côté de la Nature, pas intégrés à elle.

Notre évolution physique est telle que nous sommes des animaux qui avons besoin de certains types de nourriture pour vivre. Je peux éventuellement nourrir mes guppys avec des produits végétaux, des algues et des protéines animales non issues de chairs mortes, ils vivront, grandiront peu, seront sujets à des malformations diverses, auront un taux de mortalité à l'accouchement (vivipares) élevé. Je peux améliorer cette alimentation en incluant des protéines animales comme les farines d'autres poissons ou des cendres, mais là encore les guppys ne sont pas des carnivores mangeurs de viandes ou d'autres poissons. J'aurais encore les mêmes problèmes quoique atténués, et d'autres qui se feront jour comme des occlusions intestinales, des problèmes rénaux etc.... La vraie et seule nourriture viable pour les guppys ce sont les insectes, et notamment les insectes/larves aquatiques, le tout complété par des algues. C'est la niche alimentaire pour laquelle ils ont évolué. Ce n'est pas différent avec les humains. Nos problèmes éthiques à manger de la viande sont fallacieux, car le problème n'est pas de manger la viande mais de savoir comment on l'obtient. La syntonie avec la Nature ne passe pas par une contradiction de millions d'années d'évolution. Ce n'est pas en étant végétarien qu'on atteint cette syntonie, parce que c'est une utopie idéologique qui ne se pose pas les bonnes questions.

Le danger des compléments

Le plus important, c'est que pour tenir sans carence, vous êtes obligés de complémenter avec des produits pharmaceutiques-industriels. Ce sont donc des régimes qui sont déconnectés de la Nature, de nos besoins naturels. Ce sont des idées perverses liées au système et qui mourront avec lui, parce qu'une fois Nibiru passée, il sera

impossible de se complémenter. C'est là qu'on voit que Nibiru est le grand nettoyeur, même des concepts de vie corrompus. Ceux qui croient être sur la bonne piste en évitant les produits animaux de leur alimentation se trompent, leur questionnement est faussé : ce qu'il faut se demander ce n'est pas s'il faut manger des produits issus d'animaux ou non, mais bien comment on obtient ces produits.

La faim

Il faudra s'habituer à manger beaucoup moins en volume : la faim va être tenace cela parce qu'aujourd'hui le corps a besoin d'énormément de quantité pour tirer très peu de nutriments utiles : 80% de ce que l'on mange c'est de la graisse et du sucre mélangé à de l'eau, avec des traces de vitamines, minéraux et protéines. Pour avoir sa dose, notre corps demande beaucoup, car il ne se sent rassasié que quand la digestion lui donne ce qu'il a besoin. Pour atteindre le quota et couper la faim, il faut le gaver.

Avec une alimentation naturelle donc plus riche, ces quotas sont atteints bien plus vite et même dépassés sur une longue période. Mais au départ, votre corps va continuer à réclamer même s'il est repu, parce qu'il aura l'habitude de manger trop.

Sur le long terme, cela reposera aussi vos organes, car manger trop entraîne paradoxalement la fatigue, alors qu'une alimentation naturelle permet des temps de repos. Notre corps sera mieux fourni mais en plus vieillira moins vite au niveau des organes.

Nibiru n'aura pas que du mauvais : elle va nous pousser à des extrêmes que nous aurions jamais parcouru autrement. Quand je disais que nous étions formatés par le système en profondeur, je voulais aussi parler de cela. Ce sera un cap psychologiquement dur à passer, mais nous nous y retrouverons très vite.

Nibiru

Dénier Nibiru

Un déformatage qui se fera tout seul quand Nibiru sera visible.

Beaucoup d'auteurs dissidents semblent bloquer sur l'existence de Nibiru (ce qui est normal si ce sont des désinformateurs payés pour détourner l'attention de cette planète). Si la personne est honnête ce sont des blocages "internes" à la personne. Elle peut avancer sur certains sujets mais d'autres la dérange, et dans ce cas il peut y avoir blocage ou déni. En l'occurrence, ce sont souvent des thèmes qui remettent en question des domaines que la personne pense et veut sûrs, parce que cela la déstabiliserait beaucoup autrement.

Ne pas reconnaître Nibiru, c'est éviter de remettre en question la stabilité du système solaire et du monde en général. Ne pas reconnaître que des ET ont participé à notre évolution (anunnakis, reptiliens, zétas peu importe), c'est ne pas remettre en question la "création de l'homme" à l'image de Dieu. Ce sont typiquement des blocages liés à une éducation chrétienne typique. Qu'est ce que Dieu si ce n'est pas le créateur de l'Homme ? Qu'est ce que l'Homme, son destin, sa différence avec le règne animal si il n'y a pas un Dieu omnipotent derrière sa création etc... Les questions se succèdent et ne trouvent pas de réponses favorables si on reste bloqué dans une vision chrétienne (voire juive, puisque c'est intimement lié à l'ancien testament).

Ce sont des blocages très profonds. Mon prof de philo avait l'habitude de dire que c'est le genre de problèmes qui "mettent la pyramide de vos certitude sur la pointe".

Pour vivre nous avons besoin de choses stables, et qui correspondent à nos croyances profondes. Certains ont besoin que le Soleil tourne et continue de tourner au dessus de leur tête. D'autres se fondent sur des choses plus profondes, peu importe que le matériel soit instable.

Donc, même si le dissident X est quelqu'un d'intelligent et d'intuitif, il peut être bloqué par son manque d'épanouissement spirituel.

Ne pas craindre la remise en question

En effet, quelqu'un d'avancé sur ce domaine ne craint pas que le monde matériel change. Il s'appuie sur des certitudes autres, comme le fait que l'Amour et la Compassion sont les choses qui restent et qui priment, peu importe le chaos qui peut se présenter. Cela lève de nombreux tabous, et permet une ouverture d'esprit bien plus grande. A ce moment là, les peurs profondes s'enlèvent et on peut voir les choses telles qu'elles sont sans se mentir.

Orientation spirituelle du déni

Le bloqué sur Nibiru est donc forcément neutre ou hiérarchiste à la limite, mais pas encore du coté lumineux de la force!

Les hiérarchistes sont plutôt confrontés à des tabous personnels, pas des tabous basiques comme Nibiru, donc la balance des dénis penche plutôt vers un "indéterminé" spirituel.

Éveil et Nibiru

Il n'est pas nécessaire que connaître l'arrivée de Nibiru pour avoir déjà bien entamé son éveil spirituel (et j'insiste sur le entamé). Il n'y a pas de lien a priori (et là encore j'insiste sur le a priori) entre les deux dans cette mesure.

Savoir que Nibiru arrive, c'est en rapport avec la préparation à une survie d'abord. Or si tu es éveillé spirituellement et que tu n'as pas les clés pour comprendre le phénomène, et qu'il y a une catastrophe sans précédent qui arrive, l'éveil risque de finir sous l'eau. Ce serait dommage, parce que justement, Nibiru est l'occasion de permettre aux éveillés de devenir majoritaires. Ce n'est donc pas aussi simple, parce que sur le fond, les ET ont soulevé divers problèmes qui démontrent qu'éveil et Nibiru vont de paire :

1 - si tu es éveillé et que tu n'atterris pas à un moment où un autre sur Nibiru, il y a un problème, parce que les guides spirituels, les ET, les contactés et les prophètes légitimes (religieux ou agnostiques) et j'en passe ramènent depuis déjà plusieurs siècles sur cette avertissement systématiquement. Tu peux le prendre par tous les bouts, on en revient toujours à cela, et l'avertissement est très ancien. Un éveillé qui n'écoute pas, c'est quand même un comble, car c'est Nibiru qui va déclencher l'ascension en permettant aux éveillés justement de prendre le dessus, l'un ne va pas sans l'autre.

2 - Nibiru va casser la coquille de l'ignorance, parce que le système enferme les gens dans des certitudes fausses et empêche leur éveil. Or le choc sera tel (pas forcément matériel, mais à un niveau plus profond) que Nibiru mettra la pyramide de la certitude des gens sur la pointe. L'éveil ne se compte pas en année : certains peuvent traîner plusieurs vies à faire quelques progrès, pendant que d'autres en quelques semaines auront une véritable illumination

3 - Les véritables éveillés, ou ceux qui vont le devenir prochainement, ne sont pas toujours ceux qui se prétendent éveillés eux mêmes. Il y a même un gros écart, et logiquement, un éveillé qui n'est pas encore tombé sur Nibiru a peu de chances d'être un véritable éveillé. Entre s'auto-proclamer et être, il y a une marge. Ce n'est pas parce qu'on parle d'amour et d'altruisme qu'on comprend ce que c'est. Combien de personnes sont persuadées

d'aimer leur conjoint ou leurs enfants mais en fait les abandonneront quand la famine et la peur les saisiront. Il y a une différence entre la compassion vraie et la compassion simplement intellectualisée, liée à un formatage, à une éducation ou à la pression d'un groupe. C'est le cas de beaucoup de personnes qui disent aimer la Nature, mais en fait ils sont simplement dans un effet Disney et ne comprennent rien à ce qu'est la vraie Nature. Beaucoup de gens ressentent aussi un amour conditionnel (et pas inconditionnel), c'est à dire qu'il reste valable dans des conditions particulières, mais qu'il devient caduque quand ces conditions changent. Entre dire "je mourrai pour mes enfants" et le faire, il y a souvent une énorme marge sur le terrain, et le pire, c'est que bon nombre sont persuadés d'un amour véritable alors que c'est un amour de façade. Beaucoup de gens se mentent à eux mêmes, et quelqu'un qui a un œil exercé peut reconnaître les signes qui démontrent cette ambivalence.

Méfiez vous de vos propres a priori. Si Dieu, les anges, les guides des incarnations et les ET, tous confondus, ne fond QUE prévenir sur Nibiru depuis au moins 200 ans, et ont commencé cela depuis plus de 2 000 ans, et qu'en qualité d'éveillé vous ne vous êtes pas intéressé à la question, c'est grave. C'est que votre éveil est incomplet, et que vous conservez des tabous profonds. C'est donc totalement paradoxal en effet d'être en avance spirituellement et de ne pas avoir été prévenu de la plus grande catastrophe /événement que l'Humanité va connaître dans son existence...

Montagnes russes

Nous n'arriverons jamais à 100% de certitude sur Nibiru tant qu'elle ne sera pas passée, mais nous pouvons tendre vers cela. Nous aurons aussi des hauts et des bas, deux pas en avant un pas en arrière. C'est normal, mais au final c'est la tendance générale qui compte. Plus nous nous renseignons, plus nous avons de preuves et d'indices. Avoir des doutes résiduels, c'est une preuve d'honnêteté spirituelle. N'avoir aucun doute, c'est du dogmatisme. Il faut toujours chercher des preuves de ses "certitudes", celles ci ne devant jamais être absolues. Sinon c'est du fondamentalisme aveugle et cela nous enlève tout moyen de comprendre les doutes que peuvent avoir les autres.

Ne pas se focaliser sur les dates

[Harmo]Le problème de base qui se pose, ce n'est pas tant de nous donner une date précise, mais à quoi cette date servirait. En l'occurrence, les gens qui ne seront pas prêt en août 2013 ne le seront pas mieux en décembre, et même si Nibiru arrive en 2017 ou 2018.

Les Élites observent avidement les révélations des visités. Une date serait alors une immense aubaine pour les Élites, parce que leurs plans seraient alors assis sur un calendrier précis.

Avec leurs erreurs d'approximation toutes ces années sur l'arrivée de Nibiru, les dominants se plantent, et sont obligés de faire et défaire leurs agendas quasiment tous les mois.

Alors d'un coté, on a :

• les gens du peuple qui soit sont déjà prêts, soit ne le seront jamais, peu importe la date,

• soit des Élites qui n'attendent qu'à fixer toutes leurs magouille sur un calendrier pour que tout s'emboîte à leur avantage.

Pire encore, cela pourrait permettre à certains gouvernements ou groupes puissants d'orchestrer des massacres préventifs. Regardez le 11/09/2001 et l'invasion de l'Irak.

Si vous avez à reprocher le manque de date à quelqu'un, faite ce reproche à vous mêmes, parce que ce n'est sûrement pas au dernier moment que votre préparation se fera.

Inutile de donner les dates au jour près, parce que vos plans doivent prendre en compte des événements aléatoires qui peuvent se déclencher à n'importe quel moment : passage à la loi martiale, écroulement monétaire général qui mènerait à un Gel économique, impact de météorite, accident nucléaire. Ces menaces sont déjà là, et ont déjà eu lieu (Fukushima, lié à un méga séisme engendré par Nibiru).

Le jour où lorsqu'une date échouera vous pourrez dire que vous étiez prêt quand même, là on en reparlera sérieusement. On ne peut pas honnêtement demander une date précise et ne rien faire pour se préparer dans le même temps.

Harmo a annoncé 2 grandes dates de passage, qui ne se sont pas réalisées : 23 août 2013, la date calculée dans les années 1990, et qui aurait été le premier passage si quelque chose n'avait pas ralenti Nibiru. Et décembre 2016, Nibiru qui devait passer pour empêcher le plan d'Hillary Clinton de 3e guerre mondiale. Une bonne chose que ces "échecs" de date (relatif, car Harmo a toujours dit que c'était des dates probables, soumises au libre arbitre et au grand tout qui retient Nibiru sur son orbite pour nous laisser le temps), car cela permet de faire un grand ménage entre ceux qui ne venaient là que pour sauver leur peau, et ceux qui auront par contre réfléchi et compris que la date n'avait aucune importance. Au contraire, ceux là apprennent et peu importe que Nibiru arrive en 2016 ou 2022. cela ne change rien aux mécanismes en route.

C'est ce qui s'est passé en 2003, quand les Zétas avaient dit que Nibiru arriverait à cette date (mensonge blanc pour tromper les chapeaux noirs). Est ce que Zetatalk a disparu ? Non, au contraire, il n'a cessé de grandir parce que beaucoup ont compris que tout ce qui était dit était vrai, même sans basculement en 2003.

Quand le livre de Harmo a été publié en 2014, il a volontairement laissé la date d'août 2013 comme passage de Nibiru. Les gens qui ne se seraient arrêté qu'à cette date erronée ne sont pas les destinataires du message. Si les gens viennent se renseigner auprès d'Harmo et des Zétas, c'est que ce sont les deux seules sources qui peuvent expliquer correctement et de façon homogène ce qu'il se passe, même si ces sources ne peuvent pas tout révéler (Glo).

Futur non écrit

Personne, même les ET, ne connaît la date exacte, parce que l'aléatoire dans la matière, ce qu'on appelle le hasard, n'existe pas. C'est l'outil que le grand tout utilise à chaque instant pour diriger le monde. S'il "veut" repousser Nibiru, il enclenchera une série d'événements aléatoires qui feront qu'elle arrivera plus tard ou plus tôt. La circulation des particules dans le système solaire, et qui influence la gravitation et le magnétisme, n'est pas prévisible à 100%, même pour les ET. Il y a toujours une part de chaos apparent qui fausse même les calculs les plus poussés.

Cependant, il y a aussi des règles, comme le fait que Nibiru passe toujours, depuis des milliards d'années, au moment d'un pic magnétique. Par contre, quand se fera ce pic exactement, et quel pic sera le bon moment, cela n'est pas prévisible. Encore une fois, un scénario dont le squelette est solide et certain, mais une marge de manœuvre autour.

Nibiru devait passer le 23/08/2013, mais son comportement n'a pas été celui attendu, démontrant ainsi que des forces invisibles avaient modifié les paramètres, justement en se servant de ces éléments aléatoires.

Soyez patients, parce que plus vous allez avancer ,et plus vous comprendrez. Quand Nibiru sera là, vous vous rendrez alors compte de tout ce que vous avez reçu, et vous vous contrebalancerez complètement de ne pas avoir eu de date, où de savoir où Nibiru était les deux mois d'avant. Sachez juste qu'elle continue son chemin, qu'elle se rapproche de temps en temps, et donc que son interaction avec le noyau terrestre grandit à chaque nouveau saut.

Alors qu'elle se trouvait légèrement décalée sur le coté de l'axe Terre-Soleil, elle vient se placer doucement entre lui et nous, ce qui enclenchera des éclipses anormales. De même, la Terre n'est plus sur son orbite normale, ce qui pourrait aussi aboutir à quelques surprises. Vous n'avez pas à en savoir plus pour l'instant, les choses s'expliciteront toutes seules le moment venu.

ET

La CIA, qui est derrière le New-Age, à participé à la propagande anti-zéta depuis 1947, les sénateurs comme Mc Carthy n'ayant qu'une peur, c'est de voir des entités du service aux autres (l'altruisme) les dominer technologiquement dans leur tentative de NOM. C'est pourquoi le New-Age est empreint de haine anti-Zétas (de même que pour les premiers à parler des abductions, encore des désinformateurs payés pour contre-carrer un phénomène que le cover-up n'arrivait plus à étouffer).

Les gris ne sont pas forcément des méchants

Tous les ET nous paraissent gris, simplement parce que nos yeux ne voient que les basses fréquences de la lumière, le spectre dit visible.

Comme des ET hiérarchistes sont petits comme les zétas, et que l'humain a du mal à distinguer des espèces différentes mais auxquelles il est peu habitué, voilà pourquoi toutes les abductions, bonnes ou mauvaises, sont entassées dans le même vocable de "petits gris". Alors qu'il existe en réalité des dizaines d'espèces différentes mise dans le même sac, des insectoïdes hiérarchiques comme les Mantas, aux mammifères humanoïde comme les Zétas (voir L2>ET).

958

Les Zétas ne sont pas froids émotionnellement parlant

Harmo est hautement télépathe, et ressent donc les émotions des Zétas, et peu en témoigner.

Alors que la plupart des abductés, moins voir pas télépathes du tout, s'en tiennent à leur apparence physique, qui n'exprime plus d'émotions depuis qu'ils les expriment en télépathie (de la même manière qu'ils ne peuvent plus parler avec leur bouche, cela leur étant devenu inutile).

Les Zétas ne sont pas des sondes biologiques

Lors du crash de Roswell (un coup monté pour mettre le Zéta en position de faiblesse et rassurer les généraux hiérarchistes à qui il allait parler), les Zétas morts pour faire diversion n'étaient que des mannequins biologiques. La CIA, qui les a décortiqué, en a déduit que les Zétas étaient des robots, dont ils ne comprenaient pas le fonctionnement : d'où l'invention d'un lien avec une énergie venant d'une dimension supérieure.

C'est évidemment impossible, en descendant de dimensions les Zétas emmènent leur corps avec eux.

Ceux qui propagent cette idée de Zétas robots, on peut donc en déduire qu'ils tirent leurs infos de la CIA... Une bonne manière de détecter qui dit la vérité ou non !

Faux progressisme

Endoctrinement par les médias

Avez-vous essayé de dire la vérité aux endormis français sur Trump ? Aussitôt, le réflexe conditionné de le traiter d'abruti et de raciste, sans beaucoup d'arguments allant dans ce sens. la France est le pays le plus progressiste / de gauche dans ses médias.

Les gens réagissent comme les ont conditionné les médias. C'est tout le rôle d'une propagande, somme toute, d'enrôler le grand public sur des positions. Dans ces cas là, ce ne sont pas les gens qui te répondent, c'est la propagande qui te répond à travers les gens. C'est proprement impossible de discuter dans ces conditions, car aucun argument ne sera entendu. Soros avait compris aussi qu'en matraquant des grands idéaux (liberté etc...) on pouvait encore davantage emmener les gens là où on voulait, car la propagande parait alors défendre ces idéaux.

Les incohérences des SJW

Bien entendu, ces beaux idéaux ne sont que des prétextes, même pas appliqués par ceux qui les prônent. Est ce que des jeunes filles se peinturlurant le corps, seins nus, et qui font le salut nazi dans des églises, c'est défendre le droit des femmes ? Alors que cette même organisation FEMEN est dirigée par un homme ? Est-ce que c'est normal que le journal Libération, qui prône le multi-culturalisme et le multi-colorisme, ai une rédaction 100% de peaux blanches ? Les féministes qui soutiennent la décision de permettre aux hommes se déclarant trans, de participer aux sports comme des femmes (et empêchant du coup ces dernières de faire du sport de compétition) ?

Pro-migrants et anti-racistes

Est-ce qu'accueillir les syriens et les irakiens en masse sans véritable vérification de leurs intentions / identités c'est faire preuve de bon sens, alors que Daech est en embuscade ?

Le problème, c'est qu'il y a toujours un décalage entre les belles paroles et la réalité de la mise en application. Alors oui dans le principe, soyons un foyer d'accueil pour des gens jetés dehors par la guerre (guerre faite par ceux qui se disent anti-racistes au passage), mais concrètement, les entasser comme des parias dans des établissements ghetto, avec seulement une petite minorité de syriens ou d'irakiens (les vrais réfugiés de guerre), c'est quand même étrange. En Allemagne par exemple, et ce problème a été soulevé par plusieurs sources, ce sont les hommes jeunes qui sont grandement favorisés dans cet "accueil", et doivent travailler pour 1 euro de l'heure (contre 10 euro pour un travailleur normal). Est ce que le motif alors ne serait pas plus économique que lié à de la solidarité ?

AM : Tout humain, quel que soit sa nationalité, doit pouvoir choisir l'endroit sur Terre où il veut vivre. Mais généralement, ce sera à l'endroit où il est né, même s'il voudra voyager. Obliger les humains à quitter leur terre, en déclenchant des guerres ou en les asphyxiant économiquement, c'est de la déportation et de l'esclavage. Les anti-racistes et pro-migrants cautionnent l'esclavage à leur insu.

Ne pas oublier que les anti-racistes qui passent à la télé sont formés par les associations Soros, qui les font se battre contre des gens de couleur différentes, et pas contre les vrais causes de leurs problèmes, les ultra-riches qui les laissent dans la misère économique, les forçant à se faire arrêter par les policiers, et donc augmentant le risque de bavures.

Quand on voit une béninois s'offusquer qu'il y a trop de blancs en France, il suffit d'inverser la proposition, et si ça marche aussi, c'est que la proposition ne veut rien dire : il y a trop de noirs au Bénin, ça marche aussi, preuve de la stupidité de tels arguments.

Il s'agit en réalité de lancer un faux combat de minorités entre elles (blancs contre noirs, hommes contre femmes, etc.), alors que le vrai combat est de classe, 1% d'ultra-riches qui gouvernent notre société, contre 99% de la population.

Les mères porteuses

Les occidentaux en général sont des experts pour se servir de grands principes moraux pour cacher des stratégies mesquines qui sont bien loin des idéaux qu'ils défendent. Vous pouvez quasiment tous les prendre, des droits LGBT à la GPA ou à l'avortement, tous ont des raisons malsaines derrière qui n'ont rien à voir avec les idéaux défendus. Les LGBT sont généralement des gens célibataires / en couple avec un pouvoir d'achat très largement supérieur aux couples avec enfants (et cela entre dans une politique globale de célibat généralisé, hétéro ou homo, car plus les familles sont explosées, plus elles consomment en double pour se loger, s'équiper etc...) La GPA permet aux riches femmes de se payer des mères porteuses, un phénomène extrêmement étendu mais très peu médiatisé, tout cela pour des critères de beauté. Les Kate Middleton qui accouchent avec le ventre plat, les Megan Markle qui font tomber accidentellement le coussin ventral faisant croire qu'elles sont enceintes... Ces faux accouchements sont des illusions médiatiques. Elles font appel à des mères porteuses et à des systèmes gonflables. Certaines, ne pouvant se permettre le classique coussin devant le ventre (car trop exposées aux médias), se font même insérer un système gonflable logé dans l'utérus. Mais la grande majorité n'a même pas besoin de ça, se tenant loin des médias le temps de la grossesse.

Ces "ballons" sont ajustés régulièrement puis dégonflés sur quelques jours (voire semaines) après la date choisie pour un accouchement virtuel. Pas de problèmes d'hormones, pas de prise de poids, pas de peau détendue qui fripe. Et ce système est monnaie courante. Ce n'est pas pour rien qu'un des signes de la fin des temps annoncé par l'Islam est que "les servantes donneront naissance à leurs maîtresses".

Avortement

Enfin, même raison derrière l'avortement, car 70% aujourd'hui de ces actes médicaux sont faits pour des raisons esthétiques, j'insiste, avec seulement 30 % pour des raisons familiales ou personnelles (cas de viol ou médicales etc...). Alors le droit à l'avortement oui, mais il y a un abus immense. Du coup Beaucoup de femmes aisées se font avorter puis utilisent la GPA quand elles veulent "avoir un enfant". Trouvez l'erreur.

Travail des femmes

Inconvénients

La CIA a, via le féminisme, imposé aux femmes de travailler dès le milieu des années 1950. Là où un salaire suffisait à une famille nombreuse pour vivre dans les années 1960, depuis les années 1980 (phénomène crescendo) 2 adultes qui travaillent ne suffisent plus. En leur faisant croire que c'était épanouissant et en ringardisant la femme au foyer.

Des résultats bénéfiques uniquement pour les classes dirigeantes :

- une main d'oeuvre à bon marché supplémentaire et sous payée par rapport aux hommes.
- pour les hommes une concurrence de plus sur le marché du travail pour les obliger à accepter des conditions minimales.
- une main d'oeuvre servile puisqu'on ne propose plus que 2 modèles aux femmes: soit elles acceptent d'être exploitées dans leurs travail , soit elle reste dans la situation sociale présentée comme dévalorisante de rester au foyer élever leur enfants.
- la femme doit cumuler les 2 fonctions de toute façon , et la fonction travail étant plus intrusive dans leur vie, elle vont "bâcler" l'éducation de leur enfants et culpabiliser de ne pas être une "assez bonne mère".
- Pour déculpabiliser elles vont surconsommer en vêtements, jouets, et autres gadget, nourritures apportant une satisfaction "affective matérielle immédiate", laisser les enfants devant la TV, etc.
- ne plus avoir le temps de communiquer au sein de la famille. L'influence du père et de la mère étant neutralisée.

- ces enfants avec moins de valeurs familiales , habitués dès le plus jeune age à consommer , habitués à avoir un palliatif "audiovisuel à l'absence de communication, en deviennent des proies et des esclaves encore plus malléables et influençables pour le système.

Comme dans une secte géante , le but est de casser les cellules familiales , couper les communications, assurer la relève en prenant en charge l'éducation des enfants, augmenter la dépendance (ici à l' argent et aux biens de consommations), etc.

Sortir du patriarcat

Cette mise sur le marché des femmes s'est faite en utilisant les défauts critiques du patriarcat millénariste (histoire>sapiens>dérives de la sédentarité p .), où la femme était un objet appartenant à son mari, et qui, ne recevant aucun salaire pour le travail fourni (maintenance de la maison , des repas et de l'éducation des enfants) étaient complètement soumise au bon vouloir de son mari.

Là où une société idéale aurait donné un salaire aux femmes pour service rendu, la société hiérarchiste s'est contenté de continuer à ne pas reconnaître le service fourni à la société (en éduquant la prochaine génération) mais à demander 2 fois plus de travail.

Féminisme

Actuellement, le patriarcat issu des anunnakis fait que les femmes sont considérées que l'homme est supérieur aux femmes. Une aberration spirituelle évidemment. Mais les hommes au pouvoir, pour diviser pour mieux régner, pousse à l'inverse, mettre les femmes supérieures à l'homme. Évidemment, ce n'est pas ce qu'ils veulent, mais c'est une manière de faire travailler les femmes par exemple, de les pousser à bout... Bien entendu que la solution n'est pas dans les extrêmes, mais dans la voie du milieu : l'égalité entre tous, sans conditions.

Quotas

La dernière invention. Pour lutter contre une ségrégation réelle (les ultra-riches au pouvoir choisissent qui sera leur chien de garde), les progressistes 'c'est à dire ces mêmes ultra-riches) imaginent d'imposer de mettre à un poste quelqu'un non par rapport à sa compétence et à ses aspirations réelles, mais en fonction de ses handicaps supposés. Plus vous êtes discriminés,

plus vous devez être prioritaire pour un poste. Une manière de cacher le fait que tout le monde devrait pouvoir faire le boulot qu'il souhaite, et que le chômage ne devrait pas exister.

Dans cette politique de quota, on mettra donc de préférence une femme noire et obèse, pour des boulots comme grimper dans les arbres pour les élaguer, un milieu traditionnellement saturé d'hommes minces et sportifs !

Évidemment, ce n'est pas comme ça que la vie devrait être. Cette femme ne devrait pas être obèse d'abord, de par une vie épanouie avec une nourriture saine, et elle devrait faire l'activité qui lui plaît, toute passion enrichissant la communauté toute entière. Si 2 personnes veulent faire professeur, et bien qu'elles le fasse ! Les élèves n'en seront que gagnants ! Payé par la communauté, comme chaque individu de la communauté. Seuls les travaux que personne ne veut faire seront rendus obligatoires (ou payés plus cher), chacun en faisant une partie pour réduire le désagrément. Voir L2>communauté idéale.

Progressisme vs conservatisme

Certaines choses marchaient bien dans notre société, comme protéger les sols de la destructions pour permettre à ses descendants, des millions d'années plus tard, de continuer à vivre sur Terre. Tout progrès (comme détruire l'agriculture, au point que notre vie soit impossible 10 ans après) n'est pas forcément bon.

A l'inverse, notre société est loin d'être idéal, et il est évident que le patriarcat, qui permet a 8 hommes blancs et ultra-riches de dominer le monde, est à revoir. TOUS les êtres humains doivent pouvoir se réaliser, quels que soient leur âge, leur sexe, l'endroit où ils vivent, leur position sociale, leur travail et passions, leur couleur de peau ou de cheveux, leur aspect physique, leur intelligence/façon de voir le monde ou leur handicap.

Effet Mandela

L'effet Mandela, c'est cette impression que le passé qu'ils ont vécu n'est plus le même que celui raconté par les médias. Les désinformateurs cherchent à nous faire croire que le passé à été changé, alors que c'est juste les médias qui ont trafiqué le passé, ou une mauvaise mémorisation sur l'instant.

Pas d'effet Mandela, de ligne temporelle qui change et qui impacte le présent.

Il n'y a pas d'histoire alternative.

Ce fake de désinformation conspi est là pour expliquer des phénomènes liés à la mémoire, et notamment la mémoire collective, qui elle passe généralement par les médias.

Une mémoire collective manipulée par le système

Il n'existe pas de "mémoire collective" naturelle, elle est artificielle. Ce sont notamment les historiens, les journalistes etc... qui maintiennent une version des choses, et cette version peut changer avec le temps suivant les intérêts politiques. C'est comme cela qu'on a des Mitterrand qui signent les ordres de tortures/d'exécution lors de la guerre d'Algérie, puis qui soutiennent ensuite les minorités et suppriment la peine de mort quand ils passent au socialisme.

L'histoire est réécrite constamment par les dirigeants pour cacher leurs casseroles et pour tromper les populations. Dans le cas Nibiru, ces manœuvres passent par des réévaluations discrètes des anciennes données sur les séismes, par exemple. Ces séismes sont toujours les mêmes, la réalité n'a pas changé. Par contre ce que les gens font dire aux chiffres, cela peut varier.

Et on retombe ici sur une chose TRÈS IMPORTANTE : notre vision de la réalité est faussée par les médias, parce que c'est le seul moyen que nous avons de connaître ce qu'il se passe dans le monde.

Or on nous a imprimé dans la tête que ces informations étaient justes/fiables et objectives alors que c'est totalement faux, il y a beaucoup de mensonges par omission et de manipulation.

Alors, si aujourd'hui vous avez quelques signes de la présence de Nibiru, c'est seulement parce qu'ils sont trop difficiles à cacher, et sachez que la réalité est probablement bien plus grave que ce que nous voyons dans les médias. Il est très facile par exemple pour l'Indonésie de taire que leurs îles sont en train de sombrer, car les seules études autorisées sont celles qui sont liées à l'État. Donc, à notre niveau européen, les agences d'info ne reçoivent que les news étatiques truquées par le gouvernement Indonésien, et c'est comme cela que des inondations là bas sont officiellement expliquées par une mousson exceptionnelle, alors qu'en réalité l'eau de mer ne s'évacue plus depuis des années maintenant et qu'elle remonte même les terres progressivement.

S'il n'y avait pas une volonté d'au moins un gouvernement/certaines Élites de commencer à préparer les gens, nous ne saurions absolument rien de ce qu'il se passe. Notre monde est donc une illusion, car nous le voyons à travers les médias truqués, et les seuls brins de vérité qui ressortent sont lancés par des gens qui culpabilisent et/ou qui eux mêmes doutent de ce qui est montré. Mais ce petit pourcentage de vérité est noyé au milieu de la subjectivité des dirigeants qui vous contrôlent en ne vous montrant seulement ce qu'ils ont envie.

Malléabilité des souvenir (L2>mémoire)

Chez la plupart des gens, le cerveau fonctionne de façon à ce que la nouvelle information (issue des médias) vienne remplacer et effacer l'ancienne. Dans certains cas rares et accidentels, cette mise à jour ne se fait pas, et donne l'illusion d'un effet Mandela.

C'est ce qui est décrit aussi dans le roman "1984" : le héros se rappelle que le prix du chocolat avait augmenté 2 semaines avant, alors que le journal annonce qu'ils étaient inchangé depuis 1 an. Quand il demande autour de lui s'ils ont vu l'erreur du journal, tout le monde le regarde de travers : soit ils n'ont pas fait attention à l'information et s'en moquent, soit ils sont persuadés que le chocolat n'avait pas augmenté depuis 1 an, comme l'affirment les journaux.

On peut créer de faux souvenirs : les informations jugées fiables, données par d'autres individus, effacent les souvenirs réels de la personne. Nos souvenirs se mettent au niveau de ceux de notre entourage. Si les personnes autour de vous ne sont pas fiables (comme les médias qui mentent et manipulent), elles peuvent remplacer vos vrais souvenirs par leurs fausses perceptions.

Tout cela aboutit finalement à une amnésie collective, parce les mises à jours effacent les anciennes données. C'est utilisé abondamment par les Élites qui ont bien compris ces techniques, et notamment en politique. Si vous avez les journalistes dans votre poche, vous êtes un saint. Le cas Clinton-Trump est typique, et cela est présent à tous les étages de la société, dans les magasins etc... C'est évidemment un énorme problème, car manipuler les souvenirs des gens, leur perception et entrer constamment dans leur cerveau pour les mettre à jour, c'est en faire des esclaves dociles. Le seul moyen est alors de faire

962

tomber le système, parce que tant que les médias existeront vous serez enchaînés à un monde illusoire.

Exemple de l'assassinat de JFK

Lors de l'assassinat de JFK, ils était 4 dans l'auto. Mais des photos montrent 6 personnes. Tout simplement une photo issue d'une reconstitution, avec un nombre différent de personnes. Plutôt que d'admettre des erreurs de reconstitution ou du moment de la prise de vue, certains vont imaginer un bug dans la matrice, une ligne temporelle du passé qui vient de sauter.

Le problème avec l'assassinat de JFK, c'est que la version officielle contient énormément d'incohérence, à peine camouflées derrière une version officielle bancale. Tout simplement parce qu'il y avait plusieurs tireurs, envoyés par la CIA. POurquoi se fouler à remettre le même nombre de siège alors qu'on accepte une balle magique (assassinat JFK p.).

Encore une preuve qu'on nous fabrique une vérité et qu'on nous l'impose, mais cette vérité est toujours bancale, car on ne peut pas recouvrir un océan avec un nappe. Il y a toujours des coins qui ne sont pas recouverts par la version officielle, des coïncidences et/ou des incohérences, car faire rentrer tous les faits avec leurs détails dans un faux scénario est impossible. Il y a la version officielle, imposée par le gouvernement américain pour cacher ses casseroles qui est ensuite reprise partout comme LA vérité partout, dans les médias et les livres d'histoire. Mais c'est une illusion de plus qui souvent a peu à voir avec la réalité. Il y a bien deux mondes parallèles, le vrai, celui qui s'est réellement passé, et celui vu à travers les Élites et les médias. C'est ce genre de "détails" qui mettent sur la piste de manipulations, mais attention de ne pas tomber non plus dans l'excès inverse, à dire que toute la version officielle est fausse. Un mensonge repose toujours sur une bonne part de vérité, en l'occurrence que JFK a bien été assassiné d'une balle dans la tête.

On pourrait rajouter les anomalies des vidéos sur les alunissages, ou celles sur l'ISS.

L'effet mandela masque les erreurs du cover-up

L'effet Mandela est une tentative du système d'expliquer ces incohérences sans que la narrative médiatique, et donc la fiabilité des médias, ne soit remise en cause.

Le souci c'est que la réalité entre ces deux mondes parallèles est bien plus effrayante encore, puisque ce sont des gens qui sont derrière ces mensonges d'état, et que le peuple est victime de ces abus depuis si longtemps qu'il y est empêtré dedans. C'est spirituellement bien plus une catastrophe qu'un effet Mandela.

Un changement de narrative immédiat

L'histoire est rarement changée après coup (longtemps après les faits), sauf si c'est un domaine peu populaire. Par exemple, change des données sur les séismes des années 60, il n'y a que les vieux plongés dans leurs bouquins qui s'en rendront compte. Ce n'est pas une donnée du quotidien. Souvent la manipulation se fait dès le début pour cacher la vérité. Dès l'assassinat de JFK l'histoire officielle a changé la vérité, il n'y a donc pas de modifications récentes.

Le nom de "Facebook" ne pourrait être modifié non plus, c'est une donnée partagée par trop de gens, c'est impossible à modifier, surtout que le terme a été écrit ailleurs que sur des supports informatiques, on retrouve des traces massives ailleurs (comme les journaux papier).

Changer la place de Vénus en temps réel sur un logiciel en ligne, parce qu'elle n'est pas là où elle devrait être dans la réalité, ça passe comme une lettre à la poste, parce que le nombre de témoins est trop faible.

Il y a les modification a posteriori, qui sont délicates et nécessitent peu de témoins, et d'un autre coté les versions officielles qui elles se construisent généralement immédiatement lors de l'événement. Le "immédiatement" est un peu faux, les premières infos sont souvent les bonnes, mais elles tombent vite dans les oubliettes. Si la censure est assez rapide, le nombre de personnes les ayant vu est faible, donc ça passe. L'autre méthode pour cacher ces premiers éléments qui ont échappé à la censure c'est ensuite de noyer les gens sous un flot d'informations à la BFM TV qui fonctionne comme un lavage de cerveau, avec utilisation de la répétition et d'experts en tout genre qui viennent pour confirmer la version rabâchée.

Le cerveau se met à jour s'il perçoit que sa version est moins fiable que celle qu'il voit à la TV. D'où le rôle complice de l'état, des journalistes mais aussi et surtout des scientifiques qui appuient les mensonges. Si c'est le professeur Trucvoski de INPID qui le dit, c'est forcément que ce doit être vrai. Et hop, votre mémoire efface et remet cette source "fiable" dans la case "vérité". Votre seule défense est de travailler sur ce point : à qui faites vous confiance, et sur quels critères objectifs. Si vous faites ce travail, ce sera plus délicat de vous avoir parce que vous ne prendrez plus d'office de nombreuses sources comme fiables, et votre cerveau ne fera alors pas de mise à jour foireuse.

Exemple de l'Amérique du Sud

Certains ont l'impression que l'Amérique du Sud s'est déplacée sur les cartes.

La façon dont on construit des cartes a beaucoup évolué depuis les images satellites, le GPS et l'informatique. Or avant tout cela, ce qu'on appelle les projections (Mercator, etc.) c'est à dire l'aplatissement de la Terre (3D) pour en faire une carte plate (2D) déformait beaucoup la forme et la place des continents. Aujourd'hui, avec les nouvelles normes et les progrès, continuer à montrer le Groenland aussi gros que l'Afrique sur une carte, ça ne passe plus, alors que pendant des générations, ça n'a posé de problèmes à personne. Donc avec la modernité, on corrige ces approximations avec de nouvelles plus proches de la réalité.

Cela dit, voyons pourquoi cela choque de voir l'Amérique du sud décalée vers la droite.

En temps normal, cette modification serait passée comme une lettre à la poste, parce que honnêtement tout le monde s'en tape. Mais le contexte a changé, et inconsciemment nous n'avons plus confiance en ce que l'on nous met devant les yeux. Si nous avons entendu parler de Nibiru (consciemment ou inconsciemment avec le message télépathique ET) nous savons maintenant qu'on nous cache des choses sur le ciel et la Terre. Or comme le cerveau ne se met à jour que s'il a confiance, là il ne veut plus, et nous nous souvenons alors de l'ancienne version des cartes, et ces changements sur les nouvelles cartes nous questionnent.

Dans un autre contexte, de confiance, nous n'y aurions vu que du feu, ou aucun intérêt.

Cela explique aussi pourquoi beaucoup de personnes trouvent des étoiles bizarres à la tombée de la nuit, alors qu'il s'agit juste de Vénus. Cela fait des années qu'elle est là, mais maintenant elle vous pose problème, vous ne la reconnaissez plus ou vous la voyez tout simplement alors qu'avant elle faisait partie du paysage. Cela marque une certaine libération de votre esprit qui maintenant se met à douter de choses basiques, mais le danger

dans ces moments là est de tomber dans de mauvaises interprétations.

Les cartes des continents nous semblent fausses parce qu'elles ont été modernisées, posons-nous la question de savoir pourquoi cela nous titille plutôt que de savoir si cela a "toujours été comme cela".

Cela part donc d'un bon principe : une remise en question de notre confiance automatique qui nous faisait gober n'importe quoi, et qui se transforme en doute. Qu'est-ce qui est le plus logique dans cette affaire : des mondes parallèles qui laissent des traces dans nos mémoires, ou simplement nous qui sortons enfin la tête du trou ?

Déformatage > Religion

Survol

Le gros point qui va poser problème dans l'aftertime, vu que tout le monde à son idée sur la question, et refusera de lâcher sur les détails, au point de rentrer en conflit, des fois violemment.

Comprenez juste que tout le monde à été trompé par ses dominants, et que personne n'a la vérité.

Les religions sont sur-idéalisées par leurs pratiquants, sur-diabolisées par ceux qui les méconnaissent.

Vous commencez à le savoir, c'est la voie du milieu qui est la vérité. Toutes les religions disent la même chose, une fois qu'on a enlevé la part de falsifications ajoutées sur le message d'origine.

Toutes les religions parlent du grand tout

Toutes les religions et traditions occultes ont été perverties par la fausse lumière anunnaki... mais contiennent aussi la vraie lumière du grand tout !

Dans chaque enseignement, il faut savoir faire la part des choses, dégager les rituels inutiles, les falsifications et horreurs spirituelles telles que la loi du talion, pour aller aux vrais enseignements qui vibrent haut, voir les compléter en réfléchissant plus loin que ce qu'on vous dit. Par exemple, si une tradition sataniste vous dit que vous êtes dieu, ça implique que les autres le sont aussi, et qu'il faut respecter aussi leur libre arbitre, donc que votre libre arbitre n'est pas absolu. Ou encore, que la sommes des libres arbitres de l'Univers est supérieur à votre petit libre arbitre individuel.

Blair T. Spalding, l'auteur de "la vie des maîtres", raconte comment Jésus a appris des sociétés secrètes Égyptiennes qui utilisaient les enseignements de Thot, un enseignement ésotériste anunnaki, mais complété plus tard par de vrais maîtres :

"Après que Jésus eut écouté attentivement ce prêtre, il perçut le profond sens intérieur de sa doctrine. Les vues sommaires que Jésus possédait sur les enseignements bouddhiques et qu'il tenait des sages de l'Orient lui permirent de voir la grande similitude sous-jacente à toutes ces doctrines. Il prit alors la résolution de se rendre aux Indes, projet parfaitement réalisable par l'ancien chemin des caravanes qui était entretenu à cette époque.

Après, avoir étudié les enseignements bouddhiques conservés avec un certain degré de pureté, Jésus perçut les similitudes. Il comprit que, malgré les formes rituelles et les dogmes imposés par les hommes, les religions n'avaient qu'une source, qui est Dieu. Il l'appela son Père et le Père de tous [Le grand Tout]. Alors il jeta toutes les formes aux vents et alla directement vers Dieu, droit au cœur de son Père aimant.

Une merveilleuse compréhension s'ensuivit. Jésus ne tarda pas à trouver superflu de fouiller pendant de longues années les documents, rites, croyances, formules, et initiations que les prêtres imposent subrepticement au peuple pour le maintenir dans l'ignorance et la sujétion. Il vit que l'objet de ses recherches était au fond de lui-même. Pour être le Christ [le messie, l'âme accomplie, le soi supérieur, l'illuminé], il lui fallait proclamer qu'il était le Christ, puis avec des mobiles purs dans sa vie, sa pensée, sa parole, et ses actes, vivre la vie qu'il recherchait afin de l'incorporer dans son propre corps physique. Après quoi il eut le courage de s'extérioriser et de proclamer tout cela à la face du monde.

Peu importaient les sources où il avait puisé. C'était son travail qui comptait et non celui d'autrui. Les gens du commun, dont il épousait la cause, l'écoutaient avec ravissement. Il n'empruntait pas ses préceptes à l'Inde, à la Perse, ni à l'Égypte. Les doctrines extérieures l'amenèrent simplement à voir sa propre divinité et la représentation de celle-ci, le Christ, qui existe en chacun, non pas chez quelques-uns, mais chez tous."

Il n'y a pas de sauveur

Les élections étant le pur produit du système, ce n'est donc pas en votant qu'on le changera.

Si vous voulez changer les choses, faites le d'abord autour de vous, et n'espérez rien des faux événements (comme les élections p.) qui vous font croire que vous pouvez changer les choses.

La solution viendra de vous, pas d'un président ou d'un dirigeant X ou Y (même d'un Poutine ou d'un

Trump), d'un Grand Monarque, d'un Jésus, Machiah ou d'un Mahdi pour les plus religieux.

En comptant trop sur ce genre de modèle, on en oublie nos propres responsabilités. Nous mettons notre libre arbitre en hypothèque. Ce n'est pas que Jésus ou Mahdi ne vont pas arriver, que Trump et Poutine ne vont améliorer un tout petit peu les choses, mais qu'il ne faut pas rester accrochés à cela dans une attente qui nous empêche d'agir.

Ces personnes ne sont que des facilitateurs, pas des solutions qui vous dédouanent de quoi que ce soit.

Alors peu importe qui est élu, vous ferez avec. Il n'y a aucune attente à avoir que de vous mêmes.

Apprenez à reconnaître un vrai prophète !

Tout comme une minorité de dirigeants juifs ont refusé de reconnaître en Jésus le messie monté sur un âne annoncé auparavant par d'autres prophètes, les dirigeants chrétiens ont refusé de reconnaître en Mahomet le paraclet.

Il est très probable qu'une majorité de croyants des 3 religions du livre continuent à refaire les mêmes erreurs lors de la Parousie de Issa / Jésus / Machia'h (que j'appelle Jésus 2).

Chaque prophète annonce pourtant le suivant, mais les inerties, le dogmatisme et les tabous dus aux corruptions sont tels que les mêmes erreurs se reproduisent constamment.

L'héritage anunnaki est extrêmement coriace (surtout avec des illuminatis qui nous dominent mentalement sur nos croyances), et même avec plusieurs vagues de réformes successives, on retombe toujours sur les mêmes travers.

Le vrai prophète est quelqu'un de humble, dont tous les actes montrent l'amour des autres, son égo très en retrait derrière sa mission de vie. Sa sagesse / logique est imparable, et il n'est pas obligé d'avoir des pouvoirs de magicien de pacotille.

Dangers de l'apostasie

De nombreuses religions seront désertées parce que comme l'a annoncé Mohamed, elles seront devenues des coquilles vides.

Elles n'auront pas su prévoir ni prévenir les gens des catastrophes de Nibiru, ni avoir pu se sauver elles mêmes : les Temples, les Mosquées, les églises, les synagogues, etc. seront détruites comme le reste, sans distinction.

L'apostasie généralisée n'est pas une bonne solution, car les gens vont aussi jeter la morale qui va avec aux oubliettes, et le temps de remettre les pendules à l'heure, il y aura eu des dépassements.

La meilleure solution est un retour à la vérité, c'est à dire rétablir les religions telles qu'elles étaient avant les corruptions.

C'est différent du salafisme qui lui veut revenir à un âge d'or de la civilisation islamique, pas revenir à la vérité, pas au véritable Islam historique. Et c'est partout pareil. Le protestantisme a eu le même défaut, puisqu'ils ont voulu nettoyer le christianisme en gardant les corruptions anciennes, ce qui a donné une religion encore plus décalée par rapport au mouvement lancé par Jésus. Un grand défi qui consiste à nettoyer sans détruire ni dévier.

Il ne faut pas oublier que ces religions ont été amenées par des entités bénéfiques venues s'incarner spécialement pour partager une sagesse. Bouddha, Mahomet, Jésus, Moïse sont tous des âmes ET incarnées de très haut niveau. Une fois morts, leur sagesse est détournée, corrompue et tordue dans tous les sens pour servir les intérêts des puissants (quel qu'ils soient). La religion est autant un outil spirituel, quand elle est authentique, qu'une arme d'asservissement de masse dans les mains de personnes mal intentionnées.

L'idolâtrie

Le fait d'aduler un homme comme un dieu, souvent pour de mauvaises raisons, comme la célébrité (le fait que le troupeau l'idolâtre, et qu'on doive faire comme le troupeau). Est-ce qu'un chanteur, un sportif, un acteur, un homme politique sont dignes d'être considérés comme des dieux? Il faut estimer et respecter quelqu'un (sans aller jusqu'à l'idolâtrie) pour ce qu'il est/son comportement plutôt que pour son statut.

L'idôlatrie semble avoir été implantée au niveau des manipulations de l'ADN, ce sont donc des pulsions venant de très profond à travailler.

Toutes les religions ont été corrompues

Mahomet avec dit lui même qu'en ces temps actuels de l'apocalypse, l'Islam serait devenu une coquille vide. Il avait prévu aussi que les musulmans s'entre-déchireraient, que les Califes deviendraient des Rois puis des Tyrans, et qu'au final le nombre de vrais croyants serait très faible.

Comme toutes les religions, le temps passe et les hommes corrompent le message originel. Pas n'importe quels hommes, ceux qui se servent de la Foi des gens pour s'en servir dans leurs propres intérêts. Dans ces conditions, Chrétiens, Juifs et Musulmans sont TOUS dans le même bateau à la dérive. Bien malin ou bien naïf donc celui qui jugera l'autre moins bien que lui...

Quelques réflexions sur les religions actuelles

Juste pour vous faire prendre conscience de la stupidité de préceptes pourtant acceptés de tous, a quel point ces préceptes nous ont été inculqués de force, sans passer par la réflexion.

Je les traiterait sous le trait de l'humour, pour mieux vous faire prendre conscience des choses. Il n'est donc pas question de me moquer de vos croyances, puisque moi aussi j'ai absorbé ce genre d'ineptie sans broncher dans mon enfance : je ne les comprenait pas, mais les autres avait l'air de les comprendre, je leur ai fait confiance, et n'y ai pas réfléchi plus que ça par la suite.

Les vierges au paradis

Si dieu donne beaucoup de détails sur les rituels, les interdits (dieu aime beaucoup interdire...), il reste assez évasif sur les récompenses. La promesse d'avoir des vierges au paradis, soulève du coup plein de questions non résolues :

Au paradis, les maladies vénériennes n'existent plus. Pourquoi s'emmerder à prendre des filles peu expertes en amour dans ce cas-là ?

le paradis c'est l'éternité, dans 2 millions d'années vous rappellerez-vous que les 70 femmes que vous vous traînez toujours ne sont plus vierges depuis un moment ? Quel intérêt au final ?

C'est pas un peu malsain, spirituellement parlant, de croire qu'au paradis, la loi du plus fort est autorisée, et que le viol (aller contre la liberté d'autrui à décider de sa vie et à ne pas subir ce qu'elle ne veut pas) est encouragé ? Le paradis pour un seul, c'est pas un peu l'enfer pour tous les autres ? C'est quoi ce lieu où on vous envoie réellement ?

Vu le nombre de martyr à toutes les époques, elles viennent d'où toutes ces vierges ? C'est pas un peu surpeuplé depuis le temps là-bas ?

Et pour les martyrs homosexuels, ou les filles kamikazes ? Comment être sûr que vos 70 puceaux boutonneux seront bien vierges ?

Quel est l'intérêt d'avoir des vierges au paradis, là où la reproduction et les désirs charnels n'ont plus lieu d'être? C'est beau d'avoir toutes ces vierges, mais on n'a plus rien pour les déflorer !

Et votre épouse légitime, si elle se retrouve avec vous au paradis, que va-t-elle dire de toutes ces vierges ? Elles vont devoir être copines ?

Et si votre épouse est elle aussi martyr, allez-vous devoir composer toute l'éternité avec 70 puceaux boutonneux?

Sans compter qu'être vierge n'implique pas de ne pas être une chieuse, ou encore qu'un laideron de 90 ans peut être restée vierge... côtoyer des gens déplaisants pendant toute l'éternité peut vite devenir un enfer !

Les guerres saintes

Le harem

Le roi ou le pape sont souvent prompts à déclencher des guerres. Ils restent évidemment à l'arrière, envoyant des jeunes hommes se faire massacrer, et récupèrent dans leur harem les plus belles veuves qu'ils ont généré...

Tu ne tueras point

Quelques lignes plus loin, dieu demande à massacrer le village conquis jusqu'au dernier être vivant, hommes, femmes, enfants, bébés et animaux (le "frappé d'interdit" de l'ancien testament).

Combien de morts dans l'histoire, coupables de n'être pas dans le même camp que le roi/prêtre qui ordonne la guerre : né dans une autre ville, de penser différemment.

C'est vrai qu'il est très facile de manipuler une foule dont tous les individus pensent pareil.

Enfer

L'enfer est évidemment pour les autres.

Et ceux qui se sont trompés, qui se sont comporté en saints mais qui ne croyaient pas en un dieu qui est 3 ? Ceux qui sont nés dans la mauvaise région ou culture ?

Seuls les millions d'adeptes de la "bonne" religion seront sauvés, et les milliards qui se sont bien comportés finiront quand même en enfer ?

Quelle religion choisir alors, elles disent toutes qu'elles sont le seul chemin vers dieu ?

Les plus grandes religions actuelles ont 5 000 ans maximum. Elles s'éteindront toutes un jour ou l'autre, dans 200 ans plus personne n'en aura entendu parler. Que deviennent tous les hommes qui sont morts avant ces religions, et ceux qui mourront après ?

Il est dit que nos bonnes et mauvaises actions seront pesés, pour déterminer si on va au paradis ou en enfer. Mais pour ceux qui ont égalité? Pour ceux qui sont à 49.999% Devront-ils tout le reste de leur vie immortelle subir un châtiment sans fin ? Avec tous ceux qui eux ont 99% de mauvaises actions?. Très injuste par rapport à celui qui, avec 50,000 1% de bonnes actions, aura le paradis...

Si c'est la monogamie comme sur terre, et que notre conjoint loupe le concours d'entrée au paradis, on est condamné à vivre seul pour l'éternité au paradis ?

Si je me retrouve au paradis avec le martyr-suicide qui vient de me tuer, est-ce que j'ai le droit de lui foutre sur la gueule pour l'éternité, malgré qu'il soit lui aussi au paradis ? Ça ressemblera alors à un enfer pour lui. Ou bien y a-t-il encore plein d'interdits au paradis ?

Le peuple élu

Le peuple élu, mais élu par qui ? Perso j'ai pas voté !

Le dieu colérique et vengeur a créé l'Univers entier, la Terre et toutes les formes de vie, mais ce n'est qu'au bout de 5 milliards d'années qu'il se décida à choisir un millier de bédouins perdus dans le désert...

L'humain est en permanence en train de massacrer les plus faibles que soit, de croire aveuglément à la propagande officielle, de détruire les ressources naturelles dont sa survie dépend, de jouer sans cesse avec un nucléaire qu'il ne maîtrise pas. A quel moment le dieu qui a créé l'Univers a pu croire que nous étions l'espèce était la plus évoluée de l'univers ?

Les sectes

Tous nos systèmes de croyance se révèlent être des sectes, que ce soient les religions officielles, l'armée ou la science. Il est très difficile de prendre du recul sur sa vie, pour se rendre compte de l'aliénation dans laquelle on se trouve.

Par exemple, ce témoignage d'un rescapé, né dans une secte :

Lorsqu'on naît et vit dans une secte - surtout une de cette envergure - on se croit dans la normalité, on pense que ce que l'on fait est normal, parce que tout le monde autour de vous vit et fait la même chose, sans rien remettre en question, dans une acceptation totale.

Alors on se dit que c'est probablement ça le fameux sens de la vie sur Terre: être soumis à la volonté d'autres personnes, les laisser décider de ce qu'on doit faire dans la vie, de ce qu'on doit penser, de ce qu'on doit aimer...

J'y ai cru, parce qu'ils nous disaient qu'un jour, tout irait pour le mieux. Ils nous promettaient un avenir prospère, et si je réfléchis bien, ils l'ont fait depuis toujours, quelle que soit la marionnette en place pour faire "tourner la boutique".

On y croyait parce qu'on avait peur, et à raison, car ils nous rabâchaient sans cesse que si on ne travaillait pas, on allait mourir, que si on prenait pas les médicaments qu'ils proposaient, on allait être malade et propager la maladie dans le monde entier, que si on ne payait pas d'assurances, on allait avoir des accidents et se retrouver totalement démunis, etc. etc.

Des multitudes de prétextes imaginaires créés de toute pièce pour nous maintenir dans une forme de terreur et pour les enrichir en même temps.

Pourtant, les valeurs que prône cette secte sont quand même séduisantes : "Liberté, Égalité, Fraternité", c'est quand même pas rien...

Le temple

Principalement critique dans le judaïsme, cette notion de temple se retrouve en réalité dans toutes les religions.

Le temple est une aberration

Le grand tout n'a pas besoin de temple

Jésus insiste pour dire que le grand tout est partout, proche de nous, et que notre corps doit être le seul temple du grand tout. Le grand tout n'en a donc rien à faire :

- d'être adoré, qu'on lui chante des louanges ou qu'on parfume avec l'encens, ou encore qu'on enjolive avec de l'or et des oeuvres d'art,
- d'avoir une maison (qui ne peut contenir le grand tout), qui plus est à un endroit précis (le grand Tout qui est tout l'Univers, donc partout et en tout temps)

Un dieu universel ferait il un homme "à son image" ? Entendrait-on ses pas quand il marche dans son jardin ? A-t-il besoin qu'on lui offre des veaux ou des agneaux sur des autels, voire des enfants en sacrifice ? A-t-il besoin, alors qu'il est tout puissant et qu'il a au minimum un Univers infini à sa portée, qu'on lui bâtisse une Maison, un palais luxueux dédié à son culte ?

Le temple est juste un palais sumérien

Quand les anunnakis étaient physiquement les rois de leurs esclaves, ils habitaient dans des palais au centre des cités (ce que nos zones vertes essaient de refaire). Le palais abritait la chambre de l'anunnaki, entouré d'une escorte de serviteurs et de gardes du corps. Après les déluges, les anunnakis se cachent dans des palais à l'écart, renommés temples.

Le grand tout a-t-il besoin, alors qu'il est tout puissant et qu'il a au minimum un Univers infini à sa portée, qu'on lui bâtisse une Maison, un palais luxueux, où il habiterait loin des regards ?

Non, c'est pourquoi l'idée même d'avoir besoin d'un temple pour un dieu est une hérésie, un non-sens.

Mosquées, églises, synagogues sont vides

Tous les temples sont des hérésies, quelle que soit la divinité qui y est reliée (en culte ou en prière). Ce sont les rois d'Israel après Moïse qui entreprennent de construire un Temple, pas Moïse lui-même.

Ce sont des édifices sacralisés et inutiles, où on répète des rituels et des prières vides de sens, dont les croyants ne connaissent pas vraiment la portée ni même l'origine négative, et qui n'ont rien à voir avec le grand tout, mais avec des créatures qui se faisaient passer pour des divinités.

Temple de Satan = temple juif ou catho

Ceux qui s'alarment de la reconstruction du temple de Baal à New-York, ignorent simplement que les 2 divinités jumelles sémites Baal et Yaw (hist rel>judaisme p.), sont toutes les 2 devenus Yahwé après Moïse : dans ce sens, toutes les synagogues, églises ou cathédrales, sont des temples de Baal ou d'Ashéra. Il y a d'ailleurs plus de Baal que de Yaw dans les temples, vu que c'est Enlil (Baal/Hiram) qui a construit le premier temple juif attribué à Salomon...

D'ailleurs, à travers Jésus, c'est les pouvoirs royaux attribués à David, donc les pouvoirs de Baal, que les catholiques mettent dans leurs églises et cathédrales.

Ce que devrait être le temple

Les temples devraient être des lieux communautaires pour les croyants (des écoles, des lieux de discussion et de recherche, d'organisation et surtout de solidarité).

Le respect du grand tout se fait dans vos actes de tous les jours, de tous les instants. Nul besoin de temple pour trouver le grand tout.

La prière

La prière automatique, apprise par coeur, n'a absolument aucun effet ni aucune valeur spirituelle. Réciter des "Je vous salue Marie", des passages de la Torah ou des versets du Coran de façon automatisée est une perte de temps. Le grand tout se suffit à lui/elle-même (un neutre aurait été plus adapté mais n'existe pas en français), n'a pas besoin qu'on lui passe de la pommade (alors que les faux dieux hiérarchistes adorent cela, problème d'égo démesuré).

Seuls l'Appel et la Connection (L2 > Spiritualité > Religion) sont ce qui peut s'approcher le plus de ce qu'on appelle prière.

Religions du livre

80% des personnes qui se disent chrétiennes (de tradition chrétienne en réalité) ne connaissent absolument pas la Bible, et attribuent aux musulmans des phrases guerrières pourtant sorties de l'ancien testament auquel tous leurs principes moraux et spirituels se réfèrent.

C'est la même chose chez les musulmans, qui répètent des sourates en arabe ancien dont ils n'ont aucune compréhension.

L'intolérance grandissante entre Islam et Chrétienté n'a rien à voir avec leurs textes, vu que le Coran et le Nouveau Testament ne sont pas des textes qui poussent à la violence, mais au contraire à la compassion.

Doctrines anunnakis

Tout ce qui ressemble au code Hammourabi vient des anunnakis, c'est simple...

Si les juifs (et les arabes) portent la barbe (typiquement anunnaki) et se couvrent la tête (les anunnakis étaient toujours couverts d'un casque, la tête étant une partie "sale" dans leurs tabous), si les anges ont des ailes (comme les dieux sumériens, pour montrer qu'ils viennent de l'espace), etc. c'est qu'il reste bien trop de reliquats anunnakis dans notre culture (Histoire religion > Anunnakis > Reliquats p.)

La religion doit se nettoyer de tout cela. le grand tout n'habite pas un palais dans le ciel, ni ne monte au ciel depuis le sol. Ce sont les faux dieux qui descendent de l'espace dans des vaisseaux et remontent sur leur planète d'origine en fusée. Heureusement, il y a un travail de fond qui avance tout de même, l'action des bons ET dans notre histoire n'a pas été vaine.

Principes de base de contrôle des peuples

Dans chaque cas, Judaïsme - Islam - Christianisme, on retrouve toujours les mêmes corruptions :

1. augmenter la natalité coûte que coûte, et cela pour soutenir l'approvisionnement continu en chair à canon, ce qui impose de traiter les femmes comme des pondeuses / des reproductrices / marchandises et les homosexuels comme des traîtres à la cause,

2. Diminuer la natalité coûte que coûte, introduisant le péché de "luxure" qui est reproché aux hommes à chaque catastrophe, ils se reproduisent trop vite et débordent leurs maîtres anunnakis. Le point 1 (faites plus d'enfants) et le point 2 (faites moins d'enfants) étant incompatibles, les religions se sont toujours montrées schizophrène sur la sexualité et la natalité.

3. Motiver les troupes par une "fanatisation", qui passe par l'intolérance aux autres points de vue, un communautarisme exacerbé (dans le mauvais sens du terme), une stigmatisation des autres point de vue : "hérétiques - mécréants - édomites", peu importe le nom. L'objectif de cette stigmatisation étant de faire croire aux fanatisés qu'on ne tue pas des "humains" quand on tire à la kalachnikov dans une salle de concert, qu'on brûle des hérétiques vivants sur des buchers, ou qu'on lapide à mort une femme ou un homosexuel dans une ruelle...

4. contrôle social pointu, avec l'émission de nombreuses règles strictes (les interdits) et punies très violemment, sans équité, sans compassion et sans conditions atténuantes : salafisme, judaïsme orthodoxe, inquisition catholique, les trois facettes d'un même esprit de contrôle tyrannique des masses, le but étant de culpabiliser le plus les gens, et de pouvoir les punir dès qu'ils commencent à remettre en question la dictature religieuse.

5. la "favorisation" du mode de vie des Élites, soit en permettant le commerce tout puissant, soit en permettant les abus les plus divers dans le train de vie des dirigeants. C'est pour cela que la Vatican ferait pâlir de jalousie par son luxe la plupart des rois, que les cardinaux vivent seuls dans des palais ou des suites de 200m² habitables entourés d'œuvres d'art inestimables, que les califes épousaient 365 femmes, une pour chaque jours, ou que les Grands Rabbins de l'antiquité avaient les mêmes plats rares et hors de prix sur leur table que l'Empereur de Rome au temps de sa toute puissance.

La religion n'est pas en cause

Il y a un rapport direct entre religion et violence dans l'histoire, alors que dès que la religion perd de sa puissance, les compromis et la paix sont beaucoup plus abordables.

On pourrait y voir un lien de cause à effet, mais c'est moins évident que ça. Cela est lié aux corruptions dont toutes les religions du monde ont été victimes, non au principe de religion lui-même.

Il faut donc bien faire la part des choses :

1. les personnes qui se réclament de ceci ou cela sont majoritairement incompétentes et ignorantes de la propre religion dont elles se réclament. C'est pratique pour les corrupteurs, moins les gens connaissent leur religion, plus ils suivent aveuglément ce qu'on leur dit, la haine et l'intolérance étant des outils pour lancer des guerres de pouvoir

2. Les institutions religieuses mettent en avant les corruptions (apportées par les illuminati ou les faux prophètes), et négligent les aspects légitimes (ceux apportés par les vrais prophètes) des religions qu'elles représentent, amour, compassion, solidarité, respect pour le créateur, la création et les autres humains

3. qu'un vrai croyant doit être critique et faire le tri : on ne peut pas se dire aimer son prochain et laisser le Lévitique dans sa Bible : tous les 3 phrases, ce texte condamne les gens à mort, demande à avoir des comportements cruels ou violents, et passe complètement à côté du côté humain pour ne intéresser qu'à des règles imposées et souvent absurdes (puisque dérivées du code des Lois Hammourabi, lui même une copie des règles anunnakis).

Alors oui, faudrait d'abord demander aux gens d'être cohérents sur leurs croyances, et on ferait un progrès considérable !!

Patriarcat

Il n'y a pas de haine des femmes dans la société anunnaki, ou dans les religions du Livre.

La mysoginie est le simple résultat de la domination homme sur la femme chez les anunnaki, où c'est la loi du plus fort physiquement qui prime (religion>Anunnaki>sexe>hétérosexuel p.). C'est la conséquence simple d'un société hiérarchiste et égoïste, aucune doctrine en plus là-dedans.

Les ONG Soros ont essayé, avec le féminisme, de cacher cette réalité toute bête.

La CIA, dans le New-Age, avait tenté de lancer l'hypothèse des Élites romaines homo-sexuelles comme en Grèce.

Or, l'éphébologie n'était que la survivance de la prostitution rituelle dans le culte de Baal (p.), rien de plus.

Les fondateurs du catholicisme, les prêtres de Baal ou les illuminatis juifs qui ont falsifiés le Coran, étaient tous majoritairement hétérosexuels.

Chez les humains, il n'y a pas de notion de domination naturelle dans l'acte sexuel, mais plutôt un acte de complémentarité. Aucune raison donc que les femmes ne soient pas les égales de l'homme, et que chacun ne fasse pas ce pour quoi il est venu sur Terre.

Fondamentalismes de fond ou de forme

Beaucoup de religions sont aujourd'hui devenues des coquilles vides, où l'apparence/forme prime sur le fond. On voit alors les rituels, les interdits, etc. prendre le dessus sur le bon sens, la compassion et les fondements éthiques. Des terroristes se faire sauter au milieu d'enfants innocents, persuadés que d'avoir fait tous les jours leurs 5 prières (la forme) priment sur l'assassinat et le suicide (le fond, c'est à dire le non respect des autres).

Les religions dévoyées vont aussi trop dans le sacré par rapport à leur prophètes qu'ils mythifient à l'excès, voir qu'ils élèvent au niveau divin, comme certaines sectes chiites le font avec Ali, ou les Catholiques avec Jésus.

Le développement des fondamentalistes de forme, et leurs excès inévitables (inquisition, Daech), forcera les vrais croyants à revenir à leurs

fondamentaux de fond cette fois-ci. Ce vrai fondamentalisme de fond va reprendre les choses depuis le départ, et dans le bon sens cette fois.

Les messages originels seront rendus lors de l'apocalypse

Ne vous inquiétez pas, toutes ces corruptions seront rectifiées, pour l'islam, le christianisme et le judaïsme :

- l'Islam, parce que le vrai Coran oral ne pourra pas être contesté (vrai poème super-technique et infalsifiable) et rétablira les vraies valeurs de cette religion
- le Christianisme : parce que Jésus lui même va revenir et remettre les choses en ordre
- le Judaïsme, parce qu'il sera confronté à sa plus grande peur, celle de la promesse non tenue, ou à l'inverse, à sa plus grande attente, celle du respect de l'Alliance divine.

Dans les trois cas, il y aura ceux qui se tromperont de route et ceux qui choisiront le bon chemin.

Pour compléter, je dirais qu'en fait, les religions vont se séparer en 2 : ceux qui ne prendront que la partie satanique (Jésus Fils de dieu et sauveur de l'humanité, l'Islam ramené à la circoncision et aux respects des sacrifices pour le dieu Allah colérique et vengeur, le Judaïsme avec uniquement la loi du talion) et ceux qui prendront la version de l'amour universel et inconditionnel, de coopération et d'entraide entre les hommes.

Toutes les religions disent la même chose

Tous les prophètes rapportent les mêmes choses de fond, que ce soit Jésus ou Mohammed, donc arrêtez que croire que votre religion est mieux que les autres, elle est pareille à la base.

Il faut juste être conscient que ce qui est retenu de leurs paroles est toujours ce qui est le plus restrictif et lié à leur époque. Les grands messages d'amours sont vite oubliés pour faire place aux règlements stricts du quotidien, les paroles perverties pour mieux coller aux besoin de la dictature religieuse... une hiérarchie dominante se positionne pour les faire respecter et culpabilise les croyants pour mieux les dominer. Respectez les règles ou vous serez brûlés en enfer, qu'ils disent, mais au final, ce sont toujours les derniers à respecter les règles qu'ils défendent !

Toutes les religions sont les mêmes à la base, mais toutes ne sont pas corrompues de la même manière. Passer outre les corruptions pour revenir au message de base.

La religion c'est simple

L'important aujourd'hui c'est de se dire que notre conception de ces religions, et même de la religion en général, des prophètes et du grand tout, est bancale et trompeuse.

La foi est quelque chose de simple et de naturel que les Élites ont rendu compliqué, impénétrable et opaque pour mieux nous contrôler ensuite.

C'est pour cela qu'on est aujourd'hui dans cette situation d'incompréhension totale. La réalité, ce n'est pas compliqué : dans l'Univers, il y a la vie, plein de mondes différents avec des créatures intelligentes qui abritent une conscience. Elles évoluent spirituellement en étant guidées pour atteindre une première prise de maturité, stade auquel nous sommes arrivés aujourd'hui. D'autres suivront, nous emmenant à chaque fois plus près de la compréhension de l'Univers, et donc de son Créateur. Certaines créatures sont déjà loin dans ce processus, d'autres à son commencement.

Quant aux prophètes, ils sont des messagers et des guides qui jalonnent l'apprentissage et rectifient la route si besoin. Ils sont aidés par ceux qui ont déjà parcouru la route, sur ce monde ou dans d'autres : ce sont les anges, c'est à dire des entités venant d'autres mondes mais obéissant aux mêmes règles éthiques.

Certaines, une minorité de ces créatures d'autres mondes, refusent le processus et s'enferment dans leur ignorance pour devenir des "démons", et leurs mondes ne sont contrôlés que par leurs pulsions égoïstes et leur soif de pouvoir, à l'image des Raksasas. C'est ce sentiment d'être ou de devoir être le plus puissant, l'illusion de contrôler sa vie et que le monde a été construit pour soi, qui pousse aussi bien les mauvais humains que certains ET à se rebeller contre la grande vérité de l'Univers.

Cette grande vérité la voici : il n'y a qu'un seul maître, qu'une seule puissance inégalée, qui dépasse toutes les tentatives pour la décrire et la comprendre.

C'est en cela que l'Islam a voulu transmettre un message : islam signifie soumission, car le premier but de l'existence est de comprendre qu'il n'y a qu'un seul maître au dessus de soi même, que ce maître n'a aucune limite et qu'on ne peut rien contre sa volonté. Même lui donner un nom est un blasphème en soi (dans le sens erreur sur la nature divine), car il ne peut être limité par des mots, peu importe leur nombre ou leur sophistication.

Une fois qu'on a compris cela, on arrête de se rebeller et on entre par la grande porte. La clé, c'est donc de savoir se soumettre au bon maître, celui qui est réellement le Créateur de l'Univers, vers qui notre soif de connaissance et de vérité nous fait tous tendre d'une manière ou d'une autre, musulman, juif, chrétien ou peu importe.

Les religions participent d'un plan

N'oubliez pas que derrière le masque de la religion se trouve une réalité tangible : les anges ne sont que des ET qui suivent les plans d'entités ascensionnées, elles mêmes dirigées par une puissance encore supérieure.

Que ces plans sont prévus depuis des siècles et notamment pour notre époque qui sert d'acte final.

Que ce plan a été mis en place par étapes successives, mais que l'Humanité en a été informée depuis le début. Chaque messager complète le précédent, annonce le suivant et rectifie, dans la mesure du possible, les corruptions réalisées par les personnes égoïstes et avides de contrôle sur les populations (et qui se servent de la religion comme outil).

Que tous ces messagers, que l'on appelle prophètes, sont des humains, pas des dieux, (Jésus se dit lui même fils d'homme), même si leur âme est une âme "supérieure" en savoir/sagesse, venue avec une mission précise.

Que les intelligences qui veillent à notre développement ne s'arrêtent pas au gris (zétas), c'est à dire aux ET classiques qui ne sont que des créatures de chair et de sang comme nous.

Que, et c'est peut être le plus important, les religions (corrompues) ont idéalisé les choses afin de brouiller les pistes et de mieux soumettre les gens à leur vision de contrôle.

Sur-sacralisation des prophètes

Si aujourd'hui on ne peut pas faire de caricature de Mahomet dans l'Islam sunnite, ce n'est pas parce que le Coran ou Mahomet lui-même l'ont interdit.

C'est parce que l'Islam a dévié et déifié son fondateur, comme l'a fait le christianisme. En faisant ainsi et en posant les choses comme "sacrées", les corruptions ne peuvent plus être remises en question par les croyants qui sont punis par leurs autorités religieuses.

Les 3 religions judéo-chrétiennes-musulmanes fonctionnent sur ce principe de "toute puissance" indiscutable, et ceux qui dévient sont châtiés : c'est la forme de contrôle la plus efficace que les Élites n'aient jamais pu mettre en place.

Une seule entité à déifier

Je ne dis pas qu'il faut manquer de respect à ces figures historiques que sont les messagers, mais cette idéalisation est contraire à l'idée de base qui veut, bien à l'inverse, que la seule puissance devant laquelle nous (devons) pouvons nous soumettre n'est ni un humain, ni un prophète, ni un livre, ni même un ange ou un ET (qu'ils soient de chair ou ascensionné). Il n'existe qu'une seule puissance sans limite, qui n'a pas besoin de notre révérence ni de nos rites pour exister. Tout ce qui vous demande de vous prosterner ou de vous agenouiller est de la fausse religion : qu'est ce que le grand tout, qui a créé l'Univers et a une puissance telle qu'aucune entité ne peut complètement la comprendre sauf lui-même, a besoin de la révérence de créatures primitives sur une planète périphérique d'une galaxie quelconque ? A méditer:)

Les interdits anunnakis

Nous avons vu dans le développement anunaki (anu>develop>adaptation alimentaire p.) qu'ils ont du mal à manger toutes les viandes, et habitués à une nourriture végétale, préfèrent boire du sang. Voilà donc l'origine de pas mal interdits religieux :

Le porc

Les anunnakis ne digèrent pas les protéines de certaines viandes : toutes celles interdites dans la religion, dont seul le porc est resté interdit dans la religion musulmane.

Végétarisme

Les dents mal orientées empêchant de manger la viande, les anunnakis restaient végétarien (rien à voir avec le respect animal, vu qu'ils buvaient beaucoup de sang). Le végétarisme connaît aujourd'hui une forte publicité (financée par les illuminatis, rappelons que Hitler était végétarien). Cette tendance va contre le fait que biologiquement, l'homme moderne n'est pas fait pour ce régime exclusivement végétal (nous devrions manger des insectes et uniquement de la viande l'hiver quand les fruits se font rares).

Le sang

Quant au tabou du sang, les anunnakis avaient instauré des règles très strictes aux humains afin de perpétuer non seulement des caractéristiques génétiques (le sang dans le sens génome, hérédité) mais aussi pour veiller à la qualité de leur alimentation (à base de sang humain). Les anunnakis tenaient à ce que leur bétail humain conserve une viande tendre qu'ils puissent manger facilement, tout comme nous sélectionnons les races bovines...

La bible précise bien par exemple que le sang est réservé au dieu anunnaki, c'est pourquoi les témoins de Jeovah refusent les transfusions sanguines qui pourraient les sauver.

Les jeunes et vierges

Les anunnaki attrappant les MST des viandes qu'ils mangeaient, ils imposaient à leur futures victimes de rester vierges. La jeunesse, c'est juste une question de tendreté de la viande (difficulté à mastiquer).

Les serviteurs

Dans la dialectique religieuse, on nous demande de prendre le mot serviteur au second degré, dans le sens de suivre le grand dessein voulu par le grand tout, mais aussi au sens propre pour servir le dieu anunnaki et lui apporter sa nourriture et des prottituées dans le palais/temple qu'on lui aura construit.

Judaïsme

Le judaïsme de base est une religion authentique (avec vrais prophètes), comme l'Islam et le christianisme. Mais ce qu'il est devenu est rempli de règles qui ne sont pas légitimes (ne viennent pas des prophètes, mais de ceux qui ont tué les prophètes) et les histoires (comme l'interdiction des sacrifices humains, la libération des esclaves d'Égypte) ont été amalgamés à des mythes plus anciens, notamment proto-sumériens ou ougaritiques.

Histoire de l'ancien testament

Ce n'est pas un livre écrit par dieu contrairement à ce que croyait le président Georges W. Bush, mais un document écrit de toute pièce après -700 par le roi Josias (ce qui est déjà pas mal ancien).

Toute la genèse est une compilation/traduction/résumé des légendes sumériennes qui ont court dans la région depuis 3000 ans déjà (des histoires vraies déformées par le temps, des mensonges de la propagande faite par les anunnakis pour justifier que les hommes soient leurs esclaves, etc.). Cette partie raconte quand les géants étaient dans la région (430 000 ans d'histoire, résumées en quelques lignes), le déluge, les dieux qui ne sont plus visibles, etc.

La partie entre Abraham à Salomon est un mélange des diverses archives, retravaillées pour justifier le narratif de l'époque, à savoir le roi Josuas qui voulait faire croire que la Judée était un grand pays (L0). Dans cette partie, si les événements correspondent plus à des événements historiques, ils sont complètement mélangés dans le temps (voilà pourquoi les historiens ont tant de mal à insérer la bible dans l'histoire des peuples voisins, les événements, comme ça s'est produit pour le Coran, ne sont plus dans l'ordre chronologique, plusieurs personnes sont mélangées dans le même personnage, etc.). C'est ainsi que l'exode de -1600 se retrouve en -1200, que les rois David et Salomon se retrouvent 1000 ans plus tard, ou qu'Abraham est le mélange de plusieurs histoires, ou encore que les Cananéens attaqués par les hébreux de retour d'Égypte sont en réalité les juifs de Salomon.

La dernière partie de la torah (exil à Babylone) est plus véridique au niveau histoire, mais ne raconte que la vie (et l'avis !) des illuminatis juifs. Ainsi, lors de l'exil à Babylone, seule une partie des Élites est déportée. Les fonctionnaires et paysans, c'est à dire 99,9% du peuple juif, reste sur place comme avant.

Les inserts sumériens

La séparation des pouvoirs

Le temporel et le spirituel sont gérés par le même groupe. La séparation qui s'est produite après Moïse (p.), entre le grand prêtre et le roi, ne vient que de la nécessité de conserver le culte de Baal (roi) en plus de celui de Yaveh (grand prêtre), alors que Moïse avait prôné le dieu unique (grand tout).

Le temple de Jérusalem

Le grand tout n'a pas besoin de maison, un faux dieu anunnaki si... (voir déformatage> religion> notion de temple p.).

Concernant le Judaïsme en particulier, que le temple de Salomon n'était pas à Jérusalem, mais à Sichem.

La vraie avidité des Khazars non juifs à reprendre le mont du temple, c'est uniquement pour récupérer la Ziggurat en dessous (spatioport) pour servir les desseins d'Odin.

Légitimité à la reconstruction du temple

Après la réforme effectuée par Enlil lors de l'exode, le temple prend quasiment toute la place dans la religion juive (normal le faux dieu ne regarde qu'à être servi le mieux possible).

La plupart des rituels du judaïsme sont donc liés au Temple de Jérusalem, et vu qu'il est détruit depuis 2000 ans, tous ces rituels ne peuvent être réalisés. Les synagogues ne sont que des temples de remplacement et encore, ils ne sont pas vraiment considérés comme des temples.

Dans cette optique (faussée par la fausse religion imposée par Yaveh/Enlil), la reconstruction du Temple est quelque chose de légitime, les romains ayant tenté de détruire le judaïsme avec cette destruction matérielle d'une part, et la déportation au quatre coins de l'empire d'autre part.

Par contre, les musulmans ne sont pas responsables des horreurs que les juifs ont subi des romains ! Musulmans et Juifs sont tous les deux dans leur droit.

Il faut plutôt que les juifs se posent la question de la nécessité de ces rituels devenus inutiles, tout comme Abraham se l'était posé à propos des sacrifices humains.

Le temple intérieur

Pourtant, la réforme sur l'hérésie d'avoir un temple a eu lieu bien avant Jésus. Les juifs orthodoxes ne doivent plus, s'ils étaient honnêtes, chercher à rebâtir le 3e temple :

« C'est inutile d'envoyer un messager de l'autre côté de l'océan pour te rapporter le message du grand tout; c'est inutile de le faire monter au-delà des nuages pour te rapporter son message. Non! La Parole du grand tout, elle est dans ton cœur pour que tu la médites et la mettes en pratique » (Dt 30:12-14).
« le grand tout n'habite pas dans les temples faits de mains d'homme » (Ac 17:24)
Jésus à dit : « Celui qui m'aime sera aimé de mon Père, nous viendrons en lui et nous ferons en lui notre demeure » (Jn 14:23)
Jésus leur répondit : "Détruisez ce temple, et en trois jours je le relèverai. Les Juifs dirent: Il a fallu quarante-six ans pour bâtir ce temple, et toi, en trois jours tu le relèveras ! Mais il parlait du temple de son corps. (Jn 2:19)
Tout est dit. Quand Jésus parle du temple, il parles de notre corps d'incarnation. Quand les romains ont tué son corps, Jésus avait rebâti son

corps/temple 3 jours après ! Le vrai temple est intérieur.

Lévitique

Un livre extrêmement mauvais, en ce sens qu'il résume de nombreuses règles hiérarchistes héritées de anunnakis :

- La loi du talion, une absurdité, qui appelle à la vengeance systématique, source de violence et d'impossibilité de trouver des compromis pacifiques aux conflits.
- L'esclavage y est non seulement autorisé, mais réglementé.
- Le seul de tous les textes religieux confondus (ancien testament, nouveau testament et Coran) qui semble interdire l'homosexualité (même si c'est ambigu, il dit juste de ne pas se comporter avec sa femme comme avec un animal).

Peut on trouver plus violent que de crever l'œil de l'esclave de son voisin, si celui-ci a crevé l'oeil du votre ? Et que dire des lapidations ?

C'est un texte pervers et cruel, une législation absurde imposée par les divers corrupteurs au fil du temps, pour détourner les bonnes choses qui sont les principes fondamentaux des 3 religions de cette lignée prophétique.

Par exemple, Jésus a directement rejeté le lévitique, en refusant la lapidation de Marie-Madeleine (condamnée à mort par le lévitique pour prostitution). Pourtant, les chrétiens font référence au lévitique pour condamner l'homosexualité... De même en Islam, aucune règle du lévitique n'a été retenue, SAUF la "répréhensibilité" de l'homosexualité (une chose que ni le Coran ni Mahomet ne condamnent).

Vision du grand tout

Le grand tout de compassion Universel (le principe divin YHWH) se retrouve déjà chez les prophètes juifs (Noé, Abraham, Moïse), mais le lévitique fait un gros retour en arrière avec le dieu barbu Yaveh qui habite dans une tente à l'écart, qui n'aime pas qu'on le regarde, et qui veut que ses pigeons soient bien cuits...

Yaveh est donc le retour d'un anunnaki qui se prétend dieu sans l'être : il est colérique, égocentrique, vengeur et bien peu miséricordieux : il promet la gloire mais à la seule condition d'être adoré sans toutefois se soucier de l'amour pour autrui. Il a une forme physique humaine (fit l'homme à son image), parle et marche, comme le prouve la genèse lors de ses rencontres avec Adam et Eve, ou quand il fait trembler le sol du jardin d'Eden. Une grosse partie de l'ancien testament (Genèse et lévitique par exemple) est un culte aux anciens anunnakis et récupère les histoires sumériennes polythéistes en les adaptant au monothéisme (Tour de Babel, Noé etc...).

Vision de la mort

La promesse de résurrection, Jésus mort et revenu à la vie grâce à "dieu", est typique de la mythologie illuminati qui connaissaient les pouvoirs de guérisons de leurs faux dieux via les "tombeaux" ou sarcophages régénérateurs. La promesse d'une résurrection à la fin des temps (au retour de Nibiru) n'est que la promesse faite par les anunnakis à leurs serviteurs. C'est pourquoi les pharaons se momifiaient tout comme le font secrètement les illuminati (voir les dépouilles momifiées des rois de France démantelées à la révolution, et les reliques revendues très chères car encore à l'époque beaucoup pensaient qu'elles gardaient un pouvoir de guérison sur les écrouelles). Les illuminati ne veulent pas entendre parler de réincarnation, ne veulent pas comprendre que notre corps n'est qu'un véhicule parmi d'autres. D'où l'importance de la résurrection des chairs à la fin des temps, où les caveaux en pierre utilisés par les familles aisées.

Les dépouilles des illuminatis, depuis des milliers d'années, sont conservées dans des lieux secrets, souvent des catacombes de châteaux peu connus et gardés jour et nuit. Les anunnakis étant d'un blanc livide, fuyant la lumière du jour et buveur de sang lors de leurs rituels, et leurs serviteurs les illuminati, des humains richissimes vivants dans des châteaux perdus abritant des catacombes où ils conservent les momies de leur ancêtres dans le but de les ressusciter, on comprend mieux ce qui a inspiré les légendes de vampires et de Comte Dracula !

Walking deads

Notre culture USA n'est qu'une suite sans fin de films sur les zombies, une erreur inspirée d'une mauvaise interprétation de la phrase "tous les morts reviendront à la fin des temps".
L'interdiction, au concile de Constantinople au 7e siècle, de parler de la réincarnation, amena à comprendre "toutes les âmes humaines se réincarneront" en "les os vont sortir de leurs tombes".

La schizophrénie des textes

Par exemple, le commandement "tu ne tuera point" côtoie l'éternel ton dieu qui demande à exterminer tous les civils en face, bébés, enfants, vieillard, et tous les animaux qu'on pourra trouver, on doit tuer toute vie...

La page wikipédia de la Torah distingue bien 2 dieux différents :

- Elohim, le Dieu créateur (anunnaki) : le reconnaître et le proclamer, sanctifier sa nourriture en ne mangeant que des animaux « purs », lui réserver la primeur de sa récolte, de ses fruits, de son vin, etc.
- Adō-nāï, le Dieu providentiel et garant du libre arbitre (grand tout) : respect et amour de son prochain, et de l'étranger, comportement rigoureusement moral et éthique, refus de l'enrichissement personnel s'il appauvrit l'autre, ou ne participe pas à l'enrichissement collectif, etc.

Torah texte le plus violent

Pour ceux qui ont lu le Coran, la Torah et les Evangiles, ils vous diront que la Torah est de loin le plus violent des textes, bien au delà que ce qu'on trouve dans le Coran.

Et pourtant, c'est le peuple juif qui a commis le moins d'exactions dans l'histoire (je ne parle pas des illuminatis khazars se prétendants juifs, et qui ont organisé des massacres dans l'ombre). Comme quoi, l'instruction des peuples est plus importante que le texte auquel ils se réfèrent !

Christianisme

Histoire (histoire religion>catho p.)

Pas écrite par dieu

La bible n'est pas écrite par dieu. Il s'agit de :

- l'ancien testament, une compilation hétéroclite, faite vers -700, de textes anciens sumériens et d'archives d'une petite région du Proche-Orient (p.)
- le nouveau testament, une sélection d'évangiles grecs (les moins subversifs), mal traduits en latin, censurés et comportant des additifs illuminatis (p.)

Les rituels et mythologie sont récupérés dans le culte de Mithra et d'Isis, eux-mêmes d'inspiration sumérienne.

Qui a tué Jésus ?

Ce ne sont pas les juifs (qui en majorité ont suivis Jésus et sont devenus les premiers chrétiens, martyrisés en nombre) mais les Illuminatis romains et les illuminatis juifs qui leurs obéissaient.

Les illuminatis romains ont tué Jésus. Ils ont massacré les premiers chrétiens. Ils ont démoli le message de Jésus avec St Paul, puis avec le nouveau testament romain.

L'illogisme du paradis et enfer, purgatoire = réincarnation

La vision de l'au-delà véhiculée par l'Église catholique romaine est illogique, puisque si c'est à notre mort que nous sommes jugés en bien ou en mal, pour rejoindre l'enfer ou le paradis, sans possibilité de s'améliorer ensuite, où est le pardon et la rédemption ?

Certes il y a le purgatoire, mais celui ci n'est qu'un stade préliminaire de purification de l'âme après la mort, et il n'est aucunement question de revenir parmi les vivants durant ce processus.

Notons au passage que le purgatoire est une "invention " récente de l'Eglise, que les protestants refusent (en 1200 environ, reconnu au Concile de Trente en 1542).

Pourquoi l'Église refuse-t-elle obstinément de reconnaître que le purgatoire est la réincarnation sur Terre ?

Si l'âme se réincarne, on ne craint plus le jugement de nos actes à notre mort, et donc c'est toute la base du pouvoir de l'Église qui s'effondre : **les 3/4 des croyants le sont par crainte de l'au-delà**. En gros, **le berger tient ses moutons parce que ceux-ci ont peur de l'abattoir s'ils ne sont pas obéissants**. Comment être dans la crainte de Dieu si je suis riche, en bonne santé, et que je vis dans la luxure et le pécher et que je ne vais pas être jugé dans cette vie là pour mes actes ! Pas de panique, j'aurais d'autres vies pour rattraper ça...Admettre la réincarnation c'est retirer l'épée de Damoclès d'au dessus de la tête des croyants, c'est pour cela que l'Église insiste tant sur la rédemption dans cette vie et la crainte du jugement après la mort. Ce qui fait peur aux gens, c'est l'enfer !

Si on admet que l'Église peut s'adapter et inclure la réincarnation dans ses dogmes (ce qui est faisable), elle serait plutôt novice en la matière, contrairement à d'autres religions qui elles ont étudié les mécanismes propres aux renaissances. Ainsi, l'Église catholique et le Vatican ne seraient pas les plus aptes dans la connaissance de l'au delà et perdraient énormément dans leur légitimité à expliquer l'après mort.

Pour la réincarnation, les vraies questions à se poser c'est (L2>Vie>Réincarnation) :

- Dans quelle mesure je peux évoluer en étant désincarné ?
- Qu'est-ce qu'il n'y a qu'en incarnation que je puisse faire ?

Le vrai Jésus (hist proph>Jésus p.)

Une âme ET altruiste venue porter un message d'amour inconditionnel, et surtout pas pour souffrir inutilement...

Jésus avait 3 grandes missions :

- Rétablir l'équilibre spirituel (les romains égoïstes avaient pris trop de pouvoir, avaient trop caché la spiritualité au peuple).
- Porter un enseignement de sagesse : le grand tout n'est pas un être incarné, c'est le grand Tout qui baigne toute chose dans l'Univers. Toute chose étant le grand tout, il faut aimer les autres comme soi-même. Étant des êtres imparfaits mais à vocation de s'améliorer, toute faute peut être pardonnée si on s'engage à ne plus le refaire.
- Jésus était un simple humain, qui peut ainsi nous montrer la voie vers l'accomplissement. Ce n'est pas une idole intouchable qu'il nous faut vénérer, mais un guide dont nous pouvons nous aussi emprunter le chemin.

Le faux Jésus (histoire religion> catholicisme p.)

Les empereurs romains ont mélangés ensemble les 3 grandes religions de l'empire (christianisme, Mithra et Isis) pour en faire le catholicisme romain.

L'un de leurs buts était de transformer Jésus en Anunnaki, pour que le peuple reprenne le culte des dieux anunnakis lors de leur retour.

Ceux qui suivent aveuglément les préceptes de l'Église catholique, sans avoir compris le sens profond, sans remettre en question les passages litigieux de la Bible, suivront évidemment Satan/ Odin dans le gouffre.

Culte de Mithra

Quand on connaît le culte de Mithra (p.) des empereurs romain, il est évident que lors des messes et à travers les rituels catholiques, ce n'est sûrement pas le vrai Jésus qu'on honore, mais Mithra et son Pater.

Voici quelques exemples du mithraïsme que Jésus n'a jamais fait :

Pas de pierre

Jésus n'a jamais dit à un de ses disciples qu'il s'appellerait Pierre et que sur cette pierre il construirait son Église. Seul l'évangile de Matthieu en parle, alors que dans les autres Évangiles, Jésus ne réponds rien.

l'Église a pourtant fait de cette phrase, rajoutée par les mithriaque (la pierre génitrice), son dogme principal...

Pas de père

Jésus n'a jamais non plus appelé "Dieu" Père, tout comme Jésus n'est pas le fils de Dieu. Il s'est toujours présenté comme fils d'homme/de l'homme. Cela ce sont des choses qui ont été rajoutées dans les évangiles pour les accorder avec les visions des "institutions" romaines de l'époque, infiltrées par Mithra et son "Pater".

Pas d'eucharistie

La cène (partage du pain et du vin avant le sacrifice) est une copie conforme d'une cérémonie mithriaque (Eucharistie, partage de la chair et du sang avec les 12 apôtres après le sacrifice du taureau sacré Apis). Jésus n'a jamais fait la Cène, ni partagé le pain et le vin (solennellement s'entend).

Anunnaki

Jésus n'est pas un anunnaki

Si Quetzalcoatl, le dieu grand, roux et blafard des Aztèques, qui retourne sur la planète Nibiru (symbolisée par une croix) pour se protéger lors des destructions régulières, ressemble tant au mythe du Christ, c'est parce que toutes les religions du monde reprennent les mêmes croyances anunnakis.

Jésus n'est pas le grand tout (ou fils de dieu)

Jésus a répété a de nombreuses reprises, et devant différents témoins, qu'il était fils de l'homme, car il savait très bien quelle imposture allait être montée ultérieurement sur sa personne. Horus ou Mithra sont des fils de dieu, pas Jésus...

Jésus n'a jamais parlé de Dieu comme un Père, parce que cela sous entendait qu'il y a avait alors une mère : cette contradiction arrangeait certes les illuminatis (le père céleste qui vient enfanter Mithra sur la pierre/terre-mère Nibiru), mais était complètement contraire à l'unicité et l'indivisibilité divine.

Face à cette contradiction, le culte de Marie a comblé le vide laissé au côté du père divin, c'est pour cela que le culte marial a aujourd'hui dépassé dans le catholicisme le culte à Jésus lui-même.

La prière "notre père" (encore appelée le "pater" comme chez Mithra), n'a aucun sens, et ne vient pas de Jésus...

Idem pour "Je suis l'Alpha et l'Oméga" , Une allégorie de "je suis le début et la fin, celui qui a été et sera", cela a toujours été un descriptif pour dieu dans la Bible (voir livre d'Isae 44:6). Le Jésus historique a toujours dit ne pas être Dieu, donc n'a rien prétendu de tel : Cette phrase a été ajoutée par les mithriaques romains.

Jésus n'est pas un sauveur extérieur (déformatage/sauveur p.)

Jésus 2 vient détruire Odin, c'est le seul rôle de sauveur qu'il a, ce sera la seule chose que vous n'aurez pas à faire.

Jésus ne vient pas racheter vos péchés, ni souffrir à votre place. Seul Odin vous promet ça (avec ce qu'on sait de la valeur des promesses du diable...)

Il n'y a que nous qui pouvons nous pardonner nos fautes, en s'engageant à ne plus les refaire, ayant compris la leçon. Jésus n'est pas là pour faire le boulot à notre place, ni pour souffrir pour racheter nos pêchés : Jésus est un guide spirituel. Il vous relève si vous tombez, il vous conseille, vous rassure, vous protège, il vous montre le chemin, mais ne pourra le parcourir à votre place (ce qui serait nier votre libre arbitre).

Le sauveur extérieur, c'est complètement nier la loi de retour de bâton karmique, qui vous empêche de faire sans fin les mêmes erreurs. Voir plus loin sur Odin qui se fera passer pour le sauveur.

Attention donc à ces notions qui font appel à votre paresse, au chemin qui semble de prime abord le plus facile, celui de l' "enfer" !

Aucune résurrection

Jésus est mort sereinement, "dans son lit". C'est un clone synthétique qui a été cloué à sa place sur un poteau, pas une croix.

Jésus est venu délivrer un message et montrer l'exemple. A aucun moment il n'est venu pour souffrir, ou pour montrer que le corps est immortel. Son royaume n'est pas de ce monde.

Jésus n'est pas un misogyne

Jésus n'a jamais dit à sa mère (Marie) "tais toi femme !". Ce sont des paroles trompeuses insérés

dans l'histoire par ceux-là mêmes qui ont enfermés les femmes dans un statut d'esclave domestique (voir comment St Paul ordonne aux femmes d'êtres voilées, et d'être dépendantes de leur mari).

Le berger

Jésus a dit qu'il fallait garder le troupeau, pas qu'il fallait le traire !

Culte d'Isis

Marie n'est pas Isis

Marie n'a jamais été élevée au ciel.

Jésus était le dernier né (donc Marie n'était pas vierge) même s'il est vrai que la conception s'est faite lors d'une abduction (afin de garantir un corps à Jésus doué de télépathie et d'ancrages de l'âme plus rapides, 30 ans au lieu de 40 ans pour un humain normal).

Dérives sexuelles

Le célibat des prêtres (histoire religion>catho>dérives sexuelles p.)

Les cultes sumériens exigeaient des vierges et des eunuques (pour éviter les MST quand ils étaient mangé par les dieux). Le culte de Baal noatmment, prenait des jeunes hommes célibataires pour la prostitution ritualisée dans le temple. L'Église catholique a repris le principe (en enlevant heureusement le besoin d'être castré pour les prêtres !), mais jamais Jésus n'a demandé ça.

Le concept Paulien (dire que toutes nos pensées n'iront pas vers le grand tout si on est marié) est une idiotie. le grand tout n'a sûrement pas envie qu'on reste en extase constante devant lui, et élever de façon compatissante ses enfants est un des actes les plus sains /saints qu'on puisse réaliser.

C'est tout la différence entre avoir ses pensées tournées vers le grand tout et les mettre en action, et avoir ses pensées tournées vers le grand tout en toute inutilité.

Avoir une famille, en assumer la responsabilité etc... c'est mettre ses principes spirituels en action, donc une personne mariée/en couple stable et fidèle avec des enfants a bien plus de mérites spirituels qu'un prêtre qui passe son temps à prier le grand tout de façon contemplative mais sans action concrète pour mettre ses préceptes chrétiens en pratique.

Le célibat peut être un choix valable et exceptionnel si il permet à une personne dans des conditions particulières de réaliser des actions qu'il ne pourrait pas faire avec la responsabilité d'une famille, mais là encore, nous ne sommes plus en termes de pensée mais d'action.

Mère Thérésa n'aurait pas été aussi prompte à aller soigner les lépreux en Inde si elle s'était mariée et avait eu des enfants (bien qu'on peut oeuvrer tout en étant marié). Roger Frison-Roche, qui a eu une vie trépidante et pleine d'aventure, bien remplie, a toujours reconnu que ça n'avait été possible que parce qu'il avait été un père absent, laissant sa femme élever seule ses enfants.

Une personne qui se mettrait en danger par exemple, peut effectivement faire le choix du célibat pour éviter que ce danger ne retombe sur sa famille. Le Célibat dans ce cas permet d'aller dans des actions plus extrêmes mais doit rester un choix bien particulier. Cela reste un choix tourné vers les autres (donc le grand tout), et non vers dieu.

Compte tenu du rôle que les prêtres ont aujourd'hui (servir un faux dieu dans un palais avec des rituels d'un autre age), le célibat pour cause d'action n'a pas de justification. Si les prêtres passaient tout leur temps à aider les plus faibles et les plus démunis, et que cela ne leur laisserait plus assez de temps pour s'occuper correctement de leur famille, alors là oui le célibat se justifierait (sans être une obligation!).

Le grand tout n'a pas besoin de nos prières et de notre adoration, il se contente de lui-même. Par contre montrer par des actes que nous avons compris ce qu'il attend de nous, c'est cela la seule "adoration" qui va dans le bon sens, et avoir une famille entre dans ce domaine là, pour peu qu'on applique justement les bons principes à l'éducation de ses enfants.

La situation a toujours été très hypocrite au sujet du mariage des prêtres, certains d'entre eux avaient assez ouvertement des conjoints stables. Qui étaient les princes noirs d'antan, sinon les fils des papes, papes souvent de riches commerçant déjà mariés lors de leurs élections.

Combien de prêtres entretiennent des liaisons hétérosexuelles interdites (les bonnes du curé) !!

Homosexualité

Nous avons comment les premiers chrétiens, sous la propagande du Sanhédrin, ont du eux aussi adopter des positions homophobes fortes, alors que Jésus était homosexuel, et qu'avant le Catholicisme romain, cela n'avait jamais posé problème (p.).

Si aujourd'hui un catholique hurlerait au blasphème si on lui disait que Jésus était homo, c'est simplement que :

- Jésus est devenu pour lui une idole intouchable (erreur)
- Qu'il considère que l'homosexualité est interdite dans la bible (erreur)

Le pape François, très progressiste, prône depuis son entrée en fonction la tolérance envers les homosexuels, dont l'orientation sexuelle ne se commande pas.

Cela ne veut pas dire que les évêques vont danser nus aux gay prides, ni que la majorité d'entre eux sont gays, mais que les plus intelligents et compatissants d'entre eux ont compris les enjeux qui se préparent (arrivée de Nibiru). Peu d'ecclésiastiques sont gays, et si le mariage des prêtres était autorisé, la plupart se seraient mariés avec des femmes (voir le paragraphe plus haut sur le célibat).

Certains hurleront à la décadence de l'Église, alors que ce n'est qu'un retour normal au christianisme des origines, à la compassion et à la tolérance.

Qu'est-ce qui est vrai dans la bible ?

Paraboles

Les paraboles utilisées dans les évangiles sont la plupart du temps véridiques, de même que les prophéties (les hiérarchistes ayant un besoin crucial de la connaissance du futur).

Paroles de Jésus

Quelques phrases ont été rajoutées par les empereurs romains, comme "sur cette pierre je bâtirai mon Église" ou "Père, pourquoi m'as-tu abandonné", ou encore "tais-toi femme" en parlant à sa mère, mais globalement, ces phrases hiérarchistes inventées ne sont pas si nombreuses que ça.

Les phrases de Jésus plaisent au peuple de par leur sagesse, et il était difficile de retrouver des punchlines avec autant d'impact. C'est pourquoi, quand les évangiles reprennent les paroles de Jésus, on peut considérer que la plupart du temps, c'est bien celles de Jésus .

Prophéties

Friands de connaître le futur, les illuminatis évitent de trop toucher aux prophéties, même si ces dernières peuvent être codées et donc perdre de leurs sens ou vous emmener sur de mauvaises pistes.

Odin se fera passer pour Jésus
(Odin>imite Jésus p.)

Jésus historique transformé en Odin

Odin, une entité du même niveau spirituel apparent que Jésus, ressemblera au Jésus-Christ catholique, tout simplement parce que les adeptes d'Odin, qui ont falsifié le christianisme avec le Catholicisme, se sont arrangé pour que le Jésus historique ressemble à Odin. N'oubliez pas leur spécialisation en inversion des valeurs.

Odin jouera sur les mots

Satan dira a peu près la même chose que les fausses religions ont fait dire à Jésus (et qu'il n'a jamais dites).

Odin déformera et occultera quand il parlera :

- d'amour (sans dire qu'il parle d'amour intéressé),
- de notre libre arbitre (sans parler du libre arbitre des autres)
- d'aimer TOUS les autres (sans limiter les autres à l'extension du moi, à savoir son chef, sa famille ou son clan/patrie),
- du retour de bâton se produisant quand on viole le libre arbitre d'autrui.

Odin insistera sur la liberté, au sens libéral du terme (notre liberté individuelle toute puissante écrasant celle des autres).

Odin sera un dieu incarné

Pourquoi, alors que Jésus répétait en permanence qu'il était fils de l'homme, insister sur le principe de trinité et de Jésus fils de dieu, avec tous les massacres inter-chrétiens qui se sont produits, tous les schismes, uniquement sur ce point litigieux ? Tout simplement parce que pour qu'Odin monte sur le trône du Vatican, il fallait que ce soit dieu incarné dans un homme. Une manière de faire rentrer un dieu qui est partout et en toute chose dans un corps physique, que ce soit le corps de l'anunnaki Odin, ou le temple de Jérusalem pour les juifs.

Odin sauveur rachète les péchés

Ceux qui ne connaissent pas les contrats foireux du diable tomberont dans le piège, n'auront aucun péché de racheter, mais du coup devront esclavage à Odin.

En réalité, Odin prive ses esclaves de leur libre arbitre, en les infantilisant, en leur faisant croire qu'ils seront sauvés par quelqu'un d'extérieur, pas par eux-mêmes. Laissez quelqu'un d'autre faire les choses à votre place, c'est un très mauvais principe spirituel, qui vous place sous la domination d'un autre, et l'abandon de votre libre-arbitre, de vos propres responsabilités. C'est qui qui a fait les péchés ? C'est le sauveur ou c'est vous ? A qui alors de réparer les bêtises faites ? A qui de se pardonner pour les erreurs passées, en essayant sincèrement de ne plus les refaire ?

Le mythe du sauveur, c'est faire croire aux illuminati qu'ils peuvent violer et égorger des nourrissons, et qu'ils seront pardonnés, que ça n'aura impact sur la suite. Ok, mais si ça ne vient pas d'eux, qu'est-ce qui les empêchera alors de ne plus continuer leurs méfaits sur les nourrissons ?

Satan vous promet de racheter vos fautes. Depuis quand Satan tiens ses promesses ?!

C'est directement la loi du retour de bâton karmique qui est niée ici comme Odin aime le faire.

Dieu est un grand barbu sur un trône en or

On nous a toujours montrer dieu comme un grand barbu musclé sur son nuage (voir les peintures au Vatican, de dieu entouré de ses chérubins qui touche le doigt d'Adam).

À nous de juger Jésus 2 sur les bons critères, d'abandonner nos pulsions de culte et d'idolâtrie (programmé dans notre ADN par les Raksasas) qui nous font révérer des êtres humains ou des statues comme des êtres supérieurs et intouchables.

Ceux qui attendent en Jésus un être surnaturel au lieu d'un humain banal, reproduiront la même erreur que les chefs juifs à l'époque, et se tourneront logiquement vers l'antéchrist Odin.

Odin parle mieux que Jésus

Avec des paroles de Jésus :

- tronquées, censurées ou même complètement inventées pour certaines,
- ayant subies un grand nombre de traductions erronées au cours de l'histoire;
- prononcées il y a plus de 2000 ans.

Il est normal que le discours d'Odin, adapté à nos langues modernes par toute une armada d'auteurs choisis parmi les meilleurs du monde, paraisse bien plus vivant et vibrant que les paroles qu'on connaît de Jésus.

Les symboles

La croix

Dans la symbologie anunnaki (p.), la croix représente Nibiru, devant laquelle était souvent représenté le dieu anunnaki avec les bras écartés.

Tous les dimanches, les catholiques rendent donc, sans le savoir, un culte à Nibiru (la croix) et à Baal (l'homme roux cloué sur cette croix). baal c'est Bel, c'est à dire à Baal Sabaoth ou Bel Zebuth (le "Dieu de tous"), l'agneau sacrifié (un autre culte, celui du Mithra romain).

Folklore

Voir Histoire>Religion>Livre>Folklore

Islam

Comme nous l'avons dans L0 ou dans l'histoire de l'Islam (p.), l'islamisme est une suite de corruptions diverses qui ont suivi la mort du prophète.

Pour résumer (p.), les chiites sont ceux qui ont raison (c'est bien Ali l'héritier légitime), mais le chiisme actuel est complètement déformé par le mélange forcé avec le sunnisme lors des invasions, la perte du coran oral, et le refus d'utiliser la sunna comme contexte aux sourates.

D'un autre côté, les sunnites, bien que faux historiquement (un mouvement créé par les premiers califes illégitimes, au Coran papier falsifié et à la sunna pervertie par Abu Huraira) restent malgré tout des musulmans modérés qui sont le plus proches de l'Islam d'origine.

Les vrais islamistes (la lignée secrète des imams chiites) sont donc un groupe ultra-minoritaire et malheureusement secret, ne pouvant révéler encore le Coran oral véritable, tel que Mohamed l'a reçu.

Mahomet ou Mohamed ?

Il faut savoir que la désinformation commence avec le nom Mahomet. De son vrai nom Mohamed (et toutes les orthographes connexes), qui signifie en arabe "Aimé du grand tout" alors que Mahomed (qui donnera Mahomet) signifie l'inverse, "Haï par le grand tout". Un jeu de mot dont les désinformateurs arabes de l'époque étaient friands, et utilisé par ses adversaires mecquois.

Hadiths et Coran

Il faut bien séparer les 2 choses : le Coran est le poème livré par l'ange Gabriel à Mohamed, afin de servir de guide aux hommes, et les hadiths sont les témoignages des compagnons sur la vie du prophète, et ses paroles hors Coran.

La charia (la loi islamiste sunnite) est basée sur les hadiths, vu que le Coran papier est difficilement compréhensible.

Le coran a un contexte (p.)

70% des sourates islamistes ont un contexte de révélation. Ne pas tenir compte de ce contexte (chiites) ou s'appuyer sur un coran papier mélangé chronologiquement (sunnisme) revient à pervertir le sens initial de la révélation.

Hors de tout contexte, on peut faire dire au Coran ce qu'on veut, et surtout des incitations à la haine.

Le Coran interprété à l'aune de la sunna (sunnisme, tenir compte du contexte de l'époque) n'a jamais poussé à la violence chez les sunnites, contrairement aux Chiites qui ne tiennent pas du tout compte de la vie de Mahomet rapportée par la tradition.

Les intégristes islamistes en général ont très bien compris cette combine, en sortant les vers des sourates de leur contexte, les appliquant au monde d'aujourd'hui, alors que ces vers s'appliquaient aux arabes de l'époque, dans un contexte de guerre civile tribale, pas dans un contexte de guerre mondiale contre les occidentaux.

Buts de Mohamed

Comme toutes les religions naissantes, l'Islam a mis en avant les grands principes humanistes. C'est la religion qui a su conserver (dans ses écritures, mais pas forcément dans ses pratiques actuelles) le plus de principes humanistes, qui même aujourd'hui nous semblent novateurs.

Réformer les traditions sumériennes

L'abrahamisme avait déjà rectifié certaines des errances de la religion sumérienne anunnaki (comme les sacrifices humains). Le judaïsme de Moïse était de plus en plus déformé par les illuminatis juifs, et les chrétiens étaient martyrisés par ces mêmes illuminatis. Mohamed devait donc réformer le judaïsme (comme l'avait fait Jésus), valider les apports de Jésus, et rectifier les falsifications romaines apportées au message de Jésus. Un gros boulot qu'il y avait à faire là !

Restaurer (encore) ce qu'est le grand tout

Comme tous les prophètes, Mohamed va redire que le grand tout n'est pas un être vivant incarné, qu'il ne peut être qu'Unique (pas 3, ou pas avec une femme et un frère...).

Que le grand tout est maître de toute chose, seul maître que l'on doit avoir dans la vie. Celui auquel il faut se soumettre, car il fait au mieux pour tous. Qu'on ne peut donc avoir le contrôle total sur sa vie et celle des autres, à cause du libre arbitre des autres à respecter.

Ce grand tout suprême ne peut être expliqué avec des mots ou avec des représentations, ni ne doit être l'objet d'idolâtrie. Exit donc tous les cultes et rituels sumériens, et pourtant les musulmans s'empresseront de garder le culte à la Kaaba...

Droits de l'homme

Non seulement Mohamed a rectifié toutes les erreurs passées, mais à aussi amorcé de vraies révolutions, qui font dire qu'il avait 1000 ans d'avance sur les droits de l'homme. Le code Napoléonien est très similaire à la charia par exemple.

Nouveautés

Parmi ces avancées données du vivant de Mohamed, on retrouve :

- Rétablissement des droits des femmes, considérées comme des objets à l'époque. Elles ont le droit de divorcer, il ne faut pas les frapper, la polygamie (imposée par les guerres meurtrières de l'époque, qui laissaient les femmes sans ressource) est régulée.
- Les civils sont protégés des combats.
- Valorisation de la communauté et de l'intérêt commun, égalité, solidarité et fraternité,
- tout le monde participe à l'avancement commun et personne ne prend le pas sur les autres, une sorte de vrai communisme avant l'heure.
- Tolérance envers les autres points de vue des individus, du moment que le libre-arbitre des autres est respecté. Mohamed fit installer une icône de Jésus et Marie dans la Kaaba, le saint des saint pour les musulmans.
- Répartition des richesses (25% de son patrimoine va à la communauté puis est redistribué),
- Valorisation des comportements honnêtes (contre le vol, le mensonge, etc...) et de la recherche du savoir / de la connaissance.

Annulations

L'Islam était une religion novatrice, qui interdit / rejette :

- La violence (sauf en cas de légitime défense), c'est à dire que les guerres ne doivent servir qu'à se défendre,
- l'esclavage (plus de 1000 ans avant l'occident, et encore, l'esclavage n'a pas disparu, mais s'est juste transformé en esclavage volontaire),
- l'usure (dette via les prêts avec intérêt), c'est à dire d'arnaquer les gens, d'amasser un pouvoir supérieur à la communauté, arnaque qui rend exponentiels les gains. Mesure découlant directement de l'abolition de l'esclavage.
- la pauvreté (découlant directement de l'interdiction de l'usure). La pauvreté étant le premier des blasphèmes envers le grand tout pour Mohamed, il donne à tous les moyens de se réaliser,
- les addictions (alcool, drogues, jeu, et.), ces substances faites pour endormir les idées révolutionnaire, qui déforment le corps astral, et empêchent de vivre la vie qu'on aurait dû avoir,
- les hiérarchies ecclésiastiques,
- l'idolâtrie, que ce soit sur les objets comme la Kaaba, ou la divinisation d'humains comme les Saints,
- les scarifications corporelles ou atteintes à sa santé (tout ce qui est contraire au respect de la vie).

Enlever le pouvoir

Ces avancées et interdits empêchent tout simplement de dominer les masses.

Toutes les religions en parlent

Toutes ces choses ont toujours été mises en avant par les religions naissantes, que ce soit le Judaïsme, puis le Christianisme, puis enfin l'Islam. Si on ne trouve plus traces de ces préceptes, c'est que la réécriture de l'histoire a bien fonctionné...

Dépassez l'image fausse de l'Islam

En tant que religion qui supprime le pouvoir oppressif, un vrai communisme avant l'heure, l'islam est la religion la plus violemment combattue par les illuminatis du monde entier.

Regardez aujourd'hui l'image fausse que vous avez d'un Islam qui opprime les femmes, combien vos croyances sont éloignées de la réalité (Mohamed a au contraire fait une grande avancée pour restaurer l'égalité, choses qu'il ne pouvait pas atteindre en une seule génération vu d'où les gens venaient).

La nation islamique

Comme pour Jésus, la religion devait rester limitée géographiquement, ne pas s'étendre au monde entier, détruisant les autres cultures. Encore le signe d'une perversion des illuminati ayant infiltré l'islam.

Normalement, le Djihad, la guerre sainte, ne peut être qu'une guerre défensive à n'utiliser qu'en dernier recours. Elle servait, dès les premiers temps du prophète, à lutter contre les attaques dont la jeune religion fut l'objet. Ces attaques furent nombreuses, puisque l'islam gênait grandement les autres dirigeants de l'époque (remise en question des droits des femmes, impôt pour les pauvres, interdiction des prêts à intérêt et de l'esclavage etc...).

Dans l'histoire de l'Islam et la Sunna, Mohamed eu un signe divin qui lui montra quels seraient les territoires qui formeraient la véritable nation islamique (le territoire légitime de tout futur califat). En l'occurrence, il s'agissait de la grande Syrie (plus grande à l'époque qu'aujourd'hui), de l'Arabie Saoudite actuelle et du Yémen.

Il n'a donc jamais été question de se lancer dans une conquête mondiale. D'ailleurs des règles de bonne entente avaient été établies dès le départ avec les communautés juives et chrétiennes.

Le vrai Coran est oral

Le Coran est avant tout un ensemble de poèmes complexes, en arabe ancien, transmis à l'oral par Mohamed, qui ne savait ni lire ni écrire. Certains de ses compagnons, dont Ali, devaient en être le support et apprenaient les sourates par coeur. Le Coran n'est pas, comme on le dit, un livre, mais était une oeuvre purement orale et récitée.

Les détenteurs oraux étaient les gardiens de la parole du prophète, et garantissaient, par la redondance et leur grand nombre, que le poème ne soit jamais altéré. Pour preuve, les chrétiens et les juifs étaient appelés les "gens du Livre". Si le Coran avait été lui aussi un livre, les musulmans auraient aussi été englobés dans cette appellation.

L'avantage, c'est que cette conservation orale du Coran ne permettait pas de falsification.

Faux Coran papier

Survol

Le coran papier est intouché depuis son écriture. Mais qui l'a écrit ? sûrement pas Mohamed, qui voulait conserver le message vivant et oral, et qui aurait eu l'occasion de le mettre à l'écrit s'il l'avait voulu.

Suppression de texte, inversion de l'ordre des sourates, et quelques modifications à droite et à gauche. L'évolution du sens des mots au cours des siècles compléta cette entreprise de falsification, qui fait qu'aujourd'hui tout le monde se bat pour savoir ce que Allah voulait dire.

Trahison des 3 premiers califes

L'héritier spirituel de Mohamed était bien Ali. Profitant du fait que Ali allait enterrer le prophète, certains compagnons, sous l'influence des illuminatis juifs de Médine, firent un coup d'État, prirent le pouvoir, allant jusqu'à assassiner Ali et ses descendants par la suite.

Pourquoi passer le Coran à l'écrit ?

La conservation orale du Coran ne permettait pas de falsification, et c'est bien ce qui posait problème si on voulait corrompre le message : centraliser les infos, sous les mains de corrompus, et tuer tous les témoins qui refuseraient de collaborer.

Il fallait donc avant tout supprimer complètement tous les détenteurs oraux du message, ce qui fut fait lors de la guerre civile interne entre les félons (omeyyades) et les légitimistes (Ali).

La récupération des textes épars

C'est sous prétexte de rassembler les différents documents existants à l'époque que la version actuelle du Coran fut construite.

Or à l'époque, il n'existait du texte que des pense-bêtes rédigés par les gardiens oraux, souvent sur des peaux tannées ou des écorces. Ces documents n'étaient en rien complets ni correctement écrits, car l'arabe ancien n'est pas encore uniformisé.

La falsification

Ainsi, les 3 califes successifs avaient assez libre choix de rajouter ou d'enlever du texte, de placer les sourates dans l'ordre qui les arrangeaient (en adoptant par exemple l'ordre par taille croissante), en "oubliant" la moitié de certaines sourates afin de les mettre au début, ou encore en remplaçant des mots par d'autres.

Contexte du Coran pas respecté

Comme vu dans la vie de Mohamed (p.), 70% des sourates ont été données dans un contexte précis, de guerre contre les Mecquois (et pas contre des occidentaux dans un monde moderne et globalisé). Mélanger l'ordre des sourates, c'est perdre en partie ce contexte (on ne peut plus lier quel sourate correspond à quel épisode de la vie du prophète). Si le phénomène est limité chez les sunnites (qui replacent quand même les choses dans leur contexte global), il est prédominant chez les chiites qui lisent le Coran au pied de la lettre, et appliquent les sourates dans un monde actuel complètement différent.

Incohérences cachées par l'abrogation

Ce Coran papier n'étant pas retranscrits dans l'ordre de divulgation, cela pose problème quand, lorsque 2 sourates se contredisent, c'est le texte le plus récent qui fait foi (règle de l'abrogation), et qu'on ne connaît justement pas quel texte a été divulgué en dernier… Les débats font alors rage,chacun campant sur ses positions.

L'abrogation est une astuce permettant de ne pas dire que le Coran est incohérent, Mohamed ayant prévenu que si le Coran n'était pas cohérent ou peu clair, ce serait le signe qu'il aurait été trafiqué...

Contre-sens

De nombreux contre-sens furent également instaurés en utilisant de petites variations de vocabulaire, qui ne changeaient pas la construction des poèmes, mais qui bouleversaient le sens qu'on pouvait donner aux vers.

Sens global

La différence entre le poème oral d'origine et le faux version papier, c'est surtout le sens : en mélangeant les phrases d'un texte, on rend forcément le tout impossible à comprendre, surtout un poème.

Exemple parlant

Pour imager les falsifications (changement de mots, inversion de l'ordre), essayez de comprendre quelque chose à ce qui suit, *le corbeau et le renard* de Jean de la Fontaine, qui comme le poème du Coran, a été mis à la sauce Coran papier des Ommeyades:

Maitre renard, par la vue alléché,
Vous êtes le taureau des hôtes,
Il ouvre un large ventre, laisse tomber sa souris.
Lui tint à peu près cette musique :
Parjura, mais un peu tôt, qu'il recommencerait

Imposer la version papier

Il était facile de trafiquer le texte, car :

- peu de personnes avaient une vision globale de la chose (les gens restaient dans leur zone géographique, ils n'avaient pas connaissance de ce que Mohamed avait dit à côté)

- les gardiens héritiers spirituels, qui connaissaient par coeur le poème originel, furent pour la plupart assassinés par les califes usurpateurs.

On se retrouve donc dans le cadre du concile de Nicée qui établira le catholicisme, avec seulement des romains, et quelques évêques minoritaires hérétiques qu'on a menacé de mort. Au final, c'est ceux qui étaient le plus loin du message originel de Jésus qui ont décidé quels Évangiles seraient conservés… Ce que Mohamed décrit fort bien.

Les héritiers d'Ali n'ont pas eu le droit de laisser une trace dans l'histoire officielle écrite par les dirigeants au pouvoir, et sont toujours de nos jours traqués pour faire disparaître toutes traces de la falsification des 3 califes.

Complexité de construction du poème

Le vrai poème du Coran est une merveille, car sa complexité dépasse ce qu'un humain peut effectivement créer en la matière. C'est une sorte de sécurité intrinsèque prévue dès le départ par ses concepteurs.

Il ne faut pas oublier que derrière les prophètes, il y a des intelligences qui nous dépassent et qui peuvent voyager au delà du temps, elles mêmes n'obéissant qu'à une seule voix qui nous dépasse tous, Allah.

Falsification du Coran visible

La forme en poème complexe fait ressortir les ruptures de rythme dans le texte papier, des incohérences et le fait qu'il n'y ai aucune véritable structure générale. Ces preuves montrent que le Coran a été falsifié à plusieurs endroits.

La version écrite actuelle du Coran n'est donc pas mauvaise, elle est juste imparfaite, chaotique, sens dessus dessous, et devenu difficile à lire et à comprendre par rapport à la version originelle. Avec le vrai texte sous les yeux, ce serait bien différent !

Corruption limité

C'est à cause de cette complexité que la marge de manœuvre des trois califes pour leur falsification fut réduite, et cela a permis à l'Islam malgré tout de conserver une grande partie de ses qualités originelles.

Une corruption soigneusement conservée et protégée

Du côté sunnite, après la corruption du texte par les 3 premiers califes, le Coran écrit est resté inchangé jusqu'à nos jours. Il n'y a pas de différence aujourd'hui entre un Coran du 9e siècle et un Coran du 21e.

Toutes les versions précédentes furent détruites, et seul le palimpseste de Sana (peu étudié depuis 1972, toujours en attente...) montre que sous la couche supérieure réécrite, l'ordre précédent des sourates était différent, ou encore que le texte différait un peu de la version du 3e Calife Othman retenue plus tard.

Les dirigeants prennent plus soin du mensonge que de la vérité...

Les nombreuses incohérences de sens et des contradictions (parfois extrêmement embarrassante) sont des tabous pour les musulmans sunnites et leurs savants religieux, et il est formellement interdit d'en parler, sous peine de mort, même aujourd'hui.

La raison est simple, puisque ces corruptions révéleraient la supercherie des 3 premiers califes qui sont révérés comme des saints (puisqu'ils se sont fait passer pour les plus légitimes successeurs).

Autre incohérence qui apparaîtrait si la fraude était révélée, c'est que le grand tout a promis que le Coran serait conservé intact jusqu'aux temps de la fin (apocalypse). C'est pourquoi les 3 premiers califes interdirent de remettre en question la version écrite qu'ils avaient bricolé, et qu'aujourd'hui encore, il est impossible de discuter de cette question.

La vérité, c'est que le grand tout a promis que le VRAI Coran oral subsisterait malgré tout, et c'est en cela que l'existence de l'ordre secret d'imams chiites remplit cet engagement !

Le sens des mots à changé en 1400 ans

Les falsifications du texte lors de son écriture n'ont pas été la seule transformation du Coran. Il y en a une plus insidieuse, qui ne nécessite pas de fraude sur le texte, mais sur le sens des mots écrits (d'où l'intérêt de garder une parole vivante comme Mohamed le voulait, pour conserver le sens d'origine).

L'arabe de Mohamed n'existe plus aujourd'hui, ce qui entraîne la déformation du sens du texte d'il y a 1400 ans. Par exemple, le mot "vilain" en français, qui aujourd'hui veut dire "laid" voire "méchant" qualifiait au départ les serfs du moyen âge (esclaves) devenus libre et ne rendant plus compte au seigneur. A leur époque, être "vilain" était une chose enviée (ils devenaient artisans et avaient une vie confortable et libre).

Il y a le même genre de glissement de l'arabe ancien du temps du Prophète à l'arabe moderne, ce qui entraîne une compréhension erronée du texte.

Cela est à relativiser car beaucoup de mots sont définis dans le Coran même (encore une astuce des concepteurs pour éviter ce défaut du vieillissement de la langue).

De plus, il est interdit de faire l'exégèse (interprétation) du Coran. Maltraiter le sens du Coran est une tâche difficile, parce que le sens des sourates est figé à travers des écoles traditionnelles de lecture millénaires (même si ces écoles diffèrent en interprétation, comme la minorité qui interprète "jihad", le combat intérieur contre les 2 loups (égoïsme et altruisme), et guerre extérieure contre des mécréants.

Le Coran, livre biblique le moins bidouillé

Les corruptions n'ont épargné aucune religion malheureusement, parce qu'il y a toujours des gens pour essayer de profiter de la foi des autres dans leur propre intérêt. Tous les prophètes juifs (type Jésus), ont vu leurs paroles réécrites et modifiées dans la Bible qu'on connaît aujourd'hui.

Les juifs (sens religieux) ayant en grande partie reconnus leur messie Jésus, ils sont donc devenus les premiers chrétiens (massacrés par les romains). Les chrétiens auraient du ensuite reconnaître Mohamed comme le paraklet annoncé par Jésus, et devenir Musulmans.

Même s'il n'est pas la révélation exacte fournie par Mohamed, le Coran est, des 3 livres (ancien et nouveau Testament) celui qui reste le plus fidèle aux révélations divines.

Hadiths corrompus

En plus du Coran, les sunnites s'appuient aussi sur les hadiths (la charia est très liée aux Hadiths), les témoignages des compagnons sur ce qu'a fait ou dit le prophète (des sortes d'évangiles).

Certains compagnons corrompus, comme Abu Hurreira, ont volontairement mentis dans ce qu'ils ont répété des paroles du prophète, lui attribuant des paroles que le prophète n'a jamais dites ni pensé.

Les traditions orthodoxes juives

L'Islam est beaucoup attaqué pour ses traditions rétrogrades, comme les prières pour le roi, la soumission, sacrifices, circoncision, minoration des femmes, etc.

Or, ces traditions ne se retrouvent pas dans le coran, mais dans les hadiths. Nous avons vu (p.)

que Abu Hureira, aux ordres des conseillers illuminati juifs des califes, avait inventé des hadiths (paroles du prophète) reprenant ces traditions orthodoxes juives. Ces hadiths sont mono-sources, venant d'un type à la spiritualité douteuse et qui avouait lui-même avoir inventé des choses que le prophète n'avait pas dites, montrant bien que les califes marchaient dans la combine de la falsification.

Ces traditions dites juives sont en réalité des traditions sumériennes, que notre religion catholique avait elle aussi adoptées faut-il le rappeler...

Hijabs et foulards

Si les musulmanes portent aujourd'hui des Hijabs, c'est parce que les juives de cette période portaient des tenues comparables, et cela n'a rien à voir avec Mohamed.

St Paul demandait aux femmes d'être voilées, et jusqu'à Vatican 2 dans les années 1960, c'était encore obligatoire dans toutes les églises de France...

Interdits alimentaires

On voit là aussi directement des interdits sumériens, la religion juive étant encore plus contraignante que la religion musulmane.

Homosexualité

Mohamed n'a jamais condamné l'homosexualité, et c'est après sa mort, du temps des usurpateurs Ommeyades, qu'Abu Huraira a donné des hadiths homophobes.

Homophobie juive datant de l'époque où le sanhédrin cherchait tout pour discréditer Jésus aux yeux de leurs adeptes, notamment en l'attaquant sur son homosexualité qui ne gênait pas la société gréco-romaine juive de l'époque (cf David et Jonathan).

Reprendre Jérusalem

Les illuminati juifs, qui ont reçus l'ordre de l'anunnaki Yaveh de reprendre le contrôle de Jérusalem, profiteront des débuts de l'Islam et de leur pouvoir sur les Califes pour envahir Jérusalem.

Ces mêmes conseillers ont fait déclarer Jérusalem 3e ville sainte, en s'appuyant sur un voyage astral de Mohamed, qui ne parlait pourtant pas de Jérusalem. Cette falsification sera la cause de tous les malheurs religieux qui s'ensuivront.

En effet, les illuminatis juifs envoyé en Europe, feront la même chose après avoir pris le pouvoir

occulte de l'empire romain, d'où les croisades sans fin...

Circoncision

Seul Abu Huraira parle de ce rite sumérien traditionnel, sachant que Mohamed avait interdit les mutilations corporelles...

Les sunnas limitent les corruptions du coran

Plus que le Coran, ce sont les récits faits par ses proches de la vie de Mohamed qui permet de réguler les corruptions du livre. Il ne faut pas oublier par exemple que si on regarde de près ces récits, on remarque des choses intéressantes. Par exemple, Mohamed abolit l'esclavage qui restera en vigueur en occident jusqu'au 19e siècle et au delà. Les femmes sont très respectées et sont protégées des combats. De nombreuses mesures sont prises pour leur accorder le droit au divorce et contre la maltraitance de leur mari. Frapper une femme est interdit.

De plus, de nombreux autres progrès sont faits pour l'époque : si la polygamie est autorisée, elle est régulée car un homme ne pouvait prendre une nouvelle femme que si la première était d'accord et s'il était matériellement capable de s'en occuper dans tous les sens du terme (ce qui est loin d'être le cas quand on a trop d'épouses, même si on est richissime).

D'un point de vue social, l'accent était mis sur la charité envers les plus pauvres, et un impôt (25% du patrimoine quand même !) devait être redistribué chaque année via les Mosquées aux plus démunis.

C'est pour cela que la Sunna, l'ensemble des récits des proches selon la tradition, est si importante (d'où le terme dérivé sunnite). De plus, de nombreuses paroles du prophète ne sont parvenues jusqu'à nous que par ce biais, notamment les signes de la fin des temps, la venue d'un Imam ultime bien guidé (le Mahdi), les grands effondrements de la Terre, le lever du Soleil à l'Ouest, la venue de la Bête de terre (Nibiru), le retour de Jésus et la venue de l'antéchrist, etc.

Bien entendu, beaucoup de ces règles de l'islam originel ont été détournées depuis, notamment par les Élites musulmanes, dans leur propre intérêt.

Hadiths globalement légitimes

Les Altaïrans valident globalement les hadiths, en sachant qu'il faut rester conscient des limites suivantes :

- Récupérées après la mort de Mohamed, la plupart des témoins avaient oubliés une partie des événements, ne se rappelaient plus de toutes les paroles, ne savaient plus si la Lune se levait avant le Soleil ou si c'était l'inverse, etc. Toutes ces choses que nous constatons tous les jours dès lors qu'il faut se rappeler de détails ayant eu lieu 40 ans avant.
- Les faux témoignages : on sait que quelques disciples (type Abu Huraira), acquinés aux 3 premiers califes qui avaient besoin de soutien dans leur prise de pouvoir à la mort de Mohamed, ont menti, afin de remettre des traditions sumériennes dans l'Islam.
- Comme le coran, écrit en arabe ancien, le sens des mots n'est plus forcément le même que pour l'arabe moderne, les nuances sémantiques sont perdues, voir les contresens possibles. 99% des musulmans ne comprennent pas ce qu'il y a écrit dans les textes anciens, même s'ils savent lire et écrire l'arabe moderne.

Coran, poème non guerrier

Dans le Coran des injonctions de type guerre sainte d'auto-défense uniquement, parce que certains versets ont été révélés lors de fortes persécutions des premiers musulmans par les Élites arabes et juives de l'époque (p.). Mohamed a été persécuté par les dirigeants, et sous prétexte que sa vie a été une guerre perpétuelle, les califes justifient le côté guerrier des hadiths pour mener leurs guerres d'expansion et de domination.

Islam n'est pas une religion violente

Le Coran a permis l'expansion des connaissances humaines au moyen-âge, il n'a donc rien d'un mauvais texte.

Certains pensent, en regardant Daech, que les musulmans sont les plus violents de la religion des 3 livres. C'est évidemment faux. Il n'y a pas de différence entre Daech et ce qu'il s'est passé à la saint Barthélémy en France ("Tuez les tous, dieu reconnaitra les siens"). Et pourtant, les évangiles n'ont absolument aucune incitation à la violence.

On parle des crucifixions/lapidations et exécutions de Daech, mais n'oubliez pas non plus que la papauté a aussi validé que des centaines de cathares puis de templiers soient brûlés vifs lors d'épurations de masse, ce qui est peut être la mort la plus violente qu'on puisse affliger à une personne. Excepté peut-être les morts par torture infligés aux hérétiques, qui là dépassent tout entendement.

Donc même en se servant de la sunna grâce à des interprétations vicieuses, les terroristes sont encore moins cruels que l'Inquisition en son temps, ou que les protestants, on retrouve nombre de "sorcières" noyées, pendues ou brûlées aux premiers temps de la colonisation des USA (nombre lourdement sous-estimé).

Illettrisme

Cela ne vient pas des textes, mais des personnes qui corrompent le message, et surtout, du niveau d'ignorance des personnes manipulées. L'Illettrisme a toujours servi l'Eglise, le peuple ne pouvant lire la Bible (qui plus est toujours en latin). La latin a le même rôle que l'arabe ancien, en ce sens qu'il faut être très instruit (donc riche) pour le comprendre.

Le texte n'a rien à voir avec les exactions

La Torah (juifs) est, de tous les textes religieux, celui qui appelle le plus à la violence. C'est pourtant les juifs qui ont perpétrés dans leur histoire le moins d'exactions, ce qui prouve que cela n'a rien à voir avec le texte en lui-même, mais bien à ceux qui l'utilisent (à de mauvaises fins).

Interprétation par les Élites

L'interprétation des Evangiles n'a pas été bien différente de la manipulation actuelle de la sunna par Daech : où voit on Jésus pousser à la guerre et à tuer ? Bien au contraire il demande de tendre l'autre joue ! Quand il n'y a pas, on invente, et c'est justement ce qui est fait avec le Coran.

Hadiths incomplètes et mensongères de Daech

La plupart des versets utilisés par Daech pour leur propagande n'existent même pas, et c'est pour cela qu'ils préfèrent les Hadiths d'Abu Huraira, parce que rédiger des faux versets est extrêmement ardu. C'est donc davantage la Sunna (les Hadiths) qui sont source de manipulation, et non le Coran lui-même.

Un exemple, c'est le Hadith qui parle des bannières noires qui viendront précéder le Mahdi. Ce texte est repris en force par Daech, qui espère faire croire que Al Baghdadi est ce Mahdi, mais sans vraiment le proclamer officiellement. Ils utilisent pour cela des versions incomplètes et minoritaires du hadith. En réalité, ce hadith, dans ses version les mieux conservées et reconnues, indique que ces bannières noires tueront les musulmans comme jamais, et qu'au contraire, ce sont des forces du mal.

987

Si les extrémistes de Daech étaient un peu plus curieux et instruits sur leur religion, ils sauraient alors que ce hadith dit bien au contraire qu'il faudra se rallier à celui qui s'élèvera contre ces bannières noires, et c'est le Mahdi ce chef spirituel qui combattra les bannières noires.

École d'interprétation guerrière

Il est normalement interdit de faire l'exégèse (interprétation) du Coran (rendu obscur par la falsification des premiers califes (p.)). L'interprétation du Coran ne peut se faire qu'au travers des traditions de lecture millénaires.

Malheureusement, il existe certaines écoles traditionnelles de lectures qui ont une interprétation guerrière du Coran. Même ces écoles sont ultra-minoritaires, et globalement non conformes selon les savants musulmans, ce sont sur ces écoles corrompues par la CIA que Daech surfe.

Prendre le sens global du Coran et des Hadiths plutôt que s'arrêter aux détails

Le problème principal aujourd'hui est que le message de départ a perdu de sa force dans le cœur des musulmans qu'on a rendu ignorant de leur propre histoire, que le texte et la tradition sont de moins en moins comprises et cela permet aux menteurs et aux manipulateurs d'avoir encore plus de marge. Comme l'avait prédit Mahomet, l'Islam est devenu une coquille vide : on continue a respecter une tradition dont on ne comprend pas la portée et la signification, et c'est sur cette base que l'islamisme radical se fonde pour détourner les gens.

Il faut donc se méfier et ne pas faire dire au Coran ce qu'il n'a pas voulu dire. C'est délicat, nous n'avons pas forcément les compétences pour faire cela malheureusement. Les Altaïrans disent bien que le texte est valide, mais affirment que sa compréhension est erronée : il est donc dangereux de se fier à quelques détails dans le texte pour en tirer des conclusions générales, surtout si ces détails contredisent l'esprit du livre. Là il faut du bon sens. Ce n'est pas de l'exégèse, c'est comprendre le texte avec le coeur/inconscient, en sachant pourquoi il a été offert. Malheureusement, beaucoup de musulmans font l'erreur de généraliser un détail mal compris en en faisant une règle, alors que tout le reste du Livre pousse à comprendre les choses dans le sens inverse.

La mosquée Al Aqsa de Jérusalem

Tout comme la reconstruction du temple de Jérusalem n'a aucun sens (p.), autant du côté musulman, cette focalisation sur ce lieu prétendu sacré n'a pas de sens non plus. On se rappelle que c'est les faux califes qui ont imposé Jérusalem comme 3e lieu saint, pour justifier que les illuminatis juifs derrière les califes puissent reprendre possession des lieux.

Mohamed n'a jamais été ascensionné sur le mont du Rocher, il est mort et enterré à la Mecque.

De plus, au moment où Mohamed visite la mosquée lointaine (sans autre précision), il n'y a que des ruines à Jérusalem, donc ce n'était pas à cet endroit (p.). Ce n'est que pour les raisons politiques vues plus haut qu'ultérieurement, les Omeyyade de Damas ont désigné Jérusalem pour satisfaire les vizirs et concurrencer le pèlerinage à la Mecque de leurs adversaires musulmans.

La Mosquée Al Aqsa actuelle n'a donc aucune légitimité, puisqu'elle est basée sur une falsification religieuse. Évidemment, de nos jours, l'une des plus anciennes et plus belles mosquées du monde n'a pas à être détruite pour de fausses raisons...

Bouddhisme

Pas la solution à la crise spirituelle occidentale

Les bouddhistes rasent des mosquées en Birmanie. Détournements des dons, génocide des Rohingas, scandale pédophiles en pagaille (bien plus que dans le catholicisme), etc. Méfiez vous, le Bouddhisme en Occident a une image très propre, qui ne correspond pas vraiment à la réalité dans les pays où il est installé depuis longtemps. Il a sa violence, c'est une institution politique dans la plupart des pays d'Asie, et il a aussi ses intégristes.

Le bouddhisle n'est pas une solution alternative aux religions judéo-chrétiennes, contrairement à ce qu'on veut nous faire croire, puisque il est dans le même processus de politisation et de dérives. Le pré n'est pas plus vert ailleurs, et adopter une religion qui n'est pas liée à sa propre culture apporte aussi une déculturation (un glissement d'une culture à une autre).

On pourrait aussi parler de la pédophilie, courante dans les monastères bouddhistes, encore plus étouffée et taboue qu'elle ne l'est chez les religions du livre. Il n'y a donc pas de solution idéale à la crise spirituelle et religieuse que nous vivons, et elle n'est sûrement pas dans le bouddhisme et les autres religions asiatiques, puisque non seulement toutes aussi corrompues, mais en plus hors de notre culture de base.

Gardez ce qui est bon dans votre religion, et mettez de côté les choses sur lesquelles vous voyez ou le doute ou une corruption, telle est la seule solution raisonnable tant que l'antéchrist contrôle la Terre.

Le 14e Dalaï Lama

Les arrières cours semblent loin des belles paroles éclairées de façade.

Le 14e Dalai Lama fête ses 80 ans dans le ranch des Bush, un prix Nobel de la paix chez 2 criminels de guerre notoires, le papa et le fils, sans parler du grand-père Prescott complice de crimes contre l'humanité, en tant que principal financier de Hitler.

Il y a une belle incohérence de l'histoire officielle, dans le passage où soit-disant le Dalaï Lama actuel, ainsi que des centaines de ses serviteurs, auraient pu s'échapper à pied sans problème d'une ville surveillée activement par l'armée chinoise.

Le Dalaï Lama est une personnalité politique avant tout, pas, ou peu, un maître spirituel. Il est facile de s'habiller de belles paroles, c'est un métier et les lamas ont une longue formation en ce sens. Cela ne veut pas dire pour autant que ces paroles sont profondément issues d'une sagesse personnelle, mais de principes institutionnalisés. Comme dans les autres religions, l'habit ne fait pas le moine, mais il y a une très forte stratégie d'extension du bouddhisme tibétain en occident, et surtout aux USA. C'est une campagne marketing bien plus qu'une campagne spirituelle, toutes les religions institutionnalisées sont dans les mêmes principes de conquêtes de nouveaux marchés aujourd'hui.

Reconnaissance des précédentes incarnations

Présenté des anciens objets à l'enfant, et regarder s'il réagit à ceux de son ancienne vie, est une méthode valable. Sauf qu'aujourd'hui, c'est devenu du grand n'importe quoi politique chez les bouddhistes, et que les vraies astuces ont été oubliées depuis un moment.

New Age

Survol

Nous verrons ici principalement toutes les fausses croyances de la religion de la pierre génitrice inventée par les anunnakis, et dont eux-mêmes n'ont pas su se défaire.

Aucune réalité physique

Ces croyances sont fausses, ou ont une autre explication. Par exemple, si les astrologues peuvent voir l'avenir, c'est tout simplement qu'ils sont en réalité des voyants, qui n'ont aucun besoin de numérologie ou astrologie pour faire leurs voyances. Ils se conforment juste aux croyances de leurs clients.

Principes Lucifériens (p.)

Le New-Age est avant tout une des nombreuses préparation à la religion mondialisée de l'anté-christ.

Dualité (p.)

Les notions de masculin-féminin, de Yin et de Yang, sont de l'amusement intellectuel sans connection au réel.

Astrologie (p.)

Les Raksasas n'ont pas créé l'Univers, et ne l'ont donc pas ordonné selon les chiffres magiques. Le déroulement des événements sur une planète n'est pas lié a de pseudos rouages qui animeraient la ronde de l'Univers, pas de cycles réguliers dépendant d'angles galactiques ou planétaires.

Numérologie (p.)

Une des extensions de la fractalité anunnaki, croire que les maths régissent l'Univers, alors qu'ils ne peuvent que le modéliser du mieux qu'ils peuvent.

Principes Lucifériens

De Baba Iso : Le milieu New Age est spécialiste du déni de la partie négative des choses, et préfère trop souvent ne regarder aucune info, pour soi-disant ne pas se polluer des "énergies négatives"et être "dans la lumière".

Les personnes réalistes qui :

- n'ont pas peur de regarder la réalité en face,
- informent sur les 2 cotés de la réalité (y compris sa partie négative),
- préfèrent connaître l'ennemi auquel ils s'affrontent,

sont accusés par le New Age d'être des personnes négatives!

Dénoncer l'ombre, ce n'est pas être l'ombre ! C'est montrer au contraire quelle faille il faut éclairer pour la guérir !

Ces accusations sont d'ailleurs souvent des projections et des jugements hâtifs emprunts de non-amour et de non tolérance !

Il ne faut pas oublier que le mouvement New Age a été créé par cette même Élite qui nous contrôle, (Alice Bailey) comme une religion anti-christique, pour nous éloigner du Christ, en nous mettant dans la tête que Dieu est en nous (sans dire qu'il est aussi dans les autres). En nous donnant des guides spirituels remplaçant le Christ.

J'ai constaté beaucoup d'orgueil chez tous ceux qui pratiquent le New Age, qui ont tous le fantasme d'êtres des guérisseurs, des médiums ou des sauveurs, sans avoir jamais réussi à traverser leur mental duel par la méditation, et colportant des faux concepts, comme :

- "La Pensée est créatrice",
- "je pense donc je suis" de Descartes,

alors qu'en Vérité c'est : je ne pense plus donc le " Je Suis " (Moi-Divin) s'exprime au travers de mon mental vierge et transparent.

Quand je n'ai plus de pensée, c'est le grand Tout qui fait sa volonté au travers de moi, ça implique, pour le mental, de rendre son libre-arbitre au grand Tout, alors que le New age nous pousse à croire que c'est le mental qui décide et a tout pouvoir !

La connaissance est un processus mental et la sagesse est ce qui se révèle quand on abandonne son mental au grand Tout.

Le chemin christique est l'abandon, le pardon, le non-jugement, la tolérance et l'Amour du prochain.

Pierre génitrice / philosophale

Ce culte anunnaki de la petra genitrix (Mithra qui naît sous la pyramide sacrée, dans une grotte d'où sort une eau miraculeuse, pierre genitrice>mythe p.), imposé aux illuminatis, laissera de nombreuses alias par la suite, tous aussi faux et inexistants que le culte Anunnaki originel : les Habilis ont été créés sur Terre, seules quelques adaptations mineures ont été faites sur Nibiru par les Raksasas pour qu'Habilis s'adapte aux nouvelles conditions, c'est surtout la sélection naturelle qui fit le reste par la suite.

Cette idée fausse, mais primordiale pour les anunnakis, laissa logiquement de nombreuses traces dans la culture illuminati :

- Terre-mère, déesse de la Lune Ostara, Ishtar babylonienne, Éostre, Sémiramis, Isis égyptienne, Aphrodite grecque, Vénus romaine, vierge Marie catholique, Marie Madeleine FM,
- pierre philosophale,
- l'argile dans la tradition sumérienne (qui a inspirée la bible avec la création d'Adam),
- l'apôtre Pierre, la pierre sur laquelle s'appuie le catholicisme,
- les nombreuses pierres sacrées celtes
- Les pierres à sacrifice/cupule pour devenir dieu à son tour,
- les fontaines miraculeuses.
- et plein d'autres mythes ou légendes.

Ces mythes se combinent souvent à d'autres mythes, comme la pierre philosophale ressemble aussi au cristal de flerovium régénérateur, sans parler de la charge "recherche ésotériste" de la quête (similaire au graal par certains points).

Le multi-symbolisme anunnaki toujours....

Dualité (Yin et yang, féminin et masculin sacré, etc.)

Pas de dualité chez le grand tout

Le grand tout n'a évidemment pas de parèdre (femme du dieu anunnaki, donnant l'équivalent de la dualité masculin-féminin), ni de symétrique négatif (le grand tout est Tout par définition).

Le mal est une allégorie qui personnalise la voie spirituelle égoïste/hiérarchiste. De l'autre coté, il y a la voie spirituelle altruiste, et comme elle est ultra dominante et permet une élévation spirituelle largement supérieure, c'est elle qui devient le "bien" par convention. mais il n'y a ni bien ni mal à la base, juste deux façons de se construire spirituellement. Le grand tout n'est ni mauvais ni bon, mais si "il" a choisi de créer une vaste dissymétrie entre les deux voies, c'est qu'"il" en "préfère" ou "favorise" une par rapport à l'autre. Le principe de base est le retour ou l'unité, et pas la division ou l'individualisme.

Symboliquement, cela veut dire beaucoup sur le but de la création en elle même et de notre existence qui est de rejoindre "quelque chose", un Tout supérieur, pas de s'en éloigner/séparer (sachant que quoi qu'on fasse, on restera dans le Tout...).

Confusion avec la variation physique

Une partie de l'erreur du principe du Yin et du Yang vient que l'homme mesure une valeur, qui ne se déplace mathématiquement que sur une droite (qui change juste de valeur).

Par exemple, le pH peut être faible (acide) ou élevé (basique), la température peut-être chaude ou froide, etc. Ça ne traduit pas une dualité, juste que les choses changent !

Ce n'est donc que la tendance d'une minorité à vous faire quitter la voie du milieu, et donc à se placer aux extrêmes d'une plage de valeur, qui leur à fait croire (et vous avec) que la vie n'était que 2 valeurs possible.

Philosophie de l'extrémisme

Faire croire que les choses sont duales (surtout en prenant le sexe comme image), c'est vous inciter à croire qu'il faut choisir entre un des 2 extrêmes.

Alors que la vie justement, la loi du Tao, c'est d'être équilibré entre les 2 extrêmes, de ne choisir ni l'un ni l'autre, mais la voie du milieu.

Masculin-Féminin

La fausse croyance qui a eu le plus d'impact sur nos vies, croire qu'hommes et femmes sont différents et doivent se limiter aux rôles définis par la société.

La seule dualité qui existe c'est entre le service-à-soi et service-aux-autres.

Il n'y a pas de féminin ou masculin au niveau spirituel ou des lois physiques. Ce n'est qu'une histoire de reproduction sexuée utilisée par notre espèces.

Pour de nombreuses espèces hermaphrodites intelligentes dans l'univers, cette différenciation ne veut absolument rien dire même au niveau physique.

Au niveau spirituel, l'âme n'a pas de sexe (n'ayant pas besoin de se reproduire, étant immortelle).

A résumer

Le Yin et Yang, c'est pas négatif positif dans le sens bon mauvais, c'est plus dans le sens masculin féminin. Ce qui est dangereux c'est associer soit l'aspect mâle, soit l'aspect femelle, à quelque chose de maléfique. On retombe dans le même travers que l'Église catholique avec sa droite divine et sa gauche maléfique. C'est dénué de tout fondement et ça ne respecte pas la philosophie réelle du concept taoiste (la voie du milieu justement, pas des extrêmes).

Les notions de féminin et de masculin sont très piégeuses parce que ce sont des concepts très culturels. Il existe des peuples où la femme commande, ne pleure pas et est considérée comme le sexe fort. Elles ne sont pas maternelles, font le travail de force etc... et les hommes, au contraire, s'occupent des enfants, sont considérés comme faibles et font la cuisine et le ménage etc... Donc les qualités que nous mettons sous l'étiquette "féminin" ou "masculin" sont complètement subjectives. Dieu n'est pas plus féminin que masculin, c'est simplement que généralement dans nos sociétés, la protection et l'amour sont des qualités considérées comme maternelles/féminines, alors que la force et la rationalité sont plutôt masculines. Ceci est très important, parce que cela provoque du conformisme dans les comportements des gens. Un homme qui n'est pas macho est une lopette, voire sera accusé d'être homo. De même un homo est forcément "féminin" (je ne dis pas efféminé, mais bien féminin) dans l'inconscient collectif, c'est à dire que c'est forcément quelqu'un de doux, d'attentif etc... Tout cela n'a rien à voir avec des choses objectives. De plus, la double sexualité est quelque chose de très limité dans l'Univers, c'est loin d'être universel. Beaucoup d'espèces sont hermaphrodites ou même mono-sexuées, voir pour certains tri-sexuées ou plus (même sur Terre dans le règne animal, c'est courant). Le gros défaut de l'être humain c'est qu'il pense qu'il est le centre de l'Univers et essaie de le comprendre avec ses propres caractéristiques qui n'ont rien d'universelles. Anthropocentrisme est dangereux. L'Homme est une petite espèce primitive à peine née perdue sur un bras d'une galaxie quelconque, faut pas l'oublier. Cela n'enlève rien à nos qualités, mais tout ne tourne pas autour de notre nombril, il faut faire attention. Ce n'est pas parce que Dieu est nourricier et compatissant qu'il est féminin. D'ailleurs, beaucoup de femmes sur Terre ne sont ni nourricières ni compatissantes, et sont parfois plus masculines au sens sociologique du terme que les plus machos (tout en étant hétérosexuelles et très féminines dans leur apparence). Dieu n'a pas de mère, il n'a pas été engendré (cela n'a aucun sens pour une entité en dehors du temps = une naissance sous entend un commencement, dont une existence dans un temps), et Jésus n'est surtout pas dieu. Inventer une mère de Dieu est un des plus grands blasphèmes qui n'est jamais été pondu, parce que la Mère précède forcément son fils.

Donc si Marie est la mère de Dieu, elle lui préexiste, il ne peut pas être tout puissant puisqu'il est dépendant pour exister d'un principe supérieur. C'est un non sens total pour tout chrétien qui se respecte, et croyant en général. Ressaisissez vous, c'est justement contre ce genre de déviances que les religions nous ont toutes prévenu d'être vigilants.

Je n'ai pas parlé des femmes, mais bien des principes féminins et masculins, qui dans l'absolu, n'existent pas. Ce sont des projections de la société humaine qui n'ont rien à voir avec l'Univers et ses principes. Nous n'avons pas deux principes en nous. Nous n'en avons qu'un, une âme, totalement neutre qui se loge dans des corps sexués. Les principes masculins et féminins sont purement génétiques, 100% matériels et ne peuvent pas être projeté hors de notre système social. Mais chez d'autres peuples humains ça ne fonctionne pas, comme je l'ai expliqué. Quand je parlais de Mère de Dieu, c'était pour rebondir sur vos propos, je n'ai jamais dit, encore une fois, que vous aviez validé cela. Quand est ce que les gens vont une bonne fois comprendre qu'on peut parler de quelque chose sans pour autant pointer du doigt quelqu'un, juste parce qu'il a écrit des choses dans le post précédent. En français "vous", c'est au départ pour parler de plusieurs personnes non ? La spiritualité actuelle est trop influencée par les concepts extrêmes orientaux, et notamment le Tao qui fait une bonne part de ses concepts sur le thème du masculin ou du féminin. Ce n'est pas parce que les spiritualités actuelles reprennent cette dualité qu'elle est juste. Le Yin et le Yang sont une arnaque pour justifier dans la société chinoise antique la séparation des rôles taches des hommes et des femmes, sous couvert de religion. cette dichotomie était vraie dans la société d'alors, et le Tao a fait exactement ce qu'il ne fallait pas, c'est à dire projeter des concepts sociétaux pour expliquer la Nature, l'Univers et le sacré. Il n'y a pas de féminin sacré plus que de masculin sacré. Une galaxie est masculine parce qu'elle tourne dans le sens des aiguilles d'une montre ? Anthropocentrisme, l'Homme croit que tout fonctionne comme lui. Enfin, ce n'est pas qu'une question de science. Tu prends un télescope et tu regardes le ciel de tes propres yeux. La voie lactée, ce sont des milliards d'étoiles, juste sous notre nez, et c'est sans parler des galaxies que tu peux toi même observer (comme Andromède). A moins que la science ne truque tes lentilles en y dessinant des milliards de petits points blancs.

Astrologie (ce qui est en haut est en bas)

Les annunakis, dans le culte de la pierre génitrice, croyaient que les Raksasas avaient lié la position des planètes à ce qu'il se passe dans leur vie, tout en construisant l'Univers sur le nombre 6 (Pierre génitrice>mythologie>Astrologie p.).

Impact sur nos croyances

Cette erreur de l'astrologie se retrouve dans les écoles juives de la Kabbale, ou encore dans l'astrologie (étude des astres) que l'on retrouve dans toutes les civilisations du monde (les aztèques ne connaissaient pas la roue, mais connaissaient parfaitement le ciel et les cycles célestes). C'est pour ces croyances anunnakis que la science occidentale avec Newton a débuté, en cherchant à prévoir le mieux possible les mouvement des planètes pour que les astrologues de cour puissent prédire les choses le plus précisément possible pour les rois européens. Newton étant un FM, ses traités alchimiques lui tenaient plus à coeur (il en a écrit plus que des livres de physiques), et devaient être plus intéressants, puisqu'ils ont été dissimulés au public dès la mort de Newton.

Alignements de planètes

Les alignements de planètes se produisent presque tout le temps quelque part dans le système solaire. Pas difficile de regarder si un alignement de planètes a eu lieu proche de l'événement choisi, et dire que cet événement a été causé par un alignement de planète... Un gros biais de raisonnement.

Numérologie

Cette erreur de croire que les chiffres gouvernent le monde (Pierre génitrice>mythologie>numérologie p.) se retrouve dans pas mal de croyances, surtout le New Age.

Dans la numérologie, il existe plusieurs façon de compter, mais en général, on additionne les chiffres des nombres supérieurs à 9, jusqu'à obtenir un nombre à un chiffre (voir Religion>Apocalypse>Gématrie p.)

Fausse croyance

Vu que ce sont les FM qui ont créé notre monde moderne, et qu'ils ont la volonté maladive d'insérer leurs symboles de partout, nous nous retrouvons avec ces nombres soit-disant magiques partout autour de nous.

Comme pour le tarot ou l'astrologie, ceux qui arrivent à faire des prédictions justes avec la numérologie sont de simples voyants, qui n'ont pas besoin de support pour voir le futur.

La numérologie n'est donc qu'un travers anunnaki qui nous est resté via les illuminati. le grand tout n'a pas de nombre, n'est pas mathématicien et ne laisse pas des allusions eschatologiques continuelles dans notre environnement.

L'Univers n'est pas mathématique, il est ordonné, et nous avons inventé les mathématiques humaines pour décrire cet ordonnancement, et pas l'inverse.

Le problème avec les nombres, et surtout les chiffres, c'est qu'il n'y en a que 10, ce qui est très peu, donc on retombe vite sur les mêmes combinaisons, d'où les coïncidences. Les anunnakis voyaient donc des nombres sacrés partout... à tort.

Dieu n'a pas de nombre, n'est pas mathématicien et ne laisse pas des allusions eschatologiques continuelles dans notre environnement.

Gématrie et Bible (Religion>Catholicisme>Apocalypse p.)

Dans l'apocalypse de St Jean, nous avons expliqué pourquoi il était désormais vain d'essayer d'appliquer la numérologie pour décrypter la Bible, et en bonus, Harmo donne les clés pour quelques numéros phares qui ont tant fait couler d'encre depuis 2 000 ans.

Les protestants et l'apocalypse de St Jean

Le conspirationnisme US est une déformation religieuse propre à l'évolution de la culture puritaniste protestante, et à leur peur du fédéralisme: avant on chassait le diable dans les granges des sorcières, maintenant le Diable est ailleurs, mais c'est sociologiquement le même principe.

Avant de se faire abuser par un phénomène socioculturel propre aux USA, il faut un petit saut en arrière et voir un peu comment la société américaine fonctionne et a fonctionné, surtout sur le plan religieux (voir Salem par exemple). On a toujours voulu y voir Satan partout (la bête) et l'apocalypse selon saint jean est devenu LE mythe fondateur de toute leur société.

Exemple du 666

Ce chiffre a déjà été traité dans Catho>Apo-vrai sens>clés de décryptage p.). Voyons ici l'erreur de fond faite lors de l'analyse de ce nombre.

En gématrie 9 Latine, 'Lucifer" et "Jésus" donnent le même nombre 666 (1ere erreur, c'est l'alphabet et la langue hébreux qu'il faut prendre). Selon le nom retenu pour remplacer 666, le sens donné à l'apocalypse et différent du tout au tout !

En tordant les chiffres dans tous les sens, le 666 peut être lié à l'Égypte, à la géométrie sacrée, ou énumérer sans fin toutes ses particularités mathématiques (liées au chiffre 6).

Mais ces analyses sont rétrospectives, c'est à dire que les recherches n'ont été faites que parce que 666 est marqué dans la Bible. C'est en réalité une grosse erreur de méthodologie, celle de tordre la réalité, ou n'en regarder qu'une petite partie, pour justifier ses croyances ou désirs.

Des particularités mathématiques auraient aussi été trouvées en prenant le chiffre d'origine 616, ou n'importe quel autre nombre.

Il n'y aucune référence nulle part, dans aucune culture, à ce nombre de 666, excepté dans l'apocalypse de Jean, un nombre qui n'était pas présent avant la réécriture par les empereurs romains. Les seules références sont bibliques. LE piège, c'est la culture USA qui nous impose ses interprétations erronées, et si vous les faites votre, cela vous emmènera sur les mêmes fausses pistes que les chrétiens USA qui sont complètement à coté de la plaque.

Partant sur le 666 erroné, les FM USA l'ont mis à toutes les sauces, en utilisant la gématrie hébreuse (6 = W). Ils ont mis le "www" au début de toutes les adresses internet du monde, ou encore le "666" qui ouvre, sépare, puis clôture tous les codes barres de la planète.

Les symboles imposés par les FM

Les FM Mithraïstes derrière le New-Age, friands de numérologie et de symboles comme leurs maîtres anunnakis, ont mis des références symboliques partout dans notre société.

Les groupes de 3

Tout symbole ou chiffre va par groupe de 3, pour obtenir 666.

Par exemple, sur un fronton de banque, le logo symbolisant un 6 est dupliqué 3 fois. Comme il y en a 3 (la trinité de Sirius p.), vous lisez "666".

Nombres fétiches

6 : Lucifer

7 : Terre (assimilée à son chef, Lucifer)

9 : Satan (en inversé donne 6, par exemple les prix en 9,99)

13 (ou 31 en miroir, ou 26 en double) : éjection de Enki/Lucifer du conseil anunnaki.

11, 22, 33, 66, 77, 99 : Culte solaire inversé (fausse lumière) et autres chiffres répétant 3 fois le même chiffre (comme 555 ou 777).

666 caché par opération numérologique

Représentation cachée (par une opération numérologique) du chiffre 666 :

18 = 6 + 6 + 6

23 => 2/3 = 0,666

36 => L'addition des 36 premiers nombres = 666

216 = 6*6*6

999 retourné donne 666

6666 contient 666, etc.

dates

1110 + 666 = 1776 (déclaration d'indépendance USA sur la statue de la liberté)

222 + 1776 = 1998 (666*3)

le 04/08 est le 216e jour de l'année.

Le 28 du mois à 18 h, vous totalisez 666 heures depuis le début du mois.

11h06 est la 666e minute de la journée.

Lettres

La kabbale associe lettres et position dans l'alphabet pour ses codages. Selon les alphabets :

la lettre hébraïque waw ו, sixième lettre de l'alphabet hébreux., comme le sigle de la boisson "monster", des traces de griffes qui dessinent en réalité 666 : ווו

Pour taper NOM (Nouvel Ordre Mondial) sur les clavier de téléphone, vous tapez 3 fois la touche 6 (qui amène aux lettre MNO).

X : assimilé au 6

F : 6e lettre de l'alphabet latin (d'où FFF pour "fédération française de Football").

Dans la gématrie du latin (les lettres sont numérotées de 1 à 9, puis de 10 à 90 par dizaine, 60 étant le O, puis de 100 à 900, X étant 600), FOX (la télé des républicains) vaut 600 + 60 + 6 = 666. On peut aussi l'obtenir en faisant l'alphabet en 3 lignes de 9, FOX étant toujours dans la colonne 6, ou encore F(6e lettre) O (15e lettre = 1+5 = 6) et X (24e lettre = 2+4 = 6).

Mots

En gématrie 9 latine, des mots ont le résultat 666 (si on voulait calculer le nombre de la bête, comme le demande l'apocalypse).

LUCIFER = 108(L) + 109(U) + 27 + 81 + 54 + 45 + 162 = 666.

Pourquoi avoir traduit le "Yéshouah" hébreux par "Jésus" en latin ? Parce que JESUS fait 666 comme le mot LUCIFER. Voilà qui en dit long sur les créateurs de l'Église catholique...

Ainsi que les mots SATANS, GUERRE, HEROINE, OPIUM, ENVIES, DESIRS, TRAHIR, BRUTAL, VIANDE, bref, que des mots liés au mal, et ce n'est sûrement pas un hasard si ces lettres ont été choisies. Voilà pourquoi certains mots semblent avoir une orthographe bizarre, c'est pour retomber sur ses pattes dans une gématrie dont peu de gens ont les codes actuellement, des gens qui croient que les sons et vibrations du verbe ont un pouvoir.

Plus le multiplicateur de la gématrie est petit (comme la gématrie 6 latine au lieu de 9) et plus les possibilités d'avoir des noms correspondants est élevée.

Ainsi, en anglais et gématrie 6, on a SORCERIES (sorcières), WITCHCRAFT (sorcellerie), NECROMANCY, SLAUGHTER (abattre), HORROR (horreur), MONSANTO, VACCINATION, GENETICIST (généticien), ATROCITY (atrocité), INSANITY (folie), NEW-YORK, TREACHERIES (traités), MONETARY, CORRUPT, CONFUCIUS, ILLUSION, COMPUTER (ordinateur), PROGRAMER (programmeur), ADULTERATED (falsifié)

En Latin, en gématrie en chiffre romain (I = 1, V = 5, X = 10, L = 50, C = 100, D = 500, M = 1000), les autres lettres valant 0, on retrouve le titre papale, "VICARIVS FILII DEI" (vicaire du christ, literralement "vicaire du fils de dieu", vicaire voulant dire "représentant, suppléant, remplaçant"). La gématrie en latin donne "V(5) + I(1)+ C(100) + A (0) + R(0)+I(1)....D(500)+E(0)+I(1)" = 666... Intéressant, quand on sait que le titre a été retiré au pape François le 26/03/2020, juste avant son assassinat.

Produits de tous les jours

Les codes barres commencent par un 6, ont un 6 séparateur, et finissent par un 6.

Exemples

A Rennes-le-Chateau (code postal **111**90) (où on trouve la seule représentation de Lucifer dans une église en France), en contrebas de la tour Magdala de l'abbé Saunière, se trouve le lieu dit "le trône du diable" à 666 m d'altitude.

Loi de l'attraction

Ça n'existe pas, car ce n'est pas compatible avec le fait qu'il y ait une Intelligence Universelle qui a un plan que l'on est obligé de suivre. C'est pousser le libre arbitre trop loin. Méfiez vous, cette théorie est typique des visions hiérarchistes du monde, où chaque individu a finalement le même pouvoir que l'Univers entier.

Lobsang Rampa

Un désinformateur CIA, qui a repris les concepts divulgués 100 ans par la théosophie, et a brodé dessus une histoire inventée de toute pièce pour charger l'URSS dans une Amérique en pleine guerre froide. C'est ainsi qu'on a son maître empreint de sagesse dans ses propos (source théosophie) et le Lobsang qui critique les syndicalistes qui font perdre de l'argent à ses amis grands-patrons...

Récits de survie

Les récits de survie sont souvent des façons agréables de se préparer à la survie et d'être préparés aux diverses situations que nous pourrions rencontrer, tout en rendant hommage aux survies héroïques, pleines de génie de débrouillardise.

Survol

Les naufragés de Tromelin (p.)

Des dizaines d'esclaves échoués sur un minuscule îlot sans ressource, survivront malgré tout des dizaines d'années, en y faisant même des enfants.

Le siège (p.)

Une ville européenne de 60 000 habitants assiégée pendant 1 an (1992) et soumise à la loi de la jungle.

Les naufragés de l'île Tromelin

L'histoire

Au 18e siècle, 182 humains s'échouent sur une petite île (3km^2) de l'océan indien battues par les vents, pratiquement sans végétation, et quasiment sans animaux.

Point culminant de l'île : 7 m. Autant dire pas grand chose, les vagues submergent l'île lors des tempêtes. Impossible de se réfugier sur ce point culminant, les vents y sont trop violents, arrachant les murs même épais.

Les esclaves dans la soute sont laissés prisonniers alors que le bateau coule et que les marins évacuent en chaloupe. premier miracle, les déferlantes puissantes broient la coque et permettront aux prisonniers de se libérer de leur prison, et de rejoindre la côte à la nage. 20 marins et 72 esclaves meurent dans l'échouage, en tentant de rejoindre la plage.

Les survivants ne coopèrent pas : les esclaves sont tenus à distance du camp des marins. 2 baraquements de tentes sont créés (avec les voiles).

Quelques vivres sont récupérés du navire. Les tortues et oeufs d'oiseaux mis à contribution pour la nourriture. Un puits de 5 m de profond est creusé pour obtenir de l'eau saumâtre, limite potable, et qui provoquera la mort de quelques-uns.

Les marins survivants refont un radeau en 2 mois avec les restes du navire échoué. C'est ainsi que 122 hommes partent en abandonnant les 60 esclaves restants + 3 mois de vivres, leur promettant de revenir dans 2 semaines.

Promesse non tenue, le gouverneur refusera de sauver des esclaves, les abandonnant à une mort certaine.

Au bout de 2 ans, les secours n'arrivant pas, 18 naufragés tentent de s'échapper sur un radeau de fortune, mais ils disparaissent en mer.

Ensuite, pendant les 12 autres années, la population se stabilise à 13 personnes (10 femmes et 3 hommes).

15 ans après le naufrage, et les efforts frénétiques du capitaine pour convaincre les dominants locaux, des expéditions de secours sont enfin lancées. Les 2 premières échouent à aborder l'île, mais un marin parvient à rejoindre l'île à la nage. Perdant patience au bout de quelques semaines, ce marin reconstruit un radeau de fortune, entraînant avec lui les 3 derniers hommes survivants et 3 femmes. Comme la précédente tentative, ils disparaissent en mer.

Quand quelque mois plus tard, un bateau réussit à ramener les survivants, il n'y a plus que 7 femmes et 1 bébé de 8 mois à ramener. C'est le chevalier capitaine qui commandait le navire échoué 16 ans avant qui supervise le sauvetage.

Aucune enquête approfondie à l'époque, n'a cherché à en savoir plus. Ce n'est que dans les années 2000, que des études archéologiques ont été lancées pour déterminer comment la survie avait pu être possible.

Survie matérielle

Habitations

Des habitations sont faites de blocs de grès et de récifs coralliens, car les pluies et cyclones sont très nombreux. Les restes de l'épave sont mises aussi à contribution pour les habitations, dans l'ordre chronologique suivant :

- Occupation sans construction en dur (tentes)
- Construction de premiers bâtiments sur le point haut de l'île (7 m) qui seront détruits par les cyclones.
- Construction et renforcement ultérieur des murs (jusqu'à 1,5 m d'épais) d'une dizaine de bâtiments, formant un petit hameau.
- Construction d'un mur de 9 m de long et de 3 m d'épaisseur.

Les bâtiments devaient résister aux vents violents et cyclones (ouvertures placées à l'abri du vent).

Les malgaches ayant des structures traditionnelles en bois et torchis, ils ont dû s'adapter à leur nouvel environnement. De plus, comme chez eux, la pierre est réservée aux tombeaux, ils ont du franchir une barrière culturelle et morale.

Nourriture

Que de rares herbes et petits buissons éparses sur l'île. Ils ont mangés principalement les oiseaux (des sternes, qu'ils ont sans doute contribué à éradiquer car on ne les trouvent plus de nos jours), les oeufs d'oiseaux et les tortues marines qui viennent pondre.

Poissons et coquillages consommés en moindre quantité, malgré l'abondance actuelle de Bernard l'Hermite.

Feu

L'entretien du feu sera fait pendant 15 ans uniquement avec le bois récupéré de l'épave. 2 briquets et des silex montrent qu'ils avaient moyen de rallumer le feu en cas d'extinction.

Outils

Une grande quantité d'outils ont été fabriqués et entretenus (hache, grattoirs, burins, gouges). Des ustensiles de cuisine en cuivre réparés jusqu'à 9 fois (cuillères, bols et gamelles) qui démontre la volonté farouche de survivre.

Une marmite en plomb.

Une pierre à affûter à partir d'un bloc de grès.

Vêtements

Seulement des pagnes, tressés avec des plumes d'oiseaux.

Ville-mouroir

Une ville européenne moderne (Yougoslavie, 1992), assiégée et en état de guerre civile pendant 1 an. Histoire de vous faire comprendre que sans le ravitaillement extérieur, les villes deviendront des mouroirs.

Ça se passe en Yougoslavie entre 1992 et 1995, pendant la guerre de sécession. La ville est fermée par les armées qui l'encerclent, des parachutages de vivres sont réalisés mais c'est les gangs mafieux organisés qui les récupèrent, et en profitent pour faire leur loi.

Des snipers embusqués rendent toute sortie en plein jour risquée (de nos jours, avec les lunettes infrarouges, même les sorties de nuit vont être risquée). Les déplacements se font à 2 ou 3, toujours bien armés.

Les gangs détruisent les hôpitaux, les policiers ne vont plus travailler. Impossible d'utiliser sa voiture, plus de pétrole et rues encombrées.

Très vite le papier toilette vaut plus cher que l'or. Les femmes se prostituent 4 h pour obtenir une boîte de conserve (surtout les mères avec enfants en bas âge). Les gens se barricadent, ceux qui ont pu prévoir sont assez nombreux et bien armés pour soutenir un assaut.

Au bout de 3 mois, ayant épuisés très vite leurs maigres réserves de nourriture, et sans compétences à vendre aux gangs qui entassent la nourriture à leur profit, les premiers morts faim se produisent. Le froid tue aussi des gens.

Le troc marche à fond. Armes a feu, munitions, bougies, briquets, antibiotiques, pétrole, piles et nourriture deviennent les monnaies d'échanges pour lesquelles beaucoup sont prêt à tuer. "la plupart des gens deviennent des monstres... c'était moche".

Celui qui savait recharger les briquets à partir d'une bouteille de gaz, a toujours mangé à sa faim.

Les meubles, parquets et portes sont brûlés, impossible d'avoir accès à des arbres (ceux du centre ville sont rapidement découpés).

Le passage

C'est le premier scénario de film écrit par Nancy Lieder en 1997, qui montre le PS1 à la fin des années 1990 : c'est donc une ligne de temps qui n'est donc plus d'actualité, mais qui permettait aux gens de l'époque de se rendre compte des choses, et qui restera valable pour celui qu'on va vivre. Ce scénario résume dans les grandes lignes ce qu'il va se passer lors de l'apocalypse, avant, pendant, et juste après. C'est donc un schéma directeur qui peut grandement vous aider dans votre préparation, tout en vous aidant à comprendre la réaction des gens qui n'auront pas été préparés.

C'est de la survie axée sur le peuple américain, mais les éléments spirituels ne sont pas négligés.

Survol

L'histoire décrit plusieurs petits groupes d'humains qui subissent le pole-shift et sont progressivement mis en contact avec des ET amicaux.

Le cover-up avant le passage (p.)

Danny, jeune journaliste, découvre par des sources haut placées l'existence de Nibiru, mais se heurte au refus de son directeur de publier l'info au public.

Le pole-shift à la ferme (p.)

Le pole-shift tel qu'il est vécu par une famille de fermiers, des contactés Zétas altruistes.

Campement de survie (p.)

Rapidement, les fermiers se réorganisent et accueillent les voisins proches déboussolés.

Chacun met en commun ses connaissances et expériences pour tenter de comprendre ce qu'il s'est passé.

La folie, provoquée par le stress des changements affecte plusieurs membres du groupe.

Un survivant inventif abandonne le groupe, ne pouvant se résoudre à abandonner son compagnon devenu fou, laissant ce dernier décider du lieu à rejoindre, où le désespoir et le suicide les attendent.

Les militaires (p.)

Lors d'une exploration, une partie du groupe du ranch se fait capturer par des militaires devenus pilleurs. Le groupe est emmenés dans une enclave high-tech, où ils seront torturés et certains trouveront la mort. Grâce à lé défection de quelques militaires, ils parviendront à s'échapper et à rejoindre la ferme.

L'exode (p.)

Sous la pression des pillards, le groupe fuit la ferme. Devenu nomade, le groupe vit de la chasse-cueillette, tout en découvrant d'autres groupes moins chanceux ayant été massacrés et dévorés.

Fusion de communautés (p.)

Le groupe de la ferme rencontre un autre groupe guidé par Ian. Chaque groupe apporte ses compétences pour développer la communauté.

Nouvel exode (p.)

De nouveau en exode suite à une attaque de pillards, la communauté découvrent un village flottant.

Ville-dôme Zéta (p.)

La communauté finit par atteindre la ville-dôme des Zétas, ayant fait confiance en un visité Zéta.

La ville du dôme est autosuffisante. Le maire est un visité ET, et des enfants hybrides y vivent.

Les militaires qui attaquent la ville-dôme sont détruits, leurs armes se retournant contre eux.

Les ET invitent les humains ouverts à découvrir l'univers et les autres formes de vie intelligentes.

Le cover-up

Le vieil observatoire

Un vieil astronome à la retraite s'occupe de son petit observatoire. Ne demandant pas de subventions de la part de l'État, trop petit et trop vieux pour avoir été retrouvé dans les archives gouvernementales, l'observatoire a été oublié lorsque le cover-up sous couvert de secret-défense a été imposé lors de la découverte de Nibiru.

Dans le viseur du grand télescope, l'astronome s'agite : il vient de découvrir une sorte de grosse comète sur un bras d'Orion. Sa fille transmet la nouvelle à un jeune astronome amateur ami.

L'observatoire moderne

Rejoignant un observatoire moderne construit sur des hauteurs rocheuses, le jeune astronome amateur, qui a réservé un télescope pour une heure, donne les coordonnées vers lesquelles il veut qu'on pointe le télescope. Seul l'assistant astronome auxiliaire est présent à ce moment-là. Perplexe, il annonce que cette zone ne peut être observée, à cause d'un échafaudage empêchant la pleine course du télescope. Cet échafaudage bloque l'observation depuis longtemps, bien qu'il n'y ai pas de raison rationnelle qu'il soit là. L'assistant, pour ne pas décevoir son client, l'amène sur un autre télescope non ouvert au public, mais qui permettra d'atteindre la zone du ciel demandée.

Le client lit les coordonnées :

- *"Angle droit 5.151245, déclinaison +16.55743."*

L'assistant reconnaît aussitôt :

- *"Orion, hein? Beaucoup d'intérêt pour cette région du ciel ces derniers temps."*

Les 2 astronomes se concentrent ensuite sur une tâche de lumière, plus claire en son centre. La tâche est globalement plus grande que les étoiles, qui ont tendance à être des petits points de lumière. L'assistant ajuste le télescope pour centrer l'objet, note la coordonnée, puis se dirige vers le côté de la pièce où de grandes cartes d'étoiles sont disposées sur une table. Surpris, il constate que cette tâche n'apparaît pas sur les cartes...

Nibiru

Figure 36: Nibiru et sa traîne, dans le système solaire

Dans l'espace, on aperçoit Nibiru, alias Planète X, la Planète du Passage. Toute la scène est baignée de rouge, de poussière rouge tourbillonnante, remplie de débris. Des pierres et du gravier sont parfois vus dans le mélange tourbillonnant. La planète est une planète aquatique, bien que la poussière rouge ne lui donne pas une teinte bleue. Il y a peu de terres émergées, moins de 10% (petits continents / îles).

La queue, apparemment sans fin, montre parfois un objet de la taille de la lune, le plus souvent tournant autour d'un autre objet de la taille de la lune. Les débris continuent à défiler, avec toujours cette poussière rouge tourbillonnante. Plusieurs lunes tournant autour d'une autre, s'enroulent comme la queue d'un scorpion. La queue de la poussière rouge est chargée électriquement, semble fouetter l'espace et s'enrouler. Gravier gris et débris fins forment leur propre nuage dans la queue, et réagissent :

- au mouvement des lunes en orbite
- aux mouvements du nuage de poussière rouge

Les nuages s'enroulent et tourbillonnent sur eux-même (2 mouvements de vortex combinés).

L'ensemble est un monstre sombre se tordant en se déplaçant dans l'espace sombre.

Les crops-circle

Figure 37: crop-circle

Un hélicoptère gouvernemental survole un champ de blé. Au milieu , un crop circle : Le blé a été plié aux noeuds, pas cassé. Aucune empreinte de pas n'est visible, les enquêteurs sont les premiers sur place, cherchant à savoir ce qu' "ils" veulent dire.

Ceux qui savent et se taisent

Dans le bureau de Zack Maya, le rédacteur en chef du Daily News. Un homme qui a plus fait de la politique et des compromis avec les puissants que du journalisme. Le quotidien est un succès, mais la marge limité, et le public volage.

Danny, un jeune journaliste, voyant que son chef est en train de lire le papier qu'il lui a soumis, renter dans le bureau. Le directeur a à peine lu quelques phrases qu'il jette le papier sur la table, comme s'il le brûlait :

- *"Je n'imprimerai pas cette histoire. Il n'y a aucune preuve, c'est juste une idée folle ! Je te rappelles que tu écrit pour un journal conservateur ? Tu pourrais engendrer une panique avec ce genre de choses."*

Danny ne croit pas un mot de ce discours :

- *"C'est un excellent article. Le gars m'a impressionné, et il avait beaucoup de sources. Nous avons déjà fait des documentaires auparavant, des chutes d'astéroïdes et tout le reste. Je ne vois pas en quoi ce serait différent."*

Maya secoue simplement la tête, regardant Danny droit dans les yeux, sans ciller, le scrutant du regard par dessus ses lunettes :

- *"Ce n'est pas parce qu'on le faisais avant qu'on peux refaire quelque chose comme ça aujourd'hui. Je ne peux pas imprimer ceci."*

Ceux qui savent et en parlent

Le professeur Isaac est en train de pêcher, dans le campus boisé de l'Université de Brandon. Danny vient le rejoindre :

- *"Ils n'ont pas voulu imprimer l'article"*, annonce Danny.

S'enchaîne une conversation ou Danny en apprend plus sur tout ce qui est supposé par les scientifiques concernant cette planète, allant plus loin que les seules informations sourcées dévoilées pour l'article.

Danny alterne sans cesse entre la logique de ce qui est révélé, et le déni, car ce qui est annoncé est trop effrayant. Danny cherche à se raccrocher à d'autres explications possibles, qui permettraient d'expliquer les faits que le professeur aligne.

Isaac est familier de ce type de réaction, et il démonte les arguments adverse en exposant simplement les faits, jusqu'à ce qu'ils soient écrasants (aucune autre explication n'étant possible) :

- *"Un de mes amis travaille dans un grand observatoire. Il a suivi un objet entrant, mais il lui a été imposé de garder le silence à ce sujet s'il tenait à la sécurité de sa famille. Cet ami dit que cette omerta dure depuis plus d'une décennie. Cette planète traverse le système solaire tous les 3 600 ans environ, et démolit pas mal la Terre à chaque fois. Aucun d'entre nous n'est prêt pour cela, c'est sûr. Et c'est précisément pourquoi le gouvernement ne veut pas que le public le sache. Eux non plus ne sont pas prêts."*

Danny s'y attendait. Le rédacteur en chef a rejeté son histoire trop vite, la lisant à peine.

- *"Qui lui demande de se taire, et pourquoi ?*

- *Le gouvernement. Ils ne savent pas quoi dire aux gens. Alors ils s'appuient sur des personnes pour garder le peuple tranquille. Les observatoires coûtent cher, ils sont construits avec beaucoup d'argent. Les universités reçoivent des subventions du gouvernement. Et de toute façon, le gouvernement peut toujours venir et dire que c'est un problème de sécurité nationale.*

- *La sécurité nationale ? Nibiru ne peut provoquer la panique ? Ils n'ont pas invoqué la sécurité nationale pour la menace que cause les astéroïdes passant proche de la Terre, ils en ont*

parlé partout aux infos, à la télé et autres. En quoi serait-ce différent ? "*

Isaac doit expliquer comment fonctionnent ceux qui sont au pouvoir et qui ont peur de le perdre.

- *"Ces astéroïdes, soit ils balayent toute vie sur Terre, soit ils passent à côté sans rien faire, c'est blanc ou noir. Mais ce monstre de Nibiru passe et provoque un pole-shift (déplacement de pôles géographiques). Le globe survit, mais la civilisation est pratiquement anéantie, s'est crashée en plein vol. C'est ce qui s'est passé pendant le temps de Moïse. L'Égypte a perdu ses esclaves, ils sont partis, et l'Égypte fut dans le chaos pendant des siècles. C'est ce qui les inquiète vraiment. Ils s'inquiètent de l'ouvrier remettant en question ses maîtres, et reprenant le pouvoir. Ils s'inquiètent de la domination de la foule.*

- *Ça explique que Maya m'a sauté dessus. C'était comme si quelqu'un lui avait confié une tâche, comme s'il en savait plus que ce qu'il m'en a dit. Où ont-ils trouvé cette planète ?*

- *En 1983, ils envoyaient des caméras infrarouges au-dessus des nuages, alors qu'ils n'avaient pas le télescope spatial Hubble, et regardaient vers Orion parce que les astronomes savaient qu'il y avait quelque chose qui attirait les comètes et les planètes dans cette direction, une force gravitationnelle, et ma foi, ils l'ont trouvé. Ça les a effrayés, et ça a frappé les journalistes au point de faire la une des journaux avant qu'ils ne puissent l'étouffer. La découverte était dans le Washington Post, en première page, en 1983.*

- *Mais je ne comprends pas pourquoi la violence de la foule s'ensuivra. Je veux dire, ok cette chose passe. Mais alors pourquoi les civilisations devraient-elles s'effondrer ? "*

Isaac jette un coup d'œil de côté à Danny, jugeant son scepticisme léger. Comme la plupart des jeunes, il est réticent à abandonner son idéalisme, ne croyant pas que le gouvernement et les médias mentiraient au peuple. Isaac est familier de cette résistance et de ces arguments, les balayant à chaque fois. Isaac dit :

- *"Nibiru ne fait pas que passer. Le passage de Nibiru ne va pas être de tout repos, loin de là, fiston. Regarde la question des glaciations et des déplacements des pôles magnétiques ! Nous ne les comprenons tout simplement pas ! Tu sais que lors de la dernière période glaciaire il y avait de la glace sur la France, il y a 11 000 ans à peu près, mais en même temps, les prairies Sibériennes étaient chaudes et luxuriantes! Maintenant, qu'est-ce que le Soleil a fait là-bas, a-t-il brillé uniquement pour la Sibérie et s'est éteint pour la France ?"*

Isaac visualise un mammouth debout dans les prairies, la neige et les vents hurlants qui descendent de la haute atmosphère. Le mammouth se mets dos aux vents, tronc haut comme s'il essayait de se défendre, des yeux fous de peur face au maelström descendant. Les fleurs de bouton d'or dans l'estomac resteront non digérés, comme si ce qui avait tué le mammouth était un événement soudain ayant eu lieu au milieu de la digestion du mammouth. Isaac reprend :

- "On a retrouvé des mammouths en Sibérie, figés par le froid en un éclair, congelés comme cela depuis des milliers d'années, avec des boutons d'or dans l'estomac. Des boutons d'or, là où actuellement on ne trouve pas trace d'herbe à des centaines de kilomètres à la ronde. La Terre a basculé sous leurs pattes, fiston, et les a déplacés rapidement vers une zone polaire. Ils ne furent pas la seule espèce à s'être éteinte sans raison apparente. Il y a en a des douzaines."

Danny ne trouve pas d'explications rationnelles ni d'arguments à ajouter à cela, bien que l'agitation de ses yeux montre qu'il essaie de toute ses forces. Isaac continue :

- "L'université de Potsdam a publié des articles indiquant que l'axe du monde s'est déplacé, tirant l'Allemagne plus au Sud, au moment de l'Exode juif d'Égypte. La croûte terrestre s'est déplacée. La croûte a bougé ! Avant l'exode, le Groenland était là où est maintenant le pôle Nord géographique. Tu le vois ? La croûte se déplace, et pendant cette dernière période glaciaire, la France était le Pôle Nord géographique, c'est pourquoi il était gelé ! Nous n'avons pas des pôles magnétiques errants, nous avons une croûte errante.

- Est-ce la raison pour laquelle le temps devient fou et les boussoles ne semblent plus fonctionner correctement ?

- Oui. Mais il n'y a pas que le pole-shift. Il y a aussi les raz-de-marée, les squelettes de baleine trouvés sur les collines à 120 à 150 mètres au-dessus du niveau de la mer en Ontario. En Sicile, il y a des ossements entassés dans des crevasses rocheuses qui proviennent d'à peu près tous les animaux d'Europe et d'Afrique, tous en petits morceaux comme si les vagues les avaient amenés là et éclatés contre les rochers.

- Peut-être qu'un météore, comme celui qui a tué les dinosaures, est tombé dans l'océan et a provoqué un raz-de-marée géant ?

- Aux USA et en Méditerranée en même temps ?... Autre chose, le pic "Chief Mountain" au Montana a fait un voyage de 13 km a travers la plaine, et les Alpes se sont déplacées sur plusieurs centaines de kilomètres vers l'intérieur des terres. Nous parlons de plaques rocheuses de centaines et de centaines de mètres d'épaisseur... Quelle force déplace ces montagnes ?

- Oh, c'est arrivé il y a des millions d'années.

- Les chutes du Niagara coulent sur un lit qui a moins de 4 000 ans, et plusieurs lacs de la côte ouest n'existent que depuis environ 3 500 ans. Ça te rappelle un chiffre ? Les scientifiques savent depuis un certain temps que le niveau des océans a baissé d'environ 6 mètres partout sur la Terre, en même temps, et devine quand : il y a entre 3 000 et 4 000 ans.

- La vache ! C'est énorme ! Pourquoi ne laisseraient-ils pas ça sortir ? Ils préviennent les gens des inondations, des ouragans, de faire des stocks pour la tempête, et tout. En quoi est-ce différent ?

- Mets-toi à la place des responsables, Danny, et regarde la liste de tes soucis. Un, il n'y a aucun moyen après que la croûte terrestre se soit déplacée, après que toutes les villes soient tombées en poussière, pour loger et nourrir les citoyens. Ils réfléchissent donc à sauver quelques privilégiés, et les quelques-uns incluent toujours ces dirigeants, bien sûr. Ils ont bien sûr construit des bunkers, qui sont bien approvisionnés, et tout ça avec l'argent du contribuable. C'est pourquoi cette histoire est gardée secrète. Ils ont des chiens de gardes à la tête des médias pour surveiller que Nibiru reste un secret. Ils tirent à tous les coups et sans sommation."

La situation continue de s'assembler, les pièces du puzzle de se mettre en place pour Danny. Des liens sont faits, et il réalise que la réaction de Maya n'est pas la première de ce type qu'il a rencontré. Danny demande :

- "Tu as déjà essayé de divulguer cette histoire avant ?

- On m'a demandé de contacter votre journal, de réessayer encore une fois. Quelques-uns d'entre nous ont essayé de trouver un débouché. Jusqu'à présent, personne n'a franchi la censure. On ne sait pas ce qu'Ils disent à ces rédacteurs, sûrement

du genre "question de sécurité nationale", pour ne pas avoir la panique, mais en tout cas, c'est une histoire que le public n'est pas autorisé à entendre."

Danny est nouveau dans le monde du cover-up / dissimulation, et cherche un chemin pour le contourner :

- "Quelqu'un pourrait aller à un observatoire. Je veux dire, notre observatoire fait des nuits portes ouvertes. Vous pouvez y aller, pointer le télescope où vous voulez, ils vous aident..."

Isaac, plus âgé et avisé, sait ce que signifie un cover-up sérieux.

- "Tu peux essayer. Nous l'avons fait, quand Nibiru pouvait encore être vu dans le ciel nocturne. Mais cette un cover-up très poussé et généralisé. Ce ne sont pas seulement les éditeurs, mais ce sont aussi les observatoires et les astronomes qui sont astreints au secret. Tu penses que le peuple américain ne voulait pas savoir ce qui était arrivé à JFK ? Ils n'ont pas eu l'histoire à l'époque, et ils ne l'auront pas maintenant. Quand le voile s'abat pour protéger les responsables, à Washington, tout le monde s'en réjouit."

Les jeunes persévèrent. Danny affirme :

- Oui, mais je parie que je pourrais. Je veux dire, je peux être assez persuasif.

- Trop tard. C'est fini, les observatoires ne censurent plus rien, Nibiru est trop près du Soleil désormais pour être vue des télescopes. On ne peut plus la voir qu'en plein jour, alors que les observatoires ont besoin du ciel nocturne. C'est arrivé, Danny, on arrête de tergiverser, et on se prépare au grand chambardement !"

Danny est tombé dans le silence, mais finalement prend une grande respiration.

- "Alors que faisons-nous ?"

Isaac explique cette chose fondamentale, à savoir que chacun doit être personnellement préparé.

- "Je ne vais pas attendre qu'on me dise ce que je dois faire, je sais très bien ce que j'ai à faire. J'ai un endroit dans les collines, et dès que les choses commenceront à s'aggraver, c'est là que j'irais."

Vacances

Danny a pris des vacances pour se remettre de ses découvertes. Il part camper dans les rocheuses avec sa copine Daisy. Daisy est contente aussi que Danny se calme, et arrête de se plaindre en permanence de son chef qui lui interdit de divulguer. Elle demande à Danny d'arrêter de la saouler avec cette maudite planète inventée, dont il ne cesse de lui rabattre les oreilles.

Mais Danny ne peut s'enlever cette chose de la tête. En fouillant à droite et à gauche, il a découvert que Hapgood, a compris que la théorie de la croûte glissante est la seule explication, et Einstein l'a accepté ! Danny a presque serré les dents dans ses ruminations, sa colère de se sentir bloqué sur tous les fronts. En tant que jeune homme, il découvre la réalité de la vie dans le monde adulte, et n'aime pas ce qu'il y trouve. Comment oser enterrer la vérité, ce cover-up se faisant devant ses yeux, sans qu'il ne puisse rien y faire, que personne ne veuille l'écouter !

Daisy allume la radio pour ne plus entendre Danny :

- "Pour ceux qui voyagent sur l'autoroute I-15, nous avons une alerte de flash-flood (inondation éclair) près de la forêt nationale de Fishlake. Veuillez des itinéraires alternatifs..."

Leur voiture continue sa route sur l'I-15. Là où ils sont passés quelques minutes auparavant, la circulation s'arrête de part et d'autre du torrent de ruissellement qui vient d'apparaître.

L'info se répand petit à petit

Danny et Daisy s'assoient autour d'un feu de camp pour partager une bière avec le couple de la tente voisine, Jane et Franck. Danny ne peut s'empêcher de conter ses mésaventures :

- "Je travaille dans le milieu de la presse écrite, et d'habitude on se jette sur le scoop. Eh bien, j'ai eu un vrai scoop, un professeur du coin qui avait une théorie sur les crop circles. Il a fait un discours dans un club local, et quelqu'un dans le public a été tellement impressionné qu'ils m'a envoyé le prospectus de la soirée. Après tout, nous imprimons les théories de tout le monde sur les crop circles - que ce soit des mathématiques, de l'ADN, peu importe. La théorie était cette fois que nous avons une autre planète dans le système solaire, qui revient en orbite proche de la Terre tous les 3 600 ans ou quelque chose comme ça, et que ces crop circles sont un avertissement du retour prochain de cette planète ! Et bizarrement, mon rédacteur en chef ne me laisse pas imprimer l'histoire."

Frank, est heureux que le camping ait au moins un locataire avec qui il puisse élever le débat au-delà des bavardages habituels sur les moustique et la sauce barbecue :

- "*Tu parles de la théorie de Sitchin. Il a affirmé que certains documents anciens, les tablettes sumériennes, montrent que cette planète existe. Et ce nombre - 3600 ans - ces anciens avaient un terme pour désigner ce nombre.*"

Danny se lève, raide comme un piquet, il a soudainement retrouvé son énergie.

- "*Mon rédacteur en chef est parti en vrille quand je lui ai présenté la théorie. Je ne l'avais jamais vu comme ça. S'il n'y a rien là dessous, pourquoi a-t-il réagi comme ça ? Alors je suis sorti voir ce type, le professeur, et il m'a dit que les médias étaient réduits au silence. Il m'a dit que le gouvernement était au courant, qu'ils avaient à l'œil ce fichu machin, qu'ils l'observaient nous foncer dessus, et qu'ils n'en disent rien au reste d'entre nous !*"

Danny commence à montrer ce qui va se passer avec ses mains, plus détendu maintenant qu'il peut parler de ses soucis a une oreille intelligente.

- "*Des montagnes qui sortent de terre, des raz de marée déferlants sur les côtes, des vents d'enfer, et surtout, de la poussière rouge. De la poussière rouge partout.*"

Franck fait le lien avec les légendes, de même que son épouse très au fait des prédictions du New Age. Jane rebondit :

- "*Les Hopi parlent du Jour de la Purification, quand le monde entier tremblera et deviendra rouge. Et de petits bisons blancs sont nés, ce qui est une autre prophétie indienne qui se réalise.*"

Frank intervient à nouveau :

- "*Il y a une centaine d'années, un dentiste de l'Ohio, Edgar Cayce, a fait un travail de channeling peu connu. L'Oashpe, je crois qu'il s'appelle. Ca parle d'une Étoile Rouge qui voyage et cause beaucoup de mort. Ça dit que les âmes sont moissonnées à cette occasion. Il a aussi vu la Californie recouverte d'eau.*

Et puis il y a Mère Shipton, il y a plusieurs centaines d'années, qui a prédit presque exactement la même chose pour l'Angleterre"

Franck cita la mère Shipton :

"*Pendant sept jours et sept nuits
l'homme regardera cette vue impressionnante.
Les marées vont s'élever au-delà de leur point le plus élevé
mordre les rivages et ensuite
les montagnes vont commencer à rugir/grogner
et les tremblements de terre fendront les plaines
où la mer se ruera.*"

Colonel Cage

Le colonel Cage parle à un Zéta. En tant que militaire, le Colonel Cage considère la forme physique comme le premier bastion de la discipline, et malgré ses 50 ans, pas un muscle n'est relâché. D'une discipline stricte, il vit selon des règles à la fois militaires et personnelles, qui sont souvent en conflit les unes avec les autres.

Le Zéta plus grand que le colonel, il a des os fins et avec une énorme tête semblant trop lourde pour le corps mince et filiforme comme un bâton. Mais il y a de la grâce dans les mouvements du Zeta.

Cela fait longtemps que Cage est habitué à converser avec son visiteur de Zeta Reticuli.

Seule la voix du colonel se fait entendre. Pourtant, l'intensité de ses paroles montre qu'un échange d'idées a réellement lieu, de manière télépathique. Les hauts gradés du MJ12 peuvent rencontrer les Zétas conscient activé.

Cage est désolé. Il révèle au Zéta qu'il est piégé, qu'il ne peut rien révéler.

-"*Les ordres sont des ordres. Ne pensez vous pas que j'aimerais mettre en sécurité les enfants de mon voisin ? Ils vivent pratiquement chez moi. Mais si je dis quoi que ce soit je disparaîtrais. Et que feront alors Mary et les enfants, pour l'amour de Dieu ?*"

Les 3 jours de ténèbres

Ceux qui se doutaient

Au camping, les derniers jours ont été très sombres, comme si le Soleil n'arrivait pas à se lever, mais cela a été mis sur le compte des nuages très épais. Franck trouve pourtant cette obscurité plus qu'anormale. Puis se rappelant soudainement de quelque chose, il feuillette un livre :

- "*C'est les trois jours d'obscurité biblique prédit. Et dans le Livre d'Amos : "je ferai descendre le soleil à midi et j'obscurcirai la Terre au milieu de la journée". Et les Grecs, dans le Phaéton, «Un jour entier s'est passé sans le soleil. Mais la planète qui brûle a donné la lumière". Zut, je crois qu'on y est...*"

La NASA

À Houston, dans les locaux de la NASA, une vidéo montre l'horizon sombre, comme si la vidéo s'était arrêté à l'heure de pré-aube, quand le ciel commence à s'allumer mais qu'on ne voit pas encore le soleil. Plusieurs heures que le Soleil ne se lève plus. Dans la salle de commandement, prévue pour la guerre, les cols de cravates sont ouverts, les cols de chemise déboutonnés, les cheveux ébouriffés à force de s'arracher les cheveux.

Un employé marche dans la pièce, un téléphone portable collé à l'oreille, faisant des grands gestes brusques avec ses mains, l'air furieux. Il dit :

- "... *temps d'aller au bunker !*"

Se penchant sur une table et posant son poing dessus, furieux, il s'installe sur sa chaise alors qu'il tremble de rage en écoutant la réponse. Il explose :

- "*Quand cela a commencé, vous m'avez dit que nous partirions. Maintenant, je veux savoir où est ce putain de bunker ! Tout de suite !*"

La même scène d'incompréhension et de désespoir se rejoue partout dans le monde, où les petites mains, qui se croyaient importantes, s'aperçoivent qu'on leur a menti, qu'elles seront laissées à l'abandon comme tous ceux a qui elles ont menti.

Directions des médias

Au Daily News, à Newark, dans le New Jersey. Zack Maya, le rédacteur en chef, est furieux. S'il semble que ce soit l'aube au dehors, sa montre et a pendule murale indiquent qu'il est 13h07. Le visage rouge de colère, debout dans son bureau, trop agité pour s'asseoir, il hurle au téléphone :

- "*Nom de Dieu, qu'est-ce qui se passe! Tu m'avais dit qu'il n'y avait aucun danger, espèce d'enculé. J'ai fait ce que tu m'a dit de faire, et maintenant, qu'est-ce que tu as l'intention de faire !*"

Quand il devient évident que l'autre partie lui a raccroché au nez, le rédacteur en chef écarte le combiné de son oreille, le regarde fixement, puis il raccroche en marmonnant dans sa barbe, d'un air décidément abattu. De la fenêtre se font entendre des klaxons de voiture et des cris hystériques.

Les traders

L'horloge de la Bourse de New-York indique 13h11. La salle est inhabituellement vide et silencieuse. Des petits groupes regardent les moniteurs de télévision branchés pour l'occasion. L'équipe de CNN parle de l'aube en retard de plusieurs heures.

- "... *les scientifiques doivent encore trouver une explication au Soleil qui tarde à se lever. La plupart des entreprises et des écoles fonctionnent à leur horaire normal, mais la confusion a ...*"

Les voitures sont à l'arrêt dans les embouteillages et les gens, par les fenêtres, regardent le ciel. Un groupe d'enfants de la campagne descendent d'un bus et regardent autour d'eux.

- "*Donc, c'est ça New-York? Ils ont des embouteillages monstrueux ! Maman avait raison !*"

Un cadre en complet gris sort d'un taxi, un bel attaché case à la main. Il remarque une fine poussière rouge poudrant le trottoir, et s'accroupit pour en ramasser une pincée, puis la frotte entre ses doigts. La fine poussière est partout à présent - se soulevant du toit des voitures qui démarrent, s'amassant en petits tas sur les trottoirs, et tombant en un fin brouillard sur les visages anxieux tournés vers le ciel.

Le temps manquant

Danny se réveille brutalement. Il est 10h30 du matin, pourtant il fait toujours nuit dehors. Normalement il dort comme un loir au camping, mais là il n'arrive plus à dormir. Il lui semble que du temps lui manque, il a dormi trop longtemps.

La poussière rouge a tout saupoudré. Franck, qui revient de la pêche, annonce que le ruisseau est tout rouge, et que tous les poissons sont morts, flottants ventre à l'air. Ils se rendent bien compte que les prophéties sont en train de se réaliser.

Les smartphones ne fonctionnent plus. Le magasin du camping n'a pas été livré en journaux et provisions. Comme mû par un réflexe commun, tous les campeurs plient leurs tentes en même temps. Par instinct grégaire, Danny fait de même, pendant que Daisy s'assoit et s'absorbe dans la manicure de ses ongles, parlant toute seule de produits de maquillage.

Pole-Shift à la ferme

Présentation de la famille McGregor

Martha, garçon manqué, est depuis toute petite visitée par les Zétas (qui viennent la voir dans des vaisseaux de 8 m de long). Ils parlent à son inconscient alors que son conscient est coupé, c'est pourquoi nous ne saurons pas ce qu'ils lui disent. Les Zétas parlent aussi, télépathiquement, à d'autres animaux lors de ces visites, comme des ratons laveurs.

Enfant unique, Martha vit à la ferme avec son père veuf, surnommé Red. On reconnaît l'alter égo de Nancy Lieder dans ce personnage.

Les années passent. Mariée à Big Tom, Martha a un jeune fils, Billy, et une fille, Tammy.

Dans la même clairière que sa mère avant lui, Billy est lui aussi visité par les Zétas.

Les signes

Red, à la retraite, passe son temps dans son atelier, n'ayant l'impression d'être utile qu'en fabricant des objets pour sa famille.

Billy vient voir son grand-père, inquiet parce que les grenouilles ont disparues de la mare. Red se rappelle qu'il avait entendu à la radio que le phénomène s'était déjà produit partout ailleurs.

Plusieurs mois plus tard, Alors que Red et Martha contemplent le paysage, Martha s'aperçoit que la Lune s'est levé d'un endroit où elle ne l'avait jamais fait. Red sent que quelque chose d'anormal se passe, mais ne sait pas exactement quoi.

Plus tard, on apprendra que que des gens riches venant de la côte commencent à remplir un bunker en haut des montagnes. C'est ceux qui font les travaux qui pour certains, ne peuvent tenir leur langue.

- *"Fred dit qu'ils lui ont fait prendre assez d'eau en bouteille et de conserves pour nourrir une armée pendant un an là-bas. Ils ont remplis le bunker un camion après l'autre. Il a dit que pour lui, le plus gros choc c'était d'avoir vu le le trou dans la montagne. Ils avaient fait creuser le tunnel principal, puis une pièce. Lumières partout. Meubles aussi."*

Red est attentif à ces détails et signes qui s'accumulent, mais Big Tom, son gendre, n'est pas le moins du monde préoccupé par ces histoires qui ne le concernent pas. Il a d'autre choses à penser que des riches fous qui dépensent leur argent à tort et à travers.

Les 3 jours de ténèbres

Martha est debout avant l'aube pour préparer le petit-déjeuner de son travailleur de force de mari. Big Tom dévore son petit-déjeuner, avalant son café avec bruit et s'empiffrant de ses œufs bacon comme s'il n'y avait pas de lendemain, en parlant, entre deux bouchées, des tâches qu'il a planifiées pour la journée. En jetant un coup d'oeil sur la barrière qu'il doit remonter, il se fige soudain : Dehors, il fait une nuit d'encre, alors que l'aube aurait déjà dû avoir coloré l'horizon de stries oranges. Puis il recommence à manger, tout en continuant de jeter un œil par la fenêtre, nerveusement, une expression perplexe sur le visage. Tout le monde vérifie l'heure, mais toutes sont synchronisées : le problème vient bien du Soleil.

Plus tard, alors qu'elle est dans son jardin, Martha s'aperçoit qu'un grand Zeta se tient à côté d'elle, sans qu'aucun bruit ne l'ai alerté. Proche des larmes en voyant un ami, elle est soulagée de pouvoir demander conseil.

- "*Que se passe-t-il ?*"

Le Zeta s'approche d'elle et pose sa main sur l'épaule de Martha, baissant la tête pour que leurs 2 fronts se touchent. Martha lève sa main et la pose sur l'épaule du Zeta. Ils restent ainsi pendant quelques minutes. Ils finissent par s'écarter, leurs yeux plongés dans le regard de l'autre. Le visage de Martha reflète maintenant le calme, elle n'est plus paniquée ni effrayée.

Les pénuries

Alors que Big Tom répare la clôture, les bêtes se mettent à meugler et à s'éparpiller dans tous les sens, paniquées, se heurtant les unes aux autres. Les bêtes captent un signal que pour l'instant Big Tom ne reçoit pas. Enfin il le perçoit. Un grondement sourd en provenance de la Terre, à peine perceptible au premier abord. Mais le gémissement continue à monter puis à redescendre en intensité, de manière incessante, comme si la Terre était à l'agonie.

Big Tom se précipite à la maison, se ruant sur le téléphone. Martha est calme, assise dans la cuisine, et annonce à Big Tom, d'une voix tranquille, que le téléphone est coupé. Demeurant interdit un moment, Big Tom décide de lui aussi s'ouvrir une bière.

Red arrive dans le cuisine et annonce qu'il a approvisionné le hangar anticyclonique.

Quelqu'un tape à la porte. C'est Danny, Daisy, Jane et Franck. Les stations services étant vides, ils viennent voir si les McGregor auraient de l'essence à leur vendre.

Big Tom juge les visiteurs, et estime qu'ils ne présentent pas de menaces. La fermeture de la station service ne l'étonne pas, le propriétaire parlait de fin du monde, et qu'il allait se réfugier dans les collines.

Big Tom leur pose ensuite des questions, pour se rassurer sur ce qu'il se passe. La chaleur devient accablante, alors qu'il est minuit.

Le pole-shift

Faute d'essence, les campeurs se sont installés dans la ferme. Des jours ont passés, bien que le Soleil n'ai quasiment pas bougé. La chaleur est étouffante, et tout le monde veille à garder les règles de vivre-ensemble. Tout le monde partage aux tâches quotidiennes, même si tout le monde est en attente de quelque chose.

1004

Daisy s'énerve pour un rien, et demande en permanence à partir. Danny lui rappelle alors sans cesse que le phénomène étant planétaire, partir ne changerait rien, que le mieux est d'attendre et de voir venir.

Mais Daisy remets perpétuellement la question lors des assemblées communes, essayant d'obtenir l'adhésion de voix supplémentaires. Danny et Daisy sont de tous jeunes adultes, et Danny ne supporte plus sa compagne.

Séisme record

Les pompes qui amenaient l'eau, après de longues coupures dues au réseau électrique instable, finissent par tomber en panne. C'est alors que le sol se met à trembler. Red regarde le ciel, et s'aperçoit que la Lune se déplace rapidement... Soudain tout ceux qui sont debout sont projetés sur plusieurs mètres. Billy chancelle sur ses jambes, il se tient debout, blême et secoué, les bras tendus de chaque côté et genoux légèrement pliés pour assurer son équilibre.

La grange, posée sur une dalle de béton, a été arrachée à ses fondations et s'est déplacée de plusieurs mètres dans la cour. La maison a plissé au milieu, les murs se pliant sur un support cassé, mais est toujours collé à ses fondations. Daisy sort de la maison en hurlant, accompagnée de Jane qui se tient la tête ensanglantée à deux mains.

Une fissure massive s'ouvre dans la terre, déchirant le champ derrière la grange. La fissure s'ouvre et se referme sans cesse, s'ouvrant sur plusieurs mètres avant de se refermer de nouveau rapidement.

Pluie de pierres brûlantes

Le ciel s'obscurcit lorsque des pierres commencent à parsemer le paysage, comme une grêle de pierres. Le groupe dans la cour, sous les coups des pierres qui leurs tombent sur la tête, surmontent leurs blessures et leur état de choc, mettent leurs mains au-dessus de leurs têtes et se précipitent dans tous les sens, ayant besoin d'un abri mais craignant de se réfugier dans une maison brisée en 2. Des éclairs éclatent au-dessus de leur tête constamment, bien qu'il n'y ait pas de pluie, et au loin, il y a un bruit sourd, tandis qu'une sorte de voile de feu venant du ciel tombe sur un bosquet d'arbres, les incendiant. Le groupe, dirigé par Red, se précipite dans la cave anti-cyclone. Red se félicite d'avoir remplit l'abri de provisions, sentant que ce serait utile mais sans pouvoir dire pourquoi.

Daisy est hystérique et ne cesse de hurler sur Danny, lui demandant d'arrêter tout ça.

Franck révèle alors, d'une voix calme, que son bras est cassé.

L'ouragan record

Les vents à l'extérieur se mettent à hurler plus fort, et la porte métallique boulonnée de l'abri enterré claque de temps en temps sous la force du vent.

Soigner les blessures

Dany immobilise Franck pour l'empêcher de frapper en réflexe, tandis que Big Tom tire sur le bars cassé pour le remettre en place. Red s'approche avec une attelle improvisée faite avec des pieds d'une chaise cassée.

Derrière eux se tient un autre drame, tout aussi important, et que personne ne remarque. Tammy est recroquevillée à l'arrière dans un coin de la pièce, serrant contre elle une de ses poupées, le visage figé.

Fin de la tempête

Une heure plus tard, les vents ont cessé de hurler. Red retire les verrous qui retiennent fortement fermée la porte tempête (une contre-porte supplémentaire pour augmenter l'étanchéité). Red pousse légèrement la porte, l'entrouvrant à peine. Big Tom, hésitant et prudent, sort la tête et jette un coup d'œil autour de lui. Tout est calme, seul le paysage dévasté attestant de ce qui s'était passé seulement une heure avant.

Martha lutte pour retenir ses larmes, voyant leur lieu de vie, qu'ils ont construit si laborieusement, complètement dévasté. Big Tom résume :

- *"Au moins, nous sommes toujours en vie."*

Le campement de fortune

Les premières urgences

Big Tom s'occupe en premier de l'eau, cherchant à stocker toute l'eau propre dans le réservoir avant qu'elle ne s'écoule par une fissure.

Là où les constructions humaines sont dévastées, la nature a relativement peu souffert. a part des arbres à terre, les pâturages à perte de vue semblent n'avoir pas trop changés.

La météo

Le ciel est perpétuellement voilé. Red a vu ça dans les Philippines, signe que des volcans sont entrés en éruption.

La tente

Un campement de fortune est érigé : le groupe a tendu une corde entre 2 arbres, puis posé des toiles diverses sur la corde (nappes, couvertures, draps, etc.). Enfin, ils ont lesté le bas des toiles, qui touche par terre, avec des pierres. La pente donnée aux couvertures pendues non étanches est suffisante pour empêcher l'eau de pluie de goutter à l'intérieur, l'eau s'écoulant le long des toiles jusqu'au sol. Des lits de toutes sortes ont été mise à l'intérieur de la tente, et un peu de linge est accroché à une autre corde tendue à proximité.

La vie continue. Un feu couve entre quelques pierres et une marmite est suspendue à une poutre métallique au-dessus du feu. La poutre a été récupérée des décombres de la grange. Les chaises qu'on a pu sauver de la maison sont placées près d'une table à 4 pieds. L'un des pieds a disparu, et est remplacé par un tonneau.

Le frigo est la citerne qui reçoit l'eau de source.

Les psychopathes

Un jour, une cavalière s'arrête au campement, une fille poursuivie par un 4x4. EN 2 quelques phrases, elle fait comprendre qu'elle est poursuivie de près par des psychopathes qui ont tué tout le monde, même les bébés. La pointant avec son fusil, Big Tom estime vite que la cavalière n'est pas un danger, et se précipite pour se rapprocher à pied du 4x4 qui suit les traces de sabots à tout allure. Caché derrière un gros arbre, Big Tom tire sans sommation sur ceux qui traquaient la cavalière.

Pendant ce temps, par précaution, Red a mené le groupe dans un abri, où il se tient avec un fusil pour tuer les intrus qui auraient franchi le premier barrage. Tout le monde est silencieux, même si pour ça il a fallu bâillonner et attacher Daisy aux poignets et aux chevilles.

Big Tom apparaît au loin, et fait le signal convenu avec son chapeau : ils n'embêteront plus personne...

Les aviateurs crashés

Alors que tout le monde se remet de ses émotions, Tammy restant neurasthénique, arrive un couple de 2 hommes, des aviateurs dont l'avion est tombé au moment du séisme. Il sont soulagés de voir qu'il y a des survivants, ignorants du drame qui vient de se jouer. Martha court prévenir Big Tom. Ce dernier apparaît rapidement, fusil pointé vers le haut.

Mark, grand et mince, ayant exercé a des postes de responsabilité, a le regard assuré et l'allure d'un meneur d'homme. Red fouille les 2 hommes et s'assurent qu'ils ne soient pas armés. Tom baisse alors le fusil et leur propose de la soupe, surtout pour Brian qui chancelle.

Après un bon repas des légumes du jardin (avec l'eau de cuisson gardée comme bouillon, les stocks diminuent), autour du feu dont les flammes sont maintenues basses pour ne pas attirer l'attention. Mark raconte leur histoire, tandis que Bryan, affamé, reprend encore du bouillon. Chacun fait le lien avec sa propre histoire, essayant d'obtenir une vision d'ensemble des choses.

Mark et Brian étaient à San Francisco. Mark décrit les ponts bloqués, embouteillages monstres, tout le monde essayant de s'échapper dans les 2 sens, ne sachant où s'enfuir. Les enfants abandonnés avec la voiture au milieu du pont. Les émeutes éclatent, les pillages arrivent très vite, dans tous les secteurs de la ville (et pas uniquement les quartiers pauvres). Les incendies embrasent la ville, les policiers ont disparus, la loi n'existe plus.

Mark est neutre émotionnellement, restant détaché de ce qu'il raconte.

Les gens ne pouvaient plus aller travailler, le courant électrique arrive de moins en moins les lignes téléphoniques coupées, pompes à essences verrouillées.

Ils ont entendu dire que les groupes religieux, qui annonçaient la fin du monde, ont entraîné de nombreuses personnes, même athées, à se suicider, emmenant toute leur famille avec eux.

Mark et Brian, qui rejoignaient New-York dans leur petit avion, ont été frappés par une EMP : la boussole est devenue folle. Brian, en panique, n'arrivait pas à ouvrir la carte, s'agitant inutilement, Mark devait faire pour 2 le boulot de pilote et co-pilote. Le ciel s'est mis à danser autour d'eux, et quand l'ouragan est arrivé, ils ont dû se poser en urgence.

Mark se rappelle alors une vision qu'il avait eu un jour, alors qu'il était à la plage. Il avait imaginé ce qui se passerait si la masse d'eau se levait et se précipitait sur lui. Un tsunami aussi haut que les gratte-ciel.

A la radio, la dernière phrase qu'ils ont entendu, c'était :

- *"Ça arrive... Oh mon Dieu, nous allons tous nous noyer."*

1006

Puis la radio s'était tue soudainement.

L'histoire des massacres

Netty raconte alors sa propre histoire. Elle était dans une station balnéaire en Floride. Ils attendaient, car personne ne savait ce qui se passait.

Elle a entendu des coups de feu dans la chambre d'à côté, et s'est cachée sous son lit. Les tireurs sont entrés ensuite dans sa chambre, à la recherche de victimes et d'objets de valeurs. Étant restée immobile et silencieuse, ils ne l'ont pas vu. C'était les frère Groggin, qui ont tué tous les autres pensionnaires de l'hôtel, pour s'entraîner à tirer sur des cibles vivantes. Même les bébés.

Alors que Netty est toujours cachée dans sa chambre, elle entend les frères en bas se saouler et raconter comment leurs victimes étaient mortes, se moquant de leurs morts. Plus de téléphone, plus de lois, les frères s'étaient rendus maîtres de la station où ils n'avaient jamais été les bienvenue, pillant les bars et piétinant les coussins luxueux.

Une fois endormis, ivres morts, elle s'enfuit en prenant son cheval, mais ils l'ont aperçu entre 2 arbres. Par amusement, ils l'avaient prise en chasse. Elle ne pouvait pas se cacher, le Soleil ne se couchant pas. Plus elle cavalait, plus elle s'éloignait des côtes et des tsunamis meurtriers.

Alors qu'elle marchait dans un ruisseau pour tenter d'effacer ses pas, le séisme record l'a pris là. Heureusement qu'elle marchait à côté de son cheval (il ne l'a pas écrasée), et que l'eau a amorti leur chute.

La folie

Quand Netty finit son histoire, le silence se fait, et le groupe s'aperçoit alors que Brian s'est mis à ricaner, gloussant alors que Netty racontait son histoire. Il prononce des phrases décousues et vides de sens.

Des chocs répétés, appliqués sur des individus faibles/fatigués, font remonter en surface les instabilités mentales.

La folie affecte Daisy (qui ne se préoccupe plus que de futilités de coqueterie), Tammy (qui ne parle plus et reste figée dans son coin) et Brian (qui ricane tout le temps sans raison, ou délire).

Tammy développe des symptômes de schizophrénie catatonique. Le docteur de la ville n'est plus accessible à cause des routes coupées.

Billy, inquiet pour sa soeur, et qui en fait l'Appel inconscient, sera alors approché par les zétas. Ils lui donnent une fiole, dont le liquide, bu par Tammy, la fera guérir instantanément.

Les citadins

Une semaine plus tard, des citadins arrivent au campement, venus à pieds de la petite ville voisine. Un homme blessé est tiré sur un petit chariot pour poney. Herman, un homme de haute taille, vient en tête du cortège. A la vue du campement, ils avancent avec plus d'énergie, contents d'avoir trouvé d'autres survivants.

Ayant jugé de loin qu'ils n'étaient pas une menace, Big Tom vient à leur rencontre sans même prendre un fusil, alors que Red, par précaution, va prendre le fusil.

Les citadins comme Len racontent ce qu'ils ont vu, comme pour se libérer d'un fardeau qui leur pèse. Ils ont vu des gens brûlés comme si le feu étaient descendu du ciel sur eux, qu'ils n'avaient pas pu échapper. Un homme mitraillé à mort. Un homme lapidée par la pluie de pierre, trouvé à côté de sa voiture aux vitres explosées par la grêle. Comme si l'explosion des vitres lui avait fait peur et quitter un abri sûr.

La ville est ravagée, et tout le monde l'a abandonné pour chercher de l'aide.

Comme il ne savent pas où aller, Big Tom les invite au campement.

Le manque de nourriture

Avec le grand groupe qui s'est constitué, les conserves diminuent rapidement, et l'eau de la citerne est à sec.

Martha et Red nourrissent le groupe avec des opposums (l'équivalent de nos rats) et des vers de terre (ramassés sur l'herbe humide après la pluie), ainsi que des plantes sauvages comestibles.

Des rumeurs ont couru sur les camps high tech des militaires construit dans la montagne, avec de nombreux convois de camions qui ont permis de stocker toutes les conserves. Une expédition est décidée pour voir de quoi il retourne, et partira le lendemain.

Les tirs au flanc

Daisy ne fait pas sa part de travail, et Netty, qui a les premiers temps aidé Daisy à faire son linge, abandonne et laisse cette dernière vivre dans sa crasse, refusant de lui servir de bonne à tout faire.

Refaire les appareils

Red assemble une éolienne à partir de pièces auto et de tondeuse à gazon.

Les militaires (p.)

Dôme high-tech humain

Dans les contreforts boisés bordant la vallée, un grand dôme argenté est en train d'être érigé par des militaires, des grues soulevant les panneaux un à un.

Les militaires se sont préparés pour ce jour, en préparant à l'avance des matériaux de construction, et ont rapidement fini la construction d'un dôme avec des corps de l'armée assignés à cette tâche. La conception du dôme est la même que celle des dômes lunaire et martiens, scientifiquement étudiés pour résister aux vents violents, aux tremblements de terre et suffisamment grands pour contenir leur propre atmosphère, et confortable pour les habitants.

Cette conception de dôme a été obtenue par torture sur un visité des Zétas.

Le colonel Flood est impatient que le dôme, un centre autonome de survie, soit terminé, craignant que les vagabonds ne les envahissent avant qu'ils ne soient à l'abri.

Dôme Zéta

2 individus observent les préparatifs des militaires, Jonah et un grand Zéta. Jonah dit que à part la forme, c'est beaucoup moins performant qu'un dôme Zéta. Puis les 2 s'élèvent de 1m50, avant de disparaître dans une autre dimension.

Ils réapparaissent près d'une ville-dôme Zéta. A l'extérieur, il y a plusieurs Zetas minces qui transportent des blessés ou aident ceux qui sont trop faibles pour entrer dans la ville-dôme à partir d'un engin en forme de soucoupe gris terne suspendu à 1 mètre du sol. Ceux qui ne peuvent pas marcher sont transportés par lévitation, leurs corps couchés flottant à côté d'un Zeta qui marche. Jonah annonce que les blessés amenés la veille veulent aider et demandent à travailler. Typique des altruistes.

Expédition du groupe McGregor

Big Tom, Len, Herman et Jane, qui a insisté sur la nécessité d'une présence féminine, marchent péniblement sous les nuages bas. Ils ont des sacs à dos ou des besaces de toile sur les épaules.

Jane est la dernière, suivant Len qui est en fait le plus lent. Jane le fait par égard pour lui, le stabilisant de temps en temps s'il perd l'équilibre en mettant une main contre son sac à dos, à son insu. Une personne bienveillante, elle peut voir que ce vétéran est un homme affaibli, luttant pour ne pas le montrer. Len montre du doigt une brèche dans la colline qui a surgi devant eux, là où se trouve l'endroit mystérieux des militaires, une barrière marquée "propriété privée" empêchant d'aller voir dans le renfoncement de la colline.

Du camp, une sentinelle avec ses jumelle a détecter les 4 personnes qui marchent à découvert sans se méfier. Il prévient la base, par Talkie, que des intrus sont en approche.

Alors que Len ne se méfie pas et parle fort, Jane regarde à droite et à gauche, et est la première à voir les soldats qui les mettent en joue.

Le groupe est emmené dans des salles d'interrogatoire individuel, où le général Flood leur tire les vers du nez. Les interrogateurs se relaient sans remâche pour les faire craquer, parmi eux le colonel Cage. Ils veulent savoir la taille de leur groupe, où ils se trouvent.

Seule Jane les prend de cours, en répondant à leurs questions par une question, ayant compris ce qui leur faisait peur : "Combien de temps cela prendra-t-il avant que les gens de la ville ne viennent vous voir ?".

Len (qui a donné le lieu où se trouvait le campement) et Herman semblent avoir été tués lors des interrogatoire, tandis que Big Tom et Jane, escortés de 6 militaires, dont le colonel Cage, sont renvoyé au campement, les militaires ayant pour ordre secret de massacrer tout le monde une fois sur place.

Abandon de poste

Mort de Jane

Big Tom marche devant, tout en cherchant une voie d'échappatoire qu'il ne trouve pas. Le militaire derrière lui le pousse pour le faire avancer plus vite. Le colonel Cage, qui s'était placé derrière Jane, remonte la file, réprimande le soldat, puis marche à côté de Big Tom. Ce dernier détecte que Cage est un homme bon. Alors que les 2 hommes cherchent à faire une halte, le 6e sens de Cage est activé. Il se retourne, Jane a disparu, de même que 2 soldats. Cage remonte aussitôt le sentier, retrouvant rapidement, derrière un bosquet, un soldat en train d'essayer de retirer son pantalon à Jane, tandis que le 2e pointe son arme su la femme. Alors que Cage s'approche en courant, le violeur s'écarte en remettant son pantalon, tentant de cacher ce qu'ils allaient faire, tandis que le second abat Jane, a bout portant, d'une balle dans la tête, pour l'empêcher de témoigner. Dans le même mouvement, Cage arrache l'arme au tireur, arrivé une seconde trop tard. Le soldat se justifie :

- "*Elle essayait de s'échapper.*"

Sans hésiter une seule seconde, le colonel Cage abaisse l'arme et tire sur le soldat dans l'estomac, puis l'écarte rapidement pour faire la même chose au violeur. Pendant que les deux se tordent sur le sol, agonisant, le colonel Cage se dirige vers Jane, s'apercevant d'un seul coup d'œil qu'elle est définitivement morte, la plus grande partie de sa tête ayant été arrachée par la balle.

Cage ne suit plus les ordres

Cage décide alors, en expliquant le plan à Big Tom, de faire évacuer le campement, devenu dangereux depuis que le général Flood en a pris connaissance.

L'exode

Le déni

Malgré les explications sur le pole-shift, données par Danny, Mark reste dans le déni, n'ayant pas vécu le pole-shift à terre mais dans l'avion, il n'en a pas ressenti viscéralement la puissance. Pour lui, il s'agit juste d'un gros séisme, et plus loin, la terre n'a pas tremblée, les USA sont encore ce qu'ils étaient. Il refuse de croire que le gouvernement aurait menti sciemment au peuple américain.

Le mensonge

Lorsque Big Tom et les militaires reviennent, Big Tom ment en faisant croire qu'il faut lever le camp tout de suite, car les militaires les attendent dans l'enclave high-tech. Ce mensonge a pour but de ne pas affoler les membres du groupe, sur le fait qu'ils sont désormais traqués par des militaires renégats. Ils cachent pour l'instant à Franck que Jane a été tuée, lui faisant croire qu'elle les attend dans l'enclave. Il s'agit de lever le camp au plus vite, une seconde équipe de militaire les suivant peut-être, et risquant de débarquer à tout moment.

Daisy est contente, elle croit que sa vie d'avant va reprendre, et se préoccupe de sa coiffure.

Quoi emporter ?

Chacun doit choisir, parmi ses affaires, lesquelles seront vitales, lesquelles il faudra abandonner derrière soi. Martha, levant les yeux de son tri difficile émotionnellement, s'aperçoit qu'un Zeta est venu s'asseoir en face d'elle, ses longues jambes minces pliées en posture de yoga et les coudes sur chaque genou, des mains tendues au centre. Croyant un moment que le zéta était lié à la ferme, où elle a vécu toute sa vie, ce dernier lui révèle qu'il la suivra, toujours sans un mot, et Martha est rassurée, et reprend son tri avec plus d'énergie.

Le départ

Le groupe part (Cage ne sait pas où aller, seulement où ne pas aller, c'est à dire retourner à l'enclave), chacun ayant placé ses affaires dans des taies d'oreiller.

Une fois en marche, Cage prend le temps de dire la vérité à Franck sur la mort de sa femme, et Big Tom explique à Danny la situation réelle, ce dernier ayant bien compris que l'empressement à quitter le campement cachait quelque chose.

Nouvel abandon de poste

La décision

Mark et Brian prennent du retard sur le reste du groupe, Brian s'arrêtant régulièrement pour pleurnicher en se recroquevillant. Mark hésite à appeler de l'aide, voyant le groupe s'éloigner, puis décide de ne pas les ralentir, les laissant disparaître au loin.

Brian répète en boucle qu'il veut rentrer à la maison (New-York). Mark, calme et réfléchi, décide d'accéder à sa requête, reprenant ainsi la route qu'ils avaient prise originellement, avant que le destin ne les force à croiser la route du groupe McGregor. Mark use de son libre-arbitre pour ne pas suivre la meilleure voie possible, refusant d'abandonner son compagnon devenu un boulet suicidaire, qui l'entraîne dans sa chute.

Il informe de sa décision le serre-file (le meilleur marcheur qui s'assure que personne derrière ne se perde, quitte à courir pour rattraper rapidement la colonne devant pour informer d'un problème à l'arrière), qui, la mort dans l'âme, va rejoindre la nouvelle fin du groupe, Mark et Brian les ayant abandonné.

La Montgolfière

Fabriquant une montgolfière de fortune avec les 2 parachutes trouvés dans l'épave de l'avion, et une turbine à air-chaud dirigée vers le haut, les vents tourbillonnants ascensionnels près du sol sont forts, permettant d'utiliser l'air chaud à l'économie, car régulièrement le vent les rattrape et les propulse avec des accélérations rapides. L'air chaud n'est utile que quand le vent tombe entre deux rafales, et qu'ils commencent à dériver vers le sol.

Le débrouillard Mark (dont les talents auraient bien servi au groupe) ramène Brian jusqu'à New-York, observant la dévastation au fur et à mesure de leur avancement, Mark réalisant que le séisme était bien généralisé comme Dany l'avait dit.

La dévastation

Mark et Brian planent dans un nuage bas. Le jour est continuellement couvert et gris. Il bruine perpétuellement. Des nuages bas sont soufflés par un vent presque au niveau du sol. Tout le paysage est gris, et le couple est poudré d'une fine suie volcanique qui les a coloré en gris clair strié.

Au-dessous se trouvent des terres agricoles inondées, une ville noyée avec un clocher et un silo dépassant de l'eau, et parfois des toits avec des gens blottis au centre. Il y en a un qui fait des grands gestes frénétiques au couple, dans l'espoir sans doute d'être secouru... Au loin, se trouve une nouvelle colline abrupte, haute d'une centaines de mètres, sortie de terre sous la pression des plaques tectoniques (l'orogénèse). Des lambeaux de maisons pendent du haut de la colline, d'autres morceaux de maisons sont disloqués en bas, et des débris sont accrochés au flanc de la nouvelle falaise. La colline, en poussant, a coupé ces maisons en deux, chaque partie se retrouvant maintenant à des altitudes différentes de plusieurs centaines de mètres, comme ce qui s'est passé au Machu Pichu.

L'arrivée désespérante à New-York

Mark et Brian ont traversé assez rapidement les USA d'Ouest en Est. Partis des Rocheuses, ils finissent par rejoindre New-York City après une semaine de vol. Le vent fort les entraîne à une vitesse assez rapide, les parachutes devant eux et remplis comme une voile de bateau. Ayant peu dormis lors d'atterrissages rapides, ni mangé, ils sont amaigris et sales quand ils survolent New-York. La Statue de la Liberté est inclinée à un angle de 45 degrés. Les restes d'un voilier encastré dans la torche de la statue pendouillent misérablement, tandis que des algues recouvrent la statue jusqu'au menton. Aucun gratte-ciel ne reste debout, la ville n'étant que décombres noires se découpant sur le ciel gris. Les ponts sont coupés et la plupart de leurs sections sont tombées. Aucun bateau n'apparaît, sauf deux ou trois grands navires flottant la quille en l'air.

Le suicide

Brian ne réagit plus à cette vision de désolation de sa ville, il semble déjà mort. Désespéré, ne voulant plus regarder en bas, Mark parle à son compagnon en pensée :

- *"Au moins, tu n'es plus là pour voir tout ça. Il est temps de nous dire adieu. Nous n'avons plus rien pour vivre ici."*

Mark dirige les flammes de l'air chaud vers les suspentes de parachute, les faisant fondre rapidement, et les 2 corps tombent dans l'océan.

La marche nomade chasseur-cueilleur

Fin des provisions

Le soir, le groupe McGregor fait des lits avec la paille ramassée dans les champs voisins. Ne faisant pas de feu pour ne pas attirer les regards, ils mangent les restes froids (pommes de terres bouillies). L'eau provient d'un ruisseau voisin. Daisy fait la grimace en la buvant, le colonel Cage explique qu'il a rajouté des pilules de chlore pour les purifier, et éviter la diarrhée.

Des questions commencent à émerger sur le bien-fondé d'avoir quitter le campement, et le manque de confort qui en découle, mais avec la fatigue tout le monde s'endort vite.

Cueillir tout en se déplaçant

Au matin, comme il n'y a rien à manger, Martha propose à tous de regarder ce qu'ils pourraient trouver à manger en cours de marche. Et le soir, ils mettraient en commun la nourriture.

Franck révèle alors qu'il porte toujours dans sa poche un livre sur les plantes sauvages et champignons comestibles.

Clara, la femme de Len, assez âgée, traîne la patte, alors Netty lui prend son sac pour la reposer.

Chacun ramasse et goûte les plantes qui lui semblent comestibles, ainsi que celles qui pourraient l'être, mais attendant le debriefing le soir au campement.

Un des soldats, avisant une couleuvre étalée au Soleil, marche sur sa queue, puis lui écrase la tête avec une pierre : même si la couleuvre n'est pas mortelle, elle peut mordre.

Dans un méandre du ruisseau, Red récupère de belles brassées de cresson d'eau, les arrachant de la main droite pour les poser à cheval sur son avant-bras gauche.

Plus loin, Netty essaye de motiver Danny à manger des vers et des insectes (beaucoup de protéines et lipides, les occidentaux étant la seule culture au monde à ne pas en manger), mais ce dernier ne veut pas entendre. Alors qu'ils en discutent, Netty avise un arbre mort tombé au sol, pourri, à moitié enfoncé dans le sol. Netty donne un coup de pied pour retourner le tronc, et dans les copeaux de bois pourri, elle trouve plein de vers blancs qu'elle pose sur un morceau d'écorce retourné, rapidement avant que les larves n'échappent dans le sol mou, tandis que Danny le citadin n'est toujours pas convaincu.

Big Tom et Cage, en avant, et voyant que la file s'est étalé sur 800 m de long le temps que tout le monde ramasse la nourriture, se placent dans un ruisseau, dont Big Tom sait qu'il y a des truites. Big Tom enlève sa chemise à manches longues, et nous l'extrémité des manches. Il boutonne le col jusqu'au bout, tout ça en marchant à grandes enjambées dans l'eau. Puis il entre dans un trou d'eau (sorte de petit bac dans le lit du ruisseau). Big Tom demande au colonel Cage de remonter un peu le ruisseau sur la rive, puis de rentrer dans l'eau et de revenir ver Big Tom, pour effrayer les poissons, et les faire se précipiter vers l'endroit où le ruisseau se resserre (en sortie du trou d'eau formé par un barrage, là où le courant franchi le barrage), obligeant les poissons à se jeter dans la chemise présentée par le bas (au niveau de la taille/ventre) face au courant, entrant par le gros côté, et étant coincé lors du franchissement du col de chemise.

Le feu

Le groupe s'est réfugié pour la nuit contre un affleurement rocheux, en partie pour s'abriter contre une tempête de pluie menaçante et aussi en partie pour cacher un petit feu de cuisson qu'ils prévoient d'allumer.

Un des soldats aménage le feu de camp : après avoir fait un cercle de grosses pierres, puis évacué les débris qui traînaient sur quelques mètres autour (pour éviter que le feu ne se propage hors du cercle). Il utilise pour ce nettoyage une branche utilisée comme un balais, pour enlever le plus gros. puis il va dans les bois alentours, pour récupérer le bois qui servira de combustible. Pour allumer le feu, il s'agenouille, puis commence à faire tourner entre ses paumes une branche robuste, dans une rotation alternative. Le pied de la branche frotte sur une écorce plate (face intérieure vers le haut, car c'est la plus sèche), ce qui génère de la chaleur. En une minute se forme une braise brillante sur l'écorce, braise rapidement soufflée puis nourrie de mousse séchée.

Bivouac et repas naturel

Martha, aidée de Clara et Red, prépare le repas hors de l'abri, car le feu et les couchages secs sont plus importants.

Ils sortent les des sacs à dos ce qui a été récolté en journée, et qui a été déjà lavé avant d'être rangé :

• Vitamines : cresson, les champignons, les fleurs de chardon,
• protéines : filets de poisson et de serpent.
• lipides + protéines : vers et larves

Cresson, fleurs de chardon et champignons sont placés sur une assiette, qui passe de main en main au sein du groupe blotti sous l'abri sous roche.

Danny s'extasie : contrairement à ce qu'il pensait, c'est bon !

Le poisson et la viande de serpent cuisent dans une casserole avec un peu d'eau. Martha pose un couvercle sur la casserole et l'enfonce dans les braises.

Martha attrape ensuite un bol rempli de larves blanches qui se tortillent dans tous les sens. Martha prend une grande cuillère et commence à écraser les larves, puis les fait suinter en les piquants avec une fourchette. Elle tire la casserole couverte du feu, et soulève le couvercle en utilisant sa jupe pour ne pas se brûler les mains. Elle retire le poisson cuit et le serpent, en laissant seulement un peu d'eau dans la casserole.

La viande est fourrée sur l'assiette vide qui a servi à la salade, puis retourne passer de mains en mains dans le groupe. Pour ne pas choquer, le serpent est vendu comme étant du poulet.

Martha verse les larves mousseuses dans la casserole et la tient au-dessus du feu en remuant rapidement. Quand le mélange ressemble à des blancs d'œufs cuits, elle se tourne rapidement et le pose sur une autre assiette. Elle tire de sa poche un brin d'herbe qu'elle a ramassée pendant la journée, et qui servira de garniture. Les vers sont vendus comme du pudding...

Les horreurs du chaos

Le lendemain, alors que Big Tom et le colonel Cage sont devants (autre avantage à laisser les membres les plus endurcis moralement découvrir en avance ce qui va être découvert), ils découvrent un spectacle de charnier sataniste, toute une famille ayant été décimée.

Le corps d'un enfant a été jeté vivant dans un brasier, les petits doigts qui émergent du foyer, seule partie reconnaissable du corps, est agrippée à un charbon qui devait être une braise brûlante lors de ce drame. Un nourrisson est jeté dans un coin, la tête ouverte et le cerveau ayant été mangé par ses tortionnaires. Sur le cadavre du père, ont été prélevés la chair des cuisses et des épaules. Le cadavre de son épouse a été jetée face contre terre, la robe retroussée et les fesses en l'air, ayant été violée pendant qu'elle mourait.

Big Tom fait rapidement demi-tour pour empêcher les autres d'être traumatisés par cette vision. Il demande à Franck et Danny d'arrêter tout le monde, mais de demander à Natty de rejoindre Cage à l'avant. Franck ne veut pas en supporter plus, tandis que Natty et Danny partent avec Big Tom examiner les restes, et reconstituer la scène, pour déterminer a quel danger ils risquent de faire face.

Le colonel Cage les informe qu'il avait entendu parler de ce genre de chose, par des survivants qui avaient la radio.

Big Tom demande à Cage pourquoi il les a emmené dans cette région dangereuse, surtout pourquoi il ne les a pas prévenu du danger. Cage révèle que les groupes attaqués avaient été localisé, et que cette zone était normalement sécuritaire, les groupes par radio ne signalant pas d'attaques. Cage réalise alors que les cas de cannibalisme peuvent se produire de partout dans le pays, et que sa famille au loin est probablement en danger.

Ils retournent en arrière, et prétextent un éboulement les obligeant à changer de chemin.

Traversée de rivière

Après un long détour, le groupe se retrouve devant le pont routier qu'ils étaient censé prendre pour traverser la rivière. Sauf que le pont est détruit. La section centrale du pont en béton armé est complètement déplacée, se retrouvant maintenant à 30 mètres en amont, comme si elle avait remonté le courant.

Pas de bateaux, personne sur le rivage, rien que l'étendue de l'eau et la brise qui ride la surface calme de la rivière. La brise agite leurs vêtements souillés et en loques.

Malgré l'envie de se baigner pour se rafraîchir, Big Tom préfère estimer les dangers pouvant se cacher sous l'eau, ou les courants forts piégeux qui pourraient s'y trouver, immédiatement sous la surface.

Ils entendent alors une corne de brume, puis voient alors s'avancer vers eux un grand radeau, bricolé de plusieurs planches, venant de la rive

opposée. 6 hommes, fins et nerveux, rament en cadence.

Cage ne s'en fait pas trop : s'ils avaient eu des intentions belliqueuses, ils ne se seraient pas annoncé en cornant. Voyant Martha inquiète, Big Tom va la rassurer.

Big Tom et Danny entrent dans l'eau pour les aider à l'accostage final. Les bateliers sont encore maladroits, ce n'est d'évidence pas leur métier.

Ian, le premier des bateliers à parler, leur souhaite la bienvenue, et leur annonce qu'ils ont établi un village sur une falaise.

Fusion de communautés

Mise en commun des informations

Il fallut plusieurs traversées pour tout le groupe. Ce n'est que dans la dernière fournée, avec Cage et Danny sans les femmes et enfants, que Cage peut parler avec Ian de choses qui pourraient être considérées comme inquiétantes par d'autres, et provoqueraient du stress inutile :

- *"Combien de groupes comme le vôtre connaissez-vous ?*

- *Nous sommes les seuls. Pendant un certain temps, il semblait y avoir un groupe au pied des collines, mais leurs feux se sont arrêtés après quelques semaines et nous sentons qu'ils sont sûrement morts.*

- *Avez-vous eu des assauts de la part de gangs, du cannibalisme ?*

- *Nous avons une bonne position ici, la rivière d'un côté et les montagnes de l'autre. Peu de personnes peuvent nous rejoindre, à moins que nous ne les amenions par bateau, comme nous le faisons pour vous en ce moment. Donc, je suppose que nous n'avons pas été la meilleure des cibles pour l'instant, Dieu merci."*

Le village de la falaise

Le dernier groupe monte maintenant la colline escarpée en direction du camp.

Sur le côté du sentier, un groupe de femmes fabrique du savon. Une femme verse de l'eau dans un abreuvoir en forme de V, tandis qu'une autre femme retire un bac de drainage sous cet abreuvoir et le remplace par un bac vide. L'abreuvoir étant remplie de cendres d'un feu, l'eau récoltée dans le bac de drainage a donc coulé auparavant à travers la cendre.

Le bac de drainage est versé dans des casseroles portées au feu, puis versées dans une grille métallique (un entrecroisement de plaques métalliques), permettant de mettre en forme les savons dans les trous de la grille.

Le confort

Le soir, les femmes ont la chance d'utiliser un jacuzzi (bain a remous) dans une hutte à sudation, Daisy retrouvant le confort qui, d'après elle, lui est du.

Seule Netty est absente, discutant dehors, avec les autres "chefs" (Cage, Ian et Big Tom). Ils regardent le superbe coucher de Soleil, et Ian révèle que ça ne peut venir que de la poussière volcanique, ce qui explique les jours perpétuellement morose et couverts en haute altitude, la lumière ayant du mal a percer à travers.

La vie en communauté

Au village, Frank le bavard trouve un nouvel amour avec Madge, une cuisinière muette.

Le gazogène

Red aide un technicien retraité à assembler un générateur de gaz de bois (gazogène) pour le vieux tracteur, fonctionnant en récupérant les fumées issues de la combustion de copeaux de bois.

C'est une cuve métallique carré. Sur le haut de la cuve, une porte à été découpée pour permettre de charger les copeaux de bois dans la cuve. Un tuyau, servant à collecter le gaz de bois, est enroulé en boucle d'un côté, avec un pot de collecte sous la boucle pour recueillir le gaz de bois condensé qui s'égoutte. Il y a des fentes coupées dans le côté de la chambre de combustion, en bas, pour l'admission d'air. Il y a un autre drain de l'autre côté où la vapeur, condensée en eau liquide, s'égoutte au dehors.

Le tracteur finit par démarrer : de manière saccadée, puis après quelques hoquets, le moteur se mets enfin à tourner rond, de manière régulière.

Quelques temps plus tard, le vieux tracteur laboure lentement une rangée dans le champ, pendant que Billy et Big Tom coupent énergiquement en copeaux, avec une hache, quelques branches ramassées du bois voisin.

Nouvel exode

Le suivi des populations

Le colonel Cage va se coucher sur son lit, un sac de tissu rempli de paille. La hutte des hommes est un dortoir pour plus d'une douzaine d'hommes, avec des lits sommaires tous identiques. Alors qu'il enlève son tee-shirt, en touchant la doublure du col, il s'aperçoit d'une infime surépaisseur. Une puce microphone et émetteur de localisation. Il

jette le tee-shirt à terre et écrase la puce sous talon, émettant un craquement.

Aussitôt, il retrouve Ian dans la salle du conseil. Seule une lampe à huile sur la table éclaire la scène. Cage, face à l'urgence, n'ayant pas le temps de raconter tout ce qu'il sait sur les plans des militaires à Ian, il se contente de l'informer que les militaires vont venir.

La fuite

Le matin, la corne de brume réveille le camp. Des intrus sont de l'autre côté de la berge, les cannibales. Encore endormi, vêtu de son tee-shirt blanc, Cage fait l'erreur de se montrer à découvert, signalant la présence humaine dans le village. Ian, qui était resté à couvert, se contente d'énoncer la bourde factuellement, sans la condamner ou juger.

Ian s'assure que le radeau ne soit pas envoyé à ces hommes-là.

C'est alors qu'un hélicoptère, avec technologie pour le rendre silencieux, s'approche et vire au dessus de la falaise, faisant une reconnaissance de la zone autour du village, et du nombre d'habitants.

Les habitants décident d'évacuer les lieux en urgence. Tous se précipitent, en file indienne, dans les bois et dans un ravin, hors de vue de quiconque se trouve sur la rivière ou dans les airs. Personne n'est hystérique, ou ne conteste la décision de Ian.

Ceux qui reste

Seule Daisy décide de rester sur place malgré les arguments et supplications de Danny :

- *"... Tu ne comprends pas, les gens ont été tués, les femmes ont été violées, nous ne vous l'avons pas dit !*

- *Danny, tu ne vois pas à quel point les choses sont bonnes ici ? J'ai mes ongles qui repoussent à nouveau et nous pouvons nous baigner quand nous le voulons !"*

Encore un mensonge qui a de lourdes conséquences, sous couvert d'infantiliser les individus, de les protéger de la réalité..

Danny est consterné, il est sans voix, le regard désolé. Il réalise pour la première fois à quel point le narcissisme de Daisy, son obsession de soi, est profond. Un couple de grande taille entre, ramassant les affaires oubliées, et Danny les regarde avec compréhension. Elle ne sera pas seule !

- *"Je ne reste pas ici pour mourir avec toi, fais-toi plaisir."*

Danny se détourne, fonçant vers la porte pour rattraper les autres.

Les chiens

Ian, profitant d'une clairière, s'arrête et compte tous ceux qui défilent en silence, leur demandant de rester proches les uns des autres. Les traînards de queue arrivent, avec de plus en plus d'espace entre eux. Il manque Red et Billy, et son assistante, qui notait les noms au fur et à mesure de leur passage, complète en disant qu'il manque aussi Danny et Netty. Cette dernière finit par débouler, puis se retourne pour s'assurer que ceux qui la suive ne se perdent pas.

Billy est à la traîne, quand il entend un bruit derrière lui. C'est une meute de chiens redevenus sauvages, avec un grand boxer à sa tête, si maigre qu'il en est squelettique. Netty n'hésite pas. Elle se met à courir à toutes jambes, couvrant la distance la séparant de Billy silencieusement, avec ses jambes puissantes qu'elle a musclées en montant à cheval toutes ces années. Netty atteint Billy et le soulève du sol dans ses bras, juste au moment où le chef de meute se jette sur lui. Il lui plante les crocs dans les fesses et elle lui tord la tête en arrière, en hurlant pour faire peur aux autres, qui se dispersent dans les bois. Red et Danny arrivent en courant, Red donnant des coups avec sa veste au chef de meute qui bat en retraite.

2 hommes porte Netty dans une écharpe. Les bagages des 3 personnes sont répartis sur ceux qui sont là, avant de pouvoir les répartir sur plus de personnes par la suite, une fois le gros de la troupe rejoint.

La ville flottante

Les flotteurs en bouteilles plastiques

Sur le chemin, ils rencontrent une innovante ville de maisons flottantes, placée au milieu de la rivière. Les flotteurs sont des bouteilles en plastique, attachées ensembles, ou collées les unes aux autres dans des filets.

Les bouteilles forment un dispositif de flottaison pour du contreplaqué ou des radeaux faits des planches grossièrement clouées ensemble, ces matériaux provenant des débris générés par les tremblements de terre et les vents de l'ouragan. Les radeaux sont soulevés d'au moins 30 cm hors de l'eau, c'est à dire plus que le nécessaire à la flottaison. Il y a plus de volume de bouteilles que ce qu'il fallait pour le poids qu'elles portent, la considération évidente étant que certaines des bouteilles en plastique pourraient se percer et se remplir d'eau, donc mieux vaut plus que moins à cet égard.

Les abris

Une série de maisons flottantes sont amarrées aux arbres d'une petite île, isolée au milieu de la rivière, dans les eaux lentes. Les radeaux sont alignés en file indienne.

Certains radeaux ont des tentes dessus, d'autres ont des cabanes fabriquée à partir de bois de rebut et de bâches.

La plupart des radeaux ont des jardins dans des pots, des pots en plastique de différentes tailles et couleurs, où se trouvent des tomates en train de pousser, de la laitue ou des cardons. Des lignes de pêche sont suspendues aux radeaux et s'égrènent dans la rivière en aval.

Les tout-petits peuvent être vus sur le pont de certains radeaux, leurs mères vigilantes les gardant à moins d'un bras de distance. Certains sont attachés dans un harnais afin qu'ils ne puissent pas tomber dans la rivière.

Ils sont trop loin de la rive pour qu'une discussion puisse s'établir.

Ian est inquiet pour ces gens, Cage le rassure :

- "Ils ne seront pas embêtés, ni ceux que nous avons laissés au village. C'est nous qu'ils recherchent, ceux de la ferme. Nous connaissons l'emplacement de leur quartier général, et le général n'est pas encore prêt pour avoir des visiteurs. Il veut nous tuer, nous et ceux qui seront sur sa route. Les gens des radeaux ne sont pas une menace pour lui. Il n'a aucun avantage à en tirer. Juste des déchets dans la rivière, c'est comme ça qu'il pense."

Ville-dôme zéta

Les groupes purs altruistes

Ian n'a laissé que quelques heures de repos à son groupe pendant la nuit. Dès que la visibilité redevient suffisante, il réveille tout le monde.

Le groupe a des petits yeux, comme s'ils venaient juste de se réveiller et avait besoin d'une tasse de café, voir même d'une cafetière entière. Personne ne se plaint, cependant, et quand on trébuche ou laisse tomber quelque chose, celui qui est derrière aide à ramasser et à remettre dans les affaires. Ce groupe s'entraide de manière non compétitive, et il n'est jamais nécessaire de demander cette aide.

Le dôme externe

La communauté finit par atterrir devant une ville dôme. Le brouillard est quasi permanent à cet endroit, et le dôme n'émerge que rarement, quand le brouillard se dissipe.

C'est un énorme dôme gris terne, de plusieurs étages. Le dôme n'atteint pas la cime des arbres, mais couvre une superficie aussi grande qu'un terrain de football. Placé sur une crête le long de la rivière, où il y a des arbres de tous les côtés et pas de terrain au-dessus de la crête, le dôme ne pouvant être vu que par un avion qui le survole.

L'approche

Ian, surpris comme tout le monde, finit par avancer de nouveau, le groupe traînant les pieds derrière lui. Il y a un grand espace dans la file entre Ian et ceux qui le suivent, ses assistants, et un espace encore plus grand avant que le reste du groupe n'arrive. Ils se tiennent clairement en retrait, pas si loin que ce serait pris pour un manque de confiance en Ian, mais assez loin derrière pour qu'une fuite éventuelle soit possible. Alors que Ian s'approche de l'entrée, les portes s'ouvrent et glissent sur le côté. Plusieurs humains sortent, Jonah en tête, la main tendue. Ian hésite un instant, puis s'avance avec lui aussi la main tendue. Le groupe qui suit Ian accélère notablement l'allure, voyant un accueil amical.

Figure 38: L'approche du dôme Zéta

L'entrée du dôme

L'entrée du dôme se trouve au fond d'un long tunnel de style igloo, qui agit comme un bouclier contre les intempéries, protégeant les portes coulissantes au bord du dôme lui-même.

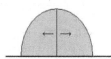

Figure 39: Entrée du dôme

Dans le dôme

Dès leur entrée dans le dôme, les nouveaux arrivants restent bouche bée devant le plafond élevé mais éclairé de façon diffuse, et la

végétation luxuriante poussant au centre du dôme, où se trouve une fontaine et des pelouses où des enfants jouent. Le dôme a des logements alignés en cercle le long du bord, sur plusieurs niveaux, aussi bien vers le bas dans le sous-sol que vers le haut au-dessus du sol.

A chaque niveau résidentiel, se trouvent sur le bord extérieur, contre le mur extérieur du dôme, les résidences elles-même, courant sur toute la circonférence du dôme et ouvrant vers l'intérieur, c'est à dire le centre du dôme. A chaque étage, devant les résidences, on trouve le patio, une zone de jardin que se partagent tous les habitants de l'étage. Cette zone encercle en continu le devant de toutes les résidences de chaque niveau.

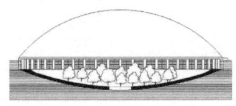

Figure 40: Dôme-Zéta vu en coupe

Tammy serre contre elle sa poupée de chiffon, qui est maintenant si sale et déchiquetée qu'elle ressemble plutôt à un vieux chiffon noirci. La petite fille qui l'accueille a une poupée de chiffon propre, pareille en taille et avec la même robe que la poupée de Tammy. Elle donne à Tammy sa nouvelle poupée en souriant. Tammy a les larmes aux yeux devant cette marque de gentillesse et de compréhension, et sourit faiblement. Elle tend à l'autre fillette sa poupée en loques et elle font l'échange, riant spontanément de la bêtise du cadeau de Tammy. Elles partent ensemble en courant, la petite fille du dôme en tête. Pas un mot n'a été prononcé entre les filles pendant cet échange.

Billy est juste derrière Tammy et il a observé la scène. Il lève son visage vers sa mère derrière laquelle il est debout, et ils partagent en silence le même sentiment que c'est un bon endroit.

Ian a une conversation intense avec Jonah. Le reste du groupe continue de s'amasser à l'entrée du dôme, en réagissant à ce qu'ils découvrent.

Franck parle de l'Atlantide et d'autres villes mythologiques.

Big Tom et Danny font finalement entrer Netty sur l'écharpe qu'ils tiennent chacun d'un bout. Un homme et une femme se précipitent sur eux, de toute évidence des soignants, et emmènent Netty vers un Poste de Premiers Secours. La blessure s'étant infectée, Netty a de la fièvre. Les soignants font ce qu'il faut pour lui injecter des antibiotiques et faire tomber la fièvre.

Ville autonome

La ville-dôme est autosuffisante, cultivant de la nourriture à l'intérieur.

Éclairage

L'éclairage est contrôlé par des lampes-projecteurs apposées le long du mur du dôme, au dessus du niveau supérieur des logements, qui est une zone de promenade. Ces projecteurs produisent une lumière intense grâce à un arc électrique entre 2 électrodes de carbone (lampe à arc), une lumière équivalente à la lumière du soleil. Cette lumière est projetée vers le haut, sur le plafond du dôme, par des cônes de plus d'un mètre de long. La pointe du cône vers le bas est placée directement sur l'arc (pour ne pas éblouir). La lumière est donc indirecte, éclairant le dôme après s'être réfléchie sur le plafond du dôme. Les cônes sont peints, extérieurement, de la même couleur que le plafond du dôme, à savoir bleu ciel.

L'inconvénient de l'éclairage à l'arc, c'est qu'il faut régulièrement passer sur toutes les lampes pour rapprocher les électrodes de carbone qui s'usent avec l'arc électrique. Les cônes sont sécurisés, ne pouvant être démonté sans outil spécial, une astuce pour éviter les accidents avec les enfants. Une fois le cône retiré, le technicien peut régler et rapprocher les électrodes de carbone, jusqu'à ce que la distance, mesuré par une jauge, soit bonne.

Le bétail

Des moutons paissent sur la pelouse de la ville, dans une section clôturée. La clôture est en bois et se déplace facilement, elle est utilisé plus comme un guide pour le mouton qu'un confinement. La ville dôme n'utilise pas de tondeuses à gazon, car les moutons tondent l'herbe très près du sol. Par contre si on les laisse trop longtemps au même endroit, ils finissent par détruire la prairie en mangeant l'herbe à la racine. Les moutons ont presque finis de tondre leur section. Un ouvrier est en train de replier la clôture en bois portable comme un accordéon, celle qui séparait la partie tondue de la partie à tondre, dont l'herbe est haute. Il fait ensuite passer les moutons dans la zone d'herbes hautes en leur parlant doucement, avant de refermer la barrière repliée.

En liberté, on trouve aussi des poules et quelques coqs.

Dans les chambres latérales à la zone enherbée, des chèvres, pour le lait, avec un bouc.

Les chèvres sont nourries d'algues, qui poussent rapidement sous la lumière vive et les effluents (les déchets de la ville, comme les toilettes sèches).

Le compost

Le long du mur entourant la zone des jardins, il y a de temps à autre des portes donnant dans des pièces où se trouvent des jardins hydroponiques et d'autres activités de production alimentaire. Les murs sont de la même couleurs que les murs de la zone résidentielle supérieure, ce sont donc les murs de fondation de la ville elle-même. Une porte s'ouvre. L'étiquette sur la porte indique "Consolidation du Compost". Un homme poussant une brouette lourdement chargée passe. Sa charge est riche, terre limoneuse grouillante de vers de terre. Une fourche est plantée dans la charge. Il pousse rapidement la brouette à travers la pelouse vers quelques vignes sur une tonnelle, vers le centre des jardins de la ville dôme.

Une volée de poules et de coqs se précipitent vers lui, certains volant, d'autres en courant. Ils connaissent cette routine. Certains sautent dans la brouette, n'attendant pas pour leur friandise. Il se dirige vers les vignes et verse sa brouette sur les racines des vignes. Les poules avides couvrent la pile, nettoient les vers et grattent furieusement les vers dans le compost.

L'hydroponie

De longs bacs de part et d'autre de la pièce descendent en cascade le long du mur, empilés de telle sorte que le bac supérieur soit proche du mur, le bac suivant en dessous légèrement décalé par rapport au mur (de la distance du bac d'au dessus), et ainsi de suite, pour que la végétation de chaque bac puisse se développer sans entrave en hauteur. D'un côté de la pièce on a des légumes ressemblant à de la laitue ou des épinards. De l'autre côté on a la culture des fraises, qui sont remplies de fruits rouges.

Les stolons des fraisiers (les filaments produisant de nouvelles plantes à distance de la plante mère par marcottage), pendent de chaque bac. Un homme marche le long des bacs de fraises, inspecte les stolons et coupe le stolon des nouvelles plantes qui semblent assez mûres pour se développer toute seule sans l'apport du stolon venant de la plante mère. Ces jeunes plantes ont des racines, bien qu'elles soient suspendues en l'air.

Les vers de terre

Dans une pièce, se trouve ce qui ressemble à une pile de compost dans une poubelle. L'homme prend une fourche en plastique avec des dents émoussées et commence à remuer le compost. Le compost est rempli de vers de terre rouges, qui se retournent et essaient de s'enfouir dans le compost lorsqu'ils sont exposés à la lumière. Il prend une buse de pulvérisation à partir d'une applique murale et pulvérise le compost. L'eau brune est recueillie dans un bac de collecte sous le drain de compost.

Pendant qu'il attend que l'eau s'écoule, il prend des morceaux bruns, des déjections de vers de terre en forme de serpentins moulés, et les met dans un autre panier de collecte sur le côté (c'est un des meilleurs engrais qui soit). Il attrape aussi les vers matures, les plaçant dans un autre panier de collecte fixé sur le côté. Il travaille rapidement - oeufs de vers de ver ici, les vers matures là.

La ville fabrique sa propre solution nutritive à partir de ces lits de vers de terre, le meilleur engrais du monde.

Les vers sont mangés pour les protéines, ils contiennent 82% de protéines.

Quand aux oeufs, ils sont remis dans le tas de compost, ils sont plein de larves de vers.

Le repas d'accueil

Le toit de l'étage supérieur des résidences, la zone de promenade, est essentiellement une zone ouverte où se tiennent les exercices et les activités communautaires. Ce soir, du fait des nouveaux arrivants, on donne un dîner spécial, sous forme de buffet. Les enfants courent le long du toit et dans les escaliers, ou encore dans les rampes qui descendent à espace régulier vers le centre, se poursuivant et organisant des jeux. Une fanfare joue de la musique. Des couples dansent sur la musique.

Jonah, Ian et le colonel Cage, assis à une table, bavardent en sirotant un verre. Ian et le colonel Cage tentent de s'adapter à cette nouvelle vie d'abondance et de sécurité. Ian interroge anxieusement sur la sécurité, s'ils ont eu des raids ou des intrusions. Jonah répond juste qu'ils sont protégés. Ian demande par qui ils sont protégés. Cage se concentre. Jonah révèle alors que l'humanité n'est pas seule, et ne l'a jamais été. Et que désormais, ils peuvent se montrer davantage.

Les visités Zétas

Ian a un blanc, ne comprenant toujours pas. Jonah précise :

- "*Vous savez, les gens de l'espace, ils sont ici, et ils nous ont aidé à construire cela. Oh, vous n'en verrez pas beaucoup, voir même aucun, mais ils sont toujours là pas loin, et nous avons des enfants spéciaux pour le prouver.*"

Jonah a emmené Ian et le Colonel Cage dans les jardins du centre de la ville dôme, là où les enfants jouent. Jonah est assis sur l'un des bancs qui se trouvent là, parlant chaleureusement et tranquillement à des enfants debout devant lui, montrant qu'il faisait ça souvent, qu'il leur est familier et entretient de bons rapports avec eux. Ils ont de grands lobes frontaux et un menton délicat, des yeux plus grands que la normale, et écoutent plus qu'ils ne parlent. Ils semblent anticiper les mouvements des uns et des autres, par exemple l'un reculant d'un pas en synchronisme avec l'autre qui avance d'un pas, et d'autres choses du genre.

L'enfant hybride du milieu répond à Jonah, mais répond aux pensées de Jonah, pas à ses paroles :

- "*Ils s'adapteront rapidement parce qu'ils vivaient déjà comme nous. Tu verras, il n'y aura aucun ajustement du tout.*"

Puis répondant Cage, sur un tout autre sujet que la question posée :

- "*Tu as raison d'être inquiet, ils ont besoin de toi. Ils ne savent pas où tu es ni comment te trouver.*"

L'enfant télépathe avait vu que le colonel Cage était en réalité inquiet pour la sécurité de ses proches.

La nuit sous le dôme

A l'intérieur de la ville dôme, la nuit, la lueur chatoyante du plafond s'assombrit pour simuler la nuit. Il n'y a aucun bruit si ce n'est le clapotis de la fontaine, parfois. Un écureuil grignote un biscuit salé. Des canards près de la fontaine, au centre du dôme, cachent leurs têtes sous leurs ailes. Un petit singe descend des arbres et avance dans l'herbe à grandes enjambées. Il y a des animaux sauvages ici dans le bio dôme, vivant en liberté à l'état naturel. Le plafond est éclairé par un laser situé au centre de la fontaine, qui fait luire le matériau lisse recouvrant le plafond, provoquant une lueur de nuit comme celle avec la lune et les étoiles. Les animaux sauvages, tous comme les hôtes humains, ont accepté cette nuit et ce jour comme leur monde, sans difficulté.

Sauvetage en plein chaos

Cage doit essayer de ramener ses proches, même si c'est la mort qui l'attends. Il doit parcourir 360 km à vol d'oiseau. Le colonel voyage léger, tenant une sacoche en toile noire qu'il porte à l'épaule. Alors qu'il vient d'entrer dans les bois, un grand Zéta gris apparaît aux côtés de Jonah, qui regarde le colonel disparaître dans les bois.

- *"Il va avoir besoin d'aide"*.

Le Zéta met momentanément sa main sur l'épaule de Jonah, puis se met à suivre le colonel Cage.

Cage marche dans la banlieue de ce qui était une ville moyenne. Lorsqu'il traverse des lieux urbanisés, il voyage la nuit, pour se protéger. Son corps se détache brièvement devant un tas de déchets enflammés que quelqu'un a rassemblés et allumé. Les planches brisées se dressent de temps en temps, au hasard, et des blocs de ciment tombés par terre jonchent les rues. Il se fraie un chemin à travers les décombres. Il y a des cris au loin, et ce qui sonne comme un rire hystérique de temps en temps.

Plus tard, marchant de nouveau de jour, il tombe sur un fleuve. Perplexe, il contemple longuement sa carte. Si c'est bien le seul fleuve qu'il avait à rejoindre, alors il vient de faire 240 km en seulement une journée...

Finalement, c'était bien ce fleuve. Reconnaissant le paysage, Cage rejoint sa maison. Sa famille ne vit plus dans la maison trop exposée aux pillards, mais se relaie pour monter la garde, planqué dans le jardin, en espérant que Cage revienne. C'est son fils qui l'accueille, et l'emmène rejoindre son autre fils et sa femme.

Le lendemain, les quatre marchent prudemment le long d'une rive arborée. Tous sont vêtus de vêtements sombres. Quand ils sont à découvert, ils se penchent et courent, pour ne pas attirer l'attention. Le colonel Cage ne partage pas avec sa famille les raisons de sa peur.

Ils entendent des voix, et il signale à tous de se coucher par terre et de ne pas faire de bruit. Le visage du colonel est pâle et il tremble, montrant sa peur extrême que sa famille soit torturée et tuée, comme il l'a vu faire pour d'autres. Le colonel mets la main sur la bouche de son plus jeune, John. Il signale du regard à sa femme et son fils aîné la gravité de la situation.

Un groupe d'hommes passe, parlant et se disputant entre eux. Une voix résonne au-dessus de l'endroit où la famille est allongée. La famille terrifiée entend une fermeture éclair s'ouvrir, puis quelqu'un qui urine, puis de nouveau le son de la fermeture éclair qui remonte. Celui qui vient de se soulager passe devant le plus jeune garçon, comme s'il ne le voyait pas, rejoignant les autres. Les autre regardent dans sa direction, et ne semblent pas non plus voir la famille, plaquée contre le sol, retenant leur souffle.

Pendant que les hommes reprennent leur marche, ils sont surveillés par un grand Zéta debout à côté d'un arbre, les bras croisés sur sa poitrine.

La famille reste sans bouger jusqu'à ce qu'aucune voix ne puisse être entendue. Le colonel Cage lève légèrement la tête et jette les yeux autour de lui. Ne voyant rien, il avertir les autres qu'ils peuvent reprendre la route.

Il se déplace lentement pour ne pas faire craquer de brindille, n'accélérant l'allure qu'en atteignant une zone d'herbe le long d'un ruisseau, où le bruit du courant couvre le frottement de leurs jambes contre l'herbe. Après s'être assuré qu'il n'y avait rien alentour, Cage pousse alors un soupir de soulagement.

- *"Je ne sais pas pourquoi ils ne nous ont pas vus. Ils étaient juste au-dessus de nous..."*

Il secoue la tête, fronçant légèrement les sourcils, il commence à comprendre en confrontant cet incident avec la rapidité avec laquelle il a voyagé. Il se marmonne à lui-même :

- *"C'est eux."*

Une parcelle de quenouilles (plantes aquatiques de type roseau) se trouve dans une zone marécageuse contiguë à un ruisseau. Les touffes de quenouilles ont presque 1 m d'épaisseur, poussant là où l'eau a moins de 25 cm profondeur, leurs gousses brunes pas encore mûres, de sorte que les graines n'ont pas encore été libérées. Une grenouille est assise sur un rocher au milieu de la parcelle de quenouilles. Un bâton aiguisé sort en sifflant de la touffe de quenouille, et embroche la grenouille.

La casserole est recouverte d'un couvercle qui bouge tout seul, car l'eau bouillonne furieusement à l'intérieur. Une jambe de grenouille sort de la casserole. Une feuille de quenouille est également collée, plâtrée contre le côté de la petite casserole.

Comme ce repas sera la seul avant longtemps, les enfants se forcent à manger.

Le plus jeune fils met une gousse de graines de quenouilles à la bouche, comme un épi de maïs, et en prend une bouchée. Trouvant le goût tolérable, son visage se détend et il commence à manger avec délectation.

Le groupe McGregor fait une fête aux nouveaux arrivants, peu ayant cru que ce serait possible.

L'attaque des militaires

L'alerte

C'est la nuit dans le dôme. Un Zéta se matérialise soudain au centre de la pelouse, effrayant l'écureuil qui décampe. Le Zéta est rejoint par deux autres, et tous trois se dirigent à grands pas vers l'escalier. Ils montent en lévitation jusqu'à l'étage de résidences le plus haut, plutôt qu'ils ne prennent vraiment les marches. Ils atterrissent sur le patio.

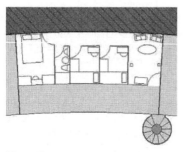

Figure 41: appartements du patio

Bien qu'ils n'aient pas frappé ou fait du bruit, la porte s'ouvre, un Jonah endormi émergeant en pantalon de pyjama. Ils semblent tous se regarder un instant. Jonah demande à quelle distance ils sont.

L'un des Zetas déplace légèrement sa main, puis Jonas panique :

- *"Alors nous devons faire quelque chose ! Ils vont nous faire sauter ! Je sais comment ces gars fonctionnent, ils tuent tout ce qu'ils ne peuvent pas gouverner !"*

Un Zeta pose sa main légèrement, paume vers le bas dans un geste pour le calmer.

- *"Je ne peux pas me calmer, tous ces gens..."*

Mais le Zeta change son geste pour tracer avec ses doigts un demi-cercle devant lui.

- *"Oh, d'accord, je sais que je vous ai demandé de m'aider, et si vous dites que ça marchera, d'accord, d'accord, mais, hum, mais, par le Christ, si ce n'est pas le cas, nous sommes morts."*

L'encerclement

Dehors, le dôme gris terne peut à peine être vu au clair de lune. Le général Flood et son acolyte, le minuscule et toujours con-plaisant Sergent

Hammond, émergent des bois. Ils examinent la scène silencieusement, puis le général se vante tranquillement :

- *"Nous pouvons y faire un trou sans problème, et ce sera à nous."*

Le tunnel d'entrée de la ville dôme est ouvert mais personne n'entre ni ne sort. C'est une manœuvre, invitant à l'attaque. Un hélicoptère apparaît, et une voix tonitruante et impérative se fait entendre à travers un mégaphone :

- *"C'est les forces armées de votre pays qui parlent. Permettez à nos équipes d'inspection d'entrer ou vous en subirez les conséquences. Envoyez vos dirigeants avec un drapeau blanc pour indiquer que vous comprenez ces ordres."*

L'hélicoptère vole lentement en cercle, bien au delà de la circonférence du dôme.

Jonah émerge, avec le colonel Cage, Big Tom, et les deux soldats qui ont désertés avec le colonel. En se montrant, les 3 anciens soldats savent qu'ils vont mettre le général Flood fou de rage, car le général ne supporte aucune insubordination.

A l'intérieur de l'hélicoptère, le Général Flood a en effet le visage rouge de rage. Il grommelle :

- *"Il va mourir, et mourir lentement."*

Puis, parlant à travers l'interphone, il aboie à ses hommes au sol :

- *"Mettez le missile en place, pour qu'ils le voient."*

Un missile effilé et monté sur roues émerge des bois, poussé par 6 soldats. Plusieurs autres soldats émergent aussi des arbres, puis s'alignent le long des bois. Ils ne sont plus habillés en uniforme. Certains ont des bandanas attachés autour de leur tête, d'autres ont les cheveux longs attachés derrière la tête en queue de cheval, d'autres ont peint leurs visages, d'autres portent de longs couteaux à machette, mais tous portent des pantalons de treillis et des bottes militaires.

Quelque chose d'invisible se déplace dans l'herbe, comme si un mur coulissant invisible était en train d'être mis en place. L'herbe s'aplatit et se sépare au passage du mur invisible. Cette ligne se déplace rapidement.

- *"Cage, j'aurai ton foie pour souper, et je te crèverai les yeux !"*

A l'intérieur de l'hélicoptère, le général Flood aboie les ordres par l'intermédiaire de l'interphone :

- *"Sortez l'otage maintenant, et abattez-le."*

Len est poussé vers l'avant, les mains liées devant lui et un œil tuméfié, poché pendant une crise de rage du général Flood lors une séance d'interrogatoire. Il trébuche d'épuisement et chancelle, mais est poussé vers l'avant jusqu'à mi-chemin entre les représentants de la ville dôme et la troupe militaire. Clara se tient à l'intérieur du tunnel d'entrée, juste au bord, et regarde la scène. Ses yeux se remplissent de larmes, mais elle ne dit rien, sachant qu'elle ne peut rien faire pour influencer le résultat. Netty met son bras autour de l'épaule de Clara. Red se tient derrière les 2. Impuissant, il est consterné. Un coup de feu retentit, et c'en est fini de Len.

À l'intérieur de l'hélicoptère, le général Flood souffle avec arrogance dans le mégaphone.

- *"Le reste d'entre vous a cinq secondes pour lever les mains et laisser mon équipe d'inspection entrer, ou nous allons faire sauter votre petit nid et envoyer au ciel tous les petits oisillons à l'intérieur ! Cinq secondes ! Cinq, quatre, trois, deux, Un."*

Le Général Flood fait une pause, les muscles de son visage tressautant avec rage, fou de haine d'avoir été défié.

- *"...Très bien les mecs, chopons les !"*

Le groupe qui se tient devant la ville dôme reste impassible, imperturbable. Ils s'étaient attendus à ce que les deux hommes détenus par le général Flood aient été tués, alors la mort de Len n'a pas été une surprise. Ils sont conscients de la présence du bouclier et qu'ils aient confiance en lui ou non, dans leur esprit ils n'ont pas d'alternative. La mort, pour eux et leurs familles, vaut mieux que d'être capturé par ce groupe. Ils sont prêts à mourir tous ensembles, comme un groupe soudé ne faisant plus qu'une seule entité.

Le missile bourdonne, un flash apparaît à l'extrémité du réacteur, puis le missile part si vite que l'œil ne peut le suivre. Tout aussi soudainement, il heurte un bouclier invisible et l'explosion se propage en arrière sur les hommes et les arbres, une boule de feu sortant en éventail, grillant tout sur son passage. Il y a un cri ou deux, mais la mort est rapide.

Les muscles du visage de General Flood s'agitent. Le général ordonne au pilote de descendre et d'atterrir sur le groupe hors du dôme.

Le pilote jette un coup d'œil nerveux sur le visage du général, et voyant qu'aucun argument n'y pourra rien, il déplace le joystick pour faire descendre l'hélico. L'hélicoptère descend, frappe la barrière invisible et explose en débris incandescents.

Le groupe debout devant la ville dôme peuvent respirer à nouveau. Les citoyens de la ville dôme s'avancent, prudemment au début. Ils regardent à droite et à gauche, bouche bée devant les dégâts.

Ian a un air de soulagement sur son visage. Il se tourne rapidement vers le côté et vomit, se permettant de ressentir sa peur maintenant que le danger est passé.

Nouveaux voisins (L2)

La suite de l'histoire se déroule dans L2, listant les voyages dans l'espace, et la rencontre d'autres espèces qui sera permise aux groupes altruistes.

Finegan Fine - Maison flottante

2e roman de Nancy, finalisé en 2009 et jamais traduit en français.

Dans "le passage" vu plus haut, Nancy Lieder développait la façon dont plusieurs groupes survivaient immédiatement après le passage de Nibiru, en évoquant brièvement une ville flottante.

Dans ce 2e scénario, Nancy Lieder développe la notion de survie sur l'eau pour combler le manque de terres en certains endroits surpeuplés de la planète (comme les Rohinghas le sont déjà). De même que le devenir des groupes humains (qui n'ont pas la chance de vivre dans une communauté pure altruiste sous un dôme Zéta) plusieurs années après le passage de Nibiru.

L'action se trouve dans une zone côtière, où beaucoup de monde à été tué par le tsunami du pole-shift, et où la pression démographique est moins forte que dans "le passage". L'histoire montre les océans qui s'élèvent inexorablement, pour atteindre une hauteur de 200 m plus élevée qu'aujourd'hui.

Ce texte a été écrit avant 1999 dans l'ensemble, d'où l'absence de notion d'internet, de smartphones, ou encore la présence de travailleurs russes suite à l'effondrement de l'URSS.

Comme dans le passage, je résume au maximum, sans rien perdre comme info.

Survol

Le pole-shift s'est produit, et les océans se mettent inexorablement à monter. L'élévation du niveau de la mer se produit lentement mais sûrement, obligeant les survivants à déménager lorsqu'ils découvrent que l'inondation ne recule pas.

Finegan Fine, un rescapé, a trouvé une place/un job, dans ce nouveau monde, en manoeuvrant une maison-flottante, construite pour le commerce, le long du nouveau littoral qui change tout les jours. Finegan remonte des fleuves qui continuent à grossir en s'étalant sur les terres.

1) Adaptation sociale

Le thème principal est l'adaptation sociologique de la population :

- au manque de secours (tout le monde ayant été touché, le sauvetage par l'État n'a même pas été envisagé, et les États voisins n'ont pas pu aider). Chacun est livré à lui-même.
- un environnement mouvant, après des cataclysmes d'échelle planétaires.

Plusieurs types de survivants :

- les très riches, qui s'attendent à survivre sans soucis dans leurs enclaves bien approvisionnées,
- les politiques, qui espèrent être secourus, ou qui essayant d'établir une continuité de gouvernement, au service des politiques comme avant, pas au service des populations,
- les riches, qui pensent que leurs finances leur achètera du confort,
- les citadins, pas préparés à être autosuffisants, qui refusent obstinément de quitter leurs mégalopoles et grandes villes, et qui meurent de faim,
- les familles qui sont séparées,
- des ruraux, habitués des produits locaux,
- les émigrés, surpris loin chez eux,
- les fournisseurs de pédophiles, vendant des enfants kidnappés,
- les handicapés, qui essayent de s'en sortir,
- les militaires, coupés de leur commandement,
- ceux qui se détournent de leurs responsabilités, et ceux qui élèvent les enfants abandonnés, et prennent soin des personnes âgées,
- les adolescents, sans guides ni autorité de supervision,
- les illusionnés, qui pensent que le système se remettra en place,
- et ceux qui tentent de maintenir des camps de travaux forcés, prévus bien avant le passage.

2) Destructions

Un deuxième thème est la dévastation elle-même, qui est globale. La Floride est sous l'eau, piégeant ceux qui se sont attardés trop longtemps. Les agglomérations construites sur les berges des rivières sont de plus en plus inondées, obligeant souvent les gens à déménager à plusieurs reprises.

Les satellites ont été détruits par les pluies de météores, donc les communications se font au mieux par ondes courtes.

3) Techniques de survie

Les survivants s'adaptent en mangeant des aliments atypiques mais hautement nutritifs. Ils vivent dans des cabanes de fortune et des tentes. L'électricité est produite à partir d'éoliennes ou de pédales. Le troc et le don sont les seuls modes d'échange, le dollar est évidemment mort.

4) Orientation spirituelle

Un quatrième thème est la façon dont les gens réagissent à la crise :

- en relevant les défis, en s'entraidant
- ou au contraire en pillant et en accumulant des biens.

Les survivants sont autonomes et doivent compter sur la débrouillardise et la coopération avec les autres pour survivre. Ceux qui maltraitent les autres se retrouvent sans provisions ni amis en temps voulu.

La maison-flottante

Finegan Fine, peu avant le pole-shift, a senti les choses venir, et s'est construit une maison-flottante. Quand est-ce que Noé a construit son arche ? Avant le déluge...

Figure 42: La maison-flottante

La maison-flottante est solidement construite. En dessous d'une plate-forme (formant le pont), sont fixés des flotteurs cylindriques (des fûts métalliques). Sur le pont, une petite maison de plain-pied (sans étage au dessus) au centre, laissant un peu de place sur le pont pour circuler tout autour. Cette maison-flottante est bien usée, avec la lasure anti-vers endommagée et des tuiles de toit manquantes. Et surtout, elle est très encombrée.

Autour de la maison

Des bacs de légumes sont empilés les uns sur les autres. Des moteurs et des pièces mécaniques sont entassés en tas aux 4 coins de la maison-flottante, placés ainsi pour l'équilibre global. Il y a des crochets muraux partout où l'on peut placer en placer un, sur lesquels sont accrochés des boucles de fil de pêche, des fils et des cordes.

Les boîtes sont empilées, les petites boîtes sur les plus grandes, et peu sont étiquetées. Certaines des boîtes en bois ont des tiroirs coulissants. Les bâches pliées sont sur le dessus d'une pile de boîte (les protégeant de la pluie), surmontée par le filet de pêche, jeté là pour sécher après une nuit de pêche.

Des poteaux sont fixés aux quatre coins de la plateforme. Des fils sont tendus entre ces poteaux et la maison.

Sur un fil, du poisson frais, éviscéré et sans tête, est suspendu par la queue, afin de s'égoutter et sécher. Les poissons sont accrochés au fil par une attache en fil de fer. Cette attache est constituée d'un côté d'un nœud coulant (dans lequel est glissé la queue du poisson), et de l'autre côté un crochet, afin de suspendre rapidement le poisson sur le fil.

Sur un autre fil, un drapeau confédéré est accroché à côté d'un drapeau américain. Sur un autre fil encore, quelques vêtements, suspendus pour annoncer qu'ils sont à vendre ou à troquer.

Partie motrice

À l'arrière de la maison-flottante, se trouve une extension, comprenant une roue à aubes immergée jusqu'à l'axe. Cette roue à aube a été bricolée en plaçant de larges pagaies en bois parallèles à l'axe de la roue; les pagaies servant de pales pour la roue à aube. La roue tourne quand on pédale sur un pédalier de vélo.

La selle de vélo est remplacée par une chaise inclinée sur l'arrière, le combiné assise + dossier étant plus confortable qu'une simple selle de vélo.

Cette maison-flottante est donc une sorte de gros pédalo. Elle est dirigée par un gouvernail attaché à un levier, actionnable depuis la chaise de pédalage.

But des déplacements

Finegan déplace sa maison-flottante pour faire du commerce de marchandises, récupérant à un endroit du matériel qui pourra ensuite être troqué plus loin.

Vie sur la maison-flottante

La pêche

Le littoral Géorgien est complètement inondé. Les toits des maisons, ainsi que la cime des arbres, sortent de l'eau calme, qui clapote doucement sur les pelouses des lotissements de banlieue.

La maison-flottante est attachée à un tronc d'arbre robuste, qui dépasse des eaux de crue.

Un groupe de mouettes s'approche, saluant l'aube avec leurs cris. Les mouettes plongent vers le poisson suspendu sur les fils. Les appels rauques des mouettes ont réveillé Finegan, qui sort en trébuchant de la maison, les yeux bleus, pieds nus, et agacé. Il agite les bras en direction des mouettes pour les faire fuir, leur demandant d'aller pêcher elles-même leur propre poisson.

Barney, le chien de Finegan, un mutt avec une jambe arrière manquante, claudique derrière lui, jetant un ou 2 aboiements sans conviction en direction des mouettes. Barney est habitué aux mouettes, elles ne représentent pas une menace pour lui.

Finegan approche une caisse en bois des poissons, décroche rapidement les poissons, les laissant tomber dans la boîte en bois. une fois tous les poissons à l'abri, Finegan recouvre la boîte d'un couvercle en bois.

Finegan plonge ensuite un seau bosselé dans l'eau, puis le vide sur le pont de la maison-flottante, nettoyant ainsi les boyaux et le sang restants. Il attrape le filet de pêche posé sur la bâche et le suspend sur le fil où se trouvaient les poissons.

Le déplacement

Tout est maintenant prêt pour un voyage dans l'une des nouvelles baies qui ont été formées par l'inondation.

Finegan tire sur la corde d'attache, se rapprochant du tronc en quelques mouvements de bras. Finegan note que le point d'attache est de quelques centimètres sous l'eau, l'eau continuant de monter jour après jour.

Finegan s'installe ensuite sur la chaise de pédalage, rétropédale pour s'éloigner de l'arbre, puis appuyant lourdement sur les pédales, repart en avant et remonte lentement un ravin nouvellement inondé.

Rester en eau la plus profonde possible

Finegan maintient la maison-flottante au centre du le ravin inondé, faisant attention à ne pas accrocher des arbres submergés qui poussaient sur les rives aujourd'hui submergées. En effet, leur cime affleure le bord de l'eau, sans le dépasser, donc est pratiquement invisible. Le risque est soit de détruire les flotteurs de la maison-flottante, soit de la coincer sans qu'on puisse l'en déloger, ou après beaucoup d'efforts.

Lentement mais surement

Bien que la maison-flottante se déplace lentement, elle se déplace régulièrement. Surchauffé par l'exercice, Finegan enlève sa chemise et la jette sur une pile de boîtes à proximité.

Les coincés

La maison-flottante s'approche d'un toit qui s'élève au-dessus de l'eau. Une vieille femme, réfugiée sur le toit, appelle à l'aide.

Finegan laisse dériver la maison-flottante vers le toit. Il se dirige vers l'avant de la plateforme, attrape un gros grappin sur une corde et le jette sur le toit. Il tire plusieurs fois sur la corde pour que les crocs s'accrochent bien au toit, puis jette un autre crochet à l'autre extrême, le sécurisant plusieurs fois lui aussi.

Sortant un escabeau usé de l'abri central, Finegan parvient, non sans mal, à monter sur le toit.

May, la femme âgée coincée par l'inondation, dit que son gendre l'a abandonnée après avoir emmené le reste de la famille la veille, après lui avoir promis de revenir.

Après plusieurs acrobaties, et ayant forcée une May hésitante à basculer hors du toit pour prendre appui sur l'escabeau, Finegan libère les 2 grappins, et rejoint rapidement l'escabeau au moment où la maison-flottante commence à s'éloigner.

Les communautés acceptant les abandonnés

Continuant à remonter le ravin, le terrain devient moins arboré, mais est toujours plongé dans l'eau. Une ferme se trouve au sommet d'une colline. La ferme est penchée en oblique, avec une partie du toit arrachée et jetée dans la cour.

Il y a des tentes dans la cour, la plupart faites de bâches et de couvertures. Une douzaine de personnes - hommes, femmes et enfants - sortent des tentes, ou se lèvent de la table de pique-nique, et montrent du doigt la maison-flottante qui approche.

Finegan amarre la maison-flottante avec sa paire de grappins. Il tire une planche se trouvant entre des boîtes, et la pose sur le rivage.

Il traverse cette planche-passerelle pour saluer ceux qui accourent de la ferme.

- *"Je suis Finegan Fine, commerçant. J'ai des choses que vous cherchez sans aucun doute. Et quelles choses inutiles avez-vous dont vous souhaitez vous débarrasser ?"*

Une amie reconnaît May. Elle est contente de la voir, car ils s'inquiétaient pour May. Cette amie avoue qu'elle n'a jamais aimé le gendre de May.

La propriétaire de la ferme se plaint que le groupe recueilli à tendance à tout manger.

Finegan propose alors que le groupe l'invite à manger, ce qui l'obligerait à leur apporter du poisson frais. La propriétaire accepte.

Finegan approche un landau rouillé d'enfant, qui lui sert aujourd'hui de chariot / brouette à tout faire (on déplace un poids plus lourd en le faisant reposer sur une ou plusieurs roues, la force musculaire ne servant qu'à déplacer l'ensemble). Finegan mets dans le landau la boîte en bois avec le poisson dedans. Ils montent la colline, côte à côte, tout en bavardant.

En voyant la quantité de poisson que Finegan a attrapé à lui tout seul, la propriétaire s'extasie, car eux qui pêchent à la ligne n'en attrapent qu'un de temps en temps. Finegan lui révèle qu'avec un filet, le rendement est bien meilleur.

La radio

Un peu plus tard, les poissons grésillent dans une poêle placée sur un feu de camp. Finegan est en train de discuter avec plusieurs personnes, au-dessus d'une pile de bric-à-brac qui a été assemblée. Il y a des enfants dans le groupe, curieux comme toujours.

En échange des affaires de Finegan, un homme apporte un poste de radio amateur, avec le long fil rigide qui sert d'antenne. Le pylone hertzien local étant tombé, ce poste ne leur sert plus.

Les oignons

La propriétaire prend Finegan à l'écart. Elle fait semblant de troquer les poissons de Finegan par un sac d'oignons qu'elle porte d'une main, mais le but de la conversation est tout autre :

- *"J'ai une faveur à demander. Nous avons le petit Joey ici, coincé ici avec son grand-père quand les eaux ont commencé à s'élever. Le grand-père est mort hier, et le garçon veut rentrer à la maison. Ramène le garçon et le corps à la famille. J'ai peur que si tu ne le fais pas, quelqu'un ici finira par manger le corps."*

Enterrement en mer

Adieu à la vie d'avant

Finegan repart le lendemain matin, avec 2 passagers supplémentaires : Joey et son grand-père mort, enveloppé dans un drap.

Finegan demande à Joey s'il connaît le principe de l'enterrement en mer. Joey demande comment il ferait pour aller voir son grand-père plus tard. Finegan laisse la question en suspens, et délie la maison-flottante, puis pédale vers les eaux profondes, libres de tout arbre immergé. Joey est à l'avant du bateau, se tenant sur l'un des poteaux d'angle, montrant du doigt à chaque fois qu'il voit un point de repère qu'il reconnaît dans le paysage chamboulé.

Le cadavre a été déplacé jusqu'à l'avant du bateau et positionné de façon à ce qu'il soit assis, comme si grand-père participait au retour. Les mouches sont devenues plus nombreuses maintenant, bourdonnant dans des essaims en colère.

Finalement, ils arrivent à la maison de Joey, qui est paniqué quand il la voit à moitié dans l'eau.

Ils explorent la partie non immergée de la maison, mais les parents ne sont plus là, et tout laisse à penser qu'ils ont du abandonner les lieux précipitamment. C'est Finegan qui pense à chercher une note éventuelle. Et qui pense à récupérer la photo du couple débarrassée de son cadre, pour la donner à Joey, en souvenir et pour demander aux gens s'ils ont vu ces personnes.

Compréhensif avec la douleur du petit, Finegan lui demande s'il a des affaires particulières aux quelles il tient, et qu'il pourrait emmener. Puis ils récupèrent tout ce qui pourrait être utile dans la maison.

Finegan a plusieurs pots et casseroles et une cafetière ainsi que son précieux seau d'alcool (un produit qui lui manque terriblement). Il a attaché tout cela avec un cordon de rideau, et a lancé le tout sur son épaule afin qu'il ait un bras libre pour aider Joey.

Le duo marche dans l'eau vers la maison-flottante. Joey a un paquet de vêtements, attaché comme un paquet de Noël par un autre cordon de rideau. Le paquet comprend ses vêtements - des changes et des vêtements appropriés pour diverses saisons - et un avion jouet, télécommandé, qui sort des vêtements. Joey a tout cela en équilibre sur sa tête. Il s'est changé et porte un maillot de bain, plus pratique.

En remontant sur la plateforme, Joey est toujours en état de choc, fixant son grand-père assis. À présent, le cadavre est presque recouvert de mouches et de divers insectes qui tentent de se frayer un chemin à travers le drap, qui recouvre le cadavre comme une momie. Joey est devenu résigné. Il se tourne pour regarder Finegan, qui pataugue à l'arrière avec les grappins qu'il vient de retirer des buissons. Joey lui demande ce qu'est un enterrement en mer.

Prise de responsabilité

Le lendemain, Finegan est ivre mort sur le pont, les bouteilles éparpillées autour de lui. Joey jette les bouteilles à l'eau, dégoûté, puis attrape le filet, et va pêcher.

Le tri de la pêche au filet

Joey trie ses prises, un conglomérat de petits poissons, de crabes, de brindilles d'arbres et parfois de bouteilles de Coca Cola. Les déchets sont rejetés à l'eau, et le poisson qui frétille et les crabes sont mis dans une boîte.

Le petit déjeuner

Finegan, ayant trop la gueule de bois pour pouvoir faire lui même le petit déjeuner, indique à Joey comment le faire.

Joey soulève une casserole d'eau bouillante d'un barbecue de camping portatif, et la pose à côté, sur un tissu plié utilisé comme dessous de plat. Le barbecue a des charbons allumés, mais se trouve sur le bord extérieur de la plateforme, où tout début d'incendie serait stoppé net juste en poussant le barbecue dans l'eau. Un seau d'eau froide est à proximité, au cas où les flammes aient attaquées la plate-forme ou les boîtes via une flammèche. La maison-flottante est chargée de matières inflammables, et Finegan n'est pas un imbécile.

Joey pose sur la grille de barbecue des filets de poisson et place quelques pommes de terre enveloppées dans du papier d'aluminium dans les braises, pour les faire cuire.

Finegan a un pot de café fraîchement moulu sur le pont à côté de lui. Il tient sa tasse de café fumante dans les deux mains, luttant contre la nausée.

L'argent liquide

La barque devient voilier

Le vent a repris. Les vagues éclaboussent sur les côtés de la maison-flottante. Finegan et Joey sécurisent le chargement.

Il aperçoivent 2 d'hommes dans une barque.

L'un des deux est debout et regarde dans l'eau. L'autre, un plongeur, surgit, essoufflé et tenant le bord de la barque pendant une minute avant de plonger à nouveau.

La curiosité de Finegan finit par l'emporter. Il agite ses bras et demande au duo s'ils ont besoin d'aide.

Pas de réponse, Finegan délie la maison-flottante de l'arbre où il a été amarré, et manœuvre la maison-flottante plus près de la barque. Laissant la maison-flottante dériver, il quitte son siège à la roue à aubes et s'avance pour engager la conversation. L'homme dans le bateau lui explique qu'il y a un hors-bord avec de l'essence sous l'eau.

Finegan disparaît dans la maison, émergeant avec un livre en lambeaux sur la voile. Il feuillette des pages, puis tient le livre ouvert en l'air, pointant les illustrations. Finegan, grâce au matériel qu'il possède, les aide à monter un mat et une voile. Les supports du mat sont cloués sur le côté de la barque, avec contreventement au fond de la barque. La voile peut tourner autour du mat pour attraper la brise.

Le luxueux voilier

La tentative de vol

Dans la soirée, des coups de feu proches sont tirés sur le rivage.

Finegan réveille doucement Joey, lui demandant à voix basse de tenir la gueule du chien fermé pour l'empêcher d'aboyer. Finegan part alors éloigner la maison-flottante du rivage.

Le lendemain matin, ils aperçoivent un petit yacht, à la dérive car pas ancré. Quand ils s'en sont rapprochés, Finegan sort un pistolet, caché dans un tiroir de la maison. Il le coince dans la taille de son pantalon, dans son dos. Il sent que quelque chose ne va pas.

Un homme ivre suivi de sa femme et sa fille, apparaît sur le pont. Après que Finegan se soit présenté comme commerçant, le plaisancier demande à Finegan s'il a de la nourriture, révélant que son gendre était parti sur le continent la veille au soir pour en chercher, et qu'il n'était pas rentré.

Finegan garde toujours son esprit critique et d'analyse bien éveillé lors de discussion avec des inconnus, surtout quand ils sont louches. Finegan feint l'étonnement :

- *"Il est parti la nuit ?"*

Le plaisancier ne voulait rien faire d'autre que voler la réserve de nourriture de quelqu'un d'autre, et se trouve bien embêté d'avoir été démasqué.

L'argent liquide

Finegan, révèle qu'il a de la nourriture, et même en rajoute :

- *"Beaucoup de pommes de terre, des oignons, du chou et du poisson frais d'hier soir."*

Puis remarquant que rien ne permet la pêche sur le yacht, Finegan demande :

- *"Vous ne pêchez pas ?*
- *Nous avons des réserves..."*

Là où il se mets en 4 pour les bonnes gens, Finegan a une aversion marquée pour ceux qui pensent que le monde leur doit tout. Finegan demande :

- *"Qu'avez-vous en échange ?"*

Le marin fouille dans sa poche et tire un rouleau de billets, en l'agitant dans les airs.

- *"Bon argent en liquide."*

La femme du plaisancier, a l'air horrifié qu'il soit ivre et agite ainsi de l'argent devant un inconnu. Elle pose sa main sur son bras, essayant de cacher la liasse de billets. Finegane constate simplement :

- *"Je ne peux rien faire de cet argent."*

Les antibiotiques

Finegan pointe la bouteille de whisky à moitié vide que le plaisancier a balancé au loin.

- *"Je prendrai cette bouteille, une autre pleine, et quelques antibiotiques si vous en avez."*

Rester vigilant

Après avoir réfléchi un moment, le plaisancier accepte. Finegan exige de voir la marchandise en premier, n'ayant aucune confiance. Il demande aussi à Joey de prendre des sacs plastique dans la maison, et de les remplir du contenu des bacs à légumes et de la boîte à poisson.

De son côté, la fille se glisse dans la cabine et revient avec une bouteille de whisky et une petite bouteille de pilules dans ses mains. Elle jette le whisky à Finegan, puis descend l'échelle de métal, sur le côté du yacht, pour lui remettre la bouteille de pilules. Finegan examine la bouteille, et hoche la tête pour Joey, signifiant que l'accord est bon. Finegan n'a pas tourné le dos au yacht une seule fois.

Finegan rejoint son siège sans tourner le dos toujours (mais essayant de ne pas trop montrer cette méfiance), puis une fois à bonne distance, il révèle à la fille que son mari s'est fait tirer dessus.

Pêches et noix de Pécan

La colline devenue île

La maison-flottante s'approche d'une grande île créée par la montée des eaux. C'est une colline entourée de vallées. Sur un versant, il y a un verger de noix de pécan, et sur un autre un verger de pêchers, mais de loin elles n'apparaissent que sous forme de forêts.

L'île est large d'au moins 2 km. La distance au continent semble être d'environ 400 m, pas loin, mais trop loin à la nage pour ceux qui ne sont pas en forme.

Joey est sur le toit, à l'affût de cimes d'arbres cachées sous la surface de l'eau. Il pointe du doigt vers la direction qu'il pense être la meilleure pour éviter les obstacles sous l'eau.

Pour aborder l'île, ils recherchent une pente abrupte, et non une pente graduelle, afin qu'ils puissent utiliser la passerelle et ne pas avoir à patauger dans l'eau.

Négoce de fruits en excès

Des gens à terre courent le long du rivage, suivant la maison-flottante. La moitié du groupe est blanche, l'autre afro-américaine.

Finegan doit leur demander de reculer pour pouvoir lancer ses grappins. Alors que Finegan se met du côté terre de la plateforme, le chien Barney se place du côté opposé pour monter la garde.

- *"Je suis Finegan Fine, commerçant. Vous avez l'air désireux de faire du commerce."*

Un porte-parole du groupe dit :

- *"Nous sommes piégés ! Pouvez-vous nous faire traverser ? Nous avons traversé l'eau à gué pour récolter les pêches et les noix de pécan. Nous sommes restés trop longtemps. L'eau est montée et nous a piégé sur cette colline devenue île."*

Finegan négocie de garder quelques fruits au passage, ceux qui sont en excès et que de toute façon ils ne pourront porter ensuite. Il refuse de déployer la passerelle tant que les fruits ne sont pas tous apportés.

L'unijambiste

Un unijambiste, qui vient juste d'arriver, voit ses autres repartir aussi sec. Finegan l'accueille à bord, en le rassurant sur le fait que les autres vont revenir.

Pour répondre à la curiosité de Joey, l'unijambiste raconte qu'il a perdu sa jambe dans un accident à l'usine. Il avait l'habitude de toucher un chèque tous les mois, sans travailler.

Finegan raconte comment Barney à perdu sa patte arrière :

- *"Un requin petit marteau. Il avait pris une partie de ma prise, tirée sur le pont. Je suppose qu'il pensait que Barney était un meilleur repas. Je ne me le suis jamais complètement pardonné."*

Les fruits en excès

Il a fallu plusieurs traversées pour amener tout le monde de l'autre côté, la maison flottante ne pouvant embarquer que 4 passagers à la fois, répartis aux 4 coins de la plate-forme. Ils repartent avec autant de pêches et de noix de pécan qu'ils peuvent fourrer dans leurs vêtements ou suspendre sur leurs épaules.

Le butin de l'île a été chargé dans des boîtes à l'avant. Joey réparti le poids d'avant en arrière. Il saute sur le toit de la maison pour le faire, portant les pêches et les pacans dans un sac en plastique. Surveillant la hauteur de flottaison, Finegane lui indique dans quelle boîte verser, pour qu'au moins les pales de la roue à aube soient dans l'eau.

Une jeune femme flirte avec Finegane, lui proposant de l'accompagner sur le bateau, mais Finegane, alcoolique, réponds que ça ne le fera pas.

Connections politiques

Récupération d'eau de pluie

L'équipage est dans la maison, restant au sec, car il pleut à verse. L'eau de pluie s'écoule sur le côté du toit, où elle est collectée dans une gouttière, puis un tuyau l'envoie s'accumuler dans un tonneau. Lorsque le baril est plein, il y a un bec de trop-plein qui se déverse dans une seconde gouttière, passant sur le côté de la plateforme.

De l'eau potable et de l'eau de cuisson est collectée régulièrement, car l'eau au large de la côte est de l'eau de mer.

Terres immergées

La maison-flottante est à environ 400 m du littoral, en eau libre (relativement profondes, mais anciennes terres émergées où les arbres submergés affleurant la surface sont toujours susceptibles d'être rencontrés). Plus loin (plus de 2 km), dépassent de l'eau quelques sommets d'immeubles de grande hauteur : une petite ville, immergée en grande partie.

La radio

Finegan pénètre dans la maison et revient avec la radio récupérée à la ferme. Il accroche l'antenne en

1026

haut d'un poteau d'angle, pour que le fil soit le plus haut possible.

Finegan s'attend à ce que dans les bâtiments se trouve encore un émetteur à ondes courtes. Finegan tourne les molettes dans les deux sens, en collant son oreille au haut-parleur de temps à autre. Soudain, la radio grésille et une voix stridente se fait entendre :

- *"MayDay. MayDay."*

Finegan répond.

- *"Quel est votre emplacement ?"*

Il y a une pause : c'est la première réponse à l'appel depuis un certain temps.

- *"Floride, qui coule vite. Nous avons besoin de secours. Nous avons essayé de prévenir les garde-côtes. Pouvez-vous envoyer des bateaux ou des hélicoptères ?"*

Finegan lève les yeux vers le ciel face a ces demandes irréalistes, sachant que ces personnes n'ont pas prêté attention à tous les signes avant-coureurs et n'ont pas réussi à agir seules quand elles auraient dû le faire. Finegan répond :

- *"Je suis un particulier , je ne peux venir vous chercher. Pouvez-vous voir le continent ? Avez-vous quelque chose à portée de main qui peut flotter ?"*

Finegan est habitué aux anciens capitaines d'industrie, aux citadins paresseux et aux politiciens, qui exigent tous d'être traités comme si rien ne s'était passé.

- *"Nous pouvons faire un radeau nous-même"*

- *"Vous avez de l'eau en bouteille là-bas ? Refroidisseurs d'eau ? Des récipients vides ?"*

L'homme n'a pas compris les intentions de Finegan.

- *"Oui, nous sommes sur le point de manquer d'eau potable. Nous avons besoin d'aide ici, bon sang !"*

S'ils ignorent ses questions, Finegan ignore leurs demandes.

- *"Vous avez des rallonges, du fil de fer, autour de vous ? Câblez/attachez avec ces fils une partie de ces récipients vides ensemble, comme un radeau. Tournez une table à l'envers et câblez-la aussi. Vous aurez le bateau que vous demandez."*

Finegan entend la discussion à l'autre bout.

- *"Il veut que nous le fassions nous-mêmes."*

Il s'avère en fait que ses interlocuteurs, sont proches, puisqu'ils ont détecté la maison-flottante. Ils voyaient bien le continent. Finegane refuse

d'aller les chercher. Les demandes et les mensonges ayant échoué, la manipulation est tentée :

- *"Il y a des requins !"*

Mais Finegan résiste :

- *"Ils ont trop de morts pour se nourrir ces jours-ci. Peu probable."*

Le radeau de fortune

Une fenêtre juste au-dessus de la ligne de flottaison a été brisée. 2 hommes, dont l'un corpulent, poussent le radeau (table attachée à des bouteilles d'eau) par la fenêtre, le laissant tomber dans l'eau. Ils ont un câble attaché à un côté du radeau, et se tiennent à l'autre bout du câble. 2 femmes restent en arrière.

L'un des hommes lance deux dos de chaise qu'ils ont l'intention d'utiliser comme pagaies. Les hommes descendent. D'abord le gros, assisté de la fenêtre par le mince qui tient sa main pour ne pas tomber trop brusquement. Puis le svelte saute, prenant le câble avec lui. Le radeau s'éloigne alors du bâtiment, abandonnant les femmes à leur triste sort.

Figure 43: Radeau de fortune

Le radeau de bouteille est à mi-chemin entre la maison-flottante et le gratte-ciel. Les deux hommes sont de chaque côté, pagayant de manière inégale, de sorte que le plus mince, qui est plus énergique, doit faire une pause de temps en temps pour ne pas tourner en rond.

La radio crépite de nouveau. Les femmes révèlent qu'ils ont pris toutes les bouteilles de l'immeuble, et qu'ils n'ont pas l'intention de revenir. Finegan leur dit qu'il va venir les chercher, attendant que les 2 hommes soient presque arrivés.

La fête

La maison-flottante s'approche de la côte, les 3 femmes rescapées mangeant des pêches. Les femmes n'ont pas voulu croire Joey et Finegane concernant l'effondrement gouvernemental.

Sur la rive, on entend des applaudissements, des chants, et de la guitare. Un feu de joie flamboyant, autour les gens dansent.

La passerelle est posée, alors qu'un couple s'approche pour les saluer. Finegane demande, pour convaincre ses passagères :

- *"Je suis Finegan Fine, commerçant. J'ai des passagères qui ont besoin d'indications pour se rendre dans n'importe quelle base gouvernementale, pour les aider à localiser leurs proches."*

- *"Vous rigolez ?! Ça n'existe plus !"*

Les passagères comprennent alors qu'elles doivent se débrouiller toutes seules, et ne pas s'attendre à recevoir de l'aide.

L'accueil

Les femmes viennent de Floride, aujourd'hui complètement disparue dans l'océan. La chef de camp a l'habitude des migrations depuis la Floride. La plupart ont tenus à monter à Atlanta, mais avec les émeutes dont les rumeurs ont courues jusqu'ici, la chef ne conseille pas cette option. La chef conclue :

- *"Le mieux est de rester loin des villes. Ils ont eu des zombies là-bas. Vous pouvez rester ici."*

Les passagères sont figées, pas sûr de savoir comment procéder, alors Finegan rompt la glace en avançant allègrement :

- *"Viens Joey, voyons ce qu'il y a à manger. Tu prends les pêches ?"*

Le lendemain, au moment de partir, la chef vient prévenir Finegane de faire gaffe au petit, elle vient d'être alerté sur des enlèvements d'enfants.

Jurés

Cabane cachée

La maison-flottante se déplace au milieu d'une large rivière, une rangée d'arbres le long des deux rives. Les branches des arbres morts forment une barrière si épaisse qu'aucune approche de la rive n'est possible facilement. Finegane repère une cabane cachée dans les bois. Arrêtant son pédalage, il laisse la maison-flottante dériver silencieusement.

Plusieurs jeunes enfants sont regroupés dans la cour de la cabane. Pourquoi n'y a-t-il pas d'adultes autour des enfants ?

En aval, Finegan aperçoit un endroit où il est possible d'accoster sans pédaler, dirigeant juste avec le gouvernail. Apparemment, personne ne les a vu.

Se suspendant à une branche, Finegan se jette sur la langue de terre. Il se tient aux branches pendant qu'il avance le long de la berge.

La cour forme une cage entourée de grillage à poule, grillage tendu d'un arbre à l'autre et clouée fermement. La seule ouverture de cette cage vers l'extérieur est une porte donnant dans la cabane. Le grillage est enterré dans le sol, ainsi que tendu au-dessus de la cour, de sorte que l'évasion n'est pas possible par l'escalade ou le tunnel.

Finegan tire légèrement sur le grillage pour le tester. Solide.

Il semble évident que les enfants sont prisonniers.

Butin pour pédophiles

6 enfants sont blottis dans le centre, âgés de 3 ans à 7 ans environ. La plus âgée est une fille. Ils sont maigres, très pâles, très sales. Ils semblent ne pas avoir mangés depuis plus d'une semaine. Les enfants se sont tus à l'approche de Finegan, silence remarqué de l'intérieur de la cabane.

La sorcière

La porte principale de la cabane s'ouvre et une sorcière en émerge.

- *"Hey! Vous cherchez à acheter ?"*

Ses vêtements flottent sur elle, comme si elle avait perdu du poids. Ses chaussettes tombent autour de ses chevilles. Voulant évaluer la situation, Finegan joue le jeu. Montrant la fille de 7 ans :

- *"Combien pour la fille derrière ?"*

Finegan sort une montre en or, mais la sorcière objecte :

- *"Aliments ! Je veux de la nourriture. Sinon quelque chose d'utile, comme une arme à feu. Munitions."*

Finegan remet la montre en or dans sa poche, et alors qu'il retire la main de sa poche, la retourne pour attraper son pistolet dans son dos, glissé dans la ceinture de son pantalon cette fois-ci. Il pointe le pistolet sur la tête de la sorcière. Elle cherche à s'enfuir, mais Finegan l'attrape par la peau du cou, et lui fait ouvrir la porte des enfants.

La sorcière est à plat ventre sur le sol, les mains et les pieds attachés derrière elle. La fillette finit de ligoter la sorcière, tandis que Finegan tient le pistolet dirigé sur la sorcière. Il range son arme et teste les nœuds brièvement, leur donnant un à-coup. Puis prenant le chloroforme dont se servait la sorcière pour enlever les enfants, il endort cette dernière.

Personne n'est venu depuis un moment, et la sorcière leur disait que si ça continuait, elle allait les manger un par un.

Les couvertures

La maison n'étant accessible que par la barque de la sorcière, Finegane ramène les enfants par ce biais. Pendant que Joey donne des pêches et fait frire le poisson du matin, ainsi que des pommes de terre, Finegan retourne à la cabane, en revenant avec la barque remplie : une arbalète, un couteau de chasse, un fusil avec des munitions, plusieurs casseroles et des couvertures de laine.

Procès

Finegan retourne une dernière fois pour chercher la sorcière, la laissant dans la barque attachée à la maison flottante, insultant Finegane pour lui avoir fait perdre son commerce avec les pédophiles.

Ils retournent en aval, rejoignant le groupe de la fête. Un des enfants saute de joie en reconnaissant sa mère, et tout le groupe se précipite.

La nuit est tombée. La sorcière est attachée à une chaise, assise près du feu de joie, afin de voir les traits de l'accusée, voir si elle ment. Il y a des boîtes et diverses chaises alignées d'un côté, là où le jury a été assemblé. Six hommes et six femmes sont assis, à l'écoute. La chef du camp amène la fille de l'autre côté, où ses traits peuvent aussi être vus par le jury, à la lumière du feu.

La fille témoigne de son enlèvement avec le chloroforme, et de ce qu'elle a observé quand elle était prisonnière à la cabane.

La sorcière bien sûr objecte :

- *"C'est une menteuse. Je les ai trouvés perdus et ramenés à ma maison."*

Dans l'ombre sur le bord de la scène de la cour, les parents peuvent difficilement garder le silence :

- *"Brûlez-la, brûlez-la vive ! Pourquoi avons-nous ce procès stupide, c'est évident qu'elle est coupable."*

Exécution de la sentence

Plus tard dans la nuit, la sorcière, ses mains toujours attachées, est traînée brutalement jusqu'à la barque. La sorcière résiste comme elle peut, labourant le sol avec ses pieds.

- *"Vous ne pouvez pas faire ça. Ces enfants ont menti. C'est un meurtre je vous dis."*

Jetée sans ménagement dans la barque, elle y est ensuite attachée par de nombreuses cordes - les pieds, les genoux et les coudes attachés à la barque, d'une manière ou d'une autre. La barque, sans rames, est repoussée loin du rivage par la marée descendante et le courant de sortie de la rivière.

Sentence appliquée : exil en mer, afin de mourir de faim de la même manière qu'elle affamait les enfants.

Révolution industrielle

Inventaire

Finegan, grâce à Joey, a enfin pu attaquer le tri le toutes ses boîtes, il ne s'y retrouvait plus. Les objets similaires sont rangées dans la même boîte, qui est ensuite étiquetée.

Trop exigeants

La maison-flottante longe un lotissement récemment inondé. La pente est douce, et si certains toits émergent encore de l'eau, d'autre affleurent sous la surface. Finegan reste au loin, ne voulant pas être coincé sur un toit... même si, à la réflexion, il lui suffirait d'attendre un jour ou 2 pour que la mer monte suffisamment pour les dégager !

Une fine fumée monte d'un ravin, des femmes qui, en les voyant, vont se cacher.

Après les sauvetages qu'il a vu récemment, Joey en est venu à penser à leur rôle de service d'urgence, et demande à Finegan pourquoi ils ne vont pas les aider.

Finegan estime qu'elles vivent encore de tout ce qu'elles ont retirer des maisons, et certains survivants doivent épuiser leurs réserves, et se sentir coincés, avant d'être prêts à troquer sur une base équitable. Leurs attentes seraient trop élevées.

Les chèvres et les citrouilles

La maison-flottante s'approche d'un champ clôturé, clôture qui s'enfonce dans l'eau dans la partie basse.

Dans la partie haute, plusieurs abris en bois pour les chèvres et leur gardien.

Le chevrier porte un jean bleu délavé de plusieurs tailles trop grandes, car il a perdu du poids. Bien que tâché, le tee-shirt est lavé régulièrement à l'eau. Il invite les navigants à partager un repas de fromage de chèvre te citrouille rôtie.

L'abri est fait de planches de plusieurs origines. Les extrémités sont ouvertes pour la ventilation, couvertes de tissu qui peut tomber par temps froid. Les planches de l'appentis peuvent être soulevées pour la lumière aussi. Le chevrier fait la cuisine sur un poêle à bois placé sous une bâche, protégeant la zone de cuisson de la pluie. Un tuyau de poêle transporte la fumée au-dessus de la bâche.

Des citadins dorment à côté, ils ont travaillé aux champs toute la journée. Bien qu'épuisés, ils sont satisfaits.

Le chevrier coupe quelques citrouilles en sections. Il les glisse dans le four à bois, dans un moule couvert. Après avoir brossé le dessus de la table, il sort un peu de fromage de chèvre enveloppé d'une étoffe. Le fromage est placé dans une glacière (un trou dans le rocher) pour le maintenir au frais. Le chevrier explique :

- "Nous fonctionnons en 2 étapes. Les chèvres mangent à peu près n'importe quoi. Et une des femmes avait stocké beaucoup de graines de citrouille. Pour les fêtes Halloween. Elle a vu cela venir... Nous avons donc épuisé le dernier litre de gazole de Mme Granger, afin de labourer son champ. Nous les avons ensuite plantés. Maintenant, nous avons des feuilles de citrouille pour nourrir les chèvres, et beaucoup de graines pour l'année prochaine. Mais maintenant, nous n'avons rien qui fonctionne. Tout se fait à la main... Donc, commerçant, voici l'affaire. Si vous pouvez nous aider avec la révolution industrielle, nous pouvons vous donner des citrouilles et du fromage !

Le fromage

Le lendemain matin, le chevrier trait une de ses chèvres dans un seau, assis sur un tabouret. Une fois fini, il se tourne de côté pour verser le lait du seau de traite dans une glacière de camping (bac plastique isolée), de grande taille. Une fois la traite finie, il presse le petit-lait avec du caillé de fromage, en utilisant des carrés de tissu rugueux pour retenir le caillé. Le petit-lait est récupéré en tant que boisson, car rien n'est gaspillé. Il claque le sac de caillé sur la table pour l'aplatir et former un rectangle. Il retourne le tissu afin de former un paquet, et place le caillé dans la glacière (trou dans la roche) pour le faire sécher.

La charrue à pédalier

Finegan arrive, et attend quelques minutes que le chevrier ai finit son travail.

Ils se dirigent vers une grange à moitié effondrée. Les outils agricoles traînent un peu partout dans les hautes herbes. Que des engins destinés à être traînés derrière un tracteur : un dispositif de ratissage destiné à recueillir du foin, et un dispositif de labour avec des dents pointues destinées à labourer plusieurs rangées à la fois. Ce qui reste de la grange sert désormais à protéger les instruments qu'à loger les animaux. Plusieurs vieux vélo sont dans un coin, un vieux tracteur au centre.

En utilisant des boulons et autres quincailleries issues des tiroirs de la maison-flottante, les 2 hommes arrivent à bricoler un engin hétéroclite, mais efficace.

Figure 44: La charrue à pédalier

L'engin possède 2 pédaliers de vélo, et les 2 sièges de vélo qui vont avec. Chaque pédalier peut être déconnecté grâce à un levier près du siège, permettant à l'engin de tourner.

De l'avant vers l'arrière de l'engin, l'opération prend plusieurs étapes pour :

- couper l'herbe (avec des lames de tondeuse qui tournent, récemment affûtée),
- dégager (un râteau, prélevé sur une machine agricole, qui balaie sur le côté les herbes venant d'être coupées, et récoltées ensuite pour le foin),
- labourer (2 lames de charrue)
- planter : juste derrière les sièges, se trouve un distributeur de graines, qui se termine par un entonnoir qui se soulève comme une poule qui picore, libérant et posant quelques graines dans les sillons venant d'être labourés. Lorsque le distributeur de graines se soulève, une vieille botte au bout d'un bâton retombe en tapant sur le dessus du sillon, bourrant la graine dans la terre. distributeur de semences et botte de bourrage sont sous le contrôle d'une roue qui tourne quand l'engin se déplace.

Tondeuse, râteau, et charrue se relèvent en même temps via un levier central, quand l'engin se déplace hors du champ, ou en bout de rangée. Pour la même raison, un autre levier désaccouple le distributeur de graines.

Les Zombies

Ceux qui refusent de partir

Avant leur départ, le chevrier les a prévenu du danger des zombies, des citadins de Millstown qui ne sont jamais partis de la ville.

Cette fameuse ville, qui borde la rivière que la maison-flottante remonte, apparaît au loin. Les rues sont inondées, et tous les bâtiments sont sous l'eau au moins jusqu'au deuxième étage. Il n'y a pas de bâtiments de grande hauteur, mais il y a plusieurs bâtiments en briques de plusieurs étages qui servent de quartier d'affaires (centre-ville).

Des personnes maigres, très pâles, émergent des escaliers sur les toits, se traînant vers les bords des bâtiments. Ils regardent silencieusement la maison-flottante approchant, sans faire de signe de la main ni appeler. Finegan reste au centre de la rivière.

Joey est mal à l'aise face à ce spectacle. Finegan pédalera plus tard, pour s'éloigner de cette ville avant de s'amarrer à un tronc robuste pour la nuit, loin du rivage. Ils sont contents de pouvoir prendre une bonne nuit de sommeil, non interrompue par les bêlements des chèvres. Mais le bruit d'une pagaie de canoë interrompt leurs préparatifs : un canoë s'approche, avec un seul homme à bord. Joey aide l'homme à s'amarrer, tandis que Finegan reste en arrière, son pistolet dans le dos depuis la ville.

L'homme leur apprend qu'il redescend vers Millstown, pour venir chercher sa mère. Cette dernière a vécu dans cette ville toute sa vie, et a refusé de la quitter. C'est du moins ce qu'elle a dit à son fils, alors que les problèmes commençaient, la dernière fois qu'il l'a eu. L'homme a traversé la moitié du pays pour essayer de la retrouver.

Finegan et Joey se jettent un coup d'oeil furtif, validant leur décision. Il vont aider l'homme. Joey insiste pour venir, alors que Finegan voulait qu'il reste à la maison. Soupirant, il va chercher un fusil et quelques munitions pour Joey. Il lui donne aussi un couteau de chasse très aiguisé, lui précisant qu'il risque de se couper s'il le sort de son étui en cuir, que c'est seulement si quelqu'un s'approche.

Sauvetage en terrain hostile

Ils descendent à la ville, à 3 dans le canoë. L'homme à l'arrière, plus expérimenté pour diriger le canoë, Joey au centre, tenant le fusil vertical, et Finegan devant, pour motricer avec la 2e pagaie. S'arrêtant en amont de la ville, ils partent à pieds à travers bois vers la ville.

Le trio avance désormais le long d'une rue déserte, pas encore inondée. Les résidences de Millstown montent dans les collines, seul le quartier des affaires le long du front de mer a été inondé.

Les maisons victoriennes qui bordent la rue sont en partie démolies, certaines étant complètement effondrées. Toutes les cours sont envahies par la végétation, les clôtures sont brisées,et toute

surface peinte semble très altérée. La plupart des fenêtres sont brisées, et la plupart des portes sont ouvertes.

L'homme, se repérant aux numéros de maisons encore visibles, finit par retrouver la maison de son enfance. Ils trouvent une note laissée sur la porte du frigo. Sa mère est partie avec groupe à Atlanta (capitale de l'État) quand il n'y a plus eu rien à manger.

Au moment de sortir, ils s'aperçoivent que des zombies sont à la porte d'entrée et aux fenêtres, les regardant. Ils ont l'air mal nourri, mais pas forcément agressifs. Le trio force la sortie : Finegan et l'homme sont côte à côte, Joey tourné vers l'arrière, dos collé aux 2 autres, son couteau dégainé et levé vers le haut, devant sa poitrine. Ils se déplacent en groupe serré vers la porte d'entrée. Les zombies sont doucement écartés tandis que Finegan sort par la porte d'entrée, en poussant régulièrement mais doucement. Quand le chemin se dégage un peu, ils reprennent un rythme plus soutenu, Finegan avec une main sur la nuque de Joey, s'assurant qu'il n'est pas retenu en arrière. Joey marche à reculons, ses yeux se déplaçant d'un côté à l'autre, scrutant le danger. Quand ils paraissent dégagés de quelques mètres de la foule des zombies, ils se mettent à courir à toute vitesse en direction du canoë. Les zombies les suivent, titubant sans mot dire, trop mal nourris pour se lancer dans une course, mais fermement décidés à les suivre. Lorsqu'ils sautent dans le canoë, la clameur des zombies les suit de près. Les zombies remontent les berges pour suivre le canoë, tandis que les 2 hommes pagaient frénétiquement. L'homme demande si ils auraient été mangé s'ils les avaient attrapé. Finegan réponds :

- *"Pas sûr, peut-être juste curieux. Je pense qu'ils mangent des rats, des trucs comme ça. Ils meurent de faim, attendant d'être secouru. Probablement autant proches de la mort cérébrale que de la mort par famine."*

Allant plus vite que les zombies, Finegan préfère mettre encore quelques kilomètres de plus avant d'amarrer la maison flottante pour la nuit. Avec l'homme, ils se sont relayés tous les quart d'heure, et Finegan reconnaît qu'il a été d'une grande aide.

Le canoë

Au moment de partir, l'homme troque son canoë, et les chaussures souples qui vont avec, pour une paire de chaussure de marche, qui lui seront plus utiles désormais, la route vers Atlanta se faisant par la terre ferme.

Le bunker fortifié

La lessive

Le canoë est attaché fermement sur le côté de la maison-flottante, les pagaies posées dans le fond.

La maison-flottante s'approche d'un barrage en béton, fissuré par les tremblements de terre. Les eaux de crue ont élevé le niveau d'eau au sommet de l'ancien barrage, mais il n'y a pas (encore) assez d'espace pour y passer sans gratter le fond de la maison-flottante, qui risque de se coincer et de rester bloqué. Ils s'amarrent à un arbre.

Profitant de l'arrêt forcé, Finegan lance une lessive.

Le barbecue de camping est allumé, pour chauffer un pot d'eau. Finegan verse quelques seaux d'eau de la rivière dans une grande cuve. Il vide la boîte en secouant les derniers grumeaux de savon qui restaient, puis verse immédiatement de l'eau bouillante sur le dessus des flocons de savon. Il attrape ensuite une planche à laver et frotte les chemises, puis les essore, avant de les jeter sur le côté pour les rincer plus tard.

Finegan se redresse, transpirant un peu, pour reprendre son souffle. En regardant le long du rivage, il voit un pêcheur. Ce dernier est silencieux, et habillé dans des tons de terre. Il est là depuis un moment, mais personne ne l'a remarqué jusqu'à présent. Il n'a pas d'engins de pêche coûteux, mais plutôt une branche avec une ligne accrochée au bout, primitive.

Finegan revient à frotter sa lessive, voyant que son activité est en aval du pêcheur, et qu'ils n'interfèrent pas les uns avec les autres. Joey ramasse les vêtements lavés, et les rince dans la rivière.

La maison-flottante se retrouve couverte de linge en cours de séchage. Toutes les lignes des poteaux de coin sont pleines. Le linge est attaché aux lignes par plusieurs dispositifs, aucun n'étant une pince à linge. Certaines chemises sont attachées par les bras de la chemise nouée autour de la ligne, comme si la chemise elle-même tenait la ligne. Les pantalons lourds tels que les jeans sont attachés avec des outils - serres-joints ou pinces. Le toit de la maison est recouvert de petits objets tels que des sous-vêtements et des tee-shirts.

Le pêcheur s'approche de la maison-flottante, une chaîne de poissons dans une main, et leur propose de partager le poisson et des nouvelles. Finegan va le chercher avec le canoë.

Les rumeurs

La cuve à lessive a été vidée dans la rivière et renversée, elle sert maintenant de siège à Finegan. Ils terminent tous du poisson frit et des pommes de terre, mettent leurs assiettes de côté et sirotent du café. Le pêcheur raconte :

- *"... le feu a tout détruit... fait écroulé l'endroit... les gens continuent à arriver, à la recherche d'une cachette, alors nous laissons le tas de détritus carbonisé dire tout...*
- *Ces gardes armés, ils sont partis aussi ?*
- *Ceux qui ne se sont pas tués pendant la fusillade, ouais. Ils ont pris leurs armes et sont partis à Atlanta.*
- *Juste toi et ta famille ici ?*
- *Oui. Ceux qui viennent piller, ils ne restent pas. Ils avancent. . . Nous essayons de rester hors de vue."*

Finegan tend une citrouille au pêcheur :

- *"Pour le poisson. Voulez-vous me ramener au fort ? Ce que les pillards veulent, ce n'est pas toujours ce qui a de la vraie valeur. J'aimerais trier."*

Joey regarde le visage de Finegan, mais ils parviennent tous deux à la même conclusion, ayant appris à presque lire dans la tête de l'autre. Joey ramènera le canoë et restera avec le bateau, au cas où les pillards arriveraient.

Les ruines du bunker

Finegan et le pêcheur marchent sur une colline stérile, sans végétation. Près du sommet de la colline, sur le côté de la crête, niché contre un affleurement rocheux, se trouvent les restes calcinés d'une grande maison.

C'est une enclave, une zone fortifiée et défendue militairement, que les Élites ont construit à l'avance en prévision des événements. Des fortes clôtures de défense protègent un périmètre autour du bunker proprement dit, la grande maison aujourd'hui calcinée.

La clôture en métal à pointes, qui entourait le bunker, est toujours intacte, bien que les portes soient ouvertes. Des moutons paissent sur une colline au loin. Les deux hommes passent la porte. Le pêcheur montre du doigt une tourelle d'angle :

- *"Là, ils ont eu le guetteur. Il y en avait aussi un au sommet de la colline dans un bunker en béton. Ensuite, les marchandises qu'ils avaient dans un bunker de sous-sol, énormes. Les gardes ont dynamité la porte pour rentrer. Entendu l'explosion à des kilomètres. C'était après que M.*

Anderson ai disparu. Il avait caché la clé et tenait bon, tu sais. Il était vraiment dur... a toujours été comme ça. Agir comme s'il possédait tout le monde. On n'a plus revu M. Anderson depuis."

Ils s'approchent de la porte d'entrée de la maison. Les monstrueuses doubles portes d'entrée sont ouvertes, toujours debout. L'une d'entre elles est un peu sortie de ses gonds. Les portes sont carbonisées mais restent intactes, car elles étaient blindées, le bois massif recouvrant un coeur en métal.

La pièce principale de la maison a été brûlée au point qu'il n'y a plus de toit, et que les planchers ont été consumés. Seule quelques poutre de plancher sont restées à l'occasion en place. Finegan indique le côté, où le feu était moins intense, dans les ailes de la maison. Les 2 prennent cette route. Ils retirent les restes d'une vitre, puis grimpent à travers le cadre de la fenêtre. La pièce dans laquelle ils entrent a un plancher encore solide, bien que les rideaux et les meubles aient été consumés par le feu. Le feu faisait rage vers le haut, dans les courants d'air, pas vers le bas. Finegan se dirige vers le bar, mais rien ne semble avoir été laissé par les pillards. Il tire sur une tuyauterie utilisée pour acheminer de l'eau gazéifiée et détache un dispositif de carbonatation sous le comptoir. Le militaire qui servait au bar était contrôlé dans les quantités qu'il donnait, mais en fouillant, Finegan finit par détecter, au fond, une bouteille de soda à moitié remplie d'alcool (que le militaire avait réussi à soustraire en douce), et qui n'avait pas fondue, protégée par celles devant.

L'entrepôt souterrain

Les 2 descendent des escaliers en béton qui mènent au le sous-sol du château-fort. La porte du sous-sol a été là encore ouverte à l'explosif, les fragments des portes pointant vers l'intérieur. Il y a de l'eau stagnante d'un côté du sous-sol : la pluie trop intense, des drains endommagés, des cataclysmes qui ont incliné la maison sur ses fondations, et le bunker n'est plus utilisable. Les murs sont fortement fissurés.

D'un côté du sous-sol, dans un mur, se trouve l'entrée de la réserve de nourriture. Cette entrée est maintenant un grand trou, dû à l'explosion qui a mis la maison en feu. Le dépôt d'approvisionnement a été passé au crible, et à plusieurs reprises, par des pillards. Certains objets ont été jetés par terre, oubliés. Ceux-ci contiennent des boîtes de savon en poudre, et des paquets de savon en barre. Il commence à les empiler en tas. M. Anderson grogne depuis un coin :

- *"C'est à moi."*

Finegan tourne rapidement la tête pour regarder dans un coin du bunker, et voit un vieil homme desséché, blotti derrière des boîtes en carton brisées et vides. Ses vêtements sont emmêlés de saleté, ses cheveux longs et filandreux tout aussi emmêlés, sa barbe mince et longue et son visage ridé et avec un ricanement perpétuel plâtré sur son visage. Il est clair qu'il a utilisé un endroit à proximité pour des toilettes, comme un tas de merde et une grosse flaque de pisse l'atteste. Finegan dit :

- *"Faisons un échange ! Que diriez-vous de la citrouille rôtie et des noix de pécan, hein ? Quelque chose à manger."*

Le propriétaire ne s'attendait pas à être nourri ou traité équitablement, et semble perplexe, incapable de répondre. Finegan dit qu'il va revenir dans une heure, et se dirige vers la sortie, cachant sa bouteille d'alcool. Le pêcheur dit :

- *"Je pensais qu'il était mort! Sûrement un bunker dans le bunker. . . Qu'est-ce qu'il a mangé ?"*

Le savon

Finegan et le pêcheur reviennent avec des seaux en plastique. L'un est remplie de morceaux de citrouille rôtis, et l'autre est partiellement rempli avec des noix de pécan décortiquées.

Anderson, refusant un temps de donner son savon, finit par se jeter sur les seaux comme l'animal affamé qu'il est devenu.

L'amour enfin

Les moutons

La maison-flottante se rapproche des troupeaux de moutons que Finegan avaient remarqués en s'approchant du bunker. Joey, sur le toit, est plus relaxé, car peu d'arbres immergés sont présents, et les monticules sont vus facilement sous l'eau.

A terre, un groupe de personnes luttent avec un mouton. Deux hommes le retiennent, pendant qu'une femme tond la laine.

Finegan lance les grappins dans des buissons, là où le rivage est pentu, et où la marée montante ne décrochera pas ses grappins. Il place la passerelle à angle vers le haut, afin que, lorsque la maison-flottante montera lors de la marée, la passerelle reprenne une inclinaison horizontale.

La barrière du langage (sourds)

C'est une ancienne équipe de sourds qui travaillaient, et continue d'y vivre. À force de gestes avec les mains, finissent par établir une communication avec Finegan.

La filature de laine

Le toit de l'ancienne filature à laine a été partiellement arraché.

Le sourd-muet les mène vers le moulin où la laine est peignée et filée. Les grands métiers à tisser sont actionnés à l'aide du pédalage.

Au loin, on voit les jardins où des hommes bêchent des rangées de légumes.

Le sourd-muet se dirige vers un tas de couvertures pliées et de beaux draps de laine. Il fait un geste vers eux, indiquant que c'est ce qu'ils sont prêts à troquer. Toutes les couvertures et les tissu ont une couleur de terre, de laine non teinte.

Vêtements sur-mesure

Finegan acquiesce, puis tire Joey près de lui. Il tire sur la chemise de Joey, devenue trop petite (Joey étant en pleine croissance). C'est la même chose pour son pantalon, dont le bouton du haut est défait, seule une ficelle autour de la taille retenant le pantalon. Le sourd-muet hoche la tête, compréhensif. Il les amène dans une autre section de l'usine.

Ici, il y a une machine à coudre à pédale, et des mannequins-modèles ajustables. Ces modèles sont faits de plusieurs sections, qui peuvent être rapprochées pour simuler un homme plus petit, ou écartées pour simuler un homme plus grand. Toutes les formes peuvent être simulées - hanches grasses, larges épaules, etc. Il existe un modèle pour chaque sexe et plusieurs pour les enfants de différents âges.

Le sourd-muet prend Joey par la main et l'emmène vers l'un des mannequins. Il utilise ses mains pour mesurer le corps de Joey, puis rapproche ou écarte les sections du modèle en conséquence.

Une couturière arrive avec un ruban à mesurer et prend quelques mesures de Joey - ses épaules, autour de sa poitrine, du cou à la taille, et de la taille à l'entrejambe. Elle amène une bande de toile de laine fine et la tend à Finegan et Joey pour approbation.

Les égorgeurs

Finegan charge quelques bâches sur le landau. La passerelle est maintenant au niveau du rivage, la marée ayant monté. Il remonte au moulin.

Il y a des fumées qui montent ici et là du continent. Le sourd-muet faisant le signe de se trancher la gorge, indiquant par là qu'il y a bien des dangers. Le sourd-muet montre l'eau, puis tape sa main vers le bas, indiquant le moment où l'eau était basse, puis refait le signe de se trancher la gorge.

Il emmène Finegan vers une fente dans la roche proche. Il y a là un bunker caché, avec une porte en métal. Cette porte est dans l'ombre et se fond dans la roche. Le sourd-muet fait comprendre à Finegan que c'est là que le groupe se cache quand les pillards arrivent. En regardant les feux sur le continent, Finegan se souvient soudain qu'il a une paire de jumelles à la maison-flottante. Il va les chercher en courant.

Une fois de retour avec le sourd-muet, Finegan lui tend les jumelles pour mieux voir les feux. Le sourd-muet voit des gens qui se balancent d'avant en arrière, qui se jettent des pierres l'un sur l'autre. Quand le sourd-muet essaie de rendre les jumelles à Finegan, ce dernier lui fait signe de les garder. Ils ont besoin de savoir quand le danger approche.

L'amour

La couturière mesure les épaules de Finegan. Se pressant contre lui, et prenant son visage dans ses mains, elle lui donne soudainement un long baiser. Finegan, qui ne s'y attendait pas, la laisse faire. Alors qu'elle se recule, il soulève un sourcil, indiquant que quelque chose d'autre est apparu. Renoncer à l'alcool a ses avantages.

Solitude

Joey, triste, est assis sur le pont avec Barney. Finegan, pas encore revenu, manque à tous les 2. Joey regarde, dans la pénombre, la photo de ses parents.

Finegan, pour répondre à Joey, annonce qu'ils ont troqué les jumelles contre quelque chose de plus doux que le miel, et qu'ils essaieront, désormais, de repasser dans le coin de temps en temps.

Le lendemain, la couturière descend vers eux, tenant une couverture en laine pliée. La couturière sourit chaleureusement, et pose la couverture dans les bras de Finegan, tenant ses doigts arrondis sur ses yeux, en disant «pour les jumelles». Après un dernier gros baiser sur la bouche de Finegan, elle fait un signe de la main à Joey puis remonte la colline. Finegan la suit des yeux, les yeux humides. Joey regarde Finegan avec étonnement, n'ayant jamais vu ce côté chez son partenaire auparavant.

Appel longue-distance

Permaculture

Vers le sommet d'une colline, sur une pente de terre, est un jardin immense, encore entretenu. Ceux qui s'occupent du jardin sont un mélange de diverses races et cultures - hispanique, vietnamienne et russe. Les houes sont manipulées vigoureusement, les mauvaises herbes sont arrachées et couchées sur le sol comme paillis, les produits sont cueillis et placés dans des paniers, et une brouette remplie de compost est poussée dans une rangée.

La barrière de la langue

Un Russe s'approche. Il est l'interprète du groupe car il parle mieux l'anglais que les autres :

- "*Bonjour aux visiteurs. Nous cultivons ici nourriture, et vivons l'harmonie les uns avec les autres.*"

Mal du pays

Finegane dit qu'il troque, et demande de quoi le Russe à besoin. Le Russe l'emmène chez lui, une cabane fabriquée à partir de morceaux de choses cassées - une partie d'un toit suspendu, un panneau mural d'un côté, une bâche suspendue de l'autre pour former un autre mur, et une couverture au-dessus d'une balle de paille comme lit.

Le Russe explique qu'il est coincé dans ce pays étranger, ne pouvant prendre l'avion pour retourner au pays, et aimerait avoir des nouvelles de ses proches. Il était entrepreneur, travaillait pour pas cher, mais aujourd'hui regrette.

Émetteur radio

Finegan lui explique que les ondes courtes sont les seules qui fonctionnent désormais, et qu'il faut être près d'une tour émettrice. Le Russe pense savoir où ils pourraient en trouver.

Finegan et le Russe marchent le long d'une route fracturée. Ils dépassent une voiture garée à côté d'une crevasse dans la route, où il n'y avait plus aucun moyen d'aller plus loin. La route a été soulevé d'1,5m en l'air. Les portes de la voiture sont ouvertes et la boîte à gants est également ouverte. Au loin se trouvent plusieurs bâtiments, certains partiellement effondrés, avec presque toutes les fenêtres brisées. Les pigeons ont élu domicile dans les ruines. Les parkings sont envahis par les mauvaises herbes, là où le bitume est fissuré. Le sol a soulevé et plié la clôture à mailles par endroits. Des voiture abandonnées parsèment les lieux. L'endroit est désert.

Finegan repère une tour émettrice sur l'un des bâtiments.

Finegan et le Russe montent des escaliers à l'intérieur du bâtiment. Les escaliers en béton sont cassés par endroits, mais l'armature métallique interne tient toujours. Cependant, les hommes testent la force de l'escalier de temps en temps avant de mettre prudemment le poids sur une marche, et s'appuient sur la rambarde fréquemment. Ils arrivent au sommet et ouvrent la porte du toit. Les hommes marchent vers la tour. Le Russe a sa radio en main, et Finegan a apporté sa radio à ondes courtes, qu'il sait être opérationnelle.

L'antenne d'émission et ses câbles de maintien ont résisté aux grands vents, le vent s'écoulant facilement autour des petites sections rondes dont est constituée l'antenne.

Finegan s'accroupit à la base de l'émetteur, enfermé dans une boîte. Il ouvre la porte technique avec un canif et sort des fils pour les inspecter. Il desserre des vis sur le côté de sa radio et attache quelques fils de la tour directement sur sa carte électronique de sa radio, puis constate que les piles de la radio sont mortes. Il utilise alors la radio à manivelle du Russe, qui génère sa propre électricité.

La radio grésille lorsque le cadran est tourné. Soudain, ils captent une transmission en cours. Finegan appuie sur un bouton pour envoyer un message.

- "*Ici Caruthersville en Alabama. Pouvez-vous me dire votre emplacement ?*
- *Memphis. Êtes-vous en contact avec les services de secours ?*
- *Non. J'ai côtoyé le nouveau littoral de la Géorgie. La Floride est inondée. Atlanta est une ville zombie. Avez-vous des connexions internationales ? Russie ?*
- *Est-ce que vous plaisantez ? Le plus éloigné que nous avons eu était quelqu'un à Asheville. Nous les avons eu pendant un certain temps, mais ils étaient envahis par des gens de la côte inondée. Plusieurs mois qu'on ne les a pas eu. Où diable est la garde nationale ?*
- *Je n'ai vu aucun signe d'eux. Pas de militaires, pas de garde. Tout le monde est seul.*"

- dépôt de nourriture? Nous sommes à cours ici. Nous chassons aussi. Quelques poissons dans le Mississippi cependant. Il est très large maintenant, s'étendant à l'ouest à perte de vue.
- Tout le monde fait des jardins, élève des moutons et chèvres et autres. Vous aussi?
- Ceux qui peuvent, oui. Beaucoup de suicides ici ces derniers temps.
- Mon ami russe pourrait se connecter de temps en temps pour discuter, mais je dois y aller maintenant. Peut-être que je vais me frayer un chemin vers vous. Je me déplace sur une maison-flottante de commerce. De quel côté de Memphis êtes-vous ?
- La partie au-dessus de l'eau. Très haut, les sommets de la colline.
- 10.4"
conclue Finegan.

Finegan éteint la radio, secouant la tête dans le négatif, mais le Russe a déjà une autre idée :
- "Pas d'appel à la maison. Peut-être que tu me ramènes à la maison dans ton bateau ?
- La maison-flottante ne peut voguer sur l'océan ! Les vagues passeraient dessus. Nous mourrions tous."

Les rejetés

Finegan et les Russes retournent au camp, constitué de cabanes assemblées à partir de déchets. Ce sont toutes des personnes qui n'ont pas été accueillies dans d'autres communautés, qui ont uni leurs forces et s'entraident. Il y a plus d'hommes que de femmes, et toutes les femmes sont enceintes ou avec un bébé dans les bras. Joey joue avec un groupe de garçons mexicains et vietnamiens, en train de taper dans un ballon.

La lumière électrique

Le Russe demande s'ils auraient de la lumière à troquer. Finegan étudie la radio à manivelle, voir comment ça marche. Il décide de refaire le même système en plus gros, pour générer de l'électricité.

Plusieurs des hommes apportent des batteries de voiture et des phares tirés d'épaves automobiles à proximité. Ces voitures avaient servies aux migrants à venir jusqu'à ce camp, lorsqu'ils avaient été expulsés d'autres communautés. Ce sont de vieux camions et des vieilles voitures en ruine, mais ils ont fonctionné aussi longtemps que l'essence dans leurs réservoirs a duré, ou qu'ils ont pu se frayer un chemin en tout terrain pour contourner les crevasses dans les routes.

Les batteries sont cablées en parallèle, la tension restant en 12 V.

Un vieux moulin à vent de ferme, dont plusieurs lames ont été réparées avec des morceaux de bois vissés sur les lames cassées, vient d'être redressé. Les hélices sont fixées sur un alternateur d'une des épaves.

Finegan, constatant qu'il n'y a pas de brise en ce moment, tourne les pales à la main. Les deux fils qu'il a à la main étincellent.

Finegan se penche ensuite sur le régulateur automobile, placé entre le groupe de batterie et le moulin à vent, connectant les fils. Il fait signe à l'un des hommes, un Hispanique, de tourner les lames du moulin à vent tandis qu'il se penche avec un multimètre pour vérifier les batteries.

Le moulin à vent est maintenant actionné par la brise, sur un triangle étroit de planches clouées avec des traverses en croix. Brut mais robuste. Les pales tournent paresseusement dans la brise du soir qui sort de la large rivière. Le groupe de batteries a été couverte d'un toit de bâche, pour protéger de la pluie. À l'extrémité du bloc-batterie se trouve un support de phares rougeoyant. Les migrants sont tous en train de tourner autour, contemplant cette nouvelle configuration. Finegan est en train de recevoir une brassée de choux.

Les requins

La caserne engloutie

Un grand bâtiment. Le deuxième étage sort de l'eau et est surmonté d'une tour de guet.

Une rangée de toits apparaissent sous l'eau. Joey les indique à Finegan, qui après avoir rejoint Joey à l'avant, reconnaît des casernes militaires.

Ils aperçoivent le sommet d'une clôture de barbelés, la marée descendante faisant des frisotits sur le haut de la clôture. Finegan vient de remarquer ces frisotits, et montre à Joey le contour carré du camp. puis réalisant soudainement, il se tourne et voit que le fil barbelé émerge maintenant de l'eau avec la marée descendante, leur coupant le chemin de repli. Ils devront attendre jusqu'à ce que la marée monte à nouveau.

Finegan décide de faire de la plongée en attendant, voir ce qu'il reste dans ces baraquements.

Le garde

Un garde sort de la tour de guet, se déshabille et plonge tout nu dans l'eau. Il atteint rapidement la maison-flottante. Voyant qu'il n'est pas une

1036

menace, étant sans arme, Finegan et Joey se préparent à l'aider à monter sur le pont. Mais l'afro-américain et très en forme, et d'une vigoureuse poussée, il s'extrait de l'eau et se rétablit à la force du poignet sur le pont, sortant ses pieds de l'eau rapidement :

- *"Ne veux pas garder les orteils dans l'eau trop longtemps. . J'ai vu un jeune requin ici une fois, l'autre jour."*

La pêche

Le garde note le filet de pêche suspendu pour sécher. Le montrant du doigt, il dit :

- *"Le requin fait une bonne alimentation. Peut-être que nous pourrions le pêcher ! S'il est toujours là, je l'ai sûrement attiré. Vous avez des appâts à bord ?"*

Finegan est entré dans la maison et est revenu avec un short, qu'il lance au garde, afin qu'il se rhabille un minimum. Finegan dit :

- *"Seulement nous trois comme appât. Mais si nous pêchons quelque temps, nous pourrions attraper quelque chose et ensuite nous pourrons mettre du sang dans l'eau."*

Le garde s'en réjoui, car il n'a rien mangé depuis que le dernier aliment déshydraté a été épuisé.

Finegan jette le filet sur l'eau, attendant que la bouche ouverte du filet coule, puis tire le filet avec les cordes attachées aux quatre coins. Un côté du filet a des bouchons de flottaison en liège, et est le côté qui piège les poissons. Les autres côtés sont tirés vers le haut et vers la maison-flottante. Finegan tire à la main sur les cordes qui ferment la bouche du filet, tirant ainsi la prise sur le pont avant. Les captures habituelles : brindilles, mauvaises herbes, algues, des petits poissons frétillants et 2 crabes sont parmi les prises. Finegan est curieux de savoir si le garde est seul, le garde raconte :

- *"On nous a dit de garder nos postes, alors c'est ce que j'ai fait. Tous les autres ont abandonné et sont partis. Je n'ai pas de maison. La famille d'accueil n'est pas venue me chercher et a laissé cela pour l'armée. Nous ne pouvons élever personne après un certain âge. Vous avez vu quelque chose qui ressemblait à un poste de commandement ?"*

Tout à coup, le filet commence à se balancer dans les mains de Finegan, et le garde saute pour l'aider à le tirer. Un petit requin marteau pointu est dans le filet, attiré par toute l'agitation dans l'eau. Joey apporte un matraque en bois et commence à le

frapper à la tête et le requin s'arrête de battre. Barney devient fou d'aboiements, se souvenant du jour où il a perdu sa jambe à cause d'un requin-marteau.

Le barbecue de camping est sorti et les morceaux de viande de requin grésillent. Finegan met des morceaux dans une casserole sur le côté, pour le souper. Le garde se gave de nourriture, affamé, et ravi de l'installation de la maison-flottante :

- *"C'est bien! Tu manges comme ça tout le temps ?"*

Traîtrise

Le garde demande :

- *"Pouvez-vous m'emmener sur terre ? J'ai récupéré des choses dans la tour. Je pourrais nager, mais tout serait mouillé."*

Finegan demande s'il reste de l'alcool, mais le garde lui réponds que c'est la première chose qui est partie.

Après avoir apporté sur le ponton toutes les affaires récupérées de la tour, le garde traverse la passerelle pour son dernier voyage, son tas de vêtements qu'il avait abandonné pour rejoindre la maison-flottante. Finegan a le dos tourné, rangeant les derniers paquets du garde, tandis que le garde tire un pistolet de la poche de sa veste. Quand Finegan se retourne, il ne peut que constater qu'il est mis en joue par le garde, et met ses mains en l'air.

L'eau est haute maintenant, et le garde lui indique la prochaine destination.

Finegan se déplace à l'arrière de la maison-flottante et commence à pédaler. Le garde est face à lui, assis sur des boîtes à l'arrière. Joey fait les cent pas sur le toit, surveille les objets sous l'eau et le meilleur endroit pour traverser la clôture de barbelés.

Voyant qu'ils quittent l'enceinte et qu'il n'y a plus trop de danger de heurter un objet immergé, le garde demande à Joey de venir dans son champ de vision. Le garde ne bouge pas de sa place, les yeux fixés sur Finegan, le craignant plus que Joey. Joey apparaît au-dessus du toit, juste derrière la garde, avec la matraque en bois utilisé plus tôt pour tuer le requin. Il tape le garde sur la tête. Finegan se précipitant d'un bond vers l'avant pour désarmer le garde.

Karma

La maison-flottante a amarré temporairement au rivage, et le garde marche sur la planche vers la rive. Il est habillé, mais n'a que quelques paquets avec lui. Il proteste fort :

- *"Écoute, je voulais juste être sûr que tu n'allais pas me voler ou quelque chose comme ça."*

Soudain, des hommes vêtus de diverses tenues de l'armée émergent des buissons avoisinants. Ils sont un mélange d'afro-américain, hispanique et blanc. Le garde est horrifié de les voir. Il recule sur la passerelle mais rencontre le pistolet de Finegan dans son dos. Les hommes devant lui ne sont pas armés mais semblent en vouloir au garde. Pris au piège, le garde s'adresse au groupe; tout en s'avançant :

- *"Allez les gars, pas de rancune, hein? Vous auriez fait la même chose... Qu'est-ce que tu as mangé ? Tu as l'air en forme... Je vous ai fait une faveur, en fait."*

Finegan monte la garde avec son pistolet, la seule arme dans le voisinage.

Joey se précipite à travers la passerelle pour tirer les grappins à bord, puis tire la passerelle sur le ponton. La maison-flottante s'éloigne lentement du rivage dans la marée de nouveau descendante. L'un des soldats à terre menace Joey et Finegan de les manger tout crus.

Le groupe fouille le garde, découvrant qu'il n'est pas armé. Quand ils sont en sécurité loin du rivage, Finegan va à l'arrière de la maison-flottante pour pédaler et s'éloigner, en rangeant son pistolet dans sa taille de pantalon, dans le dos, tout en gardant un oeil sur les hommes sur le rivage. Le garde est au milieu du groupe d'hommes qui le pousse et lui donne occasionnellement un coup de poing. Finegan dit :

- *"Il y avait bien un requin dans l'eau, mais pas celui que nous avons mangé..."*

L'orphelinat

La maison-flottante remonte à la pédale le long d'un large ravin inondé, au milieu de la campagne agricole. Les champs ont été défrichés, mais comme ils n'ont pas tous été plantés derrière, ils sont envahis de mauvaises herbes. Un grand champ est planté avec des Amarantes, une grande plante à graines feuillues, dont les panaches contiennent de petites graines. L'Amarante est connu pour être entièrement comestible, et est l'une des rares plantes qui peuvent être assimilée à la viande car elle contient de la lysine, une protéine que la viande contient aussi. Un autre champ à proximité est planté de maïs, qui, lorsqu'il

est combiné avec Amaranthe, équivaut à une viande enrichie en protéines.

La maison-flottante s'arrête pour voir ces champs plantés, une rareté en ces jours troubles. Quelques petits enfants émergent parmi les grandes plantes Amarantes. Des tout-petits, entre 2 et 3 ans, et les pré-adolescents. La plupart ne sont pas habillés de vêtements adaptés à leur âge. Tous sont pieds nus. Seuls les plus jeunes enfants ont des vêtements qui conviennent, et si usés, qu'il est clair qu'ils ont été fabriqués pour eux. Les enfants sont craintifs, ne quittant pas la sécurité de leur forêt d'Amarantes.

Finegan veut vérifier la situation, car il ne semble pas y avoir un adulte en charge.

Finegan et Joey rejoignent une ancienne ferme, juste en remontant le champ. La maison s'est effondrée, et les mauvaises herbes et les broussailles ont grandi le long de ses côtés. La grange a été frappée latéralement par des tremblements de terre, mais le toit est resté intact. Il est désormais soutenu par des poteaux de bois, formant donc un appentis. Le grenier à foin, est maintenant le plancher de la structure effondrée, et est couvert de diverses couvertures. C'est là que les enfants ont dormi - hors de la pluie, mais pas hors du froid.

Un poêle à bois est dans la cour, sous un arbre où une bâche a été attachée aux branches inférieures pour faire office de toit. Une table de pique-nique est à proximité. Une femme âgée, qui boîte, apparaît, entourée d'une douzaine d'enfants de différents âges.

Sa robe est en lambeaux et flotte sur son corps, comme si elle était précédemment un peu en surpoids. Elle a l'air très fatiguée et marche comme si elle ne pourrait pas faire le prochain pas. Elle s'arrête pour reprendre son souffle et regarde les visiteurs. En les voyant non menaçants, elle prend place sur la table de pique-nique, poussant un gros soupir, comme soulagée de ne plus être sur ses pieds. Prenant une profonde inspiration pour gagner de la force, elle lève le visage pour sourire aux visiteurs et les invite à la rejoindre. Elle demande aux enfants de servir du thé aux visiteurs.

Finegan se présente :

- *"Je suis Finegan Fine, et voici mon partenaire Joey. Je suis un commerçant ambulant. J'ai ma maison-flottante là-bas, à la fin de ton champ. Des parcelles assez impressionnantes que vous avez là. Vous plantez et récoltez tout cela par vous-même ?"*

La nourrice sourit et cligne de l'œil sur l'absurdité de cette idée :

- *"Heureusement, j'ai beaucoup d'aide."*
Elle se penche en arrière, ayant repris son souffle, et continue à diriger ses jeunes protégés.

- *"Chérie, utilise cet autre pot. Il a un bec."*
Finegan parle des enfants. La nourrice révèle qu'elle les a récupérés à Montgomery quand les ennuis ont frappé. La maîtresse étais là-bas en train de rendre visite à ses amis qui ne peuvent plus bouger. Après elle les a enterrés, crise cardiaque et autres. Sur la route du retour, elle a trouvé ces enfants tout simplement perdus. Personne n'est venu les chercher. Que pouvait-elle faire d'autre. Pour elle, ces enfants sont une bénédiction.

Certains n'étaient évidemment que des tout-petits quand elle les a recueillis. Décrire ça comme une "bénédiction" ! ? Il se reprend en réalisant qu'ils observent ses réactions :

- *"Oh, en effet. Mon Joey, c'est pareil. Il était séparé de ses parents, du coup nous nous sommes associés. Il est une bénédiction, aucun doute à ce sujet."*
Finegan continue :

- *"Je ne peux pas m'empêcher de m'émerveiller devant vos champs. Je suis allé de long en large sur cette côte. J'ai trouvé des gens qui plantaient de la citrouille, mais la plupart font des potagers en rangées, et ils travaillent jour et nuit. Vous vous avez carrément des champs entiers...*

- *Je suis dans le milieu depuis quelques années. Planter du maïs et de l'amarante, quand on est végétarien, c'est tout ce qu'il nous faut. Je faisais un mélange pour les points de vente biologiques locaux (un mouvement prônant des cultures sans pesticides, de préférence à dominante végétale). Les Amarantes sont une bonne salade aussi. J'ai fait ma vie à ça. Pas besoin de labourer si vous retirez les mauvaises herbes régulièrement. Il suffit juste de réensemencer.*

Ces enfants sont les meilleurs petits cueilleurs de mauvaises herbes que j'ai jamais vu. Il vous suffit de descendre le champs, vous arrachez au passage les mauvaises herbes, les larves et les scarabées tombent au sol, les poulets accourent et nettoient le champ. Ce qui reste est nos bonnes plantes, sans insectes, et ... des oeufs. Nous avons beaucoup d'oeufs."
Joey est intéressé :

- *"Et la soupe aux nouilles et au poulet, non ?*

- *Oh, nous ne mangeons rien qui ait un visage ! Les poulets sont souvent enlevés. Ils sont la proie de beaucoup de créatures... Mais nous mangeons les oeufs."*
Finegans demande s'ils ont besoin de quelque chose, une aide sans contrepartie.

Les couvertures

Finegan amène le landau rouillé, rempli de couvertures. La couverture de laine qui lui a été donnée par la couturière est sur le dessus de la pile.

Figure 45: optimisation du lit

La nourrice met les enfants dans le lit. Ils reposent l'un à côté de l'autre, côte à côte pour partager la chaleur du corps pendant la nuit, car il y a peu de couvertures et pas assez pour faire le tour. Les petits enfants sont entre les enfants plus âgés, de sorte que les enfants plus âgés peuvent lever leurs genoux, allongés sur le côté, s'ils le souhaitent. Après leur mise en place, la maîtresse jette ses quelques couvertures sur les bords.

L'arrivée de Finegan marque une grande joie chez tous... Une fois les couvertures distribuées, Le reste des enfants peut s'allonger sur la paille tandis que la maîtresse place la grande couverture qui les recouvre. Il reste même une couverture pour la nourrice.

Continuité gouvernementale

L'attaque nocturne

La maison-flottante s'approche d'une série d'îles (les reste d'une ville inondée). Les bâtiments et les rues sont encore visibles sous les îles. L'approche des îles est bloquée par des bâtiments immergés, qui sont visibles sous l'eau.

Tous les bâtiments ont été endommagés par un tremblement de terre et des vents violents, bien que certains murs des gratte-ciels métalliques soient intacts. La plupart des bâtiments sont inclinés dans un sens ou dans l'autre, à la suite d'un effondrement. Il n'y a aucun signe de vie nulle part.

Joey fait des allers et retours sur le toit de la maison, avertissant Finegan des danger submergé.

Ils entendent soudain une explosion de fusil de chasse. Finegan ne sait pas d'où ça vient, Joey montre du doigt la rive.

Finegan dit :

- *"Pleine lune ce soir... Ça va être difficile de s'échapper."*

Finegan imagine et rejette plusieurs plans pour s'échapper.

- *"Dans le pire des cas, nous nous glisserons dans l'eau la nuit et trouver celui qui l'a fait... Je ne pense pas que nous puissions aller sous l'eau et tirer le bateau vers la sécurité... Mais ce sont nos deux seules options."*

Un clapotis arrête ses cogitations. Un bateau à rames, avec deux hommes à bord, s'approche de la maison flottante. Un homme qui rame avec les avirons, l'autre avec un fusil de chasse posé sur ses genoux. Les deux portent une bande de tissu rouge nouée autour du biceps de leur bras droit.

Une fois la barque proche de la maison-flottante, le rameur rampe et tente de verrouiller une corde autour de l'un des poteaux sur les coins de la maison-flottante. La sentinelle a son fusil pointé vers la porte de la maison-flottante, où il a vu Finegan et Joey pour la dernière fois. Mais Finegan a déménagé derrière des boîtes près de l'avant de la maison-flottante. Finegan a son fusil posé sur une boîte, pointé sur le garde.

Vous n'embarquez pas et vous ne partez pas non plus. Jetez ce fusil dans l'eau... Tout de suite !

La sentinelle hésite et caresse son arme comme s'il débattait de ses options. Finegan tire dans l'eau près d'eux, leur montrant qu'il est aussi armé. La sentinelle dit :

- *"Regarde, je vais le poser. Si je perds ça, je vais le payer cher."*

La Sentinelle pose son fusil sur le sol de la barque. Les deux hommes dans la barque sont maintenant debout, les mains en l'air. Finegan dit :

- *"- Vous nous avez tiré dessus !"*

- *Eh bien, vous venez vous aussi de nous tirer dessus !*

- *Vous avez tiré en premier !*

- *C'était un coup de semonce !"*

Finegan marmonne, ne voulant pas créer de conflit, mais ne voulant non plus être exploité.

Joey est positionné de l'autre côté de la maison-flottante, également derrière des boîtes, avec le pistolet dirigé vers les 2 intrus. Finegan dit :

- *"OK, vous 2 vous montez sur le pont, mais ensuite vous ne bougez plus."*

Les hommes finissent d'attacher la corde autour du poteau d'angle et tirent la barque au plus près,

mettant une jambe sur le pont et se soulevant pour finir de grimper sur le pont. Finegan ordonne :

- *"Toi, le rameur, enlève ce tissu de ton bras et attache les mains de ton partenaire derrière lui."*

Les deux hommes de la barque se regardent avec hésitation. Puis la sentinelle hausse les épaules et met ses mains derrière son dos pour être attaché. Finegan dit :

- *"OK, asseyez-vous sur le pont et faites face à l'eau. Et toi, le rameur, mets tes mains derrière ton dos... Joey, prend le tissu de la sentinelle et attache le rameur avec. Attaches-les bien."*

Le sénateur auto-proclamé président

Les deux prisonniers sont maintenant assis sur le sol de la maison, leurs pieds attachés. Joey tient son pistolet dirigé vers le bas, maintenant que le risque semble écarté. Finegan est assis près de la table où il a posé son fusil, et le fusil récupéré de la barque.

La sentinelle dit :

- *"C'est l'ancien sénateur du coin, Collins, qui nous envoie. Quand la région a été frappée, il a pensé que tous les autres endroits avaient été anéantis. Il a dit qu'il devait être le nouveau président, considérant que le gouvernement américain devait être représenté et tout ça..."*

Le rameur continue :

- *"Un fou, je pense. Il tient ces réunions du cabinet avec sa famille et affirme qu'il a le pouvoir exécutif parce que nous devons être en guerre. A mis la main sur tous les vivres dans la région aussi..."*

- *"Pas de réponse radio, donc tout le reste du monde doit être mort."*

- *"Maintenant il commence à attaquer les voisins..."*

Finegan dit :

- *"Je vous dépose sur la rive. Je suis commerçant mais ce n'est pas un endroit pour ça... Je devrais troquer ma liberté..."*

Puis désignant la ville insulaire :

- *"Plus d'autres snipers comme vous ? [tireurs à distance/d'Élite]"*

La sentinelle dit :

- *" C'était mon poste. Les autres sont à l'intérieur des terres, avec le président Collins, en train de faire des raids."*

Volonté de se libérer

La maison-flottante est amarré à un endroit dégagé le long du rivage. Les 2 hommes traversent la passerelle, les mains sont toujours attachées.

Joey est sur le toit, debout, les pointant avec le pistolet. Il y a des cris et des disputes venant de l'autre côté de la colline. La sentinelle et le rameur se retournent et essaient de retourner sur la maison-flottante (en reculant, la passerelle étant trop étroite pour se retourner facilement), mais Finegan, qui porte le fusil braqué sur eux, bloque le chemin comme une porte.

J'ai une meilleure idée. Allons derrière ces buissons là-bas.

Finegan fait signe à Joey de se cacher dans la maison, et suit les hommes dans les buissons. Les 2 hommes expliquent ce qu'est un raid :

-"Le sénateur Collins sort avec eux, car ils connaissent son visage et tout... Ils l'appellent impôts, mais comme l'argent ne vaut plus rien, ça doit être de la nourriture."

Finegan dit :

- "Vous ne voulez plus de ce système, hein ? Que proposez-vous que nous fassions avec Collins ?"

A bas la tyrannie

Finegan a délié ses 2 prisonniers et armé la sentinelle avec son fusil, leur faisant maintenant confiance. Le rameur tient une matraque. Finegan reste néanmoins derrière ses deux prisonniers, juste au cas où ils changeraient soudainement d'avis. Ils rampent le long des buissons, hors de vue, vers les disputes.

Ce qu'ils voient est une confrontation entre Collins et une communauté de survie locale. Collins est ventru et courtaud, rouge de visage et chauve. Il est debout avec 2 autres hommes qui ont des armes à feu. Tous les trois ont un tissu rouge attaché autour de leur bras droit, en haut, leurs insignes. Finegan demande s'ils connaissent les hommes de main.

La sentinelle dit :

- "Ils agissent seulement par loyauté. Tout le monde a peur de se lever contre Collins. Tout le monde a peur d'être le premier, tu sais, et jeté dans la cuve."

Finegans dit :

- "Eh bien, vous allez être les premiers."

La sentinelle déglutit, puis respire profondément, met ses mains autour de sa bouche et crie :

- "Collins ! Tu n'es plus responsable ! Plus de vol de personnes. Tu es un escroc ! Tu n'es pas le gouvernement, tu ne l'a jamais été !"

Finegan et le rameur regardent la sentinelle, étonnés de toute la rancoeur qui avait besoin de sortir :

- "Tu n'es pas au pouvoir, trou du cul ! Tu n'es qu'un gros porc ! Qui t'a mis en charge, hein ? Tu l'as fait tout seul. Et tu n'as pas à nous dire quoi faire, espèce de merde."

Finegan met sa main sur la bouche de l'homme, voyant que la diatribe ne s'arrêterait jamais sinon. Finegan dit :

- "Dites-lui que vous désarmez ses gardes, et qu'ils devraient abandonner. Ils font face à une rébellion armée. Dis lui ça."

La sentinelle respire fort, essayant de se calmer :

- "Voici l'affaire, espèce de merde. Nous sommes une rébellion armée. Allonges-toi sur le sol et mange de la terre, sac à merde... Et vous autres, rejoignez-nous ou mourez !"

Collins fait face aux mutins cachés dans les buissons, les poings serrés sur les côtés du corps. Finegan jette un coup d'œil à la sentinelle, puis regarde le rameur, lui demandant de parler. Le rameur dit :

-"Tu n'es plus responsable de rien, Collins. Tu es dissous. Retourne toutes les armes. Plus de recouvrement d'impôts."

Collins commence à marcher vers les buissons. Ses 2 gardes armés sourient, et posent leurs armes sur le sol. La communauté qu'il tentait de cambrioler, qui jusque là se tenait debout en arrière, se disperse rapidement, craignant une fusillade. Finegan demande à la sentinelle de ramasser les armes à terre rapidement, puis annonce au rameur :

- "Je vais me mettre debout avec mon fusil. Vous descendez et faites tomber Collins à genoux et les mains sur sa tête... Frappez-le s'il le faut... Mais pas trop fort."

La sentinelle court en faisant un demi-cercle autour de Collins. Quand il atteint les deux autres hommes autrefois armés, ils se lèvent tous pour se prendre dans les bras l'un de l'autre (ignorant encore une fois les directives de Finegan). Collins secoue son poing à la sentinelle, puis le montrant du doigt, lance des ordres et des menaces :

- "Arrêtez cet homme !"

Le rameur sort de derrière les buissons et marche vers Collins. Il dit :

- "Ils ne sont même pas armés! Enfoiré."

Finegan sort de derrière les buissons, son fusil reposant dans ses bras. Collins arrête sa foulée. Le rameur prend sa matraque et frappe Collins dans le ventre. Collins se plie en deux. Puis le rameur frappe derrière ses genoux pour qu'il tombe sur ses fesses.

- *"Mains sur la tête. . . Mains sur la tête, j'ai dit !"*

L'exil du tyran

La sentinelle pédale à l'arrière de la maison-flottante. Ils se relaient avec le rameur. Collins est attaché aux poignets, les mains devant lui. Il proteste fort contre son arrestation, citant des lois selon lesquelles il se sent autorisé à exercer sa présidence. Tout au long du voyage, il fait un discours non-stop :

- *"... selon l'acte de succession présidentielle de 1947, je suis responsable! . . Continuité du gouvernement! ..."*

Finegan est sur le toit, avec son fusil dans ses bras, surveillant les 3 hommes à l'avant.

Joey arpente le toit comme d'habitude, mais en regardant le siège du vélo, il surveille la sentinelle et le rameur pour s'assurer qu'ils ne laissent pas les pédales et essaieraient de s'approcher d'eux.

L'île qu'ils approchent n'est pas grande, mais il lui reste encore un bon bout de temps avant d'être submergée. Elles a l'air déserte, abandonné depuis longtemps. Pas de bâtiments ou d'animaux de ferme en vue.

Une fois que la maison-flottante a accosté, Finegan dit aux 2 hommes de Collins :

- *"Détachez ses mains. . Si vous voulez aller avec lui, vous pouvez."*

Les deux hommes secouent la tête. Finegan dit :

- *"Poussez-le dans l'eau, c'est peu profond ici."*

Poussé dans l'eau, Collins continue à se plaindre :

- *"... C'est un enlèvement et une trahison. . Vous serez abattu pour cela... Peine de mort."*

Nouvelles règles

Ce soir-là, Joey jette les armes des hommes de Collins à la mer. Finegan tient un discours sur le toit, son fusil dans une main :

- *"Plus de vol à main armée! Nouvelles règles. Et laissez ce cul pompeux là pour crier aux écureuils. Ne va pas le sauver ni rien de tel..."*

Perdu et retrouvé

Contact de connaissances

La majeure partie de Memphis est au moins partiellement inondée, mais les étages supérieurs des hauts immeubles sont au-dessus de l'eau. Comme avec d'autres endroits, les dégâts causés par le séisme et les vents sont évidents, même de loin. Les hautes tours sont inclinées, mais leur ossature métallique centrale, flexible, a permis que ces immeubles ne ne s'effondrent pas lors les tremblements de terre. Les bâtiments de maçonnerie ou de brique sont eux effondrés.

Figure 46: Memphis à moitié submergée

Les restes de Memphis semblent continuer à perte de vue, de part et d'autre de la maison-flottante. On peut voir les restes d'une grande autoroute descendre dans l'eau et se diriger vers les vestiges des arches du pont Desoto.

Finegan est debout sur le toit de la maison-flottante, tenant sa radio à ondes courtes, avec sa manivelle nouvellement installée pour générer de l'électricité. Ayant localisé le groupe déjà contacté avec le Russe, il intervient :

- *"Yo, ici Finegan Fine, commerçant. Nous avons déjà parlé ensemble. Sur quelle colline êtes-vous ?"*

Memphis Papa répond :

- *"Je vous donnerais la localisation mais nous ne pourrons pas trop en dire sur les ondes. Vous êtes en aval par rapport à nous. Vous êtes sur ce qui était autrefois le Mississippi. Vous êtes au Sud de nous. Enfin, ce qui était avant le Sud, vu que tout est chamboulé. Montez encore un peu la rivière, et je vous donnerai de nouvelles instructions."*

Géographie

Finegan est assis sur ce qui était une chaise de salle à manger. Plusieurs hommes et femmes sont assis autour d'un morceau de contreplaqué utilisé comme table. L'assemblée utilise divers types de chaises - chaises pliantes, fauteuils de salon, tabourets et escabeaux. La table est tachée en de nombreux endroits, ayant été utilisée pour de nombreuses conférences. Une grande carte des USA, rafistolée par du scotch, est disposée sur la table.

Alors que Finegan, tout en sirotant une tasse de café, montre à l'assemblée des points sur la carte, Joey se tient juste derrière son épaule gauche, debout sur ses orteils, regardant intensément la carte. Finegan raconte son périple :

- *"J'ai commencé en amont de Savannah. La rivière montait, quelque chose de féroce. Au* moment où je construisais mon bateau, je voyais l'eau se rapprocher sans cesse.

Joey a été séparé de ses parents. On ne les a pas trouvé depuis.

Nous avons exploré le nouveau littoral de la Géorgie. Pas de cartes pour ça. Je suppose que la Floride a disparue.

En se déplaçant on a du mal à se rendre compte... Il me semble que cela continue de monter, mais sur ce point vous devez avoir de meilleures mesures que moi ?"

L'assemblée n'a pas d'infos très précises sur le taux d'élévation de la mer, mais confirme que l'eau continue à monter. De même que le soleil se lève dans le sud et se couche dans le nord.

Joey demande comment c'est possible.

Memphis Papa réponds :

- "Nous pensons que la Terre s'est déplacée dans l'espace, fils. C'est à cause de ça que tout a été secoué, et c'est pour ça que l'eau continue de monter... Le mieux que nous puissions comprendre.é

Joey sort la photo de ses parents, demandant si quelqu'un les a vu.

Le panneau des disparus

Memphis Papa emmène Finegan et Joey dans un ancien immeuble de bureaux qui est resté debout pendant les séismes. Ils se retrouvent devant un mur couvert de notes épinglées. Le papier à lettres est de toutes sortes - des bouts de papier arrachés d'annuaires téléphoniques, de pages déchirées de journaux, de notes écrites sur les bords des coupons, de notes écrites sur la copie carbone des chéquiers, de pages de livres de coloriage pour enfants , etc. Le mur est recouvert du sol au plafond, et des notes commencent à couvrir d'autres notes en se superposant.

"Martha, Ed Grover et moi sommes à Cincinnati."

"Les MacMahons se dirigent vers la ferme de l'oncle John."

"Nous l'avons fait! Rendez-vous chez le chanvre. Mitzy"

"Que Dieu nous aide! Little Bob s'est noyé et Big Bob est mort de chagrin."

Joey s'approche du mur et commence à lire, quand Memphis Papa l'interrompt :

- "Ça c'est pour l'Arkansas, la rive opposée. Ils sont venus ici comme des rats noyés sur tout ce qui flottait. Nous avons une chambre séparée par État, afin de réduire la confusion. De quel État venaient vos parents ?"

Joey répond, le regard plein d'espoir : "Géorgie !"

Memphis Papa les emmènent alors dans une autre pièce. En marchant dans le couloir, Joey et Finegan regardent les pièces donnant sur l'extérieur, dont les vitres cassées laissent entrer la pluie, et qui sont encombrées de meubles cassés et de boîtes d'ordures évacuées des pièces intérieures. Les pièces intérieures sont utilisées pour les affiches perdu et trouvé. Il y a des étiquettes sur les poignées de porte des pièces intérieures, classées par ordre alphabétique - Alabama, Arkansas, Floride, Géorgie, Illinois, Indiana, Kentucky, Mississippi, Missouri, Caroline du Nord, Ohio.

Sur le mur en face des salles de l'Alabama et de l'Arkansas, se trouve peint en rouge un index général, listant tous ces États, avec une flèche dirigée vers le bas du couloir.

Quand le trio entre dans la pièce concernant la Géorgie, la pièce est nue, pas une seule note épinglée.

- "Nous en avons reçu quelques-uns de la Floride, arrivés tôt sur les bateaux, mais nous n'avons rien reçu de la côte Est. Trop loin par la terre."

Pirates

Avant que Finegan et Joey ne partent, Memphis Papa les informe du danger de pirates sur des bateaux, qui font des raids de pillage la nuit.

Le brouillard monte de l'eau, car l'air est frais et l'eau du Golfe est chaude.

Une ville flottante émerge de la brume. C'est une collection de différents types de bateaux ou de dispositifs de flottaison. L'un est un groupe de bateaux à rames attachés ensemble à l'avant, de sorte que le groupe forme une roue. Une bonne façon pour augmenter la surface de stockage, non dédiée aux lieux de vie. Un autre est un yacht. L'un est un radeau assemblé à partir de troncs, avec un matelas au centre couvert par 2 parapluies. Il y a quelques hors bord avec des couvertures en plastique dessus comme protections contre la pluie.

On entend des quintes de toux, des cris et des éclaboussures. Des jeunes hommes et femmes sautent dans l'eau, silhouettes maigres plongeant dans l'obscurité. Il n'y a aucune lumière nulle part : ni sur le rivage, ni sur les bateaux, ni sur la maison-flottante.

petit déjeuner

Finegan prépare le petit-déjeuner sur le barbecue de camping portable, retournant le poisson et sirotant du café avec l'autre main. Joey est à l'arrière de la maison-flottante, occupé à nettoyer Barney sur un morceau de plastique. Le plastique est ensuite glissé dans l'eau pour être rincé et plié. Une routine quotidienne du matin. Finegan pose 3 assiettes sur une boîte à côté du gril. Des pommes de terre sont mises à cuire dans une poêle posée sur le gril. Finegan divise le poisson. Il pose une assiette sur le pont pour Barney et en tend un autre à Joey, puis prend place sur l'une des boîtes à manger. Joey demande :

- "Donc, ils sont des pirates uniquement parce qu'ils sont bruyants ?
- "Ah, oui, mais ne prennent pas soin des autres personnes ... avoir une fête tout le temps. . prendre ce qu'ils veulent."

6 personnes sont apparues sur le rivage, regardant fixement les occupants de la maison-flottante. Ils sont vêtus de vêtements de ferme. Les hommes ont des gourdins dans leurs mains. Finegan fait un signe mais son invitation n'est pas retournée.

- "Umm. . On dirait qu'ils sont un peu à cran envers les gens dans les bateaux."

Joey fait signe aussi, et Barney aboie une fois, remuant sa queue. Finegan décide d'aller dans le canoë, qui a été attaché au côté de la maison-flottante. Il s'installe dans le canoë en montrant à ceux qui se trouvent sur le rivage qu'il n'est pas armé et que, étant surpassé en nombre, Finegan n'est pas dangereux.

- "Ils ont l'air de bons gens. . . Voyons de quoi il s'agit."

Contact

Au fur et à mesure que Finegan s'approche de la rive, il lève les deux mains, tenant la pagaie des deux mains, pour indiquer qu'il ne fait pas de mouvements brusques et permettre une vue complète du fond du canoë et de ses flancs, pour montrer qu'il n'a pas d'arme. L'un d'eux donne un coup de main à Finegan pour descendre. Le fermier dit :

- "Je pensais que tu étais l'un d'entre eux."

Finegan explique :

- "Nous sommes passés par Memphis et avons entendu parler des pirates. Vous êtes une milice ?"

Le fermier acquiesce : -"Patrouille côtière".

- "Je suis un commerçant. Été tout le long du nouveau littoral depuis la Géorgie. Je pourrais avoir quelque chose dont vous avez besoin. Nous ne faisons pas de raid et ne volons pas, c'est sûr."

Finegan jette un coup d'œil sur son bateau :

- "C'est sûr de laisser mon bateau là-bas? Viennent-ils pendant la journée ?"

Le fermier rencontre un instant les yeux des autres, obtenant confirmation de ce qu'il va dire :

- "Je vais venir avec toi et te montrerai une bonne baie, hors de vue et tout. S'il y a un problème dans cette baie, nous en entendrons parler.

Le fermier sort une trompette de jouet d'un enfant en plastique, et la tend à l'un des autres, avant d'entrer dans l'eau pour monter dans le canoë.

Le plan

Finegan et le fermier émergent d'un petit bois, près d'une ferme en ruine. Ils parlent tout en se dirigeant vers la grange et la maison effondrées. Joey est à l'arrière, traînant pour regarder les choses dans les bois au fur et à mesure de l'avancement. Ces bois sont différents de ses bois natals.

Le fermier explique leurs problèmes :

- "On ne peut pas se reposer la nuit. Ils dorment pendant la journée, je suppose. La moitié d'entre nous dorment pendant la journée et patrouillent la nuit, l'autre demi-patrouille pendant la journée, et aucun travail n'est fait. C'est pas productif.
- Si vous pouviez voir la nuit et le jour, pourriez-vous couper votre patrouille de nuit ?
- Vous voulez dire des lumières? Nous n'avons pas ça.
- Non, je veux dire lunettes de vision nocturne. J'en ai plusieurs d'un dépôt militaire. Si vous aviez quelques personnes sur les points hauts, bonne vue sur l'eau, combien auraient besoin de voir les bateaux entrer ?
- Eh bien, le locataire..."

Le fermier s'est arrêté pour calculer mentalement et pointe en l'air en un demi-cercle où l'eau entoure la communauté agricole :

- "J'imagine que 3 au moins, le meilleur serait 5, mais 3 le ferait.
- OK, j'ai ces 3. Prochaine étape. Fils de déclenchement. Vous avez une faune sauvage qui ferait trébucher des fils de 60 cm ou plus au-dessus du sol ? Vous avez nettoyé les cerfs ici ?"

Le fermier rit :

- *"Oh, les cerfs sont éteints ! Nous avons gardé notre élevage et les poules dans la maison, dormi dehors, mais les cerfs, ils ont été dégagés.*
- *De ce que je vois de ce groupe, ils ne seraient pas enclins à ramper sur le sol. Nous pourrions faire tirer des fils sur tout le périmètre pour avoir des alarmes. Double résultat, en fait.*
- *Je n'ai pas de fils de fer.*
- *Je vais le faire. Plein. Fil fin, mais il ne se cassera pas. Maintenant, étape suivante. Le meilleur est quelque chose comme une cloche, un bruit qu'on ne peut confondre avec un autre. En plus de la vision nocturne, les gars auraient une cloche aussi.*
- *Je n'ai pas de cloches.*
- *Je m'en occupe. Commençons."*

Finegan se tourne pour mettre sa main pour une poignée de main avec le fermier.

- *"Qu'est-ce que tu as à m'échanger ?"*

Gibier

3 adolescents sont regroupés dans les bois. Des clochettes viennent de sonner à leur passage. Ils sont debout, momentanément confus, regardant autour d'eux. L'un d'eux, le maladroit gaffeur qui a déclenché l'alarme-clochette, dit :

- *"J'ai touché quelque chose ici. Ah! . c'est un fil."*
- *Enlève-le"*

La cloche claque de nouveau.

- *"Bordel ! Ne tire pas dessus, passe en dessous."*

Les 3 garçons se mettent à quatre pattes et commencent à ramper sous le câble de déclenchement lorsque le groupe d'agriculteurs débarque sur les lieux, balançant des gourdins.

Sort des prisonniers

Les 6 prisonniers (5 garçons et une adolescente) sont attachés dos à dos, par deux. Ils sont tous attachés aux cheville aussi, donc la course est impossible pour aucun d'entre eux. Tous sont très irrités d'être capturés. Le café a été préparé sur un feu de camp et des œufs brouillés et des toasts servis à la communauté agricole. Finegan et Joey sont des invités. Les prisonniers ne reçoivent rien d'autre qu'un verre d'eau d'une tasse d'étain, tenue à leur bouche. Finegan demande au fermier :

- *"On en fait quoi ?*
- *Les abattre ?*
- *Une chose est sûre, vous devez couler leurs bateaux. Ils ne feraient que remonter le long de*

la côte.. . . Je peux le faire. J'ai une perceuse. Les couler tous et les couler bien. Dommage, mais c'est le premier endroit où ils se dirigeraient.
- *Oui, mais ils avaient aussi fait des raid sur terre.*
- *Plus difficile de se cacher sur la terre ferme. Et plus difficile à courir. Sur l'eau, ils pourraient se déplacer, trouver de nouveaux territoires. Ils avaient l'élément de surprise, du moins au début."*

Finegan et le fermier réfléchissent aux situations, regardant l'un après l'autre le groupe de prisonniers. Finegan demande :

- *"Combien ont-ils volé ? Donnez-moi la valeur en jours volés à vous tous.*
- *Compte tenu de combien d'entre nous avons dû surveiller et des jours perdus pour récolter notre récolte ? Je dirais plusieurs mois. Cela dure depuis des mois. Nous avons planté et avons une récolte en attente, mais n'a fait aucun progrès, tu vois ?"*
- *Voici ce que je suggère. Ce groupe vous doit ce temps. Faire un groupe de travail enchaîné et faites les travailler pour cette période. Prenez-les les mois qu'ils doivent pour le faire fonctionner. Peut-être qu'ils apprendront quelque chose sur l'agriculture et n'auront plus à voler. Faites-leur une faveur. Ils ont un bon comportement s'ils sont seuls. Vous les renverrez dans les terres un par un, d'abord ceux qui ont eu un bon comportement. Envoyez-les en groupe et vous aurez de nouveau un gang qui va se former. Relâchez le meneur va en dernier. Gardez un garde de nuit pendant un bon moment après aussi."*

Et comme d'habitude, le fermier dit :

- *"Je n'ai pas de chaîne et je n'ai pas de serrures.*
- *Je m'en occupes..."*

Échange

Finegan et Joey marchent à travers la passerelle avec une assiette d'œufs brouillés pour Barney. Plusieurs membres de la communauté agricole le suivent, portant des produits - plusieurs sacs de pommes de terre, une boîte en carton remplie de choux verts, un autre rempli de navets et une carafe de bière maison.

Sevrage

Finegan a la cruche de bière brassée maison à la main. Joey regarde la cruche, puis s'éloigne de

Finegan, ne disant pas un mot mais avec un air qui en dit long. Finegan le rassure :

- *"Cette fois, ça va être différent. Je ne ressens plus le besoin."*

Coulé

La maison-flottante est amarrée avec les grappins au yacht des pirates. Finegan est sur le pont du yacht, en train de remettre des sacs de couchage à Joey, qui les jette sur le pont avant. Ensuite, Finegan fait passer des sacs, qui font des "clangs" lors des manipulations, comme si ustensiles de cuisine ou des outils pourraient être à l'intérieur. A côté du yacht, l'anneau des bateaux à rames sombre lentement dans l'eau, tout comme les hors bords. Le yacht commence lui-aussi à pencher sur le côté. Finegan dit :

- *"Peut-être qu'on trouvera plus tard de quoi changer tes vêtements. Tu grandis comme une mauvaise herbe."*

Finegan ouvre le journal de bord trouvé sur le yacht, et le parcourt jusqu'à la fin :

- *"Nous avons été balayés à l'intérieur des terres par une vague géante venant du Golfe. Notre boussole n'est d'aucune aide, étant complètement erratique. Inondations partout. Repères méconnaissables. Nous n'avons plus de nourriture et d'eau. Le gaz a presque disparu. Dérivé près de la terre. Prendre le dinghy. Abandonner le navire."*

Finegan est sur le point de prendre une autre gorgée de la cruche de bière, mais se ravise, et verse le reste de la cruche par-dessus bord.

Il ne reste plus que le cas du radeau flottant de troncs à régler. Attaché à la maison-flottante pour l'éloigner du rivage, Finegan tranche le lien avec un couteau, laissant la marée descendante emmener le radeau dériver loin en aval.

Manger des rats

La ville en perdition

La maison-flottante descend à la pédale ce qui était la rue principale d'une petite ville. Des bâtiments en briques de deux étages bordent les deux côtés de cette rue principale, inondés jusqu'au deuxième étage. Une grande partie de la brique est cassée, certains bâtiments n'ayant plus qu'un seul mur avec des poutres qui dépassent.

L'endroit semble désert, jusqu'à ce que le maire apparaisse à travers une fenêtre brisée du deuxième étage. Le bas du mur de la fenêtre a été défoncée pour former une porte, et une barque

devant est attachée par une corde qui disparaît dans la porte.

Le maire est torse nu, il a des plis de peau suspendus au-dessus de la taille de son pantalon bouffant et sale, comme s'il avait perdu beaucoup de poids trop vite. Il a une barbe et des cheveux longs crasseux. Il hurle à Finegan :

- *"Vous avez de la nourriture ?*
- *Ça dépend. Vous avez quelque chose à échanger ? Je suis un commerçant."*

Le maire pousse sa main vers Finegan avec dégoût, comme pour dire «va-t'en», et retourne dans la pièce.

Plus loin, une colline s'élève hors de l'eau. Cette colline est surmontée d'une maison de retraite, formée de plusieurs bâtiments.

La maison de retraite

Finegan et Joey traversent l'entrée de la maison de retraite. Les bâtiments montrent les effets des tremblements de terre et des vents violents, les uns jetés sur le côté, les autres effondrés, d'autres debout, mais les fenêtres brisées et le toit partiellement arraché. Une porte s'ouvre en grinçant. La directrice demande :

- *"Puis-je vous aider ?"*

La directrice est une femme d'une trentaine d'années, ses longs cheveux bruns retenus par un bandana. Elle porte une chemise d'homme trop grande pour elle, attachée à la taille par une cravate, les manches retroussées jusqu'aux coudes. Elle a une longue jupe colorée en dessous, et est pieds nus. Plusieurs chats entrent et sortent de la pièce alors qu'elle ouvre la porte. Finegan répond :

- *"Je suis Finegan Fine, madame, commerçant. J'ai peut-être quelque chose que vous cherchez, ou quelque chose dont vous avez besoin.*
- *Oh, je ne sais pas. Sauf si vous êtes une pharmacie ambulante. Vous êtes cette maison-flottante là-bas ? Avec toutes les boîtes empilées... Dis-moi, tu viens chargé. Qu'est-ce que tu as ?*
- *Ne sais pas trop en fait, madame, jusqu'à ce que je fasse l'inventaire. Comme je l'ai dit, je suis un commerçant, et je constate que je peux relever toutes les situations."*

Finegan s'arrête d'un coup, réalisant qu'ils sont en train de flirter et de lancer des insinuations. La directrice le comprend également et tente de ramener la conversation sur des bases plus sûres :

- *"Eh bien, nous sommes ici dans une maison de retraite, pour les vieux. La plupart du temps, ce qui leur manque, ce sont les médicaments, mais ceux qui en avaient le plus besoin sont morts rapidement. Maintenant, je suis ici comme infirmière en chef, avec beaucoup de courage. Ils sont vieux, mais robustes. Viens voir derrière, je te montrerai."*

Les installations

Le potager est à l'arrière du complexe. La plupart des jardins sont des plates-bandes rectangulaires surélevées, formées par de lourds poteaux de bois posés horizontalement les uns sur les autres, tenus fermement du côté extérieur par des poteaux verticaux planté dans le sol, tous les 2 m environ. Le mur de soutènement est de 60 cm de haut, avec de la terre à l'intérieur de la plate bande. Il y a un tuyau qui coule au centre de chaque plate-bande pour arroser. Ces tuyaux sont branchés à leur extrémité à un robinet. Les tuyaux ont des trous percés tout du long afin que l'eau soit pulvérisée sur toute la longueur du tuyau, donnant un arrosage goutte à goutte de fortune.

Entre les plates-bandes surélevées, on voit que la pelouse n'a pas été tondue depuis des lustres, martelé par le passage fréquents des jardiniers, avec les 2 sillons laissés par les roues des fauteuils roulants.

Figure 47: Accès handicapé

Plusieurs vieux s'occupent du jardin. La moitié sont dans des fauteuils roulants, qui se rangent le long des plates-bandes afin que les vieux puissent facilement jardiner, comme tirer des mauvaises herbes ou ramasser les légumes. D'autres vieux utilisent des déambulateurs et s'assoient sur les bords des plates-bandes. Ces plates-bandes surélevées sont du coup facilement accessibles, évitant de se baisser, conçus de toute évidence pour les handicapés ou les personnes âgées. La directrice explique :

- "Nous avons eu la chance d'avoir construit les potagers en avance. Et nous avons sauvé les graines, d'année en année. C'était au début une thérapie physique. Nous faisions un bon commerce avec ça, triant les graines dans des sacs en plastique zippés, mettant les étiquettes, puis les partageant avec les familles. Aujourd'hui, ça s'avère être une aubaine."

Les vieux tournent la tête à leur approche et sourient, content de voir du monde. Finegan demande :

- "Et la viande ?"

La directrice lui fait "chut", et attend d'être au loin, et seuls, pour expliquer :

- "Vous pouvez voir que nous avons une explosion démographique de chats."

La directrice jette un coup d'œil à Finegan, voulant s'assurer qu'il soit prêt à entendre la suite.

- "J'ai plusieurs chats femelles qui m'apportent leurs prises. Ce sont les femelles qui chassent... Il doit y avoir quelque part une explosion de la population de rats, car les chattes échouent rarement à livrer. Tous les matins, ils sont là, les rats morts, viande fraîche, à ma porte."

Elle jette de nouveau un coup d'œil à Finegan.

- "Eh bien, après tout, c'est de la protéine ! Je le fais cuire à fond, la viande tombe de l'os, et je mélange la viande dans la soupe, qui est le souper de tous les soirs. . . Personne n'est mort encore."

Finegan, détendu, dit :

- "Je suis sûr que vous n'êtes pas la seule... Ne pêchez-vous pas ?"

La directrice dit :

- "Nous n'avons pas de jetée, ni de bateau. Et à part moi, qui pourrait le gérer ? Ils se noieraient en essayant... Nous avons une canne et une ligne. Un membre de la famille venait pour une visite et emmenait un résident sur une rive pour un pique-nique. Mais je ne peux pas pêcher. Je suis la seule ici... De plus, ma journée est déjà assez longue."

Juste à ce moment-là, une des chattes débarque avec un rat mort dans la gueule et le laisse tomber aux pieds de la directrice. La directrice se penche en avant pour féliciter et caresser le chat.

- "Merci Mitzy ! C'est un beau cadeau !"

Récupération de matériaux

La paix dans la rue principale est soudainement brisée par Finegan . Bruit du bois qu'on arrache, les couinements de clous qu'on arrache. Le maire vient à sa fenêtre pour voir ce qui se passe :

- "Hey ! Tu ne peux pas prendre ça ! Cela appartient à quelqu'un."

Finegan apparaît dans une fenêtre, près de l'endroit où son canoë a été attaché. La fenêtre a été enlevée pour un accès plus facile. Finegan crie :

- *"Alors, poursuis-moi en justice... Comment se fait-il que tu n'aides pas plutôt cette femme là-haut à soigner les personnes âgées ?"*

Le maire prend un air dégoûté et agite la main de nouveau dans la direction de Finegan, comme s'il l'avait congédié, avant de retourner dans son appartement.

Les morceaux de bois commencent à voler par la fenêtre - les montants, des balustrades et de nombreux planchers, éclaboussant quand ils tombent dans l'eau. Le martèlement s'accélère à chaque fois que Finegan récupère les clous restés plantés dans la planche qui vient d'être arrachée. Les vieux dans le jardin sont étonnés de l'animation nouvelle.

La nouvelle jetée

Ce soir-là, la directrice, Finegan et Joey, et plusieurs vieux en fauteuil roulant ou agrippés aux déambulateurs, contemplent la mer sous un magnifique coucher de soleil. Devant eux, un quai flottant nouvellement construit, avec une longue rampe vers le quai accessible aux fauteuils roulants. Les planches de bois de 15 cm de large proviennent de l'un des anciens immeubles inondés, arrachés du plancher du deuxième étage. Elles sont désormais utilisées comme plancher de la jetée, ou encore, placées dans le sens de la longueur, comme rampe menant à la jetée flottante...

Une balustrade d'escalier intérieur sert désormais de garde-corps à la jetée, sécurisant tout le long de la rampe et de la jetée. Une deuxième balustrade est formée d'une corde servant de garde-corps, corde tendue entre des poteaux. Le tout est irrégulier, les poteaux sont peints en blanc, les planches de parquet sont éraflées et la corde est d'épaisseur variable. Finegan n'avait pas de scie alors les extrémités des planches dépassent au bout de la jetée. Des crampons ont été cloués le long du sommet d'une plates-bande surélevée, jusqu'à la jetée, le long des bords, pour servir de garde aux fauteuils roulants. Certaines chaises, aussi récupérées de l'appartement du deuxième étage, ont été placées ici et là pour ceux qui viennent pêcher sur les déambulateurs. La directrice dit à Finegan :

- *"Vous devez rester pour souper. Et je pense que les habitants ont des graines qu'ils veulent partager avec vous. Ils ne voient pas beaucoup de famille ces jours-ci. En fait, pas depuis plus d'un an. Si vous voulez, ce soir, ce sera juste de la soupe aux légumes !*

- *Non, non, gardez votre habitude ! Cela me convient !"*

Puis, se tournant vers les résidents regroupés autour d'elle, la directrice dit :

- *"Il se peut que nous n'ayons plus la télévision, mais maintenant, pendant ces beaux couchers de soleil, nous pouvons faire de la pêche ! Est-ce que quelqu'un se souvient de ce que nous avons utilisé pour l'appât ? John, tu te souviens ? Vers. Oui, c'était des vers du jardin !"*

Sachets de graines

Finegan et Joey remontent sur la maison-flottante. Finegane a un sac en plastique transparent rempli de petits sacs à fermeture à glissière de diverses graines, étiquetés et datés à la main. Tout est scellé, étanche. Finegan les stock en hauteur et au sec.

Joey caresse Barney, appréciant le fait qu'il n'est pas évasif comme les chats l'étaient.

Le prêteur sur gages

Illusion et déni

Finegan et Joey avancent à pied dans un quartier d'affaires d'une petite ville inondée. Le quartier des affaires est au-dessus de la ligne de flottaison, alors que la plupart des petites villes et de leurs banlieues ont été inondées. La zone semble déserte et a été dévastée par les tremblements de terre et les vents violents. Des bardeaux ont été arrachés des toits, des édifices en maçonnerie se sont effondrés, des bâtiments à charpente ont été jeté latéralement, et les panneaux publicitaires ont été projetés dans la rue. Des parties des textes peuvent être lues, disant des choses devenues inutiles comme "Assurance".

Il pleut, et Finegan et Joey sont de plus en plus trempés, leurs vêtements se collant à eux. Ils arrivent dans un ancien atelier de prêteur sur gage, le nom de l'activité peint sur le mur au-dessus de la porte. La porte s'ouvre et ils entendent des bruits de quelqu'un qui s'affaire à l'intérieur. Finegan dit :

- *"Peut-être qu'ils auraient un parapluie ?"*

Le prêteur sur gages est en train de réorganiser les étagères, de prendre des objets sur une étagère, d'épousseter l'étagère, puis de remettre les objets à leur place. Malgré tout l'encombrement, l'endroit est immaculé, sauf le prêteur sur gages lui-même. Il est petit, porte une chemise blanche extrêmement sale, manches retroussées. Il porte un gilet gris strié, également couvert de poussière par endroits. Ses pantalons à rayures grises flottent (perte de poids) et sont étirés sur les genoux à force de trop s'agenouiller. Ses chaussures en cuir noir sont éraflées, les lacets dénoués traînants sous les pieds.

Le magasin du prêteur sur gages est rempli d'objets, de sorte que chaque étagère est bondée, les objets empilés sur eux-mêmes. Ce sont tous des éléments qui avaient autrefois de la valeur, lorsqu'un système monétaire était en place et que les gens ne mouraient pas de faim. Les bijoux sont empilés, bien que certains soient placés sous le comptoir pour être protégés du vol. L'équipement électronique est empilé dans les étagères derrière le comptoir, avec quelques haut-parleurs placés le long du devant des comptoirs. De jolies robes de salle de bal et des smokings sont suspendus à l'arrière du magasin. Des ensembles de vaisselle, de la poterie fine, de la verrerie et du cristal sont affichés sur une seule étagère. Les bottes de cow-boy en cuir et les ceintures assorties sont sur une autre étagère, ainsi que des articles d'accompagnement tels que des chapeaux de cow-boy. Sous le comptoir, à un seul endroit, se trouvent des médailles d'honneur des guerres passées, des décorations type légion d'honneur, avec un sceau présidentiel.

Finegan et Joey sont bouche bée, regardant autour de eux avec étonnement tandis qu'ils marchent lentement au milieu du magasin, entre les comptoirs. Ils regardent de haut et bas, ne disant pas un mot, gardant leur réflexions pour eux. Le prêteur sur gages demande :

- "Que puis-je faire pour vous ?
- Vous avez des parapluies ?
- Non, mais j'ai quelque chose qui pourrais vous intéresser..."

Montrant un comptoir entassé avec des jeux vidéo :

- "À moitié prix, aujourd'hui seulement."
- Mais nous n'avons pas d'électricité !
- Ça va revenir."

Finegan et le prêteur sur gages arrêtent la conversation et se regardent longuement, Finegan stupéfait par cette illusion, et le prêteur sur gages n'allant pas plus loin pour expliquer sur quoi il fonde sa croyance. Finegan finit par demander :

- "Pourquoi penses-tu cela ? Tu dois savoir quelque chose que je ne sais pas.
- Oui Monsieur, ça va revenir. Lorsqu'ils reviendront ici, avec de nouvelles lignes et de nouvelles routes, nous reviendrons tous en affaires. Juste une question de temps."

Un homme portant son meilleur costume du dimanche, smoking, noeud papillon, chaussures cirées et chapeau, entre alors dans le magasin du prêteur sur gages. Il porte une petite boîte en bois qu'il pose sur le comptoir. Il l'ouvre prudemment et la musique joue. Il soupire presque visiblement, comme s'il s'était attendu à ce que cela ne marche pas. Il regarde le prêteur sur gages, et lui dit :

- "Pas beaucoup de succès pour ça, mais c'est une beauté. Je l'échange contre un sac de farine."

Le prêteur sur gages répond :

- "Rien de tout ça, mais j'ai une promo par ici."

Il désigne la pile de jeux vidéo.

Dure réalité

Finegan et Joey s'éloignent du prêteur sur gages, suivi de près par l'homme endimanché qui a plusieurs jeux vidéo entre ses mains. Finegan, encore fasciné par l'illusion de masse qui a cours dans cette ville, se retourne pour s'adresser à l'homme. Désignant la pile de jeux vidéo dans les mains de l'homme endimanché :

- "Ça ne se mange pas."

L'homme essaie le discours de vente du prêteur sur gages sur Finegan, car il doit maintenant rentrer chez lui et affronter la petite dame :

- "Ceux-ci valent plus, dans l'ensemble. Article de croissance. Prix bas maintenant mais la valeur de ces bébés va monter en flèche !
- Alors, quand les sauveteurs vont-ils arriver ?
- Nous ne sommes pas encore entendus, mais c'est parce qu'ils sont vraiment occupés."

Finegan n'a jamais rencontré de délire de masse auparavant, sorte d'hallucination collective.

Ils finissent par arriver à la maison de l'homme. La cour n'est plus tondue. La maison où vit l'homme endimanché et sa femme s'est effondrée, le toit est tombé au centre de la maison, les poutres s'étant brisées pendant les tremblements de terre. Mais une entrée dans une aile a été arrangée à travers une fenêtre, avec un tapis pour adoucir les angles inférieurs.

Assise sur un tabouret dans la cour, la femme vide un poulet. Elle a ses longs cheveux empilés sur sa tête et épinglée avec des épingles à cheveux, pour les tenir à l'écart de son travail. Elle éviscère le poulet, en tirant les entrailles dans un seau entre ses genoux, seau où elle a également placé les plumes. Elle place ensuite le poulet dans une rôtissoire à côté d'elle, et creuse dans les entrailles pour le cœur, le foie et les reins du poulet, eux aussi allant être rôtis. Elle lève les yeux sur le trio. Son mari lui dit :

- *"Une autre aubaine, mon amour! Je vais les ranger avec le reste de notre trésor."*

Il se dépêche de glisser à l'intérieur de a maison pour échapper à toutes les questions de la femme. Finegan et Joey sont laissés à se présenter tous seuls, mais pas besoin au final car la femme commence à parler :

- *"Oh Seigneur. Encore des déchets."*

La femme se tourne sur le tabouret, elle fait face à la rôtissoire et avec une casserole avec un peu de vinaigrette, et elle commence à verser lentement la vinaigrette sur le poulet. Il est évident qu'elle fait le travail toute seule pendant que son mari rêve du rétablissement à venir. La femme reprend :

- *"Au moins, le prêteur sur gage les occupe. Nous en avons eu quelques-uns qui ont disparu, ne pouvant supporter la perte."*

Camps de travail esclavagiste

Squelettes

La maison-flottante s'approche d'un affleurement rocheux et d'une chute d'eau. Finegan est sur le toit, avec Joey qui pédale. L'eau est profonde, mais à cause de l'affleurement rocheux, Finegan est prudent. Soudain, il tend la main pour arrêter Joey.

Des dizaines de squelettes, nettoyés par des poissons et des crabes, sont visibles sous l'eau claire des montagnes. Certains sont des enfants. Quelques pièces de vêtements en lambeaux sont encore présentes sur les corps.

Le traqué

Plus loin, Joey toujours aux pédales, Finegan voit un homme s'accroupir derrière un rocher. Finegan fait silence pour que Joey cesse d'avancer, et de rester là où il est en empêchant la maison-flottante de dériver. Après avoir vu les corps, et vu la prudence de l'homme qui s'est caché, Finegan parle à voix basse à l'homme, ne sachant pas ce qui pourrait être à proximité :

- *"Hé. Y a-t-il un danger à proximité ? Nous avons vu ces corps."*

L'évadé regarde par-dessus son épaule et s'avance vers le bord de l'eau :

- *"Peux-tu me faire sortir d'ici ? Je suis trop vieux pour travailler, prévu pour résiliation. . . S'il vous plaît. Ils ont des chiens, ils me suivent."*

Ayant vu des os d'enfants, Finegan ne suppose pas que cet homme soit un criminel, et saute dans le canoë pour récupérer l'évadé.

Se mettre à l'abri

La maison-flottante s'approche d'une petite île boisée, entouré d'eau profonde, à au moins 1,5 km de la côte rocheuse qu'ils viennent de quitter. La maison-flottante est amarrée dans une baie à l'arrière de l'île, liée à des arbres partiellement immergés. Maintenant qu'ils sont invisibles, ils peuvent parler. L'évadé mange avec enthousiasme des patates froides avec du poisson et une tomate. Finegan dit :

- *"Je te préparerais bien un bon petit-déjeuner, mais s'ils ont des chiens, ils nous retrouveraient. Comme on est placé maintenant, ils ne peuvent pas nous voir, et s'ils ne regardaient pas dans cette direction quand nous sommes partis, ils n'auront aucun indice pour nous retrouver ici."*

Joey dit :

- *"Je n'ai vu aucune activité."*

L'évadé commence à pleurer, sans sangloter, mais juste des larmes qui coulent sur son visage alors qu'il fourre la nourriture dans sa bouche et la mâche. Barney se lève et s'assoit à ses pieds, levant les yeux - une tentative pour réconforter l'évadé. Finegan ne peut plus attendre :

- *"Alors ces gars vous poursuivent ?"*

L'évadé le regarde d'un air incrédule, comme si tout le monde avait des gardes et devait comprendre ce qu'il avait traversé :

- *"Ils gardent les travailleurs. Je pensais que tu le savais. N'êtes-vous pas des évadés vous aussi ?"*

L'évadé jette un coup d'œil à Joey :

- *"Sans doute pas. J'aurais du m'en douter. La première chose qu'ils ont fait était de tuer les enfants... et les malades... et les anciens... Toute personne de plus de 50 ans est considérée comme dépassée... Ils les ont jeté d'une falaise pour les laisser pourrir."*

L'évadé tend son assiette vide à Finegan, qui est atterré par cette extermination systématique. L'échappé continue avec son histoire :

- *"On nous a dit de venir nous réfugier dans une base militaire, où des gens riches avaient mis en place des approvisionnements. C'était présenté de telle façon qu'on pensait qu'ils allaient partager leurs provisions, et que les militaires nous protégeraient."*

L'évadé laisse échapper un petit rire devant l'absurdité de ses attentes, par rapport à ce qui s'est passé par la suite :

- *"Dès que les lignes téléphoniques ont été coupées et que les routes ont été déchirées, les choses ont changé. . . Le commandant était entouré de gens riches, il passait son temps dans leur bunker, et tout le reste... Ils nous ont ensuite tous emmenés dans cette cour, derrière des barbelés. Je pensais que cette cour servirait pour les criminels, mais en fait nous avons tous été envoyés là-bas... Ensuite, ils retirent les personnes âgées de 15 à 50 ans, des hommes et des femmes en bonne santé, femmes non enceintes, et nous avons été envoyés dans de nouveaux foyers pour les riches. J'étais un plombier, alors je savais quelque chose à propos de l'installation de la plomberie. . . Lorsque nous sommes revenus ce premier jour, tous ceux qui n'avaient pas été désignés avaient disparu. Nous avons appris ce qui s'est passé quand les gardes se sont vantés à ce sujet. Qui en a tiré combien, et tout. Ils ont aimé ça, les meurtres. Quand mon tour est venu, la nuit dernière, je les aient vu tirer à la courte paille pour savoir qui allait me faire la peau. Au point où j'en étais, qu'est-ce que j'avais à perdre ? ... Je suis passé par dessus la barrière et j'ai couru comme un diable."*

Finegan demande :

- *"Tous les militaires étaient comme ça ? Vouloir tirer sur des civils, des enfants ?*

L'évadé agite les mains en l'air, signifiant qu'il avait oublié de parler d'une partie de l'histoire :

- *"Oh non, non. La plupart des militaires se sont enfuis pour voir leurs familles. Ils ont déserté bien avant que les ennuis ne se produisent. Ils ont vu ce qui allait arriver. On les voyait passer à travers les bois, tous les jours, parfois en grappes. Ceux qui sont restés sont devenus les gardes. Les gardes qui s'opposaient au plan, ont tous simplement été placés avec les prisonniers, dans le camp de travail... Nouvelles règles... Je pense que c'était le plan depuis le début, que tout cela avait été organisé en avance.*

- *Combien de personnes sont captives dans ce camp, et combien de gardes, vous le savez ?"*

Les adieux

Finegan et l'échappé se préparent à prendre le canoë pour aller à terre. Le canoë a été chargé avec 2 sacs à dos et le fusil. Finegan dit :

- *"Joey, tu sais quoi faire. Je pense que je serai de retour dans un jour ou deux, mais si cinq jours se passent et que tu ne me vois pas revenir, tu redescendras le long de la côte, par le chemin que nous avons pris pour venir. Reste dans les eaux profondes, et seulement la nuit. Garde Barney muselé... Tu ira voir cette femme qui prend soin des vieux. Et hé, ils mangent des rats, et il n'y a rien de mal à cela... Les gens de Memphis n'étaient pas trop mal non plus."*

Dernière concertation

Finegan, armé du fusil, et l'évadé, sortent des bois au bord du camp d'internement. Ils se faufilent prudemment, l'évadé en tête. Les nouvelles maisons pour les riches ne sont pas loin. Il n'y a pas de lumière, mais les chiens gardent les bords du camp d'internement de barbelés. Deux gardes sont assis autour d'un feu dans un coin de la cour. Finegan :

- *"Voici le plan. Je mets cette dynamite sous le poste de garde. Cela enlève la plupart d'entre eux. Quand cela arrivera, ces deux-là vont regarder dans cette direction. Tu tires bien ?*

- *Jamais manqué. La chasse.*

- *OK. Tu prends ce fusil et tu tires sur leur chien en premier. Ces gardes ne feront pas attention à toi, ils vont courir vers le poste de garde. S'ils te regardent, arrête de tirer, ils ne pourront alors pas te localiser. Si ils s'approchent, tire sur les gardes, parce que c'est aussi ce que je vais faire. Envoies-les en enfer. Nous ne pouvons pas les laisser errer dans le paysage, et je ne suis pas enclin à diriger une prison... Voici un coupe-fil. Quand les chiens sont morts et que les gardes sont partis, ouvre le grillage de la cour. Laisse tout le monde sortir."*

L'attaque

La maison de garde explose. Les chiens aboient, des coups de fusil, les chiens couinent, puis plus de cris, plus de coups de feu. Les prisonniers du camp de travail s'enfuient à travers une coupure dans les barbelés, courant dans toutes les directions. Certains des prisonniers regardent par-dessus leurs épaules. Ils font une pause, puis se retournent, voyant qu'ils ne sont pas poursuivis, que les chiens sont morts et que les gardes sont tous sur le sol, blessés ou morts. Ils s'appellent les uns les autres, puis reviennent sur leurs pas. Un murmure de colère enfle parmi les prisonniers. Finegan mets le fusil dans les mains de l'évadé.

- *"Garde ça, tu pourrais en avoir besoin contre eux."*

Finegan montre maintenant les nouveaux logements pour les riches. Il tire un peu plus de dynamite de son sac à dos, demandant :

- *"Quelqu'un sait comment l'utiliser ?"*

Un autre prisonnier dit :

- *"Je sais. J'ai travaillé dans la démolition."*

Après avoir donné la dynamite, Finegan continue ses instructions :

- *"Ils ont des provisions, elles devraient être à vous, une sorte d'arriéré de salaire, hein ? Envoyez-les dehors sans rien. Pas de nourriture. Pas d'armes. C'est mieux que ce qu'ils vous ont fait. Ils n'ont peut-être pas été responsables de ce camp, mais ils ne vous ont pas non plus secouru."*

De plus en plus de prisonniers reviennent au groupe, réalisant qu'ils sont libérés et que la guerre a été gagnée. L'évadé pleure à nouveau, des larmes coulent sur son visage.

Marché en baisse

Finegan continue de pédaler le long du littoral rocheux, autrefois une région montagneuse comme l'Est du Kentucky ou de la Virginie occidentale. Ils sont relativement près des gros centres de population qui parsemaient l'ancienne côte Est.

La maison-flottante se rapproche d'une zone de villégiature de montagne, une station touristique pour gens aisés. Les bâtiments principaux ont leurs toits partiellement effondré, de même que quelques portions de murs ici et là. Les cours et les buissons n'ont pas été tondus ou taillés. Des moutons pâturent sur l'ancien terrain de golf.

Une fois la maison flottante amarrée, Finegan et Joey s'approchent à pied de la station. Comme d'habitude, Barney les attend sur la maison-flottante. La station semble être déserte, mais le son assourdit de voix vient de la zone du sous-sol d'un grand hôtel. Le toit effondré de l'hôtel, détruit pendant les tremblements de terre, gît sur le sol du hall d'entrée, mais le sol du rez-de-chaussée a tenu, gardant intact le sous-sol. Finegan et Joey descendent les escaliers menant du hall de l'hôtel vers une zone de loisirs au sous-sol.

Le sous-sol dispose d'énormes poutres en bois et d'un sol en pierre, de tables de billard et d'un bar, de têtes d'animaux empaillées montées sur les murs et de chaises rembourrées dans les coins autour de tables basses et de tables avec lampes. Un groupe électrogène est posé près du bar, avec quelques lampes déplacées vers le groupe avec des rallonges, mais il est depuis longtemps à court d'essence, et donc inutile.

Un homme corpulent, un ancien milliardaire, se disputent avec un autre homme corpulent, leurs mains gesticulant dans les airs. Des jeunes femmes, 20 ans plus jeunes que les hommes, se prélassent dans un coin, sur des fauteuils trop rembourrés. L'ancien milliardaire dit :

- *"... Besoin d'embaucher de nouveaux hommes..."*

Les deux hommes réalisent soudainement que Finegan et Joey descendent doucement les escaliers et tournent la tête dans leur direction. L'ancien milliardaire dit :

- *"C'est un hôtel privé.*
- *Je suis Finegan Fine, commerçant. Je viens voir ce dont vous pourriez avoir besoin, et ce que vous avez à échanger."*

Les deux hommes se regardent l'un l'autre pendant une minute, une communications inexprimée entre eux. L'ancien milliardaire finit par dire :

- *"Vous avez de la nourriture? Je cherche à utiliser ce putain de téléphone portable, mais les batteries sont mortes."*

Son partenaire désigne le groupe électrogène :

- *"Et cette chose ne fonctionne pas.*
- *Téléphones portables ? Vous avez besoin de tours-relais pour ça, et les tours sont tombées."*

L'ancien milliardaire :

- *"Ah oui? Comment saurais-tu ?*
- *Depuis combien de temps tentez-vous d'atteindre quelqu'un? . . Les téléphones ne fonctionnent plus. Les ondes courtes sont la seule chose qui marche de nos jours."*

L'ancien milliardaire et son partenaire n'ont pas l'air surpris. L'ancien milliardaire sort un chéquier de sa poche arrière, et le fait claquer sur le bar :

- *"Ouais, eh bien, je peux te faire un chèque. Apportez les réserves de nourriture et l'essence pour le générateur.*
- *Le papier ne vaut rien."*

L'ancien milliardaire rougit de colère et regarde Finegan fixement, sa voix s'élevant :

- *"Papier ? Ceci est valable. Ce n'est pas du papier, c'est solide, négociable n'importe où.*
- *Plus personne ne s'occupe de papier. Ça ne vaut rien. Vous devez échanger des biens et des services."*

L'ancien milliardaire jette son stylo sur le bar en signe de dégoût et lui tourne le dos. Finalement, il explose de colère :

- *"Nous avons besoin de quelque chose à manger ! Putain ! Je me fiche de ce qu'il faut, apportez de la nourriture."*

Finegan commence à soupçonner que ce groupe fait parti des riches délogés du camp d'internement, qui s'est dirigé directement vers le seul endroit à proximité où ils s'attendaient à recevoir un accueil chaleureux en tant qu'anciens membres de la station. Finegan fait un clin d'œil à Joey pour l'informer du ton faussement naïf qu'il allait désormais utiliser :

- *"Ne jardinez-vous pas ou ne tenez-vous pas des moutons ou quelque chose? La plupart des survivants doivent le faire pour survivre. Qu'est-ce que vous mangez ?"*

Finegan fait semblant de regarder autour de la salle de jeu pour trouver des preuves de jardinage, de chasse ou de pêche. L'ancien milliardaire dit :

- *"Pas que ce soit votre affaire, mais nos serviteurs nous ont lâchés. Se sont enfuis et nous ont laissés."*

Finegan montre les jeunes femmes blasées allongées dans le coin. Elles sont bien habillés, bien que des graines de mauvaises herbes sont emmêlées dans les cheveux ou sur les vêtements, leur pantalon moulant déchiré, et les chaussures boueuses. Finegan dit :

- *"Ça ne demande pas beaucoup d'effort pour semer et désherber un jardin. Elles se sont cassé une jambe ?"*

L'ancien milliardaire secoue négativement la tête :

- *"Nous ne jardinons pas. Les serviteurs font cela."*

L'ancien milliardaire est de nouveau en train de perdre son sang-froid, regardant de partout comme s'il s'attendait à ce que le personnel de la station apparaisse subitement :

- *"Je suis un membre payant. Où diable sont les serveurs !*
- *Donc tu avais un jardin mais tu l'as laissé ? Juste parce que les serviteurs se sont enfuis ? Tu ne les as pas bien traités ?*
- *Je les ai bien payés mais ils en voulaient plus, avaient une meilleure offre ailleurs. Je te paierai beaucoup. Vous seriez tranquille pour votre vie entière après que tout soit revenu à la normale. Je vaux des milliards. . . Des milliards.*
- *Je te l'ai dit, le papier n'est plus bon. Cela comprend les actions, les obligations, l'argent.*

Alors qu'est-ce que tu vas faire maintenant ? Comment vas-tu vivre ?
- *À vous de me dire. Qu'est-ce que ça va me coûter ?"*

L'ancien milliardaire montre du menton les jeunes femmes qui se prélassent dans le coin, indiquant qu'elles pourraient satisfaire Finegan s'il le voulait. Les voyant commencer à se lever de leurs chaises, Finegan rejette l'offre :

- *"Ça ne m'intéresse pas. Il y a beaucoup de sexe offert ces temps-ci, mais la nourriture vaut plus. Vous ne pouvez pas mendier, emprunter ou voler de nos jours. Ceux qui cultivent la nourriture travaillent trop dur pour ce qu'ils obtiennent. . . Mais il y a une chose que vous pouvez faire."*

L'ancien milliardaire fulmine à nouveau, mais regarde à travers ses sourcils en colère Finegan, trop astucieux en affaires pour laisser passer une aubaine. Finegan dit :

- *"Trop tard pour commencer un jardin, mais il y a des plantes sauvages à manger. Pêcher ou placer des pièges si vous savez comment. Et vous savez, les rats ne sont pas mauvais dans le pot de ragoût."*

Impulsion

La maison-flottante se détache du rivage de la station. Sur la colline, dans l'ancien terrain de golf, deux jeunes femmes courent après des moutons, les mains tendues, essayant de coincer un agneau. Mais les moutons sont trop loin devant elles, s'enfuyant chaque fois qu'elles s'approchent.

Ceinture de rouille

Une usine apparaît à l'horizon, partiellement inondée. Des grues métalliques et les silos de stockage sortent des bâtiments industriels à ossature de métal. Les fenêtres sont brisées et certains des bâtiments de l'usine sont inclinés latéralement, mais la plupart des structures sont intactes. Les parkings sont sous l'eau, seuls quelques poteaux du grillage du parking et le toit de la cahute du gardien de parking sont visibles au-dessus de l'eau. Joey est sur le toit de la maison-flottante, prenant la mesure du dégagement au-dessus de la clôture du parking. Il dit :

- *"Un bon mètre je pense."*

Le bâtiment principal de l'usine a un toit en métal plat légèrement incliné, avec les murs de côté, le bardage métallique, qui dépasse de 60 cm au dessus du bord du toit, servant à cacher le toit plat vu du sol, mais servant aussi de garde-corps pour qui marcherait sur le toit. Le toit est justement recouvert de verdure, une sorte de jardin sur le toit, avec des vignes qui pendent sur les bords du toit. Un petit homme décharné et courbé sort de la porte de la cage d'escalier donnant sur le toit. Il se dirige vers une rangée de ce qui ressemble à du chou, se penchant dessus pour désherber la rangée, ne remarquant pas la maison-flottante approchant. Le jardinier est plié en 2, le dos recourbé après des années de travail dans cette position et de malnutrition, bien qu'il ne soit pas si vieux. Il a les cheveux noirs et la peau pâle.

Finegan appelle le jardinier :

- *"Yo, les jardins ! Bonne journée. Je suis Finegan Fine, commerçant. . . Comment gérez-vous cela, sur le toit ?"*

Le jardinier se fige au son d'une voix si proche et si inattendue. Il se redresse, autant que son dos replié le permet, et regarde dans la direction de Finegan. Puis il pose, en bas de sa rangée, la poignée de mauvaises herbes qu'il vient d'arracher, et se traîne au bord du toit.

Visite du jardin

La maison-flottante est attachée par un de ses poteaux d'angle au toit de l'usine. Une échelle de corde nouée est suspendue du toit jusqu'au pont de la maison-flottante. Le jardinier fait visiter ses jardins :

- *"... Nous avons vu l'eau monter, et avons récupéré la bonne terre de surface avant qu'elle ne soit recouverte. Nous n'avons jamais eu de terres à notre nom. Les propriétaires ne manqueront pas du sol d'une cour inondée... Nous utilisons l'eau de pluie ici. Les tomates poussent bien... légumes verts de toutes sortes... Pommes de terre si tu les arrose bien... Je n'arrive pas à faire pousser ces carottes, à moins qu'elles ne soient du genre trapu..."*

Ils arrivent au système d'arrosage, où il y a des tuyaux avec des trous tout du long (pour l'arrosage goutte à goutte) qui courent le long des creux du sol, au centre de chaque rangée. Il y a un réservoir d'eau sur le toit, utilisé à l'époque par l'usine, qui a été surélevé au dessus du toit pour obtenir une pression dans l'eau (afin qu'elle s'écoule dans les tuyaux). L'inconvénient c'est l'eau étant collectée au niveau du toit, il faut forcément la faire remonter pour la stocker dans le réservoir en hauteur.

- *"Voici comment nous arrosons. Cela me fatigue de transporter l'eau de pluie là-haut à chaque fois, cependant. Recueille dans les gouttières là-bas, que nous avons bloqué pour que l'eau reste sur le toit."*

La porte du toit s'ouvre à nouveau et la femme du jardiniers, ainsi que sa fille de 10 ans, émergent. La femme a plus de viande sur ses os que son mari, mais il est clair qu'elle a perdu la plupart de sa graisse ces derniers mois. Sa longue jupe est maintenue par des bandes de tissu sur ses épaules comme des bretelles, cousues sur la taille avant et arrière. La fille est maigre et porte une combinaison des vêtements de ses parents, une chemise de son père et une paire de pantalons de sa mère, également soutenus par des bretelles. Ses pantalons sont attachés à la cheville, ils sont si volumineux. Ils se sont habillés pour la compagnie et se sont brossé les cheveux pour l'occasion aussi.

Finegan a regardé autour :

- *"Nous pourrions pouvoir réparer un système de pompage pour soulever cette eau de pluie. Pouvez-vous me faire visiter pour chercher des pièces ?"*

L'usine

Le jardinier promène Finegan à travers leurs pièces d'habitation à l'étage sous les jardins.

- *"Nous avons apporter seulement les affaires personnelles. Traîné quelques matelas."*

Ils retournent dans la cage d'escalier, le jardinier voulant montrer à Finegan que les étages inférieurs sont inaccessibles.

- *"...monté à ce niveau, et dernièrement ralenti..."*

Finegan indique la rouille juste sous le niveau de l'eau.

- *"Eau salée... l'eau salée est corrosive. Cette usine n'a jamais été construite pour l'eau salée... Vous n'avez pas eu des problèmes d'ajustement, de bâtiment qui se plie ?"*

Il a à peine le temps de dire ces mots que le bâtiment commence à s'effondrer. Un bruit de métal crissant sur métal. Les volets de la cage d'escalier où se trouvent les deux hommes perdent leurs pieds et s'enfoncent sous l'eau.

Évacuation d'urgence

Une scène frénétique s'ensuit. Le jardinier et sa famille évacuent le plus vite possible. La femme et la fille lancent des paquets d'objets personnels par la fenêtre de leur logement jusqu'à Joey, qui est sur le toit de la maison-flottante. Finegan est sur le toit de l'usine avec le jardinier, récoltant ce qu'ils peuvent de sa récolte. Finegan laisse tomber une corde vers Joey, un sac plastique accroché à un crochet à l'extrémité de la corde.

Le jardinier récolte des pommes de terre, secoue le sol quand il tire une plante de la rangée et arrache les racines des pommes de terre. Finegan fait de même pour les carottes, commençant à arracher les fanes. Le jardinier crie :

- *"Non, non, laisse-les ! Je vais les replanter pour la graine. . . Elles doivent avoir des graines."*

Finegan et le jardinier sont en train de récolter le chou vert, coupant à la racine et jetant les feuilles extérieures brunes et en lambeaux. Le jardinier crie à nouveau :

- *"Laisse ça. Je vais replanter pour la graine. . . Juste ces 6 feront l'affaire."*

Ils ont une pile de légumes en sacs sur le côté du toit de l'usine, prêts à être descendus à Joey. Juste à ce moment-là, le bruit du métal hurle à nouveau dans l'air, alors que l'usine se plie visiblement et redescend de presque un mètre. Il ne reste que quelques centimètres jusqu'à ce que les eaux de crue se déversent au dessus des rambardes de protection du toit. Finegan se précipite sur la pile de sacs en plastique emballés et attachés. Il attache un sac et le balance à Joey comme s'ils n'avaient pas de secondes à perdre. Joey crie "Ok" à Finegan dès que le crochet est dégagé. La fille aide Joey, portant les sacs au bord du toit de la maison-flottante, où sa mère peut les attraper et les ranger comme elle peut sur le pont, laissant un passage de circulation.

L'eau commence à déborder d'un bord de la protection de toit. Le jardinier se précipite de l'autre côté du toit de l'usine, arrachant sa chemise. Il cueille des graines de carottes et de choux pour les placer dans sa chemise, qu'il attache ensuite par les manches pour éviter de perdre les graines. Il chancelle et retourne du côté de la maison-flottante à travers l'eau envahissant le toit et jette le paquet de graine improvisé dans les mains de sa fille. Finegan accroche les tomates récoltées et ensachées en les descendant prudemment plutôt que de les balancer.

L'usine s'affaisse à nouveau, accompagnée du bruit du métal qui crisse et des glouglous d'eau, mettant les 2 hommes dans l'eau. Finegan et le jardinier grimpent sur la maison-flottante et se remettent debout, ruisselants, regardant par-dessus le toit inondé. Les courge d'été, qui poussaient soutenues par les vignes sur les côtés du toit de l'usine, remontent à la surface. Des courges dont la surface est boursouflée et jaune, surdimensionnée et presque trop mûres. Le jardinier plonge dans

l'eau et nage le long des vignes, arrachant les courges et les jetant à Finegan. Plusieurs d'entre elles, trop mûres, se brisent à la réception. La femme du jardinier se précipite pour mettre les morceaux en vrac dans une bassine. Elle dit :

- *"C'est de la graine ! Tu dois faire le plein."*

Reconstruction

Le jardinier et sa famille sont debout au bout de la passerelle. Finegan a donné son landau rouillé à la famille, et il est rempli avec des sacs de légumes et leurs effets personnels. D'autres sacs et paquets sont empilés autour de leurs pieds. Finegan donne le paquet de graines de la maison de retraite, et dit :

- *"Maintenant, vous aurez la place pour la citrouille."*

Bonne soupe

Finegan a lancé une flambée sur le barbecue de camping portatif. Une marmite profonde, remplie d'eau bouillante, chauffe sur le feu. Finegan remue dans l'eau du pot les légumes hachés présents sur une planche à découper. Carottes, un oignon, plusieurs pommes de terre et du chou. Finegan s'installe sur une boîte, grignotant une carotte crue. Les bacs à légumes derrière lui sont remplis des nouveaux produits. Finegan tend une carotte crue à Barney, qui se couche pour le mâcher avec contentement.

Nouveaux leaders

La maison-flottante navigue entre le rivage et une immense île formée par la montée des eaux. Finegan, regardant une carte, passe son doigt le long de la rivière Ohio :

- *"Je pense que nous avons remonté l'Ohio par erreur. Dur à dire. Les cours d'eau sont tout chamboulé... Depuis quelques jours, je pense de plus en plus à revenir en arrière. Au moins, je savais où j'étais."*

Au loin, la batterie d'un groupe de musique commence à se faire entendre, puis un saxophone. Finegan et Joey décident d'aller voir.

La foire

Finegan et Joey gravissent une colline, en longeant un chemin de terre entre des champs en jachère. Un marché aux puces est aménagé dans un pâturage, des dizaines de couvertures ou de bâches étalées sur le sol avec des marchandises destinées à être échangées. Certains contiennent des casseroles et des couverts, des verres ou des plats ébréchés ou fissurés, des ensembles de vaisselle incomplets, des paniers de vêtements usagés pour les enfants et les adultes, des outils à main, des sacs de pommes, des oignons et des noix, des poules et des coqs en cage, un veau, des pièces de bicyclettes, un présentoir de chaussures usagées, des horloges mécaniques dont une grande horloge coucou, un salon de coiffure de plein air où un coiffeur est en train de couper les cheveux d'un client, et un étalage d'enjoliveurs qui n'obtient aucune attention.

Le groupe de musique est sur un côté, avec une batterie, un saxo, une guitare, un violon, un harmonica et des cailloux dans une boîte de conserve. Les membres du groupe essaient diverses chansons, un membre suggérant une mélodie et jouant un accord, puis un autre exprimant une opinion. Finalement, ils commencent à jouer "Les jours heureux sont revenus".

Finegan et Joey marchent lentement entre les couvertures couvertes de marchandises, jusqu'à ce qu'ils arrivent à un étalage de chaussure. Joey s'arrête et commence à comparer sa chaussure à des bottes et des chaussures de tennis pour les enfants de son âge. Finegan demande :

- *"Tes chaussures sont devenues trop serrées ?"*
Joey acquiesce. Le vendeur de chaussures note leur intérêt et s'approche :

- *"C'est des belles bottes que tu portes. De qualité. Tu peux les échanger contre ces autres ici."*

Les bottes auxquelles il fait référence ne sont pas de la même qualité que la paire de botte que porte Joey. Elles sont éraflées, ont moins de semelle, et sont bien plus abîmées. Joey les pose à côté des bottes qu'il porte, mesurant la taille de cette façon. Joey s'assied ensuite sur la chaise que le vendeur prête à ses clients et tire une de ses bottes, essayant d'abord la plus grande paire de bottes. Il piétine sur son pied et regarde Finegan, souriant.

Sur le bord du marché aux puces se trouve une fosse à barbecue fumante : les braises sont rouges, ne manque plus que la viande à cuire. Justement, cette viande arrive sur un chariot, tiré par des chevaux. Un grand cochon mort est étalé sur la plateforme arrière du chariot, à côté de cages où sont enfermés de jeunes porcelets. Le cochon mort a des défenses, comme un sanglier, et est couvert de poils grossiers plutôt que de la peau rose tendre des cochons domestiques. Il a été vidé et est prêt à cuire. Deux hommes attrapent les extrémités de la broche de barbecue, qui traverse d'un bout à l'autre

le cochon mort. Le cochon est placé sur la fosse du barbecue, les 2 extrémités de la broche reposant sur les supports en Y situés à chaque extrémité de la fosse. Le processus d'écorchage est alors finalisé sur le feu, en tirant la peau sur la tête du cochon et sur les défenses qui sont attachées aux os de la tête et résistent à la rupture.

Le conducteur du chariot est une jeune fille d'environ 11 ans. Elle est pieds nus, et porte des tresses de chaque côté de la tête. Elle enfonce à côté de la fosse un panneau indiquant "Cochons sauvages".

Un de ses 2 hommes récupère dans le chariot un seau de sauce barbecue et arrose le cochon qui rôtit. L'autre vient aider la fille à décharger les cages de porcelets. Les porcelets sont jeunes, à peu près 30 cm de long, et protestent en gémissant. Une fois les cages déchargées, la fille tourne immédiatement sur ses talons et va chez le vendeur de chaussures. Ce dernier l'accueille chaleureusement :

- *"Comment va, Matilda.*
- *Ils ont mangé une autre paire."*
Le vendeur de chaussures sourit :

- *"Arrête de leur donner des coups de pied."*
Matilda, scrutant rapidement l'étalage, se penche pour ramasser la paire de bottes que Joey vient de troquer. Elle dit :

- *"Je ne me souvenais pas de celles-là."*
Matilda s'assied sur la chaise et glisse son pied nu dans l'une des bottes, debout pour mesurer l'ajustement quand son poids est exercé. Elle sourit et jette un coup d'œil au vendeur de chaussures, qui dit :

- *"Considère cela comme un don de campagne (politique)."*
Matilda proteste :

- *"Cela ne ferait que tracasser ceux qui ne peuvent pas donner. Pas de passe-droit... Tu viendras te servir. Je le dirai à John. . . Bien que j'apprécie l'intention, Clem."*
Joey essaie d'entrer dans la conversation, content de rencontrer un enfant de son âge. Montrant les bottes de Matilda :

- *"C'étaient mes bottes."*
Matilda regarde brièvement les bottes que porte maintenant Joey, comprenant rapidement qu'un échange inégal s'était produit. Elle demande :

- *"Vous êtes nouveau dans la région? Ravi de vous rencontrer. Restez pour le barbecue !"*

Matilda tend sa main d'abord à Joey et puis rapidement à un Finegan surpris, qui ne s'attend pas à cela d'une fille.

Le liant

Finegan revient de la maison-flottante avec un marteau et une petite boîte de clous dans ses mains qu'il va échanger contre une scie.

Joey se promène en suivant Matilda, fascinée par sa confiance en elle et ses compétences sociales. Matilda travaille dans la foule, offrant des poignées de main, posant parfois la main sur le bras de quelqu'un, mais ne s'attardant jamais plus d'une minute quelque part. Elle s'approche d'une femme qui semble être sur le point de pleurer, en train de parler à un homme rouge de colère. La femme :

- *"Mais tu me dois une poule. Tu as promis. Nous n'avons pas eu de viande à la maison depuis un mois.*

L'homme fulmine :

- *"Ils viennent à peine de sortir de l'oeuf, je te dis ! Tu ne peux pas attendre quelques semaines ?"*

Matilda regarde l'un et l'autre sans rien dire. Enfin, profitant d'un blanc dans la discussion, elle dit à la femme :

- *"Quelle taille il fait le vieux poulailler que tu as chez toi ?"*

La femme réponds :

- *"Grand comme la maison, mais les poules sont maintenant toutes partie depuis que le renard est passé. Il a emporté toutes les poules... Nous mangeons du maïs depuis ce jour là."*

L'homme propose :

- *"Je ne savais pas que tu avais un poulailler. Je travaille loin d'ici et les nouvelles ont du mal à m'arriver... Tu sais, les poussins considèrent un nouveau poulailler comme leur nouvelle maison après seulement une journée... Ils sont autonomes en liberté, il suffit de les laisser sortir le matin et de les rappeler le soir."*

Matilda s'en va, souriante.

Finegan est encore dans l'étonnement qu'une jeune fille est apparemment en course dans une campagne politique, et prise au sérieux. Le vendeur d'outil estsurpris par la réaction de Finegan :

- *"Matilda? Elle est la seule à pouvoir faire travailler les gens ensembles. Vous devriez la voir prendre une foule stupide et sans but pour en tirer le meilleur afin d'en faire un truc qui*

marche. Ma Mary dit qu'elle est l'ingrédient qui fait prendre la gelée de confiture."

Puis, voyant que Finegan est toujours étonné :

- *"Mettez un sac au-dessus de votre tête alors, et vous ne remarquez pas qu'elle est une fille et même une jeune fille... Nous avons trop de problèmes pour rester dans les vieilles habitudes."*

Partage

La foule d'environ 100 personnes se rend au barbecue pour être servi. Chacun a une assiette en main, avec quelques tomates en tranches et un morceau de pain fait maison, le tout prêt à recevoir une tranche de cochon grillé. Un des hommes de Matilda tranche du porc sur une planche. Un demi-cercle de chaises diverses ou de boîtes renversées a été assemblé sur le côté du barbecue, avec le chariot au centre du demi-cercle comme plate-forme.

Un homme avec un calepin erre à travers la foule, cochant des noms et distribuant de petits bulletins de papier. Il s'approche de Finegan et Joey, qui sont dans la file d'attente pour le barbecue. Il scanne sa liste des yeux, puis lève les yeux vers Finegan :

- *"Nouveau dans la région ? Où séjournez-vous ?*

- *Nous ne faisons que passer. Sur cette maison-flottante là-bas."*

Joey demande :

- *"Cela signifie-t-il que nous ne pouvons pas avoir quelque chose à manger ?"*

Le fonctionnaire sourit et cligne de l'oeil à Joey :

- *"Vous êtes de futurs électeurs, si vous décidez de rester, et il y en a pour tout le monde. C'est le stand de Matilda. Celui qui a beaucoup, partage. Tendre la main et tout ça."*

Campagne électorale

Un grand homme musclé se tient debout sur le chariot, s'adressant à la foule. Il porte un pantalon de costume et une veste, avec une chemise blanche à manches longues sous le gilet, enroulée aux manches. Il porte une cravate mais celle-ci a été relâchée au niveau du cou, son col de chemise s'ouvrant un peu à mesure que la journée s'est réchauffée. Il doit être 5 heures de l'après-midi. De loin on peut entendre son discours.

- *"...construire des routes..."*

La foule semble tiède, seulement 6 personnes applaudissent furieusement. Le premier candidat hoche la tête, puis descend du chariot.

Le deuxième candidat est une femme trapue, dans une robe volumineuse. Ses cheveux ont été empilés sur sa tête et elle est ornée de bijoux fantaisie. Des bagues plein ses doigts dodus. Elle doit être aidée pour monter sur le wagon, par quelques soutiens qui se tiennent sous ses grosses fesses pendant qu'elle se relève péniblement.

- *"La primauté du droit doit être notre première préoccupation. Il n'y a simplement pas de lignes directrices. J'ai pris l'initiative d'élaborer des lois qui donnent des lignes directrices claires."*
Une poignée de personnes dans la foule piétinent et sifflent fort à ce moment-là, essayant d'entraîner l'adhésion de la foule, tandis qu'elle déploie un rouleau de papier qu'elle a apporté avec elle, et procède à la lecture de ses statuts proposés.

Finegan ne comprend toujours pas qu'une petite fille se présente. Joey lui explique :

- *"Son père dirigeait une ferme porcine, et les cochons se sont tous échappés lorsque les troubles ont frappé. Les cochons se sont réfugiés dans le marais... Ils sont redevenus sauvages après un certain temps. Mais elle les a ramenés, et les a fait se reproduire... Et elle a du cran... Je l'ai regardée... Ce n'est pas ce qu'elle dit. C'est ce qu'elle fait faire à d'autres personnes... Je ne sais pas comment dire... Par exemple, les gens commencent à s'embrouiller. Puis vient Matilda. Quand elle part, ils sont prêts à faire quelque chose ensemble, réconciliés. Mais je ne l'entends jamais leur dire quoi faire... Elle pointe sur ceci ou cela, et pose une question. C'est tout..."*
Quand Matilda saute sur le chariot, les applaudissements crépitent :

- *"Clem dit que je suis le liant qui fait prendre la gelée de confiture, et mon père a toujours dit que je lui ai permis de garder son esprit concentré sur son objectif. Selon la manière dont je vois les choses, ce n'est pas moi. C'est vous. C'est vous venez avec quelque chose à faire, et c'est vous qui le faites. Mais nous avons rassemblé les cochons maintenant, et j'ai plus de temps. Si c'est ce que vous voulez que je fasse, alors je serais heureuse de vous aider."*
Avec cela, Matilda saute du chariot et continue à servir la foule.

Vieux formatages

Finegan et Joey retournent à la maison-flottante. Derrière eux, se font entendre des applaudissements et de hourras. Matilda est portée sur les épaules de ses partisans, ayant gagné.

Finegan secoue la tête, n'arrivant toujours pas à comprendre, malgré les nombreuses explications de Joey. Il est peut-être trop vieux, ou trop imprégné de vieux clichés, pour comprendre ce monde où les règles changent et s'adaptent à la nouvelle réalité.

- *"... C'est peut-être le barbecue."*

Cannibales

La marée monte. Finegan et Joey tirent le filet de pêche et trient la prise, en mettant les poissons frétillants et les crabes qui claquent des pinces dans un seau et en retirant les brindilles, algues ou cannettes de coca ramenées dans le filet. Peu à peu, la marée montante commence à transporter de plus en plus de débris flottants. Une bouteille de soda partiellement vide, bien fermée, passe. Des planches éclatées, un panier à couture tissé, une poupée de chiffon d'enfant au visage souriant, enfin un cadavre gonflé. Le corps a été partiellement mangé par les poissons, mais le ventre, gonflé, couvert par une chemise et un pantalon, est encore intact.

Débris

Alors que Finegan pédale, une alerte de Joey le fait monter sur le toit de la maison-flottante pour appréhender la situation. Au loin se trouve une agglomération de radeaux, faits de panneaux d'isolation de bâtiment de différentes couleurs (rose et bleu, les 2 en teinte pastel). La ville de radeau semble presque remplir l'horizon, s'étendant d'un côté à l'autre des 2 rives, et s'approche d'eux avec la marée montante. Certains des radeaux portent des boîtes en carton détrempées, à demi écrasés par des pluies torrentielles. Des vêtements sont jetés sur les panneaux d'isolation ici et là, comme si quelqu'un s'était dévêtu et n'avait jamais pris la peine de ramasser par la suite. Un moule à tarte vide, partiellement remplie d'eau de pluie, se trouve sur un radeau.

Sauf pour les vêtements, les radeaux semblent vides et dépourvus de personnes. Les radeaux sont attachés ensemble par des rubalises plastique blanches et rouges. Ce fin ruban de plastique, qui délimite les chantiers habituellement, maintient 6 radeaux en panneau d'isolation dans un rectangle net, chaque rectangle étant ensuite attaché aux autres avec une corde. La ville de radeau a été construite, en désespoir de cause, alors que les eaux de crue envahissaient une île. L'un des radeaux a un panneau posé à plat, qui dit "Ellis

Construction" en lettres rouges sur un fond blanc. Des taches rougeâtre / marron maculent les radeaux de panneau isolant. Tâches de rouille ou de sang ? Un couteau de poche ouvert est posé sur le panneau de construction.

L'une des boîtes de carton détrempées commence à bouger, et une jambe en sort. Le pied est nu, pas de chaussures, et le pantalon effiloché et déchiré. Une tête finit par émerger du carton, se frottant les yeux. Ses cheveux sont longs, jusqu'aux épaules. Un jeune homme, il est mince et sans chemise sur ses épaules bronzées et la poitrine sans poils. L'homme ne fait aucune tentative de se lever, comme si rien pour l'instant ne valait cette peine. Il est à la dérive, sans avirons. Il n'a aucune expression sur son visage, pas de but, et aucun ordre du jour.

Discussion avec le psychopathe

La maison-flottante approche du survivant. Le jeune se déplace vers eux, de radeau en radeau. Il saute du bord d'un radeau dans le centre d'un autre, puis récupère son équilibre, puis répète ce processus. Les radeaux se balancent d'avant en arrière à chaque saut.

Figure 48: sauter sur des plaques de polystyrène

Le jeune parle d'une voix rauque, comme si sa gorge était sèche :

- *"Mec, je suis content de te voir! Été trop loin du rivage pour nager. Il y a des requins. Peut-tu me faire traverser ?"*

Finegan arrête de pédaler, laissant la maison-flottante dériver vers la ville de radeau pour un accostage doux. Il est également prudent, voulant être sûr qu'il peut prendre cet homme avant de faire un pont avec la passerelle. Il grimpe sur le toit pour dialoguer, pendant que Joey se mets dans le siège de vélo et rétropédale quand il voit l'espace entre la maison-flottante et les radeau se rétrécir. Finegan demande :

- *"Où sont les autres ?"*

Le jeune est interdit, ne s'attendant pas à cette question. Finalement, il retrouve la parole :

- *"Ils sont morts... Nous sommes dehors depuis un moment, aucune terre en vue... Pas de nourriture... Attrapé un peu d'eau de pluie de temps en temps... Je suis le dernier.*
- *Comment sont-ils morts ?"*

Le jeune se rend compte pour la première fois qu'il doit concocter une histoire, pris par surprise à la fois par l'arrivée de Finegan, à la fois par la marée amenant la ville de radeau flottant près du rivage.

- *"Ah! euh... dysenterie... fièvre, diarrhées, puis dépérissement."*

Finegan jette un coup d'œil au panneau de construction sanglant et aux vêtements éparpillés sur la plupart des radeaux, et ne croit pas à cette histoire :

- *"Tous sauf toi, hein ? Tu as l'air bien nourri."*

Le cannibale est en train de plisser les yeux, se sentant pris au piège et commençant à s'inquiéter de ne pas pouvoir être transporter à terre. Il regarde par-dessus l'étendue de l'eau et Finegan peut presque voir les rouages mentaux s'agiter derrière son visage amorphe. Finegan regarde par-dessus son épaule vers le rivage :

- *"La marée s'inverse, l'eau se retire."*

Le cannibale : "Peut-être que je ferais mieux de commencer à nager alors."

Un dernier regard sur le visage de Finegan pour y chercher un éventuel changement d'avis, puis le cannibale attrape un coin de l'un des radeaux d'isolation et le casse. Tenant sur ce flotteur improvisée, il plonge dans l'eau et commence battre des pieds pour avancer. Joey a tourné la maison-flottante pour suivre le cannibale, en gardant une distance sur le côté. Après quelques battements de pied furieux pendant quelques minutes, le cannibale s'arrête pour reprendre son souffle. La maison-flottante reste à 15 m de lui, se déplaçant parallèlement au cannibale. Le cannibale regarde Finegan :

- *"Tu ne vas pas m'aider, hein ?*
- *Pas tant que ne m'aura pas dit la vérité.*
- *L'eau montait et nous n'avions plus de terre. Je devais faire quelque chose. C'était quelques mois en arrière. Nous n'avions aucune idée de la direction... Juste flotté."*

Il décrit un groupe d'une vingtaine de personnes de tous âges, y compris une petite fille serrant une poupée de chiffon, grimpée sur la ville de radeau flottant depuis le toit d'un camion de chantier garé sur un chantier de construction. Les panneaux d'isolation (près de 3 m de long sur 1,5 m de large), emportés depuis le chantier en cours où ils étaient stockés, tournent dans l'eau tourbillonnante, apportant des radeaux vides vers la cabine du camion, de sorte que chacun peut monter sur son propre radeau. Des boîtes en carton qui passaient sont jetées sur les plaques isolantes flottantes.

Le cannibale a maintenant repris son souffle. Il recommence à donner des coups de pied pour se diriger vers le rivage. Finegan est debout, les bras croisés sur sa poitrine, montrant ouvertement ses soupçons. Joey pédale un peu pour rester aux côtés du cannibale. De nouveau à bout de souffle, le cannibale reprend son histoire :

- *"Donc, après quelques semaines, certains qui étaient minces au début sont devenus vides, tu sais. . . dans un coma. . . Le reste d'entre nous étions affamés, avec des crampes d'estomac terribles... Il y avait un gars qui était boucher..."*
Il décrit la ville de radeau la nuit, un homme se glissant d'un radeau à l'autre pour arriver sur un radeau où un homme maigre est allongé sur le dos.

- *"Une nuit, nous l'avons entendu aller là-bas, et le matin nous avons vu de quoi il s'agissait. Ce gars dans le coma avait la gorge tranchée, du sang partout... Des morceaux manquaient. Le boucher avait un couteau, et a dit que n'importe qui voulait un morceau était le bienvenu. Mais que s'ils essayaient de l'abattre, il les mangerait aussi."*
Le cannibale recommence à battre des pied pendant encore quelques minutes. Finegan dit tranquillement à Joey :

- *"Nous ne le prenons pas à bord, comme tu t'en doutes."*
Le cannibale est à nouveau essoufflé :

- *"Pour faire court, ce boucher s'est bien nourri pendant que le reste d'entre nous s'est évanoui. Ensuite, nous en avons connu un autre, puis un autre, qui sont tombés dans le coma, sans nourriture et peu d'eau. Il faisait nuit, et à l'aube, ils étaient sur un autre radeau, sous forme de viande fraîche... Après un certain temps, j'ai vu que je serais parmi eux, si je n'avais pas quelque chose à manger et du sang à boire. Je n'en suis pas fier, mais je ne suis pas celui qui a fendu la gorge de quelqu'un.*
- *Alors pourquoi es-tu toujours là, et le boucher parti ?"*
Le cannibale se retourne à nouveau, battant furieusement des jambes et continuant la traversée. Il essaie de maximiser ses progrès d'approche du rivage, tout en espérant toujours obtenir une traversée sur la maison-flottante. Il essaie aussi de gagner du temps pour concocter son histoire.

Les éclaboussures s'arrêtent soudainement. Le boucher nage à longues brasses vers la maison-flottante, ayant lâché le flotteur. Finegan fait signe à Joey d'écarter la maison-flottante du nageur, et court attraper une longue perche. La maison-flottante commence à se ré-éloigner alors que le cannibale était à moins d'1 mètre de saisir les palettes de la roue à aube à l'arrière. Une fois la distance revenue à plusieurs mètres, malgré les efforts du cannibale, ce dernier abandonne, restant à barboter sur place pour reprendre de nouveau son souffle. Finegan dit :

- *"Le boucher a mangé et pas vous, mais vous êtes toujours là et il ne l'est plus ?"*
Le cannibale se défend :

- *"Nous étions à court de gens à manger! C'était moi le prochain. Il devait bien dormir de temps en temps. Il restait un os de la jambe de la dernière carcasse... Les radeaux font beaucoup de bruit quand on saute dessus, alors je me suis glissé dans l'eau et suis allé sous son radeau, que j'ai fait basculer. Il est tombé à l'eau. Profitant de l'effet de surprise, je suis remonté le premier, et j'avais l'os de la jambe. Il me suffisais de frapper la tête à chaque fois qu'elle ressortait de l'eau.*
- *Tu as fait de bons progrès vers la terre, et ton flotteur est à proximité. Continue, et tu y arrivera. Tu comprendras qu'on ne te prendra pas à bord."*
Le cannibale, complètement enragé, retourne vers sa pièce de flottaison, jetant un regard furieux à Finegan.

Finegan remplace Joey au pédalage :

- *"Mettons un peu de distance entre nous. Je veux être trèèèèès loin de la côte. . . Regarde dans mon dos, veux-tu ?"*

Canyons de Kudzu

La maison-flottante est pédalée le long d'un littoral où les vignes kudzu recouvrent toutes les rives. À travers la brume sortant de l'eau, c'est féerique.

Figure 49: La vigne Kudzu recouvre rapidement tout

Le kudzu a couvert plusieurs arbres, ce qui forme des flèches de verdure, et a aussi recouvert les restes de maisons dans un lotissement abandonné, la forme des toits à peine perceptible.

Au détour d'une courbe sur le rivage, ils voient une vue encore plus étonnante - les vestiges d'une casse de voiture, celles où les voitures sont empilées après avoir été écrasées. Sur le dessus des piles de carcasses écrasées, se trouvent des voitures qui ne sont pas encore écrasées, chose anormale. Les vignes de Kudzu ont presque atteint le sommet des piles de voitures : des canyons de Kudzu.

Des gens vivent dans les voitures complètes au sommet des piles, utilisant ces voitures non écrasées comme abri étanche à la pluie. Les malles de coffre ont été arrachés sur certaines voitures, calées ouvertes pour servir de chambre d'enfants. La plupart des voitures ont au moins une porte ouverte, avec un adulte assis à l'intérieur. Les sièges avant de certaines voitures sont mis à plat pour dormir, avec des oreillers et des couvertures dessus. Dans d'autres, les sièges avant sont retiré mais le siège arrière est utilisé comme un lit.

Un drapeau confédéré est hissé sur une antenne d'autoradio, mais d'autres drapeaux indiquent aussi la notion d'indépendance que cette communauté semble prôner. Un drapeau porte les mots "Nation Kudzu" peint en lettres vertes. Ce drapeau est frais, pas délavé.

La maison-flottante se laisse dériver vers la casse automobile, vers une zone dégagée où un feu de camp brûle. Un grand pot est suspendu au-dessus d'un feu qui s'éteint doucement. Plusieurs bancs de pique-nique sont placés ici et là, où les habitants de la Nation Kudzu se prélassent. C'est le pays des ploucs de la campagne. Les hommes ont des barbes. Plusieurs des résidents qui se prélassent agitent leurs casquettes de baseball pour saluer la maison-flottante. Ils semblent assez amicaux.

Quand la maison-flottante accoste, les enfants et les adultes descendent des piles en s'aidant des vignes, passant les main et les pieds contre les voitures rouillées écrasées sous le couvert de vigne. Les adultes sont en dessous des plus jeunes enfants, pouvant les rattraper en cas de chute. Un vieil homme descend avec sa canne en bandoulière sur son dos.

Finegan tend la main à celui qui semble le leader, le roi Kudzu :

- *"Je suis Finegan Fine, commerçant."*
Le roi Kudzu :

- *"C'est intelligent comme concept. Vous avez accès à tout ce qui est inondé. Pas mal."*

Le roi Kudzu a un visage bronzé, une barbe grossièrement taillée pour ne faire que quelques centimètres de long, des cheveux qui ont l'air d'être coupés au ciseau et qui porte des jeans bien usés, des bottes en cuir marron éraflé. Ses chemises ont l'air crasseuses et moites, et sont déchirées à plusieurs endroits. Le roi Kudzu ajuste sa casquette de baseball, et peut difficilement cesser de sourire. Il dit :

- *"Nous préparons juste le petit déjeuner. Vous êtes bienvenue pour partager ce que nous avons eu. Tu aimes le kudzu ?"*

Mono-culture

Pendant que Finegan discute avec plusieurs adultes, assis sur le banc ou sur le sol devant Finegan, Joey joue au ballon avec d'autres garçons de son âge. Une femme prépare une table de pique-nique, nettoie les plats qui ont été lavés et séchés du dernier repas et les remet à une fille pour les mettre de côté sur une grille.

Quatre hommes arrivent en marchant, portant un tubercule kudzu dans une grand harnais de cordes, un homme à chaque coin du harnais. Un immense conglomérat de tubercules kudzu de 50 kg se trouve au milieu du harnais, les racines sortant dans toutes les directions. Les hommes le pose sur la table de pique-nique vide, tandis que la femme et la fille apportent des seaux d'eau du rivage pour nettoyer la masse de tubercules en frottant la saleté avec des brosses. Un homme vient avec un couteau à machette et commence à séparer les tubercules, brisant la masse des racines en morceaux de la taille d'une pomme de terre. Périodiquement, ils reculent et laissent la femme et la fille ramasser les morceaux dans leurs mains et jeter les morceaux dans la marmite bouillante.

Le roi Kudzu dit :

- *"... a été notre salut. C'est comme des pomme de terre. Et les jeunes feuilles aussi (tout ce qui n'est pas ligneux dans la plante est comestible). C'est le souper. Un peu fade, mais abondant. Il me manque encore la sauce aux biscuits. Je rêve de ça."*

Figure 50: Racines de Kudzu

Une vache laitière passe sur le chemin, pour être traite. Le roi Kudzu dit :

- "... On a mangé toutes les vaches... On les mangeaient dès qu'on en voyait une. Mais BillyBob s'y est opposé quand ils sont venus pour son taureau de prix. Dit qu'ils devraient lui passer sur le corps. Une bonne chose finalement, puisque grâce à lui nous avons toujours du lait pour les enfants. BillyBob a vécu comme un roi sur les honoraires prélevés lors de l'utilisation de son taureau, pendant un certain temps. Il avait sauvé le dernier putain de taureau. Les vaches arrivent aussi à manger le kudzu, c'est une plante fourragère pour elles.

- "Pas d'inconvénients ?

- Hum... Une parcelle de kudzu peut abriter serpents et vermines. Je te montrerai après le petit déjeuner. Nous irons en patrouille."

Joey arrive avec une assiette remplie de purée de pommes de terre et d'un verre de lait pour Finegan, tandis que la fille apporte la même chose au roi Kudzu. Alors que le roi Kudzu se gave de nourriture, Finegan, montrant de sa fourchette les piles de voitures écrasées, pose la question qui le taraude depuis un moment :

- "Comment vous avez mis les voitures intactes là-haut ?

- Nous avons vu les eaux s'élever, les kudzu manger les arbres. Les grues avaient encore de l'essence, alors nous avons soulevé les carcasses qui attendaient d'être écrasées. Nous avons de l'air, là-haut, et les serpents ne nous dérangent pas, parce que la vermine n'y va pas. Rien à manger... Ils aiment les bois. Les rats mangent les insectes et les serpents mangent les rats. Les insectes ne vivent pas sur le métal. C'est là-bas que nous serions sans les piles de voiture. Endroit infernal, je te montrerai juste après le petit déjeuner."

Former les troupes

Une école de plein air est en cours. La maîtresse d'école a un tableau sur le côté et écrit des mots, demandant aux enfants de réciter les mots et de discuter de leur signification. Joey est assis parmi les enfants âgés de 3 à 15 ans. La maîtresse d'école a écrit «sympathie» au tableau. Tous les enfants disent «sympathie» à l'unisson.

- "Qui peut me dire ce que cela signifie ?

- Cela signifie ressentir ce que l'autre ressent.

- Très bien! La sympathie a un son similaire à un autre mot, qui est...

- Empathie !"

La maîtresse d'école écrit le mot «empathie» au tableau, et en dessous le mot «pathos» :

- "Exact ! Ils ont tous deux la même racine - pathie, la sympathie, l'empathie, ou du mot grec pathos. Le pathos est la pitié ou la souffrance. Voyez comment nous pouvons souvent comprendre ce que signifie un mot en connaissant une racine commune ?"

La chasse aux racines (serpents)

Le roi Kudzu et plusieurs hommes sont prêts pour la patrouille. Ils portent des couteaux, des machettes, une hache, un boomerang et une chaîne métallique - toutes les armes qu'ils ont pu trouver. Un des hommes a un grand filet vide jeté sur son épaule. Un autre porte quelques pelles. Et encore un autre porte le harnais utilisé pour amener les tubercules kudzu. Finegan sort de la maison flottante, armé d'une matraque.

- "Allons-nous en guerre?

- C'est une manière de nommer ça."

Le groupe d'hommes en patrouille marche le long d'un sentier très fréquenté à travers la forêt de udzu. De chaque côté se dressent des arbres couverts de kudzu. Les arbres se dressent comme des flèches, car la vigne kudzu a étouffé l'arbre dans un premier temps, le tuant. Les branches des arbres ont pourri et ont cassé sous le poids du Kudzu, et seul le tronc est resté. Ils arrivent dans une clairière où les racine de kudzu et leurs feuilles sont récoltées. Une grande zone ouverte de sol argileux rouge sableux, percée de trous et des tas de terre là où le creusement a eu lieu récemment.

Le roi Kudzu s'approche prudemment du côté de cet espace dégagé, hache à la main. Le reste du groupe s'arrête, mais semble être prêt. Le roi Kudzu attrape une vigne à l'endroit où elle sort du sol, et la coupe d'un coup de hache, reculant vers le groupe, traînant la vigne coupée avec lui. Un oiseau s'envole du feuillage de kudzu, effrayant certains des hommes, qui sont tendus. L'homme au filet écarte le filet à terre tandis que ceux qui ont des couteaux tranchent les feuilles vertes, les entassant dans le filet. Le reste de la vigne kudzu (tronc et branches) est jeté sur le côté. Le roi Kudzu s'avance pour couper une autre vigne, mais recule rapidement. Il dit :

- *"Whoa! Serpent. Fausse alerte, juste un serpent d'herbe. Un bébé."*

Un peu plus tard, les hommes ont les chemises enlevées, sont en sueur et couverts de poussière. Les tubercules des vignes précédemment coupées ont été déterrés. Certains sont assis sur les bords d'un trou, reprenant leur souffle. Les tubercules sont soulevées puis placées sur le harnais, placé sur le côté. Le roi Kudzu coupe et tire encore des vignes, une opération distincte de sortir les tubercules de terre. Les vignes sont interconnectées, beaucoup sont arrachées lorsqu'on tire sur la vigne coupée.

Finegan se tient près du roi, prêt à parer à toute sorte de menace, matraque en main. Alors que le roi Kudzu tire, il trébuche et tombe sur les fesses. Une famille de bébés lapins effrayés se précipitent hors du terrier sur lequel il est tombé. L'un des hommes attrape rapidement la matraque que Finegan tient en main et matraque les petits lapins qui zigzaguent dans tous les sens, essayant d'échapper au danger. L'un des bébés ne réussit pas et gît mort, saignant.

Finegan tend la main pour aider le roi Kudzu à se relever :

- *"Vous pourriez prendre une pause. Laisse-moi faire ça quelques minutes."*

Finegan ramasse la machette et s'enfonce dans l'enchevêtrement des vignes, coupant tout ce qui empêche la vigne qu'ils tirent de tomber. Dans l'ombre de la forêt de Kudzu, juste au-delà des pieds de Finegan, un serpent tête de cuivre s'éloigne. Il y a aussi des salamandres qui se précipitent, une nourriture typique pour une tête de cuivre. Finegan recule en voyant le serpent.

Finegan revient à couper les vignes, mais est plus prudent maintenant, écartant les vignes sur le côté avant de glisser sa jambe dans un espace.

Avenir

Finegan discute avec la maîtresse d'école, plusieurs vieux magazines de National Geographic sur ses genoux. Joey écoute la discussion qui concerne son avenir. Finegan dit :

- *"Dans tout cela, nous avons oublié les jeunes. Ils grandissent sans scolarité, ne peuvent ni lire ni écrire la plupart d'entre eux. Ce sera là leur seul intérêt, les lieux lointains et tout. Quelques femmes nues là aussi. Beaucoup de gros mots là aussi, avec, ah,... Racines grecques."*

La maîtresse d'école sourit en acceptant la blague de Finegan. Elle demande :

- *"Est-ce que Joey suit une éducation ?*
- *Pas récemment, mais il le fera à partir de maintenant."*

Livres

Joey est à l'arrière de la maison-flottante, un livre ouvert sur ses genoux, avec une peau de serpent copperhead servant de marque-page. Finegan dit :

- *"Cette maîtresse d'école, elle pensait au-delà des ennuis. Nous sommes tous tellement pris dans ce qu'il faut manger, ce que nous avons perdu et tout. Les enfants sont abandonnés dans la tourmente.*
- *Promis. Je lirais un livre tous les jours. À haute voix, même."*

Finegan soupire et semble momentanément en détresse :

- *"Tu sais, cette femme qui a fait ton vêtement ? Elle et moi, nous... eh bien, ce que nous avons fait pourrait faire un bébé. Je ne dit pas que ça l'a fait, juste que ça pourrait... Quel genre de vie un enfant aurait-il à essayer d'apprendre à parler, et à tous, dans un endroit où tout le monde est muet ? ... Je continue à penser, p't'être, p't'être qu'on devrait y retourner et vérifier ?"*

Retrouvailles

Finegan est assis en tailleur sur le toit de sa maison-flottante, une carte étalée sur ses genoux. Il réfléchit :

- *"Il me semble que c'était à peu près ici... La terre et le rivage sont différents de la dernière fois."*

Joey le rejoint sur le toit et tourne la carte à 360 °, et dit :

- *"L'eau s'est levée depuis notre dernière visite. . . Je pense que nous étions un peu plus dans cette direction."*

Finegan s'éloigne en pédalant vers les eaux profondes, presque hors de vue du rivage, tout en se déplaçant parallèlement au rivage. Cette position leur permet d'avoir un recul suffisant pour repérer l'île de la couturière. Soudain, Joey s'anime sur le toit : il vient de la repérer.

La maison-flottante s'approche de l'île où vécurent la couturière et les autres sourds-muets, travaillant avec les moutons, la laine et le jardinage à l'Institut des Sourds. Le niveau d'eau ayant augmenté, l'île est plus petite que lors de la dernière visite, il y a désormais plus d'un an. Mais les bâtiments, qui étaient au sommet de la colline, sont encore au-dessus de l'eau. Plus aucun mouton n'est visible.

La couturière, portant un paquet dans ses bras, courre vers la maison-flottante. Il y a aussi une barque, avec des avirons, tirée sur le rivage. Finegan la rejoint. La couturière sourit largement, très heureuse, les larmes aux yeux. Elle tient le paquet en avant légèrement, avec les deux mains. Une petite fille de quatre mois est dans le paquet, regardant sa mère et agitant un peu son bras libre.

-

Un sourd vient les rejoindre, portant une valise et un paquet de couches en tissu. Il a un sourire sur son visage aussi. Il commence à raconter leur histoire à Finegan, dans la langue des signes : Tout le monde s'est déplacé vers le continent quand l'eau est monté trop haut, ne sachant pas quand elle s'arrêterait de monter.

La couturière avait refusé de partir. Il désigne Finegan, puis à nouveau la couturière, tenant sa main sur ses yeux et scrutant l'horizon, indiquant qu'elle attendait que Finegan revienne.

Finegan dit :

- *"Eh bien, nous sommes ici maintenant, et ne partiront pas sans vous."*

Le sourd, montrant la barque, fait comprendre qu'il est revenu du continent pour elle.

La tempête

La maison-flottante s'approche d'une étroite baie intérieure, des troncs d'arbres morts se dressant çà et là à l'entrée. Les vagues giflent les pontons de la maison-flottante, le vent commence à siffler. Le ciel s'assombrit. Joey est debout sur le toit, alertant chaque fois qu'il aperçoit un arbre inondé qui pourrait accrocher.

La couturière couvre le visage du bébé avec le bord de la couverture. Le bébé commence à pleurer à cause du vent dans son visage.

La voie navigable est si étroite que la maison-flottante pénètre à peine entre les arbres inondés. La maison-flottante est ensuite solidement

amarrée dans la baie intérieure, Finegan anticipant un ouragan.

La couturière et le bébé grimpent la colline vers une ferme à l'abri des collines. Joey porte son paquet de couches et le sourd est en tête, portant la valise. Le vent est moins fort qu'il l'était quand ils étaient sur l'eau, sans obstacle à la tempête.

Chaleur humaine

Une vingtaine de personnes sont entassées à l'abri d'un toit de grange, hissé sur des poteaux pour former un grand appentis. Le groupe comprend des enfants de tous âges. La paille qui se trouvait à l'étage supérieur de la grange s'est répandue sur le sol, forme ainsi un coin salon moelleux. Une vingtaine de moutons et d'agneaux de printemps sont également blottis sous le toit, d'un côté, une clôture les entoure. Cette clôture a été tirée d'un champ, est faite de poteaux métalliques, et a été enroulée sur sa portion inutilisée, pour la rendre portable.

Les gens sont également entassés les uns sur les autres, essayant de rester hors d'atteinte des vents de force d'ouragan et des pluies torrentielles.

Figure 51: garder la chaleur humaine

La couturière est au milieu du groupe, qui comprend les gens normaux du continents et les sourds qui sont venus de l'île. Plusieurs femmes se pressent autour d'elle, admirant le bébé. Il y a un coup de vent particulièrement fort et la couturière tire la couverture sur la tête du bébé, déplaçant son corps pour protéger le bébé. Finegan est sur le bord ouvert de l'appentis, essayant de tirer quelques planches pour créer un pare-brise. Il finit par abandonner, les planches finissant par s'envoler, et vient rejoindre le groupe blotti plus loin sous le toit.

Communauté

Finegan et Joey découvrent une communauté de survivants, comptant environ 300 personnes. Il s'agit d'une région rurale et les maisons de fortune sont fabriquées dans divers matériaux et styles. On a des piles de pneus usés pour les murs, avec un morceau de contreplaqué sur le toit comme un toit. Sur le contreplaqué est une bâche, pour le garder imperméable et éviter un pourrissement trop rapide. La porte est ouverte, un simple chiffon ligaturé au sommet, et qui est laissé retomber la nuit pour un peu d'intimité et pour conserver la chaleur. Il en va de même pour les ouvertures de fenêtre de chaque côté, où les pneus supérieurs sont manquants, mais un chiffon peut être laissé tomber comme un rideau.

Plusieurs maisons sont construites creusées dans une colline, un ancien pâturage. La terre qui a été creusée est utilisée pour former des murs sur le côté ouvert des maisons, style hobbit. Les murs sont renforcés par divers planches prises sur les côtés des granges effondrées ou des bâtiments agricoles. Les portes et les cadres de fenêtres, récupérés sur les bâtiments effondrés, ont été placés sur la nouvelle maison en terre, la terre autour des cadres étanchéifiant les portes et fenêtres. Les toits sont des sections de toits en tôle, également récupérés dans des fermes effondrées.

Une autre maison a été formée en plaçant plusieurs voitures et camionnettes dans un rectangle, avec une zone commune ouverte à l'intérieur de ces voitures. La zone commune est couverte de planches provenant d'une grange effondrée, de bois brut avec un morceau de paille ici et là collé aux planches. Les portes de la voiture sont ouvertes par beau temps le long de l'extérieur de cette cour commune, fermé la nuit ou pendant la pluie. Aucune des voitures n'a de roues. Les portes des voitures et des camionnettes ont été retirées à l'intérieur de sorte que le complexe est comme un grand dortoir pour dormir.

Une autre maison est formée par des ballots de paille, fixés par des enveloppements de fil métallique, restes d'avant que les troubles ne frappent. Le chariot de ferme utilisé pour transporter les ballots de paille a été renversé sur le côté pour former un mur, avec une partie d'un toit de ferme tirée sur le centre pour se protéger de la pluie.

Une autre maison est un vieux tracteur, depuis longtemps en panne de carburant, avec toutes sortes de bâches en plastique jetées sur le dessus et tirées tendues de chaque côté pour faire une grande tente. Les boîtes et les objets stockés sont remplis sous le corps du tracteur, avec des couvertures pour dormir disposées dans toutes les directions, comme les rayons d'une roue.

Figure 52: cabanes de pneus

Les villageois sont en train de moudre autour d'une zone centrale, préparant un souper commun. Un feu de cuisine a été lancé et un grand pot a été suspendu au-dessus du feu. Plusieurs femmes hachent des légumes et un homme nettoie des poissons sur une table à proximité. La salle à manger commune a tous les types de table et de chaises imaginables, recueillies dans la région - table et chaises de cuisine, tables de pique-nique, tabourets et bancs de granges et tables faites de planches maintenues par des blocs de béton cassés. Toutes les tables ont été recouvertes de nappes en lambeaux et de toutes les couleurs mais les nappes sont propres. Au centre de ces tables se trouvent des plats et des ustensiles de table de toutes sortes et de toutes couleurs, dont beaucoup sont ébréchés. Les verres et les cruches d'eau sont principalement des articles en plastique, des verres durables pour enfants.

Au loin, on peut voir un vaste jardin qui s'élève sur une pente et sur le sommet de la colline. Les moutons paissent sur encore une autre colline. Les poulets en liberté se déplacent au milieu des moutons. Il y a beaucoup de bavardage, des amis s'appellent pour s'informer de la tempête qui a soufflé et de la façon dont leurs maisons ont été touchées. C'est les toits fragiles qui ont donné le plus de frayeur à ceux qui étaient dessous.

Finegan et Joey marchent dans une rangée de magasins, à côté des aires de repos et de restauration. Les magasins sont pour la plupart fermés en raison de la tempête qui s'est récemment écoulée. Un magasin est un réparateur de chaussures. Il est assis devant un poteau, au sommet duquel se trouve un pied en bois. D'autres gabarits de pieds en bois, de différentes tailles, se trouvent dans une boîte à ses côtés. Il attend des clients, sa boîte d'outils à côté de lui, y compris des couteaux à découper, de la colle, un marteau et divers morceaux de cuir.

Vient ensuite la bibliothèque communale, une femme remettant des livres sur des étagères, livres et étagères récupérés de plusieurs maisons effondrées différentes. Ces étagères sont de toutes les tailles et formes. Elle manipule les livres avec beaucoup de soin, presque d'une manière affectueuse.

Un atelier de réparation de meubles vient en suivant, et le menuisier s'installe, continuant à réparer une chaise sur laquelle il travaillait avant la tempête. Il a des outils de menuiserie - une plane, des marteaux, des scies, des clous, de la colle, des pinces et une perceuse à main. Des copeaux de bois sont sur le sol sous les pieds. Il est assis sur un tabouret, devant une table basse et robuste servant d'établi. Finegan demande :
- *"Pourriez-vous me faire un berceau ? Qui pourrait être suspendu à un plafond ?"*

Épilogue

La maison-flottante est de nouveau sur l'eau libre, dérivant vers le coucher du soleil. Finegan n'est pas à la pédale, et Joey est assis en tailleur sur le toit, lisant à voix haute. Les 4 lignes des poteaux d'angle sont recouvertes de couches en tissu, qui sèchent dans la brise.

Montée

Tsunamis de New-Madrid

Comme vu dans les cataclysmes de Nibiru (Apo>Nib>montée>New-Madrid p.), un séisme majeur sur la faille de New-Madrid va déchirer cette dernière, provoquer un tsunami de 30 m de haut, qui sera suivi par plusieurs autres jusqu'au pole-shift.

Dès l'annonce du séisme de New Madrid, il vous faudra quitter - définitivement - les zones côtières océaniques de moins de 50 m d'altitude proche de l'Océan.

Définitivement, car le premier tsunami sera suivi d'autres, aléatoires, même s'ils seront normalement moins important que le premier, mais peut-être plus si couplé à un vacillement journalier devenu important.

Pas prévisibles (2016)

Le principal danger de ces séismes c'est que comme ils sont liés à un effondrement, il n'y a pas de séismes avertisseurs. Il y a bien eu la pose de bouées d'avertissement pour essayer de les détecter à l'avance, mais la science est novice en la matière car jusqu'à présent ces vagues sans séismes ont été rares. Pour exemple, il y a eu quelques vagues anormales de submersion (de faibles hauteur jusqu'à présent) au Brésil, sur la côte Est des USA, en Afrique du Sud ou en Iran (plusieurs morts) et elles n'ont jamais été prévues en avance.

C'est pourquoi, comme on ne peut les prévoir, il est conseillé de quitter les côtes et de vivre ailleurs, plus à l'intérieur des terres.

Émanations de gaz du sous-sol

Une bonne aération journalière de la maison peut servir.

Dans un avion, rien à faire lors des vertiges dus à l'hypoxie, si ce n'est se calmer et respirer moins souvent en attendant de sortir de la poche de méthane.

Durcissement des dominants (p.)

La liberté de déplacement sera notre première liberté retirée. Elle prendra n'importe quelle forme, comme un confinement, un risque d'attentats, peu importe, mais vous ne pourrez plus sortir de votre ville, ne pourrez plus franchir les limites de votre département, etc. Ce couvre-feu pourrait se produire jusqu'à 1 an avant le pole-shift.

Tenez-en compte dans vos plans, pour partir en avance.

Au moment de l'évidence de Nibiru

Cet instant est difficile à déterminer, et se fera plus ou moins rapidement selon les personnes (il est d'ailleurs personnel : si Nibiru est une évidence pour Nancy Lieder depuis 1995, elle ne l'est pour Harmo que depuis 2009, pour moi depuis 2015, elle le sera pour votre tante 3 ans avant votre oncle, etc...).

Types de réactions

Les surexcités

On a tous l'impression, quand on découvre Nibiru, qu'on va tous mourir... Alors que je ne cesse de répéter qu'on va s'en sortir si on fait gaffe. N'hésitez donc pas à le rappeler régulièrement.

Certains resteront en déni

Après l'annonce de Nibiru officielle, son apparition dans le ciel, une fraction de la population continuera de refuser à croire aux dévastations à venir, et à tous les aspects de Nibiru, à savoir les dévastations, les mensonges du système, l'existence des anunnakis, etc. Inutile de perdre du temps avec eux, ni de leur donner trop d'importance dans l'aftertime, ils ont le droit de choisir pour leur vie...

Gérer l'annonce de Nibiru

Nous ne pouvons savoir à quel moment les autorités décideront l'annonce de Nibiru, ni quelle proportion de la population va comprendre et vider les magasins, mais il faudra agir rapidement en suivant l'annonce pour précéder les mouvements de foule.

Pour ceux qui n'ont rien préparé

Le temps est devenu précieux. Si vous n'êtes pas préparé, voilà ce que vous devez faire en urgence, avant même de continuer la lecture de ce livre.

Pour les citadins, les villes vont être fermées par l'armée pour devenir des camps d'extermination. Partez immédiatement, quitte à vivre dans votre voiture ou déjà en autonomie dans la nature. Si c'est déjà la panique dans les magasins, lâchez l'affaire, inutile de tuer ou se faire tuer dès maintenant.

Voilà les première choses à faire :

- télécharger les livres du *Recueil Altaïran* sur votre disque dur, car internet risque de s'écrouler sous les connections trop nombreuses ou avec la censure,
- retirer de l'argent liquide (environ 250 euros) pour quand les cartes bancaires ne marcheront plus,
- se procurer 1 mois de vivre d'avance par personne,
- récupérer 20 l d'essence en secours dans 2 jerricans de 10 l
- se procurer les accessoires de base (un gros couteau, une tente ou hamac, du moins la bâche verte de supermarché à 5 euros, quelque matériel de camping de base)
- Commander en pharmacie des pastilles d'iode si vous n'en avez pas.

Le tout rapidement avant que tout soit bloqué et que les magasins se vident. Il s'agira de partager ensuite la nourriture avec les voisins moins chanceux (l'entraide est le premier réflexe à acquérir pour survivre). Les semaines qui suivront l'annonce de Nibiru verront les choses revenir progressivement à un mode de fonctionnement dégradé, avant l'effondrement du pays, et la séparation entre villes-mouroirs et campagnes libres.

Votre travail ne sert plus à rien, l'argent disparaîtra dans quelques mois, il vaut mieux vous préparer au futur que de continuer à engraisser un système sans avenir.

Ensuite, pour savoir ce qui vous est arrivé, et ce qui va vous tomber sur la tête, il faudra bien reconnaître que les médias nous ont menti et que ce que disaient les contactés ET était vrai : finir la lecture du survol au début de ce livre. Un homme averti en vaut 2, privilégiez la connaissance avant tout.

Ensuite vous pourrez vous préparer physiquement en appliquant les conseils du chapitre "Survivre matériellement" (p.).

Pour ceux qui sont préparés

Quittez les villes aussitôt pour votre zone refuge. En cas d'immobilisation du véhicule, continuez à pied en n'emportant que l'indispensable.

Vous devrez dans un premier temps soutenir les nouveaux arrivés (en évitant les "je te l'avais dit", il n'est plus question de savoir qui avait raison ou qui avait tort), leur expliquer ce qui s'est passé (l'endormissement des masses, le mensonge des Élites) et ce qui va se passer (3 jours d'arrêt du soleil + 6 jours de rotation inversée + tsunami 200 m de haut jusqu'à 1000 km dans les terres + séisme record généralisé + pluie de petites météorites + volcans + ouragan record généralisé). Ensuite, il faudra continuer votre préparation s'il vous reste du temps (il vaut mieux être entouré de gens préparés qu'en apprendre un peu plus individuellement sur le survivalisme, donc privilégiez d'abord l'enseignement aux autres).

Pièges tendus

Premières choses à faire, le temps étant compté, est de se concentrer sur ce qui compte vraiment, ce qui aura encore de l'importance dans 5 ans.

Infos perte de temps

Toute l'histoire de la loi martiale et des arrestations des Q-Forces aux USA sera révélée au grand public uniquement les dernières semaines (estimée par les Élites), gardant jusqu'au bout la façade d'un monde fonctionnant de manière normale. Nous aurons d'autres chats à fouetter que savoir que tel juge a autorisé d'espionner la campagne de Trump, ou que tel corrompu à vendu de l'Uranium à la Corée du Nord. Tout cela ne vous incite qu'à manger du pop-corn, et à devoir vous plier aux règles du NOM local (faussement appelé patriotes). Vous serez toujours dépendant d'un système qui a permis aux violeurs d'enfants de prospérer, occupez-vous plutôt de trouver un système qui évite ces abus de pouvoir, plutôt que de choisir un nouveau maître qui vous fera croire qu'il ne tue plus d'enfants, tout en gardant la possibilité de le faire sans jamais en être inquiété.

Gérer les nouveaux réveillés

Comment devrons nous nous y prendre avec nos proches lorsque l'annonce de Nibiru officielle sera faite. Comment réagir aux questions de chacun ?

Le rush

J'observe que les acceptations de Nibiru par les gens se font par vagues, de plus en plus importantes à mesure que Nibiru s'approche et que ses effets sont plus visibles. Ces vagues s'appellent "le rush", ceux qui connaissent Nibiru se voient littéralement assaillir par des dizaines de nouveaux réveillés en panique.

La personne qui connaît Nibiru ne peut évidemment accueillir tout le monde, tout réexpliquer à chaque fois aux dizaines, voir centaines de nouvelles personnes qui ont l'impression de n'avoir pas le temps de lire tout ce qu'il faut sur le sujet.

[Harmo] : "ce sera la ruée sur le bateau et on risque de tous couler. Concrètement, il y aura tellement de monde que ce sera le chaos, et que je ne pourrais au final aider personne. Le seul choix que j'ai est de limiter le nombre d'intervenants, sans parler du fait que je n'aurais pas le temps de modérer des centaines de nouvelles personnes/demandes, avec les trolls et autres "rageux" qui viendront se greffer au rush."

C'est pourquoi il est préférable que la personne la plus au courant ne conserve qu'une base réduite d'intervenants fiables et informés, laissant ces derniers redispatcher l'information et gérer eux-mêmes leurs amis, ces derniers redispatchant à leur tour l'info et les conseils reçus, et ainsi de suite. Un bateau plein peut partir, qu'un autre peut être directement affrété pour prendre la relève. Si on prend trop de personnes sur un même bateau, il va couler.

Questions des proches

Les zétas donnent des conseils. Déjà, le comportement sera à adapter à chaque individu, que ce soit le sollicité ou le solliciteur.

Les questions tourneront la plupart du temps autour de : "Qu'est ce que cela signifie/implique pour MOI ?". Il faut déjà leur demander s'ils ont des questions, et répondre à ces interrogations le plus précisément possible. Ne faites pas d'hypothèses.

En 1995, pour convaincre ses proches, les zétas conseillaient de se concentrer sur les études et les faits géologiques qui démontraient que des cataclysmes se produisaient tous les 3 666 ans. Ils ont aussi conseillé que lorsque les questions émanaient d'une personne en fort déni, de juste présenter les arguments et les faits, puis de ne pas insister ensuite, car mettre la pression sur les personnes en déni ne fait que les enfoncer dans un déni encore plus profond.

Les problèmes les plus importants se font ressentir surtout pour les personnes qui découvrent le sujet. Ils cherchent à être sauvés, en voulant être rassurés sur la sûreté de leur lieu d'habitation, ou alors veulent se sentir "spécials" d'une certaine manière, afin qu'ils puissent être considérés comme importants par les ET, voulant rapporter des apparitions d'OVNI ou se faire cataloguer comme contactés, tout cela simplement pour être sauvés par nos gentils frères de l'espace, ou encore voir ces frères de l'espace arrêter Nibiru et la faire passer son chemin.

Le forum "pole shift ning" de Zetatalk a mis au point de petites vidéos indicatives pour les nouveaux arrivants paniqués. Les lieux sûrs doivent être étudiés car cela élimine quelques questions.

Attention, ceux qui sont paniqués ne liront pas, ils demandent juste à ce qu'on s'intéresse à leur cas personnel. Il faut savoir que quasiment tous les humains ont déjà été contactés par les ET, leur inconscient est au courant. S'ils insistent à vouloir plaider leur propre cas, orientez les sur la section "l'Appel" de Zetatalk, puis la section "Visites". Pourquoi leur vie ne peut pas continuer telle qu'elle, avec une Nibiru stoppée par les ET : lire alors la section "Règles" (règles d'intervention des ET) de Zetatalk. S'il n'y a pas de sauvetage pour les enfants mourant de faim dans le monde aujourd'hui, pourquoi en serait-il autrement pour les autres ?

Nancy essaye d'aborder les mesures à prendre pour la survie, et les points positifs en particulier, dès qu'il y a un moment de répit dans les demandes liées à la panique. Il y a beaucoup d'informations sur le Q/R Zetatalk, et ailleurs sur la consommation d'insectes, le jardinage, les herbes médicinales, vivre sur une maison flottante, la construction de maisons à partir de débris, l'élevage de poules et de chèvres, sur l'outillage manuel, etc... Quant à l'école, elle se fera en plein air, avec des enfants plein d'énergie cherchant l'aventure, et aider papa et maman sera justement cela. De même, plus besoin de taper sur le réveil matin et faire du lèche botte à un patron incompétent, votre temps et ce que vous en ferez vous reviendrons. L'exercice physique aura raison de la graisse et des maladies cardiaques, et même des diabètes type 2.

Pour ceux qui savent qu'ils ne passeront pas le cap, à cause de leur age avancé ou de leur maladie ou peu importe, la mort n'est pas la fin. Il vaut mieux se réjouir en regardant vers l'avant et sa prochaine incarnation !

Harmo complète les conseils de Nancy : Il est normal que les nouveaux découvreurs de Nibiru soient paniqués et qu'ils aient plein de questions qui se bousculent. Il faut juste qu'ils soient conscients de cela, qu'ils sont en état de choc, et qu'ils risquent de passer à côté de plein de choses parce que leur attention est détournée par leur peur du moment. Avec le temps, cela se calme, encore faut-il avoir ce temps pour digérer toutes ces informations.

Il faudra faire confiance aux vétérans de Nibiru, qui ont acquis le recul nécessaire. Ces vétérans ne pourront évidemment pas répondre à toutes les préoccupations des nouveaux réveillés, surtout que les nouveaux n'écouteront pas forcément lorsque les anciens répondrons. Les questions étant liées la plupart du temps à des considérations personnelles ("Et à Triffouilly-sur-glaise, tu crois que ma maison tiendra ?"), ce sera à chacun de passer outre sa peur, ainsi que les questionnements liés à ces peurs, et d'aller lire les recueils Altaïrans, ainsi que les infos que les zétas ont donné pour chaque localisation de la planète, ainsi que les étapes pour déterminer les endroits sûrs. Chacun devra faire le travail qui lui incombe et il sera impossible aux visités comme Harmo ou Nancy de répondre individuellement aux 8 milliards d'habitants de la planète, et encore moins de les gérer psychologiquement et de les rassurer... Chacun devra se responsabiliser et ne rien attendre des ET ou d'un tiers quel qu'il soit.

Attention à la violence envers le messager

Assimiler le porteur au message

Certains ont le désagréable travers d'assimiler le porteur de mauvaise nouvelle à la mauvaise nouvelle elle-même.

Il sera alors facile de les renvoyer à leur bêtise, quand on nous riait au nez ou qu'on nous disait que ce n'était pas possible. Au contraire, je pense que beaucoup de gens aurons honte de leur attitude et ne saurons pas trop comment s'y prendre avec nous sans perdre la face. Ne soyez pas mauvais gagnants !

L'accusation d'avoir créé les catastrophes

On n'est que co-créateur

Beaucoup, dans le mouvement New-Age, sont persuadés d'être créateur de leur réalité.

Évidemment, quand Nibiru passera (une certitude en tant que phénomène naturel), et qu'ils s'apercevront qu'ils n'arrivent pas à créer la réalité qu'ils souhaitent (normal, nous ne sommes pas créateurs, mais co-créateurs, et la majorité des humains a besoin des cataclysmes pour se réveiller), il leur sera tentant d'accuser les lanceurs d'alerte d'avoir créer une réalité mauvaise...

Futur possible, pas écrit

Précisez donc bien régulièrement que ce qui est annoncé n'est qu'un futur possible, pas un futur écrit, et qu'en effet les choses changeront en fonction de l'avancement des humains. Et qu'il faut toujours prévoir les pires cas pour avoir une chance de s'en sortir, et avoir des plans adaptatifs face à ce futur mouvant.

Voir la cible

Il ne faut pas voir les malheurs du moment, individuels ou collectifs, comme des choses seulement négatives. Ce sont ces moments qui font avancer l'humanité. Ils n'arrivent jamais par hasard, ils ont un sens. Si paris doit être détruite par exemple, c'est qu'il y a une raison profonde.

Il ne faut pas se concentrer sur les défis du moment mais sur quoi ils vont nous amener. Nibiru, c'est un catalyseur. C'est une catastrophe qui amènera à renouveler notre civilisation, qui sans cela se serait de toute manière cassée lourdement la figure. C'est le même schéma dans nos propres vies. Tous les malheurs, parfois très graves, ne sont pas des obstacles. Ils ont une raison de se produire. Tout a un objectif, mais notre vue ne peut pas apprécier correctement les liens de cause à effet qui suivront. La destruction est un outil parfois nécessaire mais pas automatique. Si elle survient, comme la maladie, c'est pour nous emmener quelque part.

Par exemple, il vaut mieux que notre système s'effondre lors du passage de Nibiru, que suite à la destruction de la vie sur Terre provoquée par nos dominants psychopathes.

Les 2 mois avant le passage

Garder la tête froide

Lors des 2 mois avant le passage, Il faudra garder la tête froide pour que vous soyez suffisamment lucides et calmes pour votre préparation (pour vous mais aussi et surtout pour vos proches moins bien préparés que vous). Ces catastrophes vont choquer le monde entier, surtout le grand public qui a été très mal éduqué sur ces sujets.

Quand on s'est habitué à cela, qu'on comprend comment les choses fonctionnent, comment Nibiru agit sur la Terre etc..., il est alors possible d'avoir du RECUL, et c'est ce recul qui sera très précieux une fois que les phénomènes s'emballeront. Les ET bienveillants ne sont là que pour cela, nous préparer, pour que notre inconscient commence à digérer à l'avance le drame.

Une fois que celui-ci survient, ceux qui ne l'ont pas vu venir peuvent paniquer, alors que ceux qui ont été préparés gardent leur faculté d'analyse. Vous verrez, cela vous sera extrêmement utile en temps et en heure. Comprendre les choses c'est déjà se les "approprier". L'adage qui dit qu'un homme (ou une femme) averti(e) en vaut deux est tout à fait parlant, et c'est là que les ET essaient de jouer leur carte le mieux possible.

Quand New-Madrid se produira, vous serez moins impacté émotionnellement, car vous avez eu le choc depuis plusieurs années pour certains, c'est de l'histoire ancienne. Comme quand vous regardez le tsunami à Sumatra, c'est moins perturbant aujourd'hui que quand on l'a découvert en 2004.

Diminution de l'ampérage électrique

Beaucoup de centrales nucléaires seront fermées en France, ce qui expliquera à tous l'utilité du Linky : réduction automatique de l'ampérage.

Concrètement, prévoyez de ne plus pouvoir mettre tous vos appareils en route. Si vous en avez les moyens achetez des ampoules LED à très faible consommation. Il faudra aussi abandonner les micro ondes / fours et plaques électriques pour les fours traditionnels à gaz afin de rendre prioritaires les frigos etc... Les japonais ont connu la même galère avec Fukushima et s'en sont bien sortis, il n'y a pas de raison pour que cela ne soit pas notre cas. Cela a pu avoir du bon, comme par exemple au Japon le retour à des gestes simples mais oubliés (comme moudre son café et le passer à la main).

Retrouvez l'outillage à main, les bougies, etc.

Perte des communications

Plus Nibiru se rapprochera, plus internet et les mobiles vont subir d'incidents techniques. Dès les premières grosses catastrophes, les connections vont chuter drastiquement :

1 - Internet compte sur les satellites et des câbles pour fonctionner, et ceux-ci seront endommagés dès le premier vacillement sévère de l'axe terrestre. Le réseau internet survivra car il a été conçu pour se reconfigurer automatiquement en trouvant des voies de secours, mais la bande passante va considérablement chuter. Le résultat sera des services très diminués, et les fournisseurs ne pourront pas rétablir leurs capacités pour tous. Les vitesses de connexion seront bridées très bas.

2 - La téléphonie mobile a besoin de nombreuses infrastructures pour fonctionner parfois communes avec internet. Tant que les antennes terrestres seront alimentées, aussi bien en courant qu'en information via les satellites, la téléphonie survivra mais là encore les capacités seront bridées (comme internet) pour compenser les pertes d'infrastructures. Par contre dès que les satellites perdront le nord, ce qui arrivera lors de vacillements sévères, il faudra un certain temps avant de pouvoir les réorienter et beaucoup deviendront inutilisables.

3 - Pour toutes les technologies il y aura des soucis de pièces de rechange. Les opérateurs internet et mobile vont vite subir des pannes,

notamment parce que les réseaux seront pris d'assaut en même temps qu'ils perdront des capacités, ce qui va entraîner une panne en chaîne sur de nombreux systèmes. Or sans pièces de rechange, parce que le trafic maritime sera stoppé, les usines exposées détruites et les bateaux échoués à cause des tsunamis, tout ce système moderne de communication va souffrir plusieurs mois avant l'arrivée de Nibiru.

Les communications, au moment du passage, fonctionneront, mais au retenti. Ne comptez pas là dessus, ou du moins préparez vous à de grosses difficultés sur ces domaines et largement avant le passage.

Pertes des transports de marchandises

Dès le premier vacillement, de grosses difficultés logistiques et techniques vont apparaître, et même si les gens demanderont le rétablissement des services, les opérateurs ne pourront pas abonder aux demandes. Ce sera aussi un peu partout le passage en loi martiale, c'est une évidence, donc d'autres restrictions s'ajouteront.

Le canal de Suez sera bloqué par le cisaillement avant la rupture de la dent syrienne. Une fois cette dernière cassée, l'endroit va au contraire s'écarter, facilitant le passage des bateaux.

Revenez à des choses simples et pérennes, c'est la meilleure option.

Déterrage d'Obus et fûts toxiques

Les intempéries vont fouiller le sol et les côtes, et les obus des guerres passées, les bidons de produits radioactifs ou toxiques, vont réapparaître à la surface. Mieux vaudra s'en tenir loin.

1er passage

Voir dans L2 et L3>Abri comment construire des bâtiments résistants a un passage.

Survol

Divers moyens (préparation > RAS p.)

Nous avons vu, avec le RAS, les différents moyens permettant d'échapper à tous les dangers qui vont se cumuler, notamment l'emplacement permettant de se tenir loin des dangers.

Nous allons par la suite chaque type de cataclysme plus en détail.

Tsunamis (p.)

Les dangers et comportements particuliers des tsunamis, et comment essayer en réchapper si on est pris dedans.

Tsunami

Dans la partie Nibiru (Apo>Nib p.) nous avons les tsunamis auxquels nous devions nous attendre.

Dans la partie RAS (préparation >RAS>Tsunami p.), pour se tenir loin des tsunamis océaniques ou lacustres, nous avons que pour ne pas prendre de risque, comme la hauteur locale du tsunami ne peut être calculée avec précision, il faut prendre une hauteur de 61 mètres à au moins 161 kilomètres de toute côte. Les Altaïrans préconisent 200 m de haut à 100 km des côtes, même s'il y a des chances qu'à cet endroit, le tsunami ne soit que de 150 m de haut, il vaut mieux garder une marge de sécurité.

Voyons comment s'en sortir quand même si nous sommes pris dans un tsunami.

Survivre dans un tsunami

Si malgré mes avertissements, vous n'avez pas quitté votre appart, votre vie, votre boulot et vos amis à Bayonne, à Bordeaux ou à Nantes, vous allez forcément vous retrouver un jour pris dans un tsunami... No panic, voici quelques infos sur ces vagues de submersion/tsunamis.

Tout d'abord, c'est comme une grosse marée rapide. Il n'y a donc pas de vague brisante comme celles des surfeurs. Ensuite, si la plupart des tsunamis sont précédés d'une mer qui se retire loin et rapidement, dans le cas des ces vagues de submersion ça ne sera pas obligatoire. Vous allez donc voir arriver une marée trop forte au début, et on le voit sur les vidéos, la stupeur de voir la mer en pleine ville anesthésie les passants, qui ne prennent pas immédiatement la bonne décision.

Or, les secondes sont précieuses. A Sumatra, un survivant parle de son groupe qui se précipite vers l'hôtel. Son copain juste devant rentre dans l'escalier et s'en sortira sans problèmes, lui à moins d'une seconde derrière est emporté dans la cour mais s'en sortira in extremis en s'accrochant puis en montant aux balcons, tous ceux derrière sont emportés dans la rue et meurent... Et pourtant sur les vidéos le front de l'eau à l'air de s'étaler à la vitesse d'une limace lymphatique. La vague vous emporte alors que vous n'en avez que jusqu'aux cheville, tant le débit de courant est fort.

Ce qui tue c'est la vitesse qu'atteint l'eau une fois que son fort courant/pression vous a emporté (choc contre des murs ou des objets flottants), et la pression qui semble vous attirer vers le bas.

Il faut donc éviter de se retrouver dans l'eau, pris dans le courant profond trop fort (il semble plus faible en surface).

Objet flottant

Il faut s'agripper à un objet flottant, ou mieux en montant sur une voiture, qui flottent bien comme on l'a vu au Japon en 2011 ou à Sumatra en 2004.

Objet fixe

Il est possible de s'agripper à un objet fixe comme un arbre, mais le problème c'est qu'on ne sait jamais jusqu'où l'eau va monter, ni si les racines ou les fondations du lampadaire résisteront à la force phénoménale du courant.

Idem pour les bâtiments. Si les gros immeubles lourds et hauts devraient tenir, pas sur qu'une maison en pisé résistera à l'affouillement des fondations.

On parle de vagues de plus de 30 m de haut pour les tsunamis de New-Madrid, un immeuble de 10 étages en front de mer. Pour le tsunami du pole-shift (200 m de haut) oubliez, tout objet fixe : même les premières collines risquent d'être érodées fortement au point d'être balayées.

Évitement (gagner en hauteur)

Si vous avez vu le tsunami en avance avancer vers vous, il faut courir vers le point le plus haut, et uniquement si l'eau vous rattrape, perdu pour perdu, rentrer dans les immeubles pour monter le plus haut possible (sur le toit idéalement, pour sauter à l'eau si l'eau finit par submerger le bâtiment).

Plusieurs vagues

Enfin, les tsunamis se déroulent généralement en plusieurs "vagues" de hauteur **croissante**. A Sumatra par exemple, la première vague était quasiment sans dégâts et de faible hauteur. Les gens, rassurés par la mer qui se retire, sont revenus sur place voir les dégâts, aider des gens, et c'est la deuxième vague qui a été la plus meurtrière. Il faut donc profiter de ce répit et gagner le point le plus haut qui vous est accessible, et attendre longtemps que l'alerte au tsunami se dissipe.

Après le tsunami

Quittez la région frappée par un tsunami pour toujours, elle sera de toute façon inondée par la montée progressive des eaux dans les 2 ans qui suivent le 1e pole-shift.

De plus, lors du retrait, le danger est toujours là, à cause des corps qui flottent (les épidémies surviennent très vite, l'eau n'est plus potable), des produits chimiques échappées des usines éventrées (le sol est contaminé durablement, ne serait-ce que par le sel marin), des débris divers, des routes effondrées ou détruites.

Gérer les dégâts

Il faudra quand même quelques jours, voire plusieurs mois dans certaines zones où l'eau salée pourra former des étangs (dans les cuvettes). Il faudra alors gérer l'évacuation des eaux salées des terres agricoles où à certains endroits elles formeront de vastes zones inondées.

Séismes

Au dessus d'une magnitude 7, les amplitudes ne comptent plus trop, c'est la durée du séisme qui est la plus destructrice.

Nous avons vu, dans le RAS (p.), qu'il valait mieux être en plein champ qu'en ville (plus de sinkhole).

Sortir des bâtiments

Tous les bâtiments construits par l'homme, sauf s'ils peuvent résister à des secousses de 10+ sur l'échelle des moments (15+ Richter), se retrouveront au sol, tuant leurs occupants du même coup : il ne sera pas bon être chez soi, et surtout dans une grosse ville...

Les pays non sismiques, comme la France, seront les plus touchés, car leurs bâtiments ne sont pas du tout prévus pour.

Il ne faut pas rester chez soi et sortir (pour éviter de se faire écraser par le toit ou les dalles de plafond).

Habitat léger

habitat type tente de camping, ou la tranchée de survie (p.). Ces habitations légères ne présentent aucun risques lors de séismes.

Connaître les séismes à l'avance

Les poissons rouges et les poissons chats s'agitent anormalement avant un tremblement de terre.

Peu avant le séisme d'amatrice (Italie), un chien a réveillé ses maîtres, qui l'ont engueulé au début, avant de ressentir les premières secousses, et de se précipiter dehors.

Les smartphones, avec une application indiquant les vibrations, pourrait peut-être vous servir.

Les tremblements de terre sont souvent précédés de bruits étranges dont on ne sait d'où ils viennent.

Protection du matériel

Protéger tous les dispositifs mécaniques ou électriques (ceux que l'on espère utiliser après les cataclysmes) avec un rembourrage épais (tel qu'un tapis en caoutchouc). Enveloppez tout comme si vous alliez tomber d'une grande hauteur. Les sources d'énergie autonomes, telles que les éoliennes, doivent être sécurisées.

France

La France (excepté la côte d'azur et les zones déjà sismiques) ne devrait pas avoir de gros tremblements de terre, entre 7 et 8, ce qui est quand même pas mal.

De telles magnitudes au Japon provoquent des dégâts mineurs, car leurs constructions sont prévues pour. En France, où le risque était pour la plupart du territoire au niveau zéro avant 2011, quasiment aucun bâtiment n'est dimensionné pour ce risque, et le séisme que nous allons subir provoquera des dégâts majeurs.

Grêles de pierres et tempête de feu

Protection métallique

Les toits métalliques (comme un capot de voiture) vont pouvoir dévier les tempêtes de feu ainsi que les grêles de pierre, s'ils sont suffisamment épais. L'épaisseur d'une plaque métallique de protection n'est pas aussi importante que le simple fait d'être en métal et de ne pas s'enflammer. Le métal mince peut se plier et s'effondrer sous le poids, alors qu'un métal épais risquerait de se cisailler ou de se casser, ayant moins de souplesse. Alors que le métal est considéré comme une protection contre les chutes de cendres et de roches projetées par les volcans en éruption, plus il est épais, mieux ce sera. Pour les gros météores, qui sont peu nombreux, il n'y a pas de mesure de sécurité à prendre. Faites alors confiance à la chance. Si l'abri dans lequel vous vous trouvez n'est pas ouvert sur l'extérieur, un épuisement temporaire d'oxygène ne vous affectera pas.

Onde de choc

Si c'est une explosion de météore (comme Tcheliabinsk), ouvrez la bouche, sinon l'onde de choc pourrait vous éclater les tympan par différence de pressions. Se mettre à terre (éviter d'être projeté violemment au sol) et loin des vitres (qui vont exploser vers l'extérieur si c'est une onde de dépression en premier)

Pas de grottes

Les séismes risquent de faire s'écrouler la plupart des plafonds des grottes de surface (toutes celles connues actuellement), et/ou ébouler leurs entrées, plus sûrement que le risque d'être touché par un gros météore. La solution de s'enterrer dans une grotte (qui risque d'être au sens propre du mot!) est donc à exclure.

Ouragan 300 km/h

Des rochers, des arbres et d'autres horreurs impensables de plus de 100 kg qui valdingueront dans les airs, agissant comme des béliers sur tout ce qui dépasse du sol. Il vaudra mieux être enterré au ras de la surface, pour ne pas s'exposer aux débris, et de préférence côté sous le vent.

Effets des ouragans de catégorie 5

Les vents sont à plus de 300 km/h. Tous les arbres et les arbustes sont arrachés. Certains édifices seront détruits; d'importants dommages seront faits aux toits et de sévères dommages seront faits aux fenêtres et aux portes. Les vitres explosent. Les toits de plusieurs maisons et édifices industriels s'effondreront.

Les dommages les plus importants n'émanent pas, la plupart du temps du vent en tant que tel, mais plutôt des débris (tuiles, morceaux de toits, fenêtres, édifices, branches, arbres qui tombent) qui sont transportés à une vitesse incroyable. Une planche de contreplaquée poussée à 300 km/h exerce une pression mortelle sur tout objet fixe qui chercherait à l'arrêter...

Le vent ne viendra pas forcément de l'orientation habituelle des vents dominants, surtout avec des zones encore submergées par le tsunami de pole-shift, et une croûte terrestre basculée en partie (par exemple, l'ancien Nord devenu le Nord-Est).

Volcanisme

Se tenir loin des volcans actifs ou même relativement actifs. Les volcans, anciens et nouveaux, représenteront un danger pour ceux qui vivent à proximité, devenant soudainement actifs pendant les cataclysmes, avec peu d'avertissements. En plus d'être positionné sur des plaques légères, le fait d'être au centre de grandes plaques tectoniques constitue un facteur de sécurité. Rester à l'écart des bords des plaques où la lave très liquide pourrait suinter et exploser, lors de la pression exercée par le mouvement des plaques.

Orogénèse (élévation des montagnes)

Éloignez-vous des zones où il est probable que l'élévation des montagnes se produira. Les plaines ou les plateaux sont les plus sûrs. En cela, l'analyse géologique des plaques devrait vous guider. Ne soyez pas au-dessus d'une plaque de subduction, car même si vous êtes en hauteur, le sol pourra être chauffé à blanc, à cause des frictions.

Soleil bloqué dans le ciel

Harmo dit que le Soleil (présent 3 jours dans le ciel en France) ne sera pas dangereux dans la mesure où, si le temps n'est pas trop perturbé (si les nuages sont épais, ils atténueront les soucis), il y aura accumulation de rayonnements ultra violets par le corps. Ce n'est pas un danger mortel, sauf si l'exposition est trop longue. Cela risque de provoquer des brûlures rapidement, une heure d'exposition au Soleil figé reviendra à 7 heures d'exposition en temps normal (peut-être dû a la magnétosphère de la Terre disparue ?). En gros, les coups de soleil apparaîtront 7 fois plus vite. Portez des vêtements couvrants, ou restez à l'ombre.

L'aftertime

Survol

Les abandons (p.)

Au moment où tout s'effondre, les liens faibles ou de façades se cassent très facilement. Les parents abandonnent leurs enfants, les couples se défont, les animaux de compagnie sont laissés à leur sort, etc. Certains vont même tout abandonner pour se laisser mourir.

Profil bas et coopération (p.)

Le maître mot de la vie de début d'aftertime, c'est faire profil bas, et attendre que ça se tasse tout seul, en coopérant entre gens de bonnes volonté.

Évacuer les nouveaux pôles (p.)

Ceux qui se trouveront sur un nouveau pôle devront évacuer au plus vite.

Effondrement du système (p.)

Après une telle catastrophe, il y aurait une perte des services gouvernementaux et des services publics tels que l'électricité et l'eau potable,

Difficultés de cultures (p.)

La grisaille volcanique avec la poussière qui pollue le sol et l'eau des puits, et un manque de nourriture fraîche.

Amélioration santé (p.)

Mais vivre sainement pendant et après une telle catastrophe est possible. L'humanité a déjà vécu cela auparavant, et la Nature est bien plus accueillante qu'il n'y parait !

Psychologie (p.)

La panique doit être évitée, en particulier lorsqu'il s'agit de jeunes enfants, et ne sert à rien. Grâce à la connaissance, une famille ou un individu peut se sentir maître de sa situation.

Les abandons

La notion de parole, d'honneur, d'engagement perd complètement toute cohérence, et les mots sont vides. Bien des gens pensent s'aimer mutuellement alors qu'en réalité ils aiment un statut social, une situation matérielle ou une apparence physique. Si ces conditions changent et ne sont plus remplies, la relation "amoureuse" change elle aussi, car elle n'est que superficielle. La sincérité des gens n'est pas à remettre en question parce que tous sont persuadés de leur bonne foi, mais en réalité, la plupart des couples sont caduques et ne reposent pas sur des liens amoureux réels.

C'est aussi valable pour le lien parental, car de nombreux parents aiment leurs enfants avec un amour conditionnel (idem pour les animaux de compagnie).

En cas de changement grave de la société et du système, les conditions évoluent très vite et comme ces "amours" dépendent uniquement de ces conditions, ils disparaîtront.

Les enfants (et les parents - grands parents et on ne parle même pas des animaux) seront abandonnés en masse, les couples resteront peu nombreux dès les premières difficultés. Tous ces liens qui sont maintenus par le système montreront leur vrai visage quand celui-ci ne sera plus là pour nourrir le lien.

Ces abandons existent déjà, dès que les circonstances fragilisent les couples (le chômage, l'age, l'argent, la possibilité de facilement rencontrer d'autres personnes sur internet, etc...). Ces abandons seront bien pire si la pression sociale n'est plus là.

Regardez le nombre de parents à la sortie des écoles qui discutent entre eux en marchant, laissant leur enfant 30 mètres derrière sans jamais se retourner. On a l'impression que ce ne sont pas des enfants, mais des charrues ou des chiens.

Un exemple parmi d'autres qui montre que les enfants ne sont souvent que des charges malgré le beau discours d'amour des parents. Enlevez les risques juridiques liés à un abandon ou le jugement des proches, et ces mêmes parents laisseront leurs enfants derrière eux sans aucun remord. Vous serez même surpris de découvrir le vide qui existe derrière certaines personnes que vous pensiez à l'abri de ces considérations.

Une fois qu'on a les bonnes clés de décryptage et qu'on voit au delà des apparences, on a vite le vertige tellement que le monde et les gens sont vides. Tout le monde ne l'est pas, mais ils sont une minorité.

Harmo prends l'exemple du mariage d'une collègue, un cas d'école vu les conditions : multiples séparations antérieures, un enfant pour essayer de ressouder les liens, l'achat d'une maison en commun pour exactement les mêmes raisons et maintenant mariage en grandes pompes (par envie de faire la fête et de porter du blanc). L'enfant au même niveau que la maison, finalement...

Profil bas et coopération

Autour du PS

Il y aura des restrictions de circulation imposées par le couvre-feu (p.) et la loi martiale (p.).

Ranger le texte qui suit dans plans plutôt, ne laisser que les conseils ici

Déplacement en voiture sur axe secondaire

Ce sont les autoroutes et les départementales qui seront bouclées, et cela autour des grandes villes dans les premiers temps (ville-camps p.).

Éviter les grandes voies de circulation suffit donc en général. Ces grandes voies (même si elles semblent petites) sont repérables car il y a systématiquement des radars automatiques sur

celles considérées comme critique par les dominants.

Les toutes petites routes de campagne ont peu de chance d'être barrées (même si ils mettent des container en travers comme pour le premier confinement 2020, sur les zones critiques comme les routes proches des frontières de pays).

Être prêt quand même à devoir abandonner son véhicule a tout moment : rien n'empêche de passer par les bois, passer les barrières/barbelés des prés, franchir les rivières où les ponts sont effondrés ou barrés par un barrage militaire, etc.

Éviter l'armée

Autour des villes les premiers temps

Les forces militaires seront concentrées sur les zones les plus peuplées, pour éviter que leurs habitants ne fuient les villes lorsque les problèmes s'amplifieront. Ce qui veut dire que le reste du territoire sera peu dense en forces armées, il n'y aura pas assez d'effectif pour tout boucler du début.

Étendront leur territoire après plusieurs mois

Après plusieurs mois de lois martiales, là par contre, les villes seront emmurées comme à Bagdad (p.) et cela demandera moins de gardes.

C'est quand les ville-camps seront bien installées que les campagnes seront ratissées. Ces rafles se feront surtout dans le périmètre des villes. La plupart des campagnes seront abandonnées à leur sort. Des rafles ne sont pas exclues dans les villages mais les surfaces sont bien trop vastes. Si tu te réfugient dans une zone peu peuplée, personne viendra te chercher. C'est à ces endroits que les communautés se formeront, à l'écart des axes et des villages.

Adaptation rapide des enfants

Ne pas s'en faire pour les enfants, ce sera comme un jeu pour eux, et ils sont plus adaptatifs que des adultes à un changement de conditions de vie.

Une fois sur place, ils se feront vite à la situation et trouveront leurs marques en quelques jours (contre plusieurs mois voir années pour les adultes). Le seul problème est la distance à parcourir, car ils sont plus limités que nous. Mais ce n'est pas vraiment un problème, dans le sens où il n'y a pas besoin de partir à des centaines de kilomètres de chez toi si on habite à la campagne. Quelques dizaines de kilomètres sont parfois suffisants pour être loin d'une ville et loin des axes principaux.

Gestion des bébés

Tous les rituels qu'on nous fait utiliser pour les nourrir et les élever est complètement artificiel. Un bébé se nourrit du lait de sa mère naturellement, et si elle n'en a pas parfois de nos jours, c'est à cause du système, du stress qu'il impose, des médicaments qu'on prescrit aux femmes et de la très mauvaise alimentation de celles-ci. De plus, on sous-estime la capacité de bébés à survivre, ils sont bien plus costauds qu'on le croit. Au contraire, notre volonté de les surprotéger les fragilise du départ. En plus, l'alimentation artificielle qu'on leur propose est dangereuse, c'est elle qui les fragilise et les rend malade. Rien de mieux que le lait maternel, ou à défaut, une boisson capable de remplacer ce lait. Une petite soupe de lombric est bien plus efficace que tous les bledina du monde.

S'adapter aux ressources de la Nature

Pour la nourriture et les médicaments, c'est là qu'il y aura le plus de difficultés, mais pas au niveau des quantités : notre principal défaut est d'être trop dépendant psychologiquement du système, alors que nous avons des choses bien plus saines et efficaces dans la nature.

Les lombrics par exemple sont extrêmement faciles à digérer, ont toutes les protéines et les vitamines nécessaires et remplacent avantageusement la viande, qu'on soit adulte ou enfant. Si nos enfants étaient nourris aux lombrics, ils seraient en bien meilleure santé. Mais le système a si bien verrouillé les choses que celui qui aujourd'hui nourrirais ses gosses aux lombrics, se verrait retirer la garde des enfants.

Comme autre exemple, le corps est censé se débarrasser tout seul des différents vers intestinaux, et en cas de fatigue, des plantes comme l'ail des ours sont de bons vermifuges. Tout ça pour montrer que notre société aseptisée nous a bouché de nombreuses solutions qui sont la plupart du temps bien plus saines que notre mode de vie actuelle.

Ce qui explique qu'après le passage de Nibiru, quand nous seront sevrés de cette malbouffe, nous serons en bien meilleure santé, un confort inestimable, qui rendra tout a fait supportable la perte du confort artificiel comme les voitures, les appareils électriques du quotidien ou les ordinateurs.

S'orienter

La Terre étant chamboulée, le ciel couvert de nuage (tempêtes et cendres volcaniques) cachant les étoiles, les pôles magnétiques étant erratiques, il sera difficile de s'orienter les premiers jours.

Est et Ouest avec le Soleil

Même avec des nuages très denses, il est généralement toujours possible de déterminer plus ou moins où est le Soleil. L'endroit où le Soleil se lève et se couche sera rapidement une constante avec la rotation de la Terre qui repart, et Nibiru s'éloignant rapidement. La croûte terrestre ayant basculé de 45° environ au PS1, l'ancien N-O sera désormais le Nord. Avec un graphique ou une carte marquée après votre première année comme guide. Apprenez les points de repère, faites de nouvelles cartes. Tout changera, et vous ne voyagerez pas loin, sauf sur l'eau, et là, espérons-le, les étoiles pourront vous guider.

Déterminer sa latitude

On peut estimer sa nouvelle latitude (éloignement de l'équateur) en regardant le centre de rotation des étoiles quand elles seront redevenues visibles (l'étoile polaire pour l'hémisphère nord, la croix du sud pour l'hémisphère sud, l'axe de rotation terrestre ne devrait pas beaucoup bouger et toujours pointer vers ces étoiles). Si ces étoiles sont très haut dans le ciel (proches du zénith), c'est qu'on est proche d'un pôle géographique. Si vous ne les voyez pas (ou très bas sur l'horizon), c'est que vous êtes à l'équateur !

Si le nuits ou les jours sont très très longs, ça indique aussi une position proche des pôles géographiques (mais uniquement dans le cas où on se trouve soit en hiver soit en été, dans les saisons intermédiaires la durée jour-nuit est la même, tout dépendra de la position de la terre sur son orbite lors du passage). Si le PS à lieu en hiver (ou en été si vous êtes dans l'hémisphère) cette durée sera un indice (moins d'une demie-heure de nuit ou de soleil c'est limite pour y vivre).

Évacuer les nouveaux pôles géographiques

Si on se trouve dans une des terres qui s'est rapprochée des pôles géographiques, il faut bouger tout de suite vers l'équateur. En effet, si la chaleur globale du globe va permettre des températures clémentes sur quelques semaines, le températures aux pôle va elle descendre en quelques jours de manière vertigineuse, voir en quelques minutes comme ça s'est produit pour les mammouths de Sibérie.

Se rapprocher de l'équateur

Si vous avez déterminez que vous avez une latitude trop haute (p.) il faudra évacuer.

Il suffit de se diriger dans la direction du soleil à son plus haut, qui est celle de l'équateur quelque soit l'hémisphère où l'on se trouve. La boussole, corrigée par rapport au soleil (le nord magnétique ne sera peut-être plus à sa place actuelles), nous aidera quand il fait nuit.

Effondrement du système

Plus de secours

Plus grand monde ne pourra sortir les gens coincés sous les décombres de leur maison.

il y aura une crise internationale car nous serons tous en état d'urgence : les approvisionnements de l'étranger seront difficiles et il faudra envoyer de l'aide aux pays victimes. De grandes vagues de migrations de rescapés s'opéreront sur tout la planète, les gens fuyant des zones inondées, la faim et les maladies. Les frontières seront fermées, les voyages limités pour stopper les afflux de population...

Les effectifs des états seront limités, car la plupart des forces armées seront réparties sur le territoire pour garder les grands axes de circulation, les réserves de nourriture/d'essence et les grandes villes devenues des camps de concentration. Il ne restera pas grand monde à envoyer en campagne pour les secours, notamment après le passage de Nibiru, les manques et les destructions (surtout sur les côtes).

Ce sont les habitants du secteur touché qui se retrouvent de fait "primo intervenants", les moyens humains et matériels n'étant pas illimités concernant la chaîne de secours... Il va falloir effectivement que les voisins soient solidaires entre eux.

Les maladies non soignables

Bien sûr, tout est réparable pour peu qu'on le demande à son corps et à son âme, et les altruistes qui auront une utilité pour les autres peuvent être aidés par les ET bienveillants. Mais beaucoup de nos proches ne voudront tout simplement pas

croire en ces possibilités, et mourront faute de soins aujourd'hui banals.

L'humanité souffre aujourd'hui de maux qui ne peuvent être soignés hors de la médecine lourde pour ceux qui continuent à faire confiance au système (mais qui sont guérissables par les traitement alternatifs vus dans L2, les bases en fait de la bonne santé). Dans ce qu'on croit inguérissable en l'état actuel des connaissances de la science officielle (je parle bien de la vision officielle, erronée), se trouvent les maladies auto-immunes, les maladies de dépérissement causées par un défaut génétique, les anévrismes, la plupart des cancers (tous ne sont pas guéris mais seulement maintenus). Dans le passé, des maladies comme le diabète de type 1 étaient rapidement mortelles. La pneumonie l'était aussi pour les personnes âgées dans le passé. Cela était simplement accepté.

La famine existe dans une grande partie du monde, où les parents enterrent, dans la tombe familiale, un nouvel enfant collé au précédent, une affaire régulière dans le village. Pourquoi ne nous interrogeons-nous pas sur ces situations, qui sont curables dans le monde d'aujourd'hui ?

Nous ne pensons à la vie avec le diabète de type 1 que parce qu'on nous a dit que la communauté médicale allait nous sauver si nous l'avions.

C'est la même chose avec la mort de milliards de personnes qui pourraient se noyer au cours du prochain PS. C'est aussi une situation qui pourrait être changée, mais l'humanité ne s'inquiète pas des masses en Inde, par exemple.

Aimez-les, aimez-vous, et rappelez-vous que la mort n'est pas la fin ! Nous avons déclaré que l'amour aura une floraison, en allant vers le changement, une citation que Nancy a placée sur la page d'accueil de ZetaTalk. L'amour peut avoir une floraison au moment du changement, comme il se doit, ceux qui ont un grand amour dans leur cœur répondant à la réalisation que peu d'autres choses importent, car cela dure, c'est l'âme qui dure, et l'amour porté par l'âme rend toute vie future plus valable !

Le système vient de s'effondrer

On y est, le système s'est effondré, l'électricité et l'eau ne sortent plus des robinets, l'essence pareil, on ne peut plus se rendre au supermarché du coin qui de toute façon est vidé depuis longtemps. Si on est dans une zone devenue invivable, il va falloir partir vers des cieux plus clément. Si la zone reste vivable, il va falloir s'organiser. Ceux qui mourront les premiers seront ceux qui partiront en ermites avec 5 ans de boites de conserve. Il faudra au contraire se regrouper entre hommes de bonne volonté, chacun apportant sa pierre à l'édifice, car nous sommes tellement spécialisés qu'on ne peut plus vivre en autonomie. Ne pas laisser les enfants crever au bord des routes sous prétexte de protéger la vie de ses propres enfants (la conservation du génome est un acte purement égoïste, de ce côté-là le film 2012 est une pure abomination avec le chef de famille qui laisse crever tout le monde mais personne de sa famille ne reste sur le carreau). Cette période servira à tester notre avancement spirituel.

Il faudra bien sûr faire la part entre les assistés qui veulent qu'on leur donne tout sans retour, et les malfaisants qui vont chercher à profiter du travail d'autrui.

Si vous avez une arme, les malfaisants vous tueront plus facilement pour acquérir votre arme que n'importe quoi d'autre. Il vaut mieux éviter la prolifération, et gager sur la coopération.

Dangers rencontrés

L'homme tout d'abord. Une grande partie de la population est adepte de Darwin, de la loi du plus fort et de la volonté de domination, d'avoir du confort sans travailler en profitant des autres. Ces gens-là se mettent vite en meute, comme on a vu les bandes de routards de la guerre de 100 ans qui ont ravagés le Quercy pendant 50 ans, empêchant tout développement de la civilisation. Leurs instincts sont primaux. Si ils rencontrent un groupe qui possède quelque chose, ils les tueront et prendront leurs biens. Si ils rencontrent un groupe qui n'a pas grand chose, ils les tueront quand même. Au bout d'un moment, quand le gibier se fera rare, ils en laisseront quelques uns vivants pour revenir l'année d'après et re-piller leur travail et la nourriture, donnant le choix entre être exécuté ou donner toute sa nourriture et se démerder pour survivre (comme dans le film les 7 samouraïs).

Ces gens-là auront stocké ou récupéré le plus d'armes possibles, ce seront des professionnels de la guerre et des techniques de combat.

A part désarmer ces gens-là en leur proposant la coopération et en leur parlant, en leur donnant envie de s'intégrer dans une société, il n'y a pas grand chose d'autre à faire.

Autre danger, à part l'homme redevenu sauvage, on aura d'autres animaux dangereux pour l'homme, les meutes de chiens errants, les loups et l'ours réintroduits récemment, ainsi que les grands fauves échappés des zoos qui vont proliférer.

Groupes compassionnels

En face d'individus prêts à tuer, il ne faut pas hésiter, car mourir expose le reste du groupe à devoir se passer de vous. De même, ne pas conserver quelqu'un qui ne fait pas sa part dans le groupe et vole les rations au risque de foutre tout le monde dans la merde. Il est dangereux d'exclure quelqu'un du groupe qui va en ressentir de la haine et va vouloir se venger, par exemple en rejoignant un autre groupe et en vous dénonçant, connaissant bien tous les points faibles. Il vaut mieux les éduquer du mieux qu'on peut, et si ça ne suffit pas et que cet individu risque de détruire la communauté, avoir le courage de prendre la bonne décision.

Par contre inutile de laisser crever un enfant au bord de la route sous le prétexte de faire passer ses propres enfants avant la vie d'autrui. La survie ne doit pas se faire en vendant son âme au diable. Ces événements seront un formidable moyen de tester notre avancement spirituel.

Ruines

Il restera sûrement des artefacts de l'ancienne civilisation, il serait bien de mettre de côté au fur et à mesure ceux qui pourraient être utiles.

Quitter sa maison

Même si elle résiste aux séismes de 6 qui vont secouer la France, qu'elle résiste aux vents de 250 km/h qui vont souffler sur un toit abîmé par le séisme, que des crevasses ne l'ouvre pas, il va être difficile de résister aux pillards qui vont visiter toutes les maisons, et même si ce sont nos voisins, ils risquent de ne pas nous faire de cadeaux du moment qu'ils auront faim.

A moins d'avoir une maison isolée dans la montagne, difficile d'accès, il va être difficile d'éviter les bandes de pillards et l'armée qui va ratisser tout le monde pour saisir les denrées et mettre la population dans des camps. Ces gens là resteront normalement dans les endroits faciles d'accès.

Pendant la seconde guerre mondiale, quand les Allemands arrivaient toute la population se cachait dans les bois et revenait quand la colonne avait fouillé tout le village. Pendant la guerre de 100 ans dans le massif central, les villageois avaient construits des souterrains où la nourriture était planquée et s'y réfugiait. Ces souterrains étaient tellement dangereux à prendre d'assaut avec tous les pièges que les routards laissaient généralement tomber. Seul le risque d'enfumage est à éviter en obturant de manière complète les entrées.

Le relief pentu, les routes bloquées par les chutes d'arbres et les glissements de terrain, cela dissuadera un peu les visiteurs malveillants de nos abris.

Rétablissement de l'ordre

Dans les petites villes, l'ordre se rétablira assez vite. On ne peut tout simplement pas vivre sans coopération.

Les villages hiérarchistes

Celui qui contrôle la nourriture devient le chef. La religion refait très vite un come back. Oubliez les idées de laïcités, l'office du dimanche redeviendra obligatoire. Il faut juste espérer qu'on ne se resservira pas du coran ou de la bible pour restaurer l'ancien mensonge.

Les survivants seront les élus, il faudra se conformer à la volonté de dieu qui a voulu que le monde technologique s'arrête. Les 2 connards de service (religion et royauté) reprennent là du service. La nourriture rationnée, surveillée par le roi/shériff, sera certainement distribuée après les offices de la messe.

Les exécutions sommaires seront communes. Les gens n'auront pas encore compris la valeur de la vie humaine et l'intérêt qu'aurait pu leur apporter la personne qu'ils viennent d'abattre.

Les villages altruistes

Il sera impératif de se réapproprier notre vie, d'instaurer la coopération et la transparence pour ceux qui gèrent le bien public.

Lors des distributions de ration, il faudra décider qui aura la meilleure part/quantité, ce qu'il faut faire pour le groupe pour la mériter, répartir cette meilleure part par tours, etc.

La récupération pourra être un boulot intéressant (pour peu que l'on sache à quoi servent les artefacts trouvés dans les ruines).

Communications

Les radio amateurs qui ont survécus, avec une petite éolienne ou des panneaux solaires, pourront entretenir la communication entre les peuples grâce aux ondes courtes. Les rumeurs

dévastatrices existeront toujours, il sera plus que primordial de reboucler l'information.

Agriculture

Petit à petit les hommes vont retourner au début du vingtième siècle dans les campagnes les plus reculées (donc le moyen âge), à savoir passer la majeure partie de la journée à préparer à manger, à se vêtir et entretenir son abri. Ça ne se fera pas facilement au début, seule la connaissance et l'expérience permettent de faire pousser efficacement les plantes.

Il faudra plus d'hommes pour cultiver la terre. Plus de dépenses énergétiques impliquent plus de nourriture, c'est la vision américaine de dépense d'énergie. Une nourriture moins difficile à obtenir permet d'en manger moins, c'est ma vision économique et écologique des choses.

Pour travailler la terre il faut des animaux, mais ces derniers consomment beaucoup de nourriture alors qu'ils ne servent que rarement. Il faudrait conserver la vision de Pierre Jules Boulanger quand il a conçu la 2cv, à savoir un outil que ne consomme que si on l'utilise, les 6 mois de l'année où il ne sert pas pas besoin de lui apporter du foin, de lui faire un abri, etc.

La philosophie de l'industrialisation, à savoir faire travailler des machines à haute capacité pour diminuer les coûts et se libérer du temps pour progresser hors des besoins de survie peut-être intéressant si on ne veut pas retourner au moyen âge.

Ne prévoyez pas de planter des tournesols ni des tomates qui ont besoin de beaucoup de Soleil ! Beaucoup d'autres légumes seront à leur aise sous ce nouveau climat (sans gelées et humide). Les champignons seront également à l'honneur (même s'ils peuvent accumuler de la radioactivité localement, mais tous les végétaux le feront, alors il faudra compter sur sa bonne santé générale pour contrer cette pollution qui sera mondiale).

Pour la suite, il faudra faire un lien vers L2>organisation sociale plutôt que de le traiter là la monnaie ou l'organisation (attention, vieilles réflexions)

Il faudra restaurer la monnaie, un moyen d'échange pratique à transporter avec soi. L'or et l'argent pourraient retrouver leur utilité. Une monnaie basée sur l'heure de travail serait à mon avis plus avantageuse, mais il faudrait pour cela retrouver une informatisation du système pour virtualiser la monnaie.

Les communautés qui vont s'en sortir

Les hommes vont se répartir en 2 groupes, les altruistes et les égoïstes.

Ça se voit déjà dans les 2 philosophies de prepper's (survivalistes) : ceux qui construisent des bunker en s'entourant d'amis militaires et en stockant le plus d'armes possibles, des conserves pour 20 ans pour les membres de leur tribu, qui construisent des chars d'assauts, et qui rêvent secrètement d'une remise à zéro de leur vie ratée pour espérer partir chef d'un groupe car ce sont eux qui auront fédéré les gens en premier et qui posséderont la connaissance survivaliste. Ces gens-là n'hésiteront pas à abattre ou laisser crever des enfants sur le bord de la route sous prétexte que leurs enfants passent en premier. Ceux là n'ont rien compris au sens de la vie qui est l'entraide et quelque part ne méritent pas leur survie.

Et il y a ceux qui cherchent à acquérir de la connaissance, qui développent leurs talents spirituels et qui cherchent à créer une autre société. Inutile de se préparer à outrance, les connaissances de chacun mises en commun leur permettront de passer tous les caps.

Les communautés de survivants altruistes s'en sortiront mieux que celles égoïstes qui gaspilleront leurs ressources et la vie de leurs membres.

Les communautés égoïstes

Les égoïstes sont les représentants de l'ancien système, qui vont essayer de reconstruire un système obsolète en participant aux guerres intestines des derniers esclavagistes décadents. A cause d'eux, sur Terre, ce sera généralement le chaos, les restant de pays et les Élites s'entre-déchirant pour survivre et pour recouvrer leur pouvoir. Le chaos (relatif) régnera sur la planète un certain temps (assez court somme toute), mais pas pour tous !

Les communautés altruistes

En effet, grâce aux altruistes, il existera des poches de paix un peu partout autour de communautés soudées et compatissantes. Ils auront compris les mensonges de l'ancien système et rebâtiront un monde meilleur. Suivant les cas, ces groupes seront soutenus par les ET qui ont des moyens de les favoriser sans intervenir ouvertement, comme c'est le cas aujourd'hui. Comme souvent avec les contactés-abductés, il n'y

a jamais de hasard. Le tout est donc de faire les bons choix de vie. Certaines communautés auront même le droit, à terme, à des visites en bonne et due forme, avec de l'aide technique et matérielle. Encore faudra-t-il que leurs membres en soient dignes. Une évolution spirituelle devra être faite.

Le développement viendra de nous, il faut d'abord supprimer nos pulsions destructrices (nous ne sommes pas matures actuellement pour gérer nos connaissances nucléaires, chimiques et biologiques, connaissances tirées de la technologie anunnakis depuis la seconde guerre mondiale).

Les conditions de vie sur terre après le passage de la planète Nibiru va favoriser les communautés soudées et pacifiques, qui seront en harmonie avec les communautés voisinent et s'entraideront au lieu de se faire la guerre pour récupérer les richesses du village voisin (l'inverse donc des tribus gauloises avec un roi, qui voulait toujours dominer les autres rois alentours et s'étendre à leurs places).

Une nouvelle humanité

Les embryons humains modifiés seront lâchés progressivement dans la nature, doté d'un seul cerveau (le conscient et l'inconscient réunis en un seul), capable de connaître ses vies passées, le but de sa vie et d'utiliser la télépathie.

La disparition des égoïstes ou de l'homme

Une fois que les communautés altruistes seront majoritaires sur terre (50%? 85%? quel que soit l'effectif), cela voudra dire que l'homme méritait son élévation spirituelle et que c'est bien les anunnakis qui avaient faussé son évolution. Les ET vont s'arranger pour que ce temps ne soit pas trop long pour ne pas décourager les âmes de bonnes volonté.

Les derniers spécimens égoïstes seront exilés sur d'autres planètes où ils serviront d'esclaves aux reptiliens. Les hommes altruistes restants bénéficieront de l'aide ET pour tout reconstruire, la terre sera définitivement une planète du bon côté de la force. En effet, les incarnations seront orientées, et non plus variées comme aujourd'hui. Seuls les entités communautaristes auront le droit de s'incarner sur terre, les ascensionnés y veilleront.

Le but plus tard est de réussir l'élévation dans la dimension supérieure, de tout le système solaire.

Si jamais les altruistes ne devenaient pas majoritaires, l'homme sera déclaré espèce inapte à l'évolution et les spécimens égoïstes seront exilés sur d'autres planètes où ils serviront d'esclaves aux reptiliens, et une autre espèce intelligence aura sa chance sur la surface de la terre.

Organisation de la communauté

Gouvernance est à prendre au sens gouvernail, pour emmener une communauté dans la direction désirée.

Même chez les ET communautaristes, tu as toujours des "chefs" parce qu'il faut bien coordonner les choses. La grosse différence c'est que ce chef n'est jamais une personne unique et définitive ni même n'est choisie au hasard. Toute communauté a forcément des leaders naturels (qui sont plutôt à ranger dans le champ des sages plutôt que des politiques). Chez les communautaristes, les "chefs" changent très souvent parce que le "leader" sert juste à coordonner, pas à ordonner. Une fois son boulot fini, il retourne à ses occupations précédentes. Lors des abductions par exemple, il y a toujours un coordonnateur, cela permet aux autres de faire leur travail sans se soucier de l'organisation. Celui qui est leader dans cette visite ne le sera pas forcément dans la suivante car contrairement aux ET hiérarchistes, il n'y a pas d'Élite qui squatte les postes ! Le Capitaine est donc plus à comprendre comme "pilote" ou guide chez les égalitaristes (et pas comme un "Capitaine Crochet" chez les hiérarchistes).

Il faut à tout prix éviter le secret, le mensonge d'état, le cloisonnement. Il faut que le peuple sache ce que trame ses dirigeants, il faut que les dirigeants puissent tomber (comme en France avec le crime de haute trahison du président de la république (par exemple en cas de vente de la France à des puissances étrangères comme les Etats-Unis, à des sociétés privées comme pour les accords transatlantique ,ou encore la dette monstrueuse qui alimente les banques privées, et qui aurait permis de poursuivre Sarkozy et de destituer Hollande, si malheureusement cette loi n'avait pas été supprimée début 2007...).

Le cloisonnement procure l'irresponsabilité en bas et la garantie du secret en haut. Le pouvoir prospère sur l'irresponsabilité. Les serviteurs terrestres ne connaissent pas le plan de leurs maîtres. Ils savent qu'ils sont couverts pour leurs bavures sanglantes, mais qu'ils seront durement punis pour tout manque d'obéissance.

Gestion des cadavres

Nettoyage par les poissons

[Zétas] Les poissons aideront à nettoyer les matières organiques telles que les cadavres, qui deviendront rapidement des os. En fait, pour les survivants le long des côtes, qui doivent assister à un enterrement massif des morts, l'enterrement en mer est une excellente alternative. Ce qui ne coule pas, devenant tout au plus un danger sous-marin pour les navires, va flotter. Les débris flottants sont principalement des matières organiques, qui se décomposent en cas d'exposition au soleil. Avec le temps, de telles îles flottantes de débris disparaîtront.

Corps en décomposition

Les grandes hécatombes auront lieu dans des endroits où il fait bon vivre aujourd'hui, dans les villes côtières ou dans les villes fluviales. Ces villes ont grandi là où le commerce pouvait se développer, et la forte mortalité sera là. Dans la mesure où les eaux monteront, ils deviendront de la nourriture pour les poissons.

Dans d'autres régions, comme les villes situées dans les collines, ce sera évidemment un véritable chaos. La nature s'occupe de cela en peu de temps, en quelques mois, grâce aux bactéries et aux insectes. Si vous voulez vraiment savoir comment vous en sortir, demandez à des poulets de manger les insectes pour ensuite manger les œufs. Restez juste sous le vent de la puanteur. Ce n'est pas exactement un conseil socialement approprié, car les gens veulent enterrer leurs morts. La plupart des morts seront sous des bâtiments ou piégés quelque part sous l'eau. Vous devez faire preuve de force mentale pour penser aux survivants. Pensez aux survivants qui ressentent de la douleur. Votre obligation envers les morts n'est qu'un rituel que vous pouvez mettre de côté.

Gestion des blessés

La demande de mourir

Contrairement à ce que l'Élite religieuse véhicule, la mort n'est pas rejetée par ceux qui supportent une douleur intense et insoluble, et qui savent qu'ils ne se rétabliront pas. En fait, à ce stade, les humains demandent invariablement à être autorisés à mourir. Dans le passé, ou dans les pays primitifs, là où la médecine moderne n'imposait pas à un corps de subir une douleur horrible bien au-delà de ce qui était prévu par la nature, la mort n'était pas un mystère.

La douleur sévère n'existe pas, sauf après une blessure, et si elle était trop grande elle entraînait une perte de conscience. Les femmes supportent toujours la douleur de l'accouchement, qui est une douleur aussi grande qu'on peut le supporter sans perdre connaissance, et l'on ne considère pas cela comme un problème grave. Une douleur intense résultant d'une blessure a pour effet que le corps s'évanouit, est en état de choc, et meurt s'il n'est pas soigné. C'est la réponse de la nature à la situation. Une blessure mineure entraîne une douleur lorsque la partie touchée est déplacée, et c'est une façon pour la nature de forcer le blessé à se reposer jusqu'à la guérison. Des blessures internes ou celles entraînant une infection se produisent également, dans la nature, se poursuivant jusqu'à la perte de conscience due à une hémorragie interne ou à un choc septique, les deux entraînant la mort. La dépression, chez ceux qui doivent vivre avec la mutilation ou qui ne peuvent pas accepter leur situation, entraîne naturellement la mort, car la personne dépressive arrête simplement de manger et de boire, une fin indolore et tranquille étant alors autorisée à se poursuivre.

Services à la personne

Dans les groupes de service envers autrui, les personnes désespérément mutilées ou souffrant de douleurs chroniques seront autorisées à choisir le suicide, et le contrôle des naissances sera utilisé pour limiter les demandes de vivres déjà limitées, le cas échéant. Tous ceux qui souhaitent vivre seront nourris et pris en charge, partageant à parts égales entre tous. En situation de crise, lorsqu'ils sont submergés par un grand nombre de blessés, les groupes de service envers autrui finissent généralement par donner la priorité aux soins de la manière suivante: lorsque la blessure met clairement la vie en danger et que l'issue est inévitable, assurer le confort du blessé est le seul traitement. Cela devra être expliqué avec fermeté et bienveillance aux blessés, comme étant un choix entre traiter ceux qui peuvent réellement en tirer profit, ou gaspiller des efforts pour ceux qui ne pourront pas s'en sortir de toutes façons.

Si le blessé souffre, cela signifie administrer un médicament antidouleur au point de devenir shooté ou, si aucun médicament n'existe et que la douleur est extrême, un suicide assisté. Contrairement à ce que les humains ont pu être amenés à croire, les individus dans des situations graves, chroniques et désespérément douloureuses demandent invariablement à être autorisés à mourir. Ils le demandent vraiment, en fait. Là où les blessés sont toujours plus nombreux que la capacité des soignants, la qualité de vie d'après entre en ligne de compte.

La vie sera-t'elle sauvée pour vivre ensuite dans la douleur ou dans une capacité réduite, ou la vie sera-t'elle restaurée à plein régime ? Dans ce choix, les facultés complètes ne signifient pas que les aveugles ou les amputés doivent être négligés. Les facultés pleines signifient des facultés mentales raisonnables, la capacité de manger et d'éliminer sans humiliation, la capacité de vivre sans être perpétuellement connectée à des machines, bref une vie que l'on pourrait tolérer plutôt qu'une vie que l'on redoute. Là encore, la décision doit être expliquée aux blessés, qui peuvent exhorter les soignants à reconsidérer s'ils ne sont pas d'accord avec la décision. Soyez ferme, car l'indécision ne fait que torturer les blessés qui devraient être amenés à accepter la situation. Rappeler aux blessés que d'autres demandent aussi de l'aide. Si les blessés continuent à accabler les capacités du soignant, les choix se situent dans une direction familière aux humains. Un traitement rapidement administré, tel que la pose d'un garrot pour éviter que le blessé ne saigne, sera traité en priorité par rapport aux traitements qui prendraient plus de temps, comme une intervention chirurgicale pour arrêter une hémorragie interne. Le nettoyage des produits chimiques dévorant la peau sera une priorité sur l'élimination des éclats qui transpercent un oeil ou un membre. La prévention du choc septique prime sur la remise en place d'un os cassé. Les soignants doivent être fermes et engagés au cours d'un tel processus, et ne pas dépenser un temps précieux à se quereller avec ceux qui éprouvent de la douleur et de la frénésie en raison de leurs angoisses.

Stress Post-traumatique

[Zétas] 43% des survivants du Pole-Shift souffriront de folie d'une manière ou d'une autre, la plupart du syndrome de stress post-traumatique.

Un sentiment accru d'anxiété et de vigilance, un sentiment d'éminence du danger, dû au traumatisme récemment vécu, sont caractéristiques. Les soldats qui reviennent de la guerre sont connus pour se croire encore en guerre, soudainement, et pour réagir en conséquence (tirer sur tout ce qui bouge).

Résultat : une paranoïa extrême, où le survivant se sent attaqué par tous les autres, soupçonnant une conspiration contre eux, et sentant qu'ils doivent se défendre en tuant tout le monde et s'enfuir dans les collines, plutôt que de chercher de l'aide auprès des autres, devenus des ennemis.

Spiritualité

Aider

[JNO] : En imaginant que l' on s'en tire à bon compte, il faudra faire face à la misère de ceux qui auront eu moins de chance. Chacun de nous, selon ses moyens, pourra apporter son soutien aux défavorisés, comme faire preuve d'une grande force d'âme. Malgré la tourmente extérieure, il faudra bien que certains d'entre nous donnent à ceux qui ploient sous leurs tourments, ou sous la vision de la souffrance humaine, un exemple de courage, de bon sens, ainsi qu'un sens de l'organisation des priorités exacerbés.

Peut-être sera-ce le rôle des âmes plus avancées, peut-être serons-nous ces meneurs : dans le bon sens du terme ceux qui impulsent l'énergie de l'espoir et qui par leur bon sens et leur empathie sauront agir pour le mieux commun. Ce qui vient est un cadeau spirituel. Mais toute évolution spirituelle passe par l'épreuve. Être éprouvé c'est fournir la preuve que nous sommes prêts à franchir un seuil nouveau. Cela nous rappelle combien la préparation mentale est aussi et peut-être même plus importante que la préparation physique.

La progression des réactions face au pole-shift

[Zetatalk de 2002]

Le choc face au pole-shift

Une réaction courante chez les humains confronté au pole-shift, est de penser que la meilleure option est de mourir avec les tsunamis, de se faire enterrer sous les débris des tremblements de terre, ou d'être projeté contre un mur par des vents violents, tout ça étant une manière d'en finir rapidement.

La plupart des survivants de catastrophes à causes multiples restent en effet assis, stupéfaits, jusqu'à ce que la mort les prenne. Imaginez la catastrophe du WTC, sans secours. Pas de nourriture apportée, pas de sauvetage financier, pas d'attention médiatique.

La dépression post-traumatique

La survie qui suit immédiatement le pole-shift, c'est des exodes, de la terreur et l'incompréhension face à ce qu'il se passe (censure de Nibiru).

La réaction alors est essentiellement une dépression nerveuse, où l'on fait de moins en moins de choses, à mesure que le temps passe. La maladie s'installe, et ceux qui sont abasourdis, et incapables de voir une issue, se voient enfin offrir une sortie, tranquillement.

Les inquiétudes sur le long terme

Au-delà de ce problème à court terme, le problème plus vaste se profile, comme un nuage noir. La vie dans l'Aftertime est remplie de forêts mourantes, de manque de bétail ou de troupeaux ou d'animaux sauvages à manger, et de jardins qui ne s'épanouiront pas. Ajoutez à cela la description d'un monde à la Mad Max, où les lois, et un organe de justice pour les appliquées, seront inexistants, ou tournés vers le service-à-soi, les gangs de maraudeurs et la nécessité de vivre éternellement en mode discret pour survivre.

Ensuite, la période de 25 ans de ténèbres volcaniques, avec un changement climatique qui exige que la végétation s'adapte et essaie de repousser, et il semble que l'on soit loin de pouvoir s'asseoir sous le porche le soir, pour profiter de la soirée. Ceux qui ont des enfants désespèrent de les voir être éduqués, ont peur que les problèmes de santé ne les assaillent, qu'ils aient des dents pourries, des maladies douloureuses. Il y a ceux qui découvrent qu'elles sont enceintes, mettant au monde leur progéniture dans un monde qu'ils considèrent comme un cauchemar [AM : Juste l'impression que beaucoup auront, ce qui ne sera pas le cas, plein de choses belles compenseront, les pseudo-manques n'en seront pas au final, et la santé sera bien meilleure].

Ceux qui sont en mauvaise santé envisagent qu'ils deviendront un fardeau pour les autres, craignent que cela se produise lentement et qu'ils n'en soient pas conscients, peut-être séniles ou comateux à cause de la famine, et incapables de contrôler leur vie en général.

Pourquoi survivre ?

Ainsi, toute personne qui prend le message de Nibiru à moitié au sérieux s'inquiète énormément, et la première chose à faire est d'éviter ce cauchemar. Alors, dans cette perspective, quelle est la raison de vivre ?

Service aux autres

Ceux qui sont fortement impliqués dans le service aux autres n'ont aucun problème avec ce scénario, car ils déterminent rapidement ce que sera la vie des autres et prennent leurs décisions en conséquence. Ce n'est pas différent de ce qu'ils vivent au quotidien aujourd'hui. On peut leur dire qu'ils ont un cancer, mais ils tiendront compte des personnes qui dépendent d'eux, et planifieront leur vie en conséquence. On peut leur dire qu'un membre de la famille ou un voisin va passer des moments difficiles, et ils adapteront leur propre style de vie à la baisse pour les accueillir et partager ce qu'ils ont. On peut leur dire qu'un voisin a manqué à ses responsabilités, et intervenir sans hésiter pour combler le vide, en étant un père pour des enfants sans père ou autre. Ainsi, les personnes qui sont fortement engagées dans le service aux autres ne sont pas susceptibles de prononcer une phrase telle que "pourquoi vivre", car elles savent pourquoi les périodes difficiles en particulier exigent que l'on soit là pour les autres.

Service à soi

Ceux qui sont fortement au service de soi-même règlent ce problème de la même manière, mais dans l'autre sens. Comme pour leurs décisions quotidiennes, ils examinent la situation pour voir comment ils pourraient en tirer profit pour leur propre plaisir ou leur position de pouvoir. Comme les victimes peuvent être trouvées à tout moment, ils supposent qu'il y a beaucoup de victimes et un potentiel de pillage et de sauvagerie à profusion dans l'aftertime. Ainsi, ceux qui sont très "Service-à-soi" ne seront pas non plus susceptibles de dire "pourquoi vivre", car ils se lèchent les babines et se frottent les mains [comme les prédateurs qu'ils sont].

Indéterminés

Ce sont les seuls qui sont susceptibles de dire "pourquoi vivre", car ils ne se polarisent pas dans un sens ou dans l'autre, mais pensent plutôt à leur propre vie, et à la façon dont ils interagissent au quotidien avec les autres, ou à ce qu'ils en sont venus à attendre comme récompense quotidienne. L'accent est mis sur le soi, mais comme un enfant se concentre sur le soi. Comment cela m'affectera-t-il, que ferai-je lorsqu'on me présentera ceci ou cela sans que les ressources auxquelles je m'attendais soient disponibles. L'esprit immature ne considère le scénario de l'aftertime que dans les limites du cocon qu'il considère comme sa vie, et

voit que ce cocon a disparu : son travail aura disparu, les amis et la famille peuvent mourir ou s'éloigner, les rayons des magasins sont vides, les bureaux du gouvernement n'ont tout simplement plus de personnel, et à qui vont-ils adresser leurs plaintes ? Ainsi, ce sont les immatures, les indécis, qui présenteront aux leaders de l'Aftertime des problèmes de motivation.

Motiver les indéterminés

Les indéterminés ont dans la vie des motifs liés aux plaisirs immédiats, pour l'essentiel. Quand ils voient la souffrance, devant eux, ils ressentent de la compassion et peuvent être motivés pour donner de leur propre bien, ou aider, donner de leur temps, mais cette motivation s'évapore dès que la situation douloureuse est hors de vue. Ils réagissent rapidement à la menace d'une diminution de leur mode de vie ou d'une augmentation des attentes à leur égard, de sorte que la vie devient plus professionnelle et moins ludique. Ainsi, motiver un individu spirituellement indéterminé, c'est, pour l'essentiel, lui présenter une souffrance, sans tampon, ou lui offrir une vie meilleure s'il fait ceci ou cela.

Les exposer à la compassion

Dans un groupe de survie, où les indéterminés sont mélangés à des individus fortement au service des autres, les indécis ne devraient pas être autorisés à éviter la chambre de malade ou les pleurs pathétiques des nourrissons affamés. Forcez-les à être présents, car des choix seront faits. Soit ils se montreront à la hauteur de la situation et donneront de leur temps, en étant dans l'ensemble le meilleur pour cela, soit ils deviendront hostiles. Si l'individu devient hostile, il prend une décision d'orientation, à savoir que son confort est plus important que d'assister la souffrance des autres. Dans ce cas, le groupe peut décider s'il souhaite que ce membre continue à s'épuiser, compte tenu de l'orientation et de l'état d'esprit évidents. S'ils se dirigent vers le vide et l'assistance aux autres dans la douleur et le besoin, alors ils peuvent en fait faire un passage rapide à l'orientation Service-à-soi, un bonus.

Les motiver à construire un monde plus juste

En se concentrant sur l'avenir, faire une distinction claire sur la façon dont la vie de l'individu, ainsi que celle du groupe, sera meilleure si telle ou telle tâche est accomplie, fonctionne bien avec les indéterminés. Cela n'est

1084

pas sans rappeler la motivation d'un parent qui motive un enfant immature. Ils ont droit à un dessert s'ils font la vaisselle, à la télévision s'ils finissent leurs devoirs ou au parc s'ils nettoient leur chambre. Dans le cas d'un groupe de survie de l'aftertime, la carotte peut être une plus grande variété dans l'alimentation, moins de faim, des abris plus chauds ou plus secs, ou une chance de voir du pays et de voyager.

NOM

Loi martiale

Échapper à la loi martiale n'est pas possible, mais échapper aux restrictions de déplacement qu'elle impose oui : il suffira de se trouver dans des zones peu peuplées, où la présence de l'État ne sera pas assurée.

C'est pour cela qu'on incite les gens à quitter les grandes villes avant le passage pour éviter de se faire coincer.

Échapper aux rafles

Se rendre dans une zone en dehors des axes de circulation et des zones urbaines permettra d'être tranquille, et surtout de ne pas être emmené dans les villes fortifiées.

Plus on sera perdu dans la campagne, moins on aura de risques (sans enlever les quelques pillards et les forces de sécurité, mais qui resteront sur les grands axes).

Se sédentariser

Il faudra se poser le plus vite possible, car la vie nomade n'est pas forcément la plus sûre dans ces conditions difficiles. Il sera plus facile de survivre et de rester caché dans une communauté établie. Bouger ne sert qu'à trouver un bon coin pour se poser, et surtout pas à être un mode de vie définitif.

Cela n'empêchera pas des phénomènes de transhumance saisonnière avec un village pour l'hiver et un autre pour l'été, car il faudra suivre un minimum les lieux de nourrissage.

Pièges de l'isolement

Plus on sera perdu dans la campagne, moins on aura de risques. Cela ne les enlèvera pas tous, car hormis les quelques pillards et les forces de sécurité (qui resteront sur les grands axes), se retrouveront les meutes de chiens errants.

Abandonnés par leurs maîtres, ils seront le principal danger des petites communautés isolées.

Le meilleur ami de l'homme deviendra son futur prédateur : si la communauté est stabilisée et sédentaire, il est très facile de barricader et de se protéger. Par contre, si on reste en trop petits groupes et qu'on se déplace tout le temps, des attaques peuvent survenir, notamment la nuit. Alors à moins de dormir dans les arbres avec un hamac... une communauté fixe est bien plus avantageuse !

Nombre d'individus

A 50 ont devient attractifs pour les meutes du NOM qui cherchent des esclaves.

A l'inverse, une famille de 4 c'est pas beaucoup... ça limite parce qu'il manquera de la main d'oeuvre et des compétences. Difficile à 4 d'organiser une surveillance tout en travaillant pour la nourriture, pendant que d'autres se repose de leur nuit de garde. A 4 vous allez vite vous épuiser...

Des groupes altruistes aux individus connus

Les zétas conseillent que les plans pour les communautés de survie pensent petits et s'en tiennent à coordonner seulement avec la famille et les amis qu'ils connaissent bien - entités connues. Le danger de tenter de trouver des partenaires sur Internet, c'est que beaucoup seront hautement Service à soi, et déterminer l'orientation chez un inconnu est souvent difficile. Les services-à-soi sont adeptes de présenter un visage gentil, d'offrir des coups de main, tout en essayant de se placer dans un poste de leadership. Les chances sont que ceux qui font de la publicité sur Internet, essayant de commencer un groupe, sont un service-à-soi cherchant à prendre le pouvoir sur les autres.

Évitez les installations gouvernementales

Le deuxième conseil que nous avons régulièrement donné, est d'être loin des installations gouvernementales (entre 20 et 30 km des zones de sécurité des grandes et moyennes villes (fortifiées en ville-camps), selon la grosseur de la ville, elle aura besoin de plus ou moins de place pour les cultures). Les gouvernements de la plupart des pays ont tenté de donner l'impression qu'ils sont là pour aider leurs citoyens, alors qu'en fait la priorité est de perpétuer les emplois de ceux qui sont au gouvernement. Ceci n'est pas apparent dans les bons moments, ni même dans les catastrophes de nature à court terme, mais quand les taxes ne peuvent plus être collectées, et que ceux qui se nourrissent en trayant le contribuable se trouvent sans emploi, reprendre la main sur les communautés de survie sera leur première priorité. Les produits et les aliments remplaceront les taxes, et l'esclavage obligatoire pour ceux qui ne peuvent pas payer.

Par contre il faudra veiller vous mêmes à votre sécurité locale à cause des pillards éventuels, mais les meilleures défenses seront la discrétion, et l'absence de butin. Si il n'y a rien d'intéressant à piller, pourquoi attaquer une communauté qui risque de se défendre ? Se tenir hors des grandes lignes de passage (les rives/côtes) et se percher (accès difficile donc rébarbatif pour les pillards mais aussi pour les anciennes forces gouvernementales). Les ressources seront rares et tout le monde évitera de les gaspiller !

Des groupes mobiles

Planifiez d'être mobile. Nous avons déclaré que les camps de survie les plus réussis seront ceux qui se seront formés spontanément lors des événements. La véritable orientation spirituelle (service-à soi ou service-aux-autres) de la plupart des personnes ne sera pas révélée jusqu'à ce que le stress des dernières semaines arrive, afin que le Service-à-soi montre leurs couleurs. Même parmi ceux qui se connaissent bien, la formule de ne choisir que des entités connues, il y aura des surprises. La folie, en raison du stress post-traumatique, va se répandre comme une traînée de poudre. Le stress et le choc apportent de la colère, une réponse naturelle quand un organisme est menacé, donc l'hostilité sera commune chez les survivants. Il sera sûrement nécessaire que le Service-aux-Autre rassemble simplement ses personnes à charge, et parte, abandonnant tous les équipements qu'il avait rassemblé.

Choisir un leader

Établir le leader dans les épreuves / pour regrouper les efforts de tous dans la bonne direction pour le groupe. En raison des attentes culturelles et du formatage, la plupart des groupes choisiront un mâle alpha (fort, voix grave, du type dominant), qui sera autoritaire et aboiera les ordres. Ce sera probablement le pire choix. Nous avons souvent mentionné que de nombreux groupes de survie seront dirigés par les enfants dans l'après-temps,

car les enfants n'ont pas d'idées préconçues figées, sont ouverts d'esprit, et plein de ressources. Les suivants, en terme de capacité de leadership, seront les femmes dans le camp, car les femmes gardent traditionnellement la famille, préoccupées par les repas et les blessures, la répartition des heures de sommeil et autres choses du genre, et donc ont plus d'esprit pratique.

Les moins appropriés à être des leaders sont les mâles, parce qu'ils auront des idées préconçues et devenues inutiles sur le rôle de chef, et en raison de la façon dont les équipes masculines sont structurées, se concentreront inutilement sur la hiérarchie, l'ordre pour manger en premier, et la position hiérarchique où ils doivent rester. Ainsi, ils seront concentrés sur conserver leur autorité (au lieu de se concentrer sur le bien du groupe), comme de nombreux groupes militaires le montrent. Pour que le leadership masculin réussisse, le leader doit d'abord et avant tout être prêt à observer et à écouter.

Où dans un cadre militaire, le chien chef aboie un ordre, cela peut fonctionner parce qu'il y a peu de variables à considérer (uniquement obéir aux ordres reçus). L'Aftertime présentera un défilé sans fin de variables. Se battre pour savoir qui sera leader et qui aura raison sera une perte de temps et d'énergie. Ainsi ceux qui placeront une priorité sur ça finiront mis de côté, dans les combats aux poings ou aux arguments, tandis que les femmes, les enfants et les mâles qui peuvent voir la situation globale travaillent pour la survie de tous ! Je rajouterais que le leader ne doit pas rechercher cette place, et doit être choisi parmi les plus compétents à ce poste. Ainsi, il ne sera pas dur, pour réunir 2 groupes, que l'un des leader cède sans difficulté sa place à un plus compétent que lui, permettant l'unité plutôt que la division.

Coexistence des Altruistes et du NOM

Les communautés de survivant ne seront pas des calvaires mais au contraire des zones où les gens, globalement, seront même heureux. Le seul stress que nous aurons c'est de nous occuper les uns les autres, et sûrement pas de s'épuiser dans le vent pour que d'autres en profitent, avec aucun sens à notre vie que de servir de larbins. Nous récolterons enfin le fruit de nos efforts, nous ferons ce qui est nécessaire mais pas plus parce que nous ne serons pas dans une logique de profits et de surplus. Certaines communautés, qui seront dans une spiritualité d'entraide, recevront l'aide des ET, et pas seulement cela car il est aussi prévu que les contacts se fassent aussi en réel. Le tout est donc que nous progressions spirituellement, car c'est cela qui non seulement déterminera la solidité de notre "colonie", mais en plus cela déterminera aussi l'aide des ET (et elle pourra être plus que substantielle). Odin ne sera pas omniprésent partout, et les communautés protégées le seront jusqu'au bout. A nous de le mériter. Cette "personne" sera surtout un danger pour les gouvernements locaux qui auront réussi à se reformer avec le temps, les cités high tech qui auront su survivre jusque là et tous les groupes de ce genre. La Terre est vaste, une seule personne, alors que l'Humanité sera réduite à un petit nombre, ne pourra dominer concrètement la planète. Comme avec les anunnakis qui arriveront juste après (probablement autour du second passage) et qui resteront ensuite pendant quelques années, il y aura très peu de risques que de petites communautés autonomes et perdues sur un territoire en friche intéressent qui que ce soit. Par contre, des villes high tech / ou des villes "à l'ancienne" reconstruites par des pseudo États en décomposition de plusieurs dizaines de milliers d'habitants, c'est facile à trouver et il y a un net avantage à les soumettre. Les États ne disparaîtront pas, généralement ils se morcelleront en petites entités indépendantes qui géreront le périmètre immédiat de leur colonie principale. Certaines de ces cités seront des cités high tech, bien préparées à l'avance (comme celle des majors de l'internet), d'autres des cités gérées par des gouverneurs dont les allégeances ne seront pas définitivement acquises. Des pays comme la Russie et la Chine auront de nombreuses villes capables de survivre à Nibiru, et elle serviront de support à ces fédérations locales, et il est probable que la Russie, la Chine et d'autres pays bien préparés survivent sous une forme amoindrie. Certaines de ces nouvelles cités tomberont toutes seules, mal gérées ou pourries par des luttes de pouvoir, d'autres résisteront bien surtout si elles sont administrées par des autorités prévoyantes (comme en Chine ou en Russie, encore une fois). Ce seront elles les véritables cibles d'Odin qui se déplacera de l'une à l'autre pour les forcer à coopérer et former un gouvernement mondial. Sa religion sera imposée et ceux qui refuseront seront exécutés, rien de nouveau. Les communications entre ces pseudo gouvernements au niveau

mondial sera rétablie dans les quelques mois qui suivront Nibiru, et le système actuel survivra dans une version light, autoritaire et encore plus esclavagiste, mais avec les mêmes moyens (armement, communications, transports). Il aura rétréci comme une peau de chagrin, car plutôt que d'avoir de grands pays peuplés de façon relativement uniforme autour de grandes villes nombreuses, vous n'aurez plus que des villes fortifiées éparpillées et assez indépendantes qui garderont des liens directs, séparées par des "déserts" en terme de civilisation. Les avions ou les drones décolleront d'une pour atterrir à l'autre, et tout le reste du territoire, soit 95% des terres, seront considérées comme des no-man's land. Les personnes qui voyageront de l'une à l'autre des enclaves ne le feront jamais par voie terrestre, car il n'existera plus de routes, la nature ayant tout balayé puis tout recolonisé. La France sera vite une friche puis une vaste forêt emplie de ruines, avec quelques enclaves par-ci par là, et sans gouvernement (La France ne survivra pas à Nibiru, même de façon amoindrie). Odin ne sera pas un problème majeur si vous ne faites pas partie de ce réseau de villes. Il faudra donc à tout prix s'en éloigner et ne pas avoir de rapport avec ces groupes. Après, ce sera du cas par cas, puisque nous ne pouvons pas savoir si la communauté dans laquelle nous aurons atterri sera suffisamment altruiste pour être parrainée par les ET. Beaucoup ne le seront pas, donc il faut voir cela que comme un bonus et faire comme si on devait se débrouiller seul dans un premier temps. par contre, si on gère bien, cela vaudra vraiment le coup.

La chasse aux altruistes

Les enclaves high-tech ont dores et déjà prévus de chasser les groupes "sauvages" qui entoureraient leurs bunkers (soit pour tuer les assaillants éventuels, soit pour récupérer les ressources des groupes un minimum important, plus de 25/50 personnes).

Ils ont lancé des satellites de surveillance, mais les ET on fait explosé les fusées. Il leur restera les drones, ces sortent d'avion qui survoleront le territoire en émettant de puissants signaux RFID. Tous les appareils électroniques en dessous (les puces RFID sont gravées dans tous les processeurs du commerce, que ce soit les ordinateurs, les smartphones, tablettes, ou appareil électronique type robot cuiseur), dont la puce RFID est alimentée par ce signal (inutile de retirer la batterie, cette puce marchera quand même) renverront un signal, et ce qu'ils ont enregistrés comme activité récente. Il sera facile au drone de croiser les données et détecter les groupes actifs. Des milices lourdement armées d'armes puissantes et high-tech ne tarderont pas à vous débusquer, c'est pourquoi Harmo conseille de se débarrasser des appareils électroniques, pour se concentrer sur les livres.

Enclaves anunnakis

Les anunnakis ne se réserveront qu'un périmètre limité, et le sécuriseront sur les alentours. Les communautés éloignées et peu armées ne les menacera pas, au contraire des armées d'Odin dont ce dernier aura demandé à attaquer les anunnakis, seront en effet massacrées par les anunnakis, à la technologie supérieure, quand les armées d'Odin les attaqueront.

Même si vous n'êtes pas militarisés, il vous faudra vous tenir loin des enclaves anunnakis : ces derniers ont besoin de manger, et les humains ne sont que du gibier pour eux. Les communautés d'Odin, ou pas pures altruistes, seront des proies faciles, car non protégées par les ET bienveillants.

PS2

Le seul réflexe valide quand Nibiru se remontrera dans le ciel sera de prendre de l'altitude. Tous les freins au déplacement qui existent aujourd'hui auront disparu (travail, logement, argent, barrages de police, terrains privés interdits...). Les gens auront compris la leçon du premier passage et ne se laisseront pas berner une seconde fois.

Concernant l'altitude, comme les tsunamis seront plus élevés qu'au premier passage, il faudra prendre une altitude de plus de 300 m par rapport au niveau de la mer. Comme la mer aura monté de 215 m par rapport à aujourd'hui, repérez les lieux qui sont à plus de 515 m d'altitude en 2015 (et qui ne seront plus qu'à 300 m d'altitude lors du 2ème passage).

D'un point de vue purement physique, le second passage sera plus violent pour la Terre, mais, concrètement, pour les humains à ce moment là, il sera des centaines de fois moins grave. Les gens sauront ce qu'il faut faire, se mettront à l'abri et il n'y aura quasiment aucune perte humaine malgré l'importance du passage.

Il faudra ensuite reconstruire mais ça on aura l'habitude...

L'aide ET aux altruistes

Les individus de type Service-à-Autrui, ceux qui pratiquent vraiment la Règle d'Or et qui pensent aux autres 50% du temps, se voient offrir un ascenseur grâce auquel ils ne mourront pas pendant le PS, mais seront placés quelque part, survivant. Il ne s'agit pas d'un véritable sauvetage, car les altruistes sont plutôt dégoûtés par cette solution ! La plupart des individus du Service à autrui qui se voient proposer cette option la refusent, en pensant à ceux dont ils sont responsables, et en choisissant d'être avec eux quand ils en ont besoin.

Évidemment, les personnes les plus en forme physiquement ont plus de chances de survivre, mais après le changement de pôle lui-même, la survie dépend de l'alliance Service-à-Autre ou Service-à-Soi. Ceux qui sont au service des autres coopèrent les uns avec les autres et s'en sortent mieux. Ceux qui sont Service-à-Self pillent et quand ce n'est plus possible, ils se retournent les uns contre les autres. Ils s'éteignent alors. Les indécis, qui sont majoritaires, ne préfèrent ni le camp du service aux autres, qui est trop sérieux pour eux, ni le camp du service à soi-même, et se portent aussi bien que la vie actuelle.

La séparation se produira de plus en plus. Il n'y a pas de réponse simple quant à savoir à qui faire confiance, car vous devez développer une antenne/intuition pour le déterminer. Il y a des signes clairs que vous avez affaire au Service-à-soi - bien qu'ils disent le contraire, toutes leurs actions ne servent qu'eux-mêmes, en fin de compte.

L'aide ET

Les communautés sous le contrôle d'individus solidement engagés dans le Service à autrui pourraient trouver des paquets de graines sur le pas de leur porte, ou des médicaments pour répondre aux besoins des personnes malades au sein de leur communauté. Dans ces cas, des humains, familiers aux membres de la communauté, reconnus par leur nom ou leur apparence, agiront en tant qu'intermédiaires. Une autre aide sera la distribution de biens, où une ferme abandonnée pourrait avoir des outils nécessaires ailleurs, et ceux-ci apparaissent soudainement près de la communauté dans le besoin. Les compétences absentes d'une communauté peuvent être transmises à une autre par le biais de sessions de formation sur des vaisseaux spatiaux, ou par l'arrivée d'un étranger

1088

dans la communauté, reconnu presque instantanément par la plupart, car il a déjà été présenté sur un vaisseau spatial ! Il y aura des aides pour répondre à presque tous les besoins imaginables, pour ceux qui sont au service des autres.

L'esclavage a tout niveau

De nombreux types d'esclavage apparaîtront après le déplacement des pôles, et ceux qui sont au courant planifient leurs opportunités. L'esclavage se produira parce que les gens sont affamés et prêts à faire n'importe quoi pour un repas. L'esclavage se produira également parce que les personnes fortes et en bonne santé seront séparées des faibles et déplacées vers un autre endroit. On leur dira que leurs proches ne seront nourris que s'ils coopèrent, obligeant les forts à s'épuiser au boulot, pendant que les promesses ne seront pas tenus, et que leurs proches seront laissés à mourir de faim.

Il y a aura l'esclavage planifié par les gouvernements actuels, mais aussi l'esclavage d'opportunité. Tous comme les mexicains clandestins servent d'esclaves aux riches américains qui les sous-paye, s'en servent d'esclave sexuel et les menace en permanence de les dénoncer à la police, tout comme dans l'aftertime celui qui a encore des boîtes de conserves quand les mères ne peuvent plus nourrir leur enfant, monnayeront la prostitution pour chaque boite accordée.

Technologie

Après le PS2, l'homme ne reviendra pas au niveau technologique d'aujourd'hui.

Dans le passé, lorsque vos sociétés de troisième densité ont continué, avec un mélange de service à l'autre, de service à soi-même, et une majorité de jeunes âmes indécises, la technologie et la hiérarchie que vous voyez aujourd'hui dans la société se sont restructurées/reformées. Cette reconstruction de la technologie prend des centaines d'années, car à court terme, l'homme est renvoyé à la recherche de nourriture.

Après le tri des âmes, il ne reste donc que le service à autrui, qui se réincarnera dans les proto-plenus. Ces individus feront connaissance avec les Zetas, bien avant que leur vie en tant que membre de l'espèce humaine ne se termine dans cette vie. Ils seront absorbés par la communauté Zétas ou

celle des hybrides. Ainsi, la haute technologie reviendra, mais pas dans les mains de l'homme. Les communautés Zétas seront de haute technologie, l'homme seul ne le sera pas.

Reconstitution calotte polaire

Dans le cadre d'un passage normal de Nibiru, il faut 100 ans, environ, pour que les nouveaux pôles soient recouverts de glace dans la même mesure que les pôles existants en 2007.

Une valeur a tempérer à cause de l'ascension en 4D : le soleil sera plus faible, et les pôles seront recouverts d'une couche de glace supérieure à celle de 2007. Cela fera remonter l'eau des océans, révélant plus de terres autour de l'équateur.

Bibliographie

ant: Bob Coen, Eric Nadler, Anthrax War, 2009
chei: Michel Baury, Juin-août 1944 : La falsification allemande autour du massacre d'Oradour et de la libération de Limoges, 06/01/2012
divulg1: David Ramasseul, 1933: le salut nazi de la future reine Elizabeth II, 18/07/2015
divulg2: Ambre Deharo, Conquête de l'espace : les extraterrestres ont peur des plans des terriens, 15/10/2016
ovnichem: , Amazing UFO Destroys Chemtrail, Alien Technology? UFOs protecting Earth? Sept 2016, 2016
rab: , Asmodée et Salomon, ,
sid: , Le SIDA et d'autres virus ont bien été créés en laboratoire par les USA dans des buts génocidaires, ,
wil: Georges Hunt Williamson, les gîtes secrets du lion,
zec: Zeccharia Sitchin, La 12ème planète, 1977

Printed in France by Amazon
Brétigny-sur-Orge, FR

19612916R00333